सबसे बढ़कर एक भारतीय

ए.पी.जे. अब्दुल कलाम

एक जीवन

सबसे बढ़कर एक भारतीय

ए.पी.जे. अब्दुल कलाम

एक जीवन

अरुण तिवारी

अनुवाद : डॉ. सुधीर दीक्षित

मंजुल पब्लिशिंग हाउस

मंजुल पब्लिशिंग हाउस

कॉरपोरेट एवं संपादकीय कार्यालय

• द्वितीय तल, उषा प्रीत कॉम्प्लेक्स, 42 मालवीय नगर, भोपाल-462003

विक्रय एवं विपणन कार्यालय

• सी-16, सेक्टर 3, नोएडा, उत्तर प्रदेश - 201301, इंडिया

वेबसाइट : www.manjulindia.com

वितरण केन्द्र

अहमदाबाद, बेंगलुरू, भोपाल, कोलकाता, चेन्नई,

हैदराबाद, मुम्बई, नई दिल्ली, पुणे

मूल अंग्रेजी संस्करण भारत में

हार्पर-कॉलिंस पब्लिशर्स इंडिया द्वारा प्रकाशित

ए.पी.जे. अब्दुल कलाम – अ लाइफ़ (लेखक : अरुण तिवारी)

का हिन्दी अनुवाद सर्वप्रथम मंजुल पब्लिशिंग हाउस द्वारा

हार्पर-कॉलिंस पब्लिशर्स इंडिया के सहयोग से प्रकाशित

यह हिन्दी संस्करण 2016 में पहली बार प्रकाशित

तृतीय आवृत्ति 2024

ISBN 978 - 81- 8322 - 750-6

अनुवाद : डॉ. सुधीर दीक्षित

मुद्रण व जिल्दसाज़ी : सौरभ प्रिंटर्स प्राइवेट लिमिटेड

भारत के युवाओं के लिए

भारत को संसार में आगे खड़ा होना चाहिए और एक अरब लोगों के देश की तरह काम करना चाहिए, जो दो हज़ार सालों से एक साथ रह रहे हैं। पिछली कुछ शताब्दियों में बने चंद करोड़ लोगों के देश हमारी महान सभ्यता की तक़दीर का फ़ैसला नहीं कर सकते।

—ए.पी.जे. अब्दुल कलाम

विषय-सूची

खंड 4 : विस्तार

खंड 5 : प्रसार

खंड 6 : मोक्ष

भूमिका

जिस तरह पर्वतों, समुद्रों, पृथ्वी, आकाश, तारों, सूर्य और चंद्रमा के बारे में कुछ नया नहीं कहा जा सकता, उसी तरह डॉ. ए.पी.जे. अब्दुल कलाम के बारे में भी कुछ नया नहीं कहा जा सकता। क़ुदरत की ये सभी चीज़ें हमेशा मानव जाति को चमत्कृत और मोहित करती हैं, स्वप्नों को प्रेरित करती हैं और ऐसा तब से करती आ रही हैं, जब समय का अस्तित्व ही नहीं था।

जीवन में, और मृत्यु में भी, डॉ. कलाम प्रेरणा की मिसाल थे। शायद वे इस देश के सबसे आदर्श भारतीय थे। उन्होंने अपनी आख़िरी साँस भी उस देश की सेवा करते हुए ली, जिससे वे सबसे ज़्यादा प्रेम करते थे। उस वक़्त वे वही काम कर रहे थे, जो उन्हें सबसे प्रिय था - विद्यार्थियों के सामने बोलना, युवा पीढ़ी में प्रेरणा की चिंगारी भरना।

27 जुलाई 2015 को जब वे गुज़रे, तो हमने उनके आजीवन स्वप्न - भारत की एकता - को अपनी आँखों से देखा। दल और राजनीति से परे, राज्य और क़ानून से परे, जाति और समुदाय से परे, क्षेत्र और धर्म से परे पूरा देश उस एक इंसान को श्रद्धांजलि देने के लिए एक साथ आगे आया, जिससे हम सभी प्यार करते थे। अगले दिन उनके अंतिम दर्शन के लिए नई दिल्ली के 10, राजाजी मार्ग पर लोग लंबी क़तार लगाकर आधी रात तक खड़े रहे। दस लाख से ज़्यादा लोग उनकी अंत्येष्टि में शामिल होने के लिए रामेश्वरम् पहुँचे। इनमें कई ग़रीब गाँव वाले भी शामिल थे, जिनके पास यातायात के साधन नहीं थे, इसलिए वे कई दिनों तक पैदल चलकर वहाँ पहुँचे। परोपकारी संस्थाओं ने भोजन, यातायात और ठहराने की निःशुल्क व्यवस्था की। एक अरब हृदय प्रार्थनाओं के साथ धड़क रहे थे। शब्दों के अब कोई मायने नहीं रह गए थे। महात्मा गाँधी के बाद दूसरा कोई नेता नहीं हुआ, जिसने हमारे दिलोदिमाग़ को उस तरह जकड़ा और प्रेरित किया हो, जिस तरह डॉ. कलाम ने किया था। उनके नाम पर सड़कों और टापुओं का, विश्वविद्यालयों और संस्थाओं का, बच्चों और पुरस्कारों का नामकरण किया गया। अब उनका नाम हमारे दैनिक जीवन का हिस्सा बन चुका है और इसमें रच-बस चुका है।

हर व्यक्ति के पास डॉ. कलाम के बारे में कहने के लिए कुछ न कुछ होता है। यह उनकी लोकप्रियता का सबूत है। बहरहाल, हर आने वाली पीढ़ी विद्यार्थी, वैज्ञानिक, विचारक, लेखक, स्वप्नदृष्टा और लीडर के रूप में उनके अनूठेपन का अध्ययन और विश्लेषण करेगी। क्यों? क्योंकि उनका जीवन प्रेरणा का दूसरा नाम

है। वे ऐसे लीडर की दुर्लभ मिसाल हैं, जिसने अपना ख़ुद का संसार बनाया, अपनी ख़ुद की वास्तविकता गढ़ी, अपनी ख़ुद की भाषा ईजाद की - और यह सब इतना असरदार था कि इसका अनुकरण न सिर्फ़ असंभव हो जाता है, बल्कि ज़्यादातर नेता तो इस बारे में सोचकर ही घबरा जाएँगे। उन्होंने दूसरे राष्ट्रपतियों और प्रधानमंत्रियों को खरा उतरने के लिए एक पैमाना दिया। उन्होंने सभी क्षेत्रों के भावी लीडर्स को आत्म-मूल्यांकन का सर्वोच्च पैमाना दिया।

डॉ. कलाम का जीवन विरोधाभासों का मिश्रण है - उन्होंने सामाजिक-राजनीतिक ऊँचाई वाले व्यक्तियों में आम तौर पर पाए जाने वाले अहं और भौतिकतावाद से किनारा किया और अपने प्रतिष्ठित दर्जे के साथ आत्मसंयम को जोड़ दिया। लोग इस बात पर उतने चकित नहीं होते कि उन्होंने ग़रीबी में शुरुआत की थी, जितने इस बात पर होते हैं कि अंत में भी उनके पास ग़रीबों जैसी संपत्ति थी। हर व्यक्ति भौतिक संपत्ति की उनकी अंतिम सूची देखकर विनम्र हो जाता है : एक कलाई घड़ी, छह शर्ट, चार पैंट, तीन सूट, एक जोड़ी जूते और 2,500 पुस्तकें। उनके आख़िरी सामान की सूची देखकर कोई भी सम्मान से सिर झुकाए बिना नहीं रह सकता। उनके पास तो साधारण घर की बुनियादी ज़रूरतें भी नहीं थीं, जैसे : वाहन, टेलीविज़न या फ्रिज। यही नहीं, डॉ. कलाम ने अपने रिश्तेदारों के लिए कोई वसीयत भी नहीं लिखी थी।

अपनी वैज्ञानिक, सामाजिक और राजनीतिक उपलब्धियों के बावजूद उन्होंने सादा जीवन जीने और अत्यधिक विनम्र रहने का चुनाव किया। नाव चलाने वाले के लड़के से जीवन की शुरुआत करने वाले कलाम आगे चलकर भारत के ग्यारहवें राष्ट्रपति बने। उन्हें 'मिसाइल पुरुष' और 'जनता का राष्ट्रपति' कहा गया। उन्हें वॉन ब्रॉन अवार्ड, पद्म भूषण, पद्म विभूषण और भारत रत्न सहित बीस शीर्षस्थ राष्ट्रीय और अंतरराष्ट्रीय पुरस्कारों से नवाज़ा गया। संसार के अग्रणी विश्वविद्यालयों ने उन्हें 48 मानद उपाधियों से सम्मानित किया। लेकिन इनमें से किसी भी मान-सम्मान का डॉ. कलाम के जीवन पर कोई फ़र्क़ नहीं पड़ा। उल्लेखनीय उपलब्धियों और योग्यताओं के बावजूद उनकी विनम्रता व सादगी व्यक्तिगत बुद्धिमत्ता के भंडार को उजागर करती है, जो लीडर के रूप में उनकी प्रतिभा जितनी ही प्रभावी थी।

बहुत सफल होने के साथ-साथ डॉ. कलाम बेहद सज्जन और भावपूर्ण इंसान थी थे। उनके शब्द, आदर्श और स्वप्न उनके भीतर के इंसान के आदर्श प्रतिबिंब थे।

वे ऐसे शिक्षक थे, जो जीवन भर विद्यार्थी बने रहे। वे समाधानों के बजाय समस्याओं को ज़्यादा पसंद करते थे। वे जवाबों के बजाय सवालों को ज़्यादा पसंद करते थे। उनके लिए हर जवाब एक और सवाल था, जो ज़्यादा गहरे ज्ञान की खिड़की बन जाता था।

ज्ञान की आंतरिक अग्नि ने उन्हें विकास और विस्तार करने में मदद की। कड़ी मेहनत, ईमानदारी, निष्कपटता और शुद्धता ने इसमें ईंधन दिया। औसत विद्यार्थी

से सफल वैज्ञानिक, फिर लोकप्रिय नेता और अंत में संत जैसे गुरु में खुद को बदलने की उनकी क़ाबिलियत असाधारण है! हालाँकि उन्हें एक मशहूर वैज्ञानिक के रूप में जाना जाता है, लेकिन अंततः उन्हें एक संत के रूप में याद किया जाएगा; एक ऐसे इंसान जिसका कोई परिवार नहीं था, लेकिन जिन्होंने सामाजिक बुराइयों के जवाब के रूप में पारिवारिक मूल्यों की हिमायत की; जो अविवाहित और निःसंतान थे, लेकिन फिर भी वे लाखों बच्चों के अभिभावक बन गए; एक ऐसे इंसान जिन्होंने बेहद नीचे से शुरू करके अंत में भारत के सर्वोच्च पद को विभूषित किया। लेकिन सबसे अहम बात, 83 वर्ष की उम्र में भी वे बच्चे ही बने रहे। उनमें मासूमियत, बालसुलभ उत्सुकता और जीवन के प्रति अंतहीन आकर्षण कूट-कूट कर भरा था; डॉ. कलाम की ऊर्जा कभी घटती नज़र नहीं आती थी।

डॉ. कलाम के साथ मेरी पहली मुलाक़ात अनपेक्षित और अनियोजित थी। यह बिलकुल अचानक हुई थी। 15 मार्च 2001 को वे अपने पूरे क़ाफ़िले के साथ सेना के एक विमान में भूकंप पुनर्वास संचालन की समीक्षा करने भुज, गुजरात आए थे। वे भारत सरकार के मुख्य वैज्ञानिक परामर्शदाता थे, जबकि मैं बोचासनवासी श्री अक्षर पुरुषोत्तम स्वामीनारायण संस्था (बीएपीएस) कैंप में सेवा करने वाला एक साधु था। हमने 400 गाँवों को राहत सामग्री दी थी, लगभग बीस लाख लोगों को खाना खिलाया था और 2,500 विस्थापितों के लिए टिन के तंबुओं की अस्थायी कॉलोनियाँ बनाई थीं। उनके लौटते वक़्त हवाई अड्डे पर हमारी मुलाक़ात हुई। वैज्ञानिक के रूप में उन्हें यक़ीन नहीं था कि भुज की रेगिस्तानी गर्मी में टिन से बने मकान आरामदेह होंगे, इसलिए उन्होंने पूछा कि क्या हमारे टिन के मकान ठंडे रहते हैं। मैंने जवाब दिया, 'वैज्ञानिक होने के नाते आपको सिर्फ़ मेरे शब्दों पर भरोसा नहीं करना चाहिए; आपको चलकर ख़ुद देखना चाहिए।' उन्होंने तुरंत हवाई जहाज़ में बैठने को मुल्तवी कर दिया और टिन के तंबुओं की हमारी कॉलोनी को देखने आ गए। जब उन्होंने देखा कि मकान ठंडे थे, तो उन्होंने न सिर्फ़ अपनी राय बदल ली, बल्कि इस बात की प्रशंसा भी की कि हमने तिरछी हवा के ज़रिये प्राकृतिक वायु-आवागमन के सरल विज्ञान का इस्तेमाल किया था। उन्होंने साधुओं और स्वयंसेवकों को बधाई दी तथा हमारे आध्यात्मिक लीडर प्रमुख स्वामी महाराज से मिलने की इच्छा जताई। मैं उनकी विनम्रता और खुलेपन को देखकर दंग रह गया। वे बहुत बड़े आदमी और मशहूर हस्ती थे, मैं अदना और अनजान था; लेकिन डॉ. कलाम इतने बड़े दिल वाले थे कि उन्होंने हमसे बात की, हमारे काम को देखने के लिए अपनी समय-सारणी बदली और हमारे छोटे से वैज्ञानिक प्रयोग की सराहना की - भारत को परमाणु शक्ति बनाने में उन्होंने जो अग्रणी भूमिका निभाई थी, उसके मुक़ाबले हमारा प्रयोग महत्त्वहीन था। दूसरों को सम्मान देने और प्रशंसा करने की उनकी क़ाबिलियत से मैं दंग रह गया। यह चौदह साल लंबी मित्रता की शुरुआत थी, जिसमें कई मुलाक़ातें और बहुत सारी बातचीतें शामिल थीं।

जब हमने एक बार उनसे पूछा कि वे इतने युवा और ख़ुश कैसे रहते हैं, तो उनका जवाब था, 'मैं बस ख़ुद से पूछता हूँ : "मैं क्या दे सकता हूँ?" अगर हर इंसान ख़ुद से और दूसरों से बस यही एक सवाल पूछने लगे, तो पूरा संसार ख़ुश और युवा रहेगा।'

वे दूसरों को समय और ऊर्जा देने के इस सिद्धांत पर अंत तक अमल करते रहे। एक बार डॉ. कलाम आधी रात के बाद अहमदाबाद सर्किट हाउस पहुँचे। उन्होंने रात का खाना भी नहीं खाया था। एक छोटी लड़की ने उन्हें रोककर पूछा, 'मैं संसार की सबसे अच्छी वैज्ञानिक कैसे बन सकती हूँ?' उसकी प्रेमपूर्ण माँ भी उस वक़्त यही कहती, 'बेटा, अभी रात हो रही है। मैं तुम्हें कल जवाब दूँगी।' लेकिन डॉ. कलाम नहीं। उन्होंने धैर्यपूर्वक समझाया, 'तुमने अभी क्या किया? एक सवाल पूछा था... बस यही करती रहो। सवाल पूछती रहो, पूछती रहो और तब तक पूछती रहो, जब तक कि तुम्हें सही जवाब न मिल जाए। यही संसार में सबसे अच्छा वैज्ञानिक बनने का तरीक़ा है।'

20 जून 2015 को सौराष्ट्र के सारंगपुर गाँव में गर्मी की तपती दोपहर में मैंने उनकी परवाह और करुणा को अपनी आँखों से देखा। वे प्रमुख स्वामी महाराज को अपनी पुस्तक *ट्रांसेंडेंस* भेंट करने आए थे। दोपहर के दो बज रहे थे। गर्मी और उमस। युवा सम्मेलन को संबोधित करने के बाद डॉ. कलाम बहुत थक चुके थे, तभी छह साल का एक बच्चा उनके क़रीब आने लगा। हर व्यक्ति जल्दी में था। लड़के ने एक मुड़ा-तुड़ा, गंदा, फटा हुआ काग़ज़ लहराया। डॉ. कलाम ने उसे सुरक्षा घेरे के अंदर बुलवा लिया। लड़का उनका ऑटोग्राफ़ चाहता था, मगर उसके पास पेन नहीं था। डॉ. कलाम ने किसी से पेन माँगा और बड़े प्यार से उस काग़ज़ पर ऑटोग्राफ़ दे दिए, जिसे लड़के ने लापरवाही से मोड़कर जेब में रख लिया। डॉ. कलाम मुस्कराए। 'कभी किसी बच्चे को निराश मत करो, क्योंकि वह अपने जीवन के शुरुआती वर्ष जी रहा है।' इसके कुछ मिनट बाद वे अपनी कार की तरफ़ जा रहे थे। नब्बे साल के एक किसान ने भीड़ में से अपना हाथ उठाया। डॉ. कलाम तुरंत उस तक पहुँच गए। उसका परनाती डॉ. कलाम के साथ फ़ोटो खिंचाना चाहता था। उसे संतुष्ट करते हुए उन्होंने कहा, 'कभी किसी बुज़ुर्ग को निराश मत करो, क्योंकि वह अपने जीवन के अंतिम वर्षों को जी रहा है।' उनके जीवन का दर्शन बस इतना ही सरल था। वे इस पृथ्वी पर एक भी दुखी चेहरा नहीं देखना चाहते थे।

एक बार शाहीबाग, अहमदाबाद में हमारे बीएपीएस स्वामीनारायण मंदिर में मीडिया वालों ने उन्हें घेर लिया। वे परमाणु ऊर्जा प्लांट के ख़तरों के बारे में चिल्ला-चिल्लाकर सवाल पूछने लगे। मैं आश्चर्यचकित और किंकर्तव्यविमूढ़ था। बहुत शांति से किसी प्रिंसिपल की तरह डॉ. कलाम बोले, 'पहले अपने पैड और कलम, माइक और कैमरे नीचे रख दें। मैं आपके साथ एक मुफ़्त साझेदारी करना चाहता हूँ। कल से आप सभी हमारे देश के मुस्कराने में मुफ़्त साझेदार हैं। हर दिन ऐसा

कुछ लिखें, ऐसा कुछ छापें, जिससे हमारा देश मुस्करा उठे।' सभी लोग विचारोत्तेजक मौन में स्तब्ध रह गए।

हालाँकि यह अविश्वसनीय लग सकता है, लेकिन मैं राष्ट्रपति भवन से उनके जाने को कभी नहीं भूल सकता। जून 2007 में राष्ट्रपति के रूप में उनके आख़िरी सप्ताह में मैं साहस बटोरकर उनसे मिलने गया। यह कोरा शिष्टाचार नहीं था; हमारे बीच काफ़ी लंबी मित्रता थी। इससे पहले मैं विचार-विमर्श और आमंत्रणों के लिए कई बार राष्ट्रपति भवन जा चुका था, लेकिन इस बार उनकी विदाई का मामला था। मुझे समझ में नहीं आ रहा था कि मैं क्या कहूँ, इसलिए मैंने मौन रहने का विकल्प चुना। मुझे गहरा दुख हो रहा था कि एक आदर्श राष्ट्रपति अपने पद से सेवानिवृत्त हो रहा है, जबकि पूरा भारत और सभी जगह मौजूद भारतीय यही चाहते थे कि वे इस पद पर बने रहें। मेरी असहजता को भाँपते हुए वे राष्ट्रपति की कुर्सी से चहकते हुए उछले और उन्होंने प्रफुल्लता से पूछा, 'ब्रह्मविहारीजी, क्या आपने राष्ट्रपति भवन देखा है?'

मैंने जवाब दिया, 'नहीं, बस आपका ऑफ़िस देखा है।'

एक उजली मुस्कान के साथ वे बोले, 'आइए, मैं आपको आज दिखाता हूँ कि मैं कल क्या छोड़कर जा रहा हूँ!' दुख की परछाईं के बिना उन्होंने मुझे खुशी-खुशी राष्ट्रपति भवन का व्यक्तिगत दौरा कराया। उन्होंने सर्वोच्च पद को सर्वोच्च बिंदु पर छोड़ा, लेकिन वे अपनी उपलब्धियों से विरक्त तथा अप्रभावित थे। इंसान जिस तरह रहता है, उससे वह आदर्श बनता है और जिस तरह छोड़ता है, उससे अमर बनता है।

और वाक़ई डॉ. कलाम ने संसार को भी उसी तरह छोड़ा, जिस तरह वे हमेशा चाहते थे - तुरंत, हर एक को असमंजस में रखते हुए। मुझे 11 सितंबर 2006 की शाम स्पष्ट रूप से याद है। राष्ट्रपति कलाम नई दिल्ली के स्वामीनारायण अक्षरधाम में प्रमुख स्वामी महाराज से मिलने आए थे, जिन्हें वे अपना परम आध्यात्मिक गुरु मानते थे। आध्यात्मिक विचार-विनिमय के बाद उन्होंने हाथ से लिखा एक काग़ज़ निकाला। यह तमिल में लिखा एक संस्कृत श्लोक था। उन्होंने इसे स्वामीजी के सामने प्रार्थना की तरह पढ़ा। 'जीवेत शरदः शतम्' जिसका अर्थ है 'आप सौ साल जिएँ।' इस भाव को लौटाते हुए स्वामीजी ने कहा, 'आपको भी सौ साल जीना चाहिए।' फिर उन्होंने धीरे से व्याख्या की, 'ईश्वर ने हममें से प्रत्येक को इस धरती पर निश्चित वर्ष दिए हैं। हमें ईश्वर के दिए हुए जीवनकाल से ख़ुश रहना चाहिए।'

कमरे से बाहर निकलकर राष्ट्रपति कलाम मेरी ओर मुड़े और आग्रह किया, 'कृपया स्वामीजी को बता देना कि मेरी उम्र चाहे जितनी हो, मैं अपनी आख़िरी साँस विद्यार्थियों के सामने लेना चाहता हूँ।' इसलिए जब अकस्मात यह दुखद ख़बर मिली कि 27 जुलाई को शिलाँग में आईआईएम के विद्यार्थियों को संबोधित करते समय वे गुज़र गए, तो यह किसी सपने जैसा और अलौकिक लग रहा था, मानो उनकी प्रार्थना पूरी हो गई हो। इससे मुझे सदमा लगा, लेकिन इस बात की तसल्ली

भी थी कि यह डॉ. कलाम की ख़ुद की इच्छा थी। उनके विद्यार्थियों में, उनके भाषणों में, उनके काम में, उनके देश में और मानवता में - लेकिन इससे बढ़कर उनके गुरु और ईश्वर में उनकी आस्था की सच्चाई अब भी गूँज रही है। वे ऐसे इंसान थे, जिनका मिशन पूरा हो गया था।

जिस तरह वे गुज़रे थे, वे आज भी जीवित हैं। डॉ. ए.पी.जे. अब्दुल कलाम बच्चों की कल्पनाओं में, युवाओं के नवाचारों में, वयस्कों की आकांक्षाओं में, वैज्ञानिकों के आविष्कारों में और हमारे राष्ट्र के स्वप्न में आज भी जीवित हैं। उन्होंने हमें एक बार फिर अपने दिलोदिमाग़ से सपना देखने के लिए प्रेरित किया है। खुली आँखों से विश्व की प्रगति, समृद्धि और शांति का सपना देखने के लिए प्रेरित किया है। मैं उनके क़रीबी मित्र और कई पुस्तकों के सह-लेखक प्रोफ़ेसर अरुण तिवारी को कोटि-कोटि धन्यवाद देना चाहूँगा, जो उन्होंने यह जीवनी इस समय लिखी - यह आने वाली कई पीढ़ियों के लिए एक शाश्वत उपहार है!

—साधु ब्रह्मविहारीदास

बीएपीएस स्वामीनारायण संस्था, अहमदाबाद

शुक्रवार, 11 सितंबर 2015

प्रस्तावना

हर युग के अपने नायक होते हैं और हर नायक की एक कहानी होती है। ए.पी.जे. अब्दुल कलाम की अकस्मात मृत्यु पर पूरे संसार ने जिस तरह प्रतिक्रिया की और दुनिया भर के करोड़ों लोगों ने गहरा दुख व्यक्त किया, वह इस बात का सबूत है कि वे इस युग के सच्चे नायक थे। डॉ. कलाम के उत्कृष्ट करियर की बदौलत उन्हें भारत के सर्वोच्च नागरिक सम्मान भारत रत्न से सम्मानित किया गया और यह भारत के ग्यारहवें राष्ट्रपति के रूप में उनके कार्यकाल के साथ उत्कर्ष पर पहुँचा। लेकिन वे शक्तिसंपन्न पैदा नहीं हुए थे। वे भौगोलिक दृष्टि से अलग-थलग एक गाँव में पैदा हुए थे, एक ग़रीब परिवार में पले-बढ़े थे, सरकारी सहायता प्राप्त स्कूलों में पढ़े थे, उन्होंने जीवन भर सरकारी नौकरी की थी - और सादगी भरा तथा सात्विक जीवन जिए थे। कलाम एक दुर्लभ इंसान थे, जो परवाह भरे शिष्टाचार, बेदाग़ चरित्र और सात्विक व्यवहार से अपने आलोचकों व शत्रुओं के कठोर से कठोर हृदय को भी नरम कर सकते थे। यह पुस्तक उनके 83 वर्षों के लंबे जीवन, उनकी अनूठी उपलब्धियों, उनके आदर्शों और उनकी विरासत के विस्तृत विवरण बहुत सटीक अंदाज़ में पेश करती है।

पहला हिस्सा 'अनुकरण' अरस्तू के कथन पर आधारित है कि इंसान प्रकृति से एक सामाजिक प्राणी है। समाज व्यक्ति से पहले आता है। जो भी सामाजिक जीवन नहीं जी सकता या इतना आत्मनिर्भर है कि उसे इसकी ज़रूरत नहीं है - इसलिए वह समाज में हिस्सा नहीं लेता है - वह या तो पशु है या फिर देवता। इस खंड के आठ अध्याय बाल्यावस्था से वयस्कता तक कलाम के विकास को बताते हैं, जहाँ उन्होंने वह सब किया, जो तंत्र ने उन्हें करने को कहा, शिक्षा प्राप्त करके भौतिकी की पढ़ाई की - लेकिन फिर उन्हें अहसास हुआ कि उनका दिल तो कहीं और था। उनके जन्मस्थान वाले टापू के तट पर मँडराते समुद्री पक्षियों ने उनके मन में उड़ने की इच्छा जगा दी थी। पायलट बनना उनका सपना था और वे वैमानिक इंजीनियरिंग मार्ग से वायु सेना में जाने का रास्ता खोज रहे थे, जो उस वक़्त एकमात्र संभव रास्ता था। उन्होंने इसी अनुसार अपना अध्ययन बदल लिया, लेकिन जब वायु सेना में उनका चयन नहीं हुआ, तो वे एचएएल (हिंदुस्तान एयरक्राफ़्ट लिमिटेड, जैसा इसे तब जाना जाता था) और बाद में एरोनॉटिकल डेवलपमेंट इस्टेब्लिशमेंट में चले गए; उन दिनों यही दो विकल्प उपलब्ध थे। उनके जीवन का यह हिस्सा 1931 से 1962 तक चला। इसमें उन्होंने इंजीनियर के रूप में अपनी पहचान हासिल की, नवाचार

की विशेष योग्यता प्रदर्शित की और आदर्श से कमतर परिस्थितियों में भी काम करने की दृढ़ता दिखाई।

दूसरा हिस्सा 'सृजन' अंतरिक्ष में कलाम के वर्षों को पेश करता है। वे उन युवा वैज्ञानिकों के पहले समूह में थे, जिन्हें अंतरिक्ष शोध करने के लिए देश के नए ढाँचे में शामिल किया गया। उनका विकास भी भारतीय अंतरिक्ष शोध संस्थान (इसरो) के विकास के साथ-साथ हुआ था। कलाम का यह भी सौभाग्य रहा कि उन्हें विक्रम साराभाई और सतीश धवन जैसे दिग्गजों के साथ काम करने का मौक़ा मिला। उन्हें भारत के पहले उपग्रह प्रक्षेपण यान (एसएलवी) का प्रोजेक्ट डायरेक्टर बनाया गया और संगठन में कई वरिष्ठ भूमिकाओं के लिए चुना गया। जीवन के इस दौर में उनके नेतृत्व गुणों का विकास हुआ। ब्रह्म प्रकाश ने उनकी बुनियादी उपायकुशलता को तराशा, यथास्थिति के प्रति उनकी अधीरता को संयमित किया और उन्हें प्रबंधन की बेहतर योग्यताएँ सिखाईं। पहली एसएलवी उड़ान की असफलता के बाद कलाम को अपने वरिष्ठों से जो समर्थन मिला - और एक साल बाद इसकी सफलता से जो ईर्ष्या उत्पन्न हुई - उसने उन्हें इस बारे में कुछ बड़े सबक़ सिखाए कि संसार कैसे काम करता है और कैसे इंसान को जीवन का खेल खेलना चाहिए।

तीसरा खंड 'बोध' भारतीय मिसाइल कार्यक्रम के उनके नेतृत्व के विवरण बताता है, जिसने उन्हें उठाकर दिल्ली में शक्ति के गलियारों में पहुँचा दिया। बहरहाल, उनके ऊँचे क़द के बावजूद उन्हें यह अहसास था कि प्रौद्योगिकी की परियोजनाओं में टैक्स देने वालों का पैसा ख़र्च होता है, इसलिए इसमें यह तत्व भी शामिल हो जाता है कि 'आप समाज को क्या वापस देते हैं।' यहाँ कलाम की महान सफलता के मशहूर तथ्यों को जान-बूझकर पृष्ठभूमि में रखा गया है, ताकि इस ज़्यादा महत्त्वपूर्ण पहलू पर प्रकाश डाला जा सके कि उन्होंने अपने प्रयासों को कैसे अंजाम तक पहुँचाया। उन्होंने उसी राजनीतिक और नौकरशाही के तंत्र में काम किया, जिसे अक्सर भारतीय दफ़्तरों में निष्क्रियता, लेटलतीफ़ी, यहाँ तक कि असफलता का कारण भी बताया जाता है। नेतृत्व समाज विज्ञानों का एक ऐसा रूप है, जिसकी सबसे ज़्यादा जाँच-परख हुई है। औद्योगिक, शैक्षणिक या सैन्य पृष्ठभूमियों में और सामाजिक आंदोलनों में नेतृत्व अगर सबसे आवश्यक नहीं, तो एक अत्यावश्यक भूमिका निभाता है। यह खंड नेतृत्व का एक नया ब्रांड बनाने में कलाम के महती योगदान को बताता है : ऐसा नेतृत्व, जो बहानों के बिना काम पूरा कराता था।

चौथा खंड 'विस्तार' उनके दिल्ली के वर्षों को वैज्ञानिक अफ़सरशाह के रूप में देखता है। यह इंडियन लाइट कम्बैट एयरक्राफ़्ट प्रोजेक्ट की कम सफल कहानी के पीछे के कारण बताता है और अवरुद्ध विशालकाय भारतीय विमान उद्योग को मुक्त करने के उपयोगी सुझाव देता है। कलाम का सपना था कि 2020 के अंत तक भारत एक विकसित देश बन जाए। यह सपना उनकी इन अंतर्दृष्टियों से निकला कि संसार को चलाने वाली ज़्यादा बड़ी शक्तियों से राष्ट्रीय हित में किस तरह पेश

आना चाहिए। पोखरन परमाणु परीक्षणों में उनकी संलग्नता को सही पृष्ठभूमि में पेश किया गया है और भावी पीढ़ी के लिए कुछ भ्रांतियाँ दुरुस्त की गई हैं। यह खंड भारत सरकार के मुख्य वैज्ञानिक परामर्शदाता के नवनिर्मित पद पर कलाम के कम सुखद अनुभव भी बताता है और सरकारी सेवा से उनकी विलंबित सेवानिवृत्ति पर मिलने वाली झिड़की भी।

पुस्तक के अंतिम दो खंड 'प्रसार' और 'मोक्ष' में भारत के ग्यारहवें राष्ट्रपति के रूप में उनके कार्यकाल का वर्णन है। इसके अलावा, इनमें राष्ट्रपति काल के बाद जनता के महान नेता के रूप में उनके उदय का ब्योरा भी है। इन वर्षों में कलाम की आध्यात्मिक एकाग्रता में कायाकल्प की बिजली सी कौंधती नज़र आती है। इन खंडों में मशहूर और वर्णित बातों को नहीं दोहराया गया है। इसके बजाय ज़ोर इस बात पर दिया गया है कि कलाम ने अपने वैज्ञानिक मस्तिष्क को अपने आध्यात्मिक हृदय के साथ मिलाने में कैसे सफलता पाई। उनकी टिप्पणियों को शामिल किया गया है कि भ्रष्टाचार का माहौल बनाने में परिवार की क्या भूमिका होती है और इसमें इसे दूर करने की क्षमता भी कैसे होती है। युवाओं के लिए सफलता के उनके फ़ॉर्मूले पर प्रकाश डाला गया है। स्थायी अंतरराष्ट्रीय अर्थव्यवस्था का तंत्र विकसित करने के लिए अंतरिक्ष में वैश्विक सहयोग को बढ़ावा देने का कलाम का एजेंडा भी शामिल किया गया है, जो अब तक अधूरा है। पारंपरिक स्वास्थ्य और नवीनतम प्रौद्योगिकी पर आधारित नवीन चिकित्सकीय बुद्धिमत्ता के प्रति उनके जोश को भी रेखांकित किया गया है। थोरियम की बुनियाद पर परमाणु ऊर्जा का उनका स्वप्न भी भावी पीढ़ियों के लिए दर्ज किया गया है। कलाम की आध्यात्मिक यात्रा इस पुस्तक को मज़बूत बनाती है, जो प्रमुख स्वामीजी के साथ उनके गहरे सान्निध्य में झलकती है। उनके बाद के वर्षों में वे जीवन को चार स्तंभों पर खड़ा करने की पैरवी करते थे : नेकी, ज्ञान, आत्मसंयम और भक्ति।

जीवन का अर्थ एक दार्शनिक और आध्यात्मिक प्रश्न है, जो जीवन या अस्तित्व के महत्त्व के बारे में है। कलाम की 83 वर्षीय यात्रा में पाठकों को इसकी अभिव्यक्ति कई रूपों में मिलेगी। कलाम के जीवन के बारे में पढ़कर पाठक इन प्रश्नों के जवाब ख़ुदबख़ुद खोज लेगा, 'मुझे क्या करना चाहिए,' 'मैं यहाँ क्यों हूँ?' 'जीवन किस बारे में है?' 'मेरे अस्तित्व का उद्देश्य क्या है?' यह लेखक का सौभाग्य रहा है कि वह कलाम के साथ 33 वर्षों तक निकटता से जुड़ा रहा। लेखक मिसाइल प्रणालियाँ विकसित करते वक़्त उनके अधीन कार्यरत वैज्ञानिक था, रक्षा प्रौद्योगिकी के असैनिक अतिरिक्त उत्पाद विकसित करने में उनका प्रौद्योगिकी प्रबंधक था और अंततः उनका सह-लेखक व व्याख्यान-लेखक बन गया था। लेखक पाठक को बताता है कि कलाम किस क़दर ग़रीबों और दमितों के हिमायती थे; वे हमेशा अपने पद का इस्तेमाल एक मंच के रूप में करते थे, ताकि कम सौभाग्यशाली लोगों को प्रेरित किया जा सके और ऊपर उठाया जा सके। अंततः लेखक पाठक को संत कलाम भेंट करता है, जो मन

के तीनों विषों से मुक्त थे, यानी लोभ, वैर और आलस्य। इस पुस्तक में उन्हें एक सच्चे धार्मिक व्यक्ति के रूप में देखा जा सकता है, जिनका मन अनुशासित था और जिनका अपनी इंद्रियों पर पूरा नियंत्रण था - अनुकरण करने लायक़ महान इंसान।

खंड 1

अनुकरण

जीवन अपने आपको खोजने के बारे में नहीं है। जीवन तो अपने आपको बनाने के बारे में है।

—जॉर्ज बरनार्ड शॉ
आयरलैंड के नाटककार और
नोबेल पुरस्कार विजेता

1.1

आशा का स्वर्ग

इस जीवन में ख़ुशी पाने के लिए तीन अनिवार्य चीज़ें हैं - करने के लिए कुछ होना, प्रेम करने के लिए कुछ होना और आशा करने के लिए कुछ होना।

—जोसेफ़ एडिसन
सत्रहवीं सदी के अँग्रेज़ी निबंधकार

इस्लामी कैलेंडर के अनुसार सन 1350 के छठे महीने का दूसरा दिन - यानी 15 अक्टूबर 1931 का गुरुवार का दिन था, जब जैनुलाबदीन और आशियम्मा को पाँचवीं संतान और चौथे बेटे की सौग़ात मिली। उस समय के ज़्यादातर बच्चों की तरह यह संतान भी अपने पैतृक घर में ही पैदा हुई थी : पांबन टापू पर रामनाथस्वामी मंदिर के पास बना एक साधारण पारंपरिक मकान, जिसका छोटा, खपरैल वाला वरांडा सड़क के सामने था।

पांबन टापू की धार्मिक परंपरा और इतिहास समृद्ध है। यह प्रायद्वीपीय भारत और श्रीलंका के बीच मुख्य भूभाग से 2 कि.मी. दूर स्थित है और इसकी 30 कि.मी. लंबी भूमि एक नुकीले हिस्से में सँकरी होकर श्रीलंका की ओर जाती है। इसके दो मुख्य रहवासी क्षेत्र हैं : पांबन और रामेश्वरम्। पांबन एक मछुआरा गाँव और बंदरगाह है, जो पांबन टापू के पश्चिमी कोने पर स्थित है। यह ज़्यादा आबादी वाले रामेश्वरम् में प्रवेश का मुख्य द्वार है, जो देश के सबसे पवित्र हिंदू धर्मस्थलों में गिना जाता है।

हर साल असंख्य हिंदू तीर्थयात्रा पर रामेश्वरम् आते हैं। धनुष्कोडी का पुराना कस्बा टापू की दक्षिणी नोक पर है, जो श्रीलंका के सबसे निकट है (यह 1964 में एक तूफ़ान में तबाह हो गया था)। जिन वर्षों में जैनुलाबदीन और उनकी पत्नी आशियम्मा अपनी संतानों की परवरिश कर रहे थे, तब धनुष्कोडी काफ़ी चहल-पहल भरा कस्बा था, जिसका अस्तित्व काफ़ी हद तक राम मंदिर के भक्तों की वजह से था। माना जाता है कि यहाँ हनुमानजी ने अपनी वानर सेना के साथ मिलकर भगवान राम की

सेना के लिए लंका जाने का पुल बनाया था।

संस्कृत में रामेश्वर का अर्थ है 'राम के ईश्वर,' जो भगवान शिव का नाम है, जिनकी मूर्ति रामनाथस्वामी मंदिर की मुख्य मूर्ति है। हिंदू महाकाव्य *रामायण* के अनुसार भगवान विष्णु के सातवें अवतार राम ने यहाँ शिव की पूजा-अर्चना की थी, ताकि वे उन्हें उन पापों से मुक्त कर दें, जो उन्होंने लगभग 50 कि.मी. दूर श्रीलंका में दैत्य सम्राट रावण के ख़िलाफ़ युद्ध में किए थे। बाद में इस भूमि पर मलिक काफूर के ज़रिये इस्लाम आया, जो दिल्ली सल्तनत के शासक अलाउद्दीन खिलजी का मुख्य सेनापति था। चौदहवीं सदी की शुरुआत में तीन सैन्य आक्रमणों के दौरान पांड्य राजकुमारों के कड़े प्रतिरोध के बावजूद मलिक काफूर रामेश्वरम् पहुँच गया।

अगली कई सदियों तक यहाँ संघर्ष होते रहे और इस पर कई लोगों ने शासन किया : कर्नाटक के नवाब, आर्कोट के नवाब और आर्कोट सेना के योद्धा मुहम्मद युसुफ ख़ान। 1795 में रामेश्वरम् ब्रिटिश ईस्ट इंडिया कंपनी के सीधे नियंत्रण में आ गया और इसे मद्रास सूबे में मिला लिया गया। इस टापू पर ब्रिटिश शासन स्थापित होने तक ईसाई धर्म आ चुका था और इसके समर्पित समर्थक पाक जलडमरूमध्य की इस छोटी लेकिन पावन भूमि पर उतने ही समर्पित मुसलमानों और हिंदुओं के साथ रहने लगे थे।

जैनुलाबदीन निहायत धर्मपरायण इंसान थे। वे अपने परिवार के साथ एक ऐसे समुदाय में रहते थे, जिसकी अर्थव्यवस्था समुद्री सामान - मछली और शंख - के अलावा टापू पर आने वाले तीर्थयात्रियों को बुनियादी सेवाएँ और सामान मुहैया कराने के कारोबार से चलती थी। घर से 4 मील दूर उनका नारियल का एक छोटा बाग भी था। हिज़री कैलेंडर में छठा महीना जुमाद अल-थानी के नाम से जाना जाता है। इसी महीने के बीसवें दिन हज़रत मुहम्मद की बेटी फ़ातिमा ज़ोहरा का जन्म हुआ था। 1931 में इसी दिन जैनुलाबदीन ने अपने शिशु का नाम महान विद्वान और भारतीय स्वतंत्रता आंदोलन के शीर्षस्थ नेता अब्दुल कलाम आज़ाद के नाम पर अब्दुल कलाम रखा - जो बिलकुल उचित था, जैसा कलाम के जीवन से बाद में साबित हुआ। दस बच्चों के संयुक्त परिवार में बड़े होते वक़्त जैनुलाबदीन और आशियम्मा के बेटे को 'आज़ाद' नाम से पुकारा जाता था।

आज़ाद की माँ आशियम्मा एक समृद्ध तमिल मुस्लिम परिवार से आई थीं। उनके एक पूर्वज को ब्रिटिश सरकार ने बहादुर की पदवी अता की थी। पच्चीस साल की उम्र में उनका जैनुलाबदीन से निकाह हुआ और उन्होंने पाँच बच्चों को जन्म दिया, जिनमें आज़ाद अंतिम थे। आज़ाद के जन्म के बाद जैनुलाबदीन स्थायी मस्ज़िद के इमाम बन गए। उनके सौहार्दपूर्ण तौर-तरीक़ों और मिलनसार व्यवहार की बदौलत उन्होंने पांबन टापू के तीनों धार्मिक समुदायों का सम्मान और सामाजिक प्रभाव हासिल कर लिया था। वे रामेश्वरम् मंदिर के मुख्य पुजारी पक्षि लक्ष्मण शास्त्रीगल और ईसाई मछुआरे समुदाय के पुजारी तथा टापू के पूर्वी किनारे पर ओरियुर में सेंट एंटोनीज़

चर्च बनाने वाले रेवरेंड फ़ादर बोदल के क़रीबी मित्र थे।

जैनुलाबदीन और आशियम्मा ने आज़ाद को एक आरामदेह बचपन मुहैया कराया। जीवन की बुनियादी ज़रूरतें - आवास, भोजन, वस्त्र और शिक्षा - प्रदान की गईं और जीवन की सारी जटिलताओं को दयालुता से सुलझाया गया। इससे भी ज़्यादा अहम बात यह थी कि उन्होंने घर पर एक प्रेमपूर्ण माहौल को बढ़ावा दिया और अपनी दिनचर्या से नन्हे आज़ाद के सामने मिसाल पेश की। आज़ाद के जीवन के शुरुआती सबक़ों में से एक यह था कि उन्होंने गुज़ारा करने के लिए अपने माता-पिता को हर दिन स्वेच्छा से मेहनत करते देखा। हालाँकि उस ज़माने के हिसाब से परिवार ख़ास ग़रीब नहीं था, लेकिन अभाव फिर भी हमेशा चौखट पर खड़ा रहता था। आज़ाद सुबह जल्दी उठ जाते थे और अपने माता-पिता को फ़जर (भोर) की नमाज के बाद तुरंत काम में जुटते देखते थे। सूरज के समुद्र से बाहर निकलने से पहले ही आज़ाद अपने पिता को नारियल के बाग की ओर जाते देखते थे। वे भी जैनुलाबदीन के नक़्शेक़दम पर चलते थे और भोर से पहले ही घर से बाहर निकल जाते थे तथा समुद्री पक्षियों के शोर के बीच ताज़ी हवा में खेलने लगते थे।

आज़ाद को दूसरे मुसलमान बच्चों के साथ एक अरबी स्कूल में भेजा गया, लेकिन उन्होंने पंचायत प्राथमिक स्कूल में भी नाम लिखाया, जहाँ हिंदू शिक्षक उन्हें कला और विज्ञान के विषयों के अलावा अँग्रेज़ी भी पढ़ाते थे। आज़ाद की अंतर्निहित प्रतिभा और ख़ुशनुमा व्यवहार ने उनके शिक्षकों का ध्यान आकर्षित किया। एक शिक्षक मुत्थू अय्यर ने छोटे आज़ाद के विकास को प्रेरित करने और आकार देने में इतनी ज़्यादा रुचि ली कि वे परिवार के प्रिय मित्र बन गए। बचपन में आज़ाद के तीन क़रीबी मित्र हुआ करते थे : रामानंद शास्त्री, अरविंदन और शिवप्रकाश। ये तीनों पारंपरिक ब्राह्मण परिवारों के थे, लेकिन वे आज़ाद के साथ इस तरह खेलते थे, मानो एक ही परिवार के हों।

आज़ाद जब छोटे थे, तब रामेश्वरम् में तीनों धर्मों के बीच सौहार्दपूर्ण संबंध थे और सांप्रदायिकता का नामोनिशान नहीं था, जो एक सुखद सामाजिक पहलू था। वार्षिक सीता राम कल्याणम् समारोह के दौरान जैनुलाबदीन, उनके बड़े बेटे माराकेयर और दामाद अहमद जलालुद्दीन नावों की व्यवस्था करते थे, जिनमें रामतीर्थ तालाब के बीच मूर्तियों को ले जाने के लिए एक विशेष मंच बना होता था। समय-समय पर जैनुलाबदीन अपने घर पर पंडित पक्षि लक्ष्मण शास्त्रीगल और फ़ादर बोदल से मिलते थे और चाय की चुस्कियाँ लेते हुए रामेश्वरम् के लोगों की समस्याओं पर बातचीत करते थे। आज़ाद जिस समाज में पैदा हुए थे, वहाँ का सद्भाव सचमुच उल्लेखनीय था - सभी समुदायों के धार्मिक त्योहार और सामाजिक कार्यक्रम किसी भी तरह के जातिगत भेदभाव के बिना धूम-धाम से मनाए जाते थे तथा समस्याओं को भी इसी तरह सुलझाया जाता था।

आज़ाद के शुरुआती वर्षों के इस उल्लेखनीय सह-धर्मी अनुभव का उनके बाद

के जीवन पर गहरा असर हुआ। उन्होंने ऐसे समाज का आनंद लिया था, जो विभिन्न धर्मों की वजह से विभाजित होने के बजाय समृद्ध हुआ था। सभी धर्मों के लोगों के साथ हिल-मिल कर रहने की प्रवृत्ति में निस्संदेह जैनुलाबदीन ही आज़ाद के रोल मॉडल थे। उनकी धर्मनिष्ठा में सिर्फ़ दूसरे धर्मों के प्रति सहिष्णुता ही नहीं थी, बल्कि इंसानी भाईचारे की गहरी आध्यात्मिक समझ भी थी, जो इस्लाम की बुनियाद है। दूसरे धर्मों के लोगों को अपने समुदाय के लोगों जैसा ही मानने का स्नेहिल प्रतिफल मिला।

जब आज़ाद लगभग छह साल के थे, तो जैनुलाबदीन ने तीर्थयात्रियों को धनुष्कोडी तक ले जाने के लिए लकड़ी की नाव बनाना शुरू किया। उन्होंने अपने रिश्तेदार अहमद जलालुद्दीन के साथ समुद्र तट पर नाव बनाने का काम किया, जिनकी बाद में आज़ाद की बड़ी बहन ज़ोहरा से शादी हो गई। उन दोनों ने नाव बनाने में पारंपरिक लट्ठों का इस्तेमाल किया, जिसमें नीचे के मज़बूत ढाँचे पर एक सिरे से दूसरे सिरे तक लट्ठे लगाए जाते थे। लट्ठे तैयार करते वक़्त और उन्हें ढाँचे में लगाते वक़्त आज़ाद बैठकर ग़ौर से देखते रहते थे। धीरे-धीरे नाव का आकार प्रकट होने लगा। आज़ाद लकड़ी की आग की गर्मी से पेंदे और नाव के भीतरी विभाजनों की तैयारी से मंत्रमुग्ध थे। आज़ाद ने सीखा कि लकड़ी का घिसाई प्रतिरोध इसकी कठोरता और घनत्व के अनुसार अलग-अलग होता है। उनके पिता ने समझाया कि लकड़ी को हमेशा सुरक्षित रखना चाहिए; ताज़े पानी या समुद्री जीवों से भरने पर यह तेज़ी से ख़राब हो सकती है। अपनी जन्मजात उत्सुकता की बदौलत आज़ाद ने ऐसे विवरणों को सोख लिया। जीवन भर उनमें सामग्री के गुणों को लेकर कौतूहल बना रहा और वे सोचते रहे कि इन गुणों का इस्तेमाल ज़्यादा बड़े उद्देश्य के लिए कैसे किया जा सकता है।

नाव कारोबार परिवार के लिए बेहद सफल रहा और जैनुलाबदीन ने इसे चलाने के लिए कुछ लोगों को नौकरी पर रख लिया। ये वे दिन थे, जब आज़ाद तीर्थयात्रियों की भीड़ के बीच घुसकर नाव में बैठ जाते थे। इन यात्राओं के दौरान वे मंत्रमुग्ध होकर तीर्थयात्रियों की कहानियाँ सुनते रहते थे कि किस तरह हनुमान और उनकी वानर सेना ने भगवान राम के लिए यहाँ से श्रीलंका तक पुल बनाया, किस तरह राम सीता को वापस लाए और रावण को मारने के लिए रामेश्वरम् में रुककर प्रायश्चित किया; किस तरह हनुमान को एक बड़ा शिवलिंग लाने के लिए भेजा गया, लेकिन जब इसमें उम्मीद से ज़्यादा समय लग गया, तो सीताजी ने अपने ख़ुद के हाथों से शिवलिंग बनाया, ताकि पूजा में देर न हो जाए।

ये और ऐसी ही अन्य कहानियाँ विभिन्न ज़बानों और रूपों में आज़ाद के चारों ओर तैरती रहीं, जब पूरे भारत के लोग आकर उनकी नाव में बैठे। इस प्रतिभाशाली, दिलचस्प किशोर ने पाया कि उनका स्वाभाविक रूप से स्वागत होता था। उस उम्र में भी आज़ाद में एक ख़ास चुंबकीयता थी और हमेशा कोई न कोई उनसे बात करने, अपने जीवन की कहानी बताने, धार्मिक दृष्टिकोण प्रदान करने या तीर्थयात्रा करने

के कारण बताने को इच्छुक रहता था। यह आज़ाद के जीवन का आनंददायक समय था, लेकिन हर चीज़ की तरह ही इसे भी ख़त्म होना था। इस बढ़ते किशोर के लिए समय जल्दी ही करवट बदलने वाला था। बहरहाल, जीवन के सभी क्षेत्रों और सभी धर्मों के लोगों से मिलने तथा दोस्ती करने का अनुभव आगे के वर्षों में भी उनके साथ रहने वाला था। समुद्र का प्रेम भी रहने वाला था। जब वे काम नहीं कर रहे होते थे, तो वयस्क होने के बाद भी कलाम घंटों बैठकर समुद्र को निहारते रहते थे, लहरों की लय के साथ चिंतन-मनन करते थे और पानी के ऊपर पक्षियों के झुंड की लयात्मक गति को देखा करते थे।

दिलचस्प बात यह है कि उड़ान के प्रति आज़ाद का आजीवन जोश तब शुरू हुआ, जब उन्होंने प्राथमिक शाला में समुद्री पक्षियों को उड़ते देखा। जब आज़ाद पाँचवीं कक्षा में पढ़ते थे, तो उनके शिक्षक शिव सुब्रमण्य अय्यर ने पक्षियों के उड़ने पर एक पाठ पढ़ाया, जिसका उन पर स्थायी प्रभाव पड़ा। पक्षी की उड़ान के बारे में सिखाने के लिए अय्यर ने ब्लैकबोर्ड पर पक्षी का रेखाचित्र बनाया, जिसमें पंख, पूँछ, शरीर और सिर स्पष्ट दिख रहे थे। उन्होंने समझाया कि पक्षी उठने और उड़ने की गति कैसे उत्पन्न करते हैं, उड़ते समय दिशा कैसे बदलते हैं और वे दस, बीस या इससे ज़्यादा के झुंड में कैसे उड़ते हैं। लगभग एक घंटे तक वे शांत और ध्यानमग्न विद्यार्थियों को समझाते रहे। फिर उन्होंने पूछा कि क्या विद्यार्थी समझ गए कि पक्षी कैसे उड़ते हैं। आज़ाद हमेशा जिज्ञासु क़िस्म के थे और वे खड़े होकर ईमानदारी से बोले कि उन्हें समझ नहीं आया। फिर अय्यर ने बाक़ी विद्यार्थियों से पूछा कि क्या वे समझ गए। ज़्यादातर विद्यार्थियों ने कहा कि उन्हें भी समझ नहीं आया।

उनकी प्रतिक्रिया से शिव सुब्रमण्य अय्यर ज़रा भी परेशान नहीं हुए; वे पूरी कक्षा को समुद्र तट पर यह दिखाने ले गए कि पक्षी कैसे उड़ते हैं। समुद्री पक्षियों को देखकर आज़ाद उनकी उड़ान को समझने लगे। उन्होंने एक साथ फड़फड़ाते पंखों और मुड़ती पूँछों को देखा, जो उनकी उड़ान के लिए शारीरिक दृष्टि से अनिवार्य थे। लेकिन इससे ज़्यादा अहम बात, आज़ाद को यह अहसास हुआ कि पक्षी को इसके खुद के जीवन और उड़ान की प्रेरणा - इसकी इच्छा - से शक्ति मिलती है। इस सबक़ ने आज़ाद पर एक गहरी छाप छोड़ी। आगे चलकर वे उड़ान की बुनियादी यांत्रिकी से ज़्यादा बड़ी चीज़ों की ओर आकर्षित होने वाले थे। शिव सुब्रमण्य अय्यर की कक्षा में उन्होंने सिर्फ़ भौतिकी का यह सबक़ ही नहीं समझा कि पक्षी कैसे उड़ता है। पक्षी की उड़ान इच्छाशक्ति, खोज और धरती की सीमा से ऊपर उठने की उपमा बन गई।

शिव सुब्रमण्य अय्यर सीमाओं के पक्षधर नहीं थे। वे एक सनातन ब्राह्मण थे और उनकी पत्नी पारंपरिक थीं, लेकिन वे थोड़े विद्रोही थे। वे सामाजिक अवरोधों को तोड़ने की सर्वश्रेष्ठ कोशिश करते थे, ताकि विभिन्न पृष्ठभूमियों के लोग आसानी से घुल-मिल सकें। वे आज़ाद को आदर्श शिष्य के रूप में देखने लगे थे। वे आज़ाद से कहते थे कि वे मेहनत से पढ़ें और तरक्की करें, ताकि वे बड़े शहरों के उच्च

शिक्षित लोगों की बराबरी पर पहुँच जाएँ। एक दिन अय्यर आज़ाद को अपने घर ले गए और उन्हें खाना खिलाने की बात कही। अय्यर की पत्नी इस बात पर हैरान थीं कि अपनी पवित्र रसोई में किसी मुसलमान लड़के को खाना कैसे खिलाएँ। उन्होंने आज़ाद को रसोई में खाना परोसने से इंकार कर दिया। वे बोलीं कि खाना रसोई से बाहर परोसना ही बेहतर रहेगा। अय्यर के चेहरे पर शिकन तक नहीं आई और उन्होंने अपनी पत्नी पर ज़रा भी गुस्सा नहीं किया। इसके बजाय उन्होंने अपने हाथों से आज़ाद को खाना परोसा और ख़ुद भी पास बैठकर भोजन करने लगे।

अय्यर की पत्नी रसोई के दरवाज़े के पीछे से आज़ाद और अपने पति को खाना खाते देखती रहीं। जब आज़ाद लौटने लगे, तो अय्यर ने उनसे दोबारा आने को कहा। आज़ाद के हैरान भाव को भाँपते हुए अय्यर ने कहा कि एक बार जब आप परंपराओं को बदलने का निर्णय लेते हैं, तो ऐसी समस्याएँ तो सामने आएँगी ही : 'देखो, समस्या से हार मानने के बजाय इसे हराना सीखना चाहिए।' जब आज़ाद अगले सप्ताह खाना खाने गए, तो अय्यर की पत्नी उन्हें ख़ुद रसोई में लेकर गईं और उसी तरह भोजन परोसा, जिस तरह वे अपनी संतान को परोसतीं।

अक्टूबर 1942 में द्वितीय विश्व युद्ध के दौरान बंगाल की खाड़ी में एक चक्रवाती तूफ़ान आया। पांबन टापू के निकट 100 मील प्रति घंटे से ज़्यादा तेज़ विनाशकारी हवाएँ चल रही थीं। सीमावर्ती इलाक़ों पर भारी बारिश भी होने लगी। जैनुलाबदीन की नाव टुकड़े-टुकड़े हो गई और उनका नारियल का बाग तहस-नहस हो गया। जैनुलाबदीन ने अपने संतुलन को क़ायम रखा और अपने दुर्भाग्य पर प्रतिक्रिया करते हुए बस इतना ही कहा, 'इन्ना लिल्लाही वा इन्ना इलाही राज़िउन।' जब आज़ाद ने इसका मतलब पूछा, तो जैनुलाबदीन बोले, 'संसार में ऐसा अक्सर होता है कि इंसान कोई चीज़ गँवा देता है या कोई तबाही होती है। इस्लाम हमें सिखाता है कि ऐसे मौक़ों पर हम इसे अल्लाह की मर्ज़ी मानें और स्वेच्छा से अपने दुर्भाग्य के प्रति तटस्थ हो जाएँ। ईश्वर ने यह संसार मानव जाति की परीक्षा लेने के उद्‌देश्य से बनाया था। यहाँ पाना और खोना दोनों ही इंसान की परीक्षाएँ हैं। इसलिए जब इंसान कोई चीज़ पाता है, तो उसे ख़ुद को ईश्वर का कृतज्ञ सेवक साबित करना चाहिए। जब वह कोई चीज़ खो देता है, तो उसे धैर्य का नज़रिया अपनाना चाहिए। ऐसा करने वाला इंसान ही ईश्वर की परीक्षा में खरा उतरता है।'

'इन्ना लिल्लाही वा इन्ना इलाही राज़िउन' वाक्य का सीधा-सादा अनुवाद है, 'हम ईश्वर के पास से आए हैं और ईश्वर के पास ही लौटेंगे।' इसका मतलब दरअसल यह है कि ईश्वर हमारी सृष्टि का संरक्षक है। आज़ाद ने इस घटना से यह सबक़ सीखा कि क़िस्मत के ख़िलाफ़ शिकायत करने के बजाय ईश्वर की मर्ज़ी के प्रति समर्पण का नज़रिया होना चाहिए। उन्होंने नुक़सान को एक नई खोज में बदलने का रहस्य सीखा। जैनुलाबदीन ने आज़ाद से कहा, जो परिवार के नुक़सान से बहुत चिंतित थे।

जो भी दुर्भाग्य तुम्हारे साथ होता है, वह तुम्हारे हाथों से बनी चीज़ों के कारण है, और उनमें से कई को वह क्षमा कर देता है।

कुरान की यह पंक्ति हमें बताती है कि जो भी इंसान किसी दुर्भाग्य से पीड़ित है, वह दरअसल उसके ही एक या अधिक कामों का परिणाम है। इस संसार में दूसरों के ख़िलाफ़ शिकायत करना बेमानी है। अगर हर व्यक्ति को अपने ही कार्यों के फलस्वरूप कष्ट झेलना है, तो दूसरों के ख़िलाफ़ प्रतिरोध और शिकायत करना सिर्फ़ समय की बर्बादी है। इससे समस्या किसी तरह से नहीं सुलझेगी।

यह कुदरत का बनाया हुआ दयालु तंत्र है और इसकी स्वीकृति एक इलहाम है : कुदरत ने हमारी समस्याएँ हमारे ही हाथों में रख दी हैं, इसलिए हम दूसरों के रहमोकरम और करुणा पर निर्भर नहीं हैं। अगर हमारे सामने मौजूद समस्याएँ दूसरों के कार्यों का परिणाम होतीं, तो हम दूसरों की दयालुता की भीख माँगने तक नीचे गिर जाते। लेकिन ईश्वर ने यह दुनिया इस तरह बनाई है, जिसमें उसने किसी इंसान की चिंताओं को उसका व्यक्तिगत मामला बना दिया है। यानी इंसान अपनी ख़ुद की कोशिशों से अपने जीवन को जैसा चाहे वैसा बना सकता है। हर व्यक्ति का भविष्य उसके ख़ुद के हाथों में है।

जैनुलाबदीन ऐसे इंसान नहीं थे, जिन्हें दूसरों के रहमोकरम और करुणा की ज़रूरत हो। अदम्य संकल्प के साथ वे एक नई नाव बनाने में जुट गए। पुरानी नाव के मलबे से निकले जितने सामान का उपयोग किया जा सकता था, उन्होंने उन सबका इस्तेमाल किया। जब उनके पिता ने सागौन के लट्ठे तैयार किए, तो आज़ाद ने सीखा कि सागौन की लकड़ी की मज़बूती का मुख्य कारण यह है कि इसे दीमक नहीं खाती हैं। दीमक आम तौर पर लकड़ी को खा जाती हैं और उनके एक बार अंदर पहुँचने पर लकड़ी तुरंत ख़राब होने लगती है। हालाँकि वे सामान्यतः लकड़ी की दुश्मन होती हैं, लेकिन सागौन को उनसे कोई ख़तरा नहीं होता। इसका कारण बहुत सरल है। सागौन का कड़वा स्वाद दीमक को पसंद नहीं होता। जीवन रक्षक के रूप में काम करने वाले इस अंदरूनी गुण की मिसाल ने छोटे आज़ाद को सोचने पर मजबूर कर दिया। उन्होंने इसमें प्रकृति का तरीक़ा देखा। सागौन को दीमक के हमले से बचाने के लिए प्रकृति ने कोई माँग नहीं की, कोई विरोध नहीं किया। इसने तो बस सागौन को एक ऐसा गुण दे दिया, जो हमलावर कीटों को दूर रखे। कलाम ने आगे चलकर कहा था, 'जिस तरह दीमक लकड़ी की दुश्मन होती है, उसी तरह मनुष्यों के भी इस संसार में दुश्मन होते हैं। इंसान को उनसे बचने के लिए क्या करना चाहिए? प्रकृति की पुस्तक से मिसाल लेते हुए उसे ख़ुद में ऐसे गुण उत्पन्न करने चाहिए, जो उसके दुश्मनों को उससे दूर रखें और हानिकारक कार्य करने से रोकें।'

नई नाव बनाने में अपने पिता की कड़ी मेहनत से प्रेरित होकर आज़ाद भी अपने पहले काम में कूद गए : इमली के बीज बेचना। टेक्सटाइल, काग़ज़ और जूट उद्योगों पर द्वितीय विश्व युद्ध के दबावों ने अचानक बाज़ार में बीजों की माँग पैदा

कर दी थी। आज़ाद घर-घर जाकर बीज इकट्ठे करने लगे और उन्हें ख़रीद-फरोख़्त की दुकान में बेचने लगे। एक दिन की मेहनत के बदले उन्हें एक आने (रुपये का सोलहवाँ हिस्सा) की भारी रकम मिल जाती थी, जो उन दिनों राजसी भोजन के लिए पर्याप्त थी। आज़ाद बड़े गर्व से हर शाम को वह सिक्का अपनी माँ को सुरक्षित रखने के लिए दे देते थे।

पांबन का इलाक़ा शुरुआत में द्वितीय विश्व युद्ध से प्रभावित नहीं हुआ। लेकिन जल्द ही भारत को मित्र राष्ट्रों के साथ शामिल होने के लिए विवश किया गया और समुद्र द्वारा जापान के हमले का प्रतिकार करने के लिए सैनिक दस्ते तैनात कर दिए गए। रामेश्वरम् रेलवे स्टेशन पर ट्रेन का रुकना बंद हो गया और अब ट्रेन सीधे जाकर धनुष्कोडी टर्मिनस पर ही रुकती थी। आज़ाद के चचेरे भाई शमसुद्दीन अख़बार बेचते थे। उन्होंने आज़ाद को यह काम सौंपा कि वे चलती ट्रेन से फेंके गए अख़बार के बंडल झेलें और उन्हें बाँटें। भारत के आधुनिक इतिहास के इस उथल-पुथल भरे दौर में आज़ाद अख़बारों में छपे राष्ट्रीय नेताओं के चित्रों पर ग़ौर करने लगे। स्वतंत्र, ख़ुदमुख़्तार भारत का विचार उन्हें सम्मोहित करने लगा था।

द्वितीय विश्व युद्ध ख़त्म होने के बाद ब्रिटिश शासन से स्वतंत्रता क़रीब दिख रही थी। गाँधीजी ने ऐलान किया, 'भारतीय अपना ख़ुद का भारत बनाएँगे।' हवा में एक अभूतपूर्व आशा थी। आज़ाद ने जैनुलाबदीन से टापू छोड़कर रामनाथपुरम् के जिला मुख्यालय में पढ़ाई करने की इजाज़त माँगी। जैनुलाबदीन ने आज़ाद से कुछ इस तरह कहा, मानो ज़ोर से सोच रहे हों, 'मैं जानता हूँ कि तरक्की करने के लिए तुम्हें दूर जाना पड़ेगा। क्या समुद्री पक्षी सूरज के पार अकेले और बिना घोंसले के नहीं उड़ते हैं? अपनी ज़्यादा बड़ी चाहतों की ज़मीन पर पहुँचने के लिए तुम्हें अपनी यादों की ज़मीन की हसरत को छोड़ना होगा; हमारा प्यार तुम पर बेड़ियाँ नहीं बाँधेगा, न ही हमारी ज़रूरतें तुम्हें रोकेंगी।'

आशियम्मा ने वे सारे सिक्के निकाल लिए, जो आज़ाद ने इमली के बीज बेचकर और घर-घर अख़बार बाँटकर कमाए थे। आज़ाद की स्कूल की फ़ीस के लिहाज़ से यह महत्त्वपूर्ण राशि थी। भावुक आज़ाद के प्रतिरोध करने पर वे बोलीं, 'माँएँ सिर्फ़ देती हैं।' आज़ाद अपने बड़े चचेरे भाई शमसुद्दीन और जीजा अहमद जलालुद्दीन के साथ रामनाथपुरम् के श्वार्ट्ज़ हाई स्कूल पहुँचे। उनका नाम ए.पी.जे. अब्दुल कलाम लिखा गया। ए, पी और जे अक्षर उनकी वंशावली को सूचित करते हैं - उनके परदादा अवुल, उनके दादा पाकिर और उनके पिता जैनुलाबदीन।

1.2

शुरुआत

हर नई शुरुआत किसी दूसरी शुरुआत के अंत से आती है।

—सेनेका

रोमन आत्मसंयमी दार्शनिक

1785 में रामनाथपुरम् में बने श्वाट्र्ज़ हायर सेकंडरी स्कूल में पुराने ज़माने का ख़ास आकर्षण था। बहरहाल, वहाँ बाक़ी कुछ उल्लेखनीय नहीं था। बड़े मैदान, बड़े पेड़, ऊँची छतें और स्तंभ औपनिवेशिक युग की संस्थाओं की जानी-पहचानी उपयोगितावादी तर्ज़ पर बने थे। डेस्कें और बेंचें बरसों पुरानी और ख़स्ताहाल थीं। स्कूल पर कलाम की पहली प्रतिक्रिया उदासीनता की थी। रामेश्वरम् के देहाती और सादे जीवन से उनका गहरा अनुराग था, इसलिए रामनाथपुरम् के इस नए स्कूल की दक़ियानूसी व्यवस्था परदेसी दिख रही थी, मानो यहाँ उनका स्वागत न किया जा रहा हो।

वहाँ पहुँचने के कुछ दिनों बाद कलाम सेतुपति राजा महल देखने गए। यह पहली भव्य इमारत थी, जो उन्होंने ज़िंदगी में देखी थी और वे इसकी फीकी भव्यता से दंग रह गए। स्कूल के नए मित्रों से उन्हें पता चला कि शिवगंगा के राजा और रामनाथपुरम् के सेतुपति बड़े राजा हुआ करते थे, लेकिन अठारहवीं सदी में आर्कोट के नवाब ने उन्हें अपने अधीन कर लिया। आर्कोट के सिंहासन के भी उस ज़माने में दो दावेदार थे : चंदा साहिब और मुहम्मद अली, जिनमें से पहले को ब्रिटिश समर्थन हासिल था और बाद वाले को फ़्रांसीसी समर्थन मिल रहा था। इसने कई नाममात्र के स्वतंत्र शासकों और उनके जागीरदारों के बीच सैन्य संघर्ष का मार्ग प्रशस्त किया - उत्तराधिकार और इलाक़े के लिए संघर्ष, और फ़्रेंच ईस्ट इंडिया कंपनी तथा ब्रिटिश ईस्ट इंडिया कंपनी के बीच आधिपत्य के लिए संघर्ष।

अंततः ब्रिटिश ईस्ट इंडिया कंपनी की जीत हुई और यह भारत में व्यापार करने वाली यूरोपीय कंपनियों की सिरमौर बन गई। इसके बाद फ़्रांसीसी कंपनी पाँडिचेरी के कई अंतःक्षेत्रों तक ही सीमित रही, जो 1956 में इसके भारत में विलय

तक फ्रेंच नियंत्रण में रहा। 1910 में अँग्रेज़ों ने मदुरै और तिरुनेलवेली जिलों के हिस्सों से एक नया जिला रामनाड बनाया; वे इस इलाक़े में ज़्यादा चुस्त प्रशासन चाहते थे। बाद में यहाँ कि तमिल नाम से एकरूपता की ख़ातिर इस जिले का नाम रामनाथपुरम् कर दिया गया।

द श्वाट्र्ज़ हायर सेकंडरी स्कूल का नामकरण क्रिश्चियन फ्रेडरिक श्वाट्र्ज़ (1726-98) के सम्मान में किया गया था। श्वाट्र्ज़ मशहूर जर्मन लूथेरियन प्रोटेस्टेंट मिशनरी थे, जो 1750 में भारत आए। कलाम को यह जानकर हैरत हुई कि सारे ईसाई एक से नहीं होते। उन्हें पता चला कि ईस्टर्न चर्च के अलावा ईसाइयों की दो मुख्य श्रेणियाँ होती हैं : कैथोलिक, जिनके मुखिया पोप होते हैं और प्रोटेस्टेंट, जो पोप की सत्ता को स्वीकार नहीं करते हैं। प्रोटेस्टेंट *बाइबल* के आधार पर ईश्वर में आस्था की महिमा से दोषमुक्ति के सिद्धांत की पैरवी करते हैं और कैथोलिक चर्च की कुछ परंपराओं को स्वीकार नहीं करते हैं। लूथेरियन ईसाई मार्टिन लूथर के अनुयायी हैं, जो सोलहवीं सदी की शुरुआत में रहने वाले असंतुष्ट जर्मन पुजारी थे और मूलतः प्रोटेस्टेंट थे। अपनी लूथेरियन चर्च के लिए नए साथी इकट्ठे करने में श्वाट्र्ज़ भारत में किसी भी अन्य प्रोटेस्टेंट मिशनरी से ज़्यादा सफल हुए और शायद इससे भी ज़्यादा अहम बात यह थी कि अपने धर्मप्रचार या धर्मांतरण के बावजूद वे मुसलमानों और हिंदुओं का सम्मान जीतने में कामयाब रहे।

श्वाट्र्ज़ में कलाम का पहला सबक़ अनजान लोगों से पेश आने का था। इस स्कूल के शिक्षकों का रवैया रामेश्वरम् के शिक्षकों के बिलकुल विपरीत था, जहाँ हर विद्यार्थी के साथ विस्तृत परिवार के सदस्य जैसा व्यवहार किया जाता था। उस वक़्त रामनाथपुरम् तक़रीबन पचास हज़ार लोगों का प्रगतिशील लेकिन असंगत कस्बा था। यहाँ रामेश्वरम् का सामाजिक सामंजस्य और सौहार्द नदारद था, जो शायद किसी भी शहर में होता। इसके अलावा, श्वाट्र्ज़ के शिक्षकों के तौर-तरीक़े परिष्कृत थे और वे विद्यार्थियों से बहुत ज़्यादा मेहनत की उम्मीद करते थे। उनका रवैया पहलेपहल थोड़ा कठोर लगता था। कलाम इस नए परिवेश में असहज महसूस करने लगे, लेकिन उन्हें अहसास हुआ कि उन्हें इसके अनुरूप ढलना होगा : 'घर की याद आने के बावजूद मैंने इस नए परिवेश से तालमेल बैठाने की ठान ली थी, क्योंकि मैं जानता था कि मेरे पिता को मुझसे सफलता की बड़ी उम्मीदें थीं।'

क्रांतिकारी राष्ट्रवादी एस.टी.आर. मानिकम के साथ घनिष्ठता युवा कलाम के बचने की डोर बन गई। रामनाथपुरम् में मानिकम के घर पर एक बड़ी लाइब्रेरी थी और वे लोगों को ये पुस्तकें पढ़ने के लिए प्रोत्साहित करते थे। पुस्तकालय कलाम के लिए सुखद पलायन था - घर की याद से भी और स्कूल की नीरस पढ़ाई से भी। पुस्तकों की ओर खिंचाव का पहला कारण तो कलाम की अंदरूनी जिज्ञासा थी, लेकिन जल्दी ही उन्हें अच्छी पुस्तकों में सांत्वना मिल गई। इसी पुस्तकालय में उन्हें अमेरिकी लेखक नेपोलियन हिल की 1925 में लिखी बहुत प्रभावशाली पुस्तक *द लॉ ऑफ़*

सक्सेस मिली, जिसकी प्रस्तावना में बताया गया था कि इसे हाई स्कूल के विद्यार्थियों के लिए लिखा गया था। कलाम इस पुस्तक के पहले कुछ पन्नों के एक वाक्य पर मंत्रमुग्ध हो गए : 'मस्तिष्क जो भी सोच सकता है और जिस पर भी विश्वास कर सकता है, उसे यह हासिल भी कर सकता है।'

इन शब्दों से युवा कलाम के जिज्ञासु मस्तिष्क को विचार की शक्ति समझ में आ गई। उन्हें यह बात आकर्षित करने लगी कि सिर्फ़ मनुष्य में ही अपने विचारों को हक़ीक़त में बदलने की शक्ति होती है, कि सिर्फ़ मनुष्य ही सपने देख सकता है और उन्हें साकार कर सकता है। उन्होंने यह बात समझ ली कि इच्छाशक्ति की ऊर्जा होने पर विचार एक बीज की तरह होता है, जिसे उपजाऊ जमीन में बोने पर यह अंकुरित होता है, बढ़ता है और कई गुना होता है। इस विचार ने उनमें एक नई ऊर्जा भर दी। श्वाट्र्ज़ के शिक्षक अयादुरै सोलोमन पहले व्यक्ति थे, जिन्होंने कलाम के मस्तिष्क की इस चिंगारी को ताड़ लिया। कलाम को भी सोलोमन के साहचर्य और सकारात्मक सोच में संबल मिला : 'वे (सोलोमन) अपने स्नेही और खुले दिमाग़ के नज़रिये से मुझे कक्षा में बहुत आरामदेह महसूस कराते थे। वे यह कहकर मुझे प्रोत्साहित करते थे कि अच्छा विद्यार्थी किसी सामान्य शिक्षक से इतना ज़्यादा सीख सकता है, जितना ख़राब विद्यार्थी बेहतरीन शिक्षक से नहीं सीख सकता।'

अयादुरै सोलोमन दिल से देशभक्त थे। वे अपने निर्धारित पाठ्यक्रम से आगे जाकर युवा विद्यार्थियों को भारत के लंबे स्वाधीनता संघर्ष के बारे में बताते थे, जो सफल होने की कगार पर था। विद्यार्थी भी भारत की स्वतंत्रता को लेकर उत्साहित थे, इसलिए निर्धारित पाठ्यक्रम से सोलोमन के भटकने का स्वागत करते थे। यह गाँधीजी के भारत छोड़ो आंदोलन के कुछ साल बाद की बात थी। पिछले कुछ वर्षों में भारतीय स्वतंत्रता के प्रति ब्रिटिश सत्ताधारियों के नज़रिये में एक उल्लेखनीय परिवर्तन देखा गया था। स्वाधीनता के नए युग की आशा कलाम और उनके साथियों के लिए रोमांचक थी।

हालाँकि भारत छोड़ो आंदोलन ने उन वर्षों में स्वाधीनता के लिए अभूतपूर्व लोकप्रिय समर्थन जुटाया था, लेकिन सोलोमन ने कलाम को बताया, 'भारतीय स्वतंत्रता आंदोलन में सिर्फ़ गाँधीजी और उनके समकालीनों की गतिविधियों तथा विचारों का योगदान ही नहीं था, बल्कि उन्नीसवीं सदी के उत्तरार्ध में ब्रिटिश शासन को ख़त्म करने की कोशिशें भी शामिल थीं।'

लेकिन स्वतंत्रता की उम्मीद के साथ ही एक अंधकार भी छा गया, जिसे औपनिवेशिक शक्ति ने लंबे समय से दबाकर रखा था। कलाम ने अक्टूबर-नवंबर 1946 में अख़बार में छपी ख़बरों को अविश्वास से पढ़ा कि बंगाल के चट्टग्राम (चटगाँव) संभाग में नोआखाली के जिलों में मुसलमानों ने अपने हिंदू साथियों पर काफ़ी अत्याचार किए। सांप्रदायिक हिंसा की धारणा कलाम के लिए बिलकुल अपरिचित थी; यह उस आदर्श सह-धर्मी समाज के बाद एक क्रूर सदमा थी, जिसने उनके बचपन को महफ़ूज़ रखा था। उनके लिए हिंदू और ईसाई पड़ोसी दोस्त और शिक्षकों से अधिक थे - वे

उनके विस्तृत परिवार का हिस्सा थे। इंसान अपने पड़ोसियों को चोट पहुँचा सकता है या मार सकता है, यह सोचने मात्र से ही किशोर कलाम बहुत विचलित हो गए।

जब गाँधीजी ने चार महीनों तक नोआखाली में डेरा डाला और शांति तथा सांप्रदायिक सद्भाव बहाल करने के उद्देश्य से जिले का भ्रमण किया, तो श्वार्ट्ज़ के विद्यार्थी नियमित प्रार्थना सभाओं में बैठे। उनकी शांति यात्रा की असफलता ने दिखा दिया कि सामुदायिक संबंधों का विकार कितना शक्तिशाली है। गाँधीजी की यात्रा के दौरान काँग्रेस नेतृत्व ने भारत के विभाजन को स्वीकार कर लिया था; मिशन और राहत शिविर परित्यक्त कर दिए गए थे। दंगे में बचे ज़्यादातर लोग पश्चिम बंगाल, त्रिपुरा और असम की ओर कूच कर गए।

14 अगस्त 1947 को पाकिस्तान को एक स्वतंत्र राष्ट्र घोषित कर दिया गया और 15 अगस्त 1947 को आधी रात के ठीक बाद 12:02 पर भारत भी एक स्वतंत्र राष्ट्र बन गया। हिंदुओं, सिखों और मुसलमानों के बीच अभूतपूर्व स्तर पर सांप्रदायिक रक्तपात हुआ, जिसकी विभीषिका को शब्दों में बयां नहीं किया जा सकता। विभाजन में लगभग 1.4 करोड़ लोग विस्थापित हुए और तक़रीबन दस लाख की जान गई। इसने मानव इतिहास के सबसे बड़े सामूहिक देशांतर-गमन को प्रेरित किया। राष्ट्रीय उथलपुथल अभी कम नहीं हो पाई थी, तभी उग्र हिंदू राष्ट्रवादी नाथूराम गोडसे ने 30 जनवरी 1948 को नई दिल्ली में महात्मा गाँधी की हत्या कर दी।

कलाम घटनाओं के इस तरह करवट लेने से बहुत दुखी थे, जिनकी ख़बरें दैनिक अख़बारों के माध्यम से शांत दक्षिण की गहराई तक पहुँचती थीं। उन्होंने रामेश्वरम् में अपने माता-पिता के साथ रहने के लिए स्कूल से कुछ दिनों का अवकाश लिया और अंतर्मुखी हो गए। कलाम मस्जिद में अकेले बैठकर घंटों गहरे मनन में खोए रहते थे। एक दिन जैनुलाबदीन ने अपने बेटे के पास बैठकर उसके दुख का कारण पूछा। कलाम ने कहा, 'पिताज़ी, हमारा संसार अन्याय, बेईमानी और सभी तरह की दुष्टता से भरा है, व्यक्ति के स्तर पर भी और समाज के स्तर पर भी। ऐसा क्यों होता है कि लोग नैतिक आचरण के बंधन तोड़कर मनमर्ज़ी करने के लिए स्वतंत्र महसूस करते हैं?'

जैनुलाबदीन ने कलाम को बताया, 'लोग जिस स्वतंत्रता का दुरुपयोग करते हैं, वह उन्हें शक्ति नहीं, बल्कि ज़िम्मेदारी के रूप में दी गई है। हमारी दुनिया परीक्षा की जगह है और कयामत के दिन सभी को इस बात का हिसाब देने के लिए तलब किया जाएगा कि उन्होंने इस स्वतंत्रता का कैसा इस्तेमाल किया। अगर उन्होंने इस संसार में सत्य को नज़रअंदाज़ किया और नकारा है, तो वे इसे स्वीकार करने के लिए मजबूर होंगे, क्योंकि उनके विकल्प ख़त्म हो जाएँगे और बहानों या दया की गुहार से कोई फ़ायदा नहीं होगा; क्षमा माँगने या प्रायश्चित के लिए तब बहुत देर हो जाएगी।'

उन्होंने आगे कहा, 'बेटा, कभी भी नेकी करने के लिए मजबूर होने का इंतज़ार मत करो : अपनी ख़ुद की स्वतंत्र इच्छा से अच्छे बनो, इसी समय। जो

तुम्हारे नियंत्रण में नहीं है, उस बारे में एक बिंदु से आगे चिंता मत करो। इंसान इस दुनिया में लगातार परीक्षा देता रहता है। सभी परीक्षाओं में कामयाब होने के लिए तुम्हें अपनी सीमाओं और अपनी बौद्धिक सीमाहीनता का ज्ञान हासिल करना चाहिए। ऐसा करने पर तुम सारी ग़लतफ़हमियों से बच जाओगे और वास्तविकता के धरातल पर अल्लाह की ख़ुशी के लिए अपनी स्वतंत्र इच्छा का इस्तेमाल करोगे।'

विभाजन की राजनीतिक खलबली और सांप्रदायिक उथलपुथल शांत रामेश्वरम् से एक हज़ार से ज़्यादा मील दूर थी और इसकी निर्ममता किसी दूसरी दुनिया की बात प्रतीत होती थी। वैसे भारत की स्वतंत्रता से परिवर्तन हुआ था और जैनुलाबदीन इस नए, स्वायत्त भारत में अपनी भूमिका निभाने वाले थे। 1947 में स्वाधीनता के कुछ समय बाद ही रामेश्वरम् में पंचायत के चुनाव हुए। टापू के सभी समुदाय जैनुलाबदीन का सम्मान करते थे और उन्हें रामेश्वरम् पंचायत का सरपंच चुना गया। बहरहाल, अपने इस नए पद पर वे स्वार्थ की रोटियाँ सेंकने वालों में से नहीं थे।

एक दोपहर आज़ाद अपने घर में ज़ोर-ज़ोर से बोलकर पढ़ रहे थे, तभी एक आदमी ने आकर जैनुलाबदीन के बारे में पूछा। आज़ाद ने कहा कि वे नमाज़ पढ़ने गए हैं। आगंतुक ने कहा, 'मैं उनके लिए कुछ लाया हूँ, क्या मैं इसे यहाँ रख सकता हूँ?' आज़ाद ने पूछने के लिए अपनी माँ को आवाज़ लगाई, लेकिन वे भी इबादत कर रही थीं, इसलिए उन्होंने कोई जवाब नहीं दिया। आज़ाद ने उस आदमी से कपड़ों का गट्ठर खाट पर रखने को कहा और पढ़ाई करते रहे। जब जैनुलाबदीन ने आने पर गट्ठर देखा, तो उन्होंने आज़ाद से पूछा, 'यह क्या है? इसे कौन दे गया है?' आज़ाद ने उन्हें बताया, 'कोई आया था और आपके लिए यह छोड़ गया है।' जैनुलाबदीन तुरंत आगबबूला हो गए और उन्होंने आज़ाद की जमकर पिटाई की – जो उन्होंने जीवन में बहुत कम बार की थी। आज़ाद घबराकर रोने लगे। उनकी माँ ने उन्हें गले लगाकर तसल्ली दी।

गुस्सा ठंडा होने पर जैनुलाबदीन ने अपने बेटे का कंधा प्रेम से छुआ और कहा कि वह कभी भी, किसी से कोई अनुपयुक्त तोहफ़ा न ले। उन्होंने हदीथ का उद्धरण दिया, 'जब सर्वशक्तिमान किसी इंसान को किसी पद पर नियुक्त करता है, तो वह उसके राशन-पानी का इंतज़ाम करता है। अगर कोई इंसान उससे परे कोई चीज़ लेता है, तो यह एक ग़ैर-क़ानूनी लाभ है।' उन्होंने आज़ाद को बताया कि ऐसे तोहफ़े का हमेशा कोई न कोई मक़सद होता है, इसलिए यह ख़तरनाक होता है; यह तो साँप को छूने जैसा है, जिसके बदले में ज़हरीले दंश का कष्ट मिलना तय है। इस घटना ने आज़ाद को सार्वजनिक पद पर काम करने के बारे में एक मूल्यवान सबक़ सिखाया, जिस पर उन्होंने बाद के जीवन में अमल किया।

कलाम श्वार्ट्ज़ लौटकर एक बार फिर पढ़ाई में मसरूफ़ हो गए। एस.टी.आर. मानिकम के साथ समय बिताना ही उनका इकलौता मनोरंजन था। कलाम यह जानने को उत्सुक थे कि इतनी विकट शुरुआत के बाद भारत आगे चलकर कैसा बनेगा।

मानिकम ने उन्हें आश्वस्त किया कि हालाँकि विभाजन भयानक था, लेकिन यह दौर भी गुज़र जाएगा। उन्होंने कहा कि डॉ. बी.आर. आंबेडकर भारत के संविधान को बनाने में बड़ी मेहनत से जुटे हुए थे। मानिकम ने कलाम को बताया कि यह बहुत ज्ञानी व्यक्ति संसार के महान प्रजातंत्रों के संविधानों की अहम बातों को हमारे देश की ज़रूरतों के हिसाब से ढाल रहा था और संविधान में शामिल कर रहा था : अमेरिका, ऑस्ट्रेलिया, कनाडा, आयरलैंड, जर्मनी, फ्रांस और अवश्यंभावी रूप से ग्रेट ब्रिटेन के अधिनियम।

भारत का संविधान देश के सर्वोच्च क़ानून के रूप में 26 जनवरी 1950 को लागू हुआ। 26 जनवरी की तारीख़ इसलिए चुनी गई, क्योंकि 1930 में पूर्ण स्वराज की घोषणा इसी दिन हुई थी। मानिकम कलाम और अन्य युवा विद्यार्थियों की मदद करने के लिए समय निकालते थे और उन्हें अख़बारों में प्रकाशित बड़े राजनीतिक परिवर्तनों का मतलब समझाते थे। मानिकम ने एक बार कलाम को बेंजामिन फ्रैंकलिन के मशहूर शब्द बताए, जो उन्होंने अमेरिका के संविधान के बारे में कहे थे : 'संविधान लोगों को ख़ुशी का सिर्फ़ पीछा करने का अधिकार देता है। इसे पकड़ना आपका काम है।'

इस समय तक कलाम श्वार्ट्ज़ में अच्छी तरह जम चुके थे और उनकी प्रतिभाओं को पहचान लिया गया था। गणित के शिक्षक रामकृष्ण अय्यर उन्हें ख़ास पसंद करते थे। रामकृष्ण अय्यर का मानना था कि सच्ची शिक्षा किसी विद्यार्थी में बाहर से कुछ डालने की प्रक्रिया नहीं थी; यह तो भीतर की चीज़ को पुकारकर बाहर निकालने की प्रक्रिया थी। उन्होंने इसे रटाने की प्रक्रिया न मानकर पोषण देने, अनुमति देने, आह्वान करने की प्रक्रिया माना। उन्हें लगता था कि शिक्षा का उद्देश्य अंततः किसी इंसान को वह बनाना है, जो बनने के लिए उसे भेजा गया था। रामकृष्ण अय्यर के दृष्टिकोण से शिक्षा का उद्देश्य अंदरूनी दैवी संभावनाओं को प्रकट करना था और उन्हें युवा कलाम में बड़ी भारी आंतरिक संभावना दिखी। उन्होंने कलाम से कहा, 'पुस्तकों पर आधारित शिक्षा ही सच्चे इंसान को बनाने के लिए काफ़ी नहीं है। यदि पूर्णता हासिल करनी है, तो शारीरिक स्वास्थ्य, मानसिक शुद्धता, बौद्धिक तीक्ष्णता, नैतिक शक्ति और जीवन के बारे में आध्यात्मिक नज़रिया (जिसमें लक्ष्य की ओर ले जाने वाले सही प्रयास किए जाएँ) शामिल होना चाहिए। विद्यार्थियों को मेहनती होना चाहिए, ब्रह्मचारी होना चाहिए, सत्य और धर्म का अनुयायी होना चाहिए, ताकि वे अपनी अधिकतम शारीरिक व मानसिक योग्यताओं का इस्तेमाल करें तथा जीवन संबंधी नैतिक दृष्टिकोण हासिल करें।'

14 अप्रैल 1950 को आधुनिक युग के मनीषी रमण महर्षि की मृत्यु हो गई। इसके बाद स्कूल में शोक सभा हुई। विद्यार्थियों को बताया गया कि रमण महर्षि मौन की शक्ति में विश्वास करते थे, भाषा का इस्तेमाल कम करते थे और शोहरत या आलोचना की परवाह न करने के लिए जाने जाते थे - और पशु-पौधों के प्रति अपने ख़ास प्रेम के लिए भी। उस शाम रामकृष्ण अय्यर ने कलाम से कहा, 'सत-चित-आनंद ईश्वर के व्यक्तिपरक अनुभव का वर्णन है। असीम, शुद्ध चेतना का यह उदात्त,

आनंददायक अनुभव परम सत्य की झलक है।' कलाम इस बात को ज़्यादा तो नहीं समझ पाए, लेकिन फिर भी इतना तो समझ ही गए कि अगर आपका अंदरूनी संसार शांतिपूर्ण और संघर्षरहित है, तो आपका बाहरी संसार भी इससे भिन्न नहीं होगा।

कलाम ने बी.एससी. की पढ़ाई जारी रखने का निर्णय लिया और सेंट जोसेफ़्स कॉलेज, तिरुचिरापल्ली में दाख़िला ले लिया। लेकिन उस दौर की भारी उथलपुथल को समझने के लिए उन्होंने रामनाथपुरम् छोड़ने से पहले अपने तीन महान शिक्षकों के साथ मिलकर बैठने का आग्रह किया। इस बैठक से कलाम को गहरा अंतर्ज्ञान मिला, जिसने वाक़ई उनके भीतर एक दीर्घकालीन रूपांतरण की प्रक्रिया शुरू कर दी।

उनके शिक्षकों ने उन्हें बताया कि भारत अब संप्रभु हो गया था और इसने विश्व के देशों के बीच खुद को एक संप्रभु राज्य के रूप में स्थापित कर लिया था। इसने प्रशासन की धर्मनिरपेक्ष, प्रजातांत्रिक प्रणाली लागू की थी, जो सिर्फ़ विरासत में मिली ब्रिटिश परंपरा पर ही आधारित नहीं थी, बल्कि इसमें दूसरे देशों की प्रणालियों के चुनिंदा प्रावधान भी शामिल थे। इसने अपने प्रांतों में क़ानून का शासन स्थापित किया था - जो इसके नागरिकों के लिए अनिवार्य था - और इसने ऐसे क़ानून बनाने की कोशिशें भी की थीं, जिनसे भारत का कायाकल्प हो जाए। इसने उपमहाद्वीप में तुलनात्मक शांति और आर्थिक स्थायित्व की नींव डाल दी थी। यही नहीं, इसने कुछ संस्थाएँ बनाकर आत्मनिर्णय की अपनी इच्छा व्यक्त की थी, जैसे वैज्ञानिक तथा औद्योगिक अनुसंधान परिषद (सीएसआईआर), परमाणु ऊर्जा आयोग (एईसी) और योजना आयोग।

लेकिन कलाम के शिक्षकों ने अफ़सोस जताया कि बहुत सी चुनौतियाँ बाक़ी थीं और इन्हें सुलझाने की राजनीतिक इच्छा बहुत कम नज़र आती थी। पहली और सबसे बड़ी चुनौती यह थी कि सरकार अपने नागरिकों को शिक्षित करने में असफल हो रही थी। भारत ने जब पहला दशक शुरू किया, तो इसकी सिर्फ़ 18 प्रतिशत जनसंख्या को साक्षर की श्रेणी में रखा जा सकता था। इसके अलावा, भू-स्वामित्व का असमान वितरण भारत के विकास में एक बाधा थी और निहित स्वार्थ स्वाभाविक रूप से इस क्षेत्र में सुधार का प्रतिरोध कर रहे थे। इसके अलावा, अंतरराष्ट्रीय स्तर पर ऐसा लगता था कि संसार में अपनी जगह को लेकर भारत के पास कोई निश्चित दूरदृष्टि नहीं थी; विदेश नीति डावाँडोल थी और भारत घटनाओं के हिसाब से इधर-उधर हिचकोले खा रहा था तथा समय के उतार-चढ़ाव के अनुसार चल रहा था, जबकि इसे अपनी राष्ट्रीय प्राथमिकताओं के अनुसार सही दिशा में चलना चाहिए था।

देश की दशा का यह सारगर्भित, स्पष्ट विश्लेषण कलाम के दिमाग़ में बैठ गया। यह काफ़ी गहराई तक गया, क्योंकि उनके दिल में अपने शिक्षकों के प्रति बड़ा सम्मान था। बाद के वर्षों में उन्हें इन शिक्षकों के शब्द याद आने वाले थे, जो उनके विचारों के अनुरूप ही थे। अपनी सहज समझदारी की बदौलत वे यह भी जानते थे कि भारत को महान बनाने के लिए सिर्फ़ विचार और शब्द ही काफ़ी नहीं होंगे।

1.3

भ्रांतिमुक्त शिष्य

आपके नज़रिये सिर्फ़ तभी स्पष्ट होंगे, जब आप अपने ख़ुद के दिल में देख सकेंगे। जो भी बाहर देखता है, सपने देखता है; जो अंदर देखता है, जाग जाता है।

—सी.जी. युंग
स्विस मनोविश्लेषक और दार्शनिक

इंटर और स्नातक की पढ़ाई करने के लिए कलाम तिरुचिरापल्ली के सेंट जोसेफ़्स कॉलेज गए। उन्होंने कभी रामनाथपुरम् से बाहर यात्रा नहीं की थी और यह किसी बड़े कस्बे का उनका पहला अनुभव था। कॉलेज की रौबदार इमारत में पुनर्जागरण काल वाली शैली की मीनारें और विहार थे, जिन्होंने उनकी कल्पना को जकड़ लिया। हालाँकि इसका परिवेश यूरोपीय था, लेकिन यह उन्हें आश्चर्यजनक रूप से घरेलू महसूस हुआ। इस कॉलेज को 1844 में सोसायटी ऑफ़ जीसस (जेसुइट्स) ने स्थापित किया था - जो कैथोलिक चर्च का पुरुषों का पंथ था - और यह 1869 से मद्रास विश्वविद्यालय से संबद्ध था।

कलाम तीन मंज़िला हॉस्टल की इमारत में रहने लगे। वे एक ही कमरे में श्रीरंगम के एक पारंपरिक आयंगर ब्राह्मण और केरल के एक सीरियन क्रिश्चियन के साथ रहते थे। परीक्षा के ग्रेड के मान से कलाम कोई उत्कृष्ट विद्यार्थी नहीं थे, लेकिन श्वाट्ज़ के तीन महान शिक्षकों के मार्गदर्शन की बदौलत पैनी दृष्टि की जो प्रवृत्ति उनमें जाग्रत हुई थी, वह अब सामने आने वाली थी। उनकी आकर्षित करने वाली समझ की बदौलत उन्होंने अपने कमरे के साथियों से संबंध जोड़े और उनके अगुआ बन गए - कॉलेज के अंदर भी और कॉलेज के बाहर भी।

तीनों दोस्त ख़ाली समय में शहर में घूमने निकल जाते थे। तिरुचिरापल्ली तीसरी शताब्दी ई.पू. में शुरुआती चोल राजाओं की राजधानी थी। समय के साथ शक्ति पल्लवों, मध्ययुगीन चोल राजाओं, पांड्य राजवंश, दिल्ली सल्तनत, मदुरै के नायक राजाओं के हाथों में पहुँची और अंततः ब्रिटिश शासन से पहले कर्नाटक के

नवाब चंदा साहिब के पास आ गई। नायक राजाओं ने सत्रहवीं सदी में तिरुचिरापल्ली को अपनी राजधानी बनाया और भव्य रॉक फ़ोर्ट टेंपल का विस्तार किया।

रॉक फ़ोर्ट टेंपल एक विशाल चट्टान पर 83 मीटर ऊँचा बना है। इसकी पथरीली भव्यता पूरे शहर को निहारती है। पल्लवों ने सबसे पहले प्राचीन चट्टान को काटकर इसे बनाया और पांड्य राजाओं ने इसके दक्षिणी हिस्से में छोटे गुफा मंदिर काटे, लेकिन चतुर दृष्टि से माहिर नायक राजाओं ने बाद में इस प्राकृतिक दृष्टि से सुरक्षित स्थान का सामरिक इस्तेमाल किया। शिखर तक चढ़ने के लिए पत्थर की 400 से ज़्यादा सीढ़ियाँ काटी गई हैं, जिसे तीनों मित्र बीच में रुके बिना तेज़ी से चढ़ जाते थे। कलाम को यह पाकर निराशा हुई कि यहाँ के सबसे बड़े मंदिर थायुमनस्वामी कॉइल में ग़ैर-हिंदुओं का प्रवेश वर्जित था।

कलाम अब तक अच्छी तरह जान गए थे कि स्कूल में सफलता का संभवतः सबसे महत्त्वपूर्ण घटक यह है कि कम से कम एक शिक्षक के साथ क़रीबी और पोषक संबंध हों। यह अहसास किसी विद्यार्थी के लिए बहुत लाभकारी होता है कि स्कूल के भीतर उसका कोई हितैषी है, जिसकी वह मदद ले सकता है और जो उसकी रक्षा करेगा। सेंट जोसेफ़ के हॉस्टल वार्डन और अँग्रेज़ी के शिक्षक रेवरेंड फ़ादर सेक्युरिया कलाम के लिए ऐसे ही शिक्षक थे।

रेवरेंड फ़ादर हर विद्यार्थी को आशाओं, सपनों, शक्तियों और कमज़ोरियों वाले व्यक्ति के रूप में देखते थे। वे कक्षा में ऐसा माहौल बनाने के लिए मेहनत करते थे, जिसमें हर विद्यार्थी अपने साथी विद्यार्थियों को इसी रोशनी में देख सके - एक ऐसा माहौल, जिसमें दूसरों के प्रति सम्मान मार्गदर्शक सिद्धांत बन जाए। उन्होंने सीखने के ऐसे माहौल को बढ़ावा दिया, जिसमें उनके सभी विद्यार्थी अपने विचार और भावनाएँ बताने में सुरक्षित महसूस करें तथा जिसमें ग़लती करने को असफलता मानने के बजाय सीखने के अवसर के रूप में देखा जाए। कलाम ने बाद में रेवरेंड फ़ादर की दयालुता को हसरत से याद किया था :

> रेवरेंड फ़ादर अपने हाथ में बाइबल लेकर हर रात हर लड़के के पास जाते थे। उनकी ऊर्जा और धैर्य आश्चर्यजनक था। वे दूसरों का बहुत ध्यान रखते थे। वे अपने विद्यार्थियों की छोटी से छोटी ज़रूरतों की भी परवाह करते थे। उनके निर्देश पर दीपावली पर पारंपरिक स्नान के लिए हर एक को तिल का तेल दिया जाता था।

कलाम अब बीस साल के हो चुके थे। लोकसभा के सांसदों को चुनने के लिए अक्टूबर 1951 और फ़रवरी 1952 के बीच देश के पहले आम चुनाव कराए गए। उस वक़्त भारत की जनसंख्या 36 करोड़ थी, जिसमें 17.3 करोड़ लोग पंजीकृत मतदाता थे और इनमें से 45.7 प्रतिशत मतदाताओं ने अपने मताधिकार का इस्तेमाल किया। भारतीय राष्ट्रीय काँग्रेस ने भारी विजय हासिल की और कुल मतों के 45 प्रतिशत मत

हासिल करते हुए 489 में से 364 सीटें जीत लीं। जवाहर लाल नेहरू देश के पहले प्रजातांत्रिक रूप से निर्वाचित प्रधानमंत्री बने।

पूर्व कार्यकारी संसद के मुखिया प्रधानमंत्री जवाहरलाल नेहरू संवैधानिक परिवर्तनों का बेड़ा पहले ही चला चुके थे, जो 18 जून 1951 को भारी सार्वजनिक शोरगुल के बीच पारित हुए। भारतीय संविधान के पहले संशोधन में संविधान के मौलिक अधिकारों के प्रावधानों में कई बदलाव किए गए, जो एक साल पहले ही अंतिम रूप में आया था। संशोधन ने भाषा और अभिव्यक्ति की स्वतंत्रता के दुरुपयोग के ख़िलाफ़ सरकार को शक्तियाँ प्रदान कीं, जमींदारी उन्मूलन संबंधी क़ानूनों को विधिमान्य बनाया और यह स्पष्ट किया कि समानता के अधिकार का यह मतलब नहीं है कि समाज के कमज़ोर वर्गों के लिए 'विशेष क्षतिपूर्ति' प्रदान करने वाले क़ानून लागू नहीं किए जाएँगे।

इस विषय पर सेंट जोसेफ़्स के केंद्रीय हॉल में एक बहस आयोजित की गई, जिसमें सैकड़ों विद्यार्थी मौजूद थे। नेहरू सरकार ने पहला संशोधन क्यों पारित किया? नेहरू के आलोचकों के हिसाब से संविधान में सरकार द्वारा किए गए परिवर्तन तानाशाही और दबंगता के सूचक थे, जबकि उनके समर्थकों का दावा था कि स्वतंत्र भारत के शुरुआती वर्षों में एकता और स्थिरता सुनिश्चित करने के लिए कुछ स्वतंत्रताओं में कटौती एक तार्किक क़ीमत है। यह राष्ट्रीय मसलों की जटिलता का कलाम का पहला स्वाद था। वे इस मुद्दे की बारीकियों को नहीं समझ पाए और उन्होंने राजनीतिक चिंताओं में उलझने के बजाय अपनी पढ़ाई पर ध्यान केंद्रित करने का निर्णय लिया।

लेकिन कुछ महीने बाद जब कलाम क्रिसमस की छुट्टियों में रामेश्वरम् गए, तो वे एस.टी.आर. मानिकम से मिलने के लिए रामनाथपुरम् में रुके। वे इन घटनाओं के बारे में ज्ञानी क्रांतिकारी की राय मालूम करना चाहते थे। मानिकम ने कलाम को बताया कि दरअसल अभिव्यक्ति की स्वतंत्रता सबसे भारतीय और पवित्र गुण है। प्राचीन समय से ही भारत भूमि काफ़ी हद तक सहिष्णु और बहुलतावादी रही है, जिसने बहुत से धर्मों और परंपराओं को पोषण दिया है। *रामायण* और *महाभारत* जैसे महाकाव्यों के बहुत से संस्करण सामने आए थे। यहाँ तक कि चार्वाक ने अपना नास्तिक दृष्टिकोण भी खुलकर व्यक्त किया था और उनके समकालीनों ने इस पर पर्याप्त विचार किया था। मानिकम ने स्पष्ट किया कि भारत ने लंबे समय से विपरीत दृष्टिकोणों, जीवनशैलियों और धार्मिक परंपराओं को जज़्ब करने की लगभग असीमित क्षमता प्रदर्शित की है। अभिव्यक्ति की स्वतंत्रता को *ऋग्वेद* में भी स्थान मिला है। इस सूत्र में *एकम सत विप्रः बहुधा वदन्ति* - सत्य एक है, लेकिन ज्ञानी लोग इसे नाना प्रकार से बोलते हैं।

कलाम जब एस.टी.आर. मानिकम के घर से विदा हुए, तो उन्हें सोच-विचार करने के लिए बहुत सा मसाला मिल गया था। लेकिन रामेश्वरम् आने और अपने माता-पिता तथा परिवार के सदस्यों से मिलने के बाद वे अपने भीतर हुए परिवर्तन

पर ग़ौर किए बिना नहीं रह सके। कलाम एक अजीब सी दूरी महसूस कर रहे थे। हालाँकि कलाम का शरीर तो परिवार के पास मौजूद था, लेकिन उनका दिमाग़ दूर कहीं था। परिवार वालों को वे चिंतामग्न या विचलित नज़र आए। उनकी माँ ने इस समस्या को सबसे पहले भाँपा और कलाम को नाश्ता परोसते समय यह मुद्दा उठाया। कलाम ने अपनी माँ के सामने अपना दिल खोलकर रख दिया और उन्हें अपने जीवन के नए मार्ग के बारे में अपनी शंकाएँ बताईं : क्या वे सही मार्ग पर जा रहे हैं, शहर में पढ़ रहे हैं और ख़ुद को एक ऐसी नौकरी के लिए तैयार कर रहे हैं, जो उन्हें उनकी जड़ों से और भी दूर ले जाएगी? अपने आस-पास के संसार से वे जितना जुड़े, ख़ुद को उतना ही ज़्यादा दूर महसूस कर रहे थे।

आशियम्मा मुस्कराईं और अपने बड़े हो चुके लेकिन अब भी मासूम बच्चे से स्नेह से भीगे स्वर में बोलीं कि जब भी इंसान को निर्णय लेना हो और वह दुविधा में हो या निश्चय नहीं कर पा रहा हो, तो उसे अल्लाह की मर्ज़ी के प्रति समर्पण कर देना चाहिए। इसे करने का तरीक़ा है इस्तख़ार। इस्तख़ार एक प्रार्थना है, जो अल्लाह से कहती है कि वह सही चीज़ चुनने में मदद करे, आम तौर पर दो विकल्पों में से बेहतर को चुनने में मदद करे। उन्होंने स्पष्ट किया, इस्तख़ार में आप बुनियादी तौर पर अल्लाह से उसकी मर्ज़ी पूछ रहे हैं; आप अपने मसले पर अल्लाह से बातचीत कर रहे हैं और उसकी विशेषज्ञतापूर्ण सलाह माँग रहे हैं। चिंता करने में कोई तुक नहीं है। उस रात कलाम ने इस्तख़ार की प्रार्थनाएँ मेहनत से दोहराईं। फिर वे गहरी नींद में सो गए। अगली सुबह जागने पर उनका मन बिलकुल साफ़ था और उनका संकल्प भी उतना ही साफ़ था। अगले दिन उन्होंने अपना बैग बाँधा और तिरुचिरापल्ली रवाना हो गए। वे अपने दिल में जान गए थे कि उनका जीवन उन्हें बचपन के आरामदेह समुद्र तट पर बसे गाँव से बहुत दूर ले जाएगा।

बी.एससी. की पढ़ाई के दौरान कलाम को कई महान शिक्षक मिले, जिन्होंने उनसे उच्च शिक्षा में ज़्यादा आगे तक पढ़ने की सलाह दी। उन्हें गणित के शिक्षक प्रोफ़ेसर थोथाथ्री आयंगर ख़ास तौर पर प्रेरक लगे। इस दौर में कलाम को महसूस हुआ कि उनकी चेतना किसी ज़्यादा ऊँचे धरातल पर पहुँच रही है। इस बदलाव पर बात करना महत्त्वपूर्ण है, क्योंकि जब तक किसी इंसान के आंतरिक संसार में बदलाव नहीं होता, तब तक कोई भी जीवन सचमुच उद्‌देश्यपूर्ण नहीं बन सकता। कलाम ने बताया है :

> मुझे सेंट जोसेफ़्स कॉलेज में एक अनूठा दृश्य देखने को मिला। हर सुबह एक दिव्य व्यक्तित्व कॉलेज के कैंपस में आता था और स्नातक कक्षाओं में गणित पढ़ाता था। विद्यार्थी उन्हें विस्मय और सम्मान से देखते थे; वे हमारी संस्कृति के प्रतीक थे। जब वे चलते थे, तो ज्ञान उनके चारों ओर प्रस्फुटित होता था। ये महान व्यक्ति हमारे शिक्षक प्रोफ़ेसर थोथाथ्री आयंगर थे।

सेंट जोसेफ़्स में थर्ड इयर में कलाम को शाकाहारी मेस का सचिव बनाया गया। एक रविवार उन्होंने रेक्टर रेवरेंड फ़ादर कलाथिल को लंच पर आमंत्रित किया। यह एक महान जेसुइट और एक युवा खोजी के बीच साल भर के आध्यात्मिक मेलजोल की शुरुआत थी। रेवरेंड फ़ादर ने युवा कलाम को कई युगों के महान लोगों के बारे में बताया, जिससे उन्हें बहुत प्रेरणा मिली :

> मुझे याद है कि जेसुइट संस्था के सर्वोच्च अधिकारी रेवरेंड फ़ादर कलाथिल के व्याख्यान अनूठे होते थे... वे वर्तमान और अतीत के अच्छे इंसानों के बारे में बताते थे कि कौन सी चीज़ें इंसान को अच्छा बनाती हैं। इस कक्षा में उन्होंने बुद्ध, कनफ़्यूशियस, सेंट ऑगस्टिन, ख़लीफ़ा उमर, महात्मा गाँधी, आइंस्टाइन, अब्राहम लिंकन पर व्याख्यान दिए और हमारी सभ्यता की विरासत से जुड़ी नैतिक कहानियाँ बताईं।

कलाम ने रेव. फ़ादर कलाथिल से सीखा कि हर इंसान में दो फ़ितरतें होती हैं; एक घटिया और दूसरी बढ़िया। घटिया फ़ितरत में क्रोध, अधीरता और लोभ, अज्ञान और आलस्य जैसे बहुत से दोष भरे होते हैं। यह बहुत ज़िद्दी होती है। यह परिवर्तन करने और अपनी पकड़ ढीली करने से नफ़रत करती है। घटिया फ़ितरत की इच्छाशक्ति बहुत दृढ़ होती है, जो हो सकता है कि ख़ुद को खुलकर प्रकट न करे। यह कड़ी मेहनत या लगन की क़ीमत चुकाए बिना अपने मंसूबे पूरे करना चाहती है। यह घमंड और स्वार्थ से भरी होती है। यह ख़ुद को घमंड के रूप में प्रदर्शित करती है।

रेव. फ़ादर कलाथिल ने कलाम को सिखाया कि हमारी घटिया फ़ितरत को वश में करने और जीतने के लिए शुद्धता, विनम्रता और संयम तीन सबसे शक्तिशाली हथियार हैं। यह व्याख्या करने के लिए एक निश्चित स्तर का विकास ज़रूरी है कि कौन से विचार बढ़िया फ़ितरत की देन हैं और कौन से घटिया फ़ितरत की। हम यह भी पता लगा सकते हैं कि बढ़िया फ़ितरत की कौन सी इच्छाएँ और प्रयास घटिया फ़ितरत की प्रवृत्तियों से जुड़े हैं; उनका मूल रंग गंदा, धूमिल या विकृत हो जाता है। जब बढ़िया फ़ितरत के संदेशों पर घटिया फ़ितरत के उद्देश्यों का कलंक लग जाता है, तो आत्मा में एक विकार उत्पन्न हो जाता है, जिससे भावनात्मक रोग पैदा हो जाता है। रेव. फ़ादर कलाथिल ने कलाम को बुद्धिमत्ता की बातें बताईं, जो पवित्र आचरण और अनुशासित जीवन के बरसों का फल थीं, कि विभिन्न प्रवृत्तियों के अलग-अलग रंग होते हैं और कई मायनों में अलग-अलग सुर और गंध भी।

घटिया फ़ितरत का एक सबसे आम प्रदर्शन वह है, जहाँ कोई व्यक्ति स्वार्थवश कोई चीज़ चाहता है, लेकिन चूँकि वह अपने स्वार्थ को नहीं बताना चाहता, इसलिए वह अपनी इच्छा को तार्किक बना लेता है और अपने इरादों के बारे में ख़ुद को भी धोखा देता है। हम सब इसे बहुत स्पष्टता से देख सकते हैं - ख़ास तौर पर दूसरों में - और वास्तव में, इस तरह का आत्म-छल लोगों के बीच बहुत से संघर्षों की

बुनियाद है। बढ़िया फ़ितरत के रूपों का चरित्र घटिया फ़ितरत के रूपों से बिलकुल अलग और सूक्ष्म होता है और अंततः अधिक शक्तिशाली भी। यह सोचना संभव नहीं है कि बढ़िया फ़ितरत मानव संघर्ष को जन्म दे सकती है। वैसे धोखेबाज़ घटिया फ़ितरत के बहानों की कोई सीमा नहीं है।

कलाम ने रेव. फ़ादर कलाथिल से एक अनिवार्य योग्यता सीखी - लोग जो नक़ाब पहनते हैं, उसके पार देखना। ये नक़ाब दरअसल सुविधा और आराम के संसार में घटिया फ़ितरत की जीवनशैली हैं। हम नक़ाब तब पहनते हैं, जब हम यह जान जाते हैं कि हमारा अपने माहौल से संघर्ष हो सकता है। इस तरह हम अपनी घटिया फ़ितरत के सामने हार जाते हैं। ऐसा इसलिए है, क्योंकि हम अपनी घटिया फ़ितरत के ऊपर उठने की क़ीमत चुकाने को तैयार नहीं हैं। अचेतन रूप से हम कुछ मुश्किलों, अप्रिय अनुभवों या प्रतिकूल परिस्थितियों से बचने के लिए अपने स्वरूप की अलग-अलग छवियाँ पेश करने का निर्णय लेते हैं। ये छवियाँ नक़ाब बन जाती हैं, हमारी फ़ितरत की दूसरी परत, जिनका बढ़िया फ़ितरत की वास्तविकता से या घटिया फ़ितरत की क्षणिक वास्तविकता से भी कोई लेना-देना नहीं है। कलाम अब जान गए कि जब कोई व्यक्ति भावनात्मक रूप से बीमार होता है, तो यह हमेशा इस बात का संकेत है कि उसने किसी न किसी तरह कोई 'नक़ाब' पहन लिया है। उस व्यक्ति को यह अहसास नहीं होता कि वह एक झूठ को जी रहा है। उसने अवास्तविकता की एक परत बना ली है और इस तरह वह अपने सच्चे व्यक्तित्व के प्रति सच्चा नहीं है।

रेव. फ़ादर कलाथिल ने कलाम को यह सिखाया कि इस बुद्धिमत्ता की रोशनी में वे ख़ुद को कैसे समझें। उनके शिक्षक ने उन्हें यह सत्य समझाया कि उनकी घटिया फ़ितरत की परतों के आगे उनकी बढ़िया फ़ितरत का क्षेत्र है; और बढ़िया फ़ितरत ही दरअसल वह परम और पूर्ण वास्तविकता है, जिस तक उन्हें अंततः पहुँचना चाहिए। इस तक पहुँचने के लिए पहले उन्हें अपनी घटिया फ़ितरत या इसकी क्षणिक वास्तविकता को ढँकने के बजाय इसका सामना करना चाहिए, क्योंकि यह उनके और उनकी बढ़िया फ़ितरत के बीच की दूरी को बढ़ा देती है। घटिया फ़ितरत का सामना करने के लिए उन्हें नक़ाब वाले स्वरूप को हर क़ीमत पर हटा लेना चाहिए।

कलाम की परीक्षा का दिन जल्दी ही आ गया। शिवगंगा में रहने वाले एक रिश्तेदार ने उनके निकाह की बात चलाई। आसान रास्ता बहाना बनाना था कि वे पढ़ाई में व्यस्त हैं, वहाँ जमने का इंतज़ार कर रहे थे आदि। लेकिन कलाम ने यह नक़ाब लगाने से इंकार कर दिया। उन्होंने किसी साथी की घटिया फ़ितरत की लालसा का प्रतिरोध किया, क्योंकि उनकी बढ़िया फ़ितरत देख सकती थी कि वे एक लंबे रास्ते पर अकेले ही चलेंगे। वे इस निर्णय पर पहुँच चुके थे कि वे निकाह नहीं करेंगे; और उन्होंने यह निर्णय खुलकर तथा स्पष्टता से अपने परिवार को और इस तरह अपने समुदाय को बता दिया। कलाम के शिक्षक प्रोफ़ेसर के.वी.ए. पनदलाई अपने संस्मरण

में लिखते हैं : 'उन्हें (कलाम को) धीरे-धीरे यह अहसास होने लगा कि विज्ञान के जरिये आध्यात्मिक समृद्धि और आत्म-साक्षात्कार संभव है।'

वाक़ई, आत्म-साक्षात्कार की कलाम की खोज उनके लिए सर्वोच्च बन रही थी और वे अपनी शैक्षणिक खोजों में जितनी मेहनत कर रहे थे, इस दिशा में भी उससे कम नहीं कर रहे थे। जैसा शैक्षणिक क्षेत्र में था, जिसे अब वे अपने आध्यात्मिक विकास के लिए मूलभूत मानने लगे थे, पढ़ने, विचार-विमर्श और मनन करने से कलाम नई समझ हासिल कर रहे थे। सीखने के इन पहलुओं में कलाम के लिए एकमात्र फ़र्क़ उनकी शैक्षणिक प्रगति को समर्पित तंत्र था। आध्यात्मिक प्रकृति के इलहाम समय के ज़्यादा ऊँचे अहसास के साथ सामने आएँगे और दैवी संयोगों के रूप में उत्पन्न होंगे।

एक गुरुवार की सुबह कलाम नाथर वली की दरगाह पर गए। नाथर वली एक सूफ़ी संत थे, जो ग्यारहवीं सदी में तिरुचिरापल्ली आए थे। वे इस्लाम को दक्षिण भारत और श्रीलंका लाने वाले पहले सूफ़ियों में थे। वे कई घंटों तक वहाँ बैठकर ध्यान में डूबे रहे। फिर उन्हें एक फ़कीर नज़र आया, मानो हवा में से प्रकट हुआ हो। वह फ़कीर उनके पास आकर बैठ गया।

उसने पूछा, 'नौजवान, तुम्हें किसकी तलाश है?'

कलाम बोले, 'मैं अपने असल स्वरूप को देखने की कोशिश कर रहा हूँ।'

फ़कीर ने पूछा, 'तो समस्या क्या है?'

कलाम ने कहा, 'मैं इसे देख नहीं पा रहा हूँ।'

फ़कीर बोला, 'नफ़्स को साफ़ कर दो।'

कलाम ने पूछा, 'नफ़्स क्या है?'

फ़कीर ने कहा, 'नफ़्स इंसानी फ़ितरत के घटिया, हीन, घमंडी और तामसिक पहलुओं की शब्दावली है, जो ताब (शब्दशः शारीरिक प्रकृति) के साथ मिलकर मानव जीवन का वानस्पतिक और प्राणी पहलू बनाते हैं। नफ़्स के कुछ अन्य पर्यायवाची हैं शैतान, कामुकता, लोभ, धनलोलुपता, आत्मकेंद्रित होना आदि।'

कलाम ने पूछा, 'यानी नफ़्स आत्मा नहीं है?'

फ़कीर ने कहा, 'नहीं। आत्मा तो रूह है। अच्छे मानव जीवन का केंद्रीय लक्ष्य यह है कि यह आत्मकेंद्रित दुखद अवस्था से नफ़्स का रूपांतरण करे और विभिन्न मनो-आध्यात्मिक अवस्थाओं से गुज़रते हुए पवित्रता और ईश्वर की मर्ज़ी के सामने समर्पण की अवस्था तक पहुँचे।'

कलाम ने पूछा, 'ये विभिन्न मनो-आध्यात्मिक अवस्थाएँ क्या हैं?'

फ़कीर ने जवाब दिया, 'पवित्र *कुरान* इंसान की ज़िंदगी में होने वाली मनो-आध्यात्मिक घटनाओं की बहुत गहरी समझ प्रदान करता है। नफ़्स, कल्ब, सिरा और रूह में स्पष्ट भेद किया गया है।'

कलाम बोले, 'कृपया समझाइए, मैं सचमुच अज्ञानी हूँ।'

फ़कीर ने समझाया : 'कल्ब दिल है, जहाँ विचार और भावनाएँ पलते हैं। हृदय सुंदर सपनों की जगह भी है। लेकिन ज़्यादातर लोगों के लिए यह एक ऐसी रणभूमि है, जहाँ दो सेनाएँ लड़ रही हैं : नफ़्स या तामसिक भाव और रूह या आत्मा। सही रास्ते पर चलने वाले मुसाफ़िरों के लिए कल्ब को साफ़ करना आध्यात्मिक अनुशासन का एक आवश्यक तत्व है।'

कलाम ने पूछा, 'और सिरा क्या है?'

'माना जाता है कि सिरा की शक्ति सीने के बीच में स्थित होती है, जहाँ शारीरिक हृदय रहता है। "सिरा को ख़ाली करने" से हमारा मतलब यह होता है कि हम अपना ध्यान मानव जीवन के सांसारिक पहलुओं से हटा रहे हैं और आध्यात्मिक पहलू पर केंद्रित कर रहे हैं।'

कलाम ने कहा, 'आपने दो अलग-अलग क्रियाओं का इस्तेमाल किया है - कल्ब की सफ़ाई करना और सिरा को ख़ाली करना। ऐसा क्यों?'

फ़कीर ने जवाब दिया, 'मुझे ख़ुशी है कि तुम अवधारणा की गहराई में जा रहे हो। ख़ाली करने का मतलब है अहं-केंद्रित मानवीय प्रवृत्तियों को नकारना और मिटाना। रूह एक सुषुप्त आध्यात्मिक शक्ति है, जिस पर सतत निगरानी और प्रार्थना के जरिये काम करने की ज़रूरत होती है, तभी आत्मा को प्रकाश मिलता है।'

कलाम ने कहा, 'यह बहुत सुनियोजित और सिलसिलेवार लगता है।'

'नौजवान, कामों की एक अच्छी तरह परिभाषित श्रृंखला है। शुरुआत में तामसिक प्रकृति की सफ़ाई (तज़किया-ए-नफ़्स), इसके बाद आध्यात्मिक सफ़ाई ताकि यह आईने की तरह साफ़ प्रतिबिंब दिखा सके (तज़किया-ए-कल्ब), जो अहंकारी प्रेरणा से ख़ाली होकर (तख़लिया-ए-सिरा) और ईश्वर के गुणों को याद करने (ज़िक्र) से मज़बूत बने, जिसका भव्य उत्कर्ष आत्मा के प्रकाश (तज्जली-ए-रूह) में हो - यह अनिवार्य आध्यात्मिक यात्रा है,' फ़कीर ने निर्णायक स्वर में कहा और उठकर चल दिया।

कलाम का दिल शांत हो गया। उन्होंने फ़कीर को जाते हुए नहीं देखा, बल्कि तक़रीबन एकाध घंटे तक शांति से बैठकर सोच-विचार करते रहे। उस रात उन्हें गहरी नींद आई और जब वे अगली सुबह जागे, तो उन्होंने भौतिकी की पढ़ाई छोड़ने का निर्णय लिया। अब उन्हें लगा कि उन्हें इंजीनियरिंग की ओर जाना चाहिए। वैसे भी आसमान में उड़ान भरने के अपने सपने को सच करने के लिए इंजीनियरिंग में जाना ज़रूरी था। उन्हें यह चुनाव दो साल पहले कर लेना चाहिए था, लेकिन सौभाग्य से अब भी मद्रास इंस्टीट्यूट ऑफ़ टेक्नोलॉजी (एमआईटी) में एक उपयुक्त कोर्स उपलब्ध था। उन्होंने जल्दी से एरोनॉटिकल इंजीनियरिंग में तीन वर्ष के पोस्टग्रेजुएट डिप्लोमा के लिए आवेदन कर दिया।

कलाम का आवेदन मंजूर हो गया; लेकिन इस प्रतिष्ठित संस्था में दाख़िला काफ़ी महँगा था। इस मोड़ पर कलाम की बहन ज़ोहरा उनकी मदद के लिए आगे आईं। दाख़िले की फ़ीस के लिए उन्होंने अपनी सोने की चूड़ियाँ और चेन गिरवी रख दीं। यह काम करके उन्होंने कलाम को असली त्याग का मतलब सिखा दिया : यह प्रेम से करना चाहिए। यह दूसरे सारे विकल्पों के असफल होने के बाद नहीं, बल्कि तुरंत करना चाहिए। यह उन लोगों के लिए करना चाहिए, जिन्हें आपकी शक्ति की ज़रूरत है, क्योंकि उनके पास अपनी ख़ुद की पर्याप्त शक्ति नहीं है।

1.4

ख़ुद के पैरों पर खड़े होना

ज्ञान जानने के बारे में है; इंजीनियरिंग करने के बारे में है।

—हेनरी पेट्रोस्की, अमेरिकी इंजीनियर

स्वतंत्रता की भोर के साथ ही यह पहचान लिया गया कि देश के औद्योगिक विकास के लिए एक मज़बूत प्रौद्योगिकी आधार स्थापित करने की ज़रूरत होगी। नवनिर्मित राष्ट्र को आगे बढ़ाने के लिए उच्च योग्यता वाले, प्रशिक्षित पेशेवरों की एक नई पीढ़ी की ज़रूरत होगी। इसी उद्देश्य से 1949 में देश के पहले स्ववित्तीय इंजीनियरिंग संस्थान मद्रास इंस्टीट्यूट ऑफ़ टेक्नोलॉजी को स्थापित किया गया। उस दौर में जब दूसरी इंजीनियरिंग संस्थाएँ स्नातक स्तर पर सिविल, मैकेनिकल और इलेक्ट्रिकल इंजीनियरिंग के पारंपरिक पाठ्यक्रम मुहैया करा रही थीं, तब श्री चिन्नास्वामी राजम ने देश में पहली बार इंजीनियरिंग में विशेषज्ञता के नए क्षेत्र शुरू करने का प्रयोग किया। उन्होंने जो पाठ्यक्रम शुरू किए, वे थे एरोनॉटिकल इंजीनियरिंग, ऑटोमोबाइल इंजीनियरिंग, इलेक्ट्रॉनिक्स इंजीनियरिंग और इंस्ट्रूमेंट टेक्नोलॉजी। अपने शुरुआती वर्षों में संस्थान ने विज्ञान के स्नातकों को इंजीनियरिंग के डिप्लोमा का चयन भी दिया। इसी वजह से कलाम के लिए भौतिकी से इंजीनियरिंग में आना संभव हुआ।

निजी कोशिश, कड़ी मेहनत और व्यक्तिगत ज़िम्मेदारी से सामाजिक और आर्थिक सीढ़ी पर ऊपर उठने की बात कलाम को हमेशा से आकर्षित करती थी। उन्हें ख़ुद को ऊपर उठाने और जूते के फीते के बल ख़ुद को ऊपर खींचने का विचार बहुत प्रेरक लगता था। क्या कड़ी मेहनत, लगन और व्यक्तिगत पहलशक्ति के ज़रिये लगभग असंभव लक्ष्य को हासिल किया जा सकता था, वह भी बग़ैर किसी विरासत या किसी दमदार इंसान के समर्थन के? कलाम उड़ान भरने के अपने बचपन के सपने को सच करने के संकल्प के साथ एमआईटी पहुँचे।

यह निर्णय तिरुचिरापल्ली में नाथर वली की दरगाह में हुए आत्म-साक्षात्कार

से उत्पन्न हुआ था। अब कलाम समझ चुके थे कि उनके सिवाय कोई दूसरा इस बात की ज़्यादा परवाह नहीं करता था कि उनका जीवन किस दिशा में जाएगा, वे किन सिद्धांतों के लिए खड़े होंगे और उनकी योग्यताएँ या क़ाबिलियत क्या होंगी। इसलिए अगर वे किसी दूसरे के अनुमोदन की आशा में जीवन जिएँगे, तो वह हिस्सा दरअसल बर्बाद जाएगा। लोग कभी ग़ौर ही नहीं करेंगे और उनके सपने किसी ऐसी चीज़ के इंतज़ार में अधूरे रह जाएँगे, जो कभी आएगी ही नहीं। अंततः जिस एकमात्र व्यक्ति की राय मायने रखती है, वह वही है, जिसका चेहरा उन्हें दिन के अंत में देखना होता है। जो वे हैं और जो वे कर रहे हैं, अगर वे ख़ुद उससे संतुष्ट नहीं हैं, तो इसका मतलब है कि वे असफल हो गए हैं।

सेंट जोसेफ़्स में कलाम के आख़िरी साल ने उन्हें यह अहसास दिला दिया था कि भौतिक संसार के कार्य करने का विज्ञान जीवन में उनका आह्वान नहीं था। चीज़ों को बनाना और चीज़ों को करना उन्हें कहीं अधिक लुभाता था। बेशक, वे ज्ञान पिपासु थे; लेकिन इससे ज़्यादा महत्त्वपूर्ण था ज्ञान से सृजनात्मक समाधान खोजना, जिनसे कोई उद्देश्य पूरा हो। वे उड़ान भरने के प्रति अनवरत रूप से आकर्षित थे। जब कलाम एमआईटी में पहुँचे, तो वे वहाँ रखे सेवामुक्त विमानों को देखकर मंत्रमुग्ध रह गए। इन उड़ने वाली मशीनों को देखना अपने आप में एक प्रेरणा थी, जिस तरह रामेश्वरम् में प्राथमिक स्कूल के वर्षों में पानी के ऊपर मँडराते समुद्री पक्षियों को देखना एक प्रेरणा थी। कलाम ने बाद में कहा : मुझे उनके प्रति एक अजीब सा खिंचाव महसूस हुआ और जब बाक़ी सारे विद्यार्थी हॉस्टल वापस लौट जाते थे, उसके बाद भी मैं उनके पास लंबे समय तक बैठा रहता था, और आसमान में पक्षी की तरह मुक्त उड़ान भरने की इंसानी इच्छा के बारे में हसरत से सोचता रहता था।'

इंजीनियरिंग विषयों के अध्ययन में कलाम ने ख़ुद को आरामदेह पाया। उन्हें पता चला कि उनमें *टेक्निकल ड्रॉइंग* का नैसर्गिक गुण है। उन्होंने पाया कि वे विभिन्न धरातलों पर, विभिन्न दृष्टिकोणों से चीज़ों को आसानी से देख सकते हैं : योजनाएँ, उभार और खंड आसानी से उनके दिमाग़ में आ जाते थे। विमानों और अंतरिक्ष यानों में उपयोगी उड्डयन, नियंत्रण तकनीकों और रक्षा तंत्रों जैसे विषयों का अध्ययन करना उनके लिए बहुत मोहक था। विमान के पुर्ज़ों को डिज़ाइन करने, निर्माण करने, विकास करने, जाँच करने और रखरखाव करने की सैद्धांतिक और व्यावहारिक योग्यताएँ हासिल करने के साथ-साथ उनका आत्म-स्वाभिमान बढ़ता चला गया।

एमआईटी में उनकी क्लास छोटी थी - कुल जमा आठ विद्यार्थी थे - जिससे कलाम को यह मौक़ा मिल गया कि वे न सिर्फ़ अपनी क्लास के सहपाठियों से, बल्कि शिक्षकों से भी निकटता बना सकें। टेक्निकल एरोडाइनैमिक्स के शिक्षक प्रोफ़ेसर स्पॉन्डर से कलाम का मज़बूत बंधन जुड़ गया। प्रो. स्पॉन्डर ऑस्ट्रिया के थे, जिन्हें द्वितीय विश्व युद्ध के दौरान नाज़ियों ने पकड़ लिया था और एक यातना शिविर में क़ैद कर दिया था। संयोग से वहाँ दो जर्मन शिक्षक भी थे : एरोनॉटिकल इंजीनियरिंग

विभाग के प्रमुख प्रो. वॉल्टर रेपेंथिन और प्रो. कुर्त टैंक, जिन्होंने एक सीट वाला लड़ाकू विमान फ़ोकल-विल्फ़ एफ़डब्ल्यू 190 डिज़ाइन किया था, जो द्वितीय विश्व युद्ध का उत्कृष्ट लड़ाकू विमान था। इन दोनों और प्रो. स्पॉन्डर के बीच तनाव साफ़ दिखाई देता था।

द्वितीय विश्व युद्ध के दौरान उड्डयन आधुनिक युद्ध के अहम पहलू के रूप में दृढ़ता से स्थापित हो चुका था। चाहे 1940 की गर्मी और शिशिर में आरएएफ़ के ख़िलाफ़ जर्मन लुफ़्तवफ़े द्वारा शुरू किया गया ब्रिटेन का युद्ध हो या अमेरिकियों और जापानीज़ पैसिफ़िक के बेड़ों के बीच भारी विमान वाहक युद्ध हों, आसमान में वर्चस्व ने युद्ध की दिशा को आकार दिया था। युद्ध का अंतिम वार, अगस्त 1945 में हिरोशिमा और नागासाकी का परमाणु विध्वंस, भी आसमान से ही संचालित हुआ था। मुख्य योद्धा आर्थिक वर्चस्व और प्रौद्योगिकी के उड्डयन युद्ध में संलग्न थे : विमानों और युद्ध सामग्री के बड़े पैमाने पर औद्योगिक उत्पादन के लिए भारी निवेश की ज़रूरत थी और युद्ध की अनिवार्यता ने प्रौद्योगिकी को अभूतपूर्व तीव्रता से आगे की ओर धकेला।

सुडौल कैन्टिलीवर मोनोप्लेन ने लगभग हर भूमिका में अपनी सार्थकता तेज़ी से साबित कर दी, हालाँकि कुछ पुराने बाईप्लेन विमान भी युद्ध में काफ़ी समय तक विशिष्ट भूमिकाओं में काम करते रहे। इंजन की शक्ति और विमान का प्रदर्शन बहुत तेज़ी से बढ़ा, पहले तो फ़ोर्स्ड इंडक्शन के साथ और फिर जेट तथा रॉकेट इंजनों के साथ, जिन्होंने युद्ध के अंत तक अपनी उपस्थिति दर्ज करा दी थी। वैमानिक प्रणालियाँ बहुत ज़्यादा अधुनातन और व्यापक बन गई थीं। प्रथम विश्व युद्ध के उड़ान दलों के पास सिर्फ़ आँखों या दूरबीन का सहारा था, लेकिन अब ऊर्जा से संचालित उड़ान नियंत्रण, आधुनिक उड़ान उपकरण, रेडियो संचार और राडार ट्रैकिंग आ चुके थे। उन वर्षों में विमानों के विकास की गति इतनी तीव्र थी कि प्रथम विश्व युद्ध के पायलट को द्वितीय विश्व युद्ध के बाद वाले विमान को पहचानने में मुश्किल आती, हालाँकि उनके बीच सिर्फ़ एक पीढ़ी का ही फ़ासला था।

इस क्षेत्र में युद्ध द्वारा प्रेरित क्रांति से एमआईटी के विद्यार्थियों और दरअसल पूरे उड्डयन संसार को लाभ हुआ। चिकित्सा के नए ज्ञान - और ज़ाहिर है उपनिवेशवाद के अंत - के साथ यह युद्ध के कुछ सच्चे सकारात्मक परिणामों में से एक था। कलाम के नए मार्गदर्शक ख़ुद इस क्रांति का हिस्सा रहे थे। इसलिए उनकी नीति सही थी, व्यावहारिक अनुभव तथा खुली मानसिकता से समृद्ध थी और उनके विद्यार्थी उनकी योग्यताओं के क़ायल थे।

कलाम ख़ास तौर पर प्रो. स्पॉन्डर की निजता और उच्च पेशेवर मानदंडों के मुरीद थे, जो हमेशा शांत, ऊर्जावान और आत्म-नियंत्रित रहते थे। प्रो. स्पॉन्डर प्रौद्योगिकी में होने वाले नवीनतम विकास की जानकारी रखते थे और अपने विद्यार्थियों से भी ऐसी ही उम्मीद करते थे। कलाम की उनसे काफ़ी बातें होती थीं। वे दोनों फैले

हुए एमआईटी कैंपस में देर शाम को नियमित रूप से टहलते थे; वहाँ की घास और पेड़ मद्रास की पगलाने वाली गर्मी से ठंडी राहत देते थे। वे सभ्यता की प्रकृति के बारे में दार्शनिक विचार-विमर्श का आनंद लेते थे, जो विश्व के विभिन्न देशवासियों के बारे में होता था।

प्रो. स्पॉन्डर ने कलाम को बताया कि वे दरअसल भारत की महान परंपरा और भारतीय लोगों की स्थायी पहचान से ईर्ष्या करते हैं। इसके विपरीत ऑस्ट्रिया ने अपनी भूमि को महान साम्राज्य के उत्थान और पतन के साथ बढ़ते-घटते देखा है। इसकी तक़दीर का सबसे ख़राब स्तर तब आया, जब एडोल्फ़ हिटलर के शासनकाल में इसे हड़पकर 'विस्तृत जर्मनी' का हिस्सा बना लिया गया, जिससे प्रोफ़ेसर को काफ़ी व्यक्तिगत कष्ट झेलने पड़े। प्रो. स्पॉन्डर ने कहा कि हालाँकि भारतीयों ने कभी किसी दूसरे देश पर हमला नहीं किया, लेकिन उनकी महान सभ्यता ने हमलावरों के मज़हब और रीति-रिवाज़ों को 'पचा लिया।' जो हमलावर इस समृद्ध भूमि को लूटने और अपने विद्यमान इलाक़ों को बढ़ाने आए थे, ज़्यादातर मामलों में वे यहीं के होकर रह गए। एक-दो पीढ़ी में वे भारतीय बन गए और कभी अपने मूल देश वापस नहीं लौटे।

एक और शिक्षक ने कलाम पर आजीवन प्रभाव छोड़ा। वे थे प्रो. के.वी.ए. पनदलाई, जिन्होंने उन्हें वायुतंत्र डिज़ाइन और विश्लेषण पढ़ाया। पनदलाई ख़ुशमिज़ाज, दोस्ताना और उत्साही शिक्षक थे। वे हर वर्ष कोर्स में एक नई नीति पर चलते थे। प्रो. पनदलाई की बदौलत कलाम को बौद्धिक अखंडता की ज़्यादा गहरी समझ मिली और वे बाद में इसी नीति पर चले। कलाम पहले ही यह सीख चुके थे कि इंसान को अपनी सोच के प्रति सच्चा रहना चाहिए और ख़ुद को प्रमाण के उसी तराज़ू पर तौलना चाहिए, जिस पर वह अपने विरोधियों को तौलता है। कलाम दूसरों को जो सलाह देते थे, उन्होंने ख़ुद को उसी पर चलने के लिए प्रशिक्षित किया। सभी सचमुच महान व्यक्तियों की तरह वे भी अपने विचारों और कार्यों के बीच की विसंगतियों तथा भिन्नताओं को खुलकर स्वीकार करते थे।

प्रो. पनदलाई ने कलाम को बौद्धिक विनम्रता का महत्त्व भी सिखाया। उन्होंने कलाम को अपने ज्ञान की सीमाओं के बारे में चेतन रहना सिखाया। उन्होंने बताया कि इंसान को उन परिस्थितियों के बारे में संवेदनशील रहना चाहिए, जिनमें सहज आत्म-केंद्रितता ख़ुद को धोखा दे सकती है। उन्होंने बताया कि इंसान को अपने दृष्टिकोण के पक्षपातों, पूर्वाग्रहों और सीमाओं के बारे में सतर्क रहना चाहिए। कलाम जितना जानते थे, उससे ज़्यादा जानने का दावा कभी नहीं करते थे। उन्हें इस बात का अहसास था कि विनम्रता का मतलब कायरता या कातरता नहीं है। इसका अर्थ तो बौद्धिक आडंबर, शेखीख़ोरी या घमंड का अभाव है। इसका अर्थ तो इंसान के विश्वासों की तार्किक बुनियादों के बारे में स्पष्ट अंतर्दृष्टि है। प्रो. पनदलाई बौद्धिक अखंडता के अभाव को बौद्धिक पाखंड कहते थे।

गणितज्ञ प्रो. नरसिंह राव ने न सिर्फ़ कलाम को सैद्धांतिक वायुगतिकता या

एरोडायनैमिक्स सिखाया, बल्कि वे उन्हें अमूर्त सोच के ज़्यादा ऊँचे धरातल पर भी ले गए। कलाम ने उनसे यह बात सीखी कि अध्ययन के किसी भी क्षेत्र में आप दुनिया के तमाम विशेषज्ञों के योगदान से उतना नहीं सीख सकते, जितना कि उस क्षेत्र में ईश्वर के योगदान से सीख सकते हैं। प्रो. राव कहा करते थे कि ईश्वर 'दोगुना असीमित' है या सिर्फ़ 'असीमित' है, क्योंकि ईश्वर का कोई प्रारंभ या अंत नहीं होता। वह हमेशा मौजूद रहा है और हमेशा रहेगा। दूसरी ओर, हम इंसान 'अर्ध-असीमित' हैं, क्योंकि हमारा एक प्रारंभ - बीजारोपण तो है - लेकिन कोई अंत नहीं है। हम कितना लंबा जीते हैं - यानी हमारे शरीर कितना लंबा जीते हैं - यह ज़्यादा महत्त्वपूर्ण नहीं है। इससे कहीं ज़्यादा महत्त्वपूर्ण तो यह है कि हमारी आत्मा हमेशा मौजूद रहेगी। कलाम बाद में अपने क़रीबी लोगों को बताया करते थे कि शाश्वत दृष्टिकोण से गर्भाधान और शारीरिक मृत्यु के बीच का समय काफ़ी महत्त्वहीन था।

प्रो. राव ने कलाम को एक बहुत रोचक उपमा बताई, जिसका उल्लेख वे बाद में अपने सभी सहकर्मियों से करते थे। गणितज्ञ प्रायः 'एक छोटी मात्रा' के लिए ग्रीक अक्षर एप्सिलॉन (Σ) का इस्तेमाल करते हैं। कोई व्यक्ति गर्भाधान के बाद सिर्फ़ कुछ घंटे, मिनट या सेकंड तक 'जिए' या सौ साल जिए, वह अवधि हमेशा शाश्वत/अनंत (∞) की तुलना में एप्सिलॉन ही रहेगी। दूसरे शब्दों में, एक बार जब आप गर्भ में आ जाते हैं - आपकी आत्मा बन जाती है - तो आप अस्तित्व में आ जाते हैं। अब आप हमेशा-हमेशा के लिए रहेंगे। गर्भाधान, निषेचन और आत्मा के आने का पल हमारे जीवन का सबसे कमाल का पल है, क्योंकि एक बार जब हम शुरू हो जाते हैं और अस्तित्व में आ जाते हैं, तो हमारे पास एक आत्मा होती है, जो ईश्वर, परिवार, संतों और देवदूतों की उपस्थिति में हमेशा मौजूद रहेगी।

प्रो. राव ने कलाम को एक और ज्ञानवर्धक बात बताई, जिसका संबंध दुनियादारी से था। भारतीय उपमहाद्वीप की सबसे पुरानी और सबसे बड़ी वाणिज्यिक बैंक इम्पीरियल बैंक ऑफ़ इंडिया में कलाम का बचत खाता था। 1 जुलाई 1955 को इसका नाम स्टेट बैंक ऑफ़ इंडिया हो गया। जब कलाम ने प्रो. राव के साथ इस परिवर्तन पर बातचीत की, तो प्रोफ़ेसर ने उन्हें बताया कि वित्तीय संस्थाओं और व्यक्तियों के आपसी संबंध समाज के लिए बुनियादी हैं। मकान या अस्पताल बनाने, नए विश्वविद्यालय की इमारत या नई सड़क या रेलवे लाइन बनाने जैसी गतिविधियों के लिए पूँजी देने में बैंकों की भूमिका अत्यंत महत्त्वपूर्ण है। वित्त पूरे समाज में उद्यमों और संस्थाओं को तंत्र प्रदान करता है। अगर वित्तीय तंत्र हम सभी के लिए सफल होता है, तो इससे अच्छा समाज बनने में मदद मिलती है।

1956 की गर्मी में एक महीने तक कलाम ने रामेश्वरम् में अपने बीमार पिता की देखभाल की। जैनुलाबदीन उनके पहले शिक्षक थे - और हमेशा सबसे ऊपर बने रहे। उन्होंने कलाम से कभी झूठ नहीं बोला। जब कलाम उनसे कोई प्रश्न करते थे, तो वे हमेशा उसका जवाब देते थे। कलाम कम उम्र में ही कई चीज़ें जानने लगे थे,

क्योंकि उनके पिता ने उन्हें चीज़ें जानने, शंकाएँ व्यक्त करने और जवाब खोजने के लिए प्रोत्साहित किया था। एक दिन जैनुलाबदीन ने अफ़सोस जताया कि कलाम पारिवारिक जीवन नहीं अपना रहे हैं। उन्होंने कहा, 'देखो आज़ाद, जब तक तुम्हारा ख़ुद का बेटा नहीं होगा, तब तक तुम उस भावातीत ख़ुशी या प्रेम को नहीं जान पाओगे, जो पिता के हृदय में बेटे को देखते समय उमड़ता है।' कलाम कुछ नहीं बोले और जैनुलाबदीन ने भी बात को आगे नहीं बढ़ाया।

कलाम के एमआईटी लौटने से पहले जैनुलाबदीन ने अपनी सभी संतानों को एक साथ बैठाया और उन्हें एक गहरी बात बताई, जो उनके 82 वर्ष के जीवन का सार थी। उन्होंने कहा, 'यह मिट्टी नहीं, बल्कि मिट्टी का डर है, जो इंसान के अधोपतन की निशानी है। जिन अधिकारी परिवारों के बच्चे जीने की महँगी आदतें सीखते हैं, वे सिर्फ़ एक-दो पीढ़ी तक समृद्ध होते हैं। जो व्यापारी परिवार मेहनती और मितव्ययी होते हैं, वे तीन-चार पीढ़ियों तक समृद्ध हो सकते हैं। जो परिवार ज़मीन जोतते हैं, पुस्तकें पढ़ते हैं और जिनमें सादा जीवन तथा सावधान आदतें होती हैं, वे पाँच-छह पीढ़ियों तक समृद्ध होते हैं। जिन परिवारों में पिता, बुजुर्गों और पूर्वजों के प्रति सम्मान व मित्रता भाव के सद्गुण होते हैं, वे आठ-दस पीढ़ियों तक समृद्ध होते हैं। यह बात गाँठ बाँध लो और ग़रीबों के प्रति कभी निष्ठुर या रूखे मत बनो।'

एमआईटी लौटने पर कलाम ने अपने पिता की बात प्रो. स्पॉन्डर को बताई। प्रोफ़ेसर ने कलाम से कहा कि उनके पिता के विचार सचमुच गहन बुद्धिमत्ता से भरे थे। प्रो. स्पॉन्डर ने कहा, 'जो ज्ञान चीज़ों को अलग-अलग देखता है और अंश को पूर्ण मानता है, हर इकाई को पूर्ण व सत्य मानने की ग़लती करता है और इस तरह मन में पसंद और नापसंद को उत्पन्न करता है, वह सबसे निचले स्तर का ज्ञान है, सबसे मोटी अनुभूति है और सबसे अनगढ़ क़िस्म की समझ है।'

प्रो. स्पॉन्डर ने अफ़सोस जताया कि उनके संघर्षरत यूरोप में उनके ख़ुद के और करोड़ों लोगों के जीवन में यही हो रहा था। प्रोफ़ेसर ने आगे कहा : 'ज़्यादा ऊँचा ज्ञान चीज़ों का आपसी संबंध है। मैं तुमसे सरोकार रखता हूँ और तुम मुझसे सरोकार रखते हो। यह समाजवादी क़िस्म का ज्ञान है, जिस तक हम आज ऊपर उठे हैं। जीने का जंगली तरीक़ा मछली के क़ानून जैसा है; बड़ी मछली छोटी मछली को निगल लेती है। जंगल के क़ानून में हर व्यक्ति दूसरे का गला दबाता है और कमज़ोर को निगल लेता है। हालाँकि आज हम धीरे-धीरे इंसानी मूल्यों की क़द्र की समाजवादी समझ तक ऊपर उठ चुके हैं, लेकिन इसके बाद भी हम उस सर्वोच्च ज्ञान से काफ़ी दूर हैं, जो तुम्हारे पिताजी ने तुम्हें दिया है।'

फिर प्रोफ़ेसर ने ज़्यादा ऊँचे ज्ञान की आकांक्षा के मामले में अपनी ख़ुद की अंतर्दृष्टि बताई, एक ऐसी प्रेरणा, जो अगले छह दशकों में ज़्यादातर समय कलाम के साथ रहने वाली थी : 'हम अपने जीवन में इतने दुखी क्यों हैं? सीधा जवाब यह है कि मानव जीवन अपूर्ण है। मानव ज्ञान पूर्ण ज्ञान नहीं है। ब्रह्मांड के विकास की

आगामी अवस्थाएँ हैं, जिनमें मानव स्तर प्रक्रिया की लंबी जंज़ीर की बस एक कड़ी है। हमें जो आगे की ओर धकाता है और प्रेरित करता है, वह हमसे परे किसी ज़्यादा ऊँचे सिद्धांत का अस्तित्व है। हम सिर्फ़ इस वजह से आतुर हो जाते हैं, क्योंकि हमसे ऊपर कोई ज़्यादा ऊँची शक्ति है। किसी ज़्यादा ऊँची शक्ति का अस्तित्व हमें आगे की ओर धकाने के लिए काफ़ी है। नीचे से ज़्यादा ऊपर पहुँचने की अचेतन आकांक्षा सचमुच विकास है और यही तुम्हारे पिताजी ने तुम्हें बताया है।'

एमआईटी में कलाम का तीसरा और अंतिम वर्ष परिवर्तन का वर्ष था और इसका उनके बाद के जीवन पर भारी प्रभाव पड़ने वाला था। इससे काम के प्रति उनकी नीति तय होने वाली थी और सफल प्रबंधन सिद्धांतों के उनके निरूपण पर स्थायी प्रभाव पड़ने वाला था। पाठ्यक्रम पूरा होने के बाद कलाम को चार अन्य साथियों के साथ लड़ाकू विमान डिज़ाइन करने का प्रोजेक्ट दिया गया। उन्होंने डिज़ाइन तैयार करने और आवश्यक ड्रॉइंग बनाने की ज़िम्मेदारी ले ली। टीम के बाक़ी साथियों ने विमान के प्रणोदन, प्रणालियाँ, नियंत्रण और उपकरण डिज़ाइन करने के काम आपस में बाँट लिए।

एमआईटी के संचालक और उनके मार्गदर्शक प्रो. के. श्रीनिवासन ने उनके काम को देखकर कहा कि उनकी प्रगति निराशाजनक है और उन्होंने अपनी निराशा दो टूक बता दी। कलाम ने काम पूरा करने के लिए एक महीने का समय माँगा, क्योंकि उन्हें तंत्र के डिज़ाइन को पूरा करने के लिए अपने पाँच साथियों से जानकारी लेनी होती थी। प्रो. श्रीनिवासन ने उनसे कहा, 'देखो नौजवान, आज शुक्रवार की शाम है। मैं तुम्हें तीन दिन का समय देता हूँ। सोमवार की सुबह तक अगर मुझे कॉनफ़िगरेशन डिज़ाइन नहीं मिला, तो तुम्हारी स्कॉलरशिप रुक जाएगी।'

प्रो. श्रीनिवासन के इस चेतावनी भरे ऐलान से कलाम सदमे में आ गए, क्योंकि स्कॉलरशिप उनके जीवन की डोर थी। इसके बिना वे अपनी पढ़ाई जारी नहीं रख सकते थे। काम पूरा करने के अलावा दूसरा कोई विकल्प नहीं था, इसलिए वे तूफ़ानी गति से काम में जुट गए। कलाम ने बाद में बताया :

> मेरी टीम को लगा कि हमें चौबीसों घंटे मिलकर काम करना चाहिए। हम उस रात नहीं सोए, बल्कि लगातार ड्रॉइंग बोर्ड पर काम करते रहे। हमने रात का खाना तक नहीं खाया। शनिवार को मैंने बस एक घंटे की छुट्टी ली। रविवार की सुबह जब मेरा काम लगभग पूरा हो रहा था, तब मुझे प्रयोगशाला में किसी की मौजूदगी का अहसास हुआ। ये प्रो. श्रीनिवासन थे, जो हमारी प्रगति का जायज़ा लेने आए थे। मेरे काम को देखने के बाद उन्होंने मुझे प्यार से थपथपाया और गले लगाया। 'मैं जानता था कि मैं तुम पर दबाव डाल रहा हूँ और तुमसे बहुत मुश्किल समयसीमा में काम पूरा करने को कह रहा हूँ। लेकिन याद रखना : कोई दबाव नहीं, तो कोई प्रगति नहीं!'

इस घटना से कलाम ने एक अनिवार्य सत्य सीखा। उन्हें अहसास हुआ कि हम चाहें या न चाहें, हम सभी जीवन के परम खेल को खेल रहे हैं। जो लोग खेल को अच्छी तरह खेलते हैं, वे जीवन में जीत जाते हैं। दूसरी ओर, जो लोग ख़राब तरह से खेलते हैं, वे कष्ट उठाते हैं। जो लोग यह नहीं जानते कि वे इस खेल को खेल रहे हैं, वे ज़्यादा क्रूर भाग्य से परेशान होते हैं। हमारी तक़दीर जीवन के इस परम खेल में जीतना है, क्योंकि हमारी मंज़िल ईश्वर के साथ बैठना है। दुर्भाग्य सिर्फ़ तभी जीवन में आते हैं, जब हम खेल को ख़राब तरीक़े से खेलते हैं या इसे खेलने से इंकार कर देते हैं।

कलाम ने पहचाना कि महत्त्वाकांक्षाओं को उपलब्धियों में बदलने के खेल में दो शक्तिशाली विरोधी होते हैं, डर और अज्ञान। दोनों एक-दूसरे को पोषण देते हैं, क्योंकि वे साथी हैं - आप कह सकते हैं, उनके बीच एक नकारात्मक समझौता होता है। कलाम यह भी समझते थे कि ज्ञान अज्ञान और डर दोनों के विष दूर कर देता है। लेकिन जिस तरह बहुत कम ज्ञान हमें डर और अज्ञान का गुलाम बनाए रखता है, उसी तरह बहुत जल्दी हासिल बहुत सारा ज्ञान भी हानिकारक हो सकता है। जब हम जीवन और इसके नकारात्मक घटकों की जागरूकता बहुत तेज़ी से बढ़ाते हैं, तो ऐसे ज्ञान के अचानक आने से चिंता और असहायता की भावना उत्पन्न हो सकती है, और इससे हमारा सकल ज्ञान कम भी हो सकता है। दूसरे शब्दों में, हमने ज्ञान हासिल करके जो जीत हासिल की है, हम बहुत जल्द ही उससे ज़्यादा हार जाते हैं। ऐसे में प्रवृत्ति यह होती है कि ज्ञान की प्रबल प्रेरणा को ख़त्म कर लिया जाए, क्योंकि इससे हमें कष्ट पहुँच रहा है। बहरहाल, हासिल ज्ञान की वजह से डरना या तनावग्रस्त होना शर्म की बात नहीं है; वास्तव में, यह ज़्यादा जागरूक, ज़्यादा चेतन बनने की निशानी भी हो सकती है।'

एमआईटी में कलाम के आख़िरी दिन उन्हें एक आश्चर्यजनक सम्मान मिला। परीक्षा उत्तीर्ण करने वाले विद्यार्थी और सभी शिक्षक विदाई समारोह में समूह फ़ोटो खिंचवा रहे थे। आगे बैठे प्रोफ़ेसरों के पीछे विद्यार्थी तीन क़तारों में खड़े थे। अप्रत्याशित रूप से प्रो. स्पॉन्डर ने खड़े होकर कलाम को खोजा, जो आख़िरी क़तार में खड़े थे। प्रोफ़ेसर ने कहा, 'मेरे पास आकर बैठो। तुम मेरे सबसे अच्छे विद्यार्थी हो और कड़ी मेहनत भविष्य में तुम्हारे शिक्षकों के लिए नाम कमाने में तुम्हारी मदद करेगी... ईश्वर को अपनी आशा, अपना सहारा, अपना मार्गदर्शक बनाओ और अपने भावी सफ़र में अपने क़दमों की रोशनी बनने दो।'

1957 में छब्बीस वर्ष की उम्र में कलाम एमआईटी से उत्तीर्ण होकर निकले। अब वे संसार में अपनी जगह लेने के लिए तैयार महसूस कर रहे थे। अब वे अपने सीखे हुए ज्ञान को प्रकट करने के लिए तैयार थे - चीज़ें बनाना, असली ज़िंदगी की समस्याएँ सुलझाना। अब वे आसमान छूने के लिए हाथ बढ़ाने वाले थे।

1.5

आम इंसान

जब समय का चक्र घूमता है, तो जगहें कई नाम धारण कर लेती हैं। इंसान कई चेहरे लगाता है। जब चक्र चलता है, तो हम सिर्फ़ देख सकते हैं, अध्ययन कर सकते हैं और आशा कर सकते हैं।

—रॉबर्ट जॉर्डन
द आई ऑफ़ द वर्ल्ड

एमआईटी से कलाम को बेंगलूरु के हिंदुस्तान एयरक्राफ़्ट लिमिटेड (एचएएल) में स्नातक प्रशिक्षु के पद पर चुन लिया गया। उनके काम में पिस्टन और टर्बाइन इंजनों दोनों की ओवरहॉलिंग यानी पूरी जाँच और मरम्मत शामिल थी। एचएफ़-24 मरुत लड़ाकू-बमवर्षक को देखकर उन्हें गर्व का अहसास हुआ, क्योंकि इसे एमआईटी के उनके शिक्षक प्रो. कुर्त टांक ने डिज़ाइन किया था। कलाम को बताया गया कि यह भारत में बना पहला लड़ाकू विमान था। यही नहीं, यह दक्षिण एशिया का पहला सैन्य विमान था, जिसे एचएएल ने बनाया था। वे एचएएल में छह महीने तक रहे।

मैसूर के युवा महाराजा जयचमराजेन्द्र वडियार और मैसूर के दीवान मिर्ज़ा इस्माइल के सक्रिय प्रोत्साहन पर वालचंद हीराचंद ने विदेशी विमानों की मरम्मत और ओवरहॉलिंग के लिए 1940 में बेंगलूरु में हिंदुस्तान एयरक्राफ़्ट लिमिटेड की स्थापना की थी। न्यू यॉर्क के इंटरकॉन्टिनेंटल एयरक्राफ़्ट कॉरपोरेशन के विलियम पाउली ने फ़ैक्ट्री के लिए संगठन तैयार किया और उपकरण लगाए। अमेरिका से मशीनों के कलपुर्ज़े और उपकरण काफ़ी बड़ी संख्या में मँगाए गए। द्वितीय विश्व युद्ध के दौरान जापान के जोखिम का प्रतिकार करने के लिए एशिया में ब्रिटिश सैन्य सामग्री की आपूर्ति को बढ़ावा देने की ख़ातिर ब्रिटिश भारत सरकार ने 1941 में कंपनी में एक तिहाई हिस्सेदारी ख़रीद ली।

1943 में फ़ैक्ट्री युनाइटेड स्टेट्स एयर फ़ोर्स को सौंप दी गई, लेकिन हिंदुस्तान एयरक्राफ़्ट का प्रबंधन क़ायम रहा। फ़ैक्ट्री का तेज़ी से विस्तार हुआ और यह अमेरिकी विमानों की पूरी ओवरहॉलिंग और मरम्मत का केंद्र बन गई। इसे 84वें एयर डिपो

के नाम से जाना जाता था। यहाँ जिस पहले विमान की ओवरहॉलिंग की गई, वह था कनसॉलिडेटेड पीबीवाय कैटेलिना, जिसके बाद भारत और बर्मा (अब म्यांमार) में चलने वाले सभी तरह के विमान यहाँ आए। जब दो साल बाद फ़ैक्ट्री भारतीय नियंत्रण में लौटी, तब तक यह पूर्व में ओवरहॉलिंग और मरम्मत करने वाले सबसे बड़े संगठनों में से एक बन चुकी थी। युद्ध के बाद के पुनर्गठन में कंपनी ने कुछ समय तक रेल के डिब्बे भी बनाए। जब भारत 1947 में स्वतंत्र हुआ, तो कंपनी का प्रबंधन भारत सरकार के सुपुर्द कर दिया गया।

कलाम ने ब्लैकबर्न साइरस मेज़र्स के इंजनों की ओवरहॉलिंग पर काम किया, जो ब्रिटेन का चार सिलिंडर विमान इंजन था। 'इंजन ओवरहॉलिंग' का मतलब है किसी इंजन को पूरा खोलना और इसे दोबारा नए जैसा बनाना। इसमें इंजन को पूरा खोलना, इसके पुर्ज़ों की जाँच करना, दोषपूर्ण या घिसे हिस्सों को बदलना, इन पुर्ज़ों की मरम्मत करना या बदलना और इंजन को दोबारा कसना शामिल है। इसके अलावा, पूर्ण सक्रिय स्तर पर लौटने से पहले इंजन का परीक्षण किया जाता है और इसे चलाकर देखा जाता है।

कलाम ने सीखा कि विमान के इंजन उड़ते समय ही अच्छी हालत में रहते हैं, जिस उद्देश्य से उन्हें बनाया जाता है। विमानों को न्यूनतम अंतराल के बाद उड़ाना चाहिए और इसके इंजन को नियमित रूप से कार्यकारी तापमान तक लाना चाहिए। यदि कोई विमान सुझाए गए अंतराल से कम बार चलता है, तो इसके इंजन में नमी आने की आशंका रहती है और नुक़सान पहुँचाने वाले तत्व इंजन ऑइल में इकट्ठे हो सकते हैं; इनसे मोटर का कामकाजी जीवन कम हो सकता है। इसके अलावा, कुछ इंजन विषम परिस्थितियों में काम करते हैं और इसका भी ध्यान रखना चाहिए। वह इंजन ज़्यादा घिसता है, जो बुनियादी तौर पर धूल भरी परिस्थितियों, खारे पानी के पास, विभिन्न वातावरणों में या इनमें से किसी के तालमेल में काम करता है।

उड्डयन में सुरक्षा अनिवार्य है और विमान के इंजनों की ओवरहॉलिंग में कलाम को पूरी मेहनत लगानी पड़ी। सूक्ष्मता अत्यंत महत्त्वपूर्ण है; इस काम में आलस का परिणाम विनाशकारी हो सकता है। बहरहाल, उन्हें अपने नए काम में मज़ा आ रहा था। उनकी अनुशासित नीति और विश्लेषणात्मक झुकाव की बदौलत वे चुनौतियों का सामना करने के लिए काफ़ी अच्छी स्थिति में थे। वे आनंदित थे कि वे किसी मशीन को आसमान में भेजने का काम कर रहे हैं। एचएएल में रहते वक़्त उन्होंने ग़ौर किया कि हालाँकि काम की माँगें अनुशासित और कठिन थीं, लेकिन इसके सबसे सूक्ष्म काम में भी अंतर्ज्ञान - ज़्यादा ऊँची प्रकृति के किसी पहलू - की ज़रूरत थी। उन्होंने बाद में कहा :

> एचएएल तकनीशियनों द्वारा बीटा (ब्लेड एंगल कंट्रोल) की नाज़ुक कला का प्रदर्शन अब भी मेरी यादों में घुमड़ता है। उन्होंने बड़े विश्वविद्यालयों में पढ़ाई नहीं की थी, न ही वे सिर्फ़ प्रभावी इंजीनियर के सुझावों पर अमल

कर रहे थे। बात बस यह थी कि वे बरसों से उस पर काम कर रहे थे और इससे उन्हें उस काम का अंतर्ज्ञान हो गया था।

रोज़गार के दो नए अवसर कलाम के सामने आए, जिनके पास अब इंजीनियरिंग की उपाधि थी और जिन्हें व्यावहारिक अनुभव की कसौटी पर जाँच-परख लिया गया था। भारतीय वायु सेना शॉर्ट सर्विस कमीशन या अल्प सेवा नियुक्ति के ज़रिये नौकरी दे रही थी। इसके अलावा, डीटीडीऐंडपी (एयर), डिपार्टमेंट ऑफ़ डिफ़ेंस प्रॉडक्शन, रक्षा मंत्रालय के अधीन कार्यरत डायरेक्टरेट ऑफ़ टेक्निकल डेवलपमेंट ऐंड प्रॉडक्शन इंजीनियर नियुक्त कर रहा था। कलाम ने दोनों पदों के लिए आवेदन भेज दिया। भारतीय वायु सेना ने उन्हें जनवरी 1958 में इंटरव्यू के लिए देहरादून बुलाया और इसी माह डीटीडीऐंडपी (एयर) ने भी उन्हें इंटरव्यू के लिए नई दिल्ली बुलाया। अब तक कलाम उपमहाद्वीप के दक्षिणी इलाक़ों के पार कभी नहीं गए थे। अब वे पहली बार अपने देश की विराटता से साक्षात्कार करने वाले थे। वे मद्रास सेंट्रल स्टेशन पर ग्रांड ट्रंक एक्सप्रेस में बैठे और उन्होंने खिड़की वाली सीट हासिल करने में कामयाबी पाई।

कलाम हमेशा से भारत की सांस्कृतिक परंपरा के विद्यार्थी रहे थे, इसलिए उन्होंने चालीस घंटे की यात्रा में समय का उपयोग करने के लिए जवाहरलाल नेहरू की *डिस्कवरी ऑफ़ इंडिया* ख़रीद ली। नेहरू ने यह पुस्तक 1942-44 के दौरान दक्षिण के अहमदनगर किले में अपने कारावास के दौरान लिखी थी। नेहरू के शानदार ऐतिहासिक वर्णन और इस उपजाऊ, विपुल भूमि की लंबाई को पहली बार देखने के बाद कलाम को अपने देश और इसके इतिहास की नई समझ मिली। वे गंगा और इसकी बहुतेरी सहायक नदियों के समृद्ध और उपजाऊ मैदानों के आकर्षण को समझ गए, जिसके लालच में शत्रुतापूर्ण रेगिस्तानी और पहाड़ी भूमि के लोगों ने यहाँ हमले किए।

यही नहीं, कलाम ने ख़ुद अपनी आँखों से वे भौगोलिक कारण देखे, जिनकी बदौलत उनके तमिल पूर्वजों की भूमि उत्तर के हमलावरों से ज़्यादातर मामलों में सुरक्षित रही थी। कर्क रेखा से दक्षिण की ओर वाले भारतीय हिस्से को विंध्य और सतपुड़ा पर्वत शृंखला ने हज़ारों सालों से सुरक्षित रखा था। इस वजह से ब्रिटिश औपनिवेशिक शासन काल तक सिर्फ़ सबसे संकल्पवान विरोधियों ने ही द्रविड़ लोगों पर आक्रमण किए थे।

डीटीडीऐंडपी (एयर) के इंटरव्यू में जाने के बाद कलाम के पास दिल्ली में थोड़ा ख़ाली समय था, क्योंकि देहरादून का इंटरव्यू एक सप्ताह बाद होने वाला था। वे हज़रत शेख़ ख़्वाज़ा सैयद मुहम्मद निज़ामुद्दीन औलिया की दरगाह पर गए। हज़रत निज़ामुद्दीन चिश्ती परंपरा के मशहूर सूफ़ी संत थे। कलाम को मस्ज़िदों और दरगाहों में मनन के जरिये काफ़ी शांति मिलती थी। उन्होंने पाया कि वे इस्लामी सूफ़ी परंपरा के प्रति आकर्षित होते हैं, जो भक्ति और प्रार्थना के जरिये आत्म-साक्षात्कार

पर ज़ोर देती है। धर्म के रहस्यवादी पहलू उनके लिए रोज़मर्रा की कार्यप्रणाली जितने ही महत्त्वपूर्ण बन रहे थे।

कलाम ने तिरुचिरापल्ली में नाथर वली की दरगाह में अपने वर्षों पुराने अनुभव को याद किया। उस शाम नाथर वली की दरगाह ने कलाम को उनके तय मार्ग पर चलाना शुरू किया था और क़व्वाली में बैठने पर वे एक बार फिर दैवी ऊर्जा महसूस कर सकते थे। सूफ़ी परंपरा में संगीत आत्मा तक पहुँचने का ज़रिया है, जो श्रोताओं को उन प्रार्थनाओं से सम्मोहित कर देता है, जिनमें ऊपर उठते सुरों और वाद्ययंत्रों की शक्ति गुँथी होती है। इसका उद्देश्य भक्ति का वह अहसास जगाना है, जिसे सांसारिक जीवन ने हमारे भीतर गहराई में दबा दिया है। हालाँकि कलाम को क़व्वाली की शक्ति तो महसूस हुई, लेकिन वे शब्दों का सटीक अर्थ नहीं समझ पाए। बहरहाल, अल्लाह, हज़रत मुहम्मद, हज़रत अली या ख़्वाज़ा के प्रति प्रेम की पुकार स्पष्ट थी, क्योंकि यह दिल को चीरने वाली थी।

कलाम एयर फ़ोर्स सिलेक्शन बोर्ड के बहुप्रतीक्षित इंटरव्यू के लिए ट्रेन से देहरादून पहुँचे। यह मेरठ के ऐतिहासिक शहर से होकर गुज़री, जहाँ 1857 में भारत का पहला स्वतंत्रता संग्राम शुरू हुआ था। यह रुड़की के पास पिरन कलियार से होकर गुज़री, जो चिश्ती परंपरा के तेरहवीं सदी के सूफ़ी संत अलाउद्दीन अली अहमद साबिर कलयारी की दरगाह के कारण पवित्र है। कलाम जब देहरादून के क्लीमेंट टाउन स्थित 1 एएफ़एसबी यानी एयर फ़ोर्स सिलेक्शन बोर्ड पहुँचे, तो वे शांत आध्यात्मिक ऊर्जा से सराबोर महसूस कर रहे थे।

कलाम ने चयन प्रक्रिया के पहले चरण की परीक्षा आसानी से उत्तीर्ण कर ली, जिसमें पहले दिन आईक्यू टेस्ट और कई अन्य परीक्षाएँ हुईं। दूसरे चरण के परीक्षा के लिए पच्चीस उम्मीदवारों को चुना गया, जिनमें पाँच दिनों तक चलने वाले मनोवैज्ञानिक मूल्यांकन और बहुतेरे सामूहिक परीक्षण शामिल थे। कलाम उन सभी में उत्तीर्ण हो गए। अंततः आख़िरी दिन इंटरव्यू हुआ। कलाम दूसरे चरण में परीक्षा देने वाले पच्चीस उम्मीदवारों के समूह में नवें स्थान पर आए, जबकि सिर्फ़ आठ अफ़सर चुने जाने थे। कलाम अपनी निराशा को क़ाबू में नहीं रख पा रहे थे : 'मैं बहुत बुरी तरह निराश था। यह समझने में मुझे थोड़ा वक़्त लगा कि वायु सेना में भर्ती होने का अवसर बस मेरे हाथों से फिसल गया था।'

हताश कलाम ने ऋषिकेश में कुछ समय बिताने का निर्णय लिया। उन्होंने गंगा में स्नान किया और थोड़ी दूर पहाड़ी के ऊपर बने शिवानंद आश्रम गए। वहाँ वे स्वामी शिवानंद से मिले। उनके मुस्लिम नाम को सुनकर स्वामीजी ने कोई प्रतिक्रिया नहीं की, जिन्होंने कलाम के एक शब्द बोलने से भी पहले यह पूछ लिया कि वे क्यों दुखी हैं। कलाम ने उन्हें भारतीय वायु सेना में भर्ती होने की अपनी नाकाम कोशिश और आसमान में उड़ान भरने की अपनी लंबे समय की इच्छा को बताया। स्वामीजी ने कहा कि जीवन जैसे-जैसे खुलता है, उसे उसी रूप में लेना चाहिए : 'अपने भाग्य

को स्वीकार करो और जीवन में आगे बढ़ो। वायु सेना का पायलट बनना तुम्हारी तक़दीर में नहीं है। तुम्हारी तक़दीर में क्या बनना लिखा है, यह अभी तुम्हारे सामने स्पष्ट नहीं है, लेकिन सही समय पर वह सामने आ जाएगा। इस असफलता को भूल जाओ, क्योंकि तुम्हें तुम्हारे तय मार्ग तक ले जाने के लिए इसका अपना मक़सद था। ख़ुद के साथ एक हो जाओ; तुम्हें बस इतना ही करना है; बाक़ी सब तुम्हारे लिए कर दिया जाएगा।'

कलाम दिल्ली लौटे और अपने इंटरव्यू का परिणाम जानने के लिए डीटीडीऐंडपी (एयर) के ऑफ़िस पहुँचे। कलाम को नियुक्ति पत्र थमा दिया गया और अगले ही दिन उन्होंने 250 रुपये प्रति माह के मूल वेतन पर वरिष्ठ वैज्ञानिक सहयोगी (एसएसए) के रूप में नौकरी शुरू कर दी। उन्हें टेक्निकल सेंटर (नागरिक उड्डयन) में नियुक्त किया गया, जहाँ वे विमानों का परीक्षण करके यह प्रमाणित करते थे कि विमान उड़ने लायक़ हैं। यदि कलाम विमान नहीं उड़ा रहे थे, तो कम से कम वे उन्हें उड़ने लायक़ तो बना रहे थे।

कलाम ने किसी सैनिक के अनुशासन और किसी संत के समभाव से अपना काम किया। लेकिन वे सृजनात्मक ऊर्जा की टीस महसूस करते थे और कई मर्तबा सोचने लगते थे कि क्या गुणवत्ता सुनिश्चितीकरण ही उनके लिए काम की सही दिशा है। कुछ महीने बाद कलाम को ब्रिटिश फ़ॉलैंड नैट के उष्णदेशीय मूल्यांकन में शामिल होने के लिए कानपुर के एयरक्राफ़्ट ऐंड आर्मामेंट टेस्टिंग यूनिट (एऐंडएटीयू) भेजा गया। नैट एक सीट वाला कम भार का ज़मीनी आक्रमण और अवरोधक लड़ाकू विमान था, जो भारतीय वायु सेना में शामिल होने वाला था। भारतीय वायु सेना के नैट की पहली उड़ान युनाइटेड किंगडम में 11 जनवरी 1958 को थी। विमान एक अमेरिकी सैनिक परिवहन विमान सी-119 के ज़रिये भारत पहुँचाया गया और इसे भारतीय वायु सेना ने 30 जनवरी 1958 को स्वीकार कर लिया।

उन दिनों भी कानपुर भीड़-भाड़ वाला शहर था। उत्तर भारत के जाड़े का कलाम का यह पहला अनुभव था। उष्णदेशीय जलवायु की साल भर चलने वाली गर्मी के आदी युवक के लिए कानपुर की कड़ाके की ठंड एक कठोर सदमे जैसी थी। वे हर जगह मिलने वाली आलू की सब्ज़ी से भी परेशान थे, जो नाश्ते से लेकर डिनर तक हर समय परोसी जाती थी। वे शहर में होने वाले अकेलेपन से भी अभिभूत थे। सड़कों के लोग अपने गाँव की माटी की गंध और अपने परिवारों का साथ छोड़कर कानपुर की फ़ैक्ट्रियों में नौकरी की तलाश में शहर आए थे।

कलाम की मित्रता इलाहाबाद के एक बुजुर्ग तकनीशियन राजनाथ पांडे से हुई। उनका संबंध तब शुरू हुआ, जब कलाम ने पांडे से कहा कि वे कानपुर में दिसंबर की बहुत सर्द रातों से बचने के लिए रजाई ख़रीदने में उनकी मदद करें। फिर एक दिन पांडे ने कलाम को नज़दीकी माकनपुर स्थित हज़रत सैयद बदीउद्दीन ज़िंद शाह मदार की दरगाह चलने के लिए आमंत्रित किया। पांडे ने कलाम को बताया कि उनका

परिवार सौ साल से भी ज़्यादा समय से दरगाह जा रहा है। एक मुस्लिम संत के प्रति एक ब्राह्मण की भक्ति पर कलाम हैरान रह गए और उन्होंने इस आमंत्रण को ख़ुशी-ख़ुशी स्वीकार कर लिया। पांडे ने कलाम को बताया कि हज़रत मदार पैगंबर मुहम्मद के वंशज थे। दरगाह में हज़ारों लोगों, ख़ास तौर पर ग़ैर-मुसलमानों को, देखकर कलाम दंग रह गए।

पांडे ने कलाम को बताया कि दरगाह में जो भी मन्नत माँगी जाती है, वह सही समय पर पूरी होती है। साफ़ दिख रहा था कि लोगों को इसकी शक्ति पर भरोसा था, क्योंकि हज़ारों लोग क़ब्र को ढँकने के लिए सजावटी चादरें चढ़ा रहे थे। बाक़ी लोग क़ब्र के चारों ओर लगी जाली पर मन्नत का लाल धागा बाँध रहे थे, जिसके साथ दान करने का वादा था - सबसे लोकप्रिय क़िस्म का दान था सामुदायिक किचन यानी लंगर के लिए सामान देना, जहाँ भूखों को मुफ़्त खाना खिलाया जाता था और किसी तरह का भेदभाव नहीं किया जाता था।

पांडे ने कलाम को प्रथम स्वाधीनता संग्राम के भयानक क़िस्से सुनाए। कानपुर की घेराबंदी युद्ध की एक अहम घटना थी। कानपुर में ईस्ट इंडिया कंपनी की घिरी हुई सेनाओं और नागरिकों ने विद्रोही सेना के सामने इस आश्वासन पर समर्पण कर दिया कि उन्हें इलाहाबाद तक सुरक्षित पहुँचने दिया जाएगा। कुछ परिस्थितियाँ ऐसी बनीं, जो अब तक अस्पष्ट और विवादास्पद बनी हुई हैं, कि कानपुर से उनकी निकासी एक हिंसक नरसंहार में बदल गई, जिसमें कंपनी के ज़्यादातर लोगों को मार डाला गया। फिर अनावश्यक मारकाट मची। जब इलाहाबाद से ईस्ट इंडिया कंपनी की बचाव सेना कानपुर के क़रीब पहुँची, तो क्रांतिकारी सेना के शुरुआती हमले में बचे 120 ब्रिटिश महिलाओं और बच्चों को भी मार डाला गया; बाद में इसे बीबीगढ़ नरसंहार का नाम दिया गया। कानपुर पर दोबारा क़ब्ज़ा करने और नरसंहार का पता चलने पर कंपनी की सेना आगबबूला हो गई और इसने पकड़े गए विद्रोही सैनिकों और स्थानीय नागरिकों पर प्रतिशोध में व्यापक अत्याचार किए।

कलाम स्वतंत्रता आंदोलन के लक्ष्यों को लेकर बहुत सहानुभूतिपूर्ण थे। लेकिन देश के स्वाधीनता संग्राम की इस दारुण घटना के पांडे के वर्णन ने उनके युद्ध संबंधी दृष्टिकोण की दोबारा पुष्टि की - युद्ध से सिर्फ़ दुख पैदा होता है और निश्चित रूप से आपसी शिकायतों को सुलझाने के ज़्यादा समझदारी भरे तरीक़े हमेशा मौजूद होते हैं। जब कलाम कानपुर में थे, तब एक घरेलू युद्ध भी सुलग रहा था। लंबे समय से अख़बार, ख़ास तौर पर संपादकीय पन्ना, पढ़ने की आदत होने के कारण कलाम भारत और चीन के बीच सुलगती मुश्किल के बारे में जागरूक थे। चीन की सेना की यातना के चलते दलाई लामा 30 मार्च 1959 को भारतीय सीमा पर पहुँचे। भारतीय रक्षक उन्हें वर्तमान अरुणाचल प्रदेश के बोमडिला कस्बे तक लेकर गए।

भारत सरकार पहले ही दलाई लामा और उनके अनुयायियों को शरण देने के लिए तैयार हो गई थी। 20 अप्रैल 1959 को मसूरी में उनके आगमन के कुछ समय

बाद ही दलाई लामा प्रधानमंत्री नेहरू से मिले और दोनों ने निर्वासित तिब्बती सरकार के बारे में बात की, जिसका मुख्यालय हिमाचल प्रदेश के धर्मशाला में होना था। दलाई लामा के घोर कष्ट ने कलाम को दुनिया की हालत पर सोचने के लिए मजबूर कर दिया। शांति और धर्म वाले लोग निर्मम सैनिक शक्ति का सामना क्यों कर रहे हैं? क्या मानव विकास ने इंसान को अधिक शांतिपूर्ण बनाया था या फिर मानव जाति आंतरिक रूप से हिंसा के लिए प्रवृत्त होती थी?

कलाम नज़दीकी फर्रुख़ाबाद जिले में संकिसा गए, जब दलाई लामा भारत में अपने निर्वासन के नौ महीने बाद वहाँ पहुँचे। इतिहास में संकास्या के रूप में विख्यात संकिसा चार पवित्र बौद्ध स्थिर स्थानों में से एक है; बाक़ी हैं बोधगया, जहाँ सभी बुद्धों को ज्ञानोदय हुआ; सारनाथ, जहाँ उन्होंने अपना शिक्षण शुरू किया और श्रावस्ती, जहाँ उन्होंने शिक्षण का विस्तार किया व धर्मसिद्धांत के विरोधियों को हराया। स्वर्ग में वर्षा ऋतु बिताने के बाद सभी बुद्ध संकिसा में धरती पर उतरते हैं। संकिसा में अपनी यात्रा के दौरान दलाई लामा ने कालचक्र के बारे में बात की।

कलाम ने बाद में कालचक्र परंपरा के बारे में पढ़ा, जो समय के चक्रों के बारे में है। पाश्चात्य दर्शन और पूर्वी बुद्धिमत्ता का उत्सुक अध्ययन उन्हें अवश्यंभावी रूप से इस समझ की ओर ले जा रहा था कि विज्ञान आध्यात्मिकता के लिए मूलभूत है और इसका विपरीत भी सच है। यही नहीं, सृष्टि को संचालित करने वाले नियम सिर्फ़ आध्यात्मिक सिद्धांतों के तालमेल में ही नहीं हैं, बल्कि वे परमाणुओं के बारे में भी उतने ही प्रासंगिक हैं, जितने कि हमारे जीवन के अनुभव के बारे में हैं।

इस समय के आस-पास इंसान विज्ञान और परमाणु संबंधी प्रयोग कुछ इस तरह कर रहा था, जैसे कोई अज्ञानी और लापरवाह किशोर करता है। 13 फ़रवरी 1960 को फ़्रांस ने अल्जीरिया के सहारा रेगिस्तान में अपना पहला परमाणु परीक्षण किया, जिसका कूट नाम था गरबॉइज़ ब्लू (ब्लू डेज़र्ट रैट)। सत्तर किलोटन के विस्फोटक भार वाला यह बम हिरोशिमा के बम से चार गुना शक्तिशाली था और यह ज़मीन के ऊपर फटा था, जहाँ इसने आस-पास के वायुमंडल को बर्बाद कर दिया। वहाँ पर सैनिक तैनात थे और वे बलि के मानवीय बकरे थे, ताकि वैज्ञानिक मानव शरीर पर विकिरण के प्रभावों को ज़्यादा अच्छी तरह समझ सकें। यहाँ पर कई जीवन बर्बाद हुए, साथ ही जो वृहद पर्यारणवादी क्षति हुई सो अलग और उस जगह की असंख्य प्रजातियों का उन्मूलन भी हुआ। यह विज्ञान का भयावह दुष्परिणाम और सृष्टि में मौजूद शक्तियों का दुरुपयोग था। इंसान अपनी ख़ुद की प्रजाति और अपने ख़ुद के ग्रह पर इतनी तबाही कैसे मचा सकता है?

कलाम कई तनहा रातों में ऐसे अस्तित्ववादी प्रश्नों पर सोच-विचार करते रहे। वे जवाब जानने लायक़ बड़े नहीं हुए थे; लेकिन प्रश्न फिर भी उनके दिमाग़ में खलबली मचा रहे थे। वे देख सकते थे कि हिंसा, संधि और सहयोग सभी मानव स्वभाव के हिस्से हैं। उन्हें महसूस हुआ कि विकास ने इंसान को हिंसक या शांतिवादी

होने के लिए आकार नहीं दिया था : इसने तो मनुष्य को इस तरह आकार दिया था कि वह विभिन्न परिस्थितियों के प्रति लचीला हो सके और ढलकर प्रतिक्रिया कर सके - और हिंसा का जोखिम तभी ले, जब ऐसा करने में ढलना संभव हो। कलाम को इस बात की पीड़ा हुई कि भोजन के लिए प्रतिस्पर्धा करने के बजाय, जिसे हासिल करना संसार के ज़्यादातर हिस्सों में तुलनात्मक रूप से आसान हो गया था, मानव जाति अब कच्चे तेल और खनिजों जैसे भौतिक संसाधनों के लिए प्रतिस्पर्धा कर रही थी।

1.6

नूह की नाव

संभवतः कोई भी संस्था नहीं बच सकती, अगर इसे अपने प्रबंधन के लिए प्रतिभाशाली व्यक्तियों या महामानवों की ज़रूरत हो। इसे इस तरह संगठित करना चाहिए, ताकि यह आम आदमियों के नेतृत्व में काम करने और चलने में सक्षम हो।

—पीटर ड्रकर
प्रबंधन परामर्शदाता, शिक्षाविद् और लेखक

नूह की नाव की कहानी कलाम को श्वाट्र्ज़ के दिनों से ही आकर्षित करती थी, जहाँ यह उन्होंने पहली बार सुनी थी। बड़े होने पर उनके मन में यह सवाल कुलबुला रहा था कि नूह तो लौह युग के भी एक हज़ार से ज़्यादा साल पहले हुए थे, तो फिर वे इतनी बड़ी नाव कैसे बना सकते थे, जिसका वर्णन *बाइबल* में किया गया था। उन्हें पेड़ गिराने या गिरे हुए पेड़ों को बराबरी के नाप का काटने का काम लोहे के हथौड़ों, कुल्हाड़ियों या आरी के बिना करना था। कीलों के बिना उन्हें जोड़ना भी असंभव लग रहा था। जहाज़ बनाने के इतिहास में नूह के युग में इतनी बड़ी किसी नाव का कोई उल्लेख नहीं मिलता है। न ही *बाइबल* में यह बताया गया है कि नूह को आसमानी स्रोतों से कोई नाव मिली; इसके विपरीत इसमें स्पष्ट रूप से लिखा गया है कि उन्हें यह खुद बनानी थी।

कलाम के लिए यह कल्पना करना भी इतना ही मुश्किल था कि नूह कैसे इतनी फसल उगा सकते थे या नाव पर पहुँचा सकते थे, जिससे वे नाव में रहते वक़्त अपना, अपने परिवार और ढेर सारे पशुओं का पेट भर सकें, जिनमें से कुछ का आकार तो काफ़ी बड़ा था। मांसाहारी पशुओं का सवाल उन्हें ख़ास तौर पर समस्याजनक लगा। यही नहीं, पुरातत्वविज्ञान अब तक ऐसा कोई प्रमाण नहीं खोज पाया है कि नूह के युग में इतना बड़ा जलप्रलय आया था। नूह की कहानी को समझने का तार्किक तरीक़ा क्या हो सकता है, सिवा इसके कि यह एक रूपक है? अधिक महत्त्वपूर्ण बात, इस रूपक का सबक़ क्या हो सकता है?

कलाम ने तर्क किया कि नूह दो विरोधी संसारों के बीच की कड़ी का प्रतिनिधित्व करते थे। वे हमस (बेईमानी) के दिनों में पैदा हुए थे, दोबारा सृजन के दौरान जीवित रहे थे और एक ऐसे संसार में पहुँच गए थे, जिसमें इंसान क़ानून की ज़रूरत को पहचानने लगा था। यहाँ पर कलाम ने इस रूपक का मर्म समझ लिया। संसार का सर्जक एक ऐसा व्यक्ति था, जिसने इंसान को बनाया, जिसकी पहचान यह थी कि वह पशुओं से श्रेष्ठ था, लेकिन जो अब भी पूरी तरह जागरूक नहीं था कि वह क़ानून के बिना जीवित नहीं रह सकता। कलाम ने नूह की नाव की व्याख्या इस तरह की कि इंसान को संस्थाओं, परिवारों, समुदायों, स्कूलों, अस्पतालों, अदालतों, देशों आदि के ज़रिये जीना चाहिए।

कलाम का पूरा संसार और उपलब्धियाँ संस्थाओं - और उनके परिवार - के साथ रहने पर आधारित थी। वैमानिक उद्योग के लिए आवश्यक निवेश और व्यक्तियों की संख्या का पैमाना इतना बड़ा था कि इसके लिए संस्थागत समर्थन अनिवार्य था, जो सिर्फ़ सरकारी या बड़ी कंपनियों से ही मिल सकता था। कलाम की योग्यताओं को सबसे पहले उनके परिवार ने बढ़ावा दिया और इसके बाद उन्हें उस युग की सर्वश्रेष्ठ शिक्षण संस्थाओं ने तराशा। अब उनकी योग्यताओं की भारी माँग थी और उनका इस्तेमाल देश के लिए बेहद महत्त्वपूर्ण परियोजनाओं में किया जा रहा था। कलाम एक ऐसे संसार में फल-फूल रहे थे, जिसमें मनुष्य क़ानून की ज़रूरत को पहचानता था। लेकिन अपने मन में वे विकास करके इससे भी आगे - एक ज़्यादा ऊँची समझ की ओर - पहुँच रहे थे। प्रो. स्पॉन्डर ने जिस ज़्यादा ऊँची समझ की बात की थी, उसके बारे में कलाम की तीव्र इच्छा जाग्रत हो चुकी थी; और इसे नज़रअंदाज़ नहीं किया जा सकता था।

वैसे कलाम का करियर उन्हें नई जगहों पर ले जाने वाला था और उनके सांसारिक क्षितिजों को व्यापक बनाने वाला था। 1950 और 1960 के दशक में बहुत सी वैमानिक परियोजनाएँ शुरू हुईं, जिनमें सबसे महत्त्वपूर्ण थीं होवरक्राफ़्ट, द वर्टिकल टेक-ऑफ़ ऐंड लैंडिंग (वीटीओएल) प्लेटफ़ॉर्म और डीएआरटी टारगेट, पायलट रहित उड़ान प्रणाली, जिसमें स्वायत्त निश्चित समय/स्थान प्रौद्योगिकी का इस्तेमाल हुआ था। एचएएल को शोध और विकास समर्थन देने के लिए 1959 में एरोनॉटिकल डेवलपमेंट एस्टेबलिशमेंट (एडीई) स्थापित किया गया। सैनिक उड्डयन से जुड़े विभिन्न संगठनों में काम कर रहे वैमानिक इंजीनियरों को इकट्ठा करके इस नए संगठन की बुनियादी टीम बनाई गई। बेंगलूरु स्थित एडीई का काम भारतीय वायु सेना के लिए वैमानिक उपकरणों का अर्जन करना था और यहीं पर कलाम काम करने वाले थे, कम से कम शुरुआत में।

जब कलाम एडीई में दाख़िल हो रहे थे, तब एयर इंडिया इंटरनेशनल जेट युग में दाख़िल हो रही थी। 21 फ़रवरी 1960 को एयर इंडिया इंटरनेशनल ने एक बोइंग 707-420 विमान ख़रीद लिया और यह अपने बेड़े में जेट विमान शामिल

करने वाली पहली एशियाई एयरलाइन बन गई। इसी साल 14 मई को लंदन होकर न्यू यॉर्क इंटरनेशनल एयरपोर्ट, ऐंडरसन फ़ील्ड (बाद में जे.एफ़.के. इंटरनेशनल एयरपोर्ट) जाने वाली जेट सेवा का उद्घाटन हुआ। 8 जून 1962 को एयरलाइन का नाम आधिकारिक रूप से संक्षिप्त करके एयर इंडिया कर दिया गया, जो आज तक क़ायम है। 11 जून 1962 को एयर इंडिया विश्व की पहली आल-जेट एयरलाइन बन गई। भारत अब प्रौद्योगिकी राष्ट्र के रूप में अपने पैरों पर खड़ा होने लगा था और पाँच इंडियन इंस्टीट्यूट्स ऑफ़ टेक्नोलॉजी (आईआईटी) कलाम जैसे युवा इंजीनियर और वैज्ञानिक तैयार कर रहे थे, ताकि देश को उस सदी के अंतिम दशकों में आगे पहुँचाया जा सके।

कलाम को बागों के शहर बेंगलूरु से प्रेम हो गया। यह कानपुर के भीड़ भरे और प्रदूषित शहर तथा दिल्ली के उच्च कुल वाले व हावी होने वाले माहौल के विपरीत था। अब तक कलाम भारतीय समाज की विविधता में ढल चुके थे। उन्होंने काफ़ी समय से देखा था कि भारत में अपने देशवासियों में अतियाँ उभारने की अलौकिक प्रवृत्ति थी। उनके अनुमान से ऐसा इसलिए था, क्योंकि सदियों के आक्रमण और देशांतरगमन से भारतीय पीड़ित भी हुए थे और लाभान्वित भी। विभिन्न शासकों और क्षेत्रीय व जातिगत भावनाओं ने भारतीय लोगों की राष्ट्रीय पहचान की इच्छा को भोथरा कर दिया था। बचाव की रणनीति के रूप में भारतीय लोगों ने कभी करुण कभी क्रूर, कभी संवेदनशील कभी कठोर, कभी गहरे कभी चंचल होने की असाधारण योग्यता सीख ली थी।

कलाम मानव स्वभाव और व्यवहार के आजीवन विद्यार्थी थे, इसलिए देश के शहरों में नज़र आने वाले लोगों के ढोंग से वे सोचने पर मजबूर हो गए। उन्हें महसूस हुआ कि शहरी जीवन ने ज़मीन या मिट्टी के प्रति अनिवार्य लगाव को ख़त्म कर दिया था। अप्रशिक्षित आँख को भारतीय शहर रंगीन और लुभावने नज़र आ सकते हैं; मगर समालोचक निगाह के लिए भारतीय शहरवासी और कुछ नहीं, बल्कि अपने विभिन्न मालिकों की घटिया नक़ल थे। कानपुर में कलाम ने अवध राजाओं की पान खाने वाली प्रतिलिपियाँ देखीं, दिल्ली में गर्दन तानने वाले ब्रिटिश शासकों के बहुत सारे नमूने मिले और बेंगलूरु में वे कुत्ता घुमाने वाले साहबों को देख सकते थे। भारत के किसी भी शहर में कलाम को रामेश्वरम् जितनी गहराई और प्रामाणिकता नहीं मिली। वे इस नतीजे पर पहुँचे कि विभाजित संवेदनाओं और शहरी जीवन के अस्तित्ववादी दबावों ने माटी से जुड़े भारतीयों के दिल और दिमाग़ के आपसी संबंध को पृथक कर दिया है। औपनिवेशिक काल के पहले भारतीय मूल्यों के मिश्रित तंत्र से आधुनिक एकीकृत तंत्र में रूपांतरण एक ऐसा काम था, जिसकी प्रगति बड़ी धीमी थी।

अब तक कलाम ने और भी ज़्यादा पढ़ने की आदत डाल ली थी। उन्होंने दरगाहों पर जाना कम कर दिया और पुस्तकालयों में ज़्यादा समय बिताने लगे। कामकाज में नौकरशाही संगठन का मतलब यह था कि कलाम को अपनी ख़ुद की

पहलशक्ति पर भरोसा करना था। वे कभी निठल्ले बैठने वाले नहीं थे, इसलिए उन्होंने सेना के वैमानिक अभियान में प्रोएक्टिव बनने का निर्णय लिया। कलाम ने बरसों बाद कहा था : 'वैमानिक विकास के शुरुआती वर्षों में काम का बोझ ज़्यादा नहीं था। वास्तव में, पहलेपहल तो मुझे ख़ुद के लिए काम उत्पन्न करना पड़ा, जब तक कि धीरे-धीरे गति नहीं बन गई।'

कलाम को इस बात का विश्वास था कि होवरक्राफ़्ट भारत की सेनाओं में बहुउपयोगी भूमिका निभा सकता है, इसलिए उन्होंने एडीई के उच्चाधिकारियों के सामने इस विचार की पैरवी की। उनकी शुरुआती प्रस्तुतियों के आधार पर एक प्रोजेक्ट टीम बनाई गई, जिसे एक स्वदेशी होवरक्राफ़्ट नमूना डिज़ाइन करने और विकसित करने की ज़िम्मेदारी सौंपी गई। एडीई के डायरेक्टर डॉ. ओ.पी. मेदिरत्ता ने कलाम को चार सदस्यों की टीम का नेतृत्व करने को कहा। कामकाजी नमूना तैयार करने के लिए उन्हें तीन साल का समय दिया गया था।

3 नवंबर 1961 को प्रधानमंत्री जवाहरलाल नेहरू ने मुंबई के बैलार्ड घाट पर ब्रिटेन से आए 20,000 टन के मैजेस्टिक-क्लास विमान वाहक एचएमएस हर्क्युलिस की अगवानी की। कप्तान प्रीतम सिंह महिन्द्रू के नेतृत्व में आने वाले इस जहाज़ का नाम आईएनएस विक्रांत रखा गया। इसमें सी हॉक लड़ाकू विमानों और फ़्रांसीसी ब्रेगुएट एलाइज़ ऐंटी-सबमैरीन वॉरफ़ेयर (एएसडब्ल्यू) विमानों का एक-एक स्क्वैड्रन था। कलाम को वर्टिकल टेक-ऑफ़ ऐंड लैंडिंग प्लेटफ़ॉर्म के काम में मदद करने के लिए दिल्ली बुलाया गया।

21 सितंबर 1962 को चीन और भारत का सीमा विवाद बड़े पैमाने के युद्ध में बदल गया। यह मैकमोहन सीमारेखा के पार चीन के भारी हमले के साथ शुरू हुआ। मैकमोहन रेखा नक़्शे की वह रेखा थी, जिसे ब्रिटिश और तिब्बती सरकारों ने 1914 में राष्ट्रीय सीमा माना था। चीन द्वारा तिब्बत के अधिग्रहण के बाद मैकमोहन रेखा भारत और चीन की प्रभावी सीमा थी। जब चीन मैकमोहन रेखा को तेज़ी से पार करके भारतीय इलाक़े में घुस आया, तो भारत-चीन युद्ध भारत के लिए राष्ट्रीय अपमान का कारण बन गया। सोवियत संघ, अमेरिका और ग्रेट ब्रिटेन ने भारत को सैनिक सहायता देने का वादा किया। इस पर चीन ने अपनी सेनाएँ हटा लीं और 19 नवंबर 1962 को युद्ध ख़त्म हो गया।

प्रधानमंत्री नेहरू ने बाद में संसद में कहा :

> मुझे कई मौक़े याद हैं, जब वरिष्ठ सेनाध्यक्ष हमारे पास आए और रक्षा मंत्रालय को लिखकर भी बताया कि उन्हें कुछ हथियार चाहिए... अगर हमारे पास दूरदृष्टि होती, अगर हम सटीकता से जानते कि क्या होने वाला है, तो हम कोई दूसरी चीज़ करते... चीनी आक्रमण से भारत ने यह सीखा है कि आज के संसार में कमज़ोर राष्ट्रों की कोई जगह नहीं है... हम अपने ही बनाए हुए एक काल्पनिक संसार में रह रहे हैं।

कलाम की तरह कई भारतीयों ने युद्ध को दो ऐसी सेनाओं के संघर्ष के रूप में देखा, जिनकी शक्तियों में ज़मीन-आसमान का फ़ासला था और इसका मोर्चे पर मौजूद सैनिकों के युद्ध कौशल से बहुत कम संबंध था। भारत की सेनाओं का नेतृत्व विवादप्रिय नेताओं और संघर्षरत सेनानायकों द्वारा एक दार्शनिक प्रधानमंत्री के अधीन किया जा रहा था - जो पंचशील (चीन के साथ 1954 की निष्फल संधि के पाँच सूत्र) जैसे हवाई सिद्धांत झाड़ रहे थे - और एक रक्षा मंत्री द्वारा, जो अपनी तेज़ाबी जुबान और कटार जैसी बुद्धि का इस्तेमाल अपने चारों ओर के लोगों पर करने में लगे रहते थे। उनके सामने एक मज़बूत क्रांतिकारी और एक विजयी सेनानायक खड़े थे : माओ जेदॉन्ग और प्रधानमंत्री झाउ एनलाई, जो शायद अपनी पीढ़ी के सबसे अच्छे रणनीतिकार थे। लक्ष्य से चीनी नेतृत्व का ध्यान भटकाने के लिए संसद या मीडिया का कोई दबाव भी नहीं था। यह किसी पाठ्यपुस्तक में वर्णित युद्ध जैसा था, जिसमें तैयार सेना तैयारी रहित सेना पर विजय पाती है।

चीन-भारत युद्ध के साथ ही क्यूबाई मिसाइल संकट भी खड़ा हो गया। अक्टूबर 1962 में अमेरिका और सोवियत संघ का प्रत्यक्ष और ख़तरनाक आमना-सामना हुआ, जिसमें विश्व की दो परमाणु महाशक्तियाँ युद्ध के ख़तरनाक रूप से बहुत क़रीब आ गईं। जुलाई 1962 में सोवियत राज्याध्यक्ष निकिता ख्रुश्चेव और क्यूबा के राष्ट्रपति फ़िदेल कास्त्रो ने अमेरिका के किसी भावी आक्रमण प्रयास को रोकने के लिए क्यूबा में सोवियत परमाणु मिसाइलें तैनात करने का गोपनीय अनुबंध किया। मिसाइलों की तैनाती की ख़बर मिलते ही अमेरिका ने नौसेनिक प्रतिबंध लगा दिया और क्यूबा की समुद्री नाकाबंदी कर दी। बाद में होने वाली घटनाओं ने संसार को परमाणु विभीषिका की कगार पर पहुँचा दिया।

26 अक्टूबर 1962 को मॉस्को में आधी रात के आस-पास ख्रुश्चेव ने राष्ट्रपति केनेडी को एक लंबा, भावुक संदेश भेजा, जिसने परमाणु विध्वंस का भूत जाग्रत कर दिया। उन्होंने कहा, 'अगर संसार को परमाणु युद्ध से तबाह करने का कोई इरादा नहीं है, तो हमें न सिर्फ़ रस्सी के दोनों छोर खींचने वाली शक्तियों को ढीला कर देना चाहिए, बल्कि गाँठ खोलने के क़दम भी उठाने चाहिए। हम इसके लिए तैयार हैं।' बाद में दोनों पक्षों के बीच बातचीत हुई, रियायतें दी गईं और संकट टल गया।

परमाणु संघर्ष के ख़तरे से दोबारा बचने के लिए व्हाइट हाउस और क्रेमलिन के बीच एक सीधी टेलीफ़ोन लाइन जोड़ी गई; यह 'हॉटलिंक' या 'मोलिंक' के रूप में मशहूर हुई। परमाणु संघर्ष की कगार पर पहुँचने के बाद दोनों महाशक्तियों ने परमाणु हथियारों की दौड़ पर पुनर्विचार किया और परमाणु परीक्षण प्रतिबंध संधि की दिशा में पहले क़दम उठाए।

कलाम ने इसे नैतिकता के प्रभुत्व के रूप में देखा। इस संकट के दौरान सैन्य कार्यवाही पहली प्रतिक्रिया के रूप में व्यावहारिक थी, लेकिन शुक्र था कि हथियारों के

इस्तेमाल की नैतिकता पर विचार करने के बाद समझौते का रास्ता चुना गया। यदि संघर्ष बढ़ता, तो मानव जीवन की भारी हानि होती। सैन्य कार्यवाही की प्रभावशीलता पर तौलने के बाद एक ऐसा निर्णय लिया गया, जो सही साबित हुआ। कलाम इस नतीजे पर पहुँचे कि पहली प्रतिक्रिया के रूप में सैन्य कार्यवाही का चुनाव करने से पहले नेताओं को स्थिति की नैतिकता पर सावधानी से विचार करना चाहिए। इससे परानुभूति क़ायम रहती है। दोनों पक्षों के संयम की वजह से क्यूबाई मिसाइल संकट में परानुभूति क़ायम रही और इससे नैतिक प्रश्नों की जाँच करने का मौक़ा मिल गया। केनेडी और ख्रुश्चेव जैसे नेता जानते थे कि हिंसक कार्यों की हिंसक प्रतिक्रिया होगी।

होवरक्राफ़्ट विकास परियोजना कलाम और उनकी छोटी टीम के लिए लोहे का चना साबित हुई। टीम के किसी भी सदस्य के पास किसी मशीन को शुरू से डिज़ाइन करने और बनाने का अनुभव नहीं था, एक ऐसा जटिल विमान वाहन बनाने की बात तो रहने ही दें, जो सैनिक उपयोग के लिहाज़ से पर्याप्त कठोर और विश्वसनीय हो। यही नहीं, उनके सामने ढेर सारी व्यावहारिक समस्याएँ भी थीं। सबसे स्पष्ट समस्या तो यह थी कि कोई डिज़ाइन नहीं था, न ही मानक पुर्जे उपलब्ध थे। कलाम ने होवरक्राफ़्ट पर ज़्यादा से ज़्यादा सामग्री पढ़ने की कोशिश की, लेकिन ज़्यादा कुछ उपलब्ध ही नहीं धा। उन्होंने इस क्षेत्र के ज्ञानी लोगों से परामर्श लेने की कोशिश की, लेकिन ऐसा कोई व्यक्ति मिला ही नहीं। इस अनुभव से उनका मोहभंग हो गया और अब वे विकसित देश और विकासशील देश के फ़र्क़ को समझ गए। केवल बरसों और दशकों तक लगातार काम ही - पीढ़ियों के पार भी - किसी देश को महान बनाता है। कलाम समझ गए कि वे जितना जानते थे और उनके पास जो कुछ भी था, उसी के साथ आगे बढ़ने के अलावा कोई दूसरा विकल्प नहीं था। वे इस बारे में किसी मुग़ालते में नहीं थे कि उन्हें अपनी इच्छाशक्ति और संकल्प के दम पर ही काम करना होगा :

> यह ख़तरा हमेशा रहता है कि मेरे जैसी पृष्ठभूमि वाला इंसान – जो किसी गाँव या छोटे कस्बे से आया हो, मध्यमवर्गीय हो, जिसके माता–पिता के पास सीमित शिक्षा हो – एक कोने में दुबककर बैठ जाएगा और वहाँ अपने अस्तित्व के लिए संघर्ष करता रहेगा... मैं जानता था कि मुझे अपने अवसर ख़ुद बनाने होंगे। देखिए, सात साल तक साइकिलों की मरम्मत करने के बाद ही राइट बंधुओं ने पहला हवाई जहाज़ बनाया था!

ड्रॉइंग बोर्ड पर कुछ महीने बिताने के बाद कलाम सीधे कलपुर्ज़े बनाने की ओर पहुँच गए। एक-एक पुर्ज़ा, एक-एक उप-प्रणाली, चरण दर चरण उनका सपना प्रकट होने लगा। रक्षा मंत्री वी.के. कृष्ण मेनन ने इस छोटी परियोजना में विशेष रुचि ली। उनमें स्वदेशी अस्त्र-शस्त्र प्रणालियों के विकास की क्षमता के निर्माण को लेकर बहुत जोश था। जब भी वे बेंगलूरु आते थे, डॉ. मेदिरत्ता और कलाम से ज़रूर मिलते

थे, ताकि उनकी प्रगति की जानकारी ले सकें और यह पूछ सकें कि क्या उन्हें किसी तरह की मदद चाहिए।

परियोजना समय पर पूरी हो गई। होवरक्राफ़्ट हवा की 40 मिमी. गद्दी पर उठा। इस पर 550 किलो का भार था, जिसमें वाहन का वज़न शामिल था। इसका नाम भगवान शिव के वाहन के नाम पर नंदी रखा गया। लेकिन तब तक कृष्ण मेनन चीन-भारत युद्ध में शिकस्त के बाद पद से हट चुके थे और नई व्यवस्था में कई लोग स्वदेशी होवरक्राफ़्ट के सैन्य इस्तेमालों के बारे में उनके जितने उत्साहित नहीं थे। परियोजना को ताक पर रख दिया गया और स्वदेशी होवरक्राफ़्ट का निर्माण कभी नहीं किया गया - हालाँकि हज़ारों की ज़रूरत थी और उन्हें नियमित रूप से आयात किया गया। कलाम का दिल टूट गया।

> अब तक मैंने यक़ीन किया था कि आसमान ही सीमा थी, लेकिन अब यह नज़र आया कि सीमाएँ उससे ज़्यादा क़रीब थीं। जीवन में कुछ सीमाएँ होती ही होती हैं; आप इतना ही वज़न उठा सकते हैं; आप इतनी ही तेज़ी से सीख सकते हैं; आप इतनी ही कड़ी मेहनत कर सकते हैं; आप इतनी ही दूर तक जा सकते हैं!

एक शाम कलाम ब्रिगेड रोड पर टहल रहे थे। उन्हें पुस्तकों की एक दुकान में *द पुशकार्ट वार* नामक पुस्तक दिखी। यह जीन मेरिल द्वारा लिखा गया बच्चों का सचित्र उपन्यास था। वे इसके पहले वाक्य से प्रभावित हुए, 'पुशकार्ट वार 15 मार्च 1976 की दोपहर को शुरू हुआ, जब एक ट्रक ने एक फूल बेचने वाले की ठेलागाड़ी को टक्कर मार दी।' फूल बेचने वाला युद्ध कैसे लड़ सकता है? कहानी की तारीख़ भविष्य में क्यों दी गई है? उन्होंने पुस्तक ख़रीदने का निर्णय लिया।

पुस्तक में न्यू यॉर्क शहर के ठेलागाड़ी से फेरी लगाने वालों के समूह की कहानी बताई गई है। इस समूह का नेतृत्व मॉरिस द फ़्लोरिस्ट ने किया था, जिन्होंने तानाशाह ट्रक कंपनियों से संघर्ष किया। ठेलागाड़ी से फेरी लगाने वालों के पास केवल गुलेलें थीं - जो टायर पंचर करने के लिए अच्छी थीं - और उनकी बुद्धि थी। इस पुस्तक का संदेश यह था कि ग़रीब, कमज़ोर और परित्यक्त लोग अपने आततायियों के ख़िलाफ़ उठकर खड़े हो सकते हैं और ज़ाहिर है, अंततः जीत भी सकते हैं। कलाम ने ख़ुद को एक कमज़ोर व्यक्ति के रूप में पहचानना शुरू किया। उन्होंने अपनी शैली बदलने और ज़्यादा प्रतिस्पर्धी बनने का निर्णय लिया। वे इस नतीजे पर पहुँचे कि पीछे से बराबरी पर आना और फिर जीतना सचमुच एक महान भावना है।

कई महीने गुज़रने के बाद एक दिन डॉ. मेदिरत्ता ने कलाम को बुलाकर पूछा कि क्या नंदी काम कर रहा है। कुछ दिनों बाद वे टाटा इंस्टीट्यूट ऑफ़ फ़ंडामेंटल रिसर्च (टीआईएफ़आर) के डायरेक्टर प्रो. एम.जी.के. मेनन को कलाम से मिलाने लाए। मेनन ने कलाम से मशीन के बारे में कुछ प्रश्न पूछे और दस मिनट तक

सवारी भी की। आख़िरकार, कलाम को ऐसा व्यक्ति मिल गया था, जिसने कम से कम उनकी कई बरसों की मेहनत की क़द्र की। प्रो. मेनन ने कलाम को हल्के से गले लगाया और कहा कि वे उनसे जल्दी ही मिलेंगे।

एक सप्ताह बाद कलाम को एक पत्र मिला, जिसमें उन्हें टीआईएफ़आर में इंटरव्यू के लिए मुंबई बुलाया गया। उन्हें नवनिर्मित इंडियन कमिटी फ़ॉर स्पेस रिसर्च (आईएनसीओएसपीएआर) में रॉकेट इंजीनियर के पद के लिए साक्षात्कार देना था। कलाम ने निश्चितता की अजीब सी, शांत भावना के साथ अगली ट्रेन पकड़ी। कलाम ने ख़ुद को याद दिलाया कि जीतने का सबसे अच्छा तरीक़ा यही है कि जीतने की ज़रूरत ही न महसूस हो। सबसे अच्छे प्रदर्शन तब होते हैं, जब आप तनावमुक्त रहते हैं और मन में कोई शंका नहीं रहती है। वे ठेलागाड़ी से फेरी लगाने वाले हैं, तो क्या हुआ? अगर वे मुंबई में सबसे शक्तिशाली ट्रक वालों से मिलते हैं, तो क्या हुआ? आख़िरकार, उन्होंने किसी पद के लिए आवेदन नहीं दिया था - लेकिन इसके बावजूद उन्हें बुलाया गया था।

1.7

कोई मुफ़्त लंच नहीं

उद्दीपन और प्रतिक्रिया के बीच एक ख़ाली जगह होती है। उस जगह पर हमारे पास अपनी प्रतिक्रिया चुनने की शक्ति होती है। हमारी प्रतिक्रिया में ही हमारा विकास और हमारी स्वतंत्रता निहित है।

—विक्टर ई. फ्रैंकल
न्यूरोलॉजिस्ट और विभीषिका के उत्तरजीवी

भारत में अंतरिक्ष अनुसंधान गतिविधियाँ 1960 के दशक की शुरुआत में प्रारंभ हुई थीं, जब उपग्रहों का इस्तेमाल करने वाले उपकरण अमेरिका में भी प्रायोगिक अवस्थाओं में थे। जब अमेरिकी उपग्रह 'सिनकॉम-3' ने टोकियो ओलंपिक गेम्स का प्रशांत महासागर के पार सीधा प्रसारण करके संचार उपग्रहों की शक्ति दिखा दी, तो प्रधानमंत्री नेहरू ने अंतरिक्ष प्रौद्योगिकी से भारत को होने वाले लाभों को तुरंत भाँप लिया। अंतरिक्ष कार्यक्रम हालाँकि मूल रूप से चंद भारतीय वैज्ञानिकों का व्यक्तिगत स्वप्न था, लेकिन जल्दी ही यह ऊपर उठकर भारत के लिए सर्वोच्च प्राथमिकता वाले कार्यक्रमों में से एक बन गया।

1962 में डिपार्टमेंट ऑफ़ एटॉमिक एनर्जी के तले एक नया संगठन आईएनसीओएसपीएआर बनाया गया, जिसके मुखिया अहमदाबाद में फ़िज़िकल रिसर्च लेबोरेटरी (पीआरएल) के डायरेक्टर डॉ. विक्रम साराभाई थे। संगठन को भारतीय अंतरिक्ष कार्यक्रम को निरूपित करने का काम सौंपा गया। डॉ. विक्रम साराभाई गंभीर और दूर-दूर रहने वाले डॉ. होमी भाभा के श्रीकृष्ण जैसे चुलबुले वारिस थे। श्रीकृष्ण की तरह ही डॉ. साराभाई भी बहुमुखी थे और उन्होंने प्रारंभिक अंतरिक्ष कार्यक्रम को इसके शुरुआती वर्षों में पोषण देते हुए कई भूमिकाएँ निभाईं। वे घुमक्कड़ कूटनीतिज्ञ, शिक्षक, रणनीतिकार, मित्र, परामर्शदाता, लीडर और तंत्र निर्माता थे। भारत के भीतर उनकी वैज्ञानिक श्रेष्ठता, कुलीन पृष्ठभूमि और निरुत्तर करने वाली सादगी के असाधारण तालमेल ने उन्हें जानने वालों में एक प्रेमपूर्ण वफ़ादारी पैदा की - जो अक्सर भक्ति के स्तर तक पहुँच जाती थी।

सारामाई के व्यक्तित्व की शुद्ध शक्ति ने कोलाहल मचाने वाले विरोध को दबा दिया, जो भारतीय संगठनों की एक आम बीमारी है। उनकी प्रतिष्ठा ने उन्हें नौकरशाही के जंगल को चीरने में सक्षम बनाया; उन्हें सभी स्तरों पर - चपरासी से लेकर प्रधानमंत्री तक - निष्ठावान समर्थन का आश्वासन था। जैसा उनके पूर्ववर्ती ने किया था, डॉ. साराभाई भी अंतरिक्षगामी शक्तियों से सहयोग माँगने निकले। सबसे पहले वे अमेरिका की ओर मुड़े।

शुरुआत में डॉ. साराभाई ने मैसेचुसेट्स इंस्टीट्यूट ऑफ़ टेक्नोलॉजी (एमआईटी), मैसेचुसेट्स के विजिटिंग प्रोफ़ेसर के अपने कार्यकाल के दौरान 1961 में नासा (नेशनल एरोनॉटिक्स ऐंड स्पेस एडमिनिस्ट्रेशन) को प्रस्ताव दिए। उन्होंने नासा को भारतीय योजनाएँ बताईं कि कुछ निश्चित जगहों पर अंतरिक्ष विज्ञान अनुसंधान कार्यक्रम शुरू होने वाला है, जैसे फ़िज़िकल रिसर्च लेबोरेट्री, अहमदाबाद, टाटा इंस्टीट्यूट ऑफ़ फ़ंडामेंटल रिसर्च, बॉम्बे, और टाटा इंस्टीट्यूट ऑफ़ न्यूक्लियर फ़िज़िक्स (टीआईएनपी), कलकत्ता। उन्होंने यूरोपीय देशों और अमेरिका के लिए प्रशिक्षित भारतीय भौतिकशास्त्री नियुक्त करने की योजनाएँ भी बताईं।

नासा के अधिकारियों के साथ बैठकों में डॉ. साराभाई ने सहयोग के ऐसे क्षेत्र टटोले, जो नासा और भारत दोनों के लिए लाभकारी हों, जैसे चुंबकीय क्षेत्र, सोलर रेडियो एस्ट्रोनॉमी, भू-चुंबकीयता, 30 से 150 कि.मी. तक के वायुमंडलीय अध्ययन, विकिरण बेल्ट में फँसे कण और इलेक्ट्रोजेट अध्ययन। शोध के इन क्षेत्रों को आगे बढ़ाने के इरादे से डॉ. साराभाई ने भारत और नासा के आपसी साउंडिंग या शोध रॉकेट योजना की संभावना पर भी बातचीत की और इसके अलावा अहमदाबाद के पीआरएल में एक टेलीमिट्री रिसीविंग फ़ेसिलिटी पर भी।

साउंडिंग रॉकेट प्रथम या द्वितीय चरण के ठोस प्रणोदक रॉकेट होते हैं, जिनका इस्तेमाल ऊपरी वायुमंडलीय क्षेत्रों की जाँच और अंतरिक्ष अनुसंधान के लिए किया जाता है। वे प्रक्षेपण यानों और उपग्रहों में इस्तेमाल के इरादे से नए अवयवों या उपप्रणालियों के नमूनों की जाँच या साबित करने के सुलभ मंच के रूप में भी काम कर सकते हैं। नासा ने साउंडिंग रॉकेट बनाए थे, जिन्होंने इंटरनेशनल जियोफ़िजिकल इयर (आईजीवाय) में एक अहम भूमिका निभाई थी; जब अठारह महीने की अवधि (1 जुलाई 1957 से 31 दिसंबर 1958 तक) में उच्च सौर गतिविधि हुई थी। आईजीवाय ने 66 देशों के 30,000 प्रतिभागियों द्वारा प्राकृतिक पर्यावरण - पृथ्वी, समुद्र और वायुमंडल - की गहन जाँच को संभव बनाया। पूरे संसार की अलग-अलग जगहों से 300 उपकरण-युक्त साउंडिंग रॉकेट छोड़े गए, ताकि वायुमंडल, आयन मंडल, अंतरिक्षीय विकिरण, ऑरोरा और भू-चुंबकीयता संबंधी महत्त्वपूर्ण खोजें संभव हो सकें।

जब आईएनसीओएसपीएआर की स्थापना हो रही थी, तब संयुक्त राष्ट्र की बाह्य अंतरिक्ष का शांतिपूर्ण उपयोग की समिति (सीओपीयूओएस) ने एक प्रस्ताव

पारित किया, जिसमें ख़ास तौर पर दक्षिणी गोलार्ध के भूमध्यरेखा के नज़दीकी इलाक़ों में साउंडिंग रॉकेट प्रक्षेपण स्थल बनाने, उपयोग करने तथा प्रायोजित करने की अनुशंसा थी। संयुक्त राष्ट्र से प्रेरणा लेकर भारतीय वैज्ञानिकों ने नासा के सामने दक्षिण भारत की एक जगह का सुझाव रखा। सबसे उपयुक्त जगह के चुनाव के लिए नासा ने अपनी वैलोप्स आइलैंड हैंडबुक्स से जानकारी दी।

केरल राज्य में थुंबा के समुद्र तटीय गाँव (8°33´ उ, 76°56´ पू.) को उपयुक्त स्थान माना गया। चुंबकीय भूमध्यरेखा (0°24´ द.) से इसकी निकटता भौगोलिक जाँच हेतु साउंडिंग रॉकेट छोड़ने की दृष्टि से आदर्श थी, ख़ास तौर पर जो पृथ्वी के चुंबकीय क्षेत्र में तटस्थ और आवेशित कणों के आपसी व्यवहार से संबंध रखते थे।

आईएनसीओएसपीएआर ने अपना काम टाटा इंस्टीट्यूट ऑफ़ फ़ंडामेंटल रिसर्च के हिस्से के रूप में शुरू किया, जिसका नेतृत्व प्रो. एम.जी.के. मेनन कर रहे थे। इसका पहला काम था अपने क्षेत्र के विशेषज्ञ सबसे प्रतिभाशाली भारतीय युवा वैज्ञानिकों को नियुक्त करना और उनकी नई भूमिकाओं को निभाने के लिए आवश्यक योग्यताओं और क्षमताओं द्वारा उन्हें तैयार करना। यही चीज़ प्रो. मेनन को एरोनॉटिकल डेवलपमेंट एस्टेबलिशमेंट, बेंगलूरु ले गई थी, जहाँ उन्होंने कलाम को संगठन के लिए अपने नए युवा सहयोगियों में से एक के रूप में पहचाना। कलाम आईएनसीओएसपीएआर के मुखिया डॉ. विक्रम साराभाई से अभिभूत थे, न सिर्फ़ पहली मुलाक़ात में उनके अनुग्रह की बदौलत, बल्कि मुंबई के इंटरव्यू में कलाम का आकलन करने के अतींद्रियदर्शी अंदाज़ के लिए भी :

> कोई घमंड या दिखावटी कृपालु नज़रिया नहीं था, जो आम तौर पर इंटरव्यू लेने वाले किसी युवा और संवेदनशील उम्मीदवार से बात करते समय दिखाते हैं। डॉ. साराभाई के प्रश्न मेरे विद्यमान ज्ञान या योग्यताओं की जाँच नहीं कर रहे थे; इसके बजाय वे तो मेरे अंदर भरी संभावनाओं की जाँच–पड़ताल कर रहे थे। वे मेरी तरफ़ ऐसे देख रहे थे, मानो किसी ज़्यादा बड़े हिस्से के संदर्भ में देख रहे हों।

वैज्ञानिकों की नई टीम का मूल उद्देश्य काफ़ी सीधा-सादा था। उन्हें थुंबा में सामान्य रॉकेट प्रक्षेपित करने की जगह तैयार करना था और अंतरराष्ट्रीय वैज्ञानिक समुदाय को आँकड़े एकत्रित करने के लिए सुविधाएँ मुहैया करानी थीं। हालाँकि यह बात डॉ. साराभाई के दिमाग़ में रही होगी, लेकिन शुरुआत में उपग्रह बनाने या यान छोड़ने का कोई ज़िक्र नहीं किया गया था।

हालाँकि त्रिवेन्द्रम केरल राज्य की राजधानी था, लेकिन यह उन्नीसवीं सदी के खपरैल के मकानों वाला एक उनींदा और आरामपसंद शहर था, जो नारियल व ताड़ के पेड़ों में खो गया था। सड़कें सँकरी और घुमावदार थीं। अंधे मोड़ और तेज़ी से बदलने वाले ढाल थे। कलाम खाना पकाना नहीं जानते थे और उस वक़्त

वहाँ खाने-पीने की जगहें कम थीं। वे अपने बाक़ी सहकर्मियों के साथ एक लॉजिंग हाउस में रहने लगे, जहाँ सबसे बुनियादी सुविधाएँ ही मौजूद थीं। कई वैज्ञानिक खाना खाने के लिए रेलवे कैंटीन जाते थे। चूँकि कार्यस्थल पर कोई कैंटीन नहीं थी, इसलिए उनमें से प्रत्येक अपना नाश्ता करने के बाद लंच ख़रीदता था और इसके बाद कजाकुट्टम जाने वाली देहाती बस पकड़ने के लिए बस स्टैंड पहुँचता था। बस से उतरने के बाद वे लगभग एक कि.मी. पैदल चलते थे। इस यात्रा में लगभग एक घंटे का समय लग जाता था।

थुंबा एक छोटा गाँव था, जो केवल मछली पकड़ने के लिए जाना जाता था। थुंबा में चुनी गई जगह रेलवे की पटरी और समुद्र तट के बीच थी और यह लगभग 600 एकड़ के इलाक़े में थी। यहाँ पालीथुरा में सेंट मैरी मैगडेलेन का प्राचीन चर्च और बिशप का मकान खड़ा था। प्रो. विक्रम साराभाई इस जगह को हासिल करने के लिए कई नेताओं और अफ़सरों से मिल चुके थे, लेकिन कोई फ़ायदा नहीं हुआ था। सफल होने के लिए संकल्पवान और अपने उद्देश्य की पवित्रता के बारे में लगभग धर्मप्रचारक जोश से भरे प्रो. साराभाई ने बिशप से मिलने और उनके सामने अपनी बात ख़ुद रखने का निर्णय लिया। उस वक़्त रेवरेंड फ़ादर पीटर बरनार्ड परेरा वहाँ के बिशप थे। प्रो. साराभाई उनसे शनिवार को मिले। बिशप ने धैर्य से उनकी बात सुनी और उनसे रविवार सुबह की आराधना में आने को कहा, जहाँ वे समुदाय के सामने यह बात रखेंगे। कलाम ने बाद में बताया कि बिशप ने थुंबा साइट के लिए अपने धर्मसमुदाय के समर्थन का आग्रह स्वप्न और ऊँची मानसिकता के अंदाज़ में किया था :

> बिशप ने कहा, 'मेरे बच्चों, मेरे साथ एक मशहूर वैज्ञानिक हैं, जो अंतरिक्ष विज्ञान अनुसंधान के लिए हमारा चर्च और मेरा मकान चाहते हैं। यह सच है कि विज्ञान से मानव जीवन समृद्ध होता है। वे जो कर रहे हैं और मैं जो कर रहा हूँ, वह एक ही काम है। छह महीनों के भीतर हमारा नया मकान और चर्च बन जाएगा और हमें मिल जाएगा। बच्चों, क्या हम एक वैज्ञानिक मिशन के लिए उन्हें ईश्वर का निवास, मेरा निवास और आपका निवास दे सकते हैं?' पल भर के लिए तो सन्नाटा छा गया, फिर धर्म समुदाय ने ज़ोर से 'आमीन' कहा।

नवनिर्मित रॉकेट प्रक्षेपण स्थल नारियल के बागों के बीच स्थित था। चर्च की इमारत वैज्ञानिकों का मुख्य कार्यालय बन गई। बिशप का मकान कार्यशाला में बदल गया। मवेशियों का ओसारा साउंडिंग रॉकेटों की प्रयोगशाला बन गया। कोई निश्चित कामकाजी घंटे नहीं थे और आम परंपरा यह थी कि वैज्ञानिक शाम की आख़िरी बस के समय से वापस लौटने का समय मिलाते थे। जल्द ही एक जीप की व्यवस्था की गई, जो देर रात की शिफ़्ट के बाद वैज्ञानिकों को घर पहुँचा सके। जब यहाँ सृजन

का काम प्रगति पर था, तब सात रॉकेट इंजीनियरों को नासा में प्रशिक्षण के लिए भेजने का निर्णय लिया गया। इन सात इंजीनियरों में कलाम भी शामिल थे।

मार्च 1963 में कलाम अमेरिका के हैम्पटन, वर्जीनिया स्थित लैंगले रिसर्च सेंटर (एलएआरसी) पहुँचे। यह केंद्र वैमानिक और अंतरिक्ष उड़ान के बहुत से क्षेत्रों में बुनियादी शोध करता था और इसके पास ल्यूनर ऑर्बिटर, वाइकिंग परियोजनाओं और स्काउट प्रक्षेपण यानों के प्रबंधन की ज़िम्मेदारी थी। कलाम को यहाँ अपने सहकर्मी रामभद्रन अर्वामुदन की मौजूदगी किसी बड़े वरदान जैसी लगी। अर्वामुदन राडार अवलोकन, बेतार दूरमापी और अन्य भू-मापयंत्रण प्रणालियाँ सीखने के लिए उनसे छह महीने पहले ही वहाँ आ गए थे। वे केंद्र से सटे हॉस्टल में रहते थे और स्व-सेवा कैफ़े में खाना खाते थे। उनके सामने एक बड़ी चुनौती यह रहती थी कि कैफ़े में अमेरिकी मांसाहारी व्यंजनों की भरमार में से शाकाहारी भोजन कैसे चुना जाए। एलएआरसी में रहते समय मसले आलू, उबली फलियाँ या मटर, ब्रेड और बहुत सारा दूध उनका मुख्य आहार बन गया।

एलएआरसी में प्रशिक्षण पूरा करने के बाद कलाम और अर्वामुदन मैरीलैंड में ग्रीनबेल्ट के गोडर्ड स्पेस फ़्लाइट सेंटर (जीएसएफसी) गए। इसका नामकरण रॉकेट सिद्धांतकार और व्यावहारिक आविष्कारक डॉ. रॉबर्ट एच. गोडर्ड के नाम पर किया गया है, जिन्होंने मार्च 1926 में सबसे पहला द्रव-प्रणोदक रॉकेट छोड़ा था। गोडर्ड स्पेस फ़्लाइट सेंटर मानवरहित अंतरिक्ष वाहनों और शोध रॉकेट प्रयोगों के लिए उत्तरदायी था। यह विश्वव्यापी स्पेस ट्रैकिंग ऐंड डाटा एक्विज़िशन नेटवर्क (एसटीएडीएएन) चलाता था, जो बाद में स्पेसफ़्लाइट ट्रैकिंग ऐंड डाटा नेटवर्क (एसटीडीएन) बना। इसने थोर-डेल्टा प्रक्षेपण यान के विकास का प्रबंधन भी किया, जिसका इस्तेमाल अमेरिकी वायु सेना द्वारा तैनात पहली बैलिस्टिक या प्रक्षेप मिसाइल के लिए हुआ था।

प्रशिक्षण के तीसरे और अंतिम चरण में कलाम और अर्वामुदन को वर्जीनिया में वैलॉप्स आइलैंड के वैलॉप्स फ़्लाइट सेंटर (डब्ल्यूएफ़सी) भेजा गया, जो नासा द्वारा संचालित और इसके स्वामित्व की एकमात्र रॉकेट उड़ान-परीक्षण रेंज थी। वैलॉप्स ने स्काउट बूस्टर्स और शोध रॉकेट छोड़े थे, जिनके उपकरण अमेरिका सहित पूरे संसार के वैज्ञानिकों और इंजीनियरों ने विकसित किए थे।

वीकऐंड पर कलाम और अर्वामुदन एक पुराने डकोटा विमान में वाशिंगटन डीसी जाते थे, जिसका इस्तेमाल नासा अपने कर्मचारियों के लिए मुफ़्त करती थी। वाशिंगटन के होटलों में नासा में काम करने वालों को किराए में डिस्काउंट दिया जाता था, लेकिन इसके बाद भी हर रात का किराया 6 डॉलर था, जो उनके लिए भारी रक़म थी। वे दोनों जागते रहते थे, रात के शांत घंटों में अमेरिका की राजधानी में घूमते रहते थे और भोर होते ही वैलॉप्स जाने वाली शटल उड़ान पकड़ लेते थे।

कलाम के थुंबा लौटने के तुरंत बाद ही 21 नवंबर 1963 को द नाइकी अपैची रॉकेट वेपर क्लाउड पेलोड के साथ सफलतापूर्वक छोड़ा गया। यह भारतीय अंतरिक्ष

कार्यक्रम की शुरुआत थी। इसके बाद रूसी एम-100 और फ़्रांसीसी सेनटॉर साउंडिंग रॉकेट छोड़े गए। एम-100 70 कि.ग्रा. का अंतरिक्ष उपकरण 85 कि.मी. की ऊँचाई तक उठा सकता था, जबकि सेनटॉर लगभग 30 कि.ग्रा. वाले अंतरिक्ष उपकरण के साथ 150 कि.मी. की ऊँचाई तक जाने की क्षमता रखता था।

प्रक्षेपण स्थल अब भी बन रहे थे। एकमात्र ढँकी इमारतें चर्च, बिशप का मकान और एक छोटे स्कूल की इमारत थीं - और उन सभी को ख़ाली करवा लिया गया था, क्योंकि वे सुरक्षित क्षेत्र में थीं। उन्हें अब ऑफ़िस, भंडार और प्रयोगशाला में बदल दिया गया था। चूँकि एकमात्र वाहन हमेशा व्यस्त रहता था, इसलिए वैज्ञानिकों को रेंज के भीतर आने-जाने के लिए या तो पैदल चलना होता था या फिर साइकिल का इस्तेमाल करना होता था। कलाम साइकिल चलाने वालों में से नहीं थे, इसलिए वे अर्वामुदन की साइकिल पर साथ बैठ जाते थे। और तो और, रॉकेट के पुर्ज़े तथा अंतरिक्ष उपकरण भी साइकिलों पर रखकर ही यहाँ से वहाँ पहुँचाए जाते थे। दशकों बाद अर्वामुदन ने थुंबा में अपने समय को हसरत से याद किया, जो काफ़ी कड़ी मेहनत और हल्के-फुल्के मनोरंजन से भरा हुआ था :

> प्रक्षेपण अभियानों के दौरान कोई वीकऐंड या छुट्टियाँ नहीं होती थीं। लेकिन बाक़ी समय हम कोवलम या शंकुमुखम के समुद्र तटों पर जा सकते थे या श्रीकुमार थिएटर में हॉलीवुड की कोई पुरानी फ़िल्म देख सकते थे। कलाम चूँकि रामेश्वरम् से आए थे, इसलिए उन्हें तैरना बड़ा पसंद था; वे कोवलम बीच पर घंटों बिताया करते थे। हालाँकि कलाम शाकाहारी थे, लेकिन उन्हें सचिवालय के पास मुख्य सड़क पर ज़ेवियर्स कॉलेज का पराँठा और अंडा मसाला बड़ा पसंद था।

1965 में टीईआरएलएस (थुंबा इक्वेटोरियल रॉकेट लॉन्चिंग स्टेशन) ने त्रिवेन्द्रम राज भवन के सामने 'इंगलेडाइन' नामक एक सुंदर पुरानी इमारत किराए पर ली। इसे एक क्लब में बदल लिया गया, जिसमें दो बैडमिंटन कोर्ट, टेबल टेनिस की टेबल और ताश खेलने के लिए एक कमरा था। कलाम बड़े उत्साही बैडमिंटन खिलाड़ी थे। उन्होंने क्लब के गठन, फ़र्नीचर ख़रीदने, कैंटीन चलाने आदि में भारी रुचि ली। हर शाम वहाँ दोस्ताना बैडमिंटन मैच होते थे, जिनमें हारने वाले लोग जीतने वालों को एक-एक बॉन्जी पिलाते थे; त्रिवेन्द्रम में एक गिलास नींबू के शर्बत को बॉन्जी कहा जाता है। मुफ़्त की बॉन्जी पीने के लिए कलाम मैच में डटकर संघर्ष करते थे।

हालाँकि उनका फ़ुरसत का समय कुँवारे युवाओं के आम मनोरंजनों से भरा था, लेकिन कलाम का काम क़तई साधारण नहीं था : 'टीईआरएलएस में मैं अंतरिक्ष उपकरणों को रखने वाले स्थान और प्रक्षेपित किए जा सकने वाले नोज़ कोन बनाने में शामिल था। नोज़ कोन के साथ काम करने का स्वाभाविक परिणाम यह हुआ कि यह मुझे मिश्र सामग्री के क्षेत्र में ले गया।'

वायु-अंतरिक्ष प्रौद्योगिकी में हल्की, मज़बूत और तापमान-प्रतिरोधी सामग्री की अत्यावश्यकता ने हमेशा उम्दा मिश्र सामग्री के विकास को पूरे संसार के वायु-अंतरिक्ष संगठनों की मूल शोध गतिविधि बना दिया है। अपने रॉकेटों को हल्का करने की सतत खोज में नासा ने पूरी धातु के बजाय फ़िलामेंट वाली मोटरों का इस्तेमाल करके वज़न 25-30 प्रतिशत कम कर लिया था। कलाम को यह काम सौंपा गया कि वे उन्नत मिश्र सामग्री और भारत की पहली फ़िलामेंट-वाइंडिंग मशीन बनाएँ, ताकि दो चरणों के साउंडिंग रॉकेटों में ग़ैर-चुंबकीय अंतरिक्ष उपकरण रखने की जगह और रॉकेट मोटर का आवरण बन सके।

कलाम अपने चिर-परिचित उत्साह के साथ नए कामों में जुट गए। अब तक वे काम में अपनी विश्लेषणात्मक और वैज्ञानिक ख़ूबियों का जितना इस्तेमाल कर रहे थे, उतना ही लोक-व्यवहार की योग्यताओं का भी कर रहे थे। कलाम सिर्फ़ अपनी टीम के भीतर ही प्रेरणा और विशेषज्ञता के दोहन तक ही सीमित नहीं रहते थे। वे उद्योग के चुनिंदा विशेषज्ञों और इंजीनियरों के साथ जुड़ जाते थे, जो अपना ज्ञान तुरंत प्रदान कर दें और वायु-अंतरिक्ष प्रौद्योगिकी में इन पथप्रदर्शक स्वदेशी प्रयासों को सफल बनाने में मदद करें। कलाम का करिश्माई व्यक्तित्व राष्ट्रीय महत्त्व के मसलों में अपनी भूमिका निभाना शुरू कर रहा था।

रॉकेटों ने संसार पर अपनी छाप छोड़ना सबसे पहले अठारहवीं सदी के अंत में दक्षिण भारत में हैदर अली और टीपू सुल्तान के अधीन किया था। मैसूर के इन शासकों ने ब्रिटिश ईस्ट इंडिया कंपनी की सेनाओं के ख़िलाफ़ हज़ारों रॉकेट सफलतापूर्वक तैनात किए थे, जो उनकी चमक और आतंकित करने वाले विनाश को देखकर ठगे रह जाते थे। अब कलाम और उनकी टीम भारतीय डिज़ाइन से बने स्पेस रॉकेट आरएच-75 के ज़रिये इन रॉकेटों को उपमहाद्वीप वापस लाए। इस साउंडिंग रॉकेट का नामकरण इसके 75 मि.मी. व्यास के आधार पर किया गया था। रॉकेट बेहद सफल रहा और इसमें कलाम के आधारभूत काम का काफ़ी योगदान था। आरएच-75 ने 20 नवंबर 1967 को अपनी बेदाग़ उड़ान भरी। यह टीईआरएलएस से किसी साउंडिंग या शोध रॉकेट का 52वाँ प्रक्षेपण था। आरएच-75 को 1967 में दो बार फिर उड़ाया गया और 1968 में बारह बार, जिससे आरएच-75 की कुल पंद्रह उड़ानें हो गईं।

प्रधानमंत्री इंदिरा गाँधी ने 2 फ़रवरी 1968 को टीईआरएलएस को औपचारिक रूप से संयुक्त राष्ट्र को लोकार्पित किया। समारोह के बाद डॉ. साराभाई ने प्रधानमंत्री को रॉकेट इंजीनियरिंग डिवीज़न में आमंत्रित किया। कलाम और उनके युवा सहकर्मी सी.आर. सत्या की तरफ़ अँगुली दिखाते हुए डॉ. साराभाई ने प्रधानमंत्री से कहा, 'वे आपके मशीन चालू करने का इंतज़ार कर रहे हैं।' मुस्कराते हुए इंदिरा गाँधी ने जवाब दिया, 'वाक़ई? यह मशीन करती क्या है?' कलाम ने सुझाव दिया कि इसका जवाब सत्या को देना चाहिए। इतनी बड़ी हस्ती की उपस्थिति में बहुत घबराए हुए

सत्या ने मशीन के कामकाज और इसके महत्त्व को संक्षेप में बता दिया। प्रफुल्लित प्रधानमंत्री ने कहा, 'जानकर ख़ुशी हुई। स्विच कहाँ है?' इससे डॉ. विक्रम साराभाई, कलाम और ज़ाहिर है, सत्या के चेहरे पर मुस्कान आ गई।

डॉ. साराभाई का तर्क था कि अंतरिक्ष प्रौद्योगिकी व्यावहारिक दृष्टि से तब तक मूल्यहीन है, जब तक कि ज़मीन पर अन्य प्रौद्योगिकी प्रणालियों की विशाल शृंखला न हो। इसलिए भारतीय राष्ट्रीय उपग्रह तंत्र विकसित करना अनिवार्य था। इससे यह सुनिश्चित होगा कि उन्नत प्रौद्योगिकियों के व्यावहारिक लाभ - ख़ास तौर पर दूरसंचार, प्रसारण, मौसम विज्ञान और बचाव व खोज कार्य - भारतीय लोगों को मिल सकेंगे। डॉ. साराभाई ने कलाम को बताया कि संगठन में काम करने वाले हर व्यक्ति को ध्यान रखना चाहिए कि अंतरिक्ष प्रौद्योगिकी की योजनाएँ ज़मीन की असली ज़रूरतों से संचालित हों।

1960 के दशक की शुरुआत में नासा उन्नत प्रौद्योगिकी उपग्रहों की शृंखला की योजना बना रही थी, जिनका संक्षिप्त नाम एटीएस था। एटीएस कॉनफ़िगरेशन का मैदानी परीक्षण करने की ज़रूरत थी, जिसमें उपग्रह से रिसीवर्स तक टेलीविज़न का सीधा प्रसारण शामिल था। उस वक़्त तक इस प्रौद्योगिकी की जाँच नहीं हुई थी। टेलीविज़न सेट तक सीधे कार्यक्रम पहुँचाने वाले उपग्रह के वाणिज्यिक और राजनीतिक लाभ नासा के नीति-निर्माताओं को आकर्षित कर रहे थे।

सीधा प्रसारण करने वाले इस उपग्रह की जाँच करने के लिए तीन देश थे, जो पर्याप्त बड़े थे और भूमध्यरेखा के पर्याप्त क़रीब थे : ब्राज़ील, चीन और भारत। ब्राज़ील की कोई रुचि नहीं थी; उसकी जनसंख्या केवल कुछ शहरों में केंद्रित थी, इसलिए पारंपरिक टेलीविज़न प्रसारण प्रौद्योगिकी स्पष्ट रूप से ज़्यादा व्यावहारिक थी। चीन राजनीतिक कारणों से तसवीर से बाहर था। भारत ही तार्किक चयन था। इसकी आबादी का घनत्व ज़्यादा था, लेकिन सिर्फ़ दिल्ली में ही एक टेलीविज़न ट्रांसमीटर था, वह भी छोटा सा, जिसे एक डच इलेक्ट्रॉनिक्स कंपनी ट्रेड शो के बाद छोड़ गई थी।

डॉ. साराभाई ने समझदारी से इस अवसर को जकड़ लिया। उन्होंने नासा से आग्रह किया कि वे भारत के गाँवों में उपग्रह के माध्यम से शैक्षिक टेलीविज़न के प्रयोग करने के लिए एटीएस उपग्रह का इस्तेमाल करने दें। उन्होंने इसे एक भारी अवसर के रूप में देखा, जिससे भारत को अंतरिक्ष प्रौद्योगिकी में भारी निवेश करने की ज़रूरत का विश्वास दिलाया जा सके और अमेरिकियों से उपग्रह प्रणाली के ज़मीनी टुकड़े सीखने का एक अनूठा अवसर मिल सके। यही नहीं, उन्होंने इसे इस अवसर के रूप में भी देखा कि इस नवीनतम अग्रणी प्रौद्योगिकी में भारतीय वैज्ञानिकों और इंजीनियरों की एक पूरी पीढ़ी का दीक्षा-स्नान हो जाएगा, जिससे वे भविष्य में अपने ख़ुद के उपग्रह बना सकते हैं। इंडियन डिपार्टमेंट ऑफ़ एटॉमिक एनर्जी और नासा ने 1966 में सैटेलाइट इंस्ट्रक्शनल टेलीविज़न एक्सपेरिमेंट (एसआईटीई) के अनुबंध पर हस्ताक्षर कर दिए।

डॉ. विक्रम साराभाई स्वप्नदृष्टा थे। अपने क्षेत्र में उनकी प्रतिभा के साथ-साथ उनमें यह क्रांतिकारी इच्छा भी थी कि प्रौद्योगिकी का इस्तेमाल उनके देश और देशवासियों की बेहतरी के लिए किया जाए। यह शायद उनके समझदारी भरे प्रबंधन तथा व्यवहारकुशलता के जज़्बे से संभव हुआ था। कलाम साराभाई का आदर करते थे और उनके अचेतन मन में उनकी उपलब्धियों के अनुकरण की इच्छा भरी थी। बाद में उन्होंने अंतरराष्ट्रीय सहयोग माँगने और हासिल करने में डॉ. साराभाई की अंदरूनी प्रतिभा पर आश्चर्य भी जताया : 'विक्रम साराभाई का क़द वैश्विक था। उन्होंने सैटेलाइट इंस्ट्रक्शनल टेलीविज़न एक्सपेरिमेंट (एसआईटीई) में नासा का सहयोग हासिल किया और 1975 में पहला भारतीय उपग्रह आर्यभट्ट एक रूसी कॉस्मोड्रोम से अंतरिक्ष में भेजा गया।'

भारत सरकार ने राष्ट्र निर्माण में अंतरिक्ष संचार की त्वरित भूमिका को जल्दी ही पहचान लिया और 1967 में अहमदाबाद में एक्सपेरिमेंटल सैटेलाइट कम्युनिकेशन अर्थ स्टेशन (ईएससीईएस) स्थापित कर दिया। 15 अगस्त 1969 को परमाणु ऊर्जा विभाग के अधीन कार्यरत आईएनसीओएसपीएआर को इंडियन स्पेस रिसर्च ऑर्गेनाइज़ेशन या इसरो के रूप में स्वतंत्र कर दिया गया और भारत की अंतरिक्ष गतिविधियों को संस्थागत करने के लिए भारतीय प्रधानमंत्री ने डिपार्टमेंट ऑफ़ स्पेस बना दिया।

कलाम भारत के अंतरिक्ष कार्यक्रम के जन्म में सहायक रहे थे और जैसा डॉ. साराभाई ने अनुमान लगाया था, यह देश में एक समृद्ध प्रौद्योगिकी क्षेत्र की ओर ले गया। भारत, जो उन्नीसवीं सदी में कई मायनों में पिछड़ गया था, अब इस स्वप्नदृष्टा वैज्ञानिक और उनकी टीम के ज़रिये इक्कीसवीं सदी की दिशा में तेज़ी से तरक्की कर रहा था। कलाम का दृढ़ संकल्प था कि वे डॉ. साराभाई के निर्माण को आगे बढ़ाएँ और इस प्रतिभाशाली, महान व्यक्ति की तरह ही देश के लिए कलाम का भी अपना स्वप्न था। वे स्वदेशी प्रौद्योगिकी विकसित करते वक़्त झेली चुनौतियों से यह बात जानते थे कि उनके सपने को साकार करने में बहुत कड़ी मेहनत लगेगी। कुछ नहीं के बदले कुछ पाना असंभव है। लेकिन सबसे अहम बात, आरएच-75 प्रोजेक्ट ने उनके सामने यह दर्शा दिया था कि शक्ति और स्वावलंबन से कितनी स्वतंत्रता मिलती है।

1.8

अतार्किक इंसान

> मानव प्रगति न तो स्वचालित है, न ही अवश्यंभावी। इसके लिए त्याग, कष्ट और संघर्ष की ज़रूरत होती है; समर्पित इंसानों के अथक श्रम और जोशीली परवाह की ज़रूरत होती है।
>
> **—मार्टिन लूथर किंग जूनियर**
> **अफ़्रीकी-अमेरिकी नागरिक अधिकार आंदोलन के नेता**

जनवरी 1968 में कलाम को संदेश मिला कि डॉ. साराभाई दिल्ली में उनसे तुरंत मिलना चाहते हैं। 1960 के दशक के अंतिम वर्षों में त्रिवेन्द्रम से दिल्ली तक की यात्रा कोई सहज बात नहीं थी। कई हवाई जहाज़ बदलने के बाद कलाम दिल्ली पहुँचे और उन्होंने डॉ. साराभाई के ऑफ़िस से अपॉइंटमेंट माँगा। उन्हें बताया गया कि डॉ. साराभाई होटल अशोका में सुबह 3:30 बजे उनसे मिलेंगे। 3:30 बजे सुबह क्यों? सेक्रेटरी ने कोई ख़ुलासा नहीं किया। कलाम को मालूम नहीं था कि वे इतनी जल्दी वहाँ कैसे पहुँचेंगे, इसलिए उन्होंने रात भर होटल की लॉबी में ही इंतज़ार करने का फ़ैसला किया। होटल में खाना खाने का सवाल ही नहीं उठता था, क्योंकि यह बहुत महँगा पड़ता, इसलिए उन्होंने सड़क किनारे के एक भोजनालय में खाना खाया और 11 बजे रात को होटल में आ गए। उन्होंने रिसेप्शन पर ख़ुद को डॉ. साराभाई का अतिथि बताया। उन्हें एक शानदार लॉबी में बैठा दिया गया। उन्होंने पहले कभी इतना विलासितापूर्ण माहौल नहीं देखा था।

आश्चर्य के कुछ पलों के बाद कलाम को नज़दीकी सोफ़े पर पड़ी एक पुस्तक दिखी; उन्होंने सोचा कि इसका मालिक बेख़याली में इसे वहाँ छोड़ गया होगा। इंतज़ार के लंबे घंटे सृजनात्मक ढंग से भरने के लिए कलाम ने पुस्तक उठाई और इसके पन्ने पलटने लगे। यह एक लोकप्रिय सेल्फ़-हेल्प पुस्तक थी, जो पाठक को बताती थी कि वह जीतने के लिए पैदा हुआ है, अमीर बनने के लिए पैदा हुआ है, सफल होने के लिए पैदा हुआ है। कलाम ने अपने प्रशिक्षण के दौरान इस बात पर ग़ौर किया था कि अमेरिका में सेल्फ़-हेल्प पुस्तकें बहुत लोकप्रिय थीं। ऐसी बात नहीं थी कि ऐसी

पुस्तकें भारत में नहीं मिलती थीं; वे बस कम प्रचलित थीं। लेकिन अमेरिका में उनकी लोकप्रियता इतनी ज़्यादा थी कि उन्हें नज़रअंदाज़ नहीं किया जा सकता था। उन्होंने सोचा, करोड़ों लोगों को शारीरिक, मनोवैज्ञानिक और आध्यात्मिक मुद्दों पर सलाह देने वाली ये पुस्तकें पाठकों के जीवन में लाभ पहुँचा रही होंगी।

वे पैरेग्राफ़ों को सरसरी तौर पर पढ़ते हुए पन्ने पलट रहे थे, तभी एक अंश ने उनका ध्यान जकड़ लिया। यह जॉर्ज बरनार्ड शॉ का एक कथन था। इस कथन का सार यह था कि सभी तार्किक लोग संसार के अनुरूप ढल जाते हैं। सिर्फ़ चंद अतार्किक लोग ही संसार को बदलने की कोशिश करते हैं। इसलिए संसार की सारी प्रगति इन्हीं अतार्किक लोगों की वजह से होती है। आधी रात को होटल की लॉबी में बैठकर सुबह के अपॉइंटमेंट का इंतज़ार करना निश्चित रूप से कलाम के लिए कोई तार्किक बात नहीं थी। न ही सुबह 3:30 बजे का अपॉइंटमेंट देना डॉ. साराभाई के लिए तार्किक था, जिन्होंने यह समय तय किया था।

पूरा मामला ही अपारंपरिक था। लेकिन डॉ. विक्रम साराभाई ज़्यादातर पैमानों पर अपारंपरिक इंसान थे। कुलीन वंश के समतावादी वैज्ञानिक साराभाई भारत में कम स्टाफ़ और ज़्यादा काम के बावजूद पथप्रदर्शक अंतरिक्ष शोध कार्यक्रम सफलतापूर्वक चला रहे थे, एक ऐसे देश में जो प्रौद्योगिकी के मामले में उदासीन दिखता था। जहाँ तक खुद कलाम की बात थी, वे भी थोड़े अजीब नज़र आते थे। वे लापरवाह, अनौपचारिक और बेढंगे दिखते थे – हालाँकि अपनी रुचियों के मामले में उनकी आँखें बाज जैसी थीं, उनके उद्देश्य में एकरूपता थी और कड़ी मेहनत का उनका जज़्बा केवल उनकी लगन से ही टक्कर ले सकता था। यही नहीं, उनकी वैज्ञानिक कुशाग्रता ईश्वर में दृढ़ विश्वास से संतुलित थी, जिससे उन्हें प्रेरणा मिलती थी :

> मैं हमेशा इस मायने में एक धार्मिक व्यक्ति रहा हूँ कि मैं अल्लाह के साथ कामकाजी साझेदारी करता हूँ। मैं जानता था कि सर्वश्रेष्ठ कार्य करने के लिए इतनी ज़्यादा योग्यता की ज़रूरत है कि वह मुझमें कभी नहीं हो सकती थी, इसलिए मुझे उस सहायता की ज़रूरत थी, जो सिर्फ़ अल्लाह ही मुझे दे सकता था। इसलिए मैंने सोचा कि मुझे अपनी योग्यता का सच्चा आकलन करना चाहिए, फिर उसे 50 प्रतिशत बढ़ाकर खुद को अल्लाह के हाथों में सौंप देना चाहिए और फिर अपने मन में किसी शंका या डर के बिना काम में जुट जाना चाहिए।

जब सुबह के शुरुआती घंटों में कलाम बैठकर पढ़ रहे थे और समय काट रहे थे, तभी एक और व्यक्ति लॉबी में आया और कलाम के सामने बैठ गया। दोनों में से किसी ने छुटपुट बातचीत को तो रहने ही दें, परिचय करने तक की कोशिश नहीं की। उसके हाव-भाव, चाल-ढाल और चुस्त हुलिए से वह सेना का अफ़सर लग रहा था। उसका गठन अच्छा था, उसके बाल साफ़-सुथरे और कढ़े हुए थे; वह धारीदार

टाई के साथ सूट पहने हुए था; उसके जूते चमचमा रहे थे - और इतनी रात या सुबह इतनी जल्दी होने के बाद भी वह तनकर बैठा था और सतर्क व तेजस्वी दिख रहा था। कलाम के विपरीत वह होटल के आलीशान माहौल में आरामदेह दिख रहा था। अजीब बात यह थी कि वह कलाम के पार सीधे देख रहा था, मानो वे वहाँ मौजूद ही न हों।

उस आदमी की उदासीनता के बावजूद उसमें थोड़ी चुंबकीयता थी, जिससे पढ़ने से कलाम का ध्यान भटक गया। वैसे उनका ध्यान भटकने का कोई महत्त्व नहीं रहा, क्योंकि बहुत जल्दी ही डॉ. साराभाई की सेक्रेटरी ने लॉबी में आकर यह घोषणा की कि डॉ. साराभाई 'उन दोनों से' मिलने को तैयार थे। यह आदमी कौन था? कलाम ने हैरानी से सोचा, चाहे डॉ. साराभाई के साथ इसका जो भी संबंध हो, वे उन दोनों से एक साथ क्यों मिल रहे हैं। डॉ. साराभाई ने अपनी जानी-पहचानी सौम्यता से उनकी आवभगत की और एक दूसरे से उनका परिचय कराया। 'गुड मॉर्निंग, सज्जनों। कलाम अंतरिक्ष में मेरे सहकर्मी हैं; कलाम ये हैं वायु सेना मुख्यालय के ग्रुप कैप्टेन नारायणन।'

डॉ. साराभाई ने कॉफ़ी का ऑर्डर दिया और सैनिक विमान के लिए रॉकेट-असिस्टेड टेक-ऑफ़ (राटो) प्रणाली विकसित करने की अपनी योजना की रूपरेखा बताई। उन्होंने अपने अतिथियों को जानकारी दी कि इससे हमारे लड़ाकू विमानों को हिमालय के छोटे रनवे पर उड़ान भरने में मदद मिलेगी। गर्म कॉफ़ी आ गई और डॉ. साराभाई ने बहुत कृपापूर्वक अपने युवा अतिथियों को हल्की-फुल्की बातचीत में लगा दिया। जैसे ही कॉफ़ी और छुटपुट बातचीत ख़त्म हुई, डॉ. साराभाई उठकर खड़े हुए और उन दोनों से बोले कि वे दिल्ली के दक्षिण में फ़रीदाबाद के निकट तिलपत रेंज में उनके साथ चलें।

रेंज तक पहुँचने में एक घंटे का समय लगा, जो उस वक़्त एयर फ़ोर्स डिपो के रूप में काम कर रही थी। डॉ. साराभाई ने उन्हें वहाँ खड़ा एक रूसी राटो विमान दिखाया। यह ढँका हुआ नहीं था और कलाम को लगा कि यह अभी-अभी आया था, शायद एक दिन पहले। 'रॉकेटों का इस्तेमाल सिर्फ़ उड़ान भरने में मुख्य प्रणोदन या धक्का देने के लिए किया गया है। भारी प्रणोदकों के इस्तेमाल और रॉकेट छोड़ने में बहुत सी व्यावहारिक मुश्किलें आती हैं, इसलिए ज़्यादातर रॉकेट विमान अवरोधी लड़ाकू विमानों और अंतरिक्ष विमानों के तौर पर प्रायोगिक उपयोग के लिए ही बनाए गए हैं।'

डॉ. साराभाई ने इन दोनों युवाओं से किसी माहिर शिक्षक की तरह आरामदेह और प्रवाहमय अंदाज़ में बात की। 'अगर मैं तुम लोगों को अध्ययन के लिए रॉकेट दे दूँ, तो क्या तुम लोग अठारह महीने में इसका स्वदेशी संस्करण बना पाओगे और उसे हमारे एचएफ़-24 विमानों पर लगा पाओगे?' 'हाँ, हम कर सकते हैं,' उन दोनों ने एक साथ कहा। डॉ. साराभाई का चेहरा चमक उठा, जिस पर उत्साह साफ़ झलक

रहा था। उन्होंने उन दोनों को होटल अशोका के बाहर छोड़ दिया और प्रधानमंत्री के साथ नाश्ते पर होने वाली बैठक के लिए चल दिए। एक पल में कलाम को सुबह 3:30 बजे अतार्किक बैठक तय करने की तार्किकता समझ में आ गई।

अगले दिन के अख़बारों में यह ख़बर छपी कि भारत अब रॉकेट के सहयोग से उड़ान भरने वाले विमानों का स्वदेशी निर्माण करने वाला है। कलाम को अहसास हुआ कि जीवन में पहली बार वे किसी प्रोजेक्ट के लिए काम नहीं कर रहे थे, वे किसी संगठन या डॉ. साराभाई जैसे प्रबुद्ध बॉस के लिए काम नहीं कर रहे थे। वे अपने देश के लिए काम कर रहे थे। वे भारत के लिए काम कर रहे थे। यह एक रोमांचकारी भावना थी, जैसी कलाम को पहले कभी नहीं हुई थी। अब वे समझ गए कि देशभक्ति इस विश्वास से कहीं बढ़कर है कि आपका देश बाक़ी सबसे इसलिए श्रेष्ठ है, क्योंकि आप इसमें पैदा हुए थे। वे अपने में व्यक्त विश्वास के बारे में सुनकर काँप उठे।

अगले दिन वे तीस जनवरी मार्ग स्थित नेशनल डिफ़ेंस कॉलेज की लाइब्रेरी में गए और वहाँ कुछ घंटों तक राटो विमानों के बारे में सीखा। रॉकेट-शक्तिसंपन्न उड़ान जर्मनी में प्रारंभ हुई थी। रॉकेट की शक्ति से उड़ने वाला पहला विमान लिपिश एंटे (जर्मनी में 'बतख़') 1928 में उड़ा था। व्यापक उत्पादन वाला पहला रॉकेट विमान था 1944 का मेसरस्क्मिट मी 163 इंटरसेप्टर, जो द्वितीय विश्व युद्ध में जर्मनी द्वारा रॉकेट शक्ति-संपन्न विमान के कई प्रयासों में से एक था। रूसियों ने 1942 में बेरेज़न्याक-इसायेव बीआई-1 उड़ाया। जापानियों ने भी द्वितीय विश्व युद्ध में लगभग 850 योकोसुका एमएक्सवाय-7 ओहका रॉकेट शक्ति-संपन्न आत्मघाती-आक्रामक विमान बनाए।

1947 में रॉकेट शक्तिसंपन्न बेल एक्स-1 पहला विमान था, जिसने सतही उड़ान में ध्वनि की गति को तोड़ा और यह नेशनल एडवाइज़री कमिटी फ़ॉर एरोनॉटिक्स (एनएसीए)/नासा की शृंखला का पहला रॉकेट शक्तिसंपन्न विमान था। नॉर्थ अमेरिकन एक्स-15 और एक्स-15ए-2 डिज़ाइनों का इस्तेमाल लगभग एक दशक तक किया गया और अंततः यह गति में मैक 6.7 और ऊँचाई में 100 कि.मी. तक पहुँच गया। 1950 के दशक में ब्रिटेन ने तब प्रचलित टर्बोजेट डिज़ाइनों के प्रदर्शन को बढ़ाने के लिए मिश्रित-ऊर्जा डिज़ाइन बनाए। रॉकेट का इस्तेमाल उच्च-स्तरीय बमवर्षकों को तीव्र गति से रोकने के लिए आवश्यक गति और ऊँचाई प्रदान करने के लिए संक्षिप्त विस्फोट के रूप में ही किया जाता था और बाक़ी समय ज़्यादा कार्यकुशल टर्बोजेट इंजन का इस्तेमाल किया जाता था। टर्बोजेट इंजन की बढ़ी हुई कार्यकुशलता, मिसाइलों के आगमन और राडार में तरक्की के चलते यह प्रयोग अशोका होटल में कलाम की मीटिंग तक दकियानूसी हो गया था। लेकिन हिमालय के छोटे रनवे से अपने इलाक़े के ऊँचे स्थानों की रक्षा करने के लिए भारत को अपने ख़ुद के राटो विमानों की ज़रूरत थी।

तिलपत रेंज में कलाम और नारायणन को जो रूसी राटो सिस्टम दिखाया गया था, वह 24,500 कि.ग्रा. सेकंड के कुल आवेग के साथ 3,000 केजीएफ़ का धक्का उत्पन्न करने में सक्षम था। इसका वज़न 220 किलो था और इसमें स्टील के आवरण में द्वि-आधारित प्रणोदन था। विकास कार्य स्पेस साइंस ऐंड टेक्नोलॉजी सेंटर (एसएसटीसी) में किया जाना था, जहाँ कलाम डिफ़ेंस रिसर्च ऐंड डेवलपमेंट ऑर्गेनाइजेशन (डीआरडीओ), एचएएल, डीटीडीऐंडपी (एयर) और एयर हेडक्वार्टर्स के साथ काम कर रहे थे, जहाँ नारायणन पदस्थ थे। यह परियोजना संगठनों और लोगों के आपसी सहयोग पर निर्भर थी, जो कलाम के लिए बहुत उपयुक्त था। कलाम हमेशा संस्थाओं की पवित्रता में विश्वास करते थे। उन्हें महसूस होता था कि भारत की प्राचीन सभ्यता आक्रमणों, औपनिवेशिक शासन और सभी तरह के झटकों से इसलिए बच पाई, क्योंकि यहाँ के लोग व्यक्तियों के बजाय संस्थाओं - परिवारों और समुदायों - के सदस्यों के रूप में रहते थे। भारतीय लोग अपने जीवन का अर्थ अपनी व्यक्तिगत शक्ति से नहीं, बल्कि सौहार्दपूर्ण सामाजिक संबंधों से निकालते थे।

इस समय तक कलाम जान गए थे कि प्रौद्योगिकी सिर्फ़ लोगों के संदर्भ में ही उद्देश्यपूर्ण होती है और इसका इस्तेमाल उनके लाभ के लिए ही होना चाहिए। वे बहुत अच्छी तरह जानते थे कि प्रयोगशालाओं में विकसित किसी भी संभावनापूर्ण शुरुआती अवस्था की प्रौद्योगिकियों को 'परिपक्वता' की आवश्यकता होती है। इसके लिए अतिरिक्त विकास, परीक्षण, नमूनों और अंततः उनके इरादतन इस्तेमाल की ज़रूरत होती है। इसलिए उन्होंने फ़िलामेंट फ़ाइबरग्लास और एपॉक्सी का इस्तेमाल करते हुए राटो मोटर के लिए एक मिश्रित तंत्र का विकल्प चुना। फ़िलामेंट वाइंडिंग मशीन फ़ेसिलिटी पूरी तरह सक्रिय थी और उन्हें इसे परिपक्व बनाने के लिए एक अच्छे 'प्रॉडक्ट' की ज़रूरत थी। उन्होंने प्रोजेक्ट में दो विकासशील प्रौद्योगिकियों के इस्तेमाल का निर्णय लिया, यानी घटना-आधारित प्रज्ज्वलन के साथ मिश्र प्रणोदक और वास्तविक-समय की प्रक्षेपण प्रणाली।

राटो मोटर का पहला स्थिर परीक्षण फ़रवरी 1969 में किया गया। अगले चार महीनों में 64 अन्य परीक्षण किए गए। यह सब प्रोजेक्ट पर काम करने वाले केवल बीस इंजीनियरों - और चतुर प्रबंधन - की बदौलत संभव हुआ था। प्रौद्योगिकी और मानवीय दक्षताओं की जोड़ी बनने पर असीमित संभावनाएँ रहती हैं, लेकिन सही मिलाप मुश्किल होता है। राटो प्रोजेक्ट के ज़रिये कलाम ने गहन प्रौद्योगिकी वाली परियोजनाओं का प्रबंधन करने का रहस्य सीखा। इनकी असफलता अक्सर क्रियान्वयन में निहित होती है, ख़ास तौर पर प्रौद्योगिकी के ख़राब निर्वहन में। इसका कारण है ज्ञान का अभाव और योग्यताओं की कमी। इसलिए सफल होने के लिए ज्ञान और योग्यताओं को बढ़ावा देना चाहिए : ज्ञान सीखने से आता है; योग्यता करने से आती है। यहाँ कोई शॉर्ट कट नहीं चलता है।

राटो ने कलाम को नेतृत्व की ज़्यादा गहरी समझ दी। वे डॉ. साराभाई से

चमत्कृत थे और अपने बॉस के प्रति कलाम का प्रशंसा भाव मूर्ति-पूजा की हद तक था; लेकिन उनके मन में अपने आदर्श की अनूठी शैली का अनुसरण करने की कोई इच्छा नहीं थी। राटो पर काम करने से कलाम को इस अहसास में मदद मिली कि नेतृत्व एक ऐसी चीज़ थी, जिसे समय के साथ सीखा और विकसित किया जा सकता है। नेतृत्व विशिष्ट आंतरिक प्रक्रियाओं और पारस्परिक व्यवहार की योग्यताओं का परिणाम था, जो सिर्फ़ चंद लोगों के लिए नहीं, बल्कि हर एक के लिए सुलभ था। व्यक्ति दूसरों को कर्म हेतु प्रेरित करने के लिए जिन अनुभूतियों, व्यवहारों और योग्यताओं को एकीकृत करता है, वे नए उपक्रमों, परियोजनाओं और लक्ष्यों की सफलता या असफलता में अत्यंत महत्त्वपूर्ण भूमिका निभाती हैं। इन योग्यताओं में माहिर बनने के लिए व्यक्ति को उन्हें क्षमताओं के रूप में देखना चाहिए - ऐसे व्यवहार, जिनमें सावधानी से किए गए गहन चिंतन, मूल्यांकन और व्यवहार की ज़रूरत होती है।

कलाम ने मुझे चार अंतः केंद्रित और चार बाह्य केंद्रित क्षमताएँ बताईं। वे कहते थे, 'अंतः केंद्रित क्षमताओं पर काम करने से पहले बाह्य केंद्रित क्षमताओं की ओर जाना निरर्थक है।' आंतरिक काम में आत्म-जागरूकता हासिल करना, शक्तिशाली प्रश्न पूछना, उद्देश्यपूर्ण संवाद करना और उद्यमी मानसिकता विकसित करना शामिल है। बाह्य केंद्रित क्षमताएँ, जो आंतरिक महारत के बाद आती हैं, ये हैं कि परिवर्तन का प्रबंधन कैसे किया जाए और इसे गतिशील कैसे किया जाए, दूसरों के साथ मिलकर काम कैसे किया जाए, प्रदर्शन को अधिकतम करने के लिए भिन्नताओं का लाभ कैसे लिया जाए और अधिक लचीला व अनुकूलनीय कैसे बना जाए।

राटो परियोजना के दौरान दो अहम बातें हुईं। पहली यह थी कि डॉ. साराभाई ने देश में अंतरिक्ष अनुसंधान के लिए दस वर्ष की रूपरेखा का प्रकाशन किया। इस दस्तावेज़ ने यह स्पष्ट कर दिया कि इसरो की दीर्घकालीन प्राथमिकताएँ राष्ट्रीय विकास से जुड़ी हैं। दूरसंचार, संसाधन सर्वे के लिए रिमोट सेंसिंग या सुदूर संवेदन और मौसम विज्ञान कुछ चिन्हित क्षेत्र थे, जिनमें इसरो देश की प्रगति में सबसे अच्छा योगदान दे सकता था। इसके अलावा, भारतीय अंतरिक्ष कार्यक्रम के शुरुआती वर्षों में जो सक्रिय अंतरराष्ट्रीय सहयोग प्रबल था, उसकी ज़रूरत को ख़त्म कर दिया जाएगा। संगठन अब काफ़ी हद तक स्वावलंबी बनेगा; इसका काम स्वदेशी प्रौद्योगिकी के विकास और तैनाती के इर्द-गिर्द घूमेगा।

कलाम स्वदेशी अंतरिक्ष कार्यक्रम के प्रवर्तक थे और नया दौर उनकी उपायकुशल, स्व-प्रेरित नीति के लिए ख़ास तौर पर अनुकूल था। वे आरएच-75 रॉकेट प्रोजेक्ट में अपनी योग्यता साबित कर चुके थे, जिससे सत्ता के गलियारों में यह विश्वास आ गया था कि इसरो इस साहसिक नई दिशा में जाए। इसके बाद इसरो के उद्देश्य भारतीय उपग्रहों को डिज़ाइन करने, निर्माण करने और प्रक्षेपित करने से हासिल होंगे, जिनमें भारतीय प्रक्षेपण यानों द्वारा छोड़े जाने वाले जियोसिंक्रोनस या भू-समकालिक उपग्रह शामिल होंगे।

दूसरी बात थी रक्षा मंत्रालय में मिसाइल पैनल का गठन। कलाम को नारायणन के साथ इस पैनल का सदस्य बनाया गया। 1962 के युद्ध के कटु सबक़ों को याद रखा गया था। राष्ट्रीय नेतृत्व ने महसूस किया कि अब सैनिक उपकरणों और हथियार प्रणालियों को विकसित करने की स्वदेशी नीति पर चलने के अलावा बहुत कम विकल्प थे। जब तक स्वदेशी प्रणालियाँ बनकर तैयार हो सकें, तब तक राष्ट्रीय रक्षा की तात्कालिक माँगें पूरी करने के लिए सोवियत संघ से भूमि-से-वायु मिसाइलें (एसएएम) बड़ी संख्या में मँगाई गईं। नारायणन को डिफ़ेंस रिसर्च ऐंड डेवलपमेंट लेबोरेट्री (डीआरडीएल), हैदराबाद का संचालक नियुक्त किया गया, ताकि वे स्वदेशी मिसाइल प्रणाली के विकास की गति को तेज़ कर सकें।

राटो मोटर और मिसाइल पैनल पर इकट्ठे काम करते वक़्त कलाम और नारायणन स्थिति की माँग के अनुसार विद्यार्थी और शिक्षक की भूमिकाएँ अदल-बदल कर निभाते थे। नारायणन रॉकेटों के बारे में सीखने को बहुत उत्सुक थे और कलाम हवाई हथियार प्रणालियों के बारे में जानने के बहुत जिज्ञासु थे। हालाँकि वे कई मायनों में विपरीत थे, लेकिन उनके पास एक-दूसरे से सीखने को बहुत कुछ था, काम के प्रति उनकी नीति के संदर्भ में भी; वैसे अपने काम में उनकी एकाग्रता एक जैसी थी। कलाम बाद में कर्तव्य के प्रति नारायणन के समर्पण भाव की प्रशंसा करते हुए लिखते हैं :

> नारायणन के विश्वास की गहराई और परिश्रम की शक्ति प्रेरक थी। डॉ. साराभाई के साथ तिलपत रेंज की भोर की यात्रा के दिन से नारायणन हमेशा राटो मोटर में व्यस्त रहते थे। उन्होंने बोलने से पहले ही हर ज़रूरी चीज़ का इंतज़ाम कर दिया था। उन्होंने कहा, 'आप बस चीज़ का नाम बता दो और मैं उसे आपके लिए ले आऊँगा, बस समय न माँगें।' कई बार मैं उनकी अधीरता देखकर हँस पड़ता था।

जब कलाम ने राटो मोटर के लिए बिल ऑफ़ मटेरियल का संकलन किया, तो उन्हें अहसास हुआ कि लगभग कोई भी स्वदेशी चीज़ उपलब्ध नहीं थी। वे निराश महसूस करने लगे। क्या कोई उपचार या विकल्प था? क्या भारत हमेशा के लिए 'स्क्रूड्राइवर विज्ञान' का मखौल झेलने के लिए अभिशप्त रहेगा - दूसरे देशों के आविष्कारों का आयात करता रहेगा और असेम्बल करता रहेगा? क्या एक विकासशील देश इस तरह की प्रौद्योगिकी उत्पन्न करने का ख़र्च उठा सकता है?

कलाम ने यह पहचाना कि स्वदेशी विकास के कष्ट की जड़ सामग्री हासिल करने की नीतियाँ हैं। उन्होंने सात बिंदुओं यानी सात स्वतंत्रताओं की अनुमति माँगी। ये थीं : एक ही जगह पर वित्तीय अनुमोदन और नौकरशाही के पायदान पर फ़ाइल के ऊपर-नीचे जाने की कोई गतिविधि नहीं; काम में लगे सभी लोगों के लिए विमान यात्रा चाहे वे पद के लिहाज़ से इसके हक़दार हों या न हों; केवल एक ही व्यक्ति के प्रति जवाबदेही; विमानों से सामान मँगाना; जहाँ संभव हो, वहाँ निजी क्षेत्र की

संलग्नता; न्यूनतम भाव के बजाय तकनीकी क्षमता के आधार पर ऑर्डर देना; और तीव्र अकाउंटिंग नीतियाँ। इन सात बिंदुओं में से एक भी वैज्ञानिक नहीं थी, लेकिन ऐसी प्रोएक्टिव नीतियों का अभाव ही देश में विज्ञान की तरक्की में रोड़े डाल रहा था।

सरकारी दफ़्तरों में ऐसी माँगें पहले कभी नहीं सुनी गई थीं। लेकिन अगर राटो प्रोजेक्ट एक बिलकुल नया खेल था, तो नए नियमों से खेलने में क्या ग़लत था? औपनिवेशिक अधिकारियों द्वारा बनाए गए नियम - जो भारतीय लोगों पर अविश्वास की वजह से बने थे - इस निरर्थक आशा में कैसे लागू किए जा सकते हैं कि राष्ट्रीय महत्त्व की परियोजनाएँ सफलतापूर्वक पूरी हो जाएँगी? जब डॉ. साराभाई ने स्वदेशी राटो प्रणाली के लिए अठारह महीने की डेडलाइन तय की थी, तो क्या वे कुशलता से काम करने की स्वतंत्रता भी देंगे? और डॉ. साराभाई ने ऐसा ही किया। प्रशासकीय उदारीकरण की कलाम की माँग सुनकर - और उनके प्रस्तावों के पीछे छिपे मतलब को देखकर - डॉ. साराभाई ने दोबारा सोचे बिना सात बिंदुओं की योजना का अनुमोदन कर दिया।

उस दिन कलाम ने डॉ. साराभाई से सीखा कि विश्वास ही सारे कामों की कुंजी है। यदि विश्वास का अभाव है, तो संबंधित पक्षों को इसे बेहतर बनाने के लिए आवश्यक क़दम उठाने चाहिए। विश्वास की बुनियाद आपके संगठन के हर पहलू में व्याप्त होनी चाहिए। उसके बाद राटो का काम किसी अड़चन के बिना प्रगति करने लगा और यह सचमुच स्वदेशीकरण की दैदीप्यमान सफलता की कहानी बन गया।

राटो ने कलाम को अखंडता की शक्ति और सच्चे संवाद का महत्त्व सिखाया। इसकी सफलता काफ़ी हद तक इस कारण थी, क्योंकि इसमें संगठन के लोगों को सच्चाई जानने का हक़दार माना गया। डॉ. साराभाई जानते थे कि आप अपने स्टाफ़ को सिर्फ़ आधी कहानी ही नहीं बता सकते। आप कहानी को छिपा नहीं सकते। आपको उनके साथ सचमुच बराबरी के लोगों की तरह व्यवहार करना होगा। जब आप ईमानदारी से, सच्चाई से और सम्मान के साथ संवाद करते हैं, तो आपके कर्मचारी अपनी सर्वश्रेष्ठ योग्यता से आपके लिए काम करेंगे; जब भी आपको उनकी ज़रूरत होगी, वे आपके लिए काम करेंगे और वे आपके आग्रह से ज़्यादा कड़ी मेहनत करेंगे। इस सबक़ के साथ अब कलाम के आगे बढ़कर एक दूसरे धरातल पर पहुँचने का समय आ गया था।

खंड 2

सृजन

ज़िंदगी प्राकृतिक और स्वाभाविक परिवर्तनों की शृंखला है। इनका प्रतिरोध न करें - इससे सिर्फ़ दुख होता है। वास्तविकता को वास्तविकता रहने दें। चीज़ों को प्राकृतिक रूप से आगे प्रवाहित होने दें, जिस भी तरह से वे चाहें।

—लाओ-त्सू
चीन के प्राचीन दार्शनिक और कवि

2.1

इंद्रजाल

हम एक ऐसे ब्रह्मांड में रहते हैं, जिसमें क्षेत्र के ऊपर असीमित क्षेत्र हैं, जो एक दूसरे को समाहित किए हैं। अलग-अलग लोग अलग-अलग कारणों से अलग-अलग यात्राएँ करते हैं। आप आलोचना नहीं करते हैं, बल्कि आप प्रशंसा कर सकते हैं कि संबंध हर जगह हैं।

—***अवातमसक सूत्र***
चीनी बौद्ध धर्म

डॉ. साराभाई ने कलाम को उपग्रह प्रक्षेपण यान (एसएलवी) का परियोजना निदेशक चुना। यह किसी उपग्रह को पृथ्वी की निचली कक्षा में पहुँचाने वाला रॉकेट बनाने का पहला स्वदेशी प्रयास था। लक्ष्य उपग्रह को 100 मील (160 कि.मी.) और 1,200 मील (2,000 कि.मी.) के बीच की ऊँचाई पर स्थापित करना था, जिसकी परिक्रमा अवधि 88 मिनट से 127 मिनट के बीच होगी। उल्लेखनीय है कि पृथ्वी के गुरुत्वाकर्षण की वजह से 100 मील से नीचे की वस्तुओं की कक्षा का क्षीण होना बहुत तेज़ गति से होगा और उनकी ऊँचाई कम हो जाएगी। 400 कि.मी. की परिक्रमा कक्षा में 40 कि.ग्रा. का उपग्रह भार रखने का लक्ष्य रखा गया।

एसएलवी में चार चरण वाले रॉकेट की कल्पना की गई, जिसकी सभी मोटरें ठोस-प्रणोदक हों। यह 1960 के दशक में सबसे पहले प्रयुक्त अमेरिकी स्काउट प्रक्षेपण यान की तर्ज़ पर किया गया था। स्काउट (सॉलिड कंट्रोल्ड ऑर्बिटल युटिलिटी टेस्ट सिस्टम का संक्षिप्त रूप) को 1957 में एनएसीए लैंगले सेंटर में डिज़ाइन किया गया था। यह पहला - और लंबे समय तक एकमात्र - कक्षा प्रक्षेपण यान था, जो पूरी तरह ठोस ईंधन से चलता था। सामान्य स्काउट प्रक्षेपण यान की लंबाई लगभग 75 फुट (23 मीटर) थी और इसका भार 47,398 पाउंड (21,500 कि.ग्रा.) था।

स्काउट का डिज़ाइन जारी रहा, क्योंकि इसे उस युग का सबसे आज़माया हुआ और विश्वसनीय उपग्रह प्रक्षेपक माना जाता था भारतीय वैज्ञानिकों को प्रक्षेपक यान डिज़ाइन करने का कोई पूर्व अनुभव नहीं था। जटिल तरल प्रणोदक डिज़ाइन

करने के बजाय चार चरणों वाला पूरा ठोस-प्रणोदक डिज़ाइन ज़्यादा आसान था और यह सफलता के लिए सबसे संभावित मार्ग दिख रहा था। 1971 तक प्रक्षेपक यान का डिज़ाइन पूरा हो गया और डॉ. साराभाई ने छह डिज़ाइनों में से तीसरे को चुना - इसीलिए इसका नाम एसएलवी-3 पड़ा। इस वाहन की लंबाई 22 मीटर और भार 17,000 कि.ग्रा. था और यह 30 किलो के उपग्रह को पृथ्वी के निकट परिक्रमा कक्षा में पहुँचा सकता था। हालाँकि एसएलवी-3 का आकार स्काउट से मिलता-जुलता था, लेकिन सब-असेम्बली और फ़्यूल असेम्बली भारतीय वैज्ञानिकों तथा इंजीनियरों ने नए सिरे से डिज़ाइन किए थे।

कलाम के अलावा एसएलवी-3 की केंद्रीय परियोजना टीम में डॉ. एस. श्रीनिवासन, वेद प्रकाश संडलास, डी. नारायण मूर्ति, जी. माधवन नायर, एम.एस.आर. देव, एम.के. अब्दुल मज़ीद, डी. शशिकुमार, पी.एस. वीरराघवन और ए. शिवतनु पिल्लई शामिल थे। डॉ. वी.आर. गवरीकर, एम.आर. कुरुप और ए.ई. मुथुनायगम को पहले, दूसरे और तीसरे चरण की तैयारी करने का काम सौंपा गया। कलाम को चौथे चरण की तैयारी की अतिरिक्त ज़िम्मेदारी दी गई, जिसमें एक मिश्रित मोटर लगने वाली थी।

प्रौद्योगिकी का संसार आपस में गहराई से जुड़ा हुआ है और इसमें खूँखार प्रतिस्पर्धा होती है। 1960 में राष्ट्रपति चार्ल्स द गाल ने ऐलान किया कि फ्रांस अंतरिक्ष में पहुँचना चाहता है। 1 मार्च 1962 को सेंटर नेशनल डेट्यूड्स स्पेशियल्स (सीएनईएस) गठित किया गया, जिसे फ्रांसीसी अंतरिक्ष कार्यक्रम की योजना बनाने और उसके क्रियान्वयन का काम सौंपा गया। दियामाँ (फ्रांसीसी में हीरा) पहला फ्रांसीसी अंतरिक्ष प्रक्षेपक था। दियामाँ पहला और उस वक़्त एकमात्र उपग्रह प्रक्षेपक था, जिसे अमेरिका या सोवियत संघ ने नहीं बनाया था।

1969 की शुरुआत में डॉ. साराभाई ने कलाम को फ़ोन करके कहा कि वे फ्रांसीसी स्पेस ऑर्गेनाइज़ेशन, सीएनईएस के प्रेसिडेंट प्रो. कुरियन के साथ त्रिवेन्द्रम आ रहे हैं। कलाम से कहा गया कि वे सीएनईएस टीम को चौथे चरण के बारे में प्रस्तुति दें। प्रस्तुति पूरी होने पर कलाम को बताया गया कि यह विचार किया जा रहा है कि एसएलवी-3 के चौथे चरण को फ्रांस के दियामाँ बीसी के ऊपरी चरण के रूप में इस्तेमाल किया जाए। उसी बैठक में यह निर्णय लिया गया कि एसएलवी-3 के चौथे चरण को इस तरह दोबारा ढालना चाहिए, ताकि यह भारतीय उपग्रह प्रक्षेपक यान के साथ-साथ फ्रांसीसी उपग्रह प्रक्षेपक यान से भी मेल खाए और दोनों के लिए उपयुक्त हो। यह सुनकर कलाम बहुत उत्साहित हो गए। बाद में उन्होंने बताया :

> हम उस वक़्त डिज़ाइन की अवस्था में थे, लेकिन इस स्वप्नदृष्टा का सपना यह था कि भारतीय वैज्ञानिक ऊपरी चरण की एक ऐसी रॉकेट प्रणाली बना सकते हैं, जो भारतीय और फ्रांसीसी उपग्रह प्रक्षेपक यानों के अनुकूल हो... इसके फलस्वरूप एक रोचक साझेदारी भी हुई। यूरोपियन स्पेस एजेंसी

के एरियन यान ने भारतीय एप्पल उपग्रह का प्रक्षेपण किया। भविष्य में एसएलवी–3 चौथे चरण की तीव्र गति की पराकाष्ठा वाली मोटर के रूप में इसी का प्रयोग किया गया।

इस अनुभव ने कलाम को दो अहम संदेश दिए। पहला, संगठन की पदश्रेणी में आपकी स्थिति चाहे जो हो, खुले दिमाग़ वाला लीडर सही व्यक्ति को खोज लेता है और उसे सफल होने के लिए प्रोत्साहित करता है। दूसरा संदेश यह था कि महान लीडर अपनी टीम के सदस्यों में विश्वास भरता है और उन्हें यह अहसास दिलाता है, 'हम यह कर सकते हैं।'

वास्तव में, दियामाँ और एसएलवी के एयरफ्रेम बिलकुल अलग-अलग थे। कलाम को दियामाँ एयरफ्रेम के हिसाब से एसएलवी-3 चतुर्थ चरण के डिज़ाइन को बदलना पड़ा। 400 मि.मी. के व्यास को बढ़ाकर 650 मि.मी. करना पड़ा और प्रणोदक का भार 250 कि.ग्रा. से बढ़कर 600 कि.ग्रा. करना पड़ा। नया डिज़ाइन तैयार करने में टीम को दो साल लग गए, जो दियामाँ रॉकेट का तीसरा और ऊपरी चरण होने वाला था। लेकिन तभी अनहोनी हो गई; फ़्रांस ने 1975 में यूरोपियन एरियन प्रक्षेपक के साथ अनुबंध कर लिया और अपने राष्ट्रीय प्रक्षेपक कार्यक्रम को छोड़ दिया। यह जानने पर कलाम बहुत विचलित हुए, लेकिन डॉ. साराभाई ने उन्हें एरोस्पेस में अंतरराष्ट्रीय सहयोग की जटिलताओं का ज्ञान दिया। बहुत से तरीक़ों से लेन-देन चलता है और यह लंबे समय तक चलता है, कई बार तो पीढ़ियों के पार तक जाता है। अंतरराष्ट्रीय प्रौद्योगिकी विनिमय इंद्रजाल जैसा है। जो भी अच्छा काम किया जाता है, वह कभी बर्बाद नहीं जाता है; यह कहीं और प्रतिबिंबित होता है तथा उपयोग में आता है।

1969 में ज़्यादा बड़े रॉकेटों को छोड़ने के लिए उपग्रह प्रक्षेपण केंद्र बनाने की बात उठी और इसके लिए भारतीय प्रायद्वीप के पूर्वी तट पर आंध्रप्रदेश के श्रीहरिकोटा टापू को चुना गया। 1971 में शुरू हुए इस केंद्र का नाम श्रीहरिकोटा रेंज (एसएचएआर) रखा गया। यहीं से 9 अक्टूबर 1971 को रोहिणी आरएच-1 उपग्रह छोड़ा गया, जो दो चरणों वाला रॉकेट था। इसमें ठोस प्रणोदक का इस्तेमाल किया गया था। यह 7 कि.ग्रा. भार को 19 कि.मी. की ऊँचाई तक ले गया।

1970 में कलाम ने बॉम्बे नेशनल इलेक्ट्रॉनिक्स कॉन्फ्रेंस में शिरकत की, जहाँ विक्रम साराभाई ने भारतीय राष्ट्रीय उपग्रह (इनसैट) की योजना का ऐलान किया। इनसैट मूलतः सीधा प्रसारण करने वाला उपग्रह था, जिसका शैक्षिक उपयोग होना था। पृथ्वी की कक्षा में इसे स्थापित करने का उद्देश्य यह था कि टेलीविज़न के जरिये भारतीय ग्रामवासियों को शिक्षित किया जाए। कॉन्फ्रेंस में बहुत से प्रतिष्ठित शिक्षाविदों, उद्योगपतियों, नेताओं, अफ़सरों, शोधकर्ताओं, वैज्ञानिकों और इंजीनियरों की मौजूदगी के अलावा भारतीय पत्रकारों का महत्त्वपूर्ण जमावड़ा भी था। राष्ट्रीय उपग्रह पर सर्वसम्मति बनाने के लिए यह आदर्श जगह थी। जब साराभाई ने इनसैट की योजना

पेश की, तो भीड़ रोमांचित हो गई। 'साराभाई के लोगों' ने पहले से तैयार प्रश्नों के साथ कुछ 'विरोधियों' को भीड़ में भेज दिया था, ताकि प्रोजेक्ट के बारे में किसी वास्तविक शंका का समाधान किया जा सके।

कलाम अब अपने काम को ज़्यादा बड़ी पृष्ठभूमि में देखने लगे थे। उन्हें अहसास हुआ कि एसएलवी और मिसाइलें दरअसल रॉकेट विज्ञान के वृक्ष के दो फल थे। एसएलवी पर उनके काम के लगभग साथ-साथ ही डीआरडीओ सतह-से-आकाश में मार करने वाली स्वदेशी मिसाइल बनाने के लिए ख़ुद को तैयार कर रहा था। नारायणन, जिन्होंने कलाम के साथ राटो पर काम किया था - और जिन्हें अब पदोन्नत करके एयर कमोडोर का पद दे दिया गया था - को डीआरडीएल, हैदराबाद की कमान सौंप दी गई। अपनी विशिष्ट अधीरता के साथ उन्होंने नई डिज़ाइन और स्वदेशी प्रौद्योगिकी विकास की इसरो की नीति का अनुसरण करने के बजाय रिवर्स इंजीनियरिंग द्वारा हूबहू नक़ल करने का ज़्यादा तीव्र मार्ग चुना।

डीआरडीएल में रूसी मिसाइल एसए-2 की स्वदेशी नक़ल शुरू हो गई और इसका कूट नाम था डेविल। एसए-2 दो चरणों वाली सरल मिसाइल डिज़ाइन थी, जिसमें चार क्रूसिफ़ॉर्म फ़िन्स के तीन समूह थे। इसके पिछले दो पंखों में इलेक्ट्रॉनिक्स द्वारा मार्गदर्शक नियंत्रण और शुरुआती रोल स्थिरीकरण प्रदान किया गया था। एक बार छोड़ने के बाद इसका मुख्य बूस्टर चार-पाँच सेकंड जलता था, जिसके बाद मूल गतिवर्धक मोटर चालू हो जाती थी और अगले 22 सेकंड तक जलती थी। मिसाइल के मुखास्त्र में 130 कि.ग्रा. के उच्च्च विस्फोटक भरे जा सकते थे। इसके आगे वाले खंड में कई तरह के फ़्यूज़ लगाए गए थे - सामीप्य, संघात और समादेश।

एसए-2 अपने समय का वाक़ई शक्तिशाली वायु-रक्षा अस्त्र था। इसकी मुख्य पहचान शायद 27 अक्टूबर 1962 को क्यूबा के ऊपर अमेरिकी यू-2 जासूसी विमान गिराने के लिए बनी थी, लेकिन इसे बाक़ी जगहों पर भी सफलतापूर्वक तैनात किया गया। उत्तर वियतनाम ने 1965 में अमेरिका के एक एफ़-4सी लड़ाकू विमान को मार गिराया था और उसी साल एक अमेरिकी आरबी-47 को ब्लैक सी के ऊपर गिरा दिया गया - इन दोनों ही घटनाओं में एसए-2 का इस्तेमाल हुआ था। जब डेविल प्रोजेक्ट ने गति पकड़ी, तो मिसाइल पैनल की बैठकों की संख्या भी बढ़ने लगी।

कलाम की आदत थी कि मिसाइल पैनल की हर बैठक के बाद वे तुरंत फ़ोन पर डॉ. साराभाई को संक्षेप में सारी बातें बता देते थे। 30 दिसंबर 1971 को ऐसी ही एक बैठक के बाद कलाम ने दिल्ली हवाई अड्डे से डॉ. साराभाई से फ़ोन पर बातचीत की और इसके बाद त्रिवेन्द्रम जाने वाले विमान में बैठ गए। डॉ. साराभाई उस वक़्त त्रिवेन्द्रम में ही थे और रात को बम्बई लौटने वाले थे। उन्होंने कलाम से कहा कि वे विमान से उतरते ही हवाई अड्डे पर उनसे मुलाक़ात कर लें।

जब कलाम त्रिवेन्द्रम पहुँचे, तो हवा में मायूसी छाई थी। विमान की सीढ़ी चलाने वाले कुट्टी ने अपने गालों पर बहते आँसुओं के साथ उन्हें बताया कि डॉ.

साराभाई अब इस संसार में नहीं रहे। उन्हें दिल का दौरा पड़ा था और वे एक घंटे पहले गुज़र गए थे। कलाम भौंचक्के रह गए। उन्होंने कुछ समय पहले ही डॉ. साराभाई से बात की थी और वे उनसे मिलने वाले थे। जब तक डॉ. साराभाई के शव को अंतिम क्रिया के लिए विमान से अहमदाबाद नहीं ले जाया गया, तब तक कलाम हवाई अड्डे पर ही रहे। कलाम ने एक बार मुझे बताया, 'कोई भी किसी मुग़ालते में न रहे। गुरु के बिना कोई भी तैरकर दूसरे किनारे नहीं पहुँच सकता।' जब मैंने उनसे पूछा, 'लेकिन इंसान गुरु खोजे कैसे?,' तो उनका जवाब था, 'हर व्यक्ति को अपनी क्षमता, समझ और स्वभाव के अनुसार अपना मार्ग चुनना चाहिए। उसका सच्चा गुरु उस मार्ग पर उसे आगे मिल जाएगा। मैं अपनी सर्वश्रेष्ठ योग्यता के अनुसार अपना काम कर रहा था और अपनी स्थिति का सम्मान कर रहा था और डॉ. साराभाई मेरे जीवन में आ गए।'

प्रो. एम.जी.के. मेनन को भारतीय अंतरिक्ष कार्यक्रम का अंतरिम प्रभार दे दिया गया। उन्होंने वैज्ञानिकों, इंजीनियरों, तकनीकी विशेषज्ञों और प्रशासकों का एक बड़ा अंतरराष्ट्रीय सेमिनार आयोजित किया, ताकि भारतीय अंतरिक्ष कार्यक्रम के जनक माने जाने वाले डॉ. साराभाई द्वारा तैयार दस वर्षीय रूपरेखा पर विचार-विमर्श किया जाए और इसे परिभाषित किया जाए। उनके सम्मान में थुंबा इक्वेटोरियल रॉकेट लॉन्चिंग स्टेशन का नाम बाद में उनके नाम पर रख दिया गया।

बढ़ती माँगों और अंतरिक्ष गतिविधियों के महत्त्व को पहचानते हुए सरकार ने जून 1972 में एक स्वतंत्र स्पेस कमीशन और एक डिपार्टमेंट ऑफ़ स्पेस गठित किया। इंडियन इंस्टीट्यूट ऑफ़ साइंस (आईआईएससी), बेंगलूरु के 1962 से संचालक रहने वाले प्रो. सतीश धवन दोनों संगठनों के मुखिया बन गए। प्रो. धवन ने इसरो के चेयरमैन के रूप में भी काम शुरू कर दिया, जो डिपार्टमेंट ऑफ़ स्पेस के अधीन काम कर रहा था।

मई 1972 में डॉ. ब्रह्म प्रकाश विक्रम साराभाई स्पेस सेंटर (वीएसएससी) के पहले डायरेक्टर बनकर आए। डॉ. प्रकाश हैदराबाद में न्यूक्लियर फ़्यूल कॉम्प्लेक्स (एनएफ़सी) के सर्जक थे, इंडियन इंस्टीट्यूट ऑफ़ साइंस (आईआईएससी) में डिपार्टमेंट ऑफ़ मैटेलर्जी के पूर्व प्रमुख थे और 1955 में परमाणु ऊर्जा के शांतिपूर्ण उपयोगों पर जिनेवा में होने वाले पहले संयुक्त राष्ट्र सम्मेलन के विज्ञान सचिवों में से एक थे।

राटो प्रणाली का परीक्षण 8 अक्टूबर 1972 को उत्तरप्रदेश के बरेली एयर फ़ोर्स स्टेशन पर किया गया। एक उच्च-प्रदर्शक सुखोई-16 जेट विमान सिर्फ़ 1,200 मीटर दौड़ने के बाद ही हवा में पहुँच गया, जबकि इससे पहले इसे 2 कि.मी. का फ़ासला तय करना होता था। परीक्षण के लिए 66वीं मोटर का इस्तेमाल किया गया था। इस परीक्षण को पूरी तरह सफल घोषित कर दिया गया और माना गया कि इससे लगभग पचास लाख डॉलर की बचत हुई। स्वप्नदृष्टा डॉ. विक्रम साराभाई के

नेतृत्व में कलाम और नारायणन की साझेदारी अब फलीभूत हुई थी और स्वदेशी विमान तकनीक के लाभ काफ़ी स्पष्ट थे : 'परीक्षण के ख़र्च को मिलाकर हमने पूरे प्रोजेक्ट पर पच्चीस लाख रुपये से भी कम ख़र्च किया था। भारतीय राटो 17,000 रुपये में ख़रीदा जा सकता था और इसने आयातित राटो की जगह ले ली, जिसकी लागत 4,000 डॉलर थी।'

एसएलवी-3 परियोजना के नेतृत्व में आने के बाद कलाम को समय की कमी पड़ने लगी। उन्हें समिति का काम और पत्राचार करने होते थे, सामग्री की व्यवस्था संबंधी निर्णय लेने होते थे, समीक्षाओं और संक्षिप्त विवरणों की बैठकों में रहना होता था और बहुत सारे विकासों की नवीनतम जानकारी रखने की ज़रूरत होती थी। लेकिन उनका ओहदा बदलने से उनके रहन-सहन के तौर-तरीक़ों पर किसी तरह का कोई बदलाव नहीं आया। कलाम 1968 में त्रिवेन्द्रम आए थे और इंदिरा भवन लॉज के एक छोटे से कमरे में रुके थे। त्रिवेन्द्रम में वे जितने भी समय रहे, भूतल के उसी कोने वाले कमरे में रहे। कमरे में तब कोई अटैच्ड बाथरूम नहीं था, बस एक साझा बाथरूम था। बस एक पलंग, एक टेबल और एक कुर्सी! यह छोटा कमरा कुँआरों के रहने के लिए था - इसे उन कुँआरों के लिए बनाया गया था, जिनकी तनख़्वाह कम थी और जो इससे अच्छी जगह का ख़र्च नहीं उठा सकते थे। उनकी मकान मालकिन ने बाद में कलाम की सादगी भरी जीवनशैली के बारे में बताया : 'लॉज में कलाम से मिलने वाले नहीं आते थे। ऑफ़िस से लौटने के बाद वे बैठकर पढ़ते रहते थे। लॉज में वे सिर्फ़ एक चौकीदार से ही बात करते थे, जिससे वे क़रीबी होटलों से खाना और दीगर सामान मँगाते थे।'

कलाम सुबह-सुबह लगभग 2 कि.मी. टहलकर अपने दिन की शुरुआत करते थे। टहलते समय वे मन में पूरे दिन की योजना बना लेते थे और यह तय करते थे कि उस दिन वे कौन से दो-तीन काम करना चाहेंगे। इन तीन कामों में से कम से कम एक ऐसा होना चाहिए, जो किसी दीर्घकालीन लक्ष्य को आगे बढ़ाए। उन्होंने मुझे बाद में याद दिलाया, 'किसी दीर्घकालीन निश्चित मुख्य उद्देश्य के बिना ज़िंदगी बग़ैर पतवार वाली नाव की तरह है - यह कहीं नहीं जाती है।'

ऑफ़िस पहुँचने पर कलाम सबसे पहले अपनी डेस्क साफ़ करते थे। दस मिनट के भीतर वे काग़ज़ों को तीन श्रेणियों में छाँट लेते थे : ऐसे मामले जिनमें तुरंत काम करने की ज़रूरत थी, कम प्राथमिकता के मामले जिन्हें टाला जा सकता था और पढ़ने की सामान्य सामग्री। फिर वे उच्च प्राथमिकता वाले काग़ज़ डेस्क पर अपने सामने रख लेते थे और बाक़ी काग़ज़ सेक्रेटरी की डेस्क पर रख देते थे - अपनी नज़रों से दूर।

1975 में नववर्ष के दिन कलाम डेविल मिसाइल परियोजना की समीक्षा के लिए डॉ. ब्रह्म प्रकाश के साथ डीआरडीएल गए। समीक्षा में उत्कृष्ट प्रगति हुई थी, लेकिन कलाम ने ग़ौर किया कि डिज़ाइन डाटा के उत्पादन निर्माण पर नक़ल करने का दर्शन

हावी हो गया था। फलस्वरूप, डिज़ाइन इंजीनियर आवश्यक विश्लेषण की ओर पर्याप्त ध्यान नहीं दे पाए थे, जो इसरो की परंपरा थी। कलाम ने सीखा कि सफल रिवर्स इंजीनियरिंग प्रक्रिया केवल नक़ल करने या किसी तरह से नमूने को बदलने तक ही सीमित नहीं थी। इसमें बहुत विश्लेषण की आवश्यकता थी, ताकि नमूने से डिज़ाइन की विशेषताएँ निकाली जा सकें, चाहे इसके मूल उत्पादन में शामिल प्रक्रियाओं का ज़रा भी ज्ञान न हो या बहुत कम ज्ञान हो।

नारायणन ने कलाम को बताया कि सैनिक तंत्रों के विकास में रिवर्स इंजीनियरिंग एक स्वीकृत और सुविकसित परंपरा है। युद्ध के अंत में पश्चिमी मित्रों ने वी-2 रॉकेटों और संबद्ध प्रौद्योगिकियों के लिए जर्मन सेना से तकनीकी दस्तावेज़ छीन लिए। फिर अमेरिकियों ने ऑपरेशन पेपरक्लिप के ज़रिये अपने रिवर्स इंजीनियरिंग प्रयासों पर ध्यान केंद्रित किया, जिससे आगे चलकर पीजीएम-11 रेडस्टोन रॉकेट तैयार हुआ। सोवियत संघ ने तकनीकी दस्तावेज़ों और योजनाओं को दोबारा बनाने के लिए जर्मन इंजीनियरों को पकड़ा, ज़ब्त किए हुए उपकरणों से काम किया, ताकि वी2 का हमशक्ल तैयार किया जाए : एसए-11/आर-1 रॉकेट।

जहाँ डीआरडीएल की प्रगति धुँआधार थी, वहीं एसएलवी-3 धीरे-धीरे आकार ले रहा था। किसी नमूने की नक़ल की सीधी प्रक्रिया पर चलने के बजाय एसएलवी-3 कई विकासवादी मार्गों पर चल रहा था। परियोजना को इस तरह बनाया गया था, ताकि बड़े प्रौद्योगिकी कार्य केंद्र प्रणोदन उत्पादन, रॉकेट मोटर परीक्षण और किसी बड़े व्यास के रॉकेट के प्रक्षेपण को सँभाल सकें। प्रो. धवन ने प्रोजेक्ट के विकास में मदद के लिए विश्वविद्यालयों और राष्ट्रीय प्रयोगशालाओं में रिसर्च इन स्पेस साइंस ऐंड टेक्नोलॉजी (रेस्पॉन्ड) के लिए एक स्पॉन्सरशिप कार्यक्रम शुरू किया।

अंततः एसएलवी-3 का मेहनत भरा प्रौद्योगिकी विकास फलीभूत हुआ। 1 अगस्त 1975 से 31 जुलाई 1976 तक हर दिन सैकड़ों और कई बार तो हज़ारों गाँव वाले - किसी मंदिर के देवी-देवता के जुलूस की तरह - खुले मैदानों में लगाए गए शैक्षणिक टेलीविज़न देखने के लिए 5,000 टेलीविज़न सेटों में से हर एक के सामने इकट्ठे हो जाते थे। भारतीय इंजीनियरों ने टेलीविज़न सेट उपमहाद्वीप के छह समूहों में फैले दूरस्थ अंचलों, ख़ास तौर पर पिछड़े गाँवों, में लगाए थे। यह सामाजिक नवनिर्माण और ग्रामीण विकास के क्षेत्र में भी उतना ही बड़ा प्रयोग था, जितना कि प्रौद्योगिकी में था। टेलीविज़न कार्यक्रमों को सावधानी से तैयार किया गया था, ताकि वे ग्रामीणों को शिक्षा दें कि बेहतर जीवन कैसे जिएँ और ज़्यादा अनाज कैसे उगाएँ। ज़्यादातर गाँवों में बिजली नहीं थी और वहाँ पंप सेट को ऊर्जा देने के लिए सौर विद्युत उपकरण लगाने की ज़रूरत थी।

एसआईटीई की विजय ने संगठन का सतत समर्थन और प्रतिष्ठा सुनिश्चित की, भारत में भी और विदेशों में भी। इस परियोजना की सफलता ख़ास तौर पर कलाम के लिए व्यक्तिगत उपलब्धि थी। रामेश्वरम् पंचायत स्कूल में वे लगभग चार

दशक पहले उड़ान की कक्षा में पहली बार प्रेरित हुए थे और अब वहाँ एक उपग्रह टेलीविज़न लग गया था। कलाम के पिता का चेहरा गर्व से दमक रहा था। 1976 में 102 वर्ष की परिपक्व उम्र में उनका देहांत हुआ और उन्हें अपने बेटे की उपलब्धियों पर बहुत गर्व था।

1970 के दशक के मध्य के उथल-पुथल भरे दौर में प्रधानमंत्री इंदिरा गाँधी ने आपातकाल लागू किया और प्रजातांत्रिक अधिकारों पर रोक लगा दी। ऐसे माहौल में कलाम देश के सामाजिक और राजनीतिक परिदृश्य के बारे में गहराई से सोचने लगे। वे राजनीतिक वर्ग और भारत के करोड़ों ग़रीबों की आकांक्षाओं के बीच की बढ़ती खाई देख सकते थे। 'शक्ति शक्ति का सम्मान करती है' का नवजात विचार समय के साथ कलाम के भावी राष्ट्र के स्वप्न में निश्चित आकार लेने वाला था। वे भारत और भारतवासियों में उसी तरह सशक्त बनने की क्षमता देख सकते थे, जिस तरह कि वे ख़ुद हुए थे - शिक्षा, कड़ी मेहनत और प्रौद्योगिकी के पोषण द्वारा।

उनके तात्कालिक कर्तव्यों में उन्हें यह दिख रहा था कि उनकी कड़ी मेहनत और स्वदेशी वायु-अंतरिक्ष प्रौद्योगिकी में उनके पथप्रदर्शक प्रयासों ने - जिन्हें उनके स्वर्गीय बॉस और मार्गदर्शक डॉ. विक्रम साराभाई ने बढ़ावा दिया था - अब इस क्षेत्र में देश के अंतरराष्ट्रीय दर्जे को ऊपर उठा दिया था। इसरो के बढ़े हुए दर्जे ने साराभाई की मृत्यु के बाद पहली बार नियुक्ति में वृद्धि को सुगम बनाया। उत्कृष्ट इंजीनियरिंग संस्थानों के हज़ारों युवा पेशेवर अब यहाँ आने के लिए बेताब थे। एसआईटीई ने तेज़ी से उदित होते यूरोपीय अंतरिक्ष कार्यक्रमों में अत्यंत महत्त्वपूर्ण मार्ग खोल दिए। यूरोपीय, फ़्रेंच और जर्मन अंतरिक्ष कार्यक्रमों के प्रबंधन वाले कई अति महत्त्वपूर्ण सहयोगी कार्यक्रमों में इसरो को एक समकक्ष साझेदार के रूप में स्वीकार किया गया। हो सकता है कि भारत 'अंतरिक्ष दौड़' में शामिल न हुआ हो, लेकिन यह एक ऐसी शक्ति थी, जिसकी अब एरोस्पेस के क्षेत्र में गिनती होने लगी थी।

यही नहीं, इसरो की नई प्रौद्योगिकियों को एरोस्पेस उद्योग के बहुत सारे व्यावहारिक उपयोगों और देश के लोगों की परवाह का भी ध्यान रखना था। 19 नवंबर 1977 को एक बहुत बुरा चक्रवाती तूफ़ान आंध्रप्रदेश के भारतीय तट से टकराया। कृष्णा नदी के डेल्टा क्षेत्र सबसे बुरी तरह प्रभावित हुए, जहाँ तूफ़ान बंगाल की खाड़ी से 6 मीटर की ऊँचाई तक उठा और इसने किनारे की जनसंख्या पर कहर बरपा दिया। भूस्खलन से वाल्टेयर-किरांडल मार्ग की रेलवे लाइन उखड़ गई। धान और नक़दी फसलों के खेत पानी में डूब गए। तेरह नौकाएँ तूफ़ान में लापता हो गईं। बाद में सैकड़ों शव पानी में तैरते मिले और वे इतने फूल चुके थे कि उनकी शिनाख़्त करना संभव नहीं था, इसलिए उन्हें सामूहिक चिता में जला दिया गया।

दहशत भरी तादाद में हुई मृत्युओं ने उष्णकटिबंधी तूफ़ानों की पूर्व-चेतावनी देने वाले उपकरणों की आवश्यकता को रेखांकित किया। उष्णकटिबंधी तूफ़ानों का पता लगाने के लिए अप्रैल 1960 में टीआईआरओएस-वन के प्रक्षेपण के साथ उपग्रहों

का इस्तेमाल शुरू किया गया। उपग्रह से खींचे चित्रों में दिखने वाली विशेषताओं के आधार पर वास्तविक समय में उष्णकटिबंधी तूफ़ान के बल का पता लगाने की तकनीकें विकसित की गईं। डाटा से हवाओं की गति का पता लग सकता था। तूफ़ान की आँख और तूफ़ान के आस-पास के बादलों के बीच तापमान के फ़र्क़ से मौसम की शक्ति का पता लग सकता था : तापमान में फ़र्क़ जितना ज़्यादा होता था, उष्णकटिबंधी तूफ़ान उतना ही ज़्यादा शक्तिशाली होता था। इसरो अब अपने उपग्रह लोगों की जान बचाने के लिए इस तरह तैनात कर सकता था, ताकि वे उपमहाद्वीप के तूफ़ान-प्रभावित इलाक़ों में निचले तटवर्ती क्षेत्रों में रहने वाले करोड़ों लोगों को जल्दी चेतावनी दे सकें।

एसएलवी-3 एपोजी रॉकेट का फ़्रांस में उड़ान परीक्षण तय हो चुका था, जिसे दियामाँ जैसे ऊपरी चरण के रूप में विकसित किया गया था। प्रणालियों के एकीकरण में कुछ समस्याएँ खड़ी हो रही थीं और उन्हें सुलझाने के लिए कलाम को फ़्रांस जाना था। फ़्रांस जाने के दो दिन पहले कलाम की माँ का निधन हो गया। वे पहली उपलब्ध बस से नागरकॉइल पहुँच गए और रात वाली ट्रेन पकड़कर रामेश्वरम् पहुँच गए। उन्होंने अपनी माँ की अंतिम क्रिया की और क़ब्रिस्तान से सीधे रेलवे स्टेशन लौट गए। बरसों बाद वे बताते हैं कि दुख मनाने के लिए बहुत कम समय था : 'अगली सुबह मैं थुंबा में था, शारीरिक रूप से थका हुआ, भावनात्मक रूप से टूटा हुआ, लेकिन विदेशी भूमि पर भारतीय रॉकेट उड़ाने की महत्त्वाकांक्षा पूरी करने के लिए दृढ़ संकल्पवान।'

माता-पिता के इस दुनिया से चले जाने के बाद कलाम ने अपना सब कुछ एसएलवी प्रोजेक्ट में झोंक दिया। उन्होंने बाक़ी हर गतिविधि से हाथ खींच लिए। उन्होंने शाम को बैडमिंटन खेलना छोड़ दिया और वीकऐंड तथा छुट्टियों में भी ऑफ़िस में ही रुके रहते थे। एक विरक्त शांति ने उन्हें घेर लिया। कलाम ने अपने दुख से उबरने के लिए ख़ुद को अपने कर्तव्यों और शांत चिंतन-मनन में डुबा लिया और काफ़ी आत्मनियंत्रण का इस्तेमाल किया।

2.2

वसुधैव कुटुंबकम्

जीवन का एकमात्र अर्थ मानवता की सेवा करना है।

—लियो टालस्टॉय
रूसी उपन्यासकार

एसएलवी-3 प्रोजेक्ट के साथ काम में मसरूफ़ होने पर कलाम आरामदेह महसूस करने लगे और उन्हें उद्‌देश्य का भारी अहसास होने लगा। वे लोगों से मिलने, बातचीत करने, तर्क करने, समझाने और समझने में कभी नहीं थकते थे - कम से कम, जब इसका संबंध उनके काम से हो। व्यक्तिगत स्तर पर, उन्हें सामान्य सामाजिक व्यवहार से एक अजीब सी विमुखता महसूस होने लगी। अब उनमें छुटपुट बातचीत और गपशप का धैर्य नहीं रह गया था। जब वे काम नहीं करते थे, तो वे प्रायः एकांत की तलाश करते थे, कोई अच्छी पुस्तक पढ़ते थे या कर्नाटक संगीत सुनते थे। उन्हें विश्वास था कि तर्क और नैतिकता के अनुसार जीने का मतलब सृष्टि की दैवी व्यवस्था के सामंजस्य में जीना है। उनकी परिकल्पना यह थी कि यह व्यवस्था इंसान के गुणों में और समय के उस ख़ास मोड़ पर उस इंसान के जीवन की परिस्थितियों में कूटबद्ध थी। इन गुणों को पहचानना चाहिए, पोषण देना चाहिए और निखारना चाहिए। इसके अलावा, इंसान को अपने जीवन की परिस्थितियों को समझते हुए काम करना चाहिए। इसके लिए यह ज़रूरी था कि वह अंदर से शांति में रहे।

वैसे कलाम ने पाया कि लोगों के साथ व्यवहार करना और उनके प्रयासों का समन्वय करना उनका ख़ास गुण था। एसएलवी-3 का विकास इस गुण को प्रकट करने का उनका नवीनतम माध्यम था। ये कलाम के लिए सचमुच कायाकल्पकारी वर्ष थे। वे उद्‌देश्यपूर्ण जीवन जीने का महत्त्व समझ रहे थे और वे ऐंद्रिक आनंदों व मौज-मस्ती के पीछे छिपे दुखों की जेल से मुक्त हो चुके थे। उनकी उम्र चालीस वर्ष के पार हो गई थी और वे युवावस्था के मनोरंजनों के आकर्षण से ऊपर उठ चुके थे। हालाँकि वे स्थायी कुँआरेपन में ढल चुके थे, लेकिन उनकी जीवनशैली किसी संन्यासी या साधु जैसी थी; वे अब काम और चिंतन-मनन में ख़ुशी-ख़ुशी मशगूल रहते थे।

इसका मतलब यह नहीं है कि कलाम अलग-थलग या भावहीन थे; उन्होंने जीवन भर स्थायी, सार्थक मित्रताओं का आनंद लिया। इस वक़्त उनका डॉ. ब्रह्म प्रकाश के साथ एक ख़ास तौर पर शक्तिशाली भावनात्मक बंधन जुड़ गया। डॉ. प्रकाश एक उत्कृष्ट वैज्ञानिक, प्रेरक अगुआ और अत्यधिक विनम्र इंसान थे, जो इंडियन इंस्टीट्यूट ऑफ़ साइंस के डिपार्टमेंट ऑफ़ मैटेलर्जी के प्रमुख बनने वाले पहले भारतीय थे। उनके नेतृत्व में एटॉमिक एनर्जी एस्टेबलिशमेंट के धातुविज्ञान समूह ने परमाणु ग्रेड की कई धातुओं को निकालने और ढालने की तकनीकें ईजाद कीं। 'बंद परमाणु ईंधन चक्र', जो भारतीय परमाणु कार्यक्रम का लक्ष्य था, मूलतः उच्च शुद्धता की सामग्री के बारे में था और डॉ. ब्रह्म प्रकाश इस प्रयास के केंद्र में थे। कलाम को उनमें अपना मार्गदर्शक शिक्षक मिल गया। डॉ. साराभाई कलाम के लिए किसी देवदूत की तरह थे - प्रेरणा और मार्गदर्शन देने वाले - लेकिन किसी दूसरे संसार के। दूसरी ओर, ब्रह्म प्रकाश नरनारायण जैसे थे, उनके ठीक सामने मौजूद दैवी महिमा के साकार रूप। कलाम ने ब्रह्म प्रकाश में अपने दिवंगत पिता की छवि देखी।

डॉ. ब्रह्म प्रकाश ने कलाम में अपनी जवानी की झलक देखी, जो उन्होंने लाहौर में गुज़ारी थी। डॉ. ब्रह्म प्रकाश विभाजन के मानसिक आघात से गुज़रने वाले करोड़ों लोगों में से एक थे। उन्होंने एक दिन कलाम के सामने अफ़सोस ज़ाहिर किया कि नाज़ी नरसंहार के बारे में कई पुस्तकें लिखी गई थीं, लेकिन किसी ने कभी दरअसल भारत के विभाजन के बारे में ब्रिटिश औपनिवेशिक शासकों की निष्ठुरता को बयां नहीं किया था। उन्होंने बस नक़्शे पर एक मनमानी लकीर खींच दी, जिसने करोड़ों लोगों की राष्ट्रीयता तय कर दी और परिणामों को पूरी तरह नज़रअंदाज़ कर दिया। उन्होंने कलाम से एक बार कहा था, 'हिटलर को मानव इतिहास में राक्षस का दर्जा दिया गया है और यह बिलकुल सही भी है। लेकिन भारतीय उपमहाद्वीप के मीठा बोलने वाले राजनेताओं के चोले में बैठे जिन राक्षसों ने भारत के विभाजन की विराट मानवीय त्रासदी उत्पन्न की थी, उनके पापों को भुला दिया गया, जब महात्मा गाँधी ने अपने बलिदान से इसकी क़ीमत चुका दी।'

डॉ. ब्रह्म प्रकाश और कलाम अक्सर लंबा टहलने जाते थे। डॉ. ब्रह्म प्रकाश सिगरेट बहुत पीते थे, लेकिन कलाम के साथ घूमते वक़्त उन्होंने कभी एक भी सिगरेट नहीं जलाई। वे दोनों ही दूसरों के दुख-दर्द की बड़ी परवाह करते थे और उसे दूर करने की इच्छा भी रखते थे। डॉ. ब्रह्म प्रकाश कलाम के साथ अपने बेटे जैसा बर्ताव करते थे और कलाम ने उनसे जीवन के ज़्यादा सूक्ष्म पहलुओं की शिक्षा हासिल की, जो वे अपने पिता से हासिल नहीं कर पाए थे।

डॉ. ब्रह्म प्रकाश ने कलाम को सम्मान के गुण का सार सिखाया। सम्मान उस महत्त्व के बारे में है, जो आप अपने आस-पास के लोगों और ख़ुद को देते हैं। इंसान को दूसरों के महत्त्व के प्रति सम्मान रखना चाहिए। इसी तरह, इंसान को ख़ुद

के महत्त्व के प्रति भी सम्मान रखना चाहिए। लेकिन कलाम ने डॉ. ब्रह्म प्रकाश से जो सबसे महत्त्वपूर्ण सबक़ सीखा, वह विनम्रता का था। उन्होंने कलाम को सिखाया कि विनम्रता का मतलब ख़ुद की सीमाओं के प्रति सम्मान है। डॉ. ब्रह्म प्रकाश ने कलाम से कहा, 'विनम्रता ख़ुद को आपसी संबंध में नीचा करने वाला काम या मुद्रा नहीं है। विनम्रता तो पृष्ठभूमि में अपनी जगह के बारे में एक स्पष्ट दृष्टिकोण रखने और सम्मान रखने के बारे में है।' एक धार्मिक पृष्ठभूमि में इसका अर्थ ईश्वर के साथ स्व के संबंध को पहचानना हो सकता है, अपने दोषों की स्वीकृति हो सकती है और विश्व के किसी भी महान धर्म के सदस्य के रूप में दैवी महिमा के सामने समर्पण हो सकता है।

कलाम ने 'मैं' से 'हम' में रूपांतरण का अपना पहला सबक़ भी डॉ. ब्रह्म प्रकाश से ही सीखा। उन्होंने कलाम को बताया :

> यह वह सबसे अहम प्रक्रिया है, जिससे लीडर प्रामाणिक बनते वक़्त गुज़रते हैं। जब तक कि वे लोगों को उनकी पूरी क्षमता तक पहुँचने के लिए प्रेरित न करें, तब तक वे अपने संगठनों की शक्ति कैसे मुक्त कर सकते हैं? अगर हमारे समर्थक सिर्फ़ हमारे इशारे पर चल रहे हैं, तो उनके प्रयास हमारी भविष्यदृष्टि और हमारी दिशाओं तक ही सीमित रहते हैं... जब लीडर अपने व्यक्तिगत अहं की आवश्यकताओं पर ध्यान केंद्रित करना छोड़ते हैं, सिर्फ़ तभी वे दूसरे लीडर तैयार कर सकते हैं।

मई 1973 में डॉ. ब्रह्म प्रकाश ने कलाम को बताया कि वी-2 और सैटर्न-फ़ाइव रॉकेटों के विख्यात आविष्कारक वेनर फ़ॉन ब्रॉन आने वाले हैं। उन्होंने कलाम को यह मौक़ा दिया कि वे मद्रास में ब्रॉन की अगवानी करें और उन्हें त्रिवेन्द्रम लेकर आएँ। कलाम ने इस ज़िम्मेदारी को एक बड़े उपहार के रूप में देखा। रॉकेट विज्ञान के क्षेत्र में लगभग सभी लोग वेनर फ़ॉन ब्रॉन की प्रशंसा करते थे और उन्हें महानतम रॉकेट वैज्ञानिकों में से एक तथा अपने युग के अंतरिक्ष अन्वेषण के समर्थकों में से एक मानते थे। उनका वी-2 रॉकेट विश्व की पहली लंबी दूरी की मार्गदर्शित प्रक्षेपित मिसाइल थी। यह अंतरिक्ष की सीमा के पार जाने वाली पहली मानव निर्मित वस्तु भी थी।

कलाम और फ़ॉन ब्रॉन मद्रास में एवरो विमान में बैठे, जहाँ से त्रिवेन्द्रम तक की नब्बे मिनट की उड़ान थी। कलाम को रॉकेट विज्ञान के अपने नायक के पास बैठने की ख़ुशी तो थी ही, साथ ही वे इस महान व्यक्ति की धरती से जुड़ी विनम्रता देखकर और भी ज़्यादा ख़ुश हुए। कलाम ने मौन तोड़ते हुए फ़ॉन ब्रॉन को नासा के वैलॉप्स आइलैंड की अपनी यात्रा के बारे में बताया। बदले में फ़ॉन ब्रॉन ने कलाम के बारे में पूछा और उनके संक्षिप्त विवरण को ग़ौर से सुना, मानो वे रॉकेट विज्ञान के बस एक सामान्य अभ्यासी हों। कलाम ने बाद में लिखा : 'मुझे कभी उम्मीद भी नहीं थी कि आधुनिक रॉकेट विज्ञान के जनक इतने विनम्र, विचार ग्रहण करने वाले

और उत्साहवर्धक होंगे। उन्होंने पूरी विमान यात्रा में मुझे आरामदेह अनुभव कराया। वे इतने ज़्यादा विनम्र थे कि यह कल्पना करना मुश्किल था कि मैं मिसाइल प्रणालियों के दिग्गज से बात कर रहा था।'

इन अविस्मरणीय नब्बे मिनटों ने कलाम से फ़ॉन ब्रॉन की मानवीय साहस की महान कहानी सुनी कि वे सबसे विपरीत परिस्थितियों में भी कैसे विजयी हुए। इस संक्षिप्त समय में वे फ़ॉन ब्रॉन से यह समझे कि बुद्धि का लंगर इंसान को जीवन की सबसे मुश्किल चुनौतियों से भी किस तरह बचा सकता है। मार्च 1945 में जब मित्र सेनाओं ने जर्मनी को हरा दिया, तो फ़ॉन ब्रॉन ने अमेरिका में एक नया जीवन हासिल करने के लिए अपने शोध और तकनीकी दस्तावेज़ों तक पहुँच का इस्तेमाल किया। वे जानते थे कि नाज़ी अत्याचारों के बावजूद विश्व की कोई भी बड़ी शक्ति नाज़ी शासन की प्रौद्योगिकी तरक्की से इंकार नहीं कर सकती। द्वितीय विश्व युद्ध के बाद बड़ी विश्व शक्तियों के बीच भू-राजनैतिक प्रतिद्वंद्विता प्रौद्योगिकी की श्रेष्ठता की दौड़ में प्रकट होने वाली थी, जो रॉकेट विज्ञान और अंतरिक्ष प्रौद्योगिकी से अपरिहार्य रूप से जुड़ी थी।

फ़ॉन ब्रॉन ने कलाम को बताया कि उन्हें और उनकी रॉकेट विज्ञान की पूरी टीम को अमेरिका लाया गया और तुरंत सेना में रोज़गार दे दिया गया, क्योंकि अमेरिकियों के पास वैसी प्रौद्योगिकी क्षमता नहीं थी, जैसी उन्होंने अपनी टीम के साथ जर्मनी में विकसित की थी। अमेरिकी रॉकेट वैज्ञानिकों को वी-2 प्रौद्योगिकी के स्तर तक पहुँचने में पाँच और साल लगते। उनके वैज्ञानिक ओहदे के अनुरूप अमेरिकी सरकार ने फ़ॉन ब्रॉन को अलाबामा में यूएस आर्मी ऑर्डनैन्स गाइडेड मिसाइल प्रोजेक्ट के तकनीकी निदेशक के रूप में नियुक्त किया। 1950 के दशक के दौरान फ़ॉन ब्रॉन अमेरिका में अंतरिक्ष अन्वेषण के सबसे शीर्षस्थ समर्थकों में से एक बन गए। अमेरिकियों ने उन्हें अपने खुद के नायक के रूप में स्वीकार कर लिया। शक्ति केवल शक्ति का ही सम्मान करती है।

1960 में फ़ॉन ब्रॉन का रॉकेट विकास केंद्र सेना से नवस्थापित नासा को हस्तांतरित हो गया और उन्हें विशाल सैटर्न रॉकेट बनाने का आदेश मिला। इस तरह फ़ॉन ब्रॉन नासा के मार्शल स्पेस फ़्लाइट सेंटर के निदेशक बने और सैटर्न-फ़ाइव प्रक्षेपण यान यानी उस सुपरबूस्टर के मुख्य वास्तुविद् बन गए, जो अमेरिकियों को चाँद पर पहुँचाने वाला था। फ़ॉन ब्रॉन ने बताया कि अपने काम को सटीकता से और मेहनत से काग़ज़ पर दर्ज करना वैज्ञानिकों और इंजीनियरों के लिए बहुत महत्त्वपूर्ण है। उन्होंने यह भी कहा कि इसे प्रकाशित करने के पूर्व वे सामूहिक समीक्षा कराएँ। उन्होंने कहा, 'अगर मैंने अपने काम की फ़ाइलें नहीं बनाई होतीं, तो मुझे मार डाला जाता और आज मैं किसी अनजान क़ब्र में दफ़न होता। मेरे काम के रिकॉर्ड ने न सिर्फ़ मेरी जान बचाई, बल्कि इसने कई वर्षों की कड़ी मेहनत के साथ-साथ भावी शोध के लिए बेहद मूल्यवान वैज्ञानिक डाटा भी बचाया।'

जब कलाम एसएलवी-3 एपोजी रॉकेट परियोजना के लिए फ्रांस के सीईआरएन में थे, तो उन्होंने एक आकर्षक और सफल फ्रांसीसी-जर्मन अंतरिक्ष सहयोग के प्रारंभ को देखा था। जियो-सिंक्रोनस ऑर्बिट टेलीकम्युनिकेशन्स के साथ फ्रांसीसी काम 1967 में शुरू हुआ था। फ्रांस ने दो प्रयोगात्मक सिम्फ़नी उपग्रह विकसित करने के लिए जर्मनी से हाथ मिलाया। छोटा (230 किलो) अंतरिक्ष यान, जिसमें त्रिअक्षीय स्थिरीकरण और दो 6/4 गीगा हट्र्ज़ ट्रांसपॉन्डर थे, अमेरिका द्वारा 1974 और 1975 में छोड़ा गया। सिम्फ़नी तंत्र यूरोप और अन्य महाद्वीपों में दूरसंचार कड़ियाँ प्रदान करने में बेहद सफल रहा। दोनों अंतरिक्ष यान पाँच साल के तय जीवनकाल से आगे तक गए।

कलाम ने सोचा कि अगर भारत और चीन मनगढ़ंत मुद्दों पर झगड़ने के बजाय फ्रांस और जर्मनी की तरफ़ हाथ मिला लें, तो क्या हो? एशियाई लोग ओछे संघर्षों और खुद को नीचे गिराने के अंतहीन चक्र में क्यों उलझे हुए हैं? जब पिछली सदी के सबसे कटु युद्धों में शत्रु रहने वाले फ्रांस और जर्मनी हाथ मिला सकते हैं, तो भारत और चीन को कौन सी चीज़ रोक रही है, जो 2,000 वर्षों से शांति में रह रहे थे!

19 अप्रैल 1975 को भारत ने रूस में कापुस्तिन यार, अस्त्राख़न ओबलास्त से अपना पहला उपग्रह आर्यभट्ट छोड़कर अंतरिक्ष युग में प्रवेश किया। इस उपग्रह को 600 कि.मी. की ऊँचाई पर लगभग वृत्ताकार परिक्रमा कक्षा में पहुँचाने के लिए कॉस्मॉस-3एम प्रक्षेपक यान का इस्तेमाल किया गया। 1.4 मीटर के व्यास वाले इस उपग्रह को 26 फलक वाले बहुफलक के रूप में बनाया गया था। ऊपर और नीचे के फलकों को छोड़कर इसके सभी फलक सौर बैटरियों से ढँके थे। इसका नामकरण पाँचवीं सदी के खगोलशास्त्री और गणितज्ञ आर्यभट्ट के नाम पर किया गया था। 360 किलो के इस प्रचक्रण-स्थिरीकृत उपग्रह ने वैज्ञानिकों और इंजीनियरों को सक्षम बनाया कि वे उपग्रह को डिज़ाइन करने, बनाने और चलाने संबंधी उपग्रह प्रौद्योगिकी की बुनियादी बातें सीखें। कलाम ने अपने रूसी साथियों की मेहनत की प्रशंसा करते हुए कहा है :

> हमारा पहला उपग्रह सोवियत रॉकेट कॉस्मॉस-3एम ने 19 अप्रैल 1975 को कापुस्तिन यार टेस्ट रेंज से छोड़ा। हालाँकि रूसियों के साथ काम करते वक़्त भाषा एक बड़ी बाधा होती है, लेकिन वे अपनी योजनाओं और गणितीय अभिव्यक्ति में बहुत पूर्ण थे। मैंने भारत-रूस सहयोग को बढ़ते देखा है, जब उनका संबंध पारंपरिक आयातक मॉडल से संयुक्त रक्षा शोध, विकास और उत्पादन के ज़रिये ज़्यादा अच्छी स्थिति में पहुँचा।

1975 में द यूरोपियन स्पेस एजेंसी (ईएसए) का गठन भी हुआ, जो बाईस सदस्य देशों के प्रतिनिधियों वाला एक अंतर्शासकीय संगठन था। इसका मुख्यालय पेरिस में था। विज्ञान मिशन नूर्दविक, हॉलैंड में यूरोपियन स्पेस रिसर्च ऐंड टेक्नोलॉजी सेंटर

(ईएसटीईसी) में स्थित था। भू अवलोकन मिशन फ़्रस्काती, इटली में ईएसआरआईएन में स्थित था। ईएसए मिशन कंट्रोल (ईएसओसी) डर्मस्टेट, जर्मनी में था और यूरोपियन स्पेस एस्ट्रोनॉमी सेंटर (ईएसएसी) विलानुएवा डे ला कनाडा, मैड्रिड, स्पेन में था। अंतरिक्षयात्रियों को भावी मिशन के लिए प्रशिक्षित करने वाला यूरोपियन एस्ट्रोनॉट सेंटर (ईएसी) कोलोन, जर्मनी में था। द्वितीय विश्व युद्ध के बाद कई यूरोपीय वैज्ञानिक पश्चिमी यूरोप छोड़कर अमेरिका काम करने चले गए। उन्हें अहसास हुआ कि अपने देश लौटकर और केवल राष्ट्रीय परियोजनाओं पर काम करके वे दो मुख्य महाशक्तियों से प्रतिस्पर्धा नहीं कर सकते; और इससे वे एक साथ आ गए थे।

आर्यभट्ट के बाद भास्कर-1 की बारी थी, जिसे कापुस्तिन यार से 7 जून 1979 को इंटरकॉस्मॉस सी-1 प्रक्षेपक यान के ज़रिये छोड़ा गया था। इसरो द्वारा बनाए गए 444 किलो के उपग्रह में दो टेलीविज़न कैमरे लगे थे, साथ ही अदृश्य (600 नैनोमीटर) और लगभग-इंफ्रारेड (800 नैनोमीटर) आवृत्तियाँ थीं, जो जलविज्ञान, वानिकी और भूविज्ञान से संबंधित जानकारियाँ एकत्रित करती थीं। इसमें पानी की भाप, वायुमंडल में द्रव जल तत्व जैसे तथ्यों और समुद्र के अध्ययन के लिए 19 और 22 गीगा हट्र्ज़ पर काम करने वाला एक उपग्रह माइक्रोवेव रेडियोमीटर (एसएएमआईआर) भी लगा था। इसरो ने सैटेलाइट टेलीकम्युनिकेशन एक्सपेरिमेंट्स प्रोजेक्ट (एसटीईपी) के लिए फ्रांसीसी-जर्मन सिम्फ़नी उपग्रह का इस्तेमाल किया, ताकि 1977-79 के दौरान उपग्रह पर आधारित डाक और तार सेवाएँ स्थापित की जा सकें।

इन वर्षों की सभी यादगार घटनाएँ सकारात्मक नहीं थीं। कलाम के ठीक सामने एक दुखद वैमानिक घटना हो गई, जिससे उन्होंने नश्वरता के गंभीर मुद्दे पर गहराई से मनन किया। वे मुंबई के सहार हवाई अड्डे के पैसेंजर लाउंज में बैठे थे और 1978 में नव वर्ष के दिन त्रिवेन्द्रम जाने वाले शाम के विमान का इंतज़ार कर रहे थे, तभी पास ही भारत की सबसे घातक हवाई दुर्घटना हुई। सहार हवाई अड्डे से दुबई जाने वाला एयर इंडिया का यात्री विमान एआई 855 हवाई अड्डे से उड़ने के तुरंत बाद ही बान्द्रा के तट से टकरा गया। सभी 213 यात्री और कर्मी मारे गए। यह विमान था बोइंग 747 और इसका नाम था सम्राट अशोक। बाद में रात को त्रिवेन्द्रम की ओर उड़ान भरते हुए दुखी कलाम ने सोचा कि कोई भी इंसान मरना नहीं चाहता। जो लोग स्वर्ग जाना चाहते हैं, वे भी वहाँ पहुँचने के लिए मरना नहीं चाहते। लेकिन इसके बावजूद मौत हम सभी की मंज़िल है। आज तक कोई भी इससे नहीं बच पाया है। ऐसा ही होना चाहिए, क्योंकि संभवतः मृत्यु जीवन का सबसे अच्छा आविष्कार है। यह जीवन का परिवर्तन है। यह पुराने को साफ़ कर देता है, ताकि नए के लिए रास्ता बन सके।

अब कलाम जिस तरह के रॉकेट कार्यक्रमों में संलग्न थे, उनमें यांत्रिकी असफलता या मानवीय भूल से किसी की जान की क्षति की आशंका बहुत कम थी। लेकिन इसमें भारी दुख ज़रूर हो सकता था। एसएलवी-3 का पहला प्रायोगिक

उड़ान परीक्षण 10 अगस्त 1979 को निर्धारित था। मिशन के प्राथमिक लक्ष्य थे पूर्णतः एकीकृत उपग्रह प्रक्षेपक यान पेश करना, स्टेज मोटर्स, मार्गदर्शन और नियंत्रण प्रणालियों व इलेक्ट्रॉनिक उप-प्रणालियों जैसी प्रयुक्त प्रणालियों का आकलन करना - और जांच, निगरानी, दूरमापी तथा एसएचएआर में बने प्रक्षेपण संचालन में रियल-टाइम डाटा सुविधाओं जैसी ज़मीनी प्रणालियों का आकलन करना। रॉकेट सुबह 7:58 बजे पर छोड़ा गया। पहला चरण आदर्श ढंग से संपन्न हुआ, लेकिन दूसरा चरण नियंत्रण से बाहर हो गया। उड़ान 317 सेकंड बाद ही ख़त्म हो गई और रॉकेट का टूटा हुआ मलबा श्रीहरिकोटा तट से 540 कि.मी. दूर समुद्र में गिर गया। कलाम इस असफलता से बुरी तरह आहत थे, जैसा उन्होंने बाद में बताया :

> मुझे क्रोध और कुंठा का एक अजीब मिला-जुला अहसास हुआ। अचानक मेरे पैर इतने कड़क हो गए कि उनमें दर्द होने लगा। समस्या मेरे शरीर के साथ नहीं थी; मेरे मन में कुछ हो रहा था... मेरे होवरक्राफ़्ट नंदी की असमय मृत्यु, राटो को त्याग देना, दियामाँ को ताक पर रख देना; ये सभी एक कौंध में ज़िंदा हो गए, जैसे लंबे समय से दफ़न फ़ीनिक्स दोबारा ज़िंदा हो गया हो।

किसी ने कलाम से पूछा, 'आपके हिसाब से क्या ग़लत हुआ होगा?' वे जवाब दिए बिना दूर चले गए। वे इतने ज़्यादा थके थे कि कुछ सोच ही नहीं सकते थे। प्रक्षेपण से पहले रात भर उलटी गिनती चली थी। यही नहीं, प्रक्षेपण के हफ़्ते भर पहले से कलाम को नींद बमुश्किल नसीब हुई थी। शारीरिक और मानसिक रूप से पूरी तरह निचुड़े हुए कलाम सीधे अपने कमरे में गए और बिस्तर पर लुढ़क गए। यह अवश्यंभावी था कि जो लोग इस महान देश के लाभ काटना चाहते हैं, उन्हें इसका समर्थन करने की थकान भी झेलनी होगी।

डॉ. ब्रह्म प्रकाश कलाम के कमरे में आए, लेकिन उनकी नींद में बाधा डाले बिना लौट आए। वे लगभग एक घंटे बाद दोबारा आए, लेकिन कलाम तब भी सो रहे थे। डॉ. ब्रह्म प्रकाश शांति से उनके कमरे के बाहर बैठकर इंतज़ार करते रहे। जब वे आख़िरकार दोपहर को देर से जागे, तो डॉ. ब्रह्म प्रकाश उन्हें लंच के लिए कैंटीन ले गए। उन्होंने खाते समय हल्की-फुल्की चर्चा की और यह सावधानी रखी कि एसएलवी-3 का किसी भी तरह का ज़िक्र न किया जाए। डॉ. ब्रह्म प्रकाश की दयालुता जैसे ईश्वर का वरदान थी और इसने इस अग्निपरीक्षा से उबरने में कलाम की मदद की।

शाम को एक प्रेस वार्ता थी। भारतीय और अंतरराष्ट्रीय प्रेस का एक बड़ा समूह - और ज़ाहिर है इसरो के सभी शीर्षस्थ लोग - वहाँ मौजूद था। कलाम कोड़े खाने को तैयार थे। प्रो. सतीश धवन ने स्थिति की कमान सँभाली। सबसे पहले तो उन्होंने अपने शुरुआती कथन से हर एक को चकित कर दिया, जब उन्होंने एसएलवी-3 टीम को बधाई दी कि इसने त्रुटिरहित प्रक्षेपण हासिल किया और पहले

चरण की बूस्टर मोटर को सफलता से विकसित किया। उन्होंने कलाम का नाम लेकर कहा कि उन्होंने अनुकरणीय नेतृत्व की मिसाल पेश की थी, जो उन्होंने सात साल तक हज़ारों लोगों के साथ मिलकर एक विशालकाय प्रयास किया था - और अपने कर्तव्यों की राह में कभी व्यक्तिगत पसंदगी और नापसंदगी को आड़े नहीं आने दिया था।

एक पत्रकार ने पूछा, 'करदाताओं के बीस करोड़ रुपये बंगाल की खाड़ी में डूब गए हैं।' प्रो. धवन ने धैर्य क़ायम रखा और जवाब दिया,

> भारत में अंतरिक्ष कार्यक्रम में जो कोशिश की जा रही है, उसके दूरगामी नतीजे होंगे। अगर भारत अपने ख़ुद के संचार और रिमोट सेंसिंग उपग्रह नहीं बना पाता है, तो आप कभी गिन भी नहीं पाएँगे कि कितना सारा पैसा देश से बाहर चला जाएगा। कृपया यह समझ लें कि हमारे सरकारी संगठनों के कम वेतन वाले और सादा जीवन जीने वाले कर्मचारियों ने अरबों डॉलर मूल्य का काम किया है।

सन्नाटे भरी ख़ामोशी छा गई। फिर उन्होंने कहा कि उन्हें विश्वास है कि एक साल में ही एसएलवी-3 सफलतापूर्वक एक उपग्रह को पृथ्वी की कक्षा में पहुँचा देगा। प्रो. ब्रह्म प्रकाश नवंबर 1979 में रिटायर हो गए और डॉ. वसंत गवरीकर ने अपना पुराना पद सँभाल लिया।

एसएलवी-3 18 जुलाई 1980 को छोड़ा गया और इसने रोहिणी उपग्रह आरएस-1 को पृथ्वी की कक्षा में सफलतापूर्वक पहुँचा दिया। इससे भारत अंतरिक्षगामी देशों के विशिष्ट क्लब का छठा सदस्य बन गया। एसएलवी-3 परियोजना के उत्कर्ष ने ऑगमेंटेड सैटेलाइट प्रक्षेपण व्हीकल (एएसएलवी), पोलर सैटेलाइट लांच व्हीकल (पीएसएलवी) और जियो-सिन्क्रोनस सैटेलाइट लांच व्हीकल (जीएसएलवी) जैसी उन्नत प्रक्षेपक यान परियोजनाओं का मार्ग प्रशस्त किया। प्रो. धवन ने कलाम से कहा कि वे इसरो मुख्यालय में स्पेस लॉन्च व्हीकल डायरेक्टरेट सँभाल लें। उनका मिशन यह रहेगा कि वे रिमोट सेंसिंग और संचार उपग्रहों के अंतरिक्ष कार्यक्रम की कमान सँभालें, तदनुरूप प्रक्षेपक यान प्रणालियों के जोड़ने के काम की निगरानी करें, जिनमें प्रक्षेपण कॉम्प्लेक्स शामिल था। शिवतनु पिल्लई ने कलाम के सिपहसालार का काम सँभाल लिया।

यह परिवर्तन का समय था। कलाम के पुराने साथी नारायणन एयर वाइस मार्शल के पद तक पहुँचने के बाद रिटायर हो चुके थे। उनकी अनुपस्थिति में सैन्य रॉकेट विज्ञान का पूरा कार्यक्रम सतत उदासीनता के तले धीमा हो रहा था। डीआरडीओ में नेतृत्व का शून्य था और भारत के रक्षा मंत्री के वैज्ञानिक सलाहकार डॉ. राजा रमन्ना ने कलाम को आमंत्रित किया कि वे मिसाइल कार्यक्रम पर अपने विचार दें :

> डीआरडीओ को ज़रूरत थी कि कोई उनके मिसाइल कार्यक्रमों की कमान सँभाले, जो काफ़ी समय से ड्रॉइंग बोर्ड और स्टेटिक टेस्ट बेड अवस्थाओं में अटके हुए थे। प्रो. रमन्ना ने मुझसे पूछा कि क्या मैं डीआरडीओ में आना चाहूँगा और इंडियन गाइडेड मिसाइल डेवलपमेंट प्रोग्राम को आकार देने की ज़िम्मेदारी लेना चाहूँगा।

26 जनवरी 1981 को भारत के गणतंत्र दिवस पर कलाम को देश के तीसरे सर्वोच्च नागरिक सम्मान पद्‍म भूषण से सम्मानित किया गया। इसी दिन प्रो. सतीश धवन को भारत का दूसरा सर्वोच्च नागरिक सम्मान पद्‍म विभूषण मिला। डॉ. ब्रह्म प्रकाश ने कलाम को फ़ोन करके कहा कि उन्हें ऐसा महसूस हुआ, जैसे उनके बेटे को पद्‍म भूषण मिला हो। अन्ना युनिवर्सिटी, मद्रास ने कलाम को डॉक्टर ऑफ़ साइंस की मानद उपाधि दी। दीक्षांत समारोह में डॉ. राजा रमन्ना ने उन्हें यह उपाधि प्रदान की। डॉ. कलाम 1 जून 1982 को डीआरडीओ के निदेशक बन गए।

2.3

बुद्ध मुस्कराए

किसी दावत की तरह जीवन से उठने का बेहतर तरीक़ा यही है - न तो प्यासे, न ही मदहोश।

—अरस्तू
यूनानी दार्शनिक और वैज्ञानिक

डॉ. कलाम बहुत अच्छी तरह जानते थे कि वे अपने कंधों पर कितना बड़ा बोझ ले रहे हैं। उन्हें एक ऐसे संगठन में भेजा जा रहा था, जिसकी संस्कृति इसरो की संस्कृति से बुनियादी तौर पर अलग थी; और इसकी कार्यशैली उस वक़्त ख़राब थी। वे एडीई में पहले भी काम कर चुके थे, लेकिन वे डीआरडीओ के शुरुआती वर्ष थे, जब इसे अमेरिका की एडवांस्ड रिसर्च प्रोजेक्ट्स एजेंसी (एआरपीए) की कमोबेश नक़ल के तौर पर बनाया गया था। इसका उद्देश्य हमेशा सैन्य इस्तेमाल के लिए प्रौद्योगिकी और विज्ञान के मोर्चों का विस्तार करना था, ताकि सेनाओं की तात्कालिक आवश्यकताओं से आगे तक की ज़रूरतें पूरी हों। यह इस क्षेत्र में पिछड़ रहा था। कलाम को अब यह कोशिश करनी थी कि संगठन को कमज़ोर करने वाले कम मनोबल और विदेशी प्रौद्योगिकी पर निर्भरता को दूर करें तथा इसे इक्कीसवीं सदी की ओर ले जाने के लिए स्व-सशक्तिकरण की एक नई संस्कृति को प्रेरित करें।

डॉ. कलाम ने डीआरडीओ की शुरुआत से ही इसके विकास पर बहुत क़रीब से नज़र रखी थी। इसकी शुरुआत सामरिक कम, भावनात्मक ज़्यादा थी। जब डॉ. कोठारी को डीआरडीओ का प्रथम मुखिया चुना गया, तो विज्ञान के प्रति आदर स्पष्ट हो गया। डॉ. कोठारी ने इलाहाबाद विश्वविद्यालय अपनी मास्टर्स डिग्री लेते वक़्त मशहूर मेघनाद साहा के अधीन काम किया था और उन्होंने अपनी पीएच.डी. कैम्ब्रिज युनिवर्सिटी में परमाणु भौतिकी के जनक अर्नेस्ट रदरफ़ोर्ड के मार्गदर्शन में की थी। स्पेशल वेपन डेवलपमेंट टीम (एसडब्ल्यूडीटी) ने शुरुआती काम किया। इस टीम का बाद में विस्तार करके जून 1961 में डीआरडीएल बना दिया गया, जो डिफ़ेंस साइंस सेंटर, दिल्ली के कैंपस में एक पूर्ण प्रयोगशाला थी। प्रयोगशाला को फ़रवरी 1962 में

हैदराबाद ले जाया गया, जहाँ राज्य सरकार ने इसे चंद्रायनगुट्टा इलाक़े में ज़मीन दी थी, जहाँ कभी निज़ाम की सेना की छावनी हुआ करती थी। 1962 में चीन-भारत युद्ध की पराजय ने भारत में मिसाइल प्रौद्योगिकी विकास पर गंभीर विचार-विमर्श प्रेरित कर दिया था, जिससे सत्ता के गलियारों में डीआरडीओ का क़द ऊँचा हो गया।

संगठन के प्रमुख अधिकारियों ने सबसे पहले एक तार-निर्देशित टैंकरोधी मिसाइल तैयार करने का निर्णय लिया। टैंकरोधी मिसाइल पूरी तरह स्वदेशी चीज़ थी - इसका प्रणोदन, नियंत्रण, मार्गदर्शन, ऊर्जा आपूर्ति और सामग्री पूरी तरह भारतीय थी। उस वक़्त गणना करने के लिए कोई कंप्यूटर नहीं थे, इसलिए इसके लिए इलेक्ट्रॉनिक सर्किटों का इस्तेमाल किया जाता था। मिसाइल की जाँच हैदराबाद के बाहरी इलाक़े में इमारत गाँव के पास की गई। डॉ. कलाम मिसाइल सलाहकार समिति के सदस्य के रूप में यहाँ पहले भी आ चुके थे। परीक्षणों ने टैंकरोधी मिसाइल को विश्वसनीय साबित किया।

परियोजना ने भारत के मिसाइल कार्यक्रम की बुनियाद डाल दी थी और कई तकनीकी विशेषज्ञों को प्रशिक्षित किया था, जिनमें ए.वी. रंगा राव, एस. कृष्णन, के. रामा राव, ज़ेड.पी. मार्शल, एच.एस. रामा राव और जे.सी. भट्टाचार्य शामिल थे। डॉ. कलाम एसएलवी-3 बनाते वक़्त इन सभी ज्ञानी व्यक्तियों से मिल चुके थे और इनमें से कुछ तो तकनीकी समीक्षाओं में हिस्सा लेने के लिए त्रिवेन्द्रम भी आए थे। पचास से ज़्यादा वैज्ञानिक भारत की टैंकरोधी मिसाइल के विकास में शामिल थे और इस समूह में से कई ने बाद में भारत डाइनैमिक्स लिमिटेड (बीडीएल), हैदराबाद का गठन किया। बीडीएल मिसाइलों की उत्पादन इकाई बन गई। 1960 के दशक के उत्तरार्ध में भारत सरकार ने बीडीएल में फ्रांस द्वारा विकसित एसएस-11बी टैंकरोधी मिसाइलों का लाइसेंसधारी उत्पादन शुरू कराया।

भारत ने अपना पहला सफल नाभिकीय बम परीक्षण 18 मई 1974 को राजस्थान की पोखरन टेस्ट रेंज (पीटीआर) की सैनिक छावनी में किया। यह संयुक्त राष्ट्र की सुरक्षा परिषद - द्वितीय विश्व युद्ध के विजेताओं - के पाँच स्थायी देशों सोवियत संघ, इंग्लैंड, फ्रांस, चीन और अमेरिका के अलावा किसी देश का पहला प्रामाणिक नाभिकीय हथियार परीक्षण था। 'परमाणु क्लब' में भारत के प्रवेश के बाद सभी का ध्यान नाभिकीय अस्त्र पहुँचाने वाली मिसाइल प्रौद्योगिकी पर तुरंत केंद्रित हो गया। देश के सभी राजनेता दलगत राजनीति से ऊपर उठकर लंबी दूरी की मिसाइलों के लिए डीआरडीओ की ओर देखने लगे, जो देश की नाभिकीय क्षमता को रेगिस्तान के स्थिर परीक्षणों से आगे तक ले जा सके।

सेनाओं में रॉकेटों की माँग तुरंत भी थी और दीर्घकालीन भी। 1974 में पोखरन परमाणु परीक्षण से पहले के वर्षों में भारतीय वायु सेना अपनी ज़्यादा ऊँचाई की वायु रक्षा आवश्यकताओं के लिए सोवियत संघ की एसएएम-2 मिसाइलों के स्पेयर पार्ट्स की कमी से परेशान थी। भारत सरकार ने 1972 में इन पुर्ज़ों की नक़ल

करके इस समस्या को सुलझाने का निर्णय लिया। इसके साथ ही स्क्वैड्रन लीडर आर. गोपालस्वामी के नेतृत्व में वैलिएंट नामक एक कार्यक्रम भी शुरू किया गया, ताकि द्रव प्रणोदकों से शक्तिसंपन्न रॉकेट इंजन बनाया जा सके। गोपालस्वामी ने अर्ध-क्रायोजेनिक द्रव रॉकेट इंजन बनाने की परियोजना शुरू की। उन्होंने जामनगर एयर फ़ोर्स स्टेशन में एक परीक्षण स्थल बनाया और 1964 में डीआरडीएल में शामिल हो गए। इंजन का परीक्षण डॉ. कलाम की मौजूदगी में 10 जून 1974 को किया गया।

डीआरडीओ ने इसी समय अपना ध्यान एक मार्गदर्शन पैकेज बनाने की ओर मोड़ा, क्योंकि इनर्शियल नैविगेशन सिस्टम लंबी दूरी की मिसाइल का एक अनिवार्य हिस्सा था। डी. बर्मन के नेतृत्व में एक टीम ने मंच आधारित जड़त्वीय संचालन प्रणाली (आईएनएस) बनाया, जिसमें पी. बैनर्जी और अविनाश चंदर शामिल थे। इसका परीक्षण 1974-75 के दौरान एवरो विमान में किया गया। अब तक डीआरडीएल ने प्रणोदन, संचालन और सामग्री निर्माण के क्षेत्रों में महत्त्वपूर्ण अधोसंरचना का निर्माण कर लिया था। अब तक इसकी ख़ुद की रेंज नहीं थी, इसलिए एसएएम-2 की उड़ान परीक्षण के लिए इसरो के श्रीहरिकोटा बेस और भारतीय वायु सेना के सूर्यलंका बेस, आंध्रप्रदेश का इस्तेमाल किया गया। डॉ. कलाम इन दोनों ही उड़ान परीक्षणों में मौजूद थे।

डीआरडीओ के मुखिया और अपने बॉस डॉ. अरुणाचलम के साथ डॉ. कलाम के कई विचार-विमर्श हुए। डॉ. अरुणाचलम को प्रौद्योगिकी विकास का काफ़ी अनुभव था। उन्होंने 1965 में वेल्स युनिवर्सिटी से मटेरियल्स साइंस ऐंड इंजीनियरिंग में पीएच.डी. की थी। फिर उन्होंने एक दशक से ज़्यादा समय तक भाभा एटॉमिक रिसर्च सेंटर में और इसके बाद बेंगलूरु में नेशनल एरोनॉटिकल लेबोरेट्री में काम किया था, जिसके बाद वे 1975 में हैदराबाद स्थित डिफ़ेंस मैटेलर्जिकल लेबोरेट्री के निदेशक नियुक्त हुए थे। डॉ. कलाम और डॉ. अरुणाचलम दोनों ही स्पष्टता से देख सकते थे कि आगामी दशकों में मिसाइल प्रौद्योगिकी की माँग कई गुना बढ़ जाएगी। इसके अलावा दोनों को विश्वास था कि सिर्फ़ एक प्रगतिशील, एकीकृत संगठन ही देश की ज़रूरतें पूरी कर सकता है।

वे दोनों सहमत थे कि तंत्र में एक सांस्कृतिक नवजागरण की ज़रूरत थी। डॉ. अरुणाचलम जागरूक थे कि डीआरडीएल के लगभग सभी वरिष्ठ वैज्ञानिक कुंठा के दर्द और दमित क्रोध के साथ जी रहे हैं। बिना परामर्श के डेविल मिसाइल कार्यक्रम को अचानक ताक पर रख देने से उन्हें चोट पहुँची थी। यह अनुभूति भी थी कि रक्षा मंत्रालय के वरिष्ठ अधिकारियों ने इस प्रयोगशाला के वैज्ञानिकों को धोखे में रखा था। कलाम के सामने यह स्पष्ट था कि डेविल को दफ़न करना आशा और स्वप्न को दोबारा लौटाने के लिए अनिवार्य था। डॉ. अरुणाचलम ने डॉ. कलाम को पूरी छूट दी और परिवर्तन के लिए पूरे समर्थन का वादा किया। उन्होंने अपना वादा पूरा भी किया।

डॉ. कलाम ने तुरंत दो चीज़ें कीं। उन्होंने एक डायरेक्टरेट ऑफ़ मैनेजमेंट

सर्विसेस बनाया और मिसाइल कंट्रोल लेबोरेट्री के मुखिया तथा डीआरडीओ के अनुभवी कर्नल आर. स्वामीनाथम को इस नए समूह के नेतृत्व के लिए आमंत्रित किया। इसके पीछे वैज्ञानिकों के करियर संबंधी मुद्‌दों के समाधान और संगठन की सुचारू कार्यशीलता को सुनिश्चित करने का लक्ष्य था। उन्होंने डीआरडीओ में इसरो के अपने पूर्व सिपहसालार शिवतनु पिल्लई को भी नियुक्त किया और कार्यक्रम प्रबंधन को सुव्यवस्थित करने में उनकी मदद की। इन दोनों सुयोग्य अधिकारियों और डॉ. कलाम के विश्वस्त मित्रों ने सचमुच डीआरडीएल के प्रबंधन में उनके दोनों हाथों की तरह काम किया और इसके नष्ट मनोबल के धागों को दोबारा बुनकर सहयोग की मज़बूत संरचना में बदल दिया।

नई टीम को ज़्यादा अनौपचारिक, परामर्श आधारित प्रबंधन शैली अपनानी थी, जो नौकरशाही से ग्रस्त पारंपरिक डीआरडीओ के लिए अजनबी शैली थी। डॉ. कलाम ने भागीदारी द्वारा प्रबंधन की अवधारणा शुरू की। उन्होंने प्रयोगशाला के प्रबंधन में मध्यम श्रेणी के वैज्ञानिकों और इंजीनियरों को शामिल करने की पुरज़ोर कोशिश की। कलाम को यह अनिवार्य लगा कि अत्यंत महत्त्वपूर्ण वैज्ञानिक और प्रौद्योगिकी समस्याओं पर निर्णय तुरंत और सामूहिक रूप से लिए जाएँ :

> अपने पूरे करियर में मैं वैज्ञानिक मसलों में खुलापन लाने के लिए जोश से कोशिशें करता रहा। मैंने बहुत क़रीब से देखा था कि बंद दरवाज़े के पीछे होने वाली बातचीत और चालाकी से प्रबंधन करने से कितना विनाश और विघटन होता है। मैंने हमेशा ऐसे प्रयासों से नफ़रत की और इनका प्रतिरोध किया।

चाहे जो हो, इन वर्षों की एक चुनौती थी संगठनात्मक कठोरता, जो डॉ. कलाम के प्रगतिशील और लचीले स्वभाव के विपरीत जाती थी। डॉ. कलाम ने डीआरडीएल की अंदरूनी संस्कृति को बदलने में थोड़ा समय लिया। रिवर्स इंजीनियरिंग यानी नक़ल की प्रचलित मानसिकता से पिछले दशकों में इस संस्था को लाभ हुआ था, क्योंकि उस वक़्त युद्ध सामग्री की बहुत त्वरित आवश्यकता थी। रॉकेट विज्ञान की चीज़ें जोड़-तोड़कर सेनाओं के लिए बनाई गई थीं, ताकि 1962 के चीन-भारत युद्ध के परिप्रेक्ष्य में तात्कालिक रक्षा ज़रूरतें पूरी हो सकें। नवाचार और प्रौद्योगिकी विकास की नई संस्कृति लाना ही भारत को भविष्य में सैनिक और प्रौद्योगिकी शक्ति बनाने का एकमात्र तरीक़ा था।

इस उद्‌देश्य को ध्यान में रखकर डॉ. कलाम ने कुछ नपे-तुले संगठनात्मक परिवर्तन किए। 1984 में उन्होंने 280 युवा इंजीनियर नियुक्त किए, जो शायद किसी भारतीय वैज्ञानिक संगठन में सबसे बड़ी नियुक्ति थी। डॉ. कलाम ने संगठन का मॉडल बनाया, जिसमें प्रयोगशाला के पारंपरिक वर्गीकृत तंत्र को क़ायम रखते हुए कार्य-संचालित कार्यप्रणाली भी लागू की गई। प्रौद्योगिकी विभागों में काम कर रहे

वैज्ञानिकों को प्रणाली प्रबंधक बनाया गया और किसी परियोजना की पूरी ज़िम्मेदारी दी गई। पी.के. विश्वास के नेतृत्व में एक बाहरी ढलाई खंड बनाया गया, जिन्हें एचएएल जैसे सार्वजनिक क्षेत्र के उपक्रमों के अलावा एलऐंडटी, गोदरेज और टाटा जैसे निजी क्षेत्र की कंपनियों के साथ काम करने का व्यापक अनुभव था। जैसा डॉ. कलाम ने अपने करियर की शुरुआत में आरएच-75 रॉकेट तैयार करते वक़्त किया था, उन्होंने सर्वश्रेष्ठ मिल सकने वाले तकनीकी और वैज्ञानिक मस्तिष्कों का सहयोग लिया - सरकारी सेवा के अंदर भी और बाहर भी।

आगे की राह का नक़्शा बनाने के लिए डॉ. कलाम ने मिसाइल टेक्नोलॉजी कमेटी नामक एक उच्च-स्तरीय निर्णय लेने वाला समूह भी गठित किया। डॉ. कलाम और समिति की राय में विद्यमान पृथ्वी मिसाइल को लंबी दूरी की मिसाइल में नहीं बदला जा सकता था, इसलिए उन्होंने एक ऐसी बैलिस्टिक मिसाइल की कोशिश शुरू की, जिसमें पुनर्प्रवेश प्रौद्योगिकी शामिल हो। डॉ. कलाम के ज़ोर देने पर पुनर्प्रवेश प्रौद्योगिकी पर विकासवादी परियोजना को शामिल किया गया। कई हफ़्तों के सोच-विचार और कई दिनों की बहस के बाद एक दीर्घकालीन निर्देशित मिसाइल विकास कार्यक्रम तैयार हुआ।

डॉ. कलाम ने बीडीएल के चेयरमैन और मैनेजिंग डायरेक्टर ज़ेड.पी. मार्शल, एन.आर. अय्यर, ए.के. कपूर और के.एस. वेंकटरमन को आमंत्रित किया कि वे अगले दस वर्षों के लिए मिसाइल विकास की एक स्पष्ट और सुपरिभाषित योजना तैयार करें, जिसमें सभी बहसों और निर्णयों का समन्वय हो। इस योजना की रूपरेखा एक दस्तावेज़ में पेश की गई, जिसे कैबिनेट कमेटी फ़ॉर पोलिटिकल अफ़ेयर्स (सीसीपीए) के अनुमोदन के लिए भेजा गया। तीनों सेनाओं के प्रतिनिधियों से मशविरे के बाद दस्तावेज़ अंतिम रूप में आया। अंतिम दस्तावेज़ में बारह साल के लिए पचास मिलियन डॉलर के बजट का अनुमानित प्रस्ताव था।

डॉ. कलाम और डॉ. अरुणाचलम ने रक्षा मंत्री आर. वेंकटरमन के सामने प्रस्तुति दी। तीनों सेनाप्रमुख और देश के शीर्ष स्तरीय अफ़सर मौजूद थे। विचार-विमर्श एक घंटे से ज़्यादा चला। भारत को मिसाइलों की ज़रूरत थी, लेकिन क्या यह संभव था? क्या डीआरडीओ का पिछला रिकॉर्ड इसके दावे का समर्थन करता था? पचास मिलियन डॉलर बहुत बड़ी राशि है और बारह साल लंबा दाँव कौन खेलेगा? राजनीतिक नतीजा क्या होगा? क्या सेनाएँ परिणाम का इंतज़ार करेंगी? क्या दूसरे विकल्प थे? बैठक बिना किसी निर्णय या इरादों की सूचना के बिना ख़त्म हो गई। लेकिन रक्षा मंत्री ने डॉ. कलाम और डॉ. अरुणाचलम से शाम को मिलने के लिए बुलाया।

दोनों वैज्ञानिकों को पता नहीं था कि उन्हें क्या मिलेगा। डॉ. अरुणाचलम चिंतित थे और उन्होंने अपनी शंकाएँ व्यक्त कर दीं : अगर सिर्फ़ दस मिलियन डॉलर ही मंजूर हुए, तो क्या करेंगे? या अगर सिर्फ़ बीस मिलियन ही मिले, तो कौन सी

मिसाइल लेंगे और किन मिसाइलों को छोड़ेंगे? डॉ. कलाम में अब तक अंतर्ज्ञान का प्रबल अहसास विकसित हो चुका था, जिसकी बदौलत वे लगभग भविष्यदर्शी बनने की कगार पर थे। उनके मन में कोई नकारात्मक विचार नहीं था। उनके पास तो आसमान में उड़ते एसएलवी-आकार के रॉकेट का स्वप्न था, जो अपने पेलोड के साथ हज़ारों मील दूर दोबारा दाख़िल हो रहा था। उनके सपने ने उन्हें एक शांत विश्वास दिया।

शाम को तनावरहित रक्षा मंत्री ने उन्हें बताया कि सरकार ने केवल एक या दो परियोजनाओं के लिए धनराशि नहीं दी थी, जिनके लिए पैसे माँगे गए थे। इसके बजाय इसने पूरे एकीकृत निर्देशित मिसाइल कार्यक्रम को मंजूरी दे दी थी। बस एक पेंच था। डीआरडीओ को इस कार्यक्रम की पूरी ज़िम्मेदारी लेनी होगी, जब तक कि उपयोगकर्ता परीक्षण पूरे नहीं हो जाते और उत्पादन शुरू नहीं हो जाता। डीआरडीओ की भूमिका केवल शोध और विकास तक ही सीमित नहीं रहेगी। रक्षा मंत्री ने डॉ. अरुणाचलम और डॉ. कलाम से कहा कि वे अपने आँकड़ों पर दोबारा काम करें और इसमें अतिरिक्त ज़िम्मेदारी को शामिल करके अगली सुबह उनसे फिर मिलें। डॉ. अरुणाचलम अच्छी तरह जानते थे कि डॉ. कलाम रात का विमान पकड़कर मद्रास जाने वाले थे, क्योंकि उन्हें अगली शाम को रामेश्वरम् में अपनी भतीजी जमीला के निकाह में शामिल होने के लिए जाना था। लेकिन डॉ. कलाम इस बारे में एक शब्द भी नहीं बोले। उन्होंने डॉ. अरुणाचलम के सचिव को अपना टिकट रद्द कराने के लिए दे दिया।

डॉ. अरुणाचलम के ऑफ़िस में डॉ. कलाम उनके साथ बैठकर आधी रात तक काम करते रहे। उन्होंने मंत्रीजी के शब्दों के पीछे छिपे बिंदुओं को समझा और उन्हें एक स्पष्ट, तार्किक योजना में ढाला। डॉ. अरुणाचलम ने अपने घर से डिनर की व्यवस्था की और उन्होंने काम करते-करते भोजन किया। हालाँकि ज़्यादातर विवरण अनिश्चित थे, लेकिन दोनों ही वैज्ञानिकों को एक चीज़ का भरोसा था : भारत में पहले कभी ऐसी कोई योजना नहीं बनी थी, लेकिन अब जब यह निर्णय ले लिया गया था, तो इसकी सफलता सुनिश्चित थी। इंटेगरेटेड गाइडेड मिसाइल डेवलपमेंट प्रोग्राम (आईजीएमडीपी) यानी एकीकृत निर्देशित मिसाइल विकास कार्यक्रम की अवध ारणा 14 मई 1983 की सुबह के शुरुआती घंटों में पैदा हुई। इसमें डॉ. कलाम का स्वप्न शामिल था कि एसएलवी-3 के आकार का रॉकेट उड़ान भर रहा है और इसका पेलोड वायुमंडल के अंदर लौट रहा है। उन्होंने इस विचार का नाम आरईएक्स या रिएंट्री एक्सपेरिमेंट प्रक्षेपण यान रखा और इसके लिए सिर्फ़ दस मिलियन डॉलर का बजट माँगा। रक्षा मंत्री वेंकटरमन अगली सुबह इन योजनाओं को देखकर ख़ुश हो गए और बोले कि अब इस योजना को कैबिनेट की मंजूरी दिलाना उनकी ज़िम्मेदारी है। कलाम ने बाद में मंत्रीजी की समर्थनकारी नीति के बारे में बताया : "मेरी ओर मुड़कर उन्होंने (आर. वेंकटरमन ने) कहा, 'चूँकि मैं आपको यहाँ (डीआरडीओ में) लाया था, इसलिए मैं आपसे ऐसे ही किसी प्रस्ताव की उम्मीद कर रहा था। आपका काम देखकर मैं ख़ुश हूँ।"

डॉ. कलाम ने शुक्रिया के साथ मंत्रीजी के सामने सिर झुकाया और दरवाज़े की ओर जाने लगे, तभी उन्होंने सुना कि डॉ. अरुणाचलम रक्षा मंत्री को बता रहे थे, 'डॉ. कलाम को आज अपनी भतीजी की शादी में रामेश्वरम् जाना था, लेकिन उन्होंने इसकी कुर्बानी दे दी और अपनी परेशानी के बारे में एक शब्द बोले बिना यह काम पूरा किया।' डॉ. कलाम हैरान थे कि डॉ. अरुणाचलम जैसा दिग्गज व्यक्ति एक ऐसी शादी के बारे में चिंतित था, जो एक दूर-दराज़ के टापू में सामान्य लोगों के एक छोटे से घर में हो रही थी। इसके बाद भारत के रक्षा मंत्री ने जो किया, उससे वे और भी ज़्यादा हैरान रह गए।

रक्षा मंत्री के कार्यालय ने डॉ. कलाम को एक घंटे बाद मद्रास जाने वाली इंडियन एयरलाइन की फ़्लाइट में बैठा दिया। इसके बाद उन्होंने भारतीय वायु सेना (आईएएफ़) के एक हेलिकॉप्टर की व्यवस्था की, जो दोपहर में उन्हें मद्रास से मदुरै ले जाए। जब विमान मद्रास हवाई अड्डे पर उतरा, तो हेलिकॉप्टर चलने को तैयार था और दस मिनट से भी कम समय में डॉ. कलाम एक बार फिर हवा में थे। मदुरै में वायु सेना के कमांडेंट ने डॉ. कलाम को रेलवे स्टेशन तक लिफ़्ट दी और रामेश्वरम् का टिकट भी दिया। डॉ. कलाम के चढ़ते ही ट्रेन प्लेटफ़ॉर्म से चल दी। डॉ. कलाम शादी के लिए समय पर अपने पुश्तैनी घर पहुँच गए। तब मोबाइल फ़ोन नहीं होते थे और डॉ. कलाम से उस निकाह में आने का इंतज़ार किया जा रहा था। सरकारी मशीनरी ने डॉ. कलाम को वहाँ समय पर पहुँचाने के लिए ज़मीन-आसमान एक कर दिया था, इस बात से अनजान रिश्तेदार उनके आने पर ख़ुश हो गए और शादी का कार्यक्रम शुरू हो गया। डॉ. कलाम रक्षा मंत्री और रक्षा मंत्रालय के कर्मचारियों के उदार प्रयासों से अभिभूत थे।

रक्षा मंत्री ने मिसाइल कार्यक्रम में भी इतनी ही मदद की : उन्होंने अपना वादा निभाया और आईजीएमडीपी योजना को कैबिनेट की मंजूरी दिला दी। 388 करोड़ रुपए की अभूतपूर्व राशि (उस जमाने में पचास मिलियन करोड़) स्वीकृत हो गई। कार्यक्रम की पाँच स्वदेशी मिसाइलों को समुचित और स्पष्ट भारतीय नाम दिए गए, जो स्वदेशी मिसाइल प्रौद्योगिकी के भाव के अनुरूप था। सतह-से-सतह पर मार करने वाली मिसाइल को पृथ्वी नाम दिया गया। कम दूरी की वायु रक्षा के लिए सामरिक मिसाइल को त्रिशूल (भगवान शिव का अस्त्र) नाम दिया गया। मध्यम दूरी की सतह-से-वायु रक्षा मिसाइल को आकाश नाम दिया गया। टैंकरोधी मिसाइल प्रोजेक्ट को नाग नाम दिया गया। डॉ. कलाम ने अपने सपने की मिसाइल का नाम अग्नि रखा, क्योंकि इसका विस्फोटक मुखास्त्र आग के गोले की तरह वायुमंडल में दोबारा प्रवेश करेगा।

रक्षा मंत्री वेंकटरमन के सपने का पूरी संजीदगी से अनुसरण किया गया। इन परियोजनाओं का लक्ष्य स्वदेशी अधुनातन प्रौद्योगिकी हासिल करना था। डॉ. कलाम की टीम अब संसार में किसी दूसरी जगह उपलब्ध मिसाइलों की नक़ल करने तक

ही सीमित नहीं रह गई थी। नाग के विकास के लिए नवाचारी थर्मल-सीकर यानी ऊष्माखोजी प्रौद्योगिकी की आवश्यकता होगी। पृथ्वी का इनर्शियल नैविगेशन सिस्टम यानी जड़त्वीय संचालन प्रणाली... त्रिशूल में चरणबद्ध शृंखला राडार और विविध लक्ष्यों को सँभालने की क्षमता... आकाश में रैम-रॉकेट प्रणोदन... और अग्नि के ज़रिये पुनर्प्रवेश प्रौद्योगिकी का वास्तविक लक्ष्य मिसाइल प्रौद्योगिकी में सच्ची आत्म-निर्भरता हासिल करना था।

कलाम ने इन पाँच मिसाइल परियोजनाओं के लिए सही लीडर चुनने में समय लिया। योग्यता और अनुभव की कोई कमी नहीं थी, क्योंकि कामकाजी अनुभव वाले सेना के अधिकारी थे, पूरी तरह समर्पित प्रौद्योगिकी विशेषज्ञ थे और संकल्प व साहस वाला युवा ख़ून भी मौजूद था। कलाम ऐसे लोगों की तलाश कर रहे थे, जो एक मिसाइल प्रणाली विकसित करने के लक्ष्य का स्वप्न स्पष्टता से देख सकें, इसे ज़मीनी परीक्षण के पार ले जाएँ और उत्पादन की अवस्था तक पहुँचा दें। डॉ. कलाम सचेत थे कि अगर ग़लत लीडर चुना, तो कार्यक्रम को मंजूरी दिलाने की पूरी उपलब्धि पर पानी फिर जाएगा। उन्हें सिर्फ़ पाँच परियोजना निदेशकों की ही तलाश नहीं थी। वे तो एक नेतृत्व ब्रिगेड की तलाश कर रहे थे, जो अगले पच्चीस सालों तक मिसाइल विकास को जारी रखे। उन्हें महसूस हुआ कि इस नई स्थिति में उन्हें सावधान रहना चाहिए :

> मेरे कई वरिष्ठ सहकर्मियों ने इस दौरान मुझसे दोस्ती करने की कोशिश की – उनका नाम बताना सही नहीं रहेगा, क्योंकि यह मेरा वहम भी हो सकता है। मैंने अकेले आदमी के प्रति उनकी चिंता का सम्मान किया, लेकिन क़रीबी संपर्क से बचता रहा। किसी मित्र के प्रति वफ़ादारी की वजह से इंसान आसानी से कोई ऐसी चीज़ कर सकता है, जो संगठन के सर्वश्रेष्ठ हितों में न हो।

अब तक डॉ. कलाम ने लोगों की कामकाजी शैलियों का चतुर ज्ञान हासिल कर लिया था, लेकिन वे वैज्ञानिक नीति पर चलना चाहते थे। उन्होंने कर्नल आर. स्वामीनाथन से प्रबंधकीय ग्रिड मॉडल का अध्ययन करने को कहा। नेतृत्व की इस शैली को रॉबर्ट आर. ब्लेक और जेन मोटन ने तैयार किया था और यह उन दिनों लोकप्रिय थी। कर्नल स्वामीनाथन ने एक रिपोर्ट पेश की, जिसमें किसी व्यक्ति की कामकाजी शैली के बुनियादी पहलू को परिभाषित किया था और यह भी कि वह कैसे योजना बनाता है और कामों को व्यवस्थित करता है। एक छोर पर सतर्क योजनाकार था, जो कोई भी क़दम उठाने से पहले हर क़दम के गुण-दोष सावधानी से लिखता था। कौन-कौन सी चीज़ ग़लत हो सकती है, इस बारे में चौकन्ना रहकर वह सभी अप्रत्याशित स्थितियों से निबटने की कोशिश करता है। दूसरे छोर पर था फुर्ती से चलने वाला, जो बिना किसी योजना के समस्याओं से बचकर निकलता है। विचारों से प्रेरित होकर वह हमेशा कर्म के लिए तत्पर रहता है।

स्वामीनाथन ने अपनी रिपोर्ट में किसी व्यक्ति की शैली का एक और पहलू बताया, जो था नियंत्रण - यह सुनिश्चित करने में ऊर्जा और ध्यान लगाना कि चीज़ें निश्चित तरीक़ों से हों। एक छोर पर सख़्त नियंत्रक या प्रशासक था, जिसके पास बहुत सारे जाँचबिंदु होते थे। नियम और नीतियों का पालन पूरी निष्ठा से किया जाता था। दूसरे छोर पर वे लोग थे, जो स्वतंत्रता और लचीलेपन से चलते थे। उनमें नौकरशाही के लिए बहुत कम धीरज होता था। वे आसानी से काम सौंपते थे और अपने अधीनस्थों को काम करने की बहुत ढील देते थे।

डॉ. कलाम यह चाहते थे कि उनके लीडर ऐसे हों, जिनमें संभावनाओं के साथ विकास करने की क्षमता हो, सभी संभव विकल्पों की छानबीन करने का धैर्य हो, नई स्थितियों पर पुराने सिद्धांतों को लागू करने की बुद्धिमत्ता हो और जिनमें आगे की ओर अपना रास्ता बनाने की योग्यता हो। वे चाहते थे कि ये टीम लीडर सबको लेकर चलें - अपनी सत्ता दूसरों को सौंपने के इच्छुक हों, टीम में काम करने के इच्छुक हों, अच्छे काम सौंपें, नई राय के प्रति खुले रहें, समझदार लोगों का सम्मान करें और बुद्धिमत्ता भरे परामर्श को सुनें। उनमें संघर्ष को सौहार्द से सुलझाने की क्षमता होनी चाहिए। उनमें चूकों की ज़िम्मेदारी लेने का सामर्थ्य होना चाहिए। सबसे बढ़कर, टीम लीडर में असफलता को झेलने की क्षमता होनी चाहिए। उसे अपने सहयोगियों की सफलताओं तथा असफलताओं में बराबरी का हिस्सेदार होना चाहिए। कलाम ने स्वामीनाथन से कहा कि वे ऐसे लीडर चाहते हैं, जो मध्यम मार्ग पर चलें : जो असहमति का गला दबाए बिना, कठोर बने बिना नियंत्रण कर सकें और जो नियम तोड़े बिना तेज़ प्रगति कर सकें। उन्होंने कर्नल स्वामीनाथन से कहा, 'मुझे ऐसे लोग खोजकर दो, जो न तो अति में संलग्न हों, न ही कमी से पीड़ित हों।'

2.4

शक्ति ही शक्ति का सम्मान करती है

अगर आपके काम से दूसरे लोग ज़्यादा सपने देखने, ज़्यादा सीखने, ज़्यादा करने और ज़्यादा बनने के लिए प्रेरित होते हैं, तो आप एक लीडर हैं।

—जॉन क्विन्सी एडम्स
अमेरिका के छठे राष्ट्रपति

डॉ. कलाम अब मिसाइल मैन ऑफ़ इंडिया की भूमिका में आ गए थे। राजनीतिक और नौकरशाही संस्थानों को अब यह विश्वास हो चुका था कि मिसाइलें किसी दूसरी तरह के हथियारों के मुक़ाबले कुछ सैनिक और सामरिक भूमिकाएँ ज़्यादा अच्छी तरह निभा सकती थीं। इसमें डॉ. कलाम का कम योगदान नहीं था, जिन्होंने उनके गुणों का सफलतापूर्वक प्रचार किया था : बैलिस्टिक मिसाइलों को ख़राब मौसम या रात में भी छोड़ा जा सकता था। वे ध्वनि से तेज़ गति से उड़ सकती थीं और बहुत ही कम समय में सामरिक लक्ष्यों तक पहुँच सकती थीं - शत्रुओं के ठिकाने तक, जो मिसाइलों की तैनाती की जगह से दूर हों। वे शत्रु की ज़मीनी सेनाओं, विमानों या नौसैनिक अड्डों पर भी वार कर सकती थीं। विमान की तुलना में उन्हें पकड़ना और बेअसर करना ज़्यादा मुश्किल था, और यह कहने की ज़रूरत नहीं है कि वे किसी विमान की तुलना में ज़्यादा सस्ती थीं। यही नहीं, वे हथियार लेकर जाने की अपनी योग्यता की बदौलत लड़ाकू देशों को अंकुश में रखने का काम भी कर सकती हैं।

जमीन-से-जमीन की पृथ्वी मिसाइल परियोजना के नेतृत्व के लिए डॉ. कलाम ने कर्नल वी.जे. सुंदरम को चुना। कर्नल सुंदरम इंडियन आर्मी कोर ऑफ़ इलेक्ट्रॉनिक्स ऐंड मेकेनिकल इंजीनियर्स (ईएमई) के थे और उनके पास एरोनॉटिकल इंजीनियरिंग में स्नातकोत्तर उपाधि थी। डीआरडीएल ने डेविल मिसाइल के लिए कई हिस्से बनाए थे, जिनमें एक ठोस रॉकेट बूस्टर था, जिसमें उच्च शक्ति का स्टील

आवरण और 200 सेकंड का विशिष्ट आवेग था और दूसरे चरण का तीन टन वाला द्रव-प्रणोदक इंजन था, जिसमें ज़ाइलिडीन और ट्राइ-एथिलेमाइन के मिश्रण से ईंधन मिलता था, जो संयत लाल-धुएँ वाले नाइट्रिक एसिड और डाइ-नाइट्रोजन टेट्रॉक्साइड से ऑक्सिडाइज़ होता था। क्या इसका इस्तेमाल किसी ऐसी बैलिस्टिक मिसाइल को शक्ति देने के लिए किया जा सकता था, जिसमें 500 से 1000 किलो तक के वज़न वाला मुखास्त्र लगा हो, और जो पाँच से दस मिनट के भीतर 150 से 250 कि.मी. दूर के लक्ष्य तक पहुँच जाए?

स्ट्रैप डाउन जड़त्वीय संचालन प्रणाली (एसडीआईएनएस) के परीक्षण के लिए डेविल मिसाइल पर दोबारा काम शुरू किया गया। इसके नियंत्रण, मार्गदर्शन और संचालन के लिए कंप्यूटर का सहारा लिया गया। यह कंप्यूटर स्पेशल परपज़ कंप्यूटर डिवीज़न (एसपीसीडी) में बनाया गया था और इसे पहले से बने एनएसआई-वी03 (पीडीपी, प्रोग्राम्ड डाटा प्रोसेसर, समतुल्य) प्रोसेसर मॉड्यूल से शक्ति मिलती थी। दिक्सूचक, त्वरणमापी, दूरमापी, प्रक्षेपण नियंत्रण आदि के लिए दूसरे इंटरफ़ेस विभिन्न अंदरूनी पीसीबी (प्रिंटेड सर्किट बोर्ड) प्रयोगशालाओं में विकसित किए गए थे। डॉ. कलाम ने ठान लिया था कि जो भी पुर्ज़े उपलब्ध हैं, उन्हीं का इस्तेमाल करेंगे, लेकिन टीम को सतह-से-सतह वी-2 और स्कड मिसाइलों की विकासवादी वंशावली के पार जाना होगा। ये मिसाइलें एक विस्फोटक शीर्ष को सीईपी (वृत्ताकार संभावित त्रुटि) के भीतर नहीं पहुँचा सकती थीं, कि.मी. की गणना में भी - सीईपी वृत्त का वह व्यास है, जिसके भीतर दागी गई 50 प्रतिशत मिसाइलों के गिरने की उम्मीद की जाती है। कलाम 100 मीटर से कम की सीईपी की बात कर रहे थे।

त्रिशूल की कल्पना सतह-से-वायु वाली त्वरित-प्रतिक्रिया मिसाइल के रूप में की गई थी, जिसे नीचे उड़ने वाली आक्रामक मिसाइलों के ख़िलाफ़ किसी जहाज़ से भी इस्तेमाल किया जा सके। त्रिशूल के नेतृत्व के लिए डॉ. कलाम को किसी ऐसे इंसान की तलाश थी, जिसके पास न सिर्फ़ इलेक्ट्रॉनिक्स और मिसाइल युद्ध का गहरा ज्ञान हो, बल्कि जो अपनी टीम को तकनीकी जटिलताएँ भी बता सके, ताकि टीम की समझ बढ़े और उसका समर्थन हासिल हो। इस परियोजना के नेतृत्व के लिए उन्हें कमोडोर एस.आर. मोहन सबसे उपयुक्त लगे - जो भारतीय नौसेना से डीआरडीएल आए इलेक्ट्रॉनिक्स इंजीनियर थे।

कमोडोर मोहन दोहरे आदेश मार्गदर्शन की मिसाइल की योजना के विकास का निरीक्षण करेंगे : मिसाइल शुरुआत में का-बैंड एकत्रीकरण के सहारे चलेगी और इसके बाद ट्रैकिंग राडार के मार्गदर्शन का सहारा लेगी। मिसाइल में सभी ज्ञात विमान इलेक्ट्रॉनिक अवरोधों के ख़िलाफ़ प्रतिरोधक उपाय होंगे। चूँकि मिसाइल में उच्च-ऊर्जा वाले ठोस प्रणोदकों का इस्तेमाल करके एक दोहरे-आघात प्रणोदक चरण का इस्तेमाल होना था, इसलिए प्रणोदन विशेषज्ञ ए.के. कपूर को कमोडोर मोहन का सहायक बना दिया गया। त्रिशूल को इन बातों में सक्षम होना था : त्वरित प्रतिक्रिया समय,

उच्च-आवृत्ति परिचालन, उच्च गतिशीलता, उच्च घातक क्षमता और तीनों सेनाओं के लिए बहुल भूमिकाएँ।

अग्नि के लिए डॉ. कलाम किसी पुराने चावल को चाहते थे, जो सामरिक प्रणालियाँ विकसित करने का गहरा ज्ञान दूसरों को दे सके। मद्रास इंस्टीट्यूट ऑफ़ टेक्नोलॉजी के उनके दो कनिष्ठ के. रामा राव और आर.एन. अग्रवाल उपलब्ध थे और उन्होंने अग्रवाल को कमान सौंपने का निर्णय लिया। अग्रवाल एरोनॉटिकल टेस्ट फ़ैसिलिटी के मुखिया थे, इसलिए वे पुनर्प्रवेश विस्फोटक मुखास्त्र की डिज़ाइन आवश्यकताओं को सबसे अच्छी तरह समझते थे। डॉ. कलाम ने रामा राव को यौगिकों का मुखिया नियुक्त किया। रामा राव की टीम पुनर्प्रवेश चरण मोड्यूल के डिज़ाइन पर ध्यान केंद्रित करेगी, जिसमें बेहद सुरक्षित कार्बन-कार्बन यौगिक प्रौद्योगिकी का इस्तेमाल किया जाएगा।

डॉ. कलाम ने आकाश की प्रबंधन आवश्यकताओं पर विचार करने में थोड़ा समय लिया, जिसमें रैमजेट प्रणोदन प्रौद्योगिकी शामिल थी। नाग के मामले में भी उन्होंने काफ़ी सोचा, जिसका मार्गदर्शन इमेजिंग इंफ़्रारेड (आईआईआर) निष्क्रिय-खोजी प्रौद्योगिकी पर आधारित था, ताकि ऊपर और सामने दोनों तरफ़ के आक्रमणों में सटीकता सुनिश्चित हो सके। ये भविष्यवादी काम थे और उन्होंने तुलनात्मक रूप से युवा प्रह्लाद और एन.आर. अय्यर को क्रमशः आकाश और नाग परियोजनाओं का मुखिया चुना।

डॉ. कलाम ने सभी चुने हुए लोगों से को ज़ोर देकर बताया कि प्रभावी परियोजना लीडर बनने के लिए उन्हें बहुत सारी अलग-अलग आवश्यकताओं के प्रति परानुभूति रखनी चाहिए। वे हमेशा कहते थे कि किसी संगठन में नेतृत्व के दो पहलू होते हैं, जिनमें लीडर को ख़ास तौर पर कुशल होना चाहिए। एक है पूरे मिशन की व्यापक आवश्यकताओं को समझना और दूसरा है हर विभाग की आवश्यकताओं के बारे में जागरूक बनना, ताकि वे अपना काम असरदार ढंग से अधिकतम लाभ के साथ कर सकें। परियोजना निदेशक को मिशन की आवश्यकताओं और हर विभाग की आवश्यकताओं को समझना चाहिए और प्रभावी ढंग से प्राथमिकता तय करनी चाहिए और आवश्यक सामग्री प्रदान करनी चाहिए, जो ज़्यादातर धनराशि के रूप में होती है।

उन दिनों डीआरडीएल में कोई मंच नहीं था, जहाँ महत्त्वपूर्ण आपसी मुद्दों पर खुलकर चर्चा व बहस हो सके। डॉ. कलाम एसएलवी-3 के अनुभव से जानते थे कि वैज्ञानिक इंजीनियर बहुत ही संवेदनशील लोग होते हैं। वे ऊँचे दाँव की परियोजनाओं के लिए अपने विशेषज्ञतापूर्ण काम करते हैं - जो अपरिहार्य रूप से उनके बहुतेरे सहकर्मियों के सहयोग तथा बहुत सारे अनिश्चित घटकों के अधीन होते हैं - जिन पर उनका बहुत कम नियंत्रण होता है। इस तरह वे भारी तनाव और असुरक्षा तले काम करते हैं। एक बार जब वे लड़खड़ा जाते हैं - वे आत्मविश्वास और एकाग्रता खो देते हैं - तो वापस पैर ज़माना उनके लिए मुश्किल हो जाता है। डॉ. कलाम

अपने सामने की चुनौतियों के बारे में बहुत जागरूक थे और जानते थे कि कार्यस्थल के भीतर ही उनका मनोबल बढ़ाना चाहिए : 'मैं नहीं चाहता था कि मेरा कोई भी वैज्ञानिक अकेले निराशाओं का सामना करे। मैं यह भी सुनिश्चित करना चाहता था कि उनमें से कोई भी निराशा की हालत में अपने लक्ष्य तय न करे।'

इसके लिए डॉ. कलाम ने एक मंच बनाया और उसे 'साइंस काउंसिल' नाम दिया। प्रयोगशाला के सभी वैज्ञानिक - कनिष्ठ और वरिष्ठ, अनुभवी और नवनियुक्त - हर तीन महीने में एक बार इकट्ठे बैठते थे और अपना गुबार निकालते थे। साइंस काउंसिल की पहली मीटिंग में ही एक वरिष्ठ वैज्ञानिक एम.एन. राव उठकर खड़े हुए और उन्होंने डॉ. कलाम से पूछा, 'आपने किस आधार पर इन पाँच पांडवों को चुना है?' उनका मतलब पाँच परियोजना निदेशकों से था, जिन्हें डॉ. कलाम ने व्यक्तिगत रूप से चुना था।

डॉ. कलाम ने बहुत धैर्यपूर्वक जवाब दिया। उन्होंने कहा कि एसएलवी-3 के परियोजना निदेशक के तौर पर उन्हें कुछ अनुभव हुए थे। इन अनुभवों के आधार पर उन्होंने इस बात को पहचाना कि मिसाइल परियोजना निदेशकों को कार्यक्षेत्र, समयसीमा और बजट के तीन मुख्य मानदंडों को नियंत्रित करना होगा और टीम संबंधों की बारीकियों को समझना होगा। डॉ. कलाम ने समझाया कि उन्होंने अपने विचारमंथन के दौरान कम से कम पचास लोगों से बात की। कुछ उत्पादकता लाने और समयसीमा की ज़िम्मेदारियों को पूरा करने में जुनूनी थे। बाक़ी में लाल झंडे देखने की योग्यता थी; वे उत्साही संप्रेषक थे और उनके समकक्ष व बॉस उनका अच्छा सम्मान करते थे। डॉ. कलाम ने कहा कि जिन पाँच परियोजना निदेशकों को उन्होंने चुना था, उनमें योजना से संचालित होकर आवश्यक कार्य करने की क्षमता थी और इसे मिशन की आवश्यकताओं को पूरा करने के लिए आवश्यक कार्यों से संतुलित करने की योग्यता भी थी - भले ही यह सहज बोध के विपरीत दिखता हो और परियोजना के नक़्शे के बिलकुल अनुरूप न हो। ये परियोजना प्रबंधक केवल प्रबंधन ही नहीं करेंगे - वे नेतृत्व करेंगे।

एक युवा वैज्ञानिक जानना चाहता था कि डॉ. कलाम इन परियोजनाओं का वही हश्र होने से कैसे रोकेंगे, जो डेविल मिसाइल परियोजना का हुआ था। डॉ. कलाम ने उसे और उसके ज़रिये सभी शंकालु लोगों को समझाया, 'डिज़ाइन चरण से ही उत्पादन केंद्रों और उपयोगकर्ता संस्थाओं की भागीदारी सुनिश्चित की जा चुकी है, बजट आ चुका है और वापस लौटने का कोई प्रश्न ही नहीं है, जब तक कि मिसाइल प्रणालियाँ युद्ध के मैदान में सफलतापूर्वक तैनात नहीं हो जातीं।' उनके जवाब पर समूह ने करतल ध्वनि की। उन्होंने अपनी टीम का विश्वास जीत लिया था। सितंबर 1983 में रक्षा मंत्री आर. वेंकटरमन डीआरडीएल के दौरे पर आए। आईजीएमडीपी की विश्वसनीयता के बारे में किसी के मन में कोई शक नहीं था।

3 जनवरी 1984 को डॉ. ब्रह्म प्रकाश का 72 वर्ष की उम्र में मुंबई में निधन

हो गया। डॉ. कलाम ने उनकी क्षति को गहराई से महसूस किया। डॉ. ब्रह्म प्रकाश की स्मृति में आयोजित प्रार्थना में डॉ. कलाम ने अपने मार्गदर्शक शिक्षक के बारे में विस्तार से बोला। डॉ. कलाम ने समुदाय को बताया कि जब ब्रह्म प्रकाश 1948 में भारत लौटे थे, तो उन्हें मुंबई के नवगठित एटॉमिक एनर्जी कमीशन में पद दिया गया। 1950 के अंत तक इंडियन इंस्टीट्यूट ऑफ़ साइंस डिपार्टमेंट ऑफ़ मैटेलर्जी के प्रमुख के रूप में उपयुक्त व्यक्ति की तलाश कर रहा था - और एटॉमिक एनर्जी कमीशन की धातु विज्ञान प्रयोगशाला की स्थापना अपनी शुरुआती अवस्थाओं में थी - और कि डॉ. ब्रह्म प्रकाश को इस काम के लिए तार्किक चयन माना गया। डॉ. होमी भाभा, जो आईआईएससी के कोर्ट के सदस्य भी थे, ने प्रस्ताव रखा कि डॉ. ब्रह्म प्रकाश बेंगलूरु में डिपार्टमेंट ऑफ़ मैटेलर्जी का नेतृत्व सँभालें, शर्त यह थी कि वहाँ काम जैसे ही गति पकड़ेगा, वे दोबारा मुंबई लौट आएँगे।

बेंगलूरु में अपनी शैक्षणिक ज़िम्मेदारियों के साथ-साथ ब्रह्म प्रकाश ने परमाणु ऊर्जा कार्यक्रम के साथ सतत कड़ी बनाए रखी। वे मुंबई में होने वाली चर्चा बैठकों में भाग लेते थे और गर्मी की छुट्टियों में विदेश के दौरे भी करते थे। इनमें से किसी एक पद को क़ायम रखना भी किसी वैज्ञानिक के लिए एक गंभीर कार्य होता। दोनों के कर्तव्यों पर पूरा ध्यान देते हुए दोनों को क़ायम रखना एक भगीरथ कार्य था; और डॉ. ब्रह्म प्रकाश ने इसे आत्मविश्वास के साथ किया। 1957 की शुरुआत तक डॉ. भाभा ने निर्णय लिया कि अब डॉ. ब्रह्म प्रकाश को मुंबई लाने का समय था। डॉ. ब्रह्म प्रकाश न्यूक्लियर फ़्यूल कॉम्प्लेक्स (एनएफ़सी) के पहले परियोजना निदेशक थे, जिसे 1971 में हैदराबाद में स्थापित किया गया था। डॉ. कलाम ने कहा, '*भगवद् गीता* में दिए स्थितप्रज्ञ के विस्तृत चित्र द्वारा - स्थिर चित्त वाला व्यक्ति, जिसके कर्म में स्पष्टता है, जो हर स्थिति में अविचलित रहता है - ब्रह्म प्रकाश असली जीवन के आदर्श व्यक्ति थे।'

इस समय के आस-पास डॉ. कलाम पुणे के आर्मामेंट रिसर्च ऐंड डेवलपमेंट एस्टेबलिशमेंट में तोपख़ाने के लिए पिनाक रॉकेट विकसित करने में एक अहम भूमिका निभा रहे थे। ये रूसी बीएम-21 'ग्रेड' प्रक्षेपकों की जगह लेने वाले थे, जिन्हें भारतीय सेना चला रही थी। पिनाक रॉकेट आम तौर पर 72 रॉकेटों की तोपख़ाना इकाई में तैनात किए जाने वाले थे। इसका नामकरण भगवान शिव के दिव्य धनुष के नाम पर रखा गया था और इसके सभी 72 रॉकेट 44 सेकंड के भीतर दागे जाएँगे, जिससे लगभग 1 वर्ग कि.मी. का क्षेत्र बर्बाद हो जाएगा। अपने गुरु ब्रह्म प्रकाश की तरह डॉ. कलाम ने बहुत से कार्यभारों को एक साथ सँभालने में कामयाबी पाई और संगठनों की सीमाओं के पार तुलनात्मक आसानी से काम किया। यह एक ऐसी योग्यता थी, जिससे उन्हें आगामी दशकों में लाभ होने वाला था।

डॉ. कलाम की बेशुमार योग्यताओं में से एक योग्यता ऐसी थी, जिसका इन वर्षों में इस्तेमाल बढ़ता जा रहा था। यह थी उनकी कुशल कूटनीति, जो उन्होंने अपने

मार्गदर्शक डॉ. विक्रम साराभाई से सीखी थी। लेकिन अंतरराष्ट्रीय राजनीति कई बार डॉ. कलाम के सर्वश्रेष्ठ प्रयासों को भी बाधित कर सकती थी। 1985 में वे एक टीम के साथ सिएटल, अमेरिका में क्रे इंक. से सुपरकंप्यूटर ख़रीदने गए, जो मौसम की भविष्यवाणी के लिए स्पष्टतः आवश्यक था। डॉ. कलाम को इसकी ज़रूरत अग्नि पुनर्प्रवेश विस्फोटक शीर्ष के कंप्यूटेशनल फ़्लूइड डाइनैमिक्स के लिए थी। भारत के पास कोई पराध्वनिक विंड टनेल नहीं थी और पुनर्प्रवेश चरण के कृत्रिम परीक्षण का एकमात्र तरीक़ा इसे कंप्यूटर के माध्यम से बनाना और परीक्षण करना था। सुपरकंप्यूटिंग प्रौद्योगिकी सिर्फ़ अमेरिका और जापान के पास ही थी। अमेरिकियों ने डॉ. कलाम के प्रतिनिधि मंडल को ठेंगा दिखा दिया और अक्खड़पन से कहा कि वे भारत को मशीन नहीं बेचेंगे।

भारतीय वैज्ञानिकों को एक बार फिर प्रौद्योगिकी विकास के लिए स्वदेशी नीति अपनाने पर मजबूर होना पड़ा, लेकिन इसमें ज़्यादा बड़ी भलाई छिपी थी। भारतीय कंप्यूटर विशेषज्ञों ने चुनौती स्वीकार करते हुए क्रे कंप्यूटर की क्षमता का स्वदेशी सुपरकंप्यूटर बना दिया, जो तब गीगाफ़्लॉप्स रेंज में था। 1988 में पुणे में सेंटर फ़ॉर डेवलपमेंट ऑफ़ एडवांस्ड कंप्यूटिंग (सी-डीएसी) बनाया गया। इसे सुपरकंप्यूटिंग में भारत की राष्ट्रीय पहल के रूप में डॉ. विजय भाटकर के नेतृत्व में बनाया गया। जब सी-डैक ने तीन साल बाद सुपरकंप्यूटर परम बना लिया, तो *द वॉल स्ट्रीट जर्नल* ने इस बात पर ग़ौर करते हुए पहले पन्ने की सुर्ख़ी छापी : 'क्रोधित भारत ने यह कर लिया।' कई एकाग्र स्वदेशी प्रयासों की तरह यह स्वदेशी कंप्यूटिंग प्रयास भी देश के लिए अवसर के एक नए क्षेत्र का बीज था, जिसका नई सदी में भी दोहन होने वाला था।

हालाँकि डॉ. कलाम दूसरे देशों के लोगों की मित्रता को महत्त्व देते थे और वे जीवन भर हर जाति या धर्म के लोगों के साथ तनावरहित रहे, लेकिन वे पश्चिमी जगत की भू-राजनैतिक नीति के साथ असहज थे। वे पश्चिम को भू-राजनीतिक आक्रामक के रूप में देखते थे। इस मुद्दे पर हुई कई बातचीतों में डॉ. कलाम का दृष्टिकोण यह था कि गुटों का युग 1991 में सोवियत संघ के विघटन के साथ ख़त्म हो गया। इसके बाद सात-आठ औद्योगिक पश्चिमी राष्ट्रों का समूह संसार का केंद्र बन गया और इसने पूरे अफ़्रीका, एशिया और लेटिन अमेरिका को बाज़ारों में बदल दिया है। उन्होंने सोचा, पूरी मानवता को एक ही मार्ग का अनुसरण करने, एक ही राय मानने और एक ही आदर्श पर चलने के लिए कैसे विवश किया जा सकता है।

भारत को न सिर्फ़ पश्चिम की भू-राजनीतिक गतिविधियों से वाक़िफ़ रहना था, बल्कि अपनी सीमाओं के क़रीब की महत्त्वपूर्ण घटनाओं की भी जानकारी रखनी थी। चीन ने भारत से लगभग एक दशक पहले 16 अक्टूबर 1964 को पहला परमाणु परीक्षण कर लिया था और इसका मिसाइल कार्यक्रम इस बात पर केंद्रित था कि बम कैसे पहुँचाया जाए। चीन की पहली मिसाइल डॉन्गफ़ेंग थी (डीएफ़, चीनी भाषा

में 'पूर्वी हवा')। डीएफ़1 रूसियों की सक्रिय भागीदारी से तैयार हुई थी। द्रव-ईंधन वाली, 590 कि.मी. दूरी की आर-2 मिसाइल शुरुआती बिंदु थी। चूँकि यह मिसाइल चीनी भूमि से जापान के अमेरिकी सैनिक ठिकानों तक भी नहीं पहुँच सकती थी, इसलिए चीन ने इसमें सुधार करके 1,200 कि.मी. की दूरी वाली डीएफ़2 मिसाइल बनाई। डीएफ़-2 मिसाइल को चीन-उत्तर कोरिया सीमा पर तैनात किया गया, जो पूरे जापानी द्वीपसमूह पर प्रहार करने की स्थिति में थी। कई सालों में चीन ने डीएफ़-3 भी विकसित कर ली, जो फ़िलिपीन्स के अमेरिकी ठिकानों तक पहुँचने में सक्षम थी। फिर डीएफ़-4, जो पश्चिमी प्रशांत महासागर में गुआम टापू के अमेरिकी इलाके तक पहुँचने में सक्षम थी। फिर 1981 में डीएफ़-5, जो अमेरिकी महाद्वीप पर प्रहार करने की क्षमता रखती थी। इन सभी मिसाइलों में द्रव ईंधन का इस्तेमाल किया गया था।

द्रव ईंधन वाली बड़ी मिसाइलें मूलतः लंबी थीं और उनका आवरण पतला था। क्षैतिज अवस्था में उनमें ईंधन नहीं भरा जा सकता था, वरना ढाँचे को गंभीर नुक़सान हो सकता था। पहले तो ईंधनरहित मिसाइल को लॉन्चिंग पैड पर खड़ा करना पड़ता था और फिर शुरुआती लक्ष्य संयोजन तथा उपकरणों की जाँच की जाती थी। फिर इसमें ऑक्सीकारक और ईंधन भरे जाते थे - ये काम अलग-अलग करने पड़ते थे, क्योंकि ऑक्सीकारक और ईंधन के मिलने पर तुरंत आग लग जाती थी। इसके बाद मिसाइल, जो ईंधन भरने पर थोड़ी विकृत हो जाती थी, अंतिम संयोजन और जाँचों से गुज़रती थी और तय दूरी के अनुसार डाटा मिसाइल के उपकरणों में भरा जाता था।

इन सारी तैयारियों में औसतन चार घंटे लग जाते थे। इस वजह से टोही उपग्रह (जो हर नब्बे मिनट में पृथ्वी का चक्कर लगाते थे) उन्हें पकड़ सकते थे और रोकथाम के लिए हमला कर सकते थे। इस तरह चीनियों ने सिलो और रेल-रेस प्रणालियाँ विकसित कीं, जब तक कि वे 1982 में अपने पहले ठोस-प्रणोदक, 1700 कि.मी. दूरी के रॉकेट जेएल-1, में सफल नहीं हुए। इसके बाद चीन ने पाकिस्तान, ईरान, सीरिया, इराक, लीबिया, सऊदी अरब और उत्तर कोरिया को मिसाइल प्रौद्योगिकी नियमित रूप से बेची।

अप्रैल 1987 में कनाडा, फ्रांस, जर्मनी, इटली, जापान, ग्रेट ब्रिटेन और अमेरिका ने हाथ मिलाते हुए मिसाइल टेक्नोलॉजी कंट्रोल रिजीम (एमटीसीआर) की स्थापना की, ताकि परमाणु हथियार पहुँचाने के लिए मानवरहित प्रणालियों के प्रसार को रोका जा सके। एमटीसीआर का विशिष्ट लक्ष्य ऐसी प्रणालियाँ थीं, जो न्यूनतम 500 कि.ग्रा. का भार न्यूनतम 300 कि.मी. दूर तक ले जा सकें। एमटीसीआर कोई संधि नहीं थी, बल्कि मिसाइल प्रसार को नियंत्रित करने में साझी रुचि रखने वाले सदस्य देशों के बीच एक स्वैच्छिक समझ थी। साझेदार देश नियंत्रित सामान की आम सूची वाले निर्यात प्रतिबंध लागू करने के प्रति संकल्पित थे। इस सूची में मिसाइल विकास, उत्पादन और कार्यप्रणाली के लिए आवश्यक लगभग सभी मुख्य उपकरण और प्रौद्योगिकियाँ शामिल थीं।

जून 1987 में आईजीएमडीपी के स्वप्नदृष्टा आर. वेंकटरमन को भारत का आठवाँ राष्ट्रपति चुना गया। इस समय तक पृथ्वी पर काम लगभग पूर्ण होने वाला था। एमटीसीआर प्रतिबंध से अजेय बाधाएँ खड़ी हो सकती थीं, अगर डॉ. कलाम की चतुराई नहीं होती और उन्होंने स्वदेशी प्रौद्योगिकी उत्पादन की इतनी पैरवी न की होती। उन्होंने प्रोग्रामिंग करने योग्य सकल संवेग के साथ संबद्ध द्रव-प्रणोदक रॉकेट इंजन के विकास को मार्गदर्शन दिया, जिसमें अलग-अलग भार-दूरी तालमेल हासिल करने की दूरदर्शिता थी। खड़की (पुणे के पास) की आयुध फ़ैक्ट्री की सहायता से डॉ. कलाम ने पृथ्वी इंजनों के लिए प्रणोदकों का आयात भी पूरी तरह ख़त्म कर दिया।

डॉ. कलाम ने आयुध फ़ैक्ट्रियों के संगठन को आधुनिक बनाने और विस्तार करने में गहरी रुचि ली। उन्होंने प्रणोदकों के विकास और मुखास्त्र के लिए उच्च-ऊर्जा सामग्री के विकास के लिए भारी धनराशि हासिल की। आयुध फ़ैक्ट्रियाँ रक्षा विभाग द्वारा संचालित भारत की सबसे बड़ी और सबसे पुरानी रक्षा उत्पादन उपक्रम थीं। संगठन का इतिहास भारत में ब्रिटिश शासन तक जाता है, जब 1801 में गन कैरिज एजेंसी नामक पहली फ़ैक्ट्री कलकत्ता में काशीपुर में स्थापित हुई। बाद के वर्षों में फ़ैक्ट्रियों की संख्या में इजाफ़ा हुआ और 1962 के बाद तो तीव्र विस्तार योजना शुरू हो गई। चीन के साथ युद्ध में और इसके बाद रक्षा उत्पादन में आत्मनिर्भरता की इच्छा से सोलह नई फ़ैक्ट्रियों की स्थापना की गई, जिससे विस्तार का तूफ़ान आ गया, क्योंकि 1949 और 1962 के बीच सिर्फ़ पाँच ही फ़ैक्ट्रियाँ डाली गई थीं।

25 फ़रवरी 1988 को एसएचएआर में पृथ्वी का सफल उड़ान-परीक्षण किया गया। यह भारत के सैनिक विकास की ऐतिहासिक घटना थी, क्योंकि इस परीक्षण ने भावी निर्देशित मिसाइलों के लिए बुनियादी रूपरेखा विकसित करने की भारत की क्षमता साबित कर दी। पृथ्वी में लंबी दूरी की सतही मिसाइल से वायु मिसाइल में परिवर्तन का प्रावधान था; इसे समुद्री जहाज़ पर भी तैनात किया जा सकता था। 100 मीटर से भी कम की सीईपी हासिल कर ली गई थी। इसके सफल परीक्षण से विदेशों में राजनीतिक सदमे की लहरें उठने लगीं, ख़ास तौर पर ग़ैर-दोस्ताना पड़ोसी देशों में।

पश्चिमी गुट की प्रतिक्रिया शुरुआत में हैरानी की थी - और फिर रोष की। एमटीसीआर, जिसका मुखिया अमेरिका था, ने भारत पर एक समन्वित प्रौद्योगिकी बहिष्कार लाद दिया। भारत को किसी भी तरह के ऐसे प्रॉडक्ट या सामग्री भेजने या बेचने पर रोक लगा दी गई, जिसका भारत के मिसाइल कार्यक्रम में इस्तेमाल हो सकता था, जैसे कंप्यूटर प्रोसेसर चिप, रेडियो-फ्रीक्वेंसी उपकरण, इलेक्ट्रो-हाइड्रॉलिक कंपोनेंट, मारेजिंग स्टील, मैग्नीशियम मिश्रधातु, दिक्सूचक, त्वरणमापी, कार्बन फ़ाइबर, ग्लास फ़ाइबर आदि। राष्ट्रपति वेंकटरमन, जो पहले रक्षा मंत्री रह चुके थे, ने फ़ोन पर डॉ. कलाम से बातचीत की और उन्हें मिसाइल कार्यक्रम की कमान थमाने पर अपना संतोष जताया। उन्होंने कहा कि वे प्रौद्योगिकी प्रतिबंधों से न डरें। उन्होंने उन्हें

एक कहावत याद दिलाई, 'जब राह मुश्किल हो जाती है, तो मज़बूत लोग चलना शुरू करते हैं।'

राष्ट्रपति के शब्दों से प्रेरित होकर डॉ. कलाम ने सार्वजनिक और निजी क्षेत्र के उद्योगों तथा शिक्षण संस्थाओं के साथ सहयोग किया, ताकि भारत की मिसाइल प्रौद्योगिकी की पूर्ण स्वतंत्रता व आत्मनिर्भरता को दृढ़तापूर्वक जताया जा सके। देश का मिसाइल कार्यक्रम जारी रहेगा, चाहे विदेशी ताक़तें इसे रोकने के लिए पूरी कोशिश कर लें। डॉ. कलाम के नेतृत्व में सच्ची स्वदेशी साझेदारियों ने रॉकेट मोटरों के लिए मारेजिंग स्टील तैयार किया, अग्नि मिसाइलों के पुनर्प्रवेश वाहन के लिए कार्बन-कार्बन यौगिक और रेज़िन तैयार किए, पैसिव इलेक्ट्रॉनिकली स्कैन्ड अरे राडार के लिए मैग्नीशियम मिश्रधातु और फ़ेज़ शिफ़्टर, वाइंडिंग मशीन आदि भी बनाए। मिश्र धातु निगम लिमिटेड, डिफ़ेंस मैटेलर्जिकल रिसर्च लेबोरेट्री (डीएमआरएल) और निजी उद्योगों ने मिलकर एक अत्यंत महत्त्वपूर्ण मैग्नीशियम यौगिक तैयार किया, जिसे जर्मनी ने भारत को देने से इंकार कर दिया था। भारत के मिसाइल कार्यक्रम को रोकने वाला अंतरराष्ट्रीय अभियान इसे रोक नहीं पाया था, इसने तो सिर्फ़ इसकी प्रगति धीमी की थी।

1989 में नव वर्ष के दिन डॉ. कलाम ने साइंस काउंसिल की बैठक में घोषणा की, 'विश्व के सबसे अस्थिर इलाक़ों में से एक में स्थित होने के कारण भारत अगर चाहता है कि इसे उदीयमान विश्व व्यवस्था में गंभीरता से लिया जाए, तो यह आयातित हथियारों पर निर्भर रहने का ख़र्च बमुश्किल उठा सकता है।'

2.5

क्रिस्टल कैथेड्रल

कभी भी जाड़े में पेड़ मत काटो। कभी निराशा में नकारात्मक निर्णय मत लो। कभी भी अपने सबसे अहम निर्णय तब मत लो, जब आप अपने सबसे बुरे मूड में हों। इंतज़ार करें। धैर्य रखें। तूफ़ान गुज़र जाएगा। वसंत आएगा।

—रॉबर्ट एच. शुलर
ईसाई धर्मप्रचारक और लेखक

डीआरडीओ ने 1970 के दशक में लगभग 2,100 एकड़ ज़मीन हासिल कर ली थी, ताकि यह टैंकरोधी मिसाइल परीक्षण के लिए एक रेंज बना सके। यह ज़मीन हैदराबाद के पहाड़ी शरीफ़ इलाक़े में थी, जो चिश्ती परंपरा के संत हज़रत सैयदना बाबा शरीफुद्दीन की दरगाह के लिए मशहूर था। लेकिन उस इलाक़े में इमारत नामक एक जीर्ण-शीर्ण इमारत के सिवा पूरा परिदृश्य प्राचीन चट्टानी विन्यासों से भरा था, जो लगभग 2,500 मिलियन वर्ष पुरानी थीं और जिन्हें संसार की सबसे पुरानी तथा सबसे कठोर चट्टानों में गिना जाता था। कलाम ने बाद में उस जगह की यादें बताईं :

> इलाक़ा बंजर था – पेड़ न के बराबर थे – और यह दक्षिणी पठार के आम बड़े शिलाखंडों से भरा था। मुझे महसूस हुआ, जैसे इन पत्थरों में ज़बर्दस्त ऊर्जा क़ैद है। मैंने यहाँ एक आदर्श उच्च–प्रौद्योगिकी शोध केंद्र बनाने का निर्णय लिया... यह मेरा मिशन बन गया।

डॉ. कलाम जानते थे कि आईजीएमडीपी में उनकी मुख्य चुनौती आवश्यक बुनियादी प्रौद्योगिकियों का विकास थी। पर्याप्त प्रौद्योगिकी बुनियाद के बिना मिसाइल विकास की असफलता तय थी। यह सचमुच अनिवार्य था कि विशेष सामग्री, अंतःस्थापित इलेक्ट्रॉनिक्स और सॉफ़्टवेयर जैसे क्षेत्रों में अग्रणी पंक्ति का शोध किया जाए। इसी सुदृढ़ नींव पर महत्त्वाकांक्षी मिसाइल कार्यक्रम सफलतापूर्वक खड़ा हो सकेगा। इसके अलावा, मिसाइल प्रणालियों के परीक्षण और आकलन की सुविधाओं की ज़रूरत

भी होगी। डॉ. कलाम ने अगस्त 1985 में नई इमारत की नींव का पत्थर रखने के लिए प्रधानमंत्री राजीव गाँधी को आमंत्रित किया। इसका नाम रिसर्च सेंटर इमारत (आरसीआई) रखा गया।

आरसीआई मिसाइल घटकों, मोड्यूल्स, उप-संयोजनों, मुख्य उप-संयोजनों, और पूरी तरह एकीकृत मिसाइलों का परीक्षण और आकलन करने वाली थी, ताकि डिज़ाइन, निर्माण और एकीकरण की कमियों को दूर किया जा सके। इन उद्देश्यों के लिए इस केंद्र में एक जड़त्वीय मापयंत्रण प्रयोगशाला, विस्तृत पर्यावरणवादी और इलेक्ट्रॉनिक युद्ध परीक्षण सुविधाएँ, मिश्र उत्पादन केंद्र, उच्च एन्थेल्पी फ़ेसिलिटी और एक अत्याधुनिक मिसाइल एकीकरण व परीक्षण केंद्र होगा। यह एक भगीरथ कार्य था। डॉ. कलाम ने इसके नेतृत्व के लिए एम.वी. सूर्यकांत राव को आमंत्रित किया, जिनके सहयोग के लिए अधिक युवा कृष्ण मोहन को भी बुलाया गया।

स्थापित प्रक्रिया के अनुसार डॉ. कलाम ने आरसीआई के निर्माण कार्य के लिए मिलिट्री इंजीनियरिंग सर्विसेस (एमईएस) से संपर्क किया। एमईएस ने उन्हें बताया कि इमारत की अधोसंरचना को पूरा करने में उन्हें पाँच साल लग जाएँगे। डॉ. कलाम तुरंत इस मामले को रक्षा मंत्रालय के सर्वोच्च स्तर तक ले गए। वे जानते थे कि जितने साल का विलंब होगा, आरसीआई की प्रगति उतनी ही बाधित होगी। उन्होंने यह ऐतिहासिक निर्णय कराया कि इस काम का अनुबंध भारत सरकार के स्टील मंत्रालय की सार्वजनिक क्षेत्र की कंपनी एमईसीओएन लिमिटेड को दे दिया जाए। रांची स्थित एमईसीओएन भारत का अग्रणी पंक्ति का इंजीनियरिंग, परामर्श और अनुबंधकारी संगठन था। डॉ. कलाम ने उनकी पूरी सेवाओं का आग्रह किया, अवधारणा से चालू करने तक, जिसमें टर्नकी क्रियान्वयन शामिल था।

अगले तार्किक क़दम के रूप में डॉ. कलाम ने मिसाइल उड़ान परीक्षणों के लिए एक उपयुक्त स्थल की तलाश की। यह तलाश उत्तरी ओडिशा के बालासोर नामक कस्बे के पास ख़त्म हुई। 1895 में यहाँ प्रूफ़ ऐंड एक्सपेरिमेंटल एस्टेबलिशमेंट (पीएक्सई), चाँदीपुर की स्थापना हुई थी और इसी के कैंपस के चारों ओर नई टेस्ट रेंज बनाने का निर्णय लिया गया। पीएक्सई रेंज में अनूठी विशेषताएँ थीं। भाटे में पानी किनारे से लगभग 3 कि.मी. की दूरी तक घट जाता था, जो गोलाबारी के लिए उपयुक्त कठोर समुद्र तल की अस्थायी जगह प्रदान करता था। समुद्री पानी और नीचे की समुद्री सतह दागे गए गोलों के लिए एक नर्म गद्दी प्रदान करेगी और प्रक्षेपक यान की पुनः प्राप्ति आसान होगी, जिन दोनों की आवश्यकता मिसाइल की डिज़ाइन की शक्ति की जाँच के लिए होगी। भाटे के समय समुद्री सतह पर्याप्त कठोर होगी, जिससे रेंज के संचालन के दौरान टैंक सहित भरे हुए वाहन आ-जा सकेंगे। डॉ. कलाम को महसूस हुआ कि यह जगह आदर्श रूप से प्रूफ़ रेंज की आवश्यकताएँ पूरी करती थी।

डॉ. कलाम ने व्यक्तिगत निरीक्षण के लिए उस जगह की यात्रा की। वे समुद्र तट पर खड़े हुए। पानी घट गया था। उन्होंने देखा कि कई बच्चे नंगे पैर कठोर,

गर्म रेत पर दौड़ रहे थे। वे उन बम के खोलों के कांसे के पुर्ज़ों की तलाश कर रहे थे, जिन्हें पीएक्सई ने पिछले दिन दागा था। यह देखकर उन्हें अपना बचपन याद आ गया, जब वे घर-घर जाकर इमली के बीज इकट्ठे करते थे और अख़बार बाँटते थे। उन्होंने सोचा कि संसार की लगभग आधी जनसंख्या ग्रामीण क्षेत्रों में रहती है – और ज़्यादातर ग़रीबी की अवस्था में। मानव विकास की असमानताएँ अशांति के प्रमुख कारणों में से एक रही हैं और संसार के कुछ हिस्सों में तो हिंसा का भी। लेकिन ग़रीबी केवल भूखे, नंगे और बेघर रहने के बारे में ही नहीं है। कोई न चाहे, कोई प्रेम न करे, कोई परवाह न करे, यह सबसे बड़ी ग़रीबी है – और ज़्यादा निर्मम भी। उन्होंने अपने दिल में संकल्प लिया कि किसी दिन वे ऐसे बच्चों के लिए नेकी के काम करेंगे।

बालासोर तक यात्रा करना आसान नहीं था। डॉ. कलाम हवाई मार्ग से कलकत्ता पहुँचते थे और फिर कार से बालासोर तक जाते थे। ख़स्ताहाल सड़क की वजह से 250 कि.मी. की यह यात्रा हड्डी हिलाने वाले आठ घंटों या इससे भी ज़्यादा समय तक चलती थी। एक बार तो खड़गपुर में सड़क पर जाम लग गया और डॉ. कलाम को रात में जंगली इलाक़े के वैकल्पिक मार्ग से जाना पड़ा। भगवानपुर और पताशपुर के बीच वे आँखें बंद करके ऊँघ रहे थे, तभी ड्राइवर ने अचानक ब्रेक लगाए। डॉ. कलाम चौंककर तुरंत जाग गए। एक बारहसिंघा सड़क के बीच में स्थिर खड़ा था और इसकी लाल-नारंगी आँखें अँधेरे में कार को घूर रही थीं। इसकी अटूट निगाह, जो कार में सीधे उन्हीं पर केंद्रित थी, डॉ. कलाम को उस प्रवास में याद आती रही।

19 जुलाई 1984 को प्रधानमंत्री इंदिरा गाँधी डीआरडीएल आईं। डॉ. कलाम कई बार पहले भी प्रधानमंत्री से मिल चुके थे, लेकिन इस बार वे अपनी प्रयोगशाला की तरफ़ से उनका स्वागत कर रहे थे। डॉ. कलाम ने ग़ौर किया था कि डॉ. साराभाई और प्रधानमंत्री नेहरू की मित्रता की बदौलत डॉ. साराभाई को भारत में एरोस्पेस के अपने स्वप्न को बढ़ाने में मदद मिली थी। इंदिरा गाँधी ने सटीक प्रश्न पूछे। वे देश के निवेश से ज़्यादा व्यावहारिक परिणाम देखने के लिए कृतसंकल्प नज़र आती थीं। ज़ाहिर था कि वे विज्ञान को स्कूली बच्चों और शिक्षाविदों का ऊँचा शौक ही नहीं मानती थीं, बल्कि इसे इससे ज़्यादा बड़ी भूमिका में देखती थीं। लेकिन वे विज्ञान और प्रौद्योगिकी के बीच ज़्यादा सिनर्जी हासिल करने के लिए संस्थाओं के पुनर्गठन के लिए भी तैयार थीं, इसलिए वे महत्त्वपूर्ण वैज्ञानिक नियुक्तियों में सीधी रुचि लेती थीं।

डॉ. कलाम को अहसास हुआ कि हालाँकि इंदिरा जी भी अपने पिता की तरह विज्ञान और वैज्ञानिकों के प्रति सम्मान रखती थीं, लेकिन उन्होंने अपने पिता की मृत्यु के बाद काफ़ी सीखा था और अब 'विज्ञान' को ज़्यादा मज़बूती से 'प्रौद्योगिकी' से जोड़ दिया था। उन्होंने डॉ. कलाम को बधाई दी कि उन्होंने उच्च-प्रौद्योगिकी उपकरणों का आयात न करने का निर्णय लिया और भारतीय उद्योग व लोगों के साथ अपने लक्ष्य

हासिल करने का मुश्किल लेकिन अंततः अधिक लाभकारी मार्ग चुना। डॉ. कलाम ने उन्हें बताया, 'मैडम, हम भी विदेशों से सामग्री ख़रीदना चाहते हैं, लेकिन कोई हमें बेचने को तैयार नहीं है। पश्चिमी देश अपनी प्रौद्योगिकी की बुरी तरह रक्षा कर रहे हैं।' प्रधानमंत्री इंदिरा गाँधी ने कलाम से कहा, 'उन्हें उनकी जगह दिखा दें।'

जीवन के विभिन्न क्षेत्रों के लोगों को एक साथ लाने और एक साझे उद्देश्य से उन्हें प्रेरित करने का डॉ. कलाम का पैदाइशी हुनर एक बार फिर काम में आने वाला था। डॉ. वी.एस. अरुणाचलम ने 27 सितंबर 1984 को आईजीएमडीपी पर एक सम्मेलन आयोजित किया। डॉ. कलाम ने लगभग 100 शिक्षाविदों और उद्योग के कप्तानों को आमंत्रित किया और मिसाइल विकास कार्यकम में उनकी साझेदारी का आग्रह किया। डॉ. कलाम ने कहा :

> "प्रौद्योगिकी विकास, इसका आगामी अनुकूलन और इस्तेमाल कभी भी बहुत सीधी प्रक्रिया नहीं रही है। सफल प्रौद्योगिकी नवाचार के लिए प्रबल पारस्परिक कार्यप्रणाली की आवश्यकता होती है, जिसमें विभिन्न सहभागियों के लिए फ़ीडबैक का प्रावधान हो, मिसाल के तौर पर – उद्योग, ज्ञान के बाहरी स्रोत, जाँच और प्रमाणीकरण संस्थाएँ और सबसे महत्त्वपूर्ण, उपयोगकर्ता या बाज़ार। लेकिन तेज़ी से बदलते प्रौद्योगिकी और आर्थिक परिवेश में समस्याएँ विकट बन जाती हैं। द स्पेस ऐंड एटॉमिक एनर्जी प्रोग्राम ने भारत को एक ऐसे चरण तक ऊपर उठा दिया है, जहाँ देश ने विकास के लक्ष्य हासिल करने के लिए आधुनिक प्रौद्योगिकियों में कुछ उल्लेखनीय शक्तियाँ प्रदर्शित की हैं। राष्ट्रीय प्रयोगशालाओं की एक शृंखला मौजूद है, विशेषज्ञतापूर्ण शोध और विकास संस्थाएँ हैं, आईआईटी हैं, विश्व–स्तरीय विशेषज्ञता प्रदान करने वाले विश्वविद्यालय व उच्च शिक्षा की दूसरी शिक्षण संस्थाएँ हैं, जो तकनीकी दृष्टि से प्रशिक्षित जनशक्ति और उद्योग को प्रौद्योगिकी समर्थन प्रदान करने में सक्षम हैं। आइए, मिलकर विश्व स्तरीय मिसाइल विकसित करने में हाथ मिलाएँ।"

उस समय तक सरकारी प्रयोगशालाओं और शिक्षाविदों के बीच एक बड़ी खाई रही थी। एक तरफ़ तो सरकारी वैज्ञानिक-बनाम-अधिकारियों की ओहदे संबंधी चेतना थी और दूसरी तरफ़ शिक्षाविदों का बौद्धिक अहंकार था। उस दिन डॉ. कलाम ने उस खाई को सचमुच पाट दिया और इस प्रक्रिया में बहुत से दिल जीत लिए।

1985 की गर्मी तक आरसीआई बनाने का ज़मीनी काम पूरा हो गया। प्रधानमंत्री राजीव गाँधी ने 3 अगस्त 1985 को आरसीआई का नींव का पत्थर रखा। प्रधानमंत्री ने डीआरडीएल परिवार को बताया कि वे भारतीय वैज्ञानिकों के सामने की मुश्किलों को समझते हैं। उन्होंने उन वैज्ञानिकों के प्रति अपनी कृतज्ञता जताई, जो काम करने के लिए अपने देश में रुके हैं और लगन से जुटे हुए हैं। उन्होंने कहा

कि कोई भी वैज्ञानिक काम की माँगों पर तब तक ध्यान केंद्रित नहीं कर सकता, जब तक कि वह दैनिक जीवन की छुटपुट चिंताओं से मुक्त न हो। इसके अलावा, उन्होंने कामकाजी माहौल और सुविधाओं के संदर्भ में आरसीआई को सचमुच विश्व-स्तरीय केंद्र बनाने में अपने पूरे समर्थन का वादा किया। कलाम ने नए प्रधानमंत्री और उनकी माँ के बीच कुछ अंतरों पर ग़ौर किया :

> राजीव गाँधी में बालसुलभ उत्सुकता थी... उनकी माँ द्वारा प्रदर्शित दृढ़ता और संकल्प उनमें भी मौजूद था, हालाँकि एक छोटा फ़र्क़ था। मैडम गाँधी कसकर काम लेने वाली थीं, जबकि प्रधानमंत्री राजीव गाँधी अपने करिश्माई व्यक्तित्व का इस्तेमाल करते थे।

एमईसीओएन ने आरसीआई का भव्य कैंपस बना दिया और बिना किसी विलंब या आर्थिक बजट बढ़ाए अपना काम पूरा कर दिया। राष्ट्रपति आर. वेंकटरमन ने 27 अगस्त 1988 को प्रयोगशाला का लोकार्पण किया। दरअसल, यह निश्चित मिसाइलें बनाने के बजाय प्रौद्योगिकियाँ और प्रणालियाँ विकसित करने का स्वप्न था, जिसने संगठन की उपलब्धियों को संभव बनाया था। राष्ट्रपति वेंकटरमन लंबे समय तक डॉ. कलाम का हाथ थामे रहे और कहा कि उन्हें वाक़ई उनकी उपलब्धियों पर गर्व है। उन्होंने डॉ. कलाम को सलाह दी कि वे छोटे और मध्यम उपक्रमों पर ध्यान केंद्रित करें। उन्होंने डॉ. कलाम को विकासवादी स्तर पर नवाचार करने के लिए प्रोत्साहित किया।

अमेरिकी वायु सेना के आमंत्रण पर डॉ. कलाम सितंबर 1988 में अमेरिका यात्रा पर गए। डॉ. अरुणाचलम, नेशनल लेबोरेट्री के डॉ. रोड्डम नरसिंह और एचएएल के के.के. गणपति भी उनके साथ थे। एरोनॉटिकल डेवलपमेंट एजेंसी (एडीए) की स्थापना एलसीए (लाइट कम्बैट एयरक्राफ़्ट) कार्यक्रम के प्रबंधन के लिए हुई थी और यह भारत के भावी लाइट कम्बैट एयरक्राफ़्ट प्रोजेक्ट के लिए जनरल इलेक्ट्रिक के एफ़-404 इंजन की आपूर्ति चाहती थी। चारों अनुभवी वैज्ञानिक इंजीनियर भारतीय सामरिक क्षेत्रों के स्वावलंबन पर विचार करने के लिए लंबी दूरी की उड़ान का इस्तेमाल करके अमेरिका पहुँचे। हालाँकि सेनाओं के निम्न-प्रौद्योगिकी वाले ज़्यादातर सैनिक उपकरण आयुध फ़ैक्ट्रियों ने मुहैया करा दिए थे, लेकिन उच्च-प्रौद्योगिकी शस्त्रीकरण की अपनी बढ़ती आवश्यकताओं को पूरा करने के लिए भारत अब भी पश्चिमी स्रोतों पर बहुत निर्भर था। सिर्फ़ संयुक्त प्रयासों - सरकार, उद्योग और शिक्षा क्षेत्र की आपसी साझेदारियों - से इस सुस्पष्ट सामरिक कमी को दूर करने की उम्मीद की जा सकती थी।

वाशिंगटन डीसी में पेंटागन में काम पूरा करने के बाद टीम अमेरिका के अग्रणी विमान निर्माता नॉर्थ्रॉप कॉरपोरेशन से मिलने के लिए लॉस एंजलस गई। रास्ते में सैन फ्रांसिस्को में पड़ाव हुआ। डॉ. कलाम ने इस अवसर का लाभ उठाते

हुए अपने प्रिय लेखक रॉबर्ट शुलर के बनाए क्रिस्टल कैथेड्रल का भ्रमण कर लिया। क्रिस्टल कैथेड्रल बहुत बड़ा विलक्षण आधुनिक चर्च है, जिसका निर्माण 1980 में ऑरेंज काउंटी, लॉस एंजलस में किया गया था। डॉ. कलाम ने रिसर्च सेंटर इमारत को अपना क्रिस्टल कैथेड्रल माना और उन्होंने इसकी पूर्णता के लिए ईश्वर से कृतज्ञता भरी प्रार्थना की।

डॉ. कलाम सभी धर्मों के धार्मिक स्थलों को सर्वोच्च सम्मान देते थे। उन्हें जीवन में जल्दी ही यह अहसास हो गया था कि आध्यात्मिक महत्त्व के स्थानों की यात्रा करने से लोग आध्यात्मिक मार्ग पर चलने वाले दूसरे लोगों के संपर्क में आते हैं और इससे एक तरह का अभियान बनता है। डॉ. कलाम ने मुझे एक बार बताया था कि संत और साधु अपना साहचर्य देकर और अपने आध्यात्मिक ज्ञान व अनुभव बताकर हमारी मदद कर सकते हैं। यह इसलिए अत्यंत महत्त्वपूर्ण है कि हम उनकी बताई बातों के अनुसार अपने जीवन को सामंजस्य में ले आएँ, ताकि हम भी आध्यात्मिक प्रगति कर सकें।

इस वक़्त तक डॉ. कलाम अपना ज़्यादातर समय आरसीआई में बिताने लगे थे। गेस्ट हाउस कॉम्प्लेक्स में ही उनके लिए एक विला बनाया गया था। डॉ. कलाम पूर्णमासी के चाँद के प्रति बच्चों जैसा मोह रखते थे। वे मुझे बताते थे कि पूरे चाँद का समय ऐसा होता है, जब रहस्यमयी चीज़ें होती हैं और इच्छाएँ सच होती हैं। कंपाउंड में एक बड़ा पेड़ था और पूर्णमासी की रातों को डॉ. कलाम उस पेड़ के नीचे देर तक अकेले बैठना पसंद करते थे। ऐसी ही एक पूर्णमासी की रात को डॉ. कलाम ने आरसीआई को एक विश्व-स्तरीय वैमानिकी केंद्र बनाने की तसवीर देखी।

डॉ. कलाम ने सुनिश्चित किया कि क्रिस्टल कैथेड्रल की तरह ही आरसीआई की हर चीज़ भी ज़रूरत से बड़े आकार की हो : इसका कैंपस, हिरणों की संख्या, पेड़ों का घनत्व, वे इमारतें जिनमें प्रयोगशालाएँ स्थापित होने वाली थीं और इसका मेहराबदार मुख्य प्रवेश द्वार। उन्हें विश्वास था कि कैंपस की विराटता वैज्ञानिकों के व्यापक स्वप्नों को प्रेरित करेगी, ताकि देश को नई सहस्राब्दी में प्रगति की राह पर ले जाया जा सके।

वे जानते थे कि वैज्ञानिकों के पास स्वप्न या भविष्यदृष्टि होनी ही चाहिए। जब डॉ. कलाम के मन में पुनर्प्रवेश परीक्षण यान आरईएक्स का विचार आया, तो उन्हें पक्का नहीं पता था कि यह कैसे संभव होगा। लेकिन किसी भी अच्छे वैज्ञानिक की तरह वे पुनर्प्रवेश की भौतिकी से अच्छी तरह वाक़िफ़ थे। वे उन सिद्धांतों को जानते थे, जिनसे किसी मिसाइल को उसके बहुत तेज़ प्रक्षेप पथ पर क़ायम रखने के लिए वायुमंडल में दोबारा प्रवेश की अनुमति मिलेगी।

डॉ. कलाम ने 1963 में गोडर्ड सेंटर में द एबलेटिव हीट शील्ड की अवधारणा सीखी थी, जिसका वर्णन सबसे पहले रॉबर्ट गोडर्ड ने धूमकेतुओं के अपने अध्ययन पर आधारित करके 1920 में पहली बार किया था। गोडर्ड समझ गए थे कि

हालाँकि 'कारमन लाइन' (समुद्र की सतह से लगभग 100 कि.मी. ऊपर) वायुमंडल में प्रवेश करने वाले धूमकेतु आम तौर पर जलकर विखंडित हो जाते हैं, लेकिन यह सिर्फ़ गर्मी के कारण ही नहीं होता है। हालाँकि धूमकेतु वायुमंडल में 30 मील प्रति सेकंड जितनी तीव्र गति से प्रवेश करता है और इस तरह घर्षण की भारी गर्मी उत्पन्न होती है, लेकिन धूमकेतु का अंदरूनी हिस्सा ठंडा बना रहता है। धूमकेतु का क्षय और विनाश काफ़ी हद तक अचानक गर्म हुई सतह के टुकड़े होने और टूटने की वजह से होता है। गोडर्ड की खोज के परिणाम एरोस्पेस विकास के लिए बहुत महत्त्वपूर्ण थे।

अग्नि मिसाइल का मुखास्त्र ध्वनि से तेज़ गति से पहुँचाया जाएगा, लेकिन गिरते धूमकेतु से काफ़ी धीमी गति से। बहरहाल, इसके लिए पुनर्प्रवेश यान प्रणाली को डिज़ाइन करने और विकसित करने की आवश्यकता थी, जो वायुमंडलीय अवरोध की झुलसाने वाली गर्मी से जूझ सके और वायुमंडलीय पुनर्प्रवेश की वायुगतिकीय गर्मी को झेल सके। इस तरह मिसाइल का हश्र पृथ्वी की ओर गिरने वाले सामान्य धूमकेतु जैसा नहीं होगा। पुनर्प्रवेश यानों के लिए वाष्पीकरण योग्य ऐसी ऊष्मीय संरक्षण प्रणालियों की आवश्यकता थी, जिनमें सामग्री का त्याग करके ऊष्मीय ऊर्जा व्यय हो। यह अंदर के तापमान को 40 डिग्री सेल्सियस की सीमा से कम रखकर मुखास्त्र की रक्षा करेगी, जबकि बाहरी सतह का तापमान 2,500 डिग्री सेल्सियस से अधिक होगा। लगे हुए कंप्यूटर से संचालित जड़त्वीय संचालन प्रणाली तब मुखास्त्र का मार्गदर्शन इसके लक्ष्य की ओर कर सकती थी।

अग्रभाग के लिए कार्बन-कार्बन यौगिक सामग्री विकसित करनी थी और ढाँचे के लिए कार्बन-फ़ेनोलिक सामग्री तैयार करनी थी और इसके लिए डॉ. कलाम को एक टीम की ज़रूरत थी। डॉ. कलाम को सतही अपक्षरण को समय के साथ ढालने के लिए सावधि-तत्व-आधारित सॉफ़्टवेयर तैयार करने के लिए एक ख़ास निपुण टीम की भी ज़रूरत थी। अपक्षरण के रासायनिक और यांत्रिकी पहलुओं के अध्ययन के लिए दो मॉडल ज़रूरी थे। सबसे पहले, विश्लेषणात्मक अभिव्यक्तियों का इस्तेमाल करके ऊँचे तापमानों पर कार्बन के ऑक्सीडेशन से सामग्री को हटाने के लिए (रासायनिक अपक्षरण) और दूसरे, वायुगतिकीय सतही अपरूपण द्वारा कार्बन-फ़ेनोलिक परत वाली सामग्री का अपक्षरण (यांत्रिकी अपक्षरण)। सारे प्रासंगिक परीक्षणों के साथ डीआरडीओ और सीएसआईआर की चार प्रयोगशालाओं के संघ ने अग्नि मिसाइल पुनर्प्रवेश प्रणाली बनाने का काम केवल अठारह महीने की संक्षिप्त अवधि में सफलतापूर्वक पूरा कर लिया।

अग्नि विस्फोटक शीर्ष डिज़ाइन में एक और चुनौती थी। इसका संबंध वायुमंडल में दोबारा प्रवेश करने की तीव्र गति से था। अनुमान यह था कि यह ध्वनि की गति से बारह गुना होगी। कोई नहीं जानता था कि इस गति पर यान को नियंत्रण में कैसे रखें। इसकी सटीकता सुनिश्चित करने के परीक्षण के लिए कोई विंड टनल नहीं थी, जो इतनी तीव्र गति उत्पन्न कर सके। डॉ. कलाम ने एक बार फिर

पाया कि उन्हें स्वदेशी प्रौद्योगिकी व वैज्ञानिक अधोसंरचना का निर्माण करना होगा :

> यदि हम अमेरिकी मदद चाहते, तो हमें ऐसी चीज़ करने का इच्छुक समझा जाता, जिसे वे उनका विशेषाधिकार समझते थे। भले ही वे सहयोग के लिए हाँ कर देते, लेकिन निश्चित रूप से वे अपने विंड टनल परीक्षण की इतनी ज़्यादा क़ीमत माँगते, जो हमारी परियोजना की पूरी लागत से ज़्यादा होती।

उन्हें इसका समाधान आईआईएससी में प्रो. एस. एम. देशपांडे के पास मिला। कंप्यूटरीकृत द्रव गतिकी के क्षेत्र में काम कर रहे चार युवा वैज्ञानिकों के साथ प्रो. एस. एम. देशपांडे ने एक अनूठा सॉफ़्टवेयर विकसित किया था, जो ध्वनि से तीव्र गति वाली स्थितियों का स्वांग करता था, जो संसार में किसी दूसरी जगह उपलब्ध नहीं था। पश्चिमी गुट द्वारा थोपे गए असंख्य अवरोधों से पार पाने की यह सृजनात्मक नीति अग्नि मिसाइल परियोजना की सफलता की ख़ासियत थी। डॉ. कलाम और उनकी टीम के स्वदेशी प्रयासों ने मिसाइल प्रौद्योगिकी नियंत्रण के प्रतिबंध को सफलतापूर्वक निष्फल कर दिया। जब पश्चिमी जगत अपनी प्रौद्योगिकी के हर पहलू की रक्षा करने में जुटे थे, तब डॉ. कलाम भारत की रक्षा के लिए अनिवार्य अपनी ख़ुद की प्रौद्योगिकी बना रहे थे।

डॉ. कलाम ने कभी समस्याओं के सामने घुटने नहीं टेके। उन्होंने समस्याओं का डटकर मुक़ाबला किया और अपनी नवाचारी तरीक़ों से उन्हें परास्त कर दिया - सही लोगों से सही नदद लेकर। प्रबंधक के रूप में डॉ. कलाम ने अपने आस-पास के लोगों के ज्ञान के अलावा दूसरे घटकों का भी सहारा लिया - विशेषताएँ, व्यवहार, सामाजिक योग्यताएँ, नज़रिये और अंतर्वैयक्तिक संसाधन। उनकी ख़ास रुचि उन घटकों के उपयोग में थी, जिनका इस्तेमाल ऊँची सफलता पाने वाले लोग सफलता हासिल करने के लिए करते हैं। डॉ. कलाम ने अपने अनुशासन से अपने युग के सैकड़ों वैज्ञानिकों के सामने दृढ़ता, ज़िद और लगन की मिसाल पेश की।

2.6

अग्नि रथ

सुलगी हुई मानव आत्मा पृथ्वी का सबसे शक्तिशाली हथियार है।

–फ़र्डिनन्ड फ़श

प्रथम विश्व युद्ध में मित्र राष्ट्र की सेनाओं के सर्वोच्च सेनापति

अग्नि मिसाइल का पहला उड़ान परीक्षण 20 अप्रैल 1989 को चाँदीपुर में होना था। यह एक अभूतपूर्व अभ्यास होने वाला था। मिसाइल प्रक्षेपण में बहुत सारे सुरक्षा जोखिम होते हैं, जो अंतरिक्ष प्रक्षेपक यानों से कहीं ज़्यादा बड़े होते हैं। इसलिए प्रक्षेपण स्थल दूरदराज़ की भूमि या पानी में होना चाहिए। बंगाल की खाड़ी समुद्र में एक आदर्श स्थान प्रदान करती है, जिसके ऊपर मिसाइलें सुरक्षित रूप से दागी जा सकती हैं। यह एक मायने में सुरक्षित समुद्र है। पश्चिमी दिशा में इसकी निगरानी प्रायद्वीपीय भारत से की जा सकती है और पूर्व में अंडमान-निकोबार टापू हैं। इसका अर्थ है कि ज़्यादातर खाड़ी क्षेत्र पर नज़र रखने के लिए दूरमापी केंद्र आसानी से स्थापित किए जा सकते हैं।

प्रक्षेपण की सारी तैयारियाँ समय पर हो गईं। प्रक्षेपण के समय नज़दीकी गाँवों में रहने वाले लोगों को दूर ले जाया गया, जिससे मीडिया का ध्यान आकर्षित हुआ और काफ़ी होहल्ला हुआ। जब प्रक्षेपण का दिन आया, तो पूरा देश डीआरडीओ की तरफ़ देख रहा था। उड़ान परीक्षण न करने के लिए कूटनीतिक माध्यमों से विदेशी दबाव डाला जा रहा था। लेकिन भारत सरकार ने अपनी राष्ट्रीय सुरक्षा के मामले में दृढ़ रवैया रखा। रक्षा मंत्री के.सी.पंत प्रक्षेपण के लिए बालासोर पहुँच गए।

टी-14 सेकंड पर कंप्यूटर ने 'होल्ड' का संकेत दिया, जो इस बात की सूचना थी कि किसी यंत्र में गड़बड़ी आ गई थी। इसे तुरंत सुधार दिया गया। इसके बाद डाउन-रेंज स्टेशन ने 'होल्ड' करने को कहा। कार निकोबार ट्रैकिंग स्टेशन में समस्या आ गई, जिसकी नेटवर्किंग उपग्रह के माध्यम से अग्नि के उड़ान पथ का रेखाचित्र तैयार करने के लिए दूसरे निगरानी केंद्रों और नौसेनिक जहाज़ों से हुई थी। कुछ और सेकंडों में कई 'होल्ड' संकेत आ गए। फलस्वरूप आंतरिक ऊर्जा की अनावश्यक

खपत हुई और प्रक्षेपण को स्थगित करना पड़ा। बैटरियाँ बदलने के लिए मिसाइल को खोलना पड़ा। इस दुखांत से व्यापक निराशा हुई। रक्षा मंत्री पंत जल्दी लौटने के वादे के साथ दिल्ली रवाना हो गए। डॉ. कलाम ने अपनी टीम को निराशा से बाहर निकाला और उन्होंने ऐसा अपने जाने-पहचाने यथार्थवाद से किया : 'मेरा प्रक्षेपण यान समुद्र में खो गया था और मुझे नए सिरे से सब कुछ बनाना पड़ा था। तुम्हारी मिसाइल तो तुम्हारे सामने है। दरअसल, तुमने कुछ हफ़्तों की दोबारा मेहनत के अलावा कुछ नहीं खोया है।'

जैसी उम्मीद थी, मीडिया बहक गया और उड़ान स्थगित करने की नाना प्रकार से व्याख्याएँ करने लगा, जो पाठकों की व्यापक श्रेणी की कल्पना को सुलगाती थीं। चाहे जो हो, मिसाइल 1 मई 1989 को दोबारा प्रक्षेपण के लिए तैयार कर ली गई। रक्षा मंत्री अपने वादे के अनुसार दोबारा लौटे। लेकिन एक बार फिर टी-10 सेकंड पर 'होल्ड' नज़र आया और एक नियंत्रण पुर्ज़ा गड़बड़ कर रहा था। एक कंट्रोल वाल्व फट गया था और एक मोटर में नाइट्रोजन गैस रिस गई थी। प्रक्षेपण को एक बार फिर स्थगित करना पड़ा। ऐसी चीज़ें रॉकेट प्रक्षेपणों में बहुत आम हैं - और हर जगह अक्सर होती रहती हैं। लेकिन उम्मीदें लगाए बैठा देश मिसाइल तैनाती की मुश्किलें समझने की मनोदशा में नहीं था।

डॉ. कलाम को अपने प्रिय समाचारपत्र *द हिंदू* में प्रकाशित कार्टून पसंद नहीं आया, जिसमें एक गाँव वाले को नोट गिनते हुए और किसी से बोलते दिखाया गया था, 'यह परीक्षण स्थल से मेरी झोंपड़ी दूर हटाने का हर्ज़ाना है - अगर यह कुछ और बार स्थगित हो जाए, तो मेरा ख़ुद का मकान बन जाएगा।' डॉ. कलाम ने कहा, 'लोग हमारे काम की जटिलताओं को समझते ही नहीं हैं।' लेकिन उन्हें अमूल के कार्टून का हास्य काफ़ी पसंद आया, जिसमें कहा गया था कि उनके बटर का इस्तेमाल ईंधन के रूप में किया जाए और मिसाइल का नाम आईडीबीएम यानी अनवरत विलंबित प्रक्षेपित मिसाइल रख दिया जाए।

स्वस्थ नेतृत्व की आदर्श मिसाल पेश करते हुए अविचलित और दृढ़ डॉ. कलाम अपनी टीम के साथ बने रहे और इसकी सारी गतिविधियों की निगरानी करते रहे। हालाँकि चाँदीपुर में मौसम बदलने की भविष्यवाणी हुई थी, लेकिन डॉ. कलाम ने मानसून आने से पहले प्रक्षेपण की तीसरी कोशिश की तैयारी की। प्रक्षेपण की तारीख़ 22 मई 1989 निश्चित की गई। रक्षा मंत्री के.सी. पंत प्रक्षेपण से एक दिन पहले आ गए। उस रात पूरा चाँद निकला था। वे भोजन के बाद डॉ. कलाम और जनरल के.एन. सिंह के साथ टहल रहे थे। बंगाल की खाड़ी की लहरें ज्वार में गर्जना कर रही थीं और तट से टकरा रही थीं। पंत ने डॉ. कलाम से पूछा, 'कल सफलता का जश्न मनाने के लिए आप मुझसे क्या चाहते हैं? आप अपने लिए कौन सा उपहार चाहेंगे?' डॉ. कलाम ने रक्षा मंत्री के प्रस्ताव पर अपनी प्रतिक्रिया बताई : 'मैं क्या चाहता था? ऐसा क्या था, जो मेरे पास नहीं था? मुझे कौन सी चीज़ बहुत

ख़ुश कर सकती थी? और फिर मुझे जवाब मिल गया। हमें आरसीआई में लगाने के लिए 1,00,000 पौधों की ज़रूरत थी।'

रक्षा मंत्री के चेहरे पर दोस्ताना चमक खिल गई। वे बोले, 'कलाम, आपने धरती माता का आशीर्वाद माँगा है। हम कल ज़रूर कामयाब होंगे।' आख़िरकार, 22 मई 1989 को ठीक 7:17 बजे अग्नि मिसाइल अग्निरथ में बदली और इसने भारत को विश्व के प्रौद्योगिकी तथा सैनिक दिग्गजों के आधिपत्य वाले एक विशिष्ट समूह में पहुँचा दिया। नियंत्रण केंद्र में लगभग 300 क़रीब वैज्ञानिक टेलीविज़न मॉनिटर पर पेंसिल जितनी पतली मिसाइल चाप को आसमान के पार जाते देख रहे थे। उन सभी ने एक दूसरे की पीठ ठोंकी। उल्लास में वैज्ञानिकों ने डॉ. कलाम को अपने कंधों पर उठा लिया।

इस दौरान अग्नि ने संसार की कई राजधानियों में घबराहट भरी प्रतिक्रियाएँ सुलगा दीं, जो वाशिंगटन से बीजिंग तक फैली थीं। केवल पाँच देशों ने - अमेरिका, सोवियत संघ, फ़्रांस, चीन और इज़राइल - ने आईआरबीएम प्रौद्योगिकी (500 कि.मी. से 5,500 कि.मी. की दूरी वाली मिसाइलें) विकसित की थीं। अग्नि भारत की सामरिक क्षमता में दूर की छलाँग थी। अग्नि के उड़ान भरने के तीन मिनट बाद सुबह 7:20 बजे रक्षा मंत्री के.सी. पंत ने हॉटलाइन फ़ोन उठाया, जिसे चाँदीपुर नियंत्रण केंद्र और रेस कोर्स रोड के प्रधानमंत्री कार्यालय के बीच ख़ास तौर पर लगाया गया था और प्रधानमंत्री से केवल एक शब्द कहा : 'बधाई।' पिछले दो मौक़ों पंत को हॉटलाइन पर बुरी ख़बर सुनानी पड़ी थी। इस बार प्रधानमंत्री आनंदित हो गए। वे लाइन पर बने रहे और उन्होंने कई तकनीकी प्रश्न पूछे, जिनसे साफ़ नज़र आता था कि वे प्रोजेक्ट में कितनी गहरी रुचि रखते थे। उन्हें प्रौद्योगिकी की बहुत गहरी समझ थी।

उस दिन बाद में संसद में प्रधानमंत्री के दिए भाषण में सतर्कता का पुट था और उसमें अग्नि के सामरिक महत्त्व का बखान नहीं किया गया था। लेकिन राजीव गाँधी ने एक पंक्ति जोड़ी : 'हमें याद रखना चाहिए कि प्रौद्योगिकी का पिछड़ापन भी पराधीनता की ओर ले जाता है।' हालाँकि उन्होंने इस बात पर ज़ोर दिया कि अग्नि 'कोई हथियार प्रणाली' नहीं थी, बल्कि केवल 'प्रौद्योगिकी प्रदर्शन' थी, लेकिन किसी को भी शक नहीं था कि अग्नि ने भारत की सामरिक रक्षा विकल्पों को इतना व्यापक बना दिया था, जितना 1974 के पोखरन नाभिकीय परीक्षण के बाद कभी नहीं हुआ था। डॉ. कलाम ने घोषणा की, 'यह प्रक्षेपण भारतीय वैज्ञानिकों के विश्वास को बढ़ाने वाला है और उनके सहयोग का प्रतीक है, चाहे वे जहाँ भी हों।' पंत ने उचित रूप से संकेत किया, 'यह मिशन प्रक्षेपण से कुछ पलों पहले दो बार स्थगित करना पड़ा, इस बात से केवल यही साबित होता है कि परीक्षण और निगरानी की हमारी प्रणालियाँ आदर्श हैं। प्रक्षेपण को दो बार स्थगित करना इस मायने में हमारी प्रौद्योगिकी को आदरांजलि है।'

अग्नि प्रक्षेपण की विजय के बावजूद रक्षा संस्थान अच्छी तरह जागरूक था

कि प्रतिद्वंद्वी देशों ने भी मिसाइल क्षमता में प्रगति कर ली थी। जब अग्नि मिसाइल तैयार हो रही थी, तब पाकिस्तान भी आगे बढ़ रहा था। इसने सतह-से-सतह तक मार करने वाली दो मिसाइलों हत्फ़-1 और हत्फ़-2 का परीक्षण किया था, जिन्हें चीन की मदद से बनाया गया था। पाकिस्तान का दावा था कि हत्फ़-1 की रेंज 80 कि.मी. थी और हत्फ़-2 की 300 कि.मी.। इसने तुरंत भारत को अग्नि और इसकी चार छोटी बहनों के पूर्ण विकास के लिए प्रेरित कर दिया था। एक बार जब सेनाएँ उनकी सटीक भूमिका और तैनाती का निर्णय ले लेंगी - और सरकार मंज़ूरी दे देगी - तो मिसाइलों का उत्पादन होने लगेगा और वे पाँच साल के भीतर काम में आने के लिए तैयार हो जाएँगी।

जहाँ तक लागत का सवाल था, इसमें आदर्श समझदारी थी कि नई दिल्ली उत्पादन के लिए हरी झंडी दिखा दे। अग्नि बिना किसी रुकावट के काफ़ी सटीकता से चार सटीक निशाना लगाने वाले जगुआर के बराबर विस्फोटक पहुँचा सकती थी, जिसमें पायलट या विमान को कोई ख़तरा नहीं था। अग्नि को तीन मिलियन डॉलर के छोटे बजट में बनाया गया था और इसने भारत को प्रक्षेपित मिसाइल राष्ट्रों के समूह में स्थापित कर दिया था।

जब भी प्रक्षेपण की योजना बनती थी, हर बार लोगों को दूसरी जगह पहुँचाना होता था। यह अप्रिय तथा झंझट का काम था, इसके अलावा इससे मीडिया का ध्यान भी आकर्षित होता था। इससे बचने के लिए डॉ. कलाम ने प्रस्ताव रखा कि प्रक्षेपण स्थल को व्हीलर आइलैंड पहुँचा दिया जाए, जो क्षेत्रफल में लगभग 2 वर्ग कि.मी. का भूभाग है और चाँदीपुर तट से 20 कि.मी. की दूरी पर है। लेकिन उसके लिए डीआरडीओ को ओडिशा सरकार से वह टापू अपने नियंत्रण में लेना अनिवार्य था। डॉ. कलाम को याद था कि टीईआरएलएस स्थापित करने के लिए डॉ. विक्रम साराभाई ने थुंबा में चर्च की ज़मीन कैसे हासिल की थी, इसलिए उन्होंने ओडिशा के मुख्यमंत्री बीजू पटनायक से मिलने का समय लिया।

बीजू पटनायक शाही व्यक्तित्व वाले लंबे इंसान थे। डॉ. कलाम ने पायलट के रूप में उनके साहसिक कारनामे सुन रखे थे। 24 जुलाई 1947 को वे डच घेराबंदी को ठेंगा दिखाते हुए एक डकोटा विमान को जावा में उड़ाकर ले गए थे और इंडोनेशिया के प्रधानमंत्री सुल्तान शहरिर को उड़ाकर सिंगापुर पहुँचा दिया था। इसकी बदौलत नव-स्वतंत्र इंडोनेशिया नई दिल्ली में पहली इंटर-एशिया कॉन्फ्रेंस में सम्मिलित हो पाया था। एक और वीरतापूर्ण कार्य में उन्होंने 27 अक्टूबर 1947 को दिल्ली के पालम हवाई अड्डे से उड़ने वाले पहले विमान को उड़ाया था। वे श्रीनगर हवाई अड्डे पर उतरे और कश्मीर को बचाने के लिए 1 सिख रेजिमेंट के सैनिकों को ले गए।

बीजू पटनायक ने डॉ. कलाम को गर्मजोशी से गले लगाया। उन्होंने कहा, 'कलाम, आप अच्छे इंसान हैं। मैं साराभाई के ज़माने से आपके काम पर नज़र रखे हुए हूँ। आप जो भी माँगते हैं, मैं आपको वह सब दूँगा। आपका मिशन - मिसाइल

कार्यक्रम - देश के लिए बहुत महत्त्वपूर्ण है। ओडिशा से जो भी चाहिए, वह आपको मिल जाएगा... बस मुझसे एक वादा करें (कि आप एक आईसीबीएम बनाएँगे)। जिस दिन भारत अपना ख़ुद का आईसीबीएम बना लेता है, मैं एक भारतीय के रूप में ज़्यादा शक्तिशाली हो जाऊँगा।'

व्हीलर आइलैंड बाद में ज़्यादातर भारतीय मिसाइलों का परीक्षण केंद्र बन गया, लेकिन बीजू पटनायक से किया गया वादा 17 अप्रैल 1997 को उनकी मृत्यु से पहले पूरा नहीं हो पाया।

अग्नि मिसाइल के सफल परीक्षण ने अंतरराष्ट्रीय स्तर पर हलचल मचा दी। शायद इसमें कोई हैरानी की बात नहीं थी कि भारत की इस घोषणा से बहुत कम असर हुआ कि अग्नि पुनर्प्रवेश यान प्रौद्योगिकियाँ स्थापित करने के लिए एक 'प्रौद्योगिकी प्रदर्शक परियोजना' थी। भारत ने नागरिक अंतरिक्ष शोध कार्यक्रम में बनी एसएलवी-3 बूस्टर मोटर के घटक का इस्तेमाल सैनिक उद्देश्य से किया था। पृथ्वी की तरह ही अमेरिका ने इस कार्यक्रम का भी विरोध किया था; इसे एमटीसीआर की अवज्ञा के रूप में देखा गया। वैसे पश्चिमी आलोचकों ने इस बात को अनदेखा कर दिया कि मिसाइल प्रौद्योगिकी में भारत ने कितना प्रशंसनीय स्वावलंबन हासिल कर लिया था। एसएलवी-3 बूस्टर मोटर सच्ची भारतीय कोशिश थी। इसके विकास के लिए कोई बाहरी समर्थन न माँगा गया, न ही मिला। डॉ. कलाम ने कहा, 'मुद्दे की बात यह नहीं है कि इसके बाद भारत को संसार में अपनी भूमिका का दावा करने की अनुमति कौन देगा; मुद्दे की बात तो यह है कि भारत को कौन रोकेगा?'

1990 में गणतंत्र दिवस पर भारत ने अपने मिसाइल कार्यक्रम की सफलता का जश्न मनाया। डॉ. कलाम और डॉ. अरुणाचलम को भारतीय गणतंत्र का दूसरा सर्वोच्च नागरिक पुरस्कार पद्म विभूषण प्रदान किया गया। दो अन्य मिसाइल वैज्ञानिकों आर. एन. अग्रवाल और जे. सी. भट्टाचार्य को पद्मश्री सम्मान से नवाज़ा गया। भारत के इतिहास में यह पहली बार था, जब एक ही संगठन में काम करने वाले इतने सारे वैज्ञानिकों को एक ही साल में राष्ट्रीय पुरस्कारों के लिए चुना गया था।

मदुरै कामराज युनिवर्सिटी ने डॉ. कलाम को दीक्षांत समारोह व्याख्यान के लिए आमंत्रित किया। मदुरै पहुँचने पर डॉ. कलाम ने अपने शिक्षक अयादुरै सोलोमन की तलाश की, जो अब 80 वर्ष के हो चुके थे और रेवरेंड फ़ादर बन गए थे। उन्होंने एक टैक्सी किराए पर ली और एक घंटे से ज़्यादा समय तक उनका मकान खोजा। वे उन्हें दीक्षांत समारोह में लेकर गए और सामने वाली क़तार में बैठाया। तमिलनाडु के राज्यपाल और विश्वविद्यालय के कुलाधिपति डॉ. पी.सी. अलेक्ज़ेंडर ने रेवरेंड फ़ादर अयादुरै सोलोमन को भी मंच पर बुला लिया। डॉ. कलाम ने अपने व्याख्यान में कहा, 'हर विश्वविद्यालय का हर दीक्षांत समारोह दिवस ऊर्जा के बाँध के द्वार खोलने जैसा होता है - जब इसका दोहन संस्थाएँ, संगठन और उद्योग कर लेते हैं, तो इससे देश को बनाने में मदद मिलती है।' बाद में उन्होंने अपने पूर्व शिक्षक के मर्मस्पर्शी शब्द

दोहराए कि अपने भाषण के बाद मैंने अपने शिक्षक के सामने सिर झुकाया। उन्होंने भावना से लबरेज़ आवाज़ में मुझसे कहा, "कलाम, तुम अपने लक्ष्यों तक पहुँचे ही नहीं हो! तुमने उन्हें पार कर लिया है।"

एक पखवाड़े बाद 7 फ़रवरी 1990 को एन.आर. अय्यर और उनकी टीम ने मिसाइल कार्यक्रम के पुरस्कारों का जश्न नाग मिसाइल की पहली उड़ान से मनाया। उन्होंने यह काम अगले दिन फिर दोहराया। इस मिसाइल में एक उच्च-शक्ति मिश्र वायु ढाँचा था, जिसमें मुड़कर बंद हो सकने वाले डैने और पंख थे, एक इमेजिंग इंफ्रा-रेड (आईआईआर) खोजी था, अवरोधक यंत्रों से उच्च प्रतिरक्षा थी, वास्तविक-समय प्रोसेसर था, सुगठित सेंसर पैकेज था, विद्युत प्रेरक प्रणाली थी और डिजिटल ऑटोपायलट था। एक बार छोड़ने के बाद प्रक्षेपक को मार्गदर्शन की ज़रूरत नहीं थी, जिससे प्रक्षेपक को सुरक्षित जगह पहुँचने की अनुमति मिल जाती थी। तेज़ी से चलते टैंक पर भी प्रहार करने के लिए मिसाइल अपने अंदरूनी स्वायत्त मार्गदर्शक का इस्तेमाल कर सकती थी।

प्रह्लाद और उनकी टीम ने 14 अगस्त 1990 को आकाश मिसाइल छोड़ी और रैम-रॉकेट प्रौद्योगिकी को साबित किया, जिसे भारत में पहली बार तैयार किया गया था। आकाश मध्यम दूरी की सतह-से-वायु मिसाइल थी (एमआर-एसएएम), जिसकी दूरी 25 कि.मी. और ऊँचाई 18 कि.मी. थी। इसका मार्गदर्शन पूरी तरह राडार से होता था। इसमें एक डिजिटल सामीप्य फ़्यूज़ था, जो किसी हिलते लक्ष्य के क़रीब आने के बाद विस्फोटक शीर्ष में विस्फोट कर देता था; सीधी टक्कर की ज़रूरत नहीं थी। यह आईजीएमडीपी के पहले चरण की सफल परिणिति थी।

1990 के अंत के क़रीब जाधवपुर युनिवर्सिटी ने डॉ. कलाम को एक विशेष दीक्षांत समारोह में डॉक्टर ऑफ़ साइंस (डीएससी) की मानद उपाधि प्रदान की, जिसके साथ ही प्रो. अमर्त्य सेन को भी मानद डॉक्टर ऑफ़ लेटर्स (डीलिट्) की उपाधि प्रदान की गई। इसी दीक्षांत समारोह में नेल्सन मंडेला की अनुपस्थिति में उन्हें मानद उपाधि प्रदान की गई। डॉ. कलाम इस महान राष्ट्र-निर्माता और शिक्षाविद् के साथ अपना नाम देखकर भावुक हो गए। दीक्षांत समारोह में डॉ. कलाम और डॉ. अमर्त्य सेन के बीच हुई बैठक ने भविष्य की बुनियाद डाली; वे दोनों प्राचीन नालंदा विश्वविद्यालय का पुनरुत्थान करने के लिए मिलकर काम करने वाले थे। डॉ. अमर्त्य सेन ने अपनी पुस्तक *आर्ग्युमेंटेटिव इंडियन* में डॉ. कलाम के साथ अपनी बातचीत के बारे में बताया :

> डॉ. कलाम मुसलमान परिवार के हैं और महान उपलब्धि वाले शोधकर्ता हैं। भारतीय राष्ट्रवाद के प्रति उनका बहुत शक्तिशाली समर्पण है। वे बहुत भले इंसान भी हैं (जैसा मुझे पता चला, जब मुझे 1990 में कलकत्ता के जाधवपुर विश्वविद्यालय के मानद उपाधि समारोह में उनके साथ रहने का सौभाग्य

> मिला)। कलाम की परोपकारी चिंताएँ बहुत प्रबल हैं और कल्याण–संबंधी उद्देश्यों में मदद का उनका उल्लेखनीय इतिहास रहा है।

1991 का वर्ष एक अशुभ घटना के साथ शुरू हुआ। इराकी सेना ने कुवैत में घुसपैठ कर दी। 15 जनवरी 1991 को अमेरिका के नेतृत्व में एक शक्तिशाली गठबंधन ने ऑपरेशन डेज़र्ट स्टॉर्म शुरू किया, जो उस समय तक के सबसे तीव्र और निर्णायक सैन्य कार्यों में से एक था। एकतरफ़ा हमले के चार दिनों के भीतर ही गठबंधन ने कुवैत को मुक्त कर दिया, इराकी सेना को ध्वस्त कर दिया और ढेर सारे इराकियों को बंदी बना लिया - जबकि गठबंधन सेना के बहुत कम सैनिकों की जान गई। जल्दी ही विजय में नई सैन्य प्रौद्योगिकियों, ख़ास तौर पर माइक्रोचिप और डिजिटल क्रांति का दोहन करने वाली प्रौद्योगिकियों, की भूमिका पर केंद्रित वर्णन तैयार हुआ। कलाम से अब स्वदेशी सैन्य प्रौद्योगिकी क्षमताओं के बारे में नियमित रूप से यह पूछा जाने लगा :

> देश ने खाड़ी युद्ध में प्रयुक्त मिसाइलों और हमारे ख़ुद के विस्फोटक सामग्री ले जाने वालों के बीच समानताएँ जल्दी ही खोज निकालीं। मुझसे एक आम सवाल यह पूछा जाता था कि क्या पृथ्वी स्कड से बेहतर थी, क्या आकाश पैट्रियट की तरह काम कर सकता था आदि। मेरे मुँह से 'हाँ' या 'क्यों नहीं!' जवाब सुनकर लोगों के चेहरे गर्व और संतुष्टि से दमकने लगते थे।

जब 28 फ़रवरी 1991 को खाड़ी युद्ध समाप्त हुआ, तो मार्च के महीने में डीआरडीएल और आरसीआई के 500 से अधिक वैज्ञानिक मिसाइल युद्ध में उठे मुद्दों पर बातचीत करने के लिए इकट्ठे हुए। डॉ. कलाम ने एक सवाल उठाया : क्या दूसरे देशों के साथ प्रौद्योगिकी या हथियार की समरूपता संभव थी और अगर थी, तो क्या इसकी कोशिश करनी चाहिए? एक युवा वैज्ञानिक ने पूछा कि भारत अग्नि को मिसाइल कहने के बारे में क्षमाप्रार्थी क्यों है। डॉ. कलाम बोले, 'यह एक मिसाइल है। गुलाब एक गुलाब है गुलाब है, गुलाब है।' इस पर करतल ध्वनि हुई। यह सभा तीन घंटे से अधिक की जीवंत चर्चा के बाद ख़त्म हुई, जिसमें डेज़र्ट स्टॉर्म को 'सैनिक क्रांति' प्रमाणित किया गया, जो इलेक्ट्रॉनिक्स, सूचना और संचार प्रौद्योगिकी में तीव्र प्रगति की बदौलत हुई थी।

इसी साल डॉ. कलाम को आईआईटी, बॉम्बे से डॉक्टर ऑफ़ साइंस की मानद उपाधि मिली। प्रशंसात्मक उल्लेख में उनका वर्णन करते हुए कहा गया था, 'ठोस प्रौद्योगिकी आधार के निर्माण के पीछे की प्रेरणा, ताकि भारत के भावी एरोस्पेस कार्यक्रम इक्कीसवीं सदी की चुनौतियों को पूरा करने के लिए शुरू हो सकें।' भारत के मिसाइल मैन के रूप में डॉ. कलाम की पहचान इस समय तक अच्छी तरह स्थापित हो चुकी थी।

जुलाई 1992 में डॉ. कलाम ने रक्षा मंत्री के वैज्ञानिक सलाहकार और डीआरडीओ के डायरेक्टर जनरल का पद सँभाल लिया था। वे डॉ. वी.एस. अरुणाचलम की जगह पर आए थे। वे प्रधानमंत्री पी.वी. नरसिंह राव के मंत्रिमंडल में रक्षा मंत्री शरद पवार के सीधे नेतृत्व में काम करते थे।

2.7

स्वावलंबन के पैगंबर

हर इंसान की शिक्षा में एक ऐसा समय आता है, जब वह इस विश्वास पर पहुँचता है कि ईर्ष्या अज्ञान है; कि नक़ल आत्महत्या है; कि वह अच्छा हो या बुरा, उसे ख़ुद को अपनी नियति के रूप में स्वीकार करना चाहिए; कि हालाँकि विशाल सृष्टि अच्छाई से भरी है, लेकिन जो ज़मीन का टुकड़ा उसे जोतने के लिए दिया गया है, उस पर श्रम किए बिना पोषक मक्का का कोई दाना उसके पास नहीं आ सकता।

—रैफ़ वॉल्डो इमर्सन
अमेरिकी निबंधकार और कवि

लेफ़्टिनेंट जर्नल डॉ. वी.जे. सुंदरम ने 10 जुलाई 1992 को डॉ. कलाम के हाथों से डीआरडीएल की कमान सँभाली। वे पृथ्वी मिसाइल परियोजना के मुखिया थे और डॉ. वी.के. सारस्वत उनके सहायक थे। दिल्ली जाने से पहले डॉ. कलाम ने पृथ्वी और अग्नि मिसाइलों का सीमित शृंखला उत्पादन शुरू कर दिया था। इन दोनों मिसाइल प्रणालियों के प्रति सेनाओं की दृढ़ वचनबद्धता के फलस्वरूप डीआरडीओ ने प्रौद्योगिकी प्रदर्शन से ध्यान हटाकर मिसाइल प्रणालियों में फ़ेरबदल पर केंद्रित कर लिया था, ताकि तैनाती और उपयोगिता के संदर्भ में ये उपयोगकर्ता की ज़मीनी आवश्यकताओं को पूरा करें। अग्नि मिसाइल के कम और ज़्यादा दूरी के संस्करण बनाने के कार्यक्रम शुरू किए गए थे। इसके अलावा एक सुपरसोनिक क्रूज़ मिसाइल और पृथ्वी का नौसैनिक संस्करण बनाने की तैयारी भी होने लगी थी।

भारत सरकार ने डॉ. कलाम के नेतृत्व में एक समिति बनाई, जिसमें तीनों सेनाओं के प्रतिनिधियों के अलावा रक्षा उत्पादन इकाइयों के प्रतिनिधि थे। इसका उद्देश्य एक नक़्शा बनाना था कि विकसित देशों द्वारा अत्यंत महत्त्वपूर्ण प्रौद्योगिकी देने से इंकार करने पर इसे स्वदेशी तरीक़े से कैसे विकसित किया जाए। प्रधानमंत्री पी.वी. नरसिंह राव ने लाइसेंस राज ख़त्म कर दिया था, जिसमें लाइसेंसों का व्यापक तंत्र था, नियम-क़ानून थे और इसके साथ ही लालफ़ीताशाही भी थी, जो 1947 से

1990 के बीच भारत में कंपनियाँ स्थापित करने और चलाने के लिए आवश्यक थी। उन्हें विश्वास था कि प्रौद्योगिकी की शक्ति देश को ज़्यादा शक्तिशाली बना देगी - सैन्य दृष्टि से भी और आर्थिक दृष्टि से भी।

एसएलवी-3 और पाँच मिसाइल प्रणालियाँ तैयार करने की वजह से डॉ. कलाम को भारत में सामरिक औद्योगिक तंत्र की अच्छी पकड़ मिल चुकी थी। रक्षा क्षेत्र के लिए विशिष्ट 39 आयुध फ़ैक्ट्रियाँ थीं, जो भौगोलिक दृष्टि से भारत की 24 अलग-अलग जगहों पर फैली हुई थीं, सार्वजनिक क्षेत्र के आठ रक्षा उपक्रम थे और निजी क्षेत्र के निरंतर फैलते बड़े, मध्यम, लघु और अति लघु उपक्रम थे। डीआरडीओ प्रयोगशालाओं ने उद्योग के साथ सहजीवी संबंध विकसित कर लिए थे और इसे रक्षा औद्योगिक आधार का हिस्सा समझा जाता था।

डॉ. होमी भाभा और डॉ. साराभाई के जाने के बाद दो दशक गुज़र चुके थे। ये वे दो दिग्गज थे जिन्होंने परमाणु ऊर्जा और अंतरिक्ष कार्यक्रमों की कल्पना की थी। अब समय आ चुका था कि उसी क़द का कोई व्यक्ति रक्षा क्षेत्र की बड़ी तसवीर देखे। डॉ. कलाम को अब अपने पूर्व आदर्शों की जमात में ही गिना जाता था। उनमें कई अलग-अलग हिस्सों को एकीकृत, कार्यकारी पूर्ण के रूप में चित्र देखने की आंतरिक योग्यता भी थी। इसलिए वे इस काम के लिए सर्वथा उपयुक्त थे। देश अपनी सार्वजनिक क्षेत्र की फ़ैक्ट्रियों के ज़बर्दस्त विकास को कैसे नियंत्रित करे और यह सुनिश्चित करे कि वे विशालकाय दैत्य में न बदलें? भारत को अगले दस-पंद्रह वर्षों में उद्योग से क्या ज़रूरत होगी, ताकि जारी शोध और विकास प्रयासों को उपयोगी व व्यावहारिक प्रॉडक्ट्स में बदला जाए? यह संक्षिप्त जानकारी उन्हें आर. वेंकटरमन से मिली थी, जब उन्होंने 1983 में आईजीएमडीपी को मंजूरी दी थी।

डॉ. कलाम पूरी तरह जागरूक थे कि जिस अंदाज़ में उन्होंने मिसाइल विकास का प्रबंध किया था, वह सीमित शृंखला उत्पादन के समय काम नहीं करेगा। भारतीय रक्षा उद्योग लाइसेंसधारक उत्पादन करने का आदी था। विकास एजेंसी द्वारा बनाई ड्रॉइंग्स - जो कुछ विवरण इकाई बनाने वाले वैज्ञानिकों/इंजीनियरों के अनुमान पर छोड़ दें - आयुध फ़ैक्ट्री की आवश्यकताओं को पूरा नहीं करेगी। वे इस बारे में भी जागरूक थे कि अनुभवजन्य उड़ान परीक्षण के लिए छोटी संख्या में प्रणाली बनाना एक बिलकुल ही अलग प्रक्रिया थी, जबकि किसी फ़ैक्ट्री में बड़ी तादाद में उन्हें बनाना एक बिलकुल ही अलग प्रक्रिया थी। मानकीकरण, प्रक्रिया का अधिकतम उपयोग, गुणवत्ता सुनिश्चितता और विश्वसनीयता कठोर अनुशासन थे, जिन्हें अभूतपूर्व प्रणालियों और अपरिचित प्रौद्योगिकी के लिए विकसित करने की ज़रूरत थी।

डॉ. कलाम प्रौद्योगिकी सूचना, पूर्वानुमान एवं मूल्यांकन परिषद् (टीआईएफ़एसी) के साथ जुड़े रहे थे, जो डिपार्टमेंट ऑफ़ साइंस ऐंड टेक्नोलॉजी के तहत 1988 में बना स्वायत्त संगठन था। इसके पास प्रौद्योगिकियों का भविष्य बताने, उनके आगामी मार्ग का आकलन करने और राष्ट्रीय महत्त्व के चुनिंदा प्रौद्योगिकी क्षेत्रों में नेटवर्किंग

द्वारा प्रौद्योगिकी नवाचारों का समर्थन करने का अधिकार था। डॉ. कलाम की नज़रों में आगे का रास्ता साफ़ था। इसरो के उनके क़रीबी मित्र वाय. एस. राजन - जिन्होंने इसरो मुख्यालय में प्रो. सतीश धवन के वैज्ञानिक सचिव के रूप में काम किया था - को नए संगठन का पहला एक्ज़ीक्यूटिव डायरेक्टर नियुक्त किया गया।

डॉ. कलाम ने 1963 में प्रकाशित सुब्रमण्यम कमेटी के निष्कर्षों का अध्ययन किया, जिसमें जे.आर.डी. टाटा जैसे दिग्गज सदस्य शामिल थे। कमेटी के अनुसार डिज़ाइन में ज्ञान का आधार तेज़ी से बदलते एरोस्पेस सेक्टर की आवश्यकताओं के लिए काफ़ी नहीं था। कमेटी ने सुझाव दिया कि विमान के इंजनों के डिज़ाइन और विकास का काम जी.ई., रोल्स रॉयस और स्नेक्मा जैसे प्रतिष्ठित इंजन निर्माताओं के साथ करना चाहिए।

भारत के मिसाइल मैन एरोस्पेस प्रौद्योगिकी तक ही सीमित रहने वाले नहीं थे। हमेशा बहुमुखी और ऐसे मस्तिष्क के धनी, जो अपने क्षेत्र की सीमाओं के काफ़ी आगे तक परीक्षण करता था, डॉ. कलाम ने समाज के कम सौभाग्यशाली लोगों के लिए कई प्रौद्योगिकियों के अन्वेषण में सहयोग दिया। 1992 में डॉ. कलाम का परिचय हैदराबाद स्थित निज़ाम्स इंस्टीट्यूट ऑफ़ मेडिकल साइंसेस (एनआईएमएस) के दो डॉक्टरों से हुआ : हृदयरोग विशेषज्ञ डॉ. बी. सोमा राजू और ऑर्थोपेडिक सर्जन डॉ. बी. एन. प्रसाद। उन्होंने डॉ. कलाम को प्रेरित किया कि वे रक्षा प्रौद्योगिकियों के संभावित लाभ के रूप में नागरिक उपकरण तैयार करें, ताकि ग़रीब रोगियों का सस्ता इलाज हो सके। यह फ़्लोर रिएक्शन ऑर्थोसिस (एफ़आरओ) की ओर ले गया, जिससे डीआरडीएल द्वारा विकसित उन्नत मिश्र सामग्री का इस्तेमाल करके पोलियो से प्रभावित बच्चों को चलने में मदद मिली। इसी तरह एक कोरोनरी स्टेंट भी बना, जो डेल्टा-फ़ेराइट-फ़्री ऑस्टेनिटिक स्टील तारों से बना था और इसकी सतह वायर-ड्रॉइंग-इंड्यूस्ड माइक्रो-चैनल्स से रहित थी।

डॉ. बी. सोमा राजू और डॉ. बी.एन. प्रसाद ने बहुविषयक जैव-चिकित्सकीय गठबंधन में डीआरडीओ वैज्ञानिकों को चिकित्सकीय सहयोग दिया, जो भारत में पहले कभी नहीं हुआ था। बाद में डॉ. शिवतनु पिल्लई एफ़आरओ को उत्पादन में लाए और ऑर्थोपेडिक सर्जन डॉ. नरेन्द्र नाथ की सहायता से यह यंत्र हज़ारों रोगियों को लगाया गया। डॉ. ए. वेणुगोपाल रेड्डी और कोनेरु बोस के नेतृत्व वाली टीम के बनाए स्टेंट को 'कलाम-राजू' स्टेंट के रूप में पेटेंट कराया गया। कलाम-राजू स्टेंट के आने से आयातित स्टेंटों का भाव बाज़ार में तेज़ी से गिर गया और आज भी भारतीय रोगियों के लिए उपलब्ध स्टेंट संसार में सबसे कम भाव पर उपलब्ध हैं। नई स्थापित आईसीआईसीआई बैंक के टेक्नोलॉजी इंस्टीट्यूशन्स (टीआई) कार्यक्रम ने हैदराबाद में कार्डियोवैस्कुलर टेक्नोलॉजी इंस्टीट्यूट स्थापित करने के लिए दस लाख डॉलर की धनराशि प्रदान की। यह डॉ. बी. सोमा राजू के नेतृत्व में केयर हॉस्पिटल के निर्माण की ओर ले गया।

जब डॉ. कलाम अक्टूबर 1993 में 62 वर्ष की उम्र के क़रीब पहुँच रहे थे, तो डीआरडीओ मुख्यालय में उनकी रवानगी की हलचल तेज़ हो गई। उन्हें मद्रास युनिवर्सिटी ने अपना वाइस चांसलर बनने का प्रस्ताव भी दिया, शायद एक आसान निर्गम मार्ग के रूप में। ख़बर सार्वजनिक कर दी गई और अख़बारों में ख़बरें छपीं कि डॉ. कलाम की रवानगी के लिए रास्ता साफ़ कर दिया गया है। डॉ. कलाम की व्यक्तिगत फ़ाइल सेवानिवृत्ति के आदेश के अनुमोदन के लिए प्रधानमंत्री पी.वी. नरसिंह राव के पास भेज दी गई।

प्रधानमंत्री राव ने सेवानिवृत्ति के आदेश पर हस्ताक्षर नहीं किए, बल्कि डॉ. कलाम से कहा कि वे डॉ. वी.एस. अरुणाचलम के साथ उनसे मिलें, जो तब प्रधानमंत्री कार्यालय (पीएमओ) में उनके सलाहकार के रूप में काम कर रहे थे। प्रधानमंत्री ने पूछा कि डॉ. कलाम मद्रास क्यों जाना चाहते हैं। डॉ. वी.एस. अरुणाचलम ख़ामोश रहे। जब प्रधानमंत्री ने डॉ. कलाम को सवालिया नज़र से देखा, तो डॉ. कलाम ने कहा कि उनकी उम्र 62 साल हो गई है और अब सरकारी सेवा से उनके सेवानिवृत्त होने का समय आ गया है। प्रधानमंत्री ने पलटकर कहा कि उनकी उम्र 72 साल हो चुकी है और इस हिसाब से तो उन्हें भी सेवानिवृत्त हो जाना चाहिए। उन्होंने कलाम की फ़ाइल पर लिख दिया, 'सेवा काल आगामी आदेश तक बढ़ाया जाता है।'

1994 में भारतीय विज्ञान काँग्रेस ने डॉ. कलाम को जयपुर में आयोजित अपनी 81वीं काँग्रेस में बोलने के लिए आमंत्रित किया। वहाँ उन्होंने नागरिकों को प्रौद्योगिकी से लाभ पहुँचाने वाले उत्पाद तैयार करने का आह्वान किया, ताकि स्वास्थ्य संबंधी आयात को न्यूनतम किया जा सके। उन्होंने ज़ोर दिया कि बीमारी का दर्द उपचार की ऊँची लागत से बढ़ रहा है और इसे स्वदेशी प्रौद्योगिकी और जैव-चिकित्सक उद्यम द्वारा कम करना चाहिए। उन्होंने कहा, 'मेरे दिमाग़ को आपका दर्द दूर करने दें।' डॉ. कलाम ने सोसायटी फ़ॉर बायोमेडिकल टेक्नोलॉजी (एसबीएमटी) के गठन की घोषणा की, जो कई मंत्रिमंडलों के साथ काम करने वाला कार्यकारी समूह था और इस उद्देश्य से डॉक्टरों, इंजीनियरों और लोक सेवा प्रशासकों को एक साथ लाता था। उन्होंने इसका प्रबंधन अपने विश्वस्त मित्रों वाय.एस. राजन, डॉ. बी. सोमा राजू और शिवतनु पिल्लई को सौंप दिया।

मुझे चिकित्सकीय, रक्षा, वैज्ञानिक और सरकारी सामाजिक वर्गों को एकजुट करने के लिए प्रोग्राम मैनेजर नियुक्त किया गया। उन्होंने हर सदस्य को 1935 में नोबेल पुरस्कार जीतने वाले हृदय-फेफड़े सर्जन डॉ. अलेक्सिस कैरल द्वारा लिखी मैन द अननोन पुस्तक की एक प्रति भी दी। एसबीएमटी संचालक मंडल की पहली बैठक में उन्होंने सभी सदस्यों को पुस्तक का एक अंश पढ़कर सुनाया : 'दोबारा प्रगति करने के लिए इंसान को ख़ुद को दोबारा बनाना चाहिए। वह कष्ट के बिना ख़ुद को दोबारा नहीं बना सकता। क्योंकि वह संगमरमर भी है और संगतराश

भी। अपने सच्चे चेहरे से पर्दा हटाने के लिए उसे अपने हथौड़े के भारी प्रहारों से अपने ही पदार्थ को तोड़ना होगा।'

जब स्टेंट तैयार हो गया, तो क़ानूनी अनुमोदन का सवाल उठा। ड्रग कंट्रोलर जनरल ऑफ़ इंडिया (डीसीजीआई) के कार्यालय ने कहा कि वे केवल दवाओं को नियंत्रित करते हैं और स्टेंट उनकी निगरानी के दायरे में नहीं आते हैं। दो दशक बीतने के बाद भी बहुत कम बदलाव हुआ है। डॉ. कलाम ने डीसीजीआई डॉ. पी. दासगुप्ता को फ़ोन किया और उनसे आग्रह किया कि भले ही स्टेंट उनके कार्यक्षेत्र में नहीं आते हैं, लेकिन फिर भी वे दस्तावेज़ों की जाँच के बाद अनापत्ति प्रमाणपत्र दे दें। डॉ. दासगुप्ता मान गए और इस तरह स्टेंट का उत्पादन शुरू हुआ। डॉ. दासगुप्ता ने केयर फ़ाउंडेशन, हैदराबाद की स्टेंट उत्पादन इकाई का भ्रमण भी किया और डॉ. सोमा राजू को बताया कि वे सस्ते स्वदेशी प्रॉडक्ट्स के प्रति डॉ. कलाम द्वारा दिखाए उत्साह से बहुत प्रभावित हैं। उन्होंने कहा कि अगर इंडियन काउंसिल ऑफ़ मेडिकल रिसर्च (आईसीएमआर) और ऐसी अन्य संस्थाओं के शिखर पर बैठे लोग ग़रीब मरीज़ों के हितों की इतनी ही परवाह करें और नवाचार को समर्थन दें, तो विश्व-स्तरीय दवाएँ और उपचार तक आम आदमी की पहुँच हो जाएगी।

एसबीएमटी ने साइटोस्कैन विकसित किया, जो कैंसरयुक्त ट्यूमर के निदान के लिए कोशिकाओं के निष्पक्ष आकलन के लिए कंप्यूटर-आधारित पारस्परिक चित्र विश्लेषण प्रणाली थी। गर्भाशय की कैंसरयुक्त/सामान्य कोशिकाओं को वर्गीकृत करने का सॉफ़्टवेयर वैज्ञानिकों को बेंगलूरु स्थित डिफ़ेंस बायोइंजीनियरिंग ऐंड इलेक्ट्रोमेडिकल लेबोरेट्री (डीईबीईएल) लाया और ट्यूमर विशेषज्ञों तथा पैथोलॉजिस्ट्स को एनआईएमएस, हैदराबाद लाया। एसबीएमटी ने तुलसी नामक एक सामाजिक कल्याण परियोजना तैयार की (तुलसी भारत में जीवन के अमृत के रूप में सम्मानित पौधा है), ताकि ग्रामीण क्षेत्रों में महिलाओं की जाँच करके गर्भाशय कैंसर के शुरुआती लक्षणों का पता लगाया जा सके। डॉ. कलाम ने समाज कल्याण विभाग के सचिव अपने मित्र माता प्रसाद से आग्रह किया कि वे तुलसी के मैदानी परीक्षण आयोजित करने के लिए वित्तीय समर्थन प्रदान करें।

डॉ. कलाम ने मुझे तुरंत दिल्ली बुलाया और कहा कि मैं एसबीएमटी से धनराशि के लिए आग्रह का प्रस्ताव तैयार करके लाऊँ। उन दिनों जानकारी खोजने के लिए कोई इंटरनेट नहीं था और वर्ड प्रोसेसिंग शुरू ही हुई थी। इतने कम समय में मैं बस पाँच पन्नों का प्रस्ताव ही बना पाया, जिसमें मैंने वह सारी जानकारी दे डाली, जो मैं परियोजना के चिकित्सकीय, तकनीकी और सामाजिक पहलुओं पर जुटा पाया। जब डॉ. कलाम ने मेरे इस छोटे प्रयास को देखा, तो उन्हें यह पसंद नहीं आया। उन्होंने यह कहते हुए मुझे फटकारा, 'अजीब आदमी हो, मैं तुम्हारे लिए पचास लाख की धनराशि जुटा रहा हूँ और तुम पचास पेज का प्रस्ताव भी नहीं लिख सकते! दिल्ली में जब तक कि तुम बड़ा न लिखो, कोई प्रभावित नहीं होता, कोई तुम्हें पैसे नहीं देता।

लोग तुम्हारी गुणवत्ता का मूल्यांकन इस आधार पर करते हैं कि तुम कितना ज़्यादा लिख सकते हो और कितनी अच्छी तरह बोल सकते हो।'

सौभाग्य से जिस अधिकारी के निर्णय पर मेरा भाग्य निर्भर था, वे माता प्रसाद थे और वे मेरे लिखे प्रस्ताव के प्रति दयालु रहे। उन्होंने कृपापूर्वक प्रस्ताव को मंजूरी दे दी और कहा कि घातक गर्भाशय कैंसर के लिए समय पर ग़रीब महिलाओं की जाँच करना उनकी नज़र में कल्याण का सर्वश्रेष्ठ रूप है। उन्होंने कहा कि मैं डॉ. कलाम को बता दूँ कि ग़रीबों के लिए उनके मन में जो करुणा है, उसका वे कितना सम्मान करते हैं। यह महत्त्वपूर्ण है कि ऊँचे पद पर बैठे लोग अपनी क्षमताओं की अच्छी तरह जाँच करें और उनका इस्तेमाल ग़रीब नागरिकों की भलाई और उनकी समस्याएँ सुलझाने के लिए करें। लेकिन उन्होंने कहा कि मैं शीर्षक को थोड़ा बदल दूँ, ताकि यह योजना में फ़िट हो जाए और 'मुझे सेवानिवृत्ति के बाद के सिरदर्द से बचा दे, जो महान आत्मा कलाम द्वारा मुझे सौंपे काम को करने से आ सकता है।'

एसबीएमटी ने एक कार्डियक पेसमेकर बनाने की भी कोशिश की और एक बाह्य पेसमेकर सफलतापूर्वक तैयार हो गया। लेकिन इस काम को आगे बढ़ाने के लिए भारत में कोई सेमीकंडक्टर ढलाईखाना ही नहीं था - और यह लिखे जाने तक भी भारत के पास यह अति महत्त्वपूर्ण प्रौद्योगिकी अधोसंरचना नहीं है। एक और परियोजना में आँख संबंधी प्रॉडक्ट्स के लिए एल.वी. प्रसाद आई इंस्टीट्यूट और डिफ़ेंस साइंस सेंटर, नई दिल्ली द्वारा एनडी-वायएजी लेज़र के विकास की कोशिश की गई। लेकिन इसमें ज़्यादा प्रगति नहीं हो पाई। डीएमआरएल और एमआईडीएचएएनआई ने इंस्टीट्यूट ऑफ़ न्यूक्लियर मेडिसिन ऐंड एलाइड साइंसेस (आईएनएमएएस), नई दिल्ली में ब्रिगेडियर टी. रनीन्द्रनाथ के मार्गदर्शन में टाइटैनियम दंत आरोपण विकसित किए। लेकिन डीआरडीएल और श्री चित्र तिरुनल इंस्टीट्यूट फ़ॉर मेडिकल साइंसेस ऐंड टेक्नोलॉजी (एससीटीआईएमएसटी), त्रिवेन्द्रम के बीच ताप-अपघटक कार्बन के साथ बाइ-लीफ़लेट हार्ट वाल्व विकसित करने के लिए किए गए काम का नतीजा भी शून्य रहा।

भारत को अपनी प्रौद्योगिकी की आवश्यकताएँ पूरी करने के लिए लंबी दूरी तय करनी थी। बेशक, देश की तमाम सैनिक और नागरिक प्रौद्योगिकी आवश्यकताओं के स्वदेशी उत्पादन की महत्त्वाकांक्षा मौजूद थी। लेकिन थोड़ा समझौता करना लाज़िमी था, क्योंकि सब कुछ बनाना संभव नहीं था। इसके लिए सेल्फ़-रिलाएंस कमेटी ने 'स्वावलंबन' और 'आत्मनिर्भरता' अवधारणाओं के बीच फ़र्क़ किया, हालाँकि भारतीय परिप्रेक्ष्य में दोनों शब्दों का इस्तेमाल पर्यायवाची के रूप में किया जाता था। यह तय किया गया कि आत्मनिर्भरता का मतलब था सेनाओं की ज़रूरत की हर चीज़ का स्वदेशी उत्पादन, जबकि स्वावलंबन का मतलब था सेनाओं को पूरे उपकरण देना, जो विदेशी और घरेलू स्रोतों के मिश्रण से प्राप्त हो सकें। डॉ. कलाम ने पहचाना कि 'आत्मनिर्भरता' का अटल आग्रह भारत जैसे देश के लिए आदर्श मार्ग नहीं है,

क्योंकि भारत के औद्योगिक और शोध तथा विकास आधार पर्याप्त रूप से तैयार नहीं थे। इसलिए स्वावलंबन ही उस समय श्रेयस्कर था, कम से कम आने वाले कुछ समय तक।

यही नहीं, डॉ. कलाम ने इस तथ्य पर शकर की चाशनी नहीं चढ़ाई कि भारत का रक्षा उत्पादन क्षेत्र और शोध व विकास प्रयोगशालाओं में उनके अंतरराष्ट्रीय समकक्षों के मुक़ाबले क्षमता का अंतर भी था। उन्हें महसूस हुआ कि रक्षा उपकरणों के विकास और सह-उत्पादन के लिए रूस और फ़्रांस जैसे देशों के साथ संयुक्त उपक्रम समाधान का एक तरीक़ा हो सकता है। डॉ. कलाम यह कहने के लिए मशहूर हैं, 'यह निवेश की मात्रा नहीं है, बल्कि शिक्षण संस्थाओं, निजी क्षेत्र और डीआरडीओ की आपसी सिनर्जी की गुणवत्ता है, जो मुख्य प्रौद्योगिकियों में हमारी डिज़ाइन क्षमता को बेहतर बनाने की कुंजी होगी।' इसके साथ ही वैश्विक दृष्टि से सम्मानित मौलिक उपकरण निर्माताओं और डिज़ाइन संगठनों के साथ सहयोग व बेहतर उत्पादन संगठन सचमुच अनिवार्य था।

स्वावलंबन और अंततः आत्मनिर्भरता की कुंजी भारत के सार्वजनिक क्षेत्र के नौ रक्षा उपक्रम (डीपीएसयू) थे। आयुध फ़ैक्ट्रियाँ विभाग द्वारा चलाई जाती थीं, जबकि डीपीएसयू कंपनियाँ थीं, जिनके पास तुलनात्मक रूप से ज़्यादा वित्तीय और कामकाजी स्वतंत्रता थी। डीपीएसयू ज़्यादा बड़े भी थे और एरोस्पेस, इलेक्ट्रॉनिक्स तथा युद्धपोत जैसे उच्च-प्रौद्योगिकी क्षेत्र में काम करते थे। हिंदुस्तान एरोनॉटिक्स लिमिटेड सबसे बड़ा था और सभी डीपीएसयू उत्पादन तथा बिक्री के आधे से अधिक के लिए ज़िम्मेदार था। भारत इलेक्ट्रॉनिक्स लिमिटेड प्रमुख रक्षा इलेक्ट्रॉनिक्स कंपनी थी, जिसकी नौ उत्पादन इकाइयाँ और 31 निर्माण प्रभाग सात राज्यों में फैले हुए थे। भारत अर्थ मूवर्स लिमिटेड (बीईएमएल) ट्रक, डीज़ल इंजन, अर्थमूवर्स और रेलवे जैसी रक्षा सेवाओं की बुनियादी आवश्यकताओं को पूरा करता था। भारत डाइनैमिक्स लिमिटेड (बीडीएल) सामरिक और रणनीतिक मिसाइलें तथा अंतर्जलीय व हवाई हथियार बनाता था। एमआईडीएचएएनआई विशेष स्टील, सुपर एलॉय और टाइटैनियम मिश्र धातु का उत्पादन करता था, जो न सिर्फ़ रक्षा उत्पादन, बल्कि अंतरिक्ष और परमाणु ऊर्जा कार्यक्रमों की भी बुनियादी आवश्यकताएँ थीं। मझगाँव डॉक लिमिटेड (एमडीएल), बॉम्बे, गार्डन रीच शिपबिल्डर्स ऐंड इंजीनियर्स (जीआरएसई), कलकत्ता, गोआ शिपयार्ड लिमिटेड (जीएसएल), गोआ और हिंदुस्तान शिपयार्ड लिमिटेड (एचएसएल), विशाखापटनम जहाज़ बनाने और अन्य सामुद्रिक व नौसैनिक इंजीनियरिंग सेवाओं में संलग्न थे।

डॉ. कलाम को अहसास हुआ कि कुल मिलाकर लाइसेंसधारक उत्पादन की परंपरा ख़त्म हो गई है। अब तक एचएएल औद्योगिक दिग्गज था और विमानों की असेंबलिंग करता था। इसे और इसी तरह के दूसरे संगठनों को अब अपने क्षेत्र में अंतरराष्ट्रीय प्रौद्योगिकी लीडर बनने की कोशिश करनी चाहिए। बेंगलूरु में शुरू करते

हुए एचएएल के पास अब भारत में कई स्थान थे, जिनमें नासिक, कोरबा, कानपुर, कोरापुट, लखनऊ, बेंगलूरु और हैदराबाद शामिल थे। डॉ. कलाम ने एचएएल के विकास को समझने में काफ़ी प्रयास किया। एचएएल को ब्रिटिश राज और इसकी कंपनियों के तहत क्षेत्र में चलने वाले विमानों की मरम्मत के लिए शुरू किया गया था। एचएएल को पहला बड़ा ऑर्डर 1946 में मिला, जब इसे 100 टाइगर मॉथ विमान की मरम्मत और ओवरहॉलिंग का ऑर्डर मिला। यह 1930 के दशक का बाइप्लेन था, जिसे ज्यॉफ़्री द हैविलैंड ने डिज़ाइन किया था और बुनियादी प्रशिक्षक के रूप में रॉयल एयर फ़ोर्स (आरएएफ़) तथा दूसरों द्वारा चलाया जाता था।

जब भारत ने स्वतंत्रता हासिल कर ली, तो एचएएल को अमेरिकी एरोस्पेस निर्माता द डगलस एयरक्राफ़्ट कंपनी ने भारत में अधिकृत सेवा केंद्र का दर्जा दे दिया। एचएएल ने पर्सिवल प्रेंटिस ट्रेनर एयरक्राफ़्ट का निर्माण किया। 1950 में एचएएल को सोसायटी ऑफ़ ब्रिटिश एयरक्राफ़्ट कंस्ट्रक्टर्स के सदस्य के रूप में प्रवेश मिला और इसे ब्रिटिश कंपनी डे हैविलैंड एविएशन लिमिटेड से लाइसेंस के तहत वैम्पायर विमान बनाने का अनुबंध मिल गया।

1951 में रक्षा मंत्रालय के अधीन सार्वजनिक क्षेत्र की कंपनी बनने के बाद एचएएल ने अगले दस वर्षों में दो विमान सफलतापूर्वक बनाए और उड़ाए : बेंगलूरु में मरुत एचएफ़-24 और कानपुर में एचएस-748 विमान। ब्रिटिश कंपनी फ़ॉलैंड लिमिटेड से लाइसेंस के तहत नैट विमान का निर्माण 1956 में शुरू हुआ। 1962 में एचएएल ने फ्रांसीसी विमान निर्माता सुद एविएशन से लाइसेंस के तहत हेलिकॉप्टर बनाने के क्षेत्र में क़दम रखा। मिग-21 एफ़एल विमान के निर्माण के लिए रूसी सहयोग चाहा गया, जिसमें इसका इंजन और वैमानिकी शामिल थी। 1964 में एचएएल द्वारा कच्चे माल से बना पहला ऑरफ़ियस 703 परीक्षण में स्वीकार किया गया। इन इंजनों ने मध्यवर्ती जेट प्रशिक्षक किरण विमान को शक्ति दी।

1973 तक एचएएल सीटीएस सीरीज़ के मिग-21 एम विमान दे चुका था, जो 1973 में लाइसेंस से बनाए गए थे और 'फ़्लाई अवे' चीता हेलिकॉप्टर भी। फिर 1977 तक हेलिकॉप्टर कच्चे माल की अवस्था से बन रहे थे। 1979 में एचएएल ने जगुआर विमान के निर्माण के लिए ब्रिटिश एरोस्पेस से लाइसेंस सहमति कर ली। कच्चे माल की अवस्था से भारत में बना पहला जगुआर विमान भारतीय वायु सेना को 1988 में सौंप दिया गया। इसी समय के आस-पास भारतीय वायु सेना ने फ्रांसीसी विमान निर्माता दस्सु एविएशन से मिराज़-2000 विमान ख़रीदे और उनकी मरम्मत के इंतज़ाम भी किए।

डॉ. कलाम एसएलवी-3 के दिनों से एचएएल के एरोस्पेस डिवीज़न के साथ गहराई से जुड़े थे और उन्होंने आईजीएमडीपी के तले मिसाइल तंत्रों की ढलाई के लिए इसके विस्तार को अंजाम दिया। पृथ्वी मिसाइल के विंग बे, एरोफ़ॉइल विंग, प्रणोदक टैंक और एल्युमिनियम विस्फोटक शीर्ष कवर एचएएल के एरोस्पेस डिवीज़न में ही

बने थे। मैं वहाँ त्रिशूल वायु-ढाँचे के खंड ढलाने में सी.एस. माहेश्वरी के साथ जुड़ा था। हमने पी.के. सेनगुप्ता के साथ फ़ाउंड्री ऐंड फ़ोर्ज डिवीज़न में आकाश मिसाइल खंड की मैग्नीशियम ढलाई के विकास में इकट्ठे काम किया।

1956 में संचार उपकरण के निर्माण के साथ शुरू हुए भारत इलेक्ट्रॉनिक्स लिमिटेड (बीईएल) ने सेना के लिए एक राडार निर्माण स्थल बनाया। 1966 में बेंगलूरु में आंतरिक शोध और विकास प्रारंभ हुआ। 1970 के दशक में बीईएल ने दूरदर्शन हेतु टेलीविज़न ट्रांसमिटर्स के लिए उत्पादन इकाइयाँ स्थापित कीं और नौसेना के लिए पोत राडार भी बनाने लगा। राडार बनाने और भारतीय वायु सेना हेतु ट्रोपोस्कैटर संचार उपकरण बनाने के लिए बीईएल की दूसरी इकाई 1974 में गाज़ियाबाद में स्थापित की गई। 1982 में देश के उपग्रह कार्यक्रमों को समर्थन देने के लिए बेंगलूरु में स्पेस इलेक्ट्रॉनिक्स डिवीज़न स्थापित किया गया। डॉ. कलाम ने बीईएल को आकाश मिसाइल सिस्टम का मुख्य समन्वयक बनाया और इलेक्ट्रॉनिक युद्ध उपकरणों के निर्माण के लिए हैदराबाद में बीईएल इकाई के निर्माण को सुगम बनाया।

सेल्फ़-रिलाएंस कमेटी के अनुसार 1992 में हमारा स्वावलंबन अनुपात 30 प्रतिशत था और इसने इसे 2005 तक 70 प्रतिशत करने की आवश्यकता पर ज़ोर दिया था। कमेटी ने आवश्यक अति महत्त्वपूर्ण प्रौद्योगिकियों को भी चिन्हित किया था - गैलियम आर्सेनाइड डिवाइसेस, फ़ाइबर ऑप्टिक्स, स्मार्ट वेपन उपप्रणालियाँ, हैवी पार्टिकल बीम्स, फ़ोकल प्लेन अरे और पराध्वनिक प्रणोदन। इसने 100 करोड़ रुपए का डिफ़ेंस टेक्नोलॉजी फ़ंड बनाने की अनुशंसा भी की थी, ताकि अधुनातन रक्षा प्रणालियाँ बनाने के लिए आवश्यक 'मूल' और 'मातृ' प्रौद्योगिकी पर ध्यान केंद्रित किया जा सके। उदाहरण के लिए इनमें मल्टीमोड राडार, वायु इंजन, कार्बन फ़ाइबर्स और लाइट कम्बैट एयरक्राफ़्ट (एलसीए) हेतु राडार से बच निकलने की क्षमता शामिल थी।

कमेटी की रिपोर्ट में स्वावलंबन प्रयास के 'मास्टरमाइंड' के रूप में एक सेल्फ़-रिलाएंस इंप्लिमेंटेशन काउंसिल (एसआरआईसी) बनाने की आवश्यकता पर भी ज़ोर दिया गया था। एसआरआईसी डीआरडीओ, थल सेना, नौसेना, वायु सेना और डिपार्टमेंट ऑफ़ डिफ़ेंस प्रॉडक्शन के मुखियाओं को एक साथ लाकर यह सुनिश्चित करेगी कि स्वावलंबन के लक्ष्यों की नियमित और प्रभावी निगरानी हो। डॉ. कलाम ने रूस में सुखोई लड़ाकू विमानों के डिज़ाइन, विकास और उत्पादन के जाँचे गए मॉडल का विकल्प चुना। वहाँ सुखोई डिज़ाइन ब्यूरो ने वैमानिक कार्यक्रमों को उत्पादकों के साथ मिलकर सफलतापूर्वक मार्गदर्शन दिया था।

डॉ. कलाम को महसूस हुआ कि एक अशांत संसार में, जहाँ यथास्थिति और प्रौद्योगिकी की रक्षा स्थापित शक्तियों द्वारा खूँखार ढंग से की जा रही है, भारत को अपनी प्रौद्योगिकी प्रगति के लिए समन्वित और विवेकपूर्ण योजनाएँ बनानी होंगी। इसे राष्ट्रीय कार्यक्रमों में शैक्षणिक संस्थाओं की सक्रिय भागीदारी के साथ अपने ज्ञानाधार

को बेहतर बनाना होगा। इससे भी बढ़कर, सभी प्रतिभागियों को कार्यक्रम में अपने प्रयास एकत्रित करने होंगे : उन्हें राजनीतिक नेतृत्व द्वारा जागीर विकसित करने और क्षेत्र के लिए लड़ने की अनुमति नहीं देनी चाहिए। असफलता को स्वीकार करना सचमुच सफलता का छलाँग लगाने वाला तख़्ता है। इस तरह डॉ. कलाम ने भारत के कल का चित्र देखा। दूरदर्शी समझ के साथ डॉ. कलाम ने कहा था, 'पूरी सृष्टि उन लोगों को अपना सर्वश्रेष्ठ देने के लिए काम करती है, जो सपना देखते हैं और काम करते हैं। हमें दोनों हाथों से उन्हें जकड़ने की ज़रूरत है।'

2.8

तलवार की धार पर

दो विकल्पों के बीच घिसे-पिटे रास्ते को छोड़ने का निर्णय लें। कई लोगों का आह्वान किया जाता है, बहुत कम चुने जाते हैं।

—डब्ल्यू. सॉमरसेट मॉम
ब्रिटिश उपन्यासकार

1992 तक भारतीय पासपोर्ट धारकों को इज़राइल में प्रवेश पर पाबंदी थी। प्रधानमंत्री नरसिंह राव इज़राइल के साथ भारत के संबंधों को खुले में लाए, जिन्हें विदेश मंत्री के रूप में उनके कार्यकाल में कुछ वर्षों तक चोरी-चोरी सक्रिय रखा गया था। उन्होंने इज़राइल को नई दिल्ली में दूतावास खोलने के लिए आमंत्रित किया। भारत और इज़राइल कई मायनों में समान हैं, क्योंकि वे दोनों ही अलग-थलग प्रजातंत्र हैं, जिन्हें ऐसे पड़ोसियों से ख़तरा है, जो आतंकवादियों को प्रशिक्षित करते हैं, वित्तीय सहायता देते हैं और प्रोत्साहित करते हैं। दोनों देश रक्षा मसलों पर आपसी सहयोग करें, यह एक रणनीतिक अनिवार्यता थी। इज़राइल में विश्व की कई अग्रणी हाई-टेक कंपनियों के साथ प्रौद्योगिकी साझेदारियाँ करने का काम डॉ. कलाम को सौंपा गया।

यह आसान काम नहीं था। बहुत सी नकारात्मक कंडीशनिंग थी, जिससे उबरना था। हालाँकि दोनों ही देशों ने एक दूसरे से कुछ ही महीनों के भीतर इंग्लैंड से स्वतंत्रता हासिल की थी, लेकिन वे लगभग चार दशकों से उल्लेखनीय रूप से अलग-अलग दिशाओं में बढ़ रहे थे। भारत गुटनिरपेक्ष आंदोलन का लीडर बन गया था, जिसके अरब जगत और सोवियत संघ के साथ क़रीबी संबंध थे। इज़राइल ने अपना भविष्य अमेरिका और पश्चिमी यूरोप के साथ मज़बूत संबंधों बनाने में देखा था।

6 मार्च 1993 को जब शरद पवार महाराष्ट्र के मुख्यमंत्री बने, तो प्रधानमंत्री राव ने रक्षा मंत्रालय अपने ही पास रख लिया। डॉ. कलाम अब प्रधानमंत्री नरसिंह राव तक सीधे पहुँच सकते थे, जिन्होंने उन्हें और अन्य परमाणु वैज्ञानिकों को

परमाणु बम बनाने की इच्छा बताई थी। उन्होंने कहा कि शीत युद्ध 1991 में ख़त्म हो गया था और इसके साथ ही सोवियत संघ के साथ 1971 की संधि भी ख़त्म हो गई थी और अब भारत के पास किसी महाशक्ति का समर्थन नहीं था। ख़तरनाक चीन और खुलेआम शत्रुता दिखा रहे पाकिस्तान की वजह से अब भारत के पास परमाणु-सक्षम देश बनने के अलावा ज़्यादा विकल्प नहीं बचे थे।

वैसे भारत को सुरक्षा का जोखिम केवल दूसरे देशों की सेना से ही नहीं था। शुक्रवार 12 मार्च 1993 को तेरह बम विस्फोटों की शृंखला ने मुंबई को हिलाकर रख दिया। ये समन्वित आक्रमण भारत के इतिहास में हुए सबसे विनाशकारी बम विस्फोट थे। यह संसार में अपनी तरह का पहला आतंकवादी हमला था - सुनियोजित, समन्वित और सिलसिलेवार बम विस्फोट। इन हमलों में 350 जानें गईं और 1,200 लोग हताहत हुए। डॉ. कलाम ने मुझे बताया कि भारत अपने शत्रुओं से जिस ख़तरे का सामना कर रहा था, उसका रूप बदल रहा था। उन्होंने सोचा : कोई सभ्य देश कैसे छिपे हुए समूहों से लड़े? एक बहुलवादी समाज बेतरतीब हिंसा जारी रखने की आतंकवादियों की कार्यप्रणाली से कैसे लड़े?

बरसों बाद डॉ. कलाम ने मुझे बताया कि 1991 के बाद के वर्ष संभवतः भारत के लिए सबसे ख़तरनाक थे। हमारे पास किसी महाशक्ति का समर्थन नहीं था और हम कट्टर शत्रुओं से घिरे थे। आर्थिक दृष्टि से कमज़ोर होने की वजह से हम परमाणु हथियार बनाने की स्थिति में नहीं थे और परमाणु प्रतिबंधों का बोझ झेलने की स्थिति में भी नहीं थे। इन विपरीत परिस्थितियों के बावजूद प्रधानमंत्री राव परमाणु परीक्षण करने पर आमादा थे। लेकिन 1995 में जब परीक्षण क़रीब थे, तो अमेरिका को तैयारियों की भनक लग गई और इसने प्रधानमंत्री राव पर उन्हें स्थगित करने का भारी दबाव डाला - और उन्होंने ऐसा कर दिया।

1996 में नौसेना ने विमानों और पोत-विरोधी मिसाइलों से अपने लड़ाकू जहाज़ों की रक्षा के लिए एक त्वरित-प्रतिक्रिया वायु रक्षा प्रणाली की तुरंत आवश्यकता बताई। पाकिस्तानी नौसेना ने अमेरिका से हार्पून मिसाइलें और फ़्रांस से एक्सोसेट सी-स्किमिंग मिसाइलें हासिल कर ली थीं। बिना किसी चेतावनी के ये मिसाइलें - दिन हो या रात और मौसम चाहे जैसा हो - लगभग ध्वनि की गति से हमारे जहाज़ों की ओर आ सकती थीं और भयंकर तबाही मचा सकती थीं। न सिर्फ़ लड़ाकू जहाज़ को अपनी मिसाइल जल्दी से जल्दी दागनी होती थी, बल्कि मिसाइल-रोधक को लहरों की दिखने वाली बाधाओं के बावजूद आने वाली मिसाइल को 'देखना' भी ज़रूरी था। जिस त्रिशूल मिसाइल को इस उद्देश्य के लिए तैयार किया गया था, उसकी तैनाती में देर कर दी गई थी।

त्रिशूल ने अब तक किसी स्थिर प्रक्षेपक से भी परीक्षण पूरे नहीं किए थे, इसे तैरने वाले लड़ाकू जहाज़ पर लगाने और वहाँ से दागने की दूसरी और ज़्यादा मुश्किल अवस्था की बात तो रहने ही दें। नौसेना के पास किसी मिसाइल अस्त्र के

बिना दो जहाज़ों का आदेश देने के अलावा कोई विकल्प नहीं था। डॉ. कलाम ने नौसेना की दुर्दशा को स्वीकार किया। वे नकारने की स्थिति में नहीं गए और उन्होंने कोई बहाने नहीं बनाए। उन्होंने कहा, 'सेनाओं की सेवा की जानी चाहिए।' नौसेना ने कई प्रणालियों का मूल्यांकन किया था और यह इज़राइली बराक मिसाइल पर ठहर गई थी। इस तरह एक महान साझेदारी का जन्म हुआ। न सिर्फ़ बराक मिसाइलें भारतीय नौसेना के जहाज़ों पर लगाई गईं, बल्कि शुरुआती आदेश आगे चलकर इज़राइली सैन्य प्रौद्योगिकी क्षेत्र और डीआरडीओ के बीच 350 मिलियन डॉलर के संयुक्त परियोजना के रूप में भी पल्लवित हुआ। यह गठबंधन बराक एक्सटेंडेड रेंज एसएएम में विकसित होने वाला था, जो दस साल बाद किसी प्रक्षेपण स्थल से 100 कि.मी. से अधिक की दूरियों पर लक्ष्यों के ख़िलाफ़ तैनात की जा सकती थीं। डॉ. कलाम की इज़राइल यात्रा में अभी एक और दशक बाक़ी था।

युद्ध का रंगमंच बदल रहा था। 1991 के खाड़ी युद्ध के बाद भारतीय क्रूज़ मिसाइल बनाने का विचार मूर्त रूप में आया, जब अमेरिकी टोमाहॉक क्रूज़ मिसाइलों ने अपनी उपयोगिता साबित की, इराक के आदेश और संचार केंद्रों को कम समय में पंगु कर दिया तथा इसकी सेनाओं को हवाई हमलों के सामने बेबस कर दिया। यह अविश्वसनीय दिख रहा था कि सैकड़ों क्रूज़ मिसाइलें 12 लाख सैनिकों वाली इराकी सेना को कुछ घंटों के भीतर तितर-बितर कर सकती हैं। डॉ. कलाम को महसूस हुआ कि भारतीय सेना को क्रूज़ मिसाइल प्रणाली से सुसज्जित करना ज़रूरी था।

डॉ. कलाम को रूसी वैज्ञानिक संस्थानों में ज़बर्दस्त सद्भावना हासिल थी। इस सद्भावना की बदौलत उन्होंने एक संयुक्त उपक्रम स्थापित किया, जिसकी पुष्टि 12 फ़रवरी 1998 में हस्ताक्षरित एक अनुबंध द्वारा की गई, जिसमें डीआरडीओ और रूस के एनपीओ माशीनोस्ट्रोयेनिया के बीच बराबरी की साझेदारी हुई। माशीनोस्ट्रोयेनिया वह मशहूर संगठन था, जिसने मलाकाखित और ग्रेनिट जैसी प्रतिष्ठित क्रूज़ मिसाइलें विकसित की थीं, साथ ही आईसीबीएम और स्पेसक्राफ़्ट भी। संयुक्त उपक्रम का उद्देश्य सुपरसॉनिक क्रूज़ मिसाइल ब्रह्मोस को डिज़ाइन करना, विकास करना, निर्माण करना और बेचना था, जिसका नाम ब्रह्मपुत्र नदी और मॉस्को के पहले अक्षरों को मिलाकर रखा गया था।

संयुक्त उपक्रम कंपनी में भारत की हिस्सेदारी 50.5 प्रतिशत थी। रूसी लोग चाहते थे कि संयुक्त उपक्रम निजी क्षेत्र की कंपनी के रूप में हो। अगर डीआरडीओ की हिस्सेदारी 51 प्रतिशत होती, तो यह सार्वजनिक क्षेत्र की कंपनी बन जाती और भारत के रक्षा मंत्रालय के अधीन होती। डॉ. शिवतनु पिल्लई को ब्रह्मोस एरोस्पेस कंपनी का सीईओ नियुक्त किया गया और रूस ने अपने वादे के मुताबिक़ इसमें 126.25 मिलियन डॉलर का निवेश किया। डॉ. कलाम एक बार फिर एक अति महत्त्वपूर्ण प्रौद्योगिकी गठबंधन के शिल्पकार थे और यह काफ़ी हद तक उन संबंधों की वजह से था, जो उन्होंने इतने बरसों में बनाए थे और उस अंतरराष्ट्रीय

सम्मान के कारण जो उन्होंने हासिल किया था :

> कलाम और येफ़्रेमोव की आपसी मित्रता और अपनी टीम में विश्वास एक मुख्य घटक था। येफ़्रेमोव का शैक्षणिक क़द और प्रख्यात रॉकेट डिज़ाइजर के रूप में उनकी भूमिका ने रूसी नौकरशाही में अवरोध व शंकाएँ हटाने में मदद की थी। इधर भारत में जब कलाम प्रधानमंत्री राव के पास कोई प्रस्ताव भेजते थे, तो फ़ाइल उसी दिन उनके अनुमोदन के साथ लौट आती थी।

डॉ. कलाम आईजीएमडीपी जैसी मिसाइल बनाने से ही संतुष्ट नहीं थे। वे चाहते थे कि ब्रह्मोस भविष्य का हथियार हो - इसे अपनी श्रेणी में सबसे अच्छा और सबसे उन्नत होना चाहिए। डॉ. कलाम ने इस बारे में अपना सटीक सार दिया कि इसे कैसे हासिल किया जाना चाहिए। उन्होंने कहा, 'गति बढ़ाएँ। युद्ध के बुनियादी नियम का अनुसरण करें - जब आक्रमण की गति बढ़ती है, तो इससे शत्रु का प्रतिक्रिया समय अपने आप कम हो जाता है। ब्रह्मोस को टोमाहॉक से ज़्यादा तेज़ होना चाहिए।' टोमाहॉक लंबी दूरी की ध्वनि से कम वेग वाली क्रूज़ मिसाइल थी। ब्रह्मोस को सुपरसोनिक मिसाइल के रूप में डिज़ाइन किया गया था। इसके दो चरण होंगे : पहले चरण में ठोस ईंधन वाला रॉकेट मिसाइल को ध्वनि का अवरोध तोड़ने की ओर ले जाएगा (मैक 1)। दूसरे चरण में द्रव ईंधन वाला रैमजेट इसे मैक 2.8 की ओर धकेलेगा। मिसाइल लहरों से सिर्फ़ 10 मीटर ऊपर ही उड़ेगी, जिससे यह एक 'समुद्री स्किमर' बन जाएगी। डॉ. कलाम के सपनों के अनुरूप बनी ब्रह्मोस अब भी सबसे तेज़ कार्यकारी क्रूज़ मिसाइल है।

डॉ. कलाम ने मिसाइलों और एरोस्पेस उद्देश्यों के लिए प्रौद्योगिकी का दोहन करने में जो भारी सफलता पाई थी, उसके साथ ही वे भारतीय नागरिक वैमानिक उद्योग की अदोहित संभावना भी देख सकते थे। उन्हें इस बात पर अफ़सोस था कि भारत, जिसने दक्षिण एशिया में सबसे पहले विमान बनाया था, अब तक अपना ख़ुद का प्रतिस्पर्धी यात्री विमान नहीं बना पाया था। नेशनल एरोस्पेस लेबोरेट्रीज़ (एनएएल) ने दो कनाडाई प्रैट और ह्विटनी टर्बोप्रॉप इंजनों का इस्तेमाल करके सारस टर्बोप्रॉप मल्टी-रोल लाइट ट्रांसपोर्ट विमान बनाया था। लेकिन सारस सिर्फ़ नौ से चौदह यात्रियों तक ही ले जा पाता था। डॉ. कलाम 70 से 100 सीटों वाला यात्री विमान बनाने के बारे में जोशीले थे, जिससे भारत के क्षेत्रीय केंद्र महानगरों से जुड़ जाएँ।

कई बार डॉ. कलाम भारतीय एरोस्पेस उद्योग में ठहराव पर अपनी कुंठा को पुरज़ोर अंदाज़ में व्यक्त करते थे। उन्होंने एरोनॉटिकल डेवलपमेंट एजेंसी (एडीए) की एक मीटिंग के बाद चाय के दौरान कहा था, 'जब ब्राज़ील में एम्ब्रेयर कंपनी एक टर्बोप्रॉप यात्री विमान से शुरू करके 70 से 110 सीटों वाला क्षेत्रीय एयरलाइनर और ज़्यादा छोटे बिज़नेस जेट बना सकती है, तो हम ऐसा क्यों नहीं कर सकते? अगर ब्राज़ील की सेना के लिए विमान बनाने वाली सुस्त, सरकारी स्वामित्व की कंपनी संसार

में वाणिज्यिक यात्री विमान की चार सबसे बड़ी निर्माताओं में से एक बन सकती है, तो एचएएल को कौन सी चीज़ रोक रही है?'

बहरहाल, उनकी चिंता केवल प्रौद्योगिकी और वैमानिकी के मसलों तक ही सीमित नहीं थी। इस समय तक देश के प्रति डॉ. कलाम का स्वप्न वैश्विक और व्यापक हो चुका था। यह इक्कीसवीं सदी के पहले दशकों में राष्ट्र की प्रगति के ब्लूप्रिंट में प्रकट हुआ। 1993 में डॉ. कलाम ने प्रौद्योगिकी सूचना, पूर्वानुमान एवं मूल्यांकन परिषद् (टीआईएफ़एसी) के चेयरमैन का कार्यभार सँभाला। डॉ. कलाम और वाय. एस. राजन ने मिलकर 500 विशेषज्ञों की टीम के वृहद अध्ययन का प्रबंधन किया, जिसमें सन 2020 तक भारत को विकसित राष्ट्र बनाने का स्वप्न विकसित किया गया था। यह योजना बाद में पुस्तक के रूप में प्रकाशित हुई।

इस पुस्तक ने भारत की कमज़ोरियों और शक्तियों की गहराई से जाँच की और एक स्वप्न दिया कि भारत सन 2020 तक विश्व की सबसे बड़ी चार आर्थिक शक्तियों में से एक कैसे बन सकता है। डॉ. कलाम और वाय. एस. राजन का स्वप्न केवल शुष्क आर्थिक आँकड़ों और देश की तरक्की के तकनीकी पहलुओं से ही संबंधित नहीं था। इसका संबंध तो ख़ास तौर पर आम भारतीयों के जीवन की बेहतरी से था :

> कौन सी चीज़ किसी देश को विकसित देश बनाती है? स्पष्ट सूचक हैं देश की दौलत, इसके लोगों की समृद्धि और अंतरराष्ट्रीय मंच पर इसकी स्थिति। देश की दौलत के कई सूचक हैं : सकल राष्ट्रीय उत्पादन (जीएनपी), घरेलू राष्ट्रीय उत्पादन (जीडीपी), भुगतान संतुलन, विदेशी मुद्रा भंडार, आर्थिक प्रगति की दर, प्रति व्यक्ति आय, आदि... आर्थिक सूचक महत्त्वपूर्ण हैं, लेकिन वे सिर्फ़ तसवीर का एक हिस्सा ही दिखाते हैं... हालाँकि संख्याएँ प्रभावी नज़र आ सकती हैं, लेकिन वे बहुत से मानव दुखों को छिपा सकती हैं, ख़ास तौर पर आम लोगों के।

इंडिया 2020 ने प्रगति के पाँच क्षेत्रों को पहचाना : कृषि और फ़ूड प्रोसेसिंग का लक्ष्य वर्तमान उत्पादन को दोगुना करना था; अधोसंरचना, जिसके साथ विश्वसनीय विद्युत आपूर्ति हो, ग्रामीण क्षेत्रों में नगरीय सुविधाएँ प्रदान करना और सौर ऊर्जा को बढ़ावा देना; निरक्षरता, सामाजिक सुरक्षा और जनसंख्या के सकल स्वास्थ्य के प्रति निर्देशित शिक्षा व स्वास्थ्य सुविधाएँ; सूचना और संचार प्रौद्योगिकी, ताकि दूरस्थ क्षेत्रों में शिक्षा, दूरसंचार व दूर-चिकित्सा को बढ़ावा मिलने के लिए विकसित ई-प्रशासन हो; और अति महत्त्वपूर्ण प्रौद्योगिकियाँ व सामरिक उद्योग, ख़ास तौर पर परमाणु प्रौद्योगिकी, अंतरिक्ष प्रौद्योगिकी और रक्षा प्रौद्योगिकी का विकास।

इंडिया 2020 ने सुनियोजित रूप से भारत और इसके लोगों के सामने के मुद्दों को रेखांकित किया। यह अजीब तरीक़े से निर्देशक और लचीला है, क्योंकि यह

इन मुद्दों के प्रति वर्तमान नीतियों पर बात करता है, उनके गुण-दोषों को पहचानता है और फिर बहुत से समाधान पेश करता है, ताकि सबसे व्यावहारिक समाधान को तय और लागू किया जा सके। भावी अनुमान, कम से कम प्रौद्योगिकी उन्नतियों से संबंधित मसलों के संदर्भ में, किसी हिलते-डुलते मंच से किसी तेज़ी से हिलते हुए लक्ष्य पर निशाना साधने जैसा है। *इंडिया 2020* ने नए विकासों के प्रति खुले रहने की ज़रूरत को समझा, क्योंकि यह पारंपरिक स्वदेशी समाधानों की देश की समृद्ध धरोहर को समझता था, जैसे प्राकृतिक जड़ी-बूटी चिकित्सा और चिकित्सा की अन्य पारंपरिक प्रणालियाँ। इसके अलावा, डॉ. कलाम और वाय.एस. राजन दूसरी सभ्यताओं के सर्वश्रेष्ठ स्वास्थ्य-सुविधा प्रणालियाँ अपनाने के साथ समान रूप से आरामदेह थे, जैसे दीर्घकालीन दर्द के लिए चीनी एक्युपंक्चर।

इसके समर्थक की वैज्ञानिक पृष्ठभूमि को देखते हुए इसमें कोई आश्चर्यजनक बात नहीं है कि विज़न 2020 ने युगों पुरानी समस्याओं को दूर करने के लिए नवीनतम नवाचारों के इस्तेमाल की भी हिमायत की। इसने सुझाव दिया कि सुदूर संवेदन उपग्रहों से मच्छर पैदा होने वाले इलाक़ों का नक़्शा बनाकर प्रौद्योगिकी का इस्तेमाल मलेरिया के समूल विनाश के लिए किया जा सकता है। इसके अलावा, इसने ग्लूकोमा और मोतियाबिंद के उपचार के लिए डीआरडीओ द्वारा तैयार लेज़र की नई भूमिका को भी देखा। वैसे डॉ. कलाम और वाय. एस. राजन दृढ़ थे कि भारत को दूसरे देशों के विचारों की कोरी नक़ल नहीं करनी चाहिए। भारत को अपने मुद्दों के लिए सबसे उचित समाधानों को निरूपित करने में देशवासियों की अंतर्निहित सृजनात्मकता का अभ्यास करना चाहिए। कुछ सुझाए गए विचार नए लेकिन कमाल के थे, जैसे पर्यावरण के लिए हानिकारक प्लास्टिक के बजाय प्राकृतिक रूप से विघटनीय टेपिओका-लाइन्ड पेपर पैकेज का इस्तेमाल।

जो भी नवाचार अपनाए जाएँ, उन्हें 'उपयोगकर्ता-हेतु-मित्रतापूर्ण' होना चाहिए और आम आदमी के जीवन की गुणवत्ता में वृद्धि करनी चाहिए। प्रौद्योगिकी को समाज के किसी हिस्से को अलग-थलग नहीं करना चाहिए। ऐसे इंसान के रूप में जिसने प्रौद्योगिकी उन्नति के लिए अपना जीवन समर्पित किया था, लेकिन एक सादगी भरी जीवनशैली की हिमायत की थी, डॉ. कलाम आधुनिकीकरण के दोषों के बारे में अच्छी तरह जागरूक थे। उन्होंने सुझाव दिया कि प्रगति को आम आदमी को आशंकावान नहीं करना चाहिए, क्योंकि यह अकार्यकुशलता और ग्राहक संतुष्टि के कम स्तरों की ओर ले जा सकता है। इंसान को आधुनिकीकरण की वजह से हो सकने वाले परिवर्तन भाँपने में समर्थ होना चाहिए और इसी के अनुसार ढलना चाहिए।

डॉ. कलाम ने यह चरम विश्वास व्यक्त किया कि आत्मनिर्भर बनने से हमारा राष्ट्रीय आत्मसम्मान बहुत ज़्यादा बढ़ जाएगा। हमारी प्रौद्योगिकी आगे बढ़ेगी, हमारे प्रॉडक्ट्स का स्तर ऊपर उठेगा और सबसे बढ़कर, किसी दूसरे देश के कर्ज़ का प्रश्न ख़त्म हो जाएगा। डॉ. कलाम के दृढ़ कथन - कि अगर उन्नीसवीं सदी यूरोप

की थी, बीसवीं सदी अमेरिका की थी, तो इक्कीसवीं सदी निश्चित रूप से भारत की होगी - ने लंबे समय से दबे हुए देशभक्ति के जज़्बे को जगा दिया। डॉ. कलाम की राष्ट्रीय छवि सम्मानित मिसाइल मैन से ऊपर उठकर राष्ट्रीय स्वप्नदृष्टा की हो चुकी थी। *इंडिया 2020 : ए विज़न फ़ॉर द न्यू मिलेनियम* के ज़रिये डॉ. कलाम ने करोड़ों भारतीयों को एक सपना दिया।

जब डॉ. कलाम और वाय.एस. राजन देश के भविष्य के प्रगतिशील सपने को अंतिम रूप दे रहे थे, तब राष्ट्र का नेतृत्व अनिश्चितता में घिरा हुआ था। भारत में 1996 में आम चुनाव हुए, जिसमें प्रधानमंत्री राव की भारतीय राष्ट्रीय काँग्रेस की पराजय हुई। त्रिशंकु संसद घोषित कर दी गई। राष्ट्रपति शंकर दयाल शर्मा ने भारतीय जनता पार्टी (भाजपा) के नेता अटल बिहारी वाजपेयी को सरकार बनाने के लिए आमंत्रित किया। प्रधानमंत्री वाजपेयी संसद के 545 सदस्यों में से 200 से ज़्यादा का समर्थन नहीं जुटा सके और उन्होंने इस्तीफ़ा दे दिया। इस तरह उनकी तेरह दिन की सरकार ख़त्म हो गई, जिसमें प्रमोद महाजन रक्षा मंत्री थे। लेकिन प्रधानमंत्री वाजपेयी के संक्षिप्त कार्यकाल में भी पूर्व प्रधानमंत्री राव ने उन्हें संक्षेप में बता दिया था कि परमाणु बम तैयार है। प्रधानमंत्री वाजपेयी ने अपनी सरकार के गिरने से ठीक पहले हरी झंडी दे दी।

एच. डी. देवगौड़ा ने वाजपेयी से प्रधानमंत्री पद की बागडोर सँभाली। भारत के सबसे बड़े राज्य उत्तर प्रदेश के पूर्व मुख्यमंत्री और जननायक मुलायम सिंह यादव रक्षा मंत्री बने। उन्होंने डॉ. कलाम के साथ एक प्रबल व्यक्तिगत बंधन जोड़ा और उन्हें हिंदी भाषा सिखाने की कोशिश भी की। मुलायम सिंह ने 8 दिसंबर 1985 को स्थापित दक्षिण एशियाई क्षेत्रीय सहयोग संगठन (सार्क) में डॉ. कलाम को अपना स्वप्न बताया। उन्होंने यूरोपीय संघ की तर्ज़ पर एक महान भारतीय संघ की कल्पना की थी, जिसमें अंदरूनी आर्थिक संयोजकता और भारतीय उपमहाद्वीप के पार लोगों की गतिविधि की पूर्ण स्वतंत्रता हो। मुलायम सिंह ने डॉ. कलाम से परमाणु बम तैयार रखने को कहा। मुलायम सिंह डॉ. कलाम को इतना सम्मान देते थे कि जब भी उन्हें उनसे बात करना होता था, तो उन्हें अपने कक्ष में बुलाने के बजाय वे साउथ ब्लॉक में डॉ. कलाम के ऑफ़िस में चलकर पहुँच जाते थे।

लेकिन प्रधानमंत्री देवगौड़ा भारत के परमाणु कार्यक्रम के लिए अपने पूर्ववर्तियों जितने उत्साहित नहीं थे और उन्होंने परमाणु परीक्षण करने की अनुमति देने से इंकार कर दिया।

नवंबर 1996 में चीन के राष्ट्रपति ज़ियांग जेमिन भारत आए। यह पीपुल्स रिपब्लिक ऑफ़ चाइना के राष्ट्रपति की पहली भारत यात्रा थी। डॉ. कलाम ने चीन के बारे में विस्तार से पढ़ा था और चीनी सभ्यता के प्रति उनके मन में बड़ा सम्मान था। जब मैं उनकी आत्मकथा में उन्हें सहयोग दे रहा था, तो उन्होंने मुझसे कहा कि मैं उन्हें मार्गदर्शक सामाजिक-राजनीतिक सिद्धांत के बारे में संक्षिप्त जानकारी दूँ, जिसका

श्रेय ज़ियांग जेमिन को दिया जाता है। 'तीन प्रतिनिधियों का महत्त्वपूर्ण विचार' नाम से मशहूर इस सिद्धांत की पुष्टि 2002 में सोलहवीं पार्टी काँग्रेस में चीन के साम्यवादी दल ने कर दिया था। *इंडिया 2020* के स्वप्न को परिष्कृत करते समय डॉ. कलाम इस सिद्धांत का अध्ययन करना चाहते थे।

चीन के सर्वोच्च नेता राष्ट्रपति ज़ियांग जेमिन ने कहा था कि देश को तीन प्रबल शक्तियों से शक्ति मिलती है। उन्होंने दृढ़ता से कहा कि इन तीनों का प्रतिनिधित्व सरकार में होना चाहिए, ताकि आंतरिक तकरार और संघर्ष में सृजनात्मक और उत्पादक ऊर्जा का अंतर्विस्फोट और अपव्यय न हो। उन्होंने 'तीन प्रतिनिधियों' को इस तरह परिभाषित किया : आर्थिक उत्पादन करने वाली उन्नत सामाजिक उत्पादक शक्तियाँ, चीन के लोगों के सांस्कृतिक विकास की परवाह करने वाली चीन की उन्नत संस्कृति की प्रगतिशील दिशा और राजनीतिक मतैक्य की ओर ले जाने वाले बहुमत के बुनियादी हित।

1921 में कम्युनिस्ट पार्टी ऑफ़ चाइना की स्थापना और 1959 में साम्यवादी चीन की स्थापना से राष्ट्र निर्माण को विभिन्न अवस्थाओं में मार्गदर्शन देने के लिए तीन मुख्य सैद्धांतिक अभिव्यक्तियाँ प्रतिपादित की गई हैं। माओ जे दॉन्ग का 'विचार' मार्क्सवाद और चीनी क्रांति की व्यावहारिक स्थिति को मिलाता था। देंग ज़ियाओपिंग का 'सिद्धांत' चीनी विशेषताओं के साथ समाजवाद को बनाना था। 'तीन प्रतिनिधियों' का सिद्धांत पार्टी व राष्ट्र निर्माण दोनों के लिए एक और मील का पत्थर था।

भारत के लिए इनकी क्या प्रासंगिकता थी? डॉ. कलाम ने कहा, 'सरकार को हमेशा भारत की उन्नत उत्पादक शक्तियों की विकास प्रवृत्ति को प्रतिनिधित्व करना चाहिए। इसका अर्थ है कि सरकार की योजना, सिद्धांत, नीतियाँ और इसके सभी काम उत्पादक शक्तियों के विकास को संचालित करने वाले नियमों के सामंजस्य में होने चाहिए। इसे उत्पादक शक्तियों, ख़ास तौर पर उन्नत उत्पादक शक्तियों की अभिव्यक्ति और विकास को लगातार आगे बढ़ाने के लिए आवश्यक चीज़ों को समाहित करना चाहिए। इसे उत्पादक शक्तियों का विकास करके लोगों के जीवन स्तर को निरंतर ऊँचा उठाना चाहिए।'

डॉ. कलाम ने राष्ट्र निर्माण में अकादमिक और वैचारिक सिद्धांतों की भूमिका पर अब अपने परिचित मंत्र को भी सामने रखा : 'सरकार के कार्यक्रम, सिद्धांत, नीतियाँ और इसके सभी कामों को आधुनिकीकरण, संसार और भविष्य की आवश्यकताओं के प्रति तैयार एक राष्ट्रीय, वैज्ञानिक और लोकप्रिय समाजवादी संस्कृति के विकास के मार्गदर्शन के लिए आवश्यक चीज़ों को समाहित करना चाहिए। इन्हें वैचारिक और नैतिक मानदंडों को बेहतर बनाने, पूरे देश के वैज्ञानिक व सांस्कृतिक स्तरों को बेहतर बनाने, और भारत के आर्थिक विकास तथा सामाजिक प्रगति के लिए प्रोत्साहन व बौद्धिक समर्थन प्रदान करने के लिए लागू करना चाहिए।'

डॉ. कलाम ने आगे जोड़ा, 'सरकार बहुसंख्यक लोगों के बुनियादी हितों का

प्रतिनिधित्व करती है, इसका यह मतलब है कि अपनी सभी योजनाओं, सिद्धांतों, नीतियों और कामों में इसे ध्यान रखना चाहिए कि लोगों का बुनियादी हित ही इसका शुरुआती बिंदु और उद्देश्य है। इसे लोगों के उत्साह, पहल और सृजनात्मकता को पूर्ण अभिव्यक्ति देनी चाहिए और लोगों को सक्षम बनाना चाहिए, ताकि वे सामाजिक विकास और प्रगति के आधार पर मूर्त आर्थिक, राजनीतिक व सांस्कृतिक लाभ लगातार हासिल करें।'

उस वक़्त भारत सरकार की स्थिति 'तीन प्रतिनिधि' सिद्धांत के ठीक विपरीत थी। अप्रैल 1997 में देवगौड़ा सरकार का पतन हो गया और कॉंग्रेस ने गठबंधन से अपना समर्थन वापस ले लिया। इसके पीछे कारण यह बताया गया कि हालाँकि देवगौड़ा की अल्पमत युनाइटेड फ्रंट सरकार कॉंग्रेस पर निर्भर थी, लेकिन इसने महत्त्वपूर्ण मसलों पर पार्टी से मशविरा नहीं लिया। इंद्र कुमार गुजराल, जिन्हें ज़्यादातर लोग विदेशी मसलों में शांतिवादी मानते थे और जो देवगौड़ा मंत्रिमंडल में विदेश मंत्री थे, को गठबंधन का नया नेता चुना गया। प्रधानमंत्री गुजराल ने देवगौड़ा मंत्रिमंडल के हर मंत्री को दोबारा नियुक्त किया। उन्होंने सार्वजनिक रूप से यह भी कहा कि आर्थिक या विदेश नीतियों में कोई परिवर्तन नहीं होगा।

प्रधानमंत्री गुजराल का दृष्टिकोण यह था कि 1997 परमाणु परीक्षण के लिए सही समय नहीं है। उन्हें देश के विद्यमान परमाणु निवारक को क़ायम रखना बेहतर लगा और वे भारत की परमाणु क्षमता बढ़ाने के परिणामों को लेकर चिंतित थे। उन्हें महसूस हुआ कि देश आर्थिक और कूटनीतिक परिणामों को नहीं झेल सकता, जो परमाणु परीक्षणों के बाद निस्संदेह आएँगे - प्रतिबंध और अंतरराष्ट्रीय निंदा - न ही उनकी सरकार सत्ता पर अपनी नाज़ुक पकड़ को क़ायम रख पाएगी। चाहे जो हो, प्रधानमंत्री गुजराल डॉ. कलाम के बहुत मुरीद थे और भारत की अंतरिक्ष व मिसाइल-निर्माता क्षमता में उनके योगदान के बड़े भारी प्रशंसक भी थे।

प्रधानमंत्री गुजराल और रक्षा मंत्री मुलायम सिंह डॉ. कलाम को भारत की वैज्ञानिक शक्ति का प्रतीक मानते थे। सरकार भारत की सुरक्षा को कितना महत्त्व देती है, इस बारे में - न सिर्फ़ राष्ट्र को, बल्कि पूरे संसार को - शक्तिशाली संदेश भेजने के लिए उन्होंने निर्णय लिया कि डॉ. कलाम को भारत रत्न पुरस्कार प्रदान करना चाहिए, जो देश का सर्वोच्च सम्मान था। इस पुरस्कार की घोषणा नवंबर 1997 में हुई। सर सी.वी. रमण के बाद यह पुरस्कार पाने वाले वे दूसरे वैज्ञानिक थे।

खंड 3

बोध

जीवन बुद्धिमान के लिए एक स्वप्न है, मूर्ख के लिए एक खेल है, अमीर के लिए एक हास्य नाटिका है, ग़रीब के लिए एक दुखद नाटक है।

—शोलॉम अलीफ़िम
उन्नीसवीं सदी के यहूदी लेखक

3.1

मेजर जनरल पृथ्वीराज

अणु बम ने भावी युद्ध की आशंका को असहनीय बना दिया है। यह हमें पहाड़ी दर्रे की अंतिम कुछ सीढ़ियों तक ले आया है; और इसके पार एक अलग देश है।

—जे. रॉबर्ट ऑपेनहाइमर
अणु बम के जनक

राजनीतिक दृष्टि से संसार प्रतिस्पर्धी शक्तियों और हितों का एक जटिल तंत्र है। जब ये शक्तियाँ एक दूसरे की भरपाई करती हैं, जिस तरह दो वज़न तराजू के पलड़ों को नीचे दबा रहे हों, तो संसार की व्यवस्था संतुलन में रहती है - और शांति क़ायम रहती है। संतुलन बड़ी नाज़ुक चीज़ है; किसी भी छोटी घटना से इसकी स्थिरता विचलित हो सकती है - और उपमहाद्वीप में बेशुमार विरोधी शक्तियों के मामले में ऐसा ख़ास तौर पर होता है। यहाँ संतुलन 1998 में विचलित हो गया, जब पाकिस्तान ने परमाणु-सक्षम गौरी मिसाइल का परीक्षण किया। यह व्यापक विध्वंस का ऐसा हथियार था, जिससे भारत की हृदयभूमि जोखिम में आ गई थी।

हालाँकि भारत विज्ञान और प्रौद्योगिकी विकास के लंबे मार्ग पर चल रहा था और कष्ट झेलते हुए अंतरराष्ट्रीय परमाणु-विरोधी जज़्बातों को ठेस पहुँचाने से बच रहा था, लेकिन पाकिस्तान आराम से पूरी तरह परमाणु-सक्षम बन गया था। यही नहीं, इसने एक बदमाश देश और भारत की विरोधी शक्तियों के साथ मिलीभगत करके यह काम किया था, और विश्वव्यापी परिणामों की परवाह किए बग़ैर। यह प्रतिनिधित्व द्वारा परमाणु प्रसार था; और इसकी बदौलत अब पाकिस्तान के हाथों में व्यापक विध्वंस के हथियार आ गए थे; इसकी सेना अब परमाणु मिसाइलें तैनात कर सकती थीं, जिनकी मारक क्षमता भारतीय सीमा के भीतर गहराई तक थी।

पूरे संसार के अवलोकनकर्ता एक छलपूर्ण अदला-बदली से बहुत कष्ट में थे, जब पाकिस्तान ने उत्तर कोरियाई नो-डॉन्ग मिसाइलें हासिल कर लीं और बदले में गोपनीय परमाणु डिज़ाइन तथा संवर्धन उपकरण प्रदान कर दिए। भारत के पास अब

पाकिस्तान के अनुपात में अपनी परमाणु क्षमता विकसित करने के अलावा दूसरा विकल्प नहीं था, ताकि देशों के बीच का नाज़ुक संतुलन दोबारा बन सके। इसके लिए यह अनिवार्य था कि प्रक्षेपित मिसाइलों का अग्नि परिवार बिना किसी ज़्यादा विलंब के परमाणु अस्त्रों से लैस किया जाए। डॉ. कलाम कई वर्षों से इसकी वकालत कर रहे थे। उन्होंने इस बारे में सरकार के भीतर थोड़ी सर्वसम्मति भी बना ली थी; लेकिन अंतरराष्ट्रीय दबाव के चलते राजनीतिक नेतृत्व आगे नहीं बढ़ना चाहता था, इसलिए परमाणु परीक्षण स्थगित कर दिया गया। अब अनिच्छा संकल्प में बदल चुकी थी।

1998 के आम चुनाव में भारतीय जनता पार्टी (भाजपा) को बहुमत मिला। भाजपा के चुनावी अभियान ने पहले ही पार्टी के इरादे को व्यक्त कर दिया था कि अगर यह सत्ता में आती है, तो यह देश के परमाणु हथियार कार्यक्रम को आगे बढ़ाएगी। चुनावी विजय के बाद परमाणु के प्रश्न पर दरअसल किसी के भी मन में कोई शंका नहीं थी। अब एक व्यापक सर्वसम्मति थी कि भारत को खुलकर परमाणु शक्ति बन जाना चाहिए, अगर किसी दूसरे कारण से नहीं, तो विश्व मंच पर अपनी सही जगह पाने के लिए। पाकिस्तान के मिसाइल सदमे ने परमाणु मुद्दे पर तुरंत कार्यवाही करने के लिए प्रेरित किया।

नेताओं को 1995 का कटु अनुभव अब भी याद था, जब अमेरिका को परमाणु बम परीक्षण की योजनाएँ पता चल गई थीं। अमेरिका के नेतृत्व में अंतरराष्ट्रीय दबाव डाला जा रहा था कि ऐसे परीक्षण न किए जाएँ। इस बार, भारत सिर्फ़ अपनी रक्षा के विशेषाधिकार का इस्तेमाल ही नहीं कर रहा था; देश की सैन्य क्षमताओं को इसके सबसे कठोर शत्रु की क्षमता के स्तर तक लाना था। इसलिए प्रधानमंत्री वाजपेयी ने आगामी परमाणु परीक्षणों को गोपनीय रखने के लिए हर क़दम उठाया। उन्होंने यह जानकारी अपने मंत्रिमंडल के साथियों को नहीं दी, और तो और, रक्षा मंत्री जॉर्ज फ़र्नांडिस तक को नहीं, जिन्हें इन गतिविधियों की भनक तक नहीं लगी।

पोखरन ने भारत का नाभिकीय बाल्यकाल देखा था और अब यह पूर्ण परिपक्व परमाणु शक्ति के रूप में इसकी वयस्कता को भी देखने वाला था। पोखरन राजस्थान के जैसलमेर जिले के थार मरुस्थल में एक दूरस्थ छोटा कस्बा है। 1974 में यहाँ पहला भूमिगत परमाणु परीक्षण किया गया था। यह चट्टानों, रेत और नमक की पाँच श्रेणियों से घिरा हुआ है। पोखरन का मतलब है 'पाँच मरीचिकाओं का स्थान', जो इस शुष्क, जली हुई बंज़र भूमि के लिए बिलकुल सही नाम है। वैसे अर्ध-रेगिस्तानी परिस्थितियाँ, साफ़ आसमान, हल्के से लहरदार मैदान और कंधे जितनी ऊँची कँटीली झाड़ियाँ जासूसी उपग्रहों से ज़्यादा सुरक्षा प्रदान नहीं करती थीं। विश्व शक्तियाँ, सहृदय भी और शत्रुतापूर्ण भी, कुछ समय से आसमान से पोखरन को ताक रही थीं और किसी तरह के परमाणु परीक्षण के संकेतों का इंतज़ार कर रही थीं।

प्रधानमंत्री वाजपेयी ने संसद में अपनी गठबंधन सरकार के लिए विश्वास मत हासिल किया। इसके बाद एक पखवाड़े के भीतर ही उन्होंने डॉ. कलाम और

डॉ. आर. चिदंबरम को बुलाकर उन्हें परमाणु परीक्षण करने के लिए अधिकृत किया। प्रधानमंत्री के मुख्य सचिव और उनके सबसे विश्वस्त सहायक ब्रजेश मेहता को नौकरशाही में एकमात्र संपर्क सूत्र रखा गया। परीक्षण के लिए ज़िम्मेदार लोगों को तीस दिन का समय वाजिब लगा। राष्ट्रपति के. आर. नारायणन 26 अप्रैल, 1998 से 10 मई, 1998 तक लैटिन अमेरिका का दौरा करने वाले थे। 27 अप्रैल को डॉ. चिदंबरम की बेटी की शादी थी; इस महत्त्वपूर्ण पारिवारिक समारोह से उनकी अनुपस्थिति सभी देखने वालों के सामने यह भेद उजागर कर देती कि कोई बहुत महत्त्वपूर्ण घटना होने वाली है। पूर्णमासी के चाँद के दीवाने डॉ. कलाम ने परीक्षणों के लिए बुद्ध पूर्णिमा के दिन का सुझाव दिया, जो 11 मई 1998 को थी। बिना किसी बहस के हर व्यक्ति तहेदिल से इस शुभ तारीख़ पर सहमत हो गया।

पोखरन रेंज इलाक़ा भारतीय सेना के कोर ऑफ़ इंजीनियर्स की 58 वीं इंजीनियर रेजिमेंट के प्रभार में था। रेजिमेंट ने पिछले कुछ वर्षों में तीन कूप खोद दिए थे। ऐसा उन्होंने रात के घंटों में किया था, ताकि उनकी गतिविधियाँ जासूसी उपग्रहों की पकड़ में न आएँ। उस इलाक़े में कई सूखे, परित्यक्त कुएँ थे और उनमें से कुछ को चौड़ा करके 50 मीटर गहरा कर दिया गया। इन कुओं को एक साल से ज़्यादा समय से सतत तैयारी की अवस्था में रखा गया था, ताकि निर्णय लेने के दस दिन के भीतर ही परीक्षण हो सके।

गोपनीयता क़ायम रखने की सतर्कता इतनी ज़्यादा थी कि पोखरन जाते समय डॉ. कलाम और डॉ. चिदंबरम सेना की वर्दी पहनते थे और उनकी असली पहचान कभी भी वहाँ काम करने वाले लोगों के सामने प्रकट नहीं होती थी। डॉ. कलाम को मेजर जनरल पृथ्वीराज कहा जाता था और डॉ चिदंबरम को मेजर जनरल नटराज कहा जाता था। भाभा एटॉमिक रिसर्च सेंटर (बीएआरसी) के निदेशक डॉ. अनिल काकोडकर और बीएआरसी तथा डीआरडीओ के लगभग 100 वैज्ञानिक और प्रौद्योगिकी से जुड़े लोग परीक्षण आयोजित करने के लिए पोखरन आए। उन्हें भी सेना की वर्दी और छद्म सैन्य पहचान दे दी गई।

नाभिकीय हथियार की विनाशकारी शक्ति नाभिकीय प्रतिक्रियाओं से उत्पन्न होती है, या तो विखंडन (विखंडन बम) या फिर विखंडन व विलय के मिश्रण से (थर्मोन्यूक्लियर बम)। दोनों ही प्रतिक्रियाएँ कम पदार्थ से भारी ऊर्जा मुक्त करती हैं। परीक्षणों की इस श्रृंखला में छह विस्फोट होने थे। एक थर्मोन्यूक्लियर प्रणाली को व्हाइट हाउस नामक 200 मीटर गहरे कूप में डाला गया और सील कर दिया गया। ताज महल नाम के 150 मीटर गहरे कूप की तलहटी में एक विखंडन बम रखा गया और सील कर दिया गया। एक किलोटन से कम का बम कुंभकर्ण नामक कूप में रखा गया। दूसरी परीक्षण श्रृंखला के बाक़ी तीन 50 मीटर के कूप नवताल थे (हिंदी में 'नया तालाब'), जिनका संक्षिप्त नाम था एनटी1, 2 और 3।

थर्मोन्यूक्लियर हथियार ऐसा परमाणु हथियार है, जो प्राथमिक नाभिकीय

विखंडन प्रतिक्रिया से प्राप्त ऊर्जा का उपयोग सिकोड़ने और द्वितीयक परमाणु विलय प्रतिक्रिया को चिंगारी देने के लिए करता है। फलस्वरूप किसी एक चरण के विखंडन हथियार के मुक़ाबले कहीं ज़्यादा शक्तिशाली विस्फोट होता है। इसे आम भाषा में हाइड्रोजन बम कहा जाता है, क्योंकि इसमें हाइड्रोजन विलय का इस्तेमाल किया जाता है। थर्मोन्यूक्लियर हथियारों में विखंडन चरण उनके विलय को शक्ति देता है। थर्मोन्यूक्लियर या ताप-नाभिकीय हथियार की अवधारणा सबसे पहले 1952 में विकसित और प्रयुक्त की गई थी। तभी से इसका इस्तेमाल विश्व के अधिकांश नाभिकीय हथियारों बनाने में हो रहा है। विखंडन-विलय तालमेल की कार्यकुशलता बेहतर मानी जाती है : 1,000 कि.ग्रा. से थोड़े ज़्यादा वज़न का ताप-नाभिकीय हथियार सामान्यतः युद्ध में प्रयुक्त 1.2 मिलियन टन ट्राइनाइट्रोटोल्यून (टीएनटी) विस्फोटक सामग्री से ज़्यादा विस्फोटक शक्ति उत्पन्न कर सकता है। पारंपरिक बम जितना बड़ा नाभिकीय हथियार विस्फोट, आग और विकिरण से किसी पूरे शहर को तबाह कर सकता है।

एक किलोटन से कम के हथियार कम शक्तिशाली नाभिकीय हथियार होते हैं। इनका इस्तेमाल छोटी दूरी की मिसाइलों व बमों की जगह सामरिक परमाणु हथियारों के रूप में किया जाता है। पोखरन परमाणु परीक्षण सैन्य के बजाय वैज्ञानिक क़िस्म के अधिक थे। इनका एक उद्देश्य परमाणु हथियार डिज़ाइन करने के लिए कंप्यूटर सिमुलेशन को जानकारी प्रदान करना था और बहुत कम शक्ति वाले प्रयोगवादी धमाकों के लिए तकनीकी जानकारी प्रदान करना था। हिरोशिमा और नागासाकी पर गिराए गए अणु बम के बाद नाभिकीय हथियारों के परीक्षण और प्रदर्शन के उद्देश्य से दो हज़ार मौक़ों पर विस्फोट हुए हैं, जिनसे कई बार तो पर्यावरण और मानवता को काफ़ी नुक़सान पहुँचा है। शुरुआती वायुमंडल या ज़मीन पर किए गए परीक्षण और ऊँचाई पर या वायुमंडल के बाहर किए गए परमाणु विस्फोट पर्यावरण और आस-पास की जनसंख्या के लिए ख़ास तौर पर हानिकारक रहे थे।

10-11 मई 1998 की चाँदनी रात में डॉ. कलाम, डॉ. चिदंबरम और डॉ. काकोडकर परीक्षण स्थल के क़रीब खड़े थे। लेकिन हवा की आवाज़ के सिवा पूरी ख़ामोशी थी। अचानक तीनों ने लगभग एक साथ डॉ. होमी भाभा का नाम लिया। इससे परमाणु ऊर्जा के तीन महान दिग्गजों के बीच डॉ. भाभा के स्वप्न पर एक घंटे लंबी बातचीत शुरू हो गई। डॉ. भाभा ने नाभिकीय विखंडन से प्राप्त विद्युत से भारत की ऊर्जा आवश्यकताएँ पूरी करने का स्वप्न देखा था।

1950 के दशक में डॉ. होमी भाभा ने दक्षिण भारत के तटवर्ती क्षेत्रों के मोनाज़ाइट रेत में पाए जाने वाले यूरेनियम और थोरियम भंडारों के इस्तेमाल से भारत की दीर्घकालीन ऊर्जा स्वतंत्रता का सपना देखा था। भारत के पास संसार के यूरेनियम भंडार का केवल 1-2 प्रतिशत ही हिस्सा था, लेकिन विश्व के ज्ञात थोरियम भंडारों का लगभग 25 प्रतिशत हिस्सा था - थोरियम के मामले में यह विश्व के सबसे बड़े

भंडारों में से एक था। डॉ. भाभा का अनुमान था कि भारत में थोरियम का कुल भंडार 5,00,000 टन से ज़्यादा होगा, जिसका दोहन करके देश कम से कम चार सदियों तक हर साल 500 गीगावाट विद्युत ऊर्जा उत्पन्न कर सकता है। कलाम डॉ. होमी भाभा के स्वप्न में शामिल विज्ञान से अच्छी तरह परिचित थे और उन्होंने उस पुस्तक में इस बारे में लिखा था, जो मैंने उनके साथ मिलकर लिखी थी :

> प्राकृतिक यूरेनियम के साथ मिलाने पर प्लूटोनियम–239 विखंडन की प्रक्रिया से गुज़रकर ऊर्जा उत्पन्न करता है। रोचक बात यह है कि इस प्रक्रिया में यूरेनियम–238 प्लूटोनियम–239 में रूपांतरित हो जाता है और यह जितना ईंधन खाता है, उससे ज़्यादा 'पैदा करता' है। इसी कारण ऐसे रिएक्टरों को फ़ास्ट ब्रीडिंग रिएक्टर (एफ़बीआर) कहा जाता है। थोरियम अपने आप में विखंडनीय पदार्थ नहीं होता, इसलिए ऊर्जा उत्पन्न करने के लिए यह विखंडन की प्रक्रिया से नहीं गुज़र सकता। थोरियम तो केवल प्लूटोनियम–239 डालने के बाद ही रिएक्टर में आच्छादित करने वाले पदार्थ के रूप में डाला जा सकता है और तीसरे चरण में उपयोग के लिए यूरेनियम–233 में रूपांतरित होता है।

तीनों वैज्ञानिकों ने महान आत्मा डॉ. भाभा को आदरांजलि दी। उनमें से हर एक यह महसूस करता था कि इस दिग्गज वैज्ञानिक से मिलना उनकी ख़ुशक़िस्मती थी। डॉ. कलाम, डॉ. चिदंबरम और डॉ. काकोडकर ने अफ़सोस ज़ाहिर किया कि उपभोक्तावाद के प्रचार पर पली-बढ़ी भावी पीढ़ियों को यह यक़ीन करने में मुश्किल आएगा कि ऐसे स्वप्नदर्शी भारत की भूमि पर चले थे। इन तीनों ने ही अपना ज़्यादातर जीवन परमाणु आत्मनिर्भरता के उस स्वप्न को पूरा करने के लिए समर्पित किया था, जो डॉ. भाभा ने उन्हें वसीयत में दिया था। वे जानते थे कि डॉ. भाभा के बिना वे उस रात वहाँ नहीं खड़े होते।

11 मई 1998 का दिन तेज़ हवाओं से शुरू हुआ, जिनकी वजह से रेगिस्तान की रेत उड़ रही थी। इससे विस्फोट से उत्पन्न धूल के पोखरन के कस्बे की ओर जाने की आशंका थी। उन्हें इंतज़ार करना होगा। प्रधानमंत्री वाजपेयी ने दिन भर के सभी कार्यक्रम रद्द कर दिए थे और परीक्षण स्थल से जुड़ी सुरक्षित हॉटलाइन के पास घर पर ही मौजूद थे। डॉ. कलाम को एक बहुत सुंदर वाक्य याद आया, जो उन्होंने जवानी में कहीं पढ़ा था : 'आपको आम तौर पर उस चीज़ के लिए इंतज़ार करना होता है, जो इंतज़ार करने लायक़ होती है।'

डॉ. कलाम ने दोपहर तीन बजे प्रधानमंत्री को फ़ोन करके बताया कि हवा की रफ़्तार धीमी हो रही है, इसलिए अगले घंटे में परीक्षण किए जा सकते हैं। भारतीय समय के अनुसार 3:43:44.2 बजे पहले तीन विस्फोट एक साथ किए गए। इन तीनों विस्फोटों की सम्मिलित शक्ति ने क्रिकेट मैदान के आकार के इलाक़े को ज़मीन से

कुछ मीटर ऊपर उठा दिया और हवा में धूल व रेत के बादल उड़ा दिए। 1974 के विस्फोट के विपरीत इन्हें 'शांतिपूर्ण परीक्षण' कहने का कोई इरादा नहीं था। इसके विपरीत, सरकारी अधिकारियों ने तुरंत विस्फोटों की सैन्य प्रकृति पर ज़ोर दिया। बृजेश मिश्रा ने अख़बारों के संवाददाताओं को बताया, 'इन परीक्षणों ने यह साबित कर दिया है कि भारत के पास हथियारयुक्त परमाणु कार्यक्रम की आज़माई हुई क्षमता है।'

दो दिन बाद 13 मई 1998 को एक किलोटन से कम के दो बमों एनटी1 और एनटी2 का भूमिगत विस्फोट किया गया। डॉ. आर. चिदंबरम के आदेश पर एनटी3 बम को बाहर निकाल लिया गया और वापस ले जाया गया, क्योंकि उन्हें लगा कि सिर्फ़ पाँच विस्फोटों से ही टीम के पास मनचाहे परिणाम आ चुके हैं। जैसा उन्होंने टीम को संक्षेप में बताया, 'इसे बर्बाद क्यों करें?' पोखरन-द्वितीय नाभिकीय परीक्षण ने अब ज़्यादा शक्तिशाली और हल्के नाभिकीय हथियारों के क्षेत्र में भारत के आगमन को साबित कर दिया था, जो इतने छोटे थे कि मिसाइलों से दागे जा सकते थे।

पाकिस्तान ने इन परीक्षणों पर फ़ौरन प्रतिक्रिया की। 28 मई 1998 को पाकिस्तान ने बलूचिस्तान प्रांत के चगाई जिले के रस कोह हिल्स में नाभिकीय परीक्षण किए। इसके बाद 30 मई 1998 को एक और परीक्षण किया गया। प्रधानमंत्री नवाज़ शरीफ़ ने ये मशहूर शब्द कहे, 'अगर भारत बम विस्फोट नहीं करता, तो पाकिस्तान भी नहीं करता। जब नई दिल्ली ने ऐसा कर दिया, तो जनता के दबाव की वजह से कोई विकल्प नहीं था।'

मई 1998 के बाद पश्चिमी मीडिया में जो हलचल मची, उसके प्रति डॉ. कलाम का रवैया व्यंगात्मक था। उन्होंने मुझे बताया, 'ब्रिटेन के पास परमाणु शस्त्रागार क्यों होना चाहिए, भारत के पास क्यों नहीं? जब फ्रांसीसी लोग अपने स्वामित्व वाले अल्जियर्स में वायुमंडलीय परमाणु परीक्षण कर रहे थे, तब किसी ने कुछ क्यों नहीं कहा? क्या ये तार्किक प्रश्न नहीं हैं? जवाब यह नहीं है कि ब्रिटेन और फ्रांस के पास नाभिकीय हथियारों का दैवी अधिकार है। जवाब तो एकतरफ़ा परमाणु निरस्त्रीकरण के सचमुच नैतिक उदाहरण में है, जिसमें न तो पश्चिम की, न ही सोवियत संघ और चीन की कोई रुचि थी।'

जब हम यह बातचीत कर रहे थे, तो मैं सेना के मेजर जनरल पृथ्वीराज के बारे में सोचे बिना नहीं रह पाया, जो अपनी वर्दी को बहुत ग़ैर-सैनिक अंदाज़ में पहने हुए थे। मैंने सोचा कि क्या पोखरन के ऊपर मँडराने वाले जासूसी उपग्रहों ने डॉ. कलाम के बालों की तसवीरें खींची होंगी। मेजर जनरल पृथ्वीराज के सैनिक हैट से बाहर लटकती चाँदी जैसी लहराती ज़ुल्फ़ें पकड़ में आ गई होतीं।

भले ही वे सेना के अफ़सर के रूप में काफ़ी अविश्वसनीय रहे हों, लेकिन डॉ. कलाम के पास बाक़ी गुणों का सच्चा ख़ज़ाना था। जनवरी 1999 में डॉ. कलाम ने अपनी आत्मकथा *विंग्स ऑफ़ फ़ायर* प्रकाशित की, जिसका मैं सह-लेखक था। इसमें उनके जीवन की कहानी थी। इसमें उनके माता-पिता, शिक्षकों और मार्गदर्शकों

का कृतज्ञतापूर्ण उल्लेख था, जिन्होंने उन्हें सफल होने के लिए गढ़ा। इसके अलावा इस पुस्तक ने संसार को डॉ. कलाम के कविता-प्रेम से भी परिचित कराया। पुस्तक में दूसरों की लिखी उनकी प्रिय कविताओं के अलावा उनकी ख़ुद की लिखी कई कविताएँ भी शामिल थीं।

अग्नि की ओर मत देखो
जैसे यह ऊपर जाती शक्ति हो
शत्रु को भयाक्रांत करने
या शक्ति प्रदर्शन के लिए।
यह एक भारतीय के हृदय की अग्नि है।

इसे एक मिसाइल का रूप भी मत दो
जब यह इस देश के सीने में
धधकते गर्व को जकड़ती है
और इसलिए प्रकाशमान है।

इस पुस्तक को जनता ने हाथोंहाथ लिया और आलोचकों ने सराहा। *द स्टेट्समैन* में भवानी प्रसाद चट्टोपाध्याय ने लिखा कि यह 'एक ऐसी पुस्तक है, जिसका मूल्य सोने के वज़न के बराबर है।' प्रो. एम.एस. मुकुंद ने आईआईएससी के *रेज़ोनेंस* में लिखा, 'ऐसी कुछ बात है, जो हर व्यक्ति इस पुस्तक से ग्रहण कर सकता है... यह पुस्तक हर भारतीय के पढ़ने लायक़ है।' जब एक संवाददाता ने *द एशियन एज* में प्रकाशित एक इंटरव्यू में पत्रकार और प्रसारण एक्ज़ीक्यूटिव एम.वी. कामथ से पूछा कि कौन सी पुस्तक पढ़ना अनिवार्य है, तो उनका जवाब था, 'ए.पी.जे. अब्दुल कलाम की *विंग्स ऑफ़ फ़ायर*।'

पुस्तक प्रकाशित होने के कुछ महीने बाद डॉ. कलाम मेरे साथ उन सैकड़ों पत्रों को देख रहे थे, जो *विंग्स ऑफ़ फ़ायर* के पाठकों ने उन्हें भेजे थे। एक पाठक ने लिखा कि उनकी जीवनगाथा पढ़ते वक़्त उसे ऐसा लगा, जैसे डॉ. कलाम उसके हमसफ़र हों। यह बात डॉ. कलाम के दिल को छू गई और उन्होंने मुझे बताया कि *कुरान* में जीवन का रूपक एक सफ़र के रूप में दिया गया है। डॉ. कलाम ने कहा, '*कुरान* में सफ़र की दिशा का रूपक ज़िंदगी को एक नैतिक सफ़र बताता है। इंसान को स्वतंत्र इच्छा का तोहफ़ा दिया गया है। अच्छा नैतिक जीवन है और बुरा अनैतिक जीवन है। एक अच्छा, सीधा रास्ता है और एक बुरा, घुमावदार रास्ता है। फिर कई सह-यात्री या हमसफ़र भी हैं। सदाचारी हमसफ़र हैं। बुरे हमसफ़र हैं। मार्गदर्शक के रूप में अल्लाह है और ग़लत दिशा में ले जाने वाला शैतान है, जिसे अल्लाह ने इंसान की परीक्षा लेने की अनुमति दी है। अल्लाह हमेशा सदाचारी का साथ देने और बुरे लोगों को बाधित करने के लिए तैयार है। वह इसी अनुसार हमसफ़र भेजता है।'

20 फ़रवरी 1999 को प्रधानमंत्री अटल बिहारी वाजपेयी और नवाज़ शरीफ़ ने वाघा सीमा पर मित्रता के द्वार खोलकर इतिहास रच दिया। उन्होंने नफ़रत की उन दीवारों को तोड़ दिया, जो पिछले 51 सालों से भारत-पाकिस्तान संबंधों का प्रतीक थीं। जब प्रधानमंत्री अटल बिहारी वाजपेयी बाईस प्रतिष्ठित भारतीयों के साथ दिल्ली-लाहौर बस में बैठकर सीमा जाँच चौकी पर पहुँचे, तो प्रधानमंत्री नवाज़ शरीफ़ उनके स्वागत के लिए वहाँ खड़े थे। जब दोनों नेताओं ने हाथ मिलाए और गले मिले, तो सीमा के दोनों तरफ़ सैकड़ों लोग क़तार में खड़े होकर इस घटना का जश्न मना रहे थे। यह उपमहाद्वीप के इतिहास में एक निर्णायक पल था। सीमा के दोनों ओर हुए परमाणु परीक्षणों के बावजूद दोनों देशों के नेताओं ने शांतिपूर्ण सहअस्तित्व की दिशा में रास्ता बनाने में कामयाबी पाई थी।

बहरहाल भारत अपनी पूर्ण परमाणु क्षमता का पीछा जारी रखने वाला था। अग्नि-टू का पहला परीक्षण एक परिवर्तित रेलवे डिब्बे से किया गया, जिसकी छत खुल जाती थी। ऐसा इसलिए किया गया, ताकि दो बड़े हाइड्रॉलिक पिस्टन मिसाइल को सीधे प्रक्षेपित करने की जगह तक उठा सकें। प्रक्षेपण की प्रक्रिया का नियंत्रण रेल के दूसरे डिब्बे से किया जा रहा था। मिसाइल बालासोर के क़रीब ह्वीलर टापू से प्रक्षेपित की गई। मिसाइल 2,100 कि.मी. दूर जाकर बंगाल की खाड़ी में गिरी। अग्नि-वन के द्रव प्रणोदक के विपरीत अग्नि-टू में ठोस प्रणोदक मोटर थी, जिससे यह पूरी तरह ठोस प्रणोदक प्रणाली बन गई। मिसाइल कुछ ही समय में सड़क पर गतिशील संस्करण देखने वाली थी, जो पहले प्रहार को लचीला बनाए और अतिसंवेदनशीलता कम करे।

अप्रैल 1999 में भारतीय सेना हैरान रह गई, जब पाकिस्तान ने लद्दाख के भारतीय इलाक़े को जम्मू-काश्मीर के उत्तरी हिस्से से विभाजित करने वाले क्षेत्र में घुसपैठ कर दी। सभी जानते थे कि पाकिस्तानी सेना के कुछ तत्व छिपकर पाकिस्तानी दस्तों तथा अर्धसैनिक बलों को प्रशिक्षित कर रहे थे और उन्हें नियंत्रण रेखा (एलओसी) के भारतीय हिस्से में भेज रहे थे। वैसे नवीनतम घुसपैठ ज़्यादा गंभीर थी। इसका लक्ष्य कश्मीर और लद्दाख के बीच की कड़ी को तोड़ना था, ताकि भारतीय सैनिक सियाचिन ग्लेशियर से पीछे हटने पर मजबूर हो जाएँ। भारत को इस बात से बड़ी निराशा हुई कि यह घुसपैठ भारतीय प्रधानमंत्री की ऐतिहासिक पाकिस्तान यात्रा के लगभग तुरंत बाद हुई, जहाँ उनका इतनी गर्मजोशी से स्वागत किया गया था। लद्दाख घुसपैठ में ज़्यादा कूटनीतिक समझदारी नज़र नहीं आ रही थी।

1947 में भारत के विभाजन से पहले कारगिल लद्दाख के बाल्टिस्तान जिले का हिस्सा था। यह अलग-अलग भाषाओं, प्रजातियों और धार्मिक समूहों वाला कम आबाद इलाक़ा था। यहाँ रहने वाले लोग एकाकी घाटियों में रह रहे थे, जो संसार के कुछ सबसे ऊँचे पहाड़ों द्वारा विभाजित थीं। जब 1947-48 का कश्मीर युद्ध ख़त्म हुआ, तो एलओसी ने बाल्टिस्तान जिले को विभाजित कर दिया था और कारगिल

का कस्बा तथा जिला भारतीय हिस्से में आया था। 1971 के युद्ध में पाकिस्तान की पराजय के बाद दोनों देशों ने शिमला समझौते पर हस्ताक्षर करते हुए वादा किया था कि इस सीमा के संदर्भ में सशस्त्र संघर्ष नहीं करेंगे।

कारगिल में घुसपैठ के बाद पाकिस्तान के प्रधानमंत्री नवाज़ शरीफ़ ने दावा किया कि वे इस कार्यवाही से अनभिज्ञ थे और उन्हें तो स्थिति के बारे में सबसे पहले पता तब चला, जब प्रधानमंत्री वाजपेयी ने उन्हें फ़ोन किया। उन्होंने घुसपैठ का दोष अपने सैनिक अधिकारियों पर मढ़ दिया।

बुनियादी तथ्य यह है कि युद्धकारी प्रवृत्तियाँ भारत तथा पाकिस्तान दोनों में विद्यमान थीं और दोनों ही देशों को उन्हें कम करने की ज़रूरत थी। जिस तरह पाकिस्तान में जिहादियों का अस्तित्व है, उसी तरह पाकिस्तान-विरोधी कट्टरपंथी भारत में भी मौजूद हैं। दोनों देशों के आपसी मुद्दे और शत्रुता आसानी से नहीं सुलझाई जा सकती। प्रक्रियाएँ जटिल हैं और कई सालों तक राय क़ायम की गई है। बहरहाल, सीमा के दोनों तरफ़ बहुत से मेधावी लोग हैं और प्रचुर प्राकृतिक संसाधन हैं। अगर भारत और पाकिस्तान मिल जाते, या कम से कम सहयोगात्मक रवैया रखते, तो वे चीन से काफ़ी आगे हो जाते और शायद संसार के विकसित देशों में सबसे बड़े होते। ऐसी समस्याओं की डॉ. कलाम की समझ दार्शनिक थी और प्राचीन धर्मग्रंथों से प्रेरित थी :

> महाभारत में भीष्म तीरों की शैया पर लेटे थे और अपनी मृत्यु के पल का इंतज़ार कर रहे थे। जब पांडव उनकी सलाह लेने उनके पास पहुँचे, तो वे बोले, 'कोई किसी का मित्र नहीं होता। कोई किसी का शत्रु नहीं होता। यह तो परिस्थितियाँ हैं, जो शत्रु और मित्र बनाती हैं।' संसार जैसा आज है, वैसा कुछ दशकों बाद नहीं रहेगा। विकसित हो रही सामरिक सोच प्रक्रिया को नई विश्व व्यवस्था पर प्रतिक्रियाशील होना चाहिए।

अब कलाम के डीआरडीओ से बाहर निकलने का समय आ गया था। उन्हें महसूस हुआ कि वे वहाँ कुछ ज़्यादा ही रुक गए थे। डीआरडीओ के चीफ़ कंट्रोलर (आरऐंडडी) डॉ. वी.के. अत्रे ने डॉ. कलाम से कमान सँभाल ली, जो पहले नैवल फ़िज़िकल ऐंड ओशनोग्राफ़िक लेबोरेट्री (एनपीओएल), कोचीन के निदेशक रह चुके थे। लेकिन भारत सरकार डॉ. कलाम को सेवानिवृत्त नहीं होने देना चाहती थी।

नवंबर 1999 में भारत सरकार का मुख्य वैज्ञानिक सलाहकार का कार्यालय (पीएसए) बनाया गया। डॉ. कलाम को इस उच्च पद का पहला अधिकारी नियुक्त किया गया। पीएसए बहुल उपयोगों के लिए समर्थन प्रणालियाँ और नवाचारों के लिए नीतियाँ, रणनीतियाँ और मिशन विकसित करने वाला था। यही नहीं, पीएसए सरकारी विभागों, संस्थाओं और उद्योग के साथ साझेदारी करके अति महत्त्वपूर्ण अधोसंरचना, आर्थिक और सामाजिक क्षेत्रों में विज्ञान और प्रौद्योगिकी कार्य करने वाला था। यह

कार्यालय कैबिनेट की साइंटिफ़िक एडवाइज़री कमेटी (एसएसी) के सचिवालय के रूप में काम करने वाला था।

डॉ. कलाम को महसूस हुआ कि नीतिगत और सामरिक पहलों के लिए प्रमाण–आधारित अध्ययन करना ख़ास तौर पर महत्त्वपूर्ण है। राष्ट्रीय प्रतिस्पर्धात्मकता और राष्ट्रीय सुरक्षा संबंधी प्रौद्योगिकियों को बढ़ाने के लिए विकास और प्रायोगिक परियोजना प्रयास आवश्यक थे, जो बहुविषयक परियोजनाओं को प्रारंभ करें और प्रेरित करें या समान लक्ष्यों वाली नेटवर्क संस्थाओं की मदद करें। डॉ. कलाम ने अपने पुराने मित्र वाय.एस. राजन को अपनी नई टीम के प्रमुख के रूप में आमंत्रित किया, जो तब तक टीआईएफ़सी से सेवानिवृत्त हो चुके थे। अगर जीवन सफ़र है, तो वाय.एस. राजन डॉ. कलाम के लिए अच्छे हमसफ़र थे।

3.2

आरिफ़

किसी भी जीवनकाल में आपका एकमात्र दायित्व अपने प्रति सच्चा बनना है। किसी दूसरे व्यक्ति या वस्तु के प्रति सच्चा बनना न सिर्फ़ असंभव है, बल्कि नक़ली मसीहा की निशानी भी है।

—रिचर्ड बाख़
***जोनाथन लिविंग्स्टन सीगल* के लेखक**

पीएसए का कार्यालय विज्ञान भवन के उपभवन में निकट की इमारत में स्थित था। यह एक बड़ा सम्मेलन केंद्र था, जिसे भारत सरकार ने 1956 में मौलाना आज़ाद मार्ग पर उप-राष्ट्रपति भवन के क़रीब बनाया था। नए कार्यालय में डॉ. कलाम के व्यक्तिगत सचिव एच. शेरिडन का तबादला कर दिया गया। डॉ. राजन ने डॉ. कलाम के वैज्ञानिक सचिव का पदभार सँभाल लिया। पहले कुछ हफ़्तों तक यह स्पष्ट नहीं था कि नया कार्यालय क्या करेगा। 1950 के दशक की शुरुआत में एडीई के उनींदे समय और इसरो में एसएलवी-3 के बाद के दिनों की अनिश्चितता की यादें लौट आईं। लेकिन तब की तरह डॉ. कलाम और उनकी टीम अपना ख़ुद का काम बना लेगी। इसरो मुख्यालय और डिपार्टमेंट ऑफ़ साइंस ऐंड टेक्नोलॉजी (डीएसटी) के अपने समृद्ध अनुभव का लाभ लेते हुए डॉ. वाय. एस. राजन ने पीएसए को भारत सरकार की कार्यकारी संस्था बना लिया।

भारत में इतने बरसों में जो भारी वैज्ञानिक नौकरशाही विकसित हुई थी, उसमें इस कार्यालय को एक और वृद्धि बनने देने के बजाय डॉ. कलाम ने अपने लक्ष्य हासिल करने के नए साधनों की त्वरित आवश्यकता को भाँपा। निस्संदेह वे नौकरशाही के पेचीदा मसले सँभालने में अनुभवी थे; यहाँ उनकी योग्यता उनका शक्तिशाली आग्रह थी। उन्होंने स्टेंट के लिए डीजीसीआई का अनुमोदन हासिल किया था। जब भी वे बालासोर में किसी मिसाइल का प्रक्षेपण करते थे, तो वे हमेशा ज़रूरतमंद और पुनर्स्थापित लोगों को एफ़आरओ के वितरण का संचालन करते थे। उन्होंने लगनशील और सीधी नीति द्वारा - और अपने चिर-परिचित आकर्षण द्वारा - नौकरशाही की

भूलभुलैयों को सफलतापूर्वक पार किया था। लेकिन अब वे सत्ता के गलियारों के प्रति एक नवाचारी नीति चाहते थे।

उनके आकर्षण की शक्ति को कम आँकना संभव नहीं था। न ही किसी परियोजना को उसकी पूर्णता तक देखने के उनके समर्पण को कम आँकना संभव था। लेकिन हर व्यक्ति ए.पी.जे. अब्दुल कलाम नहीं था। ख़ुद डॉ. कलाम अपनी योग्यताओं तथा क़द के बावजूद कई बार सरकारी नौकरशाही की जटिलताओं से चुनौती महसूस करते थे। यही नहीं, अब वे दिनोंदिन युवा नहीं हो रहे थे और उन्हें अपनी योजनाएँ आगे बढ़ाने की त्वरित आवश्यकता महसूस हुई। उन्होंने सोचा, तंत्र के भीतर अच्छा काम करने के बेहतर तरीक़े होने चाहिए। अब्राहम लिंकन का बुनियादी सिद्धांत उनकी मार्गदर्शक रोशनी बन गया - लोगों की, लोगों द्वारा, लोगों के लिए सरकार। डॉ. कलाम ने अपने कार्यालय के लिए एक ख़ास मुकाम बनाने का निर्णय लिया। वे साहस के साथ सामाजिक दृष्टि से प्रासंगिक मुद्दों को - जो विविध मंत्रालयों की भूलभुलैया में खो जाते थे - अनुमोदन और क्रियान्वयन के लिए सीधे कैबिनेट तक ले जाते थे। वे आम भारतीयों के जीवन में फ़र्क़ लाने के लिए संकल्पवान थे। इसके लिए वे लालफीताशाही और निहित स्वार्थों को धूल चटाने का इरादा रखते थे।

इसके विपरीत, वे अपनी आँखें और कान लोगों के ज़्यादा क़रीब रखना चाहते थे। इसके लिए उन्हें उस युग के सर्वश्रेष्ठ मस्तिष्कों को पहचानने की ज़रूरत थी, जो उनकी एक और प्रबल योग्यता थी। अपनी नई भूमिका में भारत के लोगों की ज़्यादा बड़ी समस्याओं को समझने के लिए जब डॉ. कलाम कैबिनेट सचिवालय के शक्तिशाली गलियारों से बाहर निकले, तो उन्हें तीन लोगों में प्रतिध्वनि मिली : न्यू यॉर्क में अल्बर्ट आइंस्टाइन इंस्टीट्यूट ऑफ़ मेडिसिन के प्रोफ़ेसर ऑफ़ रेडियोलॉजी डॉ. काकरला सुब्बाराव, जिन्हें आंध्र प्रदेश के मुख्यमंत्री एन.टी. रामाराव ने हैदराबाद में निज़ाम्स इंस्टीट्यूट ऑफ़ मेडिकल साइंसेस बनाने के लिए बुलाया था; आर.एम. लाला, जो सेंटर फ़ॉर द एडवांसमेंट ऑफ़ फ़िलेन्थ्रोपी (सीएपी) के सह-संस्थापक व 1993 से इसके चेयरमैन थे; और मुंबई की क्लेनज़ैड्स नामक इंजीनियरिंग कंपनी के चेयरमैन चंद्रू शाहनी, जो जैविक और इलेक्ट्रॉनिक्स उद्योगों के लिए स्वच्छ उत्पादन पृष्ठभूमि के क्षेत्र में कार्यरत थी।

डॉ. कलाम ने डॉ. ककराला सुब्बाराव के जोश का लाभ उठाया, जिनका मक़सद चिकित्सा विज्ञान के सर्वश्रेष्ठ इस्तेमाल से अपने रोगियों की सेवा करना था, चाहे उनकी पृष्ठभूमि कैसी भी हो। न्यू यॉर्क के अल्बर्ट आइंस्टाइन कॉलेज ऑफ़ मेडिसिन के संबद्ध अस्पतालों में मॉन्टेफ़ियोर, जैकोबी और ब्रॉन्क्स-लेबनॉन में काम करते हुए डॉ. काकरला सुब्बाराव हज़ारों ग़रीब अफ़्रीकी-अमेरिकी रोगियों के संपर्क में आए, जो हर मोड़ पर भेदभाव का सामना कर रहे थे। पृथकतावाद के ख़त्म होने के बावजूद अफ़्रीकी-अमेरिकी लोग बड़े अमेरिकी शहरों में सभी प्रकार की कट्टरता और जातिवाद का सामना करते थे। उनके स्कूल ग़रीब थे, उनके इलाक़ों में कम

संसाधन दिए जाते थे और उनकी त्वचा के रंग के आधार पर वे पूर्वाग्रह से पीड़ित भी थे। उनकी आवश्यकताओं को अक्सर नज़रअंदाज़ कर दिया जाता था : सत्ता में बैठे लोग उनके साथ ज़्यादातर मामलों में हीन प्रजाति जैसा सलूक करते थे, मानो उन पर ध्यान देने की ज़रूरत ही न हो। डॉ. सुब्बाराव ने तेलुगू एसोसिएशन ऑफ़ नॉर्थ अमेरिका (टीएएनए) के गठन में एक मुख्य भूमिका निभाई। भारत का बुलावा आने से पहले उन्होंने अमेरिका के तेलुगूभाषी लोगों को एकजुट किया। डॉ. कलाम से प्रेरणा पाकर डॉ. सुब्बाराव ने अपने जीवन भर की बचत लगाकर हैदराबाद के शेखपेट इलाक़े में बच्चों के लिए एक अंतरराष्ट्रीय स्कूल और रेडियोलॉजी के अध्ययन के लिए एक ट्रस्ट बनाया।

डॉ. कलाम को आर.एम. लाला के बारे में जानकारी तब मिली, जब उन्होंने उनकी पुस्तक *सेलीब्रेशन ऑफ़ द सेल्स* पढ़ी, जो एक कैंसर-पीड़ित मित्र को पत्रों के रूप में लिखी गई थी। लाला ने उन्नीस वर्ष की उम्र में पत्रकारिता को करियर के रूप में चुन लिया था और उन्होंने भारत से लंदन में 1959 में पहला पुस्तक-प्रकाशन समूह स्थापित किया था। उन्होंने महात्मा गाँधी के जीवनीकार और पोते राजमोहन गाँधी के साथ *हिम्मत वीकली* भी शुरू किया, जिसका संपादन उन्होंने एक दशक तक किया। 1974 में लाला टाटा समूह में शामिल हो गए और जब डॉ. कलाम उनसे पहली बार मिले, तब वे सर दोराबजी टाटा ट्रस्ट के कार्यकारी निदेशक थे। उन्होंने डॉ. कलाम को बताया कि वे लगभग बीस साल तक टाटा ट्रस्ट्स में काम कर चुके थे, तब कहीं जाकर जे.आर.डी. टाटा ने उन्हें ट्रस्ट्स में सचमुच शामिल होने के लिए आमंत्रित किया। लेकिन जे.आर.डी. ने कभी उनके कर्तव्यों में हस्तक्षेप नहीं किया, हालाँकि वे चेयरमैन थे और उनके पास ऐसा करने की शक्ति थी। डॉ. कलाम की तरह ही उनके पास भी सभी सच्चे महान लीडर्स का गुण था : वे जानते थे कि अपनी शक्ति का इस्तेमाल कब करना है और कब नहीं करना है।

चंद्रू शाहनी एक दुर्लभ प्रकार के ब्लड कैंसर से पीड़ित थे, जब डॉ. कलाम उनसे पहली बार 1999 में मिले। उनके अदम्य जज़्बे ने डॉ. कलाम के दिल को छू लिया। इतने बरसों में उनकी मित्रता ने बायोलॉजिक्स के स्वदेशी विकास को सुगम बनाया। हालाँकि यूएस फ़ूड ऐंड ड्रग एडमिनिस्ट्रेशन (एफ़डीए) कई प्रकार की बायोलॉजिकल थेरेपी को अनुमोदन दे चुका था, लेकिन बाक़ी चिकित्साएँ प्रयोगवादी बनी रहीं। ये चिकित्साएँ कैंसर के मरीज़ों को मुख्यतः नैदानिक परीक्षणों में सहभागिता के ज़रिये ही उपलब्ध होती थीं। डॉ. कलाम ने इन चिकित्साओं हेतु नियम संबंधी मुद्दों की परवाह करने के लिए अपनी साख का इस्तेमाल किया। कैंसर कोशिकाओं के ख़िलाफ़ काम करने के लिए शरीर के रक्षा तंत्र को उत्तेजित करने वाले बैक्टीरिया विकसित करने और रोकने के लिए शाहनी ने चार चलित जैविक प्रयोगशालाएँ तैयार कीं।

मई 2000 में डॉ. कलाम ने पचास चिकित्सा विशेषज्ञों, सरकारी प्रयोगशालाओं

के निदेशकों, शोधकर्ताओं और उद्योगपतियों को विज्ञान भवन में आमंत्रित किया। ये शीर्षस्थ प्रतिभाएँ इस बैठक में यह विचारमंथन करने आईं कि आधुनिक तकनीकों पर आधारित जीवनरक्षक उपचार भारत और दूसरे विकासशील देशों में कैसे सस्ते बनाए जा सकते हैं। रोकथाम योग्य और उपचार योग्य ग़ैर-संक्रामक रोगों - डाइबिटीज, स्ट्रोक, कैंसर और हृदय रोग - की जटिलता और गंभीरता दवाओं के सस्तेपन को वैश्विक सार्वजनिक स्वास्थ्य के क्षेत्र में सबसे अहम मुद्दा बना दिया था। डॉ. कलाम ने स्वास्थ्य क्षेत्र में कार्यरत इन शीर्ष लोगों का आह्वान किया कि वे दवाओं के प्रति ज़्यादा जल्दी और सस्ती पहुँच के लिए एक नक़्शा तैयार करें, केवल भारत में ही नहीं, बल्कि पूरी दुनिया के ग़रीब लोगों के लिए।

मीटिंग में एक आम सर्वसम्मति यह बनी कि अगर वैकल्पिक शोध और विकास तंत्र के तले उत्पादन की लागत पर क़ीमत रखी जाए, तो वे तुरंत ज़्यादा सस्ती हो जाएँगी। इससे भी बढ़कर, सरकारी अनुदान योजनाएँ और परोपकारी संस्थाओं के बजट ज़रूरतमंद लोगों को ज़्यादा सहारा और उपचार प्रदान कर सकते हैं। डॉ. कलाम ने सदस्यों को बताया, 'उपनिवेशवाद के दौरान इकट्ठी की गई दौलत पर बने मल्टीनेशनल कॉरपोरेशन कभी इस संसार के ग़रीबों के लिए काम नहीं करेंगे। उनके लिए शोध कई गुना मुनाफ़े वाली गतिविधि होती है। भारतीय कंपनियों को अपने लोगों के लिए समाधान ख़ुद खोजने होंगे। अंततः ये कंपनियाँ ही बड़े मल्टीनेशनल कॉरपोरेशन बन जाएँगी, क्योंकि उनके प्रॉडक्ट्स का इस्तेमाल संसार के तीन अरब ग़रीब लोग करेंगे।'

इस मीटिंग से भारतीय स्वास्थ्य सुविधा के क्षेत्र में तीन बड़े विकास प्रारंभ हुए : मलेरिया वैक्सीन का विकास, स्वदेशी लिवर ट्रांसप्लांट और नेत्र विज्ञान में स्टेम सेल रिसर्च। वैसे पेटेंट की हुई दवाओं, स्टेंट और बायोलॉजिक्स का उपयोग करके कैंसर उपचार की भारी लागत कम करने के मामले में ज़्यादा कुछ हासिल नहीं हो पाया।

स्वदेशी कृषि विकास में डॉ. कलाम की लंबे समय से गहरी रुचि रही थी और उनके *इंडिया 2020* में इसकी महत्त्वपूर्ण उपस्थिति थी। उन्होंने 3,000 किसान परिवारों को शामिल करते हुए एक पथप्रदर्शक परियोजना शुरू की, जिसमें धान, गेहूँ और दालों की खेती के लिए एक सुनियोजित नीति पर अमल किया गया। बीजों, खादों और कीटनाशकों जैसी आवश्यक सामग्री की सतत आपूर्ति एग्रो सर्विस सेंटर और सीड ग्रोअर्स एसोसिएशन के निर्माण के साथ लोगों की भागीदारी से पूरी होती थीं। बेहतर उपज प्रौद्योगिकी के साथ किसानों के ज्ञान सशक्तिकरण पर विशेष ज़ोर दिया गया। इससे फसलों, ख़ास तौर पर धान और गेहूँ, की उत्पादकता पर महत्त्वपूर्ण प्रभाव पड़ा। परियोजना वाले क्षेत्रों में धान की उत्पादकता 2 टन प्रति हेक्टेयर से बढ़कर 5.5 टन हो गई और गेहूँ की 0.9 टन प्रति हेक्टेयर से बढ़कर 2.6 टन हो गई। सबसे उत्साहवर्धक तो नई प्रौद्योगिकी अपनाने की

किसानों की तैयारी थी। डॉ. कलाम ने परियोजना पर क़रीबी निगाह रखी और वे परिणामों से संतुष्ट थे : 'मैं बिहार के पालीगंज किसानों के सतत संपर्क में रहा। टीआईएफ़एसी मिशन का परिणाम बिहार में आरपी चैनल-5 के पास के इलाक़ों में धान और गेहूँ की दोगुनी उत्पादकता थी, जिसमें नवाचारी एकीकृत खेती और विपणन प्रणालियों का इस्तेमाल किया गया था।'

जनवरी 2000 में मैं डॉ. कलाम के साथ बिहार की यात्रा पर गया। हम बिहार विधानसभा के पास सरकारी गेस्ट हाउस में रुके। यह ब्रिटिश औपनिवेशिक युग की इमारत थी, जिसमें भव्य ऊँची छतें थीं, भारी सागौन की लकड़ी से बनी बड़ी लकड़ी की सीढ़ियाँ थीं, सजावटी लैंप थे और ज़ाहिर है, विशिष्ट फ़र्नीचर था। इसमें एक तरह का मग़रूर, पुरातनपंथी आकर्षण था, लेकिन डॉ. कलाम को सभी चीज़ें पसंद नहीं आईं। हमारे वहाँ पहुँचने के बाद अगली सुबह जब हम नाश्ता करने बैठे, तो डॉ. कलाम तुरंत विचलित दिखने लगे। स्टाफ़ ने उनके लिए टोस्ट और जैम का पारंपरिक ब्रिटिश नाश्ता तैयार किया था। उन्होंने मुझसे कहा कि मैं किचन में जाकर देखूँ कि क्या कोई 'खाने लायक़' चीज़ परोसी जा सकती है : 'मुझे यह मत बताना कि ये लोग यहाँ नाश्ते में यह खाते हैं!'

कुक ने बहुत सम्मान से मुझे बताया कि दिल्ली से आने वाले ज़्यादातर साहबों को यही नाश्ता दिया जाता है। मैंने कुक से कहा कि डॉ. कलाम साहब नहीं थे, वे तो संत थे। कुक ने उत्साह से लगभग पंद्रह मिनट में गर्म भात पकाकर डॉ. कलाम को परोस दिया, जिन्होंने इसे ख़ुशी-ख़ुशी खाया।

शाम को डिनर के बाद डॉ. कलाम हमेशा की तरह गेस्ट हाउस के फैले हुए अहाते में टहल रहे थे। तभी उन्हें इमली का एक बड़ा पेड़ नज़र आया। वे बड़े जोश से बोले, 'देखो, अजीब आदमी, इन अजीब लोगों के पास इमलियों से भरा एक बड़ा पेड़ है, लेकिन उन्होंने मेरे भात में एक भी इमली नहीं डाली। हम भारतीय अपनी ख़ुद की सौग़ात के प्रति इतने अंधे क्यों हैं और अपनी परंपराओं के ठोसपन पर विश्वास क्यों नहीं करते हैं कि हम विदेशियों के खान-पान की आदतों और भोजनों की नक़ल करते हैं?'

पूरे जीवन डॉ. कलाम में सादगी भरी आदतों और भारी बौद्धिक जटिलता का एक अजीब मिश्रण था; लेकिन वे किसी तरह से साहब नहीं थे, जो भव्य अतीत के साज़ोसामान की इच्छा करते हों। उनके जीवन में हर चीज़ अग्रगामी और प्रगतिशील थी। उनकी कठोरता से अनुशासित जीवनशैली ने यहाँ अपना उद्देश्य पूरा कर दिया था; असंबद्ध ठाठ-बाट या भौतिक चीज़ों के प्रति कोई निरर्थक आसक्ति नहीं थी, जो उनकी प्रगति - भौतिक या आध्यात्मिक - में बाधा डाल सकती हो। उम्र बढ़ने पर भी उनकी तेज़ गति क़ायम रही, उनकी फ़ुर्तीली चाल उनके फ़ुर्तीले मन की टक्कर की ही थी।

अपने देश में प्रौद्योगिकी प्रगति लाने पर उनकी निगाह केंद्रित थी। 5 मई

2000 को डॉ. कलाम ने पहली टेलीमेडिसिन लिंक का शुभारंभ किया, जो एक वी-सैट लिंक से केयर हॉस्पिटल को महबूबनगर जिला अस्पताल से जोड़ती थी। इसे ह्यूज़ एस्कॉर्ट्स कम्युनिकेशन्स लिमिटेड ने प्रदान किया था। डॉ. बी. सोमा राजू ने बंजारा हिल्स, हैदराबाद में केयर हॉस्पिटल की नई इमारत बनाई। डॉ. कलाम क्वालिटी केयर इंडिया लिमिटेड के संचालक मंडल में शामिल हो गए, जिसके पास केयर हॉस्पिटल्स का स्वामित्व था।

जैसा डॉ. कलाम जानते थे, शिक्षा ही प्रौद्योगिकी विकास की कुंजी है। अक्टूबर 2000 में डॉ. कलाम बेंगलूरु में विप्रो-जीई केंद्र के भ्रमण के दौरान अज़ीम प्रेमजी से मिले। इस केंद्र ने जीई के उन्नत चिकित्सकीय उपकरण भारत में बनाए थे, जिससे उनकी लागत काफ़ी कम हो गई थी। प्रेमजी ने डॉ. कलाम को अपनी शैक्षणिक पहल की जानकारी दी, जिसकी वे योजना बना रहे थे। डॉ. कलाम ने प्रेमजी से पूछा कि विप्रो कारोबारी जगत में इतने ऊँचे मुक़ाम तक कैसे पहुँचा। प्रेमजी के जवाब से डॉ. कलाम दंग रह गए और उन्होंने अपने कई भाषणों में इसका उल्लेख किया :

> सर, मैं यह कह सकता हूँ कि मेरे दिमाग़ में तीन पहलू आते हैं। पहला : पीढ़ियों तक पसीना बहाना और टीमों की कड़ी मेहनत। दूसरा : हम ग्राहकों के आनंद के लिए काम करते हैं। तीसरा : थोड़ी क़िस्मत। वैसे अगर पहले दो पहलू न हों तो तीसरे पहलू का कोई परिणाम या महत्त्व नहीं होगा। विप्रो में हमने जो करने की कोशिश की है, वह है सामाजिक चिंता के साथ-साथ दौलत का सृजन।

26 जनवरी 2001 को गुजरात में भारी भूकंप आया, जो रिक्टर स्केल पर 7.9 था। इस तबाही में 30,000 लोगों की जान चली गई। भूकंप का केंद्र अहमदाबाद के पश्चिम में कोई 300 कि.मी. दूर भुज कस्बे के पास था, जिसने सबसे ज़्यादा विनाश झेला। 15 मार्च 2001 को डॉ. कलाम और वाय.एस. राजन 26 जनवरी 2001 को गुजरात में आए भूकंप के बाद के पुनर्वास कार्य की समीक्षा के लिए भुज यात्रा पर गए। वहाँ डॉ. कलाम साधु ब्रह्मविहारीदास से मिले, जो बीएपीएस के प्रमुख और प्रेरणास्रोत प्रमुख स्वामीजी के शिष्य थे।

साधु ब्रह्मविहारीदास ने डॉ. कलाम से एक चौंकाने वाला प्रश्न पूछा : 'पहले अणु बम के विस्फोट के बाद रॉबर्ट ओपेनहाइमर को *गीता* याद आई थी कि मैं लोकों का नाश करने वाला बढ़ा हुआ महाकाल हूँ।' जब आपने भारत का पहला नाभिकीय बम विस्फोट किया था, तो आपके दिमाग़ में क्या आया?' डॉ. कलाम ने कहा, 'ईश्वर की ऊर्जा टुकड़े-टुकड़े नहीं करती है, यह एक करती है।' इस पर साधु ब्रह्मविहारीदास ने जवाब दिया, 'हमारे आध्यात्मिक नेता प्रमुख स्वामी महाराज जोड़ने वाले महान इंसान हैं। उन्होंने हमारी सारी ऊर्जाओं को जोड़कर एक कर दिया है, ताकि हम विनाश के मलबे से जीवन को नवीन बनाएँ और पुनर्जीवित करें।' इस

बात से डॉ. कलाम इतने प्रभावित हुए कि उन्होंने वाय.एस. राजन से कहा कि वे ऐसे स्वामीजी से मिलना चाहते हैं।

30 जून 2001 को डॉ. कलाम और वाय.एस. राजन नई दिल्ली में प्रमुख स्वामीजी से मिले। स्वामीजी एक सोफ़े पर बैठे थे और दूसरा सोफ़ा डॉ. कलाम के लिए रखा गया था। प्रमुख स्वामीजी की शांत और दयामय उपस्थिति से विनम्र होकर डॉ. कलाम ने कमरे में मौजूद दूसरे साधुओं के साथ फ़र्श पर बैठने का विकल्प चुना। चूँकि डॉ. कलाम प्रमुख स्वामीजी की भाषा गुजराती का एक शब्द भी नहीं जानते थे और प्रमुख स्वामीजी अँग्रेज़ी नहीं समझते थे, इसलिए साधु ब्रह्मविहारीदास सबसे पहले दुभाषिए बने और बाद में अगले दशक में स्वामीजी के साथ ऐसी ही कई मुलाक़ातों के बाद बहुत क़रीबी मित्र बन गए।

डॉ. कलाम ने प्रमुख स्वामीजी से कहा कि 1857 से पहले भारत के पास एक स्वतंत्र राष्ट्र बनने का स्वप्न था। यह स्वप्न अगले नब्बे लंबे वर्षों तक जारी रहा। इस दौरान पूरा भारतीय समाज - जीवन के सभी क्षेत्रों के लोग, अमीर और ग़रीब, युवा और बुजुर्ग, विशिष्ट और आम नागरिक, शिक्षित और निरक्षर - सभी इस लक्ष्य को साकार करने के लिए एक साथ आ गए। लक्ष्य एकल और एकाग्र था और यह अच्छी तरह समझ लिया गया था कि भारत को स्वतंत्र देश बनना चाहिए।

डॉ. कलाम ने प्रमुख स्वामीजी को बताया कि उन्होंने भारत के तीन महान वैज्ञानिक क्षेत्रों - परमाणु ऊर्जा, अंतरिक्ष अनुसंधान और रक्षा शोध - में चालीस साल तक काम किया है। डॉ. कलाम ने कहा कि उन्हें यह देखकर दुख होता था कि भारत की स्वतंत्रता के पचास साल गुज़रने के बावजूद कोई नया स्वप्न नहीं था। यह अब भी एक विकासशील देश था। यह आर्थिक दृष्टि से शक्तिशाली नहीं था, इसमें सामाजिक दृष्टि से एकता नहीं थी, यह कई बार तो स्थिर भी नहीं था, इसकी ऊर्जा की कमी असहनीय थी, इसके सुरक्षा जोखिम गंभीर थे और तेल व अति महत्त्वपूर्ण प्रौद्योगिकी के आयात पर पंगु करने वाली निर्भरता भी थी।

डॉ. कलाम ने प्रमुख स्वामीजी को जानकारी दी कि टीआईएफ़एसी के पाँच सौ विशेषज्ञों ने एक साल से ज़्यादा समय तक सोच-विचार किया था कि स्वतंत्रता के बाद नया स्वप्न क्या होना चाहिए। इस तरह सन 2020 तक भारत को विकसित देश बनाने का स्वप्न सामने आया। काफ़ी विचार-विमर्श के बाद विशेषज्ञों ने पाँच प्रमुख क्षेत्र चिन्हित किए, जिनके माध्यम से अगले बीस वर्षों में भारत को एक विकसित देश में बदला जा सकता है। ये क्षेत्र थे शिक्षा और स्वास्थ्य सुविधाएँ, कृषि और फ़ूड प्रोसेसिंग, सूचना और संचार, अधोसंरचना और परमाणु ऊर्जा, अंतरिक्ष और रक्षा के सामरिक क्षेत्रों के लिए अति महत्त्वपूर्ण प्रौद्योगिकी।

डॉ. कलाम ने कहा कि भारत सरकार के प्रमुख वैज्ञानिक सलाहकार होने के नाते वे विभिन्न संगठनों में जा रहे हैं और सभी तरह के लोगों से मिल रहे थे। उनका लक्ष्य देश को प्रेरित करने वाले स्पष्ट स्वप्न को सारभूत करना था, लेकिन

ज़्यादा गतिविधि नहीं हो रही थी। डॉ. कलाम ने बहुत स्पष्टता से बताया कि सरकार से आदेश हासिल करना या पैसे हासिल करना भी पर्याप्त नहीं है; समस्या इस बात में निहित है कि लोग देश को विकसित बनाने के मिशन को पूरा करने में पर्याप्त रुचि नहीं ले रहे हैं।

प्रमुख स्वामीजी ने डॉ. कलाम की पूरी बात धीरज से सुनी। फिर सहसा स्वामीजी ने इंगित किया, 'इन पाँच क्षेत्रों के अलावा आपको एक छठे क्षेत्र की भी ज़रूरत है - ईश्वर में आस्था।' यह बिलकुल नया आयाम था, जिस पर वैज्ञानिकों और विचारकों ने विचार तक नहीं किया था। इससे एक ऐसी बातचीत शुरू हो गई, जो एक घंटे से ज़्यादा चली। स्वामीजी ने समझाया कि बताए गए सभी पाँचों क्षेत्रों में विकास ज़रूरी है, लेकिन कोई भी देश उतना ही अच्छा होता है जितने कि इसके लोग होते हैं। लोगों की गुणवत्ता सांस्कृतिक और नैतिक मूल्यों से बढ़ती है। ये दोनों ही आध्यात्मिक मूल्यों द्वारा क़ायम रहते हैं। इसलिए प्रगति और समृद्धि के साथ ही भारत की आंतरिक आध्यात्मिकता भी विकसित करनी चाहिए और इसका तरीक़ा था ईश्वर में आस्था रखना। हमें जीवनशैली के साथ-साथ जीवन को भी उन्नत करना चाहिए।

डॉ. कलाम इस इलहाम से मंत्रमुग्ध रह गए। वे बहुत खुलकर सहमत हुए कि उन्हें भी लगता है कि समस्या लोगों के अंदर है; इस मिशन को पूरा करने के लिए लोग ही नहीं हैं। वे यह बात समझते थे कि इस महान स्वप्न (एक विकसित भारत के) को हासिल करने के लिए तीन प्रकार के लोगों की ज़रूरत है - पुण्यात्मा (सद्‌गुणी लोग), पुण्यनेता (सद्‌गुणी नेता) और पुण्याधिकारी (सद्‌गुणी अधिकारी)... उनकी संख्या कैसे बढ़ाई जा सकती है?

डॉ. कलाम ने प्रमुख स्वामीजी को जानकारी दी कि वे अपनी *इंडिया 2020* पुस्तक में बताई योजना के क्रियान्वयन के लिए पाँच सदस्यों का ट्रस्ट स्थापित करने की सोच रहे हैं। उन्होंने इस संदर्भ में प्रमुख स्वामीजी का आशीर्वाद माँगा। प्रमुख स्वामीजी ने बैठक का समापन यह कहते हुए किया, 'अच्छा हुआ कि आप आज यहाँ आ गए। इससे हमें बड़ा आनंद मिला। आप किसी वैदिक ऋषि जैसे हैं। अतीत के ऋषियों ने दोनों काम किए हैं; हमें विज्ञान दिया है और समाज की सेवा भी की है। आप भी एक ऋषि हैं - विज्ञान के ज़रिये समाज की सेवा कर रहे हैं।' प्रमुख स्वामीजी ने भविष्यवाणी के अंदाज़ में उन्हें भारत का नेतृत्व करने का आशीष दिया।

डॉ. कलाम अपने सपने को साकार करने के लिए एक ट्रस्ट स्थापित करना चाह रहे थे, लेकिन अब उन्हें महसूस हुआ कि देश को प्रोत्साहित और प्रेरित करने के लिए केवल ट्रस्ट से ही काम नहीं चलेगा। उनके सामने यह स्पष्ट नहीं था कि किसकी ज़रूरत है, लेकिन प्रमुख स्वामीजी से मिलने के बाद डॉ. कलाम को गहरा संतोष हुआ और उन्हें महसूस हुआ कि जिस भी चीज़ की ज़रूरत है, वह सही समय पर अपने आप आ जाएगी। ख़ुद में, अपने सपने में और अपने काम में उनका

निजी विश्वास बहुत ज़्यादा बढ़ गया। यदि ईश्वर आपके साथ है, तो आपके ख़िलाफ़ कौन टिक सकता है?

सितंबर 2001 में डॉ. कलाम सूफ़ी संत ख़्वाज़ा मुइनुद्दीन चिश्ती की दरगाह शरीफ़ की यात्रा पर गए, जिन्हें अज़मेर में ग़रीब नवाज़ कहा जाता है। ग़रीब नवाज़ की सरल नसीहतें और संदेश पत्थर के दिल में भी उतर सकते हैं। डॉ. कलाम को सुनने में आया कि ग़रीब नवाज़ की ममतामयी निगाह उनके सबसे ख़ूँखार दुश्मनों को भी ख़ामोश कर देती थी।

ग़रीब नवाज़ की नसीहतें कई पुस्तकों में दर्ज की गई हैं। ग़रीब नवाज़ ने कहा था कि जिसके भी पास नदी की दरियादिली, सूर्य की दयालुता और पृथ्वी की विनम्रता है, वह ईश्वर के सबसे क़रीब है। जो भी ग़रीबी में ख़ुशनुमा है, भूख में संतुष्ट है, दुख में प्रसन्नचित्त है और शत्रुता में मित्रतापूर्ण है, उसका चरित्र सबसे श्रेष्ठ है। इस महान संत के अनुसार नर्क के दंड से बचने का सबसे अचूक तरीक़ा है भूखे को भोजन कराना, दुखी का दुख दूर करना और पीड़ितों की मदद करना।

डॉ. कलाम मन ही मन हमेशा महान सूफ़ी संतों के आध्यात्मिक उपदेशों के प्रति आकर्षित रहते थे। उनके पिता ने एक बार डॉ. कलाम को बताया कि उनकी माँ उनका नाम आरिफ़ रखना चाहती थीं। माँ ने अपने सबसे छोटे बेटे को प्रबुद्ध, ज्ञानी और अल्लाह के प्रति समर्पित के रूप में देखा था। वे उसे एक गहरा आंतरिक आह्वान देना चाहती थीं, जो दूसरों को ज़्यादा ऊँचे उद्देश्य के लिए प्रेरित करे। लेकिन उनके पिता अपने बेटे को कलेक्टर के रूप में देख रहे थे। अंततः उन दोनों ने आपसी सहमति से तय किया कि वे उनका नाम उस युग के सबसे सम्मानित मुसलमान के नाम पर रखेंगे। उस दिन अज़मेर से लौटते समय डॉ. कलाम को अहसास हुआ कि वे सचमुच वह बन गए थे, जो उनकी माँ उन्हें बनाना चाहती थीं।

वे ज्ञानी बन चुके थे, इस बारे में भी कोई सवाल नहीं था। 1 नवंबर 2001 को तेजपुर विश्वविद्यालय ने डॉ. कलाम को पीएच.डी. की मानद उपाधि प्रदान की। यह उपाधि उनके अलावा प्रख्यात संगीतकार भूपेन हज़ारिका और प्रतिष्ठित गणितज्ञ प्रोफ़ेसर ज्योतिप्रसाद मेधी को भी दी गई। दीक्षांत समारोह के बाद डॉ. कलाम ने युवा विद्यार्थियों के बड़े समूह को संबोधित किया। उन्होंने चर्चा के लिए 'अदम्य साहस' विषय चुना। इस पर बातचीत के दौरान एक विद्यार्थी ने कलाम से पूछा, 'ब्रह्मपुत्र नदी में ज़्यादातर समय बाढ़ रहती है, इसका पानी राजस्थान क्यों नहीं पहुँचाया जा सकता, जहाँ हर साल सूखा पड़ता है?' डॉ. कलाम ने बाद में बताया कि इस प्रश्न के सहज बोध से वे चकरा गए : 'केवल बच्चों में ही ऐसे नवाचारी विचार होते हैं। वयस्क लोगों में असंभव बातों को देखने की प्रवृत्ति होती है। यह बहुत शक्तिशाली प्रश्न था! मैं बिलकुल निरुत्तर रह गया। मुझे यक़ीन है कि प्रधानमंत्री भी इसका जवाब नहीं दे पाते!'

डॉ. कलाम इस प्रतिभाशाली युवा के वैध, सीधे प्रश्न का जवाब कैसे दे सकते

थे? वे उसे कैसे समझा सकते थे कि नदियाँ राज्यों का प्रिय मुद्दा हैं और वे पानी पर अपने काल्पनिक अधिकारों के लिए संघर्ष करते हैं। वे यह नहीं देख पाते हैं कि नदियाँ सैकड़ों सालों से बह रही हैं, जब इन राज्यों का गठन भी नहीं हुआ था? राज्य इन तर्कों के साथ पानी पर दावा करते हैं कि वे अपनी भावी पीढ़ियों की समृद्धि की रक्षा कर रहे हैं और इस तथ्य को भूल जाते हैं कि इस दौरान पानी समुद्र में बहकर बर्बाद हो जाता है और हर साल बाढ़ ले आता है। इस बहुत स्पष्ट लेकिन चकराने वाले प्रश्न से प्रेरित होकर डॉ. कलाम ने नदियों के आपसी जुड़ाव को पीएसए का मिशन बनाया और इसे कई मंचों पर उठाया - लेकिन कोई फ़ायदा नहीं हुआ। राष्ट्रपति के रूप में भी वे देश की नदियों को आपस में जोड़ने के लाभ गिनाते रहे :

> नदियों को आपस में जोड़ने से बाढ़ की विभीषिका न्यूनतम हो सकती है। इससे सूखे से ग्रस्त इलाक़ों को पानी मिल सकता है। आज भारत 4,000 अरब क्यूबिक मीटर पानी की उपलब्ध मात्रा में से बहुत कम का इस्तेमाल कर रहा है। तेज़ी से बढ़ती जनसंख्या के कारण देश की भोजन और पानी की आवश्यकता बढ़ रही है। केवल नियोजित और बेहतर जल प्रबंधन ही चुनौती को पूरा कर सकता है।

इसी समारोह में एक और विद्यार्थी ने डॉ. कलाम से एक ऐसा प्रश्न पूछा, जिसका उनके पास कोई अच्छा जवाब नहीं था। विद्यार्थी ने कहा, 'सर, किसी भी क्षेत्र के बड़े नेता हमसे आकर बात नहीं करते हैं। हम देखते हैं कि हमारे प्रधानमंत्री अक्सर चेन्नई, लखनऊ और दीगर बड़े शहरों में जाते हैं। लेकिन वे यहाँ कभी नहीं आते हैं। हम चाहते हैं कि वे यहाँ आएँ; हम चाहते हैं कि वे हमसे बात करें। क्या असम भारत का हिस्सा नहीं है?' डॉ. कलाम ने विद्यार्थी की वैध चिंता से कन्नी नहीं काटी और उन्होंने यह बात प्रधानमंत्री को भी बताई : 'मैंने बाद में प्रधानमंत्री (वाजपेयी) को यह प्रसंग बताया। वे सहमत होते हुए बोले कि अब बच्चों से बात नहीं हो पाती है। शायद सुरक्षा घेरे ने अलगाव पैदा कर दिया है।' इसके बाद डॉ. कलाम ने संकल्प लिया कि वे जब भी और जहाँ भी संभव होगा, छोटे बच्चों से मिलेंगे। वे अपने पूरे राष्ट्रपति काल में और बाद के वर्षों में इस संकल्प पर दृढ़ता से अमल करते रहे; युवाओं से बात करते-करते ही उन्होंने अपनी अंतिम साँसें लीं।

3 नवंबर 2001 को डॉ. कलाम ने कटक, ओडिशा में जस्टिस हरिहर महापात्र स्मृति व्याख्यान दिया, जिसमें उन्होंने घोषणा की : 'भारत बीस सालों में एक विकसित देश के रूप में उभरकर सामने आएगा।' जस्टिस महापात्र लंबे समय तक पटना हाईकोर्ट में जज रहे थे। उन्होंने कटक आई हॉस्पिटल, उत्कल युनिवर्सिटी की स्थापना की थी। उन्होंने अपने इलाक़े में ग़रीबी मिटाने के लिए काफ़ी काम किया और 92 साल तक जिए। डॉ. कलाम के व्याख्यान के अवसर पर विंग्स ऑफ़ फ़ायर के उड़िया अनुवाद का लोकार्पण हुआ। कार्यक्रम के बाद एक लड़के ने डॉ. कलाम से पूछा कि

उनकी प्रिय पुस्तकें कौन सी हैं। डॉ. कलाम का जवाब उनके चरित्र को प्रकट करता था, साथ ही यह खुला था : 'मेरे जीवन में चार पुस्तकें मेरे दिल के बहुत क़रीब रही हैं। डॉ. अलेक्सिस कैरेल की मैन द अननोन, द थिरुक्कुरल, लिलियन एकलर वाटसन की लाइट फ्रॉम मैनी लैंप्स और ज़ाहिर है, पवित्र कुरान हमेशा साथ रहता है।'

डॉ. कलाम के दिमाग़ में कोई कबाड़ नहीं था। बस चार पुस्तकें, जिनमें से एक पुस्तक वैज्ञानिक नज़रिया प्रदान करती थी, एक पुस्तक उनकी संस्कृति की नैतिकता, एक प्रेरणा का ख़ज़ाना प्रदान करती थी, जिसमें युगों-युगों की बुद्धिमत्ता से चुने गए सैकड़ों अंश और कथन थे तथा एक उनके धर्म का ग्रंथ था।

3.3

हमारा शत्रु कौन है?

प्रतिभावान का अर्थ यह नहीं है कि आप बाक़ी सबसे ज़्यादा स्मार्ट हैं। प्रतिभावान का अर्थ तो यह है कि आप प्रेरणा पाने के लिए तैयार हैं।

—अल्बर्ट आइंस्टाइन
सैद्धांतिक भौतिकशास्त्री और नोबेल पुरस्कार विजेता

डॉ. कोटा हरिनारायण डीआरडीओ के प्रमुख के कार्यकाल में डॉ. कलाम के सबसे क़रीबी साथी थे। डॉ. कोटा वाय.एस. राजन की तरह डॉ. कलाम के मित्र नहीं थे। न ही वे शिवतनु पिल्लई की तरह उनके सिपहसालार थे। उन्हें डॉ. अरुणाचलम ने 1985 में एचएएल से लाकर लाइट कम्बैट एयरक्राफ़्ट (एलसीए) डेवलपमेंट प्रोग्राम का मुखिया बना दिया था, जहाँ वे चीफ़ डिज़ाइनर के रूप में काम कर रहे थे। डॉ. कलाम उन दस सालों में उनके साथ खड़े रहे, जिनमें उन्होंने मिलकर काम किया। वे 4 जनवरी 2001 को शारीरिक दृष्टि से भी साथ रहे, जब विंग कमांडर राजीव कोठियाल एलसीए के साथ आसमान में उड़े, जिसे बेंगलूरु में एचएएल हवाई अड्डे पर टेक्नोलॉजी डिमॉन्स्ट्रेटर 1 (टीडी-1) के रूप में चुना गया था।

यह उड़ान लगभग बीस मिनट तक चली। एलसीए नमूने के साथ दो समर्थक मिराज़ 2000 विमान भी उड़े। सामने से नेतृत्व करते हुए एयर स्टाफ़ के प्रमुख एयर मार्शल ए.वाय. टिपनिस ने उनमें से एक को उड़ाया। इस उपलब्धि के साथ भारत स्वदेशी लड़ाकू विमान वाले देशों की अभिजात्य श्रेणी में दाख़िल हो गया। विमान को केएच-1 नाम डॉ. कोटा हरिनारायण के महान काम के सम्मान में दिया गया, जिन्होंने इस सफलता को संभव बनाया था।

एलसीए परियोजना का विचार 1983 में एक उन्नत प्रौद्योगिकी वाले, एक सीट वाले, एक इंजन वाले और वायु-से-वायु, वायु-से-भूमि और वायु-से-समुद्र युद्ध के लिए पराध्वनिक हल्के विमान के रूप में डिज़ाइन और विकसित करने के लक्ष्य से शुरू हुआ। एचएफ़-24 मरुत, जिसे एक जर्मन टीम ने डिज़ाइन किया था, के बाद यह भारतीय मूल का दूसरा नमूना लड़ाकू विमान था। इस विमान में अमेरिका में

बने जीई एफ़-404 इंजन का इस्तेमाल किया गया था, क्योंकि भारत में बनने वाले कावेरी इंजन में देर हो गई थी।

एलसीए डीआरडीओ द्वारा हाथ में ली गई सबसे महत्त्वाकांक्षी परियोजना थी। इस विराट प्रयास में अस्सी से ज़्यादा संगठन और 200 छोटी व मझोली कंपनियाँ लगी थीं। लागत और समय बढ़ने पर परियोजना की भारी आलोचना हुई और इस बात पर भी कि जब तक इसे भारतीय वायु सेना में शामिल किया जाएगा, तब तक विमान की प्रौद्योगिकी पुरातनपंथी हो जाएगी। इससे भी बुरी बात, दरअसल यह सवाल भी उठाया गया कि क्या देश को यह काम शुरू भी करना चाहिए।

डॉ. कलाम को उन आलोचकों पर तरस आता था, जिन्होंने इंजीनियरिंग के किसी काम में कभी हाथ गंदे नहीं किए और जो पश्चिमी देशों के हाथों में इच्छा से या भोलेपन से खेल रहे थे। उन्होंने अपने सामान्य नपे-तुले अंदाज़ में, लेकिन दृढ़ता के संकेत के साथ नकारात्मक लोगों को स्पष्ट जवाब दिया : 'हमारे पास जेएएस 39 (ग्राइपेन) से ज़्यादा उन्नत प्रौद्योगिकी है और ईएफ़ए के (यूरोफ़ाइटर) टाइफ़ून जितनी उन्नत प्रौद्योगिकी है। हमने बहुत ज़्यादा उन्नत प्रौद्योगिकी का समावेश किया है। मेरी इच्छा है कि लोग यह समझ लें कि हमें किन कारणों से ज़्यादा समय लगा है। हम कोई सड़क नहीं बिछा रहे थे; हम एक लड़ाकू विमान बना रहे थे।'

डॉ. कलाम ने लगातार यह बात सामने रखी कि एक अरब जनसंख्या वाला देश आयातित वस्तुओं पर भरोसा करके ख़ुद को क़ायम नहीं रख सकता। हम कुछ चीज़ें ख़रीद सकते हैं, लेकिन सामरिक विमान जैसी अति महत्त्वपूर्ण सैनिक आवश्यकताएँ यहीं विकसित की जानी चाहिए। यही हमारी चुनौती और मिशन रहा है। हमें बाहर से पुर्ज़े मँगाकर विमान असेम्बल करके अपनी रक्षा आवश्यकताओं की पूर्ति नहीं करनी चाहिए। ऐसे काम से आप देश में किस नींव का निर्माण कर सकते हैं? यह देश हमेशा ग़रीब बना रहेगा, अगर हम अपने इंजीनियरों और वैज्ञानिकों को मेकेनिक की दुकान में पीछे धकेल दें, ताकि वे अपने दिमाग़ के बजाय पाने और स्क्रू ड्राइवरों का इस्तेमाल करें। डॉ. कलाम ने बहुत स्पष्टता से देखा कि यह भौतिक और बौद्धिक क़िस्म की दौलत उत्पन्न करने का मुद्‌दा था। एलसीए परियोजना, और इसी तरह की उनकी बाक़ी प्रिय परियोजनाएँ, केवल विमान या मिसाइल बनाने के बारे में ही नहीं थीं। वे नौकरियाँ उत्पन्न करती हैं और देश की वैज्ञानिक तरक्की को प्रेरित करती हैं; और इस वजह से वे अपरिहार्य हैं।

एलसीए परियोजना से हमारे देश ने प्रौद्योगिकियों की एक शृंखला को प्रोत्साहन दिया है, जिसके आगे चलकर ढेर सारे अतिरिक्त लाभ मिले। एलसीए के लिए प्रौद्योगिकियाँ विकसित करने वाली कुछ कंपनियों ने उनका निर्यात किया। बहुत सारे आँसू, कष्ट और कड़ी मेहनत की ज़रूरत पड़ी, लेकिन यह सब ज़रूरी था। प्रौद्योगिकी का विकास किसी तरह से आसान नहीं होता। डॉ. कोटा हरिनारायण ने मीडिया को विमान तैयार करने की लंबी प्रकृति समझाई और इस बात पर अफ़सोस

जताया कि आलोचकों ने यह नहीं देखा कि दूसरे देशों ने सफल विमान बनाने में कितना समय लगाया था :

> एफ़22 विमान का निर्माण 1980 में शुरू हुआ था और यह 1997 में – सत्रह साल बाद – पहली बार उड़ा। यूरोफ़ाइटर को अपनी पहली उड़ान 1990 में भरनी थी, लेकिन यह 1994 में जाकर उड़ पाया। इंग्लैंड, जर्मनी, इटली और स्पेन ईएफ़ए में शामिल रहे हैं। मीडिया इस बारे में ख़ामोश क्यों है? पश्चिमी देश नमूनों पर लगातार काम कर रहे हैं, और उनकी प्रौद्योगिकी प्रगति के मद्देनज़र उनके पास ज़्यादा समय है। पंद्रह साल विमान व्यवसाय में लंबा समय नहीं है। लेकिन अब हमें तेज़ी से आगे बढ़ना चाहिए – उत्पादन शुरू करने का निर्णय लेने की ज़रूरत है।

एलसीए के बारे में बात करते वक़्त डॉ. कलाम का चेहरा गर्व से दमक रहा था :

> एलसीए संसार का सबसे छोटा सुपरसोनिक लड़ाकू विमान है। इसने सुंदरता से काम किया। ज़मीन को छूना सुंदर था और पायलट ने कहा कि यह नमूने जैसा नहीं लग रहा था। हो सकता है कि हमने अपना समय लिया हो, लेकिन हमने इसे आदर्श बना लिया है। जब अमेरिकी पोखरन टू के बाद अपना सॉफ़्टवेयर लेकर भाग गए, तो हमने लगभग ढाई साल तक अपने नियंत्रण नियमों और उड़ान नियंत्रण प्रणालियों का परीक्षण किया। हमने यह परीक्षण किसी यूरोपीय देश या अमेरिका से तीन गुना ज़्यादा गहनता से किया है। पहली उड़ान में कोई गड़बड़ नहीं हुई। डिज़ाइन, मूल्यांकन, उड़ान–परीक्षण और उड़न–योग्यता वाली टीमों ने कमाल का काम किया। हम अपनी ही सफलता के शत्रु क्यों हैं?

प्रो. पी.वी. इंदिरेसन और डॉ. कलाम संयोग से एक-दूसरे से टकराए। प्रो. इंदिरेसन आईआईटी, मद्रास के पूर्व निदेशक थे और ग्रामीण विकास के भारी समर्थक थे। उन्होंने प्रोवाइडिंग अर्बन फ़ेसिलिटीज़ इन रूरल एरियाज़ (प्यूरा) नामक मॉडल तैयार किया था। पीएसए के रूप में डॉ. कलाम ऐसे विचारों की तलाश में थे, जो भारत का रूपांतरण कर दे, ख़ास तौर पर इसके 7,00,000 गाँवों का। एक कार्यक्रम के हाशिए पर ये दोनों आख़िरकार मिले। डॉ. कलाम ने इंदिरेसन से पूछा, 'महोदय, मुझे बताएँ, क्या विवादास्पद मुद्दों पर अफ़सर आपकी सलाह मान लेते हैं?' प्रो. इंदिरेसन ने कहा, 'वे वैसी ही सलाह चाहते हैं, जैसी वे ख़ुद चाहते हैं, और वह मार्गदर्शन नहीं चाहते, जिसकी उन्हें ज़रूरत है!' इस तरह भारतीय गाँवों के कायाकल्प के लिए दो महान वैज्ञानिकों के बीच एक संक्षिप्त लेकिन बहुत गहन गठबंधन शुरू हुआ। प्रो. पी.वी. इंदिरेसन का यह दृष्टिकोण था कि संसाधनों को इकट्ठा करना

ही गाँवों की तरक्की का मार्ग था, ताकि वे ख़ुद को सहारा दे सकें और आगे बढ़ सकें : 'तीव्र शहरीकरण की समस्याएँ प्यूरा योजना के ज़रिये और व्यक्तिगत गाँवों के बजाय समूहों के साथ काम करके "ग्रामीण इलाक़ों में शहरी सुविधाएँ प्रदान करके" सुलझाई जा सकती हैं।'

डॉ. कलाम ने बाद में इस अवधारणा के प्रति अपने त्वरित आकर्षण को याद किया : 'जब मेरे मित्र प्रो. इंदिरेसन ने प्यूरा का विचार बताया, तो इससे मेरे दिल के तार झनझना गए। मैंने उनके साथ और इस क्षेत्र में समान रुचि रखने वाले विभिन्न विशेषज्ञों के साथ विस्तृत बातचीत शुरू कर दी।'

भारत के ज़्यादातर गाँव इतने छोटे हैं कि वहाँ बुनियादी सुविधाएँ भी नहीं हैं। वे स्कूलों, अस्पतालों, बाज़ारों और अन्य सेवाओं को सहारा नहीं दे सकते, जो वर्तमान में शहरी इलाक़ों में उपलब्ध हैं। इस बात को ध्यान में रखते हुए प्यूरा एक समाधान तथा आदर्श के रूप में विकसित हुआ। प्यूरा ने इस एकाकीपन को पार करने का तरीक़ा पेश किया। इसने गाँव को एक पृथक इकाई नहीं माना, बल्कि गाँवों के समूह को इकाई माना, जिनकी जनसंख्या कम से कम तीस से पचास हज़ार की हो। यह ग्राम-समूह इतना बड़ा होगा कि कई बुनियादी शहरी सेवाओं को सहारा दे सके।

30 सितंबर 2001 को डॉ. कलाम एक हेलिकॉप्टर में झारखंड स्टेट साइंस ऐंड टेक्नोलॉजी काउंसिल की बैठक में हिस्सा लेने के लिए रांची से बोकारो जा रहे थे। झारखंड सरकार के विज्ञान और प्रौद्योगिकी मंत्री समरेश सिंह डॉ. कलाम के बग़ल में बैठे थे। भारी उथलपुथल हो रही थी और पायलटों ने कहा कि हेलिकॉप्टर के रोटर में कोई गंभीर गड़बड़ है। शाम लगभग 4:30 बजे के आसपास बोकारो में उतरने के कुछ पल पहले ही हेलिकॉप्टर का इंजन जवाब दे गया और यह लगभग 100 मीटर की ऊँचाई से नीचे गिरने लगा। चमत्कारिक रूप से हर कोई बच गया। समरेश सिंह ने मौत के सामने डॉ. कलाम की विनम्रता और शांति के बारे में बताया था : 'ऐसा लग रहा था कि हम सभी की मौत सामने खड़ी है। मगर डॉ. कलाम शांत बने रहे और उनके होंठों पर उनकी सदाबहार मुस्कान खिली रही। उन्होंने दोनों पायलटों को भी चिंता न करने को कहा।'

चोट लगने के बावजूद डॉ. कलाम ने भावुक अंदाज़ में पायलटों के प्रति अपनी कृतज्ञता जताई, जो ख़ुद घायल हो गए थे। उन्होंने कहा कि उन्हें तो बहादुरी के लिए पुरस्कार मिलना चाहिए। फिर वे बिना किसी विलंब के अपने निर्धारित कार्यक्रम के लिए बोकारो के रामकृष्ण विद्यालय चले गए और अपने संकट का कोई संकेत दिए बिना वहाँ विद्यार्थियों को संबोधित किया। रात को समरेश सिंह ने डॉक्टरों का एक पेनल भेजा, जिन्होंने डॉ. कलाम को एक ट्रैंक्विलाइजर दिया। उस रात डॉ. कलाम को एक स्पष्ट स्वप्न आया। उन्होंने देखा कि वे चाँदनी रात में सफ़ेद चमकती रेत से भरे मीलों लंबे रेगिस्तान में हैं। पाँच लोग उनके आस-पास गोला बनाकर खड़े थे। ये लोग थे सम्राट अशोक, ख़लीफ़ा उमर, अब्राहम लिंकन, अल्बर्ट आइंस्टाइन और

महात्मा गाँधी। वे बारी-बारी डॉ. कलाम से बोले।

सम्राट अशोक ने कहा, 'सुनो कलाम, मैंने कलिंग युद्ध के बाद सीखा कि दूसरों को कष्ट पहुँचाने में कोई विजय नहीं है। विजय शांतिपूर्ण साम्राज्य है। तुमने हथियारों के लिए काफ़ी काम किया है, अब शांति के लिए काम करो।' ख़लीफ़ा उमर ने कहा, 'सुनो कलाम, यरुशलम को जीतने के बाद मैंने सीखा कि सभी लोग वाक़ई समान हैं। दूसरों को अपने मार्ग का अनुसरण करने के लिए विवश करने में कोई तुक नहीं है। तुम्हें वही मिलेगा, जो तुम्हारे लिए लिखा गया है। सिर्फ़ ईश्वर ही सर्वशक्तिमान है। कभी भी इंसानों के अहसानों की ख़्वाहिश मत करो।' आइंस्टाइन बोले, 'सुनो कलाम, तुम महान वैज्ञानिक हो, लेकिन यह जान लो कि धर्म के बिना विज्ञान लँगड़ा है; विज्ञान के बिना धर्म अंधा है। कभी अपने धर्म से मत भटको।' आख़िरकार अब्राहम लिंकन बोले, 'सुनो कलाम, सभी इंसान विपत्ति झेल सकते हैं, लेकिन अगर तुम किसी व्यक्ति के चरित्र की जाँच करना चाहते हो, तो उसे शक्ति देकर देखो। अपनी शक्ति के बारे में सावधान रहो।'

अगली सुबह डॉ. कलाम ने समाचारपत्र में पढ़ा कि युवा नेता माधवराव जीवाजीराव सिंधिया और पत्रकारों के एक दल को लेकर जा रहा विमान उत्तरप्रदेश के मैनपुरी जिले के बाहरी इलाक़े में दुर्घटनाग्रस्त हो गया, जिसमें सभी यात्री मारे गए। उनकी रीढ़ में कँपकँपी दौड़ गई। अगर हेलिकॉप्टर का इंजन कुछ पल पहले काम करना बंद कर देता, तो क्या होता? क्या उनके दुर्घटना से बचने और सपने के दैवी संदेशों के बीच कोई कड़ी थी?

दिल्ली लौटने के बाद डॉ. कलाम प्रधानमंत्री अटल बिहारी वाजपेयी से मिले और उनसे आग्रह किया कि वे उन्हें शासकीय सेवा से मुक्त कर दें। डॉ. कलाम ने कहा, 'आदरणीय, मैं सूर्य के सत्तर चक्कर लगा चुका हूँ, क्या अब मुझे इजाज़त है?' प्रधानमंत्री ने डॉ. कलाम को मंत्री बनाने की पेशकश की, लेकिन उन्होंने विनम्रता से इंकार कर दिय। कुछ ख़ामोश पलों के बाद, जिनमें अनकहे शब्द हवा में लटके रहे, प्रधानमंत्री बोले, 'जैसी आपकी मर्जी।'

1980 के दशक के उत्तरार्ध में क्रे सुपरकंप्यूटर न मिल पाने के दिनों से आईआईएससी के प्रो. एन. बालकृष्णन और डॉ. कलाम में मित्रता थी। उन्होंने बाद में आईआईएससी में सुपरकंप्यूटर एज्युकेशन ऐंड रिसर्च सेंटर (एसईआरसी) स्थापित किया, जो भारत के सर्वश्रेष्ठ उच्च-प्रदर्शन कंप्यूटिंग केंद्रों में से एक है। डॉ. कलाम प्रो. बालकृष्णन को बाल्की कहते थे। बाल्की को महसूस हुआ कि सेवानिवृत्ति के बाद डॉ. कलाम को आईआईएससी में आ जाना चाहिए। आईआईएससी में तीव्र-गति वायुगतिकीय प्रयोगशाला में गैस फ़्लो के अध्ययन के लिए देश की सबसे शुरुआती सुविधाओं में से कुछ थीं; यह इसरो के प्रक्षेपण यान कार्यक्रमों और अग्नि मिसाइल कार्यक्रम की वजह से फली-फूली थी।

डॉ. कलाम की यह ऐतिहासिक प्रतिष्ठा थी कि वे भारत के एरोस्पेस विकास

के लिए कंप्यूटरों की बढ़ती शक्ति का दोहन करने वाले सबसे शुरुआती वैज्ञानिक थे। उन्होंने गैस फ़्लो के नए दौर के लिए यह संभव बना दिया था - उच्च तापमान, उच्च गति, कम घनत्व आदि का संख्या की दृष्टि से विस्तृत अध्ययन किया जाए। प्रो. रोड्डम नरसिंह और आईआईएससी में उनके प्रतिभावान विद्यार्थियों के साथ उनका सहयोग और बाद में नेशनल एरोस्पेस लेबोरेट्रीज़ (जिसके पास उस वक़्त समानांतर गणना प्रौद्योगिकियों का इस्तेमाल करने वाला देश का सबसे शक्तिशाली कंप्यूटर था) के साथ सहयोग सिर्फ़ एरोस्पेस के लिए ही लाभकारी नहीं था। डॉ. कलाम जिन कार्यक्रमों में जुटे थे, उन्होंने आवश्यकतानुसार इसके आगे के सह-उत्पाद वाले लाभों के संदर्भ में देश की क्षमता बढ़ा दी थी।

डॉ. कलाम ने आईआईएससी में अंतरिक्ष प्रौद्योगिकी प्रकोष्ठ के निर्माण में मुख्य भूमिका निभाई थी, जिसका नेतृत्व रोड्डम नरसिंह कर रहे थे। अपनी आदतों और जीवनशैली में डॉ. कलाम आईआईएससी की अनुशासित बैरकों में एक गुरिल्ला कमांडर थे। उनकी सादगी भरी, लगभग संन्यासी जैसी जीवनशैली आईआईएससी में कई अंतरराष्ट्रीय रूप से प्रशिक्षित शिक्षाविदों के तौर-तरीक़ों को कष्ट पहुँचा रही थी, जो ख़ुद को शहीद मानते थे, क्योंकि वे विकसित पश्चिमी देशों में रहने के बजाय इस संस्थान में काम करके अपने जीवन का बलिदान दे रहे थे। डॉ. कलाम की दौलत या भौतिक सुख-सुविधाओं का पीछा करने में कोई रुचि नहीं थी। उनमें तो बस महत्त्वाकांक्षी प्रौद्योगिकी प्रणालियों को डिज़ाइन करने और बनाने का असाधारण जोश था, जिससे वे हमेशा प्रेरित रहते थे। उनके जोश, उनके भारी व्यक्तिगत आकर्षण और हाथ की परियोजना के प्रति स्पष्ट संकल्प की बदौलत यह मुश्किल हो जाता था कि कोई डॉ. कलाम के मदद माँगने पर इंकार कर दे। प्रो. शिवराज रामशेषन, जो 1981 से 1984 तक आईआईएससी के निदेशक थे, कहते थे कि कलाम तो शेरनी तक का दूध निकाल सकते हैं। वैसे प्रो. रामशेषन प्रभावशाली भारतीय वैज्ञानिक परिवार से आए थे : वे भारतीय वैज्ञानिक और नोबेल पुरस्कार विजेता सर सी.वी. रमन के भतीजे और नोबेल पुरस्कार विजेता सुब्रमण्यन चंद्रशेखर के चचेरे भाई थे। एक प्रख्यात लेखक होने के नाते अपने सहकर्मी डॉ. कलाम का उनका निष्पक्ष आकलन अब तक के सबसे ज्ञानवर्धक आकलनों में से एक है :

> उन्होंने (कलाम) एकल-संस्कृति की सीमाओं की अवज्ञा की : वे बड़े दिल वाले प्रौद्योगिकीविद थे, एक ऐसे इंसान जिन्होंने राष्ट्रीय विकास को कार्यकारी परियोजनाओं की एक बड़ी श्रृंखला में रूपांतरित किया, अपने निजी जीवन में संन्यासी रहे और जहाँ योग्यता मिली उन्होंने उसका सम्मान किया, जिनमें दौलत, शक्ति, उपाधि, पद (और) वर्ग के प्रति पूर्ण उदासीनता थी।

इंडियन स्पेस रिसर्च ऑर्गेनाइज़ेशन ने आईआईएससी में ब्रह्म प्रकाश मेमोरियल चेयर स्थापित की थी और आईआईएससी में बाल्की तथा उनके जैसे कई अन्य लोग

उत्सुक थे कि डॉ. कलाम उस चेयर पर आ जाएँ। डॉ. कलाम को मनाने के लिए वे दिल्ली में उनसे मिले, लेकिन डॉ. कलाम ने साफ़ बता दिया कि उनके पास कोई औपचारिक पीएच.डी. नहीं है, जो आईआईएससी में ऐसे पद के लिए ज़रूरी थी। लेकिन आईआईएससी कैंपस में बुलाने का आगंतुकों का उत्साह इतना ज़्यादा था कि एक रोचक बातचीत छिड़ गई और समूह ने संस्था का मूल विचार बताकर अपने तर्क को मज़बूत बनाया।

उन्होंने डॉ. कलाम को 1893 में हुई एक महत्त्वपूर्ण ऐतिहासिक घटना बताई। एम्प्रेस ऑफ़ इंडिया नामक जहाज़ योकोहामा, जापान से वैंकुवर, कनाडा की ओर जा रहा था। उस पर दो असाधारण भारतीय विराजमान थे - स्वामी विवेकानंद और जमशेदजी एन. टाटा। दोनों ही अलग-अलग उद्देश्यों से शिकागो जा रहे थे। स्वामीजी धर्मों की विश्व संसद में भाग लेने जा रहे थे। जमशेदजी संसार की कोलम्बियन एक्सपोज़िशन देखने जा रहे थे, जो प्रौद्योगिकी और औद्योगिक प्रगति का जश्न था। जहाज़ पर जमशेदजी ने भारत में एक स्टील मिल शुरू करने की अपनी योजना बताई। स्वामीजी ने जमशेदजी से कहा कि इस चुनौती के दो हिस्से थे - प्रौद्योगिकी बनाना और स्टील का विज्ञान। प्रौद्योगिकी तो विदेशों से लाई जा सकती थी, लेकिन विज्ञान का शोध घर पर ही होना था। इसने जमशेदजी टाटा के मन में बेंगलूरु में इंडियन इंस्टीट्यूट ऑफ़ साइंस शुरू करने का विचार-बीज बो दिया। बाद में 1898 में उन्होंने स्वामीजी को एक पत्र लिखा और इस अभियान में उनका समर्थन माँगा।

चेयर के लिए डॉ. कलाम के समर्थकों के समूह ने उन्हें उस ऐतिहासिक पत्र की छायाप्रति भी दिखाई। जमशेदजी टाटा ने जिन सटीक शब्दों का इस्तेमाल किया, वे थे : 'मैं नहीं जानता कि ऐसे अभियान के लिए विवेकानंद से ज़्यादा उपयुक्त व्यक्ति कौन होगा।' स्वामीजी ने जवाब में लिखा था, 'मैं नहीं जानता कि ऐसी कोई परियोजना भारत में कभी प्रस्तुत की गई है, जो एक साथ इतनी समीचीन है और जिसके इतने दूरगामी लाभकारी प्रभाव हैं... यह योजना स्पष्ट भविष्यदृष्टि और कठोर पकड़ के साथ हमारे राष्ट्रीय कल्याण में कमज़ोरी के अति महत्त्वपूर्ण बिंदु को पकड़ती है, जिस पर महारत की बराबरी केवल जनता को दिए जा रहे उपहार की उदारता के बराबर है।' स्वामीजी 1902 में ही गुज़र गए, जबकि इंडियन इंस्टीट्यूट ऑफ़ साइंस ने अंततः 1909 में काम शुरू किया।

टीम को महसूस हुआ कि शैक्षणिक पीएच.डी. महत्त्वपूर्ण थी; लेकिन देखा जाए तो पीएच.डी. एक मार्गदर्शक और एक विद्यार्थी के आपसी स्वार्थपूर्ण प्रयास से अधिक नहीं थी, जिसे किसी परियोजना से धन मिलता था और जो विद्यार्थी द्वारा आजीविका कमाने और एक प्रोफ़ेसर को सहारा देने के लिए की जाती थी। उनके दृष्टिकोण से आईआईएससी अपनी राह भटक रहा था; यह अपने संस्थापकों की विचारधारा से दूर खिसक रहा था। उन्हें महसूस हुआ कि इसे ख़ुद के लिए या इसके शिक्षकों के लिए काम नहीं करना चाहिए। अब समाज के लिए काम करने की ओर संस्थान का

नेतृत्व करने के लिए ताज़ी हवा की ज़रूरत है। शायद वे यहाँ सत्य के थोड़े ज़्यादा क़रीब थे, क्योंकि डॉ. कलाम की हिमायत ने आईआईएससी संस्थान में एक बहुत प्रबल प्रतिक्रिया प्रेरित की, जैसा एक समकालीन लेख में बताया गया है :

> आईआईएससी के आकाओं ने विचार को कुचल दिया। निदेशक ने कहा, 'हितों के संघर्ष की वजह से हम उन्हें आईआईएससी में काम करने के लिए नहीं बुला सकते।' स्पष्ट रूप से, आईआईएससी केवल स्नातकोत्तर और पीएच.डी. विद्यार्थियों को ही सँभालता था और यह उन 1,00,000 बच्चों को नहीं चाहता था, जिनसे कलाम हर साल मिलना चाहते थे, ताकि उस कैंपस में उनमें वैज्ञानिक स्वभाव भरें।

इस विवाद पर पूरे देश में व्यापक बहस हो रही थी। डॉ. कलाम ने इसे अपने स्वाभाविक समदर्शी भाव से लिया। वे विवेकानंद नहीं थे और आईआईएससी जमशेदजी टाटा की विरासत को बहुत समय पहले पीछे छोड़ चुका था। अब यह संस्था भारत का हारवर्ड या एमआईटी बनने के अधिक वैश्विक स्वप्न से प्रेरित नज़र आती थी। बहरहाल, डॉ. कलाम की उम्मीदवारी – या कम से कम उनके समर्थकों द्वारा पैरवी – के चारों ओर की बहस ने भारतीय सरकार की अपने वैज्ञानिकों के प्रति ज़िम्मेदारी के बारे में एक महत्त्वपूर्ण बिंदु उठाया। सरकार को यह सुनिश्चित करना चाहिए कि राष्ट्रीय योजनाओं में अपने करियर समर्पित करने वाले वैज्ञानिकों को उनकी योग्यताओं के अनुरूप शैक्षणिक उपाधियाँ अर्जित करने का समय और समर्थन दिया जाना चाहिए। लेकिन डॉ. कलाम रॉकेट बनाने और सैन्य व परमाणु योजनाओं में सहयोग देने में इतने ज़्यादा व्यस्त थे कि स्नातकोत्तर और पीएच.डी. उपाधियों की नीरस प्रक्रिया के प्रति ख़ुद को समर्पित नहीं कर सकते थे। शायद अंतिम विश्लेषण में देश को इसी से ज़्यादा लाभ हुआ।

नवंबर 2001 में डॉ. कलाम चेन्नई में अपनी मातृ संस्था अन्ना युनिवर्सिटी के कैंपस में पहुँच गए और अपने शैक्षणिक कार्य दोबारा शुरू किए। वे पढ़ाने और शोध कार्यों में शामिल हो गए। वे हमेशा से यही करना चाहते थे, लेकिन उनकी आधिकारिक ज़िम्मेदारियों ने उन्हें कभी पढ़ाने की अनुमति नहीं दी। तब तक उन्हें आध्यात्मिक रूप से प्रबुद्ध, योग्य और मेहनती युवाओं को प्रेरित करने का दैवी फ़रमान मिल चुका था – जिसे पूरा करना लाज़िमी था।

फ़ादर अथापिल्ली कुरियाकोस जॉर्ज अन्ना युनिवर्सिटी में डॉ. कलाम के पास पहुँचे। वे बेंगलूरु के क्राइस्ट कॉलेज से मास्टर ऑफ़ कंप्यूटर एप्लिकेशन्स पूरा करने के बाद पीएच.डी. करना चाहते थे। डॉ. कलाम ने उनसे ऐसा विषय चुनने को कहा, जिससे अंततः लोगों को मदद मिले। कई सप्ताह तक सोच-विचार करने के बाद उनके मन में विचार आया कि वे मानसिक रूप से चुनौती प्राप्त बच्चों के मस्तिष्क को उद्दीप्त करके उनकी क्षमताओं को बढ़ाएँ।

इस विषय से डॉ. कलाम के मन के तार झनझना गए। मानसिक रूप से चुनौती प्राप्त बच्चा आम तौर पर मस्तिष्क में न्यूरॉन्स की संख्या और गुणवत्ता में कमी की वजह से कष्ट उठाता है। इस कमी की वजह से ही उसकी बौद्धिक योग्यता कम हो जाती है। यदि कम से कम कुछ क्षेत्रों में उचित प्रशिक्षण देकर न्यूरॉन के घनत्व को बढ़ाने का कोई तरीक़ा खोजा जा सके, तो इससे प्रभावित बच्चों के जीवन की गुणवत्ता बेहतर हो सकेगी। डॉ. कलाम जानते थे कि वे अपने विद्यार्थी का मार्गदर्शन करने के लिए सुयोग्य नहीं हैं - डॉ. कलाम कभी भी अपने ज्ञान को बढ़ा-चढ़ाकर नहीं बताते थे। इसलिए उन्होंने फ़ादर जॉर्ज के शोध में मार्गदर्शन देने के लिए नेशनल इंस्टीट्यूट ऑफ़ मेंटल हेल्थ ऐंड न्यूरोसाइंसेस (एनआईएमएचएएनएस) के डॉ. टी.आर. राजू को शामिल किया। शोध में न्यूरॉनों की संख्या बढ़ाने के तरीक़े विकसित किए - मस्तिष्क के स्वाभाविक चुनौती देने या बाहरी उद्दीपन के ज़रिये, स्टेम कोशिकाओं के इस्तेमाल के ज़रिये या इन दोनों के मिश्रण से।

शोध ने साबित किया कि अभ्यास द्वारा मार्गों को छोटा करना मानसिक चुनौतीपूर्ण बच्चों के मामले में दोहराव की ज़रूरत पर ज़ोर देता है। कामों के क्रियान्वयन में दोनों गोलार्द्ध ज़रूरी होते हैं, इसलिए मस्तिष्क के दोनों गोलार्द्धों को प्रशिक्षित करने की ज़रूरत है। मस्तिष्क में संबंध जोड़ने वाली मानसिक क्षमताओं को बढ़ाने के लिए उचित व्यायामों की आवश्यकता पर ज़ोर दिया जाना चाहिए। डॉ. कलाम इस काम से मंत्रमुग्ध थे और इसने सीखने की उनकी समझ का विस्तार किया :

> इस समय मैं हारवर्ड युनिवर्सिटी में मस्तिष्क पर हुए शोध के संपर्क में आया। मुझे पता चला कि काफ़ी वैज्ञानिक प्रमाण है कि चार तंत्र मानव ज्ञान के चार स्तंभ हैं। यह एक पाँचवें तंत्र की ओर इंगित करता है। अब मैं जान गया था कि बच्चा वस्तुओं का अवलोकन तब करता है, जब वे आपस में जुड़े रूप में हिल रही हों, जैसे पक्षियों का समूह या जुड़े हुए मार्गों पर चल रही हों, जैसे रेल की पटरियों पर चलती ट्रेन या जब वस्तुएँ एक दूसरे की गति को प्रभावित कर रही हों, और तभी, और केवल तभी, वे बिलियर्ड की गेंदों की तरह एक दूसरे से टकराकर स्पर्श करती हैं।

विद्यार्थियों के साथ हर संपर्क डॉ. कलाम को आध्यात्मिक मार्ग पर आगे बढ़ा रहा था। समय गुज़रने के साथ-साथ वे वैज्ञानिक के बजाय संत जैसे ज़्यादा बन गए। फ़रवरी 2002 में मेरे जन्मदिन पर डॉ. कलाम ने मुझे एक पुस्तक दी : *केयर ऑफ़ द सोल*। यह रोज़मर्रा के जीवन में गहराई और अर्थ बढ़ाने के बारे में है। उन्होंने निम्न पंक्तियों को रेखांकित किया : 'आत्मा आसक्ति, प्रेम और समुदाय में उजागर होती है, साथ ही पीछे हटने या आंतरिक बातचीत और अंतरंगता में भी। जब आत्मा की उपेक्षा की जाती है, तो यह बस चली नहीं जाती है; यह लक्षणों के वेश में, जुनूनों,

लतों, हिंसा और अर्थ के क्षय के रूप में प्रकट होती है।'

11 अप्रैल 2002 को डॉ. कलाम को आणंद, गुजरात में आनंदालय हाई स्कूल के एक कार्यक्रम में आमंत्रित किया गया। जब डॉ. कलाम एक शाम पहले अहमदाबाद पहुँचे, तो शहर में कर्फ़्यू लगा था। वे सड़क मार्ग से पुलिस की अभिरक्षा में आणंद पहुँचे। अगले दिन आनंदालय हाई स्कूल में अपनी सामान्य अनौपचारिक चर्चा में, जिसे डॉ. कलाम अपने औपचारिक व्याख्यानों के बाद प्रोत्साहित करते थे, एक लड़के ने उनसे सवाल पूछा : 'हमारा शत्रु कौन है?' डॉ. कलाम के पास तुरंत कोई जवाब नहीं था, इसलिए उन्होंने वहाँ मौजूद दूसरे बच्चों की तरफ़ वह प्रश्न बढ़ा दिया। कुछ पल तक सोच-विचार करने के बाद बारहवीं कक्षा की एक विद्यार्थी स्नेहल ठक्कर ने जवाब दिया, 'सर, हमारी शत्रु ग़रीबी है।' डॉ. कलाम उसके जवाब की स्पष्टता से रोमांचित हो गए। डॉ. कलाम ने स्नेहल को बधाई दी और बाद में अपनी पुस्तक *इग्नाइटेड माइंड्स* भी उसे समर्पित की। डॉ. कलाम के लिए यह जवाब रोशनी के विस्फोट की तरह था। यह स्याह बादलों को चीरकर दिखते चमकदार सूर्य जैसा था। अपने दिल की गहराई में डॉ. कलाम जानते थे कि आध्यात्मिक ग़रीबी भौतिक ग़रीबी से ज़्यादा बुरी होती है। आत्मा का अज्ञान ही हमारा सच्चा शत्रु है।

3.4

ईश्वर का साम्राज्य

> क्या तुम सब यह नहीं जानते कि दुराचारी कभी ईश्वर के साम्राज्य के वारिस नहीं बन पाएँगे? मुग़ालते में मत रहो : न तो व्यभिचारी, न ही मूर्तिपूजक, न ही धोखेबाज़, न ही स्त्रैण, न ही मानव जाति के साथ ख़ुद का दुरुपयोग करने वाले।
>
> —द *होली बाइबल*
> **1 कोरिन्थियन्स 6:9**

डॉ. कलाम की योग्यताओं की बहुत व्यापक माँग थी और उनके मन में कभी सेवानिवृत्ति का विचार नहीं आया था। नेशनल एरोनॉटिकल लेबोरेट्री ने लाइट कम्बैट एयरक्राफ़्ट की डिज़ाइन में मुख्य समर्थक भूमिका निभाई थी। एनएएल नेशनल कंट्रोल लॉ टीम का कार्य केंद्र था, जिसने एलसीए के लिए इनिशियल ऑपरेशनल क्लियरेंस (आईओसी), मानक नियंत्रण नियम और एयर-डाटा एलगोरिद्म्स की ओर ले जाने वाली गतिविधियों का नेतृत्व किया। एनएएल ने तुरंत डॉ. कलाम के साथ अपने संबंध को ताज़ा किया और उन्हें अपनी रिसर्च काउंसिल (आरसी) का चेयरमैन बना लिया। उनके एक सहकर्मी ने उनकी नई भूमिका में, इस ज़्यादा ऊँचे पद पर उनके समय को याद करते हुए बताया :

> एक बार फिर हमने कलाम को एनएएल गेस्ट हाउस में देखा, लेकिन इस बार उनके साथ बंदूकधारी सुरक्षा कर्मी भी थे, क्योंकि माना जा रहा था कि उन पर आतंकवादी हमला हो सकता है। विचित्र बात यह है कि ज़ेड-क्लास सुरक्षा ने उन्हें और भी ज़्यादा बड़ी हस्ती बना दिया... चेयरमैन के रूप में कलाम रूखे और अधीर दिखते थे। वे गहरी तकनीकी चर्चाओं को प्रोत्साहित नहीं करते थे। कलाम थोड़े उथले नज़र आते थे (सतीश धवन की तुलना में, जो उनसे पहले आरसी के चेयरमैन थे), लेकिन उन्होंने सुनिश्चित किया कि निर्णय तेज़ी से लिए जाएँ और उनका कठोरता से पालन किया जाए।

इंडियन इंस्टीट्यूट ऑफ़ साइंस के इंकार के बावजूद अपने क्षेत्र में डॉ. कलाम की अनूठी पहचान थी और उनके पास अतुल्य अनुभव था। यही उन्हें उनकी मातृ संस्था अन्ना युनिवर्सिटी में उनके नए पद की ओर ले गया। 29 सितंबर 2001 को वे अन्ना युनिवर्सिटी के वाइस चांसलर प्रो. ए. कलानिधि से मिले। प्रो. कलानिधि ने अख़बारों में पढ़ा था कि डॉ. कलाम बेंगलूरु में इंडियन इंस्टीट्यूट ऑफ़ साइंस में जाने की योजना बना रहे हैं। इसके बाद उन्होंने डॉ. कलाम को फ़ोन किया था। प्रो. कलानिधि के हिसाब से डॉ. कलाम को अन्ना युनिवर्सिटी में प्रोफ़ेसर बनना चाहिए। आख़िर वे वहाँ के पूर्व विद्यार्थी थे और निश्चित रूप से विश्वविद्यालय का उन पर पहला अधिकार था। उनके बीच लंबी, दोस्ताना बातचीत हुई, जिसके अंत में डॉ. कलाम ने वादा किया कि वे प्रो. ए. कलानिधि के प्रस्ताव पर विचार करने के बाद उन्हें फ़ोन करेंगे। उनकी मुलाक़ात के तुरंत बाद प्रो. कलानिधि अमेरिका चले गए। कुछ समय बाद जब वे बोस्टन हवाई अड्डे पर शिकागो का विमान पकड़ने वाले थे, तब डॉ. कलाम ने अन्ना युनिवर्सिटी में काम करने के लिए हाँ कर दी।

प्रो. कलानिधि ने डॉ. कलाम को बताया कि चूँकि वे भारत के वैज्ञानिक समुदाय के प्रतिनिधि हैं, इसलिए वे पूरी तरह से विश्वविद्यालय का प्रतिनिधित्व नहीं कर सकते और किसी एक विषय या विभाग तक सीमित नहीं रह सकते। उन्होंने 'प्रौद्योगिकी और सामाजिक कायाकल्प के प्रोफ़ेसर' पदनाम का सुझाव दिया - संभवतः डॉ. कलाम को मिले सबसे उपयुक्त पदनामों में से एक - और डॉ. कलाम तुरंत सहमत हो गए। प्रो. कलानिधि ने डॉ. कलाम को बताया कि पश्चिमी देशों में विश्वविद्यालय अपने पूर्व छात्रों की सहायता से समृद्ध होते हैं, लेकिन भारत में पूर्व छात्रों के समर्थन का बहुत कम ज़िक्र किया जाता है। वे इसे बदलना चाहते थे और पूर्व छात्र नेटवर्क तैयार करना चाहते थे। उन्होंने डॉ. कलाम से कहा कि कैंपस में उनके आने से पूरे देश में फैले विश्वविद्यालय के पूर्व छात्र अपनी मातृ संस्था की सहायता करने के लिए प्रोत्साहित होंगे। कुछ महीने बाद अन्ना युनिवर्सिटी में उनके आडंबरहीन कार्यकाल - जिसे देश के बुलावे की वजह से बीच में ही ख़त्म करना पड़ा - का वर्णन वाइस चांसलर ने किया था :

> 2 अक्टूबर 2001 को कलाम ने कुर्सी सँभाली। उस इंसान के लिए एक कमरा और दो भृत्य दिए गए, जो अपनी सादगी के लिए मशहूर था और दिखावे से नफ़रत करता था। विश्वविद्यालय में उनके पास बस ऑफ़िस का एक कमरा, एक इंटरनेट कनेक्शन, दो रिसर्च स्कॉलर और दो स्टेनोग्राफ़र थे। ज़ाहिर है, उन्हें भारत सरकार द्वारा दिए सुरक्षा कर्मियों को भी बर्दाश्त करना था।

डॉ. कलाम को गिन्डी में अन्ना युनिवर्सिटी के फैले हुए कैंपस के गेस्ट हाउस में ठहराया गया। वहाँ 100 हेक्टेयर से ज़्यादा ज़मीन थी, जो उत्तर में अड्यार नदी से लगी थी। गेस्ट हाउस में भोजन की सुविधा नहीं थी, इसलिए उनका नाश्ता पीजी

हॉस्टल मेस से आता था। प्रो. कलानिधि ने डॉ. कलाम को उनके घर पर बना भोजन करने के लिए राज़ी कर लिया। टी. नागराजन और एस. बालसुब्रमण्यम दो स्टेनोग्राफ़र कुलसचिव के कार्यालय में काम करते थे, और वही उनके दो कार्यालयीन सहयोगी बन गए। बरसों बाद टी. नागराजन ने डॉ. कलाम की सादगी और विनम्रता के बारे में कहा था :

> कलाम सर चमड़े का एक छोटा बैग लेकर कमरे में दाख़िल हुए, जिसमें उनके तीन जोड़ी कपड़े, एक जोड़ी जूते और कुछ पुस्तकें थीं। मैं इतने ऊँचे इंसान को इतना सादा जीवन जीते देखकर दंग था। वे संतुष्ट थे, अपने आस–पास के लोगों व उनके परिवारों की परवाह करते थे और विनम्र तथा समय के पाबंद थे। उन्होंने एक बार भी गर्व या घमंड नहीं दिखाया। मैं अपनी पूरी ज़िंदगी में उनके जैसे किसी इंसान से नहीं मिला हूँ।

हालाँकि दूसरों को उनकी जीवनशैली कठोर लगती थी, लेकिन डॉ. कलाम तो अन्ना युनिवर्सिटी के सुंदर कैंपस में रहने को विलासिता मानते थे। वहाँ वे अपना ख़ाली समय विद्यार्थियों के साथ बिता सकते थे, उनके सपने सुन सकते थे और उनके सवालों के जवाब दे सकते थे। शाम को वे मैदान और प्रांगण में चहलक़दमी करते हुए मनन कर सकते थे, जिसमें बहुत से पेड़ और घास के मैदान थे। भाषाई और सांस्कृतिक दृष्टि से देखा जाए, तो वे अपने पुरखों की जड़ों के क़रीब थे और चेन्नई का मौसम उनके लिए उतना ही परिचित था, जितना कि रामेश्वरम् में उनके बचपन की नमकीन समुद्र तटीय आबोहवा।

एक शिक्षण संस्था ने उन्हें ठुकरा दिया था, इसे उनके अदम्य जज़्बे ने शायद ही दर्ज किया था। इस वजह से अब वे स्वीकृति और आराम की ऐसी जगह पर आ गए थे, जहाँ उनकी योग्यताओं को पहचाना जाता था और वे नई पीढ़ी के भविष्य में योगदान दे सकते थे। लेकिन तक़दीर उनसे यह नहीं चाहती थी। कई लोगों को जो आदर्श सेवानिवृत्ति वाली नौकरी लगती, उससे वे और भी बड़े, ज़्यादा ऊँचे परिक्रमा-पथ में पहुँचने वाले थे। वे केवल कुछ विद्यार्थियों को ही प्रेरित नहीं करने वाले थे : वे पूरे देश को प्रेरित करने वाले थे।

इन वर्षों में सांसारिक कर्तव्यों को निभाते हुए भी डॉ. कलाम के लिए आध्यात्मिक प्रेरणा का महत्त्व बढ़ रहा था। डॉ. कलाम अन्ना युनिवर्सिटी से बाहर की पहली यात्रा करते हुए केरल में कोलम के समीप अमृता इंस्टीट्यूट ऑफ़ कंप्यूटर टेक्नोलॉजी गए। एन. बालकृष्णन और वीएसएससी के निदेशक जी. माधवन नायर उनके साथ थे। डॉ. कलाम वहाँ माता अमृतानंदमयी देवी से मिले। उन्होंने डॉ. कलाम को बताया, 'आध्यात्मिकता करुणा के साथ ही शुरू होती है और इसी के साथ ख़त्म होती है। कोई भी इंसान अकेला टापू नहीं है; हम सभी ज़िंदगी की बड़ी जंज़ीर की कड़ियाँ हैं। जिस तरह बायाँ हाथ घायल होने पर दायाँ हाथ सहायता के लिए आगे

बढ़ जाता है, उसी तरह इंसान के मन में होना चाहिए कि वह सभी जीवों के कष्ट को अपना कष्ट माने और उसके मन में उन्हें राहत पहुँचाने की प्रबल इच्छा जाग जाए।'

6 अक्टूबर 2001 को डॉ. कलाम कांचीपुरम गए। कांची के शंकराचार्यों ने सैकड़ों गाँवों के किसानों का एक बहुत महत्त्वपूर्ण सम्मेलन आयोजित किया था, ताकि वे प्यूरा अवधारणा वाली ज्ञान-सशक्तीकृत ग्रामीण विकास योजना शुरू करें। बैठक ख़त्म होने पर दोनों आचार्यों - स्वामी जयेन्द्र सरस्वतीगल और स्वामी विजयेन्द्र सरस्वतीगल - ने डॉ. कलाम को व्यक्तिगत बातचीत के लिए आमंत्रित किया। स्वामी विजयेन्द्र सरस्वतीगल ने कहा, 'कलाम साहब, आपको सभी जीवित प्राणियों में एक ही आत्मन की उपस्थिति का अहसास हो चुका है, इसलिए लोगों और दूसरे जीवों के प्रति दुर्भावना ग़ायब हो चुकी है। आपके हृदय में देवत्व का उदय हो गया है। जाइए और करुणा फैलाइए।' डॉ. कलाम को एक बार फिर प्रमुख स्वामीजी के भविष्यसूचक शब्द याद आ गए कि एक महान तक़दीर उनका इंतज़ार कर रही है और वे किसी दिन भारत का नेतृत्व करेंगे।

वैसे डॉ. कलाम को अपने चारों ओर होने वाले कायाकल्प की गहराई का अहसास नहीं था। वे विद्यार्थियों से मिलने और सेवाभावी संगठनों की यात्रा करने में बहुत ज़्यादा व्यस्त थे। जनवरी 2002 में डॉ. कलाम बेंगलूरु में व्हाइटफ़ील्ड में श्री सत्य साईं इंस्टीट्यूट ऑफ़ हायर मेडिकल साइंसेस गए, जहाँ उन्हें मेडिकल टेक्नोलॉजी ऐंड हेल्थ केयर पर होने वाले एक सम्मेलन में हिस्सा लेना था। उनके साथ प्रो. पी. रामा राव भी थे। वे श्री सत्य साईं बाबा द्वारा स्थापित विश्व-स्तरीय उच्च स्वास्थ्य सुविधा अस्पतालों को देखकर प्रभावित थे, जहाँ जाति, वर्ग, पंथ, लिंग, धर्म या राष्ट्रीयता से परे सभी को रोग निदान सुविधाएँ प्रदान की जाती थी - पूरी तरह मुफ़्त। जैसा कुछ महीनों पहले शंकराचार्यों ने किया था, उसी तरह श्री सत्य साईं बाबा ने भी डॉ. कलाम का अच्छी तरह स्वागत किया। कलाम ने बताया : 'जब मैंने अपनी प्रस्तुति पूरी कर ली कि प्रौद्योगिकी किस तरह इंसान की ज़िंदगी को बदल सकती है, तो उन्होंने उठकर मुझे आशीर्वाद दिया, जिस पर प्रतिभागियों ने तालियाँ बजाईं।'

अगले महीने डॉ. कलाम राजस्थान में माउंट आबू की ब्रह्म कुमारी स्पिरिच्युअल अकैडमी गए। उनके साथ डॉ. ए. शिवतनु पिल्लई और डॉ. डब्ल्यू. सेल्वामूर्ति भी थे। डॉ. कलाम ने कोरोनरी आर्टरी डिसीज़ (सीएडी) के रोगियों से बातचीत की, जिन्हें वहाँ दिलवाल कहा जाता था। उन्होंने ब्रह्म कुमारी अकैडमी के ग्लोबल हॉस्पिटल ऐंड रिसर्च सेंटर के डॉक्टरों से भी बातचीत की, जिसके मुखिया डॉ. प्रताप मिधा थे। डॉ. सेल्वामूर्ति और डॉ. मिधा ने हृदय रोगियों के शरीर विज्ञान और मनोविज्ञान पर बरसों तक शोध और चिकित्सकीय कार्य किया था। इसके बाद वे इस निष्कर्ष पर पहुँचे थे कि तन और मन के बीच एक बहुत प्रबल समकालिकता होती है। इसके अलावा, ध्यान के ज़रिये मन के शुद्धिकरण और आहार व व्यायाम के ज़रिये शरीर की सफ़ाई से हृदय रोग को नियंत्रित किया जा सकता है, यहाँ तक कि इसका इलाज

भी किया जा सकता है। डॉ. कलाम ने बाद में बताया कि इस समय के दौरान बहुत सी आध्यात्मिक घटनाओं के फलस्वरूप वे एक गहरी आध्यात्मिक घटना के साक्षी थे, जो बड़ी घटनाओं की भविष्यवाणी लग रही थी :

> मुझे एक असाधारण आध्यात्मिक अनुभव हुआ... एक शिष्या दादी गुर्जर पर ब्रह्मकुमारियों के देवता शिव बाबा आ गए। हमारे देखते–देखते उसका पूरा व्यक्तित्व बदल गया : ज्ञान, योग, सद्गुण और सेवा के चार ख़ज़ानों पर बात करते वक़्त उसका चेहरा दीप्तिमान हो गया और आवाज़ गहरी हो गई।

10 जून 2002 को डॉ. कलाम को डॉ. कलानिधि के कार्यालय से संदेश मिला कि प्रधानमंत्री कार्यालय उनकी तलाश कर रहा है और वे प्रधानमंत्री से बात करने के लिए वाइस चांसलर के कार्यालय आ जाएँ। डॉ. कलाम को कुछ पल्ले नहीं पड़ा, क्योंकि कुछ समय से उनका किसी सरकारी अधिकारी से कोई संपर्क नहीं था। जब वे वाइस चांसलर कार्यालय पहुँचे, तो उनका संपर्क प्रधानमंत्री कार्यालय से कराया गया और कुछ मिनट बाद प्रधानमंत्री अटल बिहारी वाजपेयी फ़ोन पर आ गए। उन्होंने कहा, 'कलाम साहब, देश को राष्ट्रपति के रूप में आपकी ज़रूरत है।' डॉ. कलाम ने प्रधानमंत्री वाजपेयी को धन्यवाद दिया और उनके इस उदार प्रस्ताव पर विचार करने के लिए एक घंटे का समय माँगा। वाजपेयी ने कहा, 'सोच-विचार कर लें। लेकिन मैं केवल "हाँ" सुनना चाहता हूँ, "नहीं" नहीं सुनना चाहता।'

शाम तक नेशनल डेमोक्रेटिक अलाइंस (एनडीए) के संयोजक जॉर्ज फ़र्नांडिस, संसदीय मामलों के मंत्री प्रमोद महाजन, आंध्रप्रदेश के मुख्यमंत्री चंद्राबाबू नायडू और उत्तरप्रदेश की मुख्यमंत्री मायावती ने एक संयुक्त प्रेस वार्ता में डॉ. कलाम की उम्मीदवारी की घोषणा कर दी। अख़बार में उस वक़्त एक लेख छपा, जिसमें डॉ. कलाम के नामांकन को मिले बहुदलीय समर्थन का वर्णन किया गया :

> कलाम ज़बर्दस्त बहुमत से विजयी हुए। दो दिन तक काँग्रेस एनडीए का विरोध करने की अपनी स्वाभाविक प्रवृत्ति और अल्पसंख्यक समुदाय के एक प्रतिष्ठित, ग़ैर–राजनीतिक सदस्य का समर्थन करने की प्रबल मजबूरी के बीच झूलती रही और अंततः इसने मिसाइल मैन का समर्थन किया।

एक और टिप्पणीकार ने उनके नामांकन को राजनीतिक संदर्भ में सरकार की एक चतुर चाल माना, जिससे यह विरोधियों को विभक्त करना चाहती थी। राष्ट्रपति पद के ग़ैर-राजनीतिक उम्मीदवार डॉ. कलाम बिना किसी गुट के थे और लगभग सभी के द्वारा अनुमोदित उम्मीदवार थे। पत्रकार के अनुसार विडंबना यह थी कि वे एक राजनीतिक षड्यंत्र में प्यादे थे। उनके इन्हीं गुणों की वजह से यह चाल सफल रही : 'अनजाने में कलाम विनाशकारी राजनीतिक प्रहार के अस्त्र बन गए। कलाम की उम्मीदवारी के छह दिनों के भीतर ही पीपुल्स फ़्रंट बिखर गया और काँग्रेस ने

भारी बहुमत के सामने झुकते हुए सहमति दे दी।'

जब तक डॉ. कलाम को प्रधानमंत्री वाजपेयी का फ़ोन नहीं आया था, तब तक उनके मन में राष्ट्रपति बनने का ख़याल दूर-दूर तक नहीं था। उन्होंने उन परियोजनाओं में समय लगाने के लिए ख़ुद को तैयार किया था, जिन्हें वे अपने करियर में पूरी नहीं कर पाए थे। चेन्नई में उन्होंने देश भर के कम से कम एक लाख विद्यार्थियों से बातचीत करने के अपने स्वप्न में ख़ुद को झोंक दिया। वे प्राचीन ताड़पत्रों पर उकेरे पारंपरिक ज्ञान को संरक्षित करने और रूपांतरित करने के प्रयास में भी शामिल थे, ताकि इसे डिजिटल मीडिया में स्थायी तौर पर संग्रहीत किया जाए और इंटरनेट के द्वारा इसका ज़्यादा व्यापक वितरण हो।

इन सारी परियोजनाओं को स्थगित करना होगा और अपने काम की प्रगति सुनिश्चित करने के लिए उन्हें विश्वस्त व्यक्तियों को सौंपना होगा। डॉ. कलाम के सामने कई व्यावहारिक समस्याएँ भी थीं और वे अपने जाने-पहचाने व्यावहारिक अंदाज़ में उन्हें सुलझाने वाले थे। जब संसदीय कार्य मंत्री प्रमोद महाजन ने उनसे फ़ोन करके पूछा कि वे राष्ट्रपति पद का नामांकन किस शुभ मुहूर्त में दाख़िल करेंगे, तो डॉ. कलाम ने उनसे कहा कि संसार को ज्योतिष नहीं, बल्कि खगोल शास्त्र चलाता है। वे उसी अंदाज़ में काम करते रहेंगे, जिसने उनके पूरे कामकाजी जीवन में उनका साथ दिया था और यह कुछ लोगों के लिए काफ़ी हैरानी की बात थी। जहाँ तक मीडिया का सवाल है, यह सामान्य राजनीति से हटकर भावी राष्ट्रपति की सकारात्मकता और संजीदगी से हतबुद्धि और थोड़ा आकर्षित था :

> क़लाम में एक शांत मासूमियत थी। यह बात तब की है जब वे इस तथ्य से तालमेल बैठा रहे थे कि वे राष्ट्रपति भवन में रहने वाले हैं। भारत के भावी राष्ट्रपति ने 13 जून को अपनी पहली पत्रकार वार्ता की। इसमें साफ़ था कि पिछले छह महीनों में पचास व्याख्यान देने की ख़ुमारी अब भी हटी नहीं थी। जब वे युवा पुरुषों और महिलाओं के चकाचौंध समूह के सामने आए, जिनके हाथ में नोटपैड, माइक्रोफ़ोन और वीडियो कैमरे थे, तो उन्हें लगा, मानो वे विद्यार्थियों के एक और समूह को संबोधित कर रहे हैं। जब उन्होंने भगवद् गीता का कथन दोहराया (जो भी हुआ अच्छे के लिए हुआ, जो भी हो रहा है अच्छे के लिए हो रहा है और जो भी होगा अच्छे के लिए होगा), तो कलाम ने अपनी 'क्लास' से पूछा कि क्या वे उनकी बात का मतलब समझ गए। उन्होंने हर एक से कहा कि वे उनके बाद मुख्य वाक्य को दोहराएँ – 'देश किसी भी व्यक्ति से ज़्यादा बड़ा है।' उनके 'विद्यार्थियों' ने ऐसा ही किया!

प्रमोद महाजन डॉ. कलाम को अन्ना युनिवर्सिटी से नई दिल्ली तक ले गए। हवाई अड्डे पर रक्षा मंत्री जॉर्ज फ़र्नांडिस ने डॉ. कलाम का स्वागत किया। वहाँ से वे सीधे प्रधानमंत्री कार्यालय गए। वे समाजवादी दल के नेता मुलायम सिंह यादव से भी मिले,

जो पहले रक्षा मंत्रालय में उनके बॉस रह चुके थे। शाम को डॉ. कलाम ने एशियाड ग्राम में डीआरडीओ के गेस्ट हाउस में रहने का विकल्प चुना, जो 1992 में उस अंतिम वर्ष तक उनका 'घर' था, जब वे दिल्ली छोड़कर अन्ना युनिवर्सिटी गए थे।

प्रधानमंत्री वाजपेयी और उनके कैबिनेट के वरिष्ठ साथियों के साथ डॉ. कलाम ने 18 जून 2002 को संसद में अपने नामांकन पत्र दाख़िल किए। नामांकन पत्रों का पहला सेट काँग्रेस पार्टी ने दाख़िल किया, जिसका नेतृत्व इसकी मुखिया श्रीमती सोनिया गाँधी ने पार्टी के सदस्यों - शिवराज पाटिल, डॉ. मनमोहन सिंह, पी.एम. सईद, नज़मा हेपतुल्ला, अंबिका सोनी, अर्जुन सिंह और अहमद पटेल के साथ किया। प्रधानमंत्री वाजपेयी, गृह मंत्री लालकृष्ण आडवाणी, विदेश मंत्री जसवंत सिंह और रक्षा मंत्री जॉर्ज फ़र्नांडिस ने नेशनल डेमोक्रेटिक अलाइंस की तरफ़ से नामांकन पत्र का दूसरा सेट दाख़िल किया।

जब प्रधानमंत्री वाजपेयी ने वैवाहिक अवस्था वाले कॉलम की ओर इशारा किया, जिसमें संकेत था कि डॉ. कलाम कुँआरे थे, तो डॉ. कलाम हँसते हुए बोले कि न सिर्फ़ वे कुँआरे हैं, बल्कि ब्रह्मचारी भी हैं। इस पर सब हँस पड़े। एनडीए का समर्थन करने वाले दलों के नेताओं में तेलुगू देशम पार्टी के प्रमुख एन. चंद्राबाबू नायडू, समाजवादी पार्टी के प्रमुख मुलायम सिंह यादव, बीजू जनता दल के प्रमुख नवीन पटनायक, बहुजन समाज पार्टी के उपाध्यक्ष मायावती और तृणमूल काँग्रेस की नेता ममता बैनर्जी भी उपस्थित थे।

19 जून 2002 को अपनी पहली पत्रकार वार्ता में डॉ. कलाम ने एक शिक्षित राजनीतिक वर्ग होने की आवश्यकता को संक्षेप में सामने रखा। उनका कहना था कि करुणा को राजनीतिक निर्णय लेने की बुनियाद बनाया जाना चाहिए। अनुभवी पत्रकार थोड़े भौंचक्के रह गए, लेकिन अपने प्रश्नों पर डॉ. कलाम के निष्कपट जवाबों से मोहित भी थे :

> सख़्त पत्रकार अल्पकालीन रणनीतियों, कड़क नीति और सीधे दिखने वाले जवाबों के आदी थे। उन्हें कलाम के भाषण विदेशी लग रहे थे, क्योंकि वे लोगों को ज़्यादा शिक्षित करने की आवश्यकता पर ज़ोर देते थे और हिंसा ख़त्म करने के लिए अर्थव्यवस्था को बेहतर बनाने की बात करते थे। लेकिन अपने दूरगामी जवाबों के साथ-साथ कलाम ने इस बारे में कुछ सुझाव भी दिए कि वे भव्य रायसीना हिल में कैसा व्यवहार करेंगे। जब भी कोई विवादास्पद मुद्दा सामने आएगा, तो वे देश के अग्रणी संवैधानिक विशेषज्ञों की सलाह लेंगे। राज्यों में राष्ट्रपति शासन जैसे मुद्दों पर निर्णय इस आधार पर लिया जाएगा, 'लोगों को किसकी ज़रूरत नहीं थी, इस आधार पर नहीं कि कुछ लोग क्या चाहते थे'... डॉ. कलाम की निरुत्तर करने वाली स्पष्टवादिता और दूर-दूर तक के विवादास्पद मुद्दे से बचने की लगभग

> जुनूनी दृढ़ता के चलते पत्रकार वार्ता के अंत में मिसाइल मैन और पत्रकार दोनों के चेहरों पर मुस्कान थी...

उनकी उम्मीदवारी के लिए दलगत सीमाओं के पार प्रबल समर्थन मौजूद था, लेकिन इसके बावजूद डॉ. कलाम निर्विरोध नहीं चुने गए। अस्सी वर्ष से ज़्यादा उम्र की स्वतंत्रता संग्राम सेनानी और वाम पंथी दल की उम्मीदवार लक्ष्मी सहगल ने 21 जून 2002 को राष्ट्रपति पद के लिए अपना नामांकन पत्र दाख़िल कर दिया। उनके साथ पूर्व प्रधानमंत्री एच. डी. देवगौड़ा, सीपीआई-एम नेता सोमनाथ चटर्जी, सीपीआई नेता जे. चित्तरंजन, फ़ॉरवर्ड ब्लॉक नेता देबब्रत विश्वास, आरएसपी नेता अवनि रॉय और हरिशंकर महाले तथा पश्चिम बंगाल के मुख्यमंत्री बुद्धदेव भट्टाचार्य थे।

भारत के राष्ट्रपति को अप्रत्यक्ष रूप से एक निर्वाचक समूह द्वारा चुना जाता है, जिसमें संसद सदस्य और राज्यों तथा केंद्र शासित प्रदेशों की विधानसभाओं के सदस्य शामिल होते हैं। डॉ. कलाम ने राष्ट्रपति पद के उम्मीदवार के रूप में अपना प्रचार अभियान करने के लिए देश भर का दौरा किया। दक्षिण में डॉ. कलाम ने दो जगह दौरे से अवकाश लिया। 9 जुलाई को वे रामेश्वरम् में अपने घर गए और 14 जुलाई को वे श्री सत्य साईं बाबा से मिलने के लिए पुट्टपर्थी गए।

डॉ. कोटा हरिनारायण बेंगलूरु से पुट्टपर्थी तक डॉ. कलाम के साथ गए। डॉ. कलाम के लिए श्री सत्य साईं बाबा एक आध्यात्मिक प्रतीक थे, जो जीवन की सदाशयता और भव्यता का जश्न मना रहा था। उन्होंने अपने समर्थकों में भक्ति का संदेश उस वैश्विक संस्कृति के सामने फैलाया, जो लगातार हिंसा, क्रूरता और अनियंत्रित लोभ पर आधारित हो रही थी और प्रगति संबंधी चिकनी-चुपड़ी बातों के नीचे छिपी हुई थी। डॉ. कलाम ने कभी भक्तों द्वारा बाबा में देखी जाने वाली रहस्यमय या असाधारण शक्ति पर बातचीत नहीं की, बल्कि अविश्वसनीय विराट सांस्कृतिक शक्ति के रूप में उनका सम्मान किया।

डॉ. कलाम के चुनाव अभियान ने उनकी धर्मपरायणता पर थोड़ा वाद-विवाद छेड़ दिया, जो संभवतः होना ही था। डॉ. कलाम और पूर्व राष्ट्रपतियों ज़ाकिर हुसैन और फ़ख़रुद्दीन अली अहमद के बीच तुलना को ख़ारिज कर दिया गया; डॉ. कलाम को इस्लाम की आम समझ के मुताबिक़ मुसलमान के रूप में नहीं देखा जाता था। वीणा बजाने वाले, *भगवद् गीता* पढ़ने वाले, रामेश्वरम् में पैदा हुए कलाम का अकस्मात उदय कई लोगों को एक अवास्तविक घटना लगी। वे नेकी, परिवर्तन, संस्था, कर्म से पहचान, सृजनात्मक सोच, कार्य, सेवा और प्रेम की शक्ति के रूप में डॉ. कलाम के उत्थान से सचमुच चकित थे। डॉ. कलाम ने बहुलवादी समाज के रूप में भारत के सरल सत्य का आह्वान किया। उन्होंने वोट बैंक पर आधारित भारतीय राजनीति की पसंदीदा और सावधानी से बनाई रूढ़ियों को चुनौती दी। कुछ मीडिया टिप्पणीकारों ने तेज़ी से भाँप लिया कि डॉ. कलाम कई मायनों में युगों-युगों के

सर्वोत्कृष्ट भारतीय मुसलमान हैं :

> किसी अन्य भारतीय की तरह ही भारतीय मुसलमान भी अपने गाँव, जिले, राज्य से जुड़ा होता है, हर संभव तरीक़े से... कलाम एक विद्यमान परंपरा का हिस्सा हैं, जिसे हमने वैश्विक – और हमारे अपने – मीडिया के जुनून की वजह से भुला दिया है और हम प्रायः मुसलमानों को एकल रंग में चित्रित करते हैं। जहाँ तक कलाम के हिंदू धर्मग्रंथों से परिचित होने का प्रश्न है, क्या चेन्नई के जस्टिस इस्माइल कंबन रामायणम् पर देश के अग्रणी विद्वान नहीं थे? और राम के प्रति अपनी सारी भक्ति के साथ कलाम को अब भी संस्कृत में अब्दुल रहीम ख़ानख़ाना की कविताओं को पढ़ना है, जो दशरथ पुत्र को समर्पित हैं।

18 जुलाई 2002 को डॉ. कलाम को भारी बहुमत से भारत का ग्यारहवाँ और गणतंत्र का पहला वैज्ञानिक राष्ट्रपति चुन लिया गया। उन्हें कुल मतों में से 90 प्रतिशत मत मिले। राष्ट्रपति पद के चुनाव के रिटर्निंग ऑफ़िसर और राज्य सभा के महासचिव आर.सी. त्रिपाठी ने अधिसूचना की एक प्रति संसदीय कार्य मंत्री प्रमोद महाजन को थमाई, जिसमें डॉ. कलाम को राष्ट्रपति निर्वाचित करने की घोषणा थी।

प्रमोद महाजन कार से एशियाड ग्राम तक गए और उन्होंने यह घोषणा डॉ. कलाम को थमा दी। डॉ. कलाम ने प्रमोद महाजन को अपना निर्वाचन प्रतिनिधि बनने के लिए धन्यवाद दिया। डॉ. कलाम ने चहकते हुए कहा, 'तो कमाल के आदमी, आपने मुझे राष्ट्रपति बना ही दिया!' फिर वे मीडिया के बाहर एकत्रित विशाल जत्थे की ओर मुड़े :

> अगला राष्ट्रपति चुने जाने पर मैं वाक़ई ख़ुश हूँ। मैं अपने सभी मित्रों, माता–पिता, शिक्षकों और तीन महान प्रोफ़ेसरों – प्रोफ़ेसर विक्रम साराभाई, प्रोफ़ेसर सतीश धवन और प्रोफ़ेसर ब्रह्म प्रकाश – को धन्यवाद देता हूँ... देश के लिए मेरा संदेश यह है कि हमें एक स्वप्न की ज़रूरत है। हमें देश के लिए अगले स्वप्न की ज़रूरत है कि हम बीस सालों में भारत को एक विकसित देश में बदल देंगे।

24 जुलाई 2002 को डॉ. कलाम के बड़े भाई ए.पी.जे.एम. माराकेयर स्थानीय मस्ज़िद के इमाम ए.सी.एम. नूर-उल-हुडा, रामेश्वरम् के बुजुर्ग पुजारी और आज़ाद के सहपाठी पी.एल.वी. शास्त्री तथा मित्रों व परिवार के चौंतीस अन्य सदस्यों के साथ चेन्नई से ट्रेन से आए। माराकेयर ने गर्मजोशी भरे शब्दों में डॉ. कलाम के कार्यकाल के लिए अपनी इच्छाएँ बताईं : 'मैं बेहद ख़ुश हूँ। मैंने हमेशा उसकी सफलता के लिए इबादत की है। हमें उस पर फ़ख्र है। हमने उसके कष्टरहित राष्ट्रपति कार्यकाल के लिए ख़ास इबादतें की हैं। लेकिन मैं उससे यह उम्मीद नहीं करता हूँ कि वह हमें

लाभ पहुँचाएगा। देश ज़्यादा महत्त्वपूर्ण है।'

25 जुलाई को पद से हटने वाले राष्ट्रपति के.आर. नारायणन डॉ. कलाम के साथ संसद के केंद्रीय हॉल गए। उपराष्ट्रपति कृष्ण कांत और लोकसभा के स्पीकर मनोहर जोशी ने उनका स्वागत किया। भारत के मुख्य न्यायाधीश बी.एन. किरपाल ने नए राष्ट्रपति को पद और गोपनीयता की शपथ दिलाई। पूर्व राष्ट्रपति यह देखकर ख़ुश और गर्वीले थे कि उनके देश का राष्ट्रपति वह आदमी बन रहा है, जिस पर उन्होंने 1982 में भरोसा किया था कि वह भारत को मिसाइल शक्ति बना देगा।

डॉ. कलाम ने शपथ समारोह में अपने सभी मित्रों को आमंत्रित किया। डॉ. वर्गीज़ कुरियन अपनी पत्नी के साथ आए। वाय.एस. राजन, शिवतनु पिल्लई, डी. नारायणमूर्ति, आर.एन. अग्रवाल, आर. स्वामीनाथन, डॉ. बी. सोमा राजू, मैं और कई अन्य लोग वहाँ थे। हममें से ज़्यादातर लोगों के लिए भारतीय संसद में प्रवेश करने का यह पहला मौक़ा था और संभवतः आख़िरी भी। स्नेहल ठक्कर, जिसने कुछ महीने पहले आनंद में डॉ. कलाम के मन में 'चिंगारी' भरी थी, को समारोह में नए राष्ट्रपति की व्यक्तिगत अतिथि के रूप में आमंत्रित किया गया।

राष्ट्रपति कलाम को इक्कीस तोपों की सलामी दी गई और छह घोड़ों की बग्घी में राष्ट्रपति भवन ले जाया गया। उनके साथ राष्ट्रपति के अंगरक्षक थे, भारतीय सेना की अभिजात्य अश्वारोही टुकड़ी।

शाम को जब 'चाय' की रस्म पूरी हो गई और सभी अतिथि चले गए, तो राष्ट्रपति कलाम आलीशान राष्ट्रपति भवन के भीतर खड़े हुए। यह चार मंज़िलों और 340 कमरों का महल था, जिसके फ़र्श का क्षेत्रफल 2,00,000 वर्ग फुट था। इसे ब्रिटिश शासकों ने 1931 में भारी पारंपरिक विशेष लक्षणों के साथ बनवाया था, ताकि शक्ति और शाही सत्ता पर ज़ोर दिया जा सके। राष्ट्रपति कलाम ने आलीशान इमारत के प्रति बेपरवाह अंदाज़ में अपने आस-पास की जगह को देखा और मुझसे बोले : 'दोस्त, अगर तुम्हारे पास देखने के लिए आँखें हैं, सुनने के लिए कान हैं और समझने के लिए दिमाग़ है, तो तुम जान जाओगे कि ईश्वर का साम्राज्य पवित्रता, नेकी और सौंदर्य का अहसास है। यह तुम्हारे उतने ही क़रीब है, जितनी कि तुम्हारी साँस। ईश्वर का साम्राज्य वहीं हैं, जहाँ से हमारे सर्वश्रेष्ठ स्वप्न और हमारी सबसे सच्ची प्रार्थनाएँ आती हैं। मैंने इसे उन पलों में देखा, जब मैंने ख़ुद को वास्तविकता से बेहतर पाया और जितना मैं जानता था, उससे ज़्यादा समझदार पाया।'

3.5

देवदूत और सेनापति

इंसान भी कितनी अद्भुत रचना है, तर्कशक्ति में कितना उदात्त, शक्तियों में कितना असीमित, हुलिए और क्रियाशीलता में कितना तेज़ और प्रशंसनीय, कर्म में देवदूत की तरह, बोध शक्ति में देवता की तरह।

—विलियम शेक्सपियर
अँग्रेज़ी भाषा के महानतम नाटककार

कैबिनेट की अपॉइंटमेंट्स कमेटी ने डिपार्टमेंट ऑफ़ डिफ़ेंस प्रॉडक्शन ऐंड सप्लाइज़ के सचिव पी.एम. नायर को भारत के राष्ट्रपति का सचिव चुना। वे केंद्र शासित प्रदेशों के संवर्ग से 1967 बैच के आईएएस अफ़सर थे। डॉ. कलाम एसएलवी-3 परियोजना के समय से नायर 'साहब' को जानते थे, जब उनकी पदस्थापना थुंबा में थी। राष्ट्रपति कलाम ने नायर से कहा कि वे 27 जुलाई 2002 को उप-राष्ट्रपति कृष्ण कांत से मुलाक़ात तय कर दें। कार्यभार सँभालने के बाद यह उनका पहला कर्तव्य होने वाला था, लेकिन यह मुलाक़ात कभी हो ही नहीं पाई।

उप-राष्ट्रपति उसी सुबह गुज़र गए। जीवन की अनिश्चितता एक बार फिर राष्ट्रपति कलाम के सामने आ खड़ी हुई। जब नेशनल डेमोक्रेटिक अलाइंस ने डॉ. कलाम को राष्ट्रपति पद के उम्मीदवार के रूप में चुना, उससे पहले कृष्ण कांत उस पद के अग्रणी दावेदारों में से थे। कृष्ण कांत 1990 से लेकर उप-राष्ट्रपति बनने तक साढ़े सात वर्षों तक आंध्र प्रदेश के राज्यपाल रहे थे। यह स्वाभाविक होता कि कृष्ण कांत भी डॉ. सर्वपल्ली राधाकृष्णन, डॉ. ज़ाकिर हुसैन, वी.वी. गिरि, आर. वेंकटरमन, डॉ. शंकर दयाल शर्मा और के.आर. नारायणन के मार्ग पर चलते, जो सभी अपने उप-राष्ट्रपति काल को पूरा करने के बाद राष्ट्रपति बने थे। मगर क़िस्मत के तरीक़े अबूझ होते हैं।

रामेश्वरम् से डॉ. कलाम के जो अतिथि आए थे, वे दो दिन तक डीआरडीओ डेवलपमेंट एनक्लेव गेस्ट हाउस में रुके। जब डॉ. कलाम राष्ट्रपति भवन में पहुँच गए, तो अतिथि तीन दिन वहीं ठहरे। डॉ. कलाम के भाई उन्हीं के कमरे में उनके साथ रहे। डॉ. कलाम ने अपने अतिथियों को विभिन्न स्थानों और कार्यक्रमों में लाने-ले

जाने के लिए एक निजी बस किराए पर कर ली। इसके लिए उन्होंने किसी सरकारी कार का इस्तेमाल नहीं किया। उन्होंने उनके खाने-पीने और रुकने के पैसे अपनी जेब से दिए। उनकी सादगी और पवित्रता अंदरूनी थी और वैभव या परिस्थिति से उनकी आदतें नहीं बदलने वाली थीं।

उस समय की दबाव डालने वाली आवश्यकताओं का मतलब यह था कि उन्हें अपने पद से सामंजस्य बैठाने के लिए सिर्फ़ कुछ दिन ही मिलने वाले थे। इसके बाद उन्हें अपने राष्ट्रपति काल के कुछ सबसे महत्त्वपूर्ण कर्तव्यों में जुटना होगा। डॉ. कलाम 2001 के विनाशकारी भुज भूकंप के बाद गुजरात के पुनर्वास और पुनर्निर्माण प्रयासों में सक्रियता से शामिल रहे थे। भूकंप ने गुजरात को मृत्यु, तबाही और पूर्ण असहायता की निराशा में धकेल दिया था। हज़ारों लोगों की जान चली गई थी। लाखों लोग बेघर हो गए थे। लोगों के काम-धंधे नष्ट हो गए थे। मानो यही काफ़ी न हो, केवल पाँच महीनों के भीतर ही 2002 की विचारहीन सांप्रदायिक हिंसा ने राज्य को एक और अप्रत्याशित झटका दे दिया था। मासूम लोग मारे गए; परिवार बेबस हो गए। बरसों की मेहनत से बनी जायदाद नष्ट हो गई। पहले से टूटे और आहत गुजरात के लिए हिंसा पंगु बनाने वाला झटका साबित हुई, जो भूकंप की प्राकृतिक तबाही के बाद अपने पैरों पर खड़े होने के लिए अब भी जूझ रहा था।

राष्ट्रपति के रूप में डॉ. कलाम ने दिल्ली के बाहर अपने पहले कर्तव्य के रूप में गुजरात यात्रा करने का साहसिक निर्णय लिया। वे जानते थे कि वहाँ रेल के दो डिब्बे जला दिए गए थे और दंगाई भीड़ ने आग बुझाने की कोशिशों में इरादतन बाधा डाली थी। उस आग में 58 यात्रियों की जान गई थी, जिनमें कई महिलाएँ और बच्चे शामिल थे। राज्य के कई हिस्सों में प्रतिशोधात्मक रक्तपात शुरू हो गया। क्या बहुमत की सद्भावना में ही अल्पसंख्यकों की सच्ची सुरक्षा है? क्या दिल्ली 1984 में सिख-विरोधी संगठित संहार के बाद सांप्रदायिक हिंसा के दैत्य से सामना करने की आवश्यकता को नहीं समझी थी? लेकिन इसे बदलना था। देश को हत्याओं की विक्षिप्त भीड़ मानसिकता के प्रति बंधक नहीं रखा जा सकता। डॉ. कलाम ऐसी घटनाओं से हमेशा स्तंभित रहे थे और उन्हें महसूस हुआ कि इन परिस्थितियों में राष्ट्रपति के रूप में उनकी यात्रा वह न्यूनतम प्रयास थी, जो वे देश के लिए कर सकते थे। डॉ. कलाम के इस निर्णय को प्रेस में सराहा गया, जिसने उस वक़्त उनकी गुजरात यात्रा के साहस का उल्लेख किया :

> राजधानी के बाहर राष्ट्रपति की पहली यात्रा होने के नाते गुजरात यात्रा ने एक प्रतीकात्मक आयाम ले लिया है। डॉ. कलाम सांप्रदायिक हिंसा की भयावह स्थितियाँ ख़ुद देखेंगे और सरकारी मिलीभगत के आरोप सुनेंगे। राजनीतिक संदर्भ में डॉ. कलाम की गुजरात यात्रा पर उन सभी लोगों का ध्यान जाना चाहिए, जो सोचते थे कि उन्होंने एक आसानी से वश में आने वाला राष्ट्रपति नियुक्त कर लिया था।

लेकिन प्रधानमंत्री वाजपेयी उनकी इस यात्रा को लेकर अनुत्साही थे, जैसा डॉ. कलाम ने बाद में बताया :

> वाजपेयी ने मुझसे केवल एक प्रश्न पूछा : 'क्या आप सोचते हैं कि इस वक़्त गुजरात जाना अनिवार्य है?' मैंने प्रधानमंत्री से कहा, 'मैं इसे एक महत्त्वपूर्ण कर्तव्य मानता हूँ, ताकि मैं दर्द घटाने के किसी काम आ सकूँ और राहत गतिविधियों को तेज़ कर सकूँ, और दिलों को एक कर सकूँ, जो मेरा मिशन है, जैसा मैंने शपथ ग्रहण समारोह के दौरान अपने भाषण में ज़ोर देकर कहा था।

केंद्र सरकार के अधिकारियों ने डॉ. कलाम को चेतावनी दी कि उनका ठंडा स्वागत और चौतरफ़ा विरोध होगा। लेकिन जब डॉ. कलाम 10 अगस्त 2002 को अहमदाबाद हवाई अड्डे पर उतरे, तो वे हैरान रह गए। न सिर्फ़ मुख्यमंत्री नरेंद्र मोदी उनकी अगवानी करने के लिए मौजूद थे, बल्कि उनकी कैबिनेट के सभी सदस्य, बहुत से विधायक, अधिकारी और आम लोग भी हवाई अड्डे पर मौजूद थे। वे समझ गए कि दिल्ली में बैठे लोगों के मन में डर का मनोरोग सक्रिय था। कुछ प्रभावी लोगों ने भारतीय समाज के लिए एक पटकथा लिख दी थी और वे हर घटना को उस पटकथा के अनुरूप बनाना चाहते थे - भले ही इसे विकृत करना पड़े, अतिशयोक्ति से काम लेना पड़े, न्यून करना पड़े या नज़रअंदाज़ भी करना पड़े।

डॉ. कलाम बारह इलाक़ों में गए - तीन राहत शिविर और नौ दंगा-प्रभावित क्षेत्र, जहाँ जीवन की ज़्यादा क्षति हुई थी। पूरे दौरे में मुख्यमंत्री राष्ट्रपति कलाम के साथ रहे। लोगों से मिली शिकायतों और आवेदनों के आधार पर राष्ट्रपति कलाम ने उन्हें सीधे सुझाव दिए कि कौन से अत्यावश्यक काम करने होंगे।

राहत शिविरों और दंगा-प्रभावित क्षेत्रों की यात्रा के बाद डॉ. कलाम प्रमुख स्वामीजी से मिलने के लिए शाहीबाग रोड स्थित स्वामीनारायण मंदिर गए। मीटिंग हॉल में दाख़िल होने पर उन्होंने देखा कि साधु शांति पाठ कर रहे थे। वे शांति, सद्भाव और प्रसन्नता के मंत्रों का जाप कर रहे थे। प्रमुख स्वामीजी महाराज ने गर्मजोशी से राष्ट्रपति और मुख्यमंत्री का फूलमालाओं से स्वागत किया। उन्होंने अपने समर्थन और प्रार्थनाओं को सामने रखा :

> स्वामीजी ने कहा, 'हमारा समाज एक मुश्किल दौर से गुज़र रहा है और जैसा आप कहते हैं, शांति स्थापित होनी चाहिए। हज़ारों लोग पीड़ित हैं, हिंदू भी, मुसलमान भी। उनके कष्ट दूर करने के लिए सही क़दम उठाने की ज़रूरत है। जीवन पवित्र है; शांति पवित्र है। राष्ट्रपतिजी और मुख्यमंत्रीजी से मेरी विनती है कि शांति और दिलों की एकता के लिए काम करें। मेरी ईश्वर से केवल एक ही सच्ची प्रार्थना है कि ऐसे क्रूरतापूर्ण दुर्भाग्यशाली दिन किसी दूसरे इंसान, समाज, राज्य या देश के जीवन में दोबारा कभी न आएँ।'

डॉ. कलाम बाद में भुज गए, जो पिछले साल भूकंप से तबाह हुआ था। प्रौद्योगिकी सूचना, पूर्वानुमान एवं मूल्यांकन परिषद् (टीआईएफ़एसी) ने 500 आश्रय बनाए थे। इनके लिए जूट और नारियल जटा के मिश्रित पटियों का इस्तेमाल हुआ था। इसके लिए चावल की भूसी से बने पार्टिकल बोर्ड का इस्तेमाल किया गया था, जिसमें स्टील चैनल और एंगल के सहारे बाँस की चटाई की सजावटी परत थी। उन्होंने सौ से ज़्यादा फ़ाइबर-समर्थित प्लास्टिक मॉड्यूलर टॉयलेट इकाइयाँ भी बनाई थीं। यह एक बेहतरीन उदाहरण था कि कुछ संरचनात्मक कामों में मिश्रित सामग्री किस तरह धातुओं से ज़्यादा फ़ायदेमंद हो सकती हैं। आश्रय डिज़ाइन ने फ़ाइबर सशक्तिकरण और रेज़िन सामग्री के तालमेल के लचीलेपन और क्षमता को भी प्रदर्शित किया था। राष्ट्रपति कलाम ने कहा, 'उद्देश्यपूर्ण तरीक़े से इस्तेमाल में लाया गया ज्ञान सचमुच दैवी शक्ति बन जाता है।'

इसी दौरान डॉ. कलाम ने ए. हामिद अली की *द इनर जर्नी होम* पुस्तक पढ़ी। उन्हें पुस्तक में बताया एक 'विचार प्रयोग' पसंद आया। उन्होंने सांप्रदायिक हिंसा की स्थिति की तुलना धीमी रोशनी और स्वप्निल स्थिति से की, जो शटर के काँच के रंगों और डिज़ाइन से विकृत हो गई थी। इस मामले में मेरे साथ उनकी जो बातचीत हुई, वह बाद में *गाइडिंग सोल्स* पुस्तक में सामने आई।

> आइए हम कल्पना करें कि हम एक घुप्प अँधेरे कमरे में हैं, जिसमें सभी तरह की चीज़ें भरी हैं। इस कमरे में प्रकाश का एक स्रोत है, जिसके डिमर स्विच को घुमाकर प्रकाश बढ़ाया या घटाया जा सकता है। हम चश्मे भी पहने हैं, जिनमें विभिन्न रंगों के शटर लगे हैं। हर शटर के रंगीन काँच पर कुछ पारदर्शी डिज़ाइन भी बने हैं। हम डिमर को धीरे–धीरे घुमाकर प्रकाश को बढ़ाते हैं, जब तक कि यह सबसे धीमा नहीं हो जाता। हमें कमरे की कुछ वस्तुओं की बेहद अस्पष्ट आकृति दिखने लगती है। दिखने वाली चीज़ों को आसानी से ग़लत समझा जा सकता है, क्योंकि हम अब भी छायाओं और असली वस्तुओं के बीच फ़र्क़ नहीं कर सकते। कई शटर वाले चश्मे के कारण हमारी स्थिति और भी जटिल है। हमारा ज्ञान अधूरा है, क्योंकि रोशनी धीमी है और शटर के काँचों के रंगों तथा डिज़ाइनों के कारण विकृत है। लेकिन हमें जो भी दिखता है, हम उस सबको ज्ञान मान लेते हैं। हम डिमर को धीरे–धीरे ऊपर करते हैं और बीच–बीच में अपने चश्मों में से एक–एक शटर हटाते जाते हैं। बुनियादी ज्ञान धीरे–धीरे बढ़ता है, ज़्यादा पूर्ण और ज़्यादा सटीक बनता है। अगर हम शटर हटा दें, तो जो हम देखते हैं, उससे हमें हैरानी होगी। हमारा ज्ञान पूर्ण और निष्पक्ष बन जाएगा, आदर्श और सच्चा बन जाएगा।

समझ की ऐसी गहराई निश्चित रूप से डॉ. कलाम के राष्ट्रपति काल को अनूठा

बनाती थी और राष्ट्र ने अपने राष्ट्रपति को एक बहुत अलग नीति पर चलते देखा। उन्होंने स्वतंत्र मानसिकता दर्शाई; सही लगने वाले काम को करने का साहस दिखाया और सबसे बढ़कर, आम लोगों के पास जाकर उनसे जुड़ने की इच्छा दिखाई। वे जानते थे कि शक्तिशाली इलेक्ट्रॉनिक मीडिया एक अप्रत्यक्ष वास्तविकता बनाने में सक्षम था। अच्छे लीडर को टेलीविज़न चैनलों पर दिखाई ख़बरों से नहीं डिगना चाहिए। हालाँकि उनकी पहली यात्रा आहत लोगों के लिए मरहम साबित हुई, लेकिन उनकी दूसरी यात्रा में यह आशंका थी कि वे बर्र के छत्ते में हाथ डाल रहे हैं।

5 सितंबर 2002 को डॉ. कलाम भोपाल की यात्रा पर गए। वहाँ वे भोपाल मेमोरियल हॉस्पिटल ऐंड रिसर्च सेंटर गए। राष्ट्रपति कलाम के अस्पताल पहुँचने पर दिसंबर 1984 में यूनियन कार्बाइड फ़ैक्ट्री गैस त्रासदी की शिकार शकीला बानो, भोपाल मेमोरियल हॉस्पिटल ट्रस्ट के चेयरमैन जस्टिस ए.एम. अहमदी और केंद्रीय कैबिनेट मंत्री साध्वी उमा भारती ने उनका स्वागत किया। अस्पताल का निर्माण और प्रबंधन अरुचिकर विवादों में उलझा हुआ था और कई नागरिकों ने राष्ट्रपति से हस्तक्षेप करने की प्रार्थना की। इस घोटाले का ज़िक्र अख़बारों में भी किया गया :

> अस्पताल को यूनियन कार्बाइड इंडिया लिमिटेड की कुर्क संपत्ति बेचने से मिली धनराशि से पैसे मिलते हैं और इसका लक्ष्य गैस पीड़ितों को मुफ़्त इलाज देना था। इसके बजाय अस्पताल अमीरों को पक्षपातपूर्ण उपचार देता है, क्योंकि उनके दिए पैसे का 30 प्रतिशत डॉक्टरों के पास जाता है। अस्पताल का मक़सद ही नाकाम हो गया है।

डॉ. कलाम की जस्टिस ए.एम. अहमदी और डॉक्टरों से लंबी बातचीत हुई। उन्होंने विद्वान न्यायाधीश और डॉक्टरों को बताया कि अनुभूति का प्रबंधन बहुत महत्त्वपूर्ण था। सार्वजनिक अनुभूति कई बार वास्तविकता से ज़्यादा महत्त्वपूर्ण होती है। उन्होंने कहा कि अगर लोगों की आपके बारे में अनुभूति अच्छी नहीं है, तो आपकी वास्तविकता सुखद नहीं होगी। डॉ. कलाम ने केयर हॉस्पिटल, हैदराबाद के साथ एक टेलीमेडिसिन लिंक का लोकार्पण किया, जिसे डॉ. बी. सोमा राजू ने उनके कहने पर स्थापित किया था और गिनौरी में एक उप-केंद्र में इलाज करा रहे कुछ गैस पीड़ितों से बातचीत की।

शाम को डॉ. कलाम ने भारत के मुख्य न्यायाधीश जस्टिस बी.एन. किरपाल, केंद्रीय क़ानून मंत्री जस्टिस के. जन कृष्णमूर्ति, मध्यप्रदेश के मुख्यमंत्री दिग्विजय सिंह और भारत के छह पूर्व मुख्य न्यायाधीशों की मौजूदगी में नेशनल ज्यूडिशियल अकैडमी का लोकार्पण किया। डॉ. कलाम गुजरात नरसंहार के दर्द जैसे अब भी लिए हुए थे। उन्होंने कुछ हलकों में दूसरे धर्मों के प्रति बढ़ती असहिष्णुता और घृणा पर चिंता व्यक्त की। उन्होंने क़ानूनरहित हिंसा के बहुत आम तर्कों के ख़िलाफ़ बोला। राष्ट्रपति कलाम ने न्यायपालिका का वर्णन 'देवदूत और मार्शल' के रूप में किया। उन्होंने कहा

कि इसे समाज में मानव जीवन के अवमूल्यन का मूक साक्षी नहीं रहना चाहिए : 'हम सभी को कड़ी मेहनत करनी है और हर वह चीज़ करनी है, जिससे हमारा व्यवहार सभ्य बने और हर व्यक्ति के अधिकारों की रक्षा हो।'

दंगों के बाद गुजरात में नाज़ुक सांप्रदायिक शांति बनी हुई थी, लेकिन कुछ शक्तियाँ उसे भंग करने के लिए षड्यंत्र कर रही थीं। 24 सितंबर 2002 को दो हथियारबंद बंदूकधारियों ने गाँधीनगर, गुजरात के अक्षरधाम मंदिर पर हमला करके कम से कम 32 लोगों को मार डाला। बाद में सेना के कमांडो ने मंदिर पर क़ब्ज़ा दोबारा लिया और आतंकवादियों को मार डाला। यह एक और अंतरराष्ट्रीय दुखद घटना थी, जिसमें आतंकवादियों ने हिंसा के एक चेतनाशून्य कृत्य में मासूम स्त्री-पुरुषों और बच्चों की जानें ली थीं - जो शांति से पूजा-अर्चना कर रहे थे। आतंक का यह कार्य और भी ज़्यादा उत्कटता से महसूस किया गया, क्योंकि यह उस जगह किया गया था, जो शांति, सद्भाव और सहिष्णुता के लिए प्रेरणा का काम करती थी। डॉ. कलाम को इस दारुण घटना के बीच प्रमुख स्वामीजी की करुणा और आध्यात्मिक नेतृत्व हमेशा याद आया :

> इस हमले का मक़सद सांप्रदायिक दंगे फैलाना और समाज के ताने–बाने को तार–तार करना था। लेकिन प्रमुख स्वामीजी ने आतंकवादियों के नापाक इरादों पर पानी फेर दिया... स्वामीजी ने अपने अनुयायियों को दंड देने के लिए नहीं, बल्कि प्रार्थना करने के लिए प्रोत्साहित किया... मुझे यक़ीन है कि उनकी आध्यात्मिक शांति और साधुता ने न सिर्फ़ गुजरात में शांति बहाल की, बल्कि राज्य में सांप्रदायिक हिंसा के सतत चक्र पर अंतिम मोहर भी लगा दी।

डॉ. कलाम अपना जन्मदिन मनाने से हमेशा कतराते थे। लेकिन अब वे सार्वजनिक हस्ती बन चुके थे, इसलिए यह काम मुश्किल था। उन्होंने इसका समाधान यह निकाला कि वे राजधानी से दूर चले जाएँ। केंद्रीय पर्यटन मंत्रालय से 15 अक्टूबर 2002 को तवांग में बुद्ध महोत्सव समारोह में जाने का आमंत्रण मिला और उन्होंने वहाँ जाने का निर्णय ले लिया। उन्होंने अरुणाचल प्रदेश में तवांग की पवित्र बौद्ध मठ के बारे में बहुत सुना था और उन्हें महसूस हुआ कि देश में सांप्रदायिक सौहार्द और शांति की उनकी प्रार्थनाओं का वहाँ निश्चित रूप से जवाब मिलेगा।

आईएएफ़ हेलिकॉप्टरों ने राष्ट्रपति के क़ाफ़िले को उड़ाया, जिसमें मैं भी शामिल था। हम 4,200 मीटर ऊँचे सेला माउंटेन के पार गए। पर्वत शिखरों के ऊपर उड़ते वक़्त हमें ऑक्सीजन मास्क दे दिए गए। वहाँ कोई वनस्पति नहीं थी और चारों तरफ़ बर्फ़ ही बर्फ़ नज़र आती थी।

हमारे पहुँचने के तुरंत बाद राष्ट्रपति कलाम मठ की ओर चल दिए, जो 11,000 फुट से ज़्यादा ऊँचाई पर स्थित है। इस मठ का नाम गाल्डेन नामग्येल लहात्से है। यह एशिया में महायान पंथ के लामाओं की सबसे बडे मठों में से एक

है। डॉ. कलाम ने प्रार्थना की और रिम्पोचे से मिले (मुख्य लामा को स्थानीय भाषा में यही कहा जाता था)। राष्ट्रपति कलाम और रिम्पोचे के बीच तुरंत तालमेल जम गया, जिससे सबको काफ़ी हैरानी हुई। उनकी चर्चा समय के साथ बहुत मशहूर हुई और यह अपनी सारगर्भित ईमानदारी के लिए उल्लेखनीय थी :

कलाम : मैं भारत के लोगों के लिए क्या सलाह ले जा सकता हूँ?

रिम्पोचे : हिंसा को अलग रख दो।

कलाम : मैं ऐसा कैसे कर सकता हूँ?

रिम्पोचे : अपने अहं को परिष्कृत बनाकर। अहं ही स्वार्थ की जड़ है और सारी हिंसा इसी से उत्पन्न होती है।

कलाम : लेकिन यह कैसे किया जा सकता है? हम अपने अहं को कैसे नियंत्रित कर सकते हैं?

रिम्पोचे : 'मैं' और 'मुझे' को भूलना सीखकर।

इस सरल, कोरे और संक्षिप्त उत्तर को सुनकर डॉ. कलाम चकित रह गए। रिम्पोचे के शब्दों से धुँधलापन छँट गया, प्रकाश फैल गया और डॉ. कलाम को मानवीय संबंधों में आने वाली तमाम मुश्किलों की जड़ दिखाई दे गई। रक्षा सेनाओं के प्रमुख होने के नाते राष्ट्रपति कलाम उस इलाक़े में तैनात सैनिकों से मिले और उन्होंने चीन-भारत के 1962 के युद्ध के शहीदों की युद्ध स्मृति पर फूल चढ़ाए। शाम को राज्यपाल अरविंद दवे और मुख्यमंत्री मुकुट मिठी ने डिनर आयोजित किया। चूँकि 200 से ज़्यादा अतिथियों के लिए कोई बड़ी इमारत नहीं थी, इसलिए एक बड़ा तंबू ताना गया और सबको गर्म रखने के लिए दसियों अलाव जलाए गए।

डॉ. कलाम पोखरन-टू के समय से राज्यपाल दवे को अच्छी तरह जानते थे, जब वे रिसर्च ऐंड एनालिसिस विंग के संचालक थे। उन्होंने इलाक़े में सुरक्षा की बारीकियों के बारे में बात की। दिन के शुरू में 'मैं' में हिंसा की जड़ समझने के बाद डॉ. कलाम अब शायद सैनिक ख़ुफ़िया क्षेत्र के अनुभवी दवे से समझना चाहते थे कि सैनिक संघर्ष इतने लंबे समय तक कैसे विकसित हुए और कैसे जारी रहे। इस इलाक़े में सीमा विवादों से किसी को मदद नहीं मिली है, लेकिन इस वजह से पूरा इलाक़ा विकास से वंचित रह गया है। मुकुट मिठी और हममें से कई लोग डॉ. कलाम के साथ इस चर्चा में शरीक हुए।

इस इलाक़े में सीमाई विवाद की जड़ें औपनिवेशिक काल के उत्तरार्ध तक जाती हैं। सोलहवीं सदी में जब तवांग मठ बना था, तब भारतीय और तिब्बती शासकों के बीच सौहार्दपूर्ण संबंध थे। दोनों देशों के बीच कोई सीमा कभी खींची नहीं गई थी, न ही थोपी गई थी। लेकिन हालात बदलने वाले थे। 1914 में तिब्बत एक स्वतंत्र देश था। ब्रिटिश भारत ने तिब्बत से बातचीत करके इसे राज़ी किया कि तवांग का इलाक़ा और इसके दक्षिण का इलाक़ा भारत के स्वामित्व में रहे। चीन के सिवा हर पक्ष ख़ुश

था। चीनी प्रतिनिधि मीटिंग से बाहर चले गए और तब से चीन ने इस बैठक में हुए समझौते को मानने से इंकार कर दिया।

असम राज्य को ज़्यादातर हिस्से पर प्राचीन समय से ही प्रबल भारतीय सांस्कृतिक प्रभाव रहा है, इसलिए 1914 में तिब्बत सरकार ने इस क्षेत्र को भारत का हिस्सा मानने के समझौते पर हस्ताक्षर किए थे। जब 1950 में चीन ने तिब्बत पर क़ब्ज़ा किया, तो तवांग मठ तिब्बती संस्कृति का आख़िरी दुर्ग बना रहा। 1962 में चीन ने इस इलाक़े के ऊपर युद्ध छेड़ दिया। लेकिन भौगोलिक स्थिति स्पष्ट रूप से भारत के पक्ष में थी, इसलिए चीन तवांग से पीछे हट गया। तब से भारत ने इस इलाक़े पर पूरा नियंत्रण कर लिया। अब यह देश के किसी भी अन्य हिस्से जितना ही भारतीय है।

5 नवंबर 2002 को रमज़ान का पवित्र महीना शुरू हुआ। लंबे समय से चली आ रही दिल्ली की परंपरा के अनुसार राष्ट्रपति, प्रधानमंत्री, राजनेता, राजदूत, व्यवसायी - हर महत्त्वपूर्ण या सार्वजनिक व्यक्ति - रमज़ान के दौरान इफ़्तार पार्टी देता था और शाम का भोजन परोसता था, जब मुसलमान सूर्यास्त पर हर दिन अपना उपवास खोलते थे। इन पार्टियों में सभी धर्मों के लोग आते थे। इफ़्तार पार्टियों की ख़बरें प्रेस में गपशप के रूप में छपती थीं : सिर्फ़ यही नहीं कि पार्टी में कौन-कौन गया, बल्कि यह भी कि इसमें कौन नहीं गया। यही नहीं, इतने बरसों में पार्टियाँ ऐसे कार्यक्रम बन गई थीं, जिनके चारों ओर राजनीतिक विश्लेषक षड्यंत्र के अनुमान लगाते थे, गठबंधनों की भविष्यवाणी करते थे - और भी बहुत कुछ समझा जाता था। लेकिन कोई भी यह नहीं कह सकता था कि इफ़्तार पार्टियों में भोजन लजीज़ नहीं होता था।

राष्ट्रपति कलाम से एक शानदार इफ़्तार पार्टी की काफ़ी उम्मीदें थीं। भारत के राष्ट्रपति द्वारा ऐसी पार्टी आयोजित करने की रस्म थी; और डॉ. कलाम मुसलमान भी थे। मगर डॉ. कलाम ने नायर साहब से पूछा कि उन्हें खाते-पीते लोगों के लिए दावत क्यों देनी चाहिए। उन्होंने उनसे पता लगाने को कहा कि इफ़्तार पार्टी में कितना ख़र्च आएगा। अनुमानित ख़र्च बाईस लाख रुपये था। डॉ. कलाम ने नायर साहब से कहा कि वे यह धनराशि भोजन, कपड़ों और कंबलों के रूप में चुनिंदा अनाथालयों को दान दे दें। उन्होंने अनाथालयों के चुनाव को राष्ट्रपति भवन की एक टीम के भरोसे छोड़ दिया। यह निर्णय लेने में उनकी कोई भूमिका नहीं थी कि पैसा कहाँ जाएगा और किस अनुपात में जाएगा।

दान के फ़ैसले के बाद डॉ. कलाम ने नायर साहब को अपने कमरे में बुलाया। उन्होंने नायर साहब के हाथ में एक लाख रुपये का चेक रख दिया। डॉ. कलाम ने कहा कि वे यह पैसा अपनी व्यक्तिगत बचत से दे रहे हैं और इसे किसी के सामने भी उजागर नहीं किया जाना चाहिए। लेकिन पी.एम. नायर ने उनके इस दान को उजागर कर दिया, क्योंकि उनके हिसाब से लोगों को यह पता होना चाहिए कि इस

आदमी ने न सिर्फ़ उन पैसों का दान दिया जो उन्हें ख़र्च करना चाहिए था, बल्कि अपने ख़ुद के पैसे भी दान में दिए। हालाँकि वे धर्मपरायण मुसलमान थे, लेकिन डॉ. कलाम ने राष्ट्रपति भवन में अपने पाँच सालों में कभी इफ़्तार पार्टी नहीं दी। आत्म-वंचना के साथ वे इस ख़र्च से दूर रहे, ताकि अनाथालयों के ग़रीब बच्चे साल में कम से कम उस एक दिन जश्न मना सकें।

नायर साहब और राष्ट्रपति भवन का स्टाफ़ जल्दी ही डॉ. कलाम की संन्यासी प्रवृत्तियों को समझ गया, लेकिन उनकी शैली को पचाना दूसरों के लिए शायद मुश्किल था, जो राष्ट्रपति पद के दस्तूरों के ज़्यादा आदी थे। उनके स्टाफ़ ने कहा कि कम से कम डॉ. कलाम को अपनी पोशाक की शैली बदल लेनी चाहिए। उनकी ट्रेडमार्क पेल ब्लू शर्ट और स्पोर्ट्स शू, जो वे आराम और सुविधा के लिए पहनते थे, उनके नए पद के लिहाज से उपयुक्त नहीं थे। अब बंद गला सूट उनकी पोशाक का नया अंदाज़ बनना चाहिए। इसलिए दिल्ली के एक प्रख्यात दर्जी को बुलाया गया कि वे डॉ. कलाम को ऐसे सूट बनाकर दें।

उस दर्जी को गर्व था कि पिछले कुछ दशकों में उसने सभी राष्ट्रपतियों के लिए शानदार सूट बनाए थे। स्वाभाविक रूप से उसे बहुत ख़ुशी थी कि वह वर्तमान राष्ट्रपति के लिए सूट बना रहा है। उसने आकर सावधानी से डॉ. कलाम के सारे नाप लिए। कुछ दिनों बाद दर्जी और उसके सहयोगी मुस्कराते हुए आए। वे सुंदरता से बनाए गए बंद गले के चार सूट लेकर आए थे। डॉ. कलाम ने अपनी नई युनिफ़ॉर्म को पहनकर देखा। गहरे रंग का सूट डॉ. कलाम के शरीर के लिए आदर्श था; लंबाई और लटकन सटीक थे; कोट उनके कंधों पर चौकोर आ रहा था। मैं यह देखकर हैरान था कि दो दशकों से मैं जिस अस्त-व्यस्त, मेधावी इंसान को जानता था, वह मेरे देखते ही देखते एक राजनेता में बदल गया। बिखरे बालों, स्पोर्ट्स शू और लैब कोट वाले बॉस का आकर्षण, जिसने स्टाफ़ की एक पीढ़ी को अपना प्रिय बनाया था, चला गया था और उसकी जगह पर एक विश्व नेता की छवि आ गई थी। उनके बिखरे सफ़ेद बालों पर एक कंघी फिरा दें, तो कायाकल्प पूर्ण हो गया था।

वैसे वे ख़ुद इसमें ख़ुश नहीं थे। 'इसमें मेरा दम घुट रहा है। मैं साँस कैसे ले सकता हूँ? आपको इसे दोबारा बनाना होगा।' दर्जी और उसका स्टाफ़ बहुत हतप्रभ था तथा काफ़ी निराश भी। उनकी तरफ़ से उन्होंने अपना काम आदर्श तरीक़े से किया था और उनकी प्रशिक्षित आँखों को वह सूट आदर्श दिख रहा था। लेकिन उनका मशहूर ग्राहक यह मानने को तैयार नहीं था। डॉ. कलाम पूरी ज़िंदगी चीज़ें बनाने के व्यवसाय में थे - ज़ाहिर है, फ़ैशनेबल कपड़ों के संसार में नहीं - और वे सटीकता से जानते थे कि क्या करना चाहिए। उन्होंने कहा, 'इसे गले पर से काट दें।' दर्जी ने यही किया। इसके बाद डॉ. कलाम ने ज़्यादातर वही सूट पहना, जो 'कलाम सूट' के नाम से मशहूर हुआ। ऐसा बंद गला सूट, जिसका गला खुला था - ज़ाहिर है, ये दो विरोधी बातें हैं।

नए राष्ट्रपति टाई पहनने का भी विरोध करते थे। बंद गले की कॉलर की तरह ही टाई पहनते वक़्त भी उनका दम घुटता था। उन्होंने दर्जियों से 'चीनी कॉलर' के बजाय नेहरू जैसी 'भारतीय कॉलर' बनाने को कहा। उन्होंने कहा, 'देशभक्त बनो।' वैसे बहुत मजबूरी में वे टाई पहन लेते थे। एक बार मैंने उन्हें टाई से चश्मा साफ़ करते देखा। मैंने उनसे कहा कि उन्हें ऐसा नहीं करना चाहिए। बेहद व्यावहारिक होने के नाते वे बोले, 'टाई निहायत उद्देश्यहीन है। मुझे इसका कम से कम थोड़ा तो इस्तेमाल करने दो!'

कलाम सूट और कभी-कभार की टाई से आगे डॉ. कलाम अपनी छवि चमकाने या शैली बदलने को तैयार नहीं थे, जैसा कुछ लोग नई भूमिका में आने पर करते। उनके सदाबहार बिखरे सफ़ेद बाल जवानी के दिनों से उनकी पहचान थी और उन्हें नियमित रूप से तराशने की ज़रूरत थी। लेकिन उनका विनम्र व्यवहार पहले जैसा ही बना रहा और वे सभी के लिए पहले जितने ही सुलभ थे। उनका स्टाफ़ उनके भुगतान पर पूर्ण नवीनीकरण नहीं कर सकता था और उन्हें इसकी कोई ज़रूरत नहीं थी। वे अपने सूट और औपचारिक पोशाक में शानदार दिखते थे, यह उनके कुदरती करिश्मे और जानी-पहचानी सफ़ेद जुल्फों के कारण था, जिसके साथ लड़कों जैसा आकर्षक चेहरा था, जो उनके वरिष्ठ वर्षों में भी क़ायम था। राष्ट्रपति बनने के बाद डॉ. कलाम नहीं बदले; उन्होंने तो राष्ट्रपति के पद को बदल दिया।

3.6

सोचना विकास करना है

एकाकीपन किसी मनुष्य के लिए दुर्दशा का महायोग है।

—थॉमस कार्लायल
स्कॉटिश दार्शनिक और शिक्षक

राष्ट्रपति कलाम 4 अक्टूबर 2002 को त्रिपुरा गए। वे दो बार पहले भी वहाँ जा चुके थे। 1998 में वे त्रिपुरा स्टेट प्लानिंग बोर्ड की बैठक में हिस्सा लेने गए थे। इसके बाद 31 जनवरी 2001 को वे त्रिपुरा विश्वविद्यालय के दीक्षांत समारोह में हिस्सा लेने गए थे। डॉ. कलाम ने मुख्यमंत्री माणिक सरकार के साथ बेहद सद्भावपूर्ण संबंध बना लिए। एक दर्जी की संतान माणिक पूर्वी पाकिस्तान में पैदा हुए थे और बाद में उनके पिता त्रिपुरा आकर बस गए थे। माणिक और उनकी पत्नी निहायत सादा जीवन जीते थे। 49 वर्ष की उम्र में 1998 में वे कम्युनिस्ट पार्टी ऑफ़ इंडिया (मार्क्सवादी) के पोलितब्यूरो के सदस्य बने, जिसे सीपीआई (एम) नाम से जाना जाता है। इसी साल वे त्रिपुरा के मुख्यमंत्री भी बने।

डॉ. कलाम ने अपनी यात्रा की तैयारी के सिलसिले में मुझे उनसे मिलने भेजा। उन्होंने कहा, 'तुम एक सच्चे क्रांतिकारी से मिलोगे। वे भारत के एकमात्र मुख्यमंत्री हैं, जो किसी मकान या कार के मालिक नहीं हैं। मैं जानता हूँ कि तुम अच्छा बोलते हो, लेकिन माणिक सरकार के सामने अपना मुँह बंद रखना। ध्यान से सुनना कि वे अपने लोगों के लिए क्या चाहते हैं।'

मैं यह देखकर दंग रह गया कि डॉ. कलाम त्रिपुरा के लिए कुछ सचमुच अच्छा करने के लिए कितने बेताब थे। सभी जानते थे कि राष्ट्रपति चुनाव के अभियान में सीपीआई (एम), जो काफ़ी लंबे समय से त्रिपुरा पर शासन कर रही थी, ने डॉ. कलाम के ख़िलाफ़ लक्ष्मी सहगल का समर्थन किया था। केवल डॉ. कलाम के गुज़रने के बाद ही यह सच्चाई सामने आई कि माणिक सरकार डॉ. कलाम के बहुत बड़े प्रशंसक थे। लेकिन इसके बावजूद डॉ. कलाम के ख़िलाफ़ मतदान में उन्हें पार्टी के अनुशासन का अनुसरण करना पड़ा; और डॉ. कलाम इसे अच्छी तरह समझते

थे। डॉ. कलाम जानते थे कि इस मामले में पार्टी अनुशासन ने कितनी अहम भूमिका निभाई थी, जिसे डॉ. कलाम की मृत्यु के बाद ही अख़बारों में स्वीकार किया गया था : 'सीपीएम पोलितब्यूरो के निर्णय से राज्य की सीपीएम इत्तफाक नहीं रखती थी, जिसने सर्वसम्मति से पोलितब्यूरो के निर्णय को बदलने और कलाम को समर्थन देने का आह्वान किया था। मगर पोलितब्यूरो अविचलित रही और 'पार्टी के अंदरूनी मार्शल लॉ' ने आज्ञापालन सुनिश्चित किया।

त्रिपुरा के मुख्य सचिव वी. तुलसीदास ने डॉ. कलाम की गर्मजोशी के बदले में पूरी गर्मजोशी दिखाई। उन्होंने कैलाशहर और अगरतला और वहाँ से हैदराबाद के बीच एक टेलीमेडिसिन लिंक का सुझाव दिया। उन्होंने सुनिश्चित किया कि बीएसएनएल युद्ध स्तर पर तैयारी करे और मुझे हथियारबंद दस्ते की अभिरक्षा में सरकार के वरिष्ठ स्वास्थ्य अधिकारी के साथ कैलाशहर भेजा।

कैलाशहर बंगलादेश सीमा पर युनाकोटी जिले का मुख्यालय है। यह त्रिपुरी साम्राज्य की प्राचीन राजधानी है। विभाजन के बाद अगरतला के साथ सड़क मार्ग अंतरराष्ट्रीय सीमा के दूसरी तरफ़ हो गया था, इसलिए पहले जो सपाट सड़क पर तीन घंटे की आरामदेह यात्रा थी, अब उसमें बलवा-प्रभावित पर्वतीय क्षेत्रों के ज़रिये कठिनाई भरे छह से आठ घंटे लग रहे थे।

राष्ट्रपति कलाम की दिन भर की यात्रा बहुत फलदायक रही और इस पर व्यापक ध्यान केंद्रित था। उन्होंने राज्य के जीबी अस्पताल में एक टेलीमेडिसिन केंद्र का लोकार्पण किया और कैलाशहर में एक चौदह साल के लड़के से बात की, जो हृदय वाल्व रोग से पीड़ित था और जिसे तुरंत ऑपरेशन की ज़रूरत थी। जब डॉ. कलाम ने उसका नाम पूछा, तो लड़के ने जवाब दिया, 'अब्दुल कलाम।' राष्ट्रपति ने कहा कि यह तो उनका नाम है और उन्होंने दोबारा लड़के से उसका नाम पूछा। जब लड़के ने जवाब दिया कि उसका नाम भी अब्दुल कलाम है, तो हर कोई हँस पड़ा। बाद में उस लड़के को हैदराबाद पहुँचाया गया और कार्डियोथोरिसिक सर्जन डॉ. जी. रामासुब्रमण्यम ने केयर हॉस्पिटल, हैदराबाद में उसका ऑपरेशन किया। लड़का अब स्वस्थ युवक है।

राष्ट्रपति कलाम की इच्छा के अनुसार अगरतला में विद्यार्थियों के साथ दो विचार सत्र रखे गए। यहाँ कलाम अपने सर्वश्रेष्ठ रूप में थे : विद्यार्थियों के सवालों का जवाब देते हुए, आशा, स्फूर्ति और सकारात्मकता का संचार करते हुए और बुद्धिमत्ता भरे शब्दों से सीखने वालों को प्रोत्साहित करते हुए। राष्ट्रपति कलाम ने राज्य के समृद्ध पाइनएप्पल उत्पादन से मेडिकेटेड पाउडर बनाने के लिए बोधजंगनगर औद्योगिक केंद्र में एक फ़ैक्ट्री की नींव भी रखी। लेकिन यह उम्मीद के मुताबिक़ नहीं बन पाई और त्रिपुरा के किसान अपनी बम्पर फसलों को बिना बिके सड़ता देखते रहे। बाद में त्रिपुरा के शिल्पकारों ने राष्ट्रपति भवन में एक बाँस की झोंपड़ी बनाई, जिस पर छप्पर वाली छत थी।

अगले दिन राष्ट्रपति कलाम मणिपुर गए। उन्हें काले झंडे दिखाए गए और मणिपुर पीपुल्स लिबरेशन फ्रंट ने बारह घंटे की आम हड़ताल की। वे इम्फ़ाल-दीमापुर एनएच 39 और इम्फ़ाल-जिरीबाम एनएच 53 पर सुरक्षा प्रदान करने में अधिकारियों की असफलता के ख़िलाफ़ विरोध प्रदर्शन कर रहे थे, जहाँ कई सालों से लूटपाट और अपराध आम थे। डॉ. कलाम ने काले झंडों को अपनी सामान्य शांति के साथ सहजता से लिया और यह माना कि लोग बस अपने कष्ट को दिखाने के लिए मुद्दा उठाने की कोशिश कर रहे हैं और उन्हें इसे व्यक्तिगत तौर पर नहीं लेना चाहिए। फिर राष्ट्रपति लीमाखोंग गए, जो इम्फ़ाल के उत्तर में 28 कि.मी. दूर था। वे वहाँ भारत हैवी इलेक्ट्रिकल्स लिमिटेड द्वारा बनाए 38 मेगावाट हैवी फ़्यूल प्लांट का लोकार्पण करने गए थे।

समारोह के बाद डॉ. कलाम ने भेल के इंजीनियरों से कहा कि इस परियोजना की लागत हाइड्रो और थर्मल परियोजनाओं की तुलना में बहुत ज़्यादा है। उन्होंने पूछा कि जब जेनरेटरों की भट्टी में प्रयुक्त हैवी ऑइल बहुत महँगा है, तो इतना महँगा विकल्प क्यों चुना गया। कोई भी इंजीनियर इन अति महत्त्वपूर्ण और अनिवार्य मुद्दों का अच्छा जवाब नहीं दे पाया। यह दूरस्थ योजना का सामान्य प्रकरण था, जहाँ यह पता ही नहीं था कि योजना किसके लिए बनाई जा रही है। डॉ. कलाम प्रौद्योगिकीविद और वैज्ञानिक थे। इसके अलावा, उनमें किसी निश्चित उद्देश्य के लिए सर्वश्रेष्ठ प्रौद्योगिकी चुनने की एक रहस्यमय, लगभग अलौकिक योग्यता थी। लेकिन इस प्रकरण में सहज बुद्धि वाला कोई भी व्यक्ति परियोजना की कमियों को देख सकता था। राष्ट्रपति को परियोजना के बारे में जो डर थे, वे कई साल बाद एक सार्वजनिक स्कैंडल में सामने आए। जुलाई 2010 में *द टेलीग्राफ़* में प्रकाशित एक लेख में बताया गया कि राज्य के एक शीर्ष नेता ने इस प्लांट का वर्णन इस तरह किया :

> ... एक 'बेकार का सोता शेर' और आज विधानसभा में परियोजना को भंग करने की माँग की। ईंधन की क़ीमत बढ़कर 35.95 प्रति लीटर हो गई है, जिससे सरकार के लिए प्लांट चलाना असंभव हो गया है। जिसने भी परियोजना बनाई थी, उसने ऐसा मणिपुर को बर्बाद करने के लिए किया था और इसकी ज़िम्मेदारी तय होनी चाहिए। 'यह किस तरह की परियोजना है?'

डॉ. कलाम कुछ समय से बाक़ी भारत के साथ उत्तर-पूर्व के ज़्यादा एकीकरण की आवश्यकता के बारे में तीक्ष्णता से जागरूक थे। उन्हें महसूस हुआ कि इस भौगोलिक और राजनीतिक दृष्टि से एकाकी इलाक़े के लोगों को सत्ता के गलियारों में एक आवाज़ की सख़्त ज़रूरत थी, कि उनकी क्षमताओं को हमेशा नज़रअंदाज़ किया जाता रहा था। इसे ध्यान में रखते हुए उन्होंने मणिपुर-त्रिपुरा कैडर के 1978 आईएएस बैच के अनिल मंगोत्रा को राष्ट्रपति सचिवालय में आमंत्रित किया। मंगोत्रा के पास उत्तर-पूर्वी राज्यों की समस्याओं की ठोस समझ थी और उन्होंने राष्ट्रपति

को लाभकारी जानकारी प्रदान की। उन्होंने बहुत स्पष्टता से बताया कि इलाक़े संबंधी डाटा और जानकारी का पर्याप्त विश्लेषण नहीं किया गया था। इसके अलावा, क्षेत्र तथा केंद्र के बीच संप्रेषण नहीं था, जिससे आगे चलकर ग़लत सूचना, कुप्रबंधन और अलगाव को बढ़ावा मिला था।

उपमहाद्वीप के इन हिस्सों का इतिहास केंद्र सरकार और यहाँ के लोगों के बीच एक विभाजन उजागर करता था। औपनिवेशक शासकों ने पूरे इलाक़े को हड़पने के लिए लगभग एक सदी का समय लिया था और पहाड़ियों पर एक शिथिल 'मोर्चा क्षेत्र' की तरह प्रशासन किया था। परिणाम यह हुआ कि उत्तर-पूर्वी पहाड़ी क्षेत्रों के बड़े हिस्से किसी केंद्रीय प्रशासन के सिद्धांत से कभी परिचित ही नहीं हो पाए। नवनिर्मित भारतीय राष्ट्र के प्रति निष्ठा, जो शुरुआत से ही आधी-अधूरी थी, पूर्वी पाकिस्तान के बनने के बाद और भी कम हो गई, क्योंकि इससे भारत की मुख्य भूमि और उत्तर-पूर्व भारत के बीच भौतिक संपर्क का काफ़ी बड़ा हिस्सा ख़त्म हो गया। मंगोत्रा ने बताया कि उत्तर-पूर्व की 99 प्रतिशत सीमाएँ अंतरराष्ट्रीय सीमाएँ हैं।

डॉ. कलाम को लगा कि हालाँकि उस इलाक़े में संघर्ष स्पष्ट रूप से जटिल राजनीतिक और आर्थिक मुद्दों पर आधारित था, जैसे : प्राकृतिक संसाधनों पर संघर्ष, देशांतर से जुड़े मुद्दे, विस्थापन, सामाजिक बहिष्कार आदि, लेकिन पहचान की राजनीति को भी नज़रअंदाज़ नहीं करना चाहिए। उन्होंने देखा कि पहचान उत्तर-पूर्व की समस्याओं के हृदय में थी और उन्हें यक़ीन था कि दूसरे मुद्दों के साथ इसे भी सुलझाना चाहिए। उन्होंने कहा कि हमारे नेताओं को वहाँ के विभिन्न प्रजातीय समूहों तक हाथ बढ़ाना चाहिए और उनके नेताओं का हाथ भाई-बहनों की तरह थामना चाहिए, उनके साथ उपनिवेशी प्रजा की तरह बर्ताव नहीं करना चाहिए।

दुर्भाग्य से, केंद्र की नीति बेसुध औपनिवेशिक शासक से भिन्न नहीं रही थी। इलाक़े के व्यापक अज्ञान के चलते इसकी बुराइयों से निबटने की आधिकारिक कार्यप्रणाली यह रही थी कि या तो पैसा भेज दो या फिर सेना भेज दो। नई दिल्ली में प्रचलित विचार यह था कि अगर वहाँ आर्थिक विकास हो जाए, तो सारी समस्याएँ ग़ायब हो जाएँगी। लेकिन भारत में प्रशासन की सामान्य चुनौतियों - कमज़ोर संस्थाओं, अनियंत्रित भ्रष्टाचार और अपव्ययी केंद्रीकृत नियोजन - ने मणिपुर में विकास को मुश्किल बना दिया था।

इम्फ़ाल से दिल्ली वापसी की लंबी उड़ान में डॉ. कलाम ने मुझे बताया कि हमें ख़ुद अपना जीवन जीने के लिए नहीं बनाया गया था। हमें एकांत कारावास की सज़ा नहीं सुनाई गई थी और एकाकीपन के संसार में नहीं रखा गया था। जिस पल से हम मानव अनुभव में प्रवेश करते हैं, यह स्पष्ट हो जाता है कि एक संसार है, जो खोजे जाने का इंतज़ार कर रहा है - लोग, प्राणी और अनुभव, जो हमारे संपर्क के लिए वहाँ पर हैं। हमारे भीतर की चिंगारी को अक्सर किसी दूसरे की आत्मा के बोलने या स्पर्श करने की ज़रूरत होती है। उन्हें लगता था कि व्यापक संदर्भ में

उत्तर-पूर्व की समस्याएँ एकाकीपन और सार्थक संवाद की कमी से जुड़ी हैं - जो इंसान के कई संघर्षों का कारण होती हैं। केंद्र की उत्तर-पूर्व नीति केवल उपेक्षित ही नहीं थी; इसमें भविष्यदृष्टि या समझ का अभाव भी था।

इसके बाद डॉ. कलाम जल्द ही एक बार फिर उत्तर-पूर्व लौटे। इस बार वे 25 अक्टूबर 2002 को शिलाँग में नेशनल सिम्पोज़ियम ऑन बायोडाइवर्सिटी को संबोधित करने गए। अब तक उनके पास इस क्षेत्र की गहरी समझ आ गई थी और वे इलाक़े के लिए अपने स्वप्न को आकार दे चुके थे। डॉ. कलाम ने वैज्ञानिकों के भारी जमावड़े को एक शक्तिशाली मंत्र दिया, जो पूरे देश से वहाँ एकत्रित हुए थे। वे प्रोफ़ेसर ऑफ़ टेक्नोलॉजी ऐंड सोसाइटल ट्रांसफ़ॉर्मेशन के प्रोफ़ेसर के रूप में अन्ना युनिवर्सिटी में भी इसे व्यक्त कर चुके थे :

> प्रौद्योगिकी सबसे अरेखीय औज़ार है, जो आर्थिक प्रतिस्पर्धा के ज़मीनी नियमों में सबसे बुनियादी परिवर्तन ला सकता है। विज्ञान प्रयोगों के ज़रिये प्रौद्योगिकी से जुड़ा है। प्रौद्योगिकी उत्पादन के ज़रिये अर्थव्यवस्था और पर्यावरण से जुड़ी हुई है। अर्थव्यवस्था और पर्यावरण प्रौद्योगिकी को समाज से जोड़ते हैं। तो विज्ञान, प्रौद्योगिकी, पर्यावरण, उत्पादन और समाज के बीच एक एकीकृत संबंध है।

डॉ. कलाम ने उल्लेख किया कि समृद्ध जैव-विविधता के संदर्भ में भारत शीर्षस्थ कुछ देशों में गिना जाता है। ख़ास तौर पर जड़ी-बूटी के क्षेत्र में पोषण, रोगों की रोकथाम और उपचार में ढेर सारे उत्पाद विकसित करने की संभावना थी। 61 अरब अमेरिकी डॉलर के वैश्विक जड़ी-बूटी उत्पाद बाज़ार में चीन की हिस्सेदारी लगभग 3 अरब अमेरिकी डॉलर की थी, जबकि भारत की हिस्सेदारी तो 0.1 अरब अमेरिकी डॉलर भी नहीं थी। डॉ. कलाम ने बताया कि इस क्षेत्र में विकास के ज़बर्दस्त अवसर हैं। बहरहाल, ऐसा तभी हो सकता है, अगर शांति उस इलाक़े में लौट आए, अगर वैज्ञानिक बिना डर के उत्तर-पूर्व में आकर काम कर सकें, अगर उद्योग वहाँ अपनी फ़ैक्ट्रियाँ स्थापित कर सकें - और अगर निवेशक अपना पैसा वहाँ लगा सकें। यह निजी क्षेत्र द्वारा किया जाना चाहिए, जिसमें यहाँ रहने वाले लोगों की पूर्ण सहभागिता हो। ऊर्जा उत्पन्न करने के लिए एक फ़र्नेस ऑइल प्लांट स्थापित करने या बजट का 'उपयोग करने के लिए' एक अस्पताल में एमआरआई (मैग्नेटिक रेज़ोनेंस इमेजिंग) मशीन लगाने, जहाँ एक्सरे मशीन काम नहीं करती है, को विकास नहीं कहा जा सकता। ऐसी आदतें इस इलाक़े के लोगों की संवेदनाओं के लिए अपमान हैं।

शिलाँग के व्याख्यान के बाद राष्ट्रपति कलाम नागालैंड की यात्रा पर गए। वे पहले तुएनसैंग में उतरे और फिर खुजामा पब्लिक ग्राउंड में होने वाले नागरिक स्वागत समारोह में हिस्सा लेने के लिए कोहिमा गए। वहाँ मौजूद भारी भीड़ को संबोधित करने से पहले डॉ. कलाम खुजामा ग्राम सभा के सदस्यों से मिले। कार्यक्रम ख़त्म होने के

तुरंत बाद वे मंच के सामने उनका इंतज़ार कर रही वीवीआईपी कार से बचते हुए भीड़ के बीच चल दिए। वे उन स्कूली बच्चों के पास जा रहे थे, जो सड़क के पार अपने छोटे से स्कूल के प्रांगण में उनका उत्सुकता से इंतज़ार कर रहे थे।

राज्यपाल श्यामल दत्ता और मुख्यमंत्री एस.सी. जमीर इस यात्रा में राष्ट्रपति के साथ थे। खुजामा में स्कूली बच्चों से बातचीत करते हुए डॉ. कलाम ने उनसे आग्रह किया कि वे भारत को एक विकसित और शक्तिशाली राष्ट्र बनाने में अपनी भूमिका निभाएँ। इस तरह वे कायाकल्प के लिए उनकी इच्छाशक्ति जगा रहे थे, जैसा वे अन्ना युनिवर्सिटी में करना चाहते थे। देश के राष्ट्रपति का पद धारण करने के बाद उनके विद्यार्थियों का कैंपस इतना ज़्यादा फैल चुका था कि नापना संभव नहीं था। यहाँ वे कई छोटे नागा विद्यार्थियों के रोल मॉडल बन गए, जो एक हाथ दूर बैठकर उनसे खुलकर बात करके रोमांचित थे। यह डॉ. कलाम का विनयशील अंदाज़ था, जो उन्हें देश के लोगों और ख़ास तौर पर बच्चों तथा विद्यार्थियों का प्रिय बनाने वाला था। मुख्यमंत्री जमीर बाद के वर्षों में अपनी स्मृतियाँ बताते हैं :

> हम गाँव पहुँचे और वे सीधे स्कूल गए। उन्होंने विद्यार्थियों और शिक्षकों से घंटों बातचीत की। उनके पास प्रश्न थे, कुछ सरल और सादे, कुछ अजीब से, जो साधारण होने के बावजूद असाधारण दिख रहे थे। शुरुआत में विद्यार्थी अवसर की विराटता से आतंकित थे। बहरहाल, जब सेकंड मिनटों में बदले और मिनट घंटों में, तो छोटे–बड़े सभी विद्यार्थी यह विश्वास करने के जाल में फँस गए कि वे भारत के राष्ट्रपति के साथ नहीं, बल्कि वे एक दोस्त के साथ बातचीत कर रहे थे, जो बहुत ही अंतरंग और ज्ञानी थे! इस दौरान विचारों का आदान–प्रदान किया गया, जटिल प्रश्न उठाए गए और उनका जवाब दिया गया।

डॉ. कलाम ने इस बात पर संतोष जताया कि ग्राम सभा में शिक्षकों का एक प्रतिनिधि था, अभिभावकों का एक प्रतिनिधि था, गाँव का एक प्रतिनिधि था और एक सरकारी अधिकारी था। यह विद्यार्थियों की उपस्थिति, शिक्षकों की उपस्थिति, अधोसंरचना के लिए गुणवत्तापूर्ण कार्य और पूर्ण बेहतरी के लिए जाँच-और-संतुलन क़िस्म का तरीक़ा था। इस तरह की स्व-सशक्तिकरण नीति को ही डॉ. कलाम देश के विकास के लिए मॉडल मानते थे। यह सहभागिता, आगे की सोच, एक साझे उद्देश्य और मानवीय क्षमता में विश्वास करने पर आधारित थी।

शाम को एक नागरिक समारोह में बेहद ख़ुश जमीर ने राष्ट्रपति कलाम को 'नागालैंड के पिता' के रूप में संबोधित किया। हर किसी ने खड़े होकर जय-जयकार की और तालियों की गूँज ख़त्म होने में थोड़ा समय लगा। जब डॉ. कलाम के बोलने की बारी आई, तो वे बोले, 'हम सभी भारत माता की संतान हैं,' और उन्होंने जमीर को अपना प्रिय भाई कहा। इसी की ज़रूरत थी; और यहीं केंद्र असफल हो रहा था।

दिल्ली लौटने पर राष्ट्रपति कलाम ने यह अनुभव प्रधानमंत्री वाजपेयी को बताया। उन्होंने बताया कि न तो श्रीमती इंदिरा गाँधी, न ही राजीव गाँधी प्रधानमंत्री के रूप में कभी कोहिमा गए थे। उन्होंने प्रधानमंत्री से नागालैंड की यात्रा करने का आग्रह किया, जो उन्होंने 28 अक्टूबर 2003 को की। प्रधानमंत्री वाजपेयी की यात्रा के दौरान उन्होंने न सिर्फ़ नागाओं के 'अनूठे इतिहास' को पहचाना, बल्कि यह भी स्वीकार किया कि सरकार से ग़लतियाँ हुई थीं। यही नहीं, उन्होंने राज्य में अनावश्यक ख़ून बहाने के लिए ख़ेद भी व्यक्त किया।

नवंबर 2002 में राष्ट्रपति कलाम ने केरल के कोच्चि में सेंट थॉमस के आगमन की 1950वीं सालगिरह और सेंट फ़्रांसिस ज़ेवियर की 450वीं बरसी के अवसर पर आयोजित समारोह में शिरकत की। बाद में उन्होंने सभी विश्व धर्मों में दैवी शक्ति के साथ अपने संबंध पर बात की :

> किसी धर्म के साथ जुड़े उत्सवों का मेरे दिल में एक ख़ास महत्त्व है। यह मूलत: इसलिए है, क्योंकि सभी धर्म अपने सच्चे रूप में एक और समान हैं। सभी सत्य, साहचर्य, विनम्रता और किसी भी रूप में जीवन की महानता पर आधारित हैं। यह तो हम जैसे लोग हैं, जिन्होंने धर्म को अपने स्वार्थपूर्ण उद्देश्यों के अधीन कर दिया है, धर्मों को उनके शुद्ध रूप से भ्रष्ट करके अपने लिए उपयुक्त साँचे में ढाल लिया है और यह सब अपने ख़ास उद्देश्यों से किया है।

सेंट थॉमस ईसा मसीह के बारह शिष्यों में से एक थे। जब ईसा मसीह मृत होने के बाद उठे और दूसरे शिष्यों के पास गए, तो सेंट थॉमस वहाँ नहीं थे। उन्होंने दूसरों की इस बात पर विश्वास नहीं किया कि उन्होंने ईसा मसीह को देखा था। सेंट थॉमस ने कहा कि वे ईसा मसीह को ख़ुद देखना चाहते हैं, तभी वे इस ख़ुशख़बरी पर यक़ीन करेंगे। इस पर ईसा मसीह सेंट थॉमस के सामने प्रकट हुए और उन्हें अपने हाथ और बग़ल के हिस्से दिखाए, जिनमें सलीब के कारण छेद थे। सेंट थॉमस ने ज़ोर से कहा, 'मेरे मालिक और मेरे भगवान,' और अपना बाक़ी जीवन संसार के दूर-दराज़ के हिस्सों में सभी को यह ख़ुशख़बरी देने में लगा दिया।

माना जाता है कि सेंट थॉमस ही ईसाई धर्म को 1950 साल से ज़्यादा समय पहले भारत लाए थे, जो समय के साथ भारतीयों द्वारा अपनाए जाने वाले मुख्य धर्मों में से एक बन गया। नवारे के स्पेनिश साम्राज्य में 1506 में पैदा हुए सेंट फ़्रांसिस ज़ेवियर 1542 में गोआ आए और वहाँ से कन्याकुमारी चले गए। किंवदंती के अनुसार, सेंट फ़्रांसिस ने मोती चुनने वाले मछुआरों के बीच तीन साल तक काम किया। वे अपने साथ कुछ नहीं लाए थे, बस ईश्वर और अपने साथी इंसानों की आत्मा के लिए प्रबल प्रेम लेकर आए थे।

डॉ. कलाम ने बाल की खाल निकालने और विवादों में कभी कोई रुचि नहीं

ली थी, जो किसी धर्म की अनुभूति को उलझा सकते थे। उन्होंने हमेशा सभी धर्मों के अनुयायियों द्वारा भारतीय समाज को दिए सकारात्मक योगदान की प्रशंसा की थी, ख़ास तौर पर शिक्षा और चिकित्सा के क्षेत्रों में। उनके ख़ुद के शिक्षक विभिन्न पंथों के हिंदुओं, उनकी ख़ुद की जाति के मुसलमान और कई पंथों के ईसाइयों का उदार मिश्रण रहे थे और वे इस बात से बहुत गौरवान्वित महसूस करते थे। डॉ. कलाम का मानना था कि भारत जैसे देश के लिए, जो अनेकता में एकता के लिए समृद्ध है, हर धर्म के योगदानों को कृतज्ञता और सम्मान के साथ देखा जाना चाहिए।

सांप्रदायिक सौहार्द और शांति केरल के समाज का मुख्य आधार रही है और बिना किसी अतिशयोक्ति के यह प्रगतिशील राज्य उपमहाद्वीप में कई की ईर्ष्या का केंद्र रहा है। यह इलाक़ा सहस्राब्दियों तक विदेशी समुद्री नाविकों के लिए भारत का द्वार रहा था, जो यहाँ नए विचार और धर्म लेकर आए। शायद इससे ज़्यादा बहुलवादी समाज का मार्ग प्रशस्त हुआ। भारत के कई अन्य हिस्सों के विपरीत केरल स्कूल और अन्य संस्थाएँ किसी ख़ास इलाक़े में रहने वाले सभी लोगों की सेवा करती थीं और उनकी जाति या धर्म पर कोई विचार नहीं किया जाता था। यह उत्तर भारत में शिक्षा की परंपरा के विपरीत है, जहाँ धार्मिक संप्रदायों ने अपने-अपने स्कूल और अन्य संस्थाएँ स्थापित किए थे। केरल राज्य ने बाक़ी के देश को सहिष्णुता और विविधता के प्रति सम्मान का महान सबक़ दिया है। डॉ. कलाम ने सर्वव्यापी शिक्षा के क्षेत्र में केरल की उत्कृष्टता की प्रशंसा की और इसके लोगों का आह्वान किया कि वे इस क्षेत्र में बाक़ी के भारत का नेतृत्व करते रहें : 'मैं केरल के प्रबुद्ध लोगों से आग्रह करता हूँ कि वे इस महान परंपरा को क़ायम रखें और बलवान बनाएँ, जो प्राचीन काल से इन मूल्यों पर मेहनत से बनाई गई है। मैं चाहता हूँ कि यह बाक़ी के देश के लिए एक प्रकाश-स्तंभ रहे, जिसका अनुसरण किया जाए। मेरे मन में कोई शंका नहीं है कि राज्य में शिक्षा और साक्षरता के इतने ऊँचे स्तर वाले लोग मेरे आग्रह को अनसुना नहीं करेंगे। मुझे विश्वास है कि अपनी अपेक्षाओं में मैं निराश नहीं होऊँगा।'

डॉ. कलाम ने अपने जीवन के बीस साल केरल में गुज़ारे थे। भारत के राष्ट्रपति के रूप में उनकी इस पहली यात्रा में यह स्वाभाविक था कि वे अपना दिल खोल दें और केरल के समाज के अनूठेपन की प्रशंसा करें। उनके लिए यह राज्य सौहार्द और महत्त्वाकांक्षा की मिसाल था, जिसके लोग कड़ी मेहनत और शिक्षा के ज़रिये बेहतर भविष्य के लिए कोशिश कर रहे थे। केरल के लोग भारत के सभी राज्यों में, और दरअसल संसार के कई देशों में भी, करियर बनाते देखे जा सकते हैं ।

18 नवंबर 2002 को राष्ट्रपति कलाम ने 'डिजिटल खाई पर पुल बनाने' का अक्षय नामक अभियान शुरू किया। उन्होंने इस अवसर पर ज्ञान समाज और राष्ट्रीय विकास के स्वप्नों को भी उजागर किया, जिन पर वे आगे भी ज़ोर देने वाले थे। डॉ. कलाम सूचना और संचार प्रौद्योगिकी की शक्ति में हमेशा विश्वास करते थे। उन्होंने

भाँप लिया था कि इससे भारी आर्थिक विकास हो सकता है, प्रत्यक्ष रोज़गार अवसर बन सकते हैं और भारत की पूरे सामाजिक-राजनीतिक अर्थव्यवस्था का कायाकल्प हो सकता है।

अक्षय मिशन का लक्ष्य हर परिवार में कम से कम एक व्यक्ति को सक्रिय रूप से आईटी साक्षर बनाना था, ताकि केरल संसार का पहला 100 प्रतिशत आईटी साक्षर राज्य बन जाए। इस परियोजना के तहत निजी क्षेत्र की सहभागिता के ज़रिये सरकार किसी भी परिवार के दो कि.मी. के दायरे में बहुउद्देश्यीय सूचना प्रौद्योगिकी केंद्र खोलेगी। यह एक अभूतपूर्व प्रयास था। बाद में पता चला कि इन केंद्रों की बदौलत 50,000 से अधिक युवाओं को रोज़गार मिला और राज्य में 500 करोड़ रुपये का निवेश आकर्षित हुआ।

राष्ट्रपति कलाम ने उस दिन घोषणा की कि एक दशक के भीतर ज्ञान शक्ति बनना देश के लिए बहुत अहम मिशन है। हालाँकि ज्ञान समाज के दो-आयामी उद्देश्य सामाजिक कायाकल्प और दौलत उत्पन्न करना है, लेकिन अगर भारत को ज्ञान शक्ति में रूपांतरित होना है, तो एक तीसरा आयाम भी सामने आता है। उस दिन उस विचार का जन्म हुआ, जिसे बाद में आधार कार्ड के नाम से जाना गया। सात साल बाद भारत सरकार ने युनिक आइडेंटिफ़िकेशन एथॉरिटी ऑफ़ इंडिया (यूआईडीएआई) का गठन किया। डॉ. कलाम इस अवधारणा के शुरुआती समर्थक थे :

> एक राष्ट्रीय नागरिक कार्ड की ज़रूरत को मिशन बनाएँ, जिसका इस्तेमाल वोटर आईडी कार्ड के रूप में हो, राशन कार्ड के रूप में हो, बैंक अकाउंट खोलने के लिए हो और कई अन्य कामों में भी हो। बहुतेरे विभागों और उद्योगों के साथ राष्ट्रीय नागरिक कार्ड/स्मार्ट कार्ड की एकीकृत नीति होनी चाहिए।

डॉ. कलाम ने प्रतिस्पर्धात्मकता पर विस्तार से बोला और विश्व आर्थिक फ़ोरम द्वारा तैयार रिपोर्ट का हवाला दिया। इस रिपोर्ट के अनुसार प्रतिस्पर्धात्मकता की परिभाषा यह थी : राष्ट्रीय अर्थव्यवस्था की आर्थिक विकास की स्थिर उच्च दरें हासिल करने की क्षमता। इस परिभाषा के अनुसार अप्रैल 2001 की स्थिति में विभिन्न देशों का श्रेणीकरण किया गया। अमेरिका पहले स्थान पर था, सिंगापुर दूसरे स्थान पर, ऑस्ट्रेलिया ग्यारहवें स्थान पर, ताइवान अठारहवें स्थान पर, चीन तैंतीसवें स्थान पर और भारत इकतालीसवें स्थान पर। चूँकि विश्व प्रतिस्पर्धात्मकता का निर्णय उद्योग की प्रगतिशीलता, प्रौद्योगिकी की तरक्की और विवेकपूर्ण शासकीय विनिमयमन के त्रिकोणीय तालमेल से होता है, इसलिए प्रौद्योगिकी को स्थानीय आवश्यकताओं के अनुकूल बनाना और ढालना एक राष्ट्रीय मिशन होना चाहिए। महान स्वप्नदृष्टा राष्ट्रपति ने घोषणा की, 'भारत को वैश्विक बाज़ार में अपनी प्रतिस्पर्धात्मकता को बेहतर बनाने के तंत्र विकसित करने चाहिए और संसार के पहले दस देशों में

पहुँचना चाहिए।' उन्होंने स्पष्टता से कहा कि भारत के युवा मानस को यह बेहतरी लानी होगी :

> सोचना विकास करना है। न–सोचना व्यक्ति या संगठन या राष्ट्र का विनाश है। भारत के पास दूसरा स्वप्न होना ही चाहिए। भारत की सत्तर फ़ीसदी जनसंख्या युवा है। सिर्फ़ राष्ट्र का स्वप्न ही इसके युवा मस्तिष्कों को चिंगारी दे सकता है। ज्ञान के साथ सशक्तिकृत सुलगा हुआ मस्तिष्क इस कायाकल्प को लाने वाला पृथ्वी पर सबसे शक्तिशाली संसाधन है।

डॉ. कलाम के राष्ट्रपति काल के पहले तीन महीने आशा और विश्वास की एक ताज़ी हवा लेकर आए। उन्होंने सांप्रदायिक हिंसा के अंधकार को सफलतापूर्वक दूर कर दिया, धार्मिक सद्भाव का भाषण देकर नहीं, बल्कि देश के लिए ज्ञान हासिल करने और संसार में शीर्ष आर्थिक बनने का स्वप्न प्रदान करके। देश के विभिन्न हिस्सों में व्यापक यात्रा के दौरान डॉ. कलाम 1,00,000 से ज़्यादा लोगों से मिले थे, इसलिए वे देश के सामने की चुनौतियों की गहरी समझ रखते थे। उन्होंने यह समझ लिया कि लोगों की आदिकालीन पहचान ही देश के कई रोगों की जड़ थी, जिसके साथ अपने इलाक़े को थामे रहने की असुरक्षित मानसिकता भी थी। उनका मानना था कि सदियों के आक्रमणों और औपनिवेशिक शासन ने इन्हें अनुकूलित किया था।

3.7

मानवतावादी का जन्म

मुझे इससे ज़्यादा डर किसी दूसरी चीज़ से नहीं लगता कि सुबह उठते वक़्त मेरे पास कोई योजना न हो, जिससे मैं ग़रीब, अशिक्षित या असाध्य रोग से ग्रस्त यानी बिना संसाधन वाले लोगों को थोड़ी ख़ुशी दे सकूँ।

—नेल्सन मंडेला
रंगभेद-विरोधी क्रांतिकारी और नोबेल पुरस्कार विजेता

शांति, निरस्त्रीकरण और विकास के लिए 2001 का इंदिरा गाँधी पुरस्कार जापान की प्रो. साडाको ओगाटा को दिया गया। यह पूरे संसार के करोड़ों शरणार्थियों के दुख-दर्द को कम करने में उनके असाधारण योगदान के लिए दिया गया था। वे मानव अधिकार और शरणार्थियों के मामलों में संयुक्त राष्ट्र से क़रीबी रूप से जुड़ी हुई थीं। प्रोफ़ेसर ओगाटा ने करोड़ों लोगों की रक्षा की और सहयोग दिया, जिन्हें युद्ध, संघर्ष और ज़ुल्म की वजह से अपना देश छोड़ना पड़ा था।

डॉ. कलाम इस व्याख्यान की अच्छी तैयारी करना चाहते थे। उन्होंने मुझे सहयोग के लिए बुलाया। हम त्रिपुरा के शिल्पियों की बनाई बाँस की झोंपड़ी में बैठे। संसार का इतिहास लगातार संघर्ष से भरा क्यों रहा था? एक भी सदी ऐसी नहीं गुज़री, जब लोगों के दो या अधिक समूहों के बीच कहीं पर बड़ा युद्ध न हुआ हो। धर्म और राष्ट्रीय सीमाओं की काल्पनिक रेखाएँ कैसे खिंचीं?

डॉ. कलाम ने अरुणाचल प्रदेश में राज्यपाल दवे के साथ अपनी बातचीत याद की। भारत और तिब्बत के बीच कोई सीमा नहीं थी। वे इंद्रधनुष के दो रंगों की तरह साथ-साथ रह रहे थे - अलग-अलग, लेकिन उनके बीच कोई विभाजक रेखा नहीं थी। फिर किसी ब्रिटिश अधिकारी ने नक़्शे पर एक लकीर खींच दी। लेकिन बाहर, इनमें से कोई लकीर मौजूद नहीं होती है। जैसे ही आप आसमान में एक किलोमीटर ऊपर उठते हैं और नीचे की धरती देखते हैं, तो कोई राष्ट्रीय सीमाएँ नहीं रह जाती हैं। डॉ. कलाम ने कहा कि वे हमेशा इन काल्पनिक सीमाओं की प्रवृत्ति से हक्के-बक्के रह जाते हैं, जिनकी वजह से युवा सैनिकों का ख़ून बहता है। यही नहीं,

इन रेखाओं की ग़लत तरफ़ रहने के कारण लोग शरणार्थी बन जाते हैं। डॉ. कलाम अपना व्याख्यान इसी विचार से शुरू करना चाहते थे, लेकिन फिर उन्होंने यह इरादा छोड़ दिया, क्योंकि नायर साहब को लगा कि यह अंतरराष्ट्रीय मंच के लिहाज़ से बहुत क्रांतिकारी होगा।

राष्ट्रपति कलाम ने अपना व्याख्यान प्रोफ़ेसर ओगाटा के एक भाषण के उद्धरण से शुरू किया :

> सुरक्षा जोखिमों के स्रोत अधिकतर आंतरिक संघर्षों से उत्पन्न हुए हैं, ज़्यादातर समय विभिन्न प्रजातीय, धार्मिक और सामाजिक समूहों की ऐतिहासिक प्रतिद्वंद्विताओं और शत्रुताओं से। ज़्यादातर मामलों में राजाओं, पुजारियों और उन्मादी विचारकों ने इन संघर्षों को शुरू किया है। लेकिन इसके शिकार मुख्यत: नागरिक रहे हैं – आम पुरुष, महिलाएँ और बच्चे।

बुनियादी मानवतावादी और विकासवादी सोच तथा कार्य में भारी परिवर्तन की स्पष्ट ज़रूरत थी। अब तक डॉ. कलाम को अहसास होने लगा था कि नीतियाँ बनाने और योजनाओं के लिए बजट देने से ज़्यादा कुछ नहीं बदलने वाला था। *इंडिया 2020* को प्रकाशित हुए सात साल हो चुके थे, लेकिन बहुत कम प्रगति नज़र आ रही थी। डॉ. कलाम ने इस समारोह को दिशा सुधार के स्वर्णिम अवसर के रूप में देखा और अपनी आदत के अनुरूप वे वह व्यक्त करने में काफ़ी स्पष्ट रहे कि उनके हिसाब से देश को किसकी ज़रूरत थी :

> हम प्रोफ़ेसर ओगाटा के संदेश से यह ग्रहण करते हैं : हमें धर्म, जाति और ग़रीबों–अमीरों के नाम पर अलगाव को हटा देना चाहिए। तभी 2020 तक हमारे देश को एक विकसित राष्ट्र में रूपांतरित करने का मिशन कामयाब होगा।

सामाजिक-आर्थिक असमानता ग़रीबों को सबसे ज़्यादा चोट कहाँ पहुँचाती है? डॉ. कलाम ऐसे दुर्लभ मनुष्य थे, जो इच्छा से कठोर, ठोस सोच में संलग्न होते हैं। वे उन लोगों के समूह से दूर खड़े थे, जो सत्ता के गलियारों में अमूमन मिलते हैं और तुरत-फुरत मरहम, आसान जवाब और अधपके समाधान बेचते रहते थे। कुछ लोगों को सोचने से जितना कष्ट होता है, उतना किसी बात से नहीं होता, लेकिन यहाँ डॉ. कलाम सोच रहे थे और अपने आस-पास के कष्टों को दूर करने के लिए जवाबों की परवाह कर रहे थे। डॉ. कलाम को जिन दो कार्यक्रमों में आमंत्रित किया गया, वे दैवी प्रेरणा जैसे थे। यह तो लगभग वैसा ही था, जैसे वे जवाबों की उनकी प्यास बुझाने के लिए पहले से तय थे।

पहले तो राष्ट्रपति कलाम को 26 नवंबर 2002 को हैदराबाद में निज़ाम्स इंस्टीट्यूट ऑफ़ मेडिकल साइंसेस (एनआईएमएस) के दीक्षांत समारोह में आमंत्रित

किया गया। प्रो. काकरला सुब्बाराव इस डीम्ड मेडिकल युनिवर्सिटी के निदेशक और वाइस चांसलर थे। प्रो. सुब्बाराव ने डॉ. कलाम के मुख्य वैज्ञानिक सलाहकार के कार्यकाल में 'हेल्थकेयर इन इंडिया' पर रिपोर्ट बनाने में मुख्य भूमिका निभाई थी। रिपोर्ट ने भारतीय लोगों की आम स्वास्थ्य समस्याओं को रेखांकित किया था और संभावित समाधान सुझाए थे। विशेषज्ञ टीम ने अगले दशक में तीन मुख्य रोगों के उन्मूलन का प्रस्ताव रखा - टी.बी., एचआईवी और पानी से होने वाली बीमारियाँ। इसने हृदय रोगों, मनोचिकित्सा विकारों, किडनी रोगों और हाइपरटेंशन, जठरांत्र विकारों, नेत्र विकारों, आनुवांशिक रोगों और दुर्घटनाओं व मानसिक आघात द्वारा पेश किए ख़तरों को भी रेखांकित किया।

डॉ. कलाम ने देखा कि भारत की स्वास्थ्य सुविधा कमियों को सुलझाने के दो मुख्य तरीक़े हैं। पहला तो यह कि हमें अपने प्राथमिक स्वास्थ्य सुविधा तंत्र को बहुत ज़्यादा बढ़ाना होगा, द्वितीयक स्वास्थ्य सुविधा तंत्र को सशक्त बनाना होगा और दोनों को उच्च स्तरीय स्वास्थ्य सुविधा केंद्रों से एकीकृत करना होगा। दूसरे, हमें यह देखना होगा कि प्रौद्योगिकी की तरक्की का उपयोग देश के स्वास्थ्य सुविधा तंत्र को बेहतर बनाने के लिए कैसे किया जा सकता है। ये दो प्रयास आधुनिक चिकित्सा को सबकी पहुँच में ले आएँगे। इससे देश की प्रगति में योगदान मिलेगा, क्योंकि प्रगति के लिए नागरिकों के मज़बूत शरीर और मज़बूत दिमाग़ अनिवार्य हैं।

डॉ. कलाम ने अपने दीक्षांत समारोह भाषण में कहा कि भारत की पूरी जनसंख्या को सस्ता और कारगर स्वास्थ्य सुविधा प्रदान करना किसी व्यक्ति, संस्था या संगठन की क्षमता से बहुत परे है। भारी संसाधनों की ज़रूरत होगी, वित्तीय भी और मानवीय योग्यताओं के संदर्भ में भी। इस स्वप्न को बहु-संगठनात्मक मिशनों में विकसित करने की ज़रूरत है, जिनसे हज़ारों लक्ष्य-केंद्रित परियोजनाएँ उत्पन्न हों। इन परियोजनाओं को समर्थन और पोषण सिर्फ़ सरकार ही न दे, बल्कि हमारे उद्योग और परोपकारी संगठन भी दें। ऐसे बहु-संगठनात्मक मिशन का सबसे अहम घटक इसका नेतृत्व होगा, जो विकेंद्रीकृत लेकिन आपस में जुड़ा होना चाहिए। जो संस्थाएँ विभिन्न प्रौद्योगिकी प्रणालियों पर शोध करती हैं, जो चिकित्सा सुविधा की औज़ार हैं, उन्हें नवीनतम चिकित्सकीय ज्ञान की ख़ुराक देनी होगी। डॉ. कलाम ने एक मूर्त उदाहरण भी दिया, जहाँ स्वदेशी चिकित्सा प्रौद्योगिकी सफल रही थी। इस तरह उन्होंने स्पष्ट कर दिया कि यह कोई कोरी बात नहीं थी :

> मैंने अभी–अभी केयर हॉस्पिटल में स्वदेश में विकसित डिजिटल कैथ लैब को देखा है। इससे बहु–विषयक साझेदारियों और प्रौद्योगिकी एकीकरण की सफलता प्रदर्शित होती है... फिर चिकित्सकीय–तकनीकी ज्ञान उद्योगों तक जाना चाहिए, जो न सिर्फ़ सस्ते चिकित्सकीय सामान बनाएँ, बल्कि मुनाफ़े में हिस्सा भी बाँटें, जिससे वे बेहद ग़रीबों को सामान मुफ़्त में मुहैया कराएँ।

डॉ. कलाम ने बहुत सी बड़ी परियोजनाएँ शुरू करने की दुर्लभ पहचान बनाई, जो विभिन्न संगठनों में विभिन्न प्रकार के लोगों के एक साथ काम करने पर निर्भर थीं। इसे पहले असंभव माना जाता था कि सरकारी संगठन, शैक्षणिक संस्थाएँ और उद्योग सहयोग कर सकते हैं। डॉ. कलाम ने मिसाइल कार्यक्रम के दौरान और फिर सोसायटी फ़ॉर बायोमेडिकल टेक्नोलॉजी के लिए इस नीति का पथप्रदर्शन किया। वे पैरवी कर रहे थे कि यह भारत में स्वास्थ्य सुविधा क्रांति लाने का साधन है।

इस तरह के सहयोग के पुरस्कार बहुत बड़े हो सकते थे। चिकित्सा विज्ञान, इलेक्ट्रॉनिक्स, पदार्थ विज्ञान और इंजीनियरिंग के बीच जुड़ाव जाँच करने वाली और उपचार करने वाली नई तकनीकों के विकास को सुगम बना रहा था। इन्होंने शोधकर्ता को बहुत से औज़ार दे दिए थे, जिन्हें विभिन्न शारीरिक प्रक्रियाओं पर लागू किया जा सकता था, सूक्ष्मतम स्तरों पर भी। बायोटेक्नोलॉजी और मॉलेक्यूलर बायोलॉजी में हुई तरक्की से केवल विशिष्ट गुणों वाली दवाएँ बनाना ही संभव नहीं हुआ था, बल्कि उन्हें शरीर में निश्चित स्थानों तक पहुँचाना भी संभव हुआ था, जहाँ उनकी सबसे ज़्यादा ज़रूरत थी। नई इमेजिंग तकनीकों से भी अब शारीरिक और जैविक स्तर पर विभिन्न अंगों का सीधा चित्र हासिल करना संभव हो गया था। इससे व्यापक जानकारी मिलती थी, जिससे किसी रोगी के लिए सबसे उचित उपचार के चुनाव में बहुत मदद मिलती थी।

डॉ. कलाम का दूसरा महत्त्वपूर्ण दीक्षांत समारोह निज़ाम्स इंस्टीट्यूट ऑफ़ मेडिकल साइंसेस के दीक्षांत समारोह के कुछ दिनों बाद आयोजित हुआ। दिसंबर 2002 में आईसीआरआईएसएटी (इंटरनेशनल क्रॉप्स रिसर्च इंस्टीट्यूट फ़ॉर द सेमी-एरिड ट्रॉपिक्स) ने अपनी तीसवीं सालगिरह के जलसे में राष्ट्रपति कलाम को आमंत्रित किया। राष्ट्रपति कलाम अब सिर्फ़ मिसाइल मैन ही नहीं थे। अब उन्हें एक ऐसे वैज्ञानिक के रूप में देखा जाता था, जो ज्ञान का इस्तेमाल समाज की, ख़ास तौर पर सीमांत ग़रीबों की, तरक्की में करने के प्रति समर्पित थे। यही नहीं, रक्षा प्रौद्योगिकी के अलावा उन्होंने कुछ सामाजिक रूप से उपयोगी अतिरिक्त लाभकारी उत्पाद विकसित करने में जो प्रयोग किए थे, उनसे एक तरह से उनके हथियार बनाने की भरपाई हुई थी। आईसीआरआईएसएटी के फ़िलिपीन्स से आए डायरेक्टर जनरल डॉ. विलियम डार ने उस उत्साह को बख़ूबी व्यक्त किया, जो जनता अपने दयालु वैज्ञानिक, सामाजिक कार्यकर्ता राष्ट्रपति के लिए महसूस करती थी : 'सर, हम इस यात्रा से दोगुने धन्य हुए हैं - न सिर्फ़ आप इस महान देश के राष्ट्रपति हैं, बल्कि आप हममें से एक भी हैं - वैज्ञानिक! आईसीआरआईएसएटी में हम आहार-सुरक्षित भारत के आपके स्वप्न का समर्थन करते हैं और हम इसमें सहभागी हैं।'

राष्ट्रपति कलाम को सैट वेंचर का दौरा कराया गया, जो संस्था के कई पहलुओं के नमूने दर्शाता है। डॉ. कलाम ने आईसीआरआईएसएटी के आनुवांशिकी संसाधन संग्रह में भारी रुचि दिखाई। वे फसलों के पिरामिड से मंत्रमुग्ध थे, जो नीचे से ऊपर

तक जंगली फसल, किसानों की पारंपरिक फसल, उन्नत क़िस्मों और संकर फसलों को प्रदर्शित करता था। एक और प्रदर्शन ने राष्ट्रपति कलाम का ध्यान आकर्षित किया। वहाँ कच्छ के भूकंप प्रभावित इलाक़ों के फ़ोटो लगे थे, जहाँ आईसीआरआईएसएटी ने राहत सहायता दी थी, मुख्यतः उस इलाक़े की कृषि के लिए बीज देकर।

राष्ट्रपति कलाम ने कहा कि संतुलित आहार तक हर भारतीय की शारीरिक, आर्थिक, सामाजिक और पर्यावरणवादी पहुँच होनी चाहिए, जिसमें आवश्यक स्थूल और सूक्ष्म पोषक पदार्थ हों; इसमें सुरक्षित पेयजल भी शामिल था। इसके अलावा उन्होंने कहा कि हर व्यक्ति के पास उचित स्वच्छता, पर्यावरणवादी स्वास्थ्य विज्ञान, प्राथमिक स्वास्थ्य सुविधा और शिक्षा भी होनी चाहिए, ताकि वह स्वस्थ और उत्पादक जीवन जी सके। राष्ट्रपति ने तीन परस्पर-निर्भर आयामों को रेखांकित किया : राष्ट्रीय या स्थूल-स्तर की आहार सुरक्षा, यानी बुनियादी तौर पर भोजन की घरेलू उपलब्धता; घरेलू आहार सुरक्षा और व्यक्तिगत आहार सुरक्षा। उन्होंने कहा कि हालाँकि भारत ने राष्ट्रीय आहार सुरक्षा हासिल कर ली थी, लेकिन उपलब्ध आहार तक भारत की आधी जनसंख्या की शारीरिक और आर्थिक पहुँच सुनिश्चित करने का लक्ष्य अब भी अधूरा था।

भारत इतने भोजन का उत्पादन और संग्रह करता है, जो इसकी पूरी जनसंख्या का पेट भरने के लिए पर्याप्त से अधिक है। लेकिन इसके बावजूद लगभग 50 करोड़ लोग आहार-असुरक्षित हैं। राष्ट्रपति यह बताने की कोशिश कर रहे थे कि 1960 के दशक के उत्तरार्ध में शुरू हरित क्रांति के बावजूद इस देश में पूरे संसार के भूखों और ग़रीबों की एक चौथाई जनसंख्या रहती थी। एक ऐसे अंदाज़ में, जो कई दशकों से निरंतर चला आ रहा था, उन्होंने प्रौद्योगिकी के विकास को ग़रीबों के सशक्तिकरण के लिए सामाजिक उत्थान माना :

> मैं आपको यह भी बताना चाहता हूँ कि जहाँ भी लोग ग़रीबी रेखा के नीचे हैं, वहाँ पानी की उपलब्धता की समस्या भी है। ऐसे सूखे क्षेत्रों में विशेषज्ञतापूर्ण कृषि हेतु पानी लाने में ऊर्जा और धन की लागत आती है। कौन सी कृषि प्रौद्योगिकियाँ और जल संरक्षण पद्धतियाँ हैं, जो ग़रीबी रेखा के नीचे रहने वाले लोगों को ऊपर उठाने में मदद कर सकती हैं?

पी.एम. नायर के सुयोग्य सहयोग से राष्ट्रपति कलाम सावधानी से उन सर्वश्रेष्ठ संगठनों से जुड़ रहे थे, जो ग़रीबों और समाज के अधिकारहीन लोगों के लाभ के लिए वाक़ई काम कर रहे थे। जब भारत ने स्वतंत्रता हासिल की, तो आम धारणा यह थी कि विकास और सामाजिक सेवा गतिविधियाँ पूरी तरह से सरकार का काम थीं। लेकिन जैसे-जैसे समय गुज़रा, विभिन्न कारणों से सरकार की भूमिका घटती गई और वस्तुतः इसे नियामक माना जाने लगा। अब यह महत्त्वपूर्ण था कि ग़ैर-सरकारी संगठन (एनजीओ) सामाजिक सुरक्षा जाल बुनने के लिए आगे आएँ। 30 नवंबर 2002 को

राष्ट्रपति कलाम पुणे में एनजीओ वाघोली शिक्षा एवं पुनर्वास केंद्र की यात्रा पर गए, जो विकास के दर्शन में इस स्वस्थ और स्वागत योग्य परिवर्तन का सचमुच अगुआ था।

डॉ. कलाम दूरदर्शी शांतिलालजी गुलाबचंदजी मुत्था की ओर तुरंत खिंचे चले गए, जो भारतीय जैन संगठन, पुणे के चेयरमैन थे। जब डॉ. कलाम ने श्री मुत्था से पूछा कि वे इस मिशन में कैसे शामिल हुए, तो उन्होंने कहा कि 1993 में लातूर भूकंप के बाद उन्होंने उस इलाक़े के स्कूली बच्चों के पुनर्वास का कार्यक्रम शुरू किया था। इसी से वाघोली शिक्षा एवं पुनर्वास केंद्र का जन्म हुआ। उन्होंने पाँचवीं से दसवीं कक्षा तक के 1,200 अनाथ बच्चों को लातूर से इस स्कूल-कम-हॉस्टल में पहुँचाया, जहाँ उन्हें स्नातक तक समर्थन दिया गया। इसी केंद्र ने 1997 में जबलपुर भूकंप के स्कूली बच्चों को भी आश्रय दिया। डॉ. कलाम को सामाजिक सेवा, आपदा प्रबंधन और गुणवत्तापूर्ण शिक्षा द्वारा स्थायी पुनर्वास का यह मॉडल पसंद आया। उन्होंने चेयरमैन को बधाई देते हुए कहा, 'मुत्थाजी, आप तो फ़रिश्ता हैं।'

डॉ. कलाम हमेशा मानते थे कि ऐसे किसी प्रयास की सफलता के लिए प्रभावित लोगों की सहभागिता और तहेदिल से सहयोग पूरी तरह अनिवार्य था। वे यह देखकर ख़ुश हुए कि भारतीय जैन संगठन ने अपने समुदाय और समाज के दूसरे मायने रखने वाले लोगों की पूरी सहभागिता से ज़रूरतमंद छोटे बच्चों की मदद की थी। इसके बाद न सिर्फ़ उन्होंने उनके बचपन को सुरक्षित रखने के लिए एक घोंसला प्रदान किया, बल्कि जीवन में ऊँचा उड़ने के लिए पंखों की शक्ति भी दी। वे अपने विश्वास में बहुत बुलंद थे कि युवा ही इस देश को महान बनाएँगे :

> मेरे मन में कोई शंका नहीं है कि देश का भविष्य युवा पीढ़ी के हाथों में है... उनके अपने सपने, अपनी इच्छाएँ, अपनी भविष्यदृष्टि, अपनी अपेक्षाएँ और एक समृद्ध व विकसित भारत की अपनी आशाएँ हैं... इन सपनों को साकार करने में सक्षम नागरिकों में उनका विकास करना... यह वह सबसे महान काम है, जो राष्ट्र निर्माण में किया जा सकता है।

राष्ट्रपति कलाम ने 3 दिसंबर 2002 को विज्ञान भवन में नेशनल अवार्ड फ़ॉर द वेलफेयर ऑफ़ पर्सन्स विथ डिसएबिलिटीज़ पेश किया। यह समारोह उस इमारत के बग़ल में हो रहा था, जहाँ प्रमुख वैज्ञानिक सलाहकार के रूप में उनका ऑफ़िस था। वे अपने उत्तराधिकारी डॉ. आर. चिदंबरम के साथ अपने पुराने ऑफ़िस में कुछ समय बिताना चाहते थे, लेकिन राष्ट्रपति के प्रोटोकॉल ने इसकी अनुमति नहीं दी।

अपने व्याख्यान में राष्ट्रपति कलाम ने याद किया कि जब वे अन्ना युनिवर्सिटी में काम कर रहे थे, तो उन्होंने मानसिक रूप से चुनौतीप्राप्त बच्चों के मस्तिष्क की लगभग-सामान्य कार्यशीलता हासिल करने हेतु एक पीएच.डी. शोध प्रोजेक्ट का मार्गदर्शन किया था, जिसका उद्देश्य एक सॉफ़्टवेयर-हार्डवेयर एकीकृत समाधान खोजना था। उन्होंने कहा कि जब उन्होंने कुछ मानसिक रूप से चुनौती प्राप्त बच्चों

को गायन और पेंटिंग जैसी गतिविधियाँ करते देखा, तो उन्हें विश्वास हो गया कि एक दिन सूचना और संचार प्रौद्योगिकी, मेडिकल इलेक्ट्रॉनिक्स, बायोटेक्नोलॉजी और गणितीय स्वांग का संयुक्त प्रयास उनकी समस्याओं का समाधान खोज सकता है। उन्होंने चुनौतीप्राप्त लोगों के लिए एक सुखद, उत्पादक जीवन की संभावना को देखा, जिस तरह उन्होंने समाज में सामान्य लोगों की संभावना को देखा :

> मैं विभिन्न राज्यों का दौरा कर रहा हूँ और बच्चों से, जीवन के सभी क्षेत्रों के लोगों से मिल रहा हूँ, जिनमें वे भी शामिल हैं, जो दर्द के साथ अस्पताल में हैं, विशेष स्कूलों और संगठनों में नि:शक्त व्यक्ति हैं और मानसिक रूप से नि:शक्त लोग हैं। नि:शक्त लोग निश्चित रूप से बाक़ी नागरिकों जैसा जीवन जीना पसंद करेंगे और सभी सामाजिक गतिविधियों तथा रोज़गार में सहभागी बनना चाहेंगे।

इस अवसर पर राष्ट्रपति कलाम ने यह भविष्यवाणी की कि इंटरनेट निःशक्त लोगों के पुनर्वास क़दमों में एक मुख्य भूमिका निभाएगा। उन्होंने एक चित्र खींचा, जिसमें सभी निःशक्त जन इंटरनेट संस्कृति का हिस्सा बन जाएँगे। सूचना तक उनकी पहुँच होगी। सही समय पर सही सूचना तक पहुँच का अभाव निःशक्त जनों के विकास में एक अवरोध रहा है। इंटरनेट इस तरह की समस्याओं का समाधान प्रदान करेगा। उन्होंने देखा कि ऑनलाइन ख़रीदारी और विभिन्न सरकारी सेवा विभागों को भुगतान करने के लिए ऑनलाइन सौदे निःशक्त जनों की बहुत मदद करेंगे कि वे अपने जीवन को अपने हिसाब से जी सकें।

इसके अलावा, डॉ. कलाम ने कहा कि इंटरनेट लोगों के साथ व्यवहार करने में निःशक्त जनों की सहायता करेगा। यह कामकाजी जीवन में शारीरिक गतिशीलता की आवश्यकता को ख़त्म कर देगा, जो कंप्यूटरीकृत ऑफ़िस की अवधारणाओं से न्यूनतम या ख़त्म भी हो जाएगी। लोग कंप्यूटरों के ज़रिये उनके घर से काम कर सकेंगे और इसे अपने ऑफ़िस तक ऑनलाइन पहुँचा सकेंगे। अब यह स्पष्ट है कि लोगों के जीवन को बेहतर बनाने के लिए इंटरनेट की क्षमता को डॉ. कलाम ने बहुत सटीकता से भाँप लिया था। लोगों और प्रौद्योगिकी की पूरी क्षमता तथा संभावना की कल्पना करना बेशक उनकी मुख्य शक्ति थी।

10 दिसंबर को विश्व मानव अधिकार दिवस पर उच्च-स्तरीय राजनीतिक सम्मेलन और बैठकें हुईं। पूरे संसार में मानव अधिकार मुद्दों से संबंधित सांस्कृतिक कार्यक्रम और प्रदर्शनियाँ भी आयोजित हुईं। नोबेल शांति पुरस्कार हर साल इसी दिन मिलता है और 2002 में उस दिन यह पुरस्कार अमेरिका के 39वें राष्ट्रपति जिमी कार्टर को मिला।

राष्ट्रपति कलाम ने राष्ट्रीय मानव अधिकार आयोग द्वारा आयोजित समारोह में अपना एम्पॉवर्ड ह्यूमन लाइफ़ विज़न पेश करने के लिए इस अवसर को चुना।

उन्होंने कहा कि वे बहुत से राज्यों में गए थे और जीवन के सभी क्षेत्रों के लोगों से मिले थे, जिनमें सांप्रदायिक संघर्ष, ग़रीबी और बेरोज़गारी से प्रभावित व्यक्ति शामिल थे। उन्होंने यह प्रश्न उठाया : क्या व्यक्तिगत, राष्ट्रीय या वैश्विक दृष्टिकोण से देखने पर इंसानों की अनुभूति अलग-अलग होती है? उन्होंने भविष्यवाणी की कि देशों के बीच भावी युद्ध बहुत कम होंगे; वे ज़्यादातर छोटे समूहों में होंगे, जो अक्सर किसी के हाथ की कठपुतली बनकर युद्ध लड़ेंगे। डॉ. कलाम ने दृढ़ता से कहा कि इस नए परिदृश्य में मानव अधिकारों का दुखद हनन होगा, मानवतावादी समझ से लगभग परे। हम अब संसार के विभिन्न हिस्सों, ख़ास तौर पर मध्य-पूर्व में, उनकी इस दुखद भविष्यवाणी को पूरा होते देख सकते हैं।

उन्होंने आगे कहा कि इक्कीसवीं सदी में संसार अंतरराष्ट्रीय आतंकवाद से आक्रांत है, और कुछ मायनों में यह कलिंग युद्ध और दो विश्व युद्धों से ज़्यादा बुरा है। यह पूरे मानव समुदाय के लिए जोखिम है; हर जगह लोग सतत डर और असुरक्षा में जी रहे हैं। उन्होंने कहा कि हमने आतंकवादी हमलों में मानव अधिकारों के हनन को लगातार देखा है : वर्ल्ड ट्रेड सेंटर हमले में, भारतीय संसद पर हुए हमले में, मॉस्को थिएटर घेराबंदी में, इंडोनेशिया में बाली के होटल की बमबारी में और कई विमान अपहरणों में। उन्होंने कहा, और इससे भी ज़्यादा नियमित रूप से हमने देखा है कि शक्तिशाली देश संयुक्त राष्ट्र को नज़रअंदाज़ करते हुए एकतरफ़ा युद्ध घोषित कर रहे हैं। भावुक आवाज़ में उन्होंने कहा,

> हम ईश्वर की महान रचना होने के बाद भी क्या कर रहे हैं? क्या अब एक ऐसे समाज को साकार करना संभव है, जिसमें सामान्य इंसान एक वास्तविकता हो? पारंपरिक युद्धों के विपरीत, जहाँ युद्ध नैतिकता को जेनेवा सम्मेलनों में परिभाषित किया गया है, कठपुतली वाले युद्धों में कोई आचरण नियम नहीं होते हैं। मासूम लोग दोनों तरफ़ से होने वाली गोलाबारी में फँस जाते हैं और मारे जाते हैं। क्या पृथ्वी भविष्य में कभी युद्धहीन स्थिति देखेगी? यह सचमुच एक बड़ा प्रश्न है... इस पृष्ठभूमि में क्या हम एक सामान्य इंसान के सृजन को विकसित कर सकते हैं?

मैं प्रेस ब्लॉक के क़रीब बैठा था और पत्रकारों की तरफ़ से आती आश्चर्य की धीमी आवाज़ें सुन सकता था। वे अपने नोटपैड पर तेज़ी से लिख रहे थे। बाद में मैंने एक वरिष्ठ पत्रकार को यह घोषणा करते सुना कि उसने कभी इतना जोशीला भाषण नहीं सुना था : 'यह इंसान सचमुच अलग है!'

डॉ. कलाम लगभग एक घंटे तक बोले, जिसने मंत्रमुग्ध समूह को विचार के लिए बहुत सारा आहार दे दिया। वहाँ मौजूद कोई भी व्यक्ति इस बारे में कोई भ्रम नहीं पाल सकता था कि उन्होंने इस उच्च पद का लाभ उठाने के लिए यह पद ग्रहण किया था। यह उच्च समूह और लजीज़ दावतों की ख़ातिर शासन करने के लिए पैदा

हुआ कोई बाशिंदा नहीं था, जो पुरानी बातों और आत्म-प्रशंसा का आदी हो। कृषि से औद्योगिक, फिर सूचना और वर्तमान युग के ज्ञान समाज तक मानव समाज के विकास पर उनके व्याख्यान ने सभी मौजूद लोगों का ज्ञानवर्धन किया और उन्हें उतना ही चकित किया। उनकी बातें किसी भविष्यदृष्टा, विश्वविद्यालय के प्रोफ़ेसर, वैज्ञानिक और राजनेता का ताज़गी भरा मिश्रण थीं, जैसी देश के सर्वोच्च पद पर आसीन व्यक्ति में कभी नहीं देखी गई थीं।

राष्ट्रपति कलाम ने अब अपने राष्ट्रपति काल पर आदर्शवाद और स्वप्न का आभामंडल चढ़ा दिया था और उनके सिद्धांत अब्राहम लिंकन के सिद्धांतों की याद दिलाते थे। उन्होंने घोषणा की, 'देश के हर नागरिक को गरिमा के साथ जीने का अधिकार है; हर नागरिक को ऊँचाई की आकांक्षा करने का अधिकार है। उस गरिमा और ऊँचाई को हासिल करने के लिए न्यायपूर्ण और उचित साधनों का सहारा लेने के प्रचुर अवसरों की उपलब्धता ही प्रजातंत्र की असली पहचान है। हमारा संविधान इसी बारे में है। यही एक सच्चे और स्फूर्तिवान प्रजातंत्र में जीवन को स्वस्थ और जीने लायक़ बनाता है।'

मानवतावादी कलाम उस शाम पैदा हुए थे।

3.8

कमल में मोती

शासन करने को ठुकराने की सबसे भारी सज़ा अपने से हीन व्यक्ति द्वारा शासित होना है।

—प्लेटो

पश्चिमी दर्शन और विज्ञान के संस्थापक

जनवरी 2002 में राष्ट्रपति कलाम को बेंगलूरु में 90वीं भारतीय विज्ञान कॉंग्रेस में आमंत्रित किया। वे एक दशक से भी ज़्यादा समय से भारतीय विज्ञान कॉंग्रेस में हिस्सा ले रहे थे। भारतीय विज्ञान कॉंग्रेस संघ के अस्तित्व का श्रेय दो ब्रिटिश केमिस्टों प्रो. जे.एल. सिमोन्सेन और प्रो. पी.एस. मैकमोहन की दूरदर्शिता और पहल शक्ति को जाता है। इन दोनों की सोच यह थी कि अगर शोधकर्ताओं की सालाना बैठक आयोजित हो, जैसे कि ब्रिटिश एसोसिएशन फ़ॉर द एडवांसमेंट ऑफ़ साइंस की होती है, तो भारत में वैज्ञानिक शोध को प्रेरित किया जा सकता है। कॉंग्रेस की पहली मीटिंग जनवरी 1914 में कलकत्ता में आयोजित हुई। भारत के विभिन्न हिस्सों और अन्य देशों से आए 105 वैज्ञानिकों ने हिस्सा लिया।

1976 में भारतीय विज्ञान कॉंग्रेस ने यह निर्णय लिया कि राष्ट्रीय प्रासंगिकता की एक केंद्रीय विषयवस्तु रखी जाए और सालाना सत्र के हर खंड, समिति और मंच में इस पर बातचीत की जाए। 2003 की केंद्रीय विषयवस्तु थी 'सीमांत विज्ञान और उन्नत अग्रणी प्रौद्योगिकियाँ।' अब तक प्रधानमंत्री वाजपेयी सन 2020 तक भारत को विकसित देश बनाने के विचार को अंगीकार कर चुके थे। वे इस समझ के साथ नई विज्ञान और प्रौद्योगिकी नीति 2003 ला रहे थे कि भारत को विकसित देश बनाने का स्वप्न साकार करने के लिए सच्ची भावना से विज्ञान और प्रौद्योगिकी को गले लगाना चाहिए।

अंतरिक्ष शिखर सम्मेलन उस साल भारतीय विज्ञान कॉंग्रेस की अनूठी घटना थी। राष्ट्रपति कलाम ने शिखर सम्मेलन व्याख्यान का इस्तेमाल वैश्विक अंतरिक्ष समुदाय के लिए अपने स्वप्न को रेखांकित करने के लिए किया, जिससे यह एक

समृद्ध, खुशहाल और सुरक्षित पृथ्वी बना सकता था। वे अच्छी तरह तैयार सलाहकारों की पूरी टीम के साथ काँग्रेस में गए, जिसमें प्रो. पी.वी. इंदिरेसन, वाय.एस. राजन, ए. शिवतनु पिल्लई, आर. स्वामीनाथन, डी. नारायणमूर्ति, कोटा हरिनारायण, डॉ. बी. सोमा राजू, डॉ. तारा प्रसाद दास और नए शामिल वी. पोनराज थे। मैं भारतीय विज्ञान काँग्रेस बैठकों में डॉ. कलाम के हमेशा था, क्योंकि उन्होंने मुझे ऐतिहासिक भाषण 'मेरे दिमाग़ को आपका दर्द दूर करने दें' लिखने में सहायता के लिए रखा था, जो उन्होंने जयपुर में 94वीं भारतीय विज्ञान काँग्रेस में दिया।

राष्ट्रपति कलाम ने ज़ोर देकर कहा कि भारत के लिए 8 प्रतिशत जीडीपी विकास दर की आवश्यकता एक महत्त्वपूर्ण लक्ष्य है। इस संदर्भ में उन्होंने प्रौद्योगिकी की भूमिका को रेखांकित किया। उन्होंने समाज के विकास और कल्याण के साथ इसके संबंध बताए और भारतीय समाज को ज्ञान समाज में रूपांतरित करने की आवश्यकता पर ज़ोर दिया :

> इक्कीसवीं सदी में एक नए समाज का उदय हो रहा है, जहाँ पूँजी और श्रम के बजाय ज्ञान प्राथमिक उत्पादन संसाधन बन गया है। इस विद्यमान ज्ञान का कुशल उपयोग बेहतर स्वास्थ्य, शिक्षा, अधोसंरचना और अन्य सामाजिक सूचकों के रूप में देश के लिए भारी दौलत उत्पन्न कर सकता है। समाज का कायाकल्प और दौलत का उत्पादन ज्ञान समाज के दो बेहद महत्त्वपूर्ण घटक हैं। सामाजिक कायाकल्प शिक्षा, चिकित्सा, कृषि और प्रशासन में बड़े पैमाने के विकास के ज़रिये होता है। आगे चलकर यह रोज़गार उत्पन्न करने, उच्च उत्पादकता लाने और ग्रामीण समृद्धि लाने की ओर ले जाएगा।

राष्ट्रपति कलाम ने अपना भाषण ग़रीबी पर केंद्रित रखा। उन्होंने दृढ़ता से कहा कि पूरे इतिहास में वैश्विक आतंकवाद अकेलेपन, ग़रीबी, निरक्षरता और व्यापक रूप से फैली बेरोज़गारी से उत्पन्न हुआ था और ये पानी जैसे बुनियादी संसाधनों के अभाव से संबद्ध हैं। उन्होंने कहा कि अंतरिक्ष जल अभाव की समस्या सुलझाने और इस तरह एकीकृत व सतत विकास में अपनी भूमिका निभा सकता है। इस प्रौद्योगिकी के विवेकपूर्ण उपयोग से अलग-थलग, कम पानी वाले इलाके मुख्य धारा के विकास और समृद्धि से लाभान्वित हो सकते हैं और आतंकवाद को उत्पन्न करने वाले घटकों को घटा सकते हैं। इससे भी बढ़कर, कलाम ने इक्कीसवीं सदी में अंतरिक्ष से प्राप्त ऊर्जा की बढ़ती संभावना को भी देखा।

राष्ट्रपति कलाम ने साझे मुद्दों को सुलझाने के लिए अंतरराष्ट्रीय सहयोग का स्वप्न देखा, जिसमें अंतरिक्ष तक पहुँच की लागत कम करने की रणनीतियाँ शामिल थीं। उन्होंने आकाशीय पिंडों और अंतरिक्ष की अन्य वस्तुओं के ख़तरों से निबटने की रणनीतियों की ज़रूरत को भी रेखांकित किया, जो मानव जाति के अस्तित्व के लिए

ख़तरा बन सकती हैं। उन्होंने यह सुझाव भी दिया कि अंतरिक्ष में संपत्तियों की रक्षा के लिए एक अंतरराष्ट्रीय अंतरिक्ष शक्ति की आवश्यकता है। इस विचार ने लगभग हर व्यक्ति को चकरा दिया और इसे थोड़ा काल्पनिक माना गया। वैसे डॉ. कलाम अपने गुरु डॉ. विक्रम साराभाई के सपनों को पुनर्जीवित कर रहे थे, जो एक सच्चे वैश्विक वैज्ञानिक थे, जिन्होंने भारत में अंतरिक्ष विज्ञान और प्रौद्योगिकी में विश्व की सर्वश्रेष्ठ विशेषज्ञता को तैयार किया। राष्ट्रपति कलाम को महसूस हुआ कि अब समय आ गया था कि भारत विश्व का नेतृत्व करे।

राष्ट्रपति कलाम ने 11 जनवरी 2003 को राष्ट्रपति भवन में सभी राज्यों के राज्यपालों और केंद्र-शासित प्रदेशों के लेफ़्टिनेंट गवर्नरों की मेज़बानी की। यह जाड़े की उजली सुबह थी। इस दो दिवसीय बैठक में 28 राज्यपालों और तीन लेफ़्टिनेंट गवर्नरों के अलावा प्रधानमंत्री, उप प्रधानमंत्री और अन्य वरिष्ठ मंत्रियों के साथ-साथ केबिनेट सेक्रेटरी और गृह सचिव को भी आमंत्रित किया गया। शुरुआत में राष्ट्रपति कलाम ने राष्ट्रीय विकास के कुछ पहलू पेश किए और विभिन्न राज्यों की अपनी यात्राओं पर कुछ विचार बताए। उन्होंने नदी की नेटवर्किंग पर कार्यदल के गठन का मुद्दा भी उठाया और प्रशासन में आईटी-सक्षम प्रशासन व प्रबंधन की ओर प्रगति करने की आवश्यकता भी बताई। राष्ट्रपति ने राज्यपालों का आह्वान किया कि वे लोगों और सरकार को राजनीतिक विवेचन से परे बुद्धिमत्तापूर्ण सलाह प्रदान करें :

> पिछले पाँच महीनों में मैंने पंद्रह राज्यों की यात्रा की है। हर राज्य में मैंने दूरस्थ जिलों और गाँवों का दौरा किया और आम लोगों तथा युवा पीढ़ी से बातचीत की। इस व्यक्तिगत अनुभव के आधार पर मैं कह सकता हूँ कि राज्य के राज्यपालों को चाहिए कि वे समस्याओं को समझने के लिए ज़मीनी जड़ों तक पहुँचें और उन्हें संबंधित राज्य सरकार तक और कई बार केंद्र सरकार तक पहुँचाएँ, ताकि आम लोगों के कष्ट दूर करने के लिए तीव्र कार्यवाही हो।

उनके संबोधन का मूल यह था कि शक्ति या सत्ता का प्रतिद्वंद्वी केंद्र बने बिना राज्यपाल राजभवन तक सीमित सजावटी शोभा से ज़्यादा बन सकते हैं। चाहे यह विद्रोह का मुद्दा हो या सांप्रदायिक तनाव का या नदियों की नेटवर्किंग का, राज्यपाल राज्यों तथा लोगों के बीच एकमत का माहौल बनाने में लाभकारी भूमिका निभा सकते हैं। इसके अलावा, राज्यपालों को केंद्र व राज्यों के बीच सौहार्द बनाने में अहम भूमिका निभानी चाहिए।

राष्ट्रपति के जोशीले भाषण के बाद राज्यपाल कामकाजी सत्रों के लिए तैयार हो गए। पहला सत्र आतंकवाद और विद्रोह के मुद्दे पर था। छत्तीसगढ़ के राज्यपाल दिनेश नंदन सहाय, झारखंड के राज्यपाल जस्टिस एम. रामा जॉइस और आंध्रप्रदेश के नवनियुक्त राज्यपाल सुरजीत सिंह बरनाला ने नक्सली हिंसा पर बात की। यह इन

राज्यों का अभिशाप बन गया था और एक प्रेरित, भौगोलिक दृष्टि से व्यापक आंदोलन के सामने राज्य की सीमाओं के पार समन्वय करना बेहद मुश्किल साबित हुआ था। नक्सली विद्रोह की गंभीरता ने सचमुच भारत के सामने सबसे बड़ा आंतरिक सुरक्षा जोखिम खड़ा कर दिया था।

जम्मू-कश्मीर के राज्यपाल गिरीश चंद्र सक्सेना ने कहा कि 2002 के जम्मू-कश्मीर विधानसभा के चुनावों को गोलियों के ऊपर मतपत्रों की विजय के रूप में देखा गया था। इलेक्ट्रॉनिक वोटिंग मशीनों का पहली बार इस्तेमाल हुआ था और अंतरराष्ट्रीय समुदाय ने चुनावों तथा उनके परिणामों की विश्वसनीयता को पहचाना था। चुनाव में 51 वर्ष बाद एक दल से दूसरे दल का सत्ता परिवर्तन हुआ था। सक्सेना ने कहा कि लोगों ने बड़ी संख्या में चुनावों में मतदान किया, क्योंकि वे मुख्य विकासवादी क्षेत्रों में सुरक्षित प्रशासन के लिए उत्सुक थे। नई सरकार शिक्षा और आवास की समस्याओं को गंभीरता से सुलझा रही थी और यह 'उपचारक-स्पर्श नीति' काम कर रही थी।

सम्मेलन के समापन सत्र में प्रधानमंत्री वाजपेयी ने एक बहुत अहम मुद्दा उठाया। उन्होंने कहा कि सारे राज्यपालों को भागीदारी के पूरे अहसास के साथ प्रोएक्टिव भूमिका निभानी चाहिए और विकास प्रक्रिया में पूर्ण भागीदार बनना चाहिए। सम्मेलन के कुछ दिन बाद डॉ. कलाम ने विचारमग्न मनोदशा में मुझे बताया, 'जब मैं सारे राज्यपाल महोदयों से मिला, तो मुझे महसूस हुआ कि अगर भारत आज के वैश्विक माहौल में कार्यकुशल, राजनीतिक दृष्टि से पारदर्शी और प्रतिस्पर्धी बनना चाहता है, तो अब हमारे प्रशासन तंत्र की नए सिरे से समीक्षा करने का समय आ गया है।'

सरकार ने ईरान के राष्ट्रपति सैयद मोहम्मद ख़ातमी को गणतंत्र दिवस समारोह के मुख्य अतिथि के रूप में आमंत्रित किया। यह एक ऐसा सम्मान है, जो भारत के सबसे क़रीबी मित्रों को ही दिया जाता है। यह ईरान के साथ अधिक स्नेहपूर्ण संबंध बनाने के लिए उठाए पहले क़दमों में से एक था, जो भारत का प्रभावी पड़ोसी है। सैयद मोहम्मद ख़ातमी ने ईरान के राष्ट्रपति बनने से पहले विद्वान के रूप में शानदार करियर बनाया था। 1993 में प्रभावी अमेरिकी अनुदार राजनीतिक वैज्ञानिक सेम्युअल हंटिंगटन ने प्रश्नवाचक लेख 'द क्लैश ऑफ़ सिविलाइज़ेशन्स?' लिखकर अंतरराष्ट्रीय संबंधों के सिद्धांतकारों के बीच भारी बहस छेड़ दी। इस विवादास्पद लेख में उन्होंने चीन और विश्व की इस्लामी संस्कृतियों के ख़िलाफ़ अमेरिका के नेतृत्व वाली पश्चिमी आक्रामकता को वैध ठहराने की कोशिश की थी। सैयद मोहम्मद ख़ातमी ने 'डायलॉग अमंग सिविलाइज़ेशन्स' के सिद्धांत से इसका जवाब दिया था। वाक़ई, उनके कार्यकाल में उच्च-स्तरीय अंतरराष्ट्रीय व्यक्तियों के साथ बहुतेरी बैठकें हुई थीं।

भारत और ईरान के ऐतिहासिक संबंध रहे हैं। इस्लामी अरबों ने फ़ारस पर आक्रमण किया था और सातवीं शताब्दी में ससानियन साम्राज्य को ख़त्म कर दिया

था। जो स्थानीय जनसंख्या इस्लाम धर्मपरिवर्तन करके मुसलमान बनने की अनिच्छुक थी या धिम्मी (अरबी में 'सुरक्षित व्यक्ति') दर्जे को स्वीकार नहीं करना चाहती थी, उस पर ज़ुल्म ढाए गए और संसार के विभिन्न इलाक़ों की ओर भगा दिया गया। इन लोगों की सबसे बड़ी संख्या पश्चिमी भारत आकर बस गई। उस वक़्त से ही भारत संसार की सबसे बड़ी पारसी जनसंख्या का घर बना हुआ है। आधुनिक युग में पारसी समुदाय ने राजनीति, उद्योग, विज्ञान और संस्कृति के क्षेत्रों में भारत और पाकिस्तान में महत्त्वपूर्ण योगदान दिया है। शीर्ष भारतीय पारसियों में भारतीय राष्ट्रीय काँग्रेस के तीन बार अध्यक्ष रहे दादाभाई नौरोजी, फ़ील्ड मार्शल सैम मानेकशॉ, परमाणु ऊर्जा वैज्ञानिक होमी भाभा और टाटा परिवार के जे.आर.डी. टाटा शामिल थे। इसके अलावा, उत्तरप्रदेश में लखनऊ भारतीय उपमहाद्वीप में शिया संस्कृति और फ़ारसी अध्ययन का एक प्रमुख केंद्र रहा था। रुहोला मोसावी ख़ोमैनी, बाद में ईरान के अयातुल्ला ख़ोमैनी, के पूर्वज यहाँ कई पीढ़ियों तक रहे थे।

डॉ. कलाम ने कई दिनों तक संसार की इन दोनों महान सभ्यताओं के लोगों के बीच के आदान-प्रदान का अध्ययन किया। वे उनकी संस्कृतियों के बीच कुछ उल्लेखनीय समानताओं से प्रभावित हुए। वेदों और ईरानी *अवेस्ता* के बीच असंदिग्ध समानताएँ हैं। संस्कृत और *अवेस्ता* भाषाओं की शब्दावली और स्वर विज्ञान कुछ हद तक एक जैसी हैं। उनकी कविताओं की लय और शैली इतनी समान है कि स्वर विज्ञान के नियमों का इस्तेमाल करके अवेस्ता की भाषा का अनुवाद वेदों में किया जा सकता है। *ऋग्वेद* और *अवेस्ता* के ईश्वर और मिथक काफ़ी क़रीबी हैं। वास्तव में यह तर्क दिया जा सकता था कि *ऋग्वेद* का 'मित्र' *अवेस्ता* का 'मिश्र' था। भारतीय और ईरानी दोनों ही सूर्य की पूजा करते थे और अग्नि तथा गाय की पवित्रता में विश्वास करते थे।

गणतंत्र दिवस की संध्या पर राष्ट्रपति कलाम ने देश को अपना पहला भाषण दिया, जिसे करोड़ों लोगों ने उत्सुकता से टीवी पर देखा। उन्होंने ज्ञान समाज का निर्माण करके भारत का विकास करने के विषय से अपनी बात शुरू की। फिर उन्होंने दूसरी हरित क्रांति लाने, गाँवों में शहरी सुविधाएँ पहुँचाने, नागरिकों की सेवा में विलंब और भ्रष्टाचार को उखाड़ फेंकने के लिए इलेक्ट्रॉनिक प्रशासन लागू करने के बारे में बात की। इस तरह उन्होंने उन लोगों को निराश कर दिया, जो धर्मनिरपेक्षता, समाजवाद और नैतिक मूल्यों पर प्रवचन की उम्मीद कर रहे थे।

राष्ट्रपति कलाम ने वाकपटु अंदाज़ में स्पष्ट किया कि पिछली सदी के दौरान एक महत्त्वपूर्ण परिवर्तन हुआ था। पहले संसार कृषि समाज था, जहाँ शारीरिक श्रम सबसे महत्त्वपूर्ण घटक था। फिर यह औद्योगिक समाज बन गया, जहाँ प्रौद्योगिकी, पूँजी और श्रम का प्रबंधन प्रतिस्पर्धी लाभ प्रदान करता था। उन्होंने कहा कि अब हम सूचना युग में हैं, जहाँ इंटरनेट से जुड़ाव और सॉफ़्टवेयर प्रॉडक्ट्स ने कुछ देशों की अर्थव्यवस्था के एक क्षेत्र को संचालित किया है, जिनमें हमारा देश शामिल

है। इक्कीसवीं सदी में एक नए समाज का उदय हो रहा है, जहाँ पूँजी और श्रम के बजाय ज्ञान बुनियादी उत्पादन संसाधन बन गया है।

डॉ. कलाम ने भारत में दूसरी हरित क्रांति लाने का आह्वान किया, जो बढ़ती जनसंख्या की आवश्यकताओं को पूरा करने के लिए कृषि क्षेत्र की उत्पादकता को बढ़ाए। अन्न के उत्पादन को वर्तमान 20 करोड़ टन से बढ़ाकर 2020 तक 30 करोड़ टन करने की ज़रूरत है। लेकिन बढ़ती जनसंख्या के लिए ज़मीन की ज़रूरत के साथ-साथ ज़्यादा वनीकरण और पर्यावरण संरक्षण गतिविधियों की माँग यह है कि वर्तमान की 17 करोड़ हेक्टेयर उर्वर भूमि को 2020 तक 10 करोड़ हेक्टेयर तक घटाया जाए।

इसका कुल परिणाम यह होगा कि हमारे सारे कृषि वैज्ञानिकों और प्रौद्योगिकी विशेषज्ञों को कृषि के लिए उपलब्ध भूमि की उत्पादकता को दोगुना करने के लिए काम करना होगा। बायोटेक्नोलॉजी के क्षेत्रों में, किसानों को उचित प्रशिक्षण देने में और संरक्षण व संग्रहण के लिए अतिरिक्त आधुनिक उपकरणों में प्रौद्योगिकियों की आवश्यकता होगी। राष्ट्रपति ने सी. सुब्रमण्यम को सम्मानपूर्वक याद किया। 1970 के दशक की शुरुआत में खाद्य और कृषि मंत्री के रूप में सुब्रमण्यम ने डॉ. एम.एस. स्वामीनाथन के साथ भारतीय हरित क्रांति का नेतृत्व किया था। डॉ. कलाम ने अन्न उत्पादन से आगे बढ़कर कृषि क्रांति के अगले चरण के रूप में फूड प्रोसेसिंग और मार्केटिंग तक पहुँचने का अपना सपना बताया।

राष्ट्रपति कलाम ने इस अवसर का इस्तेमाल करके ग्रामीण क्षेत्रों में शहरी सुविधाएँ (प्यूरा) प्रदान करने की अपनी अवधारणा भी बताई। उन्होंने कहा कि एक अरब लोगों के दो-तिहाई से ज़्यादा लोग भारत के ग्रामीण इलाक़ों में रहते हैं। विकसित भारत में कायाकल्प का स्वप्न सिर्फ़ तभी साकार हो सकता है, जब ग्रामीण इलाक़ों को सशक्त बनाने के लिए ज़बर्दस्त मिशन शुरू किया जाए। उन्होंने समाधान को जुड़ाव के संदर्भ में देखा :

> भारत के ग्रामीण हिस्सों की मेरी यात्राओं ने इस बात की पुष्टि कर दी है कि ग्रामीण भारत की समस्या वहाँ उपलब्ध कनेक्टिविटी या जुड़ाव की हद पर निर्भर करती है। जुड़ाव के चार अवयव हैं : सड़कों का भौतिक जुड़ाव; विश्वसनीय संचार नेटवर्क का इलेक्ट्रॉनिक जुड़ाव; पेशेवर प्रशिक्षण केंद्रों और स्कूलों का ज्ञान जुड़ाव और बैंकों तथा बाज़ारों के साथ आर्थिक जुड़ाव। सभी चारों प्रकार के जुड़ावों का एकीकृत अंदाज़ में पीछा करने की ज़रूरत है, ताकि आर्थिक जुड़ाव उभरे, जो एक स्व-प्रेरित राष्ट्र और अर्थव्यवस्था की ओर ले जाएगा।

राष्ट्रपति ने सावधान किया कि प्यूरा को आर्थिक दृष्टि से व्यावहारिक व्यावसायिक प्रस्ताव होना चाहिए। इसका प्रबंधन उद्यमियों, स्थानीय लोगों और छोटे पैमाने के

उद्योगपतियों को करना चाहिए, क्योंकि इसमें शिक्षा, स्वास्थ्य, ऊर्जा उत्पादन, यातायात और प्रबंधन शामिल है। सरकारी समर्थन की भूमिका यह रहनी चाहिए कि यह ऐसी प्रबंधन संस्थाओं को सशक्त बनाए, उन्हें शुरुआती आर्थिक सहारा दे और कार्यक्रम के प्रबंधन व इसे क़ायम रखने के लिए सही प्रकार का प्रबंधन तंत्र व लीडर खोजे।

राष्ट्रपति कलाम ने खुलकर कहा कि भारत केवल राष्ट्रपति या प्रधानमंत्री के चाहने या संसद के क़ानून बनाने से विकसित देश नहीं बन सकता। भारत तभी विकसित देश बन सकता है, जब प्रत्येक भारतवासी अपनी सर्वश्रेष्ठ योग्यता और क्षमता के अनुसार योगदान दे। मिसाल के तौर पर, विद्यार्थी छुट्टियों के दौरान अपने स्कूलों या मकानों के आस-पास के इलाक़े में निश्चित संख्या में लोगों को साक्षर बनाने का काम करें। शिक्षक और माता-पिता इस काम में उनकी मदद कर सकते हैं। सिर्फ़ एक जलती मोमबत्ती ही दूसरी को जला सकती है।

डॉ. कलाम ने सभी क्षेत्रों को विकास में अपनी भूमिका निभाते देखा और यहाँ पर कुंजी थी सहयोग। शोध प्रयोगशालाएँ हमारे छोटे पैमाने के उद्योगों को प्रौद्योगिकी समर्थन प्रदान कर सकती हैं, ताकि उत्पादन ज़्यादा प्रतिस्पर्धी बन सके। बड़े पैमाने के उद्योगों को आर्थिक विकास में अपना योगदान बढ़ाना होगा, ख़ास तौर पर जीडीपी की विकास दर के लिए। वे शकर और कृषि उत्पाद, विद्युत, सीमेंट, निर्माण और ज्ञान-आधारित उद्योगों में बहुराष्ट्रीय कंपनी बनने का लक्ष्य बना सकती हैं। उन्नत जल संरक्षण और नवाचारी भूमि प्रबंधन प्रणालियों के साथ कृषक समुदाय को अपनी उत्पादकता बढ़ानी होगी।

विकास का डॉ. कलाम का आह्वान बिना किसी संदेह के पूरे भारतीय समाज को शामिल करता था। उन्होंने अपना दृष्टिकोण व्यक्त किया कि राष्ट्रीय विकास के लिए मीडिया को साझेदार, उत्साहवर्धक और आलोचक बनना चाहिए। उन्होंने कहा कि प्रेरणा से प्रगतिशील माहौल को बढ़ावा देना भारत को 2020 तक एक विकसित देश में बदलने के हमारे स्वप्न की बुनियाद है। 26 जनवरी 2003 के *टेलीग्राफ़* ने राष्ट्रपति कलाम के राष्ट्र के नाम संदेश को 'राजनीति, विज्ञान और अर्थशास्त्र' का मिश्रण बताते हुए इसकी प्रशंसा की :

> लोगों के लिए प्रशंसा, सरकारों के लिए थपकी, उन लोगों के लिए एक शब्द जो प्रयोगशालाओं में काम करते हैं, और एक और हरित क्रांति का आह्वान – राष्ट्रपति ए.पी.जे. अब्दुल कलाम का गणतंत्र दिवस की पूर्व संध्या पर राष्ट्र के नाम संदेश राजनीति, विज्ञान और अर्थशास्त्र का मिश्रण था... राष्ट्रपति ने स्याह पहलू की ओर भी इशारा किया। पिछले छह महीनों में उन्होंने सत्रह राज्यों की यात्रा की थी... उन्होंने कहा, 'मुझे बहुत से ग्रामीण और सूखा–प्रभावित क्षेत्रों का दौरान करने का अवसर मिला और मैं उनकी चिंताएँ, दुख और उनकी आकांक्षाएँ बता सकता हूँ।'

अगले दिन राष्ट्रपति कलाम और राष्ट्रपति ख़ातमी ने भव्य गणतंत्र दिवस की परेड में सलामी ली। राष्ट्रपति ख़ातमी और प्रधानमंत्री वाजपेयी ने ऐतिहासिक नई दिल्ली घोषणा पर हस्ताक्षर किए, जिसने साहस के साथ दोनों देशों के बीच सामरिक साझेदारी का स्वप्न तय किया। दोनों नेताओं ने ऊर्जा, व्यापार और अन्य आर्थिक मुद्‌दों पर सहयोग करने का वादा किया। उनका लक्ष्य आतंकवाद के प्रतिकार पर सहयोग को मज़बूत बनाना था और तीसरे देशों में उनके सामरिक सहयोग को व्यापक बनाना था, जिसे अधिकांश विश्लेषकों ने अफ़गानिस्तान की ओर संकेत माना।

हमेशा मुखर प्रेस और नई दिल्ली के जीवंत थिंक टैंकों के अलावा भारत और इसके नेताओं ने अब तक सैन्य या सामरिक मुद्‌दों पर बहुत कम रुचि दिखाई थी। भारत में सामरिक रक्षा समीक्षाएँ अनजान थीं, जैसी कि अमेरिका, ब्रिटेन और फ्रांस में आम तौर पर होती हैं, जिनमें कार्यरत अधिकारियों और जनसेवकों द्वारा जानकारी दी जाती है और नेताओं द्वारा नेतृत्व किया जाता है। दो स्वप्नदृष्टा नेता राष्ट्रपति कलाम और प्रधानमंत्री वाजपेयी इस प्रवृत्ति को बदल रहे थे। वे एक मज़बूत गणतंत्र चाहते थे, जो अपनी सीमाओं के भीतर और बाहर की आकस्मिकताओं के लिए सैन्य और सामरिक दृष्टि से अच्छी तरह तैयार हो। इसी हद तक वे सहमत थे कि देश को अपने लोगों के प्रति करुणामय और प्रतिक्रियाशील होना चाहिए।

डॉ. कलाम के लिए देश की सुरक्षा के दो समानांतर, कुछ असंबद्ध पहलुओं पर ज़ोर देना शायद एक व्यापक स्वप्न में देश की आवश्यकताओं को समाहित करना था। इसे उतनी ही आसानी से अनुपात की, संतुलन की अंदरूनी आवश्यकता के रूप में देखा जा सकता है - मनुष्य में भी और राष्ट्र में भी। उन्होंने अपना अधिकांश विख्यात करियर राष्ट्र की रक्षा क्षमताओं को बेहतर बनाने में समर्पित किया था और वे स्वयं देश के सबसे ख़तरनाक हथियार बनाने में संलग्न रहे थे। लेकिन उन्होंने अतुल्य जोश और स्वप्न के साथ सामाजिक उद्‌देश्यों को आगे बढ़ाया था और वह भी उस उम्र में जब ज़्यादातर लोग फुरसत और व्यक्तिगत आराम चाहते हैं।

दिखने वाले विरोधाभास में एक संतुलन था, जो डॉ. ए.पी.जे. अब्दुल कलाम थे : शांतिप्रिय मिसाइल मैन, सैनिक हार्डवेयर के अगुआ जो ग़रीबों की उन्नति के समर्थक थे, पुरज़ोर देशभक्ति वाले भारतीय जो संस्कृतियों के संगम में विश्वास करते थे और जिनके लिए भारतीयों के मन में जितनी श्रद्धा थी, उतना ही सम्मान अन्य देशों में भी था। डॉ. कलाम अपने हथियारों की क्षमताएँ अच्छी तरह से जानते थे; उन्होंने उनकी विनाशकारी शक्तियों को खुद बनाया और देखा था। इसी तरह वे जानते थे कि सबसे अच्छा यह है कि वे छावनियों में ही रहें, लेकिन चाहे जो हो, वे देश की रक्षा के लिए आवश्यक थे। उन्होंने अपने राष्ट्रपति काल के अंत के क़रीब यूरोपीय संसद में दिए एक भाषण में एक बात कही थी, जो बड़ी मशहूर हुई, *'जब घर में सद्‌भाव होता है, तो देश में व्यवस्था होती है। जब देश में व्यवस्था होती है, तो विश्व में शांति होती है।'*

खंड 4

विस्तार

जो भी इंसान अपना एक घंटा बर्बाद करने की हिमाक़त करता है, वह समय के मूल्य को नहीं समझ पाया है।

—चार्ल्स डार्विन
विकासवाद के वैज्ञानिक सिद्धांत के जनक

4.1

तमसो मा ज्योतिर्गमय

युगों-युगों पुराना भारत मृत नहीं हुआ है, न ही उसने अपना अंतिम सृजनात्मक शब्द बोला है; वह जीवित है और उसके पास अब भी ख़ुद के लिए और इंसानी लोगों के लिए करने को बहुत कुछ बाक़ी है।

—श्री अरबिंदो

डॉ. कलाम सामूहिक नेत्र चिकित्सा के पथप्रदर्शक डॉ. गोविंदप्पा वेंकटस्वामी से 1990 में मदुरै में पहली बार मिले। डॉ. कलाम के भाई ए.पी.जे.एम. माराकेयर को अपनी आँख का इलाज कराना था। डॉ. कलाम ने घबराए माराकेयर को सलाह दी थी कि वे ट्रेन पकड़कर मदुरै आ जाएँ। उन्होंने उनसे कहा कि वहाँ से वे उन्हें डॉ. वेंकटस्वामी के क्लीनिक ले जाएँगे। उन्होंने डॉ. वेंकटस्वामी के बारे में कई अच्छी बातें सुन रखी थीं और उन्होंने अपने भाई के साथ ख़ुद जाना उचित समझा। इस तरह वे अपने बड़े भाई को नैतिक समर्थन भी प्रदान करेंगे और महान डॉक्टर से मिल भी लेंगे।

डॉ. वेंकटस्वामी के अरविंद आई हॉस्पिटल में डॉ. कलाम यह देखकर हैरान रह गए कि डॉक्टर मरीज़ों की देखभाल बहुत ही सटीक तरीक़े से करते थे। यही नहीं, अस्पताल का स्टाफ़ मरीज़ों के प्रति हमेशा पूरी शिष्टता और दयालुता से पेश आता था। ऐसा महसूस होता था कि स्टाफ़ उनकी दिल से परवाह करता है। सबसे महत्त्वपूर्ण, और बेशक इस उत्कृष्टता की प्रेरणा, थे ख़ुद डॉ. वेंकटस्वामी। सभी उन्हें डॉ. वी. कहते थे, जिस प्यार के संबोधन में सम्मान और प्रेम दोनों बराबरी से झलकते थे। डॉ. कलाम को महसूस हुआ कि आकर्षक मुस्कान वाले यह बुजुर्ग सज्जन देवत्व संचारित कर रहे हैं। उन्होंने उनके साक्षात व्यक्तित्व को उनकी मशहूर छवि से ज़्यादा प्रभावशाली पाया। दोनों के बीच प्रगाढ़ मित्रता हो गई। हालाँकि उनके काम के क्षेत्र अलग-अलग थे, लेकिन अंदर से वे दोनों ही एक जैसे थे।

डॉ. वी. इस बात पर चकित हुए कि डॉ. कलाम जैसे मशहूर वैज्ञानिक इतने छोटे मामले के लिए उनसे मिलने क्यों आए। डॉ. कलाम बोले कि डॉ. वी. की प्रतिष्ठा

उन्हें वहाँ खींच लाई थी। डॉ. वी. ने इस बात पर ज़ोर दिया कि डॉ. कलाम और माराकेयर उनके घर पर चाय पीकर जाएँ। वे तीनों अस्पताल के पास बने एक कमरे के छोटे मकान में गए, जहाँ डॉ. वी. रहते थे। डॉ. वी. ने स्टील की कुर्सियाँ खोलीं और बात करते-करते डॉ. कलाम और माराकेयर के लिए चाय बनाई। एक मायने में डॉ. कलाम और डॉ. वी. एक से थे : वे दोनों ही अपने कर्तव्य में तल्लीन रहते थे और दिखावे के ताम-झाम के लिए उनके पास बहुत कम ऊर्जा थी। डॉ. वी. के सादे फ़र्नीचर ने डॉ. कलाम को अपने पिता के रहन-सहन की याद दिला दी :

कोरोमंडल के तट पर
जहाँ धरती के शंख बजते हैं,
रेत के बीच में
कुछ वाक़ई अमीर आत्माएँ रहती थीं।

एक सूती लुंगी और आधा मोमबत्ती –
एक पुराना जग बिना हैंडल का
यही वे मूल्यवान संपत्तियाँ थीं
इन राजाओं की बिना बदनामी के।

डॉ. कलाम ने डॉ. वी. से पूछा कि वे आँखों के इतने महान डॉक्टर कैसे बने। डॉ. वी. ने कहा कि वे कभी आँखों के डॉक्टर नहीं बनना चाहते थे, लेकिन यह बस ईश्वर की इच्छा थी, इसलिए वे आँखों के डॉक्टर बन गए। मेडिकल कॉलेज की पढ़ाई पूरी करने के बाद वे सेना में भर्ती हो गए, लेकिन गंभीर र्‌यूमेटॉइड आर्थ्राइटिस की वजह से दो साल तक बिस्तर पर रहना पड़ा। लगभग अलौकिक इच्छाशक्ति से वे चिकित्सकीय प्रशिक्षण में लौटने में कामयाब रहे। वे उस गंभीर दर्द से जूझते रहे, जो जीवन भर उनके साथ रहने वाला था। लेकिन स्त्री रोग विशेषज्ञ और प्रसूति विज्ञानी बनने का उनका सपना चूर-चूर हो गया। आर्थ्राइटिस ने उनके हाथों और अँगुलियों को विकृत कर दिया था; अब वे केवल सूक्ष्म, नाज़ुक गतिविधियाँ ही कर सकते थे, जैसे : आँखों का ऑपरेशन।

डॉ. वी. ने अपनी कहानी जारी रखी। 1976 में 58 वर्ष की उम्र में वे सरकारी सेवा से रिटायर हुए थे। वे एक छोटी पेंशन पर शांति से गुज़ारा कर सकते थे, जैसा उस युग के ज़्यादातर लोग करते थे। लेकिन डॉ. वी. ने उस योजना के बारे में सोचा, जिसमें वे यक़ीन करते थे। उन्होंने मदुरै के एक छोटे से किराए के मकान में ग्यारह पलंगों का नेत्र क्लीनिक खोला। उनके पास कोई बिज़नेस प्लान नहीं था और पूँजी सीमित थी, लेकिन उनमें कर्तव्य का शक्तिशाली अहसास था और उनके पास एक सपना था। उन्होंने व्यावसायिक समझदारी को नकार दिया। इसके बजाय उन्होंने श्री अरबिंदो और मदर के आध्यात्मिक मार्गदर्शन पर भरोसा करने का विकल्प चुना और अस्पताल का नाम अपने गुरु के नाम पर अरविंद आई हॉस्पिटल रखा। इस

छोटी शुरुआत के बाद वे अपनी टीम के साथ दूर-दराज़ के गाँवों में जाते थे और समाज के सबसे ग़रीब लोगों के लिए अति महत्त्वपूर्ण आँखों के ऑपरेशन करते थे।

पहले तो लोगों ने उनकी कोशिशों का मखौल उड़ाया। कई सहकर्मियों ने उनके काम को निंदापूर्वक 'फुटपाथ के ऑपरेशन' कहकर उनकी हँसी उड़ाई। लेकिन वे सबसे ज़रूरतमंद इलाक़े में काम करते रहे। उन्होंने डॉ. कलाम को बताया, 'मैंने ख़ुद को ग़रीबों और मोहताजों के साथ जोड़ा, जिनकी ज़िंदगी में अँधेरा था। अगर मेरे पास अस्पताल नहीं था, तो उससे क्या फ़र्क़ पड़ता था? मेरे पास अपनी योग्यताएँ थीं और इतना ही काफ़ी था।' डॉ. वी. ने अपने आई-क्लीनिक कैंपों का वर्णन किया : 'मेरी टीम और मैं सुबह पाँच बजे ऑपरेशन शुरू करते थे। हम रात को सात-आठ बजे तक बिना आराम किए काम करते थे। तब कहीं हम खाना खाने बैठते थे। हम सभी एक साथ बैठते थे - डॉक्टर, नर्स, सफ़ाई कर्मचारी और गाँव वाले। "छोटी जाति" के छोटे कर्मचारियों और "ऊँची जाति" के पेशेवरों के बीच कोई भेदभाव नहीं था। हम विपरीत परिस्थितियों में भी तूफ़ानी गति से ऑपरेशन कर रहे थे। हमने स्कूलों को ऑपरेटिंग थिएटरों में बदला और कक्षाओं को संक्रमणरहित किया। हम जितने ज़्यादा ऑपरेशन करते थे, हमारी माँग उतनी ही ज़्यादा बढ़ती थी। नेत्र शिविरों ने मुझे यह सबक़ सिखाया कि जब आप वह काम शुरू करते हैं, जो करना आपके प्रारब्ध में है, तो आपके पास अप्रत्याशित संसाधन अपने आप आ जाएँगे। धीरे-धीरे सद्भावना की एक प्रबल लहर फैल गई।'

अपने पुरस्कारों और सफलता के बावजूद डॉ. वी. बेहद नम्र इंसान थे। उन्होंने डॉ. कलाम को धन्यवाद दिया कि वे देश के लिए इतना महत्त्वपूर्ण काम छोड़कर उनसे मिलने मदुरै आए।

डॉ. कलाम और डॉ. वी. में बरसों तक पत्राचार हुआ और उनमें मित्रता का शक्तिशाली बंधन जुड़ गया। दोनों ही महान व्यक्तियों में मानवता थी, जो अंदरूनी सादगी और एक परिष्कृत आध्यात्मिक जागरूकता के बीच संतुलित थी, जिस वजह से उन्हें दूसरों के कल्याण की परवाह थी। इसलिए जब डॉ. वेंकटस्वामी ने एक पत्र लिखकर राष्ट्रपति कलाम को पाँडिचेरी में अरविंद आई हॉस्पिटल खोलने के लिए आमंत्रित किया, तो इसमें हैरानी की कोई बात नहीं थी कि उन्होंने तुरंत यह आग्रह स्वीकार कर लिया। इस तारीख़ को सावधानी से चुना गया था, क्योंकि यह माँ के जन्म की 125वीं वर्षगाँठ थी। राष्ट्रपति कलाम ने अपने व्यक्तिगत सचिव शेरिडन को बताया कि इस कार्यक्रम की बदौलत वे पाँडिचेरी यात्रा की पुरानी हसरत पूरी कर सकते हैं। उन्होंने रामनाथपुरम् के श्वाट्र्ज़ हाई स्कूल में इस पूर्व फ्रांसीसी उपनिवेश के बारे में अध्ययन किया था, लेकिन उन्हें पहले कभी वहाँ जाने का मौक़ा नहीं मिल पाया था।

फ़रवरी के मध्य में मेरे पास राष्ट्रपति कलाम का फ़ोन आया। उन्होंने मुझसे कहा कि मैं 21 फ़रवरी 2003 को 'एक तीर्थयात्रा' पर उनके साथ चलूँ। हैदराबाद से दिल्ली पहुँचने के बाद ही मुझे पता चला कि वे मुझे एक बार फिर दक्षिण में पाँडिचेरी

ले जा रहे थे। वहाँ वे श्री अरबिंदो आश्रम जाने वाले थे और इसीलिए उन्होंने इसे तीर्थयात्रा कहा था। लेकिन मैं बाद में समझा कि मैंने सिर्फ़ आधी तसवीर ही देखी थी : यह यात्रा डॉ. कलाम के लिए दो मायनों में तीर्थयात्रा थी। वे डॉ. वेंकटस्वामी का गहरा सम्मान करते थे और उन्होंने अरविंद आई हॉस्पिटल खुलने को दैवी कार्य के रूप में देखा था।

दैवी कृपा किसी भी सांसारिक शक्ति से ज़्यादा शक्तिशाली होती है और इसने शुरुआत से ही डॉ. वी. के मानवतावादी प्रयासों को दिशा दी थी। अरविंद आई केयर सिस्टम ने अंधों को दृष्टि लौटाने के लिए व्यवसाय के सामान्य नियमों का उल्लंघन किया था। लेकिन यह आँखों के अस्पतालों के एक नेटवर्क में विकसित हुआ, जिसका भारत में मोतियाबिंद-जनित अंधेपन को मिटाने में बड़ा प्रभाव पड़ा। 2015 तक अरविंद ने लगभग 3.6 करोड़ रोगियों का उपचार किया है और 50 लाख ऑपरेशन किए हैं। इनमें से बहुत सारे ऑपरेशन कम लागत के रहे हैं या मुफ़्त भी, जिसकी बदौलत यह संसार का सबसे बड़ा और सबसे उर्वर नेत्र चिकित्सा सेवा समूह बन गया है।

अरविंद आई केयर हॉस्पिटल्स के मॉडल की व्यापक सराहना हुई है और संसार भर में इस पर बहुतेरी केस स्टडीज़ हुई हैं। यह सामाजिक दृष्टि से ज़िम्मेदार बिज़नेस मॉडल का आधुनिक युग का प्रमाण भी बना है, जो एक साथ व्यावहारिक, अर्थक्षम और प्रतिस्पर्धी है। इसकी सफलता दर्शाती है कि नादान या अव्यावहारिक नज़र आने वाले विकल्पों पर भी जब बुद्धिमत्ता और अखंडता से काम किया जाए, तो बहुत असाधारण परिणाम मिल सकते हैं।

डॉ. वी. के पास उस क्षेत्र में कार्यरत दूसरे अस्पतालों से ज़्यादा बड़ा स्वप्न था : सबको एक नज़र से देखना, सबको दृष्टि देना और उपचार योग्य अंधत्व को ख़त्म करना। भारत में अंधेपन के 1.2 करोड़ प्रकरण थे, जिन्हें चिकित्सा द्वारा ठीक किया जा सकता था। डॉ. वी. की रणनीति का क्रांतिकारी निचोड़ उन लोगों को मुफ़्त नेत्र चिकित्सा देना था, जो पैसे देने में सबसे कम सक्षम थे। अरविंद आई केयर सिस्टम ने अपने एक तिहाई से ज़्यादा मरीज़ों का उपचार मुफ़्त किया है, जिनकी संख्या लाखों में है। रोगी ही यह फ़ैसला करते हैं कि फ़ीस देना है या नहीं। जो पैसे दे सकते थे, उन्होंने इच्छा से पैसे दिए। जो पैसे नहीं दे सकते थे, उन्होंने फ़ीस दिए बिना कृतज्ञता से उपचार कराया। कोई पक्षपात नहीं दिखाया गया, कोई अहसान नहीं जताया गया। अरविंद की अपने बहीखातों के प्रति नई नीति कारगर साबित हुई है, यह भारतीयों की ईमानदारी और डॉ. वी. की उदारता का भी प्रमाण है।

सामूहिक चिकित्सा की जो नीति नादानी भरी नज़र आती थी, वह दरअसल बेहद व्यावहारिक लक्ष्यों पर टिकी थी। डॉ. वी. एक उत्सुक नवाचारी और समाजवादी प्रगति के समर्थक थे। वे हमेशा अच्छे स्वास्थ्य, ख़ास तौर पर अच्छी दृष्टि, को आर्थिक कल्याण में महत्त्वपूर्ण घटक मानते थे। उन्होंने नेत्र रोगों और डाइबिटीज़ पर तमिल

में तीन पुस्तकें लिखी थीं। अरविंद मॉडल को दोहराने के प्रयास कई विकासशील देशों में सफल हुए हैं। डॉ. वी. का स्वप्न था कि वे देश में कम से कम सौ अस्पताल शुरू करें।

डॉ. वी. के अस्पताल के शुभारंभ में पहुँचने के लिए हम दिल्ली में एक विशेष विमान में बैठकर चेन्नई पहुँचे और फिर वहाँ से 150 किलोमीटर दक्षिण में स्थित पाँडिचेरी तक पहुँचने के लिए एक हेलिकॉप्टर पकड़ा। हेलिकॉप्टर पर सवार होकर किसी शहर के क़रीब पहुँचने में एक तरह की भव्यता होती है। पाँडिचेरी की इमारतें, जो इसके मुख्य मार्ग की हरियाली के ख़िलाफ़ सफ़ेद रंग से पुती थीं, अब भी मेरी स्मृति में एक स्वप्न की तरह अंकित हैं। पाँडिचेरी के मुख्यमंत्री एन. रंगासामी, लेफ़्टिनेंट गवर्नर के. आर. मलकानी, फ्रेंच कॉन्सल जनरल हिज़ एक्सीलेंसी मिशेल सेगरी और पाँडिचेरी युनिवर्सिटी के वाइस चांसलर प्रो. वी.टी. पाटिल राष्ट्रपति कलाम के साथ रहे। जब डॉ. वी. ने पारंपरिक रूप से हाथ जोड़कर उनका अभिवादन किया, तो डॉ. कलाम ने गर्मजोशी भरे आलिंगन से प्रतिक्रिया की; किसी राष्ट्रपति का दुर्लभ भाव-प्रदर्शन।

राष्ट्रपति कलाम ने कुछ मिनट तक तमिल में बात की, फिर अँग्रेज़ी में बोलने लगे। उन्होंने कहा कि देश की 30 प्रतिशत जनसंख्या ग़रीबी की रेखा के नीचे रहती थी और जनसंख्या के इस बड़े हिस्से को चिकित्सा सुविधाएँ मुहैया करानी थीं। हमेशा की तरह वे भविष्य की ओर देख रहे थे :

> भारत में हमारे पास सबसे अच्छे डॉक्टर और प्रौद्योगिकी विशेषज्ञ हैं। हमारे पास डिज़ाइन और सॉफ़्टवेयर इंजीनियरिंग में बुनियादी सक्षमता है। कंप्यूटरीकृत वास्तविकता और सूक्ष्म मशीनों में उदीयमान प्रौद्योगिकियाँ स्वास्थ्य सुविधा के पूरे परिदृश्य को बदल देंगी। इस कायाकल्प से उन लोगों की मदद करनी चाहिए, जो आधुनिक चिकित्सा का ख़र्च नहीं उठा सकते। अगर हम उनके दुख-दर्द को दूर करेंगे, तो ईश्वर हमें आशीर्वाद देगा।

डॉ. कलाम की तरह ही डॉ. वी. भी हमेशा कुँआरे रहे और उन्होंने अपना पूरा जीवन सांसारिक आराम या ख़ुशियों के बिना अपने रोगियों की सेवा में समर्पित कर दिया। जैसा डॉ. कलाम के साथ था, लोगों के लिए काम और सेवा ख़ुद अपना पुरस्कार थी। डॉ. कलाम ने मुझे छह बातें दर्ज करने को कहा, जो उनके हिसाब से डॉ. वेंकटस्वामी के अरविंद आई हॉस्पिटल्स को संसार के सर्वश्रेष्ठ सामाजिक उद्यमों में शरीक करती थीं। छह से कई ज़्यादा हो सकती थीं, लेकिन मैं उनका ज़िक्र कर रहा हूँ, जो सबसे पहले मेरे दिमाग़ में आईं।

पहली, इच्छा हमेशा पूँजी से ज़्यादा महत्त्वपूर्ण होती है। अपने शुरुआती प्रयास को बड़ा बनाने के लिए डॉ. वी. के पास उधार की पूँजी या पैसे नहीं थे। लेकिन उन्होंने एक ऐसा बिज़नेस मॉडल बनाया, जिसने उन्हें हर दिन सामाजिक उद्यम को

बढ़ाने की अनुमति दी। जब पलंग कम पड़ने लगे, तो उन्होंने तुरंत नए पलंग लगा लिए। जब जगह कम पड़ने लगी, तो उन्होंने नई मंज़िलें बनवा लीं। जब अस्पताल रोगियों की बढ़ती संख्या को नहीं सँभाल पाया, तो उन्होंने दूसरे अस्पताल बना लिए। जब भारत के बाहर अस्पतालों की माँग उठी, तो उन्होंने सात देशों में अस्पताल खोल लिए। यह उनकी प्रबल इच्छा थी - और यह इतनी शक्तिशाली थी कि यह बिज़नेस प्लान, पूँजी समर्थन आदि की अनिवार्य बाधाओं को पार कर गई।

दूसरे, डॉ. वी. ने अपने जीवन का नियंत्रण अपने हाथ में लिया था। उनका उद्‌देश्य संसार को बदलना था, जितना वे बदल सकें। यह सामाजिक उद्यमियों का एक स्पष्ट गुण है। अगर वे कोई ग़लत चीज़ देखते हैं, तो वे शिकायत करने के बजाय उसके बारे में कुछ करते हैं। वे मौजूदा हक़ीक़त को बदल देते हैं। डॉ. वी. के मन में यह प्रबल विश्वास था कि भौतिक संसाधनों के अभाव के बावजूद परिस्थितियों को बदलने का तरीक़ा था। स्पष्ट रूप से, वे एक महान लीडर थे, जो लोगों को प्रेरित करने और उन्हें अपने सपने पर विश्वास दिलाने में सक्षम थे। अपने अस्पताल में वे उन अंधे लोगों के जीवन को बदलना चाहते थे, जो उनके उपचार का ख़र्च नहीं उठा सकते थे और वे जानते थे कि वे यह काम एक अभूतपूर्व, वाणिज्यिक रूप से टिके रहने वाले व्यवसाय के साथ कर सकते थे।

तीसरे, अरविंद आई हॉस्पिटल्स के पास एक प्रेरक लीडर था। पेशेवर पृष्ठभूमि में योग्यता के कई पहलू होते हैं। आप बहुत सक्षम इंसान हो सकते हैं, योगदान देने वाली टीम के सदस्य हो सकते हैं, सक्षम एक्ज़ीक्यूटिव या प्रभावी मैनेजर हो सकते हैं; लेकिन सिर्फ़ लीडर ही संसार को बदलने में सक्षम होते हैं। डॉ. वी. व्यक्तिगत विनम्रता और इच्छाशक्ति के विरोधाभासी दिखने वाले तालमेल के ज़रिये दीर्घकालीन महानता तक पहुँचे। उनके पास नवाचारी मार्केटिंग और क्रांतिकारी पहुँच की रणनीति के साथ सामाजिक ज़िम्मेदारी को मिलाने का ज़बर्दस्त स्वप्न था, जो किसी भी मानक कारोबारी बुद्धिमत्ता के हिसाब से विरोधाभासी नज़र आती है। उन्होंने मिसाल पेश करके नेतृत्व किया : उनकी सादगी भरी जीवनशैली, कड़ी मेहनत की क्षमता और दूसरों की क्षमता को प्रोत्साहन उनके स्टाफ़ के लिए एक प्रेरणा थी, उनके रोगियों के लिए भी।

चौथे, डॉ. वी. ने अपने संगठन को अच्छे से महान तक ऊपर उठाया। डॉ. वी. जानते थे कि कोई भी संगठन दरअसल इसके सदस्यों जैसा ही बनता है। इसलिए उन्होंने लोगों और उनके विकास पर ध्यान केंद्रित किया। उन्होंने कठोर वास्तविकताओं का सामना किया, जो सबसे आशावादी उद्यमी को भी हताश कर देतीं। उम्र उनके पक्ष में नहीं थी और वे पारिवारिक संसाधनों पर भरोसा नहीं कर सकते थे; उनकी उम्र 58 साल थी और उनके पास कोई दौलत नहीं थी। लेकिन उन्होंने स्थिति का सामना किया; जीवन ने उन्हें जो गुण दिए थे, उन्हीं से वे सफलता का ताना-बाना बुनेंगे - उनकी योग्यताएँ, उनका स्वप्न और उनकी लगन। उनके संगठन

को बनाने में एक और अति महत्त्वपूर्ण गुण था उनका धैर्य। वे जानते थे कि उनके स्वप्न को साकार करने में लंबा समय लगेगा, लेकिन अपनी बढ़ती उम्र के बावजूद वे इससे ज़रा भी हताश नहीं हुए।

पाँचवें, सुदृढ़ संगठनात्मक मूल्य उनके अस्पताल समूह की बुनियाद थे। डॉ. वी. का मार्गदर्शक सिद्धांत यह था कि जो भी उनके दरवाज़े पर आएगा, वे उसका इलाज करेंगे। भले ही रोगियों के पास पैसा नहीं था, लेकिन उन्होंने उनका इलाज करने का तरीक़ा खोजा। इस तरह उनका पारस्परिक-अनुदान मॉडल बना, जो तीन में से एक व्यक्ति से पैसे लेता है। उनके पास अपने थोड़े नए स्वप्न को साकार करने के लिए आवश्यक व्यक्तिगत आदर्श भी मौजूद थे। उनकी चिकित्सा में करुणा की मिसाल थी, जिसका मतलब था सभी के लिए नेत्र चिकित्सा और रोगियों की आवश्यकताओं के प्रति संवेदनशीलता, चाहे उनकी आर्थिक हैसियत कैसी भी हो। साथ ही समानता अरविंद के कार्यसंचालन को सहारा देती थी : डॉ. वी. ने मानकीकरण का एक आश्चर्यजनक तंत्र ईजाद किया, जो सभी रोगियों को चिकित्सा का एक जैसा स्तर मुहैया करता था। यही नहीं, अस्पतालों के कारोबार का तरीक़ा भी पारदर्शी था। उपचार सस्ता था और जो लोग पैसे चुकाने में सक्षम थे, उनके लिए संगठन में हर सेवा के लिए निश्चित फ़ीस तय थी।

डॉ. वी. के अरविंद आई हॉस्पिटल का छठा और सबसे महत्त्वपूर्ण पहलू बड़े खिलाड़ियों की तरह सोचने की योग्यता थी। डॉ. वी. ने एक फ़्रैंचाइज़ी बिज़नेस मॉडल बनाया, ताकि बड़े पैमाने पर काम करके किफ़ायत का लाभ लें और कार्यकुशलता को अधिकतम करने के बहुत सारे तरीक़े खुल जाएँ। जब उन्होंने यह काम शुरू किया था, तो ऑपरेशन के लिए आंतरिक नेत्र लेंस की क़ीमत 200 अमेरिकी डॉलर थी। उन्होंने फ़्रैंचाइज़ी मॉडल अपनाया और इसे घटाकर पाँच डॉलर तक लाने में कामयाब हुए। डॉ. वी. ने टाँके लगाकर अतिरिक्त-कैप्सूल वाले मोतियाबिंद ऑपरेशन को छोड़कर छोटे चीरे के मोतियाबिंद ऑपरेशन को शुरू किया। फ़ोल्ड होने वाले लेंस के साथ फ़ेको-इमल्सिफ़िकेशन को चुना गया। डॉ. वी. ने भारतीय आंतरिक नेत्र लेंस उद्योग को ऊपर उठाने के लिए अथक श्रम किया। वे इसे दृढ़ता से सस्ती उत्पादन परंपराओं से दूर ले गए और एक गुणवत्ता-जागरूक, प्रौद्योगिकी-संचालित और आदर्श-लागत उद्योग में बदला, जो वैश्विक बाज़ार में प्रतिस्पर्धी हो। इससे अरविंद आई केयर 85 देशों में लेंस का निर्यात कर पाया।

चाहे जो हो, डॉ. वी. के जीवन की बुनियाद - और देखा जाए तो डॉ. कलाम के जीवन की भी - ईश्वर में उनकी आस्था थी। डॉ. वी. ने आदरणीय कवि संत श्री अरबिंदो का अनुसरण किया। डॉ. कलाम भी श्री अरबिंदो के थोड़े रंगीन जीवन से आकर्षित हुए। दूसरे आध्यात्मिक नेता आध्यात्मिक स्वभाव के साथ पैदा हुए थे या उन्होंने अपने बचपन अथवा युवावस्था में संसार का त्याग कर दिया था, लेकिन इसके विपरीत श्री अरबिंदो ने शैक्षणिक क्षेत्र में शुरुआती प्रतिभा दिखाई थी। योगी परंपरा

में पले-बढ़े होने के विपरीत उनका काफ़ी हद तक अँग्रेज़ परिवार हर सांसारिक दृष्टि से सफल था और बंगाली औपनिवेशिक समाज के ऊपरी वर्ग में आता था।

युवा अरबिंदो घोष के पिता बंगाल के रंगपुर जिले (अब बांग्लादेश में) में सिविल असिस्टेंट थे और उन्होंने घर पर बच्चों के अँग्रेज़ी में बोलने की आदत डाली। अरबिंदो और उनके दो बड़े भाई-बहनों को अँग्रेज़ी-भाषी लोरेटो हाउस बोर्डिंग स्कूल, दार्जिलिंग भेजा गया, जो भारत में ब्रिटिश जीवन का केंद्र था। यह स्कूल ब्रिटिश नन चलाती थीं, जिस वजह से विद्यार्थियों को ईसाई धार्मिक संदेशों और प्रतीकवाद का ज्ञान मिल जाता था। अरबिंदो ने कैम्ब्रिज, इंग्लैंड के किंग्स कॉलेज में इंडियन सिविल सर्विस की पढ़ाई और सभी आवश्यक परीक्षाएँ सफलतापूर्वक उत्तीर्ण कर लीं। ब्रिटिश राज के सेवक के रूप में जीवन उन्हें रास नहीं आया, इसलिए भारत लौटने के बाद उन्होंने बड़ोदा राज्य के महाराजा के अधीन कई शैक्षणिक और प्रशासनिक सेवा के पदों पर काम किया। फिर वे राजनीति में शामिल हो गए, जिसके लिए उन्हें ख्याति और कुख्याति मिलने वाली थी।

अरबिंदो जल्दी ही स्वतंत्रता के जोशीले समर्थक बन गए। उनके ओजस्वी भाषणों और बौद्धिक लेखों ने उन्हें ब्रिटिश अधिकारियों के ख़िलाफ़ खड़ा कर दिया, जिन्होंने उन पर क्रांतिकारी गतिविधियों में शामिल होने का आरोप लगाया। ब्रिटिश औपनिवेशिक सरकार ने उन्हें कारागार में डाल दिया और एक साल तक एकांत कारावास में रखा। इस एकांत कारावास में अरबिंदो को कई रहस्यवादी और आध्यात्मिक अनुभव हुए, जिन्होंने उनके जीवन की दिशा ही बदल दी। सारे आरोपों से बरी होने और जेल से रिहा होने के बावजूद अँग्रेज़ अधिकारियों ने उन्हें सताना जारी रखा और प्रकाशित लेखों के आधार पर राजद्रोह के आरोप में उनकी गिरफ़्तारी के वारंट जारी कर दिए। 1910 में अँग्रेज़ों के प्रतिशोध से बचने के लिए वे पाँडिचेरी आ गए और राजनीति छोड़कर आध्यात्मिक कार्य करने लगे।

शुरुआत में पाँडिचेरी में अरबिंदो के बहुत कम अनुयायी थे और बहुत कम भौतिक सहारा था, लेकिन समय के साथ संख्या बढ़ती गई और इसका परिणाम था श्री अरबिंदो आश्रम की स्थापना। कुछ साल बाद मीरा रिचर्ड, जो बाद में 'द मदर' नाम से लोकप्रिय हुईं, श्री अरबिंदो की क़रीबी आध्यात्मिक सहयोगी बन गईं। मदर फ़्रांसीसी थीं और पेरिस में 21 फ़रवरी 1878 को पैदा हुई थीं। प्रथम विश्व युद्ध के साये में पाँडिचेरी में संक्षिप्त प्रवास के दौरान श्री अरबिंदो से मिलने के बाद वे 1920 में लौटकर आईं और स्थायी रूप से वहीं बस गईं। श्री अरबिंदो मदर को अपना आध्यात्मिक समकक्ष मानते थे।

जब श्री अरबिंदो 24 नवंबर 1926 ने संन्यास लेने और एकाकी जीवन बिताने का निर्णय लिया, तो उन्होंने आश्रम चलाने और अपने शिष्यों की देखभाल की ज़िम्मेदारी मदर को सौंप दी। इसके बाद अपनी मृत्यु तक उन्होंने सिर्फ़ पत्रों के ज़रिये अपने हज़ारों अनुयायियों से संपर्क रखा। श्री अरबिंदो का देहावसान 5 दिसंबर

1950 को हुआ और उनकी अंत्येष्टि में लगभग 1,00,000 लोग शामिल हुए। मदर ने आश्रम में उनके आध्यात्मिक काम को जारी रखा और 95 वर्ष की परिपक्व उम्र में 1973 में गुज़रने तक उनके कई अनुयायियों को मार्गदर्शन दिया।

पाँडिचेरी में अरविंद आई हॉस्पिटल के शुभारंभ समारोह के बाद हमने राष्ट्रपति के मोटर क़ाफ़िले में आश्रम तक की यात्रा की। सड़क को दूसरे वाहनों से ख़ाली कर लिया गया था। मुझे डॉ. कलाम के पास बैठने का सौभाग्य मिला। यह हमेशा की तरह शोर-शराबे भरा और भव्य मामला था। राष्ट्रपति की कार पंद्रह-बीस कारों के शाही क़ाफ़िले में तीसरी थी : एक पायलट पुलिस वाहन लाल बत्ती लहराते हुए और तेज़ी से सायरन बजाते हुए सबसे आगे चल रहा था और सबसे पीछे एम्बुलैंस थी। पुलिस ने सावधानी से सभी को सड़क किनारे खड़ा कर दिया था और हमारे गुज़रने पर उन्होंने सलाम ठोंके। राष्ट्रपति कलाम दिखावे में विश्वास नहीं करते थे; शान-शौकत और परिस्थितियाँ उन्हें बहुत कम आकर्षित करती थीं। लेकिन यह सब सरकारी तंत्र का हिस्सा था और वे जानते थे कि उन्हें इसे सहन करना होगा।

वैसे वे पूरी निष्क्रियता से इसे नहीं मान लेते थे। वे अपनी कार के काँच खोल लेते थे और बच्चों की तरफ़ हाथ हिलाने लगते थे, जो सड़क किनारे खड़े होकर अपने प्रिय नेता की झलक देखने को आतुर थे। यह सामान्य प्रोटोकॉल के ख़िलाफ़ था और इससे उनके सहयोगी दहशत में आ जाते थे, क्योंकि खुली खिड़की उनकी सुरक्षा के लिए जोखिम बन सकती थी - बुलेटप्रूफ़ काँच की सुरक्षा के बिना राष्ट्रपति किसी हत्यारे के लिए एक आसान लक्ष्य होंगे। मैंने उनसे कहा, 'आपको ऐसा नहीं करना चाहिए, यह आपके लिए सुरक्षित नहीं है।' उन्होंने जवाब दिया, 'अजीब आदमी, ये मेरे बच्चे हैं। ये मेरी जान नहीं लेंगे,' और आनंदित बच्चों की तरफ़ हाथ हिलाते रहे। वे सही थे।

श्री अरबिंदो आश्रम में मैनेजिंग ट्रस्टी मनोज दास गुप्ता ने राष्ट्रपति कलाम का स्वागत किया। आश्रम के विभिन्न कमरों से गुज़रने और श्री अरबिंदो तथा मदर की समाधि पर फूल चढ़ाने के बाद डॉ. कलाम उस कमरे में गए, जहाँ अरबिंदो चौबीस साल तक एकांतवास में रहे थे। क्या कोई इंसान सचमुच ख़ुद को इतने लंबे एकांत कारावास की सज़ा दे सकता है? यह ख़ास तौर पर महत्त्वपूर्ण है कि उन्होंने ब्रिटिश औपनिवेशिक मालिकों के हाथों एकांत कारावास की क्रूरता झेलने के बाद ऐसा किया। शायद इस ख़ुद के चुने कारावास में उन्होंने स्वतंत्रता पा ली थी। श्री अरबिंदो को यहाँ कैसा महसूस हुआ होगा? राष्ट्रपति कलाम ने कुछ समय तक श्री अरबिंदो के कमरे में अकेले रहने की अनुमति माँगी और गहरे मनन में वहाँ पंद्रह मिनट से ज़्यादा समय बिताया।

जब वे अपने ध्यान से बाहर निकले, तो उनकी निगाह दीवार पर प्रदर्शित मदर की एक कहावत पर गई : 'श्री अरबिंदो हमें बताने आए थे : इंसान को सत्य खोजने के लिए पृथ्वी छोड़ने की ज़रूरत नहीं है, इंसान को अपनी आत्मा खोजने के

लिए जीवन छोड़ने की ज़रूरत नहीं है, इंसान को संसार त्यागने की ज़रूरत नहीं है या देवत्व के साथ संबंध में दाख़िल होने के लिए केवल सीमित विश्वासों की ज़रूरत नहीं है। देवत्व हर जगह है, हर चीज़ में है और अगर वह छिपा हुआ है, तो ऐसा इसलिए है, क्योंकि हम उसे खोजने का कष्ट नहीं उठाते हैं।'

हमारे दिल्ली लौटने तक देर रात हो चुकी थी। राष्ट्रपति कलाम ने मुझसे पूछा कि क्या मैं थका हुआ था और मुझे नींद आ रही थी। मुझे आ रही थी। लेकिन उनकी बात पर कौतुहल की वजह से मैंने कहा, 'नहीं, सर।' उन्होंने मुझे मुगल गार्डन्स में आधी रात को टहलने के लिए आमंत्रित किया। घटता चाँद आसमान में चमकते दूज के चाँद से थोड़ा सा ही ज़्यादा बड़ा था। उस रात मैंने डॉ. कलाम से शायद सबसे लंबा व्याख्यान सुना। ऐसा लग रहा था, मानो उन्होंने एक उपदेशपूर्ण नाटक रच दिया था और वे इसे ख़ुद के सामने पढ़ रहे थे तथा मुझे अपनी पंक्तियाँ बोलने का संकेत दे रहे थे।

कलाम : दोस्त, क्या तुम जानते हो कि जो महान सभ्यताएँ इस ग्रह पर 5,000-7,000 साल पहले उदित हुई थीं, उनमें से शायद भारतीय सभ्यता ही अकेली है, जो समय के लंबे और घुमावदार गलियारों में अटूट बनी हुई है?

अरुण : सर, दूसरी महान सभ्यताएँ भी थीं, जो शायद ज़्यादा पुरानी थीं, जिनकी भव्य इमारतें और खंडहर मिलते हैं, लेकिन वे सभ्यताएँ ग़ायब हो चुकी हैं।

कलाम : भारत - और कुछ हद तक चीन - ने यह निरंतरता बरकरार रखी है। क्या तुम जानते हो, क्यों?

अरुण : नहीं सर। कृपया मुझे बताएँ।

कलाम : दो कारण हैं। कितने हैं?

अरुण : दो, सर।

कलाम : पहला, महान धर्मग्रंथों ने भारतीय संस्कृति को एक आध्यात्मिक और दार्शनिक बुनियाद प्रदान की है। किसी दूसरी सभ्यता में इतना विपुल साहित्य नहीं है। अरबों के पास *कुरान* था, यहूदियों के पास *तोरा* था, लेकिन इन दो महान ग्रंथों से हज़ारों साल पहले भारत के पास *वेद* और *उपनिषद* थे। इस साहित्य ने सबसे भयंकर और दुखद परिस्थितियों में भी भारतीय संस्कृति को क़ायम रखा।

अरुण : हाँ, सर। धर्मग्रंथों ने भारतीय संस्कृति को समय के साथ पुनरुद्धार और नवीनीकरण की सतत क्षमता भी प्रदान की।

कलाम : दूसरे, महान स्त्री-पुरुषों की शृंखला ने इन सत्यों को व्यक्त किया है। ये दार्शनिक सत्य केवल बौद्धिक निर्माण नहीं हैं, बल्कि लोगों के दैनिक जीवन में प्रेरणा रहे हैं। मुझे आज इस बात का अहसास हुआ है।

अरुण : श्री अरबिंदो के कमरे में?

कलाम : हाँ। देखो दोस्त, जब मैं वहाँ कमरे में था, तो मुझे अचानक लगा कि 1893 में तीन महान आत्माएँ तीन अलग-अलग दिशाओं में समुद्री यात्रा कर रही थीं। श्री अरबिंदो भारत से इंग्लैंड जा रहे थे। स्वामी विवेकानंद शिकागो विश्व धर्म संसद में हिस्सा लेने के लिए जापान से कनाडा जा रहे थे। महात्मा गाँधी अपना करियर शुरू करने के लिए लंदन से डरबन जा रहे थे।

अरुण : यह बिलकुल सच है, सर। यह मेरे दिमाग़ में ही नहीं आया।

कलाम : तुम अजीब इंसान हो। तुममें दिखने वाली चीज़ों की अच्छी परख है। जो दिखता नहीं है, उसे महसूस करने की क्षमता विकसित करो। भारत की नई तसवीर बनाने के लिए ईश्वर का हाथ पहले से ही लकीरें खींचने लगा था। तीन महान आत्माओं का उद्देश्य अलग-अलग था, लेकिन दशकों बाद उनके फलस्वरूप भारत स्वतंत्र हो गया।

अरुण : बिलकुल, सर। आपने श्री अरबिंदो के कमरे में और क्या महसूस किया?

कलाम : मुझे महसूस हुआ कि देश केवल एक राजनीतिक निर्माण ही नहीं है; यह दरअसल एक दैवी शक्ति है। आज मुझे भारत माता के अर्थ का अहसास हुआ।

अरुण : तो यह एक दैवी शक्ति है, जिसके लिए इंसान को हर चीज़ त्यागने को तैयार रहना है?

कलाम : हाँ। यही डॉ. वेंकटस्वामी ने किया है। उन्होंने करोड़ों अंधे लोगों को रोशनी देने के लिए अपनी हर चीज़ दे दी।

अरुण : शायद इसीलिए उन्होंने अपने अस्पताल का नामकरण श्री अरबिंदो के नाम पर किया।

कलाम : डॉ. वेंकटस्वामी ख़ुद के लिए अस्पताल नहीं बना रहे थे। वे तो जनता की सेवा कर रहे थे। उन्होंने अपनी सेवा अपने गुरु श्री अरबिंदो के चरणों में समर्पित कर दी।

अरुण : सर, मैं आपके चरणों में क्या समर्पित कर सकता हूँ? आप मेरे गुरु हैं।

कलाम : मैं तुम्हारा गुरु नहीं हूँ। मैं किसी का गुरु नहीं हूँ। एक और बात जो मैं आज तुम्हें बताना चाहता हूँ, वह यह है कि श्री अरबिंदो हमेशा भारत की स्वतंत्रता को मानव जाति की तक़दीर की ज़्यादा बड़ी पृष्ठभूमि में रखते थे। यह तथ्य बहुत उल्लेखनीय है, क्योंकि संसार के बाक़ी क्रांतिकारी सिर्फ़ अपने देश के बारे में ही बात करते हैं।

अरुण : लेकिन क्या श्री अरबिंदो राष्ट्रवादी नहीं थे? वे चाहते थे कि भारत स्वतंत्र हो।

कलाम : श्री अरबिंदो के पास इससे भी ज़्यादा गहरा स्वप्न था कि भारत को मानवता के लिए क्या करना चाहिए। इसी कारण भारत को स्वतंत्र होना था। केवल स्वतंत्र भारत ही मानव जाति की मुक्ति में अपनी भूमिका निभा सकता है।

अरुण : क्या यह हुआ है?

कलाम : नहीं। और यही मेरा दर्द है। यही मुझे सोने नहीं दे रहा है। मैं अपने लोगों की समस्याओं को जितना ज़्यादा देखता हूँ, मैं ख़ुद को उतना ही छोटा, असहाय और नाकाम महसूस करता हूँ।

फिर वे अचानक मुड़े और महल की ओर चल दिए। मैं भी धीरे-धीरे उनके पीछे जाने लगा। उन्होंने इसके आगे कुछ नहीं बोला। वे एक बार भी नहीं मुड़े और सोने चले गए।

भारतीय अंतरिक्ष कार्यक्रम का शुरुआती उद्‌देश्य यह था कि एक छोटी साउंडिंग रॉकेट प्रक्षेपण इकाई शुरू की जाए और आँकड़े एकत्रित करने के लिए अंतरराष्ट्रीय वैज्ञानिक समुदाय को सुविधाएँ प्रदान की जाएँ। जब यह कार्य प्रगति पर था, तो सात रॉकेट इंजीनियरों को प्रशिक्षण के लिए नासा भेजा गया। युवा ए.पी.जे. अब्दुल कलाम (बाएँ से दूसरे) उनमें से एक थे।

विक्रम साराभाई ने कलाम को उन्नत मिश्र सामग्री विकसित करने और भारत की पहली फ़िलामेंट वाइंडिंग मशीन बनाने का काम सौंपा। उनका काम यह था कि वे दो चरण वाले साउंडिंग रॉकेट के लिए ग़ैर-चुंबकीय पेलोड हाउसिंग और रॉकेट मोटर केसिंग बनाएँ।

सतीश धवन ने एसएलवी–3 बनाते समय कलाम के हर क़दम को देखा। 18 जुलाई 1980 को इसे सफलतापूर्वक प्रक्षेपित किया गया। तब यह रोहिणी आरएस–1 उपग्रह को कक्षा में ले गया। इस तरह भारत अंतरिक्षगामी राष्ट्रों के चुनिंदा समूह का छठा सदस्य बन गया।

सतीश धवन ने प्रधानमंत्री इंदिरा गाँधी को बताया कि कलाम ने एसएलवी–3 को बनाने में अनुकरणीय नेतृत्व की मिसाल पेश की थी, जिसमें सात सालों तक हज़ारों लोगों ने कठोर श्रम किया था।

सैन्य रॉकेटों का पूरा कार्यक्रम उदासीनता के सतत भाव तले दबा हुआ था। नेतृत्व का अभाव था, इसलिए राजा रमन्ना ने कलाम को आमंत्रित किया कि वे मिसाइल कार्यक्रम को गति प्रदान करने के लिए डीआरडीएल में मुख्य भूमिका निभाएँ।

गणतंत्र दिवस 1981 पर कलाम को देश के तीसरे सर्वोच्च नागरिक सम्मान पद्म भूषण से नवाज़ा गया। उन्हें यह पुरस्कार राष्ट्रपति नीलम संजीव रेड्डी ने दिया।

कलाम वी.एस. अरुणाचलम के साथ प्रधानमंत्री राजीव गाँधी को अग्नि मिसाइल का निर्माण दिखाते हुए। बाद में प्रधानमंत्री ने रिसर्च सेंटर इमारत (आरसीआई) की नींव का पत्थर रखा, जो पूर्णत: एकीकृत मिसाइलों के परीक्षण व आकलन की प्रयोगशाला थी। आरसीआई का उद्देश्य मिसाइलों में डिज़ाइन, निर्माण और एकीकरण की कमियों को हटाना था।

1990 के गणतंत्र दिवस पर भारत ने अपने मिसाइल कार्यक्रम की सफलता का जश्न मनाया। डॉ. कलाम और डॉ. अरुणाचलम को पद्म विभूषण से नवाज़ा गया, जो भारत का दूसरा सर्वोच्च नागरिक सम्मान है। देश के मिसाइल कार्यक्रम के स्वप्नदृष्टा राष्ट्रपति आर. वेंकटरमन से पुरस्कार लेना डॉ. कलाम के लिए ख़ास बात थी।

डॉ. कलाम की प्रधानमंत्री नरसिंह राव तक सीधी पहुँच थी, जो रक्षा मंत्री भी थे। जब 1991 में शीत युद्ध ख़त्म हुआ और इसके साथ ही सोवियत संघ के साथ 1971 की संधि भी ख़त्म हो गई, तो भारत असुरक्षित रह गया, जिसकी किसी महाशक्ति से मित्रता नहीं थी। इसके बाद भारत के पास परमाणु-सक्षम राष्ट्र बनने के अलावा कोई विकल्प नहीं बचा था।

रक्षा मंत्री मुलायम सिंह ने डॉ. कलाम से अच्छा तालमेल बना लिया। जब भी उन्हें डॉ. कलाम से मिलना होता था, तो वे ख़ुद चलकर साउथ ब्लॉक में डॉ. कलाम के ऑफ़िस जाते थे और उन्हें अपने ऑफ़िस में नहीं बुलाते थे, जैसी कि परंपरा थी।

नवंबर 1997 में डॉ. कलाम को राष्ट्रपति के.आर. नारायणन ने देश के सर्वोच्च नागरिक सम्मान भारत रत्न से नवाज़ा। इससे संसार तक यह शक्तिशाली संदेश पहुँचा कि भारत राष्ट्रीय सुरक्षा के लिए कटिबद्ध है। सी.वी. रमण के बाद डॉ. कलाम पहले वैज्ञानिक थे, जिन्हें यह पुरस्कार मिला।

अग्नि मिसाइल को नाभिकीय अस्त्र वितरण प्रणाली के रूप में सफलतापूर्वक विकसित किया गया। रक्षा मंत्री जॉर्ज फ़र्नांडिस (मध्य में), डॉ. कलाम और उनके मित्र व दाहिने हाथ आर. स्वामीनाथन (दाएँ से दूसरे) व अग्नि प्रणाली के संचालक आर.एन. अग्रवाल (बिलकुल दाएँ) के साथ।

11 मई 1998 को भारतीय समयानुसार दोपहर के 3:43:44.2 बजे पोखरण टेस्ट रेंज में पहली तीन नाभिकीय प्रणालियों में एक साथ भूमिगत विस्फोट किया गया। दो दिन बाद दो सब-किलोटन की प्रणालियों में भी इसी तरह विस्फोट किया गया। छठी प्रणाली को भी परीक्षण के लिए तैयार रखा गया था, लेकिन उसे आर. चिदंबरम के आदेश पर वापस हटा लिया गया, क्योंकि उन्हें महसूस हुआ कि टीम को पाँच विस्फोटों से ही आवश्यक परिणाम मिल गए थे।

डॉ. कलाम ने 18 जून 2002 को राष्ट्रपति पद के लिए अपना नामांकन पत्र दाख़िल किया। यह चुनाव एक पक्षीय था, क्योंकि अधिकांश दलों ने डॉ. कलाम का समर्थन किया और उन्हें लगभग 90 प्रतिशत वोट मिले।

25 जुलाई 2002 को भारत के मुख्य न्यायाधीश बी.एन. कृपाल ने डॉ. कलाम को पद और गोपनीयता की शपथ दिलाई, जिससे वे भारत के ग्यारहवें राष्ट्रपति बन गए।

डॉ. कलाम अपने बड़े भाई ए.पी.जे.एम. माराकेयर और उनके परिवार के अन्य सदस्यों के साथ रामेश्वरम में नमाज़ पढ़ते हुए। डॉ. कलाम ने एक बार मुझसे कहा था, 'अगर आपके पास देखने के लिए आँखें, सुनने के लिए कान और समझने के लिए बुद्धि हो, तो आप समझ जाओगे कि ईश्वर का साम्राज्य पवित्रता, अच्छाई और सौंदर्य का अहसास है। यह आपके उतने ही क़रीब है, जितनी कि आपकी साँस।'

दो स्वप्नदृष्टा नेताओं यानी राष्ट्रपति कलाम और प्रधानमंत्री अटल बिहारी वाजपेयी ने देश को दासता और भाग्यवाद से दूर किया। उन्होंने प्रबुद्ध भारत का स्वप्न देखा, जिसके पास अपने शत्रुओं के लिए सैन्य शक्ति हो और उतने ही अनुपात में जनता के लिए करुणा हो।

राष्ट्रपति भवन श्रीमती सोनिया गाँधी को शपथ दिलाने की तैयारी कर रहा था। तभी श्रीमती सोनिया गाँधी ने राष्ट्रपति कलाम को बताया कि वे डॉ. मनमोहन सिंह को भारत का प्रधानमंत्री बनाना चाहेंगी।

मार्च 2006 में राष्ट्रपति जॉर्ज डब्ल्यू. बुश की यात्रा के दौरान ऐतिहासिक भारत-अमेरिकी परमाणु सहयोग अनुबंध पर हस्ताक्षर हुए। इससे भारत के लिए यूरेनियम हासिल करने का रास्ता साफ़ हो गया और देश अब उदीयमान विश्व शक्ति के रूप में अपनी ज़रूरी ऊर्जा आवश्यकताओं को पूरा कर सकता था।

राष्ट्रपति कलाम ने पूछा, 'डॉ. मंडेला, क्या आप मुझे दक्षिण अफ्रीका में रंगभेद-विरोधी आंदोलन के पथप्रदर्शकों के बारे में बता सकते हैं?' उन्होंने तुरंत प्रतिक्रिया की, 'ज़ाहिर है, दक्षिण अफ्रीका के स्वतंत्रता आंदोलन के एक महान पथप्रदर्शक एम.के. गाँधी थे। भारत ने हमारे पास एक सदाचारी वकील एम.के. गाँधी भेजा था। हमने उन्हें महात्मा गाँधी बनाकर तुम्हें लौटा दिया।'

राष्ट्रपति लूला द सिल्वा ने अंतरराष्ट्रीय परिदृश्य पर ब्राज़ील के क़द को ऊपर उठाया था और तीन दशकों में आर्थिक विकास की सबसे लंबी अवधि तक देश का नेतृत्व किया था, उससे डॉ. कलाम बहुत प्रभावित थे। डॉ. कलाम ने राष्ट्रपति लूला को सत्यनिष्ठा वाला लीडर कहा। राष्ट्रपति लूला की प्रेरणा से डॉ. कलाम ने अपना मशहूर कथन कहा, 'मैं सत्यनिष्ठा के साथ काम करूँगा और सत्यनिष्ठा के साथ सफल होऊँगा।'

सितंबर 2004 में तंज़ानिया यात्रा के दौरान राष्ट्रपति कलाम को जन्मजात हृदय दोष वाले ग़रीब तंजानियाई बच्चों की दुखद स्थिति की जानकारी मिली। डॉ. कलाम ने केयर हॉस्पिटल, हैदराबाद में इन बच्चों के लिए ऑपरेशन की व्यवस्था की। एयर इंडिया ने इन बच्चों को उनकी माताओं के साथ मुफ़्त हैदराबाद तक पहुँचाया।

13 फ़रवरी 2006 को राष्ट्रपति कलाम को आईएनएस सिंधुरक्षक में निरीक्षणात्मक भ्रमण कराया गया, जिस दौरान पनडुब्बी बंगाल की खाड़ी में कई घंटों तक पानी के नीचे तैरती रही। नौसेना स्टाफ़ के प्रमुख अरुण प्रकाश उनके साथ थे। कमांडर प्रवेश सिंह बिष्ट ने पनडुब्बी का संचालन किया।

राष्ट्रपति कलाम सियाचिन ग्लेशियर जाने वाले पहले भारतीय राष्ट्रपति थे, जो विश्व का सबसे ऊँचा युद्धक्षेत्र है।

8 जून 2006 को राष्ट्रपति कलाम ने बचपन का एक सपना पूरा किया, जब उन्होंने पुणे में लोहेगाँव एयर फ़ोर्स से सुखोई-30 एम केआई विमान चलाया। राष्ट्रपति कलाम ने विंग कमांडर अजय राठौर के साथ हवाई जहाज़ उड़ाया।

राष्ट्रपति ने रूसी राष्ट्रपति व्लादिमिर पुतिन के साथ 58वीं गणतंत्र दिवस की परेड की सलामी ली। भारत और रूस के बीच के सामरिक संबंधों ने न सिर्फ़ दोनों देशों के दीर्घकालीन राष्ट्रीय हितों की रक्षा की थी, बल्कि इसने एशिया और इस तरह पूरे संसार में स्थायित्व और सुरक्षा के प्रति महत्त्वपूर्ण योगदान दिया था।

यूरोपीय संसद को राष्ट्रपति कलाम का संबोधन भारत के किसी राष्ट्रपति का पहला संबोधन था। उनके भाषण पर जोशपूर्ण प्रतिक्रिया मिली और खड़े होकर तालियाँ बजाई गईं। राष्ट्रपति हैंस-गर्ट पॉटरिंग ने यूरोपीय संसद को राष्ट्रपति कलाम के संबोधन का वर्णन असाधारण के रूप में किया : 'एक राजनेता, कवि और वैज्ञानिक की ओर से यह अनूठा है।'

डॉ. कलाम नवंबर 2002 में बिल गेट्स से मिले, जिसे उच्च मस्तिष्कों की एक मुलाक़ात कहा गया था - विश्व की सबसे बड़ी सॉफ़्टवेयर कंपनी के मुखिया एक स्वप्नदर्शी राष्ट्रपति से मिल रहे थे। बहरहाल, जब राष्ट्रपति कलाम ने ओपन-सोर्स सॉफ़्टवेयर की पैरवी की, जो सॉफ़्टवेयर सम्राट को क़तई रास नहीं आया, तो गर्मजोशी ठंडी पड़ गई।

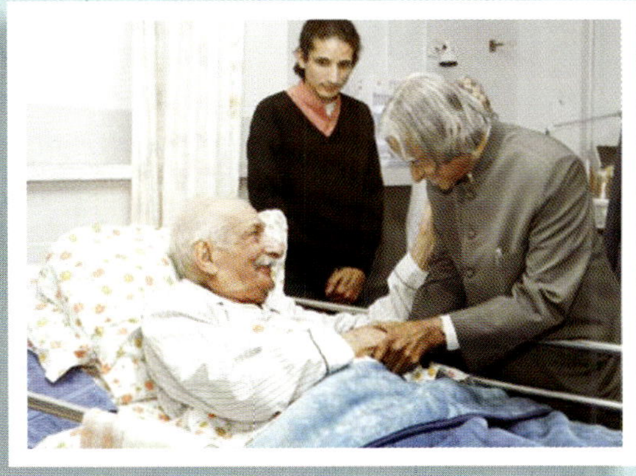

राष्ट्रपति कलाम 24 फ़रवरी 2007 को मिलिट्री हॉस्पिटल, वेलिंगटन में बीमार फ़ील्ड मार्शल एस.एच.एफ.जे. मानेकशॉ से मिलने गए, जिन्हें प्रेम से सैम बहादुर कहा जाता था। चार दशकों के अपने उज्ज्वल करियर में सैम बहादुर पाँच युद्धों में लड़े थे, जिनमें द्वितीय विश्व युद्ध शामिल था।

गुजरात के मुख्यमंत्री नरेन्द्र मोदी ने डॉ. कलाम को 29 जून 2013 को अहमदाबाद में एक सभा को संबोधित करने के लिए बुलाया, जिसमें इस विषय पर विचार विमर्श हो रहा था, 'सरकार और व्यवसाय कैसे बदलकर भारतीय युवाओं को वे अवसर दे सकते हैं, जिनके वे हक़दार हैं।' डॉ. कलाम ने नरेन्द्र मोदी को *स्क्वेयरिंग द सर्कल* की हस्ताक्षरित प्रति दी।

20 जून 2015 को डॉ. कलाम ने प्रमुख स्वामीजी को अपनी पुस्तक *ट्रांसेंडेंस* भेंट करने के लिए गुजरात के सारंगपुर तक यात्रा की। डॉ. कलाम ने उनसे कहा, 'आप एक महान गुरु हैं, एक महान आध्यात्मिक गुरु। मैंने आपसे एक महान सबक़ सीखा है : मैं और मेरे को कैसे हटाया जाए।'

डॉ. कलाम को पूरे सैन्य सम्मान के साथ 30 जुलाई 2015 को सुबह 11:30 बजे दफ़नाया गया। प्रधानमंत्री नरेन्द्र मोदी ने डॉ. कलाम को आख़िरी सलामी दी। जाति, धर्म और पंथ के पार जीवन के सभी क्षेत्रों के लोगों को शांतिपूर्ण और संयत अंदाज़ में डॉ. कलाम को अश्रुपूरित विदाई देने का दृश्य देखकर इस संसार के सबसे शक्तिशाली लोगों को भी ईर्ष्या होती।

4.2

अंजुमन

आपके दिल में एक मोमबत्ती है, जलने के लिए तैयार।
आपकी रूह में एक ख़ालीपन है, भरने के लिए तैयार।
आप इसे महसूस करते हैं, नहीं क्या?

—जलालुद्दीन रूमी
तेरहवीं सदी के फ़ारसी कवि

शुक्रवार 28 मार्च 2003 हुबली की अंजुमन-ए-इस्लाम के लिए ख़ास दिन था, जो कर्नाटक राज्य की सबसे पुरानी अल्पसंख्यक शैक्षणिक संस्था है। यह इस दिन अपनी 100वीं सालगिरह मना रही थी। अंजुमन-ए-इस्लाम की ऐतिहासिक पृष्ठभूमि 1857 तक जाती है, जब देश के ब्रिटिश औपनिवेशिक शासकों के ख़िलाफ़ भारत ने पहला स्वाधीनता संग्राम छेड़ा था। इस संग्राम के बाद मुसलमानों ने विदेशी शासन के प्रति अपना द्वेष खुलकर व्यक्त किया। ज़्यादातर मुसलमानों ने अँग्रेज़ी भाषा का बहिष्कार किया, क्योंकि उनके विचार से यह उनकी संस्कृति और परंपरा से बेगानी थी। क्रोधित ब्रिटिश सरकार ने प्रतिशोधात्मक क़दम उठाए और मुसलमानों को मुख्य धारा की गतिविधियों और शासकीय नौकरियों से बाहर रखने का सुनियोजित अभियान छेड़ दिया।

जैसी संभावना थी, मुसलमान रोज़गार और आधुनिक शिक्षा की दौड़ में पिछड़ने लगे। सवानूर के नवाब के दूरदृष्टा भाई महबूब अली ख़ान को महसूस हुआ कि मुसलमानों को आर्थिक प्रगति करने के लिए आधुनिक शिक्षा की सख़्त ज़रूरत थी। उन्होंने न सिर्फ़ मुस्लिम समुदाय से पढ़ाई करने के लिए आग्रह किया, बल्कि अंजुमन-ए-इस्लाम की स्थापना करके शिक्षा आंदोलन का नेतृत्व भी किया। देश के दूसरे हिस्सों में भी ऐसी ही संस्थाएँ बनीं, जो शिक्षा के ज़रिये मुस्लिम समुदाय को ऊपर उठाने के उद्‌देश्य से स्थापित की गई थीं। मुसलमान समुदाय धीरे-धीरे मुख्यधारा में आने लगे, लेकिन 1857 के बाद के वर्षों में हुए नुक़सान की भरपाई नहीं हो पाई। समुदाय पिछड़ने लगा। शिक्षा के अलावा अंजुमन-ए-इस्लाम ने हुबली-धारवाड़

के संघर्ष भरे इलाक़े में शांति और सद्भाव क़ायम रखने में भी योगदान दिया।

हुबली, जिसे हुब्बली भी कहा जाता है, विजयनगर साम्राज्य के अधीन समृद्ध हुआ था। यह शोरे, लोहे और कपास के व्यापार का मुख्य वाणिज्यिक केंद्र था। यह शहर बाद में शिया मुसलमान वंश के आदिल शाह के शासन में आ गया, जिन्होंने बीजापुर की सल्तनत पर शासन किया। मुगलों ने आदिलशाही शासकों को हुबली छोड़ने के लिए विवश किया और यह सवानूर के नवाब के शासन में आ गई। फिर 1750 के दशक के मध्य में मराठा आए, जिसके बाद हैदर अली और उनके बेटे टीपू सुल्तान आए। इस अवधि में विभिन्न युद्धरत शासकों के बीच कई सत्ता परिवर्तन होते रहे, जब तक कि अंततः ब्रिटिश ईस्ट इंडिया कंपनी ने 1817 में शहर पर क़ब्ज़ा नहीं कर लिया। अँग्रेज़ व्यापार के इस रणनीतिक केंद्र पर क़ब्ज़ा जमाने की ताक में थे और उन्होंने विभक्त स्थानीय शासकों को बड़ी आसानी से परास्त कर दिया। विभाजित निष्ठाओं और लोगों की आपसी शत्रुताओं का शोषण करके उनका सत्ता तक उत्थान एक आम उदाहरण है, जो उस युग में पूरे भारतीय उपमहाद्वीप में देखा गया।

28 मार्च 2003 को राष्ट्रपति कलाम कर्नाटक के राज्यपाल टी.एन. चतुर्वेदी और मुख्यमंत्री एस.एम. कृष्णा के साथ नेहरू आर्ट्स, साइंस ऐंड कॉमर्स कॉलेज के स्मृति कार्यक्रम में वहाँ पहुँचे। यह कॉलेज उत्तर कर्नाटक के सबसे विख्यात कॉलेजों में है और इसे अंजुमन-ए-इस्लाम ट्रस्ट द्वारा चलाया जाता है। ट्रस्ट के अध्यक्ष ज़ब्बार ख़ान होनाली ने उनका स्वागत किया। राष्ट्रपति कलाम ने ज़ब्बार ख़ान साहब से कहा कि अंजुमन का मतलब है 'तारों का समूह।' उन्होंने कहा, 'आप सभी महान भारतीय सभ्यता के तारे हो।' उन्होंने विद्यार्थियों को संबोधित करते हुए एक निगाह अतीत पर रखी और दूसरी उन बुनियादी मूल्यों पर, जिन्होंने भारत की महान सभ्यता को क़ायम रखा था :

> प्यारे युवा मित्रों, अगर आप मीडिया और हर जगह सांस्कृतिक आक्रमणों से त्रस्त हैं, तो ख़ुद को सभ्यता के आनंद के शिशु मानें। हम (भारतीय लोग) बहुतेरे आक्रमण झेल चुके हैं और कई वंशों ने हम पर शासन किया है। आज भारत आक्रमणों से आज़ाद है और स्वतंत्र है। हम पारिवारिक मूल्यों और आध्यात्मिक जीवन को सँजोते हैं। कई विकसित देश ऐसे पूर्ण जीवन के सपने देख रहे हैं।

राष्ट्रपति कलाम ने अपनी सरल व्याख्या से युवाओं में गहन सकारात्मक ऊर्जा उत्पन्न कर दी। उन्होंने स्पष्ट किया कि अनेकता के बीच संस्कृति की अनिवार्य एकता पर आधारित बहु-धर्मी, बहुभाषी और बहुजातीय सभ्यता के ज़रिये भारत ने अपने लोगों को एक रखा था। स्वतंत्रता के वक़्त उपमहाद्वीप के विभाजन ने अविश्वास का एक गहरा अहसास उत्पन्न कर दिया था। उस दौर में संकीर्ण धार्मिक, क्षेत्रीय और सांप्रदायिक भावनाएँ लंबे समय तक मँडराती रही थीं। ऐसा इसलिए हुआ, क्योंकि

भारतीय संविधान द्वारा अपनाए गए प्रजातांत्रिक ढाँचे में नेताओं ने हर संभव विभाजन में अपने वोट बैंक देखे - धर्मों के बीच, धर्म के पंथों के बीच, जातियों, भाषाओं के बीच - और काल्पनिक पहचानों में भी।

टुकड़े-टुकड़े हुआ पात्र पानी कैसे रोक सकता है? कोई परिवार ऐसी छत के नीचे कैसे समृद्ध हो सकता है, जो दोटूक हो गई हो? डॉ. कलाम इस मुद्दे के बारे में जोशीले थे और उन्होंने दृढ़ता से कहा कि हमारी एकता, अखंडता और एकजुटता के साथ समझौता नहीं किया जा सकता। सांप्रदायिक और जातिगत भावनाएँ हर क़दम पर देश के विकास को रोकती हैं। यदि देश सामाजिक, आर्थिक, राजनीतिक और वैज्ञानिक हलकों में ठोस प्रगति करने की इच्छा रखता है, तो सांप्रदायिक सद्भाव को जीवन का स्थायी लक्षण बनाना अनिवार्य है। द्वेष बोकर और अपने वोट बैंक को बढ़ावा देकर सामाजिक सद्भाव को नष्ट करने वाली शक्तियों को अलग कर देना चाहिए और उनके तौर-तरीक़ों की ग़लतियाँ दिखाना चाहिए। सांप्रदायिक सद्भाव का संदेश फैलाना और हमारी महान सभ्यता के आदर्शों को थामे रखना हमारा कर्तव्य है।

उनकी हुबली यात्रा के कुछ दिनों बाद राष्ट्रपति कलाम के सामने इस मुद्दे पर बोलने का एक और अवसर आया, जब उन्होंने 31 मार्च 2003 को कबीर पुरस्कार (संत कवि कबीर के नाम पर स्थापित सांप्रदायिक सद्भाव पुरस्कार) दिया। पुरस्कार समारोह में हिस्सा लेने के लिए प्रधानमंत्री वाजपेयी और उप प्रधानमंत्री एल.के. आडवाणी राष्ट्रपति भवन आए। पुरस्कार विजेताओं में टोंटादा सिद्धलिंग स्वामीजी, फ़रीद मज़ाहिरी, राजकिशोर पांडे और सैयदा नसीम चिश्ती शामिल थे। राष्ट्रपति कलाम ने राष्ट्रीय एकता क़ायम रखने के लिए सामाजिक और राजनैतिक नेताओं के बेहद प्रभावी समूह को प्रेरित किया :

> हमारे देश में एक अरब लोग रहते हैं और हमें एक अरब लोगों के देश की तरह सोचना चाहिए। नाज़ुक स्थितियों और चुनौतीपूर्ण माहौल में भारतीय लोग नैसर्गिक लीडर इस कारण होते हैं, क्योंकि वे एक बहुधर्मी, बहु-प्रजातीय और बहु-संस्कृति वाले समाज में रहते हैं। मेरा मानना है कि किसी दूसरे देश में शांतिपूर्ण जीवन जीने के लिए सभ्यता की वैसी विरासत नहीं है, जैसी कि भारत में है। भारतीय मस्तिष्क बहुल संस्कृतियों से सर्वश्रेष्ठ जज़्ब करने में सक्षम रहा है। हमने प्रजातांत्रिक तंत्रों और जीवन के हर पहलू में विविध आयामों के साथ एक अरब लोगों के देश का प्रबंधन करने के लिए नेतृत्व के महान गुण भी विकसित किए हैं। अब हमें किसी धर्म या व्यक्तिगत जुनून को देश के लिए जोखिम नहीं बनने देना चाहिए। क्योंकि देश किसी भी व्यक्ति, दल या धर्म से ज़्यादा महत्त्वपूर्ण है।

राष्ट्रपति कलाम को गुड़गाँव में ब्रह्म कुमारीज़ अकैडमी द्वारा आयोजित एक सम्मेलन में आमंत्रित किया गया, जिसका विषय था एक अच्छे इंसान का विकास। उन्होंने

आर. स्वामीनाथन और मुझे यह विचार-विमर्श करने के लिए बुलाया कि एक अच्छे इंसान का क्या अर्थ है। क्या चरित्र की निश्चित विशेषताएँ हैं? इसकी कोई स्पष्ट परिभाषा होनी चाहिए, वरना किसी भी तरह के व्यवहार को अच्छा माना जा सकता है और कोई भी संगठन ख़ुद को अच्छा और दूसरों को बुरा घोषित कर सकता है। डॉ. कलाम ने एक पुस्तक को शुरुआत में खोलकर हमें आश्चर्यचकित कर दिया। यह *नैकलेसेस ऑफ़ जेम्स : अ बायोग्राफ़ी ऑफ़ शेख़ अब्द अल-क़ादिर अल-जिलानी* थी। राष्ट्रपति ने पुस्तक से बारह विशेष गुण पढ़े, जो किसी अच्छे इंसान के चरित्र में दृढ़ता से स्थापित होने चाहिए।

दो गुण ईश्वर से आते हैं, जो हमेशा क्षमा करने और माफ़ करने को तैयार रहता है। जिस व्यक्ति में ये गुण होते हैं, वह हमेशा क्षमा करने (सत्तार) को तत्पर होगा, हमेशा माफ़ करने (गफ्फार) को तत्पर होगा। दो गुण पैगंबर मुहम्मद से आते हैं; जिस व्यक्ति में ये गुण होते हैं, वह सहानुभूतिपूर्ण (शफ़ीक) और दयालु (रफ़ीक) होगा। दो गुण पहले राशिदून ख़लीफ़ा अबू बक्र से आते हैं; जिस व्यक्ति में ये गुण होते हैं वह सत्यवादी (सादिक़) और परोपकारी (मुतस्सदिक़) होगा। दो गुण दूसरे राशिदून ख़लीफ़ा उमर इब्न अल-ख़तब से आते हैं; जिस व्यक्ति में ये गुण होते हैं, वह सही और न्यायपूर्ण (अम्मार) की माँग करने में सक्रिय होगा और ग़लत और अन्यायपूर्ण (नाहा) को रोकने में सक्रिय होगा। दो गुण तीसरे राशिदून ख़लीफ़ा उथमान इब्न अफ़्फ़ान से आते हैं; जिस व्यक्ति में ये गुण होते हैं, वह भोजन का सक्रिय उपलब्धकर्ता (मिताम) और रात को प्रार्थना (मुसल्ली) करने के प्रति निष्ठावान होगा, जब बाक़ी लोग गहरी नींद में होंगे। अंत में दो गुण अली इब्न अबी तालिब से आते हैं; जिस व्यक्ति में ये गुण होते हैं, वह ज्ञानी (अलीम) और साहसी (शुजा) होगा। ये बारह गुण किसी इंसान को अच्छा बनाते हैं। इन गुणों की ग़ैर-मौजूदगी हानिकारक व्यवहार की ओर ले जाती है।

हम तीनों ने दिल खोलकर चर्चा की, जिसमें हम सभी एकमत थे कि पृथ्वी पर इंसान का कर्तव्य यह है कि वह सबसे ऊँचे हासिल होने योग्य लक्ष्य को तय करे और अपने पास मौजूद सारी शक्तियों से उस लक्ष्य तक पहुँचने की कोशिश करे। लेकिन इसे इंसान की तरह करना होगा और यही चुनौती है : भौतिक प्रलोभनों के ऊपर उठना। अच्छा इंसान सिर्फ़ भोजन और पानी की ही चिंता नहीं करता है; वह किसी पशु की तरह अपनी बुनियादी सहज इंद्रियों से ही संचालित नहीं होता है। यदि किसी इंसान की बुद्धि समाज के कल्याण की उपेक्षा करके सिर्फ़ सांसारिक महानता या शोहरत की दिशा में ही प्रयासरत रहती है, तो यह एक अच्छे इंसान को क़ायम नहीं रख सकती - चाहे इसकी शक्ति कितनी भी हो। ऐसी चेतना वाले लोगों का धरती पर पशुओं से भी कम मूल्य होता है।

19 अप्रैल 2003 को राष्ट्रपति कलाम ने ब्रह्म कुमारियों की वैश्विक मुखिया राजयोगिनी दादी प्रकाशमणि के साथ ओम् शांति रिट्रीट सेंटर का शुभारंभ किया। यह

केंद्र 30 एकड़ में फैला कॉम्प्लेक्स है, जो गुड़गाँव में पटौदी रोड पर बड़े शांत और हरे-भरे माहौल में बना है। इस अवसर पर हरियाणा के राज्यपाल बाबू परमानंद और मुख्यमंत्री ओमप्रकाश चौटाला भी उपस्थित थे। 2,000 से अधिक लोगों के समूह को संबोधित करते हुए राष्ट्रपति कलाम ने वहादत-ए-इंसानियत - मानवता की एकता - में अपने बुनियादी विश्वास का ज़िक्र किया। बुनियादी तौर पर हम सभी जुड़े हुए हैं। इसी कार्यक्रम में डॉ. कलाम ने पहली बार एक ख़ास कविता का पाठ किया, जो चीनी दार्शनिक कन्फ़्यूशियस की सूक्ति का अनुवाद है। यह बाद में उनका प्रिय गान बन गई :

जहाँ दिल में नेकी होती है
वहाँ चरित्र में सौंदर्य होता है।
जहाँ चरित्र में सौंदर्य होता है,
वहाँ घर पर सद्भाव रहता है।
जहाँ घर पर सद्भाव रहता है,
वहाँ देश में व्यवस्था रहती है।
जहाँ देश में व्यवस्था रहती है,
वहाँ विश्व में शांति रहती है।

31 मई 2003 को राष्ट्रपति कलाम विश्व धरोहर स्थलों की यूनेस्को सूची में महाबोधि मंदिर के शामिल किए जाने के उपलक्ष्य में आयोजित समारोह में बोधगया गए। यहीं पर गौतम बुद्ध को बोधि वृक्ष के नीचे बुद्धत्व प्राप्त हुआ था। यह वृक्ष पीपल का एक बहुत बड़ा पेड़ था, जिसकी पत्तियाँ हृदय के आकार की थीं। वहाँ इस वक़्त जो वृक्ष है, उसे श्रीलंका के महाबोधि वृक्ष के अंकुर से उगाया गया था, जो मूल बोधि वृक्ष के अंकुर से उगाया गया था, जो बुढ़ापे के कारण मर गया था।

बच्चों के प्रेमी और ग़रीबी तथा वंचना के प्रत्यक्ष अनुभवी इंसान डॉ. कलाम चाहते थे कि वे गया-शेरघाटी मार्ग पर गया कस्बे से 15 कि.मी. दूर चेरकी में बने गया मुस्लिम अनाथाश्रम के अनाथों से मिलें। राष्ट्रपति के प्रेस सचिव एस.एम. ख़ान ने उनकी यह इच्छा जिले के अधिकारियों को बताई। चूँकि अनाथालय का भ्रमण राष्ट्रपति के कार्यक्रम में शामिल नहीं था, इसलिए जिले के अधिकारियों ने योजना को विफल कर दिया। उन्होंने यह तर्क दिया कि इतने कम समय में राष्ट्रपति के भ्रमण के लिए आवश्यक भारी सुरक्षा इंतज़ाम नहीं किए जा सकते। उन्होंने तो यह बहाना भी बनाया कि अनाथालय एक ऐसे क्षेत्र में था, जिसमें ख़तरनाक माओवादी उपस्थिति थी।

> राष्ट्रपति कलाम इतनी आसानी से हार नहीं मानने वाले थे और उन्होंने बच्चों से मिलने पर ज़ोर दिया। राष्ट्रपति की इच्छा के सामने किसी की नहीं चली; चेरकी अनाथालय से बच्चों का एक समूह जल्दी से बोधगया तक

> पहुँचाया गया। चेरकी अनाथालय के अध्यक्ष डॉ. फ़रसात हुसैन बच्चों के साथ गए और अपना अनुभव बताया : 'राष्ट्रपति ने अनाथ बच्चों के आदर्श अभिभावक की भूमिका निभाई और उनके साथ काफ़ी समय बिताया। उन्होंने यह सुनिश्चित किया कि संकोची अनाथ उनके साथ आरामदेह महसूस करें।'

एस.एम. ख़ान साहब ने राष्ट्रपति को इनायत ख़ान के संघर्ष के बारे में बताया, जिन्होंने बिना पैसों और भारी विरोध के बावजूद अक्टूबर 1917 में यह अनाथालय स्थापित किया था। उन्होंने इस अनाथालय को स्थापित करने में भारी धैर्य, लगन और साहस दिखाया था। इसकी बदौलत बहुत से बच्चे फुटपाथ पर सोने के क्रूर भाग्य से बच गए थे। इनायत ख़ान बच्चों से कहते थे कि वे आततायी के ख़िलाफ़ बहादुर बनें, लेकिन ईश्वर में विश्वास भी रखें और मुश्किलों को धैर्य से सहन करें। एस. एम. खान ने इनायत ख़ान का एक शेर याद किया और डॉ. कलाम को सुनाया :

बावक़ार रहने दो, बरक़रार रहने दो
जंग भी ज़रूरी है, सुलह भी मुनासिब है।

जब स्वामी विवेकानंद 1897 में पश्चिम से लौटे, तो मद्रास के नागरिकों ने उनका ऐतिहासिक स्वागत किया। स्वामीजी बिलिगिरी आयंगर नामक वकील के मकान कैसल करनैन में ठहरे। यह त्रिपलीकेन समुद्र तट पर स्थित तीन मंज़िला इमारत थी। स्वामी विवेकानंद ने रामकृष्णानंद को मद्रास भेजा, जहाँ उन्होंने इस मकान में मोहताज बच्चों के लिए अनाथालय खोला। समय के साथ स्वयंसेवियों की निःस्वार्थ सेवा और दौलतमंद नागरिकों के समर्थन के ज़रिये यह अनाथालय मैलापुर के एक बड़े संस्थान में विकसित हुआ। 19 जून 2003 को राष्ट्रपति कलाम रामकृष्ण मिशन स्टुडेंट्स होम, मैलापुर, चेन्नई की यात्रा पर गए।

राष्ट्रपति कलाम ने विद्यार्थियों को बताया कि श्री रामकृष्ण और स्वामी विवेकानंद की दो बातें बचपन से ही उनका मार्गदर्शक प्रकाश रही हैं। श्री रामकृष्ण ने कहा था, 'जैसे कोई दीपक तेल के बिना नहीं जलता है, उसी तरह कोई मनुष्य भी ईश्वर के बिना नहीं जी सकता।' स्वामी विवेकानंद ने कहा था, 'उचित इस्तेमाल होने पर कल्पना हमारी सबसे बड़ी शक्ति है। यह तर्क से परे जाती है और यह एकमात्र प्रकाश है, जो हमें हर जगह ले जा सकता है।'

यहाँ राष्ट्रपति कलाम ने एक तनावरहित अंदाज़ में बच्चों के साथ बातचीत की। उन्होंने दूसरे कार्यक्रमों के दबाव को हावी नहीं होने दिया और अपने स्टाफ़ के उकसाने को नज़रअंदाज़ कर दिया। उन्होंने कहा कि जब ब्रिटेन भारत पर शासन कर रहा था, तो हज़ारों अनाथ और बग़ैर माँ-बाप के बच्चे समाज के हाशिये पर मौजूद थे, जहाँ वे बहुत दयनीय हाल में थे। ये बच्चे सामाजिक स्थिरता को ग़रीब परिवारों के बच्चों से भी ज़्यादा बड़ा जोखिम थे। उस दौरान माताएँ अक्सर बच्चे पैदा करते

समय या उसके बाद मर जाती थीं। युवा लोग भी मर सकते थे, ख़ास तौर पर जब शहरों में फ़ैक्ट्रियों के आस-पास के भीड़-भाड़ भरे और अस्वच्छ क्षेत्रों में महामारियाँ फैलती थीं। आधे बच्चे किशोरावस्था पूरी करने से पहले ही एक अभिभावक खो देते थे। कई बच्चों के पास तो कोई भी सहारा नहीं होता था। ऐसे में श्री रामकृष्ण मिशन और अंजुमन-ए-इस्लाम - और इनायत ख़ान, डॉ. वेंकटस्वामी और शांतिलालजी गुलाबचंदजी मुत्था जैसे अदम्य साहसी लोग - उनका हाथ थाम लेते थे। महान और निःस्वार्थ इंसानों ने हज़ारों एकाकी तीर्थयात्रियों और पथ से भटकी आत्माओं का समर्थन किया है। अच्छे नागरिक और समाज के उपयोगी सदस्य बनने के लिए उन्हें बड़ा करना उनका दैवी मक़सद रहा है।

डॉ. कलाम की चिंता स्वस्थ बच्चों से आगे तक जाती थी। वे अशक्त बच्चों के कल्याण में भी उतनी ही रुचि लेते थे और कुछ समय से उम्मीद कर रहे थे कि प्रौद्योगिकी उनकी तक़दीर बेहतर बनाने में मदद करेगी। अन्ना युनिवर्सिटी में अपने संक्षिप्त कार्यकाल के दौरान फ़ादर जॉर्ज के साथ जिस शोध को उन्होंने प्रायोजित किया था, उसने संभावना दिखाई थी। लेकिन इस क्षेत्र में अब भी बहुत काम बाक़ी था। इस दौरान अशक्तता वाले बच्चों को प्रेम और परवाह की ज़रूरत थी और इसमें से कुछ को तो ख़ास तौर पर उनकी आवश्यकताओं के अनुरूप बनाना होगा। ईश्वर का शुक्र था कि कुछ आत्माएँ इस उद्देश्य में अपनी ऊर्जाएँ समर्पित कर रही थीं। श्यामा छोना एक ऐसी ही आत्मा थीं। 19 अगस्त 2003 को राष्ट्रपति कलाम ने द स्कूल ऑफ़ होप का लोकार्पण किया, जो दिल्ली में ऑटिज़्म (स्वलीनता) और बहुल अशक्त बच्चों के लिए प्रशिक्षण और थेरेपी केंद्र था। वे वहाँ ऑटिज़्म के शिकार बच्चों के समूह के चेहरों पर मुस्कान ले आए, जब वे उनसे घुले-मिले और उन्हें एक प्रेरक कविता सुनाई।

श्यामा छोना काफ़ी सौभाग्यशाली थीं। वे भारत सरकार के वित्तीय नियंत्रक के परिवार में पैदा हुई थीं और उनकी शादी सेना के एक अफ़सर से हुई थी। वे प्रतिष्ठित देहली पब्लिक स्कूल में पढ़ाती थीं। फिर उन्होंने एक लड़की को जन्म दिया, जिसे सेरीब्रल पैल्सी थी। श्यामा ने अपनी बेटी का नाम तमन्ना रखा। सेरीब्रल पैल्सी संचालन अक्षमता है, जो हर 1,000 बच्चों में से चार को प्रभावित करती है। तमन्ना चल नहीं सकती थी, बोल नहीं सकती थी, यहाँ तक कि निगल भी नहीं सकती थी। वह एक गुड़िया जैसी थी। लगता था, ईश्वर ने श्यामा को एक अधूरे काम के रूप में दिया था, मानो बाक़ी का काम उसे पूरा करना हो। श्यामा ने पहले तो अस्वीकृति का अनुभव किया, फिर दुख और क्रोध का; लेकिन फिर एक भावना आई कि वह अपनी बेटी और समाज के लिए कुछ सकारात्मक कर सकती है।

जब तमन्ना बड़ी हुई और उसे स्कूल जाने की ज़रूरत पड़ी, तो कोई स्कूल उसे लेने को तैयार नहीं था। समाज ने अशक्त लोगों की तरफ़ पीठ फेर ली थी। शायद लोग हर एक से अपने जैसा होने की उम्मीद करते हैं और उनमें भिन्न लोगों

के साथ पेश आने का धीरज नहीं रहता है। चाहे जो हो, संकल्पवान श्यामा छोना ने अपनी बेटी और उस जैसे सैकड़ों बच्चों के लिए एक ख़ास स्कूल शुरू करने का निर्णय लिया। 1984 में उन्होंने एक पंजीकृत स्वयंसेवी व ग़ैर-लाभकारी संस्था स्थापित की और इसका नाम तमन्ना रखा।

अब वहाँ तीन स्कूल थे : तमन्ना स्पेशल स्कूल, नई दिशा और द स्कूल ऑफ़ होप, जो लगभग 500 मानसिक चुनौतीप्राप्त और ऑटिज़्म के शिकार बच्चों को शिक्षित कर रहे थे। लगभग आधे अशक्त बच्चे ग़रीब परिवारों के थे, जिन्हें आर्थिक सहायता की ज़रूरत थी। श्यामा छोना उनकी आवश्यकताएँ पूरी करने का भरसक प्रयत्न करती थीं। वे विशेष शिक्षा, फ़िज़ियोथेरेपी और ऑक्युपेशनल थेरेपी देकर अशक्त बच्चों के कल्याण की पुरज़ोर कोशिश कर रही थीं। विशेष शिक्षा के इतिहास में पहली बार एक ऐसा स्कूल था, जो अशक्त बच्चों के लिए एकीकृत सुविधाएँ प्रदान कर रहा था। लेकिन यह कोई आसान काम नहीं था और उन्होंने यात्रा के दौरान डॉ. कलाम को बताया कि मानसिक चुनौतीप्राप्त बच्चों की आवश्यकताएँ पूरी करने में उन्हें किन मुश्किलों का सामना करना पड़ा था :

> भारत की 10 प्रतिशत जनसंख्या मानसिक चुनौतीप्राप्त है। सरकार ने इन लोगों की ख़ास ज़रूरतों की देखभाल की कोई पहल नहीं की है। हमें अपने संस्थानों के लिए धनराशि हासिल करने के लिए यहाँ से वहाँ भागना पड़ता है। सरकार की सहायता से हम इन बच्चों के जीवन में काफ़ी फ़र्क़ ला सकते थे।

विशेष बच्चों से अपनी कल्पना के पंख फैलाने और जीवन में ऊँचा उड़ने की बात कहते हुए डॉ. कलाम ने कहा, 'प्रेम और करुणा पहाड़ हिला सकती है, उन्हें चकनाचूर कर सकती है या घाटियाँ बना सकती है, जहाँ सभी रंगों के फूल खिलते हैं। किसी सामान्य बच्चे की तरह अगर हम प्रेम के साथ किसी विशेष बच्चे की परवरिश करते हैं और शिक्षा देकर उसे सशक्त बनाते हैं, तो वे ऊपर उठने वाले तारे बन सकते हैं और जीवन में ऊँचे उड़ सकते हैं।'

28 अगस्त 2003 को राष्ट्रपति ने राजनीतिक रूप से सशक्त महिलाओं के साथ एक दिन बिताया। उन्होंने 'ग्राम सभा से लोक सभा तक' पर एक क्षमता-निर्माण कार्यशाला का शुभारंभ किया, जिसे गिल्ड ऑफ़ सर्विस और अमेरिकी दूतावास के पब्लिक अफ़ेयर्स डिपार्टमेंट ने आयोजित किया था। इस अवसर पर उन्होंने आठ राज्यों की महिला सरपंचों को संबोधित किया।

श्रोताओं की सुविधा के लिए राष्ट्रपति कलाम ने अपना भाषण हिंदी में शुरू किया, क्योंकि कई महिला सरपंच ग्रामीण इलाक़ों से आई थीं। बाद में वे अँग्रेज़ी में बोलने लगे। इसके बाद उन्होंने महिलाओं को बोलने के लिए आमंत्रित किया। सरपंचों के संक्षिप्त भाषणों से प्रभावित होकर राष्ट्रपति कलाम ने टिप्पणी की कि उनमें से कुछ

तो झाँसी की रानी की तरह बोली थीं। उन्होंने घोषणा की कि ये महिलाएँ भारतीय गाँवों का चेहरा बदलने में अहम भूमिका निभा सकती हैं। उन्होंने कहा, 'भारत की शक्ति और दौलत गाँवों में रहती है। जब महिलाएँ नेता बनती हैं, तो मिशन कभी नाकाम नहीं होता।'

महिला में गाँव में स्वस्थ जीवन को प्रेरित करने की शक्ति होती है, जो आगे चलकर जिले, राज्य और राष्ट्र को बेहतर बना सकती है। अपनी प्रिय प्यूरा योजना का ज़िक्र करते हुए डॉ. कलाम ने कहा कि अगर गाँवों को सड़कों, इलेक्ट्रॉनिक संपर्क और ज्ञान का जुड़ाव दे दिया जाए, तो इनका कायाकल्प शहरों में हो जाएगा। उन्होंने कहा कि भ्रष्टाचार को ख़त्म करने के लिए सदाचार भी महत्त्वपूर्ण है और प्रगति के लिए अनिवार्य है।

डॉ. कलाम ने अपनी माँ आशियम्मा और बहन ज़ोहरा की यादें ताज़ा कीं। उन्होंने कहा कि महिलाएँ कुल जनसंख्या का आधा हिस्सा हैं और उन्हें शिक्षा, स्वास्थ्य, आर्थिक स्वतंत्रता तथा पंचायत के ज़रिये राजनीतिक समानता तक पहुँच मिलनी चाहिए। उन्होंने कहा कि जब तक महिलाएँ सशक्त नहीं बनती हैं, तब तक किसी भी देश की प्रगति अधूरी रहती है। महिलाओं को सभी क्षेत्रों में उनकी सही जगह प्रदान करना चाहिए - चाहे यह राज्य सभा हो या लोकसभा, न्यायपालिका हो या कार्यपालिका। उन्होंने दावे के साथ कहा कि यदि पंचायतों के ज़रिये महिलाओं को सशक्त बनाया जाता है, तो वे इस देश के नेताओं के रूप में ऊपर उठने में सक्षम हो जाएँगी।

इस समय तक डॉ. कलाम भारत के राष्ट्रपति के रूप में अपनी प्राथमिकताएँ देख सकते थे : विश्व धर्मों के सार को सर्वव्यापी आध्यात्मिक सिद्धांत में सारभूत करके दिलों की एकता को बढ़ावा देना; शासकीय योजनाओं और निजी प्रयासों के तालमेल द्वारा अधिकारहीन ग़रीबों तक पहुँचना और अशक्त लोगों की मदद करना और समाज के कायाकल्प के लिए प्रौद्योगिकी का इस्तेमाल करना। उन्होंने ये प्राथमिकताएँ ख़ुद तय नहीं की थीं। उन्होंने तो लोगों तक पहुँचने और उनकी स्थितियों का अनुभव करने की जहमत उठाई थी - उन्होंने उनकी आवाज़ें सुनीं थीं और उनका दुख-दर्द महसूस किया था। ये प्राथमिकताएँ इस प्रकार के संपर्क से तय हुई थीं, जैसा महात्मा गाँधी के बाद किसी भारतीय नेता ने नहीं किया था।

4.3

समागम

महान चीज़ें छोटी-छोटी चीज़ों की शृंखला द्वारा की जाती हैं।

—विन्सेंट वैन गॉग
डच चित्रकार

2003 में जैन मुनियों का एक समूह नंगे पाँव 20 कि.मी. से ज़्यादा पैदल चलकर राष्ट्रपति भवन पहुँचा। उन्होंने राष्ट्रपति कलाम को *फ़ाइंडिंग युअर स्पिरिच्युअल सेंटर* पुस्तक की पहली प्रति भेंट की। इस पुस्तक में श्वेतांबर जैनियों के तेरापंथ के दसवें मुखिया आचार्य महाप्रज्ञ की शिक्षाओं को सार रूप में पेश किया गया था। इसे राजस्थान स्पिनिंग ऐंड वीविंग कंपनी के पूर्व अध्यक्ष और सीईओ रणजीत डूगर ने संग्रहीत किया था। परोपकारी रणजीत डूगर की वंचित बच्चों की मदद में विशेष रुचि थी। मुनियों के साहस और सहनशीलता पर अपना आश्चर्य और प्रशंसा व्यक्त करते हुए राष्ट्रपति कलाम ने गर्मजोशी तथा मेहमाननवाज़ी से उनका स्वागत किया। जब उन्हें अहसास हुआ कि वे भोजन नहीं ले सकते, तो उन्होंने नींबू पानी के गिलास की पेशकश की, क्योंकि यही वह एकमात्र चीज़ थी, जिसे वे स्वीकार कर सकते थे।

राष्ट्रपति कलाम ने आचार्य महाप्रज्ञ के बारे में पूछा और पुस्तक की सामग्री को सरसरी तौर पर पढ़कर उन्होंने इसे पवित्र और सुंदर घोषित किया। उन्होंने पूछा कि क्या इसे राष्ट्रपति भवन में लोकार्पित किया जा सकता है। मुनियों की सहमति पर उन्होंने 23 जून 2003 को इस पुस्तक के लोकार्पण की व्यवस्था की। इस कार्यक्रम में एल.के. आडवाणी, डॉ. मनमोहन सिंह और एल.एम. सिंघवी जैसे शीर्ष नेताओं ने भागीदारी की। राष्ट्रपति कलाम ने बताया कि आचार्य महाप्रज्ञ ने उनकी सोच पर कितना बड़ा प्रभाव डाला था। उन्होंने श्रोताओं को आचार्य से अपनी पहली मुलाक़ात के बारे में बताया।

डॉ. कलाम वाय.एस. राजन के साथ 4 नवंबर 1999 को आचार्य महाप्रज्ञ से पहली बार मिले थे। आचार्य महाप्रज्ञ ने उन्हें तब बताया था, 'कलाम साहब, मैं

आपको और आपकी टीम को आशीर्वाद देता हूँ। आपने शत्रुओं को हमारे देश पर हमला करने से रोकने के लिए एक नाभिकीय बम बनाया है। अहिंसा परमो धर्मः, धर्म हिंसा तथैव च। अहिंसा सबसे बड़ा धर्म है, पूरी तरह सदाचारी हिंसा भी ऐसी ही है। लेकिन आपके लिए मेरा दूसरा मिशन है। ऐसा तंत्र खोजें, जिससे नाभिकीय बम अप्रासंगिक, महत्त्वहीन और अप्रभावी बन जाए।'

आचार्य महाप्रज्ञ के इन गहरे लेकिन स्पष्ट रूप से यथार्थवादी विचारों ने डॉ. कलाम को प्रेरित किया कि वे सैन्य उपकरण और हथियार विकसित करने के अपने काम के परिणामों पर विचार करें। उन्होंने अंतरराष्ट्रीय भू-राजनीति और विरोधाभासी रूप से विश्व शांति की योजना में परमाणु मिसाइलों की भूमिका पर विचार किया।

हम सब थर्मोन्यूक्लियर हथियारों की भयंकर क्षमताओं के बारे में जो जानते हैं, उसकी रोशनी में शांतिपूर्ण जगत में उनकी भूमिका के बारे में सोचने का विचार भी हमारी नैतिक संवेदनाओं को बुरा लगता है - और यह सहज बोध की अवज्ञा लगता है। संसार के परमाणु जख़ीरे में परमाणु बमों की आश्चर्यजनक संख्या है। आज संसार में लगभग 20,500 परमाणु हथियार हैं। अगर इनकी औसत शक्ति 33,500 किलोटन मानी जाए, तो ये ख़ौफ़नाक प्रणालियाँ पृथ्वी पर जीवन के अस्तित्व को कई बार ख़त्म कर सकती हैं।

डॉ. कलाम हिंसा के पक्षधर नहीं थे। लेकिन वे यह भी जानते थे कि इंसान को हिंसा के साथ तालमेल बैठाना चाहिए और जीवन मृत्यु को नहीं रोक सकता। यही नहीं, वे यह भी जानते थे कि वैश्विक परमाणु चुनौती पिछले दो दशकों में बहुत बदल गई थी। शीत युद्ध के दौरान अमेरिका-सोवियत परमाणु संतुलन के दो ध्रुवों की जगह अब बहुपक्षीय - और अधिक अनिश्चित व ख़तरनाक - तंत्र आ गया है, जिसमें परमाणु हथियार संपन्न नौ देश शामिल हैं। इनमें से कई तो ऐसे इलाक़ों में हैं, जहाँ प्रबल भू-राजनीतिक प्रतिद्वंद्विताएँ मौजूद हैं।

कई मौक़ों पर डॉ. कलाम ने मेरे साथ विश्व शांति के बदलते जोखिमों पर चर्चा की। उन्होंने कहा, सोवियत संघ के विघटन ने यह पूर्वाभास दिया है कि आगामी दशकों में शक्ति केंद्रीकृत राष्ट्रीय सत्ता से संस्थाओं और संगठनों तक हस्तांतरण हो जाएगी। इस नए परिदृश्य में छोटे समूहों के पास, जिनमें आतंकवादी संगठन शामिल हैं, भारी शक्ति आ सकती है। इसलिए पिछले दशकों में अधिकांश सशस्त्र संघर्ष छोटे समूहों कई बार ग़ैर-राष्ट्रीय, के बीच हुए हैं, जो ज़्यादा बड़ी शक्तियों के पिट्ठू थे। सोवियत संघ के ढहने के बाद की अराजकता में यह सहज अनुमान लगाया जा सकता है कि किसी न किसी तरह के परमाणु अस्त्र कई ऐसे छोटे समूहों के हाथ लग गए होंगे।

इसलिए भले ही अमेरिका और रूस के बीच सर्वनाशी परमाणु युद्ध की आशंका काफ़ी कम हो गई हो, लेकिन आज किसी परमाणु अस्त्र की तैनाती की

संभावना शीत युद्ध के समय से कहीं ज़्यादा है। परमाणु धमकी के अभाव में भारत सभी प्रकार के सैन्य जोखिमों के प्रति असुरक्षित बना रहता - केवल लड़ाकू राष्ट्रों से ही नहीं, बल्कि उनकी शह पर काम करने वाले शक्तिशाली ग़ैर-राष्ट्रीय समूहों से भी। पूरी परमाणु क्षमता हासिल करने के बाद भारत की सैन्य शक्ति असंदिग्ध है; कोई भी योद्धा हमारे देश की संप्रभुता के ख़िलाफ़ काम करने से पहले इस शक्ति को बहुत अच्छी तरह जानता है। संभवतः भारत के पास परमाणु अस्त्र होने की वजह से उपमहाद्वीप में बहुत से युद्ध टल गए हैं, पिछले दशक में भी। डॉ. कलाम की टीम की मिसाइलों की बदौलत हमारे शत्रु अपनी आक्रामकता को सीमा पर कभी-कभार की मुठभेड़ तक सीमित करने के लिए मजबूर हुए हैं।

इस तरह यह देखा जा सकता है कि डॉ. कलाम और उनके साथियों - शांतिप्रिय, सुशिक्षित और सभ्य वैज्ञानिकों - के दशकों के अथक काम ने हमारे देश को हिंसा के साथ तालमेल बैठाने और शांति में जीने की अनुमति दी है। हालाँकि पहली नज़र में शांतिवादी मिसाइल मैन संबोधन विरोधाभासी नज़र आता है, लेकिन हम यह सच्चाई देख सकते हैं कि यह उतना ही विरोधाभासी है जितना कि धूप और छाँव।

इस्लाम के पैगंबर ने कहा था, 'स्वर्ग तलवार के साये में वास करता है।' डॉ. कलाम इसे अच्छी तरह जानते थे; जिन्हें शांति की हसरत है, उन्हें युद्ध के लिए तैयार रहना चाहिए। लेकिन वे यह भी समझते थे कि जब किसी इंसान के हृदय के भीतर की हिंसा साफ़ हो जाती है, जैसा आचार्य महाप्रज्ञ ने कहा था, तो परमाणु बम अप्रासंगिक, महत्त्वहीन और अप्रभावी बन सकता है। उन्हें वह कहानी याद आई, जिसमें जिब्रील अल्लाह के संदेशवाहक के पास आता है (उन पर अल्लाह की शांति और आशीष रहे), जब वह दूसरे लड़कों के साथ खेल रहा था। संदेशवाहक ने उसे उठाकर ज़मीन पर फेंक दिया, फिर उसका सीना खोला और उसका हृदय बाहर निकाला, जिसमें से उसने ख़ून का एक थक्का लिया और कहा, 'यह तुम्हारा शैतान वाला हिस्सा था।'

डॉ. कलाम को अहसास हुआ कि आचार्य महाप्रज्ञ के साथ उनकी मैत्री जैन मुनि रायचंदभाई रावजीभाई मेहता और महात्मा गाँधी की मैत्री जैसी थी। उस महान मुनि और प्रबुद्ध नेता की तरह आचार्य महाप्रज्ञ और डॉ. कलाम रोज़मर्रा के जीवन में अपने आध्यात्मिक सिद्धांतों की अभिव्यक्ति में विश्वास करते थे; उनकी आध्यात्मिकता व्यावहारिक थी और वे अपने समय के मुद्‍दों को सुलझाना चाहते थे। उनके बीच एक ज़्यादा गहरा और ज़्यादा बड़ा काम प्रकट हो रहा था, जो सार रूप में स्वप्नों का समागम था। पूर्ण विकसित भारत, जिसमें सभी नागरिकों के लिए अधिक समृद्ध और सद्‍भावपूर्ण जीवन हो, का राष्ट्रपति कलाम का विचार आचार्य महाप्रज्ञ के विचारों से मेल खाता था।

आचार्य ने राष्ट्रपति कलाम को 15 अक्टूबर 2003 को गुजरात में सूरत में आमंत्रित करने की अपनी इच्छा ज़ाहिर की, जो डॉ. कलाम का 72वाँ जन्मदिन था।

आचार्य महाप्रज्ञ ने यह सुझाव भी दिया कि विभिन्न धर्मों के आध्यात्मिक गुरु उस मौक़े पर एक धर्मसभा में आएँ। इसका उद्देश्य विभिन्न धर्मों के संवाद और उत्सव के लिए एक व्यापक सर्वसम्मति बनाना थी, ताकि उनके आध्यात्मिक लक्ष्यों को आगे बढ़ा सके; और सबसे बढ़कर सहयोग और भाईचारे को बढ़ाया जा सके। यह धर्मसभा साझे आध्यात्मिक सिद्धांतों के आधार पर एक समन्वित कार्य योजना तैयार करेगी, जिसका उद्देश्य प्रबुद्ध नागरिक बनाना और भारत की विविधतापूर्ण जनसंख्या के बीच मस्तिष्कों की एकता का अहसास करना होगा।

भारत संभवतः संसार में सबसे बड़ा और सबसे विविधतापूर्ण समाज है। भारत के लोग बारह अलग-अलग भाषा परिवारों की 300 से ज़्यादा भाषाएँ और बोलियाँ बोलते हैं, जिन्हें बीस से अधिक लिपियों में लिखा जाता है। सभी मुख्य धर्मों - हिंदू धर्म, बौद्ध धर्म, ईसाई धर्म, जैन धर्म, इस्लाम, सिख धर्म, यहूदी धर्म और पारसी धर्म - के अनुयायी भारत में हैं, जिससे यह विश्व का सबसे जटिल और व्यापक रूप से बहुलतावादी समाज बन जाता है। इसके अलावा, यह बहुत सारी जातियों, जनजातियों, समुदायों, धर्मों, भाषाओं, रीति-रिवाज़ों और जीवनशैलियों का घर भी है। बेशक, भारतीय राष्ट्र की एक बहुत बड़ी चुनौती यह रही है कि भिन्नता - अलग-अलग धर्मों, एक ही धर्म के भीतर अलग-अलग विश्वासों और एक विश्वास के भीतर जीने के अलग-अलग तरीक़ों - के बावजूद निकटता में जीना कैसे सीखा जाए। हम उन लोगों के साथ शांतिपूर्वक कैसे संबंध रख सकते हैं और सुलहवादी बातचीत कर सकते हैं, जिनके साथ हम कुछ मुख्य मुद्दों पर कटुता से असहमत हो सकते हैं?

देश के मुख्य आध्यात्मिक गुरुओं के साथ बहुत सी चर्चाओं और मुलाक़ातों के बाद पंद्रह गुरुओं ने इस बहुधर्मी कार्यक्रम में आने की सहमति दे दी। सभा के लिए सभी धर्मों का समर्थन जुटाने का काम वाय.एस. राजन ने किया था और डॉ. कलाम के पास कृतज्ञ होने के लिए बहुत कुछ था। डॉ. कलाम में हमेशा यह बुद्धिमत्ता थी कि वे किसी ख़ास काम के लिए अपने आस-पास के लोगों के गुणों के हिसाब से उन्हें चुनते थे। इसीलिए उन्होंने यह काम वाय.एस. राजन को सौंपा था। राजन बहुत से धार्मिक गुरुओं से मिले, जो सामाजिक कार्यों में सक्रियता से संलग्न थे। उनकी बौद्धिक श्रेष्ठता और उनके रवीन्द्रनाथ टैगोर जैसे हुलिए - उनके उड़ते स्टील जैसे भूरे बाल और दाढ़ी और भेदती आँखों - की बदौलत उन्होंने बहुत से गुरुओं को प्रभावित किया। बाक़ी का काम आचार्य महाप्रज्ञ और डॉ. कलाम के प्रेरक संदेश ने कर दिया।

जो धर्मगुरु सभा में आने के लिए तैयार हुए थे, उनका हुलिया और विश्वास भले ही भिन्न दिखता था, लेकिन उनमें बहुत सी समानताएँ थीं। सभी में सर्वव्यापी आध्यात्मिक मूल्यों के प्रति समर्पण था; वे दूसरे धर्मों के सत्यों को स्वीकार करने में अपने ख़ुद के धर्म की शिक्षाओं से परे देखने के लिए तैयार थे। उनमें से प्रत्येक ज्ञानी था। यही नहीं, वे साझे हित के लिए दूसरे धार्मिक मतों के साथी भारतीयों तक हाथ बढ़ाने के इच्छुक थे। सभी मानते थे कि भारतीय लोगों की बेहतरी के लिए

परस्पर-धार्मिक साझेदारियाँ बनाने का आचार्य महाप्रज्ञ और डॉ. कलाम का प्रयास सराहनीय है।

धर्मसभा में हिंदू धर्म का प्रतिनिधित्व मंड्या, कर्नाटक के श्री आदिचंचनगरी मठ के धर्मगुरु श्री बालगंगाधरनाथ स्वामीजी; श्री सुत्तूर मठ, कर्नाटक के चौबीसवें पुजारी जगद्गुरु शिवरात्रि देसिकेंद्र महास्वामी; और रामकृष्ण मिशन के मशहूर संत स्वामी जितात्मानंद महाराज ने किया।

श्री बालगंगाधरनाथ स्वामीजी पिछले तीन दशकों से लाखों लोगों को मानवतावादी सेवाएँ प्रदान कर चुके थे - जिनमें भोजन, शिक्षा और स्वास्थ्य जैसी बुनियादी आवश्यकताएँ शामिल थीं। विज्ञान के स्नातक स्वामीजी ने उन्नीस वर्ष की उम्र में जीवन में आध्यात्मिक मार्ग चुन लिया था। स्वामीजी ने बिना किसी ग़लती के यह संकल्प लिया था कि वे आध्यात्मिक कर्तव्य के रूप में समुदाय की व्यावहारिक सेवा पर ध्यान केंद्रित करेंगे; उन्होंने लोगों के प्रति कर्तव्य को आध्यात्मिक पूर्णता हासिल करने के सबसे बड़े साधन के रूप में देखा था। 'स्व से पहले सेवा' के स्वामीजी के विचार ने करोड़ों दिलों को जीत लिया था, जिनमें दूसरे धर्मों के लोग भी शामिल थे। धर्मसभा के समय वे बेहद सम्मानित जेएसएस महाविद्यापीठ एज्युकेशनल ऐंड कल्चरल एसोसिएशन्स के अध्यक्ष के रूप में काम कर रहे थे।

बालगंगाधरनाथ स्वामीजी की तरह ही स्वामी जितात्मानंद महाराज भी धर्मक्षेत्र का बुलावा आने से पहले विज्ञान स्नातक थे। स्वामी जितात्मानंद महाराज ने विज्ञान की उपाधि प्रेसिडेंसी कॉलेज, कलकत्ता से और अँग्रेज़ी में स्नातकोत्तर उपाधि जादवपुर विश्वविद्यालय से प्राप्त की। स्वामीजी रामकृष्ण मिशन के संन्यासी बनने से पहले स्वामी विवेकानंद द्वारा प्रारंभ किए गए *प्रबुद्ध भारत* जर्नल के संपादक रहे थे।

इस्लाम का प्रतिनिधित्व करने वाले थे हदरत गुथे-अज़ान सैयद अब्दुल कादिर जिलानी के 28वें वंशज शेख़-ए-तरिगट हदरत सैयद मुहम्मद जिलानी अशरफ़, इस्लामी विद्वान और शांति कार्यकर्ता मौलाना वहीदुद्दीन ख़ान, दाऊदी बोहरा के प्रिंस हुजैफ़ा मोहयुद्दीन, जो शिया इस्लाम का वह पंथ है, जिसे फ़ातिमाई इमामत द्वारा मध्ययुगीन मिस्र में प्रसारित किया गया।

सैयद मुहम्मद जिलानी ने मानवीय, नैतिक और आध्यात्मिक मूल्यों का उपदेश दिया। उन्होंने शांति व धर्म की एकता और अंतरराष्ट्रीय बंधुत्व को बढ़ावा दिया। उन्होंने फ़ैज़ाबाद, उत्तरप्रदेश में दरगाह किछौछा शरीफ़ में एक आध्यात्मिक कॉम्प्लेक्स स्थापित किया था। मौलाना वहीदुद्दीन ख़ान ने *कुरान* का सरल और समकालीन अँग्रेज़ी में अनुवाद किया था और *कुरान* पर एक टीका भी लिखी थी। इस टीका में उन्होंने विश्व के सामने इस्लाम का असली चेहरा पेश किया - शांति, सहिष्णुता और सहअस्तित्व पर आधारित। उन्होंने नई दिल्ली में इस्लामी केंद्र की स्थापना भी की। प्रिंस हुज़ेफ़ा मोहयुद्दीन दाइ अल-मुतल्लक़ (अबाधित धर्मप्रचारक) के पवित्र पद के 52वें पदाधिकारी एचएच. डॉ. सैयदना मुहम्मद बुरहानुद्दीन के बेटे

हैं। प्रिंस योग्य विद्वान, विख्यात परोपकारी ओर दाऊदी बोहरा समुदाय के मुखिया हैं, जिनके अनुयायी पूरे संसार में हैं।

काउंसिल ऑफ़ कैथोलिक बिशप्स ऑफ़ इंडिया के महासचिव बिशप डॉ. थॉमस डेब्रे और गाँधीनगर के आर्चबिशप स्टेनिस्लॉस फ़र्नांडिस, एस.जे. ने ईसाई धर्म का प्रतिनिधित्व किया। बिशप डॉ. थॉमस डेब्रे को 1990 में मुंबई का सहायक बिशप नियुक्त किया गया था। 1998 में वे वसई के नवनिर्मित धर्मप्रदेश के पहले बिशप बने। बिशप डेब्रे ने संत तुकाराम के ईश्वरीय अनुभव और धार्मिक प्रतीकवाद के अध्ययन पर पीएच.डी. शोध किया। आर्चबिशप स्टेनिस्लॉस फ़र्नांडिस, एस.जे. को 1968 में कैथोलिक पादरी बनाया गया और अगस्त 1973 में सोसायटी ऑफ़ जीसस में स्वीकार किया गया। उन्हें 1990 में अहमदाबाद का बिशप और 2002 में गाँधीनगर का आर्चबिशप नियुक्त किया गया।

डॉ. होमी बी. ढल्ला पारसी धर्म का प्रतिनिधित्व करते थे, जो इस्लाम से पहले फ़ारस का धर्म था। वे मुंबई में ज़ोरोआस्ट्रियन कल्चरल फ़ाउंडेशन के संस्थापक थे। उन्होंने विभिन्न राष्ट्रीय और अंतरराष्ट्रीय मंचों पर पारसी समुदाय का प्रतिनिधित्व किया था। उन्होंने हारवर्ड युनिवर्सिटी से पूर्वी भाषाओं और साहित्य में स्नातकोत्तर उपाधि ली थी और मुंबई विश्वविद्यालय से पीएच.डी. की थी।

युवाचार्य महाश्रमण मुनि मुदित कुमार और साध्वी प्रमुखा कनकप्रभा ने जैन धर्म का प्रतिनिधित्व किया। आचार्य महाप्रज्ञ के मनोनीत उत्तराधिकारी युवाचार्य महाश्रमण मुनि मुदित कुमार ने 1997 से तेरापंथ की युवा शाखाओं को मार्गदर्शन दिया था। साध्वी प्रमुख कनकप्रभा को 1972 में नौवीं साध्वी प्रमुख (साध्वियों की प्रमुख) घोषित किया गया था और 1979 में तेरापंथ की महाश्रमणी (श्रमणियों की प्रमुख) घोषित किया गया था। वे संस्कृत, प्राकृत और हिंदी भाषाओं की लेखिका व संपादक थीं।

जूडा हिम सिनागॉग, नई दिल्ली के रेव. एज़्कील इसाक मालेकर प्रसिद्ध विद्वान, मानव अधिकार कार्यकर्ता और पुजारी थे। उन्होंने भारत में यहूदी समुदाय का प्रतिनिधित्व किया था तथा राष्ट्रीय और अंतरराष्ट्रीय जर्नलों के लिए लिखा भी था। उन्होंने शिक्षा के माध्यम से राष्ट्रीय एकीकरण और ध्यान पर कई लेख और पुस्तकें लिखी हैं, जिनमें उनकी पुस्तक *एज्युकेशन फ़ॉर ग्लोबल सोसायटी - इंटरफ़ेथ डिसकशन्स* नवीनतम थी।

वेन. राहुल बोधि ने बौद्ध धर्म का प्रतिनिधित्व किया। वे भिक्खु संघ संयुक्त बौद्ध मिशन-सर्वोदय महा बुद्ध विहार, मुंबई के संस्थापक अध्यक्ष थे। यह संगठन पूरे भारत में काम करता है और भाईचारे, प्रेम, दयालुता तथा मानवता की सेवा के लिए करुणा का संदेश फैला रहा है।

ब्रह्म कुमारी सुदेश दीदी ब्रह्म कुमारीज़ वर्ल्ड स्पिरिच्युअल युनिवर्सिटी में शिक्षक और प्रशासक रही थीं। उन्होंने मानवता के सामाजिक और आध्यात्मिक विकास में

महिलाओं की अग्रणी भूमिका को बढ़ावा दिया है और प्रोत्साहित किया है। वर्तमान में वे इंग्लैंड और जर्मनी में साठ केंद्रों की संचालक हैं। वे मानव विकास, ध्यान और मन की सृजनात्मक योग्यताओं पर एक उत्कृष्ट वक्ता तथा प्रसारणकर्ता रही हैं।

उत्कृष्ट सिख धर्मशास्त्री डॉ. जसवंत सिंह नेगी को 13 अप्रैल 2000 को आनंदपुर साहब में मनाई गई खालसा की 300वीं वर्षगाँठ पर ऑर्डर ऑफ़ खालसा पुरस्कार से विभूषित किया गया था। वे पोस्ट ग्रेजुएट इंस्टीट्यूट (पीजीआई), चंडीगढ़ के संचालक थे और आल-इंडिया इंस्टीट्यूट ऑफ़ मेडिकल साइंसेस (एआईआईएमएस), दिल्ली के मनोचिकित्सा विभाग के प्रमुख थे। ज्ञानी समीक्षकों ने उनकी पुस्तक *अरदास* को सारे समय की श्रेष्ठ पुस्तक कहा है। पंजाबी भाषा के उत्कृष्ट रहस्यवादी कवि के रूप में उन्हें 1980 में साहित्य अकादमी पुरस्कार मिला।

धर्मसभा देश की जनसंख्या की स्पष्ट विविधता के बीच भी भारतीयों के एकत्व के अंदरूनी अहसास का प्रकटीकरण था। अपने विश्वास की आश्चर्यजनक विभिन्नताओं के साथ-साथ भारतीय अपने ख़ास भारतीय गुण को क़ायम रखते हैं। इसी गुण ने स्वतंत्रता के मुश्किल शुरुआती वर्षों से लेकर आज तक देश को क़ायम रखा है। धर्म के आधार पर देश के विभाजन के बाद भी भारत ने एक कट्टर धर्मनिरपेक्ष देश बनने का चुनाव किया। बहरहाल, धर्मनिरपेक्षता का मतलब धर्म का अभाव या ग़ैर-धार्मिकता नहीं था। भारतीय शायद सभी राष्ट्रीयताओं में सबसे ज़्यादा धार्मिक हैं। इसके बजाय, इसका मतलब था कि देश बहु-धर्मों के अपने शानदार इतिहास के प्रति वफ़ादार बना रहेगा।

धर्मसभा पूरी तरह सफल रही। मुझे इसमें शिरकत करने का सौभाग्य मिला था और मैंने पहले कभी इतने ज़्यादा आवेशित आध्यात्मिक माहौल का अनुभव नहीं किया था। तीन घंटे से ज़्यादा समय तक विचार और संवाद महिमा की नदी के समान प्रवाहित होते रहे। इस कार्यक्रम के राष्ट्रपति कलाम के संरक्षण ने अंतर्धर्मी संवाद की आवश्यकता में उनकी दूरदर्शिता प्रदर्शित की। आते ही उन्होंने अपने प्रतिष्ठित आध्यात्मिक साथियों का हमेशा की तरह अभिवादन किया : सीधे आँखें मिलाना, हाथ जोड़ना और विनम्र मुस्कान देना। उनकी 'नमस्ते' कोई खोखली मुद्रा नहीं थी - यह सचमुच विनम्रता की मिसाल थी। डॉ. कलाम ने गुरुओं और विद्वानों से खुलकर बातचीत की और धर्मसभा के अंत में बैठक की अध्यक्षता भी की।

डॉ. कलाम ने अपने असाधारण रूप से लंबे पेशेवर करियर में हज़ारों बैठकों की अध्यक्षता की थी। वे विचारों को निश्चित रूप देने और एक कार्यकारी सर्वसम्मति में सहमति के क्षेत्रों का सार पेश करने में माहिर थे - जो पकड़ में न आने पर हवा में खो सकते थे। डॉ. कलाम के लिए सभा मस्तिष्कों की एकता स्थापित करना चाहती है, लेकिन इसे कभी सहिष्णुता और समझौते पर आधारित नहीं होना चाहिए। बेशक, ये मानव व्यवहार के मूल्यवान रूप हैं और मानव संबंधों के कई क्षेत्रों में उनकी जगह है। लेकिन डॉ. कलाम को महसूस हुआ कि वे बहु-धर्मी संवाद और धर्मों के

शांतिपूर्ण सहअस्तित्व के लिए सही आधार नहीं हैं। उन्होंने मुझे बताया कि जिसकी सचमुच ज़रूरत है, वह है सम्मान - दूसरों के लिए, दूसरों के धर्म के लिए और इस सत्य के लिए कि दूसरे भी अपने धर्म का उतना ही सम्मान करते हैं, जितना हम अपने धर्म का करते हैं।

इसी बुनियादी समझ की बदौलत डॉ. कलाम के पिता और निष्ठावान मुसलमान जैनुलाबदीन ने तीर्थयात्रा पर रामेश्वरम् आने वाले हिंदू आगंतुकों की मदद की और जब भी आवश्यकता पड़ी, भक्ति में उनकी मदद की। इसने उन्हें अपने क़रीबी मित्र पंडित पक्षि लक्ष्मण शास्त्रीगल के साथ दर्शन पर घंटों बातचीत करने की अनुमति दी। इसने उन्हें अपने टापू के मछुआरों की चिंताओं के बारे में फ़ादर बोदल से बात करने की अनुमति दी। डॉ. कलाम सद्‌भावपूर्ण बहु-धर्मी संवाद में अच्छी तरह शिक्षित थे; वे अपने बचपन के अनुभव से ही पूरी तरह योग्य थे।

रामेश्वरम् का बहु-धर्मी सद्‌भाव, जिसे डॉ. कलाम बचपन में जानते थे, सर्वोत्कृष्ट रूप में भारतीय था। दुखद रूप से, इन दिनों भारत में ऐसी शक्तियाँ कार्यरत हैं, जो हमारे समाज को धर्म और जातिगत पहचान के झगड़ालू टुकड़ों में बाँटने पर तुली हैं। वर्तमान में हमारे देश में कुछ इलाक़े हिंसा - शारीरिक और सूक्ष्म प्रकार की - के ज़बर्दस्त दबाव में हैं। अगर हम 3,000 सालों के भारतीय इतिहास का अध्ययन करें, तो हम अवश्यंभावी रूप से इस निष्कर्ष पर पहुँचेंगे कि यह देश हमेशा शांति के लिए खड़ा रहा है। इसने शांति के लिए काम किया; इसने शांतिपूर्ण जीवन के लिए शांति की प्रार्थना की। लेकिन इस समय राजनीतिक लाभ के लिए सांप्रदायिक और क्षेत्रीय जज़्बात भड़काने की वजह से शांति ख़तरे में नज़र आती है। तो ऐसे में शांति को वापस कैसे लाया जाए?

विरोधाभासी रूप से, हमारे भीतर का 'मैं' शांति चाहता है। लेकिन शांति हासिल करने के लिए इंसान को हमारे धर्मग्रंथों के अनुसार 'मैं' और 'मुझे' को पहले पार करना होता है। यह एक मुश्किल समस्या हो सकती है। क्योंकि इंसान का लगभग हर वाक्य, हर विचार 'मैं' से संचालित होता है। जैसा कहा गया है - और जैसा डॉ. कलाम मुझे नियमित रूप से याद दिलाते थे - अगर हम 'मैं' और 'मुझे' को हटा दें, तो अहं ग़ायब हो जाएगा। जब अहं ग़ायब हो जाता है, तो नफ़रत ख़त्म हो जाती है। जब नफ़रत ख़त्म हो जाती है, तो मन और शरीर में मौजूद किसी तरह की हिंसा भी काफ़ूर हो जाएगी। इसलिए जब आप 'मैं' का त्याग कर देते हैं, तो शांति स्थापित हो जाती है। हर धर्म का आध्यात्मिक लक्ष्य दरअसल यही है कि इंसान को - मन और शरीर में - हिंसा से रहित किया जाए, ताकि शांतिपूर्ण समाज का सृजन हो सके। इसके अलावा यह स्वयंसिद्ध है कि 'मैं', 'मुझे' और हिंसा को त्यागने पर समाज पर ग़रीबी का शिकंजा ढीला हो जाता है।

हमें इस बात का अहसास है कि 30 करोड़ युवा नागरिक, जो भारत में बीस साल से कम उम्र के हैं, शांति, समृद्धि, ख़ुशी और सुरक्षा चाहते हैं। धार्मिक और

आध्यात्मिक नेता के रूप में यह हमारी ज़िम्मेदारी है कि हम अपने लोगों के लिए ग़रीबी को हराने के मिशन को अंजाम दें। सौभाग्य से, उपयोग के लिए सड़क का नक़्शा है - *इंडिया 2020*, हमारा राष्ट्रीय स्वप्न। इसमें पाँच अहम क्षेत्रों में तेज़ी से काम करना शामिल है। ये हैं कृषि और फूड प्रोसेसिंग, शिक्षा और स्वास्थ्य सुविधा, सूचना और संचार प्रौद्योगिकी, अधोसंरचना विकास (जिसमें नदियों की नेटवर्किंग शामिल है) और ग्रामीण इलाक़ों में शहरी सुविधाएँ प्रदान करना।

डॉ. कलाम ने मुझे यह बुनियादी सत्य बताया : यदि व्यक्ति समृद्ध होता है, तो गाँव समृद्ध होते हैं; यदि ग्राम समृद्ध होते हैं, तो राज्य समृद्ध होते हैं; यदि राज्य समृद्ध होते हैं, तो भारत समृद्ध हो सकता है। समृद्धि के इस नेटवर्क को स्वीकार करना राष्ट्र के स्वप्न को साकार करने के लिए बेहद महत्त्वपूर्ण है। ग़रीबी को परास्त करने के लिए कई संबद्ध तत्वों को संबोधित करने की आवश्यकता है, जैसे निरक्षरता से मुक़ाबला करना और अच्छा प्रशासन प्रदान करना। अच्छा प्रशासन यह सुनिश्चित करने के लिए अत्यंत महत्त्वपूर्ण है कि ग़रीबों के लिए आवंटित धनराशि और ग़रीबों की कमाई भ्रष्टाचार के विभिन्न रूपों में न गँवा दी जाए। यहीं पर एक प्रबुद्ध नागरिक बनना अति महत्त्वपूर्ण है। यह एक नैतिक, कर्तव्यपरायण और आध्यात्मिक आयाम हासिल कर लेता है और यह भारत के लिए डॉ. कलाम के स्वप्न में प्रमुख स्वामीजी का अनौपचारिक योगदान था। इसलिए समृद्धि का एक और घटक अपरिहार्य रूप से धार्मिक और आध्यात्मिक साझेदारी है। हमने इस पर विचार किया है कि यह साझेदारी कैसे विकसित हो सकती है।

धर्म आत्मा के लिए उत्तम शरणस्थल हैं, असाधारण सौंदर्य और शांति के स्थल। वे आत्मा को राहत प्रदान करते हैं, लेकिन फिर भी वे टापू हैं। अगर हम प्रेम और करुणा के पुलों से इन सभी टापुओं को जोड़ सकें, तो हमारे पास एक शांतिपूर्ण, ख़ुशहाल और समृद्ध भारत होगा। सूरत में हुई धर्मसभा ने दिखा दिया कि हर धर्म में सर्वव्यापी सत्य समाहित हैं, जिन पर खुली मानसिकता के धर्मगुरु सहमत हो सकते हैं। ये धर्मों के बीच पुल बनाने में मदद करेंगे और इस तरह इंसानों के रूप में हमारी बुनियादी एकता को शक्ति देंगे। इसके अलावा, मूल्य-आधारित शिक्षा पर सर्वसम्मति थी, जिससे सभी विश्व धर्मों के समान शाश्वत सत्यों को प्रचारित करने में मदद मिलेगी। प्रतिनिधि समान रूप से संकल्पवान थे कि मूल्य आधारित शिक्षा को स्कूलों में पढ़ाना चाहिए।

स्कूली बच्चों में मूल्य-आधारित शिक्षा ज्ञान-आधारित शिक्षा के उचित उपयोग की आध्यात्मिक नींव प्रदान करती है। शिक्षा को स्कूली बच्चों से आगे तक जाना चाहिए। प्रगति की एक महत्त्वपूर्ण बाधा राय बनाने वाले वर्ग और जनता के बीच की गहरी बौद्धिक खाई है। इस खाई को हर नागरिक के जीवन के अति महत्त्वपूर्ण पहलुओं में ज्ञान आधार को बढ़ाकर ही पाटा जा सकता है। जब प्रबुद्ध नागरिकों की संख्या बढ़ती है, तो जीवन का सामना करने की योग्यता और अपने

जीवन का कायाकल्प करने की क़ाबिलियत भी बढ़ जाती है।

इसे हासिल करने के लिए देश के युवाओं की शिक्षा पर ध्यान केंद्रित करने के अलावा वयस्क जनसंख्या की सतत शिक्षा की भी प्रबल आवश्यकता है। शैक्षणिक और बौद्धिक गतिविधियाँ केवल स्कूली बच्चों के लिए ही नहीं, बल्कि सभी नागरिकों के लिए अनिवार्य हैं। शिक्षा मूल्यों तक फैल सकती है और सभी धर्मों की बुनियादी आध्यात्मिक एकता को समझने तक आगे बढ़ सकती है। इसके अलावा, धार्मिक और सामुदायिक लीडरों द्वारा विशिष्ट अंतर्धार्मिक परियोजनाओं के ज़रिये मूल्यों को प्रायोजित करने की आवश्यकता है। ये लोगों को एक साथ लाएँगे, चाहे उनकी सामाजिक पृष्ठभूमि या धार्मिक विश्वास जो भी हो।

धार्मिक और सामुदायिक लीडरों को भी परिवर्तन के प्रति खुला रहना होगा। धर्मसभा में यह सर्वसम्मति थी कि धार्मिक शिक्षा देने के तरीक़े में काफ़ी सुधार की गुंजाइश है। डॉ. कलाम ने बाद में आध्यात्मिक शिक्षा को बढ़ावा देने के बारे आध्यात्मिक गुरुओं की गहरी चिंता का ज़िक्र किया, जो उस बहुत परिचित धार्मिक विचार से परे थी, जो अधिकांश स्कूली बच्चों पर थोपी जाती है :

> मैं पंद्रह आध्यात्मिक गुरुओं से मिला... वे अलग-अलग धर्मों के थे, जिनमें हिंदू धर्म, बौद्ध धर्म, ईसाई धर्म, इस्लाम और सिख धर्म शामिल थे। धार्मिक नेता इस बारे में चिंतित थे कि ज़्यादातर स्कूलों में शिक्षा, ख़ास तौर पर छोटे कस्बों में, जिज्ञासा की स्वतंत्रता से उन्हें सशक्त बनाने के बजाय रूढ़ियों और दक़ियानूसी अवधारणाओं से युवा मस्तिष्कों को पालतू बनाया जा रहा है... औपचारिक शिक्षा ख़त्म होने तक विद्यार्थी के दिमाग़ को 'साँचे' तक 'आकार देने' का विचार सचमुच अशुभ है। इसके बजाय आध्यात्मिकता को एक स्वप्न को आकार देना चाहिए, जो त्वरित चीज़ों के अस्थायी परिवर्तन से परे, पीछे और भीतर खड़ा है। क्या हम धार्मिक शब्दावली बताए बिना किसी छोटे विद्यार्थी के सामने आध्यात्मिकता को परिभाषित कर सकते हैं?

सूरत में धर्मगुरु एक साझे स्वप्न तक पहुँचे और कई अहम मुद्दों पर सहमत हुए। धर्मसभा का एक महत्त्वपूर्ण परिणाम फ़ाइव गारलैंड परियोजनाओं की कल्पना थी। सूरत आध्यात्मिक घोषणा में इसका अनुमोदन किया गया। इसने अन्य बातों के अलावा बहु-धार्मिक त्योहारों और बहु-धार्मिक परियोजनाओं का प्रस्ताव रखा।

शांति की प्रार्थना में धर्म का मूल संदेश देने के लिए और विभिन्न धर्मों में शामिल बुनियादी सत्यों पर विचार-विमर्श करने के लिए भारत के सभी हिस्सों में हर महीने एक बहु-धर्मी सम्मेलन हो सकता है। ऐसी प्रार्थना से पहले देश के उस हिस्से के सभी धर्मों की प्रार्थनाएँ की जानी चाहिए, जो लोगों की मौजूदगी में संबंधित धार्मिक और आध्यात्मिक गुरु करें। हर माह चुना गया दिन किसी एक धर्म का पवित्र दिन हो सकता है : इस्लाम, हिंदू धर्म, ईसाई धर्म, सिख धर्म, पारसी धर्म, जैन धर्म, बौद्ध

धर्म आदि। सभी धर्मगुरुओं द्वारा ऐसी बैठकों के नियमित आयोजन और विभिन्न धर्मों के लोगों द्वारा दूसरे धर्मों के पवित्र दिनों का सम्मान करने से एक शक्तिशाली संदेश पहुँचेगा।

यदि संभव हो, तो ऐसे सम्मेलन धार्मिक केंद्रों पर आयोजित हो सकते हैं, जहाँ दूसरे धर्मों के लोग भी उस दिन एकत्रित हो सकें। इन बैठकों में लोगों को मिठाइयाँ और मीठी बातों का आदान-प्रदान भी करना चाहिए, जैसी कि देश के कुछ हिस्सों में परंपरा है, जहाँ मस्तिष्कों की एकता मौजूद है। इसके अलावा, उस दिन हर एक को समानता का संदेश फैलाने के लिए लंगर (सामूहिक किचन और भोजन) भी आयोजित किया जा सकता है, ताकि सभी लोग साथ-साथ बैठकर एक जैसा भोजन करें।

अब तक धार्मिक समूहों ने ग़रीबी और इससे जुड़े दुख-दर्द को हटाने की दिशा में छोटे-बड़े पैमाने पर कई प्रयास किए थे, लेकिन हमेशा अकेले। सूरत में यह निर्णय लिया गया कि ग़रीबों की मदद करने के लिए शिक्षा, स्वास्थ्य सुविधा और जल आपूर्ति के लिए कई बहु-धर्मी परियोजनाएँ शुरू की जाएँ। यही उद्यमिता और रोज़गार उत्पन्न करने के लिए भी किया जाए। इस तरह लोग अपनी आँखों से खुद देख लेंगे कि धर्म साझे हित के लिए मिलकर काम कर रहे हैं। ये प्रयास धर्म को लोगों के मन में ऊपर उठाएँगे, जिससे राष्ट्र को लाभ होगा।

देश के विभिन्न हिस्सों में काम कर रही सभी धार्मिक शैक्षणिक संस्थाओं को दूसरे धर्मों के बच्चों को भी दाख़िला देना चाहिए, जो नाममात्र से अधिक संख्या में हो। विद्यार्थियों के मन में धर्मों का सच्चा उद्देश्य और एकता व्याप्त होनी चाहिए। बच्चे कल के स्तंभ हैं; अगर उनके जीवन की शुरुआत में ही उन्हें सावधानी भरा मार्गदर्शन मिल जाए, तो वे अगली पीढ़ी के समुदायों के बीच शांति व मित्रता को बढ़ावा देने में मदद करेंगे। इस उद्देश्य से मीडिया के विभिन्न साधनों के ज़रिये मूल्य-आधारित शैक्षणिक सामग्री का प्रचार-प्रसार करना चाहिए।

आम लोगों को सीधे लाभ पहुँचाने वाली परियोजनाओं के अलावा यह भी ज़रूरी है कि विभिन्न धार्मिक और आध्यात्मिक मुखियाओं, साथ ही धार्मिक विद्वानों के बीच सतत अंतर्धर्मी संवाद क़ायम रखा जाए। सही तरीक़े से होने पर यह संवाद बहुत सारे मुद्दों को सुलझा सकता है। राष्ट्रपति कलाम ने अपने जीवन में बहुत जल्दी देख लिया था कि समाज के धार्मिक मुखिया साझे हित के लिए नियमित चर्चा करके सहयोग दे सकते हैं। उनके पिता जैनुलाबदीन, पंडित पक्षि लक्ष्मण शास्त्रीगल और फ़ादर बोदल कभी भी रामेश्वरम् के लोगों के कल्याण पर अपने विचार-विमर्श को 'अंतर्धार्मिक संवाद' की संज्ञा नहीं देते। लेकिन इस बात से उनका संप्रेषण कम प्रभावी नहीं हो जाता।

वर्तमान समय में इस संवाद के अधिक औपचारिक बनने की ज़रूरत हो सकती है। इंटरनेट ऐसी चर्चा के परिणामों को प्रचारित करने का सार्थक मंच हो सकता है। इसके अलावा, दूसरे कुछ देशों में अंतर्धार्मिक संवादों के विद्यमान मॉडलों

की पड़ताल की जा सकती है और उन्हें हमारी अनूठी परिस्थितियों के मुताबिक़ ढाला जा सकता है। उनकी व्यक्तिगत आस्था के संदर्भ में डॉ. कलाम मुझे पैगंबर मुहम्मद के बारे में बताते थे, जिन्हें वाक़ई अंतर्धार्मिक संवाद के शुरुआती समर्थकों में से एक कहा जा सकता है। पैगंबर नियमित रूप से दूसरे धर्मों के गुरुओं से मिलते थे और मुस्लिम शासन में रहने वाले ईसाई नागरिकों के साथ बहुत सी सहमतियों पर पहुँचते थे। उन्होंने ऐसे अनुबंध भी किए, जिनमें उनके रीति-रिवाज़ों के अनुसार उन्हें आराधना की स्वतंत्रता की गारंटी दी गई, जिसे ईसाइयों ने कृतज्ञतापूर्वक स्वीकार किया, क्योंकि अखंडता की उनकी बेदाग़ छवि थी।

अंत में, सूरत में धार्मिक और आध्यात्मिक लीडर सर्वसम्मति से इस नतीजे पर पहुँचे कि एक राष्ट्रीय स्तर का स्वायत्त संगठन बनना चाहिए। इस संगठन का नाम फ़ाउंडेशन फ़ॉर युनिटी ऑफ़ रिलीजियस ऐंड एनलाइटन्ड सिटीज़नशिप (एफ़यूआरईसी) रखा गया। राष्ट्रपति कलाम ने बाद में आचार्य महाप्रज्ञ के 84वें जन्मदिन पर 14 जून 2004 को राष्ट्रपति भवन में एफ़यूआरईसी का शुभारंभ किया। एफ़यूआरईसी में सूरत आध्यात्मिक घोषणा और *विज़न 2020* के उद्देश्यों को समाहित किया गया था।

4.4

सांसारिक मशीन

दो विश्व युद्धों के बाद, फ़ासीवाद और नाज़ीवाद, साम्यवाद और उपनिवेशवाद के ढहने के बाद और शीत युद्ध ख़त्म होने के बाद मानवता अपने इतिहास के एक नए दौर में दाख़िल हुई है।

—हैंस कुंग
स्विस कैथोलिक पादरी और लेखक

राष्ट्रपति कलाम का पहला आधिकारिक विदेशी दौरा 19 अक्टूबर 2003 को शुरू हुआ। सात दिन के इस दौरे में वे संयुक्त अरब अमीरात (यूएई), सूडान और बुल्गारिया गए। उप-राष्ट्रपति भैरों सिंह शेखावत और उप प्रधानमंत्री एल.के. आडवाणी उन्हें विदा करने के लिए हवाई अड्डे पर मौजूद थे। विनिवेश, संचार और सूचना प्रौद्योगिकी मंत्री अरुण शौरि और संसद सदस्य सुरेश प्रभु और सरला माहेश्वरी राष्ट्रपति के साथ दौरे पर जा रहे थे। यूएई की डॉ. कलाम की राजकीय यात्रा पिछले ढाई दशकों में वहाँ किसी भारतीय राष्ट्रपति की पहली यात्रा थी। इससे पहले 1976 में राष्ट्रपति फख़रुद्दीन अली अहमद वहाँ गए थे।

यूएई में दस लाख से ज़्यादा भारतीय प्रवासी थे। यूएई में सात अमीरात आते हैं और संघ के रूप में इसकी स्थापना 1971 में हुई थी। भारतीय कर्मियों ने इस राष्ट्र निर्माण में बहुत अहम भूमिका निभाई थी। यूएई की जनसंख्या में 30 प्रतिशत से ज़्यादा भारतीय थे, जो ज़्यादातर केरल और तमिलनाडु के दक्षिणी राज्यों से गए थे। आज यूएई एक आधुनिक और तेल-निर्यातक देश है, जिसकी बहुत विविध अर्थव्यवस्था है। ख़ास तौर पर दुबई यात्रा, पर्यटन, रीटेल और वित्तीय क्षेत्र संबंधी एक वैश्विक केंद्र बन चुका है। यहाँ विश्व की सबसे ऊँची इमारत, सबसे बड़ा मानव-निर्मित समुद्री बंदरगाह और सबसे व्यस्त अंतरराष्ट्रीय हवाई अड्डा है। पिछले कुछ सालों में मध्य पूर्व को भारत के आईटी निर्यात में ज़बर्दस्त वृद्धि हुई है, जिसमें यूएई, सऊदी अरब और ओमान भारतीय सॉफ़्टवेयर समाधानों के शीर्ष बाज़ार रहे हैं।

दुबई में राष्ट्रपति कलाम जीआईटीईएक्स 2003 में गए, जो मध्य पूर्व का

सबसे बड़ा और सबसे महत्त्वपूर्ण सूचना प्रौद्योगिकी समारोह है - जिससे आयोजक दुबई वर्ल्ड ट्रेड सेंटर को काफ़ी प्रसन्नता हुई। डॉ. कलाम इस समारोह के आकार और पैमाने से प्रभावित हुए। वे उस समारोह में शिरकत कर रहे भारतीय प्रदर्शकों की संख्या से भी प्रभावित हुए। भारतीय हार्डवेयर उद्योग, सॉफ़्टवेयर और सेवा क्षेत्र के प्रतिनिधि वहाँ थे; कुल मिलाकर चालीस से ज़्यादा कंपनियाँ उस शो में हिस्सा ले रही थीं। दुबई के पूर्व शासक के बेटे शेख अहमद बिन सईद अल मख़्तूम राष्ट्रपति कलाम के साथ थे।

> डॉ. कलाम ने इंडियन हाई स्कूल के शेख़ रशीद सभागृह में भारतीय विद्यार्थियों के एक बड़े समूह को संबोधित करने का समय निकाला। इसके अलावा उन्होंने ज्ञान ग्राम में बिड़ला इंस्टीट्यूट ऑफ़ टेक्नोलॉजी ऐंड साइंसेस (बीआईटीएस) जाने का भी समय निकाला। डॉ. कलाम ने कहा कि दो करोड़ अनिवासी भारतीय संसार के विभिन्न देशों में रह रहे हैं और ये लोग भारत में बीस साल से कम उम्र वाले 30 करोड़ युवा भारतीयों के मानस में चिंगारी भरने का काम कर सकते हैं। इसके अलावा, वे भारत के विकास के महान स्वप्न को साकार करने में एक शक्तिशाली संसाधन बन सकते हैं और अपने 26 करोड़ देशवासियों को ग़रीबी के शिकंजे से मुक्त करने में भी मदद कर सकते हैं। इसके लिए उनका दिमाग़ ही उनकी सबसे बड़ी शक्ति था : 'मेरा सुझाव यह है, आपके जीवन में कितने भी उतार–चढ़ाव आएँ, सोचना आपकी पूँजी होना चाहिए। सोचना प्रगति है और न सोचना व्यक्ति, संगठन और देश के लिए विकासहीनता है।'

विद्यार्थियों ने भारतीय राष्ट्रपति की यात्रा का स्वागत किया, जिनमें से कुछ ने तो इसे अपने जीवन का एक अविस्मरणीय पल बताया।

राष्ट्रपति कलाम की सूडान की यात्रा सूडानी-भारतीय संबंधों के इतिहास में एक अभूतपूर्व घटना थी। वे सूडान की यात्रा करने वाले पहले भारतीय राष्ट्रपति थे। माना जाता है कि सूडान के पास विश्व के तेल के बहुत बड़े भंडार है। इस तरह यह ऊर्जा-के-भूखे भारत के लिए एक प्रमुख स्रोत साबित हो सकता है, जो अपनी 70 प्रतिशत पेट्रोलियम आवश्यकताओं के लिए आयात पर निर्भर है। भारत कुछ महीनों से कूटनीतिक पहल में जुटा था। इसने जून 2003 में एक बड़ी सफलता हासिल की, जब ऑइल ऐंड नैचुरल गैस कॉरपोरेशन की भारत के बाहर की गतिविधियों के लिए बनी शाखा ओएनजीसी निवेश ने कनाडा की टालिस्मन एनर्जी, इंक. से सूडान के ग्रेटर नाइल प्रोजेक्ट में 25 प्रतिशत हिस्सेदारी ख़रीद ली। बाद में भारत ने ऑस्ट्रिया के तेल और गैस समूह ओएमवी से सूडानी परियोजनाओं में हिस्सेदारी ख़रीदी।

सूडान बहुत सी प्राचीन सभ्यताओं का घर था, जिनमें से ज़्यादातर नील नदी के उपजाऊ मैदानों के पास समृद्ध हुई थीं। सूडान ने अपने ज़्यादातर इतिहास

में अनियंत्रित जातिगत संघर्ष से कष्ट उठाया है। कुछ समय से यह गृह युद्धों की अराजकता में फिसल गया है। सूडान के ज़्यादातर इतिहास में इसका भाग्य मिस्त्र के भाग्य से जुड़ा रहा था। 1869 में स्वेज़ नहर के खुलने के बाद मिस्त्र और सूडान का आर्थिक व सामरिक महत्त्व बहुत ज़्यादा बढ़ गया था। सूडान ने महाशक्तियों का, ख़ास तौर पर अँग्रेज़ों का, साम्राज्यवादी ध्यान आकर्षित किया, जिन्होंने 1899 में इसे अपना उपनिवेश बना लिया। जब सूडान आख़िरकार 1956 में स्वतंत्र हुआ, तो देश के उत्तरी और दक्षिणी हिस्सों के बीच गृह युद्ध छिड़ गया। यह लड़ाई सत्रह साल तक चली, जिसमें लगभग पाँच लाख लोग मारे गए। गृह युद्ध 1982 में एक बार फिर छिड़ गया और दो दशक से ज़्यादा समय तक चला। यह राष्ट्रपति कलाम की यात्रा के एक साल बाद जाकर ही थमा।

सूडान का गृह युद्ध सबसे बुरे क़िस्म का युद्ध था, जिसमें देश उत्तरी बनाम दक्षिणी, मुसलमान बनाम ईसाई और अरब बनाम उप-सहारन अफ़्रीका में बँट गया। हालाँकि युद्ध का आंशिक कारण स्पष्ट धार्मिक, सांस्कृतिक और जातिगत भिन्नताएँ थीं - जिसका परिणाम था निर्मम जातिगत सफ़ाई - लेकिन इस कटु संघर्ष का असली कारण सूडान के समृद्ध तेल भंडार पर नियंत्रण और इस नियंत्रण से उत्पन्न होने वाली दौलत थी।

22 अक्टूबर 2003 को सूडान की संसद को संबोधित करते हुए राष्ट्रपति कलाम ने कहा, 'अब समय आ गया है कि हमारे दोनों देश अपनी गतिविधियों को संगठित करें। हमारा लक्ष्य है अपने लोगों को दौलत, ख़ुशी और असुरक्षा से स्वतंत्रता दिलाना। इसके लिए आएँ, सार्वजनिक और निजी संस्थाएँ व व्यवसाय बनाकर बंधन को मज़बूत बनाएँ।' डॉ. कलाम भारत और सूडान के पारस्परिक लाभकारी संबंध को लेकर बहुत आशावादी थे :

> हाइड्रोकार्बन सूडान के मुख्य संसाधनों में से एक है। देश के बड़े हिस्से में अब तक हाइड्रोकार्बन का उचित अन्वेषण नहीं किया गया है, इसलिए संभावना है कि राष्ट्रीय अर्थव्यवस्था में हाइड्रोकार्बन का योगदान काफ़ी बढ़ सकता है। भारत और दूसरे देशों की राष्ट्रीय तेल कंपनियाँ सूडान में तेल और गैस खोजने का काम कर रही हैं। भारत और सूडान तेल खोजने, इसे साफ़ करने, बेचने और तेल आधारित प्रॉडक्ट्स की निर्माण क्षमता में मिलकर काम कर सकते हैं। भारत की मदद से सूडान प्राकृतिक हाइड्रोकार्बन और अन्य प्राकृतिक संसाधनों का दोहन कर सकता है और भारत के विज़न 2020 जैसी कई मिशनबद्ध परियोजनाओं के ज़रिये सूडान की आर्थिक प्रगति को ईंधन दे सकता है।

दुखद तथ्य यह है कि जनवरी 2005 में गृह युद्ध ख़त्म होने और जुलाई 2011 में दक्षिण सूडान का गठन होने के बाद भी देश में हिंसा ख़त्म नहीं हुई। दिसंबर 2013

में गृह युद्ध एक बार फिर भड़क गया, इस बार दक्षिण सूडान में। भारत दक्षिण सूडान के नए राज्य को मान्यता देने वाले पहले देशों में था और इसने देश को अपने समर्थन का वादा किया। इसने अधोसंरचना विकास में मदद की पेशकश की, तेल संसाधनों के बदले स्वास्थ्य, शिक्षा और ग्रामीण विकास के अधिकारियों को प्रशिक्षण देने की पेशकश की। सहयोग के ज़रिये बहुत कुछ हासिल किया जा सकता है और युद्ध से अंततः बहुत कम।

सौभाग्य से डॉ. कलाम जिस अगले देश का दौरा कर रहे थे, उसका तत्कालीन इतिहास कहीं अधिक शांतिपूर्ण था। लेकिन यह यात्रा उनके लिए शारीरिक दृष्टि से चुनौतीपूर्ण थी। जब राष्ट्रपति कलाम 23 अक्टूबर 2003 को बुल्गारिया की ऐतिहासिक राजधानी शहर सोफ़िया में उतरे, तो उन्हें बुखार था और शरीर में बहुत दर्द हो रहा था। उनकी पीठ में दर्द और जलन थी। लेकिन उन्होंने किसी कार्यक्रम को रद्द नहीं किया; डॉ. कलाम व्यक्तिगत कष्ट की वजह से काम करने से कभी नहीं कतराते थे। सोफ़िया में भारत के राष्ट्रपति के स्वागत में इक्कीस तोपों की सलामी दी गई। बुल्गारिया के राष्ट्रपति जॉर्जी पारवानोव ने सोफ़िया के भव्य सेंट अलेक्ज़ेंडर नेव्स्की कैथेड्रल के चौराहे पर हुए एक विशेष समारोह की अध्यक्षता की।

तुर्की के उस्मान साम्राज्य से बुल्गारिया के स्वतंत्र होने के दस साल बाद 1888 में सोफ़िया युनिवर्सिटी की स्थापना हुई थी। इसे सेंट क्लीमेंट ओहरिड्स्क कहा जाता है। इसे बुल्गारिया के उच्च शिक्षा के प्रमुख संस्थान के रूप में स्थापित किया गया था। सोफ़िया युनिवर्सिटी में एक इंडोलॉजी खंड था, जो 1983 से स्नातक और स्नातकोत्तर स्तर के पाठ्यक्रम चला रहा है। विश्वविद्यालय में विद्यार्थियों की काफ़ी बड़ी भीड़ ने राष्ट्रपति कलाम का अभिवादन किया। उन्हें बताया गया कि 1926 में रवीन्द्रनाथ टैगोर की बुल्गारिया यात्रा से आधुनिक समय तक भारतीय संस्कृति बुल्गारिया में काफ़ी लोकप्रिय है। योग, आयुर्वेद, भारतीय टेलीविज़न सीरियल और भारत की आध्यात्मिक विरासत की लोकप्रियता बुल्गारिया में बढ़ती जा रही है। वैसे भारतीय प्रवासी समुदाय बहुत छोटा था, जिसकी संख्या यही कोई 250 होगी। इस संख्या में वे विद्यार्थी शामिल थे, जो सोफ़िया, प्लेवन, प्लोवडिव और स्टारा जागोरा के चिकित्सा विश्वविद्यालयों में अध्ययन कर रहे थे। वे सभी डॉ. कलाम के स्वागत के लिए आए। भारतीय और बुल्गारियाई लोगों के बीच साझे आर्थिक और सांस्कृतिक हितों पर बातचीत के साथ डॉ. कलाम ने आध्यात्मिक प्रयास के बारे में भी बात की :

> मुझे महसूस होता है कि संसार की शिक्षण संस्थाओं को प्रबुद्ध अंतरराष्ट्रीय नागरिक उत्पन्न करने के लिए काम करना होगा, जो समस्याओं को मिलकर सुलझाने के लिए पृथ्वी के नागरिक के रूप में इकट्ठे काम कर सकें। कोई प्रबुद्ध अंतरराष्ट्रीय नागरिक कैसे उत्पन्न करता है? मुझे महसूस होता है कि ऐसा शिक्षा में मूल्य तंत्र को शामिल करके किया जा सकता है। दूसरा

> महत्त्वपूर्ण घटक होगा एक आध्यात्मिक आंदोलन में धर्मों को एकजुट करना। तीसरा और सबसे महत्त्वपूर्ण घटक है विकासशील देशों द्वारा आर्थिक समृद्धि हासिल करके ग़रीबी का उन्मूलन करना। इसकी बदौलत जीवन स्तर में वृद्धि होगी और व्यक्ति को, परिवार को, राष्ट्र को शांति मिलेगी और इस तरह पूरी पृथ्वी पर शांति स्थापित हो जाएगी।

बुल्गारिया की जनसंख्या सत्तर लाख लोगों से अधिक है और यह मूलतः नगरीय है। ज़्यादातर वाणिज्यिक और सांस्कृतिक गतिविधियाँ इसकी राजधानी और सबसे बड़े शहर सोफ़िया में केंद्रित हैं। अर्थव्यवस्था के सबसे मज़बूत क्षेत्र हैं भारी उद्योग, पॉवर इंजीनियरिंग और कृषि, जो स्थानीय प्राकृतिक संसाधनों पर निर्भर हैं। राष्ट्रपति कलाम डीआरडीओ के ज़माने से गणित, भौतिकी, कंप्यूटर हार्डवेयर और सूक्ष्म निर्माण में बुल्गारिया की आज़माई हुई शक्तियों से परिचित थे। इनमें से कई क्षेत्रों में भारत-बुल्गारिया सहयोग सोवियत युग से निरंतर जारी रहा था। राष्ट्रपति कलाम और राष्ट्रपति पारवानोव ने कंप्यूटर सॉफ़्टवेयर और हार्डवेयर में सहयोग का प्रस्ताव रखा। सॉफ़्टवेयर में भारतीय विशेषज्ञता और हार्डवेयर उत्पादन अधोसंरचना में बुल्गारिया की शक्ति पश्चिमी गुट के बाहर एक महान तालमेल बना सकती थीं। लेकिन ऐसा कभी नहीं हो पाया। मार्च 2004 में बुल्गारिया नाटो में शामिल हो गया और अप्रैल 2005 में यूरोपीय संघ में।

राष्ट्रपति कलाम राइला मोनेस्ट्री की यादें सँजोकर वापस लौटे। बिशप जॉन के साथ उनकी जो चर्चा हुई थी, उसके बाद इसके इतिहास, धार्मिक और सांस्कृतिक विरासत और बुल्गारिया के आध्यात्मिक जीवन में इसके योगदान के बारे में उन्हें बहुत कुछ कहना था। बिशप जॉन ने राष्ट्रपति कलाम को जानकारी दी कि नवीं सदी में ज़ार बोरिस प्रथम ने धर्म परिवर्तन करके ईसाई धर्म अपना लिया। उन्होंने पूर्वी रोमन साम्राज्य की राजधानी कुस्तुनतुनिया से एक आर्चबिशप नियुक्त कर दिया और इस तरह ईसाई धर्म बुल्गारिया पहुँचा। लगभग पाँच सदियों तक बुल्गारिया तुर्की आधिपत्य में रहा और कुस्तुनतुनिया के धर्मप्रधान ने यूनानी पुरोहित-वर्ग के ज़रिये चर्च का प्रबंध किया।

राइला के संन्यासी सेंट इवान ने मोनेस्ट्री की स्थापना की। संन्यासी बिना किसी भौतिक साजो-सामान के एक गुफा में रहते थे, जो मोनेस्ट्री से ज़्यादा दूर नहीं थी। उनके विद्यार्थियों ने, जो सेंट इवान से शिक्षा प्राप्त करने के लिए पहाड़ों से आए थे, यह महान कॉम्प्लेक्स बनाया। उन्होंने मिलकर प्रार्थना की कि अच्छाई, दया और परोपकार फैलाने के लिए सभी धर्म एक साथ आ सकते हैं।

दूसरे चर्चों के साथ यह मोनेस्ट्री भी युद्ध के बाद साम्यवादी शासन के सीधे नियंत्रण में आ गई। लेकिन दूसरी धार्मिक जगहों के विपरीत 1961 में बुल्गारिया सरकार ने राइला को संरक्षित दर्जा दे दिया था। 1983 में युनेस्को (युनाइटेड नेशन्स एज्युकेशनल, सोशल ऐंड कल्चरल ऑर्गेनाइज़ेशन) ने मोनेस्ट्री को विश्व विरासत स्थल

घोषित कर दिया। बुल्गारियाई ऑरथोडॉक्स चर्च ने 1989 में साम्यवादी सरकार के पतन के बाद राइला का पदनाम दोबारा हासिल कर लिया और बाद में आई सरकार ने 1991 में कॉम्प्लेक्स को औपचारिक रूप से मोनेस्ट्री के रूप में दोबारा स्थापित कर दिया।

जब राष्ट्रपति कलाम अपनी सप्ताह भर लंबी यात्रा से लौटे, तो यह स्पष्ट था कि उनका स्वास्थ्य ख़राब था। उन्होंने नई दिल्ली के आर्मी रिसर्च ऐंड रेफ़रल हॉस्पिटल में परीक्षण कराए, जो इंडियन आर्मी मेडिकल कोर का शीर्ष चिकित्सा संस्थान था। परीक्षणों से पता चला कि उन्हें वाइरल संक्रमण हो गया है, शायद यात्रा करते समय, और अब यह पूरे शबाब पर था। डॉ. बी. सोमा राजू, डॉ. एम.ए. सलीम और केयर हॉस्पिटल, हैदराबाद के डॉ. जे.एम.के. मूर्ति उनका उपचार करने वाले डॉक्टरों की टीम में शामिल हो गए।

जब तीन दिन बाद डॉ. कलाम को अस्पताल से छुट्टी दे दी गई, तब भी उन्हें बहुत दर्द था। उन्होंने मुझे बताया कि जलन और चुभन लगभग लगातार हो रही थी। वे कई रात तक सो नहीं पाए। ऐसे ही एक दिन डॉ. कलाम ने मुझे बताया कि वे तनहाई में रोए थे और पूछा था कि उनका दर्द अंतहीन क्यों था, उनके घाव दुखद और लाइलाज क्यों थे। फिर उन्होंने सुना कि पैगंबर अरामाया उनसे बोल रहे थे।

अरामाया :

सुनो कलाम
तुम्हारा दर्द
तुम्हारी आत्मा का विलाप है,
पैगंबर मत बनो।

कलाम :

ओ पैगंबर अरामाया!
मेरे पैगंबर मुहम्मद हैं।
मैं तो बस एक शिक्षक हूँ,
और मेरा गला सूखा हुआ है।

अरामाया :

अज्ञानियों को क्यों सिखाना
झूठे देवताओं की पूजा करना,
श्रम करना, प्रजनन करना।
उन्हें सिखाना छोड़ दो!

कलाम :

नहीं।
मेरे लोग मासूम हैं।
वे भोले हो सकते हैं,
लेकिन बच्चे सुनेंगे।
मैं अपने लोगों से बहुत ज़्यादा प्रेम करता हूँ।

अरामाया :

तो अपने प्रेम की वजह से कष्ट उठाओ।

कलाम :

मैं ऐसा ही करूँगा। ओ पैगंबर अरामाया!
सर्वशक्तिमान ईश्वर को बता देना कि मैं अपने लोगों के प्रेम की ख़ातिर कष्ट उठा रहा हूँ।

राष्ट्रपति कलाम को बिलकुल ठीक होने में लगभग एक हफ़्ता लग गया। उन्होंने अपनी सामान्य दिनचर्या शुरू कर दी, लेकिन उनके अंदर कोई चीज़ बहुत ज़बर्दस्त तरीक़े से बदल गई थी। यह 19 नवंबर 2003 को इंदिरा गाँधी शांति, निरस्त्रीकरण एवं विकास पुरस्कार समारोह के भाषण में प्रकट होने वाली थी।

राष्ट्रपति भवन में एक साल से ज़्यादा समय तक रहने के बाद और संसार के कुछ प्रतिभावान मस्तिष्कों - विद्वानों, राजनेताओं, सामाजिक कार्यकर्ताओं, परोपकारियों और बिज़नेस लीडर्स - से मिलने के बाद डॉ. कलाम ने विश्व राजनीति के शक्ति संबंधों में अंतर्दृष्टियाँ विकसित कर ली थीं। उनकी बीमारी के गहन दर्द और निद्रारहित रातों के बाद ये अंतर्दृष्टियाँ प्रकटीकरण में बदल गईं।

उन्होंने मुझे समझाया कि संसार का एक विशिष्ट वर्ग है, जो सिर्फ़ भारी दौलत का मालिक ही नहीं है, बल्कि बुनियादी तौर पर पूरी पृथ्वी के हर बड़े बैंक और हर बड़े कॉरपोरेशन को नियंत्रित करता है। इस विशिष्ट वर्ग ने विश्व के केंद्रीय बैंकों को बनाया है और फिर इन बैंकों का इस्तेमाल सरकारों को कर्ज़ के अंतहीन चक्र में फँसाने के लिए किया है, जिससे कोई मुक्ति नहीं है। बेहद दौलतमंद लोगों ने दूसरी महत्त्वपूर्ण अंतरराष्ट्रीय संस्थाओं, संधियों, सम्मेलनों और प्रतिबंधों स्थापित करने में भी मुख्य भूमिका निभाई है; और नियंत्रण के बहुत सारे औज़ारों को बनाने में भी। उनके प्रभाव से लोगों-से-लोगों तक की सेवाएँ नौकरियाँ बन गई हैं, सौदे व्यवसाय बन गए हैं, कंपनियाँ कॉरपोरेशन बन गई हैं - और बहुराष्ट्रीय कॉरपोरेशन कई सरकारों से ज़्यादा बड़े और ज़्यादा शक्तिशाली बन गए हैं।

दैत्याकार कॉरपोरेशन टेलीविज़न नेटवर्क्स, केबल चैनलों, मूवी स्टूडियो, समाचारपत्रों, पत्रिकाओं, प्रकाशन समूहों, संगीत लेबल्स, दूरसंचार कंपनियों और दवा

व खाद्य कंपनियों के स्वामी हैं। लोग हर दिन जो देखते हैं, सुनते और पढ़ते हैं, बात करते हैं, लिखते हैं और जो खाते हैं, उसका ज़्यादातर हिस्सा इन्हीं के नियंत्रण में होता है। उन्होंने लोगों की मानसिकता को उपभोग, मनोरंजन और प्रजनन का आदी बना दिया है।

हथियार बेचने के लिए युद्ध छेड़े जाते हैं और वैश्विक विशिष्ट वर्ग के स्वामित्व के वृहद सैन्य-औद्योगिक कॉम्प्लेक्स में हथियारों का उत्पादन किया जाता है। युद्ध प्रयासों को धनराशि देने, विद्रोहों और बलवों का दमन के लिए, उनके अनुग्रहशील धनाढ्य वर्गों और वंचित व क्रोधित ग़रीबों को नियंत्रित करने और निगरानी करने के लिए सरकारें बैंकों से भारी धनराशि उधार लेती हैं। जिनका वे अनुमोदन करते हैं, उन्हें कर्ज़ देकर और जिनका वे अनुमोदन नहीं करते हैं, उन्हें कर्ज़ न देकर अंतरराष्ट्रीय बैंकर सरकारों को समर्थन देने या दुर्बल करने के लिए अचानक तेज़ी या मंदी ही उत्पन्न नहीं करते हैं, बल्कि वे किसी देश की अर्थव्यवस्था के परिणामों को भी तय कर सकते हैं।

निजीकरण द्वारा सरकारी और राष्ट्रीय संपत्तियों को हासिल करने के बाद कंपनियों के हितों ने अपनी शक्ति और दौलत कई गुना बढ़ा ली है। विभिन्न वस्तुओं के निर्यात बढ़ाने की मुहिम के चलते संसार में जंगल थोक में कटने लगे हैं। इमारती लकड़ी की कंपनियों ने पुराने जंगलों को मिटा डाला और अब वहाँ अर्ध-बंजर जमीन बची है, जो ज़्यादा किसी काम की नहीं है, सिर्फ़ पशु पालन के लिए उपयुक्त है, ताकि उनका मांस अमीर देशों को बेचा जाए। इसी तरह, सर्वश्रेष्ठ कृषि भूमि का दोहन दौलतमंद देशों में उपभोग हेतु नक़दी फसल उगाने के लिए किया गया है। इससे स्थानीय उपभोग के लिए मुख्य उपज का खाद्य उत्पादन कम हो गया है। परिणाम भाव में असंतुलन है और लोगों को ग्रामीण अर्थव्यवस्था से नगरीय धन मशीनों में आने के लिए विवश किया जा रहा है, जिससे अपराध और झुग्गियाँ पनपती हैं। क्या यह सब कहा जा सकता है? क्या कोई सुनेगा?

राष्ट्रपति कलाम ने 2002 का इंदिरा गाँधी शांति, निरस्त्रीकरण एवं विकास पुरस्कार सर श्रीदत्त रामफल को प्रदान किया। सर श्रीदत्त गयाना के पूर्व विदेश मंत्री थे। 1975 से 1990 तक वे राष्ट्रमंडल के महासचिव रहे थे, डेढ़ दशक का एक अभूतपूर्व कार्यकाल। वे तीन विश्वविद्यालयों के कुलाधिपति भी थे - युनिवर्सिटी ऑफ़ गयाना, युनिवर्सिटी ऑफ़ द वेस्ट इंडीज़ और द युनिवर्सिटी ऑफ़ वॉरविक। हालाँकि कॉमनवेल्थ ऑफ़ नेशन्स को ब्रिटेन के औपनिवेशिक अतीत की अपमानजनक ने उस दौर की अतियों को सुधारने की दिशा में कुछ काम किया है। सर श्रीदत्त रामफल ने नव-स्वतंत्र देशों में स्व-प्रशासन को समर्थन देने के लिए इस संस्था का जोशीला उपयोग किया।

अंतरराष्ट्रीय राजनयिकों के समूह के सामने राष्ट्रपति कलाम ने स्पष्ट रूप से कहा कि हिंसक संघर्षों का असल कारण लोभ है। इसके अलावा, संसार के चंद देशों के अति-विकास और संसाधनों के अत्यधिक उपभोग की वजह से संसार के बहुत से

हिस्सों में विकास का अभाव था। वे उन चुनौतियों की ओर इशारा कर रहे थे, जो वैश्वीकरण ने विकासशील देशों और पर्यावरण के सामने पेश की थी। उन्होंने अधिक समतावादी, शांतिपूर्ण वैश्विक व्यवस्था की आवश्यकता जताई :

> प्राचीन समय से हम भारतीयों ने शांति के लक्ष्य को प्राथमिक माना है। केवल शांति और सुरक्षा की परिस्थितियों में ही लोग और देश वास्तविक विकास कर सकते हैं। हिंसक संघर्ष विकास के शत्रु हैं। देश के रूप में भी हम दृढ़ता से विश्वास करते हैं कि एक बेहतर कल के लिए राष्ट्रों का पारस्परिक व्यवहार सहअस्तित्व पर आधारित होना चाहिए, न कि संघर्ष पर, सहयोग पर आधारित होना चाहिए, न कि टकराव पर और मैत्री पर आधारित होना चाहिए, न कि दबाव पर।

राष्ट्रपति 20 नवंबर 2003 को श्री वेंकटेश्वर युनिवर्सिटी के स्वर्ण जयंती समारोह में शिरकत करने के लिए तिरुपति पहुँचे। उन्होंने बिना किसी तैयारी के लगभग तीस मिनट तक व्याख्यान दिया। उन्होंने 'विकास का नियम' विस्तार से बताया, जिसके ज़रिये भारत जैसे विकासशील देश विकसित देशों के विशिष्ट समूह में शामिल हो सकते हैं। काम को पूरा करने की रणनीति को रेखांकित करते हुए उन्होंने त्रिआयामी नीति का सुझाव दिया - लागत प्रभावकारिता, गुणवत्ता और समय पर आपूर्ति - ताकि भारतीय उत्पाद अंतरराष्ट्रीय बाज़ार में प्रतिस्पर्धी बन जाएँ। उन्होंने कहा कि हर विश्वविद्यालय के एजेंडा में विकास का घटक होना चाहिए; एक इसके ख़ुद के क्षेत्र के लिए और दूसरा पूरे देश के लिए। बाद में उन्होंने सीनेट हॉल में आल इंडिया वाइस चांसलर्स कॉन्फ़्रेंस को भी संबोधित किया।

दोपहर को राष्ट्रपति कलाम तिरुमला पहाड़ी पर बने श्री वेंकटेश्वर स्वामी मंदिर पहुँचे। उनके साथ राज्यपाल सुरजीत सिंह बरनाला और मुख्यमंत्री एन. चंद्राबाबू नायडू भी थे। मंदिर परिसर के मुख्य प्रवेश द्वार पर पारंपरिक इष्टि कपाल के साथ उनका स्वागत किया गया। पारंपरिक संगीत के साथ मंदिर के पुजारियों ने वैदिक भजनों का मधुर जाप करते हुए उनकी अगवानी की।

बाद में पुजारी राष्ट्रपति को मंदिर के गर्भगृह में ले गए, जहाँ वे लगभग दस मिनट तक मूर्ति के सामने खड़े रहे और प्रणाम किया। मंदिर के पुजारियों ने तीनों उच्चाधिकारियों - राष्ट्रपति, राज्यपाल और मुख्यमंत्री - को ईश्वर के शेष वस्त्रम् भेंट किए। उन्होंने राष्ट्रपति को इस मंदिर का महत्त्व और इतिहास भी बताया।

डॉ. कलाम ने पवित्र मंदिर की हुंडी में दान दिया, जैसी कि सामान्य परंपरा है। हुंडी में कुछ मुड़े हुए नोट डालने के बाद वे मुझसे बोले, 'ईश्वर जानता है कि मेरा सौ रुपये का नोट किसी अमीर आदमी की जेब से आए सौ रुपये के नोट से हज़ार गुना ज़्यादा मूल्यवान है।' मैंने कोई पैसा नहीं चढ़ाया, इस बात पर ग़ौर करते हुए वे बोले, 'अजीब आदमी, तुम ईश्वर को जो भी समर्पित करते हो, वह उस राशि

में कई शून्य लगाकर ज़रूरत के समय सच्चे भक्त को लौटा देता है। अपने पैसे को कई गुना करने का मौक़ा मत गँवाओ।'

बाद में मंदिर के कॉम्प्लेक्स के बाहर स्थित रंगनायकुला मंडपम में डॉ. कलाम को मंदिर के पुजारियों ने सस्वर आशीष वेदाशीर्वचनम दिया। पुजारियों को काफ़ी हैरानी हुई, जब डॉ. कलाम ने कहा कि वे देश और इसकी जनता के कल्याण के लिए आशीर्वचनम दें। वे फ़र्श पर बैठ गए और केले के पत्ते के दोने में दिया गया प्रसाद खाने लगे। मैं प्रसाद देने वाले पुजारी की आँखों में ख़ुशी के आँसू उमड़ते देख सकता था। यह मेरे लिए विनम्रता का महान सबक़ था।

विनम्रता वास्तव में सफलता की सच्ची कुंजी है। सफल लोग कई बार राह से भटक सकते हैं। उनमें सफलता के फलों को अंगीकार करने और अति भोग करने की प्रवृत्ति होती है। विनम्रता इस दंभ के आकर्षण और भोगासक्ति के जाल को ख़त्म कर देती है। विनम्र लोग अपनी विजयों और दौलत का श्रेय देते हैं, एकाग्र बने रहते हैं और सफलता की यात्रा जारी रखने के भूखे रहते हैं। मैं जितने समय से डॉ. कलाम को जानता था – लगभग तैंतीस साल से और सार्वजनिक निगाह में उनके पूरे तेजोमय करियर में – मैंने उनमें एक बार भी भोगासक्ति या अहंकार नहीं देखा। इसका यह मतलब नहीं है कि उनमें कोई दोष नहीं था। लेकिन भोगासक्ति और अहंकार उनके अंदर थे ही नहीं और इसकी बदौलत वे अपने देश की बेदाग़ सेवा कर पाए। वे हमेशा ज़्यादा बड़े हित पर एकाग्रचित्त रहे; उनका संतोष था उनके देश की प्रगति और वह गहरा जुड़ाव, जो उन्होंने जनता के साथ क़ायम रखा।

वैसे हमारे राष्ट्रपति कठोर बनने के लिए तैयार थे और वे उत्सवी माहौल में भी ऐसा कर सकते थे। 7 दिसंबर 2003 को राष्ट्रपति कलाम ने एक बहुत बड़े शांति उत्सव और भव्य सभा को संबोधित किया, जिसका विषय था, 'आध्यात्मिक शक्ति के ज़रिये विश्व शांति।' यह उत्सव प्रजापति ब्रह्म कुमारीज़ ईश्वरीय विश्वविद्यालय ने आयोजित किया था। उपराष्ट्रपति भैरों सिंह शेखावत और ब्रह्मकुमारियों की प्रमुख राजयोगिनी दादी प्रकाशमणि उपस्थित थे। गायक महेंद्र कपूर ने आत्मा को ऊपर उठाने वाले भक्ति गीतों से श्रोताओं को मंत्रमुग्ध कर दिया।

> वैसे डॉ. कलाम इस सुखद माहौल से विचलित नहीं हुए। कूटनीति के प्रति रुझान के बावजूद उन्होंने वह कहा जो कहने की ज़रूरत थी और कुछ मायनों में वे ऐसा करने के लिए अधिक संकल्पवान थे। राष्ट्रपति ने अपने बहुत खरे शब्दों से उत्सव में मौजूद लगभग हर एक व्यक्ति को हैरान कर दिया। वे भ्रष्टाचार और सांसारिक क्रूरता में संलग्न होने के ख़तरों के बारे में बोले। और अब वे सलाह नहीं दे रहे थे – वे चेतावनी दे रहे थे : 'जो लोग ऊँचे और ज़िम्मेदार पदों पर हैं, अगर वे सदाचार के ख़िलाफ़ जाएँगे, तो सदाचार ख़ुद एक विध्वंसक शक्ति बन जाएगा। जो भी सदाचार से विमुख होता है, चाहे वह व्यक्ति हो या देश, वह अपने कार्यों के लिए ख़ुद ज़िम्मेदार है।'

4.5

वीरान गाँव

उस धरती का हाल बुरा है, तीव्र बुराइयों की शिकार है,
जहाँ दौलत इकट्ठी होती है और इंसान नष्ट :
राजा और सामंत समृद्ध हो सकते हैं या कुम्हला सकते हैं –
एक साँस उन्हें बना सकती है, जैसे कि एक साँस ने बनाया है :
लेकिन एक साहसी कृषक वर्ग, उनके देश का गर्व,
एक बार जब नष्ट हो जाता है, तो कभी दोबारा भरपाई नहीं हो सकती।

—ऑलिवर गोल्डस्मिथ
18वीं सदी के ब्रिटिश कवि

फैलते महानगरों के बावजूद भारत अब भी बहुत ग्रामीण है। हर दस में से सात भारतीय गाँवों में रहते हैं। भारत का हर पाँचवाँ व्यक्ति 2,000 से 5,000 लोगों वाले गाँव में रहता है। पूरे देश में 1,000 लोगों से कम वाले गाँवों का अनुपात कम हुआ है, लेकिन ज़्यादा बड़े गाँवों का अनुपात उसी तर्ज़ पर बढ़ा है। यह अनुपात एक राज्य से दूसरे राज्य में बदलता रहता है। बहरहाल, अपने गाँव की मिट्टी के साथ भारतीयों का स्थायी बंधन क़ायम है। ज़्यादातर मामलों में पुरखों की ज़मीन से उनका जुड़ाव राष्ट्र के केंद्रों के आकर्षण से ज़्यादा मज़बूत होता है।

गाँवों की जनसांख्यिकी भी राज्यों में अलग-अलग कहानी बताती है और यह तुलनात्मक विकास की कहानी है। बिहार में, 2,000 से अधिक लोगों वाले गाँवों में परिवर्तन हुआ है। झारखंड और ओडिशा में 500 से ज़्यादा लोगों वाले गाँव अब भी बढ़ रहे हैं। तम्लिनाडु में 5,000 से ज़्यादा लोगों वाले बड़े गाँवों की संख्या अब भी बढ़ रही है। केरल में यह बड़े ग्राम की कहानी है। हम अक्सर देश के तीव्र नगरीकरण के बारे में पढ़ते हैं। भारत के बेतरतीबी से फैले हुए महानगरों में बहुमंज़िले अपार्टमेंटों का कंक्रीट का जंगल और भीड़ भरी सड़कों के ऊपर गगनचुंबी शॉपिंग कॉम्प्लेक्स बेशक आज आम हैं। लेकिन संयुक्त राष्ट्र का अनुमान है कि असली भारत कमोबेश पचास साल तक गाँवों में ही रहेगा। इस वजह से डॉ. कलाम का प्यूरा मिशन –

गाँवों को जोड़ने और उन्हें सेवाओं व प्रौद्योगिकी से जोड़ने का लक्ष्य - देश के लिए सबसे प्रासंगिक स्वप्न है।

संयुक्त राष्ट्र की रिपोर्ट *'2007 रिवीज़न ऑफ़ वर्ल्ड अर्बेनाइज़ेशन प्रॉस्पेक्ट्स'* के विवरणों को भारत के मीडिया में स्थान दिया गया :

> नगरीकरण के मिथक को तोड़ते हुए... संयुक्त राष्ट्र ने कहा कि हालाँकि ज़्यादातर देश तीव्र नगरीकरण देखेंगे, लेकिन सन 2050 तक संसार में सबसे बड़ी ग्रामीण जनसंख्या भारत की रहेगी... 2050 तक ही भारत की 55 प्रतिशत जनसंख्या शहरी इलाक़ों में बसेगी, यानी 90 करोड़ लोग।

24 दिसंबर 2003 को राष्ट्रपति को सैफ़ई की यात्रा पर जाना तय था। सैफ़ई उत्तरप्रदेश के मुख्यमंत्री मुलायम सिंह यादव का गाँव था, जो रक्षा मंत्रालय में उनके पुराने बॉस और उसके बाद क़रीबी मित्र थे। सैफ़ई गाँव बुंदेलखंड क्षेत्र में है। उत्तरप्रदेश और मध्यप्रदेश के तेरह जिलों में 70,000 वर्ग किलोमीटर में फैले बुंदेलखंड क्षेत्र को कृषि के लिहाज़ से देश का सबसे कम अनुकूल इलाक़ा माना जाता है। गर्मियों की नियमित फसल के लिए अनियमित बरिश पर निर्भर रहें या सिंचाई अधोसंरचना में निवेश करें, इन दो विकल्पों में बुंदेलखंड के किसानों ने ज़्यादातर बाद वाला विकल्प चुना है।

बुंदेलखंड में जल संरक्षण के मुद्दे पूरे संसार में आधुनिक प्रवृत्ति को दर्शाते हैं। ज़मीन के नीचे से बड़े पैमाने पर पानी निकालने की भरपाई होने देना चाहिए, इस बुनियादी सिद्धांत को हाल के वर्षों में नज़रअंदाज़ किया गया है। महासागरों से मछलियों का अति शिकार हुआ है, क़ीमती वर्षा-वनों की थोक में कटाई हुई है और इसके साथ ही प्रौद्योगिकी की तरक्की ने हमारे सबसे महत्त्वपूर्ण संसाधन का दुरुपयोग होने दिया है। वैसे भारत में ख़ास गंभीर परिणामों की आशंका है, क्योंकि हमारी जनसंख्या विशाल है और हम अपनी बढ़ती जनसंख्या को खिलाने के लिए कृषि पर निर्भर हैं। यही नहीं, बहुत कार्यकुशल वाटर पंप और ट्यूबवेल के आने के बाद जल स्रोतों का पारंपरिक रखरखाव हाशिये पर पहुँच गया है।

तालाब तंत्र - जिन्हें सदियों से इस इलाक़े में जल प्रबंधन का सबसे उपयुक्त मॉडल माना गया था - को नज़रअंदाज़ किया गया है, तालाबों का अतिक्रमण हुआ है, उन्हें ख़त्म और नष्ट कर दिया गया है। साथ ही, नहर नेटवर्क भी ख़स्ताहाल हो चुका है; नहरों में गाद जमी रहती है, खरपतवार भरी रहती है और वे कई जगहों पर टूटी हुई हैं। इससे भी बुरी बात, जल का वितरण भी समान नहीं है। बुंदेलखंड क्षेत्र में अंतिम हिस्से के गाँवों की सिंचाई आवश्यकताओं को काफ़ी हद तक नज़रअंदाज़ किया गया है। ऊपरी इलाक़े के प्रभावी और अमीर किसानों ने बंदूकों और ताक़त के दम पर सूखे के समय में भी जल-प्रधान फसलें उगाई हैं। हाल के वर्षों में सिंचाई के पानी की माँग आपूर्ति से बहुत ज़्यादा बढ़ चुकी है, जिसके फलस्वरूप फसल से पूँजी की लागत भी नहीं निकल पाती है। किसान कर्ज़ के जाल में फँस चुके हैं। कभी

अपने लोगों की बहादुरी के लिए विख्यात बुंदेलखंड अब अपनी भूख और मायूसी के लिए जाना जाता है।

डॉ. कलाम ने मुझे ये विचार बताए, जब उन्होंने मुझसे यानी उनकी टीम के उत्तरप्रदेश के आदमी से उनके लिए एक उपयुक्त भाषण लिखने को कहा। वे चाहते थे कि मैं इस बीमार इलाक़े के लोगों के मुद्दों की सही तसवीर पेश करूँ। बुंदेलखंड के लोग किसी ज़माने में स्वतंत्रता संग्राम में अपनी भूमिका और बलिदानों के लिए मशहूर थे - अब उन्हें मदद की ज़रूरत है। उनका सवाल था, कौन सा रास्ता निकल सकता है? आख़िरी पल पर घने कोहरे की वजह से सैफ़ई की यात्रा रद्द हो गई, जिससे गाँव वाले निराश हो गए, जो राष्ट्रपति के साथ बातचीत करने के लिए भारी संख्या में एकत्रित हुए थे। लेकिन राष्ट्रपति, जो अपने मित्र के गाँव जाने के लिए उत्सुक थे, संभवतः और भी ज़्यादा निराश हुए थे।

5 जनवरी 2004 को राष्ट्रपति कलाम ने चंडीगढ़ में भारतीय विज्ञान काँग्रेस के 91वें सत्र को संबोधित किया, जिसमें देश-विदेश के लगभग 4,000 वैज्ञानिक आए थे। डॉ. कलाम ने अपना भाषण यह कहकर शुरू किया कि उन्हें चंडीगढ़ आना अच्छा लगता है, क्योंकि यह शहर उन्हें ख़ास प्रिय है। हालाँकि लू काबूर्ज़िए के चंडीगढ़ के डिज़ाइन में आधुनिकता का कारीगरी स्वप्न उनके प्रिय भारत का विपरीत था, लेकिन डॉ. कलाम इसकी सुंदरता की क़द्र कर सकते थे। डॉ. कलाम ने वैज्ञानिकों को बताया कि 1985 से 1999 तक वे काम के सिलसिले में वहाँ की सामरिक प्रयोगशाला में अक्सर आते रहे थे। उन दिनों वे पंजाब युनिवर्सिटी के गेस्ट हाउस में रुकते थे। उनकी पहली पुस्तक के कुछ अध्याय वहीं लिखे गए थे।

डॉ. कलाम ने लगभग एक दर्जन बड़े कार्यक्रमों के बारे में बताया, जिन्हें वैज्ञानिकों और प्रौद्योगिकीविदों को प्राथमिकता के आधार पर करना चाहिए। उन्होंने कहा कि अगर दो दशक से कम समय में भारत को विकसित देश बनाना है, तो ये क़दम उठाना ज़रूरी है। उन्होंने जिस पहले काम को चिन्हित किया, वह था भारत की जनसंख्या को भोजन और पोषण की सुरक्षा प्रदान करना। डॉ. कलाम ने संकेत किया कि हालाँकि 'हरित क्रांति' 1960 के दशक में हुई थी और ज़्यादातर मायनों में सफल रही थी, लेकिन अब दूसरी हरित क्रांति पर काम शुरू करने का समय आ गया था। सन 2020 तक देश के अन्न उत्पादन को दोगुना करके 40 करोड़ टन तक पहुँचाने का यही उपाय था। अनाज के ऐसे बीज तैयार करना वैज्ञानिक समुदाय के सामने चुनौती है, जो अलग-अलग तरह की मिट्टी में भी ज़्यादा पैदावार दें। डॉ. कलाम ने कहा कि पहले यह डॉ. एम.एस. स्वामीनाथन के स्वप्नदृष्टा नेतृत्व में हासिल किया गया था। अब इस विकास को और आगे बढ़ाने की ज़रूरत है।

यही नहीं, डॉ. कलाम पूरी तरह जागरूक थे कि हालाँकि पहली 'हरित क्रांति' ने अन्न उत्पादन में सचमुच नाटकीय वृद्धि हासिल की थी - ख़ास तौर पर पंजाब, हरियाणा और पश्चिमी उत्तर प्रदेश में - लेकिन इसके गंभीर दूरगामी परिणाम भी हुए

थे। कुछ आलोचकों ने शुरुआत में ही हरित क्रांति के ख़तरों की चेतावनी दे दी थी; और कई बाद की घटनाओं से सच साबित हुए। चाहे जो हो, क्रांति के बुरे प्रभावों को हालिया समय में कार्यक्रम के समर्थकों द्वारा भी स्वीकार किया गया है।

हरित क्रांति ने लगभग पूरी तरह से अधिकतर गेहूँ और बाद में धान के बीजों की ज़्यादा फसल वाली क़िस्में तैयार करने और प्रचारित करने पर ध्यान केंद्रित किया, जिनमें अपेक्षित फसल पाने के लिए भारी सिंचाई, रासायनिक खादों और कीटनाशकों की ज़रूरत थी। इनका व्यापक इस्तेमाल लंबे समय तक नहीं चल पाया। अजैव खादों के अति-उपयोग से मिट्टी की उत्पादकता कम हो गई है और नासमझी से अंधाधुंध सिंचाई करने की वजह से जलानुवेधन (वाटरलॉगिंग) और भू-क्षरण की समस्याएँ उत्पन्न हुई हैं। यही नहीं, अनाज की कम पैदावार देने वाली, लेकिन ज़्यादा सख़्तजान स्वदेशी क़िस्में ग़ायब हो गई हैं और कीटनाशकों का उपयोग नशे की आदत की तरह बढ़ता चला गया है। साथ ही, पूँजी-प्रधान खेती और मशीनीकरण ने कृषि समाज के बड़े हिस्सों को बेदख़ल कर दिया है।

डॉ. कलाम ने बार-बार इस धारणा के ख़िलाफ़ आगाह किया है कि सारी समस्याएँ प्रौद्योगिकी समाधानों से सुलझाई जा सकती हैं। प्रौद्योगिकी को सामाजिक या तंत्रात्मक आयामों से स्वतंत्र नहीं माना जा सकता। उनका दृढ़ मत था कि प्रौद्योगिकी सिर्फ़ तभी प्रासंगिक होती है, जब इस्तेमाल करने वाले लोगों के संदर्भ में इस पर सही तरीक़े से विचार किया जाता है :

> हमारी कुछ प्रयोगशालाओं के साथ एक समस्या यह है कि वे हमेशा कहते हैं, 'मैंने यह पहले ही कर लिया है।' मैं इसे प्रयोगशाला रोग कहता हूँ। ऐसा इसलिए है, क्योंकि कई लोग प्रौद्योगिकी को प्रयोगशाला से मैदान तक पहुँचाने में शामिल 'आख़िरी मील' की समस्याओं को कम आँकते हैं। आख़िरी मील इतना आसान होता है कि हम सोचते हैं कि हम सटीकता से जानते हैं कि क्या करना है, लेकिन जब हम उसे सचमुच करने उतरते हैं, तो यह बहुत मुश्किल लगने लगता है। प्रौद्योगिकी विकास सिर्फ़ तभी पूर्ण होता है, जब प्रौद्योगिकी लोगों तक पहुँचती है, लोग उसे ग्रहण करते हैं और अपनी आवश्यकताओं पर लागू करते हैं।

कॉंग्रेस में डॉ. कलाम ने अपने भाषण के बाद वैज्ञानिकों से खुलकर बातचीत की। किसी दूसरे नेता ने वैज्ञानिक समुदाय में ऐसा उत्साह उत्पन्न नहीं किया था। डॉ. कलाम ने बायोटेक्नोलॉजिस्ट्स के एक समूह को स्पष्टता से बता दिया कि वे कृषि और मानव स्वास्थ्य की समस्याओं के बायोटेक्नोलॉजी के समाधानों की पैरवी तो करते हैं, लेकिन यह अंधी पैरवी नहीं है। उन्होंने उन्हें बताया कि वे बायोटेक्नोलॉजी सेक्टर की गतिविधियों का नियमन करने में उचित जाँच और संतुलन तैयार करने के लिए काम कर रहे थे। उन्होंने उन्हें बताया कि दस सबसे बड़ी बहुराष्ट्रीय कंपनियाँ

80 प्रतिशत से ज़्यादा कीटनाशक बाज़ार का नियंत्रण करती थीं और विश्व औषधि बाज़ार में उनका 53 प्रतिशत बाज़ारी हिस्सा था; यह कोई सुखद स्थिति नहीं थी। फ़ूड रीटेल व्यापार में शीर्ष दस कंपनियाँ संसार के 57 प्रतिशत बाज़ार को नियंत्रित कर रही थीं। उन्होंने पूछा, 'हम कहाँ हैं?'

स्पष्ट रूप से, समस्याओं के वैज्ञानिक और प्रौद्योगिकी समाधान कभी अनूठे नहीं होते हैं; हमेशा बहुत से मार्गों में से किसी एक को चुनना होता है। इसी तरह कोई विशद समाधान नहीं होते हैं, क्योंकि समस्याएँ कभी एक-आयामी नहीं होती हैं; वे अक्सर तंत्रात्मक होती हैं। वैज्ञानिक के स्वप्नों को यथार्थवाद से मिलाने का काम बिना निराशा के करना चाहिए और यह याद रखना चाहिए कि इसमें आलोचना और खुलेपन ने विज्ञान की तरक्की में हमेशा मदद की है। सार्वजनिक निगाह में एक वैज्ञानिक करियर के उतार-चढ़ाव देखने वाले डॉ. कलाम ने प्रयोगशाला में जीवन के उतार-चढ़ाव पर बात करते हुए अधिकार के साथ कहा :

> मैंने लगभग चार दशकों तक विभिन्न विज्ञान और प्रौद्योगिकी प्रयोगशालाओं में काम किया है। मैं अपने अनुभव के आधार पर कुछ जानकारी देना चाहूँगा। मैंने ख़ुशी और दर्द देखा है। मैंने ख़ुशी देखी है, जब आप सफल होते हैं; और मैंने दर्द भी देखा है, जब आप सफल नहीं होते हैं।

राष्ट्रपति कलाम ने बच्चों के साथ बातचीत भी की और उन्हें अपना 'सोचने का मंत्र' बताया, जो बाद में विद्यार्थी मंत्रों में उनके भाषणों का नियमित हिस्सा बन गया :

> सोचना प्रगति है।
> न–सोचना व्यक्ति, संगठन और देश के लिए ठहराव है।
> सोचना कर्म की ओर ले जाता है।
> कर्म के बिना ज्ञान निरर्थक और अप्रासंगिक है।
> कर्म के साथ ज्ञान समृद्धि लाता है।

राष्ट्रपति कलाम ने बच्चों से यह याद रखने को कहा कि मानव मस्तिष्क एक अनूठा उपहार है। इंसान केवल उत्सुकता और सोचने के ज़रिये ही सृष्टि के आश्चर्यों में दाख़िल हो सकता है। उन्होंने कहा कि सोचना इंसान की पूँजी होना चाहिए, चाहे जीवन में जो भी उतार-चढ़ाव आएँ। उन्होंने उनसे कहा, 'आसमान की ओर देखो। हम अकेले नहीं हैं। पूरी सृष्टि हमारे प्रति दोस्ताना है और जो लोग सपने देखते व काम करते हैं, उन्हें अपना सर्वश्रेष्ठ देने की कोशिश करती है।'

भारत में 2004 में आम चुनाव होने वाले थे। गणतंत्र दिवस की पूर्व संध्या पर राष्ट्रपति कलाम ने लोकसभा चुनाव का एजेंडा व्यावहारिक रूप से तय कर दिया। उन्होंने सभी राजनीतिक दलों से यह आह्वान किया कि वे अपने घोषणापत्र में यह स्पष्ट करें कि सन 2020 तक भारत को विकसित देश बनाने के लिए उनका स्वप्न,

कार्य योजना और नीतियाँ क्या हैं। राष्ट्रपति कलाम ने राजनीतिक दलों से आह्वान किया कि वे विकास के मोर्चे पर सरकार की अंधी आलोचना से ऊपर उठें। उन्होंने उनसे कहा कि वे विकास के लिए वैकल्पिक कार्य योजना और स्वप्न का खाक़ा बताएँ। उनके हिसाब से राजनीतिक दल कम से कम इतना तो कर ही सकते हैं कि आगामी लोक सभा चुनाव में साफ़-सुथरे रिकॉर्ड वाले उम्मीदवार उतारें।

भारत के 54 करोड़ युवाओं का उल्लेख करते हुए राष्ट्रपति कलाम ने कहा कि आज भारत एक युवा देश है और देश का युवा एक विकसित तथा भ्रष्टाचार-मुक्त भारत में रहना चाहता है। उन्होंने कहा कि विकसित भारत को त्वरित अंदाज़ में बनाया जाना चाहिए, ताकि समाज में अस्थिरता न फैले। डॉ. कलाम की दृढ़ राय यह थी कि राजनीतिक दलों के घोषणापत्रों को देश के युवाओं की आकांक्षाओं को ध्यान में रखना चाहिए। घोषणापत्र इस तरह तैयार करना चाहिए, ताकि यह युवाओं के सपनों को पूरा कर सके और पक्के मिशन तथा कार्य योजना का प्रस्ताव रखकर उनकी आकांक्षाओं से मेल खाए।

राष्ट्रपति ने शांति की प्रक्रिया का हवाला दिया, जो भारत और पाकिस्तान के बीच गति पकड़ रही थी। उन्होंने कहा कि देशों को इस बात का अहसास हो गया है कि कम गहनता के पिट्ठू युद्ध, डराने के लिए बनाए गए हथियारों के जख़ीरे और वास्तविक युद्ध सच्चे विकास को रोकने वाले महँगे उपाय थे। उन्होंने कहा, 'देश सफल शांति-निर्माताओं के प्रति कृतज्ञ रहेगा।' राष्ट्रपति कलाम ने कविता को उद्धृत किया :

जब बंदूकें ख़ामोश रहती हैं,
फूल धरती पर खिलते हैं;
ख़ुशबू अच्छी आत्माओं को घेर लेती है,
जिन्होंने सुंदर ख़ामोशी बनाई।

उस साल गणतंत्र दिवस की परेड में ब्राज़ील के राष्ट्रपति लुइज़ इनासियो लूला द सिल्वा को मुख्य अतिथि के रूप में आमंत्रित किया गया था। राष्ट्रपति ने अपने अतिथि की छोटी शुरुआत के क़िस्से सुने थे। बचपन में लूला ने जूते चमकाने का काम किया था और पढ़ना नहीं सीख पाए थे। किशोरावस्था में लूला ने धातु कर्मी के रूप में काम किया और ऑटोमोबाइल पार्ट्स फ़ैक्ट्री में मशीन प्रेस चलाते वक़्त अपनी एक अँगुली गँवा दी। राष्ट्रपति लूला का अभिवादन करते वक़्त राष्ट्रपति कलाम ने ग़ौर किया कि उनके बाएँ हाथ की छोटी अँगुली ग़ायब थी।

जब मैंने डॉ. कलाम से पूछा कि उन्होंने राष्ट्रपति लूला में क्या अनूठा पाया, तो उनके जवाब में वे गुण उजागर हुए, जिनकी वे प्रशंसा करते थे : 'लूला द सिल्वा की लगन असाधारण है। 2002 में ब्राज़ील का राष्ट्रपति चुने जाने से पहले उन्हें चार कोशिशें करनी पड़ी थीं और 2006 में उन्हें दूसरे कार्यकाल के लिए दोबारा चुना गया। मैं उनमें अखंडता की प्रतिमूर्ति देखता हूँ। लूला देश के राजनीतिक और आर्थिक

तंत्र में बड़े सुधारों का वादा करके सत्ता में आए थे। उन्होंने भूख मिटाने और एक आत्मविश्वासी, परवाहपूर्ण, बाहर की ओर देखने वाला राष्ट्र बनाने का वादा किया था और उन्होंने अपना वादा पूरा किया।'

डॉ. कलाम ने राष्ट्रपति लूला को अखंडता वाला नेता कहा। राष्ट्रपति लूला ने अपने मशहूर कथन से डॉ. कलाम को प्रेरित किया, 'मैं अखंडता के साथ काम करूँगा और अखंडता के साथ सफल होऊँगा।' जिस तरह राष्ट्रपति लूला ने अंतरराष्ट्रीय मंच पर ब्राज़ील के क़द को ऊपर उठाया था और तीन दशकों में ब्राज़ील के आर्थिक विकास की सबसे लंबी अवधि में इसका संचालन किया था, उससे डॉ. कलाम बेहद प्रभावित थे। ब्राज़ील की एम्ब्रेयर कंपनी विश्व की सबसे बड़ी विमान कंपनियों में से एक बन गई थी। भारत सहित अस्सी देशों में 5,000 एम्ब्रेयर विमान चल रहे थे। एम्ब्रेयर विमान पूरे संसार में छोटे शहरों को महानगरों से जोड़ने का पसंदीदा चयन बन गए थे। एक विकासशील देश सचमुच विमान निर्माता राष्ट्रों के चुनिंदा समूह में शामिल हो गया था। डॉ. कलाम का विचार था कि भारतीय उद्योग के बड़े खिलाड़ियों को अंतरराष्ट्रीय उड्डयन क्षेत्र में इसके उदय का अनुकरण करना चाहिए।

परेड में अपने सामने मोबाइल प्रक्षेपक पर अग्नि-टू इंटरमीडिएट रेंज बैलिस्टिक मिसाइल को देखकर डॉ. कलाम गर्व से दमक रहे थे। उन्होंने 1983 में मिसाइल कार्यक्रम की शुरुआत में इसकी कल्पना की थी, 1989 में इसका सफलतापूर्वक परीक्षण किया था और अब परमाणु मुखास्त्र-सक्षम यह मिसाइल भारतीय सेना का हिस्सा बन चुकी थी और यह इसकी सबसे विश्वसनीय सामरिक रक्षा संपत्ति थी।

परेड के बाद ब्राज़ील के राष्ट्रपति और अन्य उच्चाधिकारियों को राष्ट्रपति भवन में पारंपरिक 'घरेलू' पार्टी के लिए आमंत्रित किया गया। राष्ट्रपति कलाम हमेशा की तरह मिलनसार मेज़बान थे। जीवन में अच्छी भौतिक चीज़ों की कोई रुचि न होने के बावजूद वे एक संजीदा आकर्षण बिखेरते थे, जो वेटरों से लेकर देश के सर्वोच्च अधिकारियों तक हर एक को आरामदेह बना देता था। जब अतिथि चले गए और उन्होंने थोड़ा आराम कर लिया, तो फिर राष्ट्रपति मेरे साथ देर रात को मुगल गार्डन लॉन के चारों ओर टहलने लगे। राष्ट्रपति भवन रोशनी से सज़ा हुआ था, जिससे इसकी सुनहरी आकृति दिल्ली में रात के आसमान पर दिख रही थी। यह मुझे किसी काल्पनिक स्वर्ग के सपने जैसा माहौल लगा। डॉ. कलाम अब भी राष्ट्रपति लूला के व्यक्तित्व से मोहित थे। उनका विनम्र आचरण, उनका संघर्ष, उनकी लगन - और सबसे बढ़कर अपने देश की जनता को ग़रीबी से बाहर निकालने में उनकी सफलता, जो उनके औपनिवेशिक शासकों ने पीछे छोड़ी थी - यह वह कहानी या पटकथा थी, जो डॉ. कलाम ने अपने मन में लिखी थी। राष्ट्रपति लूला में उन्होंने अपनी कहानी के नायक को सशरीर देख लिया। मैंने ख़ामोश बगीचे की जादुई ख़ामोशी को तोड़ा, ताकि डॉ. कलाम के विचार जान सकूँ :

अरुण : सर, आप भारत और ब्राज़ील में क्या समानता देखते हैं?

कलाम : सबसे पहली बात, दोनों ही देश शांतिप्रिय हैं। हालाँकि ब्राज़ील के दस पड़ोसी देश हैं, लेकिन इसने कभी किसी पर भी हमला नहीं किया। दोनों ही देश उपनिवेशवाद के शिकार रहे हैं और दोनों ही देशों की अर्थव्यवस्थाएँ मूलतः कृषि आधारित हैं। ज़ाहिर है, ब्राज़ील भारत से काफ़ी पहले 1889 में गणतंत्र बन गया था। अमेरिका और सोवियत संघ के बीच शीत युद्ध के दौरान ब्राज़ील लेटिन अमेरिका के कई अन्य देशों की तरह सैनिक नेताओं के शासन में रहा था। लेकिन आज ब्राज़ील एक शक्तिशाली प्रजातंत्र है। ब्राज़ील और भारत नव उन्नत आर्थिक विकास की समान अवस्था में हैं और रूस, चीन व दक्षिण अफ़्रीका के साथ देशों के ब्रिक समूह के सदस्य हैं।

अरुण : भारत ब्राज़ील से क्या सीख सकता है?

कलाम : भारत विकास को समाजवादी बनाने के मामले में ब्राज़ील से बहुत कुछ सीख सकता है। राष्ट्रपति लूला के दो सामाजिक कार्यक्रम अनुकरणीय हैं। बोल्सा फ़ैमिलिया योजना में बहुत ग़रीब लोगों को पारिवारिक भत्ता दिया जाता है और निश्चित अत्यावश्यक ज़रूरतों को पूरा करने के लिए पैसा दिया जाता है। फ़ोमे ज़ीरो (शून्य भूख) योजना में हर एक तक बुनियादी भोजन की पहुँच को सुनिश्चित किया जाता है। इसके कई रूप होते हैं, सबसे ग़रीब परिवारों को वित्तीय सहायता से लेकर विभिन्न रणनीतियों तक, जैसे पानी, कम लागत के रेस्तराँ, मुफ़्त विटामिन और आइरन सप्लीमेंट, पारिवारिक कृषि और माइक्रोक्रेडिट। यह सब सहायता या कर्ज़ से नहीं, बल्कि वास्तविक विकास और बजट आधिक्य के ज़रिये हासिल किया जाता है।

अरुण : क्या यह भारत में संभव है?

कलाम : मैं नहीं जानता। अब चुनाव होंगे। वर्तमान सरकार हर एक को बता रही है कि भारत चमक रहा है; लेकिन जब मैं गाँवों में जाता हूँ, तो मुझे चमक नहीं दिखती है। देश में विद्यमान विकास में मानवोचित चेहरे का अभाव है।

अरुण : सर, आप कहते हैं कि आज का भारत एक युवा देश है। हमारे देश में 54 करोड़ युवा हैं।

कलाम : यही मेरी चिंता है, दोस्त। बेरोज़गारी का अभिशाप समस्या का एक गंभीर पहलू है। आज हमारे अठारह करोड़ से ज़्यादा युवा बेरोज़गार हैं। वे यह नहीं समझ पा रहे हैं कि वे देश के पुनरुत्थान में कैसे योगदान दे सकते हैं।

उस रात मुझे डॉ. कलाम में पैगंबर का अहसास हुआ। हमारे युग का सबसे सम्मानित लीडर यह कहते हुए ख़ुश था, 'मैं नहीं जानता।' अगर किसी लीडर के पास सारे सवालों के जवाब हैं, तो यह इस बात का सबूत है कि ईश्वर उसके साथ नहीं है। इसका मतलब यह है कि वह सच नहीं बोल रहा है। वह ख़ुद के लिए ईश्वर के

नाम का इस्तेमाल कर रहा है। ईश्वर के कृपापात्र महान लीडरों ने - मूसा ने भी - हमेशा शंका के लिए जगह छोड़ी है। हमें अपनी निश्चितताओं के लिए नहीं, बल्कि ईश्वर के लिए जगह छोड़नी चाहिए; और हमें विनम्र होना चाहिए।

> इस समय के आस–पास प्रमुख स्वामीजी ने डॉ. कलाम को अक्षरधाम, गाँधीनगर में सुवर्ण बाल महोत्सव में आमंत्रित किया। इस समारोह की योजना बीएपीएस चिल्ड्रन्स फ़ोरम के संस्थापक योगीजी महाराज के प्रति आदरांजलि के रूप में थी। जब डॉ. कलाम 8 फ़रवरी 2004 को अक्षरधाम मंदिर पहुँचे, तो नारंगी, हरे और सफ़ेद गुब्बारे आसमान में भर गए और बच्चों ने उल्लासपूर्ण अंदाज़ में उनका उत्साहवर्धन किया। आध्यात्मिक जोश बच्चों के चेहरे पर साफ़ झलक रहा था। 20,000 बच्चों का शांति उच्चारण *'ओम् द्योहो शांति'* हवा में गूँज रहा था। ख़ुशी से अभिभूत डॉ. कलाम ने प्रमुख स्वामीजी से कहा, 'स्वामीजी, जानते हैं, दिल्ली में आपके साथ मेरी बहुत अच्छी मीटिंग हुई थी और उसके शब्द अब भी मेरे दिमाग़ में गूँज रहे हैं और मेरे भीतर हमेशा दैवी विकिरण, दैवी कंपन रहता है। मुझे महसूस होता है, मानो आप हमेशा मेरे क़रीब हैं।'

इस भव्य समारोह में राष्ट्रपति कलाम ने सफल उद्यमियों, सामाजिक कर्मचारियों, पुलिस अफ़सरों, पायलटों, सैनिकों, गायकों, खिलाड़ियों और वैज्ञानिकों को सम्मानित किया, जिन्होंने अंतरराष्ट्रीय स्तर पर लीडर के रूप में फ़र्क़ उत्पन्न किया था। उनमें से प्रत्येक बीएपीएस बाल गतिविधियों में हिस्सा लेकर बचपन में ही प्रेरित हुआ था। डॉ. कलाम ने बरसों बाद कहा : 'मैंने अपने सामने मस्तिष्कों में चिंगारी भरने के अपने सपने को साकार देखा।'

एक और मित्र उत्तर प्रदेश में उनका इंतज़ार कर रहा था। राष्ट्रपति कलाम 16 फ़रवरी 2004 को सैफ़ई पहुँचे और भारत में गाँवों के महत्त्व को आदरांजलि दी :

> भारत का हृदय इसके गाँवों में है, क्योंकि हमारे देश में 5,83,000 गाँव हैं और हमारी लगभग 70 प्रतिशत जनसंख्या इन्हीं गाँवों में रहती है। इसलिए देश में गाँवों को आर्थिक दृष्टि से विकसित बनने की ज़रूरत है। अगले दो दशक, या इससे भी कम, भारत के लिए बहुत महत्त्वपूर्ण हैं, ताकि इसका कायाकल्प 'विकासशील' देश से 'विकसित' देश में हो जाए। गाँवों का विकास राष्ट्रीय प्रगति की बुनियाद है।

> राष्ट्रपति कलाम ने फ़रवरी 2004 में केंद्रीय मंत्री नीतीश कुमार की उपस्थिति में इटावा–मैनपुरी रेल लाइन की नींव रखी। जब मैनपुरी 56 कि.मी. दूर इटावा से जुड़ जाएगा, तो वहाँ रहने वाले लोगों के लिए अवसरों और विकास का नया संसार खुल जाएगा।

उन्होंने विशाल जनसमूह को याद दिलाया कि भारत के सबसे बड़े राज्य उत्तरप्रदेश ने देश को कितना विपुल बौद्धिक नेतृत्व प्रदान किया था :

> उत्तरप्रदेश ने शिक्षा का नेतृत्व करके देश को प्रेरित किया था। पंडित मदन मोहन मालवीय, सर सैयद अहमद ख़ान और मौलाना अबुल कलाम आज़ाद देश के इस हिस्से में मशहूर शैक्षणिक संस्थाएँ शुरू करने के लिए उत्तरदायी थे। उन्होंने दूसरी जगहों पर भी ऐसी ही कई मुहिमों को प्रेरित किया और देश को ज्ञानी नेतृत्व प्रदान किया। भक्ति आंदोलन में तुलसीदास, वल्लभाचार्य, सूरदास, कबीर दास और रविदास जैसे महान लोग यहाँ पैदा हुए थे; उनसे पूरे देश के लिए आध्यात्मिक बुद्धिमत्ता उत्पन्न हुई।

दिल्ली लौटने पर हमारे बीच हुई एक बातचीत बाद में हमारी पुस्तक *स्क्वेयरिंग द सर्कल* में शामिल हुई।

मैंने डॉ. कलाम से कहा, 'युवाओं की कृषि में रुचि नहीं है। प्रवृत्ति शहरों की ओर प्रवास की है। यह सचमुच चिंता की बात है कि कृषि बाक़ी अर्थव्यवस्था जितनी दर से विस्तार नहीं कर रही है। यह माना जाता है कि कृषि से देश के जीडीपी में हर रुपये का जो योगदान होता है, वह ग्रामीण ग़रीबी को कम करने में दूसरे योगदानों से दोगुना प्रभावी होता है। कृषि विकास की अप्रत्यक्ष संचालक है, क्योंकि कृषि में 4 प्रतिशत विकास दर दूसरे क्षेत्रों की सुदृढ़ माँग में तब्दील होती है। सेम्युअल जॉनसन ने लिखा था कि कृषि न सिर्फ़ किसी देश को अमीरी देती है, बल्कि एकमात्र अमीरी भी, जिसे देश अपनी ख़ुद की कह सकता है।'

डॉ. कलाम ने कहा, 'कृषि क्षेत्र को बनाना हमारी अर्थव्यवस्था के सच्चे विकास के लिए केंद्रीय है। भारत के भौगोलिक क्षेत्र में से लगभग आधा कृषि गतिविधि के लिए इस्तेमाल होता है और देश की लगभग 60 प्रतिशत कार्यशक्ति खेतों में श्रम करती है, लेकिन इसके बावजूद कृषि और संबद्ध क्षेत्र जैसे वानिकी और मत्स्य पालन सकल जीडीपी में पाँचवें हिस्से से भी कम योगदान देते हैं। जीडीपी इसके वर्तमान स्तर 8 प्रतिशत से ज़्यादा तभी बढ़ पाएगा, जब कृषि उत्पादन जीडीपी में लगभग 25 प्रतिशत का योगदान देगा।' उन्होंने बताया कि भारत में युवा खेती से दूर इसलिए भागते हैं, क्योंकि यहाँ पैदावार की दर कम है : 'भारत में अनाज, फलों और सब्ज़ियों की प्रति हेक्टेयर पैदावार वैश्विक औसत से काफ़ी कम है। हमारी धान की पैदावार चीन की एक तिहाई है और वियतनाम तथा इंडोनेशिया की लगभग आधी है। भारत के सबसे उत्पादक राज्य भी वैश्विक औसत से पीछे आते हैं। देश को दूसरी कृषि क्रांति की ज़रूरत है।'

4.6

राष्ट्र निर्माता

हम मूर्खतापूर्ण ढंग से एक भौतिक सभ्यता के ख़िलाफ़ बात करते हैं। अंगूर खट्टे हैं। भौतिक सभ्यता, यहाँ तक कि विलासिता भी, ग़रीबों के लिए काम उत्पन्न करने के लिए आवश्यक है। रोटी! रोटी! मैं ऐसे किसी ईश्वर में यक़ीन नहीं करता, जो मुझे रोटी नहीं दे सकता।

—स्वामी विवेकानंद

राष्ट्रपति कलाम को जमशेदपुर, झारखंड में टाटा स्टील और टाटा वर्कर्स यूनियन (टीडब्ल्यूयू) के बीच सद्भावना की 75वीं सालगिरह पर आमंत्रित किया गया। टाटा स्टील की कहानी भारत में स्टील की कहानी है। इंग्लैंड में औद्योगिक क्रांति के फलस्वरूप भारत थोड़ा चकाचौंध और अभिभूत था। हमारे लोग औपनिवेशिक लोगों की लाई मशीनों की श्रेष्ठता देखकर दंग थे। उन्नीसवीं सदी के भारतीय बुद्धिजीवी मानते थे कि अगर भारत संसार के साथ क़दम से क़दम मिलाकर चलना चाहता है, तो इसे पश्चिम की आधुनिक वैज्ञानिक प्रणालियों में महारत हासिल करनी होगी। भारतीय किसी दुकान के विंडो डिस्प्ले से भीतर झाँकने वाले भिखारियों की तरह आधुनिक सभ्यता की वस्तुओं को ताकते नहीं रह सकते।

सृजनात्मक परिवर्तन के इसी स्वप्न की बदौलत जमशेदजी नुसेरवानजी टाटा ने विकास की एक ऐसी यात्रा शुरू की, जिसने भारत में औद्योगीकरण का मार्ग तैयार किया। अपने जीवन काल में जमशेदजी क्रांतिकारी भारतीय राष्ट्रवाद का जन्म और उदय देखने वाले थे। वैसे भारत की स्वतंत्रता का उनका सपना उनकी मृत्यु के चार दशक से भी ज़्यादा समय बाद सच होने वाला था। जे.एन. टाटा तीन मार्गदर्शक महत्त्वाकांक्षाओं से सम्मोहित और प्रेरित थे - लोहा और स्टील कंपनी बनाना, पनबिजली उत्पन्न करना और विज्ञान में सर्वश्रेष्ठ शिक्षा प्रदान करने वाला संस्थान बनाना। जे.एन. टाटा की मृत्यु के लगभग तीन साल बाद 1907 में टाटा समूह ने शेयर जारी किए। देश के वित्तीय इतिहास में पहली बार जनसाधारण और समृद्ध दोनों ही प्रकार के लोग इसके समर्थन में हाथ मिलाकर आगे आए, पहला सचमुच

का भारतीय उद्यम। टाटा परिवार के पास टाटा आयरन ऐंड स्टील कंपनी लिमिटेड के 11 प्रतिशत शेयर थे।

स्टील कंपनी ने अपनी पहली कोयले की खान 1910 में हासिल की और समय के साथ छह और बढ़ाईं। कई खानें बिहार, ओडिशा और कर्नाटक राज्यों में फैली थीं। टाटा परिवार भारत में पहली पूर्ण यांत्रिकीकृत लौह अयस्क खान का स्वामी बना। पश्चिम बोकारो में कोयला उन्नतिकरण कारखाने ने निचले दर्जे के कोयले को बेहतर बनाया और इस तरह उच्च गुणवत्ता के कोयले के तेज़ी से घटते भंडार को सुरक्षित रखने में मदद की। कोयला खानों, लौह अयस्क खदानों और पत्थर की खानों ने मिलकर प्लांट की कच्चे माल की ज़्यादातर ज़रूरतें पूरी कर दीं।

द्वितीय विश्व युद्ध तक टाटा स्टील की उत्पादन क्षमता इतनी बढ़ गई थी कि इसकी क़ीमत इंग्लैंड में उत्पादित स्टील के भाव से कम थी, जिससे यह बाज़ार में सिरमौर बन गया। स्वतंत्रता के बाद टाटा समूह ने राष्ट्र निर्माण के भगीरथ काम पर ध्यान केंद्रित करने का निर्णय लिया। नई बनी 'पंचवर्षीय योजनाओं' के लिए आवश्यक ज़्यादातर स्टील टाटा की फ़ैक्ट्रियों से हीं आया था। कंपनी ने कलकत्ता में हावड़ा ब्रिज, भाखड़ा नंगल प्रोजेक्ट और दामोदर वैली कॉरपोरेशन के लिए लोहे और स्टील की आपूर्ति की। साथ ही कांडला बंदरगाह, चंडीगढ़ शहर और कई अन्य महत्त्वपूर्ण परियोजनाओं के लिए भी लोहे और स्टील की आपूर्ति की।

13 फ़रवरी 2004 को एक समारोह में बोलते हुए डॉ. कलाम ने कहा कि भारत संसार में लौह अयस्क के सबसे बड़े उत्पादकों में से एक है। हर साल यहाँ से लगभग 3 करोड़ टन लौह अयस्क का निर्यात होता है। समय की माँग यह है कि ज़्यादा स्टील का उत्पादन किया जाए, क्योंकि स्टील ही देश के विकास की नींव है। राष्ट्रपति कलाम ने कहा कि भारत को विकसित देश बनने के लिए उद्योग को किफ़ायती और गुणवत्ता-चेतन बनने की ज़रूरत है और इसे 'समय पर सुपुर्दगी समय-सारणी' को भी अपनाना चाहिए। उन्होंने कहा, 'प्रतिस्पर्धात्मकता विकासशील और विकसित देश के बीच की अंतिम निर्धारक है।' साथ ही उन्होंने कहा कि सन 2020 तक भारत के विकासशील देश से विकसित देश का कायाकल्प करने के लिए घरेलू उद्योग को वैश्विक दृष्टि से प्रतिस्पर्धात्मक बनना होगा।

राष्ट्रपति कलाम ने भविष्यवाणी की कि भारतीय समाज की बुनियादी संरचना, जिसमें उद्योग शामिल हैं, अगले दस वर्षों में बदल जाएगी। प्रबंधन 'आदेश देने के बजाय काम सौंपने पर ज़्यादा' निर्भर होगा। काम करने वालों की योग्यताएँ 'कम कठोर और ज़्यादा लचीली हो जाएँगी, सिर्फ़ हार्डवेयर-संचालित के बजाय सॉफ़्टवेयर से ज़्यादा संचालित हो जाएँगी।' अर्थव्यवस्था उद्योग से संचालित के बजाय ज्ञान से संचालित बन जाएगी और समाज केवल बुनियादी आवश्यकताओं की पूर्ति के बजाय सशक्तिकरण पर ध्यान केंद्रित करेगा।

टाटा स्टील में औद्योगिक सद्भाव के 75 वर्षों को भारतीय उद्योग के लिए 'एक महत्त्वपूर्ण मील का पत्थर' बताते हुए डॉ. कलाम ने कहा कि यह उपलब्धि 'प्रौद्योगिकी, नेतृत्व, ज्ञान और प्रेरित कार्यशक्ति के तालमेल' का परिणाम है। उन्होंने टाटा समूह से कहा कि वे जमशेदपुर और इसके आस-पास सहायक उद्योगों का समूह बनाएँ, ताकि इसके बाशिंदों को रोज़गार मिल सके और उनका सामाजिक उत्थान हो सके।

इस अवसर पर झारखंड के राज्यपाल वेद मारवाह, पश्चिम बंगाल के राज्यपाल वीरेन जे. शाह, झारखंड के मुख्यमंत्री श्री अर्जुन मुंडा और टाटा सन्स के संचालक तथा टाटा स्टील के पूर्व मैनेजिंग डायरेक्टर डॉ. जे.जे. ईरानी भी मौजूद थे। इस कार्यक्रम को 'पूरे विश्व के सामने मिसाल' कहा गया।

दिल्ली लौटने पर मैंने डॉ. कलाम से पूछा कि वे सबसे बड़े राष्ट्र-निर्माता के रूप में किसे चुनेंगे। इससे तीन घंटे की बातचीत शुरू हो गई। यह बातचीत मुगल गार्डन्स में बाँस की झोंपड़ी में बैठकर हुई। यह झोंपड़ी त्रिपुरा के मुख्यमंत्री माणिक सरकार का तोहफ़ा थी और इसे प्रधानमंत्री वाजपेयी ने 'संत कलाम की कुटिया' का नाम दिया था।

डॉ. कलाम ने कहा कि ज़ाहिर है, गाँधीजी भारत के राष्ट्रपिता थे, जिन्होंने भारतीयों के मन में स्वतंत्रता हासिल करने की चिंगारी भरी। उन्होंने स्वामी विवेकानंद और बालगंगाधर तिलक द्वारा पहले से उत्पन्न चिंगारी से काम आगे बढ़ाया। कई महान नेताओं और लाखों देशभक्तों ने भारतीय स्वतंत्रता की ख़ातिर अपने प्राण न्योछावर किए। फिर हमारे प्रथम प्रधानमंत्री ने मानवतावाद और वैज्ञानिक जज़्बे पर भारत की बुनियाद रखी। डॉ. कलाम ने कहा, 'मैं टाटा परिवार, ख़ास तौर पर जे.एन. टाटा और जे.आर.डी. टाटा को समान महत्त्व का राष्ट्र निर्माता कहूँगा।'

अरुण : कुछ परिवार विरासत छोड़ने में कामयाब क्यों होते हैं और बाक़ी क्यों नहीं होते?

कलाम : यह सब व्यक्तिगत श्रेष्ठता को अगली पीढ़ी तक हस्तांतरित करने के बारे में है, जिसके पीछे पारिवारिक मूल्य का एक उद्देश्य हो। जमशेदजी टाटा दोराबजी टाटा को सक्षम बनाने में सफल थे, जिन्होंने आगे चलकर जे.आर. डी. टाटा को केवल व्यक्ति दौलत कमाने में ही नहीं, बल्कि संस्थाएँ बनाने में सक्षम बनाया।

अरुण : तो जब संस्था निर्माण किसी व्यवसाय का उद्देश्य बन जाता है, तो इसी से सारा फ़र्क़ पड़ता है।

कलाम : समाज की परवाह किसी भी अच्छे व्यवसाय के लिए बुनियादी बात है। टाटा समूह जो कारोबार कर रहा था, उसे करने के साथ-साथ इसने 1941 में एशिया का पहला कैंसर अस्पताल टाटा मेमोरियल सेंटर फ़ॉर कैंसर रिसर्च ऐंड ट्रीटमेंट बनाया; 1936 में टाटा इंस्टीट्यूट ऑफ़ सोशल साइंसेस

(टीआईएसएस) बनाया और 1945 में टाटा इंस्टीट्यूट ऑफ़ फंडामेंटल रिसर्च बनाया।

अरुण : हम ऐसे और ज़्यादा उदाहरण क्यों नहीं देखते हैं?

कलाम : जिस तरह शक्ति शक्ति का सम्मान करती है, उसी तरह अच्छाई भी अच्छाई को आकर्षित करती है। टाटा मेमोरियल सेंटर फ़ॉर कैंसर की उत्कृष्टता की जड़ें डॉ. अर्नेस्ट बोर्जेस की प्रतिभा में हैं। मैं अब अच्छे लोगों और दौलतमंद लोगों के बीच एक खाई देखता हूँ; यह पहले वहाँ नहीं थी। इसके अलावा, अल्पकालीन मुनाफ़े की ख़ातिर उत्कृष्टता को ताक पर रख दिया गया है।

अरुण : इसके लिए कौन ज़िम्मेदार है?

कलाम : लोभ की संस्कृति।

अरुण : यह कैसे हुआ? यह तो मूल रूप से भारतीय गुण नहीं था।

कलाम : स्वतंत्र भारत अपने विकास की राह में कहीं लड़खड़ा गया था।

अरुण : लेकिन आपने कहा लोभ?

कलाम : लोभ बहुत जटिल शक्ति है। यह केवल पैसे तक सीमित नहीं है। यह शक्ति और नियंत्रण के बारे में भी है। लोभ बहुत विनाशकारी होता है। यह हर चीज़ को नष्ट कर देता है।

अरुण : आपका मतलब है कि मुनाफ़े और शक्ति के लोभ के कारण टाटा मेमोरियल सेंटर फ़ॉर कैंसर जैसी संस्थाएँ नहीं बन पाती हैं?

कलाम : हाँ। भारत में सैकड़ों सबसे अमीर लोग हैं, जो सभी अरबपति हैं और जिनकी कुल सम्मिलित दौलत 346 अरब डॉलर है। यहाँ टाटा मेमोरियल सेंटर फ़ॉर कैंसर जैसी सौ संस्थाएँ क्यों नहीं होनी चाहिए?

डॉ. कलाम ने स्पष्ट रूप से भारत के - साथ ही दूसरे देशों के - इतिहास को पढ़ने में काफ़ी मेहनत की थी और उन्होंने इससे अच्छी तरह सबक़ सीखे थे। वे प्रौद्योगिकी और प्रगति को लोगों तक पहुँचाने के बारे में जोशीले थे। वे जनशिक्षा के प्रति भी काफ़ी आकृष्ट थे, इसलिए एक मित्र के आमंत्रण पर उनकी प्रतिक्रिया थोड़े आश्चर्य की बात थी। डॉ. कलाम के क़रीबी मित्र प्रो. एन. बालकृष्णन डॉ. कलाम के पास आए। वे उन्हें नई दिल्ली में इंटरनेशनल कॉन्फ़्रेंस ऑन डिजिटल लाइब्रेरीज़ (आईसीडीएल 2004) के शुभारंभ के लिए आमंत्रित करने आए थे। डॉ. कलाम ने उनसे दोटूक पूछा कि जब करोड़ों लोग गुटेनबर्ग द्वारा शुरू की गई 'छपी हुई लाइब्रेरी क्रांति' तक नहीं पहुँच पाए हैं, तो उनके लिए डिजिटल लाइब्रेरी की क्या प्रासंगिकता है।

जवाब ने उन्हें इस परियोजना के लाभों के बारे में संतुष्ट कर दिया। डॉ. कलाम हमेशा तर्कपूर्ण बात सुनते और मानते थे। उन्होंने ख़ुशी-ख़ुशी 24 फ़रवरी 2004 को आईसीडीएल 2004 का शुभारंभ कर दिया। यह भारत की पहली कॉन्फ़्रेंस

थी, जिसका आयोजन सचमुच अंतरराष्ट्रीय स्तर पर हो रहा था। इसने एशिया, अफ़्रीका, यूरोप, अमेरिका और ऑस्ट्रेलिया में 33 देशों के 740 से अधिक पंजीकृत प्रतिभागियों को आकर्षित किया। डॉ. कलाम ने उदीयमान भारतीय ज्ञान अर्थव्यवस्था पर डिजिटल लाइब्रेरी विकास के प्रभाव पर चालीस मिनट का ज्ञानपूर्ण व्याख्यान दिया। राष्ट्रपति कलाम ने अंतरराष्ट्रीय नुमाइंदों के सामने यह विश्वासपूर्वक रेखांकित किया कि एक अरब लोगों का उनका देश प्रौद्योगिकी विकास के लिए कितने प्रयास कर रहा था।

चाय पर विदेशी नुमाइंदों से बातचीत करते समय राष्ट्रपति कलाम ने उन्हें सुस्पष्ट अंदाज़ में बताया कि उन्हें इंटरनेट संपर्क या जुड़ाव के संबंध में धैर्यवान होना पड़ेगा। इंटरनेट संपर्क कई वक्ताओं की बातचीत का विषय रहा था। डॉ. कलाम ने बताया कि विकसित संसार के अधिकतर लोग कुछ चीज़ों के महत्त्व को नहीं समझ पाते हैं, जैसे उनके घरों में पानी और बिजली की आपूर्ति। उन्होंने इन लोगों को याद दिलाया कि भारत में ऐसे करोड़ों घर हैं, जहाँ ये बुनियादी चीज़ें नहीं हैं। वैसे उन्होंने आश्वस्त किया कि हम इस दिशा में काम कर रहे हैं। उन्होंने कहा कि बड़ी दूरसंचार समस्याओं को सुलझाने की ज़रूरत है, तभी डिजिटल लाइब्रेरी या किसी अन्य सेवा तक सचमुच समानतावादी पहुँच संभव हो सकती है, जो एक विश्वसनीय आईसीटी (सूचना और संचार अधोसंरचना) पर निर्भर हो। अब हम देख सकते हैं कि इनमें से कुछ मुद्दे बीच के वर्षों में - कम से कम कुछ हद तक - सुलझा लिए गए हैं।

डॉ. कलाम ने अपनी संलग्नता वाली कुछ रोचक सामाजिक-प्रौद्योगिकी परियोजनाओं पर बिना किसी तैयारी के बोलना शुरू किया और उनकी बहुमुखी प्रतिभा से विदेशी नुमाइंदे काफ़ी प्रभावित हुए। इनमें मोबाइल डिजिटल लाइब्रेरी थी, जो सौर ऊर्जा, सैटेलाइट डिश इंटरनेट कनेक्शन और एक छोटा प्रिंटर और बुकबाइंडर के साथ पूर्ण थी, जो काग़ज़ पर पुस्तकों का चयन सबसे सुदूर ग्रामों तक ले जा सकती है। ये प्रौद्योगिकियाँ विश्व की जनसंख्या के एक महत्त्वपूर्ण हिस्से तक ज्ञान पहुँचा सकती थीं, जिसने आज तक जीवन में कभी टेलीफ़ोन नहीं किया था।

2 अप्रैल 2004 को राष्ट्रपति कलाम विश्व की सबसे ऊँची रणभूमि सियाचिन ग्लेशियर की यात्रा करने वाले पहले भारतीय राष्ट्रपति बने। सियाचिन ग्लेशियर हिमालय पर्वत शृंखला की पूर्वी काराकोरम रेंज में स्थित है, जहाँ भारत और पाकिस्तान के बीच की नियंत्रण रेखा है। 76 कि.मी. का यह ग्लेशियर काराकोरम रेंज का सबसे लंबा ग्लेशियर है और विश्व के ग़ैर-ध्रुवीय इलाक़ों का दूसरा सबसे लंबा ग्लेशियर है। भारत और पाकिस्तान दोनों ही सियाचिन के आस-पास के इलाक़ों में हज़ारों सैनिकों को तैनात करते हैं और इस क्षेत्र को ग़ैर-सैन्यीकृत करने की कोशिशें नाकाम रही हैं।

इसका कारण काफ़ी हद तक यह हो सकता है कि अंतरराष्ट्रीय सीमा विवाद के अलावा यह क्षेत्र भारत और पाकिस्तान दोनों के प्राकृतिक संसाधनों के लिए

महत्त्वपूर्ण है। ग्लेशियर का पिघला हुआ पानी लद्दाख के भारतीय क्षेत्र में नुब्रा नदी का मुख्य स्रोत है, जो शाइओक नदी में मिलती है। शाइओक नदी आगे जाकर 3,000 कि.मी. लंबी सिंधु नदी में मिल जाती है, जो पाकिस्तान में प्रवाहित होती है। इस तरह, यह ग्लेशियर ही सिंधु का मुख्य स्रोत है और यह संसार में सबसे बड़े सिंचाई तंत्र को पोषण देता है।

ग्लेशियर की यात्रा कोई आसान बात नहीं है, ख़ास तौर पर किसी वरिष्ठ नागरिक के लिए। शायद सियाचिन में 97 प्रतिशत सैनिक मृत्यु युद्ध के कारण नहीं, बल्कि इस इलाक़े की अत्यधिक ऊँचाई, बुरे मौसम और चुनौतीपूर्ण क्षेत्र के कारण होती हैं। लगभग 6,000 मीटर (20,000 फ़ीट) की ऊँचाई ज़्यादातर लोगों को अशक्त करने के लिए पर्याप्त है। विश्व की सबसे ऊँची इस युद्धभूमि ने 2,000 से ज़्यादा लोगों की जान ली है।

सियाचिन में भारतीय सैनिक छावनी तक पहुँचने के लिए राष्ट्रपति कलाम ने पहले परतापुर में सियाचिन ब्रिगेड मुख्यालय के पास भारतीय वायु सेना के थॉइस एयरबेस से उड़ान भरी। सेना प्रमुख जनरल एन.सी. विज़, उत्तरी सेना के कमांडर ले.जन. हरि प्रसाद और कोर कमांडर ले.जन. अरविंद शर्मा राष्ट्रपति कलाम के स्वागत के लिए उपस्थित थे, जो सेनाओं के सर्वोच्च सेनापति थे। यह एयरबेस धरती की सबसे सुंदर जगहों में से एक पर बना है। भव्य पर्वतमालाएँ पृथ्वी से आसमान तक जाती हैं। शाइओक तथा नुब्रा नदियों के संगम के दृश्य से सुंदरता और बढ़ जाती है, जो खरडूंगला दर्रे के उत्तर में एक बड़ी घाटी में से होकर बहती हैं। थॉइस - जो ट्रांज़िट हाल्ट ऑफ़ इंडियन सोल्जर्स एनरूट (सियाचिन) का संक्षिप्त नाम है - इस घाटी में एक घास वाले मैदान में है, जो लद्दाख में लेह कस्बे के उत्तर में है। मानवीय अस्तित्व के लिए यहाँ का ज़्यादातर इलाक़ा बेहद शत्रुतापूर्ण माना जाता है। यरकांडी यूघुर में शाइओक का मूल अर्थ 'मौत की नदी' है।

राष्ट्रपति कलाम अच्छी तरह वाक़िफ़ थे कि सियाचिन के असाधारण माहौल और कठोर परिस्थितियों की वजह से उड्डयन और सैन्य कौशल में कितनी तकनीकी चुनौतियाँ पेश आती हैं। अपने करियर की शुरुआत में उन्होंने ग्रुप कैप्टेन नारायणन के साथ हिमालय पर्वतों में छोटे रनवे पर उड़ने वाले टर्बोजेट विमान के लिए राटो समाधान का पथ प्रदर्शन किया था। सेनाओं के प्रमुख होने के नाते वे यहाँ सैनिकों की मदद के लिए तैनात मशीनों और प्रौद्योगिकी का मुआयना करने के लिए पूरी तरह से और असाधारण रूप से योग्य थे। राष्ट्रपति कलाम ने बहुत से क्षेत्रों में सुधार की गुंजाइश देखी और अपनी विशेषज्ञता भरी राय स्पष्टता से दी।

उन्होंने कहा कि स्वदेशी 'ध्रुव' हेलिकॉप्टर की ऊँची जगहों की क्षमता को बेहतर बनाना चाहिए, ताकि भारतीय वायु सेना को कई संस्करण न सँभालना पड़ें। इसके अलावा उन्होंने कहा कि हेलिकॉप्टर और विमानों में भू-भेदन राडार जैसे उन्नत प्रौद्योगिकी यंत्र लगने चाहिए, ताकि जवानों के लिए पहरेदारी ज़्यादा आसान हो जाए।

ये मशीनें दरारों को पकड़ सकती हैं और बादलों को भेदने वाले फ़ोटो ले सकती हैं। इसके अलावा, उन्होंने यह सुझाव भी दिया कि हेलिकॉप्टर को एम्बुलैंस में बदला जाए।

सामरिक दृष्टि से, राष्ट्रपति कलाम ने प्रौद्योगिकी की ज़्यादा बड़ी भूमिका को भी देखा। उन्होंने टोही कार्यों के लिए ऊँचाई पर जासूसी विमान तैनात करने का भी विचार दिया। चूँकि समय पर टोह लेना पहाड़ी युद्ध के सबसे महत्त्वपूर्ण पहलुओं में से एक है, इसलिए राष्ट्रपति चाहते थे कि सुदूर संवेदन उपग्रहों की जानकारी के अलावा उनकी महत्त्वपूर्ण ख़ुफ़िया जानकारी भी उपलब्ध हो।

थॉइस से राष्ट्रपति कलाम एक हेलिकॉप्टर में सियाचिन बेस कैंप तक उड़कर 18,000 फ़ीट से ज़्यादा की ऊँचाई पर पहुँचे, जहाँ वे सख़्तजान जवानों और अफ़सरों से घुले-मिले। उन्होंने उनसे इस तरह बातचीत की, मानो वे एक सामान्य इंसान हों। उन्होंने इतनी शत्रुतापूर्ण परिस्थितियों में देश की रक्षा करने के समर्पण और सहनशक्ति के लिए उनकी प्रशंसा की। सैनिक और अफ़सर सियाचिन में उनकी उपस्थिति से हैरान थे; कोई राष्ट्रपति कभी ग्लेशियर नहीं आया था और वह भी अपने 73वें वर्ष में।

सैनिकों को संबोधित करते हुए राष्ट्रपति कलाम ने कहा कि बेहद ख़तरनाक इलाक़े में पैदल गश्त में मदद करने के लिए प्रौद्योगिकी औज़ारों को बेहतर बनाना चाहिए। इसके अलावा, हिमस्खलनों, शीतदंश और शत्रु आक्रमण के शिकार जवानों को वायु मार्ग से ले जाने के तरीक़े को बेहतर बनाना चाहिए। उन्होंने उन्हें आश्वस्त किया कि देश को अहसास था कि वे केवल एक नहीं, बल्कि दो शत्रुओं से जूझ रहे थे - एक सीमा के पार और दूसरा, शत्रुतापूर्ण प्रकृति। उन्होंने कहा कि उनके कल्याण और ख़ुशी को सुनिश्चित करना राष्ट्र का कर्तव्य था। इसके अलावा, उन्होंने इस बात का विशेष उल्लेख किया कि सीमा के जवान केवल भारत की सीमांत अखंडता और जल संसाधनों की ही रक्षा नहीं कर रहे थे। वे देश के आर्थिक विकास के लक्ष्य में साझेदार भी थे और इसे भी बढ़ावा दे रहे थे। जैसा राष्ट्रपति कलाम के साथ आम हो गया था - और शायद हमारे सबसे धार्मिक देश के राष्ट्राध्यक्ष से ऐसी उम्मीद भी की जाती थी - उन्होंने हमारे सैनिकों को विचार के लिए आध्यात्मिक आहार भी दिया :

> हिमालय के इस दिव्य वातावरण में मैं आप लोगों को एक दार्शनिक विचार बताना चाहूँगा। मेरा विश्वास है कि ईश्वर हर जीवित प्राणी को किसी उद्देश्य और ख़ास लक्ष्य के साथ बनाता है। आप लोग ख़ुशक़िस्मत हैं, जो आपको ऐसी जगह पर सैनिकों के रूप में देश की रक्षा करने का महान अवसर मिला है। जब मैं आपको देखता हूँ, तो आप सभी बहुत स्मार्ट दिखते हैं, आप संघर्ष के लिए तैयार दिखते हैं और आपके चेहरे की सौम्य मुस्कानों से मैं समझ सकता हूँ कि आप जीत रहे हैं।

राष्ट्रपति कलाम अब भारतीय जीवन में आध्यात्मिक और प्रौद्योगिकी पहलुओं के समान

पक्षधर थे, लेकिन स्वदेशी सैनिक उत्पादों में उनका विश्वास कभी कम नहीं हुआ। रक्षा क्षेत्र आम तौर पर किसी देश के नगरीय क्षेत्र में उपलब्ध प्रौद्योगिकी आधुनिकीकरण के स्तर से ज़्यादा ऊँचे स्तर पर काम करता है। 1992 से डॉ. कलाम को स्वदेशी प्रौद्योगिकी विकास के जिहादी के रूप में सार्वजनिक तौर पर देखा जा रहा था। हर मंच पर वे रक्षा में औद्योगिक क्षमताओं के निर्माण के लिए तर्क देते थे। डॉ. कलाम ने आत्मनिर्भरता की भारतीय खोज को बढ़ावा देने की ऐतिहासिक छवि हासिल कर ली थी। यह केवल रक्षा के क्षेत्र में ही नहीं था : उन्होंने जिन सैन्य उत्पादों को बढ़ावा दिया था, उन्होंने देश के विज्ञान व प्रौद्योगिकी आधार तथा औद्योगिक क्षमता को अतुल्य रूप से तरक्की के मार्ग पर पहुँचाया था।

ब्रिटिश शासकों ने भारत को 200 से ज़्यादा सालों तक औद्योगिकीकरण से दूर रखा था। जब औद्योगिक क्रांति पूरे संसार में जड़ें जमा रही थी और इसकी बदौलत प्रौद्योगिकी व औद्योगिक क्षमता का ज़बर्दस्त विकास हो रहा था, तो औपनिवेशिक शासकों ने भारतीय उद्योग को सुनियोजित रूप से अटकाकर रखा। इसका और कोई उद्देश्य नहीं था, बस इतना था कि भारत ग्रेट ब्रिटेन में बने सामानों का बंधक बाज़ार बना रहे। इसके अलावा, ब्रिटिश राज ने सामरिक क्षमताओं को क़ायम रखने की नीति का अनुसरण किया, जबकि देशी भारतीयों को ज़्यादातर प्रयासों के व्यावहारिक पहलू में ही शामिल किया। जब ब्रिटेन में श्रम की बढ़ती लागतों के कारण उद्योगों को भारत में लाने की ज़रूरत हुई, तब भी सामरिक उद्योगों और फ़ैक्ट्रियों को स्थापित नहीं किया गया। कम से कम, भारत के औपनिवेशिक शासक देश पर शासन करने के लिए आवश्यक रेलवे और बंदरगाहों जैसी बुनियादी अधोसंरचना से आगे तक नहीं देख पाए थे।

स्वतंत्रता के समय भारत को एक ऐसी अर्थव्यवस्था से आत्मनिर्भरता हासिल करने की आवश्यकता की अप्रिय स्थिति का सामना करना पड़ा, जो ज़्यादातर मामलों में अपने पश्चिमी साथियों से कम से कम एक सदी पीछे चल रही थी। भारतीय नेता रक्षा में अपनी अति महत्त्वपूर्ण आवश्यकताओं के लिए एक बढ़ती राह का विकल्प चुनने में व्यावहारिक थे। आत्मनिर्भरता हासिल करने के लिए यह आवश्यक माना गया कि आयात से अत्यावश्यक आवश्यकताओं को पूरा किया जाए और साथ ही स्वदेशी क्षमताओं को बढ़ाया जाए। आईआईटी संस्थानों की स्थापना में एक दशक का समय लग गया और आधुनिक हथियार उत्पन्न करने की क्षमता वाले औद्योगिक कॉम्प्लेक्स स्थापित करने में एक और दशक लग गया।

भारत इलेक्ट्रॉनिक्स लिमिटेड को रक्षा हार्डवेयर में क्रमिक आत्मनिर्भरता के लिए रणनीति के हिस्से के रूप में देखा गया था। इसे 1954 में भारतीय सेनाओं के लिए इलेक्ट्रॉनिक प्रॉडक्ट बनाने के लिए ख़ास तौर पर स्थापित किया गया था। इसी तरह, 1967 में परमाणु ऊर्जा विभाग ने इलेक्ट्रॉनिक्स कॉरपोरेशन ऑफ़ इंडिया लिमिटेड (ईसीआईएल) की स्थापना की थी। इसका उद्देश्य परमाणु ऊर्जा के क्षेत्र में

प्रयुक्त पेशेवर दर्जे के इलेक्ट्रॉनिक्स के क्षेत्र में प्रबल स्वदेशी क्षमता उत्पन्न करना था।

21 अप्रैल 2004 को राष्ट्रपति कलाम ने बीईएल की स्वर्ण जयंती के अवसर पर बीईएल समुदाय से तीस मिनट तक वीडियो संवाद किया। बीईएल के बहुत से प्रॉडक्ट्स थे, जो संचार तंत्रों से जटिल राडार, सोनार, प्रमापीकृत सामान्य संचार तंत्रों से लेकर तीनों सेनाओं के लिए इलेक्ट्रॉनिक युद्ध प्रणालियों तक फैले थे। इसके अलावा, बीईएल माइक्रोवेव कंपोनेंट, एप्लिकेशन-स्पेसिफ़िक इंटेगरेटेड सर्किट (एएसआईसी) और अति-व्यापक-पैमाना-एकीकरण (वीएलएसआई) सेमीकंडक्टर यंत्र भी बनाता है। रक्षा क्षेत्र की हाई-टेक ज़रूरतें पूरी करने के साथ-साथ बीईएल ने सामाजिक दायित्व को भी दिमाग़ में रखा। डॉ. कलाम ने कहा कि वे यह देखकर खुश थे कि बीईएल के कैटेलॉग में कई प्रसारण और दूरसंचार उपकरण, इलेक्ट्रॉनिक वोटिंग मशीनें और शहरी उपयोग के लिए सौर उत्पाद थे। डॉ. कलाम के लिए रास्ता या तो ऊपर की तरफ़ या आगे की तरफ़ था :

> जब आप अपनी स्वर्ण जयंती मना रहे हैं, तो आपके पास अगले बीस वर्षों और उससे भी आगे के लिए एक स्वप्न होना चाहिए। मेरा सपना यह है कि आपको एक अरब डॉलर वाली कंपनी बनना चाहिए : भारतीय इलेक्ट्रॉनिक्स बहुराष्ट्रीय कॉरपोरेशन, जो हमारे देश की रक्षा आवश्यकताएँ पूरी करे और दूसरे बाज़ारों में प्रतिस्पर्धा करे। इसके अलावा, बीईएल को कुछ प्रकार के उपभोक्ता इलेक्ट्रॉनिक उत्पादों में एक घरेलू नाम भी बनना चाहिए।

25 अप्रैल 2004 को नौसेना का जहाज़ आईएनएस तरंगिनी संसार भर की ऐतिहासिक समुद्री यात्रा करने के बाद दक्षिणी नौसेनिक कमान में अपने बेस में लौटा। सेनाओं के सर्वोच्च सेनापति और राष्ट्रपति डॉ. कलाम ने कोच्चि के नौसेनिक बेस में साउथ जेटी में एक प्रभावशाली समारोह में जहाज़ और इसके दल का स्वागत किया।

पंद्रह महीने की इस समुद्री यात्रा के दौरान जहाज़ ने 33,000 समुद्री मील या 61,000 किलोमीटर की दूरी तय की थी और यह अठारह देशों में छत्तीस बंदरगाहों पर गया था। भारतीय नौसेना का विश्वास है कि इन जहाज़ों पर प्रशिक्षण इसके जहाज़ियों में एक अपरिभाषित 'समुद्री अहसास' और प्राकृतिक तत्वों के प्रति सम्मान भरने का सर्वश्रेष्ठ तरीक़ा है। नौसेना का मानना है कि ये गुण सुरक्षित और सफल समुद्री यात्रा से अविभाज्य हैं। आईएनएस तरंगिनी का निर्माण गोआ में हुआ था और इसे दिसंबर 1995 में समुद्र में उतारा गया था।

नौसैनिकों, उनके परिवारों और अन्य उच्चाधिकारियों को संबोधित करते हुए राष्ट्रपति कलाम ने कहा कि संसार का चक्कर लगाने के लिए आईएनएस तरंगिनी की 458 दिन की समुद्री यात्रा यह सुनिश्चित करेगी कि दोबारा भारतीय सीमा की पराधीनता नहीं होगी और इसकी समुद्री आर्थिक गतिविधियों को कोई जोखिम नहीं होगा। इतिहास के विद्यार्थी डॉ. कलाम के लिए अतीत भी भविष्य के लिए उतना ही

प्रासंगिक था, जितना कि वर्तमान; यह भावी प्रवृत्तियों और ख़तरों की भविष्यवाणी करने में मदद कर सकता था :

> ऐतिहासिक दृष्टि से, अगर आप हमारे देश की ओर देखें, तो भारत के उत्तरी हिस्सों में केंद्रीय एशिया के बहुतेरे राजाओं और योद्धाओं ने ज़मीनी आक्रमण किए। इन आक्रमणों से हमारे लोगों को बहुत सी समस्याएँ आईं और दर्द झेलना पड़ा। लेकिन हैरानी की बात यह है कि बाद में जो आक्रमण व्यापार के नाम पर समुद्री मार्गों के ज़रिये हुए, उन्होंने देश को जंगल की आग की तरह घेर लिया। पुर्तगाली पश्चिमी तट से 1498 में भारत में दाख़िल हुए। बाद में सोलहवीं सदी में डेनमार्क और फ्रांस के लोग समुद्री मार्ग से भारत में क्रमशः तरंगमबाड़ी और पाँडिचेरी आए। सत्रहवीं सदी में अंग्रेज़ भारत आए और उन्होंने भी समुद्री मार्ग से एक व्यापार कंपनी बनाई। उन्होंने पुर्तगाल, फ्रांस और डेनमार्क के लोगों को हरा दिया और भारत पर 250 साल से ज़्यादा समय तक शासन किया। इसके अलावा, बाक़ी तीन यूरोपीय देशों के कुछ छुटपुट उपनिवेश थे। इससे सचमुच उजागर होता है कि आर्थिक युद्ध समुद्रों से ही छेड़ा जाता है और यह भी कि भारत पर शासन करने के लिए युद्ध समुद्री मार्गों और समुद्री यात्राओं से ही किया गया था।

डॉ. कलाम ने आईएनएस तरंगिनी के अफ़सरों, जवानों और नाविकों की प्रशंसा की, जो उन्होंने इतनी लंबी समुद्री यात्रा की परंपरा को दोबारा स्थापित किया और उनके प्रयासों की तुलना कोलंबस से की। कोलंबस ने 3,000 समुद्री मील की यात्रा में आठ महीने लिए थे, जब वह भारत खोजने निकला था। आईएनएस तरंगिनी ने पंद्रह महीने में 35,000 समुद्री मील से ज़्यादा की यात्रा की थी। डॉ. कलाम ने उन्हें बताया, 'कोलंबस ने अपने मिशन के ज़रिये एक नया महाद्वीप खोजा था, जबकि आप सभी महाद्वीपों में यात्रा करके आए हैं और आपने हर जगह लोगों के दिल जीते हैं। समुद्र आपकी कक्षा थी और प्रकृति के तत्व आपके शिक्षक थे।'

समुद्र ने बचपन से ही डॉ. कलाम पर जादू कर रखा था और उनके लिए इसका आकर्षण कभी कम नहीं हुआ। आईएनएस तरंगिनी की कैप पहनकर वे गर्व से दमक रहे थे।

4.7

हम भारतीय

हमें कभी नहीं भूलना चाहिए कि सरकार हम ख़ुद हैं; यह हमारे ऊपर कोई अजनबी शक्ति नहीं है। सही मायने में हमारे प्रजातंत्र का शासक न राष्ट्रपति है, न ही सीनेटर, संसद सदस्य और सरकारी अधिकारी हैं; शासक तो इस देश के मतदाता हैं।

—फ्रैंकलिन डी. रूज़वेल्ट
अमेरिका के बत्तीसवें राष्ट्रपति

अँग्रेज़ों के आने से पहले भारत विश्व की श्रेष्ठतम आर्थिक शक्तियों में से था। भारतीय वाणिज्य का योगदान संसार की अर्थव्यवस्था में 40 प्रतिशत से अधिक था। इसकी सड़कें और व्यापारिक जाल सभ्य संसार की ईर्ष्या का केंद्र था। अर्थात मौर्य साम्राज्य ने 2,000 कि.मी. की दूरी पर स्थित तक्षशिला और पटना को जोड़ दिया था और यह काम ईसा से 300 साल पहले हुआ था। सोलहवीं सदी तक शेरशाह सूरी ने गंगा के मैदान से काबुल तक पश्चिम में और चट्टग्राम तक पूर्व में सड़क का विस्तार किया था। इस सड़क को अँग्रेज़ों ने आगे सुधारकर ग्रांड ट्रंक रोड नाम दे दिया।

ब्रिटिश शासनकाल में भारत की यातायात अधोसंरचना का वृहद विस्तार हुआ। 1920 तक भारत का रेल नेटवर्क विश्व का चौथा सबसे बड़ा नेटवर्क बन चुका था और गिट्टी की सड़कें गाँव के स्तर तक पहुँच गई थीं। आधुनिक व्यापार अधोसंरचना की इस ब्रिटिश पहल का उद्देश्य बेशक व्यापारिक लाभ था, जिसका ख़र्च अनुचित रूप से भारतीय करदाताओं ने वहन किया था। लेकिन इससे इंकार नहीं किया जा सकता कि रेल नेटवर्क और सड़कों ने आधुनिक भारत को आकार देने में वाक़ई मदद की। ब्रिटिश शासन से स्वतंत्र होने के बाद भारत ने समाजवादी नीतियाँ शुरू कीं, जिन्होंने केंद्रीय नियोजन और राष्ट्र के स्वामित्व के उद्यमों को प्राथमिकता दी, जिस वजह से व्यापार और सड़क नेटवर्क हाशिए पर पहुँच गए। वास्तव में, स्वतंत्रता के बाद पचास साल तक चार-लेन के राजमार्ग 500 कि.मी. से कम ही बन पाए थे।

प्रधानमंत्री वाजपेयी इस स्थिति में आमूलचूल परिवर्तन करने वाले थे। 1998 में प्रधानमंत्री बनने के बाद उनकी सबसे बड़ी शुरुआती घोषणाओं में से एक यह थी कि 6,000 कि.मी. की 'स्वर्णिम चतुर्भुज' राजमार्ग परियोजना शुरू की जाए। सड़कों का यह जाल भारत के ज़्यादातर बड़े औद्योगिक, कृषि और सांस्कृतिक केंद्रों को जोड़ने वाला था, जिनमें मुंबई, दिल्ली, कलकत्ता और चेन्नई के चार महानगर शामिल थे। अगले पाँच सालों में लगभग 25,000 कि.मी. लंबे राष्ट्रीय राजमार्ग बने। इससे आर्थिक समृद्धि का एक ऐसा दौर शुरू हुआ, जो आधुनिक भारत में अभूतपूर्व था।

इस वृहद् अधोसंरचना परियोजना का सार्वजनिक अनुमोदन इतना ज़्यादा था कि काफ़ी कुछ इसी की बदौलत भाजपा ने 2003 में मध्य प्रदेश, राजस्थान और छत्तीसगढ़ के राज्य विधानसभा चुनावों में जीत हासिल की। प्रधानमंत्री वाजपेयी ने जनता की मनोदशा का लाभ लेने की सोची, जो उनके दल के पक्ष में नज़र आ रही थी। उन्होंने 2004 की शुरुआत में लोकसभा को समय से पहले भंग करने और उसी साल अप्रैल-मई में राष्ट्रीय चुनाव कराने का निर्णय लिया। वरिष्ठ भाजपा नेताओं को पूरा विश्वास था कि वे अगला कार्यकाल हासिल कर सकते हैं और पार्टी ने आशावादी अंदाज़ में 'भारत उदय' प्रचार अभियान छेड़ दिया।

18 अप्रैल 2004 को राष्ट्रपति कलाम ने लोकसभा चुनावों के शुरुआती चरण की पूर्व-संध्या पर देश को संबोधित किया। उन्होंने मतदाताओं से आग्रह किया कि वे अपने मताधिकार का 'सकारात्मक तरीक़े से' उपयोग करें और ऐसे सदस्य चुनें, जो आगामी पाँच सालों तक देश की तक़दीर को मार्गदर्शन दें। राष्ट्रपति कलाम ने दूरदर्शन और आल इंडिया रेडियो पर प्रसारित अपने भाषण में कहा, 'किसी ऐसे उम्मीदवार के लिए अपना मत डालकर, जो आपकी राय में लोकसभा में आपका प्रतिनिधित्व कर सकता है, आप एक समृद्ध भारत, एक ख़ुशहाल भारत, एक सुरक्षित भारत और सबसे बढ़कर एक महान भारत के सृजन के बीज बो रहे हैं।' भारत के प्रजातंत्र के इतिहास में यह पहली बार था कि किसी राष्ट्रपति ने संसदीय चुनावों से पहले ऐसा आग्रह किया था। राष्ट्रपति कलाम ने अपने देशवासियों से प्रजातांत्रिक प्रक्रिया में शामिल होने का आग्रह किया :

> प्यारे मतदाताओं, सुंदर भारत की भोर आपके मन में है और फिर आपके कार्यों में है। चुनाव के दिन आपका काम यह है कि आप अपना मत डालें और सभी प्रजातंत्रों में सबसे बड़े और सबसे प्रगतिशील प्रजातंत्र के जज़्बे की सफलता में गर्व से योगदान दें।

आम चुनाव 20 अप्रैल और 10 मई 2004 के बीच कई चरणों में हुए। राष्ट्रपति कलाम ने नई दिल्ली संसदीय क्षेत्र में शासकीय को-एज्युकेशन सीनियर सेकंडरी स्कूल के मतदान बूथ में सुबह 7 बजे मतदान शुरू होने के कुछ मिनट बाद अपना वोट डाला। मतदान के बाद राष्ट्रपति कलाम ने

कहा, 'मैं अपने मताधिकार का इस्तेमाल करने में बहुत अच्छा महसूस करता हूँ।' इलेक्ट्रॉनिक वोटिंग मशीन का इस्तेमाल करने के अनुभव के बारे में जब उनसे पूछा गया, तो राष्ट्रपति ने कहा : 'ज़बर्दस्त।'

राष्ट्रपति कलाम हमेशा सावधान योजनाकार थे, इसलिए उन्होंने संवैधानिक और क़ानूनी विशेषज्ञों से परामर्श ले लिया था कि अगर संसद में कोई दल या चुनाव–पूर्व गठबंधन बहुमत न जीत पाए, तो कौन सा क़दम उठाया जाए। उन्होंने पूर्व अटॉर्नी–जनरल के. पाराशरन और भारत के पूर्व मुख्य न्यायाधीश जे.एस. वर्मा के साथ बैठकें की थीं।

13 मई 2004 को घोषित हुए चुनाव परिणाम सत्ताधारी एनडीए गठबंधन के लिए सदमे की तरह आए। काँग्रेस और भाजपा के लिए को मत देने वाले लोगों की संख्या लगभग 1999 जितनी ही थी। 1999 में लगभग 10.3 करोड़ लोगों ने काँग्रेस के पक्ष में मतदान किया धा। 2004 में एक बार फिर लगभग 10.3 करोड़ लोगों ने काँग्रेस के पक्ष में मनदान किया। 1999 में 8.6 करोड़ लोगों ने भाजपा को मत दिया था और 2004 में एक बार फिर लगभग 8.6 करोड़ लोगों ने भाजपा को मत दिया। लेकिन सीटों की संख्या में भारी अंतर आ गया था। 1999 में काँग्रेस ने 114 सीटें जीती थीं, जबकि 2004 में मतदाताओं की उतनी ही संख्या के बावजूद इसने 145 सीटें जीत लीं। भाजपा ने 1999 में 182 सीटें जीती थीं, लेकिन 2004 में लगभग उतने ही मतों की संख्या के बावजूद यह सिर्फ़ 138 सीटें ही जीत पाई। लगभग समान मतों के बावजूद काँग्रेस की 31 सीटें बढ़ गई थीं, जबकि भाजपा की 44 सीटें घट गईं, जिससे अंततः इसे पराजय का मुँह देखना पड़ा।

15 मई 2004 को राष्ट्रपति कलाम ने पद छोड़ने वाले प्रधानमंत्री वाजपेयी और उनके मंत्रिमंडल के साथियों के लिए विदाई समारोह आयोजित किया। डॉ. कलाम के वाजपेयी के साथ जो संबंध थे, वे राजनीति के दायरे से काफ़ी आगे तक जाते थे :

> वाजपेयी जी और मेरे बीच साझी चीज़ कविता है। मैं हमेशा उनकी कविताओं को पसंद करता हूँ। मैं उनकी एक कविता 'ऊँचाई' को याद करना चाहूँगा, जिसने मेरे दिल को छू लिया था। वे कविता में कहते हैं कि इंसान हासिल करता है और हासिल करता है। उपलब्धि उसे ऊँचाइयों नर ले जाती है... यह अंततः उसे अकेलेपन तक ले जाती है। क्या अकेलापन उतना ही वरदान है, जितना कि यह अभिशाप है? वे अपनी कविता में यह निष्कर्ष देते हैं, 'मेरे प्रभु, मुझे इतनी ऊँचाई कभी मत देना, ग़ैरों को गले न लगा सकूँ, इतनी रुखाई कभी मत देना।'

जवाब में प्रधानमंत्री वाजपेयी ने राष्ट्रपति कलाम की भूरि–भूरि प्रशंसा की। उन्होंने

कहा, 'जब-जब मैं कलाम साहब से मिलता था, मन आनंदित हो जाता था।' प्रधानमंत्री ने कहा कि उन्होंने और उनके सहयोगियों ने राष्ट्रपति की सादगी से बहुत कुछ सीखा था।

15 मई 2004 को काँग्रेस ने संसद के केंद्रीय हॉल में एक बैठक में श्रीमती सोनिया गाँधी को अपना नेता चुना। भारत के चुनाव आयोग ने 17 मई 2004 को चौदहवीं लोकसभा का गठन कर दिया था और राष्ट्रपति कलाम को आवश्यक जानकारी भेज दी थी। 18 मई 2004 को श्रीमती सोनिया गाँधी डॉ. मनमोहन सिंह के साथ राष्ट्रपति कलाम से मिलीं। वे दूसरे दलों के समर्थन के पत्र नहीं लाए थे, जिनसे यह प्रमाणित हो जाए कि उन्होंने लोकसभा में बहुमत हासिल कर लिया था। इसके बजाय राष्ट्रपति कलाम ने उन्हें जानकारी दी कि उन्हें मुलायम सिंह यादव की समाजवादी पार्टी (सपा) और अजीत सिंह के राष्ट्रीय लोक दल (आरएलडी) के समर्थन पत्र पहले ही मिल चुके थे। अगले दिन दोबारा मिलने का निर्णय लिया गया। उनकी अगली मुलाक़ात में डॉ. कलाम आश्चर्यचकित होने वाले थे, जैसा उन्होंने बाद में बताया :

> निर्धारित समय पर यानी शाम 8:15 बजे श्रीमती गाँधी डॉ. मनमोहन सिंह के साथ राष्ट्रपति भवन आईं। इस मुलाक़ात में शिष्टाचार की बातों के बाद उन्होंने मुझे विभिन्न दलों के समर्थन के पत्र दिखाए। इस पर मैंने कहा कि यह अच्छी बात है। राष्ट्रपति भवन आपके चुने हुए समय पर शपथ ग्रहण समारोह कराने को तैयार है। तब उन्होंने मुझे बताया कि वे डॉ. मनमोहन सिंह को नामांकित करना पसंद करेंगी, जो 1991 में आर्थिक सुधारों के शिल्पी थे और काँग्रेस के बेदाग़ छवि वाले विश्वसनीय सिपहसालार थे। यह मेरे लिए निश्चित रूप से एक आश्चर्य था। राष्ट्रपति भवन सचिवालय को पत्र में शब्द बदलने पड़े और डॉ. मनमोहन सिंह को प्रधानमंत्री नियुक्त करके शीघ्रातिशीघ्र सरकार बनाने के लिए आमंत्रित करना पड़ा।

22 मई 2004 को राष्ट्रपति कलाम ने राष्ट्रपति भवन के अशोक हॉल में डॉ. मनमोहन सिंह को भारत के प्रधानमंत्री के पद और गोपनीयता की शपथ दिलाई। शपथ समारोह में बाहर जाने वाले प्रधानमंत्री अटल बिहारी वाजपेयी, पूर्व राष्ट्रपति के.आर. नारायणन और पूर्व प्रधानमंत्री पी.वी. नरसिंह राव, आई.के. गुजराल, एच.डी. देवगौड़ा, विश्वनाथ प्रताप सिंह और चंद्रशेखर शामिल हुए।

आधुनिक भारत के इतिहास में किसी प्रधानमंत्री के पास डॉ. मनमोहन सिंह जैसा शानदार रिकॉर्ड नहीं था। राजनेता के रूप में वे 1998 से 2004 के बीच राज्य सभा में विपक्ष के नेता थे। इस लंबे अनुभव से वे परिपक्व हो चुके थे। यही नहीं, 1990 के दशक में वित्त मंत्री के रूप में उनके कार्य जगज़ाहिर थे। तकनीक-तंत्री के रूप में शायद ही ऐसा कोई सरकारी महत्त्वपूर्ण पद था, जिसे उन्होंने न सँभाला हो।

वे विश्वविद्यालय अनुदान आयोग के चेयरमैन रह चुके थे, प्रधानमंत्री के सलाहकार रह चुके थे, रिज़र्व बैंक ऑफ़ इंडिया के गवर्नर रह चुके थे, योजना आयोग के डिप्टी चेयरमैन रह चुके थे और प्रमुख आर्थिक सलाहकार भी रह चुके थे। राष्ट्रपति कलाम और प्रधानमंत्री सिंह ने सरकार के मज़बूत भारतीय तंत्र की सर्वश्रेष्ठ परंपरा में सामंजस्यपूर्ण संबंध बना लिया।

23 जुलाई 2004 को बेंगलूरु में दो महत्त्वपूर्ण घटनाएँ हुईं। राष्ट्रपति कलाम ने दो सम्मेलनों का शुभारंभ किया : द नेशनल कॉन्फ्रेंस ऑन एनहांसिंग लर्निंग इन एलिमेंट्री स्कूल्स, जिसका आयोजन अज़ीम प्रेमजी फ़उंडेशन ने किया था और एडूयुसेट नामक भारतीय शिक्षा उपग्रह, जिसका आयोजन इसरो और एसोसिएशन ऑफ़ इंडियन युनिवर्सिटीज़ (एआईयू) ने किया था। भारत एक शक्तिशाली और निर्णायक कायाकल्प से गुज़र रहा था। सन 2020 तक भारत को विकसित देश बनाने का डॉ. कलाम का आह्वान और ज्ञान राष्ट्र के रूप में भारत के कायाकल्प पर ज़ोर को सरकारी संगठनों और निजी संगठनों से त्वरित समर्थन मिला था।

अक्टूबर 2000 में बेंगलूरु में पहली मुलाक़ात में ही डॉ. कलाम की अज़ीम प्रेमजी के साथ ठोस मित्रता हो गई। प्रेमजी उस वक़्त भारत के सबसे अमीर आदमी थे, जिनकी व्यक्तिगत संपत्ति 18 अरब अमेरिकी डॉलर से अधिक थी। प्रेमजी ने डॉ. कलाम को अपनी इच्छा बताई कि वे देश में शिक्षा की गुणवत्ता बेहतर करने की दिशा में काम करना चाहते हैं। डॉ. कलाम ने उन्हें दो सुझाव दिए : प्राथमिक शिक्षा (पहली से आठवीं कक्षा) पर ध्यान केंद्रित करना और शिक्षा की गुणवत्ता को ऊपर उठाने के लिए एक व्यावहारिक मॉडल बनाना और सरकारी स्कूल तंत्र के साथ काम करना।

इस मुलाक़ात के कुछ समय बाद ही प्रेमजी ने अज़ीम प्रेमजी फ़ाउंडेशन स्थापित कर दिया, जो एक ग़ैर-लाभकारी संगठन था। फ़ाउंडेशन का सपना गुणवत्तापूर्ण सर्वव्यापी शिक्षा में महत्त्वपूर्ण योगदान देना था; ऐसी शिक्षा जो न्यायपूर्ण, समतावादी, मानवीय और स्थायी समाज को सुगम बनाए। फ़ाउंडेशन तब से प्रारंभिक शिक्षा के क्षेत्र में भारत के 13 लाख सरकारी स्कूलों में तंत्रात्मक परिवर्तन लाने के लिए 'अवधारणा के प्रमाण' विकसित करने का काम कर रहा है। फ़ाउंडेशन का मुख्य ध्यान ग्रामीण क्षेत्रों पर था, जहाँ इनमें से ज़्यादातर स्कूल स्थापित किए गए थे।

कर्नाटक से शुरू करते हुए अज़ीम प्रेमजी फ़ाउंडेशन उत्तराखंड, राजस्थान, छत्तीसगढ़, पाँडिचेरी (अब पुडुचेरी), आंध्र प्रदेश, बिहार और मध्यप्रदेश पहुँचा, जहाँ इसने राज्य सरकारों के साथ क़रीबी साझेदारी में काम किया। फ़ाउंडेशन ने ज़्यादातर ग्रामीण इलाक़ों में काम किया है तथा स्कूली शिक्षा की गुणवत्ता और समानता को बेहतर बनाने में योगदान दिया है।

विप्रो में उनके आगमन पर अज़ीम प्रेमजी – जिनके साथ कर्नाटक के राज्यपाल टी.एन. चतुर्वेदी और मुख्यमंत्री धरम सिंह थे – ने राष्ट्रपति कलाम का गर्मजोशी

से स्वागत किया। प्रेमजी अपने भाषण में देश को प्रभावित करने वाले कुछ असहज मुद्दे उठाने से नहीं कतराए :

> हम मानव विकास सूचकांक में 175 देशों में 127वें क्रम पर क्यों हैं?... हममें अनुशासन क्यों नहीं रहता है, जब हम किसी कतार में खड़े होते हैं, कचरा फेंकते हैं या किसी सिग्नल पर इंतज़ार करते हैं?... हम नियमित आधार पर भ्रष्टाचार को बर्दाश्त करने के लिए बाध्य क्यों हैं?... हमने सामाजिक न्याय और समानता का किंचित भी हासिल क्यों नहीं किया है – दोनों लिंगों के लिए समान अवसर, ग्रामीण और नगरीय सभी नागरिकों के लिए, जाति और धर्म से परे? यह अनिवार्य है कि हमारे स्कूल और शिक्षण संस्थाएँ एक ऐसा माहौल बनाएँ, जिसमें बौद्धिक, शारीरिक, सामाजिक और नैतिक गुणों का विकास हो सके, उन्हें सँजोया जा सके और इस तरह पोषित किया जा सके कि हमारे बच्चे प्रतिभाशाली, विचारशील, नवाचारी, स्वतंत्र और निर्भीक नागरिक बनने के लिए अपनी पूरी क्षमता का अधिकतम लाभ उठा सकें।

डॉ. कलाम ने बच्चों की शिक्षा को आगे बढ़ाने में अज़ीम प्रेमजी और उनके फ़ाउंडेशन के काम के महत्त्व को पहचाना। उन्होंने अपना दृष्टिकोण बताया कि प्रारंभिक शिक्षा किसी इंसान को साँचे में ढालने का सबसे शक्तिशाली कारक है :

> सीखने का सर्वश्रेष्ठ समय छह और सत्रह साल की उम्र के बीच होता है। इसलिए स्कूल के घंटे बच्चों के सीखने का सबसे अच्छा समय हैं और उन्हें मूल्य आधारित शिक्षा प्रणाली के साथ सर्वश्रेष्ठ माहौल में लक्ष्य–केंद्रित होकर सीखना चाहिए। इससे मुझे एक महान शिक्षक पेस्टालॉज़ी की बात याद आ जाती है, 'मुझे सात साल का बच्चा दे दें, इसके बाद चाहे ईश्वर उस बच्चे को ले जाए या शैतान, वह उस बच्चे को नहीं बदल सकता।' यह सचमुच शिक्षक की शक्ति है।

23 जुलाई 2004 को इसरो ने 'एड्युसेट - द इंडियन सैटेलाइट इन एज्युकेशन' पर एसोसिएशन ऑफ़ इंडियन युनिवर्सिटीज़ के साथ एक संयुक्त सम्मेलन आयोजित किया। इसमें देश के लगभग 250 कुलपतियों, आईआईटी के निदेशकों, कृषि विश्वविद्यालयों व चिकित्सा विश्वविद्यालयों के प्रमुखों और अन्य महत्त्वपूर्ण शिक्षाविदों तथा प्रशासकों के साथ राष्ट्रपति को आमंत्रित किया गया। इस सम्मेलन का मुख्य उद्देश्य शिक्षाविदों को एड्यूसेट की क्षमताओं की जानकारी देना था - जिसे इसरो द्वारा सितंबर 2004 में छोड़ा जाने वाला था - और यह भी कि विभिन्न शैक्षणिक संस्थाएँ इसका किस तरह उपयोग कर सकती हैं। पुरानी इनसेट-आधारित शैक्षणिक परियोजना की सफलता के बाद शैक्षणिक उद्देश्यों के प्रति समर्पित उपग्रह की आवश्यकता महसूस की गई और अक्टूबर 2002 में इसरो ने एड्यूसेट परियोजना का

विचार सोचा। राष्ट्रपति कलाम ने इनसेट के माध्यम से नासिक, अहमदाबाद, बेंगलूरु, बेलगाम और मंगलूरु में विद्यार्थियों से बातचीत की और अपने अनुभव बताए :

> मैं राष्ट्रपति भवन में प्रारंभ की गई दूर–शिक्षा के अपने अनुभव बताना चाहूँगा, जो पीआरईवीआईके (प्रेसिडेंट्स वर्चुअल इंस्टीट्यूट फ़ॉर नॉलेज) के सदस्यों के लिए उपग्रह संपर्क प्रदान करने के संबंध नें हैं। यह संपर्क इसरो के वी–सैट, वॉइस ओवर–आईपी और इंटरनेट के ज़रिये थी। इस मंच में लाइव वर्चुअल स्टूडियो माहौल बनाया जाता है और यह मल्टीटास्किंग मोड्स के ज़रिये कई दूरस्थ जगहों को जोड़ता है तथा सुचारू संपर्क प्रदान करता है। यह द्विमार्गी संपर्क भी प्रदान करता है।

एड्यूसेट उपग्रह पूरी तरह से शिक्षा क्षेत्र की सेवा के लिए बनाया गया था। इसका अहम मक़सद देश के लिए इंटरएक्टिव उपग्रह-आधारित दूर शिक्षा तंत्र की माँग को पूरा करना था। एड्यूसेट में पाँच कू-बैंड ट्रांसपॉन्डर्स हैं, जो स्पॉट बीम्स प्रदान करते हैं, एक कू-बैंड ट्रांसपॉन्डर राष्ट्रीय बीम प्रदान करता है और छह एक्सटेंडेड सी-बैंड ट्रांसपॉन्डर्स राष्ट्रीय कवरेज बीम प्रदान करते हैं। एड्यूसेट बाद में 20 सितंबर 2004 को जियो-सिन्क्रोनस उपग्रह प्रक्षेपण यान (जीएसएलवी) के पहले कार्यकारी प्रक्षेपण के ज़रिये श्रीहरिकोटा के एसएचएआर से छोड़ा गया, जिसका नाम अब सतीश धवन स्पेस सेंटर हो गया था। उपग्रह को 36,000 कि.मी. ऊँची पृथ्वी की भू-स्थिर कक्षा में स्थापित कर दिया गया।

इसी माह राष्ट्रपति कलाम को 53 अफ़्रीकी देशों के राज्याध्यक्षों से बातचीत के लिए आमंत्रित किया गया, जिन्होंने अखिल अफ़्रीकी संसद का गठन किया था। डॉ. कलाम एकमात्र ग़ैर-अफ़्रीकी लीडर थे, जिन्हें संसद में आमंत्रित किया गया था। राष्ट्रपति कलाम अफ़्रीका के शिकारी पशुओं के संरक्षण मुद्दों के बारे में बेहद जागरूक थे और उन्होंने अफ़्रीका के मशहूर नेशनल पार्कों के घास के मैदानों में शिकार का पुरज़ोर विरोध किया। वे इसे औपनिवेशिक काल का दकियानूसी और क्रूर दस्तूर मानते थे, जो अफ़्रीका के बचे हुए वन्य पशु जीवन को ख़त्म कर सकता था। उन्होंने दक्षिण अफ़्रीका, तंजानिया और जंजीबार में ख़ुद के लिए हमेशा की तरह अति व्यस्त समय-सारणी तय की। हमेशा की तरह उनका लक्ष्य इन देशों के विश्वविद्यालयों की यात्रा करना और युवाओं से बातचीत करना था। उन्हें दृढ़ विश्वास था कि युवा मस्तिष्कों को संलग्न और प्रेरित करके वे उनकी कुछ क्षमता को उभार रहे हैं। जैसा वे मुझसे अक्सर कहते थे, बच्चे किसी भी देश की प्रगति की ईंटें हैं। अधिक व्यक्तिगत रूप से डॉ. कलाम नेल्सन मंडेला से मिलने को लेकर रोमांचित थे, जो दक्षिण अफ़्रीका के मुक्तिदाता थे।

तंजानिया की चार दिवसीय राजकीय यात्रा की शुरुआत में राष्ट्रपति कलाम 11 सितंबर 2004 को दार अस सलाम पहुँचे, जहाँ राष्ट्रपति बेंजामिन मैकापा ने उनका

स्वागत किया। 'तंजानिया' नाम दो राज्यों के नामों का मिश्रण है, जिन्होंने मिलकर देश का निर्माण किया था - तंजानिका और जंजीबार - 1964 में ब्रिटिश औपनिवेशिक शासन के अंत के बाद।

तंजानिया में भारतीयों का लंबा इतिहास रहा है, जो उन्नीसवीं सदी में गुजराती व्यापारियों के पहुँचने से शुरू हुआ था। जूलियस न्येरेरे ने स्वतंत्रता के बाद शक्ति के शांतिपूर्ण हस्तांतरण और सभी तंजानियाई लोगों के समान प्रतिनिधित्व को सुनिश्चित किया। इस तरह देश उस संघर्ष के मार्ग से बच गया, जिस पर कीनिया और युगांडा चले थे।

राष्ट्रपति बेंजामिन मैकापा द्वारा आयोजित डिनर में डॉ. कलाम ने डॉ. रजनी कनाबार से बातचीत की, जो देश के युवा हृदय रोगियों के कल्याण के लिए तंजानिया के स्वास्थ्य मंत्रालय के साथ काम कर चुकी थीं। 1979 में डॉ. रजनी कनाबार ने ऑपरेशन योग्य पैदाइशी हृदय दोष वाले निर्धन बच्चों की मदद के लिए एक योजना शुरू की, ताकि वे उपचार पाने के लिए विदेश जा सकें। डॉ. कलाम इन ग़रीब बच्चों की दशा देकर गहरे प्रभावित हुए, जिनकी जान बिना ऑपरेशन के नहीं बच सकती थी। डॉ. कलाम इस अप्रवासी भारतीय का अपने साथी नागरिकों के प्रति प्रेम देखकर द्रवित हो गए और उन्होंने डॉ. कनाबार से संपर्क बनाए रखने का वादा किया।

राष्ट्रपति कलाम 12 सितंबर 2004 को जंजीबार द्वीपसमूह की यात्रा पर गए। इक्कीस तोपों की पारंपरिक सलामी और गार्ड ऑफ़ ऑनर के मुआयने के बाद सुखद हैरानी यह रही कि वहाँ हवाई अड्डे पर सांस्कृतिक दल अपने पारंपरिक वाद्य यंत्रों की लयबद्ध धुन पर नाच रहे थे। राष्ट्रपति के साथ जंजीबार के राष्ट्रपति अमानी अबीद करुमे थे, जब उन्होंने लोक नर्तकों और उनके सुमधुर संगीत के बीच अपना रास्ता बनाया।

16 सितंबर 2004 को अखिल अफ़्रीकी संसद के प्रारंभिक सत्र में राष्ट्रपति कलाम ने उपग्रह और फ़ाइबर-ऑप्टिक नेटवर्क द्वारा अफ़्रीकी संघ के सभी 53 देशों से जुड़ने में भारत के समर्थन का ऐलान किया। उन्होंने कहा कि यह दूर-शिक्षा, दूर-चिकित्सा, इंटरनेट, वीडियो कॉन्फ्रेंसिंग (उल्लेखनीय से कूटनीतिक संप्रेषण और वीओआईपी - वॉइस ओवर इंटरनेट प्रोटोकॉल - सेवाओं) के लिए प्रभावी संचार प्रदान करेगा और साथ ही ई-गवर्नेंस, ई-कॉमर्स, इनफ़ोटेनमेंट, संसाधन मानचित्रण और मौसम विज्ञान संबंधी सेवाएँ भी प्रदान करेगा।

अफ़्रीकी महाद्वीप के स्तर पर नेटवर्क डकार, सेनेगल स्थित केंद्रीय भू-केंद्र से चलेगा। यह उपग्रह के ज़रिये 53 राष्ट्रीय अस्पतालों में लगे 53 वीसैट स्टेशनों से जुड़ा होगा, साथ ही 53 विश्वविद्यालयों में लगे वीसैट स्टेशनों से भी, जिससे क्रमशः दूरचिकित्सा और दूर-शिक्षा सेवाएँ प्रदान हो सकेंगी। नेटवर्क में भारत में केवल दिल्ली का एक डाटा सेंटर शामिल होगा, जो छह भारतीय अस्पतालों और छह भारतीय विश्वविद्यालयों से नेटवर्क की सेवाएँ प्रदान करने के लिए जुड़ा होगा। भारत ने 15

करोड़ अमेरिकी डॉलर के अनुमानित बजट के साथ परियोजना को धनराशि देने की पेशकश की। डॉक्टरों व नर्सों की शिक्षा के ज़रिये क्षमता निर्माण की ज़िम्मेदारी भी ली।

फिर नेल्सन मंडेला के साथ डॉ. कलाम की यादगार बैठक की बारी आई। उन्होंने अपने देश को शांतिपूर्ण स्वतंत्रता दिलाई थी, जिसकी बदौलत वे डॉ. कलाम के लिए लंबे समय से प्रेरणापुंज रहे थे। डॉ. कलाम ने बाद में अपनी बातचीत के बारे में बताया :

> जब मैं नेल्सन मंडेला के मकान में दाख़िल हुआ, तो मैंने उन्हें ख़ुशी के झोंके की तरह पाया। मैं उनके दुर्बल लेकिन ऊँचे क़द से श्रद्धाभिभूत था, जिसने दक्षिण अफ्रीका को रंगभेद के शिकंजे से मुक्ति दिलाई थी। जब मैं उनके मकान से लौट रहा था, तो वे मुझे विदा करने के लिए ड्योढ़ी तक आए। चलते समय उन्होंने चलने वाली छड़ी दूर हटा दी और मैं उनका सहारा बन गया।
>
> मैंने उनसे पूछा, 'डॉ. मंडेला, क्या आप मुझे दक्षिण अफ्रीका में रंगभेद–विरोधी आंदोलन के पथप्रदर्शकों के बारे में बता सकते हैं?' उन्होंने तुरंत प्रतिक्रिया की, 'ज़ाहिर है, दक्षिण अफ्रीका के स्वतंत्रता आंदोलन के एक महान पथप्रदर्शक एम.के. गाँधी थे। भारत ने हमारे पास एक सदाचारी वकील एम.के. गाँधी भेजा था। हमने उन्हें महात्मा गाँधी बनाकर तुम्हें लौटा दिया।'

इस यात्रा ने कई आध्यात्मिक प्रश्नों के जवाब दे दिए, जिनके बारे में डॉ. कलाम चिंतित थे, ख़ास तौर पर भूस्वामित्व का मुद्दा और जिस तरह इसने पीढ़ियों के पार लोगों की मानसिकता को झकझोरा था। डॉ. कलाम इस बात से कौतुहल में थे कि ग्रामीण लोग जिस परिदृश्य में रहते हैं, जिस पृष्ठभूमि में रहते हैं और जिन परिस्थितियों में रहते हैं, उनमें काफ़ी भिन्नताएँ होती हैं। अफ्रीका यात्रा के दौरान उन्हें अहसास हुआ कि भारतीय और दक्षिण अफ्रीकी लोगों में भूमि से बेदख़ली का एक साझा इतिहास रहा है और उस तरीक़े में भी, जिससे यूरोपीय उपनिवेशियों ने पूँजी का संग्रह किया और स्वदेशी लोगों की क़ीमत पर अपने ख़ुद के लाभ की बुनियाद डाली।

डॉ. कलाम ने अपनी यात्रा में यह सीखा कि भूमि से बेदख़ल करने और स्वदेशी लोगों के सुनियोजित आधिपत्य के प्रतिरोध का संघर्ष लंबा और कटु रहा था। अफ्रीकियों ने अपनी ज़मीन को सुरक्षित रखने, अपनी आजीविकाओं तथा अपनी जीवनशैली को बचाने के लिए जीजान से संघर्ष किया। प्रतिरोध ने कई रूप लिए, सीधे युद्ध से लेकर पशुओं को मारने जैसी घटनाएँ। औपनिवेशिक मालिकों के ख़िलाफ़ स्वदेशी लोगों के वीरतापूर्ण संघर्षों की कहानियाँ पीढ़ी दर पीढ़ी हस्तांतरित होती रही थीं।

डॉ. कलाम को अब पहले से ज़्यादा विश्वास हो चुका था कि अर्थपूर्ण विकास से पहले भूमि सुधार होने चाहिए। काश्तकारी के ज़रिये जबरन खेती की सदियाँ गुज़रने के बाद किसी छोटे किसान द्वारा जमीन का स्वामी बनने की नवार्जित योग्यता एक अस्तित्ववादी मुद्दा बन जाती है। भारतीय किसान अपने निजी स्वामित्व से चिपके रहते हैं और भूमि संयुक्तीकरण के सारे सुझावों पर गुस्से से भर जाते हैं या इसे विकास के लिए किसी भी क़ीमत पर देने को तैयार नहीं होते।

4.8

सृजनात्मक लीडर

किसी सृजनात्मक लीडर की भूमिका यह नहीं है कि उसके पास सारे विचार हों; भूमिका तो एक ऐसी संस्कृति बनाने की है, जहाँ हर व्यक्ति के पास विचार हो सकें और हर व्यक्ति यह महसूस करे कि उसे मूल्यवान माना जाता है।

—केन रॉबिन्सन
लेखक और शिक्षाविद्

अक्टूबर 2004 में जब राष्ट्रपति कलाम का 73वाँ जन्मदिन क़रीब आ रहा था, तो एक और आध्यात्मिक समारोह उनका इंतज़ार कर रहा था। उन्हें कर्नाटक के मैसूर जिले में श्री सुत्तुर मठ के चौबीसवें पीठाधीश्वर जगद्गुरु श्री शिवरात्रि देशिकेंद्र महास्वामीजी का आमंत्रण मिला। उनसे राष्ट्रीय युवा सम्मेलन का शुभारंभ करने का अनुरोध किया गया था और उन्होंने इसे सहर्ष स्वीकार कर लिया। सुत्तुर मठ एक सक्रिय सतत आंदोलन है, जो आध्यात्मिक मूल्यों और आदर्शों पर आधारित सामाजिक व आर्थिक न्याय के लक्ष्य को स्थापित करने के लिए संकल्पित है।

भारत में सामुदायिक जीवन हमेशा से आध्यात्मिक और धार्मिक संस्थाओं से क़रीबी रूप से जुड़ा रहा है। धर्मगुरु नैतिक मूल्यों को स्थापित करने और पूरे समाज की प्रगति के लिए प्रकाशस्तंभ व मार्गदर्शक शक्ति रहे हैं। आदि जगद्गुरु श्री शिवरात्रीश्वर शिवयोगी महास्वामीजी ने ग्यारहवीं सदी में चोल वंश के शासनकाल में सुत्तुर वीरसिंहासन मठ की स्थापना की थी। जब 23वें पीठाधीश्वर जगद्गुरु श्री शिवरात्रि राजेंद्र महास्वामीजी 1926 में उच्च शिक्षा लेने मैसूर आए, तो उन्होंने कई ग्रामीण विद्यार्थियों की भोजन और आवास की आवश्यकता को महसूस किया। उन्होंने अपनी ख़ुद की जगह पर उन्हें आश्रय दिया और इससे ग़रीब विद्यार्थियों को शिक्षा देने की शुरुआत हुई।

बाद में जगद्गुरु श्री शिवरात्रि राजेंद्र स्वामीजी को लगा कि शिक्षा के लिए विद्यार्थियों के शहर आने के बजाय ग्रामीण क्षेत्रों में ही शिक्षण संस्थाएँ शुरू करना

बेहतर होगा। इसे सुगम बनाने के लिए उन्होंने 1954 में जगद्गुरु श्री शिवरात्रीश्वर (जेएसएस) महाविद्यापीठ शुरू की। राष्ट्रपति कलाम ने जेएसएस महाविद्यापीठ के वृहद मुफ़्त शिक्षण कार्यक्रम की सराहना की :

> मेरे ख़याल से जेएसएस महाविद्यापीठ की अनूठी विशेषता यह है कि यह प्राथमिक स्तर से शुरू करते हुए हायर सेकंडरी, स्नातक और स्नातकोत्तर स्तर के लोगों की शैक्षणिक आवश्यकताओं को पूरा करती है, जिनमें कंप्यूटर साइंस, इंजीनियरिंग और प्रबंधन जैसे विषय शामिल हैं। इसके अलावा, ज़रूरतमंद विद्यार्थियों को पेशेवर प्रशिक्षण प्रदान करने के लिए कई संस्थाएँ भी बनाई गई हैं। देश में बहुत कम संस्थाएँ पहली कक्षा से बारहवीं कक्षा तक मुफ़्त शिक्षा प्रदान करती हैं, जिनमें बहुत बड़ी संख्या में विद्यार्थियों के रहने का ख़र्च शामिल हो। यह एक अहम सामाजिक मिशन है।

18 नवंबर 2004 को राष्ट्रपति कलाम ने मुंबई में निकोलस पीरामल्स रिसर्च ऐंड डेवलपमेंट सेंटर का शुभारंभ किया। यह साहसिक कार्य ऐसे समय किया गया था, जब भारतीय दवा कंपनियाँ अपने मोलेक्यूल्स लाइसेंस पर देने के लिए वैश्विक दवा कंपनियों की तलाश में जुटी हुई थीं। वे दवा के परीक्षण और बाज़ार के अनुमोदन की प्रक्रिया के भारी ख़र्च से बचना चाह रही थीं। प्रमुख वैज्ञानिक अधिकारी डॉ. स्वाति ए. पीरामल ने डॉ. कलाम को बताया कि एक दवा तैयार करने में लगभग 1.7 अरब डॉलर का ख़र्च आता है।

राष्ट्रपति कलाम ने डॉ. स्वाति और उनके पति निकोलस पीरामल इंडिया लिमिटेड के चेयरमैन अजय पीरामल को केंद्र स्थापित करने के लिए बधाई दी। उनके काम से मोलेक्यूल पर स्थानीय रूप से शोध संभव होगा और भारतीय बाज़ार के लिए एक लाभकारी दवा बन सकेगी, भले ही नई दवा बनाने की लागत बहुत ऊँची हो। डॉ. कलाम ने इस बात पर ज़ोर दिया कि मूल्य बढ़ने का लाभ विदेशी कंपनियों के पास नहीं जाना चाहिए। 'दवा का मोलेक्यूल सचमुच शक्तिशाली मस्तिष्कों का व्यवसाय है, जिनमें सुनियोजित जोखिम लेने की क्षमता भी है,' डॉ. कलाम ने उन्हें बताया और उनके साहसिक क़दम की प्रशंसा की :

> अब से लगभग 45 दिन बाद यानी 1 जनवरी 2005 को भारतीय औषधि उद्योग दवाओं की असामान्य मेहनत वाली स्वदेशी परियोजनाओं की चुनौती का सामना करेगा, जिसका वैश्विक प्रतिस्पर्धात्मकता और कारोबारी व्यावहारिकता पर गहरा असर होगा। जब भारत डब्ल्यूटीओ द्वारा आदेशित टीआरआईपीएस प्रोटोकॉल का पालन करेगा, तो एक नया आईपीआर दौर शुरू होगा, जो पेटेंट संरक्षण से आगे नए उत्पाद आविष्कारों तक जाएगा। नया उत्पाद पेटेंट दौर भारतीय दवा कंपनियों के सोचने और कारोबार करने

> के तरीक़े में भारी परिवर्तन करेगा। मुझे यह जानकर ख़ुशी हुई कि यह केंद्र विदेशी कंपनियों को मोलेक्यूल बेचने के बजाय 'मोलेक्यूल से दवा' तक की अवधारणा का मिशन बनाकर काम कर रहा है।

14 दिसंबर 2004 को राष्ट्रपति कलाम गुजरात के इंस्टीट्यूट ऑफ़ रूरल मैनेजमेंट, आणंद (आईआरएमए) गए। राष्ट्रपति ने आणंद मिल्क फ़ेडरेशन यूनियन लिमिटेड (अमूल) दुग्ध सहकारी आंदोलन का उदाहरण दिया। उन्होंने इस क्षेत्र में रहने वाले ग्रामीणों के जीवन का कायाकल्प करने में नेशनल डेरी डेवलपमेंट बोर्ड (एनडीडीबी) की ऐतिहासिक भूमिका का भी उल्लेख किया। अमूल योजना ने एक करोड़ से अधिक किसान सदस्यों को बहुत लाभ पहुँचाया था और इसके फलस्वरूप देश दूध और दुग्ध उत्पादों में आत्मनिर्भर बना था। डॉ. कलाम ने किसानों के स्व-रोज़गार के लिए अमूल स्वदेशी मॉडल की प्रशंसा करते हुए इसे ग़रीबी से उबरने और विकास को बढ़ावा देने के अधिक व्यापक कार्यक्रम के हिस्से के रूप में देखा :

> मेरे अनुसार आज हमें जिस अन्याय से जूझना है, वह जीवन के विविध पहलुओं में बहुसंख्यक लोगों की सामाजिक और आर्थिक ग़रीबी व असमानता है। इस ग़रीबी को हटाने में भारत की मुहिम अतीत की तरह ही पूरे संसार के लिए पथप्रदर्शक बनेगी। जब भारत ने 1947 में स्वतंत्रता पाई, तो इससे एशिया और अफ्रीका के कई देश स्वतंत्रता की ख़ातिर लड़ने और आज़ादी हासिल करने को प्रेरित हुए। इसलिए मैं आज जिस ज़बर्दस्त प्रश्न पर विचार करना चाहूँगा, वह यह है – भारत कब विकसित राष्ट्र बनेगा? और दूसरे विकासशील देशों को रास्ता दिखाएगा। क्या इतिहास खुद को दोहराएगा?

गुजरात कोऑपरेटिव मिल्क मार्केटिंग फ़ेडरेशन (जीसीएमएमएफ़) के संस्थापक चेयरमैन डॉ. वर्गीज़ कुरियन के साथ डॉ. कलाम का गहरा संबंध था। डॉ. कुरियन ने भारत को दूध की कमी वाले देश से विश्व का सबसे बड़ा दुग्ध उत्पादक बना दिया। भारत 1998 में संयुक्त राष्ट्र अमेरिका से भी आगे निकल गया। डॉ. कुरियन ने दिखा दिया कि प्रौद्योगिकी के उपयोग के साथ ग्रामीण ग़ैर-कृषि अवसरों को उत्पन्न करना ही भारत की बेकारी और असमानता की समस्याओं को सुलझा सकता है। अमूल आज 2.5 अरब डॉलर का सहकारी और एशिया का शीर्ष दुग्ध-उत्पादक ब्रांड बन चुका है। इसे सर्वश्रेष्ठ स्मरणीय महत्त्व के साथ विश्व के अग्रणी ब्रांडों में गिना जाता है। बाद में डॉ. कलाम ने ग्रामीण ग़रीबों के उत्थान के लिए अपनी विशेषज्ञता के इस्तेमाल में डॉ. कुरियन की प्रतिभा की तुलना गाँधीजी के दूरदर्शी प्रभाव से की :

> कुरियन मुझसे दस साल बड़े थे। कोषिक्कोड, केरल में जन्मे कुरियन मेकेनिकल इंजीनियर थे, जिनकी विशेषज्ञता डेरी इंजीनियरिंग में थी। भारत के तत्कालीन गृह मंत्री सरदार वल्लभभाई पटेल (1875–1950) के आदेश

पर वे स्थानीय किसानों की कुछ समस्याएँ सुलझाने के लिए आणंद आए। उन्होंने तुरंत और कुशलता से समस्याओं को सुलझा दिया, लेकिन उसके बाद आणंद से लौटकर नहीं गए और वहीं अपनी ज़िंदगी गुज़ार दी।

वर्गीज़ कुरियन की कहानी महात्मा गाँधी से मिलती–जुलती है, क्योंकि दोनों ने ही ग्रामीण लोगों के सशक्तिकरण और सहारे के लिए शिक्षित मन का इस्तेमाल करने और आधुनिक प्रणालियों का इस्तेमाल किया था। महात्मा गाँधी ने क़ानून के अपने अनुभव और शहरी लोगों के तौर–तरीक़ों से परिचय का इस्तेमाल करके भारतीय किसानों तथा आम लोगों के मन में स्वतंत्र देश में जीने की इच्छा की चिंगारी भरी। वर्गीज़ कुरियन ने व्यवसाय का ऐसा मॉडल बनाया, जहाँ ग्रामीण उत्पादक थे; और उनके स्वामित्व के सामान शहरवासियों को बेचे जाते थे, जिन्हें आम शहर–केंद्रित व्यवसाय के औज़ारों का इस्तेमाल करके बनाया जाता था। उन्होंने ख़रीदने, प्रोसेसिंग और मार्केटिंग का नियंत्रण दुग्ध उत्पादकों को दे दिया और व्यावसायिक काम करने के लिए पेशेवर प्रबंधकों को नियुक्त किया। उन्होंने बहुराष्ट्रीय डेरी कंपनियों को परास्त कर दिया और बड़े पैमाने की अर्थव्यवस्था को ग़रीब दुग्ध उत्पादकों के लिए कारगर बनाया।

इंडियन काउंसिल ऑफ़ मेडिकल रिसर्च (आईसीएमआर) के नेशनल इंस्टीट्यूट ऑफ़ ऑक्युपेशनल हेल्थ (एनआईओएच) और निरमा युनिवर्सिटी ऑफ़ साइंस ऐंड टेक्नोलॉजी ने संयुक्त रूप से भारतीय विज्ञान काँग्रेस के 92वें सत्र का आयोजन अहमदाबाद की निरमा युनिवर्सिटी के रमणीय कैंपस में किया। 2005 की केंद्रीय विषयवस्तु थी – 'स्वास्थ्य प्रौद्योगिकी देश के विकास के लिए एक आधार।'

राष्ट्रपति कलाम ने 5 जनवरी 2005 को विज्ञान काँग्रेस को संबोधित किया और उन्होंने कहा कि प्रौद्योगिकी का लाभ ग़रीब लोगों तक पहुँचने में राजनीतिक नेतृत्व की भूमिका बहुत महत्त्वपूर्ण है। उन्होंने दृढ़ता से कहा कि हमें मानवीय चेहरे वाले विज्ञान की ज़रूरत है। देश में लगभग 5.8 लाख गाँव हैं, जिनमें से ज़्यादातर में बुनियादी सुविधाओं का अभाव है। इसलिए हमें ऐसी प्रौद्योगिकियों की ज़रूरत है, जो न सिर्फ़ उपयोगी हों, बल्कि सस्ती भी हों, ताकि ज़्यादा बड़ी संख्या में लोगों को लाभ मिल सके। उद्योग, विश्वविद्यालयों, शोध संस्थानों, पेशेवर संगठनों, वित्तीय संस्थाओं और सरकार को जोड़ने वाला पारिस्थितिकी तंत्र बनाने के लिए राजनीतिक इच्छा आवश्यक है। डॉ. कलाम ने मिसाइल कार्यक्रम में स्वदेशी प्रौद्योगिकी की शक्ति प्रदर्शित की और उनका दृढ़ विश्वास था कि अगर इस क्षेत्र में स्वदेशी उत्पादों को बढ़ावा दिया जाए, तो इलाज की लागत आधी हो सकती है। वैसे उन्होंने दृढ़ता से कहा कि स्वास्थ्य सुविधा में वैज्ञानिक तरक्की के लिए

> राजनेताओं के संरक्षण की आवश्यकता है : 'राजनीतिक तंत्रों द्वारा विज्ञान का प्रचार करना चाहिए। जो प्रौद्योगिकियाँ लोगों को प्रत्यक्ष या अप्रत्यक्ष रूप से तुरंत लाभ देती हैं, उन्हें सफलतापूर्वक आगे बढ़ाना अनिवार्य है।'

उन्होंने यह सार्वजनिक तौर पर तो नहीं कहा, लेकिन अति चिंतित अंदाज़ में मुझे व्यक्तिगत तौर पर बताया कि वे चिकित्सा यंत्रों और दवाओं के बढ़ते भारतीय बाज़ार पर बहुराष्ट्रीय कॉरपोरेशनों के सख़्त शिकंजे के बारे में चिंतित थे। सोसायटी फ़ॉर बायोमेडिकल टेक्नोलॉजी (एसबीएमटी) के ज़रिये दस साल पहले उन्होंने जो कार्यक्रम शुरू किए थे, वे सभी टाँय-टाँय फिस्स हो गए थे। कहीं भी स्वदेशी यंत्र विकसित करने का कोई प्रयास नहीं दिख रहा था और डॉ. कलाम काफ़ी निराश थे कि लोग इस मुद्दे पर बात भी नहीं कर रहे थे।

वैसे हमारे राष्ट्रपति पैदाइशी सकारात्मक थे और यह उनके भाषणों में झलकता था। गणतंत्र दिवस की पूर्व संध्या यानी 25 जनवरी 2005 को राष्ट्रपति कलाम ने देश को अपने संबोधन में दार्शनिक अंदाज़ में शुरुआत की। उन्होंने कहा, 'हर किसी के भीतर अच्छी ख़बर का एक हिस्सा होता है। अच्छी ख़बर यह है कि आप नहीं जानते कि आप कितने महान बन सकते हैं!' फिर उन्होंने राष्ट्र के युवाओं के भविष्य की वास्तविकतावादी परवाह से अपने आंतरिक आशावाद को संतुलित किया :

> राष्ट्रपति बनने के बाद मैं हमारे देश के सभी हिस्सों के छह लाख से ज़्यादा बच्चों से मिला हूँ। बातचीत के दौरान उन्होंने प्यार से मुझसे कई सवाल पूछे। उन्होंने कहा : 'राष्ट्रपति महोदय, आपने हमें तब मुस्कराते देखा था, जब हम पाँच साल के थे। हम इसलिए मुस्करा रहे थे, क्योंकि हम मासूमियत से पुष्पित हो रहे थे। किशोरावस्था तक पहुँचने पर हमारी मुस्कानें धीरे-धीरे धुँधली हो गईं और चिंता के लक्षण प्रकट होने लगे। आपने कहा था कि ऐसा इसलिए है, क्योंकि हमारे भविष्य के बारे में हमें तनाव है। इस तनाव ने हमारी मुस्कानों को लगभग ख़त्म कर दिया। जब हम अपनी शिक्षा पूरी करते हैं, तो हमारे मन में सबसे ऊपर के सवाल ये थे, पढ़ाई पूरी करने के बाद मैं क्या करूँगा? क्या मुझे रोज़गार मिलेगा? हमारे माता-पिता ने हमारी पढ़ाई पर अपनी सारी बचत ख़र्च कर दी है और उन्हें भी यही चिंता सता रही है। राष्ट्रपति महोदय, क्या मुझे उचित रोज़गार मिलेगा और मैं भारत को विकसित देश बनाने में अपना योगदान दे पाऊँगा?' उनके प्रश्नों ने सचमुच मुझे सोचने और लगातार सोचने पर मजबूर कर दिया

राष्ट्रपति कलाम ने दीर्घकालीन राष्ट्रीय विकास के लिए कृषि, शिक्षा, स्वास्थ्य सुविधा, पानी और ऊर्जा को सबसे महत्त्वपूर्ण क्षेत्र माना। एक बार फिर प्यूरा पर ज़ोर देते हुए उन्होंने कहा : 'ग्रामीण कृषकों के आमदनी बढ़ाने का एक तरीक़ा यह है कि वे

प्रोसेसिंग और निर्माण के ज़रिये कृषि उत्पादन के मूल्य को बढ़ा लें। किसान, या तो व्यक्तिगत रूप से या सहकारी संस्था के ज़रिये, कच्चा माल बेचने के बजाय प्रोसेस्ड और वैल्यू-बेस्ड सामान बेचें। यह मूल्यवर्धन ग्रामीण इलाक़ों में हो रहा है, यह इस बात का सूचक है कि समाज समृद्धि और ज्ञान के युग की ओर बढ़ रहा है।'

पुणे इंस्टीट्यूट ऑफ़ इंजीनियरिंग ऐंड टेक्नोलॉजी (पीआईईटी), जिसे पहले गवर्नमेंट कॉलेज ऑफ़ इंजीनियरिंग, पुणे (सीओईपी) नाम से जाना जाता था, ने 2005 में अपनी 150वीं वर्षगाँठ मनाई। राष्ट्रपति कलाम 1 फ़रवरी 2005 को पीआईईटी पहुँचे। उन्होंने प्रख्यात पूर्व छात्रों के साथ बातचीत की और विशाल सभा को संबोधित किया। इस ऐतिहासिक अवसर की याद में एक डाक टिकट भी जारी किया गया। 1950 के दशक की शुरुआत में कॉलेज के जिस स्टडी मॉडल को 'पूना मॉडल' कहा गया था, उसका उद्योग और सार्वजनिक जनोपयोगी सेवाओं ने काफ़ी सम्मान किया था। डॉ. कलाम ने इस अवसर पर सृजनात्मक नेतृत्व की अपनी अवधारणा सामने रखी :

> सृजनात्मक लीडर्स का विकास भारत को सन 2020 तक विकसित देश बनाने के स्वप्न की सफलता के लिए निहायत महत्त्वपूर्ण घटक है। मैं विकसित भारत, आर्थिक समृद्धि, प्रौद्योगिकी, उत्पादन, उत्पादकता, कर्मचारी भूमिकाओं और प्रबंधन गुणवत्ता के बीच एक जुड़ाव प्रदान कर रहा हूँ, जो सभी सृजनात्मक लीडर से जुड़े हुए हैं। वह सृजनात्मक लीडर कौन है? सृजनात्मक लीडर के गुण क्या हैं? सृजनात्मक नेतृत्व का मतलब यह है कि सेनापति की तरह काम कराने की पारंपरिक भूमिका को कोच में बदल दिया जाए, प्रबंधक को मार्गदर्शक में, निदेशक को प्रतिनिधि नियुक्त करने वाले में और जो सम्मान की माँग करता है, उसे स्व–सम्मान को सुगम बनाने वाले के रूप में बदलना है। किसी देश में सृजनात्मक लीडरों का अनुपात जितना ज़्यादा होता है, विकसित भारत जैसे स्वप्नों की सफलता की संभावना भी उतनी ही ज़्यादा होती है।

इसी दिन राष्ट्रपति कलाम ने एक और महान संस्था की यात्रा की : गोखले इंस्टीट्यूट ऑफ़ पॉलिटिक्स ऐंड इकोनॉमिक्स (जीआईपीई)। उनकी दिनचर्या किसी सज़ा की तरह थी, लेकिन वे एक बार भी अपने कर्तव्य से विमुख नहीं हुए। इसके विपरीत, वे जीवन के सभी क्षेत्रों के लोगों से और ज़्यादा बात करने के अवसरों का आनंद लेते नज़र आ रहे थे। चाहे जो हो, यह कार्यक्रम उनके दिल के बहुत क़रीब था, क्योंकि जीआईपीई का इतिहास भारत के राष्ट्रवादी आंदोलन के इतिहास से क़रीबी तौर पर जुड़ा हुआ था। यह संस्था सर्वेन्ट्स ऑफ़ इंडिया सोसायटी के परिसर के भीतर स्थित थी, जिसे 1906 में राष्ट्रवादी नेता गोपालकृष्ण गोखले ने स्थापित किया था, जिन्हें महात्मा गाँधी अपना राजनीतिक गुरु मानते थे। जीईपीई की स्थापना 1930 में हुई थी

और यह अपने पहले निदेशक प्रो. डी.आर. गाडगिल के नेतृत्व में स्वतंत्रता के तुरंत बाद नीतिगत मुद्दों पर एक बड़े थिंक टैंक के रूप में उभरी थी।

राष्ट्रपति कलाम ने लाइब्रेरी में कुछ समय बिताया, जिसकी स्थापना 1905 में हुई थी। यह लाइब्रेरी अर्थशास्त्र और अन्य समाज विज्ञानों के क्षेत्र में भारत के विशेषज्ञतापूर्ण पुस्तकालयों में अग्रणी मानी जाती है। संयुक्त राष्ट्र के सभी प्रकाशनों के साथ-साथ अन्य अग्रणी अंतरराष्ट्रीय विकास और वित्तीय संगठनों के प्रकाशनों के लिए भी यह भारतीय भंडार पुस्तकालय है। डॉ. कलाम यह जानकर मंत्रमुग्ध हो गए कि लाइब्रेरी में संसद और विधानसभाओं के रिकॉर्ड का 1924 से आज तक का पूरा संग्रह है। डॉ. कलाम को बताया गया कि जब प्रो. गुन्नार मिर्डल अपनी अत्यंत प्रभावशाली पुस्तक *एशियन ड्रामा : एन इनक्वायरी इनटु द पॉवर्टी ऑफ़ नेशन्स* पर काम कर रहे थे, तो उन्होंने गोखले इंस्टीट्यूट में काफ़ी समय गुज़ारा था। डॉ. कलाम जागरूक थे कि गुन्नार मिर्डल का वैज्ञानिक प्रभाव केवल अर्थशास्त्र तक ही सीमित नहीं था। वे *एशियन ड्रामा* की प्रस्तावना में 'द बीम इन अवर आइज़' शीर्षक वाली *बाइबल* की अभिव्यक्ति पहले ही पढ़ चुके थे। मिर्डल ने सचमुच सामाजिक विज्ञान, राजनीति विज्ञान और अर्थशास्त्र को एकीकृत कर दिया जिसे डॉ. कलाम अपने खुद के तरीक़े से करने की कोशिश कर रहे थे। डॉ. कलाम ने मानवता की व्यापक चिंताओं पर बात की और गुन्नार मिर्डल की ही तरह वे भी अपने विश्लेषण और सुझावों में दूरदृष्टा थे :

> छह अरब देशों की हमारी धरती पर कई चुनौतियाँ हैं। पानी की कमी है, वातावरण में प्रदूषण बढ़ने से कई रोग उत्पन्न हो रहे हैं, जीवाश्म सामग्री तथा अन्य प्राकृतिक संसाधन ख़त्म होते जा रहे हैं, कृषि के लिए उपलब्ध भूमि घटती जा रही है और सभी नागरिकों को समान अवसर उपलब्ध नहीं हैं। कई राष्ट्र आतंकवाद की बाहर से फेंकी गई समस्याओं का अनुभव कर रहे हैं... हमने देखा है कि कुछ देशों की आर्थिक समृद्धि ही संसार में स्थायी शांति नहीं ला सकती है। कोई भी अकेला देश अपने दम पर स्थिति को नहीं सँभाल सकता। मानवता को बड़े मिशनों की ज़रूरत है, ताकि यह सौर ऊर्जा का दोहन करे, नमक हटाने की प्रक्रियाओं के ज़रिये समुद्री पानी से पेयजल बनाए, दूसरे उपग्रहों से खनिज पदार्थ लाए और इसके अलावा, अंतरिक्ष में निर्मित प्रॉडक्ट्स भी लाए। ऐसी स्थिति में राष्ट्रों के बीच संघर्ष के वर्तमान कारण महत्त्वहीन और अनावश्यक हो जाएँगे। प्रबुद्ध नागरिक–केंद्रित समाज के एक नए मॉडल को विकसित करने में भारत एक मुख्य भूमिका निभा सकता है, जिससे संसार के सभी देशों को समृद्धि, शांति और ख़ुशी मिले।

हालाँकि वे गहरे विषयों पर बात कर रहे थे, लेकिन विषयों की बोझिलता के बावजूद राष्ट्रपति हमेशा मनोरंजक बने रहे। समूह ने तालियाँ बजाईं, जब डॉ. कलाम ने कहा,

'श्रेष्ठ आचरण के बिना राजनीति बिना हवा वाले गुब्बारे जैसी है।' कोई हैरानी नहीं कि उनके भाषण की समाप्ति पर सभी ने अपनी जगह पर खड़े होकर तालियाँ बजाईं। यहाँ एक ऐसा राज्याध्यक्ष था, जो अपने ख़ुद के वर्ग पर ख़ुशी से आक्षेप कर रहा था - और वे इस बारे में संजीदा थे।

वैसे वे हमेशा व्यावहारिक थे और यह उनके अगले कार्यक्रम के विषय में झलकता था। 24 फ़रवरी 2004 को राष्ट्रपति कलाम ने चुनिंदा पंचायती राज संस्थाओं (पीआरआई) के कार्यकर्ताओं को प्रथम निर्मल ग्राम पुरस्कार (एनजीपी) दिए, क्योंकि उन्होंने अपनी पंचायत में खुली शौच प्रथा को ख़त्म करने के लिए उत्कृष्ट प्रयास किए थे। छह राज्यों - तमिलनाडु, महाराष्ट्र, पश्चिम बंगाल, त्रिपुरा, केरल और गुजरात - के चालीस पीआरआई को नक़द पुरस्कार के तौर पर 130 लाख रुपये दिए गए। डॉ. कलाम ने इस मुद्‌दे के पैमाने और गंभीरता को रेखांकित किया :

> 2001 की जनसंख्या के अनुसार देश में लगभग 20 करोड़ आवास हैं, जिनमें से 14 करोड़ ग्रामीण इलाक़ों में हैं। शौच सुविधा सिर्फ़ लगभग चार करोड़ आवासों में उपलब्ध हैं। इसलिए, ग्रामीण क्षेत्रों में दस करोड़ से अधिक आवासों में शौच सुविधाओं की तुरंत आवश्यकता है। शौच सुविधाओं का अभाव हमारी ग्रामीण जनसंख्या के लिए सबसे बड़ा स्वास्थ्य जोखिम है। पानी से होने वाली बीमारियाँ, हेपाटाइटिस, कोढ़, टी.बी. आदि के लिए उचित शौच सुविधाओं की अनुपलब्धता को ज़िम्मेदार ठहराया जा सकता है। इसलिए हमारी ग्रामीण जनसंख्या के स्वास्थ्य को बेहतर बनाने के लिए यह अनिवार्य है कि ग्रामीण क्षेत्रों के सभी आवासों, स्कूलों, अस्पतालों और सामुदायिक हॉलों में शौच सुविधाएँ उपलब्ध कराने की प्रक्रिया को तेज़ किया जाए।

ग्रामीण क्षेत्रों के लिए डॉ. कलाम का स्वप्न व्यापक था और उन्हें महसूस हुआ कि हमारी हमेशा बढ़ती जनसंख्या को खिलाने के लिए प्रौद्योगिकी की ज़रूरत पड़ेगी। कृषि विज्ञान के शुरुआती प्रतिपादक और संसार को खिलाने में विज्ञान का इस्तेमाल करने के अपने काम के लिए अनजान नायक थे डॉ. नॉर्मन बोरलॉग। 15 मार्च 2005 को राष्ट्रपति कलाम नोबेल पुरस्कार विजेता डॉ. नॉर्मन बोरलॉग को पहला एम.एस. स्वामीनाथन अवार्ड फ़ॉर लीडरशिप इन एग्रिकल्चर पेश करके आनंदित थे, जिसका समारोह ट्रस्ट फ़ॉर एडवांसमेंट ऑफ़ एग्रिकल्चरल साइंसेस (टीएएएस) ने आयोजित किया था।

डॉ. बोरलॉग उस वक़्त 91 साल के थे और एकत्रित लोगों की प्रशंसाओं को सुन रहे थे। जब उनकी बारी आई, तो उन्होंने खड़े होकर कृषि विज्ञान और उत्पादन में भारत की तरक्की को रेखांकित किया। उन्होंने कहा कि सी. सुब्रमण्यम और डॉ. एम.एस. स्वामीनाथन जैसे राजनीतिक स्वप्नदृष्टा, जो कृषि विज्ञान के पथप्रदर्शक

थे, भारत की पहली हरित क्रांति के मुख्य शिल्पी थे। हालाँकि डॉ. नॉर्मन बोरलॉग पहली हरित क्रांति में ख़ुद साझेदार थे, लेकिन उन्होंने यह बात नहीं कही। उन्होंने गर्व के साथ डॉ. वर्गीज़ कुरियन को याद किया, जिन्होंने 'श्वेत क्रांति' की थी और भारत में दुग्ध उत्पादों के उत्पादन व बिक्री को बहुत बेहतर बनाया था।

फिर हैरानी भरा वाकया हुआ। डॉ. बोरलॉग उन वैज्ञानिकों की ओर मुड़े, जो भीड़ की तीसरी क़तार, पाँचवीं क़तार और आठवीं क़तार में बैठे थे। उन्होंने गेहूँ विशेषज्ञ डॉ. राजा राम, मक्का विशेषज्ञ डॉ. एस. के. वासल और बीज विशेषज्ञ डॉ. बी.आर. बरवाले को देखकर पहचान लिया। डॉ. बोरलॉग ने कहा कि इन वैज्ञानिकों ने भारत और एशिया की हरित क्रांति में भारी योगदान दिया है। डॉ. बोरलॉग ने उनका परिचय दर्शकों को देते हुए उनसे खड़े होने को कहा और यह सुनिश्चित किया कि पूरे दर्शक भारी उत्साह से उनका अभिनंदन करें और तालियाँ बजाएँ। डॉ. कलाम ने बाद में अपने भाषण में कहा कि ऐसा दृश्य उन्होंने भारत में पहले कभी नहीं देखा था। उन्होंने डॉ. बोरलॉग द्वारा उनके सहकर्मियों के सम्मान को 'वैज्ञानिक उदारशीलता' कहा और डॉ. बोरलॉग की उपलब्धियों की प्रशंसा करने लगे :

> हमारी धरती पर यह बहुत ही दुर्लभ होता है कि कोई अकेला इंसान – ख़ास तौर पर कोई वैज्ञानिक – लगभग एक साथ कई महाद्वीपों में फ़र्क़ ला दे। डॉ. नॉर्मन बोरलॉग वैज्ञानिक काम के ज़रिये विश्व के कई हिस्सों में अन्न उत्पादन के सचमुच मुख्य शिल्पी हैं। नोबेल शांति पुरस्कार 1970 की नोबेल कमेटी के चेयरपर्सन ने कहा था, 'इस युग के किसी भी अकेले व्यक्ति से बढ़कर डॉ. नॉर्मन बोरलॉग ने भूखे संसार को रोटी प्रदान करने में मदद की है।' अन्न उत्पादन में वृद्धि का परिणाम निश्चित रूप से विश्व शांति होगा।
>
> डॉ. कलाम ने इस अवसर पर कृषि बायोटेक्नोलॉजी पर अब भी अनसुलझी बहस पर सम्मानित वैज्ञानिक समूह का ध्यान आकर्षित किया और अपने विचार व्यक्त किए। डॉ. कलाम ने सुझाव दिया कि समाज को वैज्ञानिक प्रगति का लाभ पहुँचाने के लिए कृषि बायोटेक्नोलॉजी के वर्तमान और संभावित लाभों पर प्रभावी संवाद करना अनिवार्य है। दमदार विज्ञान और नियामक समीक्षा तो बस प्रक्रिया का हिस्सा हैं। नीति–निर्माताओं को कृषि बायोटेक्नोलॉजी पर बहस के राजनीतिक, सामाजिक, नैतिक और आर्थिक पहलुओं पर भी विचार करना चाहिए। चाहे जो हो, डॉ. कलाम कृषि बायोटेक्नोलॉजी को पूरी तरह छोड़ने के गंभीर परिणामों के बारे में स्पष्ट थे : 'डॉ. बोरलॉग के अनुसार अन्न उत्पादन बढ़ाने के लिए बायोटेक्नोलॉजी का इस्तेमाल करने की असफलता का मतलब होगा, बचे हुए वन क्षेत्र का फसल उत्पादन के लिए विनाश, क्योंकि ज़्यादा अन्न की माँग लगातार बढ़ रही है। बायोटेक्नोलॉजी विद्यमान कृषि भूमि पर ही ज़्यादा फसल उगाने में मदद करेगी।'

19 अप्रैल 2005 को राष्ट्रपति परवेज़ मुशर्रफ़ भारत की यात्रा पर आए। पाकिस्तान के राष्ट्रपति की भारत यात्रा हमेशा एक महत्त्वपूर्ण घटना रहती है और राष्ट्रपति मुशर्रफ़ के अपयश ने मीडिया व सरकारी हलकों में कोलाहल को और बढ़ा दिया था। हर कोई यह सोच रहा था कि राष्ट्रपति कलाम जनरल मुशर्रफ़ को क्या कहेंगे, जो भारत में किसी और चीज़ से ज़्यादा कारगिल युद्ध के खलनायक के रूप में जाने जाते थे। लेकिन डॉ. कलाम ने हर एक को हैरान कर दिया, जब उन्होंने ग्रामीण विकास पर तीस मिनट की प्रस्तुति के साथ राष्ट्रपति मुशर्रफ़ का ध्यान खींचा। उन्होंने कहा, 'राष्ट्रपति महोदय, भारत की तरह आपके यहाँ भी बहुत से ग्रामीण इलाक़े हैं और क्या आप नहीं सोचते हैं कि हम दोनों को ही उन्हें प्राथमिकता के आधार पर विकसित करने का यथासंभव प्रयास करना चाहिए?'

जनरल मुशर्रफ़ डॉ. कलाम की पूरी प्रस्तुति के दौरान ध्यानपूर्ण थे और बाद में बोले, 'धन्यवाद, राष्ट्रपति महोदय। भारत ख़ुशनसीब है कि उसके पास आपके जैसा वैज्ञानिक राष्ट्रपति है।' डॉ. कलाम ने मेरा परिचय राष्ट्रपति मुशर्रफ़ से कराते हुए उन्हें उस काम की संक्षिप्त जानकारी देने को कहा, जिससे हम स्वदेशी चिकित्सा यंत्र और दवाएँ बनाकर स्वास्थ्य सुविधा को सस्ता करना चाह रहे थे। राष्ट्रपति मुशर्रफ़ ने काफ़ी देर तक मेरा हाथ थामा और मुझे पाकिस्तान आने तथा वहाँ एक आधुनिक अस्पताल स्थापित करने का न्योता दिया। वैसे मुझे महसूस हुआ कि वह प्रस्ताव लंच ख़त्म होने तक काफूर हो गया था।

22 मई 2005 को राष्ट्रपति कलाम रूस, स्विट्ज़रलैंड, आइसलैंड और यूक्रेन के चार-राष्ट्रों के दौरे की शुरुआत करते हुए मॉस्को के लिए रवाना हुए। 1991 में सोवियत संघ के विखंडन के बाद रूस की यात्रा करने वाले वे पहले राष्ट्रपति थे। रूस में अपने चार दिवसीय प्रवास में उन्हें अपने मिसाइल विकास के दिनों के कई पुराने मित्रों से मिलने का अवसर मिला। लेकिन वहाँ उनके लिए कुछ और भी था; और यह एक ऐसी गतिविधि थी, जिससे वे एक बड़े राजनीतिक तूफ़ान के बीचोंबीच पहुँच गए।

खंड 5

प्रसार

जब मैं अपने जीवन के अंत में ईश्वर के सामने खड़ी रहूँगी, तो मैं उम्मीद करती हूँ कि मेरे पास एक भी गुण नहीं बचा होगा और मैं यह कह सकूँगी, 'आपने मुझे जो दिया था, मैंने उस हर चीज़ का इस्तेमाल कर लिया।'

—अर्मा बॉम्बेक

5.1

संकल्प ही शक्ति है

सभी चीज़ें व्याख्या के अधीन हैं। जो भी व्याख्या किसी समय प्रचलित होती है, वह सत्य का नहीं, शक्ति का परिणाम है।

—फ्रेडरिक नीत्शे
उन्नीसवीं सदी के जर्मन दार्शनिक

राष्ट्रपति कलाम ने संविधान के अनुच्छेद 356 के तहत मॉस्को से आधी रात को बिहार विधानसभा भंग करने की घोषणा कर दी। इससे देश भर में कंपन उत्पन्न कर दिए। इसने महत्त्वपूर्ण प्रश्न भी खड़े किए, जिनमें से एक यह भी था कि क्या केंद्र सरकार ने इस शक्ति का निष्पक्ष इस्तेमाल किया था।

यह मुद्दा विवादास्पद बनने वाला था और आगामी महीनों में ज़ोर पकड़ने वाला था। बिहार में पहले से ही त्रिशंकु विधानसभा थी और इस निर्णय के बाद राजनीतिक अनिश्चितता और बढ़ गई। बिहार की नई विधानसभा को गठित करने के चुनाव फ़रवरी 2005 में हुए थे, जिसमें किसी दल या गठबंधन को बहुमत नहीं मिल पाया था। सरकार बनाने की तमाम संभावनाओं की छानबीन करने के बाद राज्यपाल बूटा सिंह इस स्पष्ट निर्णय पर पहुँचे कि कोई भी दल या गठबंधन स्थिर सरकार बनाने में कामयाब नहीं हो सकता था, इसलिए उन्होंने राज्य में राष्ट्रपति शासन लागू करने की सिफ़ारिश की थी। विधानसभा को स्थगन में रख दिया गया। 7 मार्च 2005 को हुई बैठक में केबिनेट ने राष्ट्रपति कलाम से राष्ट्रपति शासन लागू करने की सिफ़ारिश की और उन्होंने उसी दिन संविधान के अनुच्छेद 256 के तहत घोषणा पर हस्ताक्षर कर दिए। बाद में संसद के दोनों सदनों ने इस घोषणा का अनुमोदन कर दिया।

मई 2005 में राज्यपाल ने राष्ट्रपति को बिहार विधानसभा भंग करने की सिफ़ारिश के साथ एक रिपोर्ट भेजी। रिपोर्ट में कहा गया था कि राष्ट्रपति शासन इसलिए लागू करना चाहिए, क्योंकि जनता दल (युनाइटेड) यानी जेडी (यू) के नेता लोक जनशक्ति पार्टी (एलजेपी) के विधायकों को दलबदल करने और एक अलग पार्टी

बनाने के लिए प्रलोभन दे रहे थे। प्रलोभन देने वाले जनता दल (युनाइटेड) के नेताओं को यह आशा थी कि ये विधायक उनकी पार्टी से हाथ मिला लेंगे, जिससे वे मिलकर बहुमत हासिल कर लेंगे और राज्य में सरकार बनाने का दावा कर देंगे। राज्यपाल का दृष्टिकोण था कि विधायकों पर ऐसा अनुचित प्रभाव जनता की इच्छा को विकृत कर देगा। उन्हें महसूस हुआ कि विधानसभा को - जो स्थगन की अवस्था में थी - भंग कर देना चाहिए, ताकि बिहार के लोगों को अपने मताधिकार का इस्तेमाल करने का नया अवसर मिल सके।

बाद में 22 मई 2005 को हुई बैठक में केंद्रीय कैबिनेट ने राज्यपाल के आकलन की पुष्टि की और राष्ट्रपति को सिफ़ारिश की कि वे बिहार विधानसभा भंग करने का आदेश जारी करें। तब तक राष्ट्रपति कलाम मॉस्को के लिए रवाना हो चुके थे। जब राष्ट्रपति कलाम मॉस्को में उतरने के बाद होटल पहुँचे, तो प्रधानमंत्री मनमोहन सिंह ने उनसे फ़ोन पर बात की। बाद में पी.एम. नायर ने इस गंभीर मुद्दे पर डॉ. कलाम की चिंता के बारे में बताया :

> वे अपनी नीली शर्ट और चिर-परिचित मुस्कान के साथ थे, लेकिन भौंह सामान्य से ज़्यादा तनी थी। 'प्रधानमंत्री का फ़ोन आया था... उन्होंने लगभग बीस मिनट तक मुझसे बातचीत की। यह बिहार विधानसभा भंग करने के बारे में थी। राज्यपाल ने ख़रीद-फरोख़्त चलने के बारे में रिपोर्ट भेजी थी और प्रजातंत्र को बचाने का एकमात्र तरीक़ा विधानसभा भंग करना था। केबिनेट ने राज्यपाल की रिपोर्ट पर विचार किया है और विधानसभा भंग करने की केबिनेट की सिफ़ारिश मेरे पास आ रही है।'

ख़रीद-फरोख़्त के राज्यपाल बूटा सिंह के लगाए आरोपों में दम हो या न हो, भारत का राष्ट्रपति मंत्रिमंडल की सलाह पर कार्य करने के लिए संवैधानिक दृष्टि से बाध्य है। राज्यपाल की रिपोर्ट थी, मंत्रिमंडल की सिफ़ारिश थी - और बीस मिनट तक प्रधानमंत्री से बातचीत थी - जिसमें राष्ट्रपति को सलाह दी गई थी। इसलिए राष्ट्रपति कलाम बिहार विधानसभा को भंग करने के लिए बाध्य थे और उन्होंने ऐसा ही किया। अब यह निर्वाचन आयोग पर था कि वह बिहार में चुनाव कराए और इसने अक्टूबर-नवंबर 2005 में ऐसा कर दिया।

डॉ. कलाम मॉस्को नियमित रूप से जाते रहे थे। मस्कवा नदी और परी कथा जैसे रंगीन डोम वाले सेंट बासिल्स कैथेड्रल देखकर वे मंत्रमुग्ध हो जाते थे। वे प्रकृति की समृद्ध छटा की भी क़द्र करते थे। मॉस्को का 40 प्रतिशत प्रदेश हरियाली से ढँका था। मॉस्को संसार की बहुत आकर्षक राजधानियों और बड़े शहरों में से एक था और यह नगरीय इलाक़े में सबसे बड़े जंगल की शेखी बघारता था।

रूस में राष्ट्रपति कलाम ने रूसी संघ के राष्ट्रपति व्लादिमिर पुतिन से विस्तृत चर्चाएँ कीं। वे रूसी संघ के प्रधानमंत्री मिख़ाइल फ़्रैदकोव और ड्यूमा के स्पीकर

बोरिस ग्राइज़लोव से भी मिले।

मॉस्को में डॉ. कलाम ने अकैडमी ऑफ़ साइंसेस, मॉस्को स्टेट युनिवर्सिटी, सुखोई डिज़ाइन ब्यूरो और एनपीओ माशिनोस्ट्रोएनिया की यात्रा की, जो ब्रह्मोस एरोस्पोस कंपनी में संयुक्त-उपक्रम साझेदार थी। राष्ट्रपति की प्रोटोकॉल की यात्राओं के बजाय ये पूर्व छात्रों के पुनर्मिलन जैसी ज़्यादा थीं। डॉ. कलाम रूसी प्रौद्योगिकी और वैज्ञानिक शक्ति के बड़े भारी प्रशंसक थे। उन्होंने रूसी वैज्ञानिकों और इंजीनियरों को उनके क्षेत्र में परिपूर्ण और जानकारी देने में विश्वसनीय पाया। एनपीओ माशिनोस्ट्रोएनिया ने न सिर्फ़ खुलकर अपनी रैमजेट इंजन प्रौद्योगिकी के बारे में बताया था, बल्कि इसके अलावा क्रूज़ मिसाइल एप्लिकेशन्स के लिए पृथ्वी और अग्नि मिसाइलों के लिए जड़त्वीय संचालन, मिशन सॉफ़्टवेयर और गतिक प्रक्षेपणों के मामले में भी मददगार रहे थे।

25 मई 2005 को डॉ. कलाम रूस के दूसरे सबसे बड़े शहर सेंट पीटर्सबर्ग गए, जो बाल्टिक समुद्र में फ़िनलैंड गल्फ़ के मुहाने पर नेवा नदी के किनारे स्थित था। 1914 में शहर का नाम सेंट पीटर्सबर्ग से बदलकर पेत्रोग्राद कर दिया गया; प्रथम विश्व युद्ध के बाद इसे लेनिनग्राद कर दिया गया; और 1991 में एक बार फिर सेंट पीटर्सबर्ग कर दिया गया। सरकार और तक़दीर बदलने के बावजूद परंपराओं के प्रति रूसी लोगों के गहरे जज़्बात थे - जैसे कि भारत में भी रहे हैं। राष्ट्रपति कलाम सेंट पीटर्सबर्ग की राज्यपाल मैडम वेलेंटिना मैटविएनको से मिले और लेज़र टेक्नोलॉजी इंस्टीट्यूट तथा आर्कटिक ऐंड एंटार्कटिका रिसर्च इंस्टीट्यूट की यात्रा पर भी गए।

सेंट पीटर्सबर्ग से राष्ट्रपति कलाम स्विट्जरलैंड चले गए। यह तीन दशक से अधिक समय में किसी भारतीय राष्ट्रपति की वहाँ की पहली यात्रा थी। जैसी रूस की तीन दिवसीय यात्रा में हुआ था, यहाँ भी डॉ. कलाम की यात्रा विज्ञान और प्रौद्योगिकी पर केंद्रित रही। भारत के परमाणु ऊर्जा आयोग के चेयरमैन डॉ. अनिल काकोड़कर यहाँ उनके साथ जुड़ गए और दोनों ने मिलकर यूरोपियन ऑर्गेनाइज़ेशन फ़ॉर न्यूक्लियर रिसर्च (सीईआरएन) का दौरा किया।

राष्ट्रपति के सम्मान में और उनकी यात्रा की स्मृति में स्विट्ज़रलैंड ने 26 मई को विज्ञान दिवस घोषित किया। सीईआरएन का दौरा इस मायने में महत्त्वपूर्ण था, क्योंकि नई दिल्ली परमाणु प्रौद्योगिकी तक पहुँच खोज रही थी और यह संसार की सबसे उन्नत प्रयोगशालाओं में से एक के साथ सहयोग की योजनाएँ बना रही थी।

29 मई 2005 को राष्ट्रपति कलाम आइसलैंड की यात्रा पर केफ़्लेविक पहुँचे। आइसलैंड उत्तर अटलांटिक महासागर और ग्रीनलैंड समुद्र के बीच एक टापू देश है। 54,000 वर्ग किलोमीटर के इलाक़े में 4 लाख से भी कम लोग रहते हैं और आइसलैंड यूरोप में सबसे कम घनी आबादी वाला देश है। इसके एकाकीपन और इसके अप्रिय, ठंडे परिदृश्य के बावजूद आइसलैंड ने हरित ऊर्जा तंत्र विकसित करने में काफ़ी प्रगति की है और राष्ट्रपति कलाम की यात्रा का ध्यान यहीं केंद्रित था।

बेसास्टाओर में राष्ट्रपति ओलाफूर रैगनार ग्रिमसन के साथ डॉ. कलाम की बातचीत हुई। दोनों ही राष्ट्रपतियों ने 'पूर्व एवं पश्चिम की सहक्रियता तथा शक्ति' सम्मेलन में हिस्सा लिया, जिसे आइसलैंडिक इंडियन चैंबर ऑफ़ कॉमर्स ने आयोजित किया था। उनके लिए कुंजी भारतीय व्यापारिक अवसरों का एकीकरण था, जिनमें दवाओं और प्रौद्योगिकी पर ख़ास जोर दिया गया था। डॉ. कलाम युनिवर्सिटी ऑफ़ आइसलैंड भी गए। वहाँ उन्होंने भूकंपों और अन्य भू-ख़तरों की चेतावनी व जल्दी जानकारी देने वाली प्रणालियों पर बातचीत की। इस सिलसिले में उन्होंने युनिवर्सिटी के रेक्टर प्रोफ़ेसर पॉल स्कलेसन, आइसलैंड मौसम विज्ञान कार्यालय के निदेशक डॉ. मैगनस जॉनसन, आइसलैंड मौसम विज्ञान कार्यालय के प्रमुख डॉ. रैग्नर स्टीफ़ैन्सन और जियोफ़िज़िकल मॉनिटरिंग सेक्शन के प्रमुख डॉ. स्टीनन जैकबस्डोटिर से चर्चाएँ कीं। वे नेशनल रेस्क्यू सेंटर के दौरे पर भी गए।

अगले दिन 31 मई 2005 को डॉ. कलाम प्रधानमंत्री हैल्डोर एसग्रिमसन के साथ नेसजैवेलिर जियोथर्मल पॉवर प्लांट देखने गए। डॉ. कलाम की रीकजेविक एनर्जी के सीईओ डॉ. गुओमंडर पोरोडसन और रीकजेविक एनर्जी के संचालक मंडल के चेयरमैन डॉ. अल्फ्रेड पोर्स्टीनसन के साथ लंबी बातचीत हुई, जिसमें इस हरित ऊर्जा प्रौद्योगिकी का इस्तेमाल भारत में करने की संभावना को टटोला गया। राष्ट्रपति ने इस दिलचस्प बात पर ग़ौर किया कि आइसलैंड के पुरुषों के साथ भारतीय मूल की बहुत सी महिलाओं का विवाह हुआ था।

राष्ट्रपति कलाम 1 जून 2005 को यूक्रेन की राजधानी किएव पहुँचे। यहाँ राष्ट्रपति विक्टर यूशचेंको ने उनका स्वागत किया। भारत का यूक्रेन के साथ एक ख़ास संबंध रहा है, तब भी जब यह सोवियत संघ का हिस्सा था। भारतीय वैज्ञानिकों की मदद करने वाले सोवियत संघ के कई प्रसिद्ध वैज्ञानिक यूक्रेन के ही थे।

3 जून को डॉ. कलाम अंतरिक्ष रॉकेट बनाने में संलग्न यूझनोए एसडीओ के दौरे पर किएव से 500 किलोमीटर दूर दनिप्रोपत्रोवस्क गए। यूझनोए की स्थापना 1954 में हुई थी। यह एक मिसाइल तैयार करने के बाद नज़र में आई, जो हाइपरगोलिक प्रणोदक घटकों की क्रांतिकारी रूप से नई प्रौद्योगिकियों और आत्मनिर्भर मार्गदर्शन व नियंत्रण प्रणाली के इस्तेमाल पर आधारित थी। यूझनोए एसडीओ एरोस्पेस उद्योग की शुरुआती कंपनियों में थी, जिसने सामरिक मिसाइलों और प्रक्षेपण यानों के उड़ान परीक्षण करने के लिए टेलीमीट्री डाटा प्रोसेसिंग सेंटर बनाया। सोवियत संघ के विखंडन और यूक्रेन के परमाणु अस्त्र ख़त्म करने की घोषणा के बाद इस केंद्र को मिसाइल विकास का कार्यक्रम सौंपा गया, जिसमें एक विमानरोधी मिसाइल रक्षा प्रणाली और वायु, समुद्र और ज़मीन पर तैनात मिसाइल प्रणालियाँ शामिल थीं।

यह केंद्र अंतरिक्ष रॉकेटों के लिए विभिन्न द्रव-ईंधनों के विकास में भी संलग्न था। इसके अलावा, इसमें सामरिक मिसाइलों और प्रक्षेपण यानों की उड़ान परीक्षण करते वक़्त तकनीकी कमियों को सुधारने वाले तंत्र का पथप्रदर्शन करने की ख़ासियत

भी थी। यहाँ 50,000 वैज्ञानिक और विशेषज्ञ काम करते थे और कंपनी उस वक़्त ओकीन-ओ ओशनोग्राफ़िक उपग्रह पर काम कर रही थी। कोरोनास-फ़्सोलर अवलोकन उपग्रह के साथ ही समुद्री प्रक्षेपण परियोजनाओं के लिए जेनिट 3एसएल त्रि-चरण प्रक्षेपक और डनेपर प्रक्षेपण यान पर काम जारी था। डॉ. कलाम ने वैज्ञानिकों से उनकी परियोजनाओं के संबंध में बात करने का अवसर निकाला। 'मिसाइल मैन' सचमुच अपने घरेलू मैदान में थे। ऐसा लगता है कि उन्होंने राष्ट्रपति यूशचेंको पर भी सकारात्मक प्रभाव डाला था, जैसा उनके विदाई भाषण से पता चलता है :

> मेरा राष्ट्रपति यूशचेंको के साथ तुरंत सद्भावपूर्ण संबंध बन गया। किसी ने ज़हर देकर उनकी हत्या करने की कोशिश की थी और उनके भोजन में एक घातक रसायन डायोक्सिन और एजेंट ओरेंज टीसीडीडी में एक दूषक तत्व मिला दिया गया था। उनकी जान तो बच गई, लेकिन इस ज़हर के कारण उन्हें विकृति का शिकार होना पड़ा। किएव हवाई अड्डे पर मुझे विदा करते समय राष्ट्रपति यूशचेंको ने मुझसे पूछा कि क्या वे मुझे छू सकते हैं। हम गर्मजोशी से गले मिले और मैंने उन्हें अच्छे स्वास्थ्य तथा उनके देशवासियों की शांति की शुभकामना दी।

भारत लौटने पर डॉ. कलाम के लिए पहला महत्त्वपूर्ण कार्यक्रम था 14 जून 2005 को हुआ राज्यपालों का सम्मेलन। 2003 में राज्यपालों का पहले वाला सम्मेलन प्रधानमंत्री वाजपेयी के संकल्प की पृष्ठभूमि में आयोजित किया गया था, ताकि 2020 तक भारत का विकसित देश बनना सुनिश्चित हो जाए। 2002 में प्रधानमंत्री ने लाल किले से अपने स्वतंत्रता दिवस भाषण में इसकी रूपरेखा बताई थी, राष्ट्रपति कलाम के राष्ट्रपति बनने के तुरंत बाद। डॉ. कलाम के मन में कोई शंका नहीं थी कि प्रधानमंत्री वाजपेयी विज़न 2020 का पीछा करने के मामले में संजीदा थे :

> सम्मेलनों के प्रभावशाली भाषण भुला दिए जाते हैं। बहरहाल, मैंने इन बातों को बहुत मूल्यवान माना और मुझे ज़्यादा तेज़ प्रगति को गंभीर वचनबद्धता याद है। वाजपेयी ने कहा था कि प्रशासनिक तंत्र के हर हिस्से को विकास की ज़रूरत को पहचानना चाहिए और इस ध्येय को आगे बढ़ाना चाहिए, ताकि हम अपने लक्ष्यों को पहले ही हासिल करने में सक्षम हो जाएँ। यह एक ऐसी चीज़ थी, जिसकी मैं क़द्र कर सकता था, क्योंकि मैंने विभिन्न विभागों को सम्मिलित उद्देश्य की ख़ातिर काम करने के लिए प्रेरित करने की मुश्किलों को देखा है।
>
> प्रधानमंत्री मनमोहन सिंह सम्मेलन में अपने सभी केबिनेट मंत्रियों के साथ आए और उन्होंने राष्ट्रपति कलाम के कार्यालय द्वारा निर्धारित एजेंडे के आधार पर शिक्षा, आतंकवाद, आपदा प्रबंधन और मूल्य-संवर्धन कराधान के

अमल के मुद्दों पर विस्तृत बातचीत की। डॉ. कलाम ने बाद में बताया कि प्रधानमंत्री ने उन्हें आश्वासन दिया था कि वे और उनके सहकर्मी राष्ट्रपति की प्रेरणा के मार्गदर्शन से विज़न 2020 के लिए हरसंभव प्रयास करेंगे : 'राज्यपालों के सम्मेलन में प्रधानमंत्री ने घोषणा की कि सरकार "विज़न इंडिया 2020" को साकार करने के लिए हर चीज़ करेगी। कोई भी राजनीतिक तंत्र देश की ख़ातिर स्वप्न के बिना क़ायम नहीं रह सकता।'

जहाँ तक प्रधानमंत्री मनमोहन सिंह का सवाल है, उन्हें 'भारतीय सदी' के विचार पर दृढ़ विश्वास था। 1991 में जब डॉ. सिंह प्रधानमंत्री पी.वी. नरसिंह राव की सरकार में वित्त मंत्री बने, तो भारत दिवालिएपन की कगार पर था। इसका आर्थिक घाटा सकल घरेलू उत्पाद का लगभग 8.5 प्रतिशत था; भुगतान संतुलन में भारी घाटा था और कोषालय में बमुश्किल एक अरब डॉलर का विदेशी मुद्रा भंडार था। वित्त मंत्री के रूप में अपने पहले भाषण में सिंह ने उन्नीसवीं सदी के फ़्रांसीसी लेखक विक्टर ह्यूगो का उद्धरण दिया था : 'पृथ्वी की कोई भी शक्ति उस विचार को नहीं रोक सकती, जिसका समय आ गया हो।'

डॉ. कलाम डॉ. सिंह के भारी प्रशंसक थे और ख़ास तौर पर उस तरीक़े के, जिससे उन्होंने नौकरशाही नियंत्रणों और लाइसेंस-परमिट राज की बेड़ियाँ तोड़कर देश को बाहर निकाला था। भारत के वित्त मंत्री के रूप में उन्होंने अपने पाँच साल के कार्यकाल में अर्थव्यवस्था को 6-7 प्रतिशत के उच्च वृद्धि मार्ग पर पहुँचा दिया था। ज़ाहिर है, डॉ. सिंह के प्रशंसकों के साथ-साथ उनके उतने ही आलोचक भी थे। डॉ. सिंह ने अपने पाँच वर्ष के कार्यकाल में अपना इस्तीफ़ा तीन बार पेश किया था; लेकिन प्रधानमंत्री नरसिंह राव ने उन्हें पद छोड़ने की अनुमति नहीं दी।

डॉ. सिंह ने जो सुधार लागू किए थे, उन्होंने डॉ. कलाम के विज़न 2020 के विचार को गति प्रदान की और इस दिशा में इतनी प्रगति हुई कि अब वापस लौटने का कोई प्रश्न ही नहीं रह गया था। भारत को शक्तिशाली बनना था और वैश्विक स्तर पर प्रतिस्पर्धा करनी थी। डॉ. कलाम जानते थे कि 1990 के दशक के उत्तरार्ध में वैश्विक संसार की जो नई व्यवस्था शुरू हुई थी, वह बलवानों के पक्ष में होगी और कमज़ोरों को आहत करेगी। वैश्वीकरण की शक्तियों का सामना करने के लिए भारत को अपनी क्षमताएँ मज़बूत बनाने की ज़रूरत थी। ईंधन की क़ीमत तय करने का अंतरराष्ट्रीय तंत्र, मुद्रा विनिमय की दर, पूँजी की लागत, कमोडिटीज़ की वैश्विक गतिविधि और व्यापारिक व पर्यावरणवादी नियमों के दबाव ऐसी वास्तविकताएँ थीं, जिनसे देश को जूझना था। उन्होंने बाद में कहा, 'हमारी स्वतंत्रता को इससे ज़्यादा गंभीर ख़तरा कभी नहीं रहा।'

डॉ. कलाम हमेशा ऊर्जा में आत्मनिर्भर बनने में दृढ़ विश्वास करते थे। ऊर्जा के क्षेत्र में आत्मनिर्भर या स्वतंत्र बनना देश के लिए एक भारी प्रौद्योगिक चुनौती थी। ऊर्जा स्वतंत्रता तीन अलग-अलग स्रोतों से हासिल हो सकती है : नवीनीकृत ऊर्जा (सौर ऊर्जा, पवनऊर्जा और पनबिजली), परमाणु ऊर्जा से विद्युत शक्ति और यातायात के लिए जैव-ईंधन। डॉ. कलाम ने परमाणु ऊर्जा को एक अवश्यंभावी विकल्प कहा। उन्होंने बताया कि वर्तमान में सिर्फ़ 4,000 मेगावाट परमाणु ऊर्जा उत्पन्न करने की क्षमता है, जिसमें विश्व स्तरीय भारतीय परमाणु संस्थान की महान शक्तियों का बहुत कम उपयोग हो रहा है। यहाँ मुख्य मुद्दा यूरेनियम की उपलब्धता का अभाव था।

मई 1974 में भारतीय परमाणु परीक्षण के बाद अमेरिका ने न्यूक्लियर सप्लायर्स ग्रुप (एनएसजी) नामक अनौपचारिक समूह की स्थापना की, ताकि परमाणु सामग्री, उपकरण और प्रौद्योगिकी के निर्यात को नियंत्रित किया जा सके। 1975 से 1978 तक लंदन में कई बैठकें हुईं, जिनमें यूरेनियम के निर्यात के मार्गदर्शक सिद्धांत पर सहमति बन गई। शुरुआत में एनएसजी में कुल सात देश थे : कनाडा, पश्चिम जर्मनी, फ्रांस, जापान, सोवियत संघ, युनाइटेड किंगडम और अमेरिका, लेकिन 1977 में इसमें पंद्रह देश शामिल हो गए। भारत में यूरेनियम के ज्ञात यूरेनियम भंडारों का केवल 1 प्रतिशत हिस्सा है; एनएसजी के यूरेनियम निर्यात प्रतिबंध भारतीय परमाणु ऊर्जा उत्पादन क्षमता पर भारी पड़े।

दीर्घकालीन ऊर्जा संसाधन के रूप में परमाणु ऊर्जा हमारे देश के लिए महत्त्वपूर्ण है, इस बात को भारतीय परमाणु ऊर्जा कार्यक्रम की बिलकुल शुरुआत में ही पहचान लिया गया था। डॉ. होमी भाभा ने तीन चरणों का परमाणु ऊर्जा कार्यक्रम तैयार किया था, जो बंद परमाणु ईंधन चक्र पर आधारित था। ये तीन चरण हैं प्राकृतिक यूरेनियम-ईंधन वाले दबावीकृत भारी पानी रिएक्टर्स, फ़ास्ट ब्रीडर रिएक्टर्स और थोरियम-आधारित रिएक्टर्स। भारत दूसरे चरण तक पहुँच गया था, लेकिन यूरेनियम की कमी से प्रगति में बाधा आ गई थी। डॉ. कलाम की कल्पना थी कि सन 2020 तक भारत की परमाणु ऊर्जा क्षमता बढ़कर 20,000 मेगावाट हो जाए और प्रधानमंत्री सिंह में उन्हें एक महान समर्थक मिला। यूरेनियम प्रतिबंध तोड़ने के लिए प्रधानमंत्री ने साहसिक क़दम उठाते हुए अमेरिका से बात की।

5.2

मेरी बात ध्यान से सुनें

जिस देश में हरियाली का स्वामित्व है, जो इस उद्योग पर वर्चस्व रखता है, उसी के पास सबसे ज़्यादा ऊर्जा सुरक्षा होगी, राष्ट्रीय सुरक्षा होगी, आर्थिक सुरक्षा होगी, प्रतिस्पर्धात्मक कंपनियाँ होंगी, स्वस्थ जनता होगी और सबसे बढ़कर वैश्विक सम्मान होगा।

—थॉमस फ्राइडमैन

मित्रों, नेताओं, देशवासियों, मेरी बातों पर ध्यान दें; मैं सिर्फ़ आपकी तालियों की ख़ातिर बोलने नहीं आया हूँ, बल्कि आपसे सच बोलने आया हूँ! धीरे-धीरे राष्ट्रपति कलाम का लहज़ा और तात्पर्य सुझाव से सिफ़ारिश का हो रहा था, आग्रह से समझाइश का हो रहा था और उत्साह से संदेहवाद का हो रहा था। अगस्त 2005 में उन्होंने दो अहम मुद्दे उठाए, जिन पर उनके लगातार आग्रह और समझाने-बुझाने के बावजूद आवश्यक प्रतिक्रिया नहीं मिल रही थी।

1 जुलाई 2005 को वे भारतीय चिकित्सा समुदाय के सर्वश्रेष्ठ लोगों से मिले। वे राष्ट्रपति भवन के अशोक हॉल में जगमगाते समारोह में 35 डॉक्टरों को 2003 और 2004 के प्रतिष्ठित डॉ. बी.सी. रॉय राष्ट्रीय पुरस्कार दे रहे थे। इस दिन को डॉ. बिधान चंद्र रॉय के सम्मान में भारत में राष्ट्रीय डॉक्टर दिवस के रूप में मनाया जाता है, जो इसी दिन पैदा हुए थे और इसी दिन दिवंगत हुए थे। डॉ. बी.सी. रॉय 1948 से 1962 में उनकी मृत्यु तक चौदह साल पश्चिम बंगाल के मुख्यमंत्री थे, डॉ. रॉय कर्मयोगी थे और उन्होंने मुख्यमंत्री के रूप में भी मरीज़ों का इलाज करना जारी रखा; वे अपने आख़िरी दिन तक मरीज़ों को देखते रहे और ऑफ़िस में ही परलोक गति को प्राप्त हुए।

डॉ. बी.सी. रॉय को आधुनिक पश्चिम बंगाल का शिल्पी माना जाता है। उन्होंने पाँच महत्त्वपूर्ण शहर - दुर्गापुर, कल्याणी, बिधान नगर, अशोक नगर और हावड़ा - स्थापित करने के लिए जोश से काम किया और बंगाल को ग्रामीण से शहरी समाज में बदल दिया। डॉ. बी.सी. रॉय मेडिकल काउंसिल ऑफ़ इंडिया के पहले

भारतीय राष्ट्रपति ही नहीं थे, बल्कि उनमें मेडिकल काउंसिल के लिए मार्गदर्शक शक्ति और प्रेरक जज़्बा भी जीवन भर रहा। उन्हें 1961 में भारत रत्न से नवाज़ा गया।

चिकित्सा पेशे में भ्रष्टाचार 2005 तक सार्वजनिक मुद्दा बन चुका था और भारतीय मेडिकल काउंसिल ख़ुद विवाद में उलझी हुई थी। राष्ट्रपति कलाम ने इस अवसर पर डॉक्टरों को याद दिलाया कि चिकित्सा पेशे में सदाचार एक अनिवार्य सद्गुण है। उन्होंने एक महत्त्वपूर्ण बिंदु को स्पर्श किया कि सदाचार बचपन से ही विकसित किया जाता है - और यह परिवार से शुरू होता है। डॉ. कलाम ने घोषणा की, 'हम जो भी करते हैं, हर चीज़ में सदाचार महत्त्वपूर्ण है, चाहे यह सामाजिक जीवन हो या राजनीति। सद्गुण शक्तिशाली परिवार, राष्ट्र और विश्व बनाने का अखंड हिस्सा है। यह महत्त्वपूर्ण है कि हम अपने काम की एक मज़बूत बुनियाद बनाएँ।'

देश भर में 'पाँच सितारा अस्पताल' खुल गए थे। अब डॉक्टरों के बजाय महँगी मशीनों का महत्त्व बढ़ गया था। इस बात पर ग़ौर करते हुए डॉ. कलाम ने समाजवादी चिकित्सा के पक्ष में एक जोशीला तर्क दिया :

> सबसे ग़रीब लोगों को भी ऑपरेशन के बाद कम दर्द, घटी हुई दवा, कम रुग्णता, अस्पताल में कम समय तक रहने और घर, परिवार व कामकाज में जल्दी लौटने का उतना ही अधिकार है, जितना और किसी को है। ऑपरेशन की कम से कम आवश्यकता नई प्रौद्योगिकी के प्रति आदरांजलि या श्रद्धांजलि नहीं है, बल्कि उन चौतरफ़ा लाभों के प्रति है, जो यह हमारे रोगियों और हमारे देशवासियों को देती है।

डॉ. कलाम ने कहा कि चिकित्सा में तरक्की का लाभ ग़रीबों तक पहुँचना चाहिए और केवल महँगे अस्पतालों तक ही सीमित नहीं रहना चाहिए, जो अमीर मरीज़ों की सेवा करने के प्रति समर्पित हैं।

अगले सप्ताह राष्ट्रपति कलाम जादवपुर विश्वविद्यालय, कोलकाता के स्वर्ण जयंती समारोह में शामिल हुए। विश्वविद्यालय ने 1990 में उन्हें मानद डॉक्टरेट प्रदान की थी। डॉ. कलाम प्रो. तपन कुमार घोषाल के साथ बड़े पैमाने पर काम कर चुके थे - मिसाइलों के नियंत्रण व मार्गदर्शन के क्षेत्रों में और लाइट कॉम्बैट एयरक्राफ़्ट परियोजना के पहलुओं में। 1990 के दशक में विश्वविद्यालय की उन्होंने इतनी यात्राएँ की थीं कि यह एक तरह से उनका दूसरा घर बन गया था।

जादवपुर विश्वविद्यालय के पूर्व विद्यार्थी डॉ. एस.के. चौधरी, जो बाद में रिसर्च सेंटर इमारत के निदेशक बने, ने प्रयोगशालाओं और शैक्षणिक संस्थाओं के बीच बेहतरीन सहयोग को सुनिश्चित किया। डॉ. चौधरी ने डॉ. कलाम के साथ भी एक मज़बूत भावनात्मक बंधन जोड़ लिया। अपने भाषण पर काम करते वक़्त डॉ. कलाम ने डॉ.चौधरी से पूछा कि वे उन्हें जादवपुर विश्वविद्यालय के बारे में 'एक अनूठी बात' बताएँ।

डॉ. चौधरी ने जादवपुर युनिवर्सिटी के इतिहास का बख़ान करते हुए कहा कि यह भारत में वैज्ञानिक विचार के विकास का सच्चा प्रतिबिंब थी। यहीं पर शिक्षा को ब्रिटिश संस्थाओं के आधिपत्य को चुनौती देने के औज़ार के रूप में तराशा गया था। यह संस्था बंगाल के प्रबुद्ध नागरिकों की इच्छा से उभरकर निकली, जो अपने युवाओं को वैज्ञानिक शिक्षा देना चाहते थे। इस संस्था को बनाने के लिए राजा सुबोध चंद्र मलिक और सर रासबिहारी घोष ने अपनी व्यक्तिगत संपत्ति दान में दी। 1910 में सोसायटी फ़ॉर द प्रमोशन ऑफ़ टेक्निकल एज्युकेशन इन बंगाल ने बंगाल में इंजीनियरिंग और वैज्ञानिक शिक्षा को संस्थागत किया और 1940 तक यह व्यावहारिक तौर पर विश्वविद्यालय के रूप में कार्य कर रहा था। स्वतंत्रता के बाद इसे वैधानिक मान्यता मिली और 1955 में जादवपुर युनिवर्सिटी के रूप में पहचान मिली। इस कहानी को सुनने के बाद डॉ. कलाम ने कहा, 'दौलत को कभी ख़ुद को शिक्षा से अलग नहीं करना चाहिए।'

पश्चिम बंगाल के राज्यपाल गोपालकृष्ण गाँधी, जो जादवपुर युनिवर्सिटी के कुलाधिपति भी थे, ने युनिवर्सिटी के मुख्य कैंपस में बने ओपन-एयर थिएटर में राष्ट्रपति कलाम का स्वागत किया। ताज़े सफ़ेद फूलों की सुंदर सजावट थी, जो बंगाली संस्कृति की ख़ासियत थी। डॉ. कलाम ने इस अवसर पर सशक्तिकरण में शिक्षा की भूमिका पर जोर दिया :

> शिक्षा केवल इंसानों के विकास का औज़ार ही नहीं है। इसे समुदाय के हितों और राष्ट्र निर्माण के पहलुओं को भी शामिल करना चाहिए। अच्छी शिक्षा सचमुच हमारे भविष्य की नींव है। यह विकल्प बनाने का सशक्तिकरण है। यह विश्वविद्यालयों का काम है कि वे युवाओं को उनके सपने चुनने और उनका पीछा करने का साहस दें।
>
> जब बच्चे को विकास के विभिन्न चरणों में माता–पिता द्वारा सशक्त बनाया जाता है, तो उसका रूपांतरण एक ज़िम्मेदार नागरिक में होता है। जब शिक्षक ज्ञान और अनुभव देकर सशक्त बनाता है, तो आदर्श तंत्रों वाले अच्छे युवा आकार लेते हैं। जब कोई व्यक्ति या टीम प्रौद्योगिकी से सशक्त बनती है, तो उपलब्धि के लिए ज़्यादा ऊँची संभावना वाला कायाकल्प सुनिश्चित होता है। जब किसी संस्था का लीडर अपने अधीनस्थों को सशक्त बनाता है, तो ऐसे लीडर पैदा होते हैं, जो बहुतेरे क्षेत्रों में देश को बदल सकते हैं। जब महिलाओं को सशक्त बनाया जाता है, तो स्थिर समाज सुनिश्चित होता है। जब किसी देश के नेता दूरदर्शी नीतियों से लोगों को सशक्त बनाते हैं, तो देश की समृद्धि सुनिश्चित हो जाती है।

राष्ट्रपति कलाम ने स्वतंत्रता दिवस की पूर्व संध्या पर राष्ट्र के नाम पारंपरिक संदेश का इस्तेमाल करते हुए लोगों के सामने भारत की ऊर्जा स्वतंत्रता पर अपने स्पष्ट

विचार उजागर किए। उन्हें महसूस हुआ कि भारत के ऊर्जा मुद्दों के मुद्दे की वे लंबे समय से हिमायत कर रहे हैं, लेकिन इसके बावजूद उनके सहज बोध के प्रस्तावों को नीतियों और परियोजनाओं में नहीं बदला जा रहा है। उन्होंने सोचा कि यह मुद्दा अमूमन तकनीकी शब्दावली में ढँका रहता है और इसे सार्वजनिक जागरूकता में लाना सबसे अच्छा रहेगा। 14 अगस्त 2005 को राष्ट्रीय टेलीविज़न संबोधन में राष्ट्रपति कलाम ने देश को ऊर्जा स्वतंत्रता की आवश्यकता के प्रति सतर्क होने के लिए प्रोत्साहित किया। यह देशभक्ति और सशक्तिकरण का संदेश था, जिसकी वे कई दशकों से कई रूपों में पैरवी कर रहे थे।

उन्होंने भारत की दुर्भाग्यपूर्ण वास्तविकता की ओर संकेत किया, जहाँ विश्व की 17 प्रतिशत जनसंख्या थी, जबकि विश्व के ज्ञात तेल और प्राकृतिक गैस संसाधनों का केवल 0.8 प्रतिशत ही उपलब्ध था। डॉ. कलाम ने संसाधनों की माँग और आपूर्ति के बीच बढ़ती भारी खाई की ओर राष्ट्र का ध्यान आकर्षित किया। उन्होंने घोषणा की कि ऊर्जा और पानी की अनिवार्यता निश्चित रूप से इक्कीसवीं सदी में हमारे लोगों के जीवन को तय करेगी।

ऊर्जा स्वतंत्रता हमारे देश की पहली और सर्वोच्च प्राथमिकता क्यों नहीं होनी चाहिए? डॉ. कलाम ने एक साल के भीतर व्यापक नवीनीकरण योग्य ऊर्जा नीति का आह्वान किया। उन्होंने कहा कि भारत के पास ज्ञान और प्राकृतिक संसाधन हैं; लक्ष्य हासिल करने के लिए बस नियोजित एकीकृत मिशनों की ज़रूरत थी। राष्ट्रपति कलाम ने देश के सामने मौजूद किसी राजनीतिक, संवैधानिक या आर्थिक मुद्दों पर बात नहीं की। उनके लिए देश की दीर्घकालीन ऊर्जा आकुलता का महत्त्व क्षणिक मुद्दों से कहीं ज़्यादा था, हालाँकि इसके अधिक गंभीर परिणाम तब तक स्पष्ट नहीं थे।

डॉ. कलाम को महसूस हुआ कि निकट भविष्य में यूरेनियम आधारित परमाणु ऊर्जा देश को संबल देने के लिए अति आवश्यक थी। डॉ. कलाम जागरूक थे कि प्रधानमंत्री मनमोहन सिंह ने भारत के शांतिपूर्ण परमाणु कार्यक्रम के बारे में अमेरिका की चिंताओं को शांत करने में महत्त्वपूर्ण प्रगति की थी और इस मामले में एक संधि निकट दिख रही थी। डॉ. कलाम ने संकेत किया कि ऊर्जा के क्षेत्र में तार्किक आत्मनिर्भरता हासिल करने के लिए परमाणु ऊर्जा उत्पादन को दस गुना बढ़ाना होगा।

डॉ. कलाम ने थोरियम का इस्तेमाल करने वाली परमाणु ऊर्जा के विकास का तर्क दिया, क्योंकि भारत के पास इस प्रमुख संसाधन के काफ़ी भंडार थे। यह ऊर्जा आत्मनिर्भरता की कुंजी थी, जिसका प्रस्ताव लगभग आधी सदी पहले डॉ. होमी भाभा ने दिया था। अति महत्त्वपूर्ण बात यह थी कि थोरियम को लेकर हथियारों के प्रसार की ज़्यादा अंतरराष्ट्रीय आशंकाएँ नहीं हैं, जिनसे हमारा यूरेनियम परमाणु ऊर्जा कार्यक्रम बाधित हुआ था। यही नहीं, डॉ. कलाम ने कहा कि परमाणु विलयन शोध को अंतरराष्ट्रीय स्तर पर सहयोगी मिशन के रूप में लेना चाहिए और इस साफ़-सुथरी परमाणु ऊर्जा के लिए प्रौद्योगिकी विकसित करने का इरादा होना चाहिए। जब जीवाश्म

ईंधन ख़त्म हो जाएँगे, तो बढ़ती जनसंख्या की ऊर्जा आवश्यकताएँ विलयन से पूरी हो सकेंगी। राष्ट्रपति कलाम ने निष्कर्ष दिया :

> हमें एक साठ के भीतर ऊर्जा स्वतंत्रता के लिए एक व्यापक नवीनीकरण योग्य ऊर्जा नीति विकसित कर लेनी चाहिए। 2020 तक भारत को व्यापक ऊर्जा सुरक्षा हासिल कर लेनी चाहिए और 2030 तक ऊर्जा स्वतंत्रता होनी चाहिए। इसे पवन, सौर, भू-ऊष्मा, जैव ईंधन और समुद्र के ज़रिये ऊर्जा उत्पादन से संबंधित सभी मुद्दों को संबोधित करना चाहिए। राष्ट्र को थोरियम-आधारित रिएक्टरों की स्थापना की दिशा में काम करना चाहिए। थोरियम-आधारित रिएक्टर्स पर शोध और प्रौद्योगिकी विकास परमाणु ऊर्जा उत्पादन में आत्मनिर्भरता हासिल करने और दीर्घकालीन ऊर्जा सुरक्षा हासिल करने के लिए देश की त्वरित आवश्यकता है।

सितंबर 2005 में डॉ. कलाम उत्तर-पूर्व की यात्रा पर गए। उन्होंने यहाँ के लोगों के साथ जुड़ने के संकल्प के साथ अपना राष्ट्रपति कार्यकाल शुरू किया था। वे असम, त्रिपुरा, मणिपुर, अरुणाचल प्रदेश, मेघालय और नागालैंड की यात्रा पहले ही कर चुके थे। उन्हें मिज़ोरम और सिक्किम की यात्रा करने में थोड़ा समय लगा, ताकि वे सात बहनों (अरुणाचल प्रदेश, असम, मेघालय, मणिपुर, मिज़ोरम, नागालैंड और त्रिपुरा) और एक भाई (सिक्किम) के नज़दीकी परिवार के साथ अपना संबंध पूरा कर सकें।

अख़बार की सुर्ख़ियों ने घोषणा की कि सिक्किम में न सिर्फ़ बच्चे, बल्कि मौसम भी राष्ट्रपति कलाम के साथ दिख रहा था। वे वहाँ दो दिन की संक्षिप्त यात्रा पर गए थे। पिछले दो दिनों तक लगातार बारिश हुई थी, लेकिन जब राष्ट्रपति 22 सितंबर 2005 को लाइबिंग हेलिपैड पर उतरने वाले थे, उसके ठीक पहले आसमान साफ़ हो गया। राज्यपाल वी.रामाराव और मुख्यमंत्री पवन कुमार चामलिंग अपनी पूरी केबिनेट के साथ राष्ट्रपति कलाम की राज्य की पहली यात्रा पर उनके स्वागत के लिए मौजूद थे। डॉ. कलाम ने चामलिंग के साथ तुरंत तालमेल बना लिया, जो सिक्किम डेमोक्रेटिक फ्रंट के संस्थापक अध्यक्ष थे, जिसने राज्य पर 1994 से शासन किया था। राजधानी जाते वक़्त राष्ट्रपति के क़ाफ़िले की भारी सुरक्षा थी और राजमार्ग के दोनों तरफ़ बैरिकेड लगाए गए थे। राष्ट्रपति का अभिवादन करने के लिए लोग बैरिकेड के पीछे इकट्ठे थे, जो आम तौर पर हर जगह नहीं देखा जाता था। उत्तर-पूर्व के प्रति राष्ट्रपति के संदेश लोगों के दिल तक पहुँच गए गए थे और इस इलाक़े के दोस्ताना लोग अपनी कृतज्ञता दिखा रहे थे। गंगटोक शहर का माहौल उत्सवी हो गया था, जिसमें सड़कें ढेर सारे तिरंगों और फूलों से सजी थीं।

ऐतिहासिक दृष्टि से सिक्किम प्राचीन भारतीय और तिब्बती संस्कृतियों का मिलन बिंदु था। यहाँ सत्रहवीं सदी में बौद्ध राज्य स्थापित हुआ था। तिब्बत और भूटान से आकर यहाँ बसने वाले लोगों की पृष्ठभूमि में सिक्किम का राजतंत्र के रूप

में स्वतंत्र उदय हुआ। जब ब्रिटिश ईस्ट इंडिया कंपनी में तिब्बती बाज़ार तक पहुँचने की इच्छा आई, तो सिक्किम जल्दी ही ब्रिटेन के अधीन आ गया। 1947 में अँग्रेज़ों के जाने के बाद सिक्किम शुरुआत में एक स्वतंत्र देश बना रहा, लेकिन 1975 में भारत के साथ इसका विलय हो गया।

राष्ट्रपति कलाम ने सर ताशी नामग्याल सीनियर सेकंडरी स्कूल के बच्चों के साथ तुरंत प्रगाढ़ संबंध बना लिया। उन्होंने कहा, 'मैंने हेलिकॉप्टर से सुंदर नदियाँ और पहाड़ी शिखर देखे, लेकिन मैंने सबसे प्यारी चीज़ जो देखी, वह इस राज्य के लोगों की मुस्कानें थीं।' दोपहर को डॉ. कलाम ने सिक्किम विधानसभा के विशेष सत्र को संबोधित किया और विधायकों के सामने 'सिक्किम : मिशन्स फ़ॉर प्रॉस्पेरिटी' प्रस्तुति दी।

शाम को एक बड़े समारोह में डॉ. कलाम ने 25,000 सीटों वाले पाल्ज़र स्टेडियम का शुभारंभ किया। सिक्किम के युवा फुटबॉल सितारे बाइचुंग भूटिया इस पूरे समारोह में राष्ट्रपति कलाम के बग़ल में बैठे। विशाल समूह डॉ. कलाम के एक घंटे से ज़्यादा लंबे भाषण में तल्लीन बैठा रहा और उत्साह से तालियाँ बजाता रहा। डॉ. कलाम का समय जैसे-जैसे बढ़ता जा रहा था, इस असाधारण राष्ट्रपति और जनता के बीच एक लगभग रहस्यवादी अनुभूति उतनी ही स्पष्टता से दिख रही थी। उनके कर्तव्य उन्हें जहाँ भी ले जाते थे, वहीं संलग्नता का एक जोशपूर्ण माहौल बन जाता था। नीरस औपचारिक कार्यक्रम धूम-धड़ाके वाली संगीतमय संध्या के रंग में ढल रहे थे, जिनमें डॉ. कलाम हँसमुख स्टार थे, जो ऑटोग्राफ़ पर हस्ताक्षर कर रहे थे।

किसी राष्ट्रीय नेता के लिए इतनी व्यापक श्रद्धा गाँधीजी के बाद शायद ही कभी देखी गई थी। एरोस्पेस में उनके कारनामे और देश को 'परमाणु क्लब' में लाने के उनके पराक्रम जगज़ाहिर थे। यह संदेह से परे था कि वे राजनीति के संसार के बाहर गुणवान हैं। उनका नैतिकता का स्पष्ट अहसास भी संदेह से परे था। लेकिन उनका आकर्षण सिर्फ़ सम्मान से बढ़कर था। भारत के लोग - जो अपनी भावुकता के लिए भी उतने ही जाने जाते हैं, जितने कि चरित्र के आकलन की योग्यता के लिए - अपने नेता के प्रति अपना गहरा, सच्चा स्नेह दिखा रहे थे।

डॉ. कलाम बौद्ध धर्म की वज्रयान शाखा के निंगमा पंथ की एंची मोनेस्ट्री की यात्रा पर गए। यह मोनेस्ट्री गंगटोक शहर की एक पहाड़ी की बेहद सुंदर चोटी पर बनी है। यहाँ से संसार के तीसरे सबसे ऊँचे पर्वत कंचनजंघा की बर्फ़ीली चोटियों का दृश्य भव्यता की तसवीर है। मोनेस्ट्री में जिन देवताओं की पूजा होती हैं, वे हैं बुद्ध, लोकी शरिया और गुरु पद्मसंभव या गुरु रिम्पोचे। डॉ. कलाम ने भिक्षुओं के साथ समय बिताया और किसी संत की तरह बात की :

> ज़्यादातर भारतीय – अनुभवी और बुजुर्ग, ऊर्जावान और अधेड़, युवा और मासूम – वे सभी तसल्ली और सुरक्षा के लिए धर्म की ओर देखते हैं। मैं

> इस महान देश के बहुत से धार्मिक स्थलों और पूजाघरों में गया हूँ और मैं हमारे कई धार्मिक नेताओं से मिला भी हूँ। धर्म उत्तम बाग होते हैं, अनूठे सौंदर्य और शांति से भरी जगहें, सुंदर पक्षियों और उनके मधुर गान से भरे पवित्र कुंजों की तरह। वे जादुई टापू हैं, आत्मा के लिए सचमुच नख़लिस्तान। लेकिन फिर भी वे टापू हैं। हम उन्हें कैसे जोड़ सकते हैं, ताकि उनकी ख़ुशबू पूरी सृष्टि में भर जाए? यदि हम सभी तरह के टापुओं को प्रेम और करुणा से 'माला' में जोड़ दें, तो हमारे पास एक समृद्ध भारत और समृद्ध संसार होगा।

अगले दिन राष्ट्रपति कलाम ने मेघालय में शिलाँग में एचआईवी/एड्स की सभा का शुभारंभ किया। यह सभा असम राइफ़ल्स वाइव्ज़ वेलफ़ेयर एसोसिएशन (एआरडब्ल्यूडब्ल्यूए) द्वारा आयोजित की गई थी। यह सभा सैनिकों में इस रोग को फैलने से रोकने और समस्या से मुक़ाबला करने की प्रभावी रणनीति बनाने के लिए किया गया था। डॉ. कलाम ने असम राइफ़ल्स के कर्मियों और अन्य सैनिकों को संवेदनशील बनाने का आह्वान किया कि सुरक्षाकर्मी भविष्य में इस अभिशाप से बचें।

मेघालय के राज्यपाल एम.एम. जेकब, केंद्र मंत्री पी.आर. किन्डिया, नेशनल कमीशन फ़ॉर विमेन की चेयरपर्सन गिरिजा व्यास, मुख्यमंत्री डी.डी. लापांग, असम राइफ़ल्स के डायरेक्टर जनरल ले. जन. भूपिंदर सिंह और रॉयल थाई आर्मी (आरटीए) के आर्म्ड फ़ोर्सेस मेडिकल रिसर्च, थाइलैंड के डायरेक्टर जनरल मेजर जनरल सुएब पॉन्ग संघारोम्या इस बेहद संवेदनशील सामाजिक मुद्दे पर सार्वजनिक बातचीत में शामिल हुए। वे एक खुले सत्य पर बात कर रहे थे : एचआईवी से प्रभावित 90 प्रतिशत लोगों का उपचार नहीं हो पाता था और वे इस रोग के कारण मर जाते थे।

एक महिला उठकर खड़ी हुई और बोली, 'हालाँकि इस वक़्त हमारे देश में थोड़ा नीला आसमान है, लेकिन बहुत जल्दी ही इसमें बादल घिर सकते हैं।' अपने पति द्वारा एचआईवी से संक्रमित एक और महिला बोली, 'मेरी ज़िंदगी की असली शिक्षा तब शुरू हुई, जब मुझे अपनी स्थिति की सच्चाई का सामना करना पड़ा। सबसे पहले तो मेरे पति के परिवार ने मुझे अपने घर से निकाल दिया और बाद में मेरे पिता ने भी मुझे घर से निकाल दिया। मैं परित्यक्ता महिला जैसी बन गई। जैसे कोई गिरी हुई पत्ती हवा में इधर से उधर होती है, उसी तरह मैं भी अपनी तक़दीर से अकेले मुक़ाबला करने के लिए अभिशप्त थी।'

डॉ. कलाम की आँखों में आँसू उमड़ आए। उन्होंने उस महिला के सिर पर हाथ रखकर कहा, 'ईश्वर हमें यह बताना चाहता है कि जीवन शुरुआतों की शृंखला है, अंतों की नहीं।'

राष्ट्रपति कलाम 24 सितंबर 2005 को राज्य की अपनी पहली यात्रा के लिए मिज़ोरम की राजधानी आइजोल पहुँचे। मिज़ोरम के राज्यपाल अमोलक रतन कोहली

और मुख्यमंत्री ज़ोरामथंगा ने लेंगपुई हवाई अड्डे पर राष्ट्रपति की अगवानी की। आसमान से रनवे जंगल के गलीचे वाले परिदृश्य पर एक साफ़-सुथरे पैबंद जैसा दिखता है। यह और हवाई अड्डे से आइजोल तक की 36 कि.मी. लंबी यात्रा, जो एक खड़े और घुमावदार पहाड़ी मार्ग से हुई थी, राज्य के दूरस्थ होने के बारे में हर शंका को दूर करने के लिए काफ़ी थे।

यदि शिकायत को राजनीतिक विद्रोह में बदलने के लिए वैध तर्क चाहिए था, तो यह मिज़ोरम में था। मिज़ो नेशनल फ्रंट (एमएनएफ़) एक विद्रोही समूह था, जो 1959 में मिज़ो नेशनल फ़ेमाइन फ्रंट से उभरा था। बाद वाला समूह बाँस की फसल के हर साल बर्बाद होने से उत्पन्न व्यापक अकाल और केंद्र सरकार द्वारा पर्याप्त राहत न भेजने के विरोध में बना था। वंचना जल्दी ही खुले विद्रोह को जन्म देने वाली थी।

1986 में प्रधानमंत्री राजीव गाँधी और एमएनएफ़ ने मिज़ोरम शांति समझौते पर हस्ताक्षर किए। विद्रोही नेता पू लालडेंगा को मुख्यमंत्री नियुक्त किया गया, जिन्होंने अपनी वयस्क ज़िंदगी का ज़्यादातर हिस्सा म्यांमार के जंगलों की गहराई में भारत सरकार के ख़िलाफ़ लड़ते-लड़ते गुज़ारा था। प्रधानमंत्री राजीव गाँधी ने केंद्र की स्थिति स्पष्ट कर दी : एमएनएफ़ हिंसा को ख़त्म होना था; मिज़ोरम को संघ में बने रहना था, संघर्ष ख़त्म करना था और संलग्नता वाली राजनीति के प्रति समर्पित रहना था।

आज मिज़ोरम कई मायनों में एक ऐसा राज्य है, जो अलग हटकर है। यह ईसाई बहुमत वाला राज्य है, जहाँ रोज़मर्रा के जीवन और राजनीति पर प्रेसबाइटेरियन चर्च का भारी प्रभाव है। यह उन चंद राज्यों में से है, जिसने प्रेसबाइटेरियन चर्च के हस्तक्षेप की वजह से शराब पर प्रतिबंध लगा दिया। यहाँ का मतदान प्रतिशत देश के सर्वाधिक प्रतिशत वाले राज्यों में शुमार है। ऐसा लगता है कि हिंसा के दो दशकों के बाद निर्वाचन राजनीति ने एक स्वस्थ, प्रतिस्पर्धी मोड़ ले लिया है।

मिज़ोरम विधानसभा को संबोधित करते हुए राष्ट्रपति कलाम ने मिज़ोरम की समृद्धि के लिए सात मिशन पेश किए - जैव ईंधन मिशन, बाँस मिशन, उद्यान कृषि मिशन, गुणवत्तापूर्ण प्रशिक्षण वाले पैरामेडिक्स और तकनीशियनों को तैयार करने का मिशन, पर्यटन मिशन (जिसमें सामान्य, आध्यात्मिक और आर्थिक पर्यटन शामिल था), सुरक्षित विशिष्ट आर्थिक ज़ोन बनाने का मिशन और ग्रामीण समृद्धि के लिए प्यूरा की स्थापना का मिशन - और किसी धर्मप्रचारक जैसे जोश से उनमें से प्रत्येक को समझाया। उन्होंने कहा, 'राज्य की 2,60,000 हेक्टेयर की बंजर भूमि में जैव ईंधन पौधों का उत्पादन ही एक लाख से ज़्यादा लोगों के लिए रोज़गार उत्पन्न कर सकता है, जिससे हर साल 325 करोड़ रुपये तक की आमदनी हो सकती है।'

डॉ. कलाम लगभग 5,000 लोगों के सुरम्य गाँव साइरंग की यात्रा पर गए। वहाँ स्कूली बच्चों के प्रश्नों का जवाब देते हुए डॉ. कलाम ने उन्हें बताया कि वे जीवन में जो भी थे, अपने टीचर की बदौलत थे, जिन्होंने उन्हें सिखाया था कि पक्षी कैसे उड़ते हैं। 'मैंने न सिर्फ़ यह सीखा कि पक्षी कैसे उड़ता है, बल्कि यह भी सीखा कि

इंसान जीवन में कैसे उड़ता है।' गाँव वालों ने राष्ट्रपति को अपनी शिकायतें बताईं और कहा कि राज्य सरकार के निहित स्वार्थों द्वारा उन्हें इलाक़े के संसाधनों तक नहीं पहुँचने दिया जाता है। बरसों बाद वे बताने वाले थे कि उनकी यात्रा के केवल कुछ दिनों बाद वह कुछ दौलतमंद लोगों के पक्ष में कार्यरत दमनकारी तंत्र ख़त्म हो गया। उनके गाँव ने बाद में अच्छी तरक्की की।

मिज़ोरम में सारे कार्यक्रमों के ख़त्म होते-होते शाम हो गई। मैं अच्छी रात के आराम के लिए तैयार था। यह व्यवस्था कर दी गई थी कि सुबह की फ़्लाइट राष्ट्रपति और उनके दल को वापस दिल्ली ले जाएगी। लेकिन डॉ. कलाम बेचैन थे और उन्होंने यह निर्णय लिया कि हम उसी रात दिल्ली लौटेंगे। स्थानीय इंडियन एयर फ़ोर्स (आईएएफ़) स्टेशन के मुखिया को तलब किया गया और दिल्ली जाने की राष्ट्रपति की इच्छा बताई गई। आईएएफ़ के अधिकारी ने बताया, 'लेकिन रात को हवाई अड्डे से उड़ान भरने की कोई व्यवस्थाएँ नहीं हैं।' यह कहने के बाद उसने सोचा कि मामला ख़त्म हो गया है। लेकिन डॉ. कलाम ज़रा भी प्रभावित नहीं हुए और अटल बने रहे कि वे उड़ान भरेंगे। उन्होंने कहा, 'अगर आपातकालीन स्थिति हो तो? क्या आईएएफ़ सुबह का इंतज़ार करेगी? उनसे कह दें कि मुझे उड़ान भरनी है और सारे आवश्यक इंतज़ाम हो जाने चाहिए।'

सेनाओं के सर्वोच्च सेनापति के आदेश का पालन करते हुए आईएएफ़ कर्मियों ने लालटेनें और मशालें रखीं। इसके अलावा, विमान की उड़ान को संभव बनाने के लिए रनवे के छोर पर कई जगह आग जलाई। जब मैंने वायु सेना के अधिकारी से लगभग 9 बजे रात को विमान में चढ़ते समय पूछा कि क्या उड़ान भरना सुरक्षित है, तो उसके जवाब से मेरी रीढ़ में कंपकंपी हो गई : 'विमान उड़ान तो भर लेगा, लेकिन अगर कोई समस्या आ गई और आपको लौटना पड़ा, तो यह संभव नहीं होगा।' लेकिन हर चीज़ सुचारू ढंग से हो गई और हम बिना किसी उल्लेखनीय घटना के दिल्ली में उतर गए।

> उस रात राष्ट्रपति भवन की स्टडी में मैंने डॉ. कलाम से पूछा कि उन्होंने वह जोखिम क्यों लिया। उन्होंने अपनी बुकशेल्फ़ से बाइबल निकालकर डेविड के भजन मालिक मेरा गड़रिया है वाला पन्ना खोला, ताकि मैं उसे पढ़ लूँ : 'हालाँकि मैं मृत्यु की छाया की घाटी में चलता हूँ, लेकिन मुझे किसी बुराई का डर नहीं होगा, क्योंकि आप मेरे साथ हैं; आपकी छड़ी और आपकी लाठी, वे मुझे राहत देती हैं।'

5.3

ईश्वर के औज़ार

> मालिक, मुझे अपनी शांति का औज़ार बनाएँ। जहाँ नफ़रत है, वहाँ मुझे प्रेम बोने दें; जहाँ चोट है, वहाँ क्षमा बोने दें; जहाँ शंका है, वहाँ आस्था बोने दें; जहाँ निराशा है, वहाँ आशा बोने दें; जहाँ अंधकार है, वहाँ प्रकाश बोने दें; जहाँ दुख है, वहाँ ख़ुशी बोने दें।
>
> **—सेंट फ़्रांसिस ऑफ़ असिसी**
> **तेरहवीं सदी के इतालवी कैथोलिक भिक्षु**

डॉ. कलाम 15 अक्टूबर 2005 को 74 वर्ष के हुए। उन्होंने अपने जन्मदिन पर हैदराबाद में रहने का चुनाव किया। सितंबर 2004 में तंजानिया दौरे में उन्हें ऐसे परिवारों की मर्मस्पर्शी दुर्दशा की ख़बर मिली थी, जिनके बच्चे आनुवांशिक हृदय रोगों के साथ पैदा हुए थे और उपचार के अभाव में वे मर रहे थे। उन्होंने कुछ ऐसे प्रसंगों के कायाकल्प की प्रक्रिया शुरू की। कई लोगों के लिए जन्मदिन समारोहों और भोगविलास का दिन होता है, लेकिन कलाम के लिए नहीं। उन्होंने तंजानियाई बच्चों के एक समूह से मिलकर अपना दिन शुरू किया, जो केयर हॉस्पिटल, हैदरबाद में आनुवांशिकी हृदय दोषों को दुरुस्त कराने वाला ऑपरेशन करा चुके थे। डॉ. कलाम ने हर बच्चे के सिर पर प्रेम से हाथ फेरा और उसे दिल्ली से लाई गिफ़्ट रैपर वाली टॉफ़ियाँ दीं। वे डॉ. बी. सोमा राजू और वी. तुलसीदास की ओर मुड़कर बोले, 'सुंदर काम। ईश्वर आपको वरदान दे।'

आंध्र प्रदेश के राज्यपाल सुशील कुमार शिंदे, मुख्यमंत्री वाय.एस. राजशेखर रेड्डी और तेलुगू देशम पार्टी के अध्यक्ष एन. चंद्राबाबू नायडू, जो राजभवन में फूलों के गुलदस्ते के साथ राष्ट्रपति कलाम का स्वागत करने आए थे, बाहर इंतज़ार कर रहे थे। इस समारोह को इतनी प्राथमिकता देने पर वे चकित थे। शब्द उन बच्चों के चेहरों की ख़ुशी को बयां नहीं कर सकते, जब वे अपने उपहार लेकर कमरे से बाहर निकले। कुछ महीनों पहले उन्हें यह भी नहीं पता था कि क्या वे अपने अगले जन्मदिन तक ज़िंदा रह पाएँगे। आज उनकी बीमारी ठीक होने के बाद उन्हें भारत

के राष्ट्रपति से उपहार और आशीर्वाद मिला था।

इसका सबसे अच्छा हिस्सा यह था कि डॉ. कलाम उस चमत्कार के बारे में सोच भी नहीं रहे थे, जो उनकी बदौलत इन बच्चों के जीवन में हुआ था। वे तो बस हमेशा की तरह अपना फ़र्ज़ निभा रहे थे : दैवी इच्छा के प्रति अपना कर्तव्य। वैसे शायद बच्चों के स्वास्थ्य और उनके दमकते भाव को देखना उनके जन्मदिन का गोपनीय भोगविलास था। यहाँ यह याद करना मुनासिब होगा कि उन्होंने राष्ट्रपति भवन में पारंपरिक इफ़्तार पार्टियाँ बंद कर दी थीं और इसके बजाय अनाथालयों को दान दिया था : अपने आनंद के बजाय बच्चों के आनंदित होने के विचार से उन्हें ज़्यादा ख़ुशी मिलती थी।

एक साल पहले तंजानिया से लौटने पर डॉ. कलाम ने मुझसे कहा था कि मैं दार अस सलाम से हैदराबाद तक बच्चों और उनकी माताओं को मुफ़्त लाने का कोई तरीक़ा खोजूँ। उन्होंने वी. तुलसीदास से संपर्क करने की सलाह दी थी, जिनके साथ मैं 2003 में त्रिपुरा में टेलीमेडिसिन सेवाएँ स्थापित करने के सिलसिले में काम कर चुका था। अब वी. तुलसीदास एयर इंडिया के चेयरमैन और मैनेजिंग डायरेक्टर थे। वे बहुत कृपापूर्वक सहयोग के लिए तैयार हो गए। केयर हॉस्पिटल्स के चेयरमैन डॉ. बी. सोमा राजू और मुख्य कार्डियोथोरेसिक सर्जन डॉ. गोपीचंद मन्नाम ने मुफ़्त इलाज करने की स्वयंसेवी पेशकश की।

भारत में तंजानिया की हाई कमिश्नर मैडम इवा एल. न्ज़ारो तंजानिया की यात्रा पर गईं। वहाँ प्रतिष्ठित बाल रोग विशेषज्ञ डॉ. हेल्गा नाबुरी की सहायता से उन्होंने ग़रीब ग्रामीण परिवारों में आनुवांशिकी हृदय रोगों वाले ज़रूरतमंद बच्चों को चिन्हित किया। चौबीस बच्चों और उनकी माताओं को एयर इंडिया ने मुफ़्त में दार अस सलाम से हैदराबाद पहुँचाया और डॉ. नाबुरी भी बच्चों के साथ भारत आईं। केयर फ़ाउंडेशन ने पचास लोगों के समूह के मुफ़्त रुकने-ठहरने की व्यवस्था की, जो लगभग एक महीने तक हैदराबाद में रुके। डॉ. कलाम के एक विचार ने इतने सारे हृदयों की अच्छाई को प्रेरित कर दिया था। यह उस इंसान की सच्ची शक्ति थी।

बाद में अपने 74वें जन्मदिन पर डॉ. कलाम ने अपने मित्र डॉ. गुल्लापल्ली नागेश्वर राव के साथ एक पायलट परियोजना शुरू की, जिसका लक्ष्य 1,25,000 बच्चों में नेत्र अपवर्तक दोषों को सही करना था। मैं 1996 से होने वाली इन बैठकों में डॉ. कलाम का हमेशा साथी था, जब मैं डॉ. कलाम को आँखों की जाँच के लिए एल.वी. प्रसाद आई इंस्टीट्यूट (एलवीपीईआई) ले गया था। डॉ. कलाम को पढ़ने में मुश्किल आ रही थी। डॉ. तारा प्रसाद ने उनकी जाँच की। वे कई बरसों से डॉ. कलाम के प्रशंसक थे और उनसे मिलकर बहुत ख़ुश थे, इसलिए डॉ. टी.पी. दास ने केस शीट ख़ुद लिखी। उन्होंने डॉ. कलाम का नाम 'अब्दुल कलाम आज़ाद' लिखा और आँखों की जाँच के लिए फ़ीस लेने से इंकार कर दिया। वे बोले, 'सर, आप भारत माता की सेवा करते हैं। मुझे जो थोड़ा बहुत ज्ञान है, उससे मुझे आज

आपकी सेवा का जो मौक़ा मिला है, वह दरअसल एक बड़ा वरदान है। कृपया मेरी सेवा पर पैसे का ठप्पा न लगाएँ।' फिर वे हमें डॉ. जी. एन. राव के पास ले गए, जहाँ एक कप कॉफ़ी के ऊपर गर्मजोशी भरी मित्रता की शुरुआत हुई।

डॉ. कलाम ने डॉ. राव से पूछा, 'मुझे अपनी कहानी बताएँ, डॉक्टर।' डॉ. राव ने उन्हें यह बताकर हैरान कर दिया कि वे बचपन में डॉ. कलाम के मित्र महान डॉ. गोविंदप्पा वेंकटस्वामी के घर पर रह चुके थे। डॉ. वी. द्वारा प्रेरित डॉ. राव ने कहा कि उन्होंने स्कूल की पढ़ाई शुरू करने से पहले ही 'आँखों का डॉक्टर' बनने का निर्णय ले लिया था। डॉ. कलाम बेहद ख़ुश थे कि वे भी डॉ. वी. के लिए उतना ही प्रशंसा भाव रखते थे; डॉ. राव उस बच्चे की तरह थे, जो अपने नायक की कहानियाँ बता रहा हो। डॉ. जी.एन. राव, जो मुझसे मिले सबसे करिश्माई लोगों में से एक थे, ने अपनी सरल लेकिन गहरी कहानी से डॉ. कलाम को सम्मोहित कर दिया :

> मेरे दादाजी स्वतंत्रता संग्राम सेनानी थे, जिन्होंने अपनी सारी दौलत दान दे दी, लेकिन मेरे अंकल उपभोग का जीवन जिए। मेरे दादाजी हमेशा सोचते थे कि वे दूसरों को क्या दे सकते हैं। मेरे अंकल हमेशा इस गुनताड़े में रहते थे कि वे दूसरों से क्या ले सकते हैं। मैं जीवन में हमेशा मौजूद द्वैत के बीच बड़ा हुआ और मैंने जल्दी ही सीख लिया कि आपको ख़ुद के लिए एक मार्ग चुनना है और अपने चुनाव के अनुसार जीना है। अगर यह नहीं किया जाता है, तो आप अंततः झूठी तुलनाओं वाला जीवन जिएँगे और जब भी आप सफल और ख़ुशहाल दिखने वाले लोगों के पास रहेंगे, तो हर बार आपको यातना होगी। डॉक्टर समुदाय के कई लोग जीवनशैली के इस रोग के शिकार हैं। वे चिकित्सा पेशे में सेवा करने के लिए दाख़िल होते हैं, लेकिन बाद में लोभ और उपभोग की चूहा दौड़ में अटक जाते हैं। मुझे बचपन में ही इस रोग के ख़िलाफ़ प्रतिरक्षित कर दिया गया था।
>
> मैं अमेरिका में रोचेस्टर विश्वविद्यालय में पढ़ाने के बाद भारत लौटा और मेरा सपना था कि मैं अपना ख़ुद का अरविंद अस्पताल शुरू करूँ। मेरे पास ज़मीन ख़रीदने के लिए पर्याप्त पैसे नहीं थे। मुख्यमंत्री एन.टी. रामाराव ने तो मुझे ज़मीन देने का वादा कर दिया, लेकिन उनके अधिकारी टस से मस नहीं हुए। मुख्यमंत्री आते–जाते हैं, लेकिन अधिकारी बने रहते हैं और हमारे देश में निर्णयों को कार्यों में बदलना कभी आसान नहीं रहा है। फिर एक दिन एक साझे मित्र मुझे मशहूर फ़िल्म निर्माता–निर्देशक एल.वी. प्रसाद के बेटे रमेश प्रसाद के पास ले गए। परियोजना प्रस्ताव पर बातचीत करने और देखने के बाद उन्होंने एक करोड़ रुपए और पाँच एकड़ ज़मीन दान में देने का निर्णय लिया। उन्होंने वादा किया कि कोई हस्तक्षेप नहीं होगा – न अभी, न कभी। रमेश ने कहा, 'कृपया इंस्टीट्यूट का नाम मेरे पिता के नाम

पर रखें,' और इस तरह एल.वी. प्रसाद आई इंस्टीट्यूट शुरू हुआ।

> जब राष्ट्रपति के. आर. नारायणन को मोतियाबिंद हुआ, तो उनके सचिव गोपालकृष्ण गाँधी ने मुझे फ़ोन किया। मैंने कर्तव्यपूर्वक भारत के पहले नागरिक की जाँच की और ऑपरेशन का सुझाव दिया। मैंने अपने सहकर्मी से ऑपरेशन कराने की सिफ़ारिश की, क्योंकि पचपन का होने के बाद मैंने ऑपरेशन करना छोड़ दिया था। गोपालकृष्ण गाँधी ने मुझे कहा कि उन पर विशेष अहसान के रूप में राष्ट्रपति का ऑपरेशन मैं ख़ुद कर दूँ। मैंने कहा, 'सर, दरअसल मैं राष्ट्रपति का ऑपरेशन न करके आप पर अहसान कर रहा हूँ।'

राष्ट्रपति कलाम ने चार स्वप्न संरक्षण और पुनर्स्थापना कार्यक्रम शुरू किए - चिल्ड्रन्स आई हेल्थ इनिशिएटिव, साइट फ़ॉर किड्स, लॉयन्स डाइबिटिक रेटिनोपैथी और साइट फ़र्स्ट प्रोग्राम का दूसरा चरण - विश्व दृष्टि दिवस समारोह के हिस्से के रूप में एलवीपीईआई में किया। उन्होंने साइट फ़र्स्ट द्वितीय चरण कार्यक्रम के लायन्स क्लब इंटरनेशनल कमेटी के चेयरपर्सन ताई सुप ली को उनके धनार्जन प्रयासों के लिए मेल्विन जोन्स फ़ेलोशिप दी। डॉ. जी.एन. राव ने कहा कि भारत ने दिखा दिया था कि यह अंधत्व को नियंत्रित करने में सक्षम है। 1995 से 2005 के बीच देश में अंधे व्यक्तियों की संख्या में 25 प्रतिशत की कमी हुई है।

डॉ. कलाम समझ गए कि समारोहों में भाग लेना और परोपकार या सामाजिक उत्थान के बारे में खोखली बातें बोलना ही काफ़ी नहीं है। उनके लिए समाज की बेहतरी हर साधनसंपन्न व्यक्ति की ज़िम्मेदारी का मामला थी। उन्होंने लगभग 100 बच्चों की दृष्टि लौटाने के लिए अपने व्यक्तिगत पैसों में से 10 लाख रुपये का दान दिया और श्रोताओं को शपथ दिलाई कि वे कम से कम 10 लोगों की दृष्टि लौटाने का प्रयास करेंगे। एलवीपीईआई का सभागृह दिव्य प्रकाश से जगमगा उठा। बहरहाल, अब भी कई प्रतिष्ठित लोगों ने वह शपथ पूरी नहीं की है, जो वहाँ थे और जिन्होंने इसकी क़सम खाई थी।

6 नवंबर 2005 को प्रमुख स्वामीजी ने दिल्ली के अक्षरधाम मंदिर की प्राण प्रतिष्ठा की। इसे संसार का सबसे बड़ा हिंदू मंदिर और आधुनिक वास्तुकला चमत्कारों में से एक कहा गया। लोकार्पण समारोह में राष्ट्रपति कलाम के अलावा प्रधानमंत्री मनमोहन सिंह और विपक्ष के नेता एल.के. आडवाणी को भी आमंत्रित किया गया। इस भव्य मंदिर कॉम्प्लेक्स में 40,000 से ज़्यादा लोग मौजूद थे।

डॉ. कलाम ने घोषणा की कि अक्षरधाम मंदिर दस लाख भक्तों और स्वयंसेवकों के समर्पण और निष्ठा की बदौलत ही इक्कीसवीं सदी की भोर में खड़ा हुआ था। इसने उन्हें प्रेरित किया और विश्वास दिलाया कि भारतीय लोग बड़ी परियोजनाएँ हाथ में ले सकते हैं और उनमें सफल हो सकते हैं; कि करोड़ों भारतीय

युवाओं के सुलगे हुए मस्तिष्कों के साथ 2020 से पहले विकसित भारत के सपने को साकार करना संभव है।

समारोह के बाद डॉ. कलाम ने प्रमुख स्वामीजी से पूछा, 'स्वामीजी, जब मैं अक्षरधाम और आपके काम को देखता हूँ, तो इस महान आध्यात्मिक केंद्र में हज़ारों लोगों की टीम भावना और कड़ी मेहनत दिखाई देती है। आपने ऐसे उत्साही और आध्यात्मिक कार्यकर्ताओं को आकर्षित कैसे किया? मैं भी इसी तरह के आध्यात्मिक नेतृत्व - उद्देश्यपूर्ण नेतृत्व - का सपना देख रहा हूँ, जो भारत 2020 स्वप्न के लिए अनिवार्य है : राष्ट्रीय आर्थिक विकास मिशन। स्वामीजी, आप सच्ची आध्यात्मिकता के पुंज हैं। आपमें साक्षात् दैवी आत्मा विराजमान है। आपके पास इतनी ज़्यादा दैवी शक्ति है कि मुझे लगता है कि इस संसार में कुछ भी संभव है। मैं भारत को बेहतर बनाने के लिए आपके साथ काम करना चाहता हूँ।'

प्रमुख स्वामीजी ने कहा, 'हमें मिलकर काम करना चाहिए। मैं प्रार्थना करता हूँ कि यह आध्यात्मिक ऊर्जा आपमें भी रहे और बढ़ती जाए। आपका जीवन शुरू से ही बहुत सात्विक रहा है। आपके ज़रिये दैवी शक्ति ने भारत के लिए काम किया है।'

डॉ. कलाम ने मंदिर के कॉम्प्लेक्स में तमिल संत कवि तिरुवल्लुवर की प्रतिमा लगाने का सुझाव दिया और प्रमुख स्वामीजी को अपनी कविता 'माँ अपने बच्चों को गले लगाती है' पेश की, जो उन्होंने इस अवसर के लिए लिखी थी :

मेरी यात्रा शुरू हुई मेरे पैतृक घर में :
प्रेमपूर्ण परिवार,
बहुत से पालने,
मेरे देश की सभ्यता!
मेरी माँ ने प्रेम से मुझे पाला–पोसा,
पिता ने मुझे शक्ति के रूप में अनुशासन दिया,
मैं वहाँ हमेशा रहना चाहता था,
लेकिन माता–पिता ने मुझे विकास करने और उत्कृष्ट बनने के लिए दूर भेजा।
मैं यहाँ माँ का कोमल प्रेम महसूस करता हूँ
और पिता के अनुशासन की शक्ति भी
भारत यह कर सकता है
सभ्यता के निवास की भोर – अक्षरधाम।

प्रमुख स्वामीजी ने कविता सुनी और प्रेमपूर्ण, करुणामय निगाह से डॉ. कलाम की ओर देखा। अनुवाद करने वाले साधु ब्रह्मविहारीदास ने आगे जोड़ा, 'भारतीय प्रवासियों में भारतीय संस्कृति के आदर्शों और बुद्धिमानी को संरक्षित करने की गहरी आवश्यकता है।'

घर लौटने पर हमने उस भव्य समारोह के बारे में बातचीत की, जिसमें हम गए थे।

अरुण : सर, आज आप समारोह में ख़ुशी से दमक रहे थे।

कलाम : हाँ, मैं आज बहुत ख़ुश हूँ। यह अविश्वसनीय है कि पाँच साल से भी कम समय में इतनी अद्भुत इमारत बनाई जा सकती है। 2001 में मैंने उसे काग़ज़ पर देखा था; आज यह मेरी नज़रों के सामने वहाँ मौजूद थी।

अरुण : मुझे पता चला है कि इतनी विशाल संरचना के निर्माण में सीमेंट या स्टील का इस्तेमाल नहीं किया गया है। मंदिर निर्माण की प्राचीन भारतीय कला का इस्तेमाल करते हुए वहाँ पत्थरों को आपस में तालाबंद किया गया था।

कलाम : मैंने पहले कभी पत्थर का इतना बारीक काम नहीं देखा। काँच और स्टील की इमारतों से भरे आज के संसार में अक्षरधाम की इमारत अतीत के किसी स्वर्णिम युग की इमारत जैसी लगती है।

अरुण : ऐसा कैसे संभव हुआ?

कलाम : मैं दो चीज़ों को सक्रिय देख सकता हूँ। पहली, प्रमुख स्वामीजी की भव्य दूरदृष्टि। वे वह देख लेते हैं, जो दूसरे नहीं देख पाते। दूसरी है उनके अनुयायियों की गुणवत्ता और उनकी भक्ति की गहराई।

अरुण : क्या हो, अगर हमारे राजनेताओं के पास भारत के लिए भव्य दूरदृष्टि हो और उनके अनुयायी उनके जीवन को ज़्यादा ऊँचे स्तर तक उठा दें!

कलाम : यह ईश्वर में आस्था के बिना नहीं हो सकता। जब मैं प्रमुख स्वामीजी से पहली बार 2001 में मिला था, तब उन्होंने मुझसे यही कहा था। *भारत 2020* स्वप्न के पाँच तत्वों में ईश्वर में आस्था का छठा तत्व जोड़ दो। मैंने ऐसा नहीं किया।

अरुण : या, आप नहीं कर सकते थे?

कलाम : शायद हाँ। मेरे लिए अब भी ईश्वर का औज़ार बनना बाक़ी है।

मुझे महसूस हुआ, जैसा ज़्यादातर को होगा, कि डॉ. कलाम हमेशा की तरह विनम्र और संकोची थे। चाहे जो हो, दूसरों की बेहतरी के उनके काम जारी रहे। राष्ट्रपति कलाम को नेशनल इंस्टीट्यूट ऑफ़ मेंटल हेल्थ ऐंड न्यूरोसाइंसेस (एनआईएमएचएएनएस), बेंगलूरु के दसवें दीक्षांत समारोह में आमंत्रित किया गया। यह इंस्टीट्यूट मानसिक स्वास्थ्य और न्यूरोसाइंसेस के क्षेत्रों में रोग चिकित्सा व शैक्षिक गतिविधियों के लिए उत्कृष्टता के केंद्र के रूप में उभरा है। उन्नीसवीं सदी में इसे पागलख़ाना कहा जाता था और 1925 में मैसूर के महाराजा ने इसे मानसिक चिकित्सालय का थोड़ा अच्छा नाम दिया। 1954 में भारत सरकार ने आल इंडिया इंस्टीट्यूट ऑफ़ मेंटल हेल्थ की स्थापना की। 1974 में इस संस्था और अस्पताल का विलय हुआ और एनआईएमएसएएनएस वर्तमान रूप में आया। सेवा, जनशक्ति विकास और शोध एनआईएमएचएएनएस की निश्चित प्राथमिकताएँ थीं।

डॉ. कलाम ने मुझसे कहा कि मैं डॉ. डब्ल्यू. सेल्वामूर्ति के साथ बैठकर

उनके विचार जानूँ कि क्या मानसिक स्वास्थ्य के आधुनिक उपचार में करुणा का अभाव है। डॉ. सेल्वामूर्ति कई वर्षों से डॉ. कलाम के मित्र थे। उन्होंने अतिरेक भरे माहौल में व्यक्तियों की मनोवैज्ञानिक प्रतिक्रियाओं पर उत्कृष्ट शोध किया था, साथ ही प्रोत्साहन पर भी। जम्मू-काश्मीर में स्थानीय जनसंख्याओं के अलगाव पर उनके अध्ययन की बेहद प्रशंसा हुई थी, जो उन्होंने सरकार के लिए किया था। सैनिकों के बीच आत्महत्या और भ्रातृघात पर उनके अध्ययनों की अनुशंसाओं सिफ़ारिशों को सेना ने लागू किया था।

हमने डॉ. कलाम को संक्षेप में बताया कि दो अतियों के बीच मध्यम मार्ग की ज़रूरत है; पहली अति यह कि वैज्ञानिक ज्ञान के बिना करुणा हो और दूसरी अति यह कि करुणा के बिना वैज्ञानिक ज्ञान हो। जब रोगी कमज़ोर मानसिक सेहत की वजह से अपनी ज़िंदगी में उलटपुलट महसूस करते हैं, तो वे सहायता के लिए सबसे पहले अपने मित्रों और धर्मगुरुओं की ओर मुड़ते हैं। इनमें से कई लोग दयालु हो सकते हैं और हो सकता है कि उनके दिल में रोगी के प्रति सबसे अच्छे इरादे हों, लेकिन उनमें रोगी को मार्गदर्शन देकर सही मार्ग पर दोबारा लाने के लिए आवश्यक विशेषज्ञतापूर्ण ज्ञान नहीं होता है। इस वजह से उनके प्रयासों का हानिकारक प्रभाव हो सकता है, जिससे उसका रोग बढ़ सकता है। तब ख़तरा यह रहता है कि रोगी को पूरा भावनात्मक ब्रेकडाउन हो जाए, पारिवारिक सदमा पहुँचे और समाज के लिए उत्पादकता की क्षति हो।

विशेषज्ञतापूर्ण चिकित्सा - जो बहुत कम रोगियों को मिलती है - आम तौर पर ज़्यादातर रोगियों के लिए पर्याप्त होती है। लेकिन ऐसे मौक़े आते हैं, जहाँ करुणा की कमी की वजह से रोगी चकरा जाते हैं। कुछ डॉक्टर बस यह घोषणा कर देते हैं कि रोगी ने किसी भय या चिंता से प्रभावित होने का चुनाव किया है और वह इसे छोड़ने का चुनाव कर सकता है। शिक्षण अस्पतालों में ऐसे बहुतेरे मामले देखे गए हैं, जहाँ वरिष्ठ डॉक्टरों ने अपने कनिष्ठों से कहा है कि वे करुणा के स्पर्श, निगाह या एक शब्द दिए बिना ही रोगियों के कष्ट का अवलोकन करें। उनके लिए रोगी कष्ट उठा रहा इंसान नहीं, बल्कि अध्ययन की वस्तु बन गया था। डॉ. कलाम ने मानसिक स्वास्थ्य चिकित्सा तंत्र में करुणा को पुनर्जाग्रत करने के लिए एजेंडा रखने का निर्णय लिया।

राष्ट्रपति कलाम 21 नवंबर 2005 को एनआईएमएचएएनएस पहुँचे। स्वास्थ्य और परिवार कल्याण मंत्री अंबुमणि रामदॉस और एनआईएमएचएएनएस के निदेशक तथा कुलपति डॉ. डी नागराज ने उनका स्वागत किया। अपने भाषण में डॉ. कलाम ने आगामी वर्षों में मानसिक स्वास्थ्य पेशे के सामने आने वाली चुनौतियों का पूर्वाभास पेश किया। उन्होंने कहा कि विश्व स्वास्थ्य संगठन (डब्ल्यूएचओ) के अनुसार मानसिक विकार अगले कुछ दशकों में सबसे गंभीर सार्वजनिक स्वास्थ्य ख़तरा होंगे। उन्होंने एक वृहद मानव मस्तिष्क परियोजना शुरू करने की सिफ़ारिश की, जिसमें

एनआईएमएचएएनएस समेत शोध संस्थाओं, सरकारी संस्थाओं, शिक्षण संस्थाओं और पूरे चिकित्सा समुदाय की सक्रिय भागीदारी हो। जैसी भारत के लोगों को आशा रहती थी, डॉ. कलाम का भाषण बुद्धिमत्ता और व्यावहारिकता का अद्‌भुत मिश्रण था :

> मन और मस्तिष्क के बीच की दुविधा से चिकित्सा वैज्ञानिक हमेशा चकराते आए हैं। 'मन क्या है?' और 'मैं कौन हूँ?' जैसे प्रश्नों के जवाब दार्शनिकों और मनोवैज्ञानिकों के क्षेत्राधिकार में ही नहीं रहते हैं। सूक्ष्मतम जीववैज्ञानिक और न्यूरोलॉजिस्ट अपने खुद के सिद्धांत बना रहे हैं। यह लक्षण विभिन्न प्रकार की स्थितियों की ओर ले जाता है। सबसे पहले, आत्मा के अस्तित्व में एक ऊर्जा तंत्र रहता है, जो किसी व्यक्तित्व में दाख़िल होता है और जीवन भर जीवित रहता है। यह शाश्वत तत्व अपने सशक्तिकरण के लिए निद्रा में जाने और देवत्व तथा सामूहिक चेतना की सर्वव्यापी ऊर्जा का दोहन करने में सक्षम होता है। दूसरे, व्यक्तित्ववादी तथा व्यवहारवादी गुणों का एक आनुवंशिक ऐंद्रिक तथा जीववैज्ञानिक घटक होता है। तीसरे, जैसा मैं समझता हूँ, व्यक्तित्व विकार वाले रोगियों के विशिष्ट समूहों के लिए कोई निश्चित मनो–औषधि विज्ञान अनुशंसाएँ उपलब्ध नहीं हैं।
>
> यदि व्यवहारवादी प्रवृत्तियों का विश्लेषण करके और कठोर तथा व्यापक शोध के ज़रिये किसी व्यक्ति के रुझान या सहज योग्यता को समझना संभव हो, ख़ास तौर पर कम उम्र में, तो इससे व्यक्ति को उस ख़ास क्षेत्र का विकल्प चुनने में मदद मिलेगी। इससे हम नकारात्मक भावों को भी शुरुआत में ही पहचान सकते हैं और किसी बच्चे में छिपी हुई विध्वंसात्मक प्रवृत्तियों का भी पता लगा सकते हैं, जिसे शुरुआती अवस्था में ही सही किया जा सकता है।

मानसिक रूप से चुनौतीप्राप्त बच्चों के बारे में राष्ट्रपति चाहते थे कि एनआईएमएचएएनएस एक भविष्यदृष्टि विकसित करे, जिसमें विज्ञान और इंजीनियरिंग के कई विषयों में हुई तरक्क़ियों को शामिल किया जाए। इसमें आनुवांशिकी विकृतियों के उपचार की नई संभावनाएँ शामिल होनी चाहिए। अन्ना युनिवर्सिटी में फ़ादर जॉर्ज की पीएच.डी. थीसिस के विषय ने डॉ. कलाम में एक स्थायी रुचि जगा दी थी और वे बौद्धिक दुर्बलता हेतु प्रौद्योगिकी समाधान खोजने की हिमायत कर रहे थे : 'ये विकार मानसिक विकारों के रूप में प्रकट हो सकते हैं और बच्चे मानसिक रूप से चुनौतीप्राप्त हो सकते हैं। स्टेम सेल रिसर्च और जीन चिप एप्लिकेशन कई मानसिक विकारों को उलटने में एक अति महत्त्वपूर्ण भूमिका निभाने वाले हैं। क्या एनआईएमएचएएनएस के मस्तिष्क शोधकर्ता और आज स्नातक हो रहे युवा इसे अपने पेशे के मिशन के रूप में ले सकते हैं?'

इस समय तक डॉ. कलाम चिकित्सा और कल्याण की परवाह करने लगे

थे। वे ग़रीबों के कष्ट दूर करने में आधुनिक चिकित्सा की असफलता देख सकते थे। आधुनिक चिकित्सा की सफलता में क्रांतिकारी ऑपरेशन पद्धतियों और चमत्कारी दवाओं का भारी योगदान था, लेकिन यह कहानी का केवल एक हिस्सा थी; और यहाँ भी गंभीर आशंकाएँ पल रही थीं। भारतीय पारंपरिक चिकित्सा की प्रासंगिकता पर डॉ. कलाम का विश्वास बढ़ता जा रहा था और स्वस्थ जीवनशैली अपनाकर रोकथाम के महत्त्व पर भी।

17 दिसंबर 2005 को राष्ट्रपति कलाम केरल के एरणाकुलम में आयुर्वेद हॉस्पिटल कॉम्प्लेक्स की यात्रा पर गए और वहाँ मौजूद सर्वश्रेष्ठ मस्तिष्कों के साथ बातचीत के ज़रिये अंतर्ज्ञान को गहरा किया। डॉ. कलाम हमेशा सम्मेलनों को ज्ञानार्जन के बेहतरीन स्थल मानते थे। वे विश्वास के साथ कहते थे, 'कॉलेज में एक साल रहने पर भी जो नहीं मिल सकता, वह गुरु एक दिन में दे सकता है; एक महीने में पुस्तक हमें जो नहीं सिखा सकती, वह गुरु एक घंटे में सिखा सकता है!'

डॉ. कलाम को बताया गया कि हालाँकि अँग्रेज़ों ने बाद की औपनिवेशिक अवधि में आयुर्वेद और अन्य पारंपरिक उपचार तंत्रों को हाशिए पर रख दिया था, लेकिन आयुर्वेद प्रबुद्ध स्थानीय शासकों के आर्थिक संरक्षण की वजह से क़ायम रहा। जब पश्चिमी चिकित्सा ज़्यादा हावी हुई, तब पूरे भारत में कई केंद्रों में डिप्लोमा देने वाले आयुर्वेद कॉलेज बनाए गए। इनमें से कुछ ने प्राचीन संस्कृत ग्रंथों के अध्ययन के पाठ्यक्रम प्रदान किए। यही नहीं, इनमें से कुछ संस्थाओं ने, ख़ास तौर पर केरल में, एक ज़्यादा व्यापक चिकित्सा शिक्षा प्रदान की, जो रोग और स्वास्थ्य की आयुर्वेद व पाश्चात्य चिकित्सा अवधारणाओं का मेल थीं। अधिक हालिया समय में, दवा कंपनियों ने आयुर्वेदिक और अन्य प्रकार की पारंपरिक चिकित्सा की गुणवत्तापूर्ण दवाओं का उत्पादन शुरू कर दिया है।

स्वतंत्रता के बाद भारत सरकार ने आयुर्वेद, सिद्ध और यूनानी चिकित्सा के दर्ज़े को ऊपर उठाने के लिए कुछ कोशिशें कीं, जिनका पश्चिम-केंद्रित एलोपैथिक चिकित्सा संस्थान लंबे समय से मज़ाक़ उड़ाते आ रहे थे। पारंपरिक चिकित्सा दवाओं की गुणवत्ता को नियंत्रित करने के मानदंड तय करने के लिए 1964 में एक शासकीय संस्था बनाई गई। 1970 में भारत सरकार ने इंडियन मेडिकल सेंट्रल काउंसिल एक्ट पारित किया। इस क़ानून ने आयुर्वेद शिक्षण संस्थाओं, उनके पाठ्यक्रमों और उनके डिप्लोमाओं का मानकीकरण किया। इन 'वैकल्पिक' स्वास्थ्य विषयों में शिक्षा और शोध को बढ़ावा देने के लिए मिनिस्ट्री ऑफ़ आयुष (आयुर्वेद, योग और प्राकृतिक चिकित्सा, यूनानी, सिद्ध और होम्योपैथी) को बनाने में अभी दस और साल लगने वाले थे।

केरल को पूरे इतिहास में कुछ दूरदर्शी राजाओं का वरदान मिला है। आधुनिक चिकित्सा के बढ़ते प्रभाव के साथ गति बनाए रखने के लिए कोचीन के राजा राजर्षि राम वर्मा ने 1926 में संस्कृत कॉलेज में आयुर्वेद पाठ्यक्रम शुरू किया। बाद के वर्षों में यह विभाग कॉलेज में बदल गया और 1959 में इसे संस्था का दर्ज़ा मिल गया और

यह हिल पैलेस में रॉयल गेस्ट हाउस में चला गया। 1973 में यह पुथियाकवु कैंपस में पहुँच गया और केरल युनिवर्सिटी के साथ संबद्ध हो गया। तब से यह आयुर्वेदिक चिकित्सा में उत्कृष्टता संस्थान बना हुआ है।

केरल के नुख्यमंत्री ओमेन चांडी, स्वास्थ्य मंत्री के.के. रामचंद्रन और शिक्षा मंत्री ई.टी. मोहम्मद बशीर से घिरे राष्ट्रपति कलाम ने डॉक्टरों से गुज़ारिश की कि वे अपने रोगियों के साथ ज़्यादा समय बिताएँ। उन्होंने डॉक्टरों से आग्रह किया कि वे रोगियों को अधिक स्वस्थ जीवनशैली का महत्त्व सिखाएँ। उन्होंने कहा कि वे रोगियों के साथ वस्तुओं जैसा बर्ताव न करें और भावनात्मक संवेदना रखे बिना सिर्फ़ दवाएँ न देते रहें। उन्होंने चिकित्सक के कर्तव्य को आध्यात्मिक संदर्भ में देखा :

> चूँकि आपमें से प्रत्येक लोगों के दुख–दर्द को दूर करने के महान पेशे में हैं, इसलिए आप जीवनशैली बेहतर बनाने के लिए रोगी तथा उसके रिश्तेदारों और मित्रों को उचित स्वास्थ्य शिक्षा देकर रोगों की रोकथाम में एक अति महत्त्वपूर्ण भूमिका भी निभा सकते हैं। जब आप लोगों के दुख–दर्द दूर करते हैं, तो रोगी आपका हिस्सा बन जाता है और आपको लगभग भगवान मानने लगता है। इसलिए रोगी आपकी स्वास्थ्य शिक्षा को निश्चित रूप से मानेगा, क्योंकि वह आपको सबसे सम्मानित गुरु मानेगा।

डॉ. कलाम ने अपने जानकार मित्रों के विशाल नेटवर्क से हुई बातचीत और फ़ीडबैक के आधार पर अपने आँकड़े ख़ुद तैयार किए। उनका अनुमान था कि भारतीय जनसंख्या के एक महत्त्वपूर्ण हिस्से के पचास साल की उम्र से पहले मरने का ख़तरा राष्ट्रीय औसत से दस गुना है। इस समूह में वयस्कों को अक्षम बनाने वाले हृदय रोग की आशंका औसत से पाँच गुना ज़्यादा होती है, दृष्टि दोष औसत से दस गुना होते हैं और मानसिक रोग, मानसिक गतिरोध व नसों के विकारों की घटना छह गुना ज़्यादा होती है। इस कथन का कभी विरोध नहीं किया गया, क्योंकि दरअसल बहुत कम लोगों ने हमारे देश में ग़रीबों की समस्याओं में जाँच-पड़ताल करने की कोशिश की थी। डॉ. कलाम पहले राष्ट्रपति थे, जो काग़ज़ों पर हस्ताक्षर करने, समारोहों में शिरकत करने और राजकीय अवसरों की शोभा बढ़ाने से आगे गए थे। हमारे वैज्ञानिक राष्ट्रपति असहज करने वाले प्रश्न पूछ रहे थे और परिवर्तन पर कुछ इस तरह ज़ोर दे रहे थे, मानो वे ईश्वर के औज़ार हों।

5.4

मनुष्य का दिशासूचक

एक अदालत है, जो न्याय की अदालतों से भी ऊँची होती है और यह अंतरात्मा की अदालत है। यह बाक़ी सारी अदालतों से ऊपर है।

—महात्मा गाँधी

25 जनवरी 2006 को सर्वोच्च न्यायालय ने पिछले साल विधानसभा भंग करने की अनुशंसा के सिलसिले में बिहार के राज्यपाल पर गहरा आक्षेप किया। उनके क्रियाकलापों की सख़्त आलोचना करते हुए अदालत ने फ़ैसला दिया कि विधानसभा भंग करना असंवैधानिक और ग़ैर-क़ानूनी दोनों था और यह राज्यपाल की शक्ति का नाजायज़ दुरुपयोग था। इसके अलावा, और शायद इससे भी ज़्यादा बुरी बात - अदालत ने यह भी कहा कि राज्यपाल के कार्य सिर्फ़ जनता दल (यू) के नेता नीतीश कुमार को सरकार बनाने का दावा पेश करने से रोकने की इच्छा से प्रेरित थे।

सर्वोच्च न्यायालय की संवैधानिक बेंच ने तीन-दो के बहुमत से यह भी कहा कि :

> ... यदि प्रासंगिक सामग्री की अनुपस्थिति हो, यदि उचित सत्यापन न हो, तो राज्यपाल की रिपोर्ट को राज्यपाल की व्यक्तिगत अनुभूति या राय माना जाना चाहिए। संविधान के अनुच्छेद 356 के तहत कठोर और पराकाष्ठा के कार्य को केवल राज्यपाल की राय, अनुभूति, शंका, सनक और कल्पना के आधार पर तर्कसंगत साबित नहीं किया जा सकता।

इसका डॉ. कलाम पर गहरा असर हुआ, जो बेदाग़ अखंडता वाले इंसान की तरह जीते थे और जिनकी नैतिक कठोरता संत जैसी थी। अंततः यह उन्हीं का आदेश था - जिस पर उन्होंने सुबह के शुरुआती घंटों में मॉस्को में प्रधानमंत्री की सिफ़ारिश पर हस्ताक्षर किए थे - जिसने राज्यपाल बूटा सिंह की सिफ़ारिश को लागू किया था। घंटों बाद गणतंत्र दिवस की पूर्व संध्या पर राष्ट्रीय टेलीविज़न पर अपने भाषण में डॉ. कलाम ने कई लोगों को हैरान कर दिया, जब उन्होंने अब्दुल क़ादिर नामक एक

ईमानदार बच्चे की कहानी पाँच मिनट से ज़्यादा समय तक सुनाई।

> उस ग़रीब लड़के ने लुटेरे को बता दिया कि उसके कोट में सोने के चालीस सिक्के छिपे थे। लुटेरे ने उसका कोट फाड़ दिया और उसे सिक्के मिल गए। आश्चर्यचकित लुटेरे ने अब्दुल क़ादिर से पूछा कि उसने यह बात क्यों उजागर की? अब्दुल क़ादिर ने जवाब दिया, 'मेरी माँ ने मुझसे वादा लिया था कि मैं हमेशा सच बोलूँगा, चाहे मेरी जान ही क्यों न चली जाए। यहाँ सोने के सिर्फ़ चालीस सिक्कों का मामला था। इसलिए मैंने अपनी माँ के विश्वास को धोखा देने के बजाय सच बोला।' लुटेरे रोने लगे और बोले, 'तुमने अपनी महान माँ की सलाह पर अमल किया है, लेकिन हम अपने माता-पिता के विश्वास और हमारे निर्माता के वादे को कई सालों से धोखा दे रहे हैं।'

अगले दिन राष्ट्रपति कलाम ने गणतंत्र दिवस की परेड में सऊदी अरब के सम्राट शाह अब्दुल्ला बिन अब्दुल अजीज़ अल-सऊद के साथ सलामी ली। 1950 के दशक में शीर्ष नेताओं की यात्राओं के आदान-प्रदान के बाद यह आधी सदी के अंतराल के बाद हुआ था, जब सऊदी अरब के शाह भारत के शाही दौरे पर आए थे। प्रधानमंत्री इंदिरा गाँधी 1982 में वहाँ गई थीं और इसके चौथाई सदी से अधिक समय बाद पहली बार भारत को सऊदी नेतृत्व तक सीधी पहुँच हासिल हुई थी। उस समय तक खाड़ी सल्तनत अति सामान्य मामलों के अलावा भारत के साथ संबंध बढ़ाने में हिचक रही थी। ऐसा दोनों देशों के भारी वाणिज्यिक हितों के बावजूद था : सऊदी अरब भारत को तेल बेच रहा था और भारत के लोग सऊदी अरब में रोज़गार हासिल कर रहे थे।

अपने सामान्य जोश के साथ गणतंत्र दिवस समारोह का निरीक्षण करने के बाद डॉ. कलाम विचारशील मनोदशा में आ गए, जिसमें ख़ामोशी और एकांत के लंबे दौर थे। उन्होंने सर्वोच्च न्यायालय के आदेश के परिप्रेक्ष्य में अपने सभी मित्रों और राष्ट्रपति भवन के वरिष्ठ अधिकारियों से इस्तीफ़ा देने की अपनी इच्छा पर लंबी चर्चा की। 2 फ़रवरी 2006 को राष्ट्रपति कलाम के व्यक्तिगत सचिव और 1993 से मेरे मित्र शेरिडन ने मुझे फ़ोन किया। उन्होंने मुझसे कहा कि मैं हैदराबाद से शाम को दिल्ली जाने वाली हवाई उड़ान पकड़ लूँ, ताकि मैं डॉ. कलाम से आमने-सामने बातचीत कर सकूँ और 'सर को विश्वास दिला सकूँ कि वे पद न छोड़ें;' जिसके बारे में उन्हें डर था कि वे वह काम अगली सुबह करेंगे। जब तक मैं राष्ट्रपति भवन पहुँचा, लगभग आधी रात हो चुकी थी। डॉ. कलाम अनौपचारिक वेशभूषा में अपने सिटिंग रूम में थे; वे रात को दो बजे से पहले शायद ही कभी सोते थे। वे विचारमग्न मनोदशा में थे। हमारी सामान्य कुशलक्षेम के बाद हम साथ बैठे और वे सीधे मुद्दे की बात पर आ गए :

कलाम : दोस्त, मैंने यहाँ से बाहर निकलकर कुछ अच्छा काम करने का फ़ैसला किया है।

अरुण : सर, यहाँ आपके रहने से हज़ारों लोगों को बहुत सा अच्छा काम करने का बढ़ावा मिल रहा है। यह ढह जाएगा।

कलाम : मेरी अंतरात्मा मुझसे पद छोड़ने को कह रही है।

अरुण : सर, यह आपकी अंतरात्मा है या अहं?

कलाम : यह नया जाल क्या है?

अरुण : जाल नहीं है, सर। आपने ही मुझे सिखाया है कि अंतरात्मा के हिसाब से जियो, ताकि यह अखंडता और मानसिक शांति उत्पन्न करे। आपने ही मुझे सिखाया है कि आप जिसे सही मानते हैं, वह करके लोगों को नाख़ुश करना ज़्यादा अच्छा है, बजाय इसके कि आप जिस काम को ग़लत मानते हैं, उसे करके कुछ समय के लिए लोगों को ख़ुश किया जाए।

कलाम : हाँ। तो?

अरुण : तो आप क्यों विचलित हैं? क्या आपने मॉस्को में विधानसभा भंग करने के आदेश पर हस्ताक्षर करके ग़लती की?

कलाम : नहीं। मैंने सही चीज़ की थी। कोई दूसरी चीज़ केंद्र सरकार की कैबिनेट की सत्ता को कमज़ोर कर देती। मैं अपने नैतिक दिशासूचक के हिसाब से चला था।

अरुण : सर्वोच्च न्यायालय ने कहा है कि दस्तावेज़ कैबिनेट द्वारा आपके सामने रखे ही नहीं जाने चाहिए थे। तो आप इसमें कहाँ से आ जाते हैं? ज़ाहिर है, आपके अहं को चोट पहुँची है।

कलाम : तुम अजीब आदमी हो। जाकर सो जाओ।

यह वाक़ई सच है कि अहं अपने ख़ुद के अस्तित्व और आनंद पर ध्यान केंद्रित करता है। यह इस हद तक स्वार्थपूर्ण रूप से महत्त्वाकांक्षी होता है कि दूसरों का ध्यान ही नहीं रह जाता है। दूसरी ओर, अंतरात्मा अहं को समूह के ज़्यादा बड़े अहसास तक, ज़्यादा बड़ी भलाई तक ऊपर उठाती है। यह जीवन को सेवा और योगदान के संदर्भ में देखती है। अंतरात्मा में धैर्य होता है और इसका मार्गदर्शन बुद्धिमत्ता करती है। इसमें अनुकूलन की क्षमता होती है। अहं सूक्ष्म प्रबंधन करता है, व्यक्ति की क्षमता को कम करता है और नियंत्रण में माहिर होता है। अंतरात्मा सभी लोगों की महत्ता और मूल्य पर विचार करती है तथा उनकी शक्ति और चुनने की स्वतंत्रता को पुष्ट करती है। अहं को नकारात्मक फ़ीडबैक का जोखिम होता है। यह सभी प्रकार की जानकारी को आत्म-संरक्षण के संदर्भ में देखता है।

जब फ़रवरी 2006 में राष्ट्रपति कलाम ने भारतीय नौसेना के बेड़े की समीक्षा की और विशाखापट्टनम के बंदरगाह शहर में इसकी संचालन शक्ति को देखा, तो वे अंतरात्मा की ऊर्जा को संचारित कर रहे थे; उनके पवित्र हृदय का बेदाग़ आईना

दिव्य प्रकाश प्रतिबिंबित कर रहा था।

13 फ़रवरी 2006 को राष्ट्रपति ए.पी.जे. अब्दुल कलाम पनडुब्बी में यात्रा करने वाले भारत के पहले राष्ट्रपति बने, जब वे विशाखापट्टनम में आईएनएस *सिंधुरक्षक* की तैनाती के दौरान इसमें बैठकर पानी में गए। उन्हें एक प्रदर्शन यात्रा पर ले जाया गया, जिस दौरान पनडुब्बी ने कुछ घंटों तक बंगाल की खाड़ी में गोता लगाकर यात्रा की। नौसेना स्टाफ़ के प्रमुख अरुण प्रकाश उनके साथ गए थे। कमांडर प्रवेश सिंह बिष्ट ने पनडुब्बी को निर्देशित किया था।

आईएनएस *सिंधुरक्षक* ने विशाखापट्टनम के तट से लगभग पाँच मील दूर यात्रा की और 50 मीटर की गहराई तक गोता लगाया। कमांडर बिष्ट ने राष्ट्रपति को पनडुब्बी की कार्य विधि समझाई। उन्हें नाव के पाँच खंडों का भ्रमण कराया गया, ताकि उन्हें पनडुब्बी संचालन का प्रत्यक्ष ज्ञान हो जाए। जब उतरते समय राष्ट्रपति कलाम ने कमांडर बिष्ट को धन्यवाद दिया, तो उस अफ़सर ने उन्हें भावनात्मक आदरांजलि दी : 'सर, जब मैं लड़का था, तभी नौसेना में शामिल हो गया था। नौसेना ने माँ की तरह मेरी देखभाल की। इसने मुझे खाना खिलाया, मेरी देखभाल की और मुझे अद्‌भुत अवसर दिए। आज मैं महसूस कर रहा हूँ कि मेरे पिता मेरी माँ के यहाँ आए हैं।'

भारतीय सेना के सर्वोच्च सेनापति राष्ट्रपति कलाम आईएनएस *सुकन्या* के डेक पर खड़े रहे, जब यह रामकृष्ण तट से चार पंक्तियों में क़तारबद्ध जहाज़ों के पार तैरकर गय। दो घंटे की मुआयना यात्रा में राष्ट्रपति की याट के पीछे दस युद्धपोत चल रहे थे। जब राष्ट्रपति की याट युद्धपोतों की क़तारों के बीच से गुज़री, तो जहाज़ी दल ऊपरी डेक पर श्वेत समारोही युनिफ़ॉर्म में क़तारबद्ध था और उन्होंने एक साथ अपनी कैप उतार दी। यह सचमुच कमाल का दृश्य था, जो डॉ. कलाम के राष्ट्रपति काल की अधिक आकर्षक और नाटकीय समारोही मुद्राओं में से एक था।

पूर्वी नौसैनिक कमान ने भारत की समुद्री शक्ति को प्रदर्शित किया, जिसमें लगभग पचास समुद्री जहाज़ और पचपन विमान थे, जिनमें विमान वाहक आईएनएस *विराट*, तलवार-क्लास मिसाइल पोत, दिल्ली-क्लास मिसाइल विध्वंसक, गोदावरी-क्लास पोत, राडार से बच निकलने वाले पोत, तीन पनडुब्बियाँ, नौसैनिक समुद्री योद्धा और टीयू-142 समुद्री चौकसी विमान जैसे हेलिकॉप्टर, सी हैरियर जेट, सी किंग और कामोव हेलिकॉप्टर शामिल थे। समीक्षा चालीस नौसैनिक विमानों के हवाई पुल के साथ उत्कर्ष पर पहुँची।

फ़रवरी 2006 में ही राष्ट्रपति कलाम ने सिंगापुर, फ़िलिपीन्स और कोरिया गणतंत्र की राजकीय यात्रा की। ग्रामीण विकास मंत्री रघुवंश प्रसाद सिंह और श्रीमती सुमित्रा महाजन उनके साथ गईं।

राष्ट्रपति एस.आर. नाथन, प्रधानमंत्री ली सिएन लूंग, रक्षा मंत्री तियो ची हियान, व्यापार एवं उद्योग मंत्री लिम हंग कियांग और विदेश मंत्री जॉर्ज यिओ के साथ मुलाक़ातों के बाद राष्ट्रपति कलाम 2 फ़रवरी 2006 को नैनयांग टेक्नोलॉजिकल

युनिवर्सिटी (एनटीयू) के दौरे पर गए। वे एनटीयू कैंपस में घरेलू माहौल महसूस कर रहे थे, जिसमें हरियाली थी और आधुनिकोत्तर वास्तुकला की चिकनी रेखाएँ थीं। इसकी शैली समकालीन थी, जिसमें पारंपरिक विश्वविद्यालयों के विद्वत्तापूर्ण मानक और अलग-थलग खंड नहीं थे, बल्कि भविष्य की ओर देखने वाली संस्था का माहौल था। भूकंप, सुनामी और जल शोध पर एनटीयू के काम के तीव्र दौरे के बाद वे वहाँ के पचास शिक्षकों से मिले।

राष्ट्रपति कलाम ने एनटीयू को 'बायो-स्यूट' का उपहार दिया। यह एक व्यापक अत्याधुनिक सॉफ़्टवेयर पैकेज था, जो जेनोमिक्स से लेकर ड्रग डिज़ाइन तक कंप्यूटेशनल बायोलॉजी के सभी पहलुओं की आवश्यकताओं का ध्यान रखता था। टाटा कनसल्टेंसी सर्विसेस (टीसीएस) ने काउंसिल ऑफ़ साइंटिफ़िक इंडस्ट्रियल रिसर्च द्वारा प्रायोजित न्यू मिलेनियम इंडियन टेक्नोलॉजी लीडरशिप इनिशिएटिव (एनएमआईटीएलआई) कार्यक्रम के तहत इस बायोइनफ़ॉर्मेटिक्स उत्पाद को तैयार किया था। डॉ. कलाम ने नैनो-बायोइनफ़ॉर्मेटिक क्षेत्र में भारत और सिंगापुर के बीच सहयोग का सुझाव दिया।

विमानन के प्रति आजीवन जोश और राष्ट्रीय प्रगति के जुनून के साथ डॉ. कलाम हमेशा भारतीय विमान निर्माण उद्योग के लिए अवसरों की ताक में रहते थे। उन्होंने सुझाव दिया कि असैनिक और सैनिक विमानों को डिज़ाइन करने, विकसित करने और बनाने में भारत की आज़माई हुई क्षमता के साथ भारत और सिंगापुर के विमान निर्माताओं को क्षेत्र के उद्योग की तरक्की के लिए सहयोग करना चाहिए। उन्होंने एएसईएएन के पहले यात्री जेट विकसित करने के लिए एक सहयोगात्मक परियोजना का सुझाव दिया, ताकि आने वाले दशकों में संसार के विभिन्न हिस्सों में यात्रा की भारी माँग को समर्थन मिल सके।

> डॉ. कलाम ने एनटीयू के विद्यार्थियों के सामने एक व्याख्यान दिया, जिसकी भूरि-भूरि प्रशंसा हुई। उन्होंने भारत में वैज्ञानिक विकासों के इतिहास और इस क्षेत्र में इसकी उपलब्धियों के बारे में थोड़े विस्तार से बोला। यह एक जोशपूर्ण माहौल था, जिसमें युवा विद्यार्थी कभी तालियाँ बजा रहे थे और कभी ज़ोरदार हँसी में डूब रहे थे। एनटीयू के जोशीले माहौल की प्रशंसा करते हुए डॉ. कलाम ने कहा कि अगर वे युवा होते, तो यहीं से अपनी पीएच.डी. करना पसंद करते। समारोह के बाद डॉ. कलाम ने सुरक्षा घेरे से बाहर निकलकर उत्सुक विद्यार्थियों से हाथ मिलाए। ऐसा लग रहा था, जैसे कोई लोकप्रिय सितारा भीड़ से घिरा हुआ हो। एनटीयू प्रेसिडेंट डॉ. सू गुआनिंग ने 'रॉक स्टार जैसे माहौल' का उल्लेख किया, जिसे डॉ. कलाम ने उत्पन्न किया था : 'युवाओं को संलग्न करने के लिए छलाँग लगाकर उन्होंने हम सभी को दिखा दिया कि उन्हें "जनता के राष्ट्रपति" का ख़िताब क्यों मिला था।'

फ़िलिपीन्स में राष्ट्रपति कलाम का पहला कार्यक्रम कॉलेज ऑफ़ नर्सिंग का भ्रमण था। इस संस्थान ने अपने स्नातकों को पूरे विश्व में भेजा था। वहाँ जाने पर उनके ज़ोर ने यात्रा के योजनाकारों को पहले आश्चर्यचकित कर दिया था। वे यह नहीं समझ पा रहे थे कि भारत के राष्ट्रपति एक नर्सिंग कॉलेज को क्यों देखना चाहते थे। लेकिन उनका पाला एक महान मानवतावादी से पड़ा था, जिसकी असलियत शान-शौकत भरे समारोहों के नाटक और चमक-दमक से भिन्न थी। नर्सिंग विद्यार्थियों और उनके शिक्षकों के चेहरों पर उत्साह और गर्व देखने के बाद ही, जैसा मैंने देखा, लोग इस बात को समझ सकते थे। डॉ. कलाम की यात्रा के पीछे एक मक़सद था। वे जानते थे कि उनके कार्यक्रम में उनके लोगों के लिए कम से कम उतनी ही प्रासंगिकता थी, जितनी कि किसी राजकीय समारोह की होती है। वे दूरदृष्टा व्यक्ति थे और उन्होंने उनके काम में अपने देश के लिए संभावना को देख लिया :

> आपने ग्रामीण इलाक़ों में नर्सों को डॉक्टर बनाने के लिए कुछ अनूठे कोर्स शुरू किए हैं। मैं चाहता हूँ कि भारत इससे प्रेरणा लेकर अपने नर्सिंग पाठ्यक्रम में परिवर्तन करे। मैं इस बात को उठाऊँगा। यह काम भावी नर्सिंग समुदाय के एजेंडा के बीज समाहित करता है। अच्छी तरह तैयार नर्स लीडर मुख्य निर्णय लेने वाली संस्थाओं पर शक्ति और प्रभाव के पद हासिल कर सकती हैं। मैं भारत और फ़िलिपीन्स की नर्सों और पैरामेडिक्स के इकट्ठे काम करने की भारी संभावनाएँ देख सकता हूँ और विश्व में सबसे शक्तिशाली मानवीय संसाधन के रूप में उभरते देख सकता हूँ... नर्सिंग समुदाय का सशक्तिकरण बहुत महत्त्वपूर्ण है... इसमें स्वास्थ्य उद्योग में नर्सिंग का आर्थिक मूल्य बढ़ाना, नर्स-संचालित अस्पताल तंत्र, प्रत्यक्ष जनसंपर्क और संचार और स्व-नियामक संस्कृति व शिक्षा शामिल है।

फ़िलिपीन्स की राष्ट्रपति ग्लोरिया मैकापेगल अरोयो के साथ 4 फ़रवरी को हुई मुलाक़ात में राष्ट्रपति कलाम ने बेहतर मूँगफली और मीठी ज्वार के आधार बीज प्रतीकात्मक रूप से भेंट किए, जिन्हें इंटरनेशनल क्रॉप्स रिसर्च इंस्टीट्यूट फ़ॉर द सेमि-एरिड ट्रॉपिक्स (आईसीआरआईएसएटी) ने तैयार किया था। डॉ. कलाम के मित्र डॉ. विलियम डार उनके बग़ल में खड़े थे। डॉ. कलाम ने राष्ट्रपति मैकापेगल अरोयो से कहा, 'डॉ. डार आपके देश की तरफ़ से भारत के छोटे किसानों के लिए एक बड़े उपहार हैं। उन्होंने भारत में कृषि शोध को एक मानवीय चेहरा दिया है।' एक ही राजकीय यात्रा में डॉ. कलाम ने मानवीय अस्तित्व की दो बुनियादी चिंताओं को समाहित कर लिया : भोजन और स्वास्थ्य। प्राथमिकताओं की उनकी समझ कभी ग़लत नहीं हो सकती थी।

वैसे राष्ट्रपति कलाम मानवता के अत्यावश्यक मुद्दों से जितनी आसानी से पेश आ सकते थे, उतनी ही आसानी से लाल गलीचे पर भी चल सकते थे। राष्ट्रपति मैकापेगल अरोयो ने 4 फ़रवरी 2006 को मालाकेनेग पैलेस के राइज़ल हॉल में राष्ट्रपति

के सम्मान में एक भोज आयोजित किया। फ़िलिपीन्स की भाषा टैगालॉग में 'मलाकेनांग' का अर्थ है, 'यहाँ एक महान इंसान है।' मलाकेनांग पैलेस फ़िलिपीन्स के इतिहास का सच्चा गवाह है। पैसग नदी के तट पर बना यह भव्य श्वेत महल नदी के शांति से बहते पानी में चमकता है, जिस तरह कि यह देश की बदलती तक़दीर और शासकों को प्रतिबिंबित करता रहा है। मलाकेनांग पैलेस में अठारह स्पेनिश गवर्नर जनरल, चौदह अमेरिकी सैन्य व सिविल गवर्नर और बाद में फ़िलिपीन्स के प्रत्येक राष्ट्रपति ने निवास किया है।

सियाचिन से राजकीय समारोहों तक हमारे राष्ट्रपति लगभग हर स्थिति में सहज थे, लेकिन राष्ट्रपति अरोयो की उपस्थिति में मैं डॉ. कलाम के लज्जा से लाल पड़े चेहरे और संकोच को कभी नहीं भूल सकता। ज़िंदगी भर से डॉ. कलाम सौम्य पोशाक में भारतीय महिलाओं को देखने के आदी थे। उन्होंने दूसरे देशों की महिलाओं को गंभीर, औपचारिक पृष्ठभूमि में ही देखा था। दूसरी ओर, राष्ट्रपति अरोयो अपने नीले-हरे कंधे से नीचे के जरी वाले गाउन में चौंधियाती लग रही थीं और उनके खुले गले पर हीरे का हार सजा था। उनका मनमोहक हुलिया डॉ. कलाम के लिए एक बड़ा सांस्कृतिक सदमा था। उनकी सामान्य शांत स्थितप्रज्ञता उनका साथ छोड़ गई और वे भोज में राष्ट्रपति अरोयो के पास शर्माते हुए खड़े रहे, जब उन्होंने राष्ट्रपति कलाम के नाम का जाम उठाया।

भोज के अगले दिन राष्ट्रपति कलाम फ़िलिपीन्स के लैग्युना प्रॉविंस में लॉस बेनोज़ में इंटरनेशनल राइस रिसर्च इंस्टीट्यूट (आईआरआरआई) के दौरे पर गए। 1982-1988 के दौरान डॉ. एम.एस. स्वामीनाथन आईआरआरआई के डायरेक्टर जनरल थे और उनके मार्गदर्शन में आईआरआरआई-भारत की साझेदारी सहयोग की उत्कृष्ट मिसाल थी। इसकी सहजीवी प्रकृति की वजह से यह साझेदारी पिछली आधी सदी में न सिर्फ़ बनी रही थी, बल्कि समृद्ध भी हुई थी, जिसने वैश्विक धान विज्ञान विकास और भारत के धान उत्पादन दोनों को ही बढ़ा दिया था। डॉ. कलाम को जेनेटिक इंजीनियरिंग का इस्तेमाल करके नमकीन अंडों के उत्पादन का विचार पसंद आया और उन्होंने मुर्गीपालन में लगे लोगों से इस नए उत्पाद के बारे में बातचीत की।

> राष्ट्रपति कलाम ने 6 फ़रवरी 2006 को मनीला में फ़िलिपीन्स की संसद के संयुक्त सत्र को संबोधित किया। उनके एक तरफ़ सीनेट के अध्यक्ष फ्रैंकलिन ड्रिलोन थे और दूसरी तरफ़ हाउस स्पीकर जोस डे वेनेशिया थे। आगामी दशकों में एशिया विश्व के व्यापार का केंद्र बनेगा, यह विश्वास जताते हुए उन्होंने आग्रह किया कि एएसईएएन देश खुद को तैयार करें : 'इसमें कोई शक नहीं है कि वैश्विक व्यापार का भविष्य एशिया में होगा और एसोसिएशन ऑफ़ साउथ ईस्ट एशियन नेशन्स (एएसईएएन) के सदस्यों को इस क्षेत्र की आकर्षक और व्यावहारिक मार्केटिंग करने के क़दम उठाने चाहिए।'

हालाँकि सैमसंग, एलजी (लकी गोल्डस्टार) और हुंडई जैसे कोरियाई ब्रांड करोड़ों भारतीय घरों में पहुँच चुके थे लेकिन राष्ट्रपति कलाम रिपब्लिक ऑफ़ कोरिया, जो दक्षिण कोरिया के नाम से ज़्यादा लोकप्रिय है, की यात्रा पर जाने वाले पहले भारतीय राष्ट्रपति थे। इस यात्रा का उद्‌देश्य दूरगामी घोषणापत्र के साथ वृहद् आर्थिक साझेदारी अनुबंध विकसित करने के लिए एक संयुक्त कार्यदल बनाना था, लेकिन डॉ. कलाम ने इस अवसर का इस्तेमाल कोरियाई उद्योग के दिग्गजों से मिलने के लिए भी किया। वे ख़ुद कोरियाई प्रौद्योगिकी का अनुभव करना और यह समझना चाहते थे कि उत्पादन के मामले में जापान दक्षिण कोरिया से क्यों पिछड़ रहा था।

राष्ट्रपति कलाम ने चार मुख्य कोरियाई व्यापारिक संघों को संबोधित किया। गुन्सन में टाटा डेवू कमर्शियल व्हीकल्स के अध्यक्ष ने उन्हें अपने काम की संक्षिप्त जानकारी दी। गुन्सन कोरियाई प्रायद्वीप के मध्य-पश्चिमी तट पर सिओल से 200 कि.मी. दक्षिण-पश्चिम में था। हुंडई मोटर्स के चेयरमैन ने चेन्नई के निकट श्रीपेरम्बदुर में अपने प्लांट के बारे में बताया। कोरियाई स्टील कंपनी पोहांग स्टील कॉरपोरेशन (पोस्को) ने शाम को बाद में अपनी गतिविधियों के बारे में डॉ. कलाम के समक्ष एक प्रस्तुति दी, जिसमें ओडिशा के एक प्लांट में 12 अरब अमेरिकी डॉलर का भावी निवेश शामिल था।

इसके बाद डॉ. कलाम डेडियॉक इन्नोपोलिस की यात्रा पर गए, जो सिओल से 150 कि.मी. दूर डेज़ियॉन में यूसियॉन्ग-गू जिले में शोध और विकास जिला है। डेडियॉक इन्नोपोलिस 1973 में राष्ट्रपति पार्क चुंग-ही द्वारा स्थापित शोध समूह से उत्पन्न हुआ, जिसने दक्षिण कोरिया में उच्च प्रौद्योगिकी युग की शुरुआत की। डॉ. कलाम जी-ह्युंग में सैमसंग सेमिकंडक्टर्स निर्माणस्थल की यात्रा पर गए। साथ ही उन्होंने कोरियन रिसर्च इंस्टीट्यूट ऑफ़ बायोसाइंस ऐंड बायोटेक्नोलॉजी (केआरआईबीबी) तथा कोरियन एरोस्पेस रिसर्च इंस्टीट्यूट (केएआरआई) का भी दौरा किया। सिओल लौटते वक़्त हमने बुलेट ट्रेन पकड़ी, जो 300 कि.मी. प्रति घंटे तक की गति से चल रही थी।

शाम को डेगू में कैथोलिक युनिवर्सिटी में समाज शास्त्र की प्रोफ़ेसर डॉ. ओक युंग ली डॉ. कलाम से मिलीं। उन्होंने लगभग एक साल पहले *विंग्स ऑफ़ फायर* का कोरियाई भाषा में अनुवाद किया था। जब डॉ. कलाम ने ली से पूछा कि कोरिया में *विंग्स ऑफ़ फायर* की लोकप्रियता के पीछे क्या कारण था, तो वे बोलीं, 'आपकी पुस्तक ने एक बहुत प्रतिस्पर्धी समाज में बड़े हो रहे कोरियाई युवाओं को धैर्य और उदारता का नया दृष्टिकोण दिया है। अपने माता-पिता और शिक्षकों, ख़ास तौर पर आपकी माँ, के प्रति आपके प्रेम से कई कोरियाई आँखें छलछला उठीं। कोरियाई लोगों ने ऐतिहासिक दृष्टि से पाश्चात्य पवित्र भूमि से प्रेरणा हासिल की है - जैसा कि भारत को यहाँ माना जाता है। गौतम बुद्ध और अयोध्या की राजकुमारी से लेकर, जिन्होंने पहली सदी में कोरियाई राजा सूरो से विवाह किया, रवीन्द्रनाथ टैगोर तक और अब

आप तक, भारत को प्रकाश स्तंभ के रूप में देखा जाता है। आपमें हम अपने राजा सेजॉन्ग का चित्र देखते हैं, जिन्होंने पंद्रहवीं सदी में अपने 32 वर्ष के शासनकाल में शिक्षा को ऊर्जापूर्वक बढ़ावा दिया था।'

> डॉ. ली ने मीडिया में डॉ. कलाम की आगे भी प्रशंसा की, विंग्स ऑफ़ फ़ायर में अपने परिवार, शिक्षकों और कड़ी मेहनत की कलाम की प्रशंसा किंग सेजॉन्ग के कथन के समान ही है : "मैं जो भी हूँ या बनूँगा, वह मैंने अपने परिवार, अपने मित्रों, अपने शिक्षकों और अपनी तलवार के प्रशिक्षण से सीखा है।" कलाम कोरियाई युवाओं की मार्गदर्शक आत्मा के रूप में उदित हुए हैं और *विंग्स ऑफ़ फायर* ने प्रकाशित होने के बाद गहरा प्रभाव डाला है, जो विश्वविद्यालयों के आस-पास के इलाक़ों में इसकी उत्कृष्ट बिक्री से साफ़ नज़र आता है। कलाम की प्रभावी वैज्ञानिक उपलब्धियों की जड़ें उनकी सदाचारी सादगी में हैं और इसी वजह से वे समकालीन इतिहास के कई अन्य सफल नायकों से ज़्यादा बड़े रोल मॉडल बन गए हैं।'

राष्ट्रपति कलाम ने 8 फ़रवरी 2006 को रिपब्लिक ऑफ़ कोरिया की नेशनल असेम्बली को संबोधित किया, जहाँ उन्होंने विश्व ज्ञान मंत्र और ई-व्यापार नेटवर्क का अपना विचार पेश किया, जो 'हमारे दोनों देशों की अर्थव्यवस्थाओं को विकास के ज़्यादा ऊँचे पथ पर ले जाएगा।' भारत लौटने की वापसी उड़ान में राष्ट्रपति कलाम ने यह कहकर अपने अनुभव का सार पेश किया, 'मुझे बर्फ़, पहाड़ों, लोगों, इमारतों, सड़कों में बहुत आनंद आया - हर चीज़ मुझमें समा गई है। हमें एशिया और इस तरह पूरे संसार में शांति तथा समृद्धि लाने के स्वप्न के साथ हमारे देशों की जनता के बीच एक मज़बूत पुल बनाने की ज़रूरत है।'

राष्ट्रपति कलाम को बनारस हिंदू विश्वविद्यालय (बीएचयू) के 88वें दीक्षांत समारोह में आमंत्रित किया गया। उन्होंने अपने दीक्षांत समारोह के संबोधन की तैयारी में मुझे यह कहकर शामिल किया, 'मैं काशी के महान शहर जा रहा हूँ और मुझे इस व्याख्यान की अच्छी तैयारी करनी चाहिए। काशी और रामेश्वरम् के बीच बड़ा सुंदर आध्यात्मिक संबंध है।' मुझे याद आया कि उन्होंने मुझसे ठीक यही बात तब भी कही थी, जब वे 1991 में बीएचयू में इंडियन इंस्टीट्यूट ऑफ़ टेक्नोलॉजी (आईआईटी) के दीक्षांत समारोह में उद्बोधन देने के लिए काशी गए थे। उस दीक्षांत समारोह में काशी के महाराजा और विश्वविद्यालय के कुलाधिपति विभूति नारायण सिंह ने जनसमूह को डॉ. कलाम का परिचय देते हुए कहा था कि वे रामेश्वरम् के अग्नितीर्थम् से काशी की गंगा भूमि में आए थे। कामकाज के कई दिनों के बाद डॉ. कलाम ने प्रबुद्ध नागरिकता योजना के अपने विकास को अंतिम रूप दिया, जिसे वे काशी के महान शहर में बताने वाले थे।

संभवतः प्रबुद्ध नागरिकता का विचार प्रगति की डॉ. कलाम की खोज का अवश्यंभावी परिणाम था। डॉ. कलाम जानते थे कि इंसान अपरिहार्य रूप से एक नैतिक प्राणी है और नैतिक तत्व के बिना प्रगति अर्थहीन होगी तथा विनाशकारी भी। प्रबुद्ध नागरिकता की ओर संयुक्त प्रयास के विचार को कोलकाता के निकट बेलूर मठ में 1 अक्टूबर 2004 को रामकृष्ण मठ के तेरहवें अध्यक्ष स्वामी रंगनाथ आनंद के साथ संयोगवश हुई मुलाक़ात ने आकार दिया था। डॉ. कलाम ने स्वामी रंगनाथ आनंद से भारत की अंतहीन सामाजिक समस्याओं का समाधान पूछा था। स्वामीजी ने उन्हें भारत के नागरिकों को प्रबुद्ध बनाने का मिशन शुरू करने की आवश्यकता के बारे में बताया था। स्वामीजी ने डॉ. कलाम को बताया कि इंसान की विकास यात्रा के तीन चरण या अवस्थाएँ हैं। पहली अवस्था वस्तुओं और संग्रहों के साथ मनुष्य के संबंध के बारे में है। दूसरी अवस्था मनुष्य के मनुष्य के साथ संबंध के बारे में है। तीसरी अवस्था मनुष्य के दैवी शक्ति के साथ संबंध के बारे में है। स्वामीजी के संदेश का डॉ. कलाम पर गहरा प्रभाव पड़ा : 'हमने विभिन्न राष्ट्रीय और अंतरराष्ट्रीय मुद्दों पर विचारों का आदान-प्रदान किया। स्वामी रंगनाथ आनंद द्वारा प्रस्तुत किया महत्त्वपूर्ण विचार यह था : भारत के संदेश में कोई भी चीज़ पंथ, रूढ़ि या संप्रदाय के बारे में नहीं है, क्योंकि यह मनुष्य के विकास, उसकी प्रगति, सर्वोच्च उत्कृष्टता की उपलब्धि के संदर्भ में बोलता है। यह शाश्वत और मानवीय है। देश केवल आर्थिक समृद्धि से ही ख़ुशहाल नहीं हो सकता; लोगों को आध्यात्मिक प्रबुद्धता की भी आवश्यकता होगी। स्वामीजी को अहसास हुआ कि लोगों का मोक्ष केवल भौतिक दौलत में ही निहित नहीं है। उन्हें विकास के लिए एक सदाचारी, आध्यात्मिक मार्ग की भी ज़रूरत है।'

डॉ. कलाम सांसारिकता और आध्यात्मिकता के बीच पुल बनाने के लिए प्रबुद्ध नागरिकता का विचार विकसित करने वाले थे। उन्होंने मुझसे कहा था, 'यह लोगों के लिए बहुत शक्तिशाली स्वप्न होगा और यह हर व्यक्ति को एक शक्तिशाली आदर्श प्रदान करेगा।'

राष्ट्रपति कलाम 3 मार्च 2006 को बीएचयू पहुँचे। केंद्रीय मानव संसाधन विकास मंत्री अर्जुन सिंह और बीएचयू के कुलपति प्रो. पंजाब सिंह ने उनकी अगवानी की। उनका भाषण स्वप्न और सहज बोध का ज़बर्दस्त मिश्रण था, जैसा कि उनके जीवन का काम हमेशा रहा था :

> अन्वेषण, सृजनात्मकता, प्रौद्योगिकी, उद्यमी और नैतिक नेतृत्व ये पाँच क्षमताएँ हैं, जिन्हें शैक्षणिक प्रक्रिया में बनाने की ज़रूरत है। अगर हम अपने विद्यार्थियों में ये पाँच क्षमताएँ विकसित करना चाहते हैं, तो हमें 'स्वशासी सीखने वाला' उत्पन्न करना होगा – एक स्व-निर्देशित, स्व-नियंत्रित, आजीवन सीखने वाला, जिसमें सत्ता का सम्मान करने की क्षमता भी होगी और साथ ही उचित अंदाज़ में सत्ता से प्रश्न करने की क्षमता भी होगी।

> ये प्रबुद्ध नागरिक मिलकर 'स्व–व्यवस्थापक नेटवर्क' की तरह काम करेंगे और किसी देश को समृद्ध देश में बदल देंगे। शिक्षा का सबसे अहम हिस्सा विद्यार्थियों के बीच यह विश्वास का भाव भरना है कि 'हम यह कर सकते हैं।' ये क्षमताएँ विद्यार्थियों को सक्षम बनाएँगी कि वे हमारे देश को 2020 तक एक विकसित देश बनाने के राष्ट्रीय लक्ष्य की चुनौतियों से मुक़ाबला कर सकें।

डॉ. कलाम में पुनर्जागरण काल के इंसान का उदय हो गया था और उन्हें देश के पुनर्जागरण के लिए देशसेवा करने का शक्तिशाली नैतिक कर्तव्य महसूस हुआ। वे समझते थे कि भारतीय सभ्यता को अपने बुनियादी मूल्यों को दोबारा मज़बूत बनाना होगा और इसके लिए एक सम्मिलित प्रयास की ज़रूरत है। इसमें दो पहलू शामिल होंगे। पहला, इसमें भारत के एक अरब लोगों की बेहतरी के प्रबल और शक्तिशाली स्वप्न की योग्यता की ज़रूरत होगी। दूसरा, इसमें सही चीज़ करने और दूसरों को भी सही चीज़ करने के लिए प्रभावित करने की प्रेरणा की ज़रूरत होगी।

5.5

मैं उड़ूँगा

स्वप्नदर्शी वह इंसान है, जो चाँदनी में ही अपना रास्ता खोज सकता है और उसका दंड यह है कि वह भोर को बाक़ी संसार से पहले देख लेता है।

—ऑस्कर वाइल्ड
उन्नीसवीं सदी के आइरिश लेखक और कवि

2 मार्च 2006 को दिल्ली की सुबह ठंडी थी। मैं राष्ट्रपति भवन के सामने वाले मैदान में खड़ा था, जहाँ राष्ट्रपति जॉर्ज डब्ल्यू. बुश जल्दी ही अपनी लिमोज़ीन से उतरने वाले थे। राष्ट्रपति भवन किसी भी व्यक्ति को अभिभूत कर सकता है। जब कोई रायसीना हिल पर चढ़ता है, तो इसका गुंबद दिल्ली के आसमान में आदर्श भौगोलिक संरचना की तरह पहुँचता है : जयपुर स्तंभ का दृश्य, फिर इमारत का - बालू पत्थर के दो रंगों में वैभव और उत्कृष्ट अनुपात की एक आश्चर्यजनक निशानी। यह औपनिवेशिक दौर के चंद आश्चर्यों में से एक है - जिन वास्तुविदों ने इस भव्य कॉम्प्लेक्स की रूपरेखा बनाई थी, वे भारत की महानता को सचमुच समझते थे और उसे उन्होंने व्यक्त कर दिया था। राष्ट्रपति बुश के आने पर उनका वह पारंपरिक स्वागत किया गया, जो भारत देश के मुखियाओं को प्रदान करता है। मुझे लगता है कि जॉर्ज बुश इतना धूमधाम और तड़क-भड़क के लिए तैयार नहीं थे। राष्ट्रपति के सभी बॉडीगार्ड छह फुट से ज़्यादा लंबे थे और उनके अश्व भी अत्यंत प्रभावशाली थे। उन्हें देखकर राष्ट्रपति बुश ने ज़ोर से कहा, 'यह कमाल का नज़ारा है। ये आदमी और इनके घोड़े बहुत अच्छी तरह प्रशिक्षित हैं।'

उस दिन हस्ताक्षरित ऐतिहासिक भारत-अमेरिकी असैन्य परमाणु करार में भारत चरणबद्ध तरीक़े से अपनी असैनिक और सैनिक परमाणु इकाइयों को अलग करने को सहमत हो गया। यह अपनी असैनिक परमाणु इकाइयों को अंतरराष्ट्रीय परमाणु ऊर्जा संस्थान (आईएईए) के मानदंडों के तहत लाने को भी सहमत हो गया। राष्ट्रपति बुश ने न सिर्फ़ भारत को आश्वासन दिया कि इससे पूर्ण असैनिक परमाणु ऊर्जा सहयोग हासिल करने में मदद मिलेगी, बल्कि वे पूर्ण असैनिक परमाणु

ऊर्जा आपूर्ति और व्यापार को सहारा देने के लिए न्यूक्लियर सप्लायर्स ग्रुप (एनएसजी) के साथ काम करने को भी राज़ी हो गए। राष्ट्रपति बुश ने भारत को 'उन्नत परमाणु प्रौद्योगिकी वाला ज़िम्मेदार राष्ट्र' कहा और जन विध्वंस के हथियारों का प्रसार रोकने के लिए भारत की प्रबल ज़िम्मेदारी को भी स्वीकार किया। उन्होंने आगे घोषणा की, 'भारत को भी दूसरे ऐसे देशों की तरह समान लाभ हासिल करने चाहिए।' इसने भारत की गंभीर ऊर्जा आवश्यकताओं को पूरा करने के लिए असैनिक परमाणु रिएक्टर्स के हस्तांतरण का रास्ता प्रभावी ढंग से साफ़ कर दिया, ताकि यह उदीयमान आर्थिक शक्ति के रूप में बहुत तेज़ी से विकास कर सके।

शाम को राष्ट्रपति बुश राष्ट्रपति कलाम के साथ बातचीत के लिए राष्ट्रपति भवन लौटे, जिसके बाद एक भोज था। इस ऐतिहासिक दिन में डॉ. कलाम का महत्त्वपूर्ण योगदान था। उनके व्यक्तिगत हस्तक्षेप के बिना यह संदिग्ध था कि भारत-अमेरिका असैनिक परमाणु संधि हो पाती। वर्तमान ऊर्जा परिदृश्य में परमाणु ऊर्जा के लिए सामग्री के सहयोग के बिना भारत का ऊर्जा कार्यक्रम बहुत बुरी स्थिति में होता।

राष्ट्रपति कलाम ने राष्ट्रपति बुश को भारत की ऊर्जा आवश्यकताओं पर चालीस मिनट का पॉवरपॉइंट प्रज़ेंटेशन दिखाया। डिनर साफ़ आसमान और दूज के चाँद तले मुगल गाडर्न्स की शानदार पृष्ठभूमि में आयोजित था। आसमान उस दिन का साक्षी था, जब लगभग आठ महीने पहले सोची गई ऐतिहासिक संधि आख़िरकार हुई। राष्ट्रपति भवन रोशनी से जगमग हो रहा था। डिनर पर चौदह टेबलों में से प्रत्येक का नामकरण एक फूल के नाम पर किया गया था, जो पूरे शबाब में मुगल गार्डन्स की शोभा बढ़ाते थे। आम तौर पर राष्ट्रपति के महल में सिर्फ़ गणतंत्र दिवस और स्वतंत्रता दिवस पर ही रोशनी की जाती है। यह पहली बार था, जब किसी राष्ट्र प्रमुख के लिए राष्ट्रपति भवन को जगमग किया गया था।

दोनों राष्ट्रपति 'यलो रोज़' नामक टेबल पर बैठे। टेबल पर बैठे दूसरे लोगों में अमेरिका की प्रथम महिला लॉरा बुश, प्रधानमंत्री सिंह और उनकी पत्नी, श्रीमती सोनिया गाँधी और अमेरिकी सेक्रेटरी ऑफ़ स्टेट कॉन्डोलीज़ा राइस, भारत के मुख्य न्यायाधीश वाय. के. सभरवाल, रक्षा मंत्री प्रणब मुखर्जी और गृह मंत्री शिवराज पाटिल शामिल थे। मैं डॉ. बी. सोमा राजू और अन्य उच्चाधिकारियों के साथ 'जेस्मिन' टेबल पर बैठा था। मैं यह सोचे बिना नहीं रह पाया कि यह शाम नए भारत के जन्म के लिए एक उपयुक्त जश्न थी। फिर से उठ खड़ा हुआ राष्ट्र, जिसने सदियों के औपनिवेशिक दमन और दशकों की शिथिलता के कलंक को सहन किया था, अब दक्षिण-पूर्व एशिया में अपने नेतृत्व को दावे से दिखा रहा था।

राष्ट्रपति कलाम ने म्यांमार की अपनी तीन दिवसीय राजकीय यात्रा 8 मार्च 2006 को शुरू की। वे सीनियर जनरल थान श्वे के आमंत्रण पर गए थे, जो अक्टूबर 2004 में भारत आए थे। केंद्रीय मंत्री कुमारी शैलजा और विदेश सचिव श्याम सरन

उनके साथ गए थे। यह यात्रा द्विपक्षीय सहयोग के बारे में थी; भारत और म्यांमार ने पेट्रोलियम, अंतरिक्ष और शिक्षा क्षेत्रों में तीन अनुबंधों पर हस्ताक्षर किए। डीआरडीओ के ज़माने से डॉ. कलाम बहुत सी सहयोगी परियोजनाओं में सहायक रहे थे। अब उनके कूटनीतिक स्पर्श ने अंतरराष्ट्रीय अनुबंधों को भी अंतिम वरदान देने - यानी सौदे पर मोहर लगवाने में - हमेशा मदद की, भले ही वे समझौता-वार्ताओं में सक्रियता से शामिल न हुए हों।

म्यांमार में राष्ट्रपति कलाम ने ऐतिहासिक श्वे डेगन पैगोडा की यात्रा की। यह एक भव्य स्वर्णिम इमारत है, जो एक बिंदु तक पतली होती जाती है और आसमान छूने के लिए ऊपर उठती है। इसमें भगवान बुद्ध के पवित्र बाल रखे हुए हैं। किंवदंती के अनुसार जब भगवान बुद्ध ने 2,500 वर्ष से ज़्यादा समय पहले निर्वाण हासिल किया था, तो उसके बाद जल्दी ही उनके अवशेषों को आठ बराबर हिस्सों में विभाजित किया गया और उस समय बने महान स्तूपों में प्रतिष्ठापित किया गया। म्यांमार में स्तूपों को पैगोडा नाम दिया गया। श्वे डेगन पैगोडा एक पहाड़ी के ऊपर 58 मीटर ऊँचा है और यह यंगोन के क्षितिज का एक अमिट पहलू है।

राष्ट्रपति कलाम ने मांडले के ऐतिहासिक शहर की यात्रा की, जो किसी भारतीय राष्ट्र प्रमुख की पहली यात्रा थी। उन्होंने युनिवर्सिटी ऑफ़ ट्रेडिशनल मेडिसिन में व्याख्यान भी दिया। उन्होंने पारंपरिक चिकित्सा के क्षेत्र में म्यांमार और भारत के बीच कड़ियाँ जोड़ने की पेशकश की। पारंपरिक चिकित्सा को बायोटेक्नोलॉजी के साथ मिलाने के हिमायती डॉ. कलाम ने संकेत किया कि म्यांमार में जिन जड़ी-बूटियों का इस्तेमाल किया जाता है, उनमें से ज़्यादातर भारत के उत्तर-पूर्वी राज्यों में पाई जाती हैं। इसलिए उन्होंने सुझाव दिया कि दोनों देश सामान्य समस्याओं से मुक़ाबला करने के लिए हाथ मिला लें और इस तरह संसार को पारंपरिक चिकित्सा उपलब्ध कराएँ।

राष्ट्रपति ने शहर में दो भव्य प्राचीन पैगोडाओं में आदरांजलि देने का समय भी निकाला। महा मुनि पैगोडा में डॉ. कलाम ने बुद्ध की प्रतिमा के मूल पर सोने की पत्तियाँ चिपकाईं, जो काँसे की प्रतिमा पर सोने की कलई करने की परंपरा के अनुरूप था। डॉ. कलाम कुथो डॉ पैगोडा भी गए, जिसमें 729 छोटे मंदिरों की क़तारें हैं, जिनमें से प्रत्येक पर पत्थर की एक पट्टी है, जिस पर पूरा त्रिपिटक या पूरे बौद्ध धर्मग्रंथ लिखे हुए हैं। इन शिलालेखों को संसार की सबसे बड़ी पुस्तक भी कहा जाता है।

डॉ. कलाम ने मांडले की उस जेल के बारे में पूछा, जहाँ बाल गंगाधर तिलक को 1908-14 के बीच नज़रबंद रखा गया था। जेल केवल कुछ कि.मी. दूर थी और दरअसल कुथो डॉ पैगोडा की पहाड़ी से दिखती भी थी। मगर सुरक्षा व्यवस्था की वजह से भारत के राष्ट्रपति को जेल के अंदर जाने की अनुमति नहीं थी, क्योंकि यह एक प्रतिबंधित क्षेत्र था। वाय. एस. राजन ने डॉ. कलाम को बताया कि तिलक ने अपने जेलर ने पेंसिल और काग़ज़ देने का आग्रह किया। जेलर शायद तिलक के क़द्दावर व्यक्तित्व से मंत्रमुग्ध हो गया था, इसलिए वह इंकार नहीं कर पाया।

तिलक ने जेल में 400 से ज़्यादा पृष्ठों की पांडुलिपि लिख दी। तिलक के पूना लौटने के बाद 1915 में इसे *गीता रहस्य* के रूप में प्रकाशित किया गया। तिलक ने सक्रिय सिद्धांत या कर्म की नैतिक ज़िम्मेदारी - यहाँ तक कि जान लेने जैसे हिंसक कर्म का भी पक्ष लिया जब तक कि यह निःस्वार्थ हो और इसमें कोई व्यक्तिगत स्वार्थ या उद्देश्य न हो। कम से कम इस अर्थ में उनकी नीति महात्मा गाँधी के बताए अहिंसा के सिद्धांत के बिलकुल विपरीत थी।

यंगोन आने के बाद राष्ट्रपति कलाम भारत के आख़िरी बादशाह बहादुर शाह जफ़र के मक़बरे गए, जिन्हें पहले स्वाधीनता संग्राम में अँग्रेज़ों के जीतने के बाद रंगून निर्वासित कर दिया गया था, जो इस शहर का पुराना नाम था। मैंने डॉ. कलाम को बहादुर शाह जफ़र की तनहाई के बारे में बताया और यहाँ निर्वासन में रहते समय उनका लिखा शेर सुनाया :

पढ़े फ़ातिहा कोई आये क्यूँ,
कोई चार फूल चढ़ाए क्यूँ,
कोई आके शम्मा जलाए क्यूँ,
मैं वो बेकसी का मज़ार हूँ।

राष्ट्रपति ने आगंतुकों की पुस्तिका में लिखा था। 'ओ भारत के बादशाह। मैं आज यहाँ आया हूँ और मैंने सुरा फ़ातिहा पढ़ा। मैंने यहाँ फूल चढ़ाए और एक मोमबत्ती जलाई। यह किसी बेकस की क़ब्र नहीं है; यह तो भारत के शहंशाह का मक़बरा है। अल्लाह आपकी रूह को शांति दे।' उस जगह से जाने से पहले मैंने आगंतुकों की पुस्तिका को देखा और उसमें पाकिस्तान के छठे राष्ट्रपति मुहम्मद ज़िया-उल-हक़ के साथ बांग्लादेश के दसवें राष्ट्रपति हुसैन मुहम्मद इरशाद की प्रविष्टियाँ भी थीं। एक ऐतिहासिक निरंतरता हम सभी को बाँधती है। कुछ चीज़ें ऐसी हैं, जो नष्ट नहीं होती हैं; वे व्यक्तिगत जीवन, शासन काल और युगों के भी आगे तक जीवित रहती हैं।

यंगोन से राष्ट्रपति कलाम विमान द्वारा मॉरिशस पहुँचे। 11 मार्च 2006 को प्रधानमंत्री नवीन चंद्र रामगुलाम ने पोर्ट लुइस हवाई अड्डे पर उनकी अगवानी की। वे देश के राष्ट्रीय दिवस समारोह में मुख्य अतिथि बनने वाले थे, जो दाँडी मार्च की 76वीं सालगिरह की भी स्मृति थी। बाद में राष्ट्रपति कलाम ने स्टेट हाउस में मॉरिशस गणराज्य के राष्ट्रपति सर अनिरुद्ध जगन्नाथ से भी मुलाक़ात की।

मॉरिशस में पहले भारतीय आप्रवासियों के क़दमों को खोजते हुए राष्ट्रपति कलाम आप्रवासी घाट गए, जहाँ 1830 के दशक से 1920 के दशक तक भारत से गए लगभग 4,50,000 मज़दूर उतरे थे। यह जगह दर्ज इतिहास में देशांतर गमन की सबसे बड़ी लहरों में से एक की प्रतीक है, जिसका वर्तमान मॉरिशस जनसंख्या की जनसांख्यिकी रूपरेखा पर महत्त्वपूर्ण प्रभाव पड़ा। राष्ट्रपति कलाम ने 'अज्ञात आप्रवासी' को समर्पित प्रतिमा पर फूलमाला चढ़ाई।

पोर्ट लुइस से नई दिल्ली की लंबी उड़ान के दौरान डॉ. कलाम ने इस बारे में चर्चा शुरू की कि भारतीय मूल के मॉरिशस वासी भारत के बारे में क्या सोचते हैं। मॉरिशस की बहुसंख्यक जनता मूलतः भारत की है, हालाँकि उनके धर्म और जातियाँ एक-दूसरे से अलग हैं। हालाँकि मॉरिशस के लोग सांस्कृतिक परिवर्तन, धार्मिक विकास, शैक्षणिक उपलब्धियों आदि के संदर्भ में आगे बढ़ गए हैं, लेकिन वे अपने पूर्वजों को नहीं भूल सकते, जिन्होंने संभवतः उन्हें उनकी प्रेरणा, उनके सपनों का अस्तित्व दिया है।

हमारी वंशावली हमारी छाया जैसी होती है। अगर हम अपनी जड़ों को भूल जाते हैं और अगर हम अपनी छायाओं से डरते हैं, तो हम समृद्ध नहीं हो सकते और सफलता हासिल नहीं कर सकते। हमारा अवलोकन यह था कि भारतीय मूल के मॉरिशसवासी अपनी सांस्कृतिक विरासत और अपने पुरखों की उपलब्धियों पर बहुत गर्व करते थे। उन्नीसवीं सदी और शुरुआती बीसवीं सदी के उन भारतीय पथप्रदर्शकों ने नाम मात्र के वेतन पर कड़ी मेहनत की, विनम्र और धैर्यवान बने रहे - और सरकार की न्यूनतम मान्यता पाकर ही हमेशा बहुत कृतज्ञ बने रहे।

दिल्ली लौटने पर एक राजनीतिक और संवैधानिक संकट का विस्फोट जल्दी ही होने वाला था, जो जनता के राष्ट्रपति के मिज़ाज की जाँच करने वाला था। राजनीतिक सत्ता और डॉ. कलाम एक बहुत ही सार्वजनिक विपत्ति की ओर बढ़ रहे थे, जो उनके कार्यकाल की तब तक की सबसे नाटकीय घटना थी। हमारे दयालु वैज्ञानिक राष्ट्रपति तत्कालीन सरकार के 'रबर स्टाम्प' थे, इस बारे में कोई भी ग़लतफ़हमी जल्दी ही दूर होने वाली थी और देश सार्वजनिक पद पर नैतिकता के प्रति डॉ. कलाम की प्रतिबद्धता का स्पष्ट उदाहरण देखने वाला था।

16 मार्च 2006 को राष्ट्रपति कलाम ने निर्वाचन आयोग की अनुशंसा को स्वीकार कर लिया कि संसद सदस्य होने के साथ-साथ लाभ का पद धारण करने के लिए समाजवादी दल की श्रीमती जया बच्चन को राज्यसभा से अपात्र घोषित किया जाए। कानपुर के काँग्रेस दल के एक कार्यकर्ता ने डॉ. कलाम को याचिका भेजकर सांसद श्रीमती बच्चन की स्थिति पर सवाल खड़ा किया था। डॉ. कलाम ने परामर्श के लिए यह मामला भारत निर्वाचन आयोग को भेज दिया था, जैसा भारतीय संविधान के अनुच्छेद 103 में अपेक्षित था। डॉ. कलाम ने श्रीमती जया बच्चन को अपात्र घोषित करने में निर्वाचन आयोग के मशविरे के अनुसार कठोर कार्यवाही की।

अचानक मिली शिकायत पर इस निर्णय ने भानुमती का पिटारा खोल दिया। समाजवादी दल ने अपनी प्रतिष्ठित सांसद के नुक़सान को नरमी से नहीं लिया। अपात्रता से दबने या त्रस्त होने के बजाय इसने दूसरे विरोधी दलों का समर्थन हासिल किया और उसी सीट के लिए श्रीमती जया बच्चन को दोबारा चुनाव के लिए खड़ा कर दिया। बाद में, शासन करने वाले गठबंधन के कई अन्य प्रकरण - जिनमें काँग्रेस अध्यक्ष सोनिया गाँधी का प्रकरण भी था, जो युनाइटेड प्रोग्रेसिव अलाइंस की नेशनल

एडवाइज़री काउंसिल की चेयरपर्सन के पद पर भी थीं - पकड़ में आए।

कुछ ही समय में भारत निर्वाचन आयोग को सांसदों के चालीस से अधिक प्रकरणों और विधायकों के 100 से अधिक प्रकरणों की शिकायतें मिलीं, जो लाभ का पद धारण किए थे और जिस वजह से उन्हें अपात्र घोषित होना चाहिए था। यह स्पष्ट रूप से राजनेताओं में प्रचलित प्रवृत्ति को दर्शाता था, जो संसद में लोक प्रतिनिधि रहने के अलावा कार्यपालिका पद पर रहकर शक्ति के फल भी खाना चाहते हैं। यह दरअसल शक्ति या आर्थिक वेतन की नेताओं की स्पष्ट लालसा को भी उजागर करता था, जो उन्हें सौंपे गए सार्वजनिक पदों के कार्यों के बदले मिलने वाली शक्ति या वेतन से परे थे।

श्रीमती जया बच्चन को अपात्र ठहराने का मामला जल्द ही सर्वोच्च न्यायालय पहुँच गया, जिसने राष्ट्रपति के आदेश को जया बच्चन की दी गई चुनौती ख़ारिज कर दी। उनके प्रकरण का मूल स्तंभ यह था कि श्रीमती जया बच्चन को उत्तर प्रदेश फ़िल्म विकास सभा के चेयरपर्सन के रूप में हानिरहित कर्तव्यों के लिए कभी कोई भुगतान नहीं मिला। सर्वोच्च न्यायालय ने फ़ैसला दिया कि यह अप्रासंगिक था कि इस तरह अपात्र ठहराए गए व्यक्ति को पद से कोई आर्थिक लाभ मिला है या नहीं। संसद का कोई सदस्य ऐसे पद को धारण कर रहा था, प्रासंगिक प्रावधान के तहत यह तथ्य अपने आप में अपात्र ठहराने के लिए वैध आधार था।

सरकारें, ख़ास तौर पर गठबंधन सरकारें, अपने सांसदों को अपने ही दल में क़ायम रखने के लिए एड़ी-चोटी का ज़ोर लगाती थीं, ताकि उनकी संभावित असंतुष्टि को रोका जा सके।

श्रीमती जया बच्चन के ख़िलाफ़ शिकायत चाहे जिस वजह से हुई हो, यह स्पष्ट हो गया कि यह बिंदु सभी दलों को प्रभावित करता था, जो पारंपरिक रूप से अपने सांसदों को ख़ुश करने के लिए ऐसे पद देते रहे थे। चूँकि हर सांसद कार्यपालिक पदों का आनंद लेने को सामान्य समझता था, इसलिए किसी के ख़याल में भी नहीं आया कि संविधान के किसी प्रावधान का उल्लंघन हो रहा था।

जैसी अपेक्षा थी, समाजवादी दल और भारतीय जनता पार्टी ने यूपीए की नेशनल एडवाइज़री काउंसिल की चेयरमैन के रूप में सोनिया गाँधी के पद को विवाद में घसीटने में एक पल भी नहीं गँवाया। विरोध के आक्रमण का रुख़ मोड़ने के लिए सोनिया गाँधी ने रायबरेली की लोकसभा सीट से इस्तीफ़ा दे दिया और दोबारा चुनाव में खड़ी हुईं, जिसे उन्होंने मई 2006 में आराम से जीत लिया।

कोई भी दल या नेता संविधान के अनुच्छेद 103 की अवहेलना के बारे में ज़रा सा भी क्षमाप्रार्थी नहीं था। हर पात्रता - या इस मामले में अपात्रता - को हटाना शक्ति के केंद्रीकरण का आधार था। ऐसा लगता था कि हर राजनीतिक दल संसद सदस्यता की पवित्रता और स्वतंत्रता पर निशाना साध रहा था, ताकि उनके लोग 'अपात्रता' के जोखिम के बिना एक से अधिक पद का आनंद ले सकें। सभी

राजनीतिक दल कमोबेश काँग्रेस और समाजवादी दल जैसी स्थिति में थे। इसलिए इस मामले में उनके वर्तमान और भावी राजनीतिक हितों की रक्षा करने के लिए सभी दलों में अभूतपूर्व एका और सर्वसम्मति की संभावना थी। अलग-अलग दलों के 43 सांसद और 200 से अधिक विधानसभा सदस्य ऐसे प्रतिबंध का सामना कर रहे थे, इसलिए सभी दलों के बीच यह सर्वसम्मति बन गई कि इस प्रावधान को हटाने के लिए संविधान में संशोधन होना चाहिए।

17 मई 2006 को संसद ने एक विधेयक पारित किया, जिसमें 56 पदों को लाभ के पद नहीं माना गया था और किसी सांसद को इन पदों को धारण करने के लिए अपात्र नहीं ठहराया जा सकता था, जिनमें नेशनल एडवाइज़री काउंसिल के चेयरपर्सन का पद शामिल था। राज्य सभा ने विभाजन के ज़रिये विधेयक का अनुमोदन किया। 25 मई 2006 को राष्ट्रपति कलाम को संसद (अयोग्यता का निवारण) संशोधन विधेयक, 2006 मिला, जिसे संसद के दोनों सदनों ने भारत के संविधान के अनुच्छेद 111 के तहत विधिवत पारित करके उनकी मंजूरी के लिए भेज दिया। 30 मई 2006 को राष्ट्रपति कलाम ने तीन आधारों पर यह विधेयक पुनर्विचार के लिए संसद को लौटा दिया : पहला, इसे 1959 से भूतलक्षी प्रभाव से लागू नहीं किया जा सकता था; दूसरा, अपात्रता से छूट के लिए पारदर्शी मानदंड तय करने चाहिए; और तीसरा, यह सवाल उठाया जाना चाहिए कि सभी राज्यों पर लागू होने वाला वृहद विधेयक क्यों न बनाया जाए। डॉ. कलाम ने एक ऐसा निर्णय लिया था, जो नैतिक और क़ानूनी आधार पर उचित था और उन्हें महसूस हुआ कि विधेयक संविधान की गरिमा पर प्रहार करता था :

> मुझे महसूस हुआ कि मनमाने अंदाज़ में छूटें दी गई थीं। लाभ के पद की अवधारणा संविधान के संस्थापक पितामहों ने विकसित की थी, जो मानते थे कि संसद को कार्यपालिका से प्रश्न करना चाहिए और अवश्य करना चाहिए। लेकिन चूँकि मंशा यह थी कि मंत्री और कुछ सांसद संसद में रहते समय कार्यपालिका पदों को धारण कर सकें, इसलिए उनके द्वारा धारित कुछ पदों को चुनिंदा और सावधानीपूर्ण छूट देने का रास्ता निकाला गया था। इस विधेयक में चालीस से ज़्यादा छूटें थीं। ज़्यादातर विशेषज्ञों ने मुझे मशविरा दिया कि विधेयक उसके तत्कालीन स्वरूप में सतर्क और चुनिंदा छूटें देने की मूल अवधारणा के पीछे के सिद्धांत को नष्ट कर रहा था। मुझे महसूस हुआ कि विधेयक की छूटें उद्देश्यपूर्ण होनी चाहिए। सिर्फ़ चंद नेताओं के फ़ायदे के लिए, जिन पर सदन की सदस्यता गँवाने का जोखिम मँडरा रहा हो, हमारे देश के संविधान में संशोधन क्यों करना?

जब यह नाटक खेला जा रहा था, तो इस दौरान राष्ट्रपति कलाम ने बचपन का एक सपना पूरा किया। 8 जून 2006 को उन्होंने पुणे में लोहेगाँव एयर फ़ोर्स बेस में

सुखोई-30 एमके 1 सैनिक विमान उड़ाया। यह विमान उन्होंने विंग कमांडर अजय राठौर के साथ उड़ाया, जो लोहेगाँव स्थित लाइटनिंग स्क्वैड्रन के कमांडिंग अधिकारी थे। राठौर विमान को ज़मीन से लगभग 7.5 कि.मी. ऊपर ले गए और 1.25 मैक (ध्वनि की गति से सवा गुना गति) से उड़ाने लगे। घुमावदार करतबों के अलावा विमान को बीच हवा में स्थिर भी कर दिया गया, ताकि डॉ. कलाम को सैनिक विमान की क्षमताओं का प्रत्यक्ष अनुभव कराया जा सके। वे इस अनुभव से आनंदित थे और बाद में अपने उल्लास पर क़ाबू नहीं रख पा रहे थे :

> मैं ऊपर गया। मैं नीचे आया। मैं दाएँ और बाएँ मुड़ा। मैंने हर वह चीज़ की, जो कमांडर राठौर ने मुझसे करने को कहा। वे बेहतरीन शिक्षक हैं। मुझे गर्व महसूस होता है कि हमारे देश में इतने महान और अच्छे पायलट हैं... मैं युवा भारतीयों को यह संदेश देना चाहता हूँ कि उन्हें भारतीय वायु सेना में शामिल होना चाहिए।

राष्ट्रपति ने लगभग पाँच से दस मिनट तक उड़ान का नियंत्रण सँभाला। विंग कमांडर राठौर ने कहा, 'उनका बीच हवा में उड़ान पर पूरा नियंत्रण था।' जब यह पूछा गया कि उड़ान के दौरान उनमें क्या बातचीत हुई, तो राठौर ने कहा, 'मैं उन्हें इस बारे में ज़्यादा तकनीकी निर्देश दे रहा था कि विमान को कैसे चलाया जाए। उन्होंने मुझे बताया कि वे बचपन से ही वायु सेना का जहाज़ उड़ाने के लिए कितने उत्सुक थे।'

दिल्ली लौटने पर संसद ने विधेयक पर पुनर्विचार किया और इसे बिना किसी संशोधन के दोबारा पारित कर दिया। ज़ाहिर है, सरकार - राष्ट्रपति के प्रति उचित सम्मान दिखाते हुए - ने मामले को संयुक्त संसदीय समिति (जेपीसी) के पास भेजने का संकल्प लिया। यह समिति ही यह तय करने वाली थी कि संविधान के अनुच्छेद 102 में कथित मुनाफ़े वाला पद कौन सा होगा। विधेयक 1 अगस्त 2006 को राष्ट्रपति कलाम के पास अनुमोदन के लिए दोबारा लौट आया।

> राष्ट्रपति कलाम ने विधेयक पर तुरंत हस्ताक्षर नहीं किए। उन्होंने सत्रह दिनों तक इंतज़ार किया, ताकि समझदारी जीत जाए। जेपीसी द्वारा इस मुद्दे पर बातचीत की कोई कोशिश नहीं की गई थी। राष्ट्रपति इस बिल पर तब तक बैठ सकते हैं, जब तक कि उनका कार्यकाल अगले साल ख़त्म न हो जाए – या वे क़ानूनी राय माँगेंगे, जैसी विपक्षी नेशनल डेमोक्रेटिक अलाइंस की माँग थी और इस तरह राजनीतिक स्थिति को गड़बड़ा देंगे – इस बारे में अटकलों को ख़ामोश करने के लिए डॉ. कलाम ने अंतत: 18 अगस्त 2006 को विधेयक पर हस्ताक्षर कर दिए। उनके सचिव पी.एम. नायर, जो नहीं चाहते थे कि राष्ट्रपति विधेयक पर ऐसा रवैया अपनाएँ, बाद में लिखते हैं : 'आख़िरकार, अंतरात्मा पर संविधान की जीत हुई।'

बहरहाल, डॉ. कलाम के लिए यह सिद्धांत और ईमानदारी का मामला था। वे अपनी आपत्तियाँ उठाने के लिए कर्तव्य से बाध्य थे, भले ही उनमें इस मामले के नतीजे को बदलवाने की शक्ति नहीं थी। वे इस मुद्दे पर गहरी ऊहापोह में थे :

> इस अवधि के दौरान मुझे एक गहरी नैतिक दुविधा का अनुभव हुआ : क्या मुझे हस्ताक्षर करना चाहिए था या फिर मुझे इस्तीफ़ा दे देना चाहिए था? मुझे आध्यात्मिक मार्गदर्शन की ज़रूरत थी : मुझे विधेयक पर हस्ताक्षर करने के निर्णय, क़ानून बनाने के निर्णय के बारे में आश्वासन की ज़रूरत थी, जिसके दोषपूर्ण होने का मुझे विश्वास था।

डॉ. कलाम 11 सितंबर 2006 को अक्षरधाम में प्रमुखस्वामीजी से मिलने गए। मंदिर प्रांगण में प्रमुख स्वामीजी के साथ चलते हुए डॉ. कलाम ने सुंदर गजेन्द्र पीठिका प्रतिमा देखी, जिसनें पाँच अंधे आदमियों द्वारा एक हाथी के आकार का वर्णन करने की कहानी का चित्रण है। कोई भी अंधा आदमी हाथी का असली आकार नहीं खोज पाया। उनके वर्णन और परिभाषाएँ आंशिक और अधूरी थीं।

इस नीतिकथा का क्या मतलब है? इंसान का व्यक्तिपरक अनुभव सच हो सकता है, लेकिन क्या ऐसा अनुभव दूसरे सत्यों या पूर्ण सत्य को न देख पाने की वजह से सीमित नहीं होता? क्या सापेक्षतावाद, सत्य की अभिव्यक्तियों में भिन्नताएँ और सीमाएँ इस संसार की विशेषता नहीं हैं? डॉ. कलाम इस मसले के चारों ओर अपनी व्यक्तिगत शंकाओं के बोझ से तुरंत मुक्त महसूस करने लगे :

> विशेषज्ञों की राय उनके विभिन्न दृष्टिकोणों के कारण भिन्न होती है, जिनमें से प्रत्येक अपना सत्य देख रहा है। मैं विधेयक पर हस्ताक्षर करूँ या इंकार कर दूँ, यह मेरी व्यक्तिगत दुविधा थी और मैं ढेर सारी विशेषज्ञ रायों से और दुविधाग्रस्त हो गया – जिन सभी के इरादे नेक थे, लेकिन वे फिर भी आंशिक सत्य थे। इसलिए संविधान का अनुसरण करने और संसद की सर्वोच्चता के आगे सिर झुकाने का मेरा निर्णय वाक़ई सही था।

डॉ. कलाम 15 अक्टूबर 2006 को अपने 75वें जन्मदिन पर श्री आदिचंचानगिरि मठ गए और 71वें पुजारी जगद्गुरु श्री बालगंगाधरनाथ स्वामीजी से आशीर्वाद लिया। स्वामीजी 1974 से मठ के मुखिया थे - सेवा की प्रशंसनीय अवधि, लेकिन मट की वृहद योजना में सिर्फ़ एक छोटा अंतराल। कर्नाटक के मांड्या जिले में स्थित यह मठ एक सामाजिक-आध्यात्मिक केंद्र है, जिसका 1,500 वर्षों का उल्लेखनीय इतिहास है। किंवदंती के अनुसार भगवान शिव ने इस क्षेत्र को वरदान दिया था। जब भगवान शिव श्री क्षेत्र में प्रायश्चित कर रहे थे, तो उन्होंने दो राक्षसों का भक्षण किया, चंचा और कांचा, जो बहुत लंबे समय से इलाक़े को बर्बाद कर रहे थे। तपस्या के अंत में भगवान शिव ने एक सिद्धयोगी को 'नाथ परंपरा' शुरू करने का दायित्व सौंपा और

उसे समाज में सदाचार सिखाने का मार्गदर्शन दिया।

राष्ट्रपति कलाम को नई दिल्ली में होने वाले अमीर ख़ुसरो के 702वें उर्स समारोह में आमंत्रित किया गया। अमीर ख़ुसरो भारतीय उपमहाद्वीप के सांस्कृतिक इतिहास की एक प्रतिष्ठित हस्ती थे। वे रहस्यवादी थे और दिल्ली के निज़ामुद्दीन औलिया के आध्यात्मिक शिष्य थे। डॉ. कलाम पुनर्जागरण काल के व्यक्ति थे, इसलिए वे कविता में भी उतना ही रस ले सकते थे, जितना कि वैज्ञानिक बहस में। यही नहीं, वे अमीर ख़ुसरो के शब्दों और छंदों के काव्य सौंदर्य से परे उनके काम के महत्त्व को समझते थे :

> हममें से प्रत्येक के पास इतिहास में एक पन्ना है। हर एक के पास एक धर्म, एक परिवार, एक समर्थनकारी समाज और एक सपना होता है। हमारे पास यह देखने का समय नहीं है कि हमारे चारों ओर क्या हो रहा है। हममें आम तौर पर अपने ही चारों तरफ़ घूमने की प्रवृत्ति होती है। पृथ्वी अपनी धुरी पर घूमती है और सूर्य का चक्कर लगाती है। हमारे सामने चयन यह है कि हम अपनी धुरी पर मरने के लिए घूमें या फिर जीने के लिए सूर्य के चारों तरफ़ घूमें। इसलिए हमारे विचारों और कार्यों को लगातार बदलना और विस्तार करना होता है। अब हम सभी के लिए यह सही समय है कि हम सीमाओं से आगे जाकर देश की सोचें – जैसी अमीर ख़ुसरो ने कल्पना की थी और जैसा उन्होंने दिखाया था। कई लोग ख़ुसरो को भारत में सूफ़ियाना कलाम का जनक कहा है, कई ने उन्हें उर्दू भाषा का जनक कहा है, कई ने उन्हें महान सूफ़ी संत और कवि कहा है, लेकिन इन सबके अलावा मैं उन्हें उद्देश्यपूर्ण कवि कहना ज़्यादा पसंद करूँगा, जिन्होंने अपनी कविता और संगीत के ज़रिये संसार को बदलकर रख दिया।

डॉ. कलाम राष्ट्रपति के रूप में अपने कार्यकाल के अंतिम वर्ष में थे और कुछ ही महीनों में वे राष्ट्रपति भवन छोड़ने वाले थे। कई लोग होते हैं, जिनके लिए सार्वजनिक पद पर बने रहना एक नशा होता है, एक अनिवार्यता लगती है। ऐसे लोग ख़ुशी-ख़ुशी कभी सत्ता का त्याग नहीं करते हैं - वे अपने पद से अपने व्यक्तित्व, अपने अस्तित्व और अपनी पहचान को जोड़ देते हैं - और ऐसे भी लोग होते हैं, जो अपनी आत्माओं तक को गँवाते नज़र आते हैं। डॉ. कलाम इस तरह के करियर राजनेता के बिलकुल विपरीत थे।

एक तरह से देखें, तो डॉ. कलाम क़तई राजनेता नहीं थे; वास्तव में उन्होंने कभी राजनीति में कोई पद चाहा ही नहीं था। बेशक, उन्होंने राष्ट्रपति के रूप में अपने दायित्व इतने जोश और मेहनत से निभाए थे, जिनसे आगे निकलना शायद संभव नहीं है। लेकिन वे कभी अपने पद के प्रति आसक्त नहीं रहे। जिस तरह वे अपनी सफलता से हमेशा अप्रभावित बने रहे, उसी तरह वे राष्ट्रपति के रूप में

अपने कार्यकाल से पूरी तरह अपरिवर्तित थे। संसद (अयोग्यता का निवारण) संशोधन विधेयक पर हस्ताक्षर करने के बाद डॉ. कलाम अपनी तक़दीर के बारे में पहले से भी कहीं ज़्यादा संकल्पवान नज़र आए। वे सूर्य के चक्कर लगाते रहेंगे, लेकिन वे जल्दी ही दिल्ली के राजनीतिक दृश्य के गुरुत्वाकर्षण खिंचाव से दूर चले जाएँगे।

5.6

मैं क्या दे सकता हूँ?

उठो, जागो और तब तक मत रुको, जब तक कि तुम्हारा लक्ष्य हासिल न हो जाए।

—स्वामी विवेकानंद

लाभ के पद के मुद्दे पर हुए झमेले के बाद राष्ट्रपति कलाम पहले से कहीं ज़्यादा जागरूक थे कि भारतीय राजनीतिक और नौकरशाही तंत्र यथास्थिति बनाए रखने के आदी हो चुके हैं। समय गुज़रने के साथ सत्ताधारी लोगों ने सत्ता में बने रहने के तरीक़े खोज लिए थे। सरकार चुनावी राजनीति की सेवा करने तक सिमटकर रह गई थी और नौकरशाही अपने राजनीतिक आकाओं के खेलों में उलझी थी। भारत के राजनीतिक दलों ने देश पर अपना शिकंजा कस लिया था और अपने ख़ुद के विकास तथा कल्याण पर ध्यान केंद्रित कर रहे थे। व्यक्तिगत व दलगत हितों की ख़ातिर देश और लोगों के दीर्घकालीन हितों को हाशिए पर रख दिया गया था। यह निश्चित रूप से ऐसा तंत्र नहीं था, जिसकी बदौलत भारत के विकसित संसार की जमात में शामिल होने की उम्मीद की जा सके।

जनवरी 2007 में गणतंत्र दिवस की पूर्व संध्या पर देश को अपने आख़िरी संबोधन में राष्ट्रपति कलाम ने एक समीचीन और शक्तिशाली प्रश्न उठाया। भारत की जनता से उन्होंने जो आग्रह किया, वह 46 साल पहले राष्ट्रपति जॉन एफ़. केनेडी द्वारा अपने शुरुआती भाषण में अमेरिकी जनता से किए गए आह्वान की याद दिलाता था, 'यह मत पूछो कि तुम्हारा देश तुम्हारी ख़ातिर क्या कर सकता है, इसके बजाय यह पूछो कि तुम अपने देश की ख़ातिर क्या कर सकते हो।' डॉ. कलाम के प्रश्न में भी यही भाव था, जो अधिक आकर्षक और व्यक्तिगत था, जैसी हमारे राष्ट्रपति की आदत थी। उन्होंने कहा कि हर व्यक्ति को ख़ुद से पूछना चाहिए : 'मैं क्या दे सकता हूँ?' हर कोई इस बात से संचालित दिखता था कि वह तंत्र से क्या ले सकता है, दूसरों से क्या छीन सकता है, व्यक्तिगत हितों को कैसे आगे बढ़ा सकता है, और इस सबमें यह नज़रअंदाज़ कर दिया जाता है कि समाज को इस वजह से

कितना नुक़सान हो रहा है। डॉ. कलाम के अनुसार सारी बीमारियों की जड़ यही है, 'मैं क्या ले सकता हूँ।' उन्होंने कहा कि इसका इलाज है 'मैं क्या दे सकता हूँ' का व्यक्तिगत आत्म-परीक्षण।

> 2020 तक विकसित भारत का लक्ष्य एक अरब लोगों का मिशन है। हममें से हर भारतीय को एक भूमिका निभानी है। अगर हर कोई सरकार द्वारा प्रारंभ राष्ट्रीय मुहिम में व्यक्तिगत, सामाजिक और राष्ट्रव्यापी सहभागिता के ज़रिये 'देता है – मैं क्या दे सकता हूँ,' तो यह सच हो जाएगा। भारत और विदेशों में भारतीयों के साथ, ख़ास तौर पर युवाओं के साथ, बातचीत में मेरे सामने यह स्पष्ट हो गया है कि लोगों में सकारात्मक ऊर्जा प्रवाहित हो रही है, जिससे वे भारत को विकसित बनाने के लिए जितना दे सकते हैं, वह सब देने के लिए उत्सुक हैं। हर नागरिक और हर समूह का देने का नज़रिया निश्चित रूप से पूरे देश के लिए एक समृद्धिदायक घटक होगा, जो तीव्र विकास प्रक्रिया की ओर ले जाएगा।

राष्ट्रपति कलाम ने विकसित भारत के लिए राजनीतिक तंत्र में युवाओं की सहभागिता का भी आह्वान किया और कहा कि वे बड़ी संख्या में राजनीति में करियर बनाने का चुनाव करें। हमारे महान प्रजातंत्र को लोगों के लिए काम करना चाहिए। विकास को संभव बनाने के लिए राजनीतिक दलों और उनके नेताओं - जो ख़ुद के विकास और कल्याण में तो एकमत थे, लेकिन देश के सपने के मामले में विभाजित थे - को या तो तालमेल बैठाना होगा या फिर एक तरफ़ खड़े होना पड़ेगा।

58वीं गणतंत्र दिवस परेड में रूसी राष्ट्रपति व्लादिमिर पुतिन विशेष अतिथि थे और उनके साथ सलामी लेना डॉ. कलाम के लिए बहुत संतुष्टिदायक था। भारत और रूस का आपसी सामरिक संबंध दोनों देशों के दीर्घकालीन राष्ट्रीय हितों से आगे तक लाभकारी रहा था। इनके गठबंधन ने एशिया, और इस तरह संसार, के स्थायित्व और सुरक्षा में प्रभावी योगदान दिया था। यह राष्ट्रपति के रूप में डॉ. कलाम की आख़िरी सलामी थी। रूस के राष्ट्रपति का उनके बग़ल में होना सार्वजनिक पद पर उनके जीवन का उपयुक्त अंत था, क्योंकि डॉ. कलाम ने रूसी अंतरिक्ष और रक्षा संस्थानों के साथ बहुत काम किया था।

इसके कुछ समय बाद 30 जनवरी 2007 को राष्ट्रपति कलाम ने रंगभेद-विरोधी अभियान चलाने वाले और नोबेल पुरस्कार विजेता आर्चबिशप डेज़मंड टूटू को 2005 के गाँधी शांति पुरस्कार से नवाज़ा। आर्चबिशप टूटू का अवलोकन था कि आतंक के ख़िलाफ़ युद्ध तब तक नहीं जीता जा सकता, जब तक कि वे परिस्थितियाँ दूर नहीं हो जातीं, जिनकी वजह से कुछ लोग इतने हताश हो जाते हैं कि हिंसक कार्य करने पर आमादा हो जाते हैं। उन्होंने कहा कि 'असहमतियों' का जवाब 'नेस्तनाबूद करने की शक्ति' से नहीं, बल्कि 'क्षमा, समझौता-वार्ता और समझौते' से दिया जाना चाहिए।

उन्होंने कहा, 'हमें दूसरों के दृष्टिकोण को देखने की ज़रूरत है।'

> एडॉल्फ़ हिटलर, मुसोलिनी और जनरल अल्बर्टो पिनोचे जैसे लोग 'अजेय' दिखते थे, यह बताते हुए दक्षिण अफ़्रीकी नेता ने इतिहास से सबक़ सीखने की आवश्यकता पर ज़ोर दिया, जिसमें देर नहीं की जानी चाहिए। उन्होंने संकेत किया कि हिटलर जैसे नेताओं को कोई भी याद नहीं करता – सिवाय उनकी बर्बरता के लेखे–जोखे के – लेकिन महात्मा गाँधी, मदर टेरेसा और नेल्सन मंडेला जैसे शांति और सहिष्णुता के लीडरों को संसार सम्मान देता है और उन पर श्रद्धा रखता है, 'क्योंकि वे अच्छे हैं।' महात्मा गाँधी की अहिंसा की विचारधारा की प्रशंसा करते हुए उन्होंने कहा कि यह आज भी उतनी ही प्रासंगिक है, जितनी कि एक सदी पहले थी, और उन्होंने ज़ोर देकर कहा कि 'अन्याय की परिपाटियाँ' कभी अनंत काल तक नहीं चल सकतीं।

राष्ट्रपति ने कार्यक्रम में बताया कि दक्षिण अफ़्रीका की उनकी हालिया यात्रा में उन्होंने महात्मा गाँधी की 7 जून 1893 की रेल यात्रा का अनुसरण किया था। उन्होंने कहा कि वे डरबन के पास पेनरिच रेलवे स्टेशन पर एक ट्रेन में सवार होकर पीटरमैरिट्ज़बर्ग गए थे, जहाँ गाँधीजी को उनकी त्वचा के रंग के कारण ट्रेन से बलपूर्वक उतार दिया गया था। गाँधीजी को जाड़े की रात प्लेटफ़ॉर्म पर ही बितानी पड़ी थी। उस रात, गाँधीजी ने क़सम खाई कि वे दक्षिण अफ़्रीका में ही रुकेंगे और जातिगत पूर्वाग्रह के रोग से लड़ेंगे। डॉ. कलाम ने कहा, 'अहिंसा का मार्ग मानव मस्तिष्क का महान नवाचार है और यह एक बेहद शक्तिशाली अहिंसक औज़ार है, जो हमारे देश को स्वतंत्रता दिलाने में सहायक रहा है।' फिर उन्होंने आर्चबिशप टूटू के काम की ऐतिहासिक प्रासंगिकता को रेखांकित किया, जहाँ दक्षिण अफ़्रीका के रंगभेद को ख़त्म करने के बाद टूटू अश्वेत बहुसंख्यक लोगों के दिल से श्वेत शासकों के ख़िलाफ़ मौजूद नफ़रत और प्रतिशोध की भावना को धो रहे थे।

> 1994 में दक्षिण अफ़्रीका के पहले बहु–जातीय चुनाव के बाद राष्ट्रपति नेल्सन मंडेला ने आर्चबिशप टूटू को सुझाव दिया कि वे ट्रूथ ऐंड रिकनसिलिएशन कमीशन के चेयरमैन बन जाएँ, जो पिछले चौंतीस वर्षों में हुए मानव अधिकार हनन की जाँच कर रहा था। इस नियुक्ति में आर्चबिशप टूटू ने अतीत के अन्याय के लिए प्रतिशोध के बजाय क्षमा और सहयोग का परामर्श दिया। यह धरती के हर राजनीतिक तंत्र के लिए वाक़ई एक सुंदर संदेश है : क्षमा करें और देश का विकास करने के लिए आगे बढ़ें।

नेल्सन मंडेला और आर्चबिशप टूटू ने सुनिश्चित किया कि दक्षिण अफ़्रीका में रंगभेद का ख़ात्मा न सिर्फ़ श्वेत वर्चस्व के बाद उपनिवेशवाद की लंबी अवधि से देश की मुक्ति का संकेत है, बल्कि उनके प्रयासों ने यह भी सुनिश्चित किया कि दक्षिण अफ़्रीका

में शांति, एकता और मानवीय गरिमा बहाल हो। दो समझदार नेताओं ने दोषियों को प्रोत्साहित किया कि वे अपने कृत्यों की ज़िम्मेदारी लें, उन्होंने जो नुक़सान किया है उसकी भरपाई करें - क्षमा माँगकर, चोरी का पैसा लौटाकर या सामुदायिक सेवा करके। भारत में ऐसा क्यों नहीं किया जा सकता?

डॉ. कलाम ने हैदराबाद में काकरला सुब्बाराव रेडियोलॉजिकल ऐंड इमेजिंग एज्युकेशनल साइंसेस ट्रस्ट (केआरईएसटी) के शुभारंभ में 'मैं क्या दे सकता हूँ' जज़्बे का प्रचार किया :

> मैं प्रो. काकरला सुब्बाराव का देखकर आनंदित हूँ, जो रेडियोलॉजी में पथप्रदर्शक हैं और जिन्हें मैं दो दशकों से ज़्यादा समय से जानता हूँ। मैं उनके जीवन को जितना ज़्यादा समझता हूँ, उतना ही ज़्यादा प्रेरित होता जाता हूँ। वे उच्च-स्तरीय स्वास्थ्य सुविधाओं को भारत लाए। उन्होंने अपने मकान के एक हिस्से को स्कूल में बदल दिया। अब उन्होंने मकान का एक और हिस्सा केआरईएसटी के लिए दे दिया है। हाल में गणतंत्र दिवस भाषण में मेरी बातचीत का विषय था, 'मैं देश को क्या दे सकता हूँ।' यहाँ मेरे सामने प्रो. काकरला सुब्बाराव बैठे हैं, जिन्होंने मरीज़ों की देखभाल के लिए अपना समय दिया, पढ़ाने और शोध में अपने चिकित्सा विद्यार्थियों को समय दिया और बच्चों की शिक्षा के लिए संसाधन तथा समय दिया। प्रो. काकरला सुब्बाराव सचमुच दान की मूर्ति हैं।

राष्ट्रपति कलाम ने 21 फ़रवरी 2007 को डिफ़ेंस रिसर्च ऐंड डेवलपमेंट ऑर्गेनाइज़ेशन के युवा वैज्ञानिकों के सामने एक बहुत प्रेरक व्याख्यान दिया। उन्होंने पाँच नोबेल पुरस्कार विजेताओं के उदाहरणों के ज़रिये अच्छे वैज्ञानिक करियर के पाँच आयाम बताए। ये थे आदर्श, आजीवन समर्पण, सर्वव्यापी नज़रिया, चुनौतियों को अवसरों में बदलना और दानशीलता का नज़रिया।

उन्होंने सर सी.वी. रमण की कहानी बताई, जो 1954 में भारत रत्न पुरस्कार जीतने वाले पहले समूह में थे। राष्ट्रपति डॉ. राजेंद्र प्रसाद ने सर रमण को राष्ट्रपति भवन में अपने व्यक्तिगत अतिथि के रूप में आमंत्रित किया। सर रमण ने इस आमंत्रण को विनम्रता से ठुकराते हुए कहा, कि उनका पीएच.डी. विद्यार्थी बहादुरी से अपनी थीसिस को अंतिम रूप दे रहा था और उसे उनकी उपस्थिति की ज़रूरत थी। यहाँ एक ऐसा वैज्ञानिक था, जिसने अपने विद्यार्थी के प्रति कर्तव्य की ख़ातिर देश के सर्वोच्च सम्मान से जुड़े रंगारंग समारोह की शान-शौकत को छोड़ दिया। उनमें यह दुर्लभ गुण था कि वे विज्ञान को हर दूसरी चीज़ से ज़्यादा मूल्यवान मानते थे।

फिर डॉ. कलाम ने सुब्रमण्यम चंद्रशेखर के बारे में बताया। 1947 में चंद्रशेखर के दो विद्यार्थी सुंग-दाओ ली और चेन निंग यांग पार्टिकल फ़िज़िक्स रिसर्च कर रहे थे। चंद्रशेखर उस वक़्त लेक जेनेवा, विसकॉन्सिन में यर्केज़ ऑबज़र्वेटरी में काम करते

थे, लेकिन वे हर सप्ताह, अक्सर मौसम की मुश्किल परिस्थितियों में, 100 मील तक यात्रा करके शिकागो आते थे, ताकि ली, यैंग और अन्य विद्यार्थियों को मार्गदर्शन व शिक्षा दे सकें। 1957 में इन दो विद्यार्थियों ने भौतिकी का नोबेल पुरस्कार जीता। वाक़ई चंद्रशेखर में विज्ञान के प्रति आजीवन समर्पण था।

जर्मन मेडिकल डॉक्टर प्रो. बर्ट सैकमान को अहसास हुआ कि जीवित प्राणियों को इंजीनियरिंग की शब्दावली में समझा जा सकता है। उन्होंने विद्युत और कंप्यूटर विशेषज्ञों के साथ क़रीबी गठबंधन किया और कोशिका झिल्ली में आयोनिक माध्यमों की दूरदृष्टि और अस्तित्व की बुनियादी क्रियाविधि को स्थापित किया। इसने आगे चलकर डाइबिटीज़, मिरगी, हृदय रोगों और कुछ तंत्रिका-मांसपेशीय विकारों के रहस्य का ताला खोल दिया। प्रो. सैकमान में हम एक डॉक्टर को एक साथ बहुत सी प्रयोगशालाओं में काम करते हुए देख सकते हैं। वे एक टीम वैज्ञानिक भी थे, जो अपने शोध और अपने काम को सबसे सामने उजागर कर देते थे - और इसके पुरस्कारों को भी बाँटते थे। वे विज्ञान की सीमारहित, शाश्वत प्रकृति की मिसाल थे।

डच वैज्ञानिक प्रो. पॉल क्रटज़न को रसायन शास्त्र के नोबेल पुरस्कार से सम्मानित किया गया, क्योंकि उन्होंने दर्शाया था कि नाइट्रोजन ऑक्साइड के रासायनिक यौगिक स्ट्रेटोस्फ़ेरिक ओज़ोन के विनाश को तेज़ करते हैं, जो पृथ्वी को सूर्य के पराबैंगनी विकिरण से बचाती है। बहुत कम उम्र से ही प्रो. क्रटज़न विपत्तियों से घिरे थे। द्वितीय विश्व युद्ध और अनिवार्य सैन्य सेवा ने उनकी शिक्षा में बाधा डाली और उनकी पारिवारिक स्थिति चुनौतीपूर्ण थी। यह असाधारण बात थी कि उनके शुरुआती वर्षों की परिस्थितियों ने उन्हें विज्ञान का अध्ययन करने की अनुमति नहीं दी, लेकिन इस विषय के प्रति उनके अंदरूनी जोश के चलते वे अपने क्षेत्र में सर्वोच्च स्तर पर पहुँचने के लिए प्रेरित हुए। उन्होंने अपनी चुनौतियों को अवसरों में बदला। वे सचमुच इस बात का उदाहरण हैं कि किस तरह एक शक्तिशाली मस्तिष्क प्रतिकूल परिस्थितियों से उबर सकता है और सफल हो सकता है।

इसके बाद डॉ. कलाम ने प्रो. नॉर्मन बोरलॉग की वैज्ञानिक उदारता के बारे में बात की। लगभग दो साल पहले डॉ. कलाम ने डॉ. नॉर्मन बोरलॉग को पहले एम.एस. स्वामीनाथन अवार्ड फ़ॉर लीडरशिप इन एग्रिकल्चर सम्मान से नवाज़ा था, जिसका आयोजन ट्रस्ट फ़ॉर एडवांसमेंट ऑफ़ एग्रिकल्चरल साइंसेस ने किया था। इसी समारोह में, जिसमें बहुत सारे युवा वैज्ञानिक थे, डॉ. कलाम ने सबसे पहले साहस की एक शपथ दिलाई थी, जो बाद में उनकी विशेषता बन गई :

अलग तरीक़े से सोचने का साहस,
आविष्कार करने का साहस,
असंभव को खोजने का साहस,
अनजाने मार्ग पर चलने का साहस,

ज्ञान बाँटने का साहस,
दर्द हटाने का साहस,
अगम्य तक पहुँचने का साहस,
समस्याओं से जूझने और सफल होने का साहस।

साहस के गुण को डॉ. कलाम के नाम के साथ सामान्यतः नहीं जोड़ा जाता है, लेकिन यह जीवन भर उनमें काफ़ी मात्रा में रहा था। वे साहस का सार्वजनिक प्रदर्शन करने वाले इंसान नहीं थे और शायद इसी कारण - और दूसरों के प्रति उनकी संवेदनशीलता तथा परवाह के कारण - डॉ. कलाम के फ़ौलादी संकल्प को अक्सर नज़रअंदाज़ किया जाता था। वैसे वे अपने सार्वजनिक जीवन में अपना साहस कई बार साबित कर चुके थे; सबसे हालिया प्रकरण में वे लाभ के पद के प्रकरण में संसद से अलग हटकर खड़े हुए थे। इससे बढ़कर, लोग जब भी डॉ. कलाम को याद करते थे, तो लोगों के प्रति उनकी परवाह पर विशेष ध्यान देते थे, जिसे पर्याप्त प्रचार मिला था, तब भी जब वे राष्ट्रपति के पद पर थे। डॉ. कलाम की दयालुता की कहानियाँ अनंत हैं, लेकिन उनकी मानवता कभी भी बनावटी भावुकना तक नीचे नहीं गिरी।

डॉ. कलाम की दयालुता की एक आनंददायक अभिव्यक्ति यह थी कि वे अपनी कसी हुई दिनचर्या में से समय निकाल लेते थे और वहाँ समर्थन देते थे जहाँ इसकी ज़रूरत होती थी - जब भी वे ऐसा कर सकते थे। 24 फ़रवरी 2007 को राष्ट्रपति कलाम उदगमंडलम (ऊटी) के पास मिलिट्री हॉस्पिटल, वेलिंगटन में बीमार फ़ील्ड मार्शल एस.एच.एफ.जे. मानेकशॉ, एमसी6 को देखने गए, जिन्हें प्रेम से सैम बहादुर कहा जाता था। चार दशकों के अपने मशहूर करियर में सैम बहादुर पाँच युद्धों में लड़े थे, जिनमें द्वितीय विश्व युद्ध शामिल था। राष्ट्रपति कलाम ने 93 वर्षीय अनुभवी दिग्गज के साथ अकेले लगभग पंद्रह मिनट बिताए, जिन्हें उन्होंने 'भारत का महान सपूत' कहते हुए प्रशंसा की। कलाम ने अस्पताल के प्रभारी कर्नल आर.टी. ड्रेपर से कहा कि वे मानेकशॉ की 'अच्छी देखभाल' करें, जो उम्र संबंधी कई स्वास्थ्य जटिलताओं से पीड़ित थे।

इस दौरान मैंने सैम बहादुर के व्यक्तिगत परिचारक बिक्रम सिंह थापा से बात की, जो भारतीय सेना की इनफ़ैंट्री रेजिमेंट 5वीं गोरख़ा राइफ़ल्स (फ़्रंटियर फ़ोर्स) में सूबेदार थे। जब मैंने उनसे पूछा कि वे अपने घर से इतनी दूर यहाँ कैसे आ गए, तो उन्होंने बताया कि सैम बहादुर ने 1950 में 5वीं गोरखा राइफ़ल्स की कमान सँभाली थी और उनके बचे हुए दिनों में रेजिमेंट उनकी देखभाल करेगी। सूबेदार ने मुझे गर्व से बताया कि उनकी रेजिमेंट में छह बटालियनें थीं और यह पाकिस्तान के साथ भारत की सेना के चार युद्धों सहित लगभग हर मुख्य अभियान में सक्रिय रही है।

सैम बहादुर उनके पूरे अलंकृत करियर के दौरान अपनी सैन्य प्रतिभा और विशिष्ट साफ़गोई के लिए मशहूर थे - यह बाद वाला गुण उन्हें मुश्किल में फँसा देता

था और पहले वाला उन्हें उससे बाहर निकाल लेता था। एक बार उन पर यह आरोप लगा कि रक्षा मंत्री वी.के. कृष्ण मेनन के साथ असहमति में उन्होंने अनुचित रूखापन दिखा था। जाँच अदालत ने उन्हें निर्दोष क़रार दिया। वे सामरिक मसलों में प्रधानमंत्री तक से मुक़ाबला करने के लिए तैयार रहते थे। न सिर्फ़ वे बेदाग़ बच निकले, बल्कि प्रधानमंत्री इंदिरा गाँधी ने अगले साल उन्हें पद्म विभूषण पुरस्कार भी दिया।

कहा जाता है कि अप्रैल 1971 के अंत में एक केबिनेट मीटिंग हुई, जिसमें प्रधानमंत्री इंदिरा गाँधी ने सेना प्रमुख मानेकशॉ से पाकिस्तान के ख़िलाफ़ युद्ध छेड़ने को कहा। मानेकशॉ ने साफ़ इंकार कर दिया। जब श्रीमती गाँधी ने केबिनेट सदस्यों को कमरे से बाहर भेज दिया और सेनाध्यक्ष से ठहरने को कहा, तो उन्होंने इस्तीफ़ा पेश कर दिया। प्रधानमंत्री ने उनका इस्तीफ़ा नामंज़ूर कर दिया, बल्कि इस मामले में उनकी सलाह माँगी। तब मानेकशॉ बोले कि अगर प्रधानमंत्री उन्हें अपनी शर्तों पर संघर्ष की तैयारी शुरू करने और तारीख़ तय करने की अनुमति दें, तो वे विजय की गारंटी दे सकते हैं। प्रधानमंत्री इन दोनों शर्तों के लिए राज़ी हो गईं। दिसंबर 1971 में मानेकशॉ के नेतृत्व में भारतीय सेना ने पाकिस्तानी सेना को बुरी तरह पछाड़ दिया। एक पखवाड़े से भी कम चले इस युद्ध में 90,000 से ज़्यादा पाकिस्तानी सैनिकों को युद्धबंदी बनाया गया और पाकिस्तान के पूर्वी धड़े ने बिना शर्त के समर्पण कर दिया, जिसका परिणाम बांग्लादेश का गठन था।

राष्ट्रपति कलाम ने अस्पताल में विज़िटर्स बुक में लिखा : 'वेलिंगटन का सैनिक अस्पताल हमेशा सर्वश्रेष्ठ योगदान दे रहा है। कृपया हमारी अमूल्य दौलत, हमारे एकमात्र फ़ील्ड मार्शल मानेकशॉ की अच्छी देखभाल करें।'

दिन में बाद में डिफ़ेंस सर्विस स्टाफ़ कॉलेज, वेलिंगटन के विद्यार्थियों और शिक्षकों को संबोधित करते हुए राष्ट्रपति कलाम ने एक अति महत्त्वपूर्ण प्रश्न उठाया। यह मुद्दा वे कई मौक़ों पर उठा चुके थे और यह उन्हें हमेशा उलझा देता था। वे वह प्रश्न युवा महत्त्वाकांक्षी स्टाफ़ सर्विस अफ़सरों के ध्यान में लाए, क्योंकि यह राष्ट्र की भावी रक्षा नीति के लिए बेहद प्रासंगिक था :

> मैं आपको एक सवाल बताना चाहूँगा, जो मुझे परेशान कर रहा है। अगर आप सिकंदर के समय से देखें, तो हमारे देश पर नियमित रूप से आक्रमण हो रहा है। कई लोगों ने एक के बाद एक आक्रमण किए। यहाँ तक कि अफ़गानों ने भी आक्रमण किया। फिर अँग्रेज़, फ्रांसीसी, डच, पुर्तगाली आए और उन्होंने हम पर शासन किया। देखिए, भारत पर हमेशा क्यों आक्रमण किया गया है? दूसरी तरफ़, पिछले 2,500 वर्षों में क्या भारत ने कभी किसी देश पर आक्रमण किया है? नहीं। क्यों?
>
> यह एक ऐसी चीज़ है, जिसे आपको खुद समझना होगा, तभी आप बड़ा दर्शन, बड़ी रणनीति, बड़ी राष्ट्रीय योजनाएँ बना पाएँगे... हमें शायद

बदलना होगा, हमें शायद अपने विचारों और दर्शन को नए सिरे से ढालना होगा, क्योंकि इतिहास बताता है कि हम पर हमेशा आक्रमण किया गया है।

राष्ट्रपति कलाम जब अपने कार्यकाल के आख़िरी महीनों में थे। बेशक वे राष्ट्रपति भवन के अपने अनुभव का आनंद लेते थे - हरियाली भरे मैदान और जानवर उन्हें ख़ास आनंदित करते थे - लेकिन वे अपनी विदाई के लिए काफ़ी तैयार थे। यह तय था कि उन्हें मुगल गार्डन में घूमने की याद आएगी और वन्य जीवन की उस विविधता की भी, जिसने राष्ट्रपति भवन के विशाल मैदानों में घर बना लिया था। मुझे नहीं लगता कि हमारे प्रकृति-प्रेमी डॉ. कलाम ने बगीचों का जितना आनंद लिया, उतना किसी दूसरे राष्ट्रपति ने लिया होगा। मुगल गार्डन्स साल के इस समय सभी रंगों के गुलाबों की बेहतरीन छटा बिखेरता था और फूलों की ख़ुशबू बहुत मादक थी।

एक सुबह डॉ. कलाम और मैं मुगल गार्डन में बने पत्थर के रास्तों पर टहल रहे थे। फूल बहुतेरे रंगों के थे और हरियाली दिल्ली की संक्षिप्त वसंत की ख़ुशबू बिखेर रही थी। डॉ. कलाम विचारों में खोए थे और कार्यकाल के बाद के अपने विकल्पों पर ग़ौर कर रहे थे। जब हम चल रहे थे, तो एक मोटी सफ़ेद बिल्ली बेपरवाह अंदाज़ में हमारा रास्ता काट गई और उसे हमारी उपस्थिति का भान तक नहीं था। डॉ. कलाम के चेहरे पर एक चौड़ी मुस्कान खिल गई - हममें से कोई भी ऐसी बातों के बारे में अंधविश्वासी नहीं था - और वे बोले, 'जुलाई के बाद यह बिल्ली यहीं रहेगी। यह मुझसे अलग है, जो आने के पाँच साल बाद चला जाता है। ये पशु ही यहाँ के सच्चे स्थायी बाशिंदे हैं।' मुझे हँसना पड़ा। उनका हास्यबोध और विनम्रता - उनके स्पष्ट दार्शनिक दृष्टिकोण की बात तो रहने ही दें - उम्दा थे कि आप उनके साथ रहते वक़्त यह भूल सकते थे कि वे उस देश के सर्वोच्च पद पर आसीन थे। वह पल मुझे हमेशा याद रहेगा, जैसे कि डॉ. कलाम के साथ बिताए दूसरे बहुत से प्रिय पल रहेंगे।

मैं जानता था कि डॉ. कलाम को राष्ट्रपति भवन के उन स्थायी बाशिंदों की सचमुच याद आएगी - मोर, हिरण और पालतू पशुओं सहित बहुत सारे पशु - जितनी कि इसके मैदानों और बगीचों की आएगी। यह कहना मुश्किल है कि उन्हें अपने रहने की जगह याद आएगी, क्योंकि वे केवल एक ही कमरे में रहे थे और वे कभी शारीरिक आराम से ज़्यादा सरोकार नहीं रखते थे। लेकिन राष्ट्रपति भवन के पशुओं के प्रति उनका प्रेम बिलकुल ही अलग मसला था। उनके कार्यकाल की शुरुआत में उन्हें एक घायल मृग छौना दिखा, जिसका पैर टूट गया था और वह बमुश्किल चल पा रहा था। वे तुरंत इसकी देखभाल में जुट गए। वह छोटा सा पशु यह नहीं जानता था कि अब इसे एक बहुत शक्तिशाली रक्षक मिल गया था। लेकिन स्टाफ़ जल्दी ही जान गया : उन्हें तुरंत उस मृग छौने को दोबारा स्वस्थ करने का काम सौंप दिया गया - और कोई प्रश्न नहीं पूछे जाने थे। पशु चिकित्सा विशेषज्ञों को बुलाया गया और डॉ. कलाम तब तक चैन से नहीं बैठे, जब तक कि उन्होंने मृग छौने को दोबारा ख़ुशी-ख़ुशी चलते नहीं देखा।

शायद यह उपयुक्त था कि उनके राष्ट्रपति कार्यकाल के अंतिम कुछ महीनों में डॉ. कलाम अपने कार्यकाल के सबसे प्रतिष्ठित अंतरराष्ट्रीय समूह को संबोधित करें। राष्ट्रपति कलाम यूरोपीय संसद को संबोधित करने का आमंत्रण स्वीकार कर चुके थे, जब अक्टूबर 2006 में यूरोपीय संसद के बाईसवें अध्यक्ष और स्पेन के नेता जोसेप बोरेल फ़ॉन्टेल्स उनसे मिले थे। संसदीय स्टाफ़ राष्ट्रपति कलाम को जनवरी 2007 में ही बुलाना चाहता था, लेकिन उनकी समय सारणी इतनी खचाखच भरी थी कि यह संभव नहीं हुआ। यूरोपीय संघ की चक्रीय अध्यक्ष व्यवस्था के तहत अध्यक्ष जोसेप बोरेल का कार्यकाल जनवरी 2007 में ख़त्म हो गया और जर्मन नेता हैंस-गर्ट पॉटरिंग यूरोपीय संसद के तेईसवें अध्यक्ष बन गए। नया आमंत्रण भेजा गया और डॉ. कलाम के संदेश के लिए 25 अप्रैल 2007 की तारीख़ तय कर ली गई। इस संबोधन के लिए 25 मिनट निर्धारित किए गए।

यूरोपीय संसद के लिए उनका संदेश क्या हो सकता था?

राष्ट्रपति ए.पी.जे. अब्दुल कलाम फ्रांस और ग्रीस की पाँच दिवसीय यात्रा के लिए 24 अप्रैल को रवाना हुए। यूरोपीय संसद में भाषण के अलावा डॉ. कलाम स्ट्रैसबर्ग स्थित इंटरनेशनल स्पेस युनिवर्सिटी भी जाने वाले थे। यूरोपीय संसद के वाइस-प्रेसिडेंट मारियो मॉरो, स्ट्रैसबर्ग क्षेत्र के प्रिसेप्ट जीन-पॉल सैवगेरे और यूरोपीय संघ तथा फ्रांस में भारत के राजदूत ने डॉ. कलाम की अगवानी की। स्ट्रैसबर्ग अल्सेस क्षेत्र की राजधानी और मुख्य शहर था, जो राइन नदी के पश्चिमी तट पर जर्मनी और स्विट्ज़रलैंड के निकट था। यूरोप में महाशक्तियों के ऐतिहासिक निर्णयों, युद्धों और सामरिक राजनीति की वजह से शहर ने अतीत में बहुत कष्ट झेले थे। स्ट्रैसबर्ग में कई अंतरराष्ट्रीय संगठन और निकाय थे, जिनमें 1962 में बनी यूरोपीय संसद शामिल थी।

उनके पहुँचने के बाद जल्दी ही डॉ. कलाम व्याख्यान देने के लिए इंटरनेशनल स्पेस युनिवर्सिटी (आईएसयू) चले गए। आईएसयू उच्च शिक्षा का अंतरराष्ट्रीय संस्थान है, जो बाहरी अंतरिक्ष के शांतिपूर्ण उद्देश्यों से विकास के प्रति समर्पित है। आईएसयू के प्रेसिडेंट प्रो. माइकल सिम्पसन ने डॉ. कलाम को तीन आई के दर्शन की संक्षिप्त जानकारी दी, जिसका मतलब था अंतरिक्ष पेशेवरों और स्नातकोत्तर विद्यार्थियों को शिक्षित और प्रशिक्षित करने के लिए एक अंतर्विषयक, अंतर्सांस्कृतिक और अंतरराष्ट्रीय माहौल प्रदान करना।

राष्ट्रपति कलाम ने अंतरिक्ष विज्ञान और प्रौद्योगिकी के वैश्विक परिदृश्य पर भारत के आगमन का स्वागत किया। उन्होंने आईएसयू के विद्यार्थियों के सामने भारत के अंतरिक्ष कार्यक्रम के दायरे को रेखांकित किया :

> आज भारत के बहुतेरे शोध केंद्रों में 14,000 वैज्ञानिक, प्रौद्योगिकी विशेषज्ञ और समर्थन स्टाफ़ है, जिनका समर्थन लगभग 500 उद्योगों और शैक्षणिक संस्थाओं द्वारा किया जाता है। आज भारत के पास यह क्षमता है कि यह अलग-अलग कक्षाओं में सुदूर संवेदन, संचार और मौसम विज्ञानी उपग्रह

> स्थापित करने के लिए किसी भी तरह का उपग्रह प्रक्षेपण यान बना सकता है और अंतरिक्ष यंत्र हमारे दैनिक जीवन का हिस्सा बन चुके हैं।
>
> भारत के पास आज छह सुदूर संवेदन और दस संचार उपग्रहों का समूह है, जो प्राकृतिक संसाधन सर्वेक्षण, संचार, आपदा प्रबंधन समर्थन, मौसमविज्ञान, दूर–शिक्षा (10,000 क्लासरूम) और दूर–चिकित्सा (200 अस्पताल) जैसे क्षेत्रों की सेवा कर रहे हैं।
>
> हमारा देश सार्वजनिक–निजी साझेदारी मॉडल के ज़रिये ग्रामीण नागरिकों को ज्ञान प्रदान करने के लिए देश में 1,00,000 सार्वजनिक सेवा केंद्र स्थापित करने की प्रक्रिया में है।

अपने व्याख्यान के बाद डॉ. कलाम ने विद्यार्थियों से बातचीत की। बीजल 'बी' ठाकुर नामक भारतीय विद्यार्थी स्पेस स्टडीज़ में स्नातकोत्तर कर रही थी। उसने डॉ. कलाम से पूछा कि उनके हिसाब से कितना समय लगेगा, जब संसार चंद्रमा या मंगल पर उतरने वाली पहली भारतीय महिला को देखेगा।

डॉ. कलाम ने यथार्थवादी अंदाज़ में जवाब दिया : 'अंतरिक्ष मिशन में जाने वाले तीन अंतरिक्ष यात्री भारतीय मूल के थे – राकेश शर्मा, कल्पना चावला और सुनीता विलियम्स। इन तीन में से दो महिलाएँ हैं। इसलिए भारतीय महिलाओं के चाँद या मंगल पर उतरने की संभावना बहुत ज़्यादा है।'

अगले दिन राष्ट्रपति कलाम यूरोपीय संसद की इमारतों में गए, जो स्ट्रेसबर्ग के शहरी केंद्र के बाहर स्थित थीं। संसद की मुख्य इमारत एक बहुत आधुनिक दिखने वाली वक्र इमारत थी, जिस पर काँच का बोलबाला था। सूर्य चमक रहा था और इल नदी के पानी में इमारत का सुंदर प्रतिबिंब दिख रहा था। यह पहली बार था, जब भारत का कोई राष्ट्रपति यूरोपीय संसद को संबोधित करने वाला था। राष्ट्रपति कलाम की अध्यक्ष पॉटरिंग के साथ संक्षिप्त शुरुआती मुलाक़ात हुई, जिसके बाद वे दोनों खचाखच भरे यूरोपीय संसद के हॉल में इकट्ठे चलकर गए। यह हॉल भारतीय संसद के केंद्रीय हॉल से काफ़ी ज़्यादा बड़ा था। दो मिनट से भी कम के संक्षिप्त परिचय के बाद राष्ट्रपति कलाम ने मंच सँभाल लिया।

डॉ. कलाम ने संगम काल के एक तमिल उद्धरण से शुरुआत की कि संसार एक बड़ा परिवार है और यूरोपीय सभ्यता मानव इतिहास में अनूठी है। इसके लोगों ने साहस और रोमांच के साथ पृथ्वी की खोजबीन की, जिसके फलस्वरूप कई विचारों और तंत्रों की खोज हुई। यूरोप ने आधुनिक विज्ञान के जन्म को देखा, जिससे प्रौद्योगिकी में भारी उछाल आया। लेकिन यूरोप सैकड़ों वर्षों से इसके देशों के आपसी संघर्षों का मंच भी रहा है, जिनमें दो विश्व युद्ध शामिल हैं। इस पृष्ठभूमि और आपसी संबंधों के साथ यूरोपीय संघ पूरे इलाक़े की शांति और समृद्धि के स्वप्न के साथ पैदा हुआ। यूरोपीय संघ देशों के बीच जुड़ाव का उदाहरण बन चुका है। अब

युद्ध की कोई आशंका नहीं है और स्थायी क्षेत्रीय शांति रहेगी।

राष्ट्रपति कलाम ने कहा कि यूरोपीय संघ ने संसार के सामने यह दिखा दिया था कि राष्ट्रीय पहचान से समझौता किए बिना राष्ट्रों का एक शक्तिशाली संघ बनाना संभव है। यूरोपीय संघ एक प्रेरक मॉडल बन गया था और संसार के हर इलाके के लिए एक अनुकरणीय उदाहरण बन गया था।

> मैं भारत से एक संदेश लेकर आया हूँ : तीन महत्त्वपूर्ण भारतीय–यूरोपीय मिशनों को शुरू करने का संदेश, जो वैश्विक शांति और समृद्धि में योगदान दे सकते हैं। भारत के अनुभव और यूरोपीय संघ के विकास के आधार पर मैं ये मिशन सामने रख रहा हूँ।
>
> 1. प्रबुद्ध समाज का विकास – आदर्शों के तंत्र वाले नागरिक तैयार करना, जिससे संसार समृद्ध और शांतिपूर्ण बनेगा।
> 2. ऊर्जा स्वतंत्रता की ओर बढ़ना – स्वच्छ पृथ्वी हासिल करने की दिशा में ऊर्जा के चयन की त्रिआयामी नीति।
> 3. विश्व ज्ञान मंच – पानी, स्वास्थ्य सुविधाओं और क्षमता निर्माण जैसे अति महत्त्वपूर्ण मुद्दों के समाधान प्रदान करने के लिए कुछ क्षेत्रों में यूरोपीय संघ और भारत की बुनियादी क्षमता का दोहन करना।

अपने 45 मिनट लंबे भाषण के अंत में डॉ. कलाम ने यूरोपीय संघ के बारे में एक स्वरचित अँग्रेज़ी कविता सुनाई, 'अ मैसेज फ्रॉम मदर इंडिया।' इस कविता ने यूरोपीय भूगोल के सार के साथ ही वहाँ रहने वाले लोगों की रोमांचक, सृजनात्मक और सुव्यवस्थित जज़्बे को भी व्यक्त किया था।

> सुंदर माहौल ले जाता है
> सुंदर मन की ओर
> सुंदर मन उत्पन्न करते हैं
> ताज़गी और सृजनात्मकता
> ज़मीन और समुद्र के खोजी बनाए,
> ऐसे मन बनाए जो नवाचार करते हैं
> महान वैज्ञानिक मस्तिष्क बनाए
> हर जगह बनाए, क्यों?
> कई खोजों को जन्म दिया
> एक महाद्वीप और अज्ञात भूमियों को खोजा
> अनजानी जगहों में गए
> नए राजमार्ग बनाए।

फिर कविता यूरोप के अतीत के संघर्षों की ओर मुड़ी, जहाँ धर्म के नाम पर असंख्य

रक्तरंजित युद्ध छेड़े गए थे; इसके लोगों द्वारा यहूदियों को यातना दी गई थी, महाद्वीपों और समुद्रों के पार देशों पर औपनिवेशिक क़ब्ज़ा जमाया गया था – और दो विश्व युद्ध, जिनसे अकल्पनीय रक्तपात और व्यापक दुख फैला।

सर्वश्रेष्ठ के मस्तिष्क में
निकृष्टतम भी पैदा होता है
युद्ध और नफ़रत के बीज पैदा किए
सैकड़ों वर्षों के युद्ध और रक्तपात;

मेरी करोड़ों अद्‌भुत संतानें
ज़मीन और समुद्र में खो गईं
आँसू कई देशों में बाढ़ बन गए
कई दुख के समुद्रों में डूब गए।

दो विपरीत ध्रुवों – सर्वश्रेष्ठ मस्तिष्क और निकृष्टतम कार्य – को स्थापित करने के बाद राष्ट्रपति कलाम ने यूरोपीय संघ को मानव संभावनाओं के स्वर्णिम मध्यम मार्ग के रूप में स्थापित किया।

फिर, फिर, यूरोपीय संघ का स्वप्न आया,
क़सम खाई,
'कभी मानव ज्ञान को नहीं मोड़ेंगे,
अपने या दूसरों के ख़िलाफ़।'

अपनी सोच में एक,
उनके कार्य उत्पन्न हुए
यूरोप को समृद्ध और शांतिपूर्ण बनाने के लिए,
पैदा हुआ यूरोपीय संघ।

'सुखद सूचना ने' मेरी आकाशगंगा के
ग्रहों के लोगों को मंत्रमुग्ध कर लिया।
ओ! यूरोपीय संघ, अपने मिशन
हर जगह फैलने दो, उस हवा की तरह जिसमें हम साँस लेते हैं।

जिस तरह राष्ट्रपति कलाम ने 28 यूरोपीय देशों के 700 से भी ज़्यादा नेताओं के सामने आईना रखा था, वह सचमुच आश्चर्यजनक था। जब उन्होंने हाथ जोड़कर 'नमस्कार' कहकर अपना व्याख्यान समाप्त किया, तो संसद के सदस्यों ने लंबे समय तक खड़े होकर तालियाँ बजाईं और उनका अभिवादन किया। यूरोपीय संसद के अध्यक्ष हैंस-गर्ट पॉटरिंग ने यूरोपीय संसद में राष्ट्रपति कलाम के संबोधन को असाधारण बताया और कहा कि वहाँ ऐसे व्याख्यान पहले कभी नहीं सुने गए थे।

5.7

जागरण

यह सच्चा आध्यात्मिक जागरण है, जब कोई आपके भीतर से उभरता है, जो उससे ज़्यादा गहरा है, जो आप सोचते थे कि आप थे। तो वह व्यक्ति अब भी वहाँ पर है, लेकिन यह भी लगभग कहा जा सकता है कि कोई अधिक शक्तिशाली है, जो इंसान के ज़रिये चमकता है।

—एकहार्ट टोल
आध्यात्मिक लेखक

राष्ट्रपति कलाम 25 अप्रैल 2007 को देर रात को यूनान पहुँचे। यूनान यानी ग्रीस में भारतीय राजदूत डॉ. बी. बालकृष्णन और यूनानी शिष्टाचार प्रमुख ने एथेंस हवाई अड्डे पर राष्ट्रपति कलाम का स्वागत किया। अगले दिन राष्ट्रपति महल में उनका पारंपरिक स्वागत किया गया। डॉ. कलाम ने यूनानी राष्ट्रपति कारोलोस पापूलियास के साथ सलामी ली। दोनों देशों के राष्ट्रगीत बजाए गए। यूनान के राष्ट्रगीत को 'स्वतंत्रता का भजन' कहा जाता है, क्योंकि यह सैकड़ों वर्षों के उस्मान राजवंश के शासन के बाद अठारहवीं सदी में यूनानियों के स्वाधीनता संघर्ष के सम्मान में था। इसके शब्द जोशीले और आशावादी थे :

हमारे शहीदों की क़ब्रों से,
आपका साहस जीतेगा,
जब हम आपका जयघोष करेंगे,
स्वतंत्रता जीत गई! स्वतंत्रता जीत गई!

राष्ट्रपति पापूलियास के पास राष्ट्रपति कलाम के लिए एक आश्चर्यजनक चीज़ थी। उन्होंने डॉ. कलाम को एक सिक्का दिखाया, जिस पर राजा मिलिंद की आकृति उकेरी हुई थी और भारत तथा यूनान की प्राचीन सभ्यताओं के बीच गहरे जुड़ाव का प्रतीक भी था।

भारत का बच्चा-बच्चा यूनानी सम्राट सिकंदर महान और भारतीय राजा

पोरस के बीच 2,400 साल पहले हुए युद्ध के बारे में जानता है। सिकंदर फ़ारस के साम्राज्य को जीतते हुए झेलम पहुँचा, जो पोरस के साम्राज्य की पश्चिमी सीमा थी, जो पूर्व में गंगा तक फैला हुआ था। राजा पोरस की बहादुरी ने सिकंदर की सेना के साहस को भोथरा कर दिया और इसने भारत में आगे कूच करने से इंकार कर दिया। सिकंदर यूनानी सेनाओं को पीछे छोड़कर लौट आया, जो तक्षशिला शहर में बस गईं। वहाँ तीस से ज़्यादा यूनानी राजाओं ने प्रायः एक-दूसरे के साथ लड़ते हुए राज किया और दम तोड़ा, जिसके बाद चंद्रगुप्त मौर्य ने राजा सेल्यूकस को पराजित करके एक संधि पर हस्ताक्षर किए। सेल्यूकस ने अपनी बेटी की शादी चंद्रगुप्त मौर्य से कर दी और इसके बाद भारत के शासक वर्ग में भारतीय व यूनानी परिवारों में विवाह की परंपरा आम हो गई। कई भारतीय-यूनानी साम्राज्य पश्चिम में हिंदू कुश पहाड़ों से पूर्व में गंगा-यमुना मैदान और दक्षिण में विंध्य पहाड़ों तक शासन करते थे। इनमें से ज़्यादातर राज्यों ने बौद्ध धर्म अपना लिया।

राष्ट्रपति कलाम ने प्रतिष्ठित थिंक टैंक हेलेनिक फ़ाउंडेशन फ़ॉर यूरोपियन ऐंड फ़ॉरेन पॉलिसी (ईएलआईएएमईपी) द्वारा आयोजित बुद्धिजीवियों की एक प्रतिष्ठित सभा में मुख्य व्याख्यान दिया। डॉ. कलाम 'शांति और समृद्धि की गतिशीलता' पर बोले। हिंदी और भारतीय इतिहास तथा संस्कृति के बहुत से यूनानी विद्यार्थी वहाँ मौजूद थे। राष्ट्रपति ने उन्हें विचारों का आहार दिया, जिस तरह का आहार पश्चिमी नेता शायद ही कभी देते हैं : 'हमारे दिलों में शांति के बिना हमारे घरों में समृद्धि नहीं आएगी। हमारे घरों में शांति के बिना हमारे समाज में समृद्धि नहीं आएगी। हमारे समाज में शांति के बिना देश में समृद्धि कभी नहीं आएगी। अगर आपका पड़ोसी राष्ट्र समृद्ध नहीं है, तो आपका राष्ट्र लंबे समय तक शांतिपूर्ण नहीं बना रहेगा।' डॉ. कलाम के सरल-सहज विचारों ने वहाँ मौजूद सबसे अनुभवी शिक्षाविदों के दिल भी जीत लिए।

राष्ट्रपति कलाम यूनान की अग्रणी एरोस्पेस कंपनी हेलेनिक एरोस्पेस इंडस्ट्रीज़ कॉम्प्लेक्स (एचएआई, एलिनिकी एरोपोरिकी बिओमिचानिया, या ग्रीक में ईएबी) गए, जो एथेंस से 65 कि.मी. दूर उत्तर-पश्चिम में थी। इतने बरसों में कंपनी ने कई मुख्य अंतरराष्ट्रीय एरोस्पेस कंपनियों के साथ बहुत सारा उप-अनुबंधीय काम किया था, जिनमें दस्सु एविएशन, लॉकहीड मार्टिन, बोइंग और एयरबस शामिल थीं। डॉ. कलाम ने पेगासस के मूल डिज़ाइनों में गहरी रुचि दिखाई, जो वहाँ पर विकसित होने वाला इंसानरहित वायु-वाहन था। वे मिराज 2000 फ़ाइटर जेट की असेंबली शॉप में काम कर रहे इंजीनियरों के साथ घुले-मिले, जहाँ उस वक़्त दस विद्यमान मिराज 2000-ई विमानों को मिराज 2000-2005 में पुनःसंयोजन करने का काम चल रहा था।

डॉ. कलाम के लिए अगला पड़ाव नेशनल काउंसिल फ़ॉर साइंटिफ़िक रिसर्च (एनसीएसआर 'डेमोक्रिटॉस') था। यह ग्रीस में सबसे बड़ा बहु-विषयक शोध केंद्र है, जिसकी नैनो-प्रौद्योगिकी, ऊर्जा और पर्यावरण, जैव-विज्ञान, पार्टिकल व परमाणु विज्ञान

और सूचना विज्ञान व दूरसंचार के क्षेत्रों में अंतरराष्ट्रीय पहचान है। डॉ. कलाम ने 'प्रौद्योगिकियों के मिलन' पर बात की और संस्था की शोध इकाइयों की यात्रा की।

सेरीब्रल पैल्सी वाले बच्चों के हडजीपैट्रियॉन पुनर्वास केंद्र में डॉ. कलाम ने ऐसे ही संगठनों के साथ काम करने के अपने खुद के अनुभव बताए। उन्होंने ऑटिज़्म और स्थायी गतिविधि विकारों जैसे मानसिक विकारों के शोधकर्ताओं के साथ अपनी पुरानी चर्चाओं के बारे में भी बताया। उन्होंने केंद्र की गतिविधियों के समर्थन के लिए दस कंप्यूटर भी भेंट किए।

राष्ट्रपति कलाम एथेंस में फ़ैलेरॉन युद्ध समाधि स्थल गए और उन भारतीय सैनिकों की क़ब्रों पर श्रद्धांजलि दी, जो द्वितीय विश्व युद्ध के दौरान मारे गए थे। 1940 में यूनान पर 'चारों तरफ़ से' आक्रमण हुआ था और जर्मनी, इटली तथा बुल्गारिया ने इसे जीत लिया था। तीनों आक्रमणकारियों ने इस देश को बाँट लिया और अपनी युद्ध मशीनों के लिए इसके संसाधनों की लूटखसोट की, जिससे यूनानी जनता को भारी दुख हुआ। चौथा भारतीय इनफ़ैंट्री डिवीज़न ब्रिटिश सेना के हिस्से के रूप में जलमार्ग से यूनान गया और अक्टूबर 1944 में एथेंस को मुक्त करा लिया।

शाम को राष्ट्रपति कलाम के सम्मान में आयोजित एक भोज में राष्ट्रपति पापूलियास ने संस्कृत में डॉ. कलाम का स्वागत किया।

राष्ट्रपति महाभाग, सुस्वागतम् यवन देशे।

29 अप्रैल 2007 को राष्ट्रपति कलाम एक्रोपॉलिस की यात्रा पर गए, जो एथेंस की 'पवित्र चट्टान' है, जिसे विश्व के सबसे महत्त्वपूर्ण ऐतिहासिक स्थलों में से एक माना जाता है। डॉ. कलाम ने एक्रोपॉलिस में लगभग चालीस मिनट बिताए। यहाँ अत्युत्तम पार्थेनॉन नामक मशहूर मंदिर है, जो देवी एथेना के प्रति समर्पित है, जिसे एथेंस के लोग अपनी संरक्षक मानते थे। यह मंदिर 2,400 साल पहले बना था। पत्थर के रास्तों से चलते हुए डॉ. कलाम भ्रमण करने वाले लोगों से खुलकर घुले-मिले।

जब वे स्कूली बच्चों के समूह से मिले, तो उन्होंने उनसे अपनी यह बात दोहराने को कहा : 'सपना देखो, सपना देखो, सपना देखो, क्योंकि सपने विचारों में बदल जाते हैं और विचार कर्म की ओर ले जाते हैं।' जहाँ भी बच्चों को प्रेरित करने का मौक़ा दिखता था, वे हमेशा इस काम में जुट जाते थे। बच्चों ने पूरे दिल से प्रतिक्रिया की, उनकी पंक्तियाँ दोहराईं और खुशी से तालियाँ बजाईं। डॉ. कलाम ने पुरातत्ववेत्ता बेनेरी आयोन को अपनी पुस्तक *इग्नाइटेड माइंड्स* की ऑटोग्राफ़ प्रति भेंट की, जिन्होंने राष्ट्रपति को एक्रोपॉलिस घुमाया। यात्रा लगभग ख़त्म होने वाली थी, जब डॉ. कलाम ने सुकरात के बारे में पूछा : 'वे कहाँ रहते थे?' उन्हें बताया कि यहीं पर एक गुफा में सुकरात को क़ैद किया गया था और अंततः ज़हर पिलाकर मौत की सजा दी गई थी। डॉ. कलाम ने इस बात पर ज़ोर दिया कि वे वहाँ जाना चाहते हैं और उन्हें किसी तरीक़े से इंकार नहीं किया जा सकता था।

डॉ. कलाम नज़दीकी फ़िलोपैपस हिल तक पैदल चलकर उस गुफा में गए, जहाँ सुकरात को क़ैद किया गया था। डॉ. कलाम को गुफा में एक अजीब शांति का अहसास हुआ। उन्होंने एकांत का आग्रह किया; साथ के अधिकारियों ने सम्मानपूर्वक उनकी बात मान ली। मद्धिम रोशनी वाली गुफा में वे उस जगह पर खड़े थे, जहाँ सुकरात ने पलायन करने का अपने मित्रों का आग्रह ठुकराया था और ज़हर का प्याला पिया था, जो युवाओं के बीच अनुचित विचार फैलाने की सज़ा के तौर पर उन्हें दिया गया था। इस तरह उन्होंने अपने जीवन का बलिदान दिया था।

डॉ. कलाम ने यह अनुभव बाद में मुझे बताया और हमने इसे अपनी पुस्तक *स्क्वेयरिंग द सर्कल* में शामिल कर लिया। मेरे मन में इस बारे में कई सवाल भरे थे कि गुफा में क्या हुआ था। उन्होंने अपनी कल्पना में सुकरात को यह कहते सुना था कि 2,500 साल गुज़र गए थे और कलाम ही एकमात्र नेता था, जिन्होंने उनकी गुफा-जेल में आने की परवाह की थी। सुकरात ने कहा था कि उन्होंने अपना जीवन मानव स्वतंत्रता के गौरव और सदाचारी जीवन की महत्ता की ख़ातिर कुर्बान किया था। सुकरात ने कहा कि वे जानते हैं कि कलाम मानवता के भविष्य को लेकर चिंतित हैं और वे इक्कीसवीं सदी की पृथ्वी के लिए बुद्धिमत्ता की खोज कर रहे हैं।

> जब मैं सुकरात की गुफा से बाहर निकला, तो मुझे अहसास हुआ कि मेरे पास लोगों को देने के लिए एक संदेश है। मानवता को सारे संघर्ष को त्यागने और हर इंसान के लिए शांति व समृद्धि के साझे लक्ष्य की ओर बढ़ने के महान स्वप्न की ज़रूरत है। हम एक ऐसे संसार स्वप्न के जन्म को देखते हैं, जो 'जीने लायक़ पृथ्वी' की ओर ले जाता हो। यह स्वप्न मानवता द्वारा आज तक चाहे गए किसी भी दूसरे लक्ष्य से ज़्यादा बड़ा है।

22 मई 2007 को राष्ट्रपति कलाम ने आईआईटी, नई दिल्ली में 'जीवन विद्या' के ज़रिये शिक्षा में मानव मूल्यों पर एक राष्ट्रीय सम्मेलन का शुभारंभ किया। 'जीवन विद्या' अवधारणा के पथप्रदर्शक बाबा श्री ए. नागराज शर्मा थे और इसे प्रो. गणेश बागड़िया और प्रो. राजीव संगल ने प्रचारित किया था। इसकी शुरुआत इंडियन इंस्टीट्यूट ऑफ़ टेक्नोलॉजी, कानपुर में हुई।

डॉ. कलाम इंटरनेशनल इंस्टीट्यूट ऑफ़ इनफ़ॉर्मेशन टेक्नोलॉजी, हैदराबाद (आईआईआईटी-एच) के शुरुआती वर्षों में प्रो. राजीव संगल से मिले थे, जिसकी स्थापना 1998 में स्वशासी विश्वविद्यालय के रूप में हुई थी। आईआईआईटी-एच का विचार डब्बला राजगोपाल 'राज' रेड्डी के मन में पैदा हुआ था, जो एक भारतीय-अमेरिकी कंप्यूटर वैज्ञानिक थे और अमेरिका के पिट्सबर्ग, पेनसिल्वेनिया में कार्नेगी मेलन युनिवर्सिटी में स्कूल ऑफ़ कंप्यूटर साइंस के डीन थे। उन्होंने आंध्र प्रदेश के मुख्यमंत्री चंद्राबाबू नायडू को राज़ी किया, जो आंध्रप्रदेश के चित्तूर जिले के थे, जहाँ प्रो. राज रेड्डी पैदा हुए थे। मुख्यमंत्री नायडू ने इस विचार का तहेदिल से समर्थन किया

और इमारतों के लिए ज़मीन व अनुदान दे दिए। शिक्षा जगत, उद्योग और सरकार के प्रख्यात लोगों वाली एक संचालक सभा इस संस्था का प्रशासन संचालित करती है।

प्रो. राज रेड्डी ने अपने साथ कार्नेगी मेलन युनिवर्सिटी में काम करने वाले प्रो. राजीव संगल को आमंत्रित किया कि वे नई संस्था के मुखिया बन जाएँ और इसे सूचना प्रौद्योगिकी के बुनियादी क्षेत्रों पर केंद्रित शोध विश्वविद्यालय के रूप में विकसित करें। सूचना और संचार प्रौद्योगिकी पूरे संसार में तेज़ी से फैल रही थी और यह अनिवार्य था कि प्रतिभावान भारतीय मस्तिष्कों को विदेश जाए बिना अंतरराष्ट्रीय मानदंडों के अनुरूप प्रशिक्षण मिल जाए।

संस्था ने विभागों के रूप में अपना तंत्र नहीं बनाया इसके बजाय इसने कई क्षेत्रों में शोध प्रयोगशालाओं का समूह बनाया, जिसमें कंप्यूटेशन या आईटी जुड़ाव का धागा प्रदान करती थी। ज़ोर प्रौद्योगिकी और यंत्रों के विकास पर दिया गया था, जो उपयोग के लिए उद्योग और समाज को दिए जा सकते थे। बुनियादी शोध करने का भी निर्णय लिया गया था, जिसका इस्तेमाल असली ज़िंदगी की समस्याओं को सुलझाने के लिए किया जा सके।

सूचना और संचार प्रौद्योगिकी का विस्तार चकराने वाला रहा है। नई पीढ़ी ने पाया है कि उनका संसार उनके माता-पिता के संसार से बहुत अलग है। लेकिन चकराना कोई अच्छी मानसिक अवस्था नहीं है। प्रौद्योगिकी की शक्ति का इस्तेमाल विवेक से करना चाहिए। इंटरनेट ज्ञान संसार की खिड़की हो सकत है, ज्ञान गंगा में डुबकी हो सकता है या फिर अश्लीलता तथा सभी तरह की भ्रष्टता का द्वार भी हो सकता है।

प्रौद्योगिकी से लैस युवाओं को त्वरित और कार्यकुशल अंदाज़ में यह जान लेना चाहिए कि सार्थक क्या है। प्रौद्योगिकी यह निर्णय नहीं ले सकती कि सार्थक क्या है। इंटरनेट किसी को नहीं बताता है कि क्या खोजना है। यह निर्णय कौन करेगा कि सार्थक क्या है। विवेक के बिना प्रौद्योगिकी लक्ष्यहीन है, दिशाहीन है और इसलिए इसे किसी भी तरह के उपयोग - सृजनात्मक या विध्वंसात्मक - में लगाया जा सकता है। जो विद्यार्थी बिना विवेक के सूचना और संचार प्रौद्योगिकी में प्रशिक्षित है - इस बात की पकड़ के बिना कि सार्थक क्या है - वह लक्ष्यहीन और दिशाहीन होगा। इससे भी बढ़कर, वह नैतिक अधोगति के प्रति संवेदनशील भी होगा; और शायद अपने और दूसरों के लिए हानिकारक व्यवहार की ओर प्रवृत्त भी होगा।

युवा आईटी समुदाय की आम सार्वजनिक छवि अमीर युवाओं की थी : बियर पीना, आनंदप्रिय लोग, जिनकी उदार जीवनशैली थी। यह छवि बहुसंख्यक आईटी पेशेवरों से मेल नहीं खाती थी। प्रो. राजीव संगल ने उद्योग की सार्वजनिक भ्रांतियों को चुनौती देने और अपने विद्यार्थियों की कंडीशनिंग बदलने का निर्णय लिया। उन्होंने संस्था में एक शांत माहौल को बढ़ावा दिया और यह सुनिश्चित किया कि कैंपस में ज़्यादा बड़ी मानवीय और सामाजिक चिंताओं पर समुचित ध्यान दिया जाए। 2005 में प्रो. संगल ने 'जीवन विद्या' के चारों ओर मानव मूल्यों का एक कोर्स तैयार किया

और इसे आईआईआईटी-एच के शैक्षणिक पाठ्यक्रम का नियमित हिस्सा बनाया। युवा मस्तिष्कों पर इसके कायाकल्पकारी प्रभाव को देखते हुए इस कोर्स को बाद में कई अन्य विश्वविद्यालयों ने भी अपना लिया।

> डॉ. कलाम ने प्रो. राजीव संगल के साथ नियमित संपर्क क़ायम रखा। वे 'जीवन विद्या' को एक ऐसा कार्यक्रम समझते थे, जिसका सरोकार हिंसा, भ्रष्टाचार, शोषण, आधिपत्य, आतंकवाद और युद्ध के बुनियादी कारणों से था। अगर हिंसक और असामाजिक व्यवहार से करुणा के साथ और इसके बुनियादी कारण के प्रति उचित सम्मान के साथ न निबटा जाए, तो दरअसल यह बदतर हो सकता है। डॉ. कलाम ने जीवन विद्या में आंतरिक संभावना देखी। उन्होंने इस कोर्स को सभी प्रकार के संघर्ष के कारणों को दूर करने के प्रभावी साधन के रूप में देखा : 'मैं समझता हूँ कि जीवन विद्या सिखाई जा सकने वाली मानव मूल्य-आधारित योग्यता है, जो व्यक्ति के अंदर, परिवारों में, संगठनों में और सार्वजनिक जीवन में निहित संघर्षों को सुलझा सकती है।'

डॉ. कलाम उस दिन किसी पैगंबर की तरह बोले और वे दिव्य प्रकाश से दमक रहे थे। उन्होंने कहा,

> "अंतरात्मा आत्मा का वह प्रकाश है, जो हमारे मनोवैज्ञानिक हृदय के कक्षों के भीतर से जलता है। यह उतनी ही असली है जितना कि ज़िंदगी। जब भी सदाचार के विपरीत कोई चीज़ सोची या की जाती है, तो यह विरोध में आवाज़ उठाती है। अंतरात्मा सत्य का एक ऐसा रूप है, जो हमारे आनुवांशिकी भंडार के ज़रिये हमें हस्तांतरित किया जाता है। सही या ग़लत के बारे में यह हमारे खुद के कार्यों और भावनाओं के रूप में हमें मार्गदर्शन देती है।"
>
> "अंतरात्मा एक महान बहीखाता भी है, जहाँ हमारे अपराध लिखे और दर्ज किए जाते हैं। यह एक भयंकर गवाह है। यह धमकाती है, वादा करती है, पुरस्कार देती है और सज़ा देती है, सारी चीज़ों को अपने नियंत्रण में रखती है। अगर अंतरात्मा एक बार कचोटे, तो यह एक चेतावनी है, अगर दो बार कचोटे, तो यह निंदा है। कायरता पूछती है, 'क्या यह सुरक्षित है?' लोभ पूछता है, क्या इसमें कोई लाभ है?' अहंकार पूछता है, 'क्या मैं महान बन सकता हूँ?' वासना पूछती है, 'क्या इसमें खुशी है?' लेकिन अंतरात्मा पूछती है, 'क्या यह सही है?' हम इसकी आवाज़ के प्रति बहरे क्यों बन गए हैं? इसके कचोटने के प्रति असंवेदनशील क्यों हो गए हैं? इसकी आलोचना के प्रति कठोर हृदय? परिणाम भ्रष्टाचार है।"

"भ्रष्टाचार चेतना पर आक्रमण है। रिश्वत लेना और अहसान खोजने की आदत बहुत आम बन चुकी है। महत्त्वपूर्ण पदों को धारण करने वाले लोग अपनी अंतरात्मा पर विचार ही नहीं करते हैं। वे नाटक करते हैं कि हर चीज़ बिलकुल सही है। क्या उन्हें क्रिया और प्रतिक्रिया के नियम का कोई अंदाज़ा नहीं है? क्या वे भूल गए हैं कि अवचेतन मन और उनको शक्ति के आभास कैसे काम करते हैं? अगर आप रिश्वत लेते हैं, तो आपके विचार और कार्य अवचेतन मन में दर्ज हो जाते हैं। क्या आप अपनी बेईमानी अपनी अगली पीढ़ियों तक आगे नहीं बढ़ाएँगे, जिससे उन्हें भारी कष्ट होगा? यह एक दर्द भरी वास्तविकता है कि भ्रष्टाचार जीवनशैली बन चुका है और जीवन के सभी – व्यक्तिगत और सामाजिक – पहलुओं को प्रभावित करता है।"

राष्ट्रपति कलाम पद पर दूसरे कार्यकाल की इच्छा नहीं रखते हैं, यह देखने में कुछ प्रयास करने के बाद 10 जून 2007 को युनाइटेड प्रोग्रेसिव अलाइंस ने घोषणा की कि भारत का अगला राष्ट्रपति उनकी पार्टी का होगा। भारत निर्वाचन आयोग ने 16 जून 2007 को राष्ट्रपति चुनाव के लिए अधिसूचना जारी कर दी, जो 19 जुलाई 2007 को होना था।

14 जून 2007 को युनाइटेड प्रोग्रेसिव अलाइंस ने राजस्थान की राज्यपाल श्रीमती प्रतिभा पाटिल को राष्ट्रपति चुनाव में अपने उम्मीदवार के रूप में घोषणा कर दी। वाम दलों, बहुजन समाज पार्टी (बीएसपी), द्रविड़ मुन्नेत्र कड़घम (डीएमके) और शिव सेना ने उनकी उम्मीदवारी का समर्थन किया। क्षेत्रीय दलों ने डॉ. कलाम को मैदान में लाने के लिए साहसिक प्रयास किया। कई दलों ने – जे. जयललिता के नेतृत्व में आल इंडिया अन्ना द्रविड़ मुनेत्र कड़घम (एआईएडीएमके), मुलायम सिंह यादव के नेतृत्व वाली समाजवादी पार्टी, चंद्राबाबू नायडू के नेतृत्व वाली तेलुगू देशम पार्टी (टीडीपी) और ओमप्रकाश चौटाला के नेतृत्व वाली भारतीय राष्ट्रीय लोक दल (आईएनएलडी) ने – मिलकर युनाइटेड नेशनल प्रोग्रेसिव अलाइंस (यूएनपीए) बना लिया। यूएनपीए का एक प्रतिनिधि मंडल 20 जून 2007 को डॉ. कलाम से मिला और उनसे राष्ट्रपति चुनाव में खड़े होने का आग्रह किया। हालाँकि डॉ. कलाम को सचमुच हज़ारों ईमेल मिले, जिनमें उनसे राष्ट्रपति पद पर दूसरे कार्यकाल में बने रहने का आग्रह किया गया था और वे जागरूक थे कि ज़बर्दस्त सार्वजनिक जज़्बा यह चाहता है कि वे राष्ट्रपति भवन में बने रहें, लेकिन वे जानते थे कि अब उनके लिए राजनीति से जुदा होने का समय आ गया है।

अगले दिन डॉ. कलाम ने उस परियोजना का उत्कर्ष देखा, जिसे उन्होंने लगभग एक दशक पहले प्रायोजित किया था। 21 जून 2007 को राष्ट्रपति कलाम ने ब्रह्मोस मिसाइल के गतिशील स्वशासी प्रक्षेपक (एमएएल) की प्रतिकृति आर्मी स्टाफ़ के प्रमुख जनरल जे.जे. सिंह को सौंपी, जो मिसाइल के भूमि संस्करण को सेना को सौंपने का प्रतीक था। इस संयुक्त उपक्रम के बीज 12 फ़रवरी 1998 को बोए गए थे,

जब डॉ. कलाम, जो तब रक्षा मंत्री के वैज्ञानिक सलाहकार थे, और रूस के पहले उप रक्षा मंत्री एन.वी. मिख़ाइलोव ने एक शासकीय अनुबंध पर हस्ताक्षर किए। जून 2001 और अप्रैल 2007 के बीच भारत से ब्रह्मोस मिसाइलों के चौदह प्रक्षेपण हो चुके थे, जिनमें से चार सैन्य संस्करण थे।

राष्ट्रपति कलाम ने कहा कि समय आ गया था कि ब्रह्मोस एरोस्पेस लिमिटेड ब्रह्मोस सुपरसॉनिक क्रूज़ मिसाइल के मार्क टू संस्करण पर काम करे, ताकि भारत आगे भी पराध्वनिक क्रूज़ मिसाइलों में बाज़ार का नेता रह सके। उन्होंने कहा कि उदीयमान नेटवर्क-केंद्रित युद्ध परिदृश्य में अधुनातन तीव्र-तैनाती वाले पराध्वनिक मिसाइल तंत्र हमारी सैनिक श्रेष्ठता को बरक़रार रखने के लिए आवश्यक होंगे।

रक्षा राज्य मंत्री पल्लम राजू, रूसी संघ के राजदूत व्याचेस्लेव आई. त्रबनिकोव, ब्रह्मोस एरोस्पेस के चेयरमैन अलेक्ज़ेंडर देरगाचेव, रक्षा मंत्री के वैज्ञानिक सलाहकार एम. नटराजन और ब्रह्मोस के सीईओ डॉ. शिवतनु पिल्लई के साथ डॉ. कलाम ने मोबाइल कमांड पोस्ट और ब्रह्मोस प्रणाली के गतिशील स्वशासी प्रक्षेपक का मुआयना किया। सेना के नौजूद लोगों ने उन्हें प्रक्षेपण प्रणाली का क्रम समझाया। ब्रह्मोस रॉकेट-विज्ञान के दो चरण मिसाइल को 1 कि.मी. प्रति सेकंड की दिमाग़ को हैरान करने वाली गति प्रदान कर देते हैं और इसे 290 कि.मी. दूरी की रेंज दे देते हैं। 9 मीटर लंबी यह मिसाइल काफ़ी अच्छे आकार की है और 300 किलोग्राम तक के पारंपरिक आयुध ले जा सकती है।

उस जगह को छोड़ते हुए डॉ. कलाम ने कहा कि वे लंबी दूरी की ऐसी पराध्वनिक क्रूज़ मिसाइलों का सपना देख रहे हैं, जो न केवल मुखास्त्र पहुँचाएँ, बल्कि मिशन पूरा करने के बाद दोबारा छावनी में लौट सकें। उन्होंने कहा कि इससे एक दशक के भीतर क्रूज़ मिसाइलों की दोबारा उपयोग में आने वाली श्रेणी की ओर प्रगति होगी। डॉ. कलाम का दृष्टिकोण हमेशा दीर्घकालीन रहता था!

> 22 जून 2007 को राष्ट्रपति कलाम ने यह औपचारिक घोषणा की कि वे दूसरे कार्यकाल की कोशिश नहीं करेंगे। दलगत राजनीति कभी उनका क्षेत्र नहीं थी : 'एक बार जब आपकी रुचि हो जाती है और आप राष्ट्रपति होते हैं, तो आपको उम्मीदवार के रूप में प्रचार करना होता है। मैं राष्ट्रपति भवन के नाम को नुक़सान नहीं पहुँचाना चाहता, जिसे मेरे कार्यकाल के दौरान जनता का भवन बना दिया गया है।'

नेशनल डेमोक्रेटिक अलाएंस (एनडीए) ने आख़िरकार तत्कालीन उप-राष्ट्रपति भैरों सिंह शेखावत को खड़ा किया। 19 जुलाई 2007 को हुए चुनाव में श्रीमती प्रतिभा पाटिल को भारत का बारहवाँ राष्ट्रपति चुना गया।

5.8

एक इंसान की बाइबल

बुनियादी तौर पर दो तरह के लोग होते हैं। जो लोग चीज़ें हासिल करते हैं और जो लोग चीज़ें हासिल करने का दावा करते हैं। पहले समूह में कम भीड़ होती है।

—मार्क ट्वेन
उन्नीसवीं सदी के अमेरिकी लेखक

संसद सदस्यों ने 23 जुलाई 2007 को संसद के केंद्रीय हॉल में डॉ. कलाम की विदाई का आयोजन किया। राष्ट्रपति कलाम ने प्रधान्मंत्री मनमोहन सिंह और उनके पूर्ववर्ती प्रधानमंत्री अटल बिहारी वाजपेयी को धन्यवाद दिया, जिनके साथ उन्होंने बतौर राष्ट्रपति पाँच साल काम किया था। उन्होंने अपने पूरे कार्यकाल में उप-राष्ट्रपति भैरों सिंह शेखावत के समर्थन के प्रति भी कृतज्ञता जताई। लेकिन इन ज़िम्मेदारियों वाली प्रशंसाओं को करने के बाद उन्होंने इस अवसर पर थोड़ी सीधी बात भी की और दो बहुत अहम मुद्दे उठाए। बाद में उन्होंने अपनी पुस्तक *टर्निंग पॉइंट्स* में इस भाषण का प्रकाशन भी किया।

> एक आम धारणा यह बन रही है कि भारत की शासन प्रणाली के आंतरिक और बाहरी परिवेश में पिछले दो दशकों में बहुत तेज़ से परिवर्तन हुए हैं और इनमें से कई परिवर्तन स्थायी बने रहने वाले हैं। इन बदलावों के कारण राष्ट्रीय संप्रभुता, अखंडता और आर्थिक विकास के सामने जो चुनौतियाँ आई हैं, उनका सामना जल्दी और अनुकूल तरीक़े से करने की ज़रूरत है। हमारी सामाजिक संस्थाओं में क्षीण होने और संकट में आने की प्रवृत्ति होती है। सामाजिक संस्था के रूप में भारत की प्रशासन प्रणाली संकट में नज़र आती है और यह स्व–नवीनीकरण व परिवर्तन की रणभेरी है।
>
> भारतीय अर्थव्यवस्था का वैश्वीकरण हो रहा है और इसने हमारी अर्थव्यवस्था को मज़बूत बनाया है। देश ज़्यादा अमीर हो चुका है, लेकिन

> संसद की शक्ति का विस्तार करने के लिए अधिक सतर्कता की आवश्यकता है। अब अंतरराष्ट्रीय संधियाँ ज़्यादातर आर्थिक निर्णयों पर हावी होती जा रही हैं और भारतीय संसद संसार की उन चंद संसदों में से एक है, जिसके पास प्रभावी संधि निगरानी का कोई तंत्र मौजूद नहीं है। ये संधियाँ जब तक संसद के पास पहुँचती है, तब तक काफ़ी हद तक वे निर्विवाद तथ्य बन जाती हैं। इसलिए संसद के लिए विदेशों के साथ संधियों और अनुबंधों की निगरानी करने और क़ानून बनाने की शक्ति तुरंत आवश्यक है।

डॉ. कलाम ने कहा कि पूरे संसार में भावी राजनीतिक नेतृत्व को दीर्घकालीन विस्तार, विकास, पर्यावरण और संसाधनों की चुनौती तक ऊपर उठना है। उन्होंने कहा कि राष्ट्रीय नेतृत्व को हमारे लोगों में यह विश्वास संचारित करना है, 'हम यह कर सकते हैं।' उनके सुझावों पर सांसदों को बहस करने के लिए आमंत्रित करते हुए डॉ. कलाम ने कहा कि उन्हें 'राष्ट्र के लिए एक संसदीय स्वप्न' तैयार करना चाहिए, जो देश के संविधान की रचना करने जैसा हो :

> भारत के लिए इक्कीसवीं सदी के संसदीय स्वप्न को एक वैश्विक और दीर्घकालीन दृष्टिकोण रखने की ज़रूरत है। सन 2020 तक भारत का रूपांतरण विकसित देश में करने और 2030 से पहले ऊर्जा स्वाधीनता हासिल करने के लिए अमल रणनीतियों, एकीकृत तंत्रों और कार्य योजनाओं के साथ इसे मज़बूत बनाने की ज़रूरत है – जिसमें पैमाने के रूप में राष्ट्रीय संपत्ति सूचकांक का इस्तेमाल किया जाए।

24 जुलाई 2007 को राष्ट्रपति कलाम ने राष्ट्रीय टेलीविज़न पर लोगों से अपनी चिर-परिचित और तब तक बेहद लोकप्रिय बन चुकी शैली में बात की : सरल शब्द, नज़रें मिलाना और भारत को विकसित देश बनाने की अपनी आकांक्षाओं की निस्संकोच व्याख्या। भारत के विकास और अपने देश की जनता में उनका विश्वास दुस्साहसी नहीं, तो आश्चर्यजनक तो था। देश के तमाम नेताओं में सिर्फ़ वही समझ सकते थे कि भारत की आकांक्षाएँ इसके एक अरब नागरिकों में से प्रत्येक की व्यक्तिगत आशाओं और स्वप्नों से अभिन्न थे। केवल डॉ. ए.पी.जे. अब्दुल कलाम ही डिज़्नी के एक गीत के बोलों को सार्थक तरीक़े से उद्धृत कर सकते थे :

> जब आप किसी तारे पर अभिलाषा करते हैं,
> तो कोई फ़र्क़ नहीं पड़ता कि आप कौन हैं
> आपका दिल जो भी चीज़ चाहता है
> वह आपके पास आ जाएगी।

यह महत्त्वपूर्ण है कि डॉ. कलाम के इस भाषण पर यहाँ बातचीत इसलिए की गई, क्योंकि यह एक महान स्वप्नदर्शी के जोश को दर्ज करता है। यह देश के रूप में

विकास और क़द के विस्तार के प्रति हमारे तंत्र की उदासीनता के विपरीत है।

डॉ. कलाम ने राष्ट्रपति भवन में अपने पाँच 'सुंदर और घटनापूर्ण' वर्षों में से दस संदेशों का सार निकाला। पद पर अपने अंतिम दिन को धन्यवाद देने का अवसर बताते हुए वे बोले कि उन्होंने अपने कार्यकाल के हर मिनट का आनंद लिया। उन्होंने कहा कि वे अपने देश के लोगों के साथ अद्‌भुत संबंध से समृद्ध हुए, जो जीवन के अलग-अलग क्षेत्रों से आए थे - राजनीति, विज्ञान और प्रौद्योगिकी, शिक्षा जगत, कला, साहित्य, व्यवसाय, न्यायपालिका, प्रशासन, स्थानीय निकाय, कृषि, घरेलू महिलाएँ, ख़ास बच्चे, मीडिया - और सबसे बढ़कर, उन युवाओं और विद्यार्थी समुदाय से, जिनके बारे में उन्होंने कहा कि वे 'हमारे देश की भावी दौलत हैं।'

डॉ. कलाम ने विकास की गति को तीव्र करने के लिए दस अनिवार्यताएँ गिनाईं : विकसित देश में रहने की युवाओं की आकांक्षा को पूरा करना; गाँवों का सशक्तिकरण करना; प्रतिस्पर्धा के लिए ग्रामीण बुनियादी सक्षमता को गतिमान करना; कृषि विकास की रीढ़ के रूप में बीज से भोजन तक की पूरी आपूर्ति शृंखला विकसित करना; समस्याओं को पराजित करना और सफल होना; साझेदारी के ज़रिये समस्याओं से उबरना; विपत्तियों से जूझने का साहस होना; सामाजिक कायाकल्प के लिए संपर्क या जुड़ाव विकसित करना; राष्ट्र की रक्षा करना, जिसके बारे में उन्होंने कहा था कि इस पर हमें गर्व होना चाहिए; और अंत में, विकसित भारत 2020 के लिए एक युवा मुहिम शुरू करना।

डॉ. कलाम ने एक छोटी लड़की - हरियाणा में दारवा गाँवा के श्री सत्य साईं जागृति विद्या मंदिर स्कूल की अनुकृति - का एक सवाल याद किया, जो उसने 22 मई 2006 को राष्ट्रपति भवन की यात्रा के दौरान पूछा था। उन्होंने कहा कि अनुकृति ने उनसे पूछा था, 'भारत सन 2020 से पहले विकसित राष्ट्र क्यों नहीं बन सकता?' डॉ. कलाम ने कहा कि उन्होंने उसे आश्वस्त किया था कि वे उसका सपना देश की सर्वोच्च संस्था तक पहुँचा देंगे और हम इसे 2020 से पहले हासिल करने के लिए काम करेंगे। डॉ. कलाम ने कहा कि यह सवाल दर्शाता था कि विकसित भारत में रहने की इच्छा भारतीय बच्चों के दिमाग़ में किस तरह दाख़िल हो गई है। उन्होंने घोषणा की :

> नई पीढ़ी के पंद्रह लाख से अधिक बच्चों और युवाओं में इन्हीं भावनाओं की गूँज है, जिनसे मैं अब तक मिला हूँ और जो देश के 54 करोड़ युवाओं के स्वप्न का प्रतिनिधित्व करते हैं। समृद्ध, सुरक्षित और गर्वीले भारत में रहने की युवाओं की आकांक्षाओं को मार्गदर्शक घटक होना चाहिए, चाहे हम किसी भी पेशे में योगदान देते हों।

डॉ. कलाम ने 26 अक्टूबर 2002 की अपनी नागालैंड यात्रा का ज़िक्र किया, जो उन्होंने राष्ट्रपति का पद ग्रहण करने के बाद जल्दी ही की थी। उन्होंने कहा कि

यहाँ खुजामा गाँव के जनजातीय ग्राम सभा सदस्यों से मिलना एक अनूठा अनुभव रहा था और उनके साथ गाँव की प्रगति व गाँव वालों के सपने पर बात करना भी। वे यह देखकर बहुत ख़ुश थे कि सशक्तिकृत ग्राम सभा वित्तीय शक्तियों के साथ काम कर रही थी और निर्णय ले रही थी। उन्होंने एक सचमुच समृद्ध ग्राम देखा, जहाँ फलों और सब्ज़ियों का प्रचुर उत्पादन होता था। लेकिन यह अलग-थलग स्वर्ग था। गाँवों से बाज़ार तक उत्पादों की ज़्यादा तेज़ गतिविधि को सक्षम बनाने के लिए गुणवत्तापूर्ण सड़कों के ज़रिये भौतिक संपर्क की आवश्यकता थी। इस मुलाक़ात ने उन्हें भारत के 6,00,000 गाँवों के कायाकल्प के बारे में एक शक्तिशाली संदेश दिया, बशर्ते सभी गाँवों को सशक्त बना दिया जाए कि वे अपने विकास से जुड़ें और आपस में तथा नगरीय समाज से अच्छी तरह जुड़े हों।

फिर डॉ. कलाम ने तंजावुर में पेरियार मणिअम्मई कॉलेज ऑफ़ टेक्नोलॉजी फ़ॉर विमेन की पहलशक्ति पर बात की। यह कार्यक्रम 3,00,000 की जनसंख्या वाले पैंसठ गाँवों के ग्रामीण इलाक़ों में शहरी सुविधाएँ प्रदान करने के प्रति समर्पित है। इसमें भौतिक संपर्क, इलेक्ट्रॉनिक संपर्क और ज्ञान संपर्क का प्रावधान है, जो आर्थिक संपर्क की ओर ले जाते हैं। कार्यक्रम ने स्वास्थ्य सुविधा केंद्र बनाए हैं और प्राथमिक स्तर से स्नातक स्तर तक शिक्षण व पेशेवर प्रशिक्षण केंद्र हैं। इसके फलस्वरूप बड़े पैमाने पर रोज़गार मिला है और 1,000 स्व-सहायता समूहों के सक्रिय समर्थन से बहुत से उद्यमी खड़े हुए हैं। दो सौ एकड़ ऊसर ज़मीन को कृषि योग्य भूमि में विकसित किया गया है। गाँव वाले खेती करने, जड़ी-बूटी और औषधीय पौधे लगाने, जैव ईंधन का इस्तेमाल करके ऊर्जा उत्पन्न करने, फूड प्रोसेसिंग करने - और सबसे बढ़कर मार्केटिंग सेंटर चलाने में व्यस्त थे। भारतीय गाँवों का एक विश्वसनीय विकास मॉडल सक्रिय था।

उन्होंने आगे कहा कि पेरियार मणिअम्मई कॉलेज ऑफ़ इंजीनियरिंग फ़ॉर विमेन के तकनीकी समर्थन से गाँव वालों ने विभिन्न उत्पादों पर जापान एक्सटर्नल ट्रेड ऑर्गेनाइज़ेशन (जेईटीआरओ) से आए विशेषज्ञों के साथ काम किया, जिनके लिए बुनियादी सक्षमता और कच्चा माल तंजावुर जिले में उपलब्ध था। उन्होंने जेईटीआरओ विशेषज्ञों के समर्थन और दिल्ली व टोकियो की प्रदर्शनियों से मिले सृजनात्मक फ़ीडबैक से पचपन जीवनशैली प्रॉडक्ट्स के अंतरराष्ट्रीय रूप से प्रतिस्पर्धी नमूने विकसित किए। इस सहकारी उपक्रम ने गाँव वालों की नवाचारी योग्यता को बढ़ाया और उन्हें अंतरराष्ट्रीय रूप से प्रतिस्पर्धी उत्पाद तैयार करने और उनका उत्पादन करने में सक्षम बना दिया। उन्होंने कहा कि इस पहल ने यह साबित कर दिया था कि ग्रामीण-नगरीय खाई सचमुच पाटी जा सकती थी।

डॉ. कलाम ने राष्ट्रपति भवन की यात्रा पर विभिन्न राज्यों और केंद्र शासित प्रदेशों से आए 6,000 से ज़्यादा किसानों से मिलने का अपना अनुभव बताया। किसानों ने मुगल गार्डन्स, हर्बल गार्डन्स, स्पिरिच्युअल गार्डन, म्यूज़िकल गार्डन,

बायो-डीज़ल गार्डन और न्यूट्रीशन गार्डन में गहरी रुचि दिखाई और उनका प्रबंधन कर रहे विशेषज्ञों के साथ थोड़े विस्तार से चर्चा की। किसानों ने कई व्यावहारिक सुझाव दिए, जो उन्होंने 'कृषि इंतज़ार नहीं कर सकती' पर एक राष्ट्रीय संगोष्ठी के दौरान बताए।

डॉ. कलाम ने कहा कि घटती ज़मीन, घटे हुए जल संसाधनों और घटी हुई जनशक्ति के साथ कृषि उत्पादन को दोगुना करने के अलावा कोई रास्ता नहीं है। उन्होंने घोषणा की कि हमें 'बीज से आहार' के सिद्धांत के ज़रिये देश की आर्थिक स्थितियों को बेहतर बनाना चाहिए, क्योंकि कृषि ही देश की रीढ़ है। हमें दूसरी हरित क्रांति के लिए उपजाऊ ज़मीन को संरक्षित करने तथा पोषित करने के लिए किसानों को सशक्त बनाना चाहिए। वैज्ञानिकों और किसानों से मिलने पर उन्हें यह विश्वास हो गया था कि देश कृषि जीडीपी विकास दर को हर साल कम से कम 4 प्रतिशत बढ़ाने की चौखट पर है। यह किसानों, कृषि वैज्ञानिकों और उद्योग (ख़ास तौर पर मूल्यवर्धन के लिए) की साझेदारी के ज़रिये संभव होगा।

डॉ. कलाम ने विद्वान एस.आर. कृष्णा मूर्ति के साथ कोयम्बतूर में हुई मुलाक़ात के बारे में बात की, जिनके हाथ-पैर नहीं थे। उन्होंने कहा, '24 फ़रवरी 2007 को कोयम्बतूर में पचपन-साठ साल का एक मुस्कराता व्यक्ति मेरे पास एक व्हीलचेयर में लाया गया। उसका दमकता चेहरा उसकी ख़ुशनुमा मानसिक अवस्था बता रहा था। मैंने उसका अभिवादन किया और उससे पूछा कि यह कैसे हुआ। उसने मुस्कराते हुए बताया कि यह पैदाइशी था। उसने ईश्वर को, अपने माता-पिता को, शिक्षकों और कई अन्य लोगों को धन्यवाद दिया, जिन्होंने विश्वास, प्रशिक्षण और सहायता दी। मैंने उससे पूछा कि मैं उसके लिए क्या कर सकता हूँ। उसने कहा कि उसे मुझसे कुछ नहीं चाहिए। वह तो बस मेरे सामने गाना चाहता है। मैं तुरंत तैयार हो गया। उसने संत त्यागराज की पंचरत्न कृति "ऐंडारो महानुभावुलू" को मधुर स्वर में गाया। मैं उसकी आवाज़ की मधुरता से द्रवित हो गया।'

डॉ. कलाम ने पूछा, 'संदेश क्या है?' और फिर उन्होंने इसका जवाब ख़ुद ही दे दिया, 'शारीरिक अक्षमता के बावजूद संगीत का अंदरूनी गुण इस व्यक्ति में उसके सकारात्मक नज़रिये और लगन के रूप में पल्लवित हो सकता था। अब वह अपनी कला को देना चाहता है, ताकि दूसरे लोग प्रेरित हों। मैंने उसे राष्ट्रपति भवन आर्ट थिएटर में गाने के लिए आमंत्रित किया।'

डॉ. कलाम ने जम्मू-कश्मीर के लोगों - ख़ास तौर पर बच्चों - के अदम्य साहस के बारे में बात की, जो उन्होंने 2005 के विनाशकारी भूकंप के बाद दिखाया था। उन्होंने कहा, 'मैं 26 नवंबर 2005 को उरूसा गाँव गया था। मैंने पाया कि स्कूल की इमारत बुरी तरह नष्ट हो गई थी। लेकिन कक्षाएँ तंबुओं में लग रही थीं। मैंने उनकी समस्याओं को हराने में उरूसा के लोगों के साहस की भूरि-भूरि प्रशंसा की। उनकी क्षति से अविचलित रहते हुए उन्होंने समस्याओं पर जीत हासिल की थी और

समस्याओं के सामने घुटने नहीं टेके थे।'

देश के दूसरे छोर के एक समाज को रेखांकित करते हुए डॉ. कलाम ने कार निकोबार टापू के लोगों पर अपने अवलोकन बताए। उन्होंने कहा कि 2005 में वे वहाँ चकचूचा गाँव के लोगों से मिले थे, जब सुनामी के बाद बहुत सी पुनर्निर्माण और पुनर्वास गतिविधियाँ चल रही थीं। जनजातीय सभा के सदस्यों से बातचीत करने के बाद उन्हें अहसास हुआ कि उनके समाज की एकता ने उन्हें सुनामी के दुखद परिणामों से बचा लिया था। हालाँकि 26 दिसंबर 2004 की त्रासदी के कारण कई मानवीय क्षतियाँ हुई थीं, लेकिन लोगों ने प्रभावित शिकारों को अपनी संतान के रूप में अपना लिया था; कार निकोबार टापू पर अनाथालय जैसी कोई चीज़ नहीं है।

सामाजिक कायाकल्प के लिए संपर्क के महत्त्व पर बात करते हुए डॉ. कलाम ने कहा, 'मैंने 16 सितंबर 2004 को दक्षिण अफ्रीका के जोहान्सबर्ग में अखिल-अफ्रीकी संसद को संबोधित किया। इसमें अफ्रीकी संघ के 53 सदस्य देश आए थे, जहाँ मैंने एक अखिल-अफ्रीकी ई-नेटवर्क की अवधारणा का प्रस्ताव रखा, जिसमें एक सुचारू और एकीकृत उपग्रह हो, फ़ाइबर-ऑप्टिक और वायरलेस नेटवर्क हो, जो 10 करोड़ डॉलर की अनुमानित लागत पर 53 अफ्रीकी देशों को जोड़े। इथोपिया में दूर-शिक्षा और दूर-चिकित्सा पर पायलट परियोजना पहले ही शुरू हो चुकी थी। इंदिरा गाँधी नेशनल ओपन यूनिवर्सिटी ने अदिस अबाबा और हरमाया विश्वविद्यालयों के 34 इथोपियाई विद्यार्थियों के लिए एमबीए कोर्स चलाया था। जहाँ तक दूर-चिकित्सा का प्रश्न था, हैदराबाद के केयर हॉस्पिटल के कार्डियोलॉजिस्ट डॉ. राजीव मेनन अदिस अबाबा के ब्लैक लॉयन हॉस्पिटल गए और इसके बाद उनकी टीम नवंबर 2006 से ब्लैक लॉयन हॉस्पिटल के साथ सीधे जुड़ चुकी है।'

डॉ. कलाम ने समुद्र की सतह से 17,000 फुट ऊपर स्थित सियाचिन ग्लेशियर की अपनी यात्रा का वर्णन किया, आईएनएस सिंधुरक्षक में पानी के नीचे की यात्रा का ज़िक्र किया और सुखोई-30 युद्धक जेट में अपनी हवाई उड़ान का ज़िक्र किया। डॉ. कलाम ने कहा, 'इन तीनों अनुभवों में मैंने व्यक्तिगत रूप से हमारे हमेशा सतर्क सैनिकों, नाविकों और वायु योद्धाओं पर गर्व महसूस किया, जो अपने कर्तव्य से आगे जाकर अपने काम कर रहे थे, सबसे विपरीत परिस्थितियों में भी - प्राकृतिक भी और मानव-निर्मित भी।'

डॉ. कलाम ने कहा कि उनके राष्ट्रपति काल के पाँच वर्षों के दौरान उन्हें कई रेजिमेंटों को सम्मानित करने का अवसर मिला था और उन्होंने बहुत सी परेडों में शिरकत की थी। उन्होंने यह भी कहा कि वे शांति मिशन पर जाने वाले सैनिकों से भी मिले थे और उन्होंने रक्षाकर्मियों के परिवार के सदस्यों से भी बातचीत की थी। डॉ. कलाम ने कहा, 'देश हमारी रक्षा सेनाओं की बहादुरी, समर्पण और कर्तव्य के प्रति निष्ठा को प्रेम करता है।'

फिर डॉ. कलाम ने विकसित भारत 2020 के लिए एक युवा आंदोलन की

आवश्यकता पर बात की। उन्होंने समर्पित लोगों के समूह का ज़िक्र किया, जो हमारे युवाओं को प्रबुद्ध नागरिकों में बदलने की आकांक्षा को अभ्यास में बदल रहा था। उन्होंने कहा, 'डॉ. एन.बी. सुदर्शन द्वारा बनाया लीड इंडिया 2020 फ़ाउंडेशन जिला प्रशासन के साथ साझेदारी में आंध्र प्रदेश के कई जिलों में हज़ारों विद्यार्थियों को प्रशिक्षित कर रहा है।'

डॉ. कलाम ने कहा, 'मैंने आंध्रप्रदेश ट्राइबल वेलफ़ेयर स्कूल, नल्लगोंडा की एक विद्यार्थी नेता पद्मा से बात की। उसने बताया कि उसने लीड इंडिया ट्रेनिंग कैंप में दस सूत्रीय शपथ की भावना ग्रहण करने के बाद अपने पिता की धूम्रपान की आदत कैसे छुड़वाई थी। इससे मुझे एक आश्वासन मिलता है कि हमारे देश के युवा इस मिशन-केंद्रित कार्यक्रम के ज़रिये सही मार्ग पर हैं। पच्चीस साल से कम उम्र के 54 करोड़ युवाओं के प्रज्ज्वलित मस्तिष्कों के साथ - जिसे मैं धरती पर, धरती के नीचे और धरती के ऊपर सबसे शक्तिशाली संसाधन मानता हूँ - हमें मूल्य-आधारित शिक्षा और नेतृत्व के ज़रिये युवाओं को सशक्त बनाना होगा।'

डॉ. कलाम ने यह कहकर अपनी बात समाप्त की, 'मैं हमारी इस विशाल भूमि पर भारतीय परिदृश्य की विविधता, राग के भावनात्मक सारांश, सांस्कृतिक अनेकता और मस्तिष्कों की एकता से प्रभावित हूँ। मैंने ये उदाहरण सिर्फ़ हमारी परंपरा की समृद्धि की झलक दिखाने के लिए दिए हैं और यह दिखाने के लिए भी कि इसे संरक्षित करने के लिए विभिन्न संस्थाओं द्वारा कैसे प्रयास किए जा रहे हैं। मैं जिन भी लोगों से मिला, उन्होंने लगातार पूछा कि वे देश को क्या दे सकते हैं। हमें समाज के ऐसे सदस्यों को सशक्त बनाने के लिए निरंतर यत्न करना चाहिए। इस जज़्बे के साथ, मुझे बहुत ख़ुशी है कि हम सही मार्ग पर हैं।'

उन्होंने दिव्य ऊर्जा से थिरकते लहज़े में कहा, 'मेरे प्रिय नागरिकों, आओ संकल्प लें कि विकसित भारत 2020 का मिशन साकार करने के लिए लगातार काम करेंगे। आइए हम एक ऐसा देश बनाएँ, जहाँ ग्रामीण और नगरीय विभाजन घटकर एक पतली लकीर भर रह जाए, जहाँ ऊर्जा और गुणवत्तापूर्ण जल का समान वितरण हो और पर्याप्त पहुँच हो, जहाँ कृषि, उद्योग और सेवा क्षेत्र मिलकर काम करें, जहाँ मूल्य तंत्र वाली शिक्षा सामाजिक या आर्थिक भेदभाव के कारण योग्य उम्मीदवारों को न नकारी जाए। एक ऐसा देश बनाएँ, जो सबसे योग्य विद्वानों, वैज्ञानिकों और निवेशकों की सर्वश्रेष्ठ मंज़िल है, जहाँ सर्वश्रेष्ठ स्वास्थ्य सुविधा सभी के लिए उपलब्ध है, जहाँ प्रशासन प्रतिक्रियाशील, पारदर्शी व भ्रष्टाचार-मुक्त है, जहाँ ग़रीबी पूरी तरह मिटा दी गई है, साक्षरता हटा दी गई है, महिलाओं व बच्चों के ख़िलाफ़ अपराध अनुपस्थित हैं और समाज में कोई भी अलग-थलग महसूस नहीं करता है। एक ऐसा देश बनाएँ, जो समृद्ध, स्वस्थ, सुरक्षित, शांतिपूर्ण और ख़ुश है और दीर्घकालीन विकास मार्ग पर चलता है; और सबसे बढ़कर, एक ऐसा देश जो रहने के लिए सबसे अच्छी जगहों में से एक है और जिसे अपने नेतृत्व पर गर्व है।'

डॉ. कलाम ने भारत के हर नागरिक के सहयोग और समर्थन के लिए धन्यवाद दिया कि उन्होंने उनके राष्ट्रपति काल के पूरे पाँच वर्षों में उन पर प्रेम और स्नेह की बारिश की थी। उन्होंने घोषणा की कि जीवन में उनका उद्देश्य हमारे बहु-सांस्कृतिक समाज में भारत के लोगों के अरबों दिलों और दिमागों में जुड़ाव का अहसास लाना है और लोगों में यह आत्मविश्वास भरना है, 'हम यह कर सकते हैं।'

राष्ट्रपति कलाम का विदाई भाषण प्रधानमंत्री जवाहरलाल नेहरू के 'इंडियाज़ ट्रस्ट विद डेस्टिनी' भाषण और मार्टिन लूथर किंग जूनियर के 'आई हैव अ ड्रीम' भाषण की श्रेणी में आता है। या फिर यह उनकी 'एक इंसान की बाइबल' थी, जैसा कि मुझे कुछ समय बाद पता चलने वाला था?

जब से हमने 1990 के दशक में मिलकर *विंग्स ऑफ़ फ़ायर* लिखी थी, तब से मैं डॉ. कलाम का साहित्यिक सहयोगी बन गया था। वे जीवन भर उत्साही पाठक थे और ऐसा कोई दिन नहीं गया, जब उन्होंने किसी पुस्तक का कम से कम एक अंश न पढ़ा हो; हालाँकि मुझे यक़ीन है कि उन्होंने कभी किसी पुस्तक को शुरू से अंत तक नहीं पढ़ा। उन्होंने एक अच्छी-ख़ासी व्यक्तिगत लाइब्रेरी बना ली थी, लेकिन वे पुस्तकों के मामले में बहुत आदर-सम्मान नहीं दिखाते थे। वे पढ़ते वक़्त बेहिचक उन पर लिख देते थे; किसी भी पन्ने को बेरहमी से मोड़ देते थे, ताकि बाद में वहाँ लौट सकें और एयरलाइन के बोर्डिंग पास का इस्तेमाल बुकमार्क के रूप में करते थे।

यह मेरे लिए हमेशा एक पहेली बनी रही कि वे किसी ख़ास पुस्तक को उठाकर किसी ख़ास पंक्ति को कैसे खोज लेते थे - जो पुस्तक के बीच में कहीं पर दबी थी - जो समय के उस बिंदु पर सबसे उचित संदेश होता था। जब मैंने उनसे इसका रहस्य पूछा, तो वे बोले, 'मैं कभी पुस्तकों के पीछे नहीं भागता, पुस्तकें मुझे खोज लेती हैं।'

मैंने पूछा, 'और वे आपको क्यों खोजती हैं?'

उन्होंने जवाब दिया, 'क्योंकि मैं उन्हें खोज रहा हूँ।'

मेरे चकराए हुए भाव पर तरस खाकर वे बोले, 'दोस्त, अच्छे लेखक सचमुच ईश्वर के माध्यम होते हैं और महान पुस्तकें ख़ुद ही ख़ुद को लिखती हैं। वे हर उस आत्मा के लिए संदेश लेकर आती हैं, जो किसी समाधान, किसी मार्गदर्शन, किसी तसल्ली की तलाश में होती है।'

> जब उन्होंने मुझे नोबेल पुरस्कार विजेता लेखक गाओ ज़ियांगज़ियान की वन मैन्स बाइबल दी, तो मैं यह जानने के लिए उत्सुक था कि यह पुस्तक अपने साथ कौन सा संदेश ला रही है। मुझे ज़्यादा देर इंतज़ार नहीं करना पड़ा। एक घंटे से भी कम समय में संदेश मेरे सामने था : 'चाहे बीजिंग के "मधुमक्खी के छत्ते" जैसे ऑफ़िसों में हो या एकाकी ग्रामीण इलाक़े में, दैनिक जीवन भयोन्माद और डर से भरा है, क्योंकि क्रांतिकारी, क्रांतिकारी-विरोधी,

प्रतिक्रियावादी, प्रतिक्रियावादी–विरोधी और सरकारी प्रचार नागरिकों को एक दूसरे के ख़िलाफ़ खड़ा कर देता है।'

25 जुलाई को संसद के केंद्रीय हॉल में शपथ ग्रहण समारोह के बाद पूर्व राष्ट्रपति और नई राष्ट्रपति परंपरा के अनुसार घोड़े की बग्घी में राष्ट्रपति भवन की ओर रवाना हुए। नाटक चलता रहता है - सिर्फ़ पात्र बदल जाते हैं। यह 25 जुलाई 2002 को हुए समारोह की हूबहू नक़ल थी, जब पूर्व राष्ट्रपति के.आर. नारायणन नए राष्ट्रपति ए.पी.जे. अब्दुल कलाम को संसद से लाए थे। इस बार, पूर्व राष्ट्रपति ए.पी.जे.अब्दुल कलाम नई राष्ट्रपति श्रीमती प्रतिभा पाटिल को अगले पाँच वर्षों के लिए उनके घर ले जा रहे थे।

शीर्ष भारतीय विधिवेत्ता और सांसद डॉ. एल.एम. सिंघवी ने *द ट्रिब्यून* में 'नागरिक कलाम का स्वागत करें' लेख में लिखा,

> राष्ट्रपति कलाम अपनी बौद्धिक क्षमता और स्नेही मानवीय गुणों के प्रति राष्ट्रव्यापी स्नेह की बारिश के बीच अपना कार्यकाल पूरा कर रहे हैं। एक प्रशंसनीय राष्ट्रपति काल जल्द ही उनके अतीत का हिस्सा होगा। उन्हें लंबे समय तक जनता के राष्ट्रपति के रूप में याद किया जाएगा। कोई व्यक्तिगत स्वार्थ न होने की वजह से उन्होंने राष्ट्रपति के पवित्र पद और भवन को भारी गौरव के साथ निभाया। जब वे इस पद पर आए थे, तो उन्हें राजनीतिक और संवैधानिक जटिलताओं का कोई अनुभव नहीं था और उन्होंने एक अप्रिय तथा निश्छल ग़लती को छोड़कर ज़्यादा ग़लतियाँ नहीं कीं। निश्छलता और विनम्रता ही उनकी निशानी हैं। उनके गर्मजोश दिल और प्रतिभाशाली दिमाग़ ने लोगों के दिलों में उनके लिए एक ख़ास जगह बना दी है...
>
> कोई राष्ट्रपति सेवानिवृत्त होने के बाद क्या करता है? कलाम ऊर्जावान हैं और स्वस्थ हैं। मैं चाहता हूँ कि वे राष्ट्र की अंतरात्मा और नागरिक समाज की आवाज़ की भूमिका निभाएँ। वे मुझसे कहते हैं कि वे पढ़ाएँगे और लिखेंगे। यह उन्हें करना भी चाहिए। लेकिन उनकी आवाज़ हमेशा हमारे सार्वजनिक जीवन में षड्यंत्र रचने और चाल चलने वाले नेताओं की विकृत बातों के कोलाहल से ऊपर हमेशा सुनी जानी चाहिए। उनकी आध्यात्मिक और नैतिक ऊर्जाओं का दोहन भारत को जाग्रत करने और इसकी आध्यात्मिक, सांस्कृतिक, आर्थिक तथा सामाजिक आकांक्षाओं को साकार करने के लिए किया जाना चाहिए। राष्ट्र को कलाम की बुद्धिमानी और समभाव की आवश्यकता है, जो सादगीपसंद और तपस्वी नागरिक हैं।

अब डॉ. कलाम के लिए आगे बढ़ने का समय आ गया था। 2002 में वे दो सूटकेस लेकर राष्ट्रपति भवन में आए थे; और वे दो सूटकेस लेकर ही राष्ट्रपति भवन

से बाहर निकले। डॉ. कलाम शाम को चेन्नई जाने वाले विमान में बैठ गए। अब तक विकास और राजनीति के मामले में उनके मुख्य वैचारिक साझेदार बन चुके वी. पोनराज और अन्ना युनिवर्सिटी के वाइस चांसलर प्रो. डी. विश्वनाथन उनके साथ थे। हममें से कुछ लोग सोचते हैं कि मुट्ठी कसे रहने से हम शक्तिशाली बनते हैं; डॉ. कलाम मुट्ठी खोलने में यक़ीन रखते थे।

खंड 6

मोक्ष

मैं इस महान धरती का एक कुआँ हूँ
इसके करोड़ों बच्चों को देखता हूँ
कि वे मुझसे निकालें
अकूत देवत्व
और इसे दूर ले जाएँ
कुएँ से खींचे पानी को।

–ए.पी.जे. अब्दुल कलाम
विंग्स ऑफ़ फ़ायर

6.1

जहाँ बाज उड़ते हैं

महान लोग बाज की तरह होते हैं और अपना घोंसला किसी ऊँचे वीराने में बनाते हैं।

—आर्थर शॉपेनहार
अठारहवीं सर्द के जर्मन दार्शनिक

राष्ट्रीय राजनीति से सेवानिवृत्ति के बाद डॉ. ए.पी.जे. अब्दुल कलाम की जितनी माँग थी, उतनी एक मायने में कभी नहीं रही। जब ज़्यादातर लोग काफ़ी शांत और सीमित जीवन जी रहे थे, उस उम्र में वे एक शक्ति से दूसरी शक्ति की ओर बढ़ रहे थे - और उन्होंने धीमे होने के कोई शारीरिक संकेत नहीं दिखाए। बेशक उनकी आनुवांशिकी अच्छी थी : उनके पिता नब्बे साल के बाद तक सक्रिय जीवन जिए थे और उनके बड़े भाई माराकेयर भी इतनी ही उम्र में अच्छे हाल में थे। लेकिन दरअसल यह मिशन का अहसास था, जिसने भारत के सबसे लोकप्रिय राष्ट्रपति को प्रेरित किया। उन्हें महसूस हुआ कि उनका देश के प्रति - और एक मायने में संसार के प्रति - एक कर्तव्य था और इसने उन्हें लगभग असीम शक्ति दी। आगामी वर्षों में उन्हें निश्चित रूप से इसकी ज़रूरत पड़ने वाली थी।

अब डॉ. कलाम वह करने के लिए स्वतंत्र थे, जो करना उन्हें सबसे ज़्यादा पसंद था : हमारे युवाओं से बातचीत करना; उन्हें प्रेरित करना और उनकी क्षमता तक पहुँचने के लिए उन्हें प्रोत्साहित करना। वे अपना समय इसी उद्देश्य के लिए देना चाहते थे। 28 जुलाई 2007 को हैदराबाद में इंटरनेशनल इंस्टीट्यूट ऑफ़ इनफ़ॉर्मेशन टेक्नोलॉजी (आईआईआईटी) के छठे दीक्षांत समारोह में चेयरमैन राज रेड्डी ने घोषणा की - जिस पर विद्यार्थियों ने ज़ोरदार तालियाँ बजाईं - कि डॉ. कलाम वहाँ के विद्यार्थियों को पढ़ाने में अपने समय का कुछ हिस्सा लगाएँगे। उन्होंने कहा, 'हम चाहते हैं कि यह संस्थान, जो शोध के क्षेत्र में सबसे आगे है, एक बड़ा सामाजिक प्रभाव डाले। हमारा नवाचारी पाठ्यक्रम विद्यार्थियों को पाठ्यक्रम और परियोजना चयन में लचीलेपन की अनुमति देता है, और यहाँ डॉ. कलाम की उपस्थिति सामाजिक रूप

से ज़िम्मेदार भावी प्रौद्योगिकी लीडर बनाएगी।'

सामाजिक परियोजना के लिए भी हमारे पूर्व राष्ट्रपति की काफ़ी माँग थी। इमरजेंसी मैनेजमेंट ऐंड रिसर्च इंस्टीट्यूट (ईएमआरआई) के संचालक मंडल ने 30 जुलाई 2007 को डॉ. कलाम को चेयरमैन एमेरिटस नियुक्त करने का प्रस्ताव पारित किया। ग़ैर-लाभकारी संगठन ईएमआरआई अगस्त 2005 से वृहद आपातकालीन प्रतिक्रिया सेवाएँ दे रहा था। इसने राज्य के सभी नागरिकों को अंतरराष्ट्रीय स्तर की मुफ़्त आपातकालीन प्रतिक्रिया सेवा प्रदान करने के आंध्र प्रदेश सरकार के प्रयासों का समर्थन किया था।

चाहे जो हो, डॉ. कलाम का बाक़ी जीवन किसी न किसी तरह की सार्वजनिक सेवा में बीतने वाला था। भारत के 60वें स्वतंत्रता दिवस पर डॉ. कलाम ने आईआईआईटी, हैदराबाद में तिरंगा फहराया, जिससे 1,000 से अधिक विद्यार्थी अति आनंदित हो गए। इसी दिन डॉ. कलाम ने आंध्रप्रदेश के मुख्यमंत्री डॉ. वाय.एस. राजशेखर रेड्डी और वित्त मंत्री के. रोसैया के साथ खड़े होकर आंध्र प्रदेश की जनता को मुफ़्त 108 आपातकालीन सेवा का लोकार्पण किया। उन्होंने इमरजेंसी मैनेजमेंट रिसर्च इंस्टीट्यूट की सराहना करते हुए कहा कि इसने पिछले ढाई सालों में 14,000 जानें बचाई थीं और यह बाक़ी देश के लिए सार्वजनिक-निजी साझेदारी का एक अच्छा अनुकरणीय मॉडल बन गया था। उन्होंने घोषणा की, 'अब समय आ गया है कि सड़क दुर्घटनाओं में संकटपूर्ण स्थितियों में जान बचाने के लिए आंध्र प्रदेश में 108 की तर्ज पर एक विकेंद्रित राष्ट्रीय आपातकालीन प्रबंधन मिशन स्थापित किया जाए।'

इसी दिन डॉ. कलाम ने अपने शिष्यों के बढ़ते समूह में एक नया शिष्य शामिल कर लिया : ईएमआरआई के चीफ़ एक्ज़ीक्यूटिव ऑफ़िसर वेंकट चंगावल्ली। वेंकट जल्दी ही इस स्वप्न को साकार करने वाले थे; डॉ. कलाम के कथन से इसे वेग और शक्ति का वरदान मिला।

कैलिफ़ोर्निया इंस्टीट्यूट ऑफ़ टेक्नोलॉजी में अंतरिक्ष अन्वेषण की पचासवीं वर्षगाँठ पर एक समारोह आयोजित था। डॉ. कलाम को इस समारोह में 'फ़िफ़्टी इयर्स इन स्पेस' पर एक अंतरराष्ट्रीय सम्मेलन में बोलने का न्योता मिला। इससे डॉ. कलाम को ग्रेजुएट एरोस्पेस लेबोरेट्रीज़ ऑफ़ द कैलिफ़ोर्निया इंस्टीट्यूट ऑफ़ टेक्नोलॉजी (जीएएलसीआईटी), नॉरथ्रॉप ग्रुमन स्पेस टेक्नोलॉजी, और नासा की जेट प्रॉपल्शन लेबोरेट्री के वैज्ञानिकों से मिलने का अवसर मिलने वाला था। वे उनमें से कुछ के संपर्क में थे, लेकिन उन्हें अब तक वहाँ जाने का अवसर नहीं मिला था, क्योंकि उनके कार्यकाल में राष्ट्रपति की कोई अमेरिका यात्रा हुई ही नहीं थी।

डॉ. कलाम 18 सितंबर 2007 को देर रात को सैन फ़्रांसिस्को पहुँचे। मैं भी उनके साथ था। यह दिल्ली-न्यू यॉर्क की एयर इंडिया उड़ान थी, जिसका ठहराव लंदन में था। डॉ. कलाम को एक ख़ास दर्जा दिया गया था। न्यू यॉर्क जॉन एफ़. केनेडी एयरपोर्ट के आप्रवासी अधिकारी बेहद शिष्ट थे और उन्होंने लगभग तुरंत हमारे

पासपोर्ट पर ठप्पा लगा दिया। दो घंटे बाद हमें सैन फ्रांसिस्को की उड़ान में बैठना था, इसलिए इस दौरान राजदूत अधिकारी डॉ. कलाम का ध्यान रखने के लिए मौजूद थे। जब तक हम सैन फ्रांसिस्को में उतरे, तो आधी रात से ज़्यादा समय हो चुका था; दिल्ली में जब हम विमान में चढ़े थे, तब से बत्तीस घंटे गुज़र चुके थे।

डॉ. कलाम ताज कैंपटन प्लेस, सैन फ्रांसिस्को में ठहरे। अमेरिकी सरकार ने उनकी सुरक्षा सुनिश्चित करने के लिए डॉ. कलाम को दो उच्च्य पदस्थ सुरक्षा अधिकारी दिए थे। वे पूरी अमेरिकी यात्रा में छाया की तरह उनके साथ रहने वाले थे। ये ऊँचे-पूरे, हट्टे-कट्टे सूटधारी व्यक्ति थे, जिनके पास स्वचालित हथियार थे। वे जीपीएस के ज़रिये नेटवर्क से जुड़े थे और पुलिस विभाग से सतत रेडियो संपर्क में थे। डॉ. कलाम ने उनसे भी उसी तरह बात की, जैसी वे हर मिलने वाले से करते थे। उन्हें यह अनुभव भारत से बिलकुल विपरीत लगा। वे बरसों से बीस सुरक्षा अधिकारियों से घिरे रहते थे, लेकिन उन्हें अपने रक्षकों से संबंध बनाने का कोई सच्चा अवसर कभी नहीं मिल पाया था।

डॉ. कलाम ने सोकर लंबी यात्रा की थकान दूर की। अगले दिन 19 सितंबर 2007 को उन्होंने नाश्ते पर युनिवर्सिटी ऑफ़ कैलिफ़ोर्निया के प्रोफ़ेसरों से मुलाक़ात की, जिनमें यूसीएसएफ़ (यूनिवर्सिटी ऑफ़ कैलिफ़ोर्निया, सैन फ्रांसिस्को) के अग्रणी बायोकेमिस्ट प्रो. ब्रूस अल्बर्ट्स और यूसी बर्कले कॉलेज ऑफ़ इंजीनियरिंग के डीन एस. शंकर शास्त्री शामिल थे।

फिर हमने सड़क से सैन जोस में सिस्को तक गए। सिस्को के सीईओ जॉन चैंबर्स डॉ. कलाम का स्वागत करने के लिए लॉबी में खड़े थे। मैं जॉन चैंबर्स को इस बात के लिए जानता था कि उन्हें दो करोड़ डॉलर का सालाना वेतन मिलता है, पर उनके सादगी भरे व्यवहार और आकर्षक अंदाज़ से मुझे सुखद हैरानी हुई। उनमें घमंड और अकड़ भरे तौर-तरीक़े नहीं दिख रहे थे, जो भारतीय व्यावसायिक जगत में बहुत आम हैं। जब तक कि आप उन्हें पहले से न जान्ते हों, उनके ऑफ़िस के किसी कर्मचारी और उनमें फ़र्क़ करना मुश्किल होगा।

डॉ. कलाम ने यह पूछकर लगभग उनके विकेट उखाड़ दिए, 'तो जॉन, मुझे बताएँ कि आप सिस्को को सात मिलियन से 38 अरब तक कैसे ले गए?' उन्होंने डॉ. कलाम की स्पष्टवादिता से पटरी बैठाने के लिए एक पल लिया और टेलीप्रज़ेंस सिस्टम की तरफ़ इशारा किया। 'मैं आपको बताऊँगा, सर। बेंगलूरु के हमारे साथी आपको देखने का इंतज़ार कर रहे हैं।'

सिस्को टेलीप्रज़ेंस सिस्टम कुछ समय पहले ही शुरू हुआ था। इसमें एचडी 1080पी वीडियो, स्पेशियल ऑडियो और सेटअप था, जो दो भौतिक दृष्टि से भिन्न कमरों को इस तरह जोड़कर दिखाता था कि वे एक कॉन्फ्रेंस रूम जैसे दिखते थे, चाहे वे जगहें कितनी ही दूर क्यों न हों। यह वाक़ई एक आश्चर्यजनक अनुभव था : बेंगलूरु में सिस्को टीम ऐसी दिख रही थी, मानो यह टेबल के पार हमारे सामने

बैठी हो। यह सचमुच यथार्थवादी था - संवाद के लिए हमें माइक्रोफ़ोन लगा दिए गए थे, छवि के आकार दूसरी ओर बैठे लोगों के शरीर के आकारों के हूबहू समान थे। मुझे यह किसी विज्ञान-फ़िक्शन फ़िल्म का 'टेलीपोर्टिंग' अनुभव लगा।

एक मायने में यह काफ़ी व्यंग्यात्मक था, और थोड़ा अवास्तविक भी। हम पूरे संसार की यात्रा करके पश्चिमी गोलार्ध की गहराई में आ गए थे, और हम एक कंप्यूटरीकृत यानी वर्चुअल ऑफ़िस में बैठकर साथी भारतीयों से ऐसे बात कर रहे थे, मानो हम बेंगलूरु के आकर्षक ऑफ़िस में बैठे हों। डॉ. कलाम हमेशा की तरह या तो प्रौद्योगिकी विकास की उच्च अवस्था पर या इसकी प्रत्याशा में थे। चाहे जो हो, बेंगलूरु टीम ने डॉ. कलाम से यह बात मनवा ली कि वे अगले महीने बेंगलूरु में सिस्को के ग्लोबलाइज़ेशन सेंटर ईस्ट कैंपस का उद्घाटन करेंगे।

जॉन चैंबर्स ने डॉ. कलाम के लिए कामकाजी लंच बुलवाया। एक बार फिर, कोई चमक-दमक या श्रेणियों का झूठा आडंबर नहीं था। चैंबर्स ने याद दिलाए बिना डॉ. कलाम के उस प्रश्न का उत्तर दे दिया कि वे सिस्को को सात मिलियन से अड़तीस बिलियन तक कैसे ले गए। 'मैंने आईबीएम में कंप्यूटर बेचकर अपना करियर शुरू किया था। मैं सत्ताईस साल का था और अपने ग्राहकों से मीठी-मीठी बातें करने के अलावा ज़्यादा कुछ नहीं जानता था। मुझे लगता था कि किसी दिन वे वह सामान ख़रीद लेंगे, जो मैं बेच रहा था। लगभग सात साल तक कंप्यूटर बेचने के बाद मैं वैंग लेबोरेट्रीज़ में चला गया। उन्होंने मुझे अमेरिकी संचालन का वाइस-प्रेसिडेंट बना दिया। यह 1987 की बात थी और उस वक़्त मेरी उम्र सिर्फ़ 34 साल थी। वहाँ उन्हें कोई चीज़ रास नहीं आई और वैंग को 1989 में जहाँ दो अरब का मुनाफ़ा हुआ था, वहीं अब 1990 में 700 मिलियन घाटा हो गया। फिर मैं यहाँ आ गया। यह सब स्वप्न और कड़ी मेहनत के बारे में है, सर। कड़ी मेहनत के बिना स्वप्न बेकार है। यूरोप में हमारे कई मित्र इससे कष्ट उठा रहे हैं। स्वप्न के बिना कड़ी मेहनत वह है, जो पूरे संसार के अरबों ग़रीब लोग कर रहे हैं। कोई बड़ा रहस्य नहीं है। वैंग में स्वप्न का अभाव था; सिस्को इसलिए सफल हुआ, क्योंकि हमने भविष्य को तब देख लिया, जब बाक़ी तो इसका अंदाज़ा भी नहीं लगा सकते थे।'

चैंबर्स ने फिर पूछा, 'सर, क्या मैं पूछ सकता हूँ कि आपका स्वप्न क्या है?'

मैंने सोचा कि डॉ. कलाम अपने स्वप्न 2020 वाला एकालाप शुरू कर देंगे, लेकिन वे हमेशा मेरी समझ से परे रहते थे और उस दिन भी ऐसा ही हुआ। वे बोले, 'देखो जॉन, भारत की तक़दीर संसार को यह दिखाना है कि आर्थिक विकास को इस तरह कैसे किया जाए, ताकि सामाजिक समानता बढ़ जाए - मैं यही करने की कोशिश कर रहा हूँ। संसार में तीन अरब ग़रीब लोग हैं। हम संसार की 16 प्रतिशत जनसंख्या का जो कायाकल्प करते हैं, उससे बाक़ी सभी देशों को फ़ायदा होगा।'

दोपहर को हम स्टैनफ़ोर्ड यूनिवर्सिटी गए। स्टैनफ़ोर्ड हेल्थ केयर में आपातकालीन चिकित्सा विशेषज्ञ और आंध्र प्रदेश में शुरू हुए ईएमआरआई तंत्र के पीछे के स्वप्नदर्शी

डॉ. एस.वी. महादेवन ने डॉ. कलाम का स्वागत किया। वे हमें स्टैनफ़ोर्ड यूनिवर्सिटी के प्रेसिडेंट जॉन हेनेसी के कक्ष तक ले गए। हेनेसी कंप्यूटर विशेषज्ञ थे और एमआईपीएस कंप्यूटर सिस्टम्स इंक. के संस्थापकों में से एक थे। उन्हें 'सिलिकॉन वैली का गॉडफ़ादर' भी कहा जाता था।

डॉ. कलाम और जॉन हेनेसी को उनकी 'उच्च-स्तरीय' चर्चा के लिए छोड़कर डॉ. महादेवन मुझे विश्व के सबसे प्रतिष्ठित विश्वविद्यालयों में से एक का कैंपस घुमाने ले गए। हम भव्य स्टैनफ़ोर्ड मेमोरियल चर्च देखने गए, जिसे नेम्युऑन कैंपस भी कहा जाता है, जो स्टैनफ़ोर्ड के एक मील लंबे अक्ष के छोर पर स्थित है। मैंने पहले कभी बीस बड़ी स्टेन्ड ग्लास खिड़कियों जैसी चीज़ नहीं देखी थी। चमकीली पच्चीकारी से छनती धूप आकृतियों को सजीव बना देती थी और एक दूसरे ही धरातल पर पहुँचा देती थी। *द एननसिएशन, द होम एट नज़ारेथ, द सर्मन ऑन द माउंट, क्राइस्ट कामिंग द टेंपेस्ट और द रेज़िंग ऑफ़ ज़ेरसेस डॉटर* के असाधारण दृश्य शांत शक्ति और अस्तित्व से सराबोर लग रहे थे; उनकी प्रफुल्लित आकृतियाँ किसी दूसरे ही स्तर पर संप्रेषण कर रही थीं। इससे मुझे डॉ. कलाम के साथ अपने मिशन का आध्यात्मिक सार याद आ गया। एक ज़्यादा ऊँची शक्ति हमेशा उनका मार्गदर्शन कर रही होती थी, मानो दैवी शक्ति ने उन्हें उनके हिस्से का काम सौंप रखा हो।

फिर एक अद्भुत शाम आई - परदेस में एक तरह की घर वापसी। हर देश में आप्रवासी भारतीय रहते हैं। हमारी अनुकूलनशीलता और लचीलेपन के बावजूद या शायद इसी कारण भारतीयों में हमेशा एक स्पष्ट भारतीयता क़ायम रहती है। मातृभूमि के प्रति भावनात्मक लगाव बना रहता है और हमारे लोग कभी अपनी विरासत को नहीं भूलते हैं, चाहे उन्हें अपने नए घरों में कितने ही समझौते क्यों न करने पड़ें। जिस तरह भारत खुद इतनी सारी संस्कृतियों को शामिल करने के बावजूद क़ायम रहा है, उसी तरह भारतीय भी दूसरी संस्कृतियों और राष्ट्रीयताओं को ग्रहण करने के बावजूद भारतीय बने रहते हैं। उस रात दर्जनों परिवार - जिनमें बच्चे भी शामिल थे, साड़ियों और शेरवानियों में सज-धजकर आए थे - डॉ. कलाम का अभिवादन करने के लिए सिलिकॉन वैली के निकट मिलपिटाज़ में 800 सीट वाले नवनिर्मित इंडिया कम्युनिटी सेंटर (आईसीसी) आए। आईआईएससी के नॉर्थ अमेरिकन एल्युम्नाइज़, पैन-आईआईटी एल्युम्नाई और देसी नेटवर्क टीआईई (द इंडस इंटरप्रेन्योर्स) ने मिलकर इस कार्यक्रम को आयोजित किया था।

डॉ. कलाम ने कहा, 'जब तुम लोग अटलांटिक पार कर लेते हो, तो तुम लोगों के साथ कुछ हो जाता है। तुम्हारा व्यक्तित्व बदल जाता है। मैं पता लगाना चाहता था कि क्यों।' बड़ी भीड़ को यह शुरुआत बहुत पसंद आई। वहाँ का जोशीला समुदाय आधुनिक भारत की इस प्रतिमा को देखने के लिए कई सालों से धैर्यपूर्वक इंतज़ार कर रहा था, लेकिन वे अमेरिका नहीं जा पाए थे। आज वे वहाँ उनके सामने थे, मगर खुद के बारे में बात नहीं कर रहे थे, बल्कि उनकी सफलता के रहस्य उन्हीं

से पूछ रहे थे। वे श्रेष्ठ डॉ. कलाम थे - सहज स्वाभाविक और प्रेमपूर्ण दयालुता संचारित करते हुए। शायद वहाँ एकत्रित युवा भारतीयों ने उनमें अपने खोए पिता, दादा, प्रेरक चाचा या देवदूत को देखा। लोगों ने डॉ. कलाम में चाहे जो भी देखा हो, उनकी उपस्थिति में कोई जादुई चीज़ थी।

डॉ. कलाम का अगला पड़ाव लॉस एंजलस था, जहाँ वे वर्ल्ड स्पेस कॉन्फ्रेंस को संबोधित करने वाले थे। इस सम्मेलन का आयोजन प्रतिष्ठित काल्टेक युनिवर्सिटी द्वारा अंतरिक्ष अन्वेषण के पचास वर्ष मनाने के लिए किया गया था। 'अंतरिक्ष दौड़' तब से शुरू हुई, जब सोवियत संघ के स्पुतनिक प्रयास ने 1957 में पहले कृत्रिम उपग्रह को पृथ्वी की कक्षा में सफलतापूर्वक स्थापित कर दिया। डॉ. कलाम बाईस साल बाद लॉस एंजलस की यात्रा कर रहे थे। वे नॉरथ्रॉप कॉरपोरेशन में काम के सिलसिले में 1985 में वहाँ आए थे और उन्होंने देखा कि वहाँ इस दौरान कई परिवर्तन हुए थे। डॉ. कलाम ने लॉस एंजलस को एक वैश्विक शहर पाया। उन्हें महसूस हुआ कि मनोरंजन, संस्कृति, मीडिया, फ़ैशन, विज्ञान, खेल, प्रौद्योगिकी, शिक्षा, चिकित्सा और शोध में लॉस एंजलस की विविधतापूर्ण अर्थव्यवस्था विश्व इतिहास में सचमुच अतुलनीय है।

काल्टेक को प्रायः संसार की सर्वश्रेष्ठ युनिवर्सिटीज़ में से एक कहा जाता है। हालाँकि काल्टेक के पास स्टैनफ़ोर्ड युनिवर्सिटी जितना बड़ा कैंपस नहीं है - और इससे ज़्यादा भव्य दूसरे 'आईवी लीग' कॉलेज भी हैं - लेकिन यहाँ के विद्यार्थियों और शिक्षकों ने आश्चर्यजनक रूप से 34 नोबेल पुरस्कार जीते हैं। बरस दर बरस विज्ञान या प्रौद्योगिकी के अमेरिकी राष्ट्रीय मेडल्स काफ़ी बड़ी संख्या में यहाँ आते हैं। इसके अलावा, अमेरिका की कोई राष्ट्रीय अकादमी नहीं है, जहाँ काल्टेक का कोई पूर्व छात्र अध्यापक समूह में न हो।

काल्टेक का अंतरिक्ष कार्यक्रम के साथ एक अनूठा और अनिवार्य संबंध रहा है। जेट प्रोपल्शन लेबोरेट्री (जेपीएल) से इसके क़रीबी संबंध हैं, जो बाहरी अंतरिक्ष के अन्वेषण की प्रौद्योगिकियों पर ध्यान केंद्रित करने वाली अमेरिका की पहली प्रयोगशाला थी। जेपीएल नासा से भी पहले बनी थी। डॉ. कलाम ने काल्टेक और जेपीएल में 'फ़िफ़्टी इयर्स इन स्पेस' में अपनी सहभागिता को एक ऐसी तीर्थयात्रा कहा, जिसका उन्हें लंबे समय से इंतज़ार था। इस समारोह की पृष्ठभूमि उनके लिए और भी आनंददायक थी। उन्हें सैन गैब्रील माउंटेन्स के क़रीब पैसाडेना के चित्रनुमा व्यापारिक क्षेत्र का इलाक़ा और खुला आसमान ख़ास तौर पर आकर्षक लगा।

> नासा के प्रशासक माइकल ग्रिफ़िन के मुख्य व्याख्यान को डॉ. कलाम ने किसी एकाग्रचित्त विद्यार्थी की तरह सुना। उन्होंने अपने नोटपैड पर ग्रिफ़िन के कुछ वाक्य भी लिख लिए : 'हम कहाँ जा सकते हैं, यह समझने के लिए पहले हमें यह समझना होगा कि हम कहाँ रहे हैं, और मैं सोचता हूँ कि हमें अपने इतिहास की उससे बेहतर समझ की ज़रूरत है, जितनी कि आम

तौर पर हमारे पास होती है।' ग्रिफ़िन ने कहा था। 'अगले पचास वर्षों में हम मंगल पर पहले इंसान के उतरने की बीसवीं वर्षगाँट के साथ स्पुतनिक की सौवीं वर्षगाँठ सचमुच मना सकते हैं। अब अगर इसे करके दिखाना है, तो यह हम पर है।'

डॉ. कलाम ने ग्रिफ़िन की दूरदर्शिता की सराहना की। बाक़ी वक्ताओं में सेंटर नेशनल डी एट्यूड्स स्पेशियल्स, फ्रांस के प्रेसिडेंट यानिक डेसकाथा, यूरोपियन स्पेस एजेंसी के डायरेक्टर जनरल जीन-जैक्स डोरडेन शामिल थे। फिर डॉ. कलाम का पल आया। हर कोई डॉ. कलाम से इसरो के बारे में बात करने की उम्मीद कर रहा था, जो उन्होंने अंततः की। लेकिन सबसे पहले उन्होंने अंतरिक्ष अनुसंधान के वैश्विक दृष्टिकोण की अनिवार्यता पर अपना एजेंडा सामने रखा :

पृथ्वी ग्रह की दो मानवीय आवश्यकताएँ हैं। एक है ज़िंदा लोगों के लिए पृथ्वी के पर्यावरण की रक्षा और दूसरी है ऊर्जा स्वाधीनता। पृथ्वी स्ट्रेटोस्फ़ियर के ठंडे होने का अनुभव कर रही है (ओज़ोन छिद्र के कारण) और ट्रोपोस्फ़ियर के गर्म होने का भी अनुभव कर रही है (ग्रीनहाउस गैसों के बढ़ने के कारण)। जीवाश्म ईंधनों से उत्पन्न ऊर्जा हर साल तीस अरब टन कार्बन डाइऑक्साइड पैदा करती है। क्या अंतरिक्ष विज्ञान और अंतरिक्ष प्रौद्योगिकी इन दोहरी आवश्यकताओं को पूरा करने में सहायक हो सकती है?

डॉ. कलाम ने चेतावनी दी कि भू-समकालिक या जियो-सिन्क्रोनस कक्षा लगभग पूरी तरह भर चुकी है, जिसमें विभिन्न देशों के 240 उपग्रह हैं। विभिन्न कक्षाओं में वर्तमान में 800 से अधिक उपग्रह सक्रिय हैं। उपग्रह उत्पादन में संचार और जासूसी संबंधी कई सैन्य उपग्रह शामिल हैं। उन्होंने कहा कि अंतरिक्ष में मानव जाति की प्रौद्योगिकी संपत्तियाँ बेहद महँगी और बहुत अनिवार्य हैं। इन संपत्तियों की रक्षा करना और बिना किसी रुकावट या हस्तक्षेप के सेवाओं की निरंतरता को सुनिश्चित करना अब सर्वोच्च महत्त्व का काम है।

वैज्ञानिकों की भीड़ ने उनका भाषण बहुत ग़ौर से सुना, जिसमें बौद्धिक संलग्नता के बजाय भावनात्मक जुड़ाव ज़्यादा नज़र आ रहा था। उनकी बौद्धिक शक्ति और वैज्ञानिक रुझान के बावजूद डॉ. कलाम अक्सर अपने वैज्ञानिक दिमाग़ के बजाय अपने दिल से बोलते थे। उन्होंने वहाँ मौजूद हर व्यक्ति के भावनात्मक तारों को झनझना दिया, जब उन्होंने अंतरिक्ष वैज्ञानिकों के विश्वव्यापी समुदाय की तुलना एक परिवार से की :

अपने अंतरिक्ष परिवार के बीच रहते वक़्त आज मुझे रामेश्वरम् में अपने संयुक्त परिवार की याद आती है। रामेश्वरम् दक्षिणी भारन में एक छोटा सा टापू है, जहाँ हम बहुत से भाई-बहन एक साथ रहते थे। मैं आख़िरी संतान

था। मैंने देखा है कि मेरी माँ अपने बेटे–बेटियों के साथ कैसे जुड़ीं और उन्हें साथ लाईं, हालाँकि उनकी आवश्यकताओं और व्यक्तित्वों में बहुत सारे अंतर थे।

इसी तरह पिछले पाँच दशकों के दौरान मैंने देखा है कि अंतरिक्ष कार्यक्रमों की सफलताएँ और असफलताएँ इस पृथ्वी पर देशों को कैसे जोड़ती हैं। बड़ी अंतरिक्ष घटनाएँ चाहे कहीं भी हों, जैसे – चंद्रमा पर मनुष्य का उतरना, भू–समकालिक कक्षा में संचार उपग्रहों की पहली शृंखला या ध्रुवीय परिक्रमा पथ में सुदूर संवेदन उपग्रह स्थापित करना या सुनीता विलियम्स सहित नासा अंतरिक्ष यात्रियों का बारिश भरे दिन में पृथ्वी पर उतरना; ये पूरे पृथ्वी ग्रह के परिवारों और बच्चों को ध्यान को जकड़ लेती हैं।

मैं तो कहूँगा कि अंतरिक्ष में घटनाओं और कार्यों ने एक मायने में पूरे संसार को एक कर दिया है, जैसे कोई माँ परिवार को एक करती है। अब क्या हम पृथ्वी ग्रह के कायाकल्प के लिए माँ के गुणों के साथ अंतरिक्ष का इस्तेमाल कर सकते हैं – ग़रीबी के बिना समृद्धि, युद्ध के डर के बिना शांति – और इसे पूरी मानवता के जीने के लिए एक सुखद जगह बना सकते हैं?

डॉ. कलाम अक्टूबर 2007 में एक बार फिर अमेरिका गए। दरअसल, उन्होंने अपना 76वाँ जन्मदिन ग्रीनबेल्ट, मैरीलैंड में नासा के गोडर्ड स्पेस फ़्लाइट सेंटर में मनाया। वे 1963 में युवक के रूप में वहाँ पर थे और इस यात्रा ने स्वाभाविक रूप से उन्हें अपने पुराने दिनों की याद दिला दी। बीच के दशकों में बहुत कुछ घटा था और उनका करियर उन्हें जवानी की किसी भी कल्पना से बहुत आगे तक ले गया था। लेकिन उनकी उम्र के बावजूद उनकी ऊर्जा और जीवन के प्रति जोश शक्तिशाली था; और वे अब भी आशा को पाले हुए थे, एक ऐसी चीज़ जो वरिष्ठ लोगों को बहुत पहले ही छोड़कर चली जाती है।

चाहे जो हो, डॉ. कलाम अब भी सीख रहे थे, आकर्षित कर रहे थे और मान्यता पा रहे थे। कारनेगी मेलन युनिवर्सिटी ने 17 अक्टूबर 2007 को एक विशेष समारोह में डॉ. कलाम को विज्ञान और प्रौद्योगिकी में डॉक्टरेट की मानद उपाधि प्रदान की। कारनेगी मेलन के प्रेसिडेंट जैरेड एल. कोहोन ने कहा, 'इंजीनियर, शिक्षाविद्, एक महान देश के नेता और विश्व के नीतिज्ञ के रूप में डॉ. कलाम ने शांति और वैश्विक विकास के साधनों के रूप में विज्ञान तथा प्रौद्योगिकी के प्रति अपनी प्रतिबद्धता से करोड़ों लोगों को प्रेरित किया है। हम सीखने की कायाकल्पकारी शक्ति में उनके अटल विश्वास का ख़ास तौर पर सम्मान करते हैं।'

आईगेट कॉरपोरेशन के चीफ़ एक्ज़ीक्यूटिव ऑफ़िसर और कारनेगी मेलन के बोर्ड ऑफ़ ट्रस्टीज़ के वाइस-चेयरमैन सुनील वाधवानी ने नेता और शिक्षाविद् दोनों के रूप में डॉ. कलाम की प्रशंसा की। 'वे सचमुच उल्लेखनीय इंसान हैं, जो इस बात का प्रेरक उदाहरण रखते हैं कि एक जीवन में कितना कुछ हासिल किया जा सकता है। राष्ट्रपति कलाम ने यह दिखा दिया है कि बड़े सपने देखना संभव है, फ़र्क़ लाना संभव है और आदर्शों से समझौता किए बिना ऐसा करना भी संभव है।'

> अपने स्वीकृति भाषण में डॉ. कलाम ने 'सामाजिक ग्रिड' या सामाजिक जाल का अपना विचार बताया। इसमें यह शामिल होगा : एक 'ज्ञान जाल' जो विश्वविद्यालयों को सामाजिक-आर्थिक संस्थाओं, उद्योगों और शोध व विकास संगठनों से जोड़े; एक 'स्वास्थ्य सुविधा जाल', जो सुविधा देने वाले प्राथमिक, द्वितीयक और उच्च-स्तरीय आदि विभिन्न स्तर के अस्पतालों को शोध संस्थानों, शिक्षा संस्थाओं तथा अंततः औषधि शोध संस्थाओं से जोड़े; एक 'ई-प्रशासन जाल', जो केंद्र, राज्य, जिला और शहर स्तर के कार्यालयों को आपस में जोड़े, और एक 'ग्रामीण विकास ज्ञान जाल' जो ग्रामीण विकास केंद्रों को कार्यक्षेत्र सेवा प्रदाताओं से जोड़े।

इस दिन पहले डॉ. कलाम ने पिट्सबर्ग में कारनेगी म्यूज़िकल हॉल में आयोजित पुरस्कार समारोह में रतन टाटा को कारनेगी मेडल ऑफ़ फ़िलेन्थ्रोपी से सम्मानित किया। डॉ. कलाम ने कहा, 'यह मेरे लिए बहुत सम्मान और खुशी की बात है कि मैं रतन टाटा को 2007 कारनेगी मेडल ऑफ़ फ़िलेन्थ्रोपी प्राप्त करने का दृश्य देख रहा हूँ,' और वे अपने दिल से बोल रहे थे। वे टाटा समूह के बहुत बड़े प्रशंसक थे और टाटा परिवार को आधुनिक भारत के महान दूरदृष्टा निर्माताओं में मानते थे। रात को उन्होंने बाद में मुझे बताया, 'किसी देश की परिभाषा इसकी सीमाओं या इसके क्षेत्रफल की सीमाओं से नहीं होती है, और राष्ट्र निर्माता वह राजनेता नहीं होता, जो किसी ऊँचे पद को धारण किए हो। इसके बजाय, देश उन अलग-अलग लोगों द्वारा परिभाषित होता है, जिन्हें उद्देश्य और आदर्श तंत्र द्वारा एक कर दिया गया है। राष्ट्र निर्माता वे लोग हैं, जो उस तरह के समाज के स्वप्न के प्रति निष्ठावान हैं, जिसमें वे रहना चाहते हैं और आने वाली पीढ़ियों को देना चाहते हैं।'

18 अक्टूबर 2007 को ह्यूस्टन, टैक्सस में राइस युनिवर्सिटी में डॉ. कलाम ने दूसरे ग्रहों की यात्रा और उद्योग के विकास को तीव्र करने के लिए वर्ल्ड स्पेस काउंसिल के गठन का आह्वान किया। स्टूड कन्सर्ट हॉल में खचाखच भरी भीड़ के सामने बोलते हुए उन्होंने वर्ल्ड स्पेस विज़न 2050 की रूपरेखा बताई। उन्होंने अंतरराष्ट्रीय सहयोग और समस्या सुलझाने के लिए उद्दीपक के रूप में अंतरिक्ष के इस्तेमाल का अपना स्वप्न बताया। उन्होंने कहा कि अंतरिक्ष तक कम लागत में पहुँच, वृहद सुरक्षा और अन्वेषण तथा वर्तमान यंत्र मिशनों को अगर बड़े पैमाने के सामाजिक मिशनों से

मिला दिया जाए, तो मानव जाति पर एक गहरा प्रभाव पड़ सकता है। 'पूरे समाज को लाभ पहुँचाने वाली परग्रही परियोजना के लिए अंतरिक्ष तक पहुँच की लागत कम करने की ज़रूरत होगी। अगर दोबारा इस्तेमाल होने वाले प्रक्षेपण यान बनाना है, तो इसके लिए निश्चित रूप से अंतरिक्षगामी देशों को मिलकर काम करने की ज़रूरत है, ताकि भार को कक्षा में ले जाने की लागत कम हो सके। अंतरिक्ष से ऊर्जा प्रदान करने और सौर ऊर्जा से समुद्री पानी को नमकरहित करने जैसे विचारों को साकार करने के लिए भी अधिक वैश्विक अंतर्विषयक और अंतर्संस्थागत शोध की ज़रूरत है।

> डॉ. कलाम ने कहा, अंतरिक्ष प्रौद्योगिकी पृथ्वी पर जीवन को लाभ पहुँचा सकती है, लेकिन इसके लिए अंतरिक्ष को हथियार मुक्त बने रहना चाहिए। इसके अलावा, अंतरराष्ट्रीय समुदाय को भू-राजनैतिक संघर्षों को बाहरी अंतरिक्ष में फैलने से बचाने के लिए कड़ी मेहनत करनी चाहिए, क्योंकि अंतरिक्ष हर एक का है। इस उद्देश्य से डॉ. कलाम ने अंतरराष्ट्रीय क़ानून के अनुरूप एक अंतरराष्ट्रीय अंतरिक्ष शक्ति बनाने का सुझाव दिया, जो अंतरराष्ट्रीय शांति व सहयोग के हितों में अंतरिक्ष संपत्तियों की रक्षा करने के लिए काम करे।

भारत लौटने से पहले डॉ. कलाम 19 अक्टूबर 2007 को फ़ैटविले में युनिवर्सिटी ऑफ़ अरकंसास गए। सैनं फ्रांसिस्को में उस वक़्त भारत के कॉन्सल जनरल यानी महावाणिज्यदूत बी.एस. प्रकाश ने अमेरिका की इन दो अभूतपूर्व यात्राओं का सबसे अच्छा वर्णन किया था :

> निवासी कूटनीतिज्ञ होने के नाते यह मेरा सौभाग्य था कि मैं डॉ. कलाम के साथ हर समारोह में गया। हमने सुबह एक के बाद एक अपॉइंटमेंट के साथ काफ़ी जल्दी शुरुआत कर दी थी; उनका दिन तो और पहले शुरू हो गया होगा; और अब शाम हो चुकी थी।
>
> हर जगह पर भीड़ किसी रॉक स्टार की तरह उन्हें घेर लेती थी। ऑटोग्राफ़, फ़ोटोग्राफ़, प्रोत्साहन के संकेतों और ज्ञान के शब्दों के लिए कोलाहल भरी माँग थी। डॉ. कलाम ने दिन भर हर एक की माँग पूरी की, लगातार फ़ोटोग्राफ़ के लिए मुस्कराए, जो लोग किसी पुराने जुड़ाव की याद दिलाते थे, उनके नाम और जगह याद करते रहे, और सबसे बढ़कर, ग्रहणशील और जिज्ञासु बने रहे।

भारत लौटते वक़्त रास्ते में लंदन में एक सम्मान उनका इंतज़ार कर रहा था। डॉ. कलाम को रॉयल सोसायटी में प्रतिष्ठित रॉयल सोसायटी किंग चार्ल्स टू मेडल से सम्मानित किया गया। इस समारोह में लॉर्ड करन बिलिमोरिया, लॉर्ड स्वराज पॉल और लॉर्ड मेघनाद देसाई मौजूद थे - जो इंग्लैंड में भारत के तीन रत्न थे। रॉयल

सोसायटी ऑफ़ इंग्लैंड के प्रेसिडेंट लॉर्ड मार्टिन रीस ने कहा :

> राष्ट्रपति कलाम ने भारत का नेतृत्व एक ऐसे समय में किया, जब विज्ञान और प्रौद्योगिकी निवेश देश में क्रांतिकारी रूप से बढ़ा है। उन्होंने भारत को विकासशील देश से विकसित देश में बदलने का नक़्शा तैयार करने में महती भूमिका निभाई है। खुद वैज्ञानिक होने के नाते उन्होंने अपने देश की वैज्ञानिक तरक्की में महान योगदान भी दिया है।

दिल्ली वापसी की हमारी यात्रा में हवाई जहाज़ पर हमारे बीच बातचीत हुई, जो पक्षियों की उड़ान की सराहना से शुरू हुई, लेकिन दरअसल ज़्यादा गहरी थी :

कलाम : दोस्त, क्या तुमने कभी किसी बाज को ऊँचाई पर देखा है?

अरुण : नहीं, सर।

कलाम : अजीब आदमी। इसी समय मन में उड़ते बाज की तसवीर देखो। यह बहुत ऊँचा उड़ रहा है। यह हवाओं पर बिना गति के फिसल रहा है, उन हवाओं से बहुत ऊपर जो धरती की सतह को झकझोरती हैं। इसकी गतिविधियाँ देखो! कितनी आकर्षक हैं! देखो कि यह कैसे हवाओं के प्रवाह के सामने समर्पण कर रहा है और उन्हें खुद को उठाने दे रहा है।

अरुण : हाँ सर, मैं चित्र देख रहा हूँ।

कलाम : यही आस्थावान लोगों के साथ होता है। जब हम अपना जीवन परमात्मा की गतिविधि के हवाले कर देते हैं, जैसा पैगंबर मोज़ेस, पैगंबर जोशुआ, पैगंबर मुहम्मद, गौतम बुद्ध और महात्मा गाँधी ने किया, तो एक भारी रूपांतरण हो जाता है।

अरुण : क्या आपने इसका अनुभव किया?

कलाम : ओह, हाँ। मैं तुम्हें अपने अनुभवों से बता सकता हूँ कि हमारे जीवन के सबसे अंदरूनी स्थानों में ईश्वर की उपस्थिति क प्रतिरोध करने के क्या परिणाम होते हैं और जब हम ईश्वर की इच्छा के सामने झुक जाते हैं, तो कितने नायाब परिवर्तन होते हैं, जिन्हें बयां नहीं किया जा सकता।

ईश्वर डॉ. कलाम के विचारों से कभी ज़्यादा दूर नहीं रहा, हालाँकि उनकी अथक समय-सारणी उन्हें यहाँ से वहाँ ले जाती रही। जैसा पिछले महीने सिस्को मुख्यालय में हमारे विचित्र 'टेलीपोर्टिंग' अनुभव में वादा किया गया था, डॉ. कलाम बेंगलूरु में सिस्को कंपनी के समारोह में गए। वहाँ उन्होंने 30 अक्टूबर 2007 को ग्लोबेलाइज़ेशन सेंटर ईस्ट का लोकार्पण किया और उनके बग़ल में मुस्कराते हुए जॉन चैंबर्स खड़े थे। अब डॉ. कलाम वैश्विक लीडर बन गए थे।

6.2

अपरिचितों में

हमेशा सार्वजनिक राह पर न चलते रहें। जहाँ दूसरे गए हैं, सिर्फ़ वहीं न जाते रहें। कभी-कभार घिसे-पिटे रास्ते छोड़कर जंगलों में भी जाएँ। यक़ीनन आपको कोई न कोई ऐसी चीज़ मिलेगी, जो आपने पहले कभी नहीं देखी होगी। हो सकता है कि यह कोई छोटी चीज़ हो, लेकिन इसे नज़रअंदाज़ न करें। इसका अनुसरण करें, इसके चारों ओर पड़ताल करें; और इससे पहले कि आपको पता चल पाए, आपके पास सोचने लायक़ कोई मूल्यवान चीज़ होगी।

—अलेक्ज़ेंडर ग्राहम बेल
वैज्ञानिक और टेलीफ़ोन के आविष्कारक

अमेरिका की दो यात्राओं ने डॉ. कलाम को कंप्यूटर विज्ञान में भारतीय मानस की अनूठी शक्ति का अहसास करा दिया था। भारतीय सचमुच इस रोमांचक क्षेत्र में झंडे गाड़ रहे थे। न सिर्फ़ उन्होंने उद्योग में महत्त्वपूर्ण पद हासिल किए थे, बल्कि कंप्यूटर व्यवसाय में भी अपना परचम फहराया था। शिव नाडर कंप्यूटिंग जगत के एक ऐसे ही उजले सितारे थे। खुद को अंतरराष्ट्रीय बाज़ार में स्थापित करने के बाद वे पूरे भारत में अंतरराष्ट्रीय प्रौद्योगिकी केंद्र स्थापित कर रहे थे। उनका पहला केंद्र उत्तरप्रदेश के नोएडा में बना, जो तब तक नई दिल्ली के उप नगर जैसा बन चुका था।

शिव नाडर ने कोयम्बतूर के पीएसजी कॉलेज ऑफ़ टेक्नोलॉजी से इलेक्ट्रिकल और इलेक्ट्रॉनिक्स इंजीनियरिंग में स्नातक उपाधि ली। उन्होंने भारतीय बाज़ार में डिजिटल कैलकुलेटर बेचकर अपना कारोबारी करियर शुरू किया। 1976 में उन्होंने एचसीएल की स्थापना की। सूचना प्रौद्योगिकी क्षेत्र में उछाल की संभावना उन्होंने किसी दूसरे से काफ़ी पहले भाँप ली और अपनी सूचना प्रौद्योगिकी सेवा व्यवसाय का अंतरराष्ट्रीय विस्तार किया। 1996 में शिव नाडर ने अपने पिता शिवसुब्रमण्य नाडर के नाम पर चेन्नई में एसएसएन कॉलेज ऑफ़ इंजीनियरिंग स्थापित किया। तब से वे शिव

नाडर फ़ाउंडेशन के ज़रिये भारत की शिक्षा प्रणाली के विकास पर केंद्रित बने हुए हैं।

1 नवंबर 2007 को डॉ. कलाम ने केंद्रीय वित्त मंत्री पी. चिदंबरम और केंद्रीय वाणिज्य व उद्योग मंत्री कमलनाथ के साथ नोएडा में एचसीएल टेक्नोलॉजी हब का लोकार्पण किया। डॉ. कलाम ने शिव नाडर की उपलब्धियों का ज़िक्र करते हुए कहा :

> आज मैं देख रहा हूँ कि 1976 में छह युवा उद्यमियों ने एक स्वप्न देखा था। उन्होंने अपनी कंपनी की सुरक्षित नौकरियाँ इस सपने के साथ छोड़ी थीं कि माइक्रोप्रोसेसर संसार को बदल सकता है। आज वही स्वप्न उन्हें भारतीय आईटी उद्योग में तीन शीर्ष स्थानों तक ले आया है और वे छह साल से व्यक्तिगत कंप्यूटर क्षेत्र में लगातार नंबर वन बने हुए हैं... एचसीएल भारत में शीर्ष आईटी कंपनियों में शुमार है और 82,000 अमेरिकी डॉलर के प्रति कर्मचारी परिणाम के साथ सूची में सबसे ऊपर है।

एचसीएल की शुरुआत कुछ युवाओं के सपने के रूप में हुई थी। विश्व मंच पर इसके शानदार प्रदर्शन ने यह दिखा दिया था कि यदि भारतीय युवाओं को दिशा दे दी जाए, तो वे कितना कुछ कर सकते हैं। डॉ. कलाम ने हमेशा देश के युवाओं के हुनर को तराशने की वकालत की थी। उन्होंने उनके साथ जुड़ने को हमेशा महत्त्वपूर्ण माना; वे उनकी सर्वोच्च प्राथमिकता बन गए। राजनीतिक नेताओं की अपनी खुद की चिंताएँ थीं, नौकरशाही के अपने खुद के तंत्र थे, शिक्षा संस्थान अनुकूलित भी हो गए थे और वाणिज्यिक भी। किसी को युवा मस्तिष्कों की आंतरिक सृजनात्मकता तक हाथ बढ़ाना था और कुम्हलाने से पहले उनके मासूम उत्साह को प्रोत्साहित करना था। वे कुछ ही समारोहों में बोल सकते थे, कुछ ही व्यक्तियों से जुड़ सकते थे। वे बच्चों के मार्गदर्शक के रूप में ज़्यादा बड़ी भूमिका कैसे निभा सकते थे? डॉ. कलाम ने इस पर कुछ समय तक सोचा और शायद भविष्यसूचक अंदाज़ में एक प्रौद्योगिकी समाधान पर पहुँचे।

डॉ. कलाम ने एक इलेक्ट्रॉनिक अख़बार की सामग्री और डिज़ाइन की निगरानी के लिए कई पत्रकारों, वैज्ञानिकों और प्रौद्योगिकी विशेषज्ञों को चयनित किया। उन्होंने आंध्र प्रदेश में करीम नगर में 14 नवंबर 2007 को इस अख़बार का लोकार्पण किया। इस अख़बार का नाम था *बिलियन बीट्स*। इस अख़बार को डब्ल्यूडब्ल्यूडब्ल्यूडॉटअब्दुलकलामडॉटकाम पर अपलिंक किया गया। डॉ. कलाम ने निर्णय लिया कि यह सभी क्षेत्रों में कार्यरत भारतीयों की सफलता की कहानियाँ बताने का मंच होगा : 'कोई राजनीति नहीं, कोई अपराध नहीं, कोई नकारात्मक अख़बार नहीं। जो भी भारतीय देश को विकास के पथ पर पहुँचाने के लिए उत्सुक है, *बिलियन बीट्स* में उसे तवज्जो दी जाएगी।' उन्होंने *बिलियन बीट्स* के प्रबंधन की ज़िम्मेदारी वी. पोनराज और एम. अनंत कृष्णन को सौंप दी। पहले संस्करण में डॉ. कलाम ने दस बिंदुओं की योजना में विकसित भारत का नक़्शा खींचा और इसे देश के

स्कूली बच्चों को समर्पित किया।

नवंबर 2007 में डॉ. कलाम इंडोनेशियन इंस्टीट्यूट ऑफ़ साइंस के राष्ट्रीय सम्मेलन में व्याख्यान देने के लिए जकार्ता गए। साहसी पायलट देशभक्त बीजू पटनायक ने इंडोनेशिया के स्वाधीनता संग्राम में जो भूमिका निभाई थी, उससे डॉ. कलाम बहुत प्रेरित थे। उन्हें हैरानी थी कि बाद के दशकों में दोनों देशों के आपसी बंधन कमज़ोर क्यों हो गए थे। उन्होंने सम्मेलन में सामाजिक कायाकल्प की आवश्यकता पर ज़ोर देने का निर्णय लिया :

> हमारे सामाजिक कायाकल्प में आधुनिक समाज की माँगों को पूरा करने के लिए राष्ट्र के प्राकृतिक और मानव संसाधनों के पूर्ण उपयोग पर ज़ोर है। प्राकृतिक संसाधनों में पानी, खनिज और कच्चा माल, विभिन्न कृषि–जलवायु परिस्थितियाँ और भारी जैव–विविधता शामिल हैं... भारत गुणवत्तापूर्ण शिक्षा के साथ, पेशेवर योग्यताओं के साथ और कृषि, निर्माण व सेवा क्षेत्रों में मूल्य–वर्धित रोज़गार के साथ 54 करोड़ युवाओं को सशक्त बनाकर उनका पूरा उपयोग करने का प्रयास कर रहा है... निश्चित रूप से यह अनुभव एक ज्ञान समाज की ओर होने वाले कायाकल्प के इंडोनेशिया के मिशन में उपयोगी हो सकता है।

डॉ. कलाम को महसूस हुआ कि भारत और इंडोनेशिया में काफ़ी समानताएँ हैं। उन्हें बताया गया था कि इंडोनेशिया में भारतीय मूल के दस लाख से अधिक लोग रहते हैं। वे सदियों से मूल जनसंख्या के साथ घुल-मिल गए थे। उन्होंने वहाँ की संस्कृति को आत्मसात कर लिया था और अब इंडोनेशिया के मूल लोगों से उनमें कोई फ़र्क़ नहीं बचा था। इसके अलावा, इंडोनेशिया में बहुत से भारतीय रहते और काम करते हैं। भारतीय आप्रवासियों में साहसिक उड़िया, तेलुगू और तमिल लोग शामिल हैं, जो कई सदी पहले समुद्र से वहाँ गए थे। इंडोनेशिया ने अधिक हालिया समय में कपड़ा उद्योग में उत्तर भारतीयों और सिंधी व्यापारी परिवारों का प्रवेश देखा था। डॉ. कलाम ने जकार्ता में गाँधी मेमोरियल इंटरनेशनल स्कूल के विद्यार्थियों से बातचीत की और उन्हें अपने सामने एक लघु भारत नज़र आया।

2007 में गूगल इंडिया ने डॉ. कलाम को अपने 'बी द चेंज एम्प्लॉई समिट' में मुख्य व्याख्यान देने के लिए आमंत्रित किया। 3 दिसंबर 2007 को हैदराबाद के गूगल केंद्र में गूगल के चेयरमैन और सीईओ डॉ. एरिक ई. शिमट ने सैकड़ों युवा इंजीनियरों की करतल ध्वनि के बीच डॉ. कलाम का स्वागत किया। डॉ. कलाम ने 11 अक्टूबर 2004 को राष्ट्रपति भवन में गूगल के दोनों संस्थापकों लैरी पेज और सर्जेई ब्रिन के साथ अपनी मुलाक़ात याद की : 'वे अपने कुछ वैश्विक कार्यालय खोलना चाहते थे। उन्होंने डबलिन, आयरलैंड में एक केंद्र खोला था और दूसरा केंद्र खोलने के लिए वे भारत आए थे। उन्होंने देख लिया था कि सेवाएँ स्थानीय हो रही

हैं और विशेष आवश्यकताओं को पूरा कर रही हैं, ख़ास तौर पर विज्ञापन। उन्होंने मुझे बताया कि विद्यार्थी और शोधकर्ता गूगल का इस्तेमाल शोध औज़ार की तरह कैसे कैसे कर सकते हैं।'

जब डॉ. कलाम ने बताया कि लैरी और ब्रिन ने उन्हें बताया था कि केंद्र की जगह को अंतिम रूप देने के लिए उन्हें कितने पापड़ बेलने पड़े थे। और तो और, उन्होंने ऑटो रिक्शा में पूरे हैदराबाद का चक्कर भी लगाया था। यह सुनकर सभी लोग हँस पड़े। डॉ. कलाम ने बताया कि उस वक़्त जीमेल शुरू नहीं हुआ था। लैरी तथा ब्रिन के अनुसार वे अब भी उसकी जाँच कर रहे थे और इसकी ख़ूबियों को बेहतर बना रहे थे।

डॉ. कलाम ने 'अफ़सोस जताया' कि जुलाई में राष्ट्रपति पद छोड़ने के बाद उनका सहायक स्टाफ़ काफ़ी कम हो गया था। इस संक्रमण काल में उन्होंने गूगल के सर्च इंजन को विश्वसनीय 'मित्र' बनने के लिए धन्यवाद दिया। हालाँकि डॉ. कलाम का भाषण कई विषयों को स्पर्श करता था, लेकिन उन्होंने इस बात पर ध्यान केंद्रित किया कि सूचना तक पहुँचने, उसे समझने और प्रभावी ढंग से इस्तेमाल करने की योग्यता आर्थिक विकास और राष्ट्रीय विकास का औज़ार कैसे बन सकती है।

डॉ. कलाम ने तर्क दिया कि इंटरनेट पर मूल्यवान जानकारी प्रदान करने से सृजनात्मकता, नवाचार और प्रतिस्पर्धात्मकता बढ़ सकती है, जिससे 'ज्ञान समाज' का निर्माण होगा। उन्होंने कहा, 'चुनौती प्रौद्योगिकी नहीं है, बल्कि यह है कि यंत्र और सेवा लोगों की आवश्यकता के अनुरूप उन तक कैसे पहुँचाई जाए।' इसके आगे उन्होंने यह जोड़ा :

> ज्ञान समाज में हमें लगातार नवाचार करने होते हैं। नवाचार सृजनात्मकता के ज़रिये आते हैं। सृजनात्मकता सुंदर मन से आती है। यह कहीं भी और संसार के किसी भी हिस्से में हो सकती है। गूगल सृजनात्मकता से पैदा हुआ है... गूगल के वैचारिक पथप्रदर्शक, जो ज़ाहिर है आज यहाँ इकट्ठे हुए हैं, सृजनात्मकता की तलाश में हैं। सृजनात्मकता एक ऐसी प्रक्रिया है, जिसके ज़रिये हम लगातार विचारों को बेहतर बना सकते हैं और अपने कामों में क्रमशः बदलाव और सुधार करके अनूठे समाधान खोज सकते हैं। सृजनात्मकता का अहम पहलू है : हर एक की तरह उसी चीज़ को देखना, लेकिन कोई अलग चीज़ सोच लेना।

डॉ. कलाम ने सूचना और संचार प्रौद्योगिकी उद्योग के लिए तीन सिफ़ारिशें कीं : पहली, उद्योग को व्यापक रूप से यह स्वीकार करने की ओर समाज के मुख्य हिस्सेदारों का नेतृत्व करना चाहिए कि इंटरनेट 'जीने का नया तरीक़ा, सीखने का नया तरीक़ा, व्यापार-व्यवसाय करने का नया तरीक़ा, समाज में घुलने-मिलने का नया तरीक़ा और प्रशासन का नया तरीक़ा है'; दूसरी, उन्होंने उद्योग को प्रोत्साहित

किया कि यह स्थानीय सामग्री का ऑनलाइन सृजन मुहैया करे, जिससे किसी ख़ास इलाक़े में आर्थिक समृद्धि आ सके, और तीसरी, उन्होंने उद्योग से सार्वजनिक नीति परिवर्तनों को बढ़ावा देने को कहा जो प्रमाणीकरण, सुरक्षा, बौद्धिक संपदा अधिकारों और सामाजिक नेटवर्किंग साइटों के दुरुपयोग को रोकने जैसे मुद्दों के बारे में हों।

डॉ. कलाम ने 'गूगल वालों' को कुछ बड़ी समस्याओं का समाधान खोजने के लिए प्रेरित किया : भाषा-पहचान और भाषा-उत्पादन प्रौद्योगिकियों का विकास, जो 'ज्ञान और जानकारी तक भाषा-मुक्त पहुँच' बनाए; विकसित और विकासशील संसारों में विज्ञान व इंजीनियरिंग विद्यार्थियों के लिए डिजिटल लाइब्रेरीज़ का निर्माण और एक ऐसे तंत्र का निर्माण जो साफ़ ऊर्जा को उत्पन्न करता हो, संग्रह करता हो और वितरित करता हो। जब हम गूगल सेंटर से निकल रहे थे, तो मैंने एक युवा इंजीनियर को अपने सहकर्मी से यह बोलते सुना, 'ये वही इंसान हैं, जिन्होंने आग की चिंगारी जलाई और एशिया में शक्ति के संतुलन को सचमुच बदल दिया!' मुझे महसूस हुआ कि यह दरअसल डॉ. कलाम के काम का संक्षिप्त वर्णन है। अब डॉ. कलाम के जीवन से रॉकेट चले गए थे और वे एक अलग तरह की आग की चिंगारी दे रहे थे।

5 दिसंबर 2007 को टाटा कंसल्टेंसी सर्विसेस (टीसीएस) ने डॉ. कलाम को एमस्टरडम, नीदरलैंड्स के बेनीलक्स इलाक़े में अपनी पंद्रहवीं वर्षगाँठ के जलसे में आमंत्रित किया। टाटा समूह की टीसीएस में उस वक़्त सैंतालीस देशों में एक लाख से अधिक विश्व के सर्वश्रेष्ठ प्रशिक्षित आईटी परामर्शदाता थे। इन परामर्शदाताओं ने 31 मार्च 2007 को समाप्त होने वाले वर्ष में 5 अरब अमेरिकी डॉलर से अधिक की सकल आमदनी उत्पन्न की थी।

बिना किसी झिझक और बच्चों जैसी उत्सुकता से डॉ. कलाम ने पूछा, 'बेनीलक्स क्या है?' वे टीसीएस यूरोप के निदेशक गिरीश रामचंद्रन से बात कर रहे थे।

रामचंद्रन ने जवाब दिया, 'सर, बेनीलक्स तीन पड़ोसी देशों का राजनीतिक-आर्थिक संघ है - बेल्जियम, नीदरलैंड्स और लक्सेमबर्ग। सर, दरअसल बेनीलक्स नाम हर देश के नाम के पहले अक्षरों को मिलाकर बनाया गया है।'

'बेहतरीन!' डॉ. कलाम ने कहा और एक त्वरित बंधन जुड़ गया, जिससे बड़े समूह में हर एक के चेहरे पर मुस्कान खिल गई। डॉ. कलाम ने पूछा, 'आपके ग्राहक कौन हैं?' रामचंद्रन ने बहुत से नाम बताए, जिनमें यूरोप की सबसे प्रतिष्ठित कंपनियों के नाम शामिल थे - फ़िलिप्स, बेल्गाकॉम, एबीएन आमरो, कोलरयूट, रैबोबैंक और आईएनजी ग्रुप।

'आपको कौन सी चीज़ अनूठा बनाती है?'

रामचंद्रन ने जवाब दिया, 'यहाँ हमारी सफलता स्थानीय अर्थव्यवस्था और समुदाय के भीतर एकीकरण के सिद्धांतों पर बनी हुई है, जहाँ से हमारा ज़्यादातर स्टाफ़ नियुक्त होता है।'

डॉ. कलाम ने प्रशंसा की, 'आप अच्छे लोग हो।' अपने भाषण में डॉ. कलाम ने टाटा की अविश्वसनीय कहानी बताने का चुनाव किया।

डॉ. कलाम ने हेग में फ़ाउंडेशन फ़ॉर क्रिटिकल चॉइसेस फ़ॉर इंडिया की बैठक को भी संबोधित किया। एफ़सीसीआइ विदेशों में रहने वाले भारतीयों के संसाधनों का इस्तेमाल करके सामाजिक, राजनीतिक और आर्थिक क्षेत्रों में भारत के लिए महत्त्वपूर्ण मुद्दों पर अध्ययन व कार्यक्रम शुरू और लागू करने वाला थिंक टैंक तथा केंद्र बिंदु है।

डॉ. कलाम ने कहा कि लोग अक्सर उनके सामने यह चिंता व्यक्त करते थे कि योग्य पेशेवर लोग बहुत बड़ी संख्या में भारत से विदेश जा रहे हैं। उन्होंने उनसे पूछा कि क्या यह 'ब्रेन ड्रेन' या प्रतिभा पलायन देश के लिए एक महत्त्वपूर्ण क्षति थी। उन्होंने कहा कि उनका जवाब हमेशा ज़ोरदार 'नहीं!' रहा है। एक अरब लोगों से ज़्यादा की भारतीय जनसंख्या में कुल जमा 2.3 करोड़ लोग विदेशों में रह रहे हैं, जो पूरी पृथ्वी पर फैले हुए हैं। वे अपने नए राष्ट्रों में निश्चित रूप से योगदान दे रहे हैं, जहाँ वे बस गए हैं। लेकिन उन्होंने साथ ही अपने माता-पिता और भारत के शैक्षणिक संस्थानों के साथ अपने संबंध को बनाए रखा है, जिससे वे अपने दोनों देशों को समृद्ध बना रहे हैं। फिर उन्होंने महान तमिल कवयित्री अवैय्यर की एक मशहूर कहावत दोहराई :

> जीवन का उद्देश्य ज्ञान और दौलत कमाना होना चाहिए, चाहे इसके लिए समुद्र भी क्यों न पार करना पड़े।

डॉ. कलाम ने न सिर्फ़ हेग में एक सुस्पष्ट और प्रेरक भाषण दिया, बल्कि बाद में उन्होंने विकसित भारत के अपने स्वप्न को भी रेखांकित किया। उन्होंने काफ़ी बड़ी भीड़ के सामने विस्तार से बोला, जो उनका प्रेरक उद्बोधन सुनने आई थी। फ़ाउंडेशन के काम की सराहना करते हुए उन्होंने सुझाव दिया कि इस फ़ाउंडेशन की तरह हम सभी को भारत की सामाजिक समस्याओं पर ध्यान देना चाहिए। फ़ाउंडेशन ने भारत में महिलाओं की सुरक्षा, नागरिक जागरूकता, नगरीय विकास, जल और कचरा-प्रबंधन जैसे अति आवश्यक मुद्दों पर काम किया है।

न्येनरोड बिज़नेस यूनिवर्सिटी, एमस्टरडम ने डॉ. कलाम को डॉक्टरेट की एक और मानद उपाधि से सम्मानित किया। अपने स्वीकृति भाषण में डॉ. कलाम 'राष्ट्रीय समृद्धि और ऊर्जा स्वतंत्रता' पर बोले। उन्होंने कहा कि राष्ट्रवाद और वैश्वीकरण सह-अस्तित्व में रह सकते हैं। यदि समूची मानवता का उत्थान और समृद्धि उनका मार्गदर्शक स्वप्न बन जाए, तो यह दोनों के लिए लाभकारी हो सकता है। उन्होंने न्येनरोड युनिवर्सिटी से पूरे विश्व के लाभ के लिए शोध करने का आह्वान किया। उन्होंने कहा कि राष्ट्रीय प्रगति की चुनौतियों से निबटने में उनका अनुभव और उनका अंतरराष्ट्रीय परिवेश उन्हें इस काम के लिए सर्वथा योग्य बनाता है।

फ़रवरी 2008 में दक्षिण कोरिया के राष्ट्रपति ली म्युंग-बाक ने अपने अभिषेक के दौरान डॉ. कलाम को व्यक्तिगत अतिथि के रूप में आमंत्रित किया। राष्ट्रपति पद का उम्मीदवार बनने से कई महीनों पहले ली भारत यात्रा पर आए थे और डॉ. कलाम से मिले थे, जो तब भारत के राष्ट्रपति थे। वे विश्व ज्ञान मंच की डॉ. कलाम की पहल के बारे में ज़्यादा जानना चाहते थे। यह प्रस्ताव अलग-अलग क्षेत्रों में 'बुनियादी सक्षमताओं' वाले विश्वविद्यालयों को एक साथ ला सकता था। ली अब डॉ. कलाम के विचारों के आधार पर एक अंतरराष्ट्रीय विज्ञान-प्रौद्योगिकी-व्यवसाय समूह बनाने की योजना बना रहे थे। हालाँकि समारोह में डॉ. कलाम को महत्त्वपूर्ण स्थान दिया गया, लेकिन भारत सरकार का औपचारिक प्रतिनिधित्व राजदूत एन. पार्थसारथी ने किया। समारोह के बाद डॉ. कलाम सिओल में कोरिया इंस्टीट्यूट ऑफ़ साइंसेस ऐंड टेक्नोलॉजी गए और वैज्ञानिकों के समूह से मिले।

जहाँ भी उन्होंने यात्रा की, डॉ. कलाम को संसार भर के वैज्ञानिकों के समूहों ने हमेशा सर आँखों पर बैठाया, ख़ास तौर पर विमानन/अंतरिक्ष प्रौद्योगिकी क्षेत्र में। संसार भर के साथी वैज्ञानिकों से वे हमेशा अपनापन महसूस करते थे और नई खोजों के प्रति उनका बालसुलभ आश्चर्य कभी ख़त्म नहीं हुआ। अब वे विज्ञान में व्यावहारिक या सैद्धांतिक योगदान नहीं दे सकते थे। इसलिए वे जहाँ भी रहे, उनके काम का स्वरूप एक ही रहा : उत्साहवर्धक, प्रेरक, भविष्यसूचक; एक चिंगारी जलाना जो सामने वाले व्यक्तियों में इच्छा जगा दे, ताकि वे ज़्यादा बड़ी महत्त्वाकांक्षाओं की दिशा में कोशिश करें।

सिओल से डॉ. कलाम इज़राइल की दो दिवसीय यात्रा पर तेल अवीव के लिए रवाना हुए। डॉ. कलाम की एरोस्पेस विज्ञानों में भारी प्रतिष्ठा थी और इसी के मद्देनजर उन्हें एक सम्मेलन में मुख्य वक्ता के रूप में आमंत्रित किया गया था। स्वाभाविक रूप से, भारत-इज़राइल सहयोग को मज़बूत बनाने में उनका योगदान भी उनके आमंत्रण में एक घटक था।

27 फ़रवरी 2008 को इज़राइल एन्युअल कॉन्फ़्रेंस ऑन एरोस्पेस साइंसेस को संबोधित करते हुए डॉ. कलाम ने एक 'विश्व अंतरिक्ष परिषद' के गठन का आह्वान किया, ताकि अंतरिक्ष में बड़े पैमाने के सामाजिक मिशन और कम लागत की पहुँच जैसे काम किए जा सकें। उन्होंने कहा कि एरोस्पेस विज्ञान और प्रौद्योगिकी बहुत से नवाचारों का पालना थी। इसने बहुत से विषयों के मिलकर एक साथ काम करने की संस्कृति को बढ़ावा दिया था, क्योंकि यही अत्याधुनिक प्रणालियों को हासिल करने का एकमात्र तरीक़ा था। इसने संसार के सबसे दूर-दराज़ के लोगों को आपस में जोड़ दिया था। बहरहाल, उन्होंने यह चेतावनी भी दी कि एरोस्पेस शोध के सपनों ने अनावश्यक प्रतिद्वंद्विता और एकाधिकार की मानसिकता बना दी है, जिस वजह से इसकी क्षमता का पर्याप्त से कम उपयोग हो रहा है। डॉ. कलाम ने वैश्विक स्तर पर सहयोग पर ज़ोर देते हुए कहा, 'अकेले खड़े रहने से असुरक्षा और शंका की

निश्चित भावनाएँ उत्पन्न होती हैं।'

डॉ. कलाम को फ़िलाडेल्फ़िया, अमेरिका में व्हार्टन स्कूल के बारहवें वार्षिक व्हार्टन इंडिया इकोनॉमिक फ़ोरम में आमंत्रित किया गया। 22 मार्च 2008 को लगभग 1,000 लोग एक अरब भारतीयों के जीवन की महत्त्वाकांक्षा, कुंठा और विकास पर विचार-विमर्श करने के लिए एकत्रित हुए। सम्मेलन की विषय वस्तु थी 'मेरी कल्पना का भारत,' जो देश की आकांक्षा की युगचेतना के लिहाज़ से उपयुक्त थी। यह मंच राजनीतिक श्रेणियों के पार से भारतीय नेताओं के चुनिंदा समूह को एक साथ लाया। यहाँ विद्यार्थी, शिक्षक, अतिथि और वक्ता भारत की विकास गाथा के विभिन्न पहलुओं के बारे में प्रेरक विचार-विमर्श करने के लिए एकत्रित हुए।

डॉ. कलाम ने 1990 के दशक की शुरुआत में एक आशावादी सरकार में 'भारत को 2020 तक विकसित करो' अवधारणा के बारे में बोला, जब विकास की दर काफ़ी असंभव दिख रही थी। उन्होंने तमाम असफलताओं और प्रगति के स्वप्नों के साथ वर्तमान भारत की तसवीर खींची और इसमें सन 2020 तक समाजवादी राष्ट्रीय समृद्धि हासिल करने की इच्छा भी थी। उन्होंने उन पाँच क्षेत्रों में भारत के विकास की एकीकृत कार्य योजना की आवश्यकता के बारे में जोश से बोला, जिन पर इस पुस्तक में पहले ही बात हो चुकी है।

डॉ. कलाम प्रेस के साथ भी हमेशा उतने ही हँसमुख थे, जितने कि वे जनता के साथ थे, इसलिए उन्होंने स्कूल के ऑनलाइन व्यवसाय विश्लेषण जर्नल *नॉलेजएटदरेटऑफ़व्हारटन* के त्वरित इंटरव्यू का आग्रह स्वीकार कर लिया। डॉ. कलाम ने किसी लीडर के छह अनिवार्य गुण बताए और नवीनीकृत होने वाली ऊर्जा का प्रबल समर्थन किया :

नॉलेजएटदरेटऑफ़व्हार्टन : आप जुलाई 2002 में भारत के राष्ट्रपति कैसे बने? भारत जैसे बड़े, जटिल और अव्यवस्थित देश का नेतृत्व करने के लिए इंसान को किन नेतृत्व गुणों की ज़रूरत होती है?

कलाम : देखिए, मैं भारत को अव्यवस्थित नहीं कहूँगा, क्योंकि व्यवस्था अव्यवस्था से ही आती है। इस समय यही हो रहा है। मुझे एक उपयुक्त चुनावी प्रक्रिया के ज़रिये 2002 से 2007 तक के लिए भारत का राष्ट्रपति चुना गया था। कोई भी नेतृत्व - चाहे यह राजनीति में हो या प्रौद्योगिकी में - के लिए लीडर में छह गुणों की ज़रूरत होती है। ये छह गुण कौन से हैं? सबसे पहले तो लीडर के पास स्वप्न होना चाहिए। स्वप्न के बिना आप लीडर नहीं बन सकते। दूसरे, लीडर को उस मार्ग पर चलने में सक्षम होना चाहिए, जिस पर लोग न चले हों। सामान्य तौर पर, लोगों में अच्छी तरह बनी हुई सड़कों पर यात्रा करने की प्रवृत्ति होती है। तीसरे, लीडर को यह जानना चाहिए कि सफलता का प्रबंधन कैसे करना है और इससे भी अहम बात, असफलता का प्रबंधन

कैसे करना है। चौथा गुण यह है कि लीडर में निर्णय लेने का साहस होना चाहिए। पाँचवें, प्रबंधन में लीडर का आचरण श्रेष्ठ होना चाहिए। लीडर का हर कार्य पारदर्शी होना चाहिए। अंततः लीडर को सत्यनिष्ठा के साथ काम करना चाहिए और सत्यनिष्ठा के साथ सफल होना चाहिए।

नॉलेजएटदरेटऑफ़व्हार्टन : अगर आप राष्ट्रपति के रूप में अपने बरसों को दोबारा शुरू कर सकें, तो आप कौन सी चीज़ अलग तरीक़े से करेंगे? क्या कोई ऐसी चीज़ है, जिसे आप हासिल करना चाहते थे, लेकिन नहीं कर पाए?

कलाम : मेरे मन में यह विचार थोड़ी देर से आया था कि मुझे राष्ट्रपति भवन को पूरी तरह सौर ऊर्जा से शक्ति देनी चाहिए। उसके लिए मैंने अपने राष्ट्रपति काल के पाँचवें वर्ष की शुरुआत में एक प्रस्ताव पर काम शुरू किया भी था, लेकिन इस पर पर्यावरणवादी संस्थाओं ने बहुत से सवाल खड़े किए। इससे पहले कि मैं उन्हें जवाब दे पाता, मेरा कार्यकाल ख़त्म हो गया। मुझे अच्छा लगता अगर राष्ट्रपति भवन भारत का पहला निवास होता, जिसमें विद्युत की पूरी आपूर्ति सौर ऊर्जा के माध्यम से होती।

24 मार्च 2008 को केंटकी युनिवर्सिटी ने डॉ. कलाम के लिए 'नीला' गलीचा बिछाया। यह शब्दावली केंटकी राज्य के ब्लूग्रास इलाक़े से आई थी, जहाँ राज्य की अधिकांश जनसंख्या रहती है और जहाँ इसने अपने सबसे बड़े शहर बनाए हैं। यूरोपियों के यहाँ आने से पहले यह इलाक़ा अधिकतर चौड़ी घास भूमियों का बड़ा चारागाह था, जिसमें बड़े-बड़े ओक वृक्ष लगे थे। यूरोपियों ने इस इलाक़े का नाम नीले फूलों वाली पोआ घास के नाम पर रखा, जो उन्हें यहाँ प्रचुरता में मिली।

> युनिवर्सिटी ने डॉ. कलाम को डॉक्टर ऑफ़ साइंस की मानद उपाधि प्रदान की। दो अमेरिकी भारतीयों – एस. मेलाप्पलयम और सौम्या विजयराघवन – ने प्रेसिडेंट ए.पी.जे. अब्दुल कलाम इंडिया स्टडीज़ ऐंडोमेंट फ़ंड स्थापित करने के लिए दस लाख डॉलर का उपहार दिया था। उनका उपहार प्रस्तावित सेंटर ऑफ़ एक्सीलेंस फ़ॉर इंडिया स्टडीज़ के लिए ऐंडोड प्रोफ़ेसरशिप्स के अलावा गैटन कॉलेज ऑफ़ बिज़नेस ऐंड इकोनोमिक्स के ज़रिये भारतीय व्यावसायिक अध्ययनों में शोध को समर्थन देने वाला था। डीन देवनाथन सुदर्शन ने कहा, 'इस उपहार को पाना हमारे पाठ्यक्रम को सचमुच अंतरराष्ट्रीय बनाने में अगला महत्त्वपूर्ण क़दम है और इससे गैटन कॉलेज में हमारी "विश्व–तैयारी" विषयवस्तु के प्रबल होने में मदद मिलती है।'

1967 में फ़िनलैंड की स्वतंत्रता की पचासवीं वर्षगाँठ के समारोह अवसर पर बैंक ऑफ़ फ़िनलैंड ने सिटरा यानी एसआईटीआरए नामक संगठन बनाने के लिए 100 मिलियन मार्क्स का दान दिया। सिटरा स्युओमेन इटसेनैसयडेन जुहलारहास्तो (फ़िनिश नेशनल

फ़ंड फ़ॉर रिसर्च) का संक्षिप्त नाम है। सिटरा को फ़िनलैंड के स्थिर और संतुलित विकास, आर्थिक विकास और अंतरराष्ट्रीय प्रतिस्पर्धात्मकता व सहयोग को बढ़ाने का काम सौंपा गया। 1991 में सिटरा एक स्वतंत्र फ़ंड में बदल गया, जो कार्यप्रगति की सूचना सीधे फ़िनलैंड की संसद को देता था। 2008 तक सिटरा की दान पूँजी का मूल्य 600 मिलियन यूरो से ज़्यादा हो चुका था।

2005 में सिटरा ने 'इंडिया प्रोग्राम' शुरू किया, क्योंकि भारत के साथ फ़िनलैंड के संबंध को बढ़ाने का इरादा था। अगले तीन साल तक इस कार्यक्रम ने फ़िनलैंड की जनता को भारत संबंधी जानकारी प्रदान की और भारतीयों के सामने फ़िनलैंड की विशेषज्ञता पेश की। पर्यावरण और स्वास्थ्य सुविधा दो हर हाल में लाभ कमाने वाले उद्योगों के रूप में उभरे, जिनकी भारत में ज़रूरत थी और जिनमें फ़िनलैंड की दक्षता थी। 15 अप्रैल 2008 को सिटरा ने डॉ. कलाम को युनिवर्सिटी ऑफ़ हेलसिंकी में इंडिया प्रोग्राम के अंतिम सेमिनार में बोलने के लिए आमंत्रित किया। वे प्रगति में सबको सम्मिलित करने के बारे में विचार बताने वाले थे और इस बारे में भी कि भारतीय आर्थिक विकास के फल इसके समाज के सभी हिस्सों में बराबरी से कैसे बाँटे जा सकते हैं।

डॉ. कलाम कार्यक्रम से एक दिन पहले हेलसिंकी पहुँच गए, क्योंकि उन्हें फ़िनलैंड के प्रधानमंत्री मैट्टी वैनहेनन और उनकी टीम से मिलना था। वैनहेनन मद्यपान नहीं करते थे और यह इन दो परहेज़ी लोगों के बीच बातचीत का पहला बिंदु बन गया। वैनहेनन को मीडिया में एक सौम्य नेता के रूप में चित्रित किया जाता था, जिनमें करिश्मा और व्यक्तिगत आकर्षण कम था और उनकी इस बात को उद्धृत किया जाता था कि उन्होंने कभी किसी से सलाह नहीं ली। बहुत लंबे वैनहेनन (6 फुट 6 इंच) डॉ. कलाम के साथ हाथ मिलाने के लिए झुके, जो उनसे कम से कम एक फुट छोटे थे। उन्होंने सामाजिक समानता पर डॉ. कलाम के विचार गर्मजोशी से पूछे। वैनहेनन भौंचक्के थे कि भारत, जहाँ एक अरब से ज़्यादा लोग रहते हैं, सामाजिक समानता कार्यक्रम के बारे में सोच रहा था, जबकि फ़िनलैंड में इसकी आम इच्छा नहीं जगाई जा सकती थी, जहाँ केवल पचास लाख लोग रहते थे।

अगले दिन डॉ. कलाम 'सर्व-सम्मिलित और दीर्घकालीन भविष्य सुनिश्चित करने में प्रौद्योगिकी की भूमिका' विषय पर बोले। उनकी सामग्री एक साथ व्यापक और ज्ञानवर्धक थी, जो संकल्पना से प्राप्ति तक प्रौद्योगिकी परियोजनाओं को क़ायम रखने के दमदार सिद्धांत बताती थी :

> मैं आपको वह बताना चाहता हूँ, जो मैंने इन तीन कार्यक्रमों (अंतरिक्ष, रक्षा और परमाणु) से अपने व्यक्तिगत अनुभव से सीखा है। जीवन में जहाँ भी कोई सपना होता है, यह भविष्यदृष्टि में बदल जाता है ऊँचे स्तर की सोच उस भविष्यदृष्टि को मिशन में बदल देती है। इसके बाद सारे स्रोतों से ज्ञान

> का संग्रह आता है। फिर काम करना और बिना सीमा के काम करने की स्थितियाँ आती हैं, जब तक कि मिशन साकार नहीं हो जाता और सफलता मिल नहीं जाती। मिशन पर काम करते समय असफलताओं की ज़िम्मेदारी खुद लेने और सफलता का श्रेय टीम को देने से सफलता स्थायी बन जाती है।

डॉ. कलाम ने लगभग किसी भी प्रयास में स्थायी सफलता हासिल करने का एक आज़माया हुआ तरीक़ा बताया। वे उस मुद्दे का जवाब दे रहे थे, जो प्रधानमंत्री मैट्टी वैनहेनन ने मुलाक़ात में उठाया था। वे जानते थे कि विचित्र से दिखने वाले विचारों को पूर्णता तक कैसे ले जाना है और उन्होंने व्यक्तिगत रूप से राह में आने वाली सारी पीड़ाओं का अनुभव किया था। वे अपने अनुभव को घिसे-पिटे नहीं, बल्कि सचमुच अर्थपूर्ण शब्दों में बयां कर सकते थे और यह इस इंसान का मार्गदर्शन करने वाली प्रेरणा को आदरांजलि है। उनकी प्रतिभा निश्चित रूप से शैक्षणिक ज्ञान या किसी तप से नहीं आई थी - यह तो दैवी स्रोत से बहने वाला सोता था। अब डॉ. कलाम संत वैज्ञानिक बन गए थे।

6.3

कायाकल्पकारी

सूचना प्रौद्योगिकी का सबसे बड़ा लाभ यह है कि यह लोगों को वह करने की शक्ति देती है, जो वे करना चाहते हैं। यह लोगों को सृजनात्मक बनने देती है। यह लोगों को उत्पादक बनने देती है। यह लोगों को वे चीज़ें सीखने की अनुमति देती है, जो वे सोचते थे कि वे इससे पहले नहीं सीख सकते और इसलिए एक अर्थ में यह सब संभावना के बारे में है।

—स्टीव बामर

माइक्रोसॉफ़्ट के सीईओ (2000 से 2014)

डॉ. कलाम ने फ़िनलैंड से टोरंटों की ओर उड़ान भरी। उन्हें कनाडा इंडिया फ़ाउंडेशन ने सत्यनारायण गंगाराम 'सैम' पित्रोदा को 'चंचलानी ग्लोबल इंडियन अवार्ड' देने के लिए आमंत्रित किया था। डॉ. कलाम ने यह आमंत्रण खुशी-खुशी स्वीकार कर लिया, क्योंकि वे सार्वजनिक हित के लिए प्रौद्योगिकी का उपयोग करने के क्षेत्र में पित्रोदा के भारी जोश के प्रशंसक थे। बरसों पहले, उन्होंने पित्रोदा की पुस्तक ए*क्सप्लोडिंग फ़्रीडम : रूट्स इन टेक्नोलॉजी* पढ़ी थी और सामाजिक कायाकल्प के लिए प्रौद्योगिकी के उपयोग में उनके विचार उन्हें भा गए थे। पित्रोदा के सिद्धांत तुरंत ही उस समय के आस-पास उनके व्यक्तिगत आह्वान से मेल खा गए, क्योंकि उस समय वे रक्षा प्रौद्योगिकियों के नागरिक लाभकारी उत्पाद विकसित करने में संलग्न थे। डॉ. कलाम ने पुस्तक में निम्न पंक्तियों को रेखांकित किया था, क्योंकि उन्हें लगा, मानो ये उन्हीं के लिए लिखी गई थीं :

> मेरी व्यक्तिगत तरक्की में प्रौद्योगिकी ने मुझे ग़रीबी से जूझने के औज़ार दिए, जाति और समुदाय के बंधनों को तोड़ा और प्रदर्शन में गर्व का पुट दिया। प्रौद्योगिकी ने न सिर्फ़ व्यक्तिगत दौलत उत्पन्न करने में मदद की, बल्कि विचार उत्पन्न करने और प्रॉडक्ट्स, सेवाओं, बाज़ारों, विकास, विस्तार, मूल्यों तथा काम संबंधी नई अवधारणाओं को उत्पन्न करने में भी मदद की। प्रौद्योगिकी ने मुझे बहुत सा अनुशासन, अच्छे लोक–व्यवहार संबंध, टीमवर्क,

प्रबंधन और समस्या सुलझाने की सुनियोजित नीति सिखाई, जिसमें स्पष्ट उद्देश्यों, नापे जा सकने वाले मील के पत्थरों और परिणिति तक पहुँचने की प्रतिबद्धता पर ध्यान केंद्रित किया गया था।

1964 में सैम पित्रोदा इलेक्ट्रिकल इंजीनियरिंग का अध्ययन करने के लिए शिकागो गए थे। उनका जन्म 1942 में ओडिशा के एक छोटे गाँव में हुआ था। बचपन से ही पित्रोदा ने शहरों और दूर-दराज़ की जगहों के रोमांचक संसार में जीने के स्वप्न देखे थे। अमेरिका जाने और वहाँ सफल होने के बाद उन्होंने संपर्कहीनता के दर्द का अनुभव किया, जो भारतीय परिवारों से दूर रहने वाले लोग उस जमाने में महसूस करते थे। भारत में टेलीफ़ोन की उपलब्धता की काफ़ी कम थी। इसका मतलब यह था कि माता-पिता की बीमारी के दौरान भी वे उनसे बात नहीं कर पाते थे। जब वे उनसे मिलने के लिए भारत आते थे, तो वे प्रायः शिकागो में अपने परिवार से संपर्क नहीं कर पाते थे।

1980 के दशक तक भारतीय टेलीफ़ोन नेटवर्क इलेक्ट्रोमेकेनिकल स्विच सिस्टम पर काम करता था। टेलीफ़ोन अमीरों का विशेषाधिकार थे। देश में बमुश्किल 25 लाख टेलीफ़ोन थे और लगभग सभी व्यवसायियों, शहरों में रह रहे सरकारी अधिकारियों और नेताओं के पास थे। सेवा बेहद घटिया थी। अमेरिका, जापान या यूरोप से डिजिटल स्विच आयात करने के लिए विदेशी मुद्रा कोष में विदेशी मुद्रा नहीं थी, इसलिए भारत सरकार देश में दूरसंचार के आधुनिकीकरण के तरीक़ों को बेतहाशा तलाश कर रही थी।

इसका जवाब था स्वदेशीकरण। स्वदेशी नीति ने एरोस्पेस में चमत्कार कर दिए थे और यह दूरसंचार में भी ऐसा कर सकती थी। 1984 में प्रधानमंत्री इंदिरा गाँधी ने पित्रोदा को भारत लौटने का आमंत्रण दिया। उन्होंने उनसे भारतीय नेटवर्क के लिए उपयुक्त डिजिटल स्विचिंग सिस्टम विकसित करने को कहा। पित्रोदा ने सेंटर फ़ॉर डेवलपमेंट ऑफ़ टेलीमैटिक्स स्थापित करने का सुझाव दिया, जिसे सी-डॉट कहा गया। प्रधानमंत्री गाँधी ने इसमें दृढ़ समर्थन दिया। सी-डॉट को ग़ैर-लाभकारी सोसायटी के रूप में तुरंत पंजीकृत कर लिया गया। फलस्वरूप सरकार से पैसा मिलने के बावजूद यह पूर्ण स्वायत्तता का आनंद लेती थी। इस समय तक पित्रोदा अमेरिकी नागरिक थे। लेकिन अब उन्होंने अमेरिकी नागरिकता छोड़ दी और भारत सरकार में काम करने के लिए अपनी भारतीय राष्ट्रीयता दोबारा ग्रहण कर ली। पीछे पलटकर देखने का कोई सवाल नहीं था। पित्रोदा ने डिजिटल दूरसंचार को देश के कोने-कोने तक फैला दिया, जिसमें ओडिशा का उनका गाँव शामिल था।

डॉ. कलाम ने सैम पित्रोदा को प्रथम कनाडा-इंडिया फ़ाउंडेशन चंचलानी ग्लोबल इंडियन अवार्ड 18 अप्रैल 2008 को कनाडा के प्रधानमंत्री स्टीवन हार्पर की मौजूदगी में दिया। डॉ. कलाम ने भारतीय दूरसंचार प्रणाली के

> कायाकल्प में सैम पित्रोदा के काम को स्वतंत्रता का लंबा मार्ग कहा। उन्होंने नेल्सन मंडेला की पुस्तक लॉन्ग वॉक टु फ्रीडम का उद्धरण देते हुए कहा, 'और जब हम अपनी ख़ुद की रोशनी को चमकने देते हैं, तो हम अचेतन रूप से दूसरे लोगों को भी यही करने की अनुमति देते हैं। जब हम अपने ख़ुद के डर से मुक्त हो जाते हैं, तो हमारी उपस्थिति अपने आप दूसरों को मुक्त कर देती है।'

अगले दिन डॉ. कलाम टोरंटो में स्वामीनारायण मंदिर गए। साधु ज्ञानप्रियदास ने हज़ारों युवा और वृद्ध कनाडाई भारतीयों की करतल ध्वनि के बीच उनका स्वागत किया। मंदिर के ट्रस्टियों ने उन्हें और ओंटेरियो के अटॉर्नी जनरल ऑनरेबल क्रिस बेंटली को मंदिर में स्थित कनाडाई भारतीयों के कैनेडियन म्यूज़ियम ऑफ़ कल्चरल हेरिटेज का भ्रमण कराया। डॉ. कलाम मंदिर में अपने प्रिय मित्र प्रमुखस्वामीजी का फ़ोटो देखकर बहुत ख़ुश हुए। प्रमुखस्वामीजी आध्यात्मिक एकाकीपन का दुख झेल रहे करोड़ों लोगों तक भी पहुँच रहे थे और दिव्य स्वरूप के साथ उनका नाता जोड़ रहे थे।

युनिवर्सिटी ऑफ़ टोरंटो में बोलते हुए डॉ. कलाम ने गर्व से घोषणा की कि आज भारत के पास छह सुदूर संवेदन उपग्रहों और ग्यारह संचार उपग्रहों का जख़ीरा है। ये प्राकृतिक संसाधन सर्वेक्षण, संचार, आपदा प्रबंधन समर्थन और मौसम विज्ञान जैसे क्षेत्रों की सेवा कर रहे थे। यही नहीं, उपग्रह 27,000 क्लासरूमों को जोड़ने वाली एक वृहद दूर-शिक्षा प्रणाली का समर्थन करते थे और दूरस्थ क्षेत्रों के 250 अस्पतालों को महानगरों के बड़े शिक्षण अस्पतालों से जोड़ने वाले दूरचिकित्सा नेटवर्क का समर्थन कर रहे थे। उन्होंने कहा, 'हमारा देश अंतरिक्ष और आईसीटी का इस्तेमाल करके ग्रामीण नागरिकों को तुरंत ज्ञान देने के लिए सार्वजनिक निजी साझेदारी के ज़रिये देश भर में 1,00,000 ग्रामीण ज्ञान केंद्र स्थापित करने की प्रक्रिया में है।'

डॉ. कलाम 27 मई 2008 को दिल्ली के लगभग 70 किलोमीटर उत्तर में स्थित उत्तरप्रदेश के मेरठ गए। वहाँ वे मेरठ इंस्टीट्यूट ऑफ़ इंजीनियरिंग ऐंड टेक्नोलॉजी (एमआईईटी) में अध्यापन में टोटल क्वालिटी मैनेजमेंट (टीक्यूएम) पर होने वाले राष्ट्रीय सेमिनार को संबोधित करने गए थे। मानव संसाधन विकास मंत्रालय ने टेक्निकल एज्युकेशन क्वालिटी इम्प्रूवमेंट प्रोग्राम (टीईक्यूआईपी) शुरू किया था, जिसमें तकनीकी शिक्षा तंत्र के तंत्रात्मक कायाकल्प को अपरिहार्य बना दिया गया था - और डॉ. कलाम इस मिशन में एक अत्यंत महत्त्वपूर्ण भूमिका निभा रहे थे।

डॉ. कलाम ने मुझे फ़ोन करके वहाँ आने को कहा। उन्हें याद था कि यह मेरा जन्मस्थान था और वे मेरी माँ से मिलना चाहते थे। मैं हिचक रहा था और बोला कि वे एक छोटे मकान में रहती थीं और वे उन जैसी मशहूर हस्ती की यात्रा को नहीं सँभाल पाएँगी। डॉ. कलाम ने मेरी चिंताओं को हवा में उड़ाते हुए कहा, 'उनका मकान रामेश्वरम् के मेरे मकान से ज़्यादा छोटा नहीं हो सकता।' हम सामान्य मोटर

क़ाफ़िले और सुरक्षाकर्मियों के साथ मेरे छोटे पुश्तैनी घर में पहुँचे, जो मेरठ के बाहरी इलाक़े के उनींदे परिवेश से मेल नहीं खाता था। उपनगर की पूरी जनसंख्या अपने घरों से बाहर निकल आई थी और इस महान इंसान की यात्रा का नज़ारा देखने के लिए लोगों ने अपने काम छोड़ दिए थे।

हालाँकि हमेशा की तरह वे शोर-शराबे से घिरे हुए थे, लेकिन तमाम गतिविधि और आश्चर्य के तूफ़ान में वे ख़ुद शांति की प्रतिमा थे। उन्होंने मेरी माँ से कहा, 'आपका बेटा अच्छा इंसान है।' उन्होंने माँ की बनाई खीर खाई और ख़ुशी-ख़ुशी मेरे भाई-बहनों - मेरी बहन सीमा और भाई वरुण व सलिल - तथा उनके परिवारों से घुले-मिले। उस दिन मैं संत ऑगस्टाइन की कहावत का अर्थ समझा, 'यह घमंड था, जिसने देवदूतों को शैतानों में बदला; यह विनम्रता थी जो इंसानों को देवदूत बनाती है।' जैसा मेरी माँ ने बाद में कहा, 'इंसान के रूप में देवता आज मेरे घर आए हैं।'

जून 2008 में इंग्लैंड की लिवरपूल होप युनिवर्सिटी ने ग्लोबल यूथ काँग्रेस, 'द बिग होप' के लिए डॉ. कलाम को आमंत्रित किया। इस समारोह में पचपन देशों के 600 से अधिक युवक-युवतियाँ आए। वाइस चांसलर प्रो. जेराल्ड पिल्लई ने कहा,

> आपमें से कई को अपने समुदायों का भावी नेता माना जाता है। तो बड़ी आशा क्या है? सारे खंडों में तीन प्रश्नों पर विचार किया जाएगा : हम सहृदय विश्व समाज कैसे विकसित करें; हम यह सुनिश्चित कैसे करें कि सार्वजनिक जीवन में अखंडता हो; और व्यक्ति क्या कर सकता है? डॉ. कलाम यहाँ इसलिए हैं, क्योंकि उन्होंने अपने समुदायों को बेहतर बनाने के लिए करोड़ों युवा मस्तिष्कों पर अमिट छाप छोड़ी है।

डॉ. कलाम ने कहा,

> प्रश्न यह है : हम दिल में सदाचार कैसे भरें? मेरी राय में तीन स्रोत हैं, जो किसी बच्चे के हृदय में सदाचार भर सकते हैं। एक है माँ, दूसरा है पिता, और तीसरा तथा सबसे महत्त्वपूर्ण है शिक्षक, ख़ास तौर पर प्राथमिक शाला का शिक्षक। बच्चों के हृदय में सदाचार भरने के लिए हमारे पास बेहतरीन शिक्षा का माहौल और जीवन की आध्यात्मिक शैली व आध्यात्मिक परिवेश भी होना चाहिए।

अपने सरल अंदाज़ में डॉ. कलाम ने उस घटक को एकदम सही बता दिया था, जो पश्चिमी समाज के घर से नदारद था। अपने पूरे भाषण में वे भावनात्मक दृष्टि से संवेदनशील विषयों को छूते रहे। उनके शब्दों से समूह में बैठे कई युवाओं की आँखों में आँसू आ गए और ब्रिटिश सार्वजनिक जीवन में व्याप्त 'कठोर ऊपरी होंठ' की अवज्ञा करते हुए वे उन्हें छिपा नहीं रहे थे। उनके आँसू कमज़ोरी के नहीं, बल्कि उस शक्ति के थे, जिसे डॉ. कलाम ने दोबारा जाग्रत किया था। वे सचमुच उनके दुख के

संदेशवाहक थे - और उस प्रेम के, जिसे अभिव्यक्ति की ज़रूरत थी।

भारत लौटने पर उन्होंने देखा कि एक राजनीतिक शोरगुल के खुले विद्रोह में बदलने का जोखिम मँडरा रहा था। विवाद भारत-अमेरिका असैनिक परमाणु अनुबंध को लेकर हो रहा था। जब 18 जुलाई 2005 को इसकी संरचना की घोषणा हुई थी, तभी से कई राजनीतिक दल और कार्यकर्ता इस अनुबंध का भारी विरोध कर रहे थे। इस संरचना के अनुसार भारत ग़ैर-सैनिक और सैनिक परमाणु इकाइयों को अलग करने के लिए सहमत हो गया था। यह अपनी तमाम ग़ैर-सैनिक परमाणु इकाइयों को इंटरनेशनल एटॉमिक एनर्जी एजेंसी (आईएईए) के संरक्षण तले रखने के लिए सहमत हो गया था; और इसके बदले में अमेरिका ने भारत के साथ पूर्ण ग़ैर-सैनिक परमाणु सहयोग की दिशा में काम करने की सहमति दी थी।

भारत में परमाणु सौदे का विरोध शुरुआत में वामपंथी दलों ने किया था। वे यह उम्मीद कर रहे थे कि इस मसले पर बातचीत से आगे प्रगति नहीं हो पाएगी और अमेरिका में मौजूद प्रबल भारत-विरोधी शक्तियाँ सक्रिय होने से पहले ही इसे दफ़न कर देंगी। लेकिन राष्ट्रपति बुश ने अमेरिकी संसद से इसका अनुमोदन करवा लिया। अब '123 अनुबंध' के नाम से मशहूर इस अनुबंध को भारतीय संसद की पुष्टि की ज़रूरत थी। 9 जुलाई 2008 को वामपंथी दल ने विरोध करते हुए प्रधानमंत्री मनमोहन सिंह के नेतृत्व वाली यूपीए सरकार से अपना समर्थन वापस ले लिया। परमाणु करार के साथ दरअसल खुद सरकार को भी ख़तरा था। प्रधानमंत्री मनमोहन सिंह ने बाद में इस संकट को याद करके बताया था कि व्यावहारिक वरिष्ठ राजनयिक डॉ. कलाम ने इसे सुलझाने में कितनी अहम भूमिका निभाई थी :

> जब मैंने विश्वास मत का सामना किया, तो वे राष्ट्रपति नहीं थे, लेकिन फिर भी उन्होंने एक महत्त्वपूर्ण भूमिका अदा की... स्थिति मुश्किल थी... मैं अमर सिंहजी और मुलायम सिंहजी के साथ इन मामलों पर विचार विमर्श कर रहा था... बड़ी मुश्किल से हम उन्हें राज़ी करने में कामयाब हुए कि वे अपने दृष्टिकोण पर पुनर्विचार करें। मुझे यह लगा कि मुलायम सिंह के दिल में कलाम के लिए बहुत सम्मान है... मैंने सपा नेताओं से अनुरोध किया कि वे कलाम से मिल लें। वे अब्दुल कलाम से मिलने गए... उन्होंने उन लोगों को बताया कि यह सौदा राष्ट्रीय हित में है... और हमने विश्वास मत जीत लिया।

डॉ. कलाम परमाणु ऊर्जा के संबंध में सरकार को अपना समर्थन एक बार फिर देने वाले थे, लेकिन इस बार अपने गृह राज्य में। तमिलनाडु में कुडनकुलम के गाँव वालों ने अक्टूबर 2011 में कटु और बेहद आवेशित विरोधों की शृंखला शुरू की, जिसमें उन्होंने रूस द्वारा वहाँ बनाए जाने वाले परमाणु ऊर्जा प्लांट प्रोजेक्ट को रोकने की माँग की। परमाणु ऊर्जा के संबंध में लोगों के डर दूर करने के लिए डॉ. कलाम ने

गाँव-गाँव की यात्रा की। डॉ. कलाम ने घोषणा की, 'कुडनकुलम के लोगों को प्रोजेक्ट की सुरक्षा के बारे में "रत्ती भर की भी" शंका करने की ज़रूरत नहीं है।' 6 नवंबर 2012 को कुडनकुलम प्लांट की यात्रा करने के बाद डॉ. कलाम ने कहा, 'हम सभी डर और ख़तरे के रोग में बहुत ज़्यादा जकड़े हुए हैं। डरपोक लोग इतिहास नहीं बनाते हैं। केवल भीड़ के आकार से परिवर्तन नहीं हो सकते हैं। जो लोग हर चीज़ को संभव मानते हैं, सिर्फ़ वही इतिहास बना सकते हैं और परिवर्तन ला सकते हैं।' उन्होंने भारतीय परमाणु ऊर्जा कार्यक्रम के इतिहास में एक अत्यंत महत्त्वपूर्ण भूमिका निभाई थी और वे विकास को सुगम बनाने के लिए परमाणु ऊर्जा का लगातार समर्थन करते रहे थे।

कम विवादपूर्ण, लेकिन फिर भी महत्त्वपूर्ण कर्तव्य डॉ. कलाम का इंतज़ार कर रहे थे। मलेशिया के प्रधानमंत्री दातो सेरी अब्दुल्ला बिन हाजी अहमद बदावी ने मलेशिया की स्वतंत्रता की पचासवीं वर्षगाँठ पर डॉ. कलाम को आमंत्रित किया। समारोह की पूर्व संध्या पर डॉ. कलाम भारतीय समुदाय से मिलने के लिए जॉर्ज टाउन, पेनांग गए। मुख्यमंत्री लिम गुआंग इंग, द्वितीय वित्त मंत्री तान श्री नूर मुहम्मद याकोप और मलेशिया में भारतीय उच्चायुक्त अशोक कंठ के साथ - और सौ से अधिक स्थानीय लोगों से घिरे रहते हुए - डॉ. कलाम ने जॉर्ज टाउन्स के दस मशहूर धार्मिक स्थलों में से प्रत्येक की यात्रा की। ये उस सड़क पर स्थित हैं, जिसे अक्सर 'सद्भाव की सड़क' कहा जाता है। उनके पड़ावों में शेरों का नृत्य, नादस्वरम की जीवंत धुनें और एक परकुशन ब्रास बैंड बज रहा था।

यह बहुधर्मी मैत्री का जीवंत उदाहरण था, जिसे डॉ. कलाम हमेशा सर्वोच्च मानते थे। मंदिर, चर्च और मस्ज़िद की समान सम्मान से यात्रा करने वाले इस विदेशी मुसलमान उच्चाधिकारी ने मलेशिया में कई लोगों के दिलों के तार झनझना दिए और इसे मीडिया में प्रमुखता से छापा गया :

> पवित्र मंदिरों, मस्ज़िदों और चर्च के भीतर सम्मान तथा आदर के उनके विनम्र कार्य हमारे खुद के नागरिकों और नेताओं की स्पष्ट कमियों को दर्शाते हैं, जो इसके बजाय विभाजनकारी धार्मिक और जातीय आधार पर आह्वान कर रहे हैं... हमारे नेताओं को जल्दी से वह सीख लेना चाहिए और उसका अनुकरण करना चाहिए, जो अब्दुल कलाम इतनी दूर से हमें 'एकता' और 'सद्भाव' के हमारे ईश्वर-प्रदत्त उपहार की याद दिलाने आए हैं।

30 अगस्त 2008 को युनिवर्सिटी साइंस मलेशिया ने डॉ. कलाम को डॉक्टर ऑफ़ साइंस की मानद उपाधि से विभूषित किया। इससे पहले, 26 अगस्त 2008 को सिंगापुर की नैनयैंग टेक्नोलॉजिकल युनिवर्सिटी में डॉ. कलाम को डॉक्टर ऑफ़ इंजीनियरिंग की मानद उपाधि से नवाज़ा गया था।

भारत के सबसे लोकप्रिय राष्ट्रपति सद्भाव के अंतरराष्ट्रीय राजदूत बनते जा

रहे थे और वे अपने ओहदे का इस्तेमाल उन मुद्दों को उठाने के लिए कर रहे थे, जिनके बारे में उन्हें महसूस होता था कि उन्हें उनके प्रभाव की ज़रूरत है। डॉ. कलाम ने 18 नवंबर 2008 को नेपाल में काठमांडू युनिवर्सिटी के चौदहवें दीक्षांत समारोह को संबोधित किया। उन्होंने इस मंच से उच्च शिक्षा में आदर्श परिवर्तनों का आह्वान किया। डॉ. कलाम ने एक महत्त्वपूर्ण प्रश्न उठाया। जब हम प्रौद्योगिकी के फलों का आनंद ले रहे हैं - शारीरिक यात्रा और संपर्क का विस्तार कल्पना की हदों के पार कर रहे हैं - और अवसर के इस तरह के तीव्र विकास पर मानवता गर्व कर सकती है, तो क्या हम उन चुनौतियों का मुक़ाबला कर सकते हैं, जो आज हमारे सामने हैं? डॉ. कलाम को महसूस हुआ कि विश्वविद्यालयों को बदलते हुए संसार के साथ क़दम मिलाकर चलने की ज़रूरत है, ताकि आधुनिक चुनौतियों से निबटने के लिए शिक्षा दी जा सके :

> यदि हम किसी भी मुद्दे पर विचार करें, चाहे यह ऊर्जा स्वतंत्रता का हो या पर्यावरण संरक्षण का या वायुमंडल को समझने का या बाहरी अंतरिक्ष के अन्वेषण का या विज्ञान की पहुँच को बढ़ाने का या समृद्धि और दौलत के समान वितरण का या घातक रोगों से निबटने का या लोगों को नशीले पदार्थों से दूर करने का या आतंकवाद से जूझने का या पारिवारिक बंधनों को सुरक्षित रखने का, तो सभी में संसार के किसी भी हिस्से के सर्वश्रेष्ठ मस्तिष्कों की सृजनात्मकता की ज़रूरत होती है।
>
> हमें ख़ुद से यह प्रश्न पूछने की ज़रूरत है कि क्या विश्वविद्यालय ऐसे मस्तिष्कों के लिए पर्याप्त उपजाऊ ज़मीन तैयार करते हैं... इसलिए यह स्वाभाविक है कि विश्वविद्यालय प्रणाली को इक्कीसवीं सदी में नई आवश्यकताएँ पूरी करने की ज़रूरत है। मेरे दृष्टिकोण से विश्वविद्यालयों को चार अहम मानदंडों को संबोधित करना चाहिए : शिक्षा को राष्ट्रीय और वैश्विक विकास के विविध क्षेत्रों में दीर्घकालीन विकास में योगदान देने के लिए नागरिकों की ज़रूरतों को संबोधित करना चाहिए; विभिन्न सांस्कृतिक आवश्यकताओं को पूरा करना चाहिए; इसे मस्तिष्कों में शोध और जाँच की ओर चिंगारी भरनी चाहिए; और इसे चुनिंदा विषय लेने हेतु योग्य विद्यार्थियों के लिए सस्ता होना चाहिए।

दीक्षांत समारोह के बाद डॉ. कलाम बौद्धनाथ में का-न्यिंग शेडरब लिंग मोनेस्ट्री गए और चोक्यी न्यिमा रिम्पोचे से मिले। उन्होंने आदरणीय रिम्पोचे से वही प्रश्न पूछे, जो उन्होंने विश्वविद्यालय में उठाए थे।

कलाम : आदरणीय रिम्पोचे! प्रौद्योगिकी की तीव्र तरक्की ने जीवनशैली, जीवनमूल्यों, व्यवहारों और कार्य नैतिकता में जटिल परिवर्तनों की चुनौती खड़ी कर दी

है। जीवन की तेज़ गति और मल्टीटास्किंग की माँगों की वजह से लोगों के सामने ज़्यादा भारी अनिश्चितता है। क्या किया जा सकता है?

रिम्पोचे : आप बहुत समझदार इंसान हैं, डॉ. कलाम। आपने सबसे अहम प्रश्न पूछा है। सारी भलाई करना, सारी बुराइयाँ न करना और अपने मन का शुद्धि करण करना बुनियादी बातें हैं।

कलाम : अच्छाई क्या है? बुराई क्या है?

रिम्पोचे : अच्छाई वह है, जो अच्छे परिणाम उत्पन्न करे और व्यक्ति के दुख या तनाव में राहत दे; बुराई बुरे परिणाम उत्पन्न करती है और कष्ट व तनाव के दुख को लंबा करती है।

कलाम : हमारी शिक्षा प्रणाली में किस तरह के परिवर्तन किए जाने चाहिए?

रिम्पोचे : हमें विभिन्न विषयों का ज्ञान देना चाहिए, लेकिन इसके साथ ही हमें विद्यार्थी को यह भी सिखाना चाहिए कि वह अपने मन का विकास करके अपना जीवन कैसे जिए। हमें वास्तविकता के साथ निबटने के लिए उसे लैस भी करना चाहिए। इसके बिना विषय के ज्ञान का क्या उपयोग है?

कलाम : और यह कैसे किया जा सकता है?

रिम्पोचे : विद्यार्थी को अनुशासन से जीना सिखाकर, यह सिखाकर कि ध्यान कैसे करना है और प्राचीन बुद्धिमत्ता का ज्ञान देकर। यह बुनियादी है। बाक़ी सब पैसे कमाने और सांसारिक ऐशोआराम में जीने के लिए ज्ञान का संग्रह है।

कलाम : अनुशासन क्या है?

रिम्पोचे : तभी खाना, जब भूख लगे। तभी सोना, जब थकान हो। तब तक न बोलना, जब तक न पूछा जाए।

कलाम : ध्यान क्या है?

रिम्पोचे : अपनी भावनाओं का ज्ञान। अपनी आंतरिक आवाज़ को सुनना।

कलाम : लेकिन दो आंतरिक आवाज़ें होती हैं। एक आत्मा की है, जबकि दूसरी शैतान की है। आप और मैं फ़र्क़ जानते हैं, लेकिन कोई बच्चा या अप्रशिक्षित व्यक्ति कैसे जान सकता है कि किस आवाज़ का कहना मानें?

रिम्पोचे : उस आवाज़ की मानो जो कहती है दो, क्षमा करो, छोड़ो, आगे बढ़ो। उस आवाज़ की बात मत मानो जो कहती है लो, प्रतिशोध लो, दुर्भाव रखो और हिसाब बराबर करो। हिसाब बराबर करने के लिए कुछ नहीं है। जो भी है, उसे आख़िरी हिसाब के रूप में स्वीकार करो।

मार्च 2009 में डॉ. कलाम लगभग 1,000 विद्यार्थियों से मिले, जो दुबई में 'एज्युकेशन विदाउट बॉर्डर्स' समारोह के लिए 120 देशों से आए थे। हायर कॉलेजेस ऑफ़ टेक्नोलॉजी (एचसीटी) हर दो साल बाद यह अंतरराष्ट्रीय विद्यार्थी सम्मेलन आयोजित करता है। इस सम्मेलन की विषयवस्तु थी कि संसार को बेहतर कैसे बनाया जाए।

डॉ. कलाम के अलावा, अन्य आमंत्रित अतिथियों में रॉल्स-रॉयस के सीईओ सर जॉन रोज़, बेल्जियम की प्रिंसेस एस्ट्रिड और स्वयं के व्यय पर पहली महिला अंतरिक्ष यात्री तथा अंतरिक्ष में पहली मुसलमान महिला अनाउशेह अंसारी शामिल थे।

अपने उद्घाटन भाषण में डॉ. कलाम ने यह प्रश्न उठाया : हमारी पृथ्वी पर एक खुशहाल, समृद्ध और शांतिपूर्ण समाज को विकसित करने की कार्यपद्धति क्या हो सकती है? फिर उन्होंने इसका जवाब दिया, 'प्रबुद्ध समाज क विकास।' उन्होंने कहा कि उन्होंने ये विचार राष्ट्रीय और अंतरराष्ट्रीय हलकों में कई बुद्धिजीवियों के सामने रखे हैं तथा तीन घटक बताए हैं : जीवनमूल्यों के साथ शिक्षा, धर्म को आध्यात्मिकता में रूपांतरित करना; और सामाजिक कायाकल्प के लिए आर्थिक विकास। 'जो भी देश इन तीनों घटकों को एकीकृत तरीक़े से अपनाता है, वह प्रबुद्ध समाज बनाने में कामयाब हो जाएगा,' उन्होंने किसी पैगंबर की तरह अंतिमता के साथ घोषणा की। उन्होंने वैश्विक संसार पर और इस नए दौर में ज़्यादा बड़ी ज़िम्मेदारी की आवश्यकता पर अपने विचार आगे भी व्यक्त किए :

> सीमा रहितता क़ीमत के बिना नहीं आती है। अमेरिका में शुरू हुए आर्थिक संकट ने सीमारहितता की वजह से कई देशों को प्रभावित किया है। इसके दूसरे देशों पर लहर प्रभाव और सहानुभूतिपूर्ण कंपन होते रहेंगे। इसलिए यह महत्त्वपूर्ण है कि जुड़े हुए संसार में सदस्य ज़िम्मेदारी से व्यवहार करें और यह सुनिश्चित करें कि सीमारहित तंत्र के ज़रिये केवल अच्छे प्रभाव ही प्रसारित व संप्रेषित हों।

अप्रैल 2009 में बिल गेट्स ने डॉ. कलाम को माइक्रोसॉफ़्ट के पेशेवरों से मिलने के लिए आमंत्रित किया। इसके साथ ही उन्हें सिएटल में बिल ऐंड मेलिंडा गेट्स फ़ाउंडेशन टीम से भी मिलना था। डॉ. कलाम बरसों पहले नवंबर 2002 में बिल गेट्स से मिल चुके थे, जिसे मस्तिष्कों की एक उच्च्य मुलाक़ात कहा गया था - विश्व की सबसे बड़ी सॉफ़्टवेयर कंपनी के मुखिया एक स्वप्नदर्शी 'टेकी' राष्ट्रपति से मिल रहे थे। बहरहाल, जब राष्ट्रपति कलाम ने ओपन-सोर्स सॉफ़्टवेयर की पैरवी की, तो वह मुलाक़ात ठंडी हो गई। निस्संदेह जनता के लिए यह वरदान है, लेकिन उस वक़्त सॉफ़्टवेयर सम्राटों को यह अभिशाप जैसा लगा। इससे तकनीकी ज्ञान वाला कोई भी व्यक्ति अपनी आवश्यकताओं के अनुरूप किसी प्रोग्राम को बदल सकता था। डॉ. कलाम को महसूस हुआ कि भारत के एक अरब लोगों के लाभ के लिए ओपन-सोर्स-कोड सॉफ़्टवेयर की अपनी जगह है। वे संसार के सबसे अमीर व्यक्तियों में से एक बिल गेट्स के सामने यह मुद्दा उठाने को काफ़ी तैयार थे, भले ही इससे माहौल थोड़ा ठंडा हो गया हो। शायद डॉ. कलाम अपने समय से थोड़े आगे चल रहे थे; हाल के वर्षों में ओपन-सोर्स सॉफ़्टवेयर लगातार वाणिज्यीकृत और लोकप्रिय हो रहा है।

चाहे जो हो, 22 अप्रैल 2009 को बिल गेट्स के पिता विलियम एच. गेट्स और बिल ऐंड मेलिंडा गेट्स फ़ाउंडेशन के सीईओ जेफ़ राइक्स की डॉ. कलाम के साथ एक निजी मुलाक़ात हुई। डॉ. कलाम ने ख़ास महत्त्व के तीन मुद्दे उठाए - एचआईवी/एड्स की रोकथाम, प्यूरा ग्रामीण विकास का गठन और सामाजिक ग्रिड। मुलाक़ात के अंत में सीनियर गेट्स ने डॉ. कलाम को अगले सप्ताह प्रकाशित होने वाली पुस्तक *शोइंग अप फ़ॉर लाइफ़* की प्रति भेंट की। प्रस्तावना में बिल गेट्स ने लिखा था, 'डैडी, अगली बार जब कोई आपसे पूछे कि क्या आप ही असली बिल गेट्स हैं, तो मुझे उम्मीद है आप "हाँ" कहेंगे। मुझे आशा है कि आप उन्हें बताएँगे कि आप ही वे सारी चीज़ें हैं, जो दूसरा बनने की कोशिश करता है।' डॉ. कलाम ने अगले दिन माइक्रोसॉफ़्ट के पेशेवरों को संबोधित किया और बाद में युनिवर्सिटी ऑफ़ वाशिंगटन के प्रोफ़ेसरों तथा विद्यार्थियों व ग्रेटर सिएटल इलाक़े के सदस्यों से मिले।

बोइंग इंडिया के प्रेसिडेंट और बोइंग इंटरनेशनल ट्रेडिंग के वाइस-प्रेसिडेंट दिनेश केसकर डॉ. कलाम को 24 अप्रैल 2009 को बोइंग एवरेट फ़ैक्ट्री घुमाने ले गए। यह फ़ैक्ट्री फैलाव के आधार पर संसार की सबसे बड़ी इमारत है। इसमें 4 अरब क्यूबिक फुट बिल्ट एरिया है और यह 100 एकड़ ज़मीन पर बनी है। बोइंग 747, 767, 777 और 787 विमान यहीं असेम्बल होते हैं। प्लांट में डॉ. कलाम 88 वर्षीय जोसेफ़ 'जो' सटर से मिले, जो कभी बोइंग कंपनी के 4,500 सदस्यों की डिज़ाइन टीम के मुखिया थे और जिन्हें '747 विमान का जनक' कहा जाता था, जो आज तक बना सबसे बड़ा वाणिज्यिक विमान था। डॉ. कलाम को पहले बोइंग 787 विमान का व्यक्तिगत मार्गदर्शित दौरा कराया गया - जो लंबी दूरी का, चौड़े शरीर वाला जेट एयरलाइनर था। यह एयर इंडिया के जत्थे में शामिल होने वाले 27 विमानों में से पहला था और इसे 'ड्रीमलाइनर' कहा गया था।

28 अप्रैल 2009 को डॉ. कलाम को मानवता के प्रति अपनी सेवाओं के लिए 2008 का प्रतिष्ठित हूवर मेडल दिया गया। अब वे मशहूर अमेरिकियों के सच्चे समूह में शामिल हो चुके थे, जिनमें अमेरिका के तीन पूर्व राष्ट्रपति शामिल थे। उन्होंने न्यू यॉर्क में कोलंबिया यूनिवर्सिटी में हुए समारोह में मेडल प्राप्त किया। वे हूवर मेडल पाने वाले पहले एशियाई बने। यह एक ऐसा सम्मान है, जो अमेरिकन सोसायटी ऑफ़ मेकेनिकल इंजीनियर्स द्वारा 1930 से हर साल दिया जाता है। हूवर मेडल बोर्ड की चेयरपर्सन बीट्रिस हंट ने डॉ. कलाम को मेडल और प्रशस्ति दी।

अपने स्वीकृति भाषण में डॉ. कलाम ने उन चुनौतियों के बारे में बात की, जिनका सामना आधुनिक समाज कर रहा था। उन्होंने मानव कष्ट में जीव विज्ञान की आधारभूत भूमिका का भी ज़िक्र किया :

> आनुवांशिकी में तरक्की ने मनुष्य और पशुओं के जीन-समूह में भारी समानताएँ प्रदर्शित की हैं। इसने दिखाया है कि 'लिम्बिक मस्तिष्क' ही संभवत: सारे अंदरूनी और बाहरी संघर्ष का कारण है। इसे अब अधिक

> स्पष्टता से देखा जा सकता है कि मानव समाज इसके उद्गम से लेकर आज तक हमेशा भीतर और समूहों के बीच युद्धरत रहा है – और यह दो विश्व युद्धों तक ले गया है। वर्तमान में आतंकवाद और कम गहनता के युद्ध संसार के कई हिस्सों को प्रभावित कर रहे हैं।

हालाँकि ऐसे सुझाव भाग्यवादी नज़र आ सकते हैं, लेकिन डॉ. कलाम यह बताने के लिए काफ़ी मेहनत कर रहे थे कि हमारी बुद्धि इन पूर्वज-प्रेरित प्रवृत्तियों के पार पुनर्गठन कर सकती है :

साथ ही, मस्तिष्क के पास यह समझने की बुद्धि होती है कि मानवता ने ऐसे संघर्षों के कारण कितनी क़ीमत चुकाई है और अगर यही ध्यान विकास की ओर मोड़ दिया जाए, तो मानव सभ्यता शांतिपूर्ण सहअस्तित्व की ओर ले जाने वाला आकार ले लेती।

हमें यह विश्लेषण करना होगा कि अब तक मानव इतिहास में युद्ध क्यों हुए हैं और यह भी देखना होगा कि भावी संघर्षों से कैसे बचें। संसाधनों की कमी, देशों तथा संसार के विभिन्न हिस्सों के बीच असमान विकास, अभाव का कष्ट, ख़त्म होते संसाधन, अहं और ऐतिहासिक युद्धों की वजह से उत्पन्न नफ़रत के अवशेष संघर्षों के मुख्य कारण हैं। हमारे लिए इक्कीसवीं सदी में संघर्षों के संभावित स्रोतों का विश्लेषण करना आवश्यक बन जाता है, ताकि जहाँ तक संभव हो, हम समस्या क्षेत्रों को भाँप लें और संघर्ष से बच जाएँ। मनुष्य सारे मोर्चों पर एक युद्ध लड़ रहा है - पर्यावरणवादी क्षति और रोग एक तरफ़ और आतंकवाद दूसरी तरफ़।

डॉ. कलाम ने कहा कि समाजवादी और समतावादी विकास हमारे संसार में शांति ला सकता है। अब वे अपने विश्वास में काफ़ी मुखर थे : 'पूरे संसार में मानव जीवन की गुणवत्ता को बेहतर बनाना पूरी मानवता के सर्वश्रेष्ठ हित में है।' पहले डॉ. कलाम का स्वप्न भारत को विकसित देश बनाना था। अब यह उससे भी आगे बढ़ गया था। अब इसमें प्रौद्योगिकी का इस्तेमाल अरेखीय औज़ार के रूप में इस तरह करना शामिल था, ताकि यह धरती अधिक जीने योग्य बन जाए और मानव समाज अधिक समृद्ध व सद्भावपूर्ण बन जाए। डॉ. कलाम का आध्यात्मिक उत्थान मानवता के उत्थान के उनके स्वप्न में प्रतिबिंबित हुआ था। अब वे पाँच परियोजनाओं या किसी एकीकृत कार्यक्रम या मिशन की बात नहीं कर रहे थे। अब तो वे अंधी शक्तियों - प्रकृति में, समाज में और खुद मनुष्य में - के ख़िलाफ़ चेतना की विजय की बात कर रहे थे।

6.4

सभी चीज़ें साबित करो

हालाँकि मेरा दृष्टिकोण आसमान जितना विशाल है, लेकिन मेरी क्रियाओं और कारण व परिणाम के प्रति सम्मान आटे के दाने जितना महीन है।

—सोग्याल रिम्पोचे
तिब्बती लामा

12 जून 2009 को डबलिन, आयरलैंड में ट्रिनिटी कॉलेज की यात्रा डॉ. कलाम के लिए किसी तीर्थयात्रा जैसी थी। ट्रिनिटी कॉलेज, डबलिन की स्थापना 1592 में हुई थी। आयरलैंड के ऐतिहासिक कष्टों के बावजूद यह सदियों तक क़ायम रहा और समृद्ध हुआ। आज यह मशहूर इतिहास वाला एक आधुनिक विश्वविद्यालय बन चुका है। ट्रिनिटी कॉलेज में 90 से अधिक राष्ट्रों के 16,000 से अधिक विद्यार्थी पढ़ते हैं और दरअसल यह एक तरह का लघु विश्व है। भारत से इसका जुड़ाव 1762 में शुरू हुआ, जब इसने ओरिएंटल भाषाओं की चेयर स्थापित की। उन्नीसवीं सदी के उत्तरार्ध में जब ट्रिनिटी कॉलेज ने इंडिया सिविल सर्विस स्कूल प्रारंभ किया, तो इसने सरकारी सेवा के लिए 150 से अधिक स्नातक प्रदान किए, जिन्होंने ब्रिटिश राज चलाया।

जब डॉ. कलाम अध्यक्ष जॉन हेगार्टी के साथ ट्रिनिटी कॉलेज के सुंदर कैंपस में दाख़िल हुए, तो इसके आदर्श वाक्य ने उनका ध्यान जकड़ लिया। डॉ. कलाम हमेशा एक विद्यार्थी थे और उन चीज़ों के बारे में सवाल पूछने से नहीं हिचकिचाते थे, जिन्हें वे नहीं जानते थे। उन्होंने अध्यक्ष से उस वाक्य का अर्थ बताने का आग्रह किया। प्रो. हेगार्टी ने उन्हें इसका अर्थ बताया : 'सभी चीज़ें साबित करो; जो भी अच्छा है, उसे कसकर पकड़ लो।'

डॉ. कलाम ने पूछा, 'इसके पीछे विचार क्या है?'

'यह *बाइबल* का वाक्य है। इंसान में अति विश्वास की प्रवृत्ति होती है। इस प्रवृत्ति के ख़िलाफ़ रक्षा करते हुए सेंट पॉल ने लिखा था कि भविष्यवाणियों का तिरस्कार न करें; सभी चीज़ों को साबित करें; जो भी अच्छा है उसे कसकर पकड़ लो।'

बातचीत चाय पर जारी रही। ईसाई धर्म के शुरुआती दिनों में कुछ लोगों ने आत्मा द्वारा भविष्यवाणी करने का दावा किया और सचमुच ऐसा कर दिया। लेकिन ऐसे लोग भी थे, जिन्होंने आत्मा से भविष्यवाणी करने का दावा किया, लेकिन सही भविष्यवाणी नहीं कर पाए। परिणाम यह हुआ कि नाटक करने वालों के झूठे दावों की वजह से कुछ लोग सभी भविष्यवाणियों का तिरस्कार करने लगे। सेंट पॉल के हिसाब से सभी भविष्यवाणियों को थोक में ख़ारिज करना अतार्किक था, यहाँ तक कि असुरक्षित भी। जो लोग आत्मा द्वारा सच्ची भविष्यवाणी कर रहे थे, उन्हें सिर्फ़ इसी कारण ख़ारिज करना तार्किक नहीं था, क्योंकि कुछ ऐस नहीं कर रहे थे। न ही झूठी भविष्यवाणियाँ करने वाले लोगों को स्वीकार करना तार्किक था, क्योंकि कुछ लोग सच्ची भविष्यवाणी भी कर रहे थे। सेंट पॉल ने सुरक्षित मार्ग दिखाया : 'सभी चीज़ें साबित करो; जो भी अच्छा है उसे कसकर पकड़ लो।' चूँकि बुराई हमेशा अच्छाई के साथ घुली-मिली रहती है, इसलिए यह उपदेश युगों-युगों के लिए प्रासंगिक सलाह है।

डॉ. कलाम को 75 मिलियन यूरो के नवनिर्मित रिसर्च इंस्टीट्यूट में ले जाया गया, जो नैनो साइंस के प्रति समर्पित था। 'स्वप्न राष्ट्र को ऊपर उठाता है' पर बोलते हुए डॉ. कलाम ने देश में उपलब्ध बहुविषयक विशेषज्ञताओं का इस्तेमाल करके सन 2020 तक भारत का कायाकल्प विकसित देश के रूप में करने का स्वप्न पेश किया। 400 से ज़्यादा लोग उनका व्याख्यान सुनने आए। विश्वविद्यालय ने डॉ. कलाम की यात्रा की स्मृति में इंडिया चेयर और भारतीय अध्ययन में एक पद की स्थापना की घोषणा की।

डबलिन में व्याख्यान देने के बाद डॉ. कलाम उत्तरी आयरलैंड की ओर चले गए। वहाँ बेलफ़ास्ट में क्वीन्स युनिवर्सिटी में एक समारोह आयोजित था, जिसमें उत्कृष्ट सार्वजनिक सेवा के लिए उन्हें डॉक्टर ऑफ़ लॉज़ की मानद उपाधि से नवाज़ा गया। इससे पहले 9 जून 2007 को डॉ. कलाम को लंदन में एक भव्य डिनर में ब्रिटेन के शीर्ष इंजीनियरिंग पुरस्कार इंटरनेशनल मेडल ऑफ़ द रॉयल अकैडमी ऑफ़ इंजीनियरिंग से सम्मानित किया जा चुका था। यह पुरस्कार ब्रिटिश पेट्रोलियम के पूर्व चीफ़ एक्ज़ीक्यूटिव और अकैडमी के प्रेसिडेंट लॉर्ड जॉन ब्राउन ने पेश किया। रॉयल अकैडमी के अनुसार इंटरनेशनल मेडल यूरोपीय संघ के बाहर के किसी नागरिक को कभी-कभार ही दिया जाता है, जिसकी 'इंजीनियरिंग के व्यापक क्षेत्र में असाधारण और दीर्घकालीन व्यक्तिगत उपलब्धि हो, जिसमें वाणिज्यिक या शैक्षणिक नेतृत्व शामिल हो।' महारानी एलिज़ाबेथ द्वितीय के पति और अकैडमी के सीनियर फ़ेलो प्रिंस फ़िलिप डिनर में मौजूद थे।

डॉ. कलाम जहाँ भी जाते थे, ऐसे विचार और अवधारणाएँ खोजते थे, जिनसे उनके देश को लाभ हो सके। उनके लिए, ये कार्यक्रम खुद को बधाई देने के अभ्यास नहीं थे, जैसे कि संभवतः कुछ प्रतिष्ठित लोगों के लिए होते हैं। वे विश्व के कुछ सबसे महान मस्तिष्कों से मिल रहे थे और खुद को मिले अवसर का अधिकतम फ़ायदा

उठा रहे थे। उन्हें जुलाई 2008 में ढाका, बांग्लादेश में युनिवर्सिटी ऑफ़ इनफ़ॉर्मेशन टेक्नोलॉजी ऐंड साइंसेस (यूआईटीएस) के पहले दीक्षांत समारोह में आमंत्रित किया गया था। वहाँ डॉ. कलाम एक व्यावहारिक योजना से ख़ास प्रभावित हुए। जब वे ढाका में थे, तो वे 18 जुलाई 2008 को ग्रामीण बैंक के मीरपुर मुख्यालय में नोबेल पुरस्कार विजेता मुहम्मद युनुस से मिले। प्रो. युनुस ने डॉ. कलाम को ग्रामीण बैंक की गतिविधियों की संक्षिप्त जानकारी दी। उन्होंने सामाजिक व्यवसाय की अवधारणा तथा कार्य को दक्षिण एशिया की ग़रीबी और अन्य सामाजिक समस्याओं से जूझने का तरीक़ा कहा। डॉ. कलाम ने कहा कि वे ग्रामीण बैंक की कार्यप्रणाली विस्तार से जानना चाहते हैं, ताकि इस तंत्र को भारत में भी लागू किया जा सके। प्रोफ़ेसर युनुस ने कहा कि ग्रामीण बैंक भारत में माइक्रोक्रेडिट कार्यक्रम में मदद करके आनंदित होगी, क्योंकि एक पहले से ही केरल में चल रहा था।

प्रोफ़ेसर युनुस ने दक्षिण एशियाई क्षेत्रीय सहयोग संगठन (सार्क) को मज़बूत बनाने का मुद्दा उठाया। उन्होंने शिक्षा के लिए लोगों के मुक्त प्रवाह को सुगम बनाने के लिए सार्क पासपोर्ट और सार्क छात्रवृत्तियों की संभावना टटोली। इसके अलावा उन्हें महसूस हुआ कि अगर इस क्षेत्र के देशों के लिए संयुक्त जल प्रबंधन और ऊर्जा उत्पादन किया जाए, तो यहाँ के लोगों के जीवन की गुणवत्ता बेहतर बन सकती है। डॉ. कलाम ने कहा कि उन्होंने सार्क के भीतर ज़्यादा क़रीबी सहयोग के विचार का पूरा समर्थन किया। प्रोफ़ेसर युनुस डॉ. कलाम से अपनी पुस्तक *बैंकर टु द पुअर* का हिंदी संस्करण पाकर बहुत ख़ुश हुए।

बाद में डॉ. कलाम ने प्रधानमंत्री शेख़ हसीना और राष्ट्रपति ज़िल्लुर रहमान द्वारा आयोजित डिनर में भाग लिया। मेज़बान डॉ. कलाम की शाकाहारी आदतों के बारे में जानते थे, इसलिए उन्होंने उनका मनपसंद भोजन परोसने का विशेष ध्यान रखा। डॉ. कलाम ने प्रधानमंत्री शेख़ हसीना से उनके पति डॉ. एम.ए. वाज़ेद मिया के बारे में बात की, जो परमाणु वैज्ञानिक थे। 1975-82 के दौरान वे नई दिल्ली स्थित भारतीय परमाणु ऊर्जा आयोग की प्रयोगशाला में शोध कार्य में संलग्न थे और बाद में बांग्लादेश परमाणु ऊर्जा आयोग के चेयरमैन बन गए। प्रधानमंत्री शेख़ हसीना ने डॉ. कलाम को रूपपुर परमाणु ऊर्जा परियोजना की संक्षिप्त जानकारी दी, जिसका कार्य प्रगति पर था।

राष्ट्रपति ज़िल्लुर रहमान पूरे दीक्षांत समारोह में डॉ. कलाम के बग़ल में बैठे रहे। डॉ. कलाम ने श्रीज्ञान आतिश दीपंकर, कवि रवीन्द्रनाथ टैगोर, वैज्ञानिक सर जगदीश चंद्र बोस और सत्येन्द्र नाथ बोस को सम्मानपूर्वक आदरांजलि दिए जाते देखा। यह डॉ. कलाम के भाषण 'विज्ञान सीमारहित है' की विषयवस्तु से अच्छी तरह मेल खाता था। डॉ. कलाम ने कहा कि एक अधिक एकीकृत विश्व अर्थव्यवस्था और बेहतर यात्रा व संचार प्रौद्योगिकी से प्रेरित होकर संसार की लगभग हर सरकार उच्च शिक्षा के अंतरराष्ट्रीयकरण के प्रयास कर रही है। अंतरराष्ट्रीय दृष्टि से गतिशील

विद्यार्थियों की संख्या 2025 तक लगभग दोगुने यानी अस्सी लाख होने की उम्मीद है।

डॉ. कलाम ने भारतीय निजी विश्वविद्यालयों की सफलता गाथा का भी ज़िक्र किया। विद्यार्थियों की संख्या में तीव्र वृद्धि हो रही है, जबकि सरकारी बजट सीमित हैं, इसलिए अब उच्च शिक्षा में निजी स्रोतों के पूँजी निवेश की ओर परिवर्तन हो रहा है। भारत ने विदेशी विश्वविद्यालयों के लिए अपने द्वार नहीं खोले और उच्च शिक्षा में स्वावलंबन की नीति पर चला। डॉ. कलाम ने दावा किया कि भारत 2020 तक विश्व की पाँच शीर्षस्थ वैज्ञानिक शक्तियों में शुमार हो जाएग और ऐसा कोई कारण नहीं है कि भारत और बांग्लादेश एक बड़ा ज्ञान तंत्र न बन पाएँ।

अंतरराष्ट्रीय विश्वविद्यालयों में कार्यक्रम डॉ. कलाम को दूर-दूर तक ले जाने वाले थे। मई 2011 में युनिवर्सिटी ऑफ़ टेक्नोलॉजी, सिडनी (यूटीएस) ने डॉ. कलाम को डॉक्टर ऑफ़ इंजीनियरिंग की मानद उपाधि से अलंकृत किया। 1850 में स्थापित यह ऑस्ट्रेलिया की पहली युनिवर्सिटी है और इसे इसकी सबसे प्रतिष्ठित युनिवर्सिटीज़ में से एक माना जाता है। यूटीएस को विश्व की पचास सबसे विख्यात युनिवर्सिटीज़ में गिना जाता है। 2011 में यहाँ 32,000 से ज़्यादा स्नातक और 16,000 से ज़्यादा स्नातकोत्तर विद्यार्थी अध्ययनरत थे। वाइस चांसलर प्रोफ़ेसर रॉस मिलबोर्न ने शिक्षा के प्रति डॉ. कलाम की प्रतिबद्धता और उत्कृष्ट विद्यार्थियों को भावी लीडर्स के रूप में विकसित करने के लिए डॉ. अब्दुल कलाम इंटरनेशनल स्कॉलरशिप्स के सृजन की घोषणा की। तब से स्नातक और स्नातकोत्तर कोर्सवर्क प्रोग्राम्स के लिए विद्यार्थियों को हर साल दस छात्रवृत्तियाँ दी जा चुकी हैं। ऑस्ट्रेलिया में भारत की हाई कमिश्नर श्रीमती सुजाता सिंह भी समारोह में मौजूद थीं।

डॉ. कलाम 2011 हरीश सी. महिन्द्रा व्याख्यान देने के लिए 27 सितंबर को हारवर्ड बिज़नेस स्कूल गए। उन्होंने 'तीन अरब को सशक्त बनाना' पर व्याख्यान दिया। हारवर्ड युनिवर्सिटी के प्रेसिडेंट प्रो. ड्रयू फ़ॉस्ट, साउथएशिया इंस्टीट्यूट के निदेशक तरुण खन्ना और प्रोफ़ेसर जॉर्गे पाओला लेमैन ने उनकी अगवानी की। तरुण खन्ना ने बाद में भाषण में सरल, शक्तिशाली संदेश देने की डॉ. कलाम की प्रतिभा का उल्लेख लिया, जो सबसे ज्ञानी और संदेहवादी श्रोताओं के दिल को भी छू सकते थे :

> अधिकतर उनका संदेश सरल था। हारवर्ड में दिए व्याख्यान में... उन्होंने नेतृत्व के महत्त्व पर ज़ोर दिया और इस विचार पर लौटते रहे कि नेतृत्व उदार बनने, करुणामय बनने और एक ऐसा माहौल बनाने के बारे में है, जहाँ समस्या सुलझाने के लिए हर किसी को लाभ मिलने की नीति हो। यह कोई रॉकेट विज्ञान नहीं है, भले ही यह बात मिसाइल मैन बता रहे थे। लेकिन जो व्यक्ति इतना कुछ हासिल कर चुका है, उसकी तरफ़ से आई यह बात अति भावुकता में विकृत नहीं हुई। ईमानदारी की हवा थी।

मार्च 2012 में मुलायम सिंह यादव के नेतृत्व वाली समाजवादी पार्टी ने उत्तरप्रदेश के विधानसभा चुनाव में भारी जीत हासिल की। इसके बाद भारत के सबसे ज़्यादा जनसंख्या वाले राज्य में उनके बेटे अखिलेश यादव को मुख्यमंत्री चुना गया। वे 38 साल की उम्र में उत्तरप्रदेश के सबसे युवा मुख्यमंत्री बन गए। उन्होंने डॉ. कलाम को आमंत्रित किया कि वे उत्तरप्रदेश को विकास का स्वप्न दें। उन्होंने उत्तर भारत के अग्रणी समाचार पत्र *हिंदुस्तान टाइम्स* की सहायता से एक सभा आयोजित की। मुझे भी सभा में बोलने का आमंत्रण मिला था।

डॉ. कलाम ने भारत के लोगों की शक्ति और इसके युवाओं की क्षमता पर हमेशा दृढ़ता से यक़ीन किया था। उत्तर प्रदेश में दोनों ही प्रचुरता में थे। शुरुआत में डॉ. कलाम ने संकेत किया कि उत्तरप्रदेश राज्य की अर्थव्यवस्था देश की दूसरी सबसे बड़ी अर्थव्यवस्था है और यहाँ प्राकृतिक व मानव संसाधन प्रचुरता में हैं। यहाँ 10 करोड़ युवा रहते हैं यानी भारत में रहने वाला हर पाँचवाँ युवा उत्तरप्रदेश में रहता है। डॉ. कलाम ने कहा कि 2016 तक संसार की 100 कौशलपूर्ण नौकरियों में से लगभग आठ अकेले उत्तरप्रदेश से ही पूरी हो सकती हैं। लेकिन इस राज्य के लिए डॉ. कलाम की अपनी ख़ुद की इच्छा थी। उन्होंने कहा, '26,000 रुपये की प्रति व्यक्ति वर्तमान आय को 1,00,000 रुपये तक कैसे बढ़ाया जा सकता है? यह हमारा मिशन होना चाहिए।'

डॉ. कलाम ने संकेत किया कि उत्तरप्रदेश कभी पिछड़ा राज्य नहीं रहा था। इसके बजाय यह तो एक ऐसी भूमि था, जहाँ विभिन्न प्रकार की योग्यताएँ सदियों तक पल्लवित हुई हैं। भदोही के गलीचे, मुरादाबाद के पीतल के बर्तन, फ़िरोज़ाबाद के काँच के बर्तन, मलीहाबाद के आम के उत्पाद, मेरठ की कैंचियाँ, अलीगढ़ के ताले, खुरजा की सिरेमिक पॉटरी, कानपुर का चमड़े का काम और लखनऊ की चिकनकारी ऐतिहासिक दृष्टि से विश्वव्यापी शोहरत वाले उद्योग रहे हैं। डॉ. कलाम ने इन्हें आर्थिक और सामाजिक संभावना का ऐसा स्रोत माना, जिनका समुचित दोहन नहीं किया गया है : 'क्या प्रॉडक्ट की शोहरत की बराबरी आर्थिक गतिविधि से हुई है? यदि प्रौद्योगिकी और मार्केटिंग का समर्थन मिले, तो तुलनात्मक रूप से कितनी सारी अनजान कलाएँ, कारीगरी और पाक-प्रणाली आकर्षक उद्योग में बदल सकती हैं? हमें प्रति व्यक्ति आय और मानव विकास सूचकांक के अनुसार विभिन्न जिलों और योग्यता क्षेत्रों के पार राज्य के एक विस्तृत आर्थिक नक़्शे की भी ज़रूरत है।'

डॉ. कलाम ने संभावित विकास के क्षेत्र दिखाने वाले एक नक़्शे को भी प्रदर्शित किया। उन्होंने कहा, 'योग्यता नक़्शे और आर्थिक नक्शे को एक के ऊपर एक रखने पर योग्यता की क्षमता और इसकी अभिव्यक्ति के बीच की खाइयों को पहचाना जा सकता है।' कोई भी उनकी सूक्ष्मता और पूर्णता पर सवाल नहीं कर सकता था। वे इस बारे में जागरूक थे कि प्रगति के लिए एक बहुआयामी नीति की ज़रूरत है :

> अंतत: शिक्षाविदों, उद्योगपतियों और प्रशासकों को जिला स्तर पर एक साथ आने की ज़रूरत है, ताकि यह योजना बनाई जा सके कि उनके विभिन्न जिलों में आर्थिक प्राप्ति और योग्यता की संभावना की खाई पाटने का दीर्घकालीन तरीक़ा क्या है। इसके लिए औद्योगिक प्रशिक्षण संस्थाओं (आईटीआई), युवा वर्कशॉप, मार्केटिंग और वितरण सनर्थन, प्रौद्योगिकी प्रक्रिया वृद्धियाँ और अन्य हस्तक्षेपों में निवेश के लिए लक्ष्यबद्ध प्रशिक्षण की ज़रूरत हो सकती है।
>
> इस तरह प्रत्येक जिला अपने योग्यता समूहों और इसकी संभावना को स्पष्ट रूप से पहचान सकेगा। इससे यह भी पता चलेगा कि उपलब्ध योग्यताओं के आधार पर अर्थव्यवस्था को विकसित करने के मिशन को कैसे हासिल किया जाए। इसके साथ ही, वे एक दूसरे के ख़िलाफ़ ख़ुद को तौल सकते हैं और राज्य के आम हित के लिए सहयोग के रास्ते भी खोज सकते हैं। इससे कई क्षेत्रों में औद्योगिक केंद्र का गठन किया जा सकता है, जिनमें लखनऊ, कानपुर, नोएडा, मेरठ, मिर्ज़ापुर, भदोही, मुरादाबाद, अलीगढ़, आगरा और सोनभद्र शामिल हैं।

इसके अलावा, डॉ. कलाम ने युवाओं के लिए सामाजिक उद्यमिता का मिशन शुरू करने का प्रस्ताव रखा। इसके लिए पूरे राज्य में लगभग 1,00,000 सामाजिक उद्यम लगाने की आवश्यकता होगी, ताकि अति महत्त्वपूर्ण क्षेत्रों में इसके 20 करोड़ लोगों की सेवा हो सके। इसमें आहार और पोषण; जल तक पहुँच (पीने योग्य भी और सिंचाई के लिए भी); स्वास्थ्य सुविधा तक पहुँच; आमदनी उत्पादन क्षमता तक पहुँच; शिक्षा और क्षमता निर्माण तक पहुँच; गुणवत्तापूर्ण ऊर्जा और संचार यंत्रों तक पहुँच और वित्तीय सेवाओं तक पहुँच शामिल होगी।

डॉ. कलाम ऐसे अभियानों के लिए प्रभावी नेतृत्व की आवश्यकता को पहचानते थे, इसलिए उन्होंने हर क्षेत्र में प्रतिभा को पोषण देकर और नवाचार को प्रोत्साहित करके सृजनात्मक लीडर विकसित करने की आवश्यकता पर ज़ोर दिया। सृजनात्मक लीडर्स का उदय वैश्विक प्रतिस्पर्धा को सुगम बनाएगा और राज्य के कायाकल्प में मदद करेगा। यही नहीं, वे जानते थे कि सफलता हासिल करने को सारी अनिवार्य चीज़ें और संसाधन यहाँ मौजूद थे - उत्तरप्रदेश में भी और भारत में भी। उनके शुरुआती सफल स्वदेशीकरण प्रयासों ने यह प्रदर्शित कर दिया था। उत्तरप्रदेश की समस्याओं के समाधान के लिए बाहर की तरफ़ देखने की कोई ज़रूरत नहीं है - वे यहीं हैं : 'आपके पास हर चीज़ है, समृद्धि के सारे घटक यहीं हैं : ससाधन, युवा लोग और आज़माई हुई योग्यताएँ। अब संसार के सामने उन्हें साबित करने का समय है। खोई कड़ियाँ हैं - लोगों का वित्तीय समावेश और स्थानीय उद्यम की प्रतिस्पर्धात्मकता। बाहर की तरफ़ मत देखो और निराश महसूस मत करो; अंदर की तरफ़ देखो, अपनी क्षमता को वास्तविकता में बदलो; बाहर वालों के साथ प्रतिस्पर्धा करो और उन्हें जीत लो।'

हालाँकि डॉ. कलाम राष्ट्रीय राजनीति से सेवानिवृत्त हो चुके थे, लेकिन इसके बावजूद राष्ट्रपति भवन में उन्हें वापस लाने का प्रलोभन देने की कोशिशें चल रही थीं। जून 2012 में सत्ताधारी युनाइटेड प्रोग्रेसिव अलाइंस (यूपीए) ने आगामी राष्ट्रपति चुनाव में प्रणब मुखर्जी को अपना उम्मीदवार घोषित किया। विपक्षी दलों ने डॉ. कलाम को पसंदीदा उम्मीदवार के रूप में देखा। तृणमूल कॉंग्रेस की प्रमुख ममता बनर्जी ने डॉ. कलाम को राज़ी करने के प्रयासों का नेतृत्व किया। भारतीय जनता पार्टी के नेता एल.के. आडवाणी और समाजवादी पार्टी के प्रमुख मुलायम सिंह यादव भी उनसे मिले। डॉ. कलाम राष्ट्रपति बन सकते हैं, इस संभावना से देश के युवाओं में उल्लास का माहौल बन गया और मीडिया ने इस अटकल से जनता की भावना को उकसाया। जनता हमेशा उनकी तरफ़ थी और बहुत से लोग उन्हें दोबारा राष्ट्रपति देखना चाहते थे। उन्हें आधुनिक भारत के अतुल्य प्रतिनिधि के रूप में देखा जाता था।

लेकिन डॉ. कलाम को यह मंजूर नहीं था। 18 जून 2012 को डॉ. कलाम ने अपनी ख़ामोशी तोड़ते हुए घोषणा की कि वे राष्ट्रपति का चुनाव नहीं लड़ेंगे। 'मैंने इस मसले और वर्तमान राजनीतिक स्थिति पर पूरी तरह विचार किया है और 2012 का राष्ट्रपति चुनाव न लड़ने का निर्णय लिया है।' उन्होंने शायद उस संदेश को आत्मसात कर लिया था, जो उन्होंने डबलिन के ट्रिनिटी कॉलेज में सीखा था, 'भविष्यवाणियों का तिरस्कार मत करो; सभी चीज़ें साबित करो; जो भी अच्छा है, उसे कसकर पकड़ लो।' प्रणब मुखर्जी को भारत का तेरहवाँ राष्ट्रपति चुना गया और 25 जुलाई 2012 को उन्हें पद की शपथ दिलाई गई।

नई दिल्ली की धकापेल से दूर डॉ. कलाम ने 28 जून 2012 को तिरुअनंतपुरम में इंडियन इंस्टीट्यूट ऑफ़ स्पेस साइंस ऐंड टेक्नोलॉजी (आईआईएसटी) के पहले दीक्षांत समारोह में शिरकत की। आईआईएसटी की स्थापना डिपार्टमेंट ऑफ़ स्पेस ने 2007 में की थी। डॉ. कलाम को आईआईएसटी का कुलाधिपति नियुक्त किया गया था, जो 2008 में डीम्ड युनिवर्सिटी बन गई और उसी समय स्नातक विद्यार्थियों के पहले बैच को भर्ती किया गया। इंस्टीट्यूट ने 2009 में मास्टर ऑफ़ टेक्नोलॉजी की उपाधि के लिए रेडियो फ़्रीक्वेंसी ऐंड माइक्रोवेव, एडॉप्टिव ऑप्टिक्स और सॉफ़्ट कंप्यूटिंग के तीन स्नातकोत्तर कोर्स शुरू किए।

विश्व की पहली स्पेस युनिवर्सिटी के पहले बैच को स्नातक बनकर निकलते देखना डॉ. कलाम का वह सपना था, जो सच हो गया था। वे तरोताज़ा चेहरे वाले स्नातकों में अपनी जवानी की तसवीर देख सकते थे। डॉ. कलाम को एमआईटी में अपने युग की सबसे अच्छी शिक्षा का वरदान मिला था और इसने भारतीय एरोस्पेस के पथप्रदर्शक वर्षों की कठिनाइयों के लिए पूरी तरह तैयार कर दिया था। इसकी छोटी शुरुआत से उन्होंने और उनके सहकर्मियों ने उस सारे ज्ञान और ऊर्जा का इस्तेमाल किया था, जो वे भारत की अंतरिक्षगामी क्षमता को स्थापित करने की अपनी धुन में बटोर सकते थे। भारत के युवा वैज्ञानिकों को अब स्वदेशी प्रशिक्षण दिया जा सकता

था, जो भारतीय अंतरिक्ष कार्यक्रम को इक्कीसवीं सदी में धकेलेगा। इसने ढेर सारी रोमांचक संभावनाओं को जन्म दे दिया। डॉ. कलाम हमेशा आगे की ओर सोचते थे, इसलिए आने वाली पीढ़ियों में एरोस्पेस के उनके सपने और उनके युवा विद्यार्थियों की आकांक्षाओं में बहुत कम अंतर था :

> जब मैंने आप सबको देखा, तो मैं ख़ुद से पूछ रहा था कि आप युवा स्नातक किस तरह के मिशनों पर एकाग्रचित्त होंगे और आप स्पेस साइंस ऐंड टेक्नोलॉजी में किस तरह की नवाचारी क्रांति करेंगे। क्या आप कम लागत पर भू–समकालिक कक्षा में पहुँचने वाले अंतरिक्षयान के लिए नेतृत्व और नया ज्ञान प्रदान करेंगे? क्या आप कक्षीय रखरखाव के ज़रिये उपग्रहों का जीवन बढ़ाने के लिए अंतरिक्ष उपग्रह मरम्मत केंद्र बनाएँगे? क्या आप नए इंसानी रहवासी इलाक़ों की संभावना का अध्ययन करने के लिए मंगल और चाँद तक पहुँचने वाले अंतरिक्ष यान के प्रक्षेपण यान बनाने के लिए ज़िम्मेदार होंगे? क्या आप दोबारा प्रयुक्त होने वाले प्रक्षेपण यान बनाने के लिए ज़िम्मेदार होंगे, जिनके फलस्वरूप प्रति किलोग्राम की वर्तमान कक्षीय लागत 6,000 अमेरिकी डॉलर से घटकर 500 अमेरिकी डॉलर हो जाए? ज़ाहिर है, अंतरिक्ष विज्ञान और प्रौद्योगिकी में बहुत सारी चुनौतियाँ हैं और आप अनूठे रूप से सौभाग्यशाली हैं, क्योंकि भारत अंतरिक्षगामी राष्ट्र के रूप में अपनी विश्वसनीयता स्थापित कर चुका है।

डॉ. कलाम ने 11 सितंबर 2012 को नई दिल्ली के रामकृष्ण मिशन में स्वामी विवेकानंद के 150वें जन्मदिवस समारोह में हिस्सा लिया। उन्होंने 1893 में स्वामी विवेकानंद द्वारा शिकागो में बोले गए शब्दों से अपनी बात शुरू की : 'मदद करो, लड़ो नहीं,' 'समावेश करो, विनाश नहीं,' 'सद्‌भाव और शांति, न कि कलह।'

जोश और आदर्शवाद से भरे भाषण में, जिस पर किसी संत को भी गर्व होता, डॉ. कलाम ने अधिक सद्‌भावपूर्ण संसार का आह्वान किया। उन्होंने संकेत किया कि संसार अब भी भाषा, धर्म, सांस्कृतिक असमानताओं और विश्व की आधी जनसंख्या की ग़रीबी से उत्पन्न होने वाले संघर्षों से भरा है। यही नहीं, विश्व के लगभग इतने ही लोगों के लिए पानी का अभाव है, जनसंख्या का एक महत्त्वपूर्ण हिस्सा नए रोगों का शिकार है - और सबसे अहम बात, जीवाश्म ईंधन के अंधाधुंध इस्तेमाल की वजह से पृथ्वी जलवायु परिवर्तन के प्रभाव से पीड़ित है और यह अधिक बड़े, अभूतपूर्व संघर्ष को जन्म दे सकता है। हमारे देश के महान वैज्ञानिक और संत अपनी सोची मुश्किलों के चलते मानवता के भविष्य को लेकर चिंतित थे :

> संघर्षों के इस माहौल में मैं स्वामी विवेकानंद के मशहूर शिकागो भाषण को याद करते हुए ख़ुद से पूछ रहा हूँ, क्या हम सामूहिक रूप से इसे संसार के

हर हिस्से में संभव बना सकते हैं, जहाँ लोग प्रदूषणरहित हरे–भरे पर्यावरण में रहें, ग़रीबी के बिना समृद्धि हो, युद्ध के डर के बिना शांति हो और संसार सभी नागरिकों के लिए जीने की एक सुखद जगह बन जाए?

डॉ. कलाम ओटावा की कार्लेटन युनिवर्सिटी में शुरुआती धहान मेमोरियल लेक्चर देने के लिए अक्टूबर 2012 में कनाडा गए। उन्होंने वैंकुवर में साइमन फ्रेज़र युनिवर्सिटी से मानद डॉक्टरेट उपाधि ग्रहण की। अब तक उनके भारत 2020 स्वप्न ने भारतीय प्रवासियों को उत्साहित कर दिया था, ख़ास तौर पर उत्तर अमेरिका में। पहले के अविश्वास की जगह अब आशा आ गई थी। डॉ. कलाम की बहुतेरी यात्राओं ने विदेशों में रहने वाले भारतीय समुदायों में एक अनूठा आशावाद उत्पन्न कर दिया था। अब मनोदशा यह बन रही थी, 'हाँ! घर पर कोई अच्छी चीज़ हो रही है; चलो हम भी अपना योगदान देते हैं।'

डॉ. कलाम द्वारा जाग्रत ज़्यादातर आशावाद का श्रेय आध्यात्मिकता, प्रौद्योगिकी कौशल और प्रेरणा के उनके अनूठे तालमेल को जाता है। लेकिन उससे भी अधिक, उनमें देसी समझदारी और व्यावहारिकता थी, जो उनकी सारी सोच का आधार थी। वे ऊर्जा की कमी को भारतीय अर्थव्यवस्था के विकास की सबसे बड़ी बाधा मानते थे। वे जानते थे कि जब तक पर्याप्त ऊर्जा नहीं होगी, तब तक किसी स्वप्न, किसी लफ़्फ़ाज़ी, किसी मिशन या योजना से सच्चा फ़र्क़ नहीं पड़ेगा। भारत को अपने उद्योगों को शक्ति देने और कृषि हेतु सूखी ज़मीनों तक पानी पहुँचाने के लिए काफ़ी ज़्यादा ऊर्जा की ज़रूरत थी।

निस्संदेह तेल और गैस के विशाल भंडारों के महँगे आयात से भारतीय अर्थव्यवस्था लहूलुहान थी। प्रचुर स्वदेशी कोयला भंडार विकसित करने में विलंब और अकुशलताएँ रही थीं। परमाणु ऊर्जा का अधिक उत्पादन यूरेनियम की आपूर्ति पर प्रतिबंध लगाने वाली अंतरराष्ट्रीय संधियों की वजह से अटका हुआ था। सौर तथा पवन ऊर्जा के नवीनीकृत होने वाले संसाधन बिजली की बढ़ती आवश्यकता को नहीं सँभाल सकते थे। पारंपरिक ऊर्जा उत्पादन अधोसंरचना हमेशा बढ़ती माँग के सामने चरमरा गई, जिससे पूरे देश में वोल्टेज के उतार–चढ़ाव और शटडाउन आम हो गए। इससे भी बुरी बात, ग्रिड अब तक 30 करोड़ लोगों के पास तक नहीं पहुँच पाई थी। ऊर्जा उत्पादन व्यवस्था देश के औद्योगिक विकास और नगरीय विस्तार की आकांक्षाओं से बराबरी नहीं कर पा रही थी।

इस अति महत्त्वपूर्ण मुद्दे पर ज़ोर देने के हर अवसर पर डॉ. कलाम स्वाभाविक रूप से ख़ुश होते थे और *द इकोनॉमिस्ट* समूह ने उन्हें यह अवसर दे दिया। ब्रिटिश मल्टीनेशनल मीडिया कंपनी को अति सम्मानित *द इकोनॉमिस्ट* पत्रिका के प्रकाशक के रूप में जाना जाता है। कंपनी ने उन्हें एक मुख्य इंटरव्यू के लिए आमंत्रित किया, जिसके बाद उनके 81वें जन्मदिवस पर नई दिल्ली में व्हाइट पेपर का लोकार्पण था। उन्हें इकोनॉमिस्ट इंटेलिजेंस यूनिट द्वारा तैयार व्हाइट पेपर की अग्रिम

प्रति दे दी गई थी। द व्हाइट पेपर ने भारत के भावी ऊर्जा तंत्र की संभावनाओं की जाँच की थी, स्रोत से उत्पादन और वितरण से उपभोग तक।

अपने जन्मदिन पर कलाम ने अपनी चिर-परिचित स्वतःस्फूर्त और अपनी ज़मीन से जुड़ी नीति से विशेषज्ञों और दिग्गजों के निराशाजनक समूह को - जो धारीदार सूट और सतर्क मुद्राओं में थे - एक मुक्त प्रवाह की सभा में बदल दिया। उनकी प्रस्तुति बेहद समझदारी भरी थी।

उन्होंने कहा कि मानव समाज ने ईंधन के चार स्तर देख लिए थे। पहला ईंधन था लकड़ी, जो लगभग दस लाख साल पहले आग की खोज से शुरू हुआ था। दूसरा ईंधन था तेल और संबद्ध पेट्रोलियम उत्पाद, जो उन्नीसवीं सदी के उत्तरार्ध में आए - लगभग 100 साल पहले। तीसरा ईंधन था परमाणु, जो बमुश्किल पचास साल पुराना है। अब हम चौथे ईंधन को टटोल रहे हैं, जिसे हरित ऊर्जा कहा जाता है, जैसे सौर ऊर्जा और पवन ऊर्जा, जो पिछले दो दशकों से लगातार वाणिज्य और प्रौद्योगिकी की दृष्टि से व्यावहारिक हो रही है। उन्होंने कहा, 'अब मुझे पाँचवें ईंधन के बारे में बात करने दें - जो पारंपरिक अर्थ में ईंधन नहीं है - यह है ऊर्जा किफ़ायत।'

डॉ. कलाम ने विशेषज्ञ श्रोताओं को बताया कि ऊर्जा किफ़ायत दरअसल ऊर्जा 'उत्पन्न' करने का आर्थिक दृष्टि से सबसे व्यावहारिक और आरामदेह तरीक़ा है; बस इसे बचा लें। इसमें प्रौद्योगिकी के किसी आविष्कार की नहीं, बल्कि सामाजिक जागरूकता की ज़रूरत है। इसके लिए तो बस ऊर्जा बचाने के लिए घरों तथा उद्योगों को प्रोत्साहन देना चाहिए। कई राज्यों में तो सिर्फ़ विद्युत के वितरण में 40 प्रतिशत से ज़्यादा ऊर्जा बेकार चली जाती है। घरेलू स्तर पर भी ऊर्जा की किफ़ायत की भारी संभावना है। पकाने के ईंधनों से लेकर स्मार्ट इमारतों तक के सस्ते और विवेकपूर्ण नवाचारों से घरों में लगने वाली 50 प्रतिशत तक ऊर्जा को बचाया जा सकता है। बल्ब की जगह पर एलईडी लैंप लगाने, बिजली के कृषि पंप सेट चालू करने के लिए एनालॉग चिप का इस्तेमाल करके, घरेलू पंखों में रेग्युलेटर लगाकर और इंटेलिजेंट एयर कंडीशनर तथा फ्रिज बनाकर भारत अपनी ऊर्जा उपलब्धता को दोगुना कर सकता है।

डॉ. कलाम अवसर के प्रतिनिधि थे। उनके दूरदर्शी पूर्वानुमानों के अलावा - जैसे अंतरिक्ष के क्षेत्र में - उन्होंने जिस भी चीज़ की पैरवी की, वह उस वक़्त व्यावहारिक और यथार्थवादी थी। उन्होंने जो भी सुझाव दिए, उनमें से ज़्यादातर काफ़ी आसानी से या थोड़े सहयोग, प्रयास तथा समन्वय के साथ शुरू किए जा सकते थे। लेकिन जब तंत्र ही निष्क्रिय हो और ख़राब चयन करे, तो देश के ज़्यादातर हिस्सों में सुधार की बहुत कम त्वरित आशा थी।

6.5

जीने योग्य पृथ्वी

हम पर अपने लोभ और मूर्खता से ख़ुद को नष्ट करने का ख़तरा मँडरा रहा है। हम एक छोटे और लगातार ज़्यादा प्रदूषित होते तथा बहुत भीड़-भाड़ वाले ग्रह पर अंदर की ओर नहीं देखते रह सकते।

—स्टीवन हॉकिंग
ब्रिटिश भौतिकशास्त्री, ब्रह्मांड विज्ञानी

जब बीजिंग फ़ोरम 2012 में विशेष व्याख्यान देने का आमंत्रण मिला, तो डॉ. कलाम अपने उत्साह पर क़ाबू नहीं रख पाए। चीन में उनकी दो पुस्तकों - 2002 में *विंग्स ऑफ़ फ़ायर* और 2007 में *गाइडिंग सोल्स* - के प्रकाशन के बाद वे उस देश की यात्रा करना चाहते थे। चीन उनके लिए हमेशा एक पहेली रहा था। वे चीनी सभ्यता की दीर्घायु से प्रभावित थे और पिछले तीस वर्षों में विश्व शक्ति के रूप में इसके उदय पर कौतुहल में थे। बीजिंग फ़ोरम एक अंतरराष्ट्रीय अकादमिक मंच है, जिसके प्रायोजक पीकिंग युनिवर्सिटी, चीन का शिक्षा मंत्रालय और कोरिया फ़ाउंडेशन फ़ॉर एडवांस्ड स्टडीज़ हैं। इसका उद्देश्य पूरे संसार में शैक्षिक विकास और सामाजिक प्रगति को बढ़ावा देना है।

हर एक की तरह ही डॉ. कलाम भी जानते थे कि प्रगति को परिभाषित करना मुश्किल है। *भारत 2020* में उन्होंने बताया था कि आर्थिक आँकड़े भ्रामक हो सकते हैं और सभी प्रकार के मानवीय कष्टों को छुपा सकते हैं। द्वितीय विश्व युद्ध के बाद विकास ने काफ़ी हद तक समृद्धि की पारंपरिक अवधारणाओं की जगह ले ली। फलस्वरूप जीडीपी किसी देश की प्रगति और कल्याण का पैमाना बन गया। यह युद्ध के विजेताओं की शक्ति को क़ायम रखने का साधन बन गया। चूँकि उनके पास न सिर्फ़ उत्पादन की शक्ति और संसाधन थे, बल्कि भाव तय करने की शक्ति भी थी, इसलिए विकासशील देशों को चतुराई से उपभोक्ता बाज़ार में बदल लिया गया। चीन का नेतृत्व वैश्विक आर्थिक प्रणाली की चालाकी को समझ गया। इसने पश्चिमी गुट की चाल पलट दी और कम भाव की उपभोक्ता वस्तुओं के क्षेत्र में संसार का

पसंदीदा उत्पादन केंद्र बन गया।

जैसा संक्षेप में पहले ही बताया जा चुका है, इस संसार के महत्त्वपूर्ण मसलों को प्रभावित करने वाला एक अंतरराष्ट्रीय विशिष्ट वर्ग है। वर्ल्ड इकोनॉमिक फ़ोरम (डब्ल्यूईएफ़) इस विशिष्ट वर्ग के हितों का प्रतिनिधित्व करता है। यह स्विट्ज़रलैंड स्थित ग़ैर-लाभकारी संगठन है। हर साल यह पूरे संसार में व्यवसाय में संलग्न लोगों को स्विट्ज़रलैंड के पूर्वी आल्प्स इलाक़े के डेवॉस नामक माउंटेन रिसॉर्ट में आमंत्रित करता है। इसकी विरोधी शक्ति है वर्ल्ड सोशल फ़ोरम (डब्ल्यूएसएफ़), जो ब्राज़ील के पोर्टो अलेग्री शहर में स्थित है। डब्ल्यूईएफ़ का दावा है कि बाज़ार के नियमों से दौलत का संग्रह ही मानवता का बेहतर बनने का एकमात्र तरीक़ा है, और दूसरा कोई विकल्प नहीं है। डब्ल्यूएसएफ़ विकास को मानवता के कल्याण में वृद्धि करने का विलोम मानता है। यह वैश्विक बाज़ारी शक्तियों से सामाजिक, सांस्कृतिक और आर्थिक संगठन के स्थानीय रूपों की रक्षा करने के लिए जूझता है।

शायद यहाँ बुद्ध के मध्यम मार्ग की भारी खुराक मानव जाति को स्थायी समृद्धि प्रदान कर सकती है। हमारे वैज्ञानिक संत दोनों दृष्टिकोणों को देख सकते थे और वे इन दोनों संगठनों में किसी के दृष्टिकोण से पूरी तरह सहमत नहीं थे। कड़ी मेहनत के कट्टर समर्थक होने के नाते वे विकास का समर्थन करते थे; लेकिन सिर्फ़ उसी विकास का जो समावेशी, दीर्घकालीन और सामंजस्यपूर्ण हो। उनके खुद के प्रयासों ने स्वदेशीकरण के ज़रिये असंख्य लोगों तक समृद्धि पहुँचाई थी और उनकी नैसर्गिक व्यावहारिकता विकास के लाभों को देख सकती थी। बहरहाल, डॉ. कलाम के लिए विकास का अर्थ पैसे से अधिक था।

> उन्होंने 2 नवंबर 2012 को अपना मुख्य व्याख्यान दिया। अन्य प्रतिष्ठित वक्ताओं में संयुक्त राष्ट्र के महासचिव बैन काई-मून और रिपब्लिक ऑफ़ कोरिया के पूर्व प्रधानमंत्री जय-बॉन्ग शामिल थे। डॉ. कलाम ने भारत 2020 की विकास योजना का विस्तार पूरे संसार के लिए किया और जीने योग्य पृथ्वी का स्वप्न बताया : 'राष्ट्र तब एक होते हैं, जब उनमें किसी क्षेत्र में समान तीव्र इच्छा होती है। जलवायु और पर्यावरण जैसे प्रासंगिक दबावों के साथ मैं प्रतिनिधियों से आग्रह करता हूँ कि वे "जीने योग्य पृथ्वी" पर विचार करें, जहाँ हम सात अरब लोगों के प्रबंधन, जल, ऊर्जा, स्वास्थ्य सुविधा और शिक्षा की समस्याओं को सुलझा सकें।'

डॉ. कलाम व्याख्यान सुनते रहे और उन्होंने तीस साल से ज़्यादा समय से चीन की तीव्र आर्थिक विकास का गुर समझ लिया। उन्हें अहसास हुआ कि तीव्र आर्थिक उत्थान के चलते चीन नगरीकरण की पेचीदा समस्याओं से नहीं बच पाया। चीन के ग्रामीण इलाक़े अब सामाजिक दुविधाओं का सामना कर रहे थे : युवा शहरों की ओर पलायन कर रहे थे और गाँवों में स्याह वास्तविकताओं का सामना करने के लिए

सिर्फ़ बूढ़े तथा बच्चे ही बचे थे। कृषि योग्य काफ़ी भूमि ख़ाली पड़ी थी। डॉ. कलाम बीजिंग फ़ोरम से यह संदेश लेकर लौटे कि उनका प्यूरा मिशन न सिर्फ़ भारतीय गाँवों के लिए प्रासंगिक है, बल्कि यह पूरे संसार के लिए भी प्रासंगिक है - और निश्चित रूप से चीन में है।

बाद में डॉ. कलाम ने चाइना अकैडमी ऑफ़ स्पेस टेक्नोलॉजी (सीएएसटी) की यात्रा की, जो चाइना एरोस्पेस साइंस ऐंड टेक्नोलॉजी कॉर्पोरेशन (सीएएससी) के अधीन कार्यरत चीन की अंतरिक्ष संस्था है। सीएएसटी ने डॉन्ग फ़ैंग हॉन्ग उपग्रहों को डिज़ाइन किया और बनाया था। इस उपग्रह के नाम का अर्थ है 'पूर्व लाल है।' इसे एक गीत से लिया गया था, जो 1960 के दशक में हुई सांस्कृतिक क्रांति के दौरान वस्तुतः पीपुल्स रिपब्लिक ऑफ़ चाइना का गान था। डॉ. कलाम को बताया गया कि 24 अप्रैल 1970 को कक्षा में पहुँचने के बाद डॉन्ग फ़ैंग हॉन्ग उपग्रह ने *'पूर्व लाल है'* गीत लगातार 28 दिनों तक प्रसारित किया। पीपुल्स रिपब्लिक ऑफ़ चाइना अपना विचार स्पष्टता से व्यक्त कर रहा था। यह डॉ. कलाम के लिए एक उल्लेखनीय दिन था। उन्होंने चीन के एरोस्पेस इतिहास का ज़्यादातर हिस्सा उस युग से देखा था, जब वे टीईआरएलएस में थे और स्वदेशी आरएच-75 रॉकेट छोड़ने के प्रयास कर रहे थे। शाम को चीन में भारत के राजदूत सुब्रमण्यम जयशंकर ने उनके सम्मान में एक डिनर समारोह आयोजित किया।

अगले दिन डॉ. कलाम लंच पर चाइनीज़ पीपुल्स इंस्टीट्यूट ऑफ़ फ़ॉरेन अफ़ेयर्स के सदस्यों से मिले। ग्यारहवीं एनपीसी (नेशनल पीपुल्स काँग्रेस) स्टैंडिंग कमेटी की वाइस चेयरपर्सन मिस यैन जुंकी, पीकिंग युनिवर्सिटी काउंसिल के चेयरमैन श्री झू शानलू, और सीपीआईएफ़ए के वाइस प्रेसिडेंट राजदूत लू शूमिन मौजूद थे। डॉ. कलाम ने अपने जानकार साथियों के साथ भारतीय और चीनी सभ्यताओं की विशेषताओं पर बातचीत की। बातचीत ख़ास तौर पर उन घटकों के बारे में थी, जिनकी बदौलत ये दो महान सभ्यताएँ क़ायम रही थीं। हालाँकि आधुनिक समय तक किसी अकेले शासक ने इनमें से किसी भी विशाल देश पर कभी पूरी तरह शासन नहीं किया था, लेकिन फिर भी उनका लचीलापन इतना ज़्यादा था कि वे असंख्य आक्रमणों और विदेशी शासन के दौर से बच गए। इस द्विपक्षीय विचार-विमर्श से दो महत्त्वपूर्ण बिंदु उभरकर सामने आए।

इनमें से पहला लोगों की विशेषताओं का मुद्दा था। अगर हम भारतीय और चीनी लोगों की विशेषताएँ गिनाएँ, तो हमें कई आम विशेषताएँ मिलेंगी - सादगी, प्रकृति प्रेम, धैर्य, अंतरराष्ट्रीय मसलों के प्रति उदासीनता, 'यह काम नहीं करेगा, मैं जानता हूँ' नज़रिया, उर्वरता, श्रम, किफ़ायत, पारिवारिक जीवन का प्रेम, शांतिवाद, संतुष्टि, हास्यबोध, रूढ़िवाद और ऐंद्रिकता। इन विशेषताओं का क्रम और गहनता अलग-अलग जगह पर अलग-अलग हो सकती है, लेकिन ये कुछ अत्यंत महत्त्वपूर्ण साझी विशेषताएँ हैं। इनकी वजह से भारत और चीन के लोग मंगोलों और यूरोपीय

लोगों से अलग थे, जिन्होंने कम से कम कुछ समय तक उन पर शासन किया।

इस विचार-विमर्श का दूसरा महत्त्वपूर्ण बिंदु इन दो प्राचीन संस्कृतियों की गुणवत्ता थी, जिसने कई आक्रमणकारियों को उनकी पुरानी भूमि में लौटने के बजाय इन देशों में बसने के लिए प्रेरित किया। इसके विपरीत, भारतीय और चीनी सभ्यताएँ समय-समय पर आने वाली राजनीतिक आपदाओं से कैसे बचीं? वे कैसे क़ायम रहीं, जबकि रोम जैसी प्राचीन सभ्यताओं को हमलावरों ने लुप्त कर दिया था? ये दो विशाल देश किस वजह से सांस्कृतिक दृष्टि से इतने स्थिर थे?

सर्वसम्मति यह थी कि परिवार प्रणाली की प्रमुखता ने इन महान संस्कृतियों को क़ायम रखा। परिवार प्रणाली भारत और चीन दोनों में इतनी अच्छी तरह परिभाषित और व्यवस्थित थी कि इंसान अपनी वंशावली को नहीं भूल सकता था। सामाजिक अमरता के इस रूप में - जिसे भारतीय और चीनी धरती की सारी संपत्तियों से ऊपर मानते थे - धर्म जैसा चरित्र था। यह पूर्वज-पूजा के कर्मकांड से बढ़ती थी और इसकी चेतना भारतीय व चीनी दोनों लोगों की सामूहिक आत्मा में गहराई तक पैठ गई थी। आक्रमणकारी इस अमरता के हिस्से पर दावा करने के लिए स्थानीय परिवारों में शामिल होने के लिए बहुत आतुर थे। चेतन या अचेतन रूप से वे इस भावना के प्रति आसक्त थे कि मरने के बाद अस्तित्व ख़त्म नहीं हो जाता है, बल्कि व्यक्ति का स्वरूप पारिवारिक जीवन की महान धारा में जीवित रहता है।

डॉ. कलाम ने 22 दिसंबर 2012 को कोलकाता में एसईआरआई फ़ाउंडेशन द्वारा आयोजित वर्ल्ड कॉनफ़्लुएंस ऑफ़ ह्यूमैनिटी, पॉवर ऐंड स्पिरिच्युएलिटी कार्यक्रम में शिरकत की। बीजिंग फ़ोरम में हुई चर्चा पर मनन करने के बाद डॉ. कलाम ने खुद से पूछा कि किसी प्रबुद्ध समाज का विकास कैसे हो सकता है। उन्होंने कहा कि अब तक हमने प्रबुद्ध समाज जैसी किसी चीज़ का आनंद नहीं लिया है। कई धार्मिक नेताओं, वैज्ञानिकों, समाज सुधारकों और प्रेरक हस्तियों के सर्वश्रेष्ठ प्रयासों के बावजूद प्रबुद्ध समाज दूर की कौड़ी ही रहा है। उन्होंने कुछ व्यापक परिस्थितियों का प्रस्ताव रखा, जिनसे प्रबुद्ध समाज समृद्ध हो सकता है :

> इस महत्त्वपूर्ण सभा के सामने मैं हमारी पृथ्वी पर ख़ुशहाल, समृद्ध और शांतिपूर्ण समाज बनाने की कार्यपद्धति रखना चाहता हूँ। प्रबुद्ध समाज के तीन घटक होंगे – मूल्य तंत्र वाली शिक्षा, आध्यात्मिकता में रूपांतरित धर्म और आर्थिक विकास। ग़रीब रहकर आप शांति या आध्यात्मिकता नहीं पा सकते।

शांति सर्वश्रेष्ठ लोगों के लिए भी दुष्प्राप्य हो सकती है। जैसा हम सभी के साथ होता है, डॉ. कलाम के साथ कई घटनाएँ हुईं, जिन्होंने उनके संतुलन को विचलित कर दिया था और जो उन्हें गहरे आध्यात्मिक मनन की ओर ले गई थीं। 15 फ़रवरी 2013 को जनरल आर. स्वामीनाथन गुज़र गए, जो 1982 से डॉ. कलाम के क़रीबी मित्र और

सहकर्मी थे। जब डॉ. कलाम डिफ़ेंस रिसर्च ऐंड डेवलपमेंट लेबोरेट्री के डायरेक्टर थे, तो इसके प्रबंधन में स्वामीनाथन उनके दाएँ हाथ थे, और जब उन्होंने डीआरडीओ मुख्यालय में डायरेक्टर जनरल के रूप में कमान सँभाली, तो वहाँ भी उन्होंने यही भूमिका निभाई। वे पूरे समय डॉ. कलाम के साथ बने रहे। वे उनके साथ राष्ट्रपति भवन गए और अंतिम दिन तक नई दिल्ली में उसी मकान के उपभवन में रहे, जिसमें डॉ. कलाम राष्ट्रपति भवन के बाद रहने गए थे। स्वामीनाथन के गुज़रने के बाद कुछ समय तक डॉ. कलाम की अदम्य प्रफुल्लता कुम्हला गई और उन्होंने उसके बाद कई मौक़ों पर स्वामीनाथन को खोने पर गहरा दुख व्यक्त किया। वैसे कुछ समय बाद वे अपने सामान्य स्वरूप में लौट आए और उन्होंने अपने मित्र की मृत्यु को आध्यात्मिक परिप्रेक्ष्य में रख दिया :

अरुण : स्वामीनाथन एक साल तक कष्ट में रहे। अब वे मुक्त हैं।

कलाम : उन्होंने कभी अपने दर्द को अपने काम में हस्तक्षेप नहीं करने दिया।

अरुण : अच्छे लोग कष्ट क्यों उठाते हैं? ईश्वर उन्हें कष्ट क्यों देता है?

कलाम : कष्ट किसी व्यक्ति के मूल्य और साहस की परीक्षा लेता है।

अरुण : क्या यह ज़रूरी है?

कलाम : ईश्वर की सारी चीज़ों पर शक्ति है। ईश्वर किसी ख़ास स्थिति में रोगों और विपत्तियों की अनुमति क्यों देता है, इसका कारण हमारी समझ से परे है और हो सकता है कि कारण स्पष्ट न हों।

अरुण : लेकिन कष्ट तो स्पष्ट होता है।

कलाम : साठ, सत्तर... यहाँ तक कि सौ साल का यह जीवन भी बरजख़ के समय की तुलना में कुछ नहीं है। जो लोग सच्चा विश्वास करते हैं, उनकी आत्माएँ कष्ट के तले कमज़ोर नहीं होती हैं, न ही कष्ट उन्हें डराता है या हताश करता है। स्वामीनाथन सच्चे विश्वासी थे।

इस समय के आस-पास देश स्कैंडल और ज़बर्दस्त कुप्रबंधन तले लड़खड़ा रहा था। देश की राजधानी में व्याप्त राजनीतिक भ्रष्टाचार के ख़िलाफ़ सड़क पर भारी प्रदर्शन हो रहे थे। यह लोगों और राजनीतिक वर्ग के बीच ज़्यादा बड़ी निर्णायक मुठभेड़ की पूर्व चेतावनी की तरह थी। आम चुनाव एक साल दूर थे और इस वक़्त इंडिया टुडे ने 'रिइनवेंटिंग डेमोक्रेसी' पर एक सभा आयोजित की। 15 मार्च 2013 को डॉ. कलाम को उनके मुख्य व्याख्यान के साथ विचार-विमर्श शुरू करने के लिए आमंत्रित किया गया। इंडिया टुडे ग्रुप के चेयरमैन अरुण पुरी ने अच्छे लीडर प्रदान करने की भारतीय प्रजातांत्रिक प्रणाली की असफलता के संक्षिप्त सार के साथ उनका स्वागत किया :

जब युवा भभक उठे, बैरिकेड्स लाँघ गए और दिल्ली में आँसू गैस के गोले झेल रहे थे, तब किसी नेता में, चाहे वह युवा हो या वृद्ध, उनका सामना करने का साहस या विश्वसनीयता नहीं थी। नेताओं की घिसी–पिटी बातें, जो सत्ता के आरामदेह दायरे से बोली जाती हैं, बकवास और खोखली लग रही थीं। सरकार और लोगों के बीच की खाई बढ़ती नज़र आती है।

डॉ. कलाम ने ब्रिटिश इतिहासकार टोनी जूड की पुस्तक *इल फ़ेयर्स द लैंड* की पंक्तियों से अपने भाषण की शुरुआत की।

अगर आप अलग तरीक़े से बात नहीं कर सकते,
तो हम अलग तरीक़े से नहीं सोच सकते।

इस पुस्तक में टॉनी जूड ने इतिहास से सीखे सबक़ बताए, ताकि पाठकों को बहस करने की चुनौती दी जाए कि 'आगे क्या है?' पुस्तक ने एक सामाजिक प्रजातांत्रिक समाज की पैरवी की, जो पूँजीवादी अर्थव्यवस्था के ढाँचे के भीतर सामाजिक न्याय पर आधारित हो। उन्होंने कल्पना की कि एक संस्थागत ढाँचे में समृद्ध लोग समाज के ग़रीब वर्गों की देखभाल कर रहे हैं और वे यह काम किसी वैकल्पिक परोपकारी गतिविधि की तरह नहीं कर रहे हैं। उन्होंने कल्पना की कि उच्च प्रौद्योगिकी आधारित उद्यमों में कर्मचारियों के सामूहिक समझौते के अधिकार को न छीना जाए और वे बिना 'निकाले जाने' के भय के काम कर सकें। उन्होंने 'बड़े पैसे' से सुसज्जित राजनीतिक दलों के हित में नहीं, बल्कि सामान्य हित में अर्थव्यवस्था के नियमन की कल्पना की। अगर डॉ. कलाम के पास राजनीतिक भविष्यदृष्टि थी, तो यह टोनी जूड के सामाजिक प्रजातंत्र से ज़्यादा अलग नहीं थी।

उन्होंने सचमुच सभा में सादगी से बोला। डॉ. कलाम कभी किसी राजनीतिक दल का हिस्सा नहीं रहे थे; बाहरी व्यक्ति होने से उन्हें हमेशा अपने मन की बात बोलने और अपनी सत्यनिष्ठा क़ायम रखने की अनुमति मिलती थी। उन्होंने कहा कि आदर्श दृष्टि से किसी नेता को अपना 30 प्रतिशत समय राजनीति में बिताना चाहिए। लेकिन भारतीय नेता अपना 70 प्रतिशत समय राजनीति में लगा रहे थे, जबकि केवल 30 प्रतिशत समय विकास में लगा रहे थे। वे ज़्यादातर समय देश की नहीं, बल्कि अपने वोट बैंक की सेवा कर रहे थे।

डॉ. कलाम ने कहा कि उनके हिसाब से सोचने और कार्य करने के प्रेरक स्वप्न के साथ युवा मस्तिष्कों को संलग्न करना महत्त्वपूर्ण है। उन्होंने कहा, 'स्वप्न न होने से संसार की कई सभ्यताएँ ग़ायब हो चुकी हैं। आइए हम इस भाव से चलें कि मैं यह कर सकता हूँ, हम यह कर सकते हैं और देश यह कर सकता है,' उन्होंने भारी हर्षोल्लास के बीच घोषणा की। जब एक अतिथि ने पूछा कि डॉ. कलाम भारतीय प्रजातांत्रिक प्रणाली को कितने नंबर देंगे, तो उन्होंने कहा, 'दस में से पाँच,' और

फिर मज़ाक़ किया, 'बस पास होने लायक़ नंबर।'

> डॉ. कलाम ने अपने पूरे राष्ट्रपति काल में प्यूरा के विचार को बढ़ावा दिया। बाद में उन्होंने इसे अपनी पुस्तक *टारगेट 3 बिलियन* की विषयवस्तु बनाया, जो उन्होंने इंडियन इंस्टीट्यूट ऑफ़ मैनेजमेंट, अहमदाबाद के प्रबंधन स्नातक सृजन पाल सिंह के साथ लिखी। लेकिन उनके प्रयास व्यर्थ गए। कोल्हापुर, महाराष्ट्र में श्री तात्यासाहेब कोरे वरन सहकारी शकर कारखाना लिमिटेड और तंजावुर, तमिलनाडु में पेरियार मणिअम्मई युनिवर्सिटी जैसे मज़बूत स्थानीय संगठनों द्वारा विकसित कुछ मॉडलों को छोड़कर इसे ज़्यादा मुरीद नहीं मिले। फ़रवरी 2012 में केरल में प्यूरा के विशाल पोस्टर के सामने खड़े होकर, जिस पर कलाम की तसवीर थी, केंद्रीय ग्रामीण विकास मंत्री ने चहकते हुए घोषणा की, 'कलाम द्वारा शुरू किया प्यूरा असफल हो गया है।'

डॉ. कलाम ने इसे बड़ी सहजता से लिया और मंत्री की टिप्पणियों पर बहुत कम विचार किया। वे पीछे नहीं हटे थे। वे एक ऐसे इंसान थे, जिन्होंने असफलता की हताशा और सफलता के उल्लास दोनों को महसूस किया था। उन्होंने अपने प्रिय रॉकेट को मुड़ी-तुड़ी धातु के टुकड़ों के रूप में समुद्र में गिरते देखा था और उन्होंने कई दूसरे रॉकेटों को पृथ्वी से परे अंतरिक्ष में सफलतापूर्वक जाते भी देखा था। बचपन में उन्होंने एक तूफ़ान से एक आजीविका को नष्ट होते देखा था, जिसने उनके पिता की नाव को तबाह कर दिया था और पारिवारिक बागों के नारियल के पेड़ों को उखाड़ दिया था। उन्हें अपने पिता की आत्मसंयमी प्रतिक्रिया ज़िंदगी भर याद रही। उन्होंने बस यह गहरा शाश्वत सत्य कहा था, 'इन्ना लिल्लाही वा इन्ना इलाही राज़िउन।' - 'हम ईश्वर के पास से आए हैं और ईश्वर के पास लौट जाएँगे।' इसके बाद जैनुलाबदीन अपनी तक़दीर के बारे में शिकायत किए बिना दोबारा नाव बनाने में शांति से जुट गए थे। युवा आज़ाद को सिखाए गए कई सबक़ों में एक वह था, जिसने उन्हें एक मछुआरे गाँव से देश के सर्वोच्च पद तक पहुँचाने में मदद की थी; और वह सबक़ था लगन।

अपने आठ दशकों की बुद्धिमत्ता से डॉ. कलाम जानते थे कि जो चीज़ इंसान को लगन से जुटे रहने - अल्फ़्रेड लॉर्ड टेनिसन के शब्दों में 'प्रयास करने, खोजने और कभी घुटने न टेकने' - की प्रेरणा देती है, वह भीतर के गहरे सोते से, आत्मा से आती है। यह एक ऐसी चीज़ थी, जिसका दोहन किया जाना चाहिए - इंसान में भी और देश में भी। उन्होंने इस स्रोत का दोहन स्वयं किया था और उन्होंने इसे अपना मिशन माना कि वे दूसरों के जीवन और देश की आत्मा में भी इसे जाग्रत करें। उनका यह मिशन अंत तक, उनकी आख़िरी साँस तक चलता रहा।

उनका संदेश हमेशा एक सा था। उन्होंने 20 अप्रैल 2013 को आईआईटी देहली एलुमनाइ एसोसिएशन द्वारा आयोजित लीडरशिप कॉनक्लेव 2013 में

प्रो. पी.वी. इंदिरेसन मेमोरियल लेक्चर के अवसर पर व्याख्यान दिया। उन्होंने सलाह दी कि प्यूरा जैसे चुनौतीपूर्ण मिशन में सफल होने के लिए हमें अदम्य साहस की ज़रूरत है। उन्होंने 2,500 साल पहले महर्षि पतंजलि द्वारा दिए संदेश का सहारा लिया :

> जब आप किसी महान उद्देश्य, किसी असाधारण परियोजना से प्रेरित होते हैं, तो आपके सारे विचार अपनी सीमाएँ तोड़ देते हैं। आपका मन सीमाओं को लाँघ जाता है, आपकी चेतना हर दिशा में विस्तार कर जाती है और आप ख़ुद को एक नए, महान तथा अद्भुत संसार में पाते हैं। नुषुप्त शक्तियाँ, मानसिक शक्तियाँ और गुण सजीव हो जाते हैं। आपने सपने में ख़ुद को जितना माना था, आप ख़ुद को उससे ज़्यादा महान इंसान पाते हैं।

डॉ. कलाम ने कहा कि उन्होंने दो महत्त्वपूर्ण क्षेत्रों में प्रो. इंदिरेसन के साथ निकटता से काम किया था - एक, *भारत 2020* दस्तावेज़ के प्रौद्योगिकी स्वप्न का विकास और दूसरा, प्यूरा के ज़रिये दीर्घकालीन ग्रामीण विकास पर पथप्रदर्शक काम। उन्होंने आईआईटी एलुमनाइ से 'भारत और दूसरे विकासशील देशों में प्यूरा स्थापित करके प्रो. इंदिरेसन के सपने को आगे बढ़ाने और साकार करने का आह्वान किया; जहाँ भी आपकी व्यावसायिक और औद्योगिक उपस्थिति हो, वहाँ इसे सामाजिक उद्यमिता का हिस्सा बनाएँ।' मैंने प्यूरा विचार पर डॉ. कलाम के जिहाद को लगन के एक ज्वलंत उदाहरण के रूप में देखा। उन्होंने मुझे इसके बारे में समझाय। उन्होंने हर एक के सामने यह मिसाल पेश की कि यह लंबी दौड़ दौड़ने के बारे में नहीं है - लगन तो दरअसल एक के बाद एक, कई छोटी दौड़ें दौड़ना है; बस कभी दौड़ना न छोड़ें।

2013 में डॉ. कलाम को नेशनल स्पेस सोसायटी (एनएसएस), अमेरिका द्वारा वर्नहर फ़ॉन ब्रॉन मेमोरियल अवार्ड से पुरस्कृत किया गया। उन्होंने यह पुरस्कार सैन डिएगो, कैलिफ़ोर्निया में बत्तीसवीं इंटरनेशनल स्पेस डेवलपमेंट कॉन्फ्रेंस (आईएसडीसी) में 24 मई 2013 को प्राप्त किया। सम्मेलन की विषयवस्तु थी 'इक्कीसवीं सदी के अंतरिक्ष में वैश्विक सहयोग।' अपने स्वीकृति भाषण में डॉ. कलाम अतीत में चले गए और महान रॉकेट गुरु फ़ॉन ब्रॉन के साथ अपनी मुलाक़ात याद की।

> 20 जुलाई 1969 को सैटर्न–फ़ाइव बूस्टर ने नील आर्मस्ट्रॉंग और बज़ एल्ड्रिन नामक दो अंतरिक्षयात्रियों के साथ अपोलो 11 रॉकेट के ल्यूनार मॉड्यूल को छोड़ा और जब आर्मस्ट्रॉंग चाँद पर चले, तो इतिहास रच दिया गया। पूरे संसार के लिए फ़ॉन ब्रॉन वह रॉकेट बनाने वाले हीरो बन गए, जो मनुष्य को चाँद पर ले गया था। उस वक़्त मैं युवा था। मैं उस समय वैमानिक पेशे में दाख़िल हुआ था और होवरक्राफ़्ट तथा मौसम विज्ञानी रॉकेट बना रहा था। जब फ़ॉन ब्रॉन प्रो. विक्रम साराभाई के आमंत्रण पर भारत की यात्रा पर

> आए, तो अपने हीरो से मिलना मेरे लिए बड़ी हैरानी और संतोष की बात थी। मैं उनका मेज़बान बन गया।

फिर डॉ. कलाम ने 'स्पेस सोलर पॉवर : की टु अ लिवेबल प्लेनेट अर्थ' का अपना स्वप्न बताया, जो पिछले साल नवंबर में चाइना अकैडमी ऑफ़ स्पेस टेक्नोलॉजी (सीएएसटी) की उनकी यात्रा के समय से उनके दिमाग़ में पल रहा था। महान विचार बीज जैसे होते हैं। एक बार जब उन्हें मस्तिष्क में बो दिया जाता है, तो वे जीवित रहते हैं और महान स्वप्न में प्रस्फुटित होने के लिए सही समय का इंतज़ार करते हैं। डॉ. कलाम ने यह अपने खुद के अनुभव से सीखा था। जिस चीज़ की ज़रूरत है, वह है लगन - और सबसे बढ़कर मस्तिष्क की शुद्धता। अगर मस्तिष्क 'मैं' और 'मेरा' की परेशानी में उलझा हुआ है, तो सपना फल-फूल नहीं सकता। अगर आसक्ति और वैर, क्रोध, घमंड और शंका के विनाशकारी भावों से इसे खुराक दी जाती है, तो विचार के बीज में ज़हर पड़ जाएगा और स्वप्न कभी समृद्ध नहीं होगा।

डॉ. कलाम के कुछ स्वप्न बेशक उनके समय से थोड़े आगे के थे। लेकिन यही स्वप्नों की प्रकृति होती है। ख़ैर, वे हमेशा मानसिक रूप से शुद्ध और पवित्र थे; उन्हें जो इरादा संचालित कर रहा था, वह अपने लोगों और मानवता की बेहतरी था। उन्होंने अंतरिक्ष में इसकी अतुल्य संभावना देखी। युवक के रूप में उन्होंने अपने देश को धरती की सीमाओं के पार पहुँचाया था। इसे हासिल करने के बाद उन्होंने देखा कि विश्वव्यापी सहयोग का एक नया पैरेडाइम मानव जीवन की गुणवत्ता को बहुत बेहतर बना सकता है। डॉ. विक्रम साराभाई के मार्गदर्शन में उनके शुरुआती वर्षों में अंतरिक्ष प्रयासों ने अंतरराष्ट्रीय सहयोग को बढ़ावा दिया था। इसी तरह पूरी मानवता के सामने मौजूद मुद्‌दों को सुलझाने के लिए अब पूरी मानव जाति को एक साथ लाने की अंतरिक्ष की क्षमता को संसार के देशों के बीच एक समन्वित योजना की ज़रूरत थी :

> आइए हम विश्व अंतरिक्ष स्वप्न 2050 बनाएँ, जो मानव जाति को यह प्रतिपादित और अमल करने में सक्षम बनाए : बड़े पैमाने के सामाजिक मिशन (जिनमें स्पेस सोलर पॉवर मिशन शामिल है), जो अंतरिक्ष तक कम लागत में पहुँचने पर संभव होंगे; वृहद अंतरिक्ष सुरक्षा सिद्धांत का विकास, अंतरिक्ष अन्वेषण तथा वर्तमान यंत्र मिशनों की नीति, कार्यक्रम और विस्तार।
>
> ऐसा विश्व अंतरिक्ष स्वप्न 2050 मानव जीवन की गुणवत्ता का विस्तार करेगा, अंतरराष्ट्रीय सहयोगपूर्ण अंतरिक्ष अन्वेषण के जज़्बे को प्रेरित करेगा, ज्ञान के क्षितिजों को फैलाएगा और संसार के सभी देशों के लिए अंतरिक्ष सुरक्षा सुनिश्चित करेगा।

भारत लौटने से पहले डॉ. कलाम गेदर्सबर्ग, मैरीलैंड में जेएसएस स्पिरिचुअल मिशन और श्री वेंकटेश्वर मंदिर गए, जिसे मिनीपोलिस में यूएस इलेक्ट्रॉनिक्स के संस्थापक चेयरमैन मधु रेड्डी और भारतीय समुदाय के अन्य सदस्यों ने बनवाया था। डॉ. कलाम हमेशा विदेशों में रहने वाले आप्रवासी भारतीयों से मिलने को लेकर उत्साहित रहते थे। वे यह देखकर रोमांचित थे कि उन्होंने न सिर्फ़ दूसरे देशों में अपने झंडे गाड़े थे, बल्कि वे अपनी परंपराओं के अनुरूप जी रहे थे। परिवार उनकी शरणस्थली था और समुदाय व मंदिर की आराधना जड़ों से जुड़े रहने का तरीक़ा था। भारतीय प्रवासियों को अमेरिका की नई आर्थिक मशीन के लिए संपत्ति के रूप में देखा जाता है, जो कंप्यूटर विज्ञान और सूचना प्रौद्योगिकी पर आधारित है। पाशविक सैन्य शक्ति के दिन - जब राष्ट्र दूसरों के प्राकृतिक संसाधनों पर नियंत्रण के लिए उन्हें जीतते थे - अब एक नए सद्‌भावपूर्ण संसार की इच्छा करने के लिए राह छोड़ रहे हैं, जहाँ जीवन हर एक के लिए बेहतर हो सकता है। यह लंबी छलाँग नहीं है - यह तो क्रमशः रूपांतरण है, संभवतः मानव जाति की विकासवादी क्रमिकता का हिस्सा है।

6.6

गेंद को लुढ़का दें

हमारे विकास की आवश्यकताएँ बदल गई हैं। सिर्फ़ बचे रहना ही अब काफ़ी नहीं है। हमारे विकास के लिए अब यह ज़रूरी हो गया है कि हम आध्यात्मिक दृष्टि से विकास करें - भावनात्मक दृष्टि से जागरूक बनें और ज़िम्मेदारी भरे चयन करें। इसके लिए यह आवश्यक है कि हम आत्मा के मूल्यों की दिशा में चलें - सद्भाव, सहयोग, बाँटना और जीवन के प्रति सम्मान।

—गैरी ज़ुकाव
अमेरिकी आध्यात्मिक गुरु और लेखक

हैदराबाद के ताज कृष्णा के दरबार हॉल में 30 जून 2013 को प्रख्यात वैज्ञानिक प्रो. डी. बालसुब्रमण्यम ने 200 शिक्षाविदों, पत्रकारों, वैज्ञानिकों, इंजीनियरों और चिकित्सकों के समक्ष हमारी पुस्तक *स्क्वेयरिंग द सर्कल : सेवन स्टेप्स टु इंडियन रेनेसाँ* का लोकार्पण किया। इस कार्यक्रम ने *विंग्स ऑफ़ फ़ायर* पुस्तक के मील के पत्थर का जश्न भी मनाया, जिसकी पूरे संसार में दस लाख से अधिक प्रतियाँ बिक चुकी थीं और जिसका अनुवाद तेरह भारतीय भाषाओं तथा छह विदेशी भाषाओं में हो चुका था।

डॉ. सुब्रमण्यम ने कहा कि यह महत्त्वपूर्ण था कि यह पुस्तक एक ऐसे माहौल में निकली है, जो नकारात्मक बादलों से ढँका था। व्यक्तिगत अनुभव, विज्ञान और आस्था से मिश्रित कलाम की सकारात्मकता को उन्होंने हमारे समय की सबसे शक्तिशाली ऊर्जा कहा। इस पुस्तक को प्रश्नोत्तर शैली में लिखा गया था और इसमें डॉ. कलाम अपनी चिंताएँ व्यक्त करते हैं कि तंत्रात्मक और व्यक्तिगत स्तर पर हमारे देश को क्या पीड़ित कर रहा है। इससे भी बढ़कर, वे भारतीय पुनर्जागरण द्वारा इन मुश्किलों से ऊपर उठने के तरीक़ों की सलाह देते हैं।

इस पुस्तक का इरादा मार्गदर्शिका बनने का था, लेकिन इसमें उन सारी समस्याओं का जवाब नहीं है, जिनका सामना हम वर्तमान में कर रहे हैं, यह स्पष्ट

करते हुए डॉ. कलाम ने कहा, 'संदेश इस पुस्तक में व्यक्त किया गया है, लेकिन इसे पूरी तरह विकसित नहीं किया गया है, क्योंकि यह हमसे परे है। मैं एक गेंद लुढ़का रहा हूँ और मुझे उम्मीद है कि आप सभी इसे आगे बढ़ाने में सहायता करेंगे।' वे यथार्थवादी बन रहे थे : वे मस्तिष्कों को प्रेरित कर सकते थे, उनमें चिंगारी भर सकते थे - वे लोगों को उनकी क्षमता के बारे में प्रबुद्ध बना सकते थे - लेकिन उनके सुझावों पर काम उन्हें खुद करना था। जैसा हम अब जानते हैं, डॉ. कलाम का समय ख़त्म हो रहा था।

गुजरात के मुख्यमंत्री नरेन्द्र मोदी ने डॉ. कलाम को एक सभा को संबोधित करने के लिए बुलाया, जिसमें इस विषय पर विचार विमर्श हो रहा था, 'सरकार और व्यवसाय भारतीय युवाओं को वे अवसर देने के लिए कैसे बदल सकते हैं, जिनके वे हक़दार हैं।' इस सभा का आयोजन 29 जून 2013 को सिटीज़न्स फ़ॉर अकाउंटेबल गवर्नेन्स ने अहमदाबाद में किया।

मैं इस यात्रा पर डॉ. कलाम के साथ गया। डॉ. कलाम ने नरेन्द्र मोदी को *स्क्वेयरिंग द सर्कल* की हस्ताक्षरित प्रति दी और कहा कि वे एक ऐसे लीडर हैं, जो 2020 तक भारत को विकसित राष्ट्र बनाने के उनके मिशन को साकार कर सकते हैं। डॉ. कलाम ने अपनी पुस्तक में रेखांकित सात पायदान भी बताए :

1. सभी प्रकरणों में कारण और परिणाम के अटूट नियम की समझ हासिल करें। ग़लत नेता चुनने से न सिर्फ़ दुख और निराशा आती है, बल्कि इससे प्रजातांत्रिक देश की तक़दीर भी बदल सकती है।
2. सामाजिक-आर्थिक असमानता के सत्य और विभाजन के इतिहास का सामना करें। उदार मानसिकता और विशेष प्रयास द्वारा अल्पसंख्यकों, अधिकारहीनों व ग़रीबों का विकास करके समाधान करें।
3. सृजनात्मक मस्तिष्क, अच्छी तरह एकीकृत स्व और समाज का उपयोगी हिस्सा बनने की योग्यता के विकास के लिए शिक्षा प्रणाली को नया करके हमारे ग़लत विश्व-दृष्टिकोण को सही करें।
4. प्रौद्योगिकियों के मिलन से सामुदायिक पिरामिड की तलहटी में सामाजिक समस्याओं से मुक़ाबला करने, समुदायों व पर्यावरण को बेहतर बनाने के लिए सामाजिक उद्यम को प्रोत्साहित करें और बढ़ावा दें।
5. नाभिकीय, सौर, पवन और स्वच्छ ऊर्जा मार्गों के ज़रिये 2030 तक ऊर्जा स्वतंत्रता हासिल करना। हमारे सभी नागरिकों के जीवनदायी ऊर्जा प्रदान करना, चाहे वे भुगतान करने में सक्षम हों या नहीं।
6. हमारे दूरसंचार, आईटी और इलेक्ट्रॉनिक्स उत्पादन का स्वदेशीकरण करना और साइबर व आतंकवादी हमलों के ख़िलाफ़ देश के हितों के लिए प्रोएक्टिव सुरक्षा का स्वदेशीकरण करना।

7. सामाजिक प्रजातंत्र के मार्ग का अनुसरण करके विश्व अर्थव्यवस्था के साथ एकीकृत होना और हमारे पृथ्वी ग्रह को अधिक जीने योग्य बनाने में विश्व का नेतृत्व करना।

अहमदाबाद की सभा में डॉ. कलाम पूरे भारत के युवा नेताओं के बड़े समूह के सामने जोश से बोले। महात्मा मंदिर का विशाल कन्वेंशन हॉल युवा ऊर्जा से थिरक रहा था। डॉ. कलाम ने अपने युवा श्रोताओं को बताया कि ग़रीबी और आतंकवाद भारत के दो बड़े शत्रु हैं - बाक़ी सब शोर-शराबा है।

उन्होंने कहा कि भारतीय मानस आम तौर पर बचत-केंद्रित है और अपने साधनों के भीतर जीना राष्ट्रीय मानसिकता का हिस्सा है। उन्होंने बताया कि 40 करोड़ लोगों का मध्यम वर्ग अपने आप में एक संसार है, जिसकी ख़रीदने की शक्ति के कारण सारी बहुराष्ट्रीय कंपनियाँ अपने ठेले लेकर हमारे देश की चौखट पर आएँगी। डॉ. कलाम ने घोषणा की कि उनकी जगह वहीं पर है। हमें अपने दरवाज़ों की रक्षा करनी चाहिए और उन्हें कभी अपने घर में दाख़िल होने की अनुमति नहीं देनी चाहिए।

डॉ. कलाम ने कहा कि पैगंबर मुहम्मद का एक मशहूर हदीथ है : सल्ल अल्लाहू अलइहि व-अलेहे व-सल्लम - जन्नत तलवारों की छाँव में ही बची रह सकती है। जब तक हमारा देश सुरक्षित नहीं है, तब तक हमारे लोग कैसे अपना सर्वश्रेष्ठ देंगे और समृद्ध होंगे? हम अपने शत्रुओं को अपनी गलियों में आने और हमारे लोगों को मारने की अनुमति कैसे दे सकते हैं? उन्होंने आतंकवाद को मिटाने के लिए एक राष्ट्रीय अभियान का आह्वान किया :

> हमारी बहुतेरी एजेंसियाँ आतंकवादी गतिविधियों की भविष्यवाणी कर रही हैं और सँभाल रही हैं, मगर मुझे यक़ीन है कि अब समय आ गया है, जब हमें नेशनल कैम्पेन टु इरैडिकेट टेररिज़्म (एनसीईटी) यानी आतंकवाद उन्मूलन के राष्ट्रीय अभियान नामक आक्रामक मिशन को विकसित करने की ज़रूरत है, जिसमें निशन-केंद्रित एकीकृत प्रबंधन तंत्र हो, जिसे संसद द्वारा विधेयक के रूप में विधिवत पारित किया जाए।

डॉ. कलाम बनारस हिंदू विश्वविद्यालय के इंडियन इंस्टीट्यूट ऑफ़ टेक्नोलॉजी के पहले दीक्षांत समारोह में मुख्य अतिथि थे। जब संस्था को एक स्वशासी संस्था घोषित कर दिया गया और इसे बीएचयू के तंत्र से अन्य आईआईटीज़ की तरह स्वतंत्र कर दिया, तो जीवन विद्या जिहादी प्रो. राजीव संगल इसके संचालक बन गए। प्रो. राजीव संगल बहुत उत्सुक थे कि 2003 में इंटरनेशनल इंस्टीट्यूट ऑफ़ इनफ़ॉर्मेशन टेक्नोलॉजी (आईआईआईटी), हैदराबाद के पहले दीक्षांत समारोह में डॉ. कलाम के आने के विजयी अनुभव को फिर से दोहराया जाए। मैं ख़ुद को धन्य मान रहा था, जो इन

दोनों अवसरों पर मौजूद था, हालाँकि इनके बीच एक दशक से ज़्यादा का फ़ासला था। जैसी उम्मीद थी, यह काफ़ी भव्य समारोह था। डॉ. कलाम अपने चिर-परिचित शानदार रंग में थे और अपने स्वप्न को बड़े ब्रशों तथा बारीक स्पर्शों से चित्रित कर रहे थे। उनका भाषण हमेशा की तरह गर्मजोशी से भरा और प्रेरक था; मैं भी कम से कम विद्यार्थियों जितना ही प्रेरित हुआ।

कई बरसों की कड़ी मेहनत अब रंग ला रही थी। अगस्त 2013 में एक ही दिन में हुए दो कार्यक्रमों ने डॉ. कलाम को वैसी ही संतुष्टि दी, जैसे किसी दादाजी को अपने कुनबे को बढ़ते देखकर होती है।

26 अगस्त 2013 को डॉ. कलाम ने एनएएल, बेंगलूरु में इंटरनेशनल कॉन्फ्रेंस ऑन कम्प्यूटेशनल ऐंड डाटा इंटेसिव साइंस का शुभारंभ किया। इस अवसर पर उनके मित्र प्रो. एन. बालकृष्णन मौजूद थे, जो उस वक़्त इंडियन इंस्टीट्यूट ऑफ़ साइंस के एसोशिएट डायरेक्टर थे। डॉ. कलाम ने बताया कि माइक्रोसॉफ़्ट के कंप्यूटर वैज्ञानिक जिम ग्रे 28 जनवरी 2007 को अपनी माँ की राख का विसर्जन करने नाव से गए थे, तो वे सैन फ्रांसिस्को के क़रीब समुद्र में खो गए थे। बाद में खोज और बचाव मिशन दुखद रूप से असफल रहा, लेकिन इसमें नई बात यह थी कि इसमें जीपीएस डाटा का वृहद उपयोग किया गया। यह डाटा-केंद्रित विज्ञान पर आधारित खोज के चौथे पैरेडाइम की ओर परिवर्तन की झलक थी।

लगातार बढ़ती संख्या में वैज्ञानिक अभूतपूर्व उन्नत कंप्यूटिंग क्षमताओं का उपयोग कर रहे हैं, जो वृहद् डाटा समूहों की जाँच और उपयोग करने में शोधकर्ताओं की मदद करती हैं। डॉ. कलाम ने कहा कि एनएएल भारत में इस उदीयमान प्रौद्योगिकी का दोहन करने के लिए अच्छी स्थिति में है। एक ऐसे युग में जब संसार की हर चीज़ - घर की बिजली, फ्रिज, कार के पुर्जे, पोशाक, मानव शरीर के चिकित्सा निगरानी उपकरण और जीपीएस की सहायता से लोगों की गतिविधि - नेटवर्क का हिस्सा बन रही है, तो भारत दर्शक बनना बर्दाश्त नहीं कर सकता। अब डाटा का आकार वृहद हो चुका है। आप सपोर्ट वेक्टर मशीनों जैसे बड़े डाटा औज़ारों के बिना उनकी कल्पना नहीं कर सकते। अब चित्रों में सोचने का समय है!

26 अगस्त 2013 को रिसर्च सेंटर इमारत (आरसीआई) के रजत जयंती समारोह में डॉ. कलाम ने वैज्ञानिकों और इंजीनियरों के बड़े समूह को स्वर्ण जयंती मिशन दिया। 1980 के दशक में वे इसी संस्था के निर्माता थे, इसलिए यहाँ डॉ. कलाम अपने नैसर्गिक सर्वश्रेष्ठ रूप में थे। उन्होंने एक घंटे से ज़्यादा बोला और उनमें उस युवा वैज्ञानिक का रोमांच था, जो अपनी नवीनतम खोज से रोमांचित था :

> कुछ समय पहले मैं हारवर्ड युनिवर्सिटी गया था, जहाँ रसायन शास्त्र और भौतिकी के कोरियाई अमेरिकी प्रोफ़ेसर ने मुझे नैनो सुइयों का अपना आविष्कार दिखाया, जो व्यक्तिगत लक्ष्य कोशिकाओं को भेदकर सामग्री

> डाल सकती थीं। इस तरह से नैनो–पार्टिकल विज्ञान बायोसाइंसेस को आकार दे रहा है। फिर मैं केमिकल इंजीनियरिंग और भौतिकी के प्रोफ़ेसर विनोदन मनोहरन से मिला, जिन्होंने दिखाया कि बायोसाइंसेस किस तरह नई सामग्री के विकास को आकार दे रहे हैं। वे ख़ुद असेम्बल होने वाले पार्टिकल बनाने के लिए डीएनए सामग्री का इस्तेमाल कर रहे हैं। जब किसी ख़ास प्रकार का डीएनए आण्विक स्तर पर किसी कण पर व्याप्त किया जाता है, तो वह पूर्व–निर्धारित और स्वचालित प्रतिक्रिया उत्पन्न करने में समर्थ होता है। मैंने देखा कि कैसे दो अलग–अलग विज्ञान प्रौद्योगिकियों के बीच बिना किसी अवरोध के एक दूसरे को आकार दे रहे हैं। एक विज्ञान का दूसरे विज्ञान के प्रति यह पारस्परिक योगदान हमारे भविष्य को आकार देने जा रहा है और उद्योग को इसके लिए तैयार होने की ज़रूरत है। मित्रों, क्या आप अपने संस्थान में विभिन्न प्रौद्योगिकी समूहों के बीच अवरोध हटाने के लिए तैयार हैं?
>
> फिर डॉ. कलाम ने आरसीआई की स्वर्ण जयंती मिशन के लिए यह सुझाव दिया कि यह वैमानिकी में नैनो–बायो–इन्फ़ो–इको प्रौद्योगिकियों के संयुक्त मिलाप में विश्व लीडर बने और सामाजिक लाभ के अतिरिक्त उत्पादों को पोषण दे, जो इस वक़्त हमारी समझ से परे हैं।

अति व्यस्त दिनचर्या के बावजूद डॉ. कलाम की उम्र बढ़ रही थी और उनके कई समकालीन साथी गुज़र गए थे या बुढ़ापे के कष्टों से पीड़ित थे। समय-समय पर वे मुझसे अपने स्वर्गीय मित्र और दाएँ हाथ स्वामीनाथन के बारे में बात करते थे। शायद स्वामीनाथन के गुज़रने के बाद उनकी चिंता यह सुनकर और बढ़ गई कि उनके क़रीबी मित्र और आध्यात्मिक मार्गदर्शक प्रमुखस्वामीजी गंभीर बीमार हैं। प्रमुखस्वामीजी बिस्तर पर थे और उन्होंने खाना छोड़ दिया था। अब वे केवल द्रवों पर ज़िंदा थे, जो उनके चिंतातुर अनुयायी उन्हें पिला रहे थे। डॉ. कलाम ने तुरंत उन्हें देखने का निर्णय लिया।

11 मार्च 2014 को हम गुजरात में राजकोट के क़रीब सारंगपुर तक की यात्रा पर गए। डॉ. वाय. एस. राजन पहले ही वहाँ मौजूद थे और उन्होंने हमारा स्वागत किया। अपनी नाज़ुक हालत के बावजूद प्रमुखस्वामीजी ख़ुश और दैदीप्यमान थे। उनसे शांति और प्रबुद्धता का संचार हो रहा था। दर्द का हल्का सा भी अहसास नहीं था; शिकायत का कोई नामोनिशान नहीं था। वे बोले तो नहीं, लेकिन डॉ. कलाम से नज़रें मिलाईं और दस मिनट से ज़्यादा समय तक उनका हाथ पकड़े रहे। उन्होंने उन्हें एक माला दी और मुस्कराए, जिससे वहाँ मौजूद सभी साधु गदगद हो गए।

डॉ. कलाम ने 2,000 साधुओं, भक्तों और विद्यार्थियों के समूह को संबोधित किया। उन्हें 6 नवंबर 2005 को नई दिल्ली में अक्षरधाम कल्चरल कॉम्प्लेक्स की

अपनी यात्रा याद आ गई। उन्होंने कहा कि उन्हें उस दिन उस सवाल का जवाब मिल गया था, जो उन्हें ज़िंदगी भर से परेशान कर रहा था : कोई आध्यात्मिकता और समाज सेवा को कैसे एक बना सकता है? वे कभी उन धर्मगुरुओं का आदर नहीं कर सकते थे, जो एकांत में रहकर ईश्वर पर मनन करते थे और दूसरों के बारे में ज़रा भी विचार नहीं करते थे। डॉ. कलाम के लिए सेवा ही आराधना का सर्वोच्च रूप था। वे मानते थे कि किसी भी तरह की आराधना उन कामों के बिना अधूरी थी, जो मानवता को लाभ पहुँचाते थे। प्रमुखस्वामीजी से मिलने और उनके नेतृत्व में बीएपीएस संगठन के कामों का अध्ययन करने के बाद डॉ. कलाम को अहसास हुआ कि आराधना और सेवा सचमुच अविभाज्य हैं। जो लोग समाज की सच्ची सेवा करना चाहते हैं, उन्हें आध्यात्मिक दृष्टि से पवित्र बनना चाहिए और जो लोग आध्यात्मिक रूप से पवित्र हैं, वही समाज की सच्ची सेवा कर सकते हैं।

डॉ. कलाम ने *सत्संग* नामक पुस्तक का एक अंश उद्धृत किया : 'उस व्यक्ति के पास क्या बचा है, जिसने अपना सब कुछ दे दिया है? कुछ नहीं! लेकिन यह कुछ नहीं दरअसल सब कुछ बन जाता है। यह अच्छाई का, शुद्धता और नम्रता का महासागर बन जाता है, आध्यात्मिकता का ऐसा सार जो करोड़ों लोगों को प्रेरित करने के लिए पर्याप्त है।' उन्होंने घोषणा की कि प्रमुखस्वामीजी अब मानव की सर्वोच्च अवस्था तक पहुँच चुके हैं, जिन्हें किसी पद, किसी मान्यता, यहाँ तक कि श्रद्धा की भी ज़रूरत नहीं रह गई है। प्रमुखस्वामीजी महान आत्मा बन चुके हैं। अब वे इस जाग्रत अवस्था में रहते हैं, कहीं हिल नहीं रहे हैं, कुछ कह नहीं रहे हैं, कुछ कर नहीं रहे हैं, लेकिन फिर भी उस सबकी देखरेख कर रहे हैं, जिसकी योजना बनाई जा रही है, निर्माण किया जा रहा है और प्रबंधन किया जा रहा है। उनका जीवन निःस्वार्थ सेवा का उदाहरण है और उत्कृष्ट सृजन की मिसाल है। डॉ. कलाम ने घोषणा की, 'उनकी उपस्थिति में मैं अपने सच्चे स्व के बारे में बहुत जागरूक हुआ हूँ!' डॉ. कलाम ने मुझे प्रमुखस्वामीजी के साथ उनके आध्यात्मिक अनुभव लिखने का काम सौंपा और इस तरह *ट्रांसेंडेंस* पुस्तक का जन्म हुआ।

इस समय तक भारत की उच्च शिक्षा प्रणाली, जिसमें 31,000 से अधिक संस्थाएँ शामिल थीं, प्रभावशाली विकास दर्शा रही थी। यह उच्च शिक्षा प्रदान करने वाली विश्व में सबसे बड़ी प्रणालियों में से एक है। 2 अप्रैल 2014 को डॉ. कलाम ने टी.ए. पई मैनेजमेंट इंस्टीट्यूट, मणिपाल के 28वें वार्षिक दीक्षांत समारोह में हिस्सा लिया। मणिपाल युनिवर्सिटी के चांसलर डॉ. रामदास पई ने उनकी अगवानी की। भारतीय उच्च शिक्षा प्रणाली पहुँच, समानता और गुणवत्ता की तीन आधारभूत चुनौतियों की शिकार है। मणिपाल समूह ने इन मुद्दों को सुलझाने का प्रशंसनीय काम किया था।

डॉ. कलाम ने पेशेवर मैनेजर बनने के अलावा 'अच्छे लीडर' बनने के महत्त्व पर बात की। उन्होंने ज़ोर देकर कहा कि देश के विभिन्न संसाधनों में प्रज्ज्वलित

मस्तिष्क सबसे शक्तिशाली संसाधन है। उन्होंने कहा कि भारत में एक वैश्विक जागरूकता का उदय हो रहा है और कई विश्व नेता भारत को दक्षिण एशियाई देशों के नेता के रूप में महत्त्व देने लगे हैं। उन्होंने सिकंदर महान की एक मशहूर कहावत बताई, जिन्होंने कहा था कि वे भीड़ के नेतृत्व में चलने वाली शेरों की सेना से नहीं डरते हैं, बल्कि किसी शेर के नेतृत्व वाली भेड़ों की सेना से डरते हैं। डॉ. कलाम ने कहा कि भारत को ऐसे नेताओं की ज़रूरत है, जो अपनी खुद की भूमिका को महिमामंडित करने और व्यक्तिगत उन्नति की आकांक्षा करने के बजाय अपनी टीम का विकास करें।

डॉ. कलाम ने एक नए संसार के उदय का ज़िक्र किया, जिसमें शिक्षा सीमाओं से नहीं बँधी रहेगी। उन्होंने 2020 तक विकसित भारत का चित्र देखा, जो मूर्त एकीकृत कार्य-योजनाओं द्वारा हासिल किया जाएगा। उन्होंने प्राकृतिक संसाधनों के विवेकपूर्ण उपयोग के ज़रिये ऊर्जा सुरक्षा के बाद ऊर्जा स्वतंत्रता हासिल करने के महत्त्व को रेखांकित किया। विद्यार्थी गतिविधियों का ज़िक्र करते हुए उन्होंने ग़रीब बच्चों को शिक्षित करने में सोशल ऐंडेवर ग्रुप के प्रयासों की प्रशंसा की। डॉ. कलाम ने उन्हें नैतिक और ज़िम्मेदार शैली में प्रबंधन के क्षेत्र के ज़रिये देश की बेहतरी के लिए काम करने को प्रोत्साहित किया।

मई 2014 में डॉ. कलाम को स्कॉटलैंड में युनिवर्सिटी ऑफ़ एडिनबरा में नवनिर्मित एडिनबरा इंडिया इंस्टीट्यूट में आमंत्रित किया गया। यह इंस्टीट्यूट नेशनल इंस्टीट्यूट ऑफ़ ओशन टेक्नोलॉजी (एनआईओटी), चेन्नई, टाटा इंस्टीट्यूट ऑफ़ फ़ंडामेंटल रिसर्च, दिल्ली विश्वविद्यालय, इंडियन इंस्टीट्यूट ऑफ़ साइंस और नेशनल सेंटर फ़ॉर बायोलॉजिकल साइंसेस (एनसीबीएस) के साथ काम कर रहा था। अंतरराष्ट्रीय दृष्टि से ख्यातिप्राप्त विश्वविद्यालय भारत आने लगे थे और यहाँ प्रचुर युवा प्रतिभा का दोहन कर रहे थे।

1582 में स्थापित एडिनबरा युनिवर्सिटी ने प्रबुद्धता के युग में एडिनबरा को मुख्य बौद्धिक केंद्र बनाने में महत्त्वपूर्ण भूमिका निभाई। इसके पूर्व छात्रों में भौतिक शास्त्री जेम्स क्लर्क मैक्सवेल, प्रकृतिविज्ञानी चार्ल्स डार्विन, दार्शनिक डेविड ह्यूम और आविष्कारक अलेक्ज़ेंडर ग्राहम बेल शामिल हैं। कुलपति सर टिमोथी ओ'शिया ने डॉ. कलाम को युनिवर्सिटी की विभिन्न प्रयोगशालाओं में घुमाया और डॉ. कलाम को डॉक्टर ऑफ़ साइंस की मानद उपाधि से विभूषित किया। डॉ. कलाम जानते थे कि विश्व के सारे बड़े विश्वविद्यालय भारतीय युवाओं को अपने कैंपस में आकर्षित करने की होड़ में लगे थे। हालाँकि वे इन विश्वविद्यालयों के आमंत्रण स्वीकार करते थे - विश्व के सबसे अच्छे मस्तिष्कों से जुड़ाव बनाने, विश्व के युवाओं को प्रेरित करने और शिष्टाचार बनाए रखने के लिए - लेकिन वे स्वदेशी शिक्षा के कट्टर समर्थक थे। डॉ. कलाम ने कभी यह संदेश देना नहीं छोड़ा कि भारतीय विश्वविद्यालय सबसे ऊँचे वैश्विक मानदंडों तक ऊपर उठ सकते हैं - और दरअसल उन्हें उठना ही चाहिए।

16 मई 2014 को देश के आम चुनावों का परिणाम घोषित हुआ। सत्तारूढ़ युनाइटेड प्रोग्रेसिव अलाइंस (यूपीए) की बुरी तरह पराजय हुई। बिना किसी अतिशयोक्ति के भाजपा ने भारी जीत हासिल की। 26 मई 2014 को नरेन्द्र मोदी भारत के नए प्रधानमंत्री बने। उन्होंने सार्क के सभी देशों और मॉरिशस के प्रमुखों को अपने शपथ ग्रहण समारोह में आमंत्रित किया।

इस इलाक़े के देशों के नेताओं ने इस भव्य घटना में हिस्सा लिया, जिसे पूरे देश में देशभक्ति के गर्व के साथ टी.वी. पर प्रसारित किया गया। अफ़गानिस्तान के राष्ट्रपति हामिद करज़ई, भूटान के प्रधानमंत्री शेरिंग तोबगे, मालदीव के राष्ट्रपति अबदुल्ला यामीन, नेपाल के मुख्यमंत्री सुशील कोइराला, पाकिस्तान के प्रधानमंत्री नवाज़ शरीफ़ और श्रीलंका के राष्ट्रपति राजपक्ष मोदी को पद की शपथ लेते देखने के लिए मौजूद थे। बांग्लादेश की प्रधानमंत्री शेख़ हसीना जापान की पूर्व-निर्धारित यात्रा पर थीं; उनकी जगह पर बांग्लादेश की संसद की स्पीकर शिरीन शारमिन चौधरी आईं। मॉरिशस के प्रधानमंत्री नवीन रामगुलाम भी इस कार्यक्रम में शरीक हुए। अंततः भारत एक अरब लोगों के देश की तरह व्यवहार कर रहा था।

6.7

जीवन के लिए

इतिहास दरअसल कभी अलविदा नहीं कहता है। इतिहास कहता है, 'बाद में मिलते हैं।'

—एडुआर्डो गैलियानो
उरुग्वे के पत्रकार

जब सीताराम जिंदल फ़ाउंडेशन (एसजेएफ़) डॉ. कलाम के पास संदेश भेजा कि वे 2011 में सामाजिक दृष्टि से उपयोगी काम की वार्षिक मान्यता स्वरूप एक करोड़ रुपये का पहला एसजेएफ़ पुरस्कार स्वीकार करें, तो उन्होंने विनम्रतापूर्वक इंकार कर दिया। लेकिन जब परिवार ने तर्क दिया कि पहले एसजेएफ़ पुरस्कार की उनकी स्वीकृति से बाद वाले विजेताओं का गौरव बढ़ेगा, तो डॉ. कलाम ने पुनर्विचार किया। उन्होंने कहा कि वे पुरस्कार सिर्फ़ इसी शर्त पर स्वीकार करेंगे कि वे पूरी राशि अपने चुने हुए संगठनों को दान दे दें। फ़ाउंडेशन ने इसे ख़ुशी-ख़ुशी स्वीकार कर लिया और उसी दिन उन्हें एक करोड़ रुपये का पुरस्कार मिला; डॉ. कलाम ने उनके चुने हुए चार परोपकारी संगठनों में से प्रत्येक को पच्चीस-पच्चीस लाख रुपये दान में दिये।

उन चार संगठनों के नामों का ज़िक्र यहाँ नहीं किया जा रहा है, क्योंकि डॉ. कलाम दान को गोपनीय रखना चाहते थे और हम उनकी इच्छा का सम्मान करते हैं। वे मानते थे कि सार्वजनिक रूप से उजागर किया परोपकारी दान इंसान के अहं के लिए ख़तरनाक रूप से मदमत्त हो सकता है। डॉ. कलाम के कामों की ज़्यादा मिसालें नहीं हैं और हो सकता है कि कुछ लोग उनके तर्क को न समझें। लेकिन उनका तर्क क्या था?

डॉ. कलाम ने अपना जीवन सदाचार और दूसरों के प्रति सम्मान पर आधारित किया था। ये गुण उन्होंने अपने माता-पिता से सीखे थे और इन्हें श्वाट्ज़र्ज़ और सेंट जोसेफ़्स के शिक्षकों ने बढ़ावा दिया था। उन्होंने सीताराम जिंदल के महान जीवन के प्रति सम्मान की वजह से पुरस्कार स्वीकार किया। लेकिन अपनी खुद की आचार संहिता के अनुरूप चलने के लिए उन्होंने उससे मिली राशि को दान में दे

दिया। उनके पिता ने उन्हें सिखाया था कि कभी भी अनुपयुक्त उपहार स्वीकार मत करना और उन्होंने नक़द पुरस्कार को इसी तरह देखा। उन्होंने यह राशि इस तरह वितरित की, ताकि कुछ संगठनों को बराबरी का लाभ मिले और एसजेएफ़ पुरस्कार का क़द भी छोटा न हो। इससे भी बढ़कर, उन्हें महसूस हुआ कि दान का सार्वजनिक श्रेय लेना अनुपयुक्त लाभ का एक और रूप था।

डॉ. कलाम मेरे लिए भी वैसे ही थे, जैसे कि दूसरों के लिए थे - विचारशील, स्नेहिल और दयालु इंसान। जब ईमानदारी की बात आती है, तो वे अंतर्दृष्टि से भरे थे और अटल थे, यहाँ तक कि कठोर भी थे - और उनका व्यवहार रहस्यमय था। मैं ऐसे मसलों पर हमेशा डॉ. कलाम से सलाह लेता था, क्योंकि उनमें अतुलनीय बुद्धिमत्ता थी, लेकिन समझाने का अंदाज़ बहुत सरल था। दार्शनिक चिंताओं पर हमारी बातचीत आम तौर पर गुरु-शिष्य संवाद का रूप ले लेती थी :

अरुण : एक अच्छा जीवन क्या है?

कलाम : एक अच्छा जीवन किसी बड़े, महान लक्ष्य को हासिल करने का प्रयास है।

अरुण : जिसमें अमीर बनना शामिल है?

कलाम : हाँ। लेकिन यह महत्त्वपूर्ण है कि आप अमीर क्यों बनना चाहते हैं।

अरुण : ठीक है। लेकिन मान लें कि मैं दूसरों की भलाई करने के लिए अमीर बनना चाहता हूँ, तो क्या यह एक अच्छा लक्ष्य होगा?

कलाम : इसमें उद्‌देश्य और साधन पर विचार ज़रूरी है। मान लो कि आप एक कार चाहते हैं - कार आपका उद्‌देश्य है। आप बैंक लोन ले सकते हैं, या कार ख़रीदने के लिए बरसों तक पैसे बचा सकते हैं, या इसे चुरा सकते हैं, या किसी से तोहफ़े के रूप में इसे स्वीकार कर सकते हैं - ये आपके साधन हैं।

अरुण : लेकिन मान लें कि मैं अच्छे साधनों से अपनी कार हासिल कर लेता हूँ। कार अब एक और उद्‌देश्य का साधन बन जाती है, जैसे जल्दी ऑफ़िस पहुँचना। ज़ाहिर है, जल्दी ऑफ़िस पहुँचना ज़्यादा काम करने का साधन है। लेकिन ऐसा नहीं होता। कार अब यातायात का साधन नहीं रह जाती है। यह एक चलता गलियारा बन जाती है, जो कार मालिक को अपने आस-पास की दुखद मानवता से सुरक्षित करती है। मैं अपने साधनों की अच्छाई को कैसे ध्यान में रख सकता हूँ?

कलाम : पैसा निश्चित रूप से उद्‌देश्य नहीं है। यह हमेशा साधन रहता है। यह तो उस उद्‌देश्य की वजह से मूल्यवान होता है, जिसकी ओर यह आपको ले जाता है।

अरुण : क्या कोई अंतिम या चरम उद्‌देश्य है, कोई ऐसा उद्‌देश्य जिसके लिए हर दूसरी चीज़ एक साधन है और कोई ऐसा उद्‌देश्य जो किसी दूसरी चीज़ का साधन नहीं है? क्या कोई चरम उद्‌देश्य, लक्ष्य या मानव जीवन का ध्येय है?

कलाम : आपके लिए जो सचमुच अच्छा है, वह वही है जो आपकी नैसर्गिक आवश्यकताओं - रोटी, कपड़ा, मकान - को पूरा करता है, ये सभी इंसानों के लिए समान हैं। इससे ज़्यादा होने पर दान देना अच्छी तरह जीने की योजना है। उपभोग करना, हासिल करना और अनावश्यक का संग्रह एक बुरी योजना है।

हमारे संत वैज्ञानिक में उन लोगों को आकर्षित करने की प्रवृत्ति थी, जो इस परिभाषा के अनुसार अच्छी तरह जीते थे। तिरुअनंतपुरम के कैथोलिक पुजारी रेव. फ़ादर थॉमस फ़ेलिक्स से डॉ. कलाम की लंबी मित्रता थी। रेव. थॉमस फ़ेलिक्स ने अपना जीवन भारत में मानसिक रूप से अपाहिज बच्चों की मदद करने के सार्थक उद्देश्य के प्रति समर्पित किया था। रेव. फ़ेलिक्स सेंट्रल इंस्टीट्यूट ऑन मेंटल रिटार्डेशन (सीआईएमआर) के संस्थापक थे, जो एक स्वयंसेवी समाज सेवा संगठन है। सीएमआईआर के संचालक मंडल के सदस्य मानसिक रूप से चुनौतीप्राप्त बच्चों के माता-पिताओं में से चुने जाते हैं। इस संगठन के उद्देश्य हैं मानसिक रूप से चुनौतीपूर्ण लोगों की देखभाल करना, उनकी शिक्षण विधियों की जानकारी प्राप्त करके और प्रचारित करके उनके पूर्ण विकास के लिए काम करना और उनके मुद्दों की जागरूकता जनता में फैलाना। डॉ. कलाम ने 28 मई 2014 को फ़ादर फ़ेलिक्स के पुजारी बनने के स्वर्ण जयंती कार्यक्रम में शिरकत की।

डॉ. कलाम चाहते थे कि लोग समाज कल्याण के लिए दयालुतापूर्ण शब्दों और जज़्बातों से ज़्यादा कुछ दें। उन्होंने श्रोताओं से पूछा, 'हम रेव. फ़ादर थॉमस फ़ेलिक्स जैसी महान आत्मा को क्या दे सकते हैं! क्या ये फूल होंगे? क्या हम आदरांजलि देंगे? मैं नहीं सोचता कि इसमें से किसी से भी फ़ादर फ़ेलिक्स के चेहरे पर मुस्कान आएगी। लेकिन अगर आज हममें से प्रत्येक एक शपथ लेता है, तो उनके चेहरे पर निश्चित रूप से मुस्कानें और खुशी आएगी। क्या हम इसे करें?'

शपथ सरल थी : आज के बाद मैं अपने जीवन में कम से कम एक विशेष बच्चे को मूल्य-आधारित गुणवत्तापूर्ण शिक्षण प्रदान करने के लिए अपने समय, अपनी दौलत और अपनी सेवा का हिस्सा दूँगा।

उस दिन मैं एक अच्छे जीवन का मतलब समझा। आप जितना लेते हैं, उससे थोड़ा ज़्यादा देने में संतुष्टि पाना एक अच्छा जीवन है। यह सिर्फ़ पैसे के बारे में नहीं है; पैसा देना तुलनात्मक रूप से आसान है। यह अपना समय देने के बारे में है, अपनी योग्यताएँ देने के बारे में है, अपना ज्ञान - और सबसे बढ़कर, दूसरों को सम्मान, साहस और आशा देने के बारे में है।

डॉ. कलाम ने जीवन की तुलना तपते सूरज के नीचे एक विशाल रेगिस्तान से की; इंसान बस इसकी जलती रेत के ऊपर उड़ रहा एक पक्षी है। इस पक्षी के दो पंख हैं, जिन पर इसे अदृश्य धाराओं ने ऊपर उठा रखा है : एक पंख है कृतज्ञता

और दूसरा है धैर्य - शुक्र और सब्र। एक अच्छा इंसान धैर्य के साथ जीता है और जीवन में अपनी कमियों की शिकायत किए बिना काम करता रहता है। वह अपने पास मौजूद सारी चीज़ों के लिए कृतज्ञता के साथ जीता है - उसका जीवन, माता-पिता और परिवार। जो मूर्ख पर्याप्त धैर्य और कृतज्ञता को हवा में उठाने के लिए ज़रूरी नहीं मानते हैं, वे निश्चित रूप से नीचे की बेरहम धरती पर गिर जाएँगे।

डॉ. कलाम को जो भी दिया गया था, उसके प्रति वे अपनी कृतज्ञता जताते थे और इसका एक तरीक़ा बच्चों के साथ काम करना था। वे कभी स्कूल जाकर बच्चों से बातचीत करने में नहीं थकते थे। मुझे डॉ. कलाम का कोई सानी नज़र नहीं आता; निश्चित रूप से उनके जितना महान कोई दूसरा व्यक्ति नहीं है, जिसका कैलेंडर इतना भरा हुआ हो और इसके बावजूद उसने बच्चों के साथ इतना ज़्यादा समय गुज़ारा हो। वे अफ़्रीकी अमेरिकी समाज सुधारक फ़्रेडरिक डगलस का उद्धरण देते थे : 'मज़बूत बच्चे बनाना टूटे आदमियों की मरम्मत से ज़्यादा आसान है।'

डॉ. कलाम ने 29 जून 2014 को बेंगलूरु में बिशप कॉटन बॉयज़ स्कूल की स्थापना की 150वीं सालगिरह का शुभारंभ किया। उन्होंने 21 अगस्त 2014 को चेन्नई में सेंट मैरीज़ ऐंग्लो-इंडियन हायर सेकंडरी स्कूल के 175वीं सालगिरह समारोह का शुभारंभ किया। उन्होंने एक सरल समीकरण बना लिया था, 'ज्ञान = सृजनात्मकता + सदाचार + साहस' और बच्चे इसे आसानी तथा उत्साह से समझ रहे थे। डॉ. कलाम का विकारहीन अंदाज़ और संजीदगी वाक़ई बच्चों के दिलों तक पहुँच रही थी। वहाँ उनके साथ रहकर और अपनी महानता का ध्यान न रखकर वे उनके प्रति अपना प्रेम व्यक्त कर रहे थे। बच्चे उनकी क़द्र करते थे। डॉ. कलाम उनके सामने यह मिसाल पेश कर रहे थे कि महान जीवन कैसा हो सकता है। उन्होंने एक बार मुझसे कहा था, 'मुझे यक़ीन है कि मैं बच्चों को जो बताता हूँ, उसमें से कुछ वे घर ले जाते हैं और शायद वे अपने माता-पिता को शिक्षा दे रहे हैं।'

सितंबर 2014 में डॉ. कलाम ने इंस्टीट्यूट ऑफ़ माइक्रोबियल टेक्नोलॉजी (आईएमटीईसीएच), चंडीगढ़ में स्ट्रेटेजीज़ फ़ॉर ड्रग-रज़िस्टेंट ऐंड एग्रो-माइक्रोब्स पर राउंड टेबल कॉन्फ़्रेंस में हिस्सा लिया। बैठक का आयोजन डॉ. गिरीश साहनी ने किया था, जो बाद में वैज्ञानिक तथा औद्योगिक अनुसंधान परिषद (सीएसआईआर) के डायरेक्टर जनरल बने। गोल मेज़ पर श्रेष्ठ वैज्ञानिक, चिकित्सा विशेषज्ञ और विभिन्न संगठनों के पशु चिकित्सक बैठे थे, जिनमें डॉ. कलाम के मित्र डॉ. जी. पद्मनाभन शामिल थे। केंद्रीय विज्ञान और प्रौद्योगिकी मंत्री डॉ. जितेन्द्र सिंह भी उपस्थित थे।

पशुओं से इंसानों तक छलाँग लगाते संक्रामक वायरसों और बैक्टीरिया की समस्याओं पर विस्तार से बातचीत की गई - और इस विषय पर भी बात हुई कि टी.बी. जैसे ज्ञात बैक्टीरिया दवाओं का प्रतिरोध कर चुके थे। ऐंटीबायोटिक्स ने चिकित्सकों को इतना समर्थ बना दिया है कि वे मानवता के कई अभिशापों का इलाज कर दें, जिनमें टी.बी., निमोनिया, मेनिन्जाइटिस, टिटनेस, सिफ़िलिस और गॉनोरिया

शामिल थे। गोल मेज़ पर यह उजागर हुआ कि उनका इस्तेमाल कुछ ज़्यादा ही लापरवाही से किया गया है। ऐंटीबायोटिक सर्दी, फ़्लू और ब्रॉन्काइटिस जैसी साधारण बीमारियों के लिए भी धड़ल्ले से इस्तेमाल किए जा रहे हैं। ये दरअसल वायरल संक्रमण हैं और ऐंटीबायोटिक्स के बिना भी शरीर की प्राकृतिक प्रतिरक्षा कुछ दिनों में इन्हें ठीक कर सकती है।

ऐंटीबायोटिक्स का इस्तेमाल इस हद तक बढ़ गया है कि इंसानों के उपयोग के लिए अनुशंसित लगभग 50 प्रतिशत ऐंटीबायोटिक्स अनावश्यक होते हैं। डॉक्टरों ने इस बात पर कम ध्यान दिया है कि ऐंटीबायोटिक्स के संपर्क में आने के सीधे अनुपात में बैक्टीरिया बदल जाता है और दवा-प्रतिरोधी बन जाता है। मुर्गी तथा मांस उद्योग के लोभ ने समस्याओं को बढ़ा दिया है। ज़्यादा लाभ की ख़ातिर पशुओं के चारे-दाने में ऐंटीबायोटिक्स मिला दिए जाते हैं और इस तरह दूध, अंडों और मांस के साथ ऐंटीबायोटिक मानव शरीर में दाख़िल हो गए हैं - चोरी से।

डॉ. कलाम को इस बारे में नवीनतम ज्ञान था कि उन 'सुपरबग्स' से सबसे अच्छी तरह कैसे निबटा जाए, जो चिकित्सा उद्योग अनजाने में पैदा कर रहा था। वे भविष्य में देख रहे थे :

> मैं सचमुच मानता हूँ कि हमने बड़ी समस्या के छोटे से हिस्से को ही छुआ है। अब तक हम केवल उन वाइरसों के उपसमूह को ही देख रहे हैं, जिन्हें रोग फैलाने वाला जाना जाता है। हमें यह पता लगाने की ज़रूरत है कि बाक़ी का आइसबर्ग क्या है। जिस तरह इंजीनियरिंग में तार, ट्रांज़िस्टर, रिले, वाल्व, डायोड, इलेक्ट्रॉनिक स्विच होते हैं, उसी तरह बयोलॉजिकल सिस्टम्स में जीन, प्रोटीन, आरएनए, प्रमोटर्स, इनड्यूसर्स, रिप्रेसर्स आदि होते हैं। एक अच्छी बायोटेक प्रयोगशाला एक ऐसा प्रोटीन बना सकेगी, जो बहुल पथों के बीच एक्टिवेटर या रिप्रेसर स्विच के रूप में काम कर सकता है, जैसा कि ट्रेन को पटरियों पर निर्देशित करने के लिए रेलवे जंक्शन पर किया जाता है। भारत को यह मौक़ा नहीं चूकना चाहिए।

संत वैज्ञानिक ठीक मेरी आँखों के सामने थे। वे इस तरह बोल रहे थे, मानो किसी ज़्यादा ऊँची शक्ति से भविष्य का दृश्य बता रहे हों। डॉ. कलाम ने 22 फ़रवरी 2015 को इंडियन इंस्टीट्यूट ऑफ़ स्पेस साइंस ऐंड टेक्नोलॉजी (आईआईएसटी), तिरुअनंतपुरम के तीसरे दीक्षांत समारोह में कुलाधिपति के भाषण के दौरान एक और भविष्यसूचक घोषणा की। उन्होंने दावा किया, 'अंतरिक्ष-आधारित सौर ऊर्जा जीने योग्य पृथ्वी ग्रह की कुंजी है।'

अंतरिक्ष आधारित सौर ऊर्जा की अवधारणा यह है कि अगर सौर विकिरण के संग्रह के लिए पृथ्वी की कक्षा में बड़ी सतहें रख दी जाएँ, तो उन्हें हमेशा सौर ऊर्जा मिलती रहेगी। वायुमंडल की गैसों, बादलों, धूल और मौसम की अन्य घटनाओं

जैसी बाधाओं के कारण सौर विकिरण को कोई क्षति नहीं होगी, जो पृथ्वी की सतह पर संग्रह की कार्यकुशलता को कम करती हैं। यही नहीं, सौर ऊर्जा संग्रह करने वाले उपग्रह को सूर्य की ऊर्जा चौबीस घंटे मिलेगी, केवल दिन के समय ही नहीं, जैसा कि पृथ्वी पर होता है।

यह ऊर्जा तुलनात्मक रूप से जल्दी ही उन इलाक़ों की ओर भेजी जा सकती है, जिन्हें इसकी सबसे ज़्यादा ज़रूरत है और इसमें प्रसारण तारों के विशाल नेटवर्क की ज़रूरत भी नहीं है। ऊर्जा को बेस लोड या पीक लोड विद्युत आवश्यकताओं के मद्‌देनज़र माँग के आधार पर ख़ास ज़मीनी इलाक़ों में निर्देशित किया जा सकता है। इसका वनस्पति और पशु जीवन में कोई हस्तक्षेप नहीं होगा।

अंतरिक्ष आधारित सौर ऊर्जा के लिए तीन प्रौद्योगिकी तंत्रों के विकास की ज़रूरत होगी : अंतरिक्ष में सौर ऊर्जा संग्रह का तंत्र, माइक्रोवेव या लेज़र द्वारा धरती तक बेतार ऊर्जा प्रसारण का साधन और पृथ्वी पर ऊर्जा ग्रहण करने वाले स्टेशन। इस भगीरथ प्रयास के लिए सभी अंतरिक्षगामी राष्ट्रों को मिलकर काम करने की ज़रूरत होगी और अपने मानवीय तथा वित्तीय संसाधनों को एकजुट करना होगा।

अप्रैल 2015 के बीच डॉ. कलाम और मैंने *ट्रांसेंडेंस : माई स्पिरिच्युअल एक्सपीरिएंसेस विद प्रमुखस्वामीजी* पुस्तक की पांडुलिपि पूरी कर ली और जल्दी ही टाइपसेटिंग तथा छपाई का काम शुरू हो गया। डॉ. कलाम ने लगभग हर दिन प्रगति की निगरानी की और 15 जून 2015 को जैसे ही पुस्तक हमारे हाथों में आई, उन्होंने साधु ब्रह्मविहारीदास को प्रमुखस्वामीजी के साथ मुलाक़ात तय करने के लिए फ़ोन किया।

हमने 19 जून 2015 को अहमदाबाद तक यात्रा की। उस रात लगभग 1:30 बजे उन्होंने पुस्तक की पहली प्रति माँगी और प्रमुखस्वामीजी के लिए इस पर हस्ताक्षर करने लगे। उन्होंने पूछा, 'मैं उन्हें क्या संबोधन लिखूँ?'

मैंने कहा, 'आप "मेरे प्रिय मित्र को" लिख सकते हैं।'

डॉ. कलाम ने कहा, 'तुम भी कितने अजीब आदमी हो; वे मेरे मित्र नहीं हैं; वे मेरे गुरु हैं, दरअसल मेरे परम आध्यात्मिक गुरु।'

शेरिडन ने सुझाव दिया, 'तो फिर, "मेरे आध्यात्मिक गुरु को," यह लिख दें।'

डॉ. कलाम ने पलटकर कहा, 'सिर्फ़ "मेरे" आध्यात्मिक गुरु ही क्यों? मैं कौन हूँ? वे हर एक के, पूरे संसार के महान आध्यात्मिक गुरु हैं। मैं कुछ नहीं हूँ।'

इसलिए उन्होंने 'मेरे' शब्द को हटा दिया और पुस्तक पर यह लिखने का चुनाव किया : 'महाप्रमुखस्वामीजी, सम्मानित आध्यात्मिक गुरु। ससम्मान।'

उन्होंने अहमदाबाद से हेलिकॉप्टर में सारंगपुर जाने से दृढ़ता से इंकार कर दिया और सड़क मार्ग से यात्रा करने का निर्णय लिया। जब साधु ब्रह्मविहारी दास ने मानसून की बारिश, ख़राब सड़कों, लंबी यात्रा और उनकी उम्र के मद्‌देनज़र एक बार फिर आग्रह किया, तो डॉ. कलाम ने तर्क दिया, 'यह एक तीर्थयात्रा है और तीर्थयात्रा

सबसे अच्छी तरह पैदल की जाती है; अगर मेरा वश चलता तो मैं सारंगपुर तक पैदल चलकर जाता... कम से कम मेरे पास कार तो है!'

20 जून 2015 को डॉ. कलाम ने ऑटोग्राफ़ वाली प्रति प्रमुखस्वामीजी को भेंट की।

डॉ. कलाम ने कहा, 'यह परियोजना कई वर्षों से मेरे लिए बहुत प्रिय रही है। जिस दिन दिल्ली में अक्षरधाम का लोकार्पण हुआ था, मैंने प्रमुखस्वामीजी से वादा किया था कि मैं उनके महान आध्यात्मिक जीवन पर एक पुस्तक लिखूँगा। आज मैंने अपना वादा पूरा कर लिया है।' प्रमुखस्वामीजी को पुस्तक थमाते समय डॉ. कलाम ने कहा, 'आप एक महान गुरु हैं, एक महान आध्यात्मिक गुरु। मैंने आपसे एक महान सबक़ सीखा है : "मैं" और "मेरे" को कैसे हटाया जाए।'

डॉ. कलाम ने स्वामीजी के सामने पुस्तक के कुछ अंश पढ़े और उनसे कहा कि वे उन सभी को आशीर्वाद दें, जिन्होंने उस पुस्तक को संभव बनाने में मदद की थी।

मुलाक़ात के बाद स्वामीनारायण साधुओं और 3,000 युवाओं की सभा में डॉ. कलाम का स्वागत किया गया। सबसे पहले तो उन्होंने प्रमुख स्वामी महाराज के साथ अपनी संतुष्टिदायक मुलाक़ात का वर्णन किया और फिर मैं हैरान रह गया कि वे वहाँ अपने जीवन की कहानी बताने लगे, जो उन्होंने पहले कभी नहीं किया था।

'जब मैंने पुस्तक दी, तो प्रमुखस्वामीजी मुस्कराए। उस मुस्कान का क्या मतलब है? हर कोई मुस्कराता है, लेकिन जब प्रमुखस्वामीजी मुस्कराते हैं, तो इसका कुछ मतलब होता है। मैं पचास मिनट तक प्रमुखस्वामीजी के साथ रहा। अंत में, मैं एक महान संदेश समझा, एक ऐसी चीज़ जो मैंने पढ़ी थी और अक्सर कही भी थी।'

> जहाँ दिल में नेकी होती है, वहाँ चरित्र में सौंदर्य होगा।
> जहाँ चरित्र में सौंदर्य होता है, वहाँ घर में सद्भाव होगा।
> जहाँ घर में सद्भाव होगा, वहाँ देशों में व्यवस्था होगी।
> जहाँ देशों में व्यवस्था होती है, वहाँ संसार में शांति होगी।

'प्रमुखस्वामीजी से मिलने पर मैंने उनके हृदय में नेकी और विश्व में शांति देखी। मैंने आज यही देखा और परम आनंद महसूस किया।'

उन्होंने आगे कहा :

> मैं महान शिव मंदिर के पास रामेश्वरम् के टापू में पैदा हुआ था। मुझे याद है, दस वर्ष की उम्र में मैं अपने घर में समय-समय पर तीन व्यक्तियों को मिलते देखता था : पक्षि लक्ष्मण शास्त्रीगल, जो वेदों के प्रकांड पंडित और मशहूर रामेश्वरम् मंदिर के मुख्य पुजारी थे; रेव. फ़ादर बोदल, जिन्होंने रामेश्वरम् टापू में पहला चर्च बनाया और मेरे पिता, जो मस्ज़िद में इमाम थे।

ये तीनों लोग हमारे आँगन में बैठते थे, हर एक के हाथ में छाछ का गिलास या चाय का कप रहता था और वे वहाँ के समुदाय के सामने मौजूद विभिन्न समस्याओं पर बातचीत करते थे और उनके समाधान खोजते थे।

मुझे कुछ महान गुरुओं का वरदान मिला है, जिन्होंने मेरे पिता जैनुलाबदीन से शुरू करते हुए अपने जीवन के अलग-अलग चरणों में मुझे आकार दिया। पिताजी ने मुझे सिखाया कि जीवन में अपनी भूमिका औज़ार या पात्र जैसी मानना चाहिए, जिसके ज़रिये इंसान एक हाथ से लेता है और दूसरे हाथ से देता है। वे कहते थे, 'केवल एक ही प्रकाश है, तुम और मैं तो बस लैंपशेड के छिद्र हैं।' मेरे पिताजी सादा जीवन जिए, लेकिन अंदरूनी देवत्व पर से कभी निगाह नहीं हटाई। मैंने इस मामले में अपने पिता का अनुसरण करने की ज़िंदगी भर कोशिश की।

युवा इंजीनियर के रूप में मैंने डॉ. ब्रह्म प्रकाश के साथ काम किया। उन्होंने मुझे सिखाया कि दूसरों के दृष्टिकोणों और रायों के प्रति सहिष्णुता टीम बनाने और व्यक्तियों की क्षमताओं से परे वाले काम सफलतापूर्वक करने के लिए कैसे अनिवार्य है। उन्होंने मुझे सिखाया कि जीवन एक क़ीमती उपहार है, लेकिन इसके साथ ज़िम्मेदारी भी आती है। इस उपहार के साथ हमसे यह उम्मीद की जाती है कि हम अपने गुणों का इस्तेमाल करके संसार को एक बेहतर स्थान बनाएँगे, नैतिक और अच्छी तरह संतुलित जीवन जिएँगे और आध्यात्मिक जीवन की तैयारी करेंगे, जो अनंत है।

परियोजना निदेशक के रूप में मैंने प्रोफ़ेसर सतीश धवन के साथ काम किया, जिन्होंने मुझे सिखाया कि एक अच्छा लीडर अपनी टीम की असफलताओं की ज़िम्मेदारी लेता है, लेकिन सफलताओं का श्रेय अपनी टीम को दे देता है। जब मैंने उनसे उनकी प्रतिभा का राज़ पूछा, तो वे बोले, 'शैक्षणिक प्रतिभा भी आईने की चमक से ज़्यादा अलग नहीं है। एक बार जब धूल हटा दी जाती है, तो आईना चमकने लगता है और प्रतिबिंब स्पष्ट हो जाता है। हम पाक साफ़ और नैतिक जीवन जीकर तथा मानवता की सेवा करके अशुद्धियों को हटा सकते हैं, और फिर ईश्वर हमारे ज़रिये चमकेगा।'

बाद में मैं जैन मुनि आचार्य महाप्रज्ञ से मिला, जिन्होंने मुझे पृथ्वी पर दिव्य जीवन की पुष्टि और नैतिक अस्तित्व में अमरता के अहसास का आभास कराया। उन्होंने मुझे सिखाया कि हमारी चेतना हमारी नैतिकता की जन्मभूमि है। हमने मिलकर एक पुस्तक फ़ैमिली ऐंड द नेशन लिखी और आत्म-जागरूक बनने के लिए अपनी अंतरात्मा की बात सुनने की प्रक्रिया के दो क़दम रेखांकित किए, ताकि हम अपनी अंतरात्मा से जुड़ सकें और उसके कहे अनुसार काम कर सकें।

यह मेरे जीवन का महत्त्वपूर्ण आध्यात्मिक दिन था, जब मैं पहली बार प्रमुखस्वामीजी से मिला। हमारी पहली मुलाक़ात के बाद और अगले चौदह सालों तक हमने क़रीबी आध्यात्मिक संबंध बनाए रखा। पिछले साल जब मैं 11 मार्च 2014 को सारंगपुर में प्रमुखस्वामीजी से मिलने आया था, तो मुझे एक गहरा आध्यात्मिक अनुभव हुआ। स्वामीजी दस मिनट तक मेरा हाथ थामे रहे। हमारे बीच एक शब्द भी नहीं कहा गया। हमने चेतना के गहरे संप्रेषण में एक–दूसरे की ओर देखा। इन पलों में धरती माता पर आधारित विश्व स्वप्न आध्यात्मिक जुड़ाव द्वारा मुझ तक सहज बोध से संप्रेषित हो गया, जिसमें संदेश था 'मस्तिष्कों की एकता – एकता – एकता।'

एक उजागर करने वाली कौंध में मुझे अहसास हुआ कि ख़ुशी और नाख़ुशी के बीच का संघर्ष, जो अब तक मानव अस्तित्व की कहानी रहा है और शांति और युद्ध के बीच का संघर्ष, जो मानव जाति का इतिहास रहा है, उसे बदलना चाहिए। मेरे हाथ पर उनकी पकड़ की ख़ामोशी में मैंने सुना : 'कलाम, जाकर हर एक को बता दो कि जो शक्ति हमें इन संघर्षों में अनंत विजय की ओर ले जाएगी, वह हमारे भीतर की अच्छाई की शक्ति है। मानव जाति तक सद्भावपूर्ण संसार का स्वप्न पहुँचाओ। यह स्वप्न इतना महान होगा कि मानवता ने अब तक इतने बड़े किसी लक्ष्य की आकांक्षा नहीं की होगी।'

निष्कर्ष में मित्रो, मैं आपसे पूछना चाहूँगा, आप इस पृथ्वी ग्रह को जीने योग्य बनाने के लिए क्या करना पसंद करेंगे? आपको ख़ुद का विकास करना होगा और अपने जीवन को आकार देना होगा। आपको इसे एक पन्ने पर लिख लेना चाहिए। वह पन्ना मानव इतिहास की पुस्तक में एक बहुत अहम पन्ना हो सकता है। आप देश के इतिहास में उस एक पन्ने को बनाने के लिए याद किए जाएँगे – चाहे वह पन्ना आविष्कार का पन्ना हो, नवाचार या खोज का पन्ना हो या सामाजिक परिवर्तन करने का पन्ना हो या ग़रीबी हटाने का पन्ना हो या अन्याय से लड़ने का पन्ना हो या नदियों की नेटवर्किंग के मिशन की योजना बनाने और उस पर कार्य करने का पन्ना हो या फिर पृथ्वी को जीने योग्य बनाने के लिए सौर ऊर्जा वाला एक साफ़–सुथरा परिवेश विकसित करने का पन्ना हो।

सारंगपुर से लौटते वक़्त मैंने उनसे पूछा, 'सर, अब जब यह परियोजना सफलतापूर्वक पूरी हो गई है, तो मुझे इसके आगे लिखने का कौन सा काम करना चाहिए?' डॉ. कलाम ने कहा, 'मैंने हमेशा धर्म के आध्यात्मिकता में उत्थान के बारे में बात की है, लेकिन मेरे दिमाग़ में कभी एक स्पष्ट चित्र नहीं था, इसीलिए यह अब तक नहीं हुआ है। प्रमुखस्वामीजी के मिशन का अध्ययन करने और उनके भक्तों पर इसके प्रभाव को देखने के बाद, जिन सभी को शांति और समृद्धि का आशीर्वाद मिला है, मुझे

अहसास हुआ कि स्वामीनारायण गुरुओं का एकांतिक धर्म ही धर्म को आध्यात्मिकता में ऊपर उठाने का वह मॉडल है, जो मेरी पकड़ में नहीं आया था। इसलिए तुम्हें सभी स्वामीनारायण सद्गुरुओं से मिलना चाहिए, उनके चरणों में बैठना चाहिए और एकांतिक धर्म के सार को पूरी तरह पकड़ना चाहिए और युवाओं के सामने एक ऐसी भाषा में पेश करना चाहिए, ताकि वे समझ सकें।'

'सर, क्या आप सह-लेखक बनेंगे?'

उन्होंने तुरंत जवाब नहीं दिया, बल्कि मेरी तरफ़ देखते रहे। यह एक अजीब विराम था और मैं असहज महसूस करने लगा। उन्होंने कहा, 'मैं नहीं जानता कि प्रमुखस्वामीजी और मैं दोबारा कब मिलेंगे। हमारे बीच एक दैवी बंधन बँध गया है, जो हमेशा के लिए है। उन्होंने सचमुच मेरा कायाकल्प कर दिया है। वे मेरे जीवन में आध्यात्मिक आरोहण की चरम अवस्था हैं। प्रमुखस्वामीजी ने मुझे ईश्वर-समकालिक कक्षा में रख दिया है। अब मुझे अमरत्व में मेरी अंतिम अवस्था में रख दिया गया है, इसलिए अब किसी और काम की आवश्यकता नहीं है।'

वे उन शब्दों को दोहरा रहे थे, जो उन्होंने *ट्रांसेंडेंस* में लिखे थे और उनके लहज़े तथा अंतिमता से मैं डर गया। 'दोस्त, अब मेरे साथ और पुस्तकें नहीं होंगी, अब तुम अपने खुद के दम पर हो। एक महान लेखक बनो। आज हर व्यक्ति तुम्हें मेरे सह-लेखक के रूप में जानता है। एक दिन ऐसा आएगा, जब तुम्हारी पुस्तकें पढ़ते समय लोग कहेंगे कि कलाम उनके सह-लेखक थे।'

यह डॉ. कलाम के साथ मेरी अंतिम मुलाक़ात थी। वैसे हमारे बीच लगभग हर दिन बातें होती रहीं। 26 जुलाई 2015 को उन्होंने मुझे दोपहर को फ़ोन किया। मैं बेंगलूरु में अपने बेटे असीम के घर पर परिवार वालों के साथ बैठा था। उन्होंने कहा, 'मैं सृजन के साथ कल शिलाँग जा रहा हूँ। मैं जीने योग्य पृथ्वी पर बोल रहा हूँ। तुम चाहते हो कि मैं इसमें कुछ और जोड़ूँ?'

'सर, आपने यह विचार 2012 में बीजिंग में दिया था, संसार को इस पर काम करने की ज़रूरत है, भाषण में कुछ भी जोड़ने की ज़रूरत नहीं है।'

'अजीब आदमी! हर एक को अपनी भूमिका निभानी है। चीज़ें होंगी।'

सृजन ने अगले दिन 27 जुलाई 2015 को बताया।

> 27 जुलाई को हमारा दिन बारह बजे दोपहर को शुरू हुआ, जब हम गुवाहाटी जाने वाले विमान में अपनी सीटों पर बैठे। डॉ. कलाम की सीट 1 'ए' थी और मेरी 1 'सी।' वे गहरे रंग का 'कलाम सूट' पहने थे... मानसून के मौसम में लंबी, ढाई घंटे की उड़ान। इसके बाद आईआईएम शिलाँग तक ढाई घंटे की कार यात्रा भी थी... इसके बाद हम लेक्चर हॉल पहुँचे। वे व्याख्यान देने के लिए देर से नहीं पहुँचना चाहते थे। 'विद्यार्थियों को कभी इंतज़ार नहीं कराना चाहिए।'

सैकड़ों विद्यार्थियों की ज़ोरदार करतल ध्वनि ने डॉ. कलाम का स्वागत किया। वे खचाखच भरे सभागृह के सामने खड़े हुए।

'मैंने आज यह विषय चुना है : "जीवन योग्य पृथ्वी ग्रह बनाना।" प्रिय मित्रों...

6.8

आलम-ए-बरज़ख

प्राचीन मिस्रवासियों को यक़ीन था कि मरने पर उनसे दो प्रश्न पूछे जाएँगे और उनके जवाबों से ही तय होगा कि क्या वे बाद के जीवन में अपनी यात्रा जारी रख सकते हैं। पहला प्रश्न यह था, 'क्या तुमने खुशी दी?' दूसरा था, 'क्या तुम्हें खुशी मिली?'

—लियो बस्कागलिया
अमेरिकी लेखक और वक्ता

500 विद्यार्थियों और शिक्षकों की स्तब्ध भीड़ के सामने डॉ. कलाम लड़खड़ाए तथा पीछे की ओर गिर गए, मंच के फ़र्श पर लुढ़क गए। हॉल एक अनिश्चित ख़ामोशी में स्तब्ध था। हमारे साथ उनके अंतिम पल नाटकीय नहीं दिखे थे; कई को तो यह लगा कि वे चक्कर खाकर बेहोश हो गए थे। एक पल वहाँ पर श्रेष्ठ डॉ. ए.पी.जे. अब्दुल कलाम थे - अपने विशेष 'कलान सूट' में दैदीप्यमान थे, करिश्माई और आकर्षक थे, उनका शांत नपा-तुला अंदाज़ दर्शकों को मंत्रमुग्ध कर रहा था - और अगले ही पल वे नहीं थे। भारत के सबसे प्रिय वैज्ञानिक, राजनेता, संत और स्वप्नदृष्टा - देश के प्रेरक कुँआरे अंकल - जुदा हो गए थे। वे सीखने, प्रयास करने के जोश के साथ भारत के युवाओं को सजीव बनाने की अपनी तलाश पूर्ण करने के बीच चले गए थे। उनका काम अब पूरा हो गया था। उस समय 27 जुलाई 2015 को 6:30 बजे थे।

कोई भी कुछ नहीं कर सकता था। अस्वीकृति से सुन्न होकर उनके सहायकों ने एम्बुलैंस बुलवाई और उन्हें बेथानी हॉस्पिटल ले जाया गया। उन्हें तेज़ी से आईसीयू में पहुँचाया गया, जहाँ डॉक्टरों की टीम ने उनके जीवन को लौटाने का अंतिम निरर्थक प्रयास किया। ख़बर टेलीविज़न पर लगभग 8 बजे आई। पूरा राष्ट्र सदमे में इसे जज़्ब करने, इस पर सोच-विचार करने और दुख मनाने के लिए ठहर गया। बिलबोर्ड के आकार के चित्रों के नीचे फूलों और मोमबत्तियों की श्रद्धांजलि दी जाने लगीं; शोकमग्न लोग घर से बाहर निकलकर सड़कों पर आ गए। भारतीय लोगों ने अपने परिवार का

एक सदस्य खो दिया था और उन्हें अपनी ख़ुद की रस्में निभानी थीं।

केंद्रीय मंत्रिमंडल की बैठक में सात दिनों का राष्ट्रीय शोक घोषित कर दिया गया। प्रधानमंत्री नरेन्द्र मोदी ने कहा,

> भारत एक महान वैज्ञानिक, एक अद्‌भुत राष्ट्रपति और सबसे बढ़कर एक प्रेरक व्यक्ति की क्षति का शोक मना रहा है। मेरे मस्तिष्क में ढेर सारी यादें हैं, उनके साथ मेरी बहुत सारी बातें हुई हैं। मैं हमेशा उनकी बुद्धि पर चकित होता था; मैंने उनसे बहुत कुछ सीखा। उन्हें लोगों के साथ रहने में मज़ा आता था; लोग और युवा उन्हें पूजते थे। वे विद्यार्थियों से प्रेम करते थे और उन्होंने उन्हीं के बीच अपने अंतिम पल बिताए।

भारतीय वायु सेना ने डॉ. कलाम का पार्थिव शरीर भारतीय तिरंगे में लपेटकर नई दिल्ली पहुँचाया। डॉ. कलाम तड़क-भड़क वाले इंसान नहीं थे, लेकिन वे इतने कट्टर देशभक्त थे कि वे राष्ट्रीय ध्वज को अपने कफ़न के रूप में निश्चित रूप से पसंद करते। प्रधानमंत्री ने विमानतल पर नश्वर अवशेषों को लिया। डॉ. कलाम का शरीर उनके निवास में दर्शन के लिए रखा गया, जहाँ हज़ारों लोग अंतिम दर्शन करने आए : सभी दलों के नेता, अधिकारी, मित्र और सामान्य नागरिक। आधी रात के बाद तक क़तारें लगी रहीं। 28 जुलाई 2015 की भोर में उनके भतीजे की बेटी ताबूत के पास बैठी और उसने पवित्र *कुरान* की आयतों का पाठ किया जिनका मतलब था :

> यह तय है कि हर इंसान मौत का स्वाद चखेगा : लेकिन सिर्फ़ क़यामत के दिन तुम सभी का पूरा हिसाब किया जाएगा (जो भी तुमने किया है उसके लिए) – जिसके बाद जिसे आग से निकालकर जन्नत में लाया जाएगा, वह सचमुच विजय हासिल करेगा : क्योंकि इस संसार का जीवन मुग़ालते के आनंद के सिवा कुछ नहीं है।

किसी ने बहादुरी से डॉ. बी. सोमा राजू से पूछ लिया कि क्या डॉ. कलाम किसी ऐसी बीमारी के शिकार थे, जिसका इलाज नहीं हुआ था। डॉ. सोमा राजू ने ठंडी निगाहों से देखकर कहा, 'बीमारी मृत्यु की पूर्व-शर्त नहीं है। मृत्यु जन्म जितनी ही नैसर्गिक घटना है। जो भी पैदा होता है, हर एक को मरना होता है। दरअसल डॉ. कलाम एक महान मौत मरे। जिसे करने से वे सबसे ज़्यादा प्रेम करते थे, वह करते हुए, लोगों के सामने, एक पल भी कष्ट उठाए बिना। किसी को परेशान किए बिना। उनकी मृत्यु उनके जीवन जितनी ही खुली और पवित्र थी।'

डॉ. कलाम को सैनिक सम्मान के साथ 30 जुलाई 2015 को दफ़नाया गया। प्रधानमंत्री नरेन्द्र मोदी ने डॉ. कलाम को आख़िरी सलामी दी। कई केंद्रीय मंत्री, राज्यपाल, मुख्यमंत्री, सेना, नौसेना और वायु सेना के प्रमुख – और जो अवश्यंभावी था, लाखों आम लोग – रामेश्वरम् टापू के पी करुम्बू मैदान में भारत के इस महान

सपूत को विदाई देने के लिए एकत्रित हुए। यह सचमुच मानवता का महासागर था। जीवन के सभी क्षेत्रों के लोगों - जाति, पंथ और धर्म के पार - को डॉ. कलाम को शांत और संयत अंदाज़ में अश्रुपूर्ण विदाई देते देखकर इस संसार के सबसे शक्तिशाली लोगों को भी ईर्ष्या होती।

जब मैं उन्हें दफ़नाने के बाद वापसी में पांबन पुल पार कर रहा था, तो समुद्र का विशाल विस्तार मुझे घूर रहा था। मेरी आँखें टापू पर यहाँ पैदा हुए एक लड़के की वास्तविकता पर डबडबा आईं; मैं उन्हें पीछे छोड़कर जा रहा था, जो आख़िरकार यहाँ की माटी में दोबारा लौट गए थे। सूफ़ी संत बाबा फ़रीद के शब्द मेरी दिल में गूँज रहे थे :

> फ़रीद कहते हैं, तुम्हें सागर को पूरी तरह से समझ लेना चाहिए; इसमें वह सब है जिसकी तुम्हें ज़रूरत और इच्छा है।
> छोटे तालाबों की खोज में हाथ गंदे क्यों करना?
> फ़रीद कहते हैं, सर्जक सृजन में है और सृजन सर्जक में है।
> जब वह हर जगह है, तो हम किसे दोष दें?

कलाम नामक इंसान की कहानी यहीं ख़त्म होती है, लेकिन कलाम नामक आत्मा की कहानी जारी रहेगी। विभिन्न धर्मों में मृत्यु पर्यंत जीवन के अलग-अलग वर्णन मिलते हैं। दो व्यापक विश्वास तंत्र हैं। एक यह है कि मृत्यु के बाद आत्मा एक नए शरीर के साथ दोबारा अवतरित होती है और अंतहीन चक्र में चलती रहती है, जब तक कि यह परमात्मा के साथ विलीन होने लायक़ शुद्ध नहीं हो जाती। दूसरा विश्वास तंत्र यह है कि आत्मा क़ब्र में रहती है और सर्वशक्तिमान द्वारा क़यामत के दिन पुनर्जीवित होने का इंतज़ार करती है। बुरे लोगों को दोज़ख़ की आग में नष्ट कर दिया जाता है और अच्छे लोगों को जन्नत में दाख़िल किया जाता है। आत्मा और बाद के जीवन का अस्तित्व दोनों विश्वास तंत्रों द्वारा स्वीकार किया जाता है।

दफ़नाने के पल से क़यामत के दिन पुनर्जीवित होने तक की अवधि को बरज़ख कहा जाता है। आत्माओं के अस्तित्ववादी क्षेत्र को आलम-ए-बरज़ख कहा जाता है। यह अदृश्य क्षेत्र हमारे दिखने वाले संसार से कहीं ज़्यादा बड़ा होता है, जिसकी अपनी विशाल भूमि और आकाश होते हैं। आलम-ए-बरज़ख की तुलना में यह संसार किसी विशाल जंगल में एक छोटे पौधे जैसा है। जब कोई मरता है, तो वह आत्माओं के इस विराट संसार में पहुँच जाता है।

बरज़ख में आत्मिक शरीर का इस संसार के साथ वैसा ही लगाव होता है, जैसा शरीर का माँ की कोख से होता है। हमें कोख में पूर्ण और आदर्श बनाया जाता है - लेकिन एक बार जब हम पैदा होकर इसके बाहर आ जाते हैं, तो हम वहाँ लौटकर उसी तरह नहीं जी सकते, जिस तरह हमें बनाया गया था। ऐसा ही मामला क़ब्र में दफ़नाए गए व्यक्ति के साथ होता है; प्रायश्चित या सुधार के लिए इस संसार

में लौटने का कोई सवाल नहीं है। अपने कर्मों के परिणामों को स्वीकार करना होता है।

भौतिक शरीर अपने समय में अपघटित होता है और मिट्टी में मिल जाता है, लेकिन आत्मिक शरीर जीवित रहता है। आत्मिक शरीर हवा से ज़्यादा सूक्ष्म होता है। इसके लिए कोई अवरोध नहीं हैं, जिनका सामना हमारा भौतिक शरीर इस भौतिक संसार में करता है। आत्मिक शरीर हर कहीं से कुछ भी और सब कुछ देख सकते हैं। ज़ाहिर है, आत्मिक शरीर इसी संसार में रहते हैं और इससे दूर या बाहर नहीं जाते हैं, लेकिन तब समय और स्थान जैसी कोई सीमाएँ नहीं रह जाती हैं। जिस तरह आसमान में रहने वाला सूर्य अपनी किरणों से पूरी धरती को ढँक लेता है, उसी तरह आत्मिक शरीर क़ब्र में रहता है, लेकिन यह कहीं भी मौजूद रह सकता है।

डॉ. कलाम के करोड़ों प्रशंसक, अनुयायी और मित्र उनके आत्मिक शरीर के प्रकाश को अपने आंतरिक संसार और अपने आस-पास के लोगों पर प्रतिबिंबित करने के लिए क्या कर सकते हैं? यह सवाल उठाते समय मैं खुद से भी यही सवाल पूछ रहा हूँ। जवाब डॉ. कलाम की विरासत की समझ में निहित है। ए.पी.जे. अब्दुल कलाम के जीवन का सार क्या है? उनके जीवन पर विचार करते समय, अधिक जीने योग्य पृथ्वी और प्रबुद्ध नागरिकों के उनके परम आह्वान से उनके शुरुआती वर्षों तक, हम तीन दिव्य बुनियादों से प्राप्त जीवन की तीन अवस्थाओं को सक्रिय देख सकते हैं।

डॉ. कलाम के जीवन की तीन दिव्य बुनियादें थीं कल्पना, पवित्रता और ईश्वर में आस्था। इनसे नेकी, अखंडता और साहस उत्पन्न हुआ। जीने के इन तीन गुणों ने उन्हें भारत को 2020 तक विकसित देश बनाने के विश्वास की ओर प्रेरित किया। उन्होंने बाद में डॉ. कलाम के मन में हमारे ग्रह को अधिक जीने योग्य बनाने के लिए एक वैश्विक आंदोलन छेड़ने की इच्छा की चिंगारी भरी, जिसमें प्रौद्योगिकियों का इस्तेमाल जलवायु परिवर्तन के प्रभावों को कम करने, ज़्यादा अनाज उगाने और साफ़-सुथरे माहौल का आनंद लेने के लिए किया। इस पुस्तक का अंत करने से पहले यह ज़िक्र करना मुनासिब होगा कि ये तीन बुनियादें और जीवन के गुण डॉ. कलाम में कैसे प्रकट हुए।

कल्पना, पवित्रता और ईश्वर में आस्था बचपन से ही उनके पिता ने डॉ. कलाम में भरी थीं। उनके पिता ने उन्हें सिखाया कि कल्पना वह शक्ति है, जो इंसानों को संसार में दूसरे पशुओं से अलग करती है। कल्पना सचमुच आत्मा की शक्ति है। यह सुनिश्चित करना माता-पिताओं और शुरुआती शिक्षकों का अनिवार्य कर्तव्य है कि बच्चे अपनी कल्पना का इस्तेमाल करें। डॉ. कलाम बच्चों से यह पूछने में बहुत समय लगाते थे कि वे आगे चलकर क्या बनना चाहते हैं। वे कहते थे कि अगर बच्चा इस सवाल का जवाब नहीं जानता है, तो यह एक गंभीर मामला है।

डॉ. कलाम के पिता ने उन्हें बताया कि इमाम नवावीज़ हदीथ कुदसी के अनुसार, अल्लाह ने ऐलान किया, 'न तो मेरी धरती न ही मेरे आसमान मुझे समा सकते हैं, लेकिन यक़ीन करने वाले सेवक का दिल कर सकता है।' अल्लाह ने ऐसा

क्यों कहा? अल्लाह ने ऐसा इसलिए कहा, क्योंकि उसने इंसानों को कल्पना की शक्ति दी थी। मनुष्य के दैवी मूल की सच्ची प्रकृति की वास्तविकता उसकी कल्पना है, जिसकी कोई सीमाएँ नहीं हैं। कल्पना करने की असीमित क्षमता अल्लाह ने हमें दी है, यह हमारे लिए वाक़ई एक सम्मान है। कल्पना के ज़रिये इंसान को गहरी समझ का उपहार मिला है - बाक़ी सभी सृजनों से कहीं ज़्यादा ऊपर।

इस कारण डॉ. कलाम ने असंख्य स्कूलों की यात्रा में करोड़ों बच्चों को कल्पना का महत्त्व बताया। उन्होंने असल जीवन में कल्पना का इस्तेमाल करने की प्रणाली विकसित की। उन्होंने कहा, 'सपना देखो, सपना देखो, सपन देखो; सपने विचार की ओर ले जाते हैं; विचार कर्म की ओर ले जाते हैं; कर्म परिवर्तन की ओर ले जाता है।' डॉ. कलाम जिस सपने का ज़िक्र कर रहे थे, उसे फंतासी समझने की ग़लती नहीं करना चाहिए। उनका सपने का विचार यह था कि विचार का इस्तेमाल ठोस ज़मीन पर होना चाहिए। सपना देखने के बारे में बच्चों से डॉ. कलाम के आह्वान का इरादा वह बतलाने का था, जो आम तौर पर इंद्रियों की अनुभूति से परे होता है और कल्पना के बिना उसे अनुभूत नहीं किया जा सकता।

डॉ. कलाम के लिए दूसरी दिव्य बुनियाद पवित्रता थी। जब हम राष्ट्रपति भवन के लॉन पर मिलकर चाय पी रहे थे, तो उन्होंने मुझसे पूछा, 'मुझे बताओ, दोस्त, क्या तुम गंदे कप में चाय डालोगे?'

मैंने कहा, 'कोई ऐसा कैसे कर सकता है? पहले कप को साफ़ करना होगा और सिर्फ़ तभी इसमें चाय डाली जा सकती है। भले ही चाय गंदे कप में डाल दी जाए, लेकिन इसे पिया नहीं जा सकता। इसे तो फेंक देना चाहिए।'

डॉ. कलाम ने फिर कहा, 'बहुत बढ़िया। इसी तरह, अल्लाह गंदे लोगों के दिल में शुद्ध प्रकाशित ज्ञान का स्वर्गिक तोहफ़ा नहीं उड़ेलता है; केवल शुद्ध और साफ़ दिल वाले ही स्वर्गिक तोहफ़ा पाएँगे। अल्लाह इंसान के दिल में देखता है और वह उनमें से उसे चुनता है कि कौन दिव्य सम्मान और तोहफ़े के हक़दार होंगे।'

डॉ. कलाम ने आश्चर्य व्यक्त किया, 'यह इतनी सरल बात है - कोई इसे नज़रअंदाज़ कैसे कर सकता है? मैंने जीवन में बहुत जल्दी सीख लिया था कि जो लोग दिव्य ज्ञान चाहते हैं, उन्हें यह पता होना चाहिए कि यह सिर्फ़ शुद्ध हृदयों में ही उड़ेला जाता है।'

डॉ. कलाम के जीवन की तीसरी दैवी बुनियाद ईश्वर में आस्था थी। अल्लाह ने मनुष्य को समूची सृष्टि में सबसे ऊँचा स्थान दिया है और सारे प्राणियों में अपने एकत्व का साक्षी बनने की क्षमता दी है। लेकिन इतने ऊँचे स्थान के बावजूद मनुष्य हमेशा कमज़ोर बना रहा। डॉ. कलाम ने मुझे अपने बचपन की एक ज्ञानवर्धक बात बताई। डॉ. कलाम के पिता ने एक बार उनसे कहा, 'खुद को हमेशा शून्य मानो और अल्लाह को एक मानो। अगर शून्य एक के बाईं तरफ़ लग जाए, तो यह एक ही बना रहता है। यह इंसान की मूल जगह है - शून्य। लेकिन अगर अल्लाह किसी

इंसान को कोई तोहफ़ा देना चाहता है, तो वह इस शून्य को एक के दाईं तरफ़ रख देता है; तब आपका कुछ मूल्य होता है!'

डॉ. कलाम यह बात कभी नहीं भूले। वे समझ चुके थे कि ईश्वर की कृपा से ही हमें हर चीज़ दी गई है और इसके विपरीत, ईश्वर के बिना हम कुछ नहीं हैं। ईश्वर में उनकी आस्था अटल थी। हर दिन जब वे जागते थे, तो वे याद करते थे कि ईश्वर ही उन्हें वह सब करने में सक्षम बनाता था, जो वे कर रहे थे, देख रहे थे, समझ रहे थे और जान रहे थे। ज़िंदगी भर इस प्रातःकालीन चिंतन से दूर हुए बिना डॉ. कलाम ने अल्लाह का आज्ञापालन किया, सम्मान किया, समर्पण किया और इबादत की।

2002 में मैं *विंग्स ऑफ़ फ़ायर* के मैन्डेरिन भाषा में अनुवाद के संदर्भ में चीन की यात्रा पर गया। प्रकाशकों ने प्राचीन चीनी दार्शनिक कनफ़्यूशियस की चुनिंदा पुस्तकें राष्ट्रपति कलाम के लिए मेरे हाथों भिजवाईं। *एनालेक्ट्स* नामक पुस्तक में कनफ़्यूशियस द्वारा समझाए 'ली' और 'यी' के सिद्धांतों ने उनका मन मोह लिया।

'ली' सहृदयता, परानुभूति या दयालुता है और 'यी' सदाचार है। कनफ़्यूशियस ने 'ली' को आस-पास के लोगों के कष्ट और दर्द से परानुभूति रखने की योग्यता के रूप में परिभाषित किया। दूसरी ओर, सदाचार किसी सामाजिक स्थिति की माँगों के अनुरूप व्यवहार करने की योग्यता है। सामूहिक और सामाजिक कल्याण के हित में सदाचार वह है, जो 'यी' से अवगत है - जो किया जाना चाहिए। लेकिन इस तरह 'यी' अक्सर 'ली' के विरोध में पहुँच जाता है, यानी उन लोगों का लाभ जो परिवार के सदस्य, रिश्तेदार और दूसरे परिचित लोग हैं। कनफ़्यूशियस ने कहा कि सदाचारी और श्रेष्ठ व्यक्ति 'यी' को समझता है, लेकिन ओछी मानसिकता वाले केवल 'ली' को समझते हैं। कनफ़्यूशियस ने सिखाया कि इंसान बुनियादी तौर पर अच्छा होता है, लेकिन उसमें कमोबेश भटकने की प्रवृत्ति होती है। इस तरह सद्गुण के विकास के लिए आत्म-अनुशासन की माँग और शिक्षा पर मज़बूत ज़ोर की ज़रूरत होती है।

डॉ. कलाम ने सत्यनिष्ठा का विचार *बाइबल* से लिया और श्वार्ट्ज़ में पढ़ते वक़्त वे इसकी नसीहतों से ख़ास तौर पर प्रभावित हुए थे। भ्रष्टाचार भारत में एक मुख्य मुद्दा बन गया है; यह सरकारी अधिकारियों, व्यावसायिक लोगों और यहाँ तक कि आम लोगों के जीवन में भी प्रायः देखा जाता है। डॉ. कलाम ने भ्रष्टाचार को एक ऐसी समस्या के रूप में देखा, जिसमें लोग सार्वजनिक जीवन में अपने घर से अलग व्यवहार करते हैं। उन्होंने सत्यनिष्ठा यानी इंटेगरिटी को 'इंटीजर' शब्द के सच्चे अर्थ के रूप में लिया और इसे किसी व्यक्ति की पूर्णता के रूप में देखा। जिस तरह कोई पूर्ण अंक पूर्ण होता है, उसी तरह सत्यनिष्ठा वाले इंसान को विखंडित जीवन नहीं जीना चाहिए, अलग-अलग परिस्थितियों में अलग इंसान नहीं बनना चाहिए। सत्यनिष्ठा वाले व्यक्ति को निजी जीवन में भी वैसा ही इंसान होना चाहिए, जैसा कि वह सार्वजनिक जीवन में होता है। युवा कलाम ने सत्यनिष्ठा को *बाइबल* में नियमित

रूप से प्रकट होते देखा। ईश्वर ने सोलोमन को 'हृदय और औचित्य की सत्यनिष्ठा' के साथ चलने को कहा, जैसा उनके पिता ने किया था। डेविड ने कहा, 'मैं जानता हूँ, मेरे ईश्वर कि आप हृदय की जाँच करते हैं और सत्यनिष्ठा से खुश होते हैं।' और 'डेविड ने हृदय की सत्यनिष्ठा के साथ, योग्य हाथों के साथ उनका नेतृत्व किया।'

डॉ. कलाम ने अपने जीवन में यह विश्वास विकसित किया कि जो व्यक्ति सत्यनिष्ठा से चलता है, वह सुरक्षित रहता है। उन्हें यक़ीन था कि ग़लत चीज़ें चाहे कितनी ही चतुराई से की जाएँ, उनका हमेशा पता चल जाएगा सत्यनिष्ठा वाले व्यक्ति के पास न केवल अच्छी प्रतिष्ठा होगी, बल्कि वह शांति में भी सोएगा और उसे कोई डर नहीं होगा। डॉ. कलाम ने मुझे बताया, 'सत्यनिष्ठा जीवन में एक सुरक्षित मार्ग देती है। झूठ और धोखेबाज़ी के तौर-तरीक़े किसी मिसाइल की आत्म-विनाशी प्रणाली जैसे हैं। अगर ईश्वर को लगता है कि कोई निर्धारित मार्ग से भटक रहा है, तो वह इस प्रणाली का इस्तेमाल करेगा।'

डॉ. कलाम ने अन्ना हज़ारे द्वारा प्रारंभ किए गए भ्रष्टाचार-विरोधी आंदोलन से सार्वजनिक रूप से अपनी असहमति जताई। हालाँकि वे अन्ना हज़ारे के इरादे को समझते थे, लेकिन उन्हें लगा कि भ्रष्टाचार को किसी क़ानून से नहीं रोका जा सकता। भ्रष्टाचार परिवारों में शुरू होता है। यह दरअसल चरित्र के दोष का प्रकटीकरण है। नैतिक नियमों में ढील बढ़ती जा रही है, हालाँकि नैतिक नियम पहले भारतीय समाज के लिए बहुत उपयोगी रहे थे। कुछ समय से लोग अपनी खुद की नैतिक संहिता बना रहे हैं। इस देश में कोई नैतिक सर्वसम्मति नहीं है, जैसी कि पुराने वर्षों में थी, जब हमारी संस्थाएँ सार्वजनिक सम्मान की हक़दार थीं। डॉ. कलाम ने आचार्य महाप्रज्ञ के साथ *फ़ैमिली ऐंड नेशन* लिखी और इसके पन्नों में अपने विचार बहुत स्पष्टता से व्यक्त किए।

डॉ. कलाम नचिकेता के चरित्र को बहुत पसंद करते थे, जैसा कथा उपनिषद में बताया गया है। गाँधीनगर में स्वामीनारायण अक्षरधाम की यात्रा में वे सत-चित-आनंद वाटर शो से मंत्रमुग्ध थे, जो नचिकेता की कहानी के ज़रिये भारत के प्राचीन रहस्य को उजागर करता है और कहा, 'इस वाटर शो की वजह से भारत में हज़ारों नचिकेता बनेंगे।' उन्होंने नचिकेता को साहस और आत्मविश्वास के मूर्त रूप में देखा। नचिकेता ने मृत्यु के शक्तिशाली देवता यम से सवाल किया कि मौत के बाद क्या आता है। डॉ. कलाम ने कहा कि नचिकेता को यम का जवाब सचमुच भारत के शाश्वत सत्य को बताता है, जो वर्तमान संसार में अकेला खड़ा है। 'ओ नचिकेता, केवल शरीर मरता है, आत्मा अमर है और एक के बाद दूसरे जन्म में दोबारा पैदा होती रहती है, जब तक कि इंसान पूर्णता तक नहीं पहुँच जाता।'

पूर्णता का यह विचार डॉ. कलाम को अपने परम, आध्यात्मिक गुरु प्रमुखस्वामीजी में साकार मिला। वे अक्सर कहते थे कि प्रमुखस्वामीजी में उन्होंने उन सारे आदर्शों का अनुभव किया, जिनके बारे में उन्होंने पढ़ा था, सपने देखे थे

और सुकरात, लिंकन, अब्दुल क़ादिर, गैलिलियो, आइंस्टाइन, तिरुवल्लुवर, गाँधीजी के महान जीवन में देखा था। इसे उन्होंने स्पष्टता और संक्षिप्तता से अपनी अंतिम पुस्तक *ट्रांसेंडेंस* में व्यक्त किया, जो संसार को उनके आख़िरी शब्द थे।

कल्पना, पवित्रता और ईश्वर में आस्था की बुनियाद के बिना जिया गया जीवन दरअसल बर्बाद जीवन है। इन तीन दैवी बुनियादों से ही इंसान को बाद में सदाचार, अखंडता और साहस के तीन गुण मिलते हैं। इन्हें केवल बौद्धिक समझ से हासिल नहीं किया जा सकता। सदाचार, अखंडता और साहस केवल कल्पना, पवित्रता के व्यक्तिगत अनुशासन और सभी स्थितियों-परिस्थितियों में ईश्वर में अटल आस्था के दिव्य गुणों से ही प्रकट होते हैं। इन तीन सिद्धांतों ने डॉ. कलाम के जीवन को आकार दिया और भारत के विकास तथा हमारे पृथ्वी ग्रह को अधिक जीने योग्य बनाने की खोज के लिए संचालित किया। वे हमारे जीवन में भी स्थायी ख़ुशी और समृद्धि ले आएँगे। यही डॉ. कलाम की विरासत है।

एक बार मैंने डॉ. कलाम से पूछा था कि वे अपने अब तक के जीवन को कैसे देखते हैं। वे बोले, 'छुटपन में मैं हमेशा अपनी अंतरात्मा से मिले आदेशों का पालन करता था। मेरा हृदय हमेशा मेरे माता-पिता, मेरी बहन ज़ोहरा और मेरे भाई माराकेयर तथा परिवार के दूसरे लोगों से हमेशा जुड़ा हुआ था। यह मेरे शिक्षकों और उन सभी लोगों से जुड़ा हुआ था, जिन्होंने ज़रूरत के समय मेरी मदद की। मैंने राह में आने वाले सभी लोगों पर बराबरी के सम्मान के साथ विचार किया, चाहे वे अच्छे के लिए आए हों या बुरे के लिए, क्योंकि यह ईश्वर की इच्छा थी कि वे मेरे प्रति अच्छे या बुरे हों। मैं किसी भी तरह के नशे और प्रलोभनों से डरता था। मैंने अपनी ज़्यादातर आमदनी दान में दे दी और कभी किसी को इसका पता नहीं चलने दिया। जब मुझे नेतृत्व के पद सौंपे गए, तो मैं न्याय के रास्ते पर चला। जब मेरी आत्मा की व्यथा और यातना को अपने आँसुओं से धोने की ज़रूरत होती है, तो यह मेरी नीति है कि ऐसे हालात में अल्लाह को याद करते समय मैं तनहा रहना पसंद करता हूँ।'

मुझे अपने जीवन के पूरे तैंतीस साल उस दिग्गज की छाया में रहने का सौभाग्य और वरदान मिला, जो डॉ. कलाम सचमुच थे। हमारे जुड़ाव की विभिन्न अवस्थाओं में पहले डिफ़ेंस रिसर्च ऐंड डेवलपमेंट लेबोरेट्री में उनके अधीन वैज्ञानिक के रूप में, फिर स्वास्थ्य सुविधा में रक्षा प्रौद्योगिकियों के असैनिक लाभकारी उत्पाद विकसित करने के उनके जेहाद में पैदल सैनिक के रूप में, फिर उनके जीवनी लेखक के रूप में, फिर उनके राष्ट्रपति काल की टीम के सदस्य के रूप में - और अंततः उनके आध्यात्मिक मार्ग का अनुसरण करने वाले खोजी के रूप में - मैंने डॉ. कलाम में आधुनिक भारत का सच्चा ऋषि पाया है। मैंने रामेश्वरम् में उनके जन्म में ऋषि अगत्स्य को देखा, देश के मिसाइल विकास के उनके नेतृत्व में ऋषि विश्वामित्र को देखा और शाश्वत आध्यात्मिक सत्यों की उनकी पकड़ में ऋषि कपिल को देखा।

संत वैज्ञानिक कलाम एक पाकसाफ़ मुसलमान का जीवन जिए, सभी धर्मों के

प्रति सम्मान रखा और उनका विश्व दृष्टिकोण गहराई से आध्यात्मिक था। उन्होंने अपने धर्म को अपने कोट के बटन की तरह नहीं टाँका, बल्कि ज़िंदगी भर इसके सर्वोच्च आदर्शों के अनुरूप जिए। हालाँकि वे अपने बुनियादी धार्मिक मूल्यों की रक्षा में सबसे ज़्यादा सतर्क थे, लेकिन वे दूसरे धर्मों से आने वाली अच्छाई के प्रति भी खुले थे। वे ईश्वर के एकत्व को सबसे सच्चे अर्थ में देख सकते थे और उन्होंने मानव जाति की सेवा को सबसे बुनियादी धार्मिक काम माना। उन्होंने शांति को परम उद्देश्य और सारे मानवीय प्रयासों का उद्यम समझा।

एक मायने में, वे आज उससे कहीं ज़्यादा शक्तिशाली और क़रीब हैं, जितने कि वे अभी तक रहे हैं। इक्कीसवीं सदी की प्रगति के साथ-साथ उन्होंने एक विकसित भारत और अधिक जीने लायक़ पृथ्वी का चित्र खींचा और भविष्यवाणी की कि यह होगा। लेकिन वे सिर्फ़ एक स्वप्न रख सकते थे, हमें प्रोत्साहित कर सकते थे, हमें प्रेरित कर सकते थे और दिशा दे सकते थे। जैसा वे अक्सर मुझे याद दिलाते थे, 'हमें गेंद को गतिमान रखना चाहिए।'

प्रेम कभी मृत्यु से ख़त्म नहीं होता। डॉ. कलाम के प्रति श्रद्धा निश्चित रूप से जारी रहेगी और भारत के लोगों द्वारा उनकी प्रशंसा अब एक अलग अभिव्यक्ति खोज लेगी। जिस तरह प्रकाश के चारों ओर एक आभामंडल होता है, उसी तरह पवित्र लोगों (जैसे : संतों की क़ब्रों) के चारों ओर एक अदृश्य दैवी आभामंडल होता है। बेशक, लोग दूर-दूर से डॉ. ए.पी.जे. अब्दुल कलाम की क़ब्र की ओर खिंचे चले आएँगे, ताकि वे उनकी आत्मा की नेकी को छू लें। बहरहाल, इससे ज़्यादा भला उनके आदर्शों के अनुरूप जीने और उनके सपनों को साकार करने से होगा। हमारा आदर दंडवत प्रणाम के बजाय अनुकरण में संभवतः सबसे अच्छी तरह प्रकट होना चाहिए।

ए.पी.जे. अब्दुल कलाम में हमें प्रबुद्ध मानवता की एक सच्ची मिसाल मिलती है - एक दुर्लभ आत्मा जो जीवन की वास्तविकताओं को शांति से स्वीकार कर सकती थी, लेकिन कभी भी दूर की महानता का पीछा करने से नहीं रुकती थी। शीर्षस्थ वैज्ञानिक और लीडर के साथ-साथ एक आधुनिक संत के रूप में भी डॉ. कलाम हमें बताते हैं कि हमें ज्ञान की सीमाओं के पार जाने के लिए, समझ के पार पहुँचने के लिए कल्पना से जीना चाहिए। हमें उनकी गहरी बुद्धिमत्ता और ज्ञान को याद रखना चाहिए और यह भी याद रखना चाहिए कि यह सृष्टि के प्रति उनके बालसुलभ आश्चर्य को नहीं मिटा पाया और दूसरों की ख़ुशी में उनकी ख़ुशी को भी। उनकी मिसाल पर चलने और उनके शब्दों पर ग़ौर करके हम उन सिद्धांतों के अनुरूप जी सकते हैं, जैसे वे जिए थे, आस्था के साथ कर्म कर सकते हैं, जैसे उन्होंने किए थे और अपने सपनों का पीछा कर सकते हैं, जिसके लिए उन्होंने हमें प्रेरित किया था।

आभार

यह पुस्तक डॉ. ए.पी.जे. अब्दुल कलाम को मेरी श्रद्धांजलि है, जिनकी कृपालु छत्रछाया में मैंने अपनी ज़िंदगी के तैंतीस से ज़्यादा साल गुज़ारे। मुझे अपने कर्तव्य का भान हुआ कि मैं भावी पीढ़ियों के सामने वह पेश करूँ, जो मैं उस महान इंसान के बारे में जानता हूँ, जिन्होंने विकसित भारत और अधिक जीने योग्य पृथ्वी के सपने देखे और जिन्होंने इन विचारों को युवाओं में अपने आख़िरी पल तक अथक रूप से प्रचारित किया।

डॉ. कलाम ने मेरे जीवन का सर्वोच्च सम्मान मुझे तब दिया, जब वे मेरठ में मेरी माँ के घर गए और उनसे बोले कि उनका 'बेटा एक अच्छा इंसान है।' मैं यह पुस्तक अपनी माँ श्रीमती उपासना तिवारी और डॉ. कलाम के बड़े भाई ए.पी.जे.एम. माराकेयर के चरणों में समर्पित करता हूँ। मुझे उम्मीद है कि मेरे प्रयास से डॉ. कलाम का आत्मिक शरीर प्रसन्न होगा।

यह पुस्तक वी. पोनराज के श्रम के बिना संभव नहीं होती, जो डीआरडीओ में मेरे सहकर्मी थे और 2002 से डॉ. कलाम के सतत सहयोगी थे। पोनराज ने अकेले ही उनके सारे व्याख्यानों को ऐतिहासिक अभिलेखों के रूप में सुरक्षित रखा था। डॉ. कलाम के प्रति उनकी निष्ठा तथा उनकी सेवा में उनके योगदान को बयां करने के लिए मेरे पास पर्याप्त शब्द नहीं हैं।

डीआरडीएल में मैंने डॉ. कलाम के चार मित्रों और समकालीनों के अधीन काम किया : लेफ़्टिनेंट जनरल डॉ. वी.जे. सुंदरम, के. रामा राव, डॉ. आर.एन. अग्रवाल और स्वर्गीय मेजर जनरल आर. स्वामीनाथन। ये वरिष्ठ वैज्ञानिक और सैन्य अधिकारी मेरे प्रति बेहद दयालु और परवाहपूर्ण थे। अगर इन लोगों ने मिसाइल कार्यक्रम में मेरे छोटे क़दमों के दौरान मेरा हाथ न थामा होता, तो डॉ. कलाम के साथ मेरा संबंध ही नहीं जुड़ पाता। डॉ. कलाम मुझे सिर्फ़ इसलिए देख पाए, क्योंकि मैं इन दिग्गजों के ऊँचे कंधों पर बैठा हुआ था।

मैं उस समय को कृतज्ञता से याद करता हूँ, जो मैंने डॉ. वाय.एस. राजन, डॉ. ए. शिवतनु पिल्लई, डॉ. कोटा हरिनारायण, डी. नारायणमूर्ति और प्रो. एन. बालकृष्णन के साथ गुज़ारा था। मैं उनके समर्थन को कृतज्ञता से याद करता हूँ। वे डॉ. कलाम के ज़रिये मेरे जीवन में आए और उन्होंने अपनी दयालुता तथा वृहद ज्ञान से मुझे आशीर्वाद दिया। मैं इन महान आत्माओं को सच्चे दिल से धन्यवाद देता हूँ।

डॉ. बी. सोमा राजू और डॉ. कलाम मेरे पेशेवर संसार के दो स्तंभ थे। मैंने 1996 में अपनी सुरक्षित शासकीय सेवा से त्यागपत्र दे दिया, ताकि मैं एक असैनिक परिवेश में रक्षा प्रौद्योगिकी के असैनिक उपयोगी उत्पाद विकसित कर सकूँ। यह पारंपरिक बुद्धिमत्ता के विपरीत था, लेकिन डॉ. सोमा राजू ने मुझे कभी निराश नहीं होने दिया। जब हमने मिलकर डॉ. कलाम के पार्थिव अवशेषों को उनके निवास पर लिया, तो यह एक ऐसा विश्वास था, जिसका ईमानदारी से इस्तेमाल किया गया था और जिसे निष्ठा से जिया गया था। डॉ. बी. सोमा राजू, आपको धन्यवाद।

डॉ. कलाम ने साधु ब्रह्मविहारीदास स्वामीजी से मेरा परिचय कराया, ताकि *ट्रांसेंडेंस* पुस्तक लिखने में उनका मार्गदर्शन ले सकूँ। यह संबंध मेरे लिए उच्च अदृश्य संसार का द्वार साबित हुआ। इसी की बदौलत आज इंसान के रूप में मेरा कायाकल्प हो चुका है और मेरा हृदय ऐसी शांति से भर गया है, जो वहाँ पहले कभी नहीं थी। भारतीय परंपरा में हम गुरुओं को धन्यवाद नहीं देते हैं, हम उनके सामने साष्टांग प्रणाम करते हैं। इसलिए मैं साधु ब्रह्मविहारीदास स्वामीजी के सामने आदर से साष्टांग प्रणाम करता हूँ।

पी.टी. राजशेखरन डॉ. कलाम के साथ नोबेल प्राइज़ आल परियोजना पर काम कर रहे थे और यह एक अद्भुत संबंध रहा था। उन्होंने अपने वृहद ज्ञान और अनुभव से मेरे काम को अंतरराष्ट्रीय स्तर तक ऊपर उठाने में मदद की। राजशेखरन जी, मेरा हाथ थामने के लिए आपको धन्यवाद।

ट्रांसेंडेंस लिखने के दौरान मैंने कार्ल हार्टे के साध काम किया और एक प्रबल आध्यात्मिक जुड़ाव का अनुभव किया। इस जुड़ाव ने इस पुस्तक को लिखने में अद्भुत मदद की। हम अब तक आमने-सामने नहीं मिले हैं, लेकिन हमारा सहयोग आध्यात्मिक शक्ति के अदृश्य और भौतिक प्रभाव की शक्ति का सबूत है। यदि उनके संपादकीय प्रयास नहीं होते, तो यह पुस्तक इतनी जल्दी आपके सामने नहीं आ पाती।

मैं दिल्ली के एच. शेरिडन, आर.के. प्रसाद और घन श्याम शर्मा को और हैदराबाद के एस.जी. प्रसाद व एस.ए. तैमिया को धन्यवाद देता हूँ, जो हमेशा मेरे साथ रहे, जब भी मुझे उनकी ज़रूरत थी और मुझे उनसे कभी मदद माँगनी नहीं पड़ी।

मैं हार्पर कॉलिन्स पब्लिशर्स के पूर्व सीईओ पी.एम. सुकुमार को धन्यवाद देता हूँ, जिन्होंने मुझे यह पुस्तक लिखने के लिए प्रोत्साहित किया। वी.के. कार्तिक को भी धन्यवाद, जो हार्पर कॉलिन्स के प्रकाशक और मुख्य संपादक हैं। शांतनु रे चौधरी को भी धन्यवाद, जो इस पुस्तक के संपादक हैं। आप सभी की बदौलत यह पुस्तक संभव हुई है।

अंत में मैं अपनी पत्नी अंजना और अपने बेटे असीम व अमोल और उनके परिवारों के समर्थन के लिए उन्हें धन्यवाद देता हूँ। उनमें से हर को डॉ. कलाम का आशीर्वाद मिला था। मेरे पोते अगत्स्य को भी, जिसे डॉ. कलाम ने 11

जनवरी 2014 को हैदराबाद के राजभवन में फल दिखाते समय 'ए फ़ॉर एप्पल' और 'ओ फ़ॉर ऑरेंज' सिखाया था।

और प्रिय पाठक, मैं अब तक आपको नहीं जनता हूँ, लेकिन जब भी यह पुस्तक आप तक पहुँचे, तो सच्चे दिल से मेरा धन्यवाद क़बूल करें कि आपने डॉ. कलाम की नेकी में विश्वास किया और उनकी कहानी पढ़ने का वक़्त निकाला।

शेक्सपियर आंशिक रूप से सही थे, जब उन्होंने लिखा था, 'जीवन बस एक चलती छाया है...' मैं उनकी पंक्तियों को इस तरह लिखना चाहता हूँ :

जीवन बस एक चलती छाया है, फिर एक पात्र आता है,
जो मंच पर अपने समय में प्रदर्शन से प्रेरित करता है,
और हमेशा के लिए याद रह जाता है। यह एक कहानी है
जो बार–बार बताई जाती है, विश्वास और आस्था से पूर्ण,
इस ग्रह पर मानव जीवन के महत्त्व को अभिव्यक्त करते हुए।

डॉ. ए.पी.जे. अब्दुल कलाम ऐसे ही एक पात्र थे... और मैं दर्शकों में बैठा हुआ था। जय हो!

हैदराबाद

अरुण तिवारी

अनुवादक के बारे में

डॉ. सुधीर दीक्षित *टाइम मैनेजमेंट, सफलता के सूत्र, 101 मशहूर ब्रांड्स* और *अमीरों के पाँच नियम* सहित सात लोकप्रिय पुस्तकों के लेखक हैं, जिनमें से कुछ के मराठी व गुजराती भाषाओं में अनुवाद हो चुके हैं। इसके अलावा उन्होंने हैरी पॉटर सीरीज़, चिकन सूप सीरीज़ तथा मिल्स ऐंड बून सीरीज़ सहित 150 से भी अधिक अंतर्राष्ट्रीय बेस्टसेलर्स का हिंदी अनुवाद किया है, जिनमें रॅन्डा बर्न, डेल कारनेगी, नॉर्मन विन्सेन्ट पील, स्टीफ़न कवी, रॉबर्ट कियोसाकी, जोसेफ़ मर्फ़ी, ब्रायन ट्रेसी आदि बेस्टसेलिंग लेखक शामिल हैं। उन्होंने मशहूर भारतीय क्रिकेट खिलाड़ी सचिन तेंदुलकर की आत्मकथा का हिंदी अनुवाद भी किया है।

हिंदी साहित्य और अँग्रेज़ी साहित्य में स्नातक की उपाधि प्राप्त करने वाले डॉ. दीक्षित अँग्रेज़ी साहित्य में एम.ए. तथा पीएच.डी. भी हैं। उनकी साहित्यिक अभिरुचि की शुरुआत हिंदी जासूसी उपन्यासों से हुई, जिसके बाद उन्होंने अँग्रेज़ी के सभी उपलब्ध जासूसी उपन्यास पढ़े। कॉलेज के दिनों में डेल कारनेगी की पुस्तकों का उन पर गहरा प्रभाव पड़ा। कॉलेज की शिक्षा पूरी करने के बाद डॉ. दीक्षित ने *दैनिक भास्कर, नई दुनिया, फ़्री प्रेस जर्नल, क्रॉनिकल, नैशनल मेल* आदि समाचार पत्रों में कला, नाटक एवं फ़िल्म समीक्षक के रूप में शौकिया पत्रकारिता की। उन्हें म.प्र. फ़िल्म विकास निगम द्वारा फ़िल्म समीक्षा के लिए पुरस्कृत भी किया गया। चेतन भगत और डैन ब्राउन उनके प्रिय लेखक हैं। डॉ. दीक्षित को पाठक sdixit123@gmail.com पर फ़ीडबैक प्रदान कर सकते हैं।